BASTEI
LÜBBE

BASTEI LÜBBE J.V. JONES IM TASCHENBUCH-PROGRAMM:

20 407 Melliandra
20 408 Der Thronräuber
20 409 Herr und Narr
28315 Die weige Krone
28316 Krone aus Blut

J.V. Jones

DER THRONRÄUBER

Das Buch der Worte

Roman

Ins Deutsche übertragen
von Rainer Schumacher

BASTEI LÜBBE

BASTEI LÜBBE TASCHENBUCH
Band 20 408

1. Auflage: März 2001

Vollständige Taschenbuchausgabe

Bastei Lübbe Taschenbücher
ist ein Imprint der
Verlagsgruppe Lübbe

Titel der englischen Originalausgabe: A Man Betrayed

Lektorat: Christine Basmaji / Stefan Bauer
Titelillustration: Keith Parkinson
Umschlaggestaltung: QuadroGrafik, Bensberg
Satz: KCS GmbH, Buchholz / Hamburg
Druck und Verarbeitung:
Brodard & Taupin, La Flèche, Frankreich
Printed in France

ISBN 3-404-20408-5

Für Margaret Jones

Prolog

Das Mädchen schnarchte leise: ein keuchendes, unangenehmes Geräusch, das beinahe wie ein Winseln um Gnade klang. Doch es war mehr ihr Geruch als ihre Geräusche, die ihn beunruhigten, dieser stinkende, süßliche Geruch, der von jedem Mitglied ihres Geschlechts ausging. Der Geruch von Schweiß, Urin und anderen Ausscheidungen. Und dieser Geruch kündete eindringlicher von der Natur der Frau, als es je ein Buch vermocht hätte – er kündete von ihrem wahren Wesen, das sie um jeden Preis vor den Augen der Männer zu verbergen suchte. Natürlich gelang ihr das meistens auch, denn Männer ließen sich nur allzu leicht von Äußerlichkeiten betören; ein voller Busen, ein kurzes Aufblitzen der Zähne, ein Hauch wohlriechenden Atems …

Aber die Wahrheit war immer vorhanden, und trotz all ihrer Puder und Duftstoffe konnten die Frauen sich nicht vom Geruch ihrer eigenen Fäulnis befreien.

Kylock erhob sich von seinem Bett, um sich vom Gestank der Frau zu entfernen. Zwar hätte er das Mädchen nur allzu gerne wachgerüttelt und sie zum Gehen aufgefordert, aber das hätte nicht in seine Pläne gepaßt. Außerdem bezweifelte er, daß sie durch ein einfaches Rütteln aufzuwecken gewesen wäre – jedenfalls nicht nach allem, was er in dieser Nacht mit ihr getan hatte. Oh, natürlich würde sich das Mädchen wieder erholen: körperliche Unverwüstlichkeit war eine weitere typische Eigenschaft ihres Geschlechts. Zunächst übertrafen sie die Männer, und dann überlebten sie sie.

Kylock schritt auf die gegenüberliegende Seite des Raumes, wo wie immer eine kupferne Waschschüssel auf ihn wartete, und wusch sich die Hände. Sorgfältig reinigte er seine Finger mit einer Bürste aus Schweineborsten, um sich vom Makel der Frauen zu befreien. Finger, die noch eine Kerzenlänge zuvor gierig nach fleischigen Öffnungen und Erhebungen getastet hatten, wurden nun in Seifenlauge eingeweicht. Als Zeichen des Respekts vor dem, was er heute nacht zu tun gedachte, reinigte sich Kylock mit besonderer Sorgfalt. Doch dieser Respekt galt nicht der Person, an der er die Tat vollbringen würde, sondern der Größe der Tat selbst.

Er betrachtete seine Hände. Sie waren blaß und lang; elegante Finger von zarter Gestalt – nicht die Hände seines Vaters.

Ein kaum merkliches Lächeln stahl sich auf Kylocks Lippen, und er drehte sich zum Spiegel um. Das war nicht das Gesicht seines Vaters, nicht seine Augen, nicht seine Nase und nicht seine Zähne. Mit einer plötzlichen brutalen Bewegung schlug Kylock zu. Das Glas zersplitterte mit einem befriedigenden Krachen, und Splitter regneten auf den Boden. Für einen kurzen Augenblick rührte sich das Mädchen, aber sofort lag sie wieder still – vielleicht glaubte sie im Vergessen des Schlafs besser aufgehoben zu sein.

Der Schlag hatte noch nicht einmal Blut gefordert. Kylock war erfreut. Daß kein Blut geflossen war, war dieser Nacht angemessen. Der Spiegel zeigte nun eine scheinbar unzusammenhängende Reihe von Bildern, doch selbst in den Fragmenten seines Spiegelbilds konnte der Prinz den Geist seiner Mutter erkennen. Ohne Zweifel war er der Sohn seiner Mutter: die glatten Wangen, die Krümmung der Augenbrauen, die vollen Lippen …

Kylock machte sich nicht die Mühe, nach Dingen zu suchen, die an seinen Vater erinnerten – er würde keine finden, und es hatte auch nie welche gegeben. Er war nicht der Sohn seines Vaters. Das war so deutlich zu erkennen wie die Nase in seinem Gesicht. Bei genauerer Betrachtung war es sogar *vor allem* die Nase, die alles verriet: eine bittere Ironie, aber dennoch die Wahrheit.

Kylock wandte sich vom Spiegel ab und bereitete sich vor. Es bedurfte keiner besonderen Ausstattung. Der Prinz legte seine übliche schwarze Kleidung an, die bei Tageslicht so unangebracht war, für die Nacht aber um so geeigneter. Schwarz war die Farbe des Geheimnisvollen, die Farbe des Todes. Kylock benötigte keinen Spiegel, um zu wissen, wie gut ihm Schwarz stand, wie sehr ihm dieser Farbton schmeichelte. Sicherlich würde seine Mutter in Schwarz ebenso gut aussehen, denn wie die Mutter, so der Sohn.

Sein Ziel war nur einen Korridor weit entfernt, doch Kylock würde keinen Fuß in die heiligen Hallen setzen; er würde nicht die kalte Bronze der schweren Türen an seinen Händen spüren. Statt dessen mußte er einen unauffälligeren Weg wählen.

Kylock verließ seine Gemächer und ging in Richtung des Frauenflügels. Jeder Mann, der ihn dabei beobachtete, würde lediglich den Blick abwenden oder wissend zwinkern; denn dem Erben der Vier Königreiche stand das Recht zu, die höfischen Regeln zu mißachten und eine Dame in ihren Privatgemächern aufzusuchen.

Aber Kylock dachte an keine Frau. Er wußte, daß im Frauenflügel ein Zugang zu dem geheimen Labyrinth existierte, das die gesamte Burg durchzog. Es war nur natürlich, daß es dort einen gab: welchen anderen Ort mochte ein König auch sonst im geheimen aufsuchen wollen, wenn nicht das Gemach einer Dame?

Der Kanzler des Königs hatte Kylock die Gänge gezeigt. An einem Winterabend vor vielen Jahren hatte man den Prinzen dabei erwischt, wie er die königlichen Jagdhunde auf ein neugeborenes Fohlen gehetzt hatte, und zur Strafe hatte ihm seine Mutter eine Woche Stubenarrest auferlegt. Doch dank Baralis hatte er diese

Zeit nicht in seinen Gemächern verbringen müssen. Der Kanzler hatte die Wand mit einer kurzen Berührung seiner entstellten Finger geöffnet und den jungen Kylock mit diesem wertvollen Geheimnis bedacht. Noch heute konnte er sich genau an seine Erregung hinsichtlich dieser Enthüllung erinnern. Endlich hatte er das gefunden, wonach er schon immer inmitten all dieses Gestanks und dieser Heimlichtuerei gesucht hatte. Es hatte sein Leben verändert. Soviel hatte sich ihm offenbart, und nichts war seinem gierigen Blick entgangen. Kylock hatte Adelige beobachtet, die um Zimmermädchen balzten, er hatte Diener belauscht, die Pläne gegen ihre Herren schmiedeten, und er hatte Pockennarben entdeckt, die unter dem Gesichtspuder manch einer hohen Dame verborgen waren.

Nichts war, was es zu sein schien. Verdorbenheit und Gier lag im Herzen aller Menschen. Das Fleisch verbarg nur eine Welt der Sünden, und all ihre zweifelhafte Vielfalt hatte sich vor dem Prinzen ausgebreitet, als Baralis ihm das geheime Labyrinth gezeigt hatte.

Kylock fand die Wand. Er glaubte, das Klicken des Mechanismus hören zu können, als er mit den Fingern über den Stein glitt. Eine verlockende Höhle öffnete sich vor ihm, und er trat ein und wählte seinen Weg.

Die unvermittelte Kälte und der faulige Gestank des Tunnels erinnerten Kylock an seine Mutter. Sicherlich war in aller Ewigkeit keine größere Hure geboren worden! Königin Arinalda, wunderschön und reserviert; stets gab sie sich korrekt und makellos. Wie weit entfernt das Auftreten doch manchmal von der Wahrheit war. Aber der typische Geruch war unverkennbar, deutlich stärker noch als bei jeder anderen Frau. Sie stank wie eine Hure. Mitunter war der Gestank so stark, daß Kylock ihre Gegenwart nicht ertragen konnte. Mit wie vielen Männern hatte seine Mutter geschlafen? Wie oft hatte sie alles und jeden verraten?

Daß sie außer mit dem König auch noch mit anderen Männern geschlafen hatte, war offensichtlich. Er,

Kylock, war der Beweis dafür. In ihm floß kein Harvellblut. Kein blondes Haar zierte seinen Kopf, keine kurzen, kräftigen Glieder gingen von seinem Körper aus.

Seine Mutter hatte sich mit fremden Männern amüsiert, und er war das Ergebnis ihrer mangelnden Selbstbeherrschung. Frauen waren das schwächere Geschlecht, und die Quelle dieser Schwäche war ihre alles verzehrende Lust. Sie waren widerwärtig: Eine dünne Hautschicht verbarg ein verrottetes Inneres, in dem animalisches Verlangen herrschte. Von Straßenhuren erwartete Kylock, daß sie diesem Verlangen nachgaben, aber von einer Königin …? Seine Mutter, die eigentlich über allen Frauen des Königreichs stehen sollte, war nichts weiter als eine billige Nutte. Und er war nichts weiter als der Sohn einer Nutte. Kylock konnte in keinen Spiegel blicken, ohne mit dieser Wahrheit konfrontiert zu werden.

Beinahe zu schnell war er an seinem Ziel angelangt, im Herzen der Burg. Von hier nahm alles seinen Anfang … zumindest *wäre* das so gewesen, wenn die Dinge anders stünden. Kylock stand vor dem Schlafgemach des Königs.

Er betätigte den Geheimmechanismus und trat ein. Der Geruch des Krankenlagers stieg ihm in die Nase. Der Geruch eines Mannes, der sich langsam dem Tod näherte – zu langsam.

Leise – denn er wußte, daß der Meister des Bades in der angrenzenden Kammer schlief – schritt Kylock durch den Raum. Sein Herz raste, und Erregung und Furcht mischten sich bei jedem Schlag. Er näherte sich dem Bett. Seit nunmehr fünf Jahren war das Ungetüm aus purpurroter Seide das Heim des Königs. Kylock zog die Vorhänge beiseite und blickte in das Gesicht des Mannes, der nicht sein Vater war.

Der Anblick des Königs erregte Mitleid in ihm. Dank der Ärzte besaß der Mann weder Haare noch Zähne. Er war nur noch eine armselige Gestalt mit ausgehöhlten Wangen und ständigem Speichelfluß. Kylock sah, wo der Speichel das Kissen durchnäßt hatte, und Mitleid verwandelte sich in Abscheu. Das war kein König. Seine *Mutter* war König. Seine Hure von Mutter war für all ihre Sünden auch noch belohnt worden, indem man sie zur Herrscherin gemacht hatte; nur der Titel war ihr verwehrt geblieben. Kylock hielt es nicht für ausgeschlossen, daß sie für die Krankheit des Königs verantwortlich war. ›Verrat‹ war der zweite Name der Frau.

Doch heute nacht würde sich alles ändern. Kylock würde das Land nicht nur von einem nutzlosen König befreien, sondern auch von einer verräterischen Königin. Morgen würde seine Mutter erwachen und feststellen müssen, daß sie aller Macht beraubt war. Es würde einen neuen König geben, und sie wäre dumm, sollte sie versuchen, auch diesen König zu kontrollieren und das Land aus dem Schatten des Throns heraus zu regieren.

Kylock nahm eines der vielen Kissen. Sorgfältig achtete er darauf, daß es nicht vom Speichel des Königs befleckt war. Hier lag er, der Mann, der nicht sein Vater war. *Würde ich das auch tun, wenn er wirklich mein Vater wäre?* Kylock brachte das weiche Seidenkissen in eine Form, wie er sie für seine Tat für notwendig hielt. *Ja, auch dann würde ich es tun.*

Er beugte sich über das Bett. Der Schatten des Kissens glitt über das Gesicht des Königs, und er schlug die Augen auf. Ängstlich trat Kylock einen Schritt zurück, als sich Lesketh' hellblaue Augen auf ihn richteten. Frischer Speichel rann das Kinn des Kranken herab, und er versuchte zu sprechen. Kylock konnte sich nicht bewegen. Das Kissen brannte in seinen Händen. Die Augen von Mann und Junge trafen sich. Der Kiefer des Königs bewegte sich langsam, und Speichel tropfte auf seine Brust.

»Kylock, mein Sohn.« Die Worte waren kaum zu verstehen; eine Mischung aus Schnarren und Speichel.

Kylock betrachtete das Gesicht des Königs. Die hellblauen Augen sagten mehr als tausend Worte: sie sprachen von Liebe, Treue und Vergebung. Traurig schüttelte der Junge den Kopf.

»Nein, Herr. Nicht *Euer* Sohn.« Kylock spürte, daß er langsam die Kontrolle über seinen Körper wiedererlangte, und das Kissen fühlte sich wieder kalt an.

Seine schönen Hände drückten das Kissen auf das zahn- und haarlose Gesicht König Lesketh', und seine Finger spreizten sich auf dem scharlachroten Stoff, um dem schwachen Aufbäumen des Königs entgegenzuwirken. Lesketh flatterte mit seinem gesunden Arm wie ein kleiner Vogel. Seine Brust hob und senkte sich, hob und senkte sich und hob sich dann nicht mehr.

Kylock machte seinen ersten Atemzug, als der König seinen letzten aushauchte. Er zitterte. Seine Knie drohten nachzugeben, und sein Magen drehte sich. Er zwang sich, stark zu sein: jetzt war nicht die Zeit für Schwäche. *Er* war nun König, und er bezweifelte, daß er je wieder Zeit für Schwäche haben würde. Er hob das Kissen. Der Tod hatte Lesketh' Sabbern ein Ende bereitet. Der Mann, der nicht sein Vater war, sah besser aus, würdevoller, edler. Im Tod war er mehr König denn im Leben.

Zufrieden, daß alles nach seinem Willen hergerichtet war, zog sich Kylock zurück. Auf dem Weg hinunter fanden seine Füße einen Pfad, den seine Augen nicht sehen konnten. Andere Bilder erschienen in seinem Kopf: Bilder von einer glorreichen Krönung, Bilder, wie er seine verstörte Mutter tröstete, und Bilder, wie er den Krieg gegen die Halcus gewann. Seine Herrschaft hatte gut begonnen. Er hatte seinem Land bereits einen großen Dienst erwiesen, indem er es von einem schwachen, kränklichen König befreit hatte. Leider würde diese seine großartigste Tat nicht von der Geschichte gewürdigt werden. *Macht nichts,* dachte er, *die Historiker werden noch genug über mich in ihren staubigen, langweiligen Büchern zu schreiben haben.*

Kylock fand sich in seinem Schlafgemach wieder. Das Mädchen lag noch genauso auf dem Bett, wie er es zurückgelassen hatte. Sofort ging er zu der kupfernen

Waschschüssel und wusch sich erneut die Hände. Den Geruch des Todes wurde man leichter wieder los als den Geruch der Frauen.

Während er sich die Hände mit einem weichen Tuch abtrocknete, schritt er zum Schreibtisch. Mit einem kurzen Blick über die Schulter versicherte er sich, daß das Mädchen nach wie vor schlief. Dann holte er einen Schlüssel unter dem Schreibtisch hervor. Der Schlüssel war mit Gold verziert, das im Kerzenlicht glitzerte. Er diente dazu, ein mit Juwelen besetztes Kästchen zu öffnen, aus dem Kylock mit seinen langen, geschickten Fingern ein winziges Porträt hervorholte. Das war sie: wunderschön und unschuldig stand sie weit über allen anderen ihres Geschlechts. Die Reinheit ihrer Seele war in jedem Detail ihres Gesichts zu erkennen: Katharina von Bren. Das tierische Verlangen der Frauen war ihr unbekannt. Sie war rein und unberührt, die vollkommenste aller Frauen. Und sie war die seine.

Allein ihr Bildnis ließ das Mädchen auf dem Bett als billigen und geschmacklosen Ersatz erscheinen. Katharina würde nicht wie eine Hure riechen. Sie würde nicht für immer in der Hölle schmoren wie die anderen Frauen … wie seine Mutter.

Behutsam legte Kylock das Porträt wieder zurück. Dabei achtete er sorgfältig darauf, die makellose Oberfläche des Gemäldes nicht zu beschädigen. Er war nun König, und Katharina würde seine Königin sein.

Seine Tunika und sein feines seidenes Unterhemd fielen zu Boden. Aus dem zerbrochenen Spiegel rief ihn sein Bild, doch er schenkte ihm keine Beachtung. Ein schwarzes Verlangen überkam ihn, und hätte er in die Spiegelscherben geblickt, hätte er gesehen, wie sich ein Schleier über seine Augen legte und sein Blick sich trübte. Er hätte sich selbst nicht wiedererkannt. Er war von einem inneren Hunger erfüllt, der seine Seele zu verzehren drohte, und so blieb ihm keine andere Wahl, als diesen Hunger zu stillen. Er trat ans Bett. Das Mädchen stöhnte und wandte sich ab. Kylock stand über ihr, und mit Händen, die einen König getötet hatten, riß er das Bettuch von ihrem Rücken.

Während er zu einem Ort hinabtrudelte, wo Furcht und Wunsch sich vereinten, verlor er sich in seinem Verlangen. Die Stimme seiner Mutter klang in seinen Ohren, und das Bild von Katharina von Bren leuchtete in seinen Augen.

Kapitel Eins

»Diese verdammte Reiterei geht mir auf die Hämorrhoiden, Grift.«

»Ich weiß, was du meinst, Bodger, aber für eins ist es zumindest gut.«

»Und für was, Grift?«

»Regelmäßigkeit, Bodger. Nichts läßt dich öfter ins Gebüsch rennen als ein guter Galopp.«

»Du bist ein weiser Mann, Grift.« Bodger nickte zustimmend, während er versuchte, sein Maultier auf Kurs zu halten. »Allerdings bin ich nicht so sicher, ob es eine gute Idee von dir war, daß wir uns für die Reise nach Bren freiwillig gemeldet haben. Ich habe nicht damit gerechnet, daß man uns ausgerechnet die mieseste Arbeit zuteilen würde.«

»Aye, hinter den Pferden herzufegen läßt einiges zu wünschen übrig, Bodger. Aber eigentlich war's ja klar, daß diese Aufgabe an uns hängenbleiben würde. Immerhin sind du und ich die Rangniedrigsten hier. Aber ich behaupte noch immer, daß wir von Glück reden können, daß man uns überhaupt erlaubt hat, auf diese Reise mitzukommen. Irgendwelchen alten Soldaten würde man bestimmt nicht gestatten, die königliche Garde zu begleiten. Es ist eine große Ehre.«

»Daran erinnerst du mich ständig, Grift.« Bodger warf seinem Kameraden einen zweifelnden Blick zu. »Ich hoffe nur, daß die Frauen von Bren so willig und gutaussehend sind, wie du immer behauptest.«

»Das sind sie mit Sicherheit, Bodger. Habe ich mich schon jemals bei Frauen geirrt?«

»Stimmt, das muß ich dir zugestehen, Grift. Es gibt nicht viel, was du nicht über Frauen weißt.«

Die beiden Männer ritten so langsam, daß sie die Nachhut der großen Kolonne aufhielten. Insgesamt bestand die Reisegesellschaft aus acht Dutzend Männern; fünf Dutzend Soldaten der königlichen Garde, ein Dutzend von Lord Maybors eigenen Männern und eine Reihe von Dienern und Packpferden.

»Ich glaube, ich weiß, warum die Halcus so gemein sind, Grift. Das Wetter ist einfach furchtbar. Jeden Tag einen Schneesturm, und der Wind ist so kalt, daß er fast die Suppe auf dem Feuer einfriert.«

»Aye, Bodger. Drei Wochen davon sind selbst für den härtesten Mann genug. Bei normalem Wetter wären wir schon längst in Bren; statt dessen haben wir gerade erst das Gebiet der Halcus hinter uns gelassen. Aber natürlich ist es nicht das Wetter, daß einem Schauer über den Rücken jagt.«

»Was meinst du damit, Grift?«

»Die Lords Maybor und Baralis, das meine ich, Bodger. Die beiden lassen den Nordwind wie eine warme Brise erscheinen.«

»Da hast du wieder einmal recht, Grift. Seit unserem Aufbruch werfen sie sich so finstere und tödliche Blicke zu wie die Kapuze eines Henkers.« Bodger mußte mit aller Kraft die Zügel anziehen, da sein Muli eigene Vorstellungen von der Reiseroute hatte – und die stimmten nicht mit denen seines Reiters überein.

»Die beiden hegen nicht gerade liebevolle Gefühle füreinander. Hast du bemerkt, daß sie sich weigern, ihre Zelte in der Nähe des anderen aufzuschlagen?«

»Das habe ich, Grift. Ganz zu schweigen davon, daß Maybor den ganzen Tag vornweg reitet, als sei er ein König, während Baralis wie ein verwundeter Soldat bei der Nachhut rumhängt.«

»Du hältst mich also für einen verwundeten Soldaten. Interessant.« Erschrocken drehten sich die beiden Männer um, als Baralis zwischen sie ritt. Sein Gesicht war leichenblaß, und das vom Schnee reflektierte Sonnenlicht glitzerte in seinen Augen.

Keiner der beiden Soldaten sagte ein Wort: Bodger, weil er vor Schreck beinahe aus dem Sattel gefallen wäre und nun vollauf damit beschäftigt war, wieder Halt zu finden, und Grift, weil er genau wußte, wann es besser war zu schweigen.

Der Kanzler des Königs sprach weiter. Ein Lächeln deutete sich auf seinen dünnen Lippen an, doch sofort verschwand es wieder. »Kommt schon, meine Herren. Warum auf einmal so schüchtern?« Seine schöne Stimme strafte die Kälte seiner Augen Lügen. »Gerade wart ihr doch noch so gesprächig. Hat der Nordwind etwa plötzlich eure Zungen eingefroren? Oder bereut ihr etwa eure unbedachten Worte?«

Grift bemerkte, daß Bodger etwas sagen wollte, und obwohl seine Instinkte ihn davor warnten, das Wort zu ergreifen, so mußte er seinem Kameraden doch zuvorkommen, wollte er verhindern, daß Bodger sie in noch größere Schwierigkeiten brachte. »Mein Freund ist jung, Lord Baralis, und er hat zum Frühstück ein bißchen zu viel Bier getrunken. Seine Bemerkung hatte nichts zu bedeuten – nur ein Scherz.«

Der Kanzler des Königs dachte einen Augenblick nach, bevor er antwortete. Gedankenverloren rieb er sich mit seiner Hand über das Kinn. »Jugend ist eine armselige Entschuldigung für Dummheit, und Bier ist eine noch armseligere.« Grift öffnete den Mund, um etwas zu erwidern, doch Baralis hielt ihn mit einer energischen Geste davon ab. »Hör auf, dich zu rechtfertigen, Mann. Lassen wir die Angelegenheit auf sich beruhen; aber ihr steht in meiner Schuld.« Er blickte den beiden Soldaten in die Augen und ließ ihnen ausreichend Zeit, die Bedeutung seiner Worte zu begreifen; dann ritt er befriedigt weiter. Sein dunkler Umhang flatterte im Wind.

Also klatschten sogar die Wachen über ihn! Egal – Baralis tröstete sich damit, daß die beiden Idioten ihm nun verpflichtet waren. Bereits vor langer Zeit hatte er die Vorteile zu schätzen gelernt, die es mit sich brachte, wenn die Menschen in seiner Umgebung in seiner Schuld standen. Das war eine sicherere Währung als Gold in einer verschlossenen Truhe. Man wußte nie, wann man auf die Dienste selbst der niedrigsten Diener zurückgreifen mußte. Immerhin handelte es sich bei den beiden Trotteln um Wachen, und für gewöhnlich bewachten Wachen *irgend etwas* Wertvolles.

Es war eiskalt. Baralis fror bis auf die Knochen. Er sehnte sich nach der Wärme seiner Gemächer und der Bequemlichkeit vor seinem Kamin. Besonders seine Hände litten unter der Kälte, und obwohl sie in Pelzhandschuhe gehüllt waren, drang der Frost bis zu ihnen hindurch. In seiner Jugend waren Baralis' Hände schön und geschickt gewesen, doch nun waren sie Opfer seines Ehrgeizes geworden, schwach und verunstaltet, und das vernarbte Fleisch konnte dem kalten Wind keinen Widerstand mehr entgegensetzen.

Der Pfad war zwei Handbreit von Schnee bedeckt, und jeder noch so kleine Windstoß veränderte die Oberfläche der weißen Pracht. Das Ergebnis davon war, daß der Weg immer tückischer wurde. Die Vorhut hatte bereits ein Pferd verloren. Die unglückliche Kreatur war nur eine Armeslänge vom Weg abgekommen, und schon war sie mit einem Vorderhuf in einem tiefen Loch hängengeblieben, das vom Schnee verdeckt gewesen war. Die Stute war noch an Ort und Stelle getötet worden.

Sie waren nur noch eine Woche von Bren entfernt. Gestern hatten sie den Emm erreicht. Es gab niemanden, der nicht erleichtert aufgeseufzt hätte, nachdem sie den mächtigen Strom überquert hatten – und das nicht nur, weil die Überquerung gefährlich war, sondern auch, weil jenseits des Flusses der Einflußbereich der Halcus endete. Alle glaubten, unverschämtes Glück gehabt zu haben, zehn Tage unentdeckt durch feindliches Gebiet gezogen zu sein. Baralis wußte es besser.

Kurzzeitig war der Kanzler versucht gewesen, seine Kontakte zu den Halcus auszunutzen und einen Hinterhalt zu arrangieren, dem Lord Maybor zum Opfer gefallen wäre. Nichts wünschte sich Baralis mehr als den Tod des eitlen und arroganten Lords. Aber ein Angriff auf die Gesandtschaft barg enorme Risiken. Nur allzu leicht konnte ein solcher Kampf außer Kontrolle geraten. Unter Umständen hätte sich sogar Baralis selbst in einer bedrohlichen Lage wiedergefunden. Nein, es war besser, die eigene Sicherheit nicht unnötig zu gefährden. Es gab noch andere, weniger riskante Methoden, um sich Maybors zu entledigen.

Der Lord der Ostlande mußte aus dem Weg geräumt werden: das stand außer Frage. Baralis würde keinerlei Einmischung in seine Pläne betreffs Bren dulden. Die Verhandlungen zur Vorbereitung der Hochzeit verlangten Fingerspitzengefühl und Schläue – zwei Eigenschaften, an denen es Lord Maybor unglücklicherweise mangelte. Doch das war noch nicht alles ... Der Mann stellte eine Bedrohung dar, und diese Bedrohung war nicht nur physischer Natur – obwohl Baralis fest davon überzeugt war, daß Lord Maybor bei der nächstbesten Gelegenheit versuchen würde, ihn umzubringen. Die Vermählung selbst war in Gefahr. Maybor hatte versucht, seine Tochter mit Prinz Kylock zu verheiraten. Aufgrund seines Versagens bei diesem Vorhaben war er der neuen Braut gegenüber voreingenommen.

Baralis ließ seinen Blick über die Kolonne schweifen. Nahe der Spitze, stolz auf einem prächtigen Hengst sitzend, entdeckte er, was er suchte. In ein verschwenderisches, purpurrotes Gewand gehüllt, ritt dort der hohe Lord höchstpersönlich. Sogar die Art und Weise, wie er im Sattel saß, verriet Maybors anmaßende Selbstgefälligkeit. Wie immer beim Anblick seines widerwärtigen Gegenspielers verzogen sich Baralis' Lippen vor Verachtung.

Er durfte nicht zulassen, daß Maybor Bren lebend erreichte. Als Abgesandter des Königs stand der Mann doch tatsächlich über ihm! Die Königin hatte Baralis mit dieser Ernennung einen üblen Streich gespielt. *Er*, der Kanzler des Königs, *er*, der die Möglichkeit einer Ehe zwischen Prinz Kylock und Katharina von Bren erst herbeigeführt hatte, *er* hätte in Bren die Delegation anführen sollen. Doch statt dessen hatte ihn die Königin zu Kylocks Gesandten ernannt, und ihn dadurch Lord Maybor unterstellt.

Eine solche Demütigung konnte und wollte er nicht ertragen.

Der Herzog von Bren und seine schöne Tochter waren *seine* Angelegenheit. Maybor hatte sich da gefälligst rauszuhalten! Baralis war sich durchaus bewußt, was die Königin mit der Verteilung der Rollen beabsichtigte; aber wenn die Nachricht von Maybors Ableben Harvell erreichte, würden sich all ihre schönen Pläne in Luft auflösen.

Es stand außer Frage: Heute, an diesem eiskalten Nachmittag, würde Maybor den Tod finden.

Melli wußte, daß es besser war, die Fensterläden nicht zu öffnen. Ein Sturm stand kurz bevor, und ein karges Wäldchen war alles, was zwischen ihr und den verheerenden Winden stand. Melli war noch nicht einmal sicher, ob die Fensterläden halten würden. Allerdings glaubte sie fest daran – in dieser Beziehung hatte sie stets Glück gehabt. Das berühmte Maybor-Glück hatte ihrer Familie über Jahrhunderte hinweg gedient. Oder genauer: es hatte den *Männern* der Familie gedient. Anscheinend hatten sie auch immer das Glück ihrer Frauen für sich in Anspruch genommen.

Aber bei ihr war das anders. Melli war das erste weibliche Mitglied ihrer Familie, das mit dieser launischen Gabe ausgestattet war.

Durch ein Astloch blickte sie auf die nördlichen Ebenen von Halcus hinaus. Der Schnee blendete sie, und so dauerte es einige Augenblicke, bevor sie Einzelheiten der Landschaft erkennen konnte. Seit sie das letzte Mal hinausgeblickt hatte, war der Wind stärker geworden und trieb nun den Schnee vor sich her. Es war nur wenig zu sehen: weißes Land vor weißem Himmel. Wahrscheinlich war die einheitlich weiße Fläche im Frühling Weideland, aber jetzt war die Erde schutzlos dem Winter ausgeliefert.

Die beißende Kälte drang in Mellis Auge, und sie wandte sich von dem Astloch ab und verstopfte es mit einem schmutzigen Wachstuch. Als sie sich umdrehte, bemerkte sie, daß Jack sie anschaute, und aus irgendeinem Grund errötete sie. Beinahe gegen ihren Willen richtete sie ihr Haar. *Es ist albern*, dachte sie, *daß ich noch immer den Instinkten einer Hofschönheit folge, obwohl ich schon so lange vom Hof und seinen Sitten fort bin*. Das Leben der Frauen auf Burg Harvell war unzähligen Regeln unterworfen: Verhaltensregeln, Kleiderregeln, Benimmregeln. Inzwischen hatte Melli genug Abstand vom Hof gewonnen, um zu wissen, daß man all diese Regeln in einer einzigen zusammenfassen konnte: Eine Frau mußte stets bestrebt sein, den Männern zu gefallen.

Selbst jetzt, nachdem sie Dinge gesehen und erlebt hatte, die sich eine Hofdame noch nicht einmal im Traum vorstellen konnte, ertappte sich Melli immer wieder dabei, wie sie alten Gewohnheiten folgte – besonders der Gewohnheit, sich für einen Mann hübsch zu machen.

Sie lächelte über ihre eigene Torheit. Jack erkannte den Grund für ihre Fröhlichkeit und erwiderte das Lächeln. Der Anblick seines markanten, gutaussehenden Gesichts, dessen Schönheit durch die typische Winterblässe der Haut noch betont wurde, machte Melli auf unerklärliche Weise glücklich. Plötzlich begann sie zu lachen, ein helles, klares Geräusch, und Jack fiel in das Lachen ein. Sie standen in entgegengesetzten

Ecken der kleinen Hütte, die einst ein Hühnerstall gewesen war und lachten sich fröhlich an.

Melli wußte nicht, warum Jack lachte. Sie wußte noch nicht einmal, warum sie selbst lachte – sie wußte nur, daß es ein gutes Gefühl war, und sie hatte sich schon lange nicht mehr so gut gefühlt.

Von Anfang an war das Wetter gegen sie gewesen, und seit sie Halcus-Territorium betreten hatten, war es sogar noch schlimmer geworden. Da sie das Land nicht kannten, hatten sie schon bald die Orientierung verloren. Das und die Notwendigkeit, sich vor jedermann verbergen zu müssen, hatte dazu geführt, daß sie sich mittlerweile hoffnungslos verirrt hatten. Als Kind hatte Melli viele Geschichten gelesen, in denen die Helden sich an der Sonne und den Sternen orientiert hatten; doch die Wirklichkeit sah anders aus. In diesen Geschichten wurde niemals erwähnt, daß sich Sonne und Sterne im Winter manchmal wochenlang nicht zeigten. Bei Tage war der Himmel blaß und voller Wolken und bei Nacht dunkel und voller Wolken.

Aus diesem Grund wußten die beiden Flüchtlinge nicht, wo sie sich im Verhältnis zu Bren und Annis befanden. Sie wußten nur, daß sie noch immer in Halcus waren. Erst vor zwei Tagen hatte sich ihre Vermutung bestätigt, daß sie immer noch durch feindliches Gebiet wanderten.

Das Wetter war ständig schlechter geworden, und Melli hatte bemerkt, daß Jack noch immer Probleme mit seiner verletzten Schulter hatte. Natürlich hatte er versucht, es zu verbergen; Männer versuchten das immer – und zwar sowohl in den Geschichten als auch in der Realität. Er hatte sich angewöhnt, sein Bündel über die linke Schulter zu werfen, um die rechte nicht unnötig zu belasten. Jack und Melli hatten sich durch knietiefen Schnee gekämpft, und der eiskalte Wind hatte sie auch noch der letzten Wärme beraubt, die ihre Kleider zu spenden vermochten. Schließlich hatten sie einen heruntergekommenen Bauernhof erreicht. Die Bewohner hatten den Hof schon lange verlassen, und das aus gutem Grund: die Hütte war bis auf die Grundmauern niedergebrannt, so daß nur noch eine schneebedeckte Ruine übriggeblieben war.

Ein Sturm drohte. Dunkle Wolken sammelten sich am Horizont, und der Wind nahm an Stärke zu. Melli und Jack waren erschöpft und bis auf die Knochen durchgefroren; doch als sie hinter ein paar Büschen einen Hühnerstall entdeckten, faßten sie neuen Mut. Anscheinend hatte der Stall den Brand überlebt, weil er weit genug vom eigentlichen Gehöft entfernt lag.

Melli wußte, daß es Ärger geben würde, als die Tür nicht nachgeben wollte und man deutlich das Knarren des Riegels hören konnte, der von innen vorgelegt worden war. Keine Tür verriegelte sich von selbst. Jemand anderes hatte bereits in dem Stall Zuflucht gesucht. Jacks Augen trafen sich mit denen seiner Gefährtin. Er versuchte abzuschätzen, wie dringend sie eine feste Unterkunft benötigte. Ohne Schutz würde der kommende Sturm Mellis letzter sein. Sie schüttelte langsam den Kopf: es war besser weiterzuziehen. Die verriegelte Tür bedeutete Menschen, und Menschen bedeuteten Gefahr. Jack schaute Melli noch einen Augenblick länger an, erkannte ihre unausgesprochene Warnung und wandte den Blick zum Horizont. Der Sturm lag auf der Lauer wie ein Raubtier.

Mit einer plötzlichen, brutalen Bewegung trat Jack die Tür ein. Der Riegel gab nach, die Tür fiel nach innen, als das obere Scharnier brach. Zwei Männer befanden sich in dem Stall; sie hielten bereits ihre Messer in den Händen.

Melli spürte einen kräftigen Schlag gegen ihre Brust, als Jack sie aus dem Gefahrenbereich stieß. Sie landete im Schnee und blickte gerade noch rechtzeitig auf, um sich darüber zu wundern, wie schnell ihr Gefährte seine Klinge zückte – das Schlachtermesser eines Schweinehirten. Melli bemerkte den starken, lehmigen Geruch von Bier. Offensichtlich hatten die beiden Männer getrunken. Vorsichtig trennten sie sich und versuchten, Jack in die Zange zu nehmen. Jack trat von der Schwelle zurück. Obwohl Melli keine Ausbildung in solchen Dingen genossen hatte, erkannte sie, daß dies ein geschickter Zug gewesen war. Wollten die Männer Jack nun angreifen, waren sie gezwungen, einzeln durch die Tür zu treten.

Der erste Mann rückte vor und hieb wild mit dem Messer durch die Luft. Jack stürzte sich auf ihn – anders konnte man es nicht beschreiben. Melli hatte das Gefühl, als würde sie ihren Gefährten zum ersten Mal sehen: er war rasend vor Wut. Was ihm an Können mangelte, machte er mit seinem Zorn wieder wett. Es schien Melli, als würde Jack entschlossener kämpfen als der Mann unter ihm. In diesem Handgemenge – das der Fremde unweigerlich verlieren mußte – kämpfte Jack gegen das Schicksal und vielleicht auch gegen sich selbst. Jeder einzelne grausame Hieb gegen seinen Gegner war ein Schlag gegen etwas weniger Greifbares, doch wesentlich Gefährlicheres, als es der Mann mit dem Messer je sein konnte.

Jetzt griff auch der zweite Mann an. Melli schrie eine Warnung: »Jack! Paß auf! Er ist hinter dir!« Jack wirbelte herum, und der Mann ergriff angesichts der Wildheit im Gesicht seines Gegners die Flucht. Mit merkwürdigen Bewegungen rannte er durch den tiefen Schnee davon und hinterließ dabei tiefe Fußabdrücke.

Der erste Mann war tot; das Schlachtermesser hatte ihm die Gedärme herausgerissen. Jack hatte den Blick seiner Freundin gemieden. Er war aufgestanden und in die Hütte gewankt, und Melli war ihm gefolgt – sorgfältig darauf bedacht, ihren Rock nicht mit Blut zu besudeln, als sie über den Leichnam stieg.

Weder sie noch Jack hatten den Vorfall seitdem erwähnt, doch in Gedanken machte sich Melli große Sorgen. Jack zog sich immer weiter in sich selbst zurück. Zwar war er nach wie vor zuvorkommend, aber manchmal änderte sich plötzlich seine Laune, und er wurde zornig. Der Halcus-Soldat hatte die volle Wucht dieses Zorns zu spüren bekommen. In gewisser Hinsicht war Melli sogar froh, daß der Mann mit einem Messer getötet worden war: die Alternative war schlimmer. Jack besaß ein inneres Zerstörungspotential, das selbst das größte Waffenarsenal übertraf.

Insgeheim faszinierte Melli der Gedanke an Zauberei. Oh, natürlich hatte man sie als Kind gelehrt, daß Zauberei etwas Böses sei und daß Zauberer im Bund mit dem Teufel stünden. Ihr Vater weigerte sich rundweg, daran zu glauben. Er behauptete, Zauberei gehöre ebenso ins Reich der Phantasie wie Drachen und Kobolde. Aber Melli hatte hier und da Geschichten gehört … Geschichten, die davon berichteten, daß Zauberei einst überall in der bekannten Welt verbreitet gewesen war und daß die Menschen, die sie praktizierten, weder gut noch böse gewesen seien. War Jack nicht Beweis genug dafür?

Seitdem Melli am Tag ihrer Flucht vor den Söldnern Zeugin von Jacks Macht geworden war, fühlte sie sich noch stärker zu ihm hingezogen. Bis dahin war er nur ein Junge gewesen: unsicher und unbeholfen, mit langen Beinen und langen Haaren. Nun schien ihn die fremdartige Macht auszufüllen, die er herbeigerufen hatte, wie Wasser einen Trinkschlauch. Seine Erscheinung war einnehmender, und sein Körper gehörte ihm. Er reifte immer mehr zum Mann, und dank der Zauberei und der sich um sie rankenden Legenden, besaß Jack eine Aura, der Melli nur schwer widerstehen konnte.

Doch Jack hatte auch seine Schwächen. Melli fürchtete, daß die Verbitterung, die sie während des Kampfes mit dem Halcus in Jacks Gesicht gesehen hatte, ein fester Bestandteil seines Lebens werden könnte.

Plötzlich war Melli nicht mehr zum Lachen zumute. Sie widerstand dem Drang, das Tuch aus dem Astloch zu ziehen und erneut den Horizont zu überprüfen. Sie hatten einen hohen Preis für den Hühnerstall gezahlt, und vielleicht würde er sogar noch höher werden.

Als hätte er Mellis Gedanken gelesen, sagte Jack tröstend: »Mach dir keine Sorgen. Es wird niemand kommen. Der Soldat kann nicht weit gekommen sein, und selbst wenn er es bis zu einem Dorf geschafft haben sollte, wird sich bei diesem Wetter niemand die Mühe machen, den Feind zu jagen.«

Es war alles ihre Schuld. Hätte sie Jack keine Warnung zugerufen, hätte der Mann niemals erfahren, woher sie kamen. Aber Melli hatte es getan, und der singende Akzent der Vier Königreiche war deutlich zu erkennen gewesen. Hätte sie geschwiegen, hätte der Mann sie vielleicht für Landsleute gehalten. Natürlich hätte ihm auch dann nicht gefallen, aus seinem Unterstand verjagt und seines Kameraden beraubt zu werden; doch solche Vorfälle waren in beiden kriegführenden Ländern an der Tagesordnung, und so wäre der Kampf unter Umständen ohne Folgen geblieben. Wäre, hätte, wenn ... hätte sie doch nur geschwiegen.

Nun war der Mann mit dem Wissen über die schneebedeckten Felder entkommen, daß Jack und Melli aus den Vier Königreichen stammten. Sollte er ein Dorf erreichen, konnte er mit nur zwei Worten alle kampffähigen Männer mobilisieren: »Der Feind.«

Die Halcus haßten die Vier Königreiche aus tiefstem Herzen. Seit Jahrhunderten waren die beiden Reiche Nachbarn; aber wie jedermann weiß, sind es die Nachbarn, die man am meisten verachtet. Unerbittlich tobte der Krieg nun schon fünf Jahre, obwohl der gleiche Krieg wegen des gleichen Flusses bereits unzählige Male zuvor ausgefochten worden war. Inzwischen floß mehr Blut als Wasser an den umstrittenen Ufern des Nestor entlang. Im Augenblick waren die Königreiche im Vorteil – eine Tatsache, die den Haß der Halcus noch zusätzlich schürte.

»Vielleicht hat er deinen Akzent nicht erkannt. Schließlich hast du nur ein paar Worte gesagt.« Jack durchquerte den Raum mit drei langen Schritten und stellte sich neben Melli.

Melli schüttelte langsam den Kopf und bot Jack ihre Hand an. Er ergriff sie, und gemeinsam lauschten sie auf die Geräusche des herannahenden Sturms. Sie waren hier gefangen; ihre Flucht bei diesem Wetter fortzusetzen würde mit größerer Wahrscheinlichkeit den Tod bedeuten, als zu warten und zu hoffen, daß niemand kam. Solange der Sturm tobte, waren sie sicher. Nur Dummköpfe und liebeskranke Tölpel wagten sich in einen Blizzard hinaus.

Mellis Hand lag in Jacks. Seine Berührung war sanft, kein Druck war zu spüren; doch ein Teil von Melli wünschte, es wäre anders. Plötzlich mußte sie an den Kanzler des Königs denken, Lord Baralis. Und dann, als sie die Verbindung zwischen Vergangenheit und Gegenwart erkannte, ließ sie Jacks Hand los. Es war die Berührung; die Erinnerung an eine Berührung, die nun schon so viele Wochen zurücklag; eine Berührung, die zugleich erregt und abgestoßen hatte. Die Erinnerung an Baralis' Hand auf ihrem Rückgrat. Merkwürdig, wie der Verstand Verbindungen knüpft; manchmal sogar Verbindungen voll ungewollter Ironie. Zwei Männer, deren Kraft sich nicht nur auf Muskeln gründete.

Melli fragte sich, ob sie Jack durch das Zurückziehen ihrer Hand beleidigt hatte. Sie wußte es nicht. Er war so schwer zu durchschauen, und trotz all der gemeinsam verbrachten Zeit hatte sich daran nichts geändert – im Gegenteil. Melli konnte nur vermuten, was er über sie dachte. Daß er sich um ihre Sicherheit sorgte, war das einzige, dessen sie sicher war. Die Kraft, mit der er sie aus der Reichweite der beiden Halcus gestoßen hatte, war Beweis genug dafür.

Aber was war sie für ihn? Eine Hofdame? Die Tochter von Lord Maybor? Ein Edelfräulein neben einem Bäckerlehrling?

Von Zeit zu Zeit quälte sich Jack im Schlaf. Mit geschlossenen Augen und schweißüberströmtem Gesicht wälzte er sich herum und rief Worte, deren Sinn Melli meist nicht verstehen konnte. Vor etwa zwei

Wochen, mitten im Herzen eines immergrünen Waldes, hatte er die bis jetzt schlimmste Nacht durchlebt.

Melli war aufgewacht, ohne zu wissen warum. Es war eine jener seltenen Nächte gewesen, in denen der Wind nachgelassen hatte und der Frost nicht mehr so beißend gewesen war. Instinktiv hatte Melli zu ihrem Gefährten hinübergeblickt. Sie hatte sofort gesehen, daß er einen Alptraum hatte. Seine Wangen waren eingefallen gewesen und die Sehnen in seinem Nacken gespannt. Er hatte sich geschüttelt und Umhang und Decke von sich gestoßen. »Nein!« hatte er gemurmelt. »Nein!«

Melli setzte sich auf und beschloß, zu ihm zu gehen und ihn zu wecken. Doch bevor sie sich erheben konnte, durchbrach ein markerschütterndes Geräusch die Stille des Waldes.

»*Aufhören!*« schrie Jack.

Mit diesem Schrei schien sich die Natur der Nacht und des Universums zu verändern. Alles wurde lebhafter, vertrauter und dann schrecklicher. Das Leiden und die Eindringlichkeit, die sich in diesem einen Wort vereinten, ließen Melli das Blut in den Adern gefrieren. Jack schwieg und schien nun ruhiger zu schlafen; aber für Melli gab es keinen Schlaf mehr in dieser Nacht. Das Mondlicht war auf Jacks Befehl hin verschwunden, und jetzt kam die Finsternis. Melli lag, während der ganzen, künstlich zum Schweigen gebrachten Nacht wach. Sie fürchtete sich vor dem Einschlafen. Sie hatte Angst, am darauffolgenden Morgen zu erwachen und feststellen zu müssen, daß sich die Welt verändert hatte.

Der Gedanke an jene Nacht ließ Melli schaudern, und sie zog ihren Umhang enger um die Schulter. Jack war wieder in seine Ecke zurückgegangen und schabte die feuchte Rinde von den Holzscheiten. Der Stall war zu klein, um ein Feuer zu entfachen, und da die Läden geschlossen waren, hätte der Rauch sowieso nirgends abziehen können; trotzdem bereitete Jack alles Notwendige vor. Er haßte es, untätig zu sein.

Melli zog zum zehnten Mal an diesem Tag das Tuch aus dem Astloch. Sie redete sich ein, nur das Herannahen des Sturms beobachten zu wollen; aber der Sturm kam von Osten, und Melli blickte nach Westen. Obwohl das grelle Weiß des Schnees sie blendete, suchte Melli nach Anzeichen von Bewegungen in der Richtung, in die der zweite Mann verschwunden war.

Tavalisk hob das Tuch von dem Käse und atmete tief ein. Perfekt. Amateure würden zunächst das Aussehen des Käses überprüfen, um festzustellen, ob die blaue Maserung fest, aber fein war. Aber Tavalisk wußte es besser. Der Geruch verriet alles, was man wissen mußte. Blauer Käse durfte nicht nach der Milch riechen, aus der er gemacht worden war. Nein, dieser königlichste aller Käse mußte auch riechen wie ein König – vorzugsweise wie ein toter König. Unglücklicherweise wußten nur wenige den Duft des Verfalls zu schätzen, der von Millionen Sporen erzeugt wurde, die sich ihren Weg durch den jungfräulichen Käse bahnten.

Ja, sinnierte der Erzbischof, *der Duft ist alles. Scharf, verlockend, herausfordernd, niemals unaufdringlich. Er muß einem in die Nase steigen wie ein Peitschenhieb; zunächst unwillkommen, doch dann, wenn man sich an seine besonderen Vorzüge gewöhnt hat, genießt man all seine unendlichen Freuden.*

Tavalisk schnitt in den Käse mit der Präzision eines Chirurgen. Mit seinem kleinen Silbermesser löste er ein beachtliches Stück heraus. Nachdem die Rinde gebrochen war, wurde der Geruch des Käses noch intensiver. Er war so stark, daß einem schwindelte. In solchen Augenblicken war der Erzbischof religiöser Ekstase so nahe, wie es ihm möglich war.

Es klopfte.

»Komm herein, Gamil.« Inzwischen konnte Tavalisk bereits am Klopfen erkennen, welcher seiner Diener vor der Tür stand. Unnötig zu erwähnen, daß Gamil, sein Privatsekretär, das lästigste Klopfen von allen hatte: scheu und ungeduldig in einem.

»Ich wünsche Eurer Eminenz einen schönen Tag«, sagte Gamil ein wenig demütiger als gewöhnlich.

»Was gibt es heute, Gamil?« Tavalisk ließ sich nicht dazu herab, von seinem Käse aufzublicken.

»Die Nachrichten, die ich Euch bringe, werden Eure Eminenz außerordentlich interessieren. Wirklich außerordentlich.«

»Gamil, deine Aufgabe ist es nur, mich auf dem laufenden zu halten. Was interessant ist, entscheide ich.« Tavalisk hob den krümeligen Käse an den Mund. Der bittere Geschmack des Schimmels traf auf seinen Gaumen. »Komm schon, Gamil. Heraus damit ... und hör auf zu schmollen wie ein Weibsbild, das kein Kleid zum Tanzen hat.«

»Nun, Euer Eminenz, erinnert Ihr Euch an unseren Ritter?«

»Wer ist bitter? Sprichst du von dem Käse?« Der Erzbischof begann, sich zu amüsieren.

»Nein, Euer Eminenz. Der Ritter von Valdis, *Tawl*.«

»Ach, du sprichst von dem *Ritter*. Warum hast du das nicht gleich gesagt? Natürlich erinnere ich mich an den Ritter. Gutaussehender Bursche. Aber wenn ich mich recht entsinne, konnte er an der Peitsche keinen Gefallen finden.« Tavalisk überlegte, ob er seiner Katze etwas von dem Käse geben sollte.

»Erinnert sich Euer Eminenz auch daran, daß wir ihn auf dem Weg nach Norden haben verfolgen lassen?«

»Hältst du mich für einen senilen Greis? Selbstverständlich erinnere ich mich daran. Es gibt nichts«, der Erzbischof bleckte die Zähne, »*nichts*, hörst du, das ich jemals vergesse. Das solltest du dir besser merken, Gamil.«

»Bitte verzeiht mir, Euer Eminenz.«

Tavalisk konnte der Versuchung nicht widerstehen. »Ich werde dir verzeihen, aber ich werde deine Impertinenz nicht vergessen.« Er schnitt ein weiteres Stück aus dem Käse und reichte es seiner Katze. Die Kreatur schnupperte kurz daran und trat eilig den Rückzug an. »Berichte weiter, Gamil.«

»Wie Ihr vermutet habt, Euer Eminenz, befand sich der Ritter auf dem Weg zu Bevlins Hütte.«

»Wissen wir, was während dieses Treffens geschehen ist?« Tavalisk hatte sich vor die Couch gehockt und versuchte, seine Katze zu einer Kostprobe von dem Käse zu verführen.

»Jetzt wissen wir es, Euer Eminenz. Einer unserer Spione ist so schnell wie möglich hierhergeeilt, um Bericht zu erstatten.«

»Er ist persönlich gekommen? Das ist äußerst ungewöhnlich. Warum hat er keine Botschaft geschickt?« Inzwischen hatte der Erzbischof die Katze im Nacken gepackt und bemühte sich, ihr den Käse ins Maul zu stopfen.

»Er hielt seine Information für derart bedeutsam, daß er sich keinem anderen mitteilen wollte, Euer Eminenz.«

»Er hofft wohl auf eine Beförderung.«

»Ich glaube, wenn Euer Eminenz hört, was ich zu berichten habe«, ein frustrierter Unterton lag in Gamils Stimme, »dann werdet Ihr vielleicht in der Tat wünschen, den Mann zu belohnen.«

»Ach, tatsächlich? Was für eine Information mag das wohl sein? Ist Tyren vom Blitz getroffen worden? Ist Kesmont von den Toten auferstanden? Oder hat sich am Ende herausgestellt, daß unser Ritter der wiedergeborene Borc höchstpersönlich ist?«

»Nein, Euer Eminenz. Bevlin ist tot.«

Tavalisk ließ die Katze los. Langsam erhob er sich; seine Beine konnten das enorme Gewicht beinahe nicht tragen. Schweigend ging er zu seinem Schreibtisch. Er wählte seinen edelsten Branntwein und goß ein Glas randvoll. Gamil ein Glas anzubieten kam ihm nicht in den Sinn. Erst nachdem er einen tiefen Schluck des starken Getränks zu sich genommen hatte, fühlte er sich befähigt, etwas zu erwidern.

»Bist du vollkommen sicher? Wie zuverlässig ist der Mann?«

»Der betreffende Spion arbeitet bereits seit mehr als zehn Jahren für Euch, Euer Eminenz. Seine Loyalität und sein fachliches Können stehen außer Zweifel.«

»Wie ist Bevlin gestorben?«

»Unser Spion hat Bevlins Hütte in den frühen Morgenstunden erreicht. Er hat durch ein Fenster geblickt, und den alten Gelehrten tot auf dem Boden gesehen. Man hatte ihm mitten ins Herz gestochen. Aber egal ... unser Mann beobachtete und wartete und verhielt sich so unauffällig wie möglich, und schließlich betrat der Ritter den Raum. Er fand die Leiche und ist ausgerastet, wie man so schön sagt.«

»Ausgerastet!«

»Er hat den Verstand verloren, Euer Eminenz. Laut den Worten unseres Mannes, hat der Ritter vier Stunden mit der Leiche auf dem Boden gehockt ... und ihn wie ein Baby gewiegt. Unser Spion wollte gerade wieder gehen, als dieser junge Abschaum, der den Ritter begleitet hat, den Raum betrat. Der Junge half ihm auf und so weiter ... aber dann, gerade als er den Ritter nur für einen Augenblick allein gelassen hatte, war Tawl auf und davon und ritt in den Sonnenuntergang. Am nächsten Tag folgte ihm der Junge Richtung Westen, nachdem er den Toten begraben und die Hütte gesichert hatte. Anschließend hat sich unser Spion sofort auf den Weg nach Rorn gemacht.«

»Wer hat den Gelehrten umgebracht?«

»Das ist das Merkwürdige, Euer Eminenz. Unser Spion hat die Hütte aus der Ferne die ganze Nacht hindurch beobachtet. Außer dem Ritter und dem Jungen hat sich niemand mehr Bevlins Behausung genähert.«

»Hat unser Mann den Mord gesehen?«

»Leider nicht, Euer Eminenz. Auch Spione müssen schlafen.«

Der Erzbischof strich mit dem Finger über den Rand des Glases. Im Augenblick widerte ihn der Geruch des

Käses an, der aufgrund eines offenen Fensters in seine Richtung geweht wurde. Er legte das Tuch wieder auf das mit blauen Adern durchzogene Rad, um den Gestank zu mildern.

»Willst du damit sagen, daß es der Ritter getan hat?«

»Ja und nein, Euer Eminenz.«

»Das heißt?«

»Das heißt, daß seine Hand vielleicht die Klinge geführt hat, aber er war nicht Herr seiner Handlungen. Sein Kummer beim Anblick der Leiche scheint die Vermutung zu bestätigen, daß er nur ein unfreiwilliger Komplize gewesen ist.«

»Larn.« Tavalisk sprach leise, mehr zu sich selbst als zu Gamil. »Larn. Vor weniger als zwei Monaten war der Ritter dort. Die Ältesten der Insel verfolgen stets ihre eigenen Pläne, und sie haben äußerst einfallsreiche Methoden, sie in die Tat umzusetzen.« Der Erzbischof verzog die Lippen zur Parodie eines Lächelns. »Bevlin hat schließlich doch den Preis für seine Einmischung zahlen müssen.«

»Larn hat ein langes Gedächtnis, Euer Eminenz.«

»Hmmm, dafür kann man sie wirklich beneiden.« Tavalisk lehnte sich in seinem Stuhl zurück. »Trotzdem scheinen sie mir in diesem Fall ein wenig übertrieben nachtragend gewesen zu sein. Ich kann mir nicht helfen … Noch etwas anderes als Rache spielt hier eine Rolle.«

»Wie kommt Ihr darauf, Euer Eminenz?«

»Larn weiß mehr, als gut für es ist. Dank der verdammten Seher besitzt es einen unfairen Vorteil, wenn es um Nachrichtenbeschaffung geht. Ich glaube, der alte Trottel Bevlin hatte etwas vor, das ihnen nicht in den Kram paßte.«

»Falls Ihr recht habt, Euer Eminenz, dann weiß der Ritter vielleicht etwas darüber.«

Tavalisk nickte bedächtig. »Verfolgen wir ihn immer noch?«

»Ja, Euer Eminenz. Ich erwarte in ein oder zwei

Tagen zu erfahren, wohin er gegangen ist. Im Augenblick ist Bren sein wahrscheinlichstes Ziel. Wenn er dort ankommt, werden uns unsere Spione über sein weiteres Vorgehen auf dem laufenden halten.«

»Sehr gut. Du darfst dich jetzt entfernen. Ich habe über vieles nachzudenken.« Der Erzbischof schenkte sich ein weiteres Glas Branntwein ein. Gerade als sein Sekretär die Tür erreicht hatte, rief er ihn zurück. »Bevor du dich davonmachst, Gamil, könntest du mir einen kleinen Gefallen tun?«

»Selbstverständlich, Euer Eminenz.«

»Schließ die Fenster und mach mir ein Feuer. Mich friert trotz des Sonnenscheins.« Tavalisk beobachtete, wie sein Sekretär Scheite im Kamin auftürmte. »Nein, nein, nein, Gamil. Das funktioniert so nicht. Du mußt zunächst die Rinde von den Scheiten lösen. Ich weiß, das kostet Zeit; aber es macht keinen Sinn, eine Aufgabe anzugehen, wenn man nicht bereit ist, sie auch ordentlich auszuführen.«

Baralis war unter den Letzten, die den Kamm überschritten. Selbst der geringfügige Schutz der Hügelflanke war nun dahin, und der kalte Nordwind schlug den Reitern erneut mit voller Wucht entgegen. Geistesabwesend rieb Baralis die behandschuhten Hände, die die Zügel hielten. Die Anstrengungen der Reise forderten ihren Tribut von seinen verunstalteten Gliedmaßen. Der Frost hatte seine heimtückische Arbeit an den Gelenken vollbracht und Baralis um noch mehr ihrer kostbaren Beweglichkeit beraubt. Es schien, als würden seine Hände den höchsten Preis für seine Taten zahlen.

Seine gegenwärtige Position auf dem Gipfel des Hügels tröstete ihn ein wenig über die Eiseskälte des Windes hinweg. Von hier oben konnte er die gesamte Kolonne überblicken, und sofort entdeckte er Maybor. Selbstverständlich trug der hohe Herr keine triste Reisekleidung. Selbst auf einer derart langen und gefährlichen Reise bestand der füllige Lord darauf, sich wie ein Pfau herauszuputzen. Baralis kam die Galle hoch. Es war nicht seine Art, die bittere Flüssigkeit auszuspucken, und so ließ er sie über die Zunge laufen und das zarte Fleisch verätzen. Oh, wie er diesen Mann haßte!

Baralis ließ seinen Blick prüfend über die Landschaft schweifen. Unter dem Schnee verbargen sich Felsen; an einigen Stellen ragten ihre scharfkantigen Spitzen aus der ansonsten einheitlich weißen Oberfläche. Der Abstieg war tückischer als der Aufstieg. Der Pfad wand sich hierhin und dorthin, um sich dem Verlauf der Felsen anzupassen, und Baralis bemerkte, daß die Männer vor ihm ihren Weg mit äußerster Vorsicht wählten.

Der Zeitpunkt war ideal. Maybor hatte gerade erst die Hälfte des Abstiegs hinter sich gebracht. Ein Sturz vom Pferd an einem solchen Ort, inmitten all der Felsen und Abgründe, würde mit Sicherheit zum Tode führen. Der dicke Hals des Mannes würde brechen wie trockenes Holz, wenn er auf die hartgefrorene Erde traf.

Baralis überprüfte die vor ihm liegende Strecke. Auch er würde sich für einen kurzen Augenblick in Gefahr befinden. Eine Beschwörung, wie er sie zu tun beabsichtigte, verlangte entsprechende Konzentration, und so würde seinem Pferd für eine Weile die Führung fehlen.

Er blickte zur Seite. Crope ritt neben ihm. Mißmutig hockte er auf einem riesigen Schlachtroß. Die Kapuze hatte er tief ins Gesicht gezogen – um sich zu verbergen, nicht, um sich zu wärmen. Baralis wußte, daß sein Diener jede einzelne Minute der Reise haßte. Er war Menschen gegenüber sehr zurückhaltend; er besaß ein natürliches Mißtrauen, das in der Art und Weise begründet lag, wie seine Mitmenschen ihn normalerweise zu behandeln pflegten. Allein oder in kleinen Gruppen hatten die Leute Angst vor ihm. Wenn sie sich jedoch zu einer ausreichend großen Menge zusammengerottet hatten, schleuderten sie ihm offen ihre Verachtung entgegen. Auch auf dieser Reise war Crope nicht vom Spott verschont geblieben. Man nannte ihn ›den dummen Riesen‹ oder ›Narbengesicht‹. Baralis hätte ihnen nur allzu gerne die Haut vom Rücken gebrannt – niemand hatte sich über etwas lustig zu machen, das ihm gehörte –, aber jetzt war nicht die rechte Zeit, um indiskret Macht einzusetzen.

Jetzt war die Zeit, um diskret vorzugehen. Baralis bedeutete Crope näherzukommen, und der hünenhafte Diener gehorchte. Nicht ein Wort wurde gesprochen, keine Frage gestellt. Sie waren die Letzten, und nur die Packpferde hätten davon erzählen können, was sich zwischen ihnen abspielte.

Nachdem er sich vergewissert hatte, daß Crope das Pferd unter Kontrolle hatte, sammelte Baralis seine Kräfte für die bevorstehende Beschwörung. Sein Blick fand Maybor; dann richtete er seine Konzentration auf das Reittier des Mannes: einen prächtigen Hengst in der Blüte seiner Jahre.

Baralis griff tief in sich hinein. Die Macht, so vertraut und doch so berauschend, flammte auf, um ihm entgegenzueilen. Eine Welle der Übelkeit, begleitet von dem unerträglichen Gefühl, etwas verloren zu haben, brach über ihn herein, als er sich selbst verlor und in das Tier eindrang. Der scharfe Geruch von Pferdeschweiß stieg ihm in die Nase. Die Kälte des Windes war verschwunden. Baralis kannte nur noch Wärme.

Pulsierende, alles umfassende Wärme. Durch Fell und Haut und Fett, durch Muskeln und Sehnen und Knochen. Schnelligkeit war von allergrößter Wichtigkeit: Gefahr erwartete jene, die zu lange in einem Tier verweilten. Rasch eilte Baralis am Bauch und all seinen verführerischen Feinheiten vorbei. Aufwärts zum Kern. Er spürte den mächtigen Druck der Lungen, und er kämpfte gegen ihren kraftvollen Sog. Das Herz lockte ihn mit rhythmischem Schlagen. Der Rest des Körpers tanzte nach diesem Takt.

Gehalten durch Muskeln, umschlungen von Röhren, erschreckend in seiner Stärke: das Herz.

Baralis spürte die Kontraktionen und wurde eins mit dem Auf und Ab. Dann drang er ein. Ein furchterregender Sturm aus Blut und Druck erhob sich, um ihn zu begrüßen. Er reiste durch die Kammern und eilte durch die Adern, bis er schließlich die letzte erreichte. Der Ursprung des Kreises. Baralis fand, weshalb er gekommen war: einen Sehnenstrang, zäh wie altes Leder, doch dünner als die feinste Seide. Die Herzklappe. Er griff hinaus und umfaßte sie mit seinem Willen … und dann riß er mit aller Kraft.

Er schnellte zurück wie ein Setzling im Sturm. Es war so kalt und grau und schließlich so dunkel. Baralis schmeckte den bitteren Nachgeschmack der Zauberei. Danach erinnerte er sich an nichts mehr.

Maybor war mit dem Lauf der Dinge sehr zufrieden. Er führte acht Dutzend Männer an, die Diener mitgerechnet, und er konnte sich der uneingeschränkten Loyalität aller sicher sein – mit Ausnahme von zweien.

Er sah Respekt in den Augen der Männer, und er spürte, daß sie jeden seiner Befehle achteten. Es war genau, wie es sein sollte: Immerhin bekleidete er den höchsten Rang. Auch hatte Maybor bemerkt, daß man ihn nicht nur aufgrund seines Urteilsvermögens bewunderte, sondern auch wegen seiner geschmackvollen Kleidung. Er würde niemals das triste Grau eines normalen Reisenden tragen. Schließlich war er ein großer Lord, und es war nur angemessen, daß er sich bei jeder Gelegenheit entsprechend kleidete. Wer konnte schon voraussagen, wann sie jemanden in dieser weißen Wildnis treffen würden, den es zu beeindrucken galt?

Allerdings brachte Reisen auch deutliche Nachteile mit sich. Der Wind war teuflisch, und Maybor war absolut sicher, daß er ihm die Haare vom Kopf blies. Bereits mehrmals war er morgens aufgewacht und hatte Haare auf seinem Kopfkissen gefunden. Der Gedanke, kahl zu werden, ängstigte Maybor, und nachdem er beschlossen hatte, daß der Wind in der Tat an seinem Problem schuld sei, war er dazu übergegangen, eine große, bauschige Bärenpelzkappe als Schutz zu tragen. Zunächst hatte er sich gesorgt, welchen Eindruck er bei seinen Männern hinterlassen würde, wenn er etwas derart Weibisches wie einen Hut trug. Doch inzwischen war er davon überzeugt, wie einer jener legendären, barbarischen Invasoren aus dem hohen Norden auszusehen ... und das konnte nur zu seinem Mythos beitragen.

Aber bei Borc! Er brauchte eine Frau! Drei Wochen Zölibat! Das reichte aus, um einen weniger gefestigten Mann zur Perversion zu treiben; aber nicht ihn, Lord Maybor. Wenn er schon keine Frau haben konnte, gab er sich damit zufrieden, sich jede Nacht ins Reich des Vergessens zu saufen. Leider hatte dieses Vergessen seinen Preis. Sein Kopf war stets schwer, und sein Blick war trüb. Jeden Morgen hatte Maybor Schwierigkeiten, im Sattel seines Hengstes Haltung zu bewahren, wie es einem Lord seines Ranges geziemte.

Und als wäre das alles noch nicht genug, war auch noch der Pfad, auf dem sie gerade ritten, steil und tückisch. Zwar hätte Maybor es vorgezogen, die Gefahren zu ignorieren, aber der Abstieg war derart gefährlich, daß er sich voll auf die vor ihm liegende Aufgabe konzentrieren mußte.

Sie hatten gerade eine besonders gefährliche Stelle erreicht und waren gezwungen, einzeln hintereinander zu reiten, als Maybor spürte, wie sein Pferd unruhig wurde. Er zog die Zügel an. Das Biest hatte sich den falschen Zeitpunkt ausgesucht, um sich danebenzubenehmen. Maybor ritt noch einige Meter weiter, dann spürte er, wie der Hengst zitterte und wankte. Das Tier riß den Kopf hoch und versuchte, seinen Reiter abzuwerfen. Maybor hatte die feste Absicht, sich das nicht gefallen zu lassen, und so riß er erneut und diesmal mit aller Macht an den Zügeln. Das Pferd geriet in Panik und galoppierte los. Maybor konnte das rasende Herz des Hengstes zwischen seinen Schenkeln spüren. Das Pferd stürmte den Weg hinab und zwang zwei Reiter, ihm Platz zu machen. Allmählich bekam Maybor Angst. Er hielt sich krampfhaft am Sattel fest, während sein Reittier ständig an Geschwindigkeit zulegte.

Dann, plötzlich, von einer Sekunde auf die andere, brach das Pferd unter ihm zusammen, und Maybor wurde durch den abrupten Halt nach vorne geschleudert. Er flog durch die Luft und dann den Hügel hinab. Sein Körper schlug auf die Felsen auf. Schmerz schoß ihm in Arme und Rücken. Er raste hinab auf einen tiefen Abgrund zu.

Maybor sah den Abgrund auf sich zukommen, und er wußte, was das bedeutete. Ein Gebet auf den Lippen stürzte er seinem Ende entgegen. Dann traf er auf einen runden Felsbrocken. Wie ein Ball prallte er von dem Felsen ab und änderte seinen Kurs. Anstatt den Abgrund hinabzustürzen, landete er, *Rumms*, in einem dichten Dorngestrüpp.

Sein Kopf drehte sich, und seine Beine brannten vor Schmerz. Dornen waren tief ins Fleisch eingedrungen und bedrohten lebenswichtige Organe.

Dann waren die Männer bei ihm, und versuchten, ihm unter großem Theater wieder auf die Beine zu helfen. »Lord Maybor, seid Ihr in Ordnung?« fragte ein Junge mit dummem Gesicht.

»Natürlich bin ich nicht in Ordnung, du Trottel! Ich bin gerade den gesamten verdammten Abhang heruntergerollt!« Zwei weitere Männer waren herbeigeeilt und versuchten nun ihrerseits, den kräftigen Lord aufzurichten. »Paßt doch auf, ihr Deppen! Ich bin kein Gabelbein, das man einfach so auseinanderreißt.«

»Habt Ihr Euch etwas gebrochen, Herr?« wagte einer der Hauptleute zu fragen.

»Woher in Borcs Namen soll ich wissen, ob ich mir etwas gebrochen habe? Holt den Arzt!«

Der Hauptmann beriet sich für einen Augenblick mit

einem seiner Untergebenen. »Der Arzt erwartet Euch auf ebenerem Boden, Herr.«

»Willst du damit sagen, er ist zu feige, seinen Hals zu riskieren und zu mir herunterzukommen?« Maybor schlug nach dem Mann, der versuchte, das Bein seines Herrn aus dem Dornengestrüpp zu befreien. »Sag unserem lieben Arzt, sollte er nicht sofort hierherkommen, werde ich an ihm die einzige Operation durchführen, die mir bekannt ist: *Kastration!*« Maybor stellte sicher, daß er das letzte Wort laut genug aussprach, so daß man es auch weiter oben verstehen konnte.

Schließlich hatte man ihn aus dem Gestrüpp befreit und in eine Sänfte gesetzt. Zwei Soldaten trugen ihn zurück auf den Weg. Die Reisegesellschaft hatte angehalten und Zelte errichtet. Das erste Zelt, das man aufgebaut hatte, war das des Arztes, und Maybor wurde hineingetragen.

»Sagt mir, o mein lieber Doktor, sind irgendwelche Knochen gebrochen?« Maybor hatte große Schmerzen, doch er hatte nicht die Absicht, dies gegenüber einem anderen zuzugeben.

»Nun, Mylord, bei solchen Dingen kann man nicht immer sicher sein ...«

»Ihr verfluchten Ärzte seid doch alle gleich«, unterbrach Maybor. »Ihr redet um den heißen Brei herum. Niemals bringt ihr mehr als nur ein ›vielleicht‹ hervor ... *Aua!*« Der letzte Laut wurde ausgestoßen, als der Arzt einen Dorn aus dem rückwärtigen Teil von Lord Maybor entfernte. Maybor wandte sich rasch genug um, um einen selbstgefälligen Ausdruck auf dem Gesicht des Arztes zu bemerken, der jedoch sofort wieder verschwand. »Sind jetzt wenigstens alle draußen?«

»Ja, Mylord.«

»Bist du sicher, daß du nicht zuvor eine Konferenz einberufen willst, um auch wirklich sicherzugehen? Die Antwort war verdächtig direkt.«

Maybors Sarkasmus ließ den Arzt unberührt. »Vielleicht wollt Ihr einmal versuchen aufzustehen?« Er half dem Lord auf die Beine, und überrascht stellte Maybor fest, daß er gehen konnte.

»Es ist, wie ich gedacht habe«, sagte der Arzt. »Nichts gebrochen.« Maybor wollte dem Arzt gerade erklären, daß er das von Anfang an gewußt habe, als der Mann ihm einen Becher mit einer ekelhaft riechenden Flüssigkeit in die Hand drückte.

»Hier, trinkt das«, forderte er.

Maybor trank das Gebräu in einem Zug. Es schmeckte wie der Kräuterpunsch seiner ersten Frau – nach Fisch und nicht im entferntesten an ein vernünftiges Getränk erinnernd. Er gähnte. »Für was ist das widerwärtige Zeug gut?«

»Es ist ein Schlaftrunk. Bevor Ihr Euch verseht, werdet Ihr schlafen.«

Maybors Augenlider wurden immer schwerer. Plötzlich besorgt, humpelte er zu einer Pritsche. Nachdem er sich hingelegt hatte, sagte er: »Bin ich so schlimm dran, daß ich wie ein Greis auf dem Sterbebett schlafen muß?« Maybors Augen schlossen sich von selbst. Gerade als er in eine tiefe, dunkle Trance versank, hätte er schwören können, daß der Arzt erwiderte:

»Nein, Ihr werdet es so oder so überleben. Aber auf diese Art habe ich wenigstens meine Ruhe.«

Kapitel zwei

Bren, die Festungsstadt. Der Fels des Nordens. Zwischen den Bergen und dem Großen See gelegen, war Bren nur für eines gebaut: Krieg. Die Berge riegelten die Stadt nach Westen und Süden ab und der Große See nach Norden. Nur über die östlichen Ebenen konnte man sich ihr nähern, und es gab kein menschliches Bauwerk, das mit größerer Sorgfalt angelegt worden war als die Ostmauer von Bren. Die Mauer war nur zu einem einzigen Zweck errichtet worden: denjenigen Furcht einzujagen, die sich der Stadt näherten. Türme aus Granit ragten bis in die Wolken und forderten Gott im Himmel persönlich heraus. Die Berge im Rücken der Stadt schienen diese Herausforderung noch zu unterstützen.

Die äußere Mauer war glatt wie eine Schwertklinge; einzelne Steine waren nicht zu erkennen. In Bren hatte die Steinmetzkunst ihre höchste Blüte erreicht. Die Mauern strahlten vor Arroganz. Sie verspotteten jeden, der sich ihnen näherte, und riefen: »Besteig mich doch, wenn du es wagst.« Geschickt angelegte Nischen fingen das Licht der Morgensonne ein. Ein scharfes Auge konnte diese Nischen entdecken, doch selbst ein scharfer Verstand konnte über ihre Funktion nur spekulieren.

Wahrscheinlich dienen sie dazu, kochendes Öl und so 'n Zeug auf den Feind zu gießen, dachte Schnapper. Er stieß einen bewundernden Pfiff aus. Solch phantastische Konstruktionen gab es in Rorn nicht.

Der Junge schloß sich einer Menschenmenge an, die darauf wartete, in die Stadt eingelassen zu werden. Er zog seinen Umhang aus und wendete ihn, so daß die scharlachrote Färbung erneut auf der Innenseite lag, dann zog er ihn wieder an. Er brauchte Geld, und wollte er sich welches beschaffen, war es nicht klug, allzu auffällig gekleidet zu sein. Schnapper warf einen kurzen, prüfenden Blick auf die Menschen, die durch das Tor schritten. Hier würde es nicht viel zu forschen geben, soviel war sicher. Es handelte sich um einen ausgesprochenen verlotterten und armseligen Haufen: Bauern, Bettler und Schlimmeres. Nicht ein einziger fetter Kaufmann war unter ihnen. *Typisch*, dachte Schnapper, *ich muß mir ausgerechnet das falsche Tor aussuchen.*

»Hey, du!« rief er einem großen, hageren Wachsoldaten zu, der neben dem Tor stand. »Ja, du, Bohnenstange!«

»Was fällt dir ein, die Garde des Herzogs auf diese Art anzusprechen?«

»Tut mir leid, mein Freund. Ich wollte dich nicht beleidigen. Wo ich herkomme, ist es ein Kompliment, als Bohnenstange bezeichnet zu werden.« Schnapper strahlte die Wache an und wartete auf die unvermeidliche Frage.

»Und von wo kommst du?«

»Aus Rorn, der prächtigsten Stadt des Ostens. Aus einer Stadt, wo so große und schlanke Männer wie du von den Frauen heiß begehrt sind.«

Der Gesichtsausdruck des Soldaten war eine ausgewogene Mischung aus Interesse und Unglauben. Er seufzte vernehmlich. »Was willst du?«

»Informationen, mein Freund.«

»Du bist doch nicht etwa ein Spion, oder?«

»Natürlich bin ich das. Der Erzbischof von Rorn höchstpersönlich hat mich hierhergesandt.«

»Schon gut. Schon gut. Hör auf mit diesem Unsinn, oder ich werde dich nicht durchlassen.«

Schnapper setzte ein gewinnendes Lächeln auf. »Wo kommen all die Kaufleute in die Stadt?«

»Was geht dich das an?«

»Ich habe meinen Meister verloren.« Schnapper war nie um eine gute Geschichte verlegen. »Er ist Pelzhändler, und ich habe mich gefragt, wo ich wohl am besten nach ihm suchen sollte.«

»Die Kaufleute kommen durch das Nordosttor herein. Zwei Straßen weiter liegt der Marktplatz. Dort solltest du ihn finden.«

»Ich stehe in deiner Schuld, mein Freund«, sagte Schnapper. »Dennoch frage ich mich, ob ich deine bemerkenswerten Kenntnisse der Stadt noch ein weiteres Mal ausnutzen darf.«

Die Schmeichelei blieb nicht ohne Wirkung. »Was willst du noch wissen?«

»Nun, da du einen derart wichtigen Posten bekleidest, siehst du doch sicher eine ganze Menge Leute, die in die Stadt wollen, oder?«

»Das tue ich.«

»Ich habe guten Grund zu glauben, daß ein Bekannter von mir hier entlanggekommen ist. Vielleicht hast du ihn ja gesehen.«

Das Gesicht des Soldaten wurde hart. »Es ist mir nicht gestattet, derartige Informationen an Fremde weiterzugeben. Wer durch dieses Tor geht, ist Brens Angelegenheit, nicht deine.«

»Nehmen wir einmal an, ich würde dir erzählen, daß dieser Mann eine beachtliche Summe Geldes von meinem Meister gestohlen hat. Wir beide wissen, daß niemand wohlhabender und großzügiger ist als ein Pelzhändler.« Schnapper widerstand dem Drang weiterzureden. Statt dessen ließ er dem Soldaten Zeit, seine eigenen Schlußfolgerungen zu ziehen. Und so geschah es auch.

»Es gibt eine Belohnung. Habe ich nicht recht?«

»Pssst, mein Freund. Sprich noch etwas lauter, und die ganze Stadt wird hinter dem Kerl her sein.«

»Wie hoch ist die Belohnung?«

»Ich will keine konkreten Zahlen nennen, wenn du

weißt, was ich meine.« Schnapper wartete, bis der Soldat nickte. »Ich will nur soviel sagen: Das Geld reicht, damit du dich zur Ruhe setzen kannst. Du könntest sogar nach Rorn gehen. Ein solch gutaussehender Mann wie du verschwendet sein Leben in dieser Stadt.«

»Woher soll ich wissen, daß du die Wahrheit sagst?«

»Sehe ich so aus, als könnte ich dich hinters Licht führen?«

Dem Soldaten blieb nur eine einzige Antwort übrig. »Nein.«

»Stimmt«, sagte Schnapper. »Der Mann, den ich suche, ist größer als du, aber nicht so schlank. Er ist breitschultrig und muskulös. Blondes Haar, blaue Augen und gutaussehend, wenn man diese Art Mann mag. Er trägt wahrscheinlich die gleiche Art Umhang wie ich.«

»Warum sollte er einen Umhang wie den deinen tragen?« Der Wachsoldat war mißtrauisch.

»Er hat ihn natürlich von meinem Meister gestohlen. Mein Meister besteht darauf, daß ich mich ebenso kleide wie er. Das sei gut für den Wiedererkennungswert unseres Geschäftes, pflegt er immer zu sagen.« Schnapper sandte ein stummes Dankgebet an den imaginären Pelzhändler, der sich als so nützlich erwies.

Der Soldat trat einen Schritt zurück und kratzte sich am Kinn. Er schaute Schnapper an, dann blickte er auf den Boden und schließlich nach Osten. »Da war ein Mann, auf den deine Beschreibung paßt. Er ist vor ungefähr fünf Tagen in die Stadt geritten. Er war groß und blond, und er hat ziemlich schäbig ausgesehen.« Er dachte einen Augenblick nach. »Und wenn ich's mir recht überlege, trug er tatsächlich einen Umhang wie den deinen. Ich erinnere mich an das scharlachrote Futter.«

Schnapper mußte seine ganze Kraft aufwenden, um sich zu beherrschen und nicht laut aufzuseufzen. Mauerseglers Stimme hallte in seinem Ohr: »*Nonchalance, Junge, zeig niemals Interesse. Laß sie glauben, du seist ein*

Dummkopf. Das ist besser, als wenn sie dich für einen Gauner halten.«

Schnapper zuckte die Schultern. »Das könnte unser Mann sein. Du weißt nicht zufällig, welchen Teil der Stadt er aufgesucht haben könnte?«

Schnappers Ungezwungenheit schien den Wachsoldaten ein wenig zu enttäuschen. »Das wird dir niemand sagen können, Junge. In einer Stadt, so groß wie Bren, kann sich ein Mann ein Leben lang verstecken.«

»Vor fünf Tagen, hast du gesagt, hmmm. Wohin würde ein kräftiger Mann gehen, der mit Waffen umzugehen versteht?«

»Nach meiner Erfahrung landen Männer wie dieser blonde Versager entweder im Puff oder im Ring.«

»Und wo finde ich derartige Etablissements?«

»An jeder Straßenecke im Westen der Stadt.«

Schnapper wollte sich so schnell wie möglich wieder auf den Weg machen. »So, mein Freund, und jetzt nenn mir noch deinen Namen, damit ich meinen Meister wissen lassen kann, wer uns den Tip gegeben hat.«

»Langkröte.«

»Da schau. Dein Name ist so attraktiv wie deine Gestalt. Nun denn, Langkröte, ich werde sicherstellen, daß mein Meister von deiner Hilfe erfährt.« Schnapper verbeugte sich und wollte sich gerade zurückziehen, als der Wachsoldat ihn mit festem Griff an der Schulter packte.

»Nicht so schnell, du kleiner Teufel. Ich will den Namen deines Meisters wissen, des Pelzhändlers … und deinen auch, wenn wir schon dabei sind.«

»Vorsicht mit dem Stoff, Langkröte. Der Umhang kostet ein Vermögen.« Der Soldat lockerte seinen Griff. »Der Name meines Meisters ist Meister Biberpelz, und ich bin als Wollhaar bekannt. Du kannst jeden Pelzhändler fragen, den du willst; der Name Biberpelz bürgt in der gesamten bekannten Welt für Qualität.«

Der Soldat ließ den Jungen los. »Biberpelz. Den Namen habe ich noch nie zuvor gehört. Jetzt hör mir mal gut zu, Junge. Wenn du mich auf den Arm genommen hast, werde ich dich finden und am nächsten Baum aufknüpfen. Und jetzt mach, daß du wegkommst.«

Schnapper salutierte und verschwand in der Menge. Er schritt durch das Osttor und betrat die Stadt Bren. Zunächst schnupperte er die Luft. Nichts. Wo war der Geruch? Rorn stank nach Dreck und dem Meer – wo war Brens Geruch? Schnapper sog erneut die Luft durch die Nase wie ein Connaisseur. Es gab keinen Geruch. Wie konnte sich Bren eine Stadt nennen und keinen eigenen Duft besitzen? Schnapper war in Toolay, Ness und Rainhill gewesen, und sie alle besaßen ihren eigenen Duft. Er war enttäuscht. Der Gestank einer Stadt war so etwas wie ihre Unterschrift, eine Möglichkeit, den Charakter des Ortes und seiner Bewohner festzustellen. Für Schnapper hatte eine Stadt ohne Geruch etwas Heimtückisches.

Ein Mann stieß mit ihm zusammen und fluchte leise. Er war groß und dunkel, und seine Tunika spannte über der kräftigen Brust. Schnapper konnte nicht widerstehen. Mit einer schnellen, flüssigen Bewegung griff er in die Tunika des Mannes, und seine Hand schloß sich um einen Beutel. Er zog den Arm wieder heraus und wandte sich der Menge zu. Er blickte nicht zurück. Mauersegler hatte ihn oft davor gewarnt, zurückzublicken oder auf dem Rückzug den Schritt zu beschleunigen. *»Sei immer Profi, Junge«*, hatte er stets gemahnt. *»Sobald du davonrennst, gestehst du deine Schuld ein.«*

Schnapper ließ sich mit der Menschenmenge treiben, solange es ihm gefiel; schließlich bog er in eine kleine Gasse ein. Bren mochte vielleicht keinen Geruch besitzen, aber immerhin konnte sich die Stadt einiger finsterer Gegenden rühmen. Schnapper fühlte sich bereits wesentlich wohler, als er durch die dunklen Passagen schritt – das war vertrautes Territorium.

Er ging auf Wegen, die bereits viele genutzt hatten, die verzweifelter waren als er; und er wanderte unter Schatten, die schon jene geschützt hatten, die eher der

Heimlichkeit bedurften als ein einfacher Taschendieb aus Rorn. Schnapper fühlte sich wie zu Hause. Gelegentlich traf er auf andere Leute, die in den Gassen herumschlichen. Sahen sie freundlich aus, bedachte er sie mit einem kurzen Nicken, und wenn sie gefährlich wirkten, mied er ihren Blick.

Schließlich erreichte er einen abgeschiedenen Winkel. Er hockte sich nieder, griff in seinen Sack und holte den Beutel hervor. Das war stets der beste Teil, kurz bevor die Beute enthüllt wurde, wenn Erwartung auf Bedürfnis traf. Mit geübten Händen öffnete Schnapper den Beutel. Silber funkelte ihm kalt entgegen. Er war enttäuscht; das warme Glitzern von Gold wäre besser gewesen. Aber egal – Geld war Geld. Schade nur um das Ziel; Schnapper hatte erwartet, daß sein Opfer mehr Geld bei sich führte. Wahrscheinlich hatte der Mann seinen wertvolleren Besitz irgendwo im Lendenbereich versteckt, und nur wenige Taschendiebe waren verzweifelt genug, um sich *dorthin* zu wagen.

Schnapper seufzte bedauernd und durchsuchte seine Beute. Der Inhalt seines Beutels verriet viel über einen Menschen. Der ehemalige Besitzer dieses speziellen Beutels beispielsweise hätte eine kalte – und wie Schnapper fand geschmacklose – Wildpastete zu Mittag gegessen. Dennoch schien der Mann Besseres gewöhnt zu sein, denn der Beutel selbst war mit feinster Seide bestickt. Auch hatte er gehofft, demnächst Glück zu haben; unter der Pastete fand sich eine geölte Schafsblase. Entweder hatte der Mann eine Abneigung gegen Vaterschaft, oder er wollte sich keinen Tripper einfangen.

Schnapper spielte geistesabwesend mit der Schafsblase und kalkulierte ihren Wert. Weiterverkaufen konnte er sie nicht; aber es war ihm zuwider, irgend etwas wegzuwerfen, und so steckte er sie in seinen Sack. Vielleicht konnte er sie Tawl geben, wenn er ihn gefunden hatte. Die Frauen rissen sich um einen so gutaussehenden Mann wie seinen Freund. Leider waren die willigsten Frauen auch meist die ansteckendsten. Bei einer solchen Frau sollte ein Mann nie auf Schutz verzichten.

Schnapper wollte den Beutel gerade wegwerfen, als etwas Blaues, Glitzerndes seine Aufmerksamkeit erregte. Eine genauere Untersuchung förderte eine winzige Miniatur zutage, die in einer Ecke versteckt worden war. Schnapper holte sie heraus und hielt sie ins Licht. Das Mädchen auf dem Bild war von unglaublicher Schönheit: goldenes Haar, blaue Augen und Lippen, so weich wie gut abgehangene Kutteln. Offensichtlich hatte der dunkle, muskulöse Mann einen guten Geschmack, was Frauen betraf – ganz im Gegensatz zu seiner Vorliebe für geschmacklose Speisen. Auf der Rückseite der Miniatur befanden sich Schriftzeichen. Schnapper war kein Gelehrter, und so blieb der Text ungelesen; dennoch wußte er, daß die Kreuze zwischen den Buchstaben Küsse bedeuteten. Mit einem Schulterzucken steckte er das Porträt in die Tasche und wandte sich der Wildpastete zu.

Während er sie hinunterschlang, überlegte er, was er als nächstes unternehmen sollte. Er brauchte Geld; unglücklicherweise waren seine Rücklagen aufgrund eines längeren Aufenthaltes in Rainhill beinahe aufgebraucht. Würfeln war schon immer sein Untergang gewesen; und das, verbunden mit seiner Vorliebe für extravagante Mahlzeiten in noch extravaganteren Gasthöfen, war der Grund für seine gegenwärtige finanzielle Misere. Er hatte sogar sein Pony verkaufen müssen. Allerdings war das kein großes Opfer gewesen. Nie zuvor hatten sich jemand einvernehmlicher getrennt als Schnapper und sein Reittier.

Er brauchte also Geld. Ein paar abgenutzte Silbermünzen waren bei weitem nicht genug für einen Jungen mit einem solch teuren Geschmack wie Schnapper. Außerdem mußte er den Ritter finden.

Tawl hielt sich irgendwo in der Stadt auf; dessen war Schnapper sicher. Der Wachsoldat hatte seinen Verdacht lediglich bestätigt. Seit nunmehr drei Wochen folgte

Schnapper den Spuren des Ritters; er hatte Dörfer besucht, durch die Tawl gekommen war, und er war den Pfaden gefolgt, über die Tawl geritten war. Schnapper hatte mit unzähligen Fremden über den Ritter gesprochen, und wenn ihn jemand gesehen hatte, erinnerte er sich vor allem an das blonde Haar und die gefährlichen, leeren Augen.

Tawl brauchte ihn. Es war nicht die Art des Jungen, zu viele Fragen zu stellen, und so machte er sich über das ›warum‹ keine Gedanken. Er wußte nur, daß der Ritter in Gefahr war, und daß er gerettet werden mußte. Schnapper hatte die feste Absicht, dieser Retter zu sein.

Er wußte, daß sich der Ritter auf irgendeinem Ritterzug befunden hatte – so wie es typisch für einen Ritter war –, aber nun fürchtete der Junge, Tawl könnte seine Aufgabe vergessen haben. Schnapper empfand es als seine Pflicht, den Ritter wieder auf den rechten Weg zu bringen. Für ihn selbst galt das selbstverständlich nicht: einmal Abschaum, immer Abschaum. Er verspürte nicht den Wunsch, etwas anderes zu sein als ein Taschendieb – außer natürlich ein *reicher* Taschendieb. Aber Tawl … nun, er war edel und ehrenhaft, und es war einfach nicht richtig, daß er vom Weg abkommen sollte. Wer wußte schon, was daraus werden konnte? Indem er seinem Freund half, würde Schnapper sich vielleicht sogar selbst helfen. Ritterliche Abenteuer waren oftmals eine richtiggehende Goldgrube.

Er blickte an den dunklen Häuserwänden vorbei in den Himmel. Mittag war bereits vorbei; Zeit weiterzugehen. Seiner Erfahrung nach hatten die Kaufleute um diese Zeit jede Menge Geld in der Tasche; sie hatten es am Morgen verdient und noch keine Gelegenheit gehabt, ihren Profit in den Gasthöfen auszugeben. Schnapper machte sich auf den Weg Richtung Nordosttor, wo – wenn er sich recht erinnerte – der Marktplatz lag. Dort würde sich ihm sicherlich eine Gelegenheit bieten, an Geld zu kommen, und er hatte nicht die Absicht, sie sich entgehen zu lassen.

»Ich gehe nur mal für eine Minute hinaus. Ich muß mir ein wenig die Beine vertreten.« Jack wußte, daß Melli protestieren würde.

»Aber der Blizzard tobt noch. Du wirst dir den Tod holen«, sagte sie. »Kannst du nicht warten, bis es sich wieder etwas aufgeklärt hat?«

Sie sorgte sich um ihn; das konnte er an ihrem Mund erkennen: weiche Lippen zu einem schmalen Strich zusammengepreßt. Nun, dann würde sie sich eben sorgen müssen; er brauchte Luft. Vier Tage eingesperrt in einem Hühnerstall waren nicht spurlos an ihm vorübergegangen. Er mußte hinaus und die Weite des Landes sehen, anstatt immer nur vor die Wände des Stalls zu starren. Er brauchte Zeit für sich selbst.

Jack wollte Melli nicht verletzen, indem er ihr das sagte, und so erwiderte er: »Die Natur ruft.«

Melli errötete; doch selbst die Erwähnung einer solch delikaten Angelegenheit genügte nicht, um sie von einer Warnung abzuhalten. »Geh nicht zu weit weg.«

Jack konnte sich ein Lächeln nicht verkneifen – das war eine Frau zum Verlieben. »Mach dir keine Sorgen«, entgegnete er. »Ich werde nicht lange weg sein.« Ihre Augen trafen sich, und Jack streckte die Hand aus, als hätte etwas in Mellis Blick ihn dazu gezwungen. Es dauerte einen kurzen Augenblick, bis Melli ihre Hand in die seine legte. Ihre Finger waren kalt und ihre Berührung sanft, aber für Jack reichte es aus, denn er wußte nicht viel von solchen Dingen. Er widerstand dem Drang, ihre Hand zu drücken; er wollte keine Zurückweisung riskieren. Also entzog er sich mit einer, wie er wußte, merkwürdigen Bewegung ihrer Berührung.

Sie waren nun schon mehrere Monate zusammen; aber obwohl sie viele Gefahren gemeinsam überstanden hatten, würde immer eine gewisse Distanz zwischen ihnen bleiben. Melli war eine Adelige, und Jack war nur ein Bäckerjunge. Sie könnten ein ganzes Leben lang

Hand in Hand wandern, und dennoch wären sie stets Welten voneinander entfernt.

Nacht für Nacht hatten sie dicht beieinander geschlafen, nur mit einer dünnen Decke zwischen sich. Jack wußte, wie sie am Morgen roch; er hatte sie lachen und schreien gesehen, doch niemals weinen. Er wußte gerade genug über sie, um zu erkennen, daß sie nicht für ihn bestimmt war. Eine Beziehung zwischen ihnen hatte keine Zukunft; vielleicht würden sie sich lieben, aber das war nicht genug. Jack brauchte ein Mädchen, das er an sich drücken, küssen und mit dem er kämpfen konnte. Ein energisches Mädchen – wie Melli. Aber sie durfte ihm nicht gleichzeitig das Gefühl vermitteln, so unbeholfen zu sein wie ein Bauerntölpel.

Jack wandte sich zur Tür und drückte sie gegen den Wind auf. Schnee wirbelte herein. Jack blickte zurück zu Melli, bevor er in den Sturm hinausging. Sie lächelte nicht. Sie stand einfach nur unbeweglich da, während der Wind ihr dunkles Haar aufwirbelte. Zu schön für ihn.

Der Wind warf die Tür im selben Augenblick zu, da er sie losließ. Beißende Kälte schlug ihm entgegen, und der herumwirbelnde Schnee blendete ihn. Er war erst ein paar Schritte gegangen, als sein Fuß gegen etwas Hartes stieß. Er hockte sich nieder und tastete nach dem unerwarteten Hindernis. Es war die Leiche des Mannes, den er vor vier Tagen getötet hatte. Sie mußte entfernt werden. Für Melli. Jack durfte nicht zulassen, daß Melli als erstes eine Leiche sah, wenn der Sturm vorüber war.

Mit Händen, die bereits grau vor Kälte waren, packte er die Leiche am Kragen. Der Tote war mit Schnee bedeckt, und es erforderte Jacks ganze Kraft, ihn herauszuziehen. Entschlossen schleifte er den Mann davon. Der Schnee lag beinahe zwei Fuß hoch, und die Leiche schnitt durch ihn hindurch wie ein Pflug.

Noch ein Toter. Wie viele Männer würde er noch töten? Immerhin war es diesmal ein sauberer Tod gewesen. Das Ende dieses Mannes war nicht von Zauberei befleckt worden. Jack hatte ihn mit einer Klinge getötet – ein würdevoller Tod. Oder machte er sich nur etwas vor? Machte es einen Unterschied für den Halcus-Soldat? Zauberei oder Klinge, er war tot. Seine Angehörigen würden so oder so um ihn trauern.

Jacks Arme begannen zu schmerzen, und sein Rücken fühlte sich an, als würde er jeden Augenblick brechen. Mittlerweile hatten sich seine Hände von Grau zu Blau verfärbt, und er wußte, daß die ersten Erfrierungen nicht mehr lange auf sich warten lassen würden. Die Leiche des Mannes durch den Schnee zu schleppen war seine Buße. Meister Frallit hatte ihm mehr als einmal gesagt, daß man für seine Fehler einstehen mußte. Hatte Jack zu viel Butter in den Teig gegeben, so daß das Brot mehr einem Kuchen ähnelte, gab ihm der Meisterbäcker eine Woche lang nichts anderes zu essen als das verdorbene Brot. Damals hatte Jack seinem Meister die harten Methoden übelgenommen, doch heute war er selbst begierig darauf, Buße zu tun; so groß war sein Schuldgefühl.

Er war ein Bäckerjunge, kein Mörder. Alles war so anders als das, woran er gewöhnt war. Jack hatte das Gefühl, sein eigenes Leben nicht mehr unter Kontrolle zu haben. Seit jenem verhängnisvollen Ereignis mit den verbrannten Broten hatte er immer wieder Taten vollbracht, die nicht seinem Charakter entsprachen. Er hatte für einen Unterschlupf getötet. Was gab ihm das Recht, seine eigenen Bedürfnisse über die eines anderen zu stellen? Natürlich gab es da Melli – Jack hätte hundert Männer getötet, um ihr einen sicheren Zufluchtsort zu verschaffen. Doch andererseits mußte er sich auch eingestehen, daß Melli nicht der einzige Grund für sein Verhalten war. Vor vier Tagen, als er die Tür des Hühnerstalls aufgebrochen und zwei kampfbereite Männer vorgefunden hatte, hatte Jack tief in seinem Inneren etwas Hartes, Gefühlloses entdeckt: den Willen zu überleben.

Dieser Überlebenswille hatte ihn über die gefrorene Steppe von Halcus getrieben, und aus diesem Grund allein würde er immer weitergehen – egal, was ihm noch bevorstehen mochte. Vielleicht hatte der Vorfall mit den verbrannten Broten ihn überhaupt nicht verändert; vielleicht hatte dieses Ereignis nur etwas ans Tageslicht gebracht, das schon immer dagewesen war – tief in Jack verborgen. Seine Mutter war stark gewesen. Selbst kurz vor ihrem Tod, als ihr Körper nur noch eine schwache Hülle gewesen war, hatte sie eine beeindruckende Willenskraft besessen. Sie hatte die Hilfe der Ärzte abgelehnt. Aus Furcht, es könne ihren Verstand beeinträchtigen, wollte sie keine Medizin einnehmen, um die Schmerzen erträglicher zu machen.

Doch in ihrem Fall hatte es so ausgesehen, als *wollte* sie nicht weiterleben.

Jacks Finger waren am Kragen des Toten festgefroren, aber es war nicht die Kälte, die ihn schaudern ließ. Das Bruchstück einer Erinnerung, feiner als ein Schneefetzen, bahnte sich seinen Weg durch die angesammelten Bilder von vor acht Jahren. Ein aufgeschnapptes Gespräch, das nicht für seine Ohren bestimmt gewesen war:

»Sie ist verdammt zäh; soviel ist sicher.«

»Aye, aber wenn sie nicht zuläßt, daß man sie aufschneidet, ist sie auf jeden Fall hinüber.«

»Das wird sie mit Sicherheit nicht zulassen, Freund. Sie verweigert ja sogar einen Umschlag, um das Wachstum zu stoppen … von einem Messer, um das Ding herauszuschneiden, ganz zu schweigen.«

Damals hatte Jack den Sinn dieser Worte nicht verstanden, und mit den Jahren hatte er sie vergessen; doch heute, während er die Leiche des Halcus an einen Ort für die Toten schleppte, wußte er plötzlich, was die Worte bedeutet hatten: seine Mutter hatte *den Tod* gewollt. Ihr Wille, der um so vieles stärker gewesen war als der seine, war auf Tod, nicht auf das Leben ausgerichtet gewesen.

Der Wind blies hart und erbarmungslos, und die Leiche zerrte an Jacks Rücken. Er war erschöpft; es gab so vieles, das er nicht verstand, und wenn er nach Antworten suchte, fand er nur neues Leid. Warum hatte sie den Tod gewollt? War ihr Leben in der Burg so schlecht gewesen? Oder war er einfach nur ein wertloser Sohn? Er vermißte sie so sehr ... Sie war der einzige Mensch gewesen, der zu ihm gehört hatte; aber jetzt schien es, als hätte sie ihn im Stich gelassen – genau wie sein Vater.

Es wäre so einfach, alles aufzugeben; so einfach, sich neben den toten Halcus zu legen und ihm in der jenseitigen Welt Gesellschaft zu leisten. Jack hielt einen Augenblick inne und blickte zum Horizont, während er versuchte, den Kloß in seinem Hals hinunterzuschlucken. Eigentlich stand es außer Frage: Er mußte weitermachen. Das Schicksal saß ihm im Nacken und führte ihn bei diesem Tanz.

Jack marschierte weiter, den Toten im Schlepptau und den Rücken unter der Last gekrümmt.

Der Wind blies von hinten und führte Jack immer weiter vom Stall weg. Tosend und heulend spielte der Sturm seine Rolle in dem Drama, und die stille Wand aus Schnee war das Bühnenbild. Jack blickte zurück. Er hatte bereits eine beachtliche Strecke zurückgelegt, aber es war noch nicht weit genug. Er konnte die Leiche nicht in Sichtweite des Stalls liegenlassen – das war das mindeste, was er dem Toten schuldete.

Schließlich erreichte Jack ein Wäldchen, hinter dem sich eine kleine Senke verbarg. Erschöpft vom Schleppen der Leiche näherte er sich der Vertiefung und sah, daß sich in ihrer Mitte ein gefrorener Teich befand. Dort würde er seine Last ablegen.

Jack rutschte den Hang hinab und der Tote hinterher. Das Eis war hart wie Stein. Jack schob die Leiche in die Mitte des Teichs und kreuzte die Arme über der Brust des Halcus. Sofort sammelte sich wieder Schnee auf dem kalten Fleisch, und die Leiche nahm das Aussehen einer Statue an. Der Schnee glitzerte auf dem Toten wie Silberspäne: schön und erhaben. Zufrieden, daß er dem Mann wenigstens einen Hauch von Würde zurückgegeben hatte, machte sich Jack daran, wieder hinaufzuklettern.

Erst als er oben angekommen war, gestattete er seinen Händen, Schutz im Umhang zu suchen. Nachdem er das Wäldchen hinter sich gelassen hatte, erspähte er den Hühnerstall. Etwas Dunkles bewegte sich im Westen und erregte Jacks Aufmerksamkeit. Zunächst konnte er keine konkrete Form erkennen; er hielt es für einen Vogelschwarm oder eine Rinderherde. Doch als das Etwas zunehmend Gestalt annahm, setzte Jacks Herz einen Augenblick aus. Ein Gefühl, das in keinster Weise den verträumten Beschreibungen der Barden entsprach. Es war hart, erschreckend, und es brachte den ganzen Körper in Unordnung und erschütterte ihn bis ins Mark.

Die dunkle Masse am Horizont waren Berittene, die Halcus, und sie ritten in Richtung Hühnerstall – in Richtung Melli!

Jack wollte zurückrennen … und spürte die Schneide eines Schwertes an seiner Kehle.

»Einen Schritt weiter und du bist tot.«

Allmählich machte sich Melli Sorgen. Jack war schon viel zu lange fort. Er war irgendwie merkwürdig gewesen, als er gegangen war, und Melli hatte für einen Augenblick die schreckliche Ahnung gehabt, ihn nie wiederzusehen. Natürlich waren solche Gedanken reine Torheit, ermahnte sie sich selbst, während sie nervös auf und ab ging.

Die vergangenen Wochen waren die anstrengendsten ihres Lebens gewesen; sie hatten nicht nur von ihrem Körper Tribut gefordert, sondern auch von ihrem Verstand. Melli wagte nicht, daran zu denken, was die Unbillen des Winters ihrem Gesicht angetan hatten, und sie war froh, daß kein Spiegel in der Nähe war, der ihren Verdacht bestätigen konnte. Aber schlimmer noch als die körperlichen Strapazen war der Verlust ihres Seelenfriedens. Welch oft gebrauchte, doch weit unterschätzte Phrase. Seelenfrieden bedeutete eigentlich nichts anderes, als abends in der Gewißheit einzuschlafen, daß am Morgen ein heißes Getränk auf einen wartete, und daß man nur in die Augen geliebter Menschen zu schauen brauchte, um Zuneigung zu erfahren. Das wichtigste war jedoch die Gewißheit der Stabilität; das Wissen, daß sich daran nie etwas ändern würde. Für Melli würde es nie wieder eine derartige Gewißheit geben.

Sie zog das Tuch aus dem Astloch und schaute auf den Schnee hinaus, erst nach Norden und dann nach Westen. Zunächst traute sie ihren Augen nicht. Obwohl sie seit vier Tagen nach dem Feind Ausschau gehalten hatte, erschien es ihr nun, da der Feind endlich kam, wie ein grausamer Trick des Schicksals. Wie ein Kind hatte sie darauf gehofft, daß sie die Halcus allein mit ihrer Wachsamkeit fernhalten könnte. Jetzt hatte sie keine Zeit mehr, den Verlust einer weiteren Gewißheit zu betrauern.

Wenn sie die Entfernung richtig einschätzte, blieben ihr noch etwa ein bis zwei Minuten, um sich vorzubereiten. Melli konnte es sich nicht leisten, einen Gedanken an Jack zu verschwenden; sie durfte nur noch an sich selbst denken. Sie selbst war nun ihr eigenes Maß; und aufgrund der anerzogenen, unbeugsamen Arroganz, die nur jemand kennt, der mit unzähligen Privilegien geboren wurde, schätzte sie sich selbst ausgesprochen hoch ein.

Melli wühlte durch ihre wenigen Habseligkeiten, und schließlich fand sie das kleine Messer, das ihr die alte Bäuerin gegeben hatte. Es war nur halb so lang wie Jacks Schlachtermesser und bei weitem nicht so scharf. Es war sinnlos, einen ganzen Trupp Soldaten mit einer solchen Waffe herauszufordern. Also beschloß Melli, das Messer zu verstecken und es für später aufzubewahren, wenn ihre Chancen besser standen … Das hieß, natürlich nur, wenn sie dann noch Gelegenheit dazu haben würde.

Melli gestattete sich nicht, so etwas auch nur zu denken. Sie würde nicht in Panik ausbrechen. Sie würde dem Feind erhobenen Hauptes gegenübertreten und ihn wissen lassen, daß die Frauen der Vier Königreiche eine Macht sind, mit der man rechnen mußte – genau wie die Männer.

Sie steckte das Messer in ihr Mieder, und erneut war das Maybor-Glück mit ihr. Melli trug noch immer das altmodische Kleid, das sie von der Bäuerin bekommen hatte. Im Gegensatz zu ihrem stilvollen Hofkleid besaß dieses ein starres Korsett. Es reichte von der Brust bis zur Hüfte und war derart steif und hart, daß niemand ein kleines Messer zwischen dem Fischbein bemerken würde.

Inzwischen war das Trappeln der Hufe zu hören, und Melli bekam Angst. Nervös strich sie sich mit den Händen übers Gesicht und dann über das Korsett. Ihr Umhang! Sie würde ihren Umhang anlegen. Ihre Hände zitterten so stark, daß sie Mühe hatte, die Schnalle zu schließen. Ihr Magen war leer, und ihr war übel.

Die Tür flog auf. Zwei Männer standen auf der Schwelle. Hinter ihnen waren weitere Krieger zu erkennen. »Wo ist der Bastard?« verlangte der erste und größte von ihnen zu wissen.

Melli verschränkte die Hände, hob das Kinn und antwortete mit allem Mut, dessen sie fähig war: »Welcher Bastard?«

Für einen kurzen Augenblick zeigte sich Verwirrung auf dem Gesicht des Mannes, doch er fand rasch sein Gleichgewicht wieder. »Fang nicht an mit mir zu diskutieren, Mädchen, sonst redest du dich noch um Kopf und Kragen.« Seine Stimme sank um eine Oktave, und Melli erkannte den Tonfall unbestrittener Autorität. »Nun denn. Sag mir, wo der Junge ist, der einen meiner

Männer getötet hat.« Eine schroffe Geste winkte den zweiten Mann herbei. Er trug eine mit Leder umwickelte Keule.

»Meine Herren, eigentlich hatte ich gehofft, Ihr könntet mir sagen, wo er sich aufhält; denn ich will verdammt sein, wenn ich es weiß.« Melli sah Überraschung auf den Gesichtern der Männer. Sie nutzte ihren Vorteil und fuhr fort: »Er hat sich heute morgen still und heimlich davongemacht. Vorher hat er allerdings all mein Geld gestohlen. Solltet Ihr ihn finden, wäre ich Euch dankbar, wenn Ihr ihm in meinem Namen noch ein paar Extraschläge verpassen könntet.«

Ein weiterer Mann zwängte sich herein – allmählich war der kleine Verschlag recht überfüllt –, und Melli erkannte in ihm denjenigen, der vor vier Tagen aus dem Stall geflohen war. Ihr Mut sank, als der Mann erklärte: »Glaubt ihr kein Wort, Hauptmann. Sie hat dem verrückten Teufel eine Warnung zugerufen. Sie ist mit ihm im Bunde.«

Bei diesen Worten schlich sich ein Hauch von Verachtung auf das Gesicht des Hauptmanns. »Nun, Mädchen«, sagte er. »Was hast du dazu zu sagen?«

Melli hatte den Eindruck, er wußte, daß sie log und daß er sich nur auf ihre Kosten amüsierte. Dennoch setzte sie ihre Vorstellung fort. »Was soll ich schon dazu sagen, mein Herr? Habt Ihr noch nie jemandem geholfen, den Ihr nicht leiden könnt?«

Der Anführer stieß ein verächtliches Grunzen aus. »Anscheinend sind die Frauen der Vier Königreiche so spitzzüngig, wie die Männer dickköpfig sind.«

»Für die Männer meiner Heimat kann ich natürlich nicht sprechen«, erwiderte Melli, »aber im Namen der Frauen danke ich Euch. Es muß eine nette Abwechslung für Euch sein, mit einer Frau zu sprechen, die nicht wie eine Ziege meckert.«

Der Anführer brach in schallendes Gelächter aus. Er amüsierte sich königlich über Mellis Anspielung auf die weithin bekannte Tatsache, daß die Frauen der Halcus sich ständig über alles und jeden beschwerten. Er wollte gerade etwas sagen, als eine Stimme von hinten rief:

»Hauptmann! Da sind Spuren im Schnee. Es sieht so aus, als wäre etwas Schweres weggeschleppt worden.«

»Der Schuft hat meine Vorräte gestohlen«, erklärte Melli rasch. »Er hat einen kompletten Wintervorrat an Käse mitgehen lassen.« Sie nahm an, daß Jack die Leiche entfernt hatte; aber jetzt war wohl kaum der richtige Zeitpunkt, das zu erwähnen.

Der Hauptmann ignorierte Mellis Bemerkung. »Wie alt sind die Spuren?«

»Frisch, würde ich sagen, Herr. Nicht älter als zwei Stunden.«

»Nun, dann folg ihnen, du verdammter Idiot! Und nimm noch fünf Männer mit!« Er wandte sich an Melli. »Ich werde hier mit der kleinen Füchsin warten. Der Rest von Euch – raus!«

Jack drehte seinen Kopf ein Stück, um einen Blick auf den Angreifer zu werfen; doch im selben Augenblick spürte er einen Druck an der Kehle. Erst als warmes Blut seinen Hals hinablief, erkannte er, daß seine Haut geritzt worden war. Die Kälte hatte sein Fleisch taub werden lassen, und so fühlte er keinen Schmerz und wußte auch nicht, wie tief die Wunde war. Ein zweites Messer wurde in seinen Rücken gedrückt.

»Keine Bewegung, oder ich bringe dich um.« Die Stimme war scharf wie ein Schwert. Jack rührte sich nicht. Das einzige, was er von dem Mann sehen konnte, war sein Atem in der kalten Luft.

Jack beobachtete, wie sich die Reiter dem Hühnerstall näherten. Insgesamt ein Dutzend Männer. Der Wind, der den ganzen Morgen über getost hatte, schien nun eine bösartige Freude dabei zu empfinden, nachzulassen und Jack einen ungehinderten Blick auf den Stall zu gestatten. Er hielt den Atem an, als die Reiter abstiegen, und ein Mann die Tür eintrat. Jack spürte, daß sich ein Druck in ihm aufbaute: vertraut, verhaßt, doch auf eine merkwürdige Art verführerisch. Der Geschmack in seinem Mund war wie Kupfer, wie Blut: Zauberei. Es war schon Wochen her, seit er dieses Gefühl das letzte Mal verspürt hatte. Diesmal würde er ihm nicht nachgeben. Als hätte er Jacks Gedanken geahnt, preßte der Angreifer das Messer kräftiger gegen den Rücken seines Opfers. Der Druck der Klinge an der Wirbelsäule bereitete dem Fluß der Zauberei ein Ende.

Obwohl Jack den Mann nicht sehen konnte, nahm er eine Spannung bei seinem Gegner wahr, die wahrscheinlich von dem erhöhten Druck herrührte, den er auf das Messer ausübte. Jack fiel auf, daß der Mann – obwohl er mit dem harten Akzent der Halcus sprach – nicht zu der Gruppe am Stall gehörte; auch schien er nicht zu wollen, daß die Reiter ihn entdeckten.

Jack sah, wie drei Männer den Stall betraten. Er konnte sich die darauffolgende Szene bildlich vorstellen. Ohne Zweifel würde Melli den Halcus mit Würde gegenübertreten. Sie war sehr stolz. Doch trotz des Vertrauens, daß er in ihr Verhalten setzte, wußte er, daß abgehärtete Soldaten sich nicht davon beeindrucken ließen. Sie würden tun, was immer sie wollten.

In diesem Augenblick bildete der kleine Stall, der in Wirklichkeit nur ein dunkler Fleck am Horizont war, die Mitte von Jacks Universum. Wenn er doch nur wüßte, was gerade geschah. Wenn er doch nur nicht hinausgegangen wäre. Die Spannung wurde unerträglich. Er mußte zu Melli ... Zumindest mußte er es versuchen.

Jack sprang vorwärts. Für einen kurzen Moment war er vom Druck des Messers befreit, aber der Angreifer folgte ihm sofort. Schneller als erwartet, spürte Jack erneut die Klinge in seinem Rücken. Das Metall war merkwürdig warm, verglichen mit der kalten Luft.

»Glaub ja nicht, daß du mir entkommen kannst.« Dieselbe tiefe und harte Stimme. »Ist es das Mädchen in dem Verschlag wert, daß du dein Leben für sie wegwirfst?«

Jack begann gerade erst, den Sinn dieser Worte zu verstehen, als sich die Szenerie am Horizont änderte. Sechs Männer hatten ihre Pferde bestiegen und folgten der Spur des Toten durch den Schnee.

»Komm!« Der Mann stieß Jack vor sich her, und gemeinsam zogen sie sich von den näher kommenden Reitern zurück. Jack erhaschte einen kurzen Blick auf eine der Waffen seines Gegners: Es handelte sich um eine gekrümmte, schwarze Klinge, eine Mischung aus tödlicher Handwerkskunst und Schau.

Der Druck aufkeimender Zauberei, der vor wenigen Minuten noch so überwältigend gewesen war, war nun vollkommen verschwunden und hatte Jack mit einem flauen Gefühl im Magen zurückgelassen. Seltsamerweise machte ihm das Fehlen des Drucks Mut: Es war besser, nur mit dem Körper als Waffe dem Schicksal gegenüberzutreten. Nein, das war nicht die ganze Wahrheit. Jack erinnerte sich des Schlachtermessers, das in seinem Gürtel steckte. Also besaß er doch eine Waffe. Mit einer unauffälligen Bewegung, die einen Taschendieb stolz gemacht hätte, zückte er das Messer. Er spürte die Klinge an seinem Bauch; die Schneide war nach wie vor scharf.

Der Angreifer beschleunigte seinen Schritt. Inzwischen waren Hufe zu hören, die sich ihren Weg durch den jungfräulichen Schnee bahnten. Als Jack und der Mann den Schutz der Bäume verließen, warteten zwei Pferde auf sie.

»Steig auf die Stute.« Der Mann unterstrich den Befehl mit einem leichten Messerstoß. Jack wirbelte herum, das Schlachtermesser kampfbereit in der Hand und hieb nach seinem Gegner. Überrascht stellte er fest, daß er einem beleibten, rothaarigen Mann gegenüberstand. »Du verschwendest meine Zeit, Junge«, sagte der Mann verärgert. Er sprach mit einem amüsierten Unterton. »Nun, wenn du nicht anders kannst, dann greif mich an; aber mach schnell. Die Reiter sind nicht mehr weit entfernt.«

Plötzlich kam sich Jack ausgesprochen töricht vor. Er hatte keine Erfahrung im Kampf mit Stichwaffen, und der Mann vor ihm besaß trotz seiner Leibesfülle das Selbstvertrauen und die Fähigkeiten eines Meisters. Er verlagerte sein beachtliches Körpergewicht von einem Fuß auf den anderen mit der Eleganz eines Tänzers. Sowohl der Parierdolch als auch der Krummsäbel zogen herausfordernde Bahnen durch die Luft. »Komm schon, Junge. Du kannst dem Unvermeidlichen nicht entkommen.«

Jack stürzte vor und hielt das Schlachtermesser in einem – wie er hoffte – gefährlichen Winkel. Mit einem einzigen, mächtigen Hieb schlug ihm der Krummsäbel das Messer aus der Hand, und nur einen Augenblick später war der Parierdolch an seiner Kehle.

Der Mann schüttelte den Kopf. »Du hättest dich nicht von dem Schwert ablenken lassen dürfen, Junge. Es ist stets der Dolch, der ins Ziel geht.« Er wandte den Kopf und lauschte auf die sich nähernden Reiter. Sie waren nicht mehr weit entfernt. »Ich fürchte, ich werde zu drastischeren Maßnahmen greifen müssen.« Mit einer kaum wahrnehmbaren Handbewegung warf er den Krummsäbel in die Luft. Die Waffe drehte sich, so daß die Klinge anstatt des Heftes in der Hand des Mannes landete. Jack beobachtete, wie der Parierdolch wieder zurückgezogen wurde … und erhielt einen unerwarteten Schlag gegen den Hinterkopf. Sein Schädel krachte, und die Welt löste sich auf.

Das letzte, was er hörte, bevor er das Bewußtsein verlor, war die Stimme des Mannes, die sagte: »Natürlich solltest du dich nie von einem Dolch ablenken lassen. Es ist das Schwert, das stets ins Ziel geht.«

»So«, sagte der Hauptmann, »nun, da wir endlich allein sind, kannst du mir vielleicht erklären, warum sich eine adelige Dame aus den Vier Königreichen in Halcus herumtreibt.« Er gestattete sich, einen Hauch von Selbstgefälligkeit zur Schau zu stellen, während seine Finger über den Schnurrbart glitten und die Pomade verteilten, so daß der Bart wieder von neuem glänzte.

Inzwischen bereute Melli ihr leichtfertiges Verhalten; ihre Worte hatten den Halcus zu dieser Schlußfolgerung verleitet. Hätte sie nicht sein Interesse geweckt, wäre sie jetzt wahrscheinlich schon draußen, geknebelt und gefesselt; und wenn sie an ihre bisherige Erfahrung mit Männern dachte, war das gar nicht mal das schlechteste.

Der Hühnerstall erschien ihr mit einemmal unglaublich schmal. Der Hauptmann, dessen Lederharnisch bei jeder Bewegung knirschte, füllte den Raum allein mit seiner Ausstrahlung aus.

»Deine Zunge scheint ihre Schnelligkeit verloren zu haben«, sagte er. »Soll ich etwa annehmen, daß du nicht bereit bist, ohne Publikum zu spielen?«

Melli wußte, was es bedeutete, vom Feind als Adelige erkannt zu werden. Man würde sie foltern, vergewaltigen, und was dann noch von ihr übrig war, würde man gegen ein hohes Lösegeld verkaufen. Für jeden Tag, an dem der Feind auf das Geld wartete, würde sie einen Finger verlieren. Vor zwei Jahren war Lady Varella vom Gut ihres Mannes am Ufer des Nestor entführt worden. Als man sie schließlich zurückgeschickt hatte, besaß sie nur noch zwei Finger. Drei Monate später hatte sie sich selbst das Leben genommen. Da sie mit ihren verstümmelten Händen weder eine Phiole mit Gift noch einen Dolch halten konnte, hatte sie sich in den Bullenpferch gestürzt und war vom mächtigsten Bullen ihres Gatten aufgespießt worden. Melli schauderte bei dem Gedanken daran. *Sie* würde man nicht ohne Finger nach Hause schicken.

Melli lächelte kokett und drückte die Brust raus. »Ihr erweist mir eine große Ehre, indem Ihr mich für hochgeboren haltet, mein Herr. Allerdings war der Onkel meines Großvaters mütterlicherseits tatsächlich der Neffe eines Junkers.« Sie hielt ein affektiertes Kichern für angebracht und handelte entsprechend. »Wie Ihr also sehen könnt, fließt in der Tat blaues Blut in meinen Adern.«

»Erwartest du wirklich von mir, daß ich das glaube?« Das gutaussehende Gesicht des Hauptmanns nahm einen gefährlichen Ausdruck an. »Hältst du mich wirklich für so dumm, daß ich nicht merke, wenn ich einer blaublütigen Dame gegenüberstehe? Du solltest deine Schauspielkunst verbessern, mein Fräulein. Deine Stimme verrät alles.« Er trat zu Melli und packte ihren Arm. Der Duft von Leder und Schweiß hüllte sie ein. »Sag mir sofort die Wahrheit, oder bezahl den Preis für deine Lügen!«

Melli atmete flach. Sie wollte seinen Geruch nicht einatmen: Der Geruch eines anderen war etwas so Intimes … »Ihr seid ein kluger Mann, mein Herr.« Gemächlich verzog Melli die Lippen zu einem Lächeln, um sich Zeit zum Nachdenken zu verschaffen. »Ich bin in der Tat eine Adelige … jedenfalls so was Ähnliches.« Sie wußte, daß sie sich unter Wert verkaufen mußte, um den Preis zu drücken. Lady Varellas Gemahl war ein reicher Mann gewesen, der aus einer noch reicheren Familie stammte. »Ich bin die Tochter von Erin, Lord von Luff.« Melli hatte einen wohlbekannten, verarmten Lord als Vater ausgewählt. Außerdem war Luff nicht nur für seine Armut, sondern auch für seine häufig wechselnden Partnerinnen bekannt. Er hatte viele Bastarde gezeugt. »Ich bin allerdings nicht von seiner Frau«, fuhr Melli fort und senkte den Kopf.

»Luffs Bastard also.« Der Hauptmann quetschte ihren Arm. »Und was hast du dann in Halcus zu suchen?«

»Ich bin auf dem Weg nach Annis. Mein Vater hat dort einen Vetter, der Schneider ist. Ich soll bei ihm in die Lehre gehen.«

»Wenn dein Vater so wenig von dir hält, daß er dich

ein Handwerk lernen lassen will, warum sollte er sich dann die Mühe gemacht haben, dir höfische Manieren beizubringen?«

»*Wir* in den Vier Königreichen sind keine Barbaren.«

Der Hauptmann hob die Hand und schlug zu. Obwohl Melli den Schlag erwartet hatte, wurde sie doch herumgewirbelt, fiel gegen die Wand und landete schließlich im Stroh. Ihre Wange brannte.

»Hüte deine Zunge, kleine Hexe.« Der Hauptmann stand über ihr; sein prächtiger Schnurrbart umrahmte einen grausamen Mund. »Es scheint, als seist du ziemlich wertlos. Also werde ich mir meine Beute holen, wo ich sie finde.« Er beugte sich über Melli; sein Mund war feucht von Speichel und Pomade.

Melli war in die Enge getrieben. Die Wände des Stalls waren ihr Gefängnis, und die Strohhalme in ihrem Rücken die reinste Folter. Der Mund des Halcus preßte sich auf ihren, und Zahn traf auf Zahn. Dann war seine Zunge in ihrem Mund; ihr wurde übel und sie biß zu. Der freie Arm des Hauptmanns schnellte zurück, und Schmerz explodierte in Mellis Bauch. Er schlug sie erneut, diesmal tiefer, mitten in das verwundbare Fleisch zwischen ihren Schenkeln.

»Du brauchst mir nicht die keusche Jungfrau vorzuspielen«, knurrte der Halcus. »Die uneheliche Tochter eines verarmten Lords hat keinen Grund, sich tugendhaft zu geben. Du hast schon genug Männer gehabt.« Seine Hände glitten ihr Mieder hinab und suchten nach den Schnüren.

Das Messer! Melli durfte nicht zulassen, daß er das Messer fand. Sie mußte ihn ablenken.

»Ich bin Jungfrau!« schrie sie. In ihren Ohren klang diese erste Wahrheit, die sie in Gegenwart des Halcus ausgesprochen hatte, recht überzeugend.

Der Hauptmann zog sich ein Stück zurück, packte Mellis Kinn und hob ihren Kopf, damit er ihr in die Augen sehen konnte. »Schau mich an, und sag das noch einmal!«

»Ich bin Jungfrau.« Melli konnte die plötzliche Veränderung im Verhalten des Mannes nicht verstehen.

»Ich glaube, du sagst die Wahrheit.« Er stand auf und richtete seine Kleidung. »Also treiben es doch nicht alle Frauen in den Vier Königreichen wie die Tiere.« Seine Augen, die noch vor wenigen Augenblicken trüb vor Lust gewesen waren, strahlten nun vor Gier. Melli hatte lange genug mit ihrem Vater zusammengelebt, um zu wissen, wann sich die Gewißheit eines Profits im Gesicht eines Mannes zeigte. Sie wurde nervös; sie fürchtete, einen schrecklichen Fehler begangen zu haben.

»Was interessiert es Euch, ob ich Jungfrau bin?«

»Ich werde bestimmt nicht die Fragen eines Bastards beantworten.« Ein Hämmern an der Tür lenkte den Hauptmann ab. »Herein!«

Der Mann mit der ledernen Keule trat herein. Er sah Melli auf dem Boden und grinste.

»Steh auf, du Hure!« befahl der Hauptmann. Dann wandte er sich an seinen Untergebenen. »Habt ihr den Mörder gefangen?«

»Nein. Er ist uns entkommen.«

»Was soll das heißen, ›er ist uns entkommen‹?« Trotz der Ruhe, mit der der Hauptmann sprach, lief einem beim Klang seiner Stimme ein Schauer über den Rücken. »Wie kann jemand zu Fuß sechs Berittenen entkommen?«

»Er hatte Hilfe. Ein rothaariger Mann hat zwei Pferde bereitgehalten. Sie sind wie der Teufel davongeritten.«

»Rothaarig, sagst du?« Der Hauptmann strich sich geistesabwesend über den Schnurrbart.

Der Soldat nickte. »Allerdings war alles irgendwie merkwürdig. Der Junge hat regungslos auf dem Pferd gehangen.«

»War er verletzt?«

»Schwer zu sagen.«

»Soll das etwa heißen, ihr seid noch nicht einmal nahe genug herangekommen, um einen Blick auf ihn werfen zu können?« Der Hauptmann warf Melli einen raschen Blick zu. »Ich nehme an, es wäre sinnlos, dich nach dem Rothaarigen zu fragen.«

Melli durchlebte einen Sturm der Gefühle: Verwunderung über Jacks Flucht; Sorge, daß er verletzt sein könnte; Neugier, wer der rothaarige Mann sein mochte, und Furcht, welche Konsequenzen der Vorfall für ihre eigene Situation haben würde. Und um alles noch schlimmer zu machen, waren die Schmerzen in ihrem Bauch und in ihrem Unterleib unerträglich. »Ich weiß nichts über einen rothaarigen Mann.«

»Hmmm.« Der Hauptmann schien eine Entscheidung getroffen zu haben. »Nun gut. Wir werden jetzt erst einmal zurück ins Dorf reiten. Wenn der Sturm nachläßt, können wir einen Suchtrupp aufstellen, um den Jungen zu suchen.«

»Warum so eilig, Hauptmann?« fragte der Soldat. »Warum sollen wir nicht zunächst unsere Geschäfte hier erledigen?« Er schaute zu Melli. »Vielleicht seid Ihr so großzügig, Eure Beute mit uns zu teilen.«

»Niemand wird das Mädchen anrühren. Verstehst du? Niemand!« Der Hauptmann blickte in das verwirrte Gesicht des Soldaten. »Sie ist eine Jungfrau, Jared.«

Der Soldat nickte verstehend. »Und zwar eine verdammt gutaussehende.«

»Außerdem hat man ihr höfische Manieren beigebracht.«

Der Soldat stieß einen bewundernden Pfiff aus. »Das nenne ich gute Beute.«

Der Hauptmann richtete seine Aufmerksamkeit wieder auf Melli. »Kann ich dir vertrauen, wenn ich dich auf ein Pferd setzte, oder muß ich dich wie einen gemeinen Dieb binden lassen?«

Das Gespräch der beiden Männer hatte Melli mit Sorge erfüllt, und das Zusammenspiel von Sorge und Schmerzen erregte ihr Übelkeit. Dennoch war sie fest entschlossen, weder Furcht noch Schmerz zu zeigen. »Ich werde alleine reiten«, erwiderte sie.

»Ich sage dir, Grift, nichts ist schlimmer, als das Schlußlicht zu bilden. Den ganzen Tag über reiten wir durch Pferdemist.«

»Aye, Bodger. Ich weiß, was du meinst; aber Pferdemist hat auch seine guten Eigenschaften.«

»Und was wäre das, Grift?«

»Er kann eine Frau davor bewahren, ein Kind zu bekommen, Bodger.«

»Wie soll das funktionieren, Grift? Läßt er deinen Samen das Ziel verfehlen?«

»Nein, Bodger. Aber wenn sich eine Frau damit einreibt, riecht sie so streng, daß sie jeden Mann in die Flucht schlägt.« Grift kicherte fröhlich. »Nichts beugt einer ungewollten Vaterschaft besser vor, als es nicht zu tun.«

Bodger brachte seinen neu einstudierten, skeptischen Gesichtsausdruck nun erstmalig zum Einsatz: Er hob die linke Augenbraue, während die rechte ungerührt an ihrem Platz verweilte.

»Was ist los mit dir, Bodger? Du siehst aus, als hättest du ernsthafte Verdauungsprobleme.«

Rasch wechselte Bodger zu einer Mimik, die ihm vertraut war. »Es war schon ziemlich komisch, wie Maybors Pferd gestern einfach so tot unter ihm zusammengebrochen ist.«

»Aye, Bodger. Aber das war noch nicht einmal das Merkwürdigste, was an diesem Morgen geschehen ist. Hast du gesehen, wie Baralis beinahe vom Pferd gefallen ist, als Maybors Hengst das Zeitliche gesegnet hat?«

»Aye, und ich habe auch gesehen, wie der vermummte Riese Crope ihn aufgefangen und auf den Boden gelegt hat. Es war schon ganz gut, daß unser Hauptmann entschieden hat, ein Lager aufzuschlagen. Lord Baralis war bestimmt nicht fit genug, um einen weiteren Tag im Sattel durchzustehen.«

Die beiden Männer wurden von dem Geräusch eines galoppierenden Pferdes abgelenkt, das sich von hinten näherte.

»Das sind die zwei von der Nachhut, Grift. Sieht so aus, als brächten sie jemanden mit.«

»Verdammt! Ich hoffe, das bedeutet keinen Ärger mit den Halcus.«

»Nein, Grift. Der dritte Mann ist kein Halcus.« Bodger drehte sich im Sattel, um einen besseren Blick auf die sich nähernden Reiter werfen zu können. »Er gehört zur königlichen Garde.«

»Bist du sicher, Bodger?«

»Man kann Blau und Gold unter seinem Umhang erkennen, Grift.«

»Ich sage dir, Bodger, wenn man uns einen einzelnen Mann der königlichen Garde hinterhergesandt hat, bedeutet das nichts als Ärger.«

»Was für Ärger, Grift?«

»Den schlimmsten, Bodger.«

Die beiden Männer schwiegen, als die drei Reiter an ihnen vorbeigaloppierten. Das Gesicht des Neuankömmlings war ernst und unergründlich im trüben Licht des Morgens. Grift beobachtete, wie ein in Schwarz gekleideter Mann sich aus der Kolonne löste und an die Spitze des Zuges ritt, wohin auch die drei Soldaten eilten. »Anscheinend kann es Lord Baralis gar nicht erwarten, die Neuigkeiten zu erfahren«, murmelte er.

Aufgeregt durch die Ankunft des Kuriers hielt die Kolonne an. Grift sah, wie sich die Reiter der Spitze näherten, wo sich Lord Maybor und der Hauptmann aufhielten. Dort angekommen, hielten die Reiter an, und der Kurier salutierte. Worte wurden gewechselt. Lord Baralis gesellte sich zu der kleinen Gruppe, und der Kurier führte ihn und Lord Maybor beiseite. Obwohl Grift die drei deutlich sehen konnte, war es unmöglich, ihnen von den Lippen abzulesen, was sie zu besprechen hatten. Beide Lords wirkten angespannt. Nachdem der Kurier seinen Bericht beendet hatte, nickte Maybor. Der Kurier wandte sich wieder der Kolonne zu und verkündete mit lauter Stimme:

»Der König ist tot! Lang lebe der König! Lang lebe Kylock!«

Jack wurde ein Hähnchenschenkel gereicht. »Iß«, befahl der rothaarige Mann, der – wie sich inzwischen herausgestellt hatte – Rovas gerufen wurde.

Jack war erst vor kurzem erwacht und hatte sich in einer kleinen Hütte mit drei Zimmern wiedergefunden. Im Herd brannte ein behagliches Feuer, und in mehreren Töpfen kochten Speisen. Anhand des Lichts, das unter den Fensterläden hindurchschien, erkannte Jack, daß es Vormittag sein mußte. Der Kragen der Tunika rieb an der Wunde an seinem Hals, und sein Kopf schien vor Schmerz zu zerspringen.

Er betrachtete den Hähnchenschenkel. Ein merkwürdiges Frühstück; allerdings wußte Jack auch nur wenig über die Sitten der Halcus. Die meisten Menschen in den Vier Königreichen betrachteten die Halcus als ungehobelte Barbaren. Jack aß ein Stück von dem Hähnchen: Es war zart und scharf gewürzt.

»Gut, nicht?« soufflierte Rovas, der seinen eigenen Hähnchenschenkel mit bemerkenswert wenig Zurückhaltung salzte. Offenbar war Salz hier bei weitem nicht so teuer wie in den Königreichen. Der rothaarige Mann bemerkte Jacks verwunderten Blick. »Heutzutage gibt es wohl nicht allzu viel Salz in den Königreichen, oder?« sagte er. »Ist ja auch kein Wunder; die verdammten Ritter kontrollieren den gesamten Salzhandel, und dann dieser Krieg …« Er schüttelte den Kopf. »Es gibt noch nicht einmal genug davon, um Fleisch pökeln zu können.«

Jack glaubte, eine gewisse Selbstgefälligkeit in der Stimme des Mannes bemerkt zu haben und erwiderte: »Dir scheint es allerdings nicht sonderlich schlecht zu gehen.«

»Ist das nicht immer so? Für verschiedene Leute bedeutet Krieg auch verschiedene Dinge. Nimm mich zum Beispiel: Ich habe noch nie so viel Salz auf meinem Tisch gehabt wie jetzt. Das ist eine der guten Seiten des Krieges. Hier.« Rovas schob die Salzschüssel über den Tisch. »Eigentlich gehört dir sogar ein Teil davon. Die Ladung, aus der es stammt, war ursprünglich für die Königreiche bestimmt.«

»Du bist also ein Dieb?«

Der Mann lachte: ein kräftiges, triumphierendes Geräusch. »Ja, ich glaube, so könnte man es nennen. Man könnte mich auch als Briganten, Banditen, Schmuggler oder Schwarzmarkthändler bezeichnen. Nenn mich, wie du willst. Ich selbst betrachte mich allerdings lieber als ›Nutznießer‹.«

»›Nutznießer‹?«

»Ich ziehe meinen Nutzen aus dem Krieg.« Rovas lächelte und entblößte eine Reihe großer, weißer Zähne. »Dieser Krieg ist wie ein riesiges Weizenfeld, reif zur Ernte. Es wäre eine Schande, all das Korn auf dem Acker verrotten zu lassen, und so hole ich mir die Überschüsse.«

Jack erkannte selbstgefälliges Gerede, wenn er welches hörte. »Das Korn anderer Leute zu stehlen ist die Arbeit eines Wiesels, nicht die eines Bauern.«

Wieder lachte Rovas. »Ein Wiesel, was? Ein neuer Name für meine Liste.«

Der rothaarige Mann lehnte sich zurück, um sein Frühstück zu genießen. Trotz seiner guten Laune bemerkte Jack eine gewisse Nervosität in Rovas' Verhalten. Seine Augen blickten immer wieder zur Tür, als würde er jemanden erwarten, und in der Tat öffnete sie sich nur wenige Minuten später. Eine Frau trat herein. Sie war reif an Jahren, groß und mit feinen Gesichtszügen. Enttäuschung breitete sich auf Rovas' Gesicht aus.

»Hast du irgendeine Spur von ihr entdeckt?« fragte er die Frau.

»Nein.« Die beiden tauschten einen spannungsgeladenen Blick aus. Die Frau machte ein vorwurfsvolles Gesicht, und ihre Hand verkrampfte sich im Stoff ihres Rockes.

»Ich hätte sie nicht dort zurücklassen sollen«, sagte Rovas.

»Dinge zu tun, die du nicht tun solltest, wird bei dir langsam zur Gewohnheit«, erwiderte die Frau.

Jack überlegte, was ihm an der Stimme der Frau so vertraut vorkam. Sie klang nicht wie Rovas; sie hörte sich eher an wie ... Melli! Das war's. Sie hatte die gleiche Stimme wie die Hofdamen in Burg Harvell – ein Akzent wie sein eigener, durchsetzt mit den modulierten Tönen einer Adeligen. Jack fragte sich, wie eine Frau aus den Königreichen mitten unter ihren Feinden leben konnte.

»Ich habe sie gebeten, hinter mir zu reiten«, erklärte Rovas, »aber sie hat darauf bestanden, daß ich alleine gehe.«

»War es so eng?«

»Nicht so eng, als daß mein Pferd nicht auch zwei Leute hätte tragen können.«

Die Knöchel der Frau traten weiß hervor, während sie ihren Rock umklammert hielt. »Wie viele waren es?«

»Ein Dutzend sind bei dem Stall aufgetaucht. Sechs haben sich dem Jungen und mir an die Fersen geheftet.« Offensichtlich hatte Rovas den Appetit verloren; er ließ seinen halbgegessenen Hähnchenschenkel auf den Teller fallen. »Ich habe sie zuletzt gesehen, als sie sich in einem Stechginster versteckt hat. Es hat dort draußen gefroren, Magra. Auch wenn die Soldaten sie nicht gefunden haben, die Kälte hat es bestimmt.« Er stand auf und trat ans Feuer.

»Glaubst du, sie wird etwas Unüberlegtes tun?« Die Frau schaute zu Jack.

Rovas folgte ihrem Blick. »Ich hoffe nicht. Jetzt kann jemand anderes die Arbeit erledigen.«

Jack bemerkte den Blick, den die beiden austauschten, voller unausgesprochener Botschaften – ein verschwörerischer Blick. Er begann, sich Sorgen zu machen. Er wollte wieder bei Melli sein und sich gemeinsam mit ihr auf den Weg machen.

Die Frau mit Namen Magra schenkte sich einen Becher dampfenden Kräuterpunschs ein und wärmte ihre Hände an dem Gefäß. Schließlich drehte sie sich erneut zu Jack um und sagte: »Das ist also der Mörder.«

Sie musterte ihn eingehend und holte sogar eine Kerze herbei, um ihn deutlicher sehen zu können. Obwohl ihm diese Musterung unangenehm war, wich Jack dem Blick der Frau nicht aus. Schließlich sagte sie: »Du hast irgendwas an dir, Junge, das mir bekannt vorkommt.«

Jack fürchtete die Frage, die unweigerlich folgen mußte. Seiner Erfahrung nach führten Bemerkungen wie diese stets zu Fragen nach der Familie einer Person, doch er hatte nicht die Absicht, die Schande seiner Abstammung mit der arroganten Frau neben ihm zu teilen. Rovas' Einmischung rettete ihn.

»Komm schon, Magra«, sagte er. »Setz dich. Wenn du den Jungen belästigst, wird deine Tochter auch nicht schneller zurückkommen.«

Die Frau warf einen letzten Blick auf Jack. Trotz der Kälte in ihren Augen tat sie ihm irgendwie leid. Sie sorgte sich um ihre Tochter, und er stellte eine willkommene Ablenkung dar. Mit einem lauten Seufzer verlor die Frau ihre harte Haltung, und mit einemmal wirkte sie viel älter und kleiner. Sie setzte sich auf einen dreibeinigen Stuhl neben dem Feuer. Rovas trat zu ihr und legte eine riesige Hand auf ihre Schulter. Magra wich der Berührung aus und ließ Rovas mit einem merkwürdig ausgestreckten Arm zurück. Er wandte sich um und lehnte sich gegen den Herd. Im selben Augenblick zuckte die Hand der Frau in einer kaum wahrnehmbaren Geste der Versöhnung. Eine Weile rührten die beiden sich nicht, während die Kerzen immer weiter herunterbrannten.

Der Türriegel brach den Bann. Er klapperte, dann hob er sich, und ein Mädchen betrat den Raum. Nein – einmal im Licht zeigte sich, daß sie mehr als nur ein Mädchen war. Sie war eine Frau. Jack beobachtete, wie Rovas und Magra zu ihr hinüberliefen. Rovas erreichte sie als erster und streckte die Arme aus, um sie an sich zu drücken. Die Frau war so schlank, daß man sie leicht für ein junges Mädchen halten konnte; doch Jack sah, daß sie älter war als er, vielleicht drei oder vier Jahre. Sie wandte sich zu ihrer Mutter. Die beiden Frauen traten einander mit einer Förmlichkeit gegenüber, die zwischen Vater und Tochter gefehlt hatte. Dennoch waren die Augen der Mutter feucht. »Ich habe zu lange am Feuer gesessen«, erklärte sie ihrer Tochter.

»Also«, sagte Rovas und strahlte über das ganze Gesicht. »Was hat dich so lange aufgehalten?«

Alle drei brachen in ein nervöses Lachen aus. Jack schien es, als hätten sie seine Gegenwart völlig vergessen. Er fühlte sich als Eindringling: Sie waren nicht seine Freunde, und ihr Glück war nicht das seine. Die Ankunft der Frau hatte ihn sogar ein wenig wütend gemacht. Für *sie* war die Welt in Ordnung. Die Tochter war wieder unverletzt zurückgekehrt, und nichts hatte sich geändert. Aber was war mit Melli?

»Ich mußte über Nacht warten«, erklärte die junge Frau, »ansonsten hätten mich die Wachen entdeckt, die man bei dem Stall zurückgelassen hat.«

Die Frau war in Sichtweite des Hühnerstalls gewesen! Jetzt war alles klar: Rovas hatte Jack auf ihrem Pferd hierhergebracht, und so war sie gezwungen gewesen, sich vor den Soldaten zu verstecken und zu Fuß zurückzukehren. Unzählige Fragen lagen Jack auf der Zunge. Warum hatten sie ihn mitgenommen? Warum hatten sie sich gegen ihre eigenen Landsleute gestellt? Und was hatten sie mit ihm vor? Aber wichtiger als alles andere war die Tatsache, daß die junge Frau die Nacht in der Nähe des Hühnerstalls verbracht hatte.

»Was ist mit dem Mädchen in dem Stall geschehen?« verlangte Jack zu wissen. Der harte Klang seiner Stimme überraschte ihn sogar selbst.

Alle drei drehten sich zu ihm um. Jack bemerkte, daß Rovas mit seiner Tochter einen flüchtigen Blick austauschte – eine unmißverständliche Warnung.

»Sie ist tot«, antwortete die junge Frau. »Der Hauptmann hat befohlen, sie zu Tode zu prügeln, wie es dem Komplizen eines Mörders gebührt.«

Melliandra. Seine Tochter wäre heute Königin gewesen. Wie dumm von ihr, einfach wegzulaufen. Und wie dumm von *ihm*, sie einfach weglaufen zu *lassen*. Sie war ein Juwel, geschliffen für das Königtum und poliert für die Macht, der passende Schmuck für einen König. Er hatte sie schon so lange nicht mehr gesehen – oh, wie er ihren scharfen Verstand und ihre funkelnden Augen vermißte.

Maybor fühlte sich alt und traurig. Frierend zog er seinen Umhang enger um die Schulter. Der Schneefall war stärker geworden, und der Wind trieb ihm die Flocken ins Gesicht. Er wartete darauf, daß die Zelte endlich aufgebaut waren. Die Nachrichten des Kuriers waren von solcher Wichtigkeit, daß man beschlossen hatte, an Ort und Stelle ein Lager aufzuschlagen und am heutigen Tag nicht mehr weiterzureisen. Dieses Arrangement war Maybor in mehr als nur einer Hinsicht recht: Nicht nur wollte er den Kurier weiter über die Umstände von Lesketh' Tod ausfragen; nach dem Sturz vom Pferd und der anschließenden Landung in einem Dornengestrüpp war das Reiten für ihn zu einer äußerst schmerzhaften Angelegenheit geworden. Er war ziemlich sicher, daß der Arzt nicht alle Dornen aus seinem Hinterteil entfernt hatte. Das war typisch. Wenn sie einen schon nicht mit ihrer Quacksalberei umbringen konnten, dachten sie sich etwas anderes aus, um einem das Leben zur Hölle zu machen.

Und was das Pferd betraf, das tot unter ihm zusammengebrochen war: Warte, bis er nach Harvell zurückkehrte. Der Pferdehändler, der ihm den Hengst verkauft hatte, würde sich am Pranger wiederfinden, sollte er die zweihundert Goldstücke nicht umgehend zurückerstatten, die ihn das Biest gekostet hatte. Maybor grunzte und sandte eine weiße Wolke seines Atems in die Luft. Er würde dafür sorgen, daß der Pferdehändler ausgepeitscht werden würde, auch wenn er das Geld zurückzahlte; schließlich mußte irgend jemand für diese Demütigung büßen.

Maybor blickte zu Baralis. Der schwarzgewandete Lord schlich wie ein Wolf durchs Lager. Offensichtlich wollte er den Kurier als erster befragen. Wahrscheinlich nahm er an, als Kanzler des Königs das Recht dazu zu haben; aber *er*, Maybor, war der Anführer dieser Gesandtschaft, und er bestimmte die Regeln, nach denen hier gespielt wurde.

Einer der Diener trat herbei und informierte Maybor, daß die Zelte bereit seien. Maybor befahl dem Mann, den Kurier sofort zu ihm zu bringen, sobald dieser sich frisch gemacht und die Kleider gewechselt hatte.

»Aber, Herr«, erwiderte der Diener, »Lord Baralis hat bereits befohlen, den Kurier zunächst zu ihm zu bringen.«

Maybor nahm eine Goldmünze aus seinem Wams und drückte sie in die weiche Hand des Dieners. »Hier. Sorg dafür, daß der Kurier zuerst zu mir kommt.« Der Diener nickte und eilte davon. Loyalität war ein Mittel, um dafür zu garantieren, daß Befehle ausgeführt wurden – Gold war ein anderes.

Maybor trat ins Zelt und machte sich daran, seine

Oberkleidung abzulegen. Gerade als er mit den komplizierten Verschlüssen am Rücken seiner Tunika kämpfte, kam Baralis herein.

»Soll ich einen Diener rufen, damit er Euch hilft?« fragte der Kanzler und trat näher. Seine Lippen öffneten sich einen Spalt, so daß man einen seltenen Blick auf seine Zähne werfen konnte. »Wie ich sehe, habt Ihr mit diesen Schnüren einige Schwierigkeiten. Ich muß sagen, ich finde es schon bewundernswert, daß Ihr es immer wieder erduldet, wie eine Jungfer verschnürt zu werden.« Baralis ging zu einem niedrigen Tisch, auf dem Speisen und Getränke angerichtet worden waren, und schenkte sich ein Glas Wein ein.

Maybor war außer sich vor Wut, doch er besaß genug Geistesgegenwart, um sich zu beherrschen. Er würde sich nur lächerlich machen, sollte er sich aufregen, solange er nur halb angezogen war. Statt dessen ließ er es bei einem verächtlichen Schnauben bewenden und zog eines seiner pelzbesetzten Gewänder über.

Mit der wiederhergestellten Würde kam erneut die Wut. »Was in Borcs Namen habt Ihr hier zu suchen?« verlangte er zu wissen. »Verlaßt augenblicklich mein Zelt!«

»Oder sonst?« Baralis machte sich nicht die Mühe aufzublicken. Er war damit beschäftigt, ein Stück Trockenobst auszuwählen.

Maybor haßte die kalte Arroganz des Mannes. »Kommt schon, Baralis. Ist Euer Gedächtnis so schlecht, daß Ihr nicht mehr wißt, wie gut ich mit einem Schwert umgehen kann?«

»Mein Gedächtnis ist vollkommen in Ordnung, Maybor. Allerdings betrachte ich einen alten Mann mit einem Schwert nicht als sonderlich große Bedrohung.«

Alter Mann! Die Ankunft des Kuriers hielt Maybor von einer bissigen Antwort ab. Der junge Mann hatte seine Kleider gewechselt und sich rasiert.

»Ich bin froh, Euch beide hier anzutreffen«, sagte er taktvoll.

»Ja, es war eine gute Idee von Lord Maybor, sein Zelt für dieses Treffen zur Verfügung zu stellen«, erwiderte Baralis. »Hättest du vielleicht gerne eine kleine Erfrischung?«

Maybor gefiel das ganz und gar nicht. Baralis spielte sich als großzügiger Gastgeber auf und versuchte so, dem Kurier den Eindruck zu vermitteln, er hätte das Sagen. Maybor beschloß, den Kanzler in seinem eigenen Spiel zu schlagen.

»Wenn Ihr schon gerade die fürsorgliche Mutter spielt, Baralis, seid bitte so nett, mir ein Glas Wein einzuschenken und eine Scheibe von dem Fasan abzuschneiden.« Voller Schadenfreude beobachtete Maybor, wie Baralis nichts anderes übrigblieb, als dieser Bitte Folge zu leisten. »Solch dünne Scheiben. Offenbar findet Ihr keinen Geschmack an rotem Fleisch.« Baralis reichte ihm den Teller. Das Fleisch war zäh, doch Baralis' Gesichtsausdruck machte es zarter als jeder Fleischklopfer.

»Wie nennt man dich, junger Mann?« Maybor würde nicht zulassen, daß Baralis erneut das Regiment übernahm.

»Mein Name ist Durvil, Herr.« Der junge Mann wirkte nervös. Die unterschwellige Spannung, die in dem Zelt herrschte, war auch ihm nicht entgangen.

»Nun, Durvil, wie genau ist der König gestorben?«

»Er ist im Schlaf verschieden, Mylord. Nach allem, was ich gehört habe, ist er friedlich entschlafen. Der Meister des Bades hat ihn am Morgen gefunden. Zu diesem Zeitpunkt war der König bereits steif und kalt.«

»Befand sich der Meister des Bades die ganze Nacht über in den Gemächern des Königs?« fragte Baralis.

»Der Meister des Bades schläft in einem Raum direkt neben dem Schlafgemach des Königs, Mylord.«

»Könnte es sein, daß es nicht mit rechten Dingen zugegangen ist?«

»Nein, Lord Baralis. Niemand hätte die Gemächer

des Königs betreten können, ohne von der königlichen Garde entdeckt zu werden.«

»Trotzdem – hat der Meister des Bades die ganze Nacht geschlafen?«

»Ja.«

Maybor fragte sich, warum Baralis so besorgt darüber war, daß etwas nicht mit rechten Dingen zugegangen sein könnte. Seit nunmehr fünf Jahren war der König nur noch ein sabbernder Krüppel gewesen; es war keineswegs eine Überraschung, daß er endlich das einzig Richtige getan hatte und verreckt war. »Vor wie vielen Tagen genau ist dies geschehen?« fragte er.

»Eine Woche nach Eurer Abreise, Herr.«

»Dann ist der König also schon seit drei Wochen tot?«

»Ja, Herr.«

»Wie hat die Königin die Nachricht aufgenommen?« fragte Baralis. Maybor war wütend; der Kanzler des Königs stellte bessere Fragen als er.

»Die Königin war erschüttert. Sie hat sich mit der Leiche eingeschlossen und einen Tag lang niemandem gestattet, dem Toten zu nahe zu kommen. Schließlich hat der König befohlen, sie gewaltsam zu entfernen.«

Der König. Es war ein Schock, dies zu hören: Kylock war jetzt König.

»Geht es der Königin gut? Hält man sie fest?« Wieder Baralis, der immer tiefer bohrte.

»Nein, Herr. Das würde der König seiner Mutter niemals antun.« Die Stimme des Kuriers klang beleidigt – bereits jetzt konnte der neue König auf die Loyalität zumindest einiger Untertanen zählen. »Am Tag meiner Abreise hat er ihr ein herzliches Lebewohl gewünscht.«

»Lebewohl?«

»Ja. Die Königin hat beschlossen, den Hof zu verlassen und sich auf ihre Burg im Norden zurückzuziehen.«

»Erscheint es dir nicht merkwürdig, daß eine nicht mehr ganz junge Frau ihre Gesundheit riskiert, indem sie sich mitten im kältesten Winter auf eine solch lange Reise begibt?«

Maybor mußte zugeben, daß Baralis' Frage durchaus Sinn machte.

»Nein, Herr. Kylock hat dem Hof versichert, dies entspräche ihren eigenen Wünschen. Er hat eine große Abteilung der königlichen Garde zu ihrem Schutz abgestellt.«

»Hmmm.« Baralis ließ die skeptische Silbe einen Augenblick in der Luft hängen, bevor er fortfuhr: »Und was ist mit Kylock? Wünscht er nach wie vor, daß die Hochzeit mit Katharina von Bren wie vereinbart stattfinden soll?«

»Das tut er in der Tat, Mylord. Er ist äußerst begierig auf diese Verbindung.«

Der Ausdruck der Erleichterung auf Baralis' Gesicht war zwar nur flüchtig, aber unübersehbar.

»Jetzt, wo er König ist, hat Kylock doch bestimmt keinen Bedarf mehr an zwei Abgesandten, oder?« In Maybors Kopf begann ein Gedanke, Gestalt anzunehmen.

»Seine Majestät hat mir aufgetragen, Euch ausdrücklich mitzuteilen, daß er immer noch wünscht, daß Ihr ihm beide als Abgesandte dienen mögt.«

»Ich bin der Abgesandte des Königs«, erklärte Maybor, der sehr zufrieden mit sich war. »Lord Baralis ist der Abgesandte des Prinzen, nur daß es keinen Prinzen mehr gibt.«

»Bitte verzeiht mir, Lord Maybor«, entgegnete Baralis, »aber ich glaube, man hat mich zu *Kylocks* Abgesandtem ernannt.«

»Hat der König irgendwelche Wünsche geäußert, wer von uns beiden den höheren Rang bekleiden soll?« Maybor glaubte, falls Kylock nichts zu diesem Thema gesagt haben sollte, würde alles so weiter laufen wie bisher, mit ihm als dem Ranghöherem.

»König Kylock hat seinem Wunsch Ausdruck verliehen, daß Ihr diese Frage freundschaftlich untereinander entscheiden sollt. Er vertraut auf Euer beider Fähigkeiten, einen vorteilhaften Kontrakt auszuhandeln.«

Maybor war nicht sonderlich glücklich mit dieser Antwort; Baralis erging es wahrscheinlich nicht anders. Dennoch war sein Selbstvertrauen nach wie vor unerschütterlich. Immerhin war er der Abgesandte des Königs. Er trank einen kräftigen Schluck Wein und ließ sich in seine Seidenkissen zurücksinken.

Baralis' nächste Frage überraschte ihn. »Was waren Kylocks erste Handlungen als König?«

»Der König hat alles getan, was man von ihm erwartet, Mylord. Er hielt Totenwache in der Großen Halle und betete um göttliche Führung.«

»Ich habe nicht nach all den Zeremonien gefragt, zu denen er verpflichtet ist, weil es so gut aussieht. Hat er irgendwelche Gesetze verabschiedet? Hat er irgend etwas Konkretes unternommen? Irgendwelche Hinrichtungen befohlen?« Maybor bemerkte eine gewisse Angst in Baralis' Worten.

»Man hat mich zwei Tage nach dem Tod des Königs ausgesandt.« Ein tadelnder Unterton lag in der Stimme des Kuriers. »Kylock hat nichts unternommen. Er hat um seinen Vater getrauert.«

»Was ist mit dem Krieg?« beharrte Baralis.

»Wie ich gehört habe, hat der König seinem Wunsch Ausdruck verliehen, daß der Krieg nun bald gewonnen werde.«

Nachdem er alles, was er wissen wollte, aus dem Kurier herausgequetscht hatte, schien sich Baralis in sich selbst zurückzuziehen. Maybor wußte nicht, was an dieser Erklärung so bedeutsam war. Es war nur angemessen, daß Kylock verkündete, den Krieg gegen die Halcus gewinnen zu wollen. Wäre es anders gewesen, und wäre er nun Kylocks Schwiegervater, hätte er den neuen König gedrängt, dem Krieg so schnell wie möglich ein Ende zu bereiten. Es war höchste Zeit, daß die Halcus wieder in ihre verlausten Hütten zurückgetrieben wurden. Wegen ihnen hatte er schon viel zu viele Apfelernten verloren.

»Wenn Ihr mich jetzt bitte entschuldigen wollt, Mylords, werde ich mich jetzt zurückziehen«, sagte der Kurier. »Ich habe einen langen Ritt hinter mir, und ich bin erschöpft.«

Maybor nickte zustimmend, und der Kurier verneigte sich und verließ das Zelt.

Baralis erhob sich und strich das Gewand mit seinen verkrüppelten Händen glatt. »Ich wünsche Euch noch einen schönen Tag, Lord Maybor«, sagte er mit einer dürftigen Verbeugung. Als er an Maybor vorbeikam, legte er ihm etwas Kaltes, Glattes in die Hand. »Ich glaube, daß habt Ihr vorhin verloren.«

Nachdem der Kanzler gegangen war, betrachtete Maybor den kleinen Gegenstand. Es war eine Goldmünze. Er mußte sie sich nicht genauer ansehen, um zu wissen, daß es sich um dieselbe Goldmünze handelte, mit der er vor einer Stunde den Diener bestochen hatte.

Tavalisk aß Blutpudding. Natürlich, es war ein Bauerngericht, und es belegte daher nur einen unteren Rang auf seiner Liste kulinarischer Genüsse; aber von Zeit zu Zeit verspürte er das Bedürfnis, sich der entbehrungsreichen Tage seiner Kindheit zu erinnern. Selbstverständlich wußten seine Diener nichts davon. Er hatte ihnen erklärt, er esse solche Speisen wie Blutpudding oder Kutteln, um seiner Verbundenheit mit dem einfachen Volk Ausdruck zu verleihen, das gezwungen war, von solcher Nahrung zu leben. Anschließend hatte er dafür gesorgt, daß diese Erklärung im Volk verbreitet wurde, und was einst eine Last aus seiner armen Jugend gewesen war, hatte sich nun in einen Vorteil verwandelt. Die Menschen von Rorn bewunderten ihn dafür, daß er das gleiche aß wie sie; es trug dazu bei, seinen Ruf als Mann des Volkes weiter zu festigen. Und Rorn war eine Stadt, deren Führer von der Gnade des Volkes abhingen.

Tavalisk schnitt ein großes Stück aus dem Pudding und verlor sich in der tiefschwarzen Farbe. Um ihn herzustellen, ließ man einen Kadaver ausbluten – normalerweise von einem frisch geschlachteten Lamm – und rührte das Blut auf einem Topf über dem Feuer, bis es dick und schwarz war. Anschließend fügte man Fett und Gewürze hinzu, gab das Ganze in eine Kasserolle und kochte es. Wenn man ihn korrekt zubereitete, besaß der Pudding eine dichte, körnige Konsistenz, die an ein Grab erinnerte.

Tavalisk spie ein Stück Fett aus. Er war nur an dem Blut interessiert.

Der Erzbischof wußte, daß er sich eigentlich freuen sollte; der sich in alles einmischende, alte Trottel Bevlin war endlich aus dem Weg. Seit Jahren schon war ihm der Gelehrte ein Dorn im Auge gewesen. Doch anstatt sich zu freuen, machte sich Tavalisk Sorgen: Bevlin war nicht mehr; die Ereignisse in Bren entwickelten sich mit atemberaubender Geschwindigkeit, und die Ritter von Valdis wurden immer mehr zu einer Last. Ärger, der seit Jahren vor sich hin gebrodelt hatte, schien nun zum Ausbruch zu kommen.

Immer öfter ertappte sich Tavalisk dabei, wie seine Gedanken nach Norden wanderten, nach Bren. Das kommende Drama würde in der tödlichsten aller Städte aufgeführt werden, und wenn Marod recht hatte, würde *er* eine maßgebliche Rolle darin spielen. Ein leichtes Lächeln umspielte Tavalisks Mundwinkel. Er wollte verdammt sein, wenn Marod sich irrte! Aber selbst dann würde er allen die Schau stehlen.

Ein Klopfen ertönte, und Gamil betrat den Raum mit Tavalisks Katze auf dem Arm. Ein gemein aussehender und noch immer blutender Kratzer zierte Gamils Gesicht.

»Ich habe Eure Katze endlich aufgespürt, Euer Eminenz.«

»Was hat dich aufgehalten? Du warst stundenlang fort.«

»Die Katze hat sich in einem Komposthaufen am hinteren Ende des Gartens versteckt, Euer Eminenz. Sie war ausgesprochen zurückhaltend, was ihre Rückführung anbetrifft.«

Der Erzbischof lockte die Katze mit einem Stück Pudding. »Also wirklich, Gamil, es ist äußerst rücksichtslos von dir, auf meinen besten Seidenteppich zu bluten.«

Hastig tupfte sich Gamil das Blut mit einem Zipfel seines Gewandes aus dem Gesicht. »Bitte verzeiht mein Bluten, Euer Eminenz.«

»Es sei dir vergeben. Nun, was für Neuigkeiten bringst du mir?«

»Unsere Spione haben den Ritter bis Bren verfolgt. Offenbar verhält sich der junge Mann nicht wie er selbst.«

»Und wie wer, wenn ich fragen darf, verhält er sich?« Schon wieder Bren. Allein der Name reichte aus, um das Herz des Erzbischofs schneller schlagen zu lassen. Widerstrebend schob er den Pudding beiseite. Sein Arzt hatte ihm erklärt, er habe ein wenig Übergewicht, und er solle überlegen, seine Mahlzeiten entsprechend zu reduzieren. Statt zu essen, solle er sich der Musik widmen. Musik!

»Er verhält sich wie ein Schurke, Euer Eminenz. Frauen, Trinken, Schlägereien; mit jedem Schritt verursacht er neuen Ärger.«

»Also hat er tatsächlich zur Abwechslung mal etwas Spaß. Wenn du mich fragst, wurde es höchste Zeit, daß er sich mal ein wenig gehenläßt. Er war edler, als gut für ihn war.« Tavalisk hob einen rundlichen Arm ins Licht. Das blasse Fleisch wabbelte wie Aspik.

»Du hältst mich doch nicht für fett, oder, Gamil?«

»Nein, Euer Eminenz. Ihr habt eine äußerst ...« Gamil hielt einen Augenblick inne, um nach dem rechten Wort zu suchen, »... eine äußerst überwältigende Figur.«

»Überwältigend.« Dem Erzbischof gefiel der Klang

des Wortes. »Ich glaube, du hast recht, Gamil. Ich bin weit davon entfernt, fett zu sein; ich bin überwältigend.« Er schenkte seinem Sekretär ein Lächeln. »Und nun zurück zu anderen Themen. Was hast du heute sonst noch für mich?«

»Nicht viel, Euer Eminenz. Der Junge folgt dem Ritter immer noch, und wir wissen immer noch nicht, warum Larn einen Anschlag auf Bevlin in Auftrag gegeben hat.«

»Also wirklich, Gamil. Manchmal glaube ich, du besitzt die geistigen Fähigkeiten des Puddings dort drüben. Es ist doch offensichtlich, warum Larn dafür gesorgt hat, daß Bevlin das Zeitliche segnet. Seit Jahren versucht Bevlin, dem Treiben auf der Insel ein Ende zu machen. Der alte Trottel war nicht glücklich, wenn er seine Moral nicht anderen aufoktroyieren konnte. Ich persönlich glaube ja, daß nichts Schlimmes dabei ist, jemanden an einen Felsen zu binden. Wie ich höre, bekommen sie regelmäßige Mahlzeiten.«

»Euer Eminenz ist ein großer Humanist.«

»Ach, Gamil, das ist die Last, die ich zu tragen habe.« Mit einer schwungvollen Bewegung schleuderte Tavalisk die Katze durch die Luft. Wenn *er* nichts mehr von dem Pudding essen durfte, dann sie erst recht nicht. »Gibt es etwas Neues von den Rittern?«

»Man sagt, Tyren tobt vor Wut über die Ausweisungen, Euer Eminenz. Vielleicht wird er sich doch nicht so passiv verhalten, wie wir gedacht haben.«

»Wie *wir* gedacht haben, Gamil? *Wir* haben so etwas nicht gedacht. *Ich* habe gedacht, es sei wahrscheinlich, daß Tyren die Ausweisungen als Provokation auffassen würde, und wie es scheint, habe ich recht gehabt. Sie werden die Herausforderung annehmen.«

»Das könnte Krieg bedeuten, Euer Eminenz.«

»Vielleicht. Wir werden abwarten müssen, wie der Norden reagiert.« Der Erzbischof lächelte. »Aber wie auch immer … Ich fürchte, die ganze Sache ist von Anfang an vorherbestimmt gewesen.«

»Was veranlaßt Euer Eminenz zu solch einem Gedanken?«

Tavalisk schaute Gamil einen Augenblick nachdenklich an. Seine Finger strichen über das Buch auf dem Tisch. In diesen Tagen war Marod nie weit von ihm entfernt. Sein Sekretär wirkte allzu begierig, etwas zu erfahren, und so zuckte der Erzbischof nur unbekümmert die Schulter. »Es ist nichts. Nur so ein Gefühl«, antwortete er. »Du darfst niemals vergessen, daß ich Erzbischof bin, Gamil, und daher wird mir von Zeit zu Zeit göttliche Einsicht gewährt.« Er war noch nicht bereit, seine Entdeckung mit jemandem zu teilen. »Sorg dafür, daß Valdis und Bren in den kommenden Monaten besonders gut im Auge behalten werden, Gamil.«

»Selbstverständlich, Euer Eminenz. Wenn Ihr sonst nichts mehr für mich habt, werde ich mich jetzt zurückziehen.«

»Nur ein kleiner Rat noch, bevor du gehst, Gamil. An deiner Stelle würde ich den Kratzer untersuchen lassen. Mit einem Gesicht wie dem deinen kann man sich keine weitere Entstellung leisten.«

Die Tür öffnete sich, und irgend etwas wurde auf Melli geworfen. Für einen Augenblick wurde sie von Panik ergriffen; sie rechnete mit einem Messer oder einer Keule. Der Gegenstand verfehlte sie und landete neben ihr auf dem Boden. Es war ein Laib Brot. Ihre Wärter waren außerordentlich großzügig mit Nahrungsmitteln. Heute hatte sie bereits drei Mahlzeiten bekommen. Allmählich gewann Melli den Eindruck, daß man sie wie eine Festtagsgans mästete. Wenn das so weiterging, würde man ihr als nächstes bestimmt Buttermilch und Schweinefett reichen, damit das Fell schön glänzte.

Melli befand sich in einem kleinen, dunklen Keller. Sie war allein, und ihr war eiskalt. Gestern hatte der Trupp eine große Garnison erreicht, und der Hauptmann hatte Melli unter das Gebäude in der Mitte der

Festungsanlage geführt. Er hatte den Wachen strikte Anweisungen gegeben, sie gut zu versorgen und ihr nicht zu nahe zu kommen. Die Wachen hatten gehorcht. Melli hatte nur ihre schattenhaften Umrisse gesehen, wenn sie das Essen in den Keller geschoben hatten.

Sie hatte eine kalte, einsame Nacht hinter sich, die sie auf der Suche nach Wärme zusammengekauert in einer Ecke verbracht hatte. Ihr einziger Trost war, daß Jack frei war. Melli hatte bemerkt, wie wenig es ihm gefallen hatte, tagelang in einem Hühnerstall eingesperrt zu sein. Hier hineingesteckt zu werden, ohne eine Möglichkeit, die Tür zu öffnen, wäre vermutlich zuviel für ihn gewesen.

Für Melli war das etwas anderes. Inzwischen hatte sie sich daran gewöhnt, gefangen zu sein. So oder so war sie ihr ganzes Leben lang eine Gefangene gewesen.

Melli wußte, daß sie Glück gehabt hatte. Sie hatte sich aus dem Schicksal der Lady Varella herausgeredet. Was auch immer als nächstes geschehen mochte, sie tröstete sich damit, daß sie ihrer Zukunft wenigstens noch mit allen Fingern gegenübertreten würde. Melli riß ein Stück aus dem Laib und kaute auf dem zähen Hefebrot herum. Zum ersten Mal kam ihr der Gedanke, daß das Schicksal von Lady Varella ebenso der Fehler der Königreiche gewesen war wie der der Halcus. Hätte ihr Gemahl sie liebevoll empfangen, anstatt ihr zu zeigen, wie abstoßend und nutzlos sie war, dann wäre sie nicht in den Selbstmord getrieben worden. In den Königreichen wurde der Wert einer Frau an ihrer Erscheinung gemessen. Eine Frau mit zwei Fingern konnte sich noch nicht einmal am Spinnrad nützlich machen – so wie man es von den weniger Schönen erwartete. Also hatte Varella keinerlei Wert mehr gehabt, und sie hatte es gewußt. Und so hatte sie das einzig Richtige getan: Sie hatte ihren Gemahl und ihre Familie von einer Last befreit.

Melli hörte eine Kakerlake über den Boden krabbeln.

Als Kind hatte sie Angst vor ihnen gehabt. Es galt als schicklich für eine Dame, in Panik auszubrechen, wann immer ein Insekt gesichtet wurde. Junge Mädchen gingen sogar so weit, daß sie sich ein bestimmtes Insekt *aussuchten*, dessen Anblick sie nicht ertragen konnten. Je kleiner und armseliger das Insekt, desto feiner die Dame. Melli trat auf die Kreatur. Anhand des beeindruckend lauten Krachens konnte man davon ausgehen, daß es sich um ein besonders großes Exemplar gehandelt haben mußte.

Die Tür öffnete sich erneut. *Was kommt jetzt,* dachte Melli, *ein fünfgängiges Menü?* Ein Mann stand in der Tür, und seine Gestalt zeichnete sich deutlich gegen das Licht der hinter ihm liegenden Wachstube ab. Das Knirschen von Leder verriet Melli, was ihre Augen nicht sehen konnten: Es war der Hauptmann.

»Ich hoffe, meine Männer behandeln dich gut«, sagte er.

»Ungefähr so gut, wie ein Bauer seine beste Färse behandelt.«

Der Hauptmann lachte und trat in den Raum. »Bei Borc, es ist verdammt kalt hier drinnen. Haben sie dir Decken verweigert?«

»Ich habe nicht danach gefragt.«

»Du bist ein verflucht stolzes Weib! Wenn du daran nicht bald etwas änderst, wird es dich noch den Kopf kosten.«

»Wenn du hergekommen bist, um mich mit mir über Charakterfehler zu unterhalten«, erwiderte Melli, »dann schlage ich Arroganz als den deinen vor.«

Erneut lachte der Hauptmann. Seine Hand glitt über den glänzenden Schnurrbart, von dem Melli mittlerweile annahm, daß er dazu diente, nicht gerade perfekte Zähne zu verbergen.

Verzweifelt wünschte sie zu erfahren, was ihr bevorstand; doch sie wollte dieses Verlangen gegenüber dem Hauptmann nicht eingestehen, und so sagte sie nur: »Ich hoffe, du hast nicht die Absicht, mich hier noch sehr viel länger festzuhalten. Die Dunkelheit raubt mir den Appetit und schadet meinem guten Aussehen. Ich bin sicher, daß du keine häßliche, ausgemergelte Streunerin am Hals haben willst.«

»Meine liebe Dame, Ihr tut Euch selbst unrecht. Die Dunkelheit bringt Eure Schönheit erst richtig zur Geltung, so wie bei einem Wein, den man tief unter der Erde lagert.«

»Einige Weine verwandeln sich in Essig, wenn man sie zu lange einlagert.«

»Du wirst nicht lange hierbleiben. Morgen wirst du bereits auf dem Weg sein.«

»Und wohin führt dieser Weg?«

»Nach Osten, die übliche Route.« Der Hauptmann zuckte die Schultern. »Aber wohin auch immer es gehen mag, es geht dich nichts an.«

»Ach ja?« Inzwischen empfand Melli nur noch Wut über die Selbstgefälligkeit ihres Gegenübers.

»Kriegsbeute, meine Liebe. Du gehörst mir, und ich kann mit dir machen, was ich will.« Mit diesen Worten verneigte sich der Hauptmann verächtlich und ging zur Tür. »Und ich will, daß du mir eine Menge Geld einbringst.« Er ging hinaus und verriegelte die Tür.

Mellis Hand glitt an ihre Seite. Sie spürte den Stoff ihres Kleides und dann das Korsett. Kurz über der Hüfte fanden ihre Finger, wonach sie gesucht hatten: das Messer. Es war noch immer dort, dicht an Mellis Rippen gepreßt. Warm wie Blut und glatt wie Metall war es nun ihr einziger Trost; was auch immer geschehen mochte, zumindest hatte sie ein Messer.

»Verdorbenes Lamm! Verdorbenes Schweinefleisch! Bringt Euer verdorbenes Fleisch hierher!«

Der Ruf faszinierte Schnapper, und so bahnte er sich einen Weg durch die Menge zu dem Mann, der ihn ausstieß. »Was wollt Ihr mit verdorbenem Fleisch?« fragte er. Schnapper war immer an einer neuen Geschäftsmöglichkeit interessiert.

»Hast du welches?«

»Nein.«

»Dann steh auch nicht hier rum und verschwende meine Zeit.«

»Aber ich könnte Euch welches besorgen, wenn genug für mich dabei herausspringt.«

»Sei doch nicht so dumm, Junge. Mit verdorbenem Fleisch läßt sich kein Geld verdienen. Das dient der Wohlfahrt. Es ist für die Aussätzigen.«

»Ihr gebt Euren Aussätzigen verdorbenes Fleisch?« Der Mann nickte, und Schnapper erklärte voller Bewunderung: »Hier in Bren behandelt ihr eure Aussätzigen aber wirklich gut. In Rorn geben wir ihnen gar nichts.«

»Der Herzog ist berühmt für seine guten Taten.« Der Mann lächelte das Lächeln des moralisch Überlegenen und scheuchte Schnapper davon.

Schnapper begann allmählich, Gefallen an Bren zu finden. Zunächst war ihm die Stadt im Vergleich zu seinem geliebten Rorn als kalt und ohne Flair erschienen, doch mittlerweile hatte sich das geändert. Nachdem er einige Tage in der Stadt verbracht hatte, hatte er auch seinen Irrtum erkannt, was den fehlenden Geruch betraf. Bren *besaß* einen eigenen Duft: Die Stadt roch kaum wahrnehmbar nach Eiter. Diesen Duft in der jungen Nase fühlte sich Schnapper beinahe schon wie zu Hause. Er war sogar zu der Überzeugung gelangt, daß die beiden Städte sich kaum voneinander unterschieden. Bren verbarg seine Fehler nur geschickter als Rorn.

Aber natürlich stand die Kälte auf einem anderen Blatt Papier. Schnapper war einfach nicht für den Schnee geboren. In diesem eisigen Wetter konnte ein Mann zwar seinen prächtigsten Umhang tragen, doch das reichte nicht aus, um ihm den Frost vom Leib zu halten. Dank eines wohlhabenden und nichtsahnenden Salzhändlers war Schnapper in den Besitz eines Paars feiner Schweinslederhandschuhe gelangt. Allerdings waren sie ihm viel zu groß. Sie hingen an seinen Händen herab wie frisch gemolkene Kuheuter, und deshalb trug er sie nicht. Dennoch empfand Schnapper Stolz auf seine gute Ausstattung; Mauersegler hätte nichts anderes von ihm erwartet.

Auch hatte Schnapper bereits wieder einiges zurücklegen können, um für den Notfall gerüstet zu sein. Bren war eine reiche Stadt; der Marktplatz hatte sich als ideales Jagdrevier erwiesen. Oh, natürlich hatte Bren auch seine eigenen Taschendiebe; aber nach dem zu urteilen, was Schnapper bisher gesehen hatte, mangelte es ihnen unglücklicherweise an Raffinesse. Ein rascher Griff und dann auf und davon – das hatte nichts mit Können zu tun. Wäre Mauersegler tot gewesen – was bei seinem risikoreichen Beruf sogar wahrscheinlich war –, dann hätte er sich im Grabe herumgedreht.

Schnapper bahnte sich einen Weg durch die Menschenmenge. Aufgrund seiner geringen Körpergröße und des Lärms, den die Leute verursachten, hatte er keine Ahnung, wohin er ging. Allerdings wurde das erst zum Problem, als er mit dem Schienbein an einen Stein stieß. »Bei Borcs stinkendem Atem!« knurrte er und rieb sich das Bein. »Für was sind all die Springbrunnen eigentlich gut?« Beinahe jede Straßenecke in Rorn zierte ein Springbrunnen – nur daß sie mit ihren dunklen, von Vogelmist verunstalteten Steinen nicht sonderlich dekorativ aussahen. Tatsächlich wirkten sie sogar äußerst bedrückend. Entweder besaß der Mann, der für ihre Aufstellung verantwortlich war, eine ausgesprochene Vorliebe für Wasser, oder er empfand eine diebische Freude dabei, die steinernen Ungetüme an Stellen zu plazieren, wo sie die meisten Unannehmlichkeiten verursachen konnten – so wie hier.

Schnapper war ein wenig verärgert: Sein Schienbein pochte vor Schmerz, und er hatte bis jetzt kein Glück bei seiner Suche nach Tawl gehabt.

Die hauptsächliche Schwierigkeit bestand darin, daß große Männer mit goldenem Haar hier nicht so selten waren wie in Rorn. Schnapper hatte mehrere Passanten nach einem solchen Fremden gefragt, und das hatte ihn auf Streifzüge in alle Winkel der Stadt geführt. Bis jetzt hatte er einen Schafhirten aus Ness gefunden, einen Wahrsager aus Lanholt und einen Zuhälter aus Dourhaven. Aber keinen Tawl. Der Zuhälter war äußerst zuvorkommend gewesen und hatte Schnapper seine Hilfe angeboten. Aber der Mann hatte angedeutet, daß er der jahrhundertealten Tradition des ›eine-Hand-wäscht-die-andere‹ zu folgen gedachte, und Schnapper hatte bezweifelt, daß er bereit war zu tun, was der Mann möglicherweise von ihm verlangt hätte.

Insgesamt betrachtet, hatten seine Nachforschungen ihn nirgendwohin geführt; oder genauer: Sie hatten ihn vor einen häßlichen, ungünstig plazierten Springbrunnen geführt.

Es war früher Morgen. Die ersten Sonnenstrahlen brachen durch die Wolken, und ein scharfer Wind blies durch die Stadt. Die Einwohner von Bren schienen allesamt Frühaufsteher zu sein, denn die Straßen waren bereits voller Menschen, die ihren Geschäften nachgingen. Handel war das große, unsichtbare Band, das die

Stadt zusammenhielt. Auch Schnapper spürte dieses Band, und so machte er sich auf den Weg zum Marktplatz.

Die Kunst eines Taschendiebs gründete sich auf Geschicklichkeit. Das Geheimnis lag in der Art der Berührung, und der Trick war, das Opfer glauben zu machen, diese Berührung sei rein zufällig. Egal, ob es sich um ein sanftes Streicheln am Arm handelte oder um einen tolpatschigen Sturz in die Menge, was zählte, war der Körperkontakt. Schnapper konnte ein Schulterklopfen in einen Griff in die Tunika verwandeln, und einen ausgestreckten Arm, um jemandem aufzuhelfen, in eine Untersuchung seiner Börse. Die Kunst des Taschendiebstahls hatte viel gemein mit der der Zauberei. Ein Zauberer hatte die schnelle Drehung seines Handgelenks, und ein Taschendieb hatte die ertragreiche Schnelligkeit seiner Finger.

Für die Besten dieser Zunft – und Schnapper, der von einem Meister seines Fachs ausgebildet worden war, zählte sich dazu – war die wichtigste Fähigkeit das eigentliche Entfernen der Beute. Wenn man es falsch anstellte, würde ein Mann, der ein beachtliches Gewicht an Münzen bei sich trug, ihren Verlust ebenso deutlich spüren wie das Ziehen eines Zahnes. Daher mußte der Taschendieb sich rasch und vorsichtig zurückziehen. Auch durfte er die Börse nicht zu schnell vom Körper des Ziels entfernen. Der Druck mußte nach und nach abfallen, damit der Körper die Veränderung nicht wahrnehmen konnte.

Natürlich war es von Vorteil, wenn das Ziel zum Zeitpunkt des Eingriffs abgelenkt war. Schnapper achtete stets darauf, ein Ziel auszuwählen, das entweder in ein Gespräch vertieft war, es eilig hatte, oder dessen Aufmerksamkeit sich auf ein Spektakel irgendeiner Art richtete. Hübsche, junge Damen waren in dieser Hinsicht besonders effektiv. Ein Mann vergaß sogar die Tageszeit, wenn ein wohlgestaltetes Mitglied des anderen Geschlechts an ihm vorbeiflanierte.

Natürlich gab es auch noch andere Techniken: Methoden, Ringe von Fingern zu lösen, Messer aus Scheiden zu entfernen und Pelze von Krägen.

Eines gefiel Schnapper beim Taschendiebstahl besonders: Niemand wurde verletzt; schließlich handelte es sich nicht um ein Gewaltverbrechen. Taschendiebstahl beraubte einen Mann noch nicht einmal all seiner weltlichen Güter, wie es beispielsweise bei einem Einbruch der Fall war. Beim Taschendiebstahl litt das Opfer nur kurzfristig an einem Mangel an Wechselgeld und vermißte das eine oder andere Schmuckstück. Und für Schnapper war es eine Frage der Ehre, nur solche Leute um ihr Hab und Gut zu erleichtern, die es sich leisten konnten, den Verlust zu ersetzen.

Bereits am Vormittag zeigten sich einige profitable Ausbuchtungen in Schnappers Tunika. Das leise Klimpern von Metall sagte ihm, das sich auch Gold darunter befand. Gold besaß einen eigenen Klang – Musik in Schnappers Ohren.

Nachdem er diese Annahme bei einem Abstecher in eine dunkle Gasse bestätigt hatte, hielt er die Zeit für ein gutes Frühstück gekommen. Schnapper hatte eine Vorliebe für eine hübsche Umgebung und ein gemütliches Feuer. Er erspähte eine Gruppe wohlhabend aussehender Kaufleute und beschloß, ihnen zu folgen. Solche Leute wußten immer, wo man besonders gut essen konnte. Einer der Kaufleute kam Schnapper bekannt vor – schon bald würde der Mann feststellen, daß er knapp bei Kasse war.

Schnapper wurde zu einem Gasthof mit Namen *Cobbs Ritze* geführt. Ein Mann mit roten Wangen trat vor und begrüßte die Kaufleute. Er war übertrieben freundlich, brachte Decken und heißen Grog und befahl, daß man das Feuer schüren und den Tisch decken solle. Die Art, wie er mit einem jovialen Lächeln die Aufsicht führte, brachte Schnapper zu der Annahme, daß es sich um Cobb höchstpersönlich handeln mußte.

Nachdem die Kaufleute versorgt waren, wandte sich

der Wirt an Schnapper. »Diener durch die Hintertür, Junge.«

»Ich fürchte, Ihr irrt Euch, Herr«, entgegnete Schnapper. »Ich bin kein Diener. Selbstverständlich kann ich mein Geld auch woandershin tragen; doch ich habe den Namen von *Cobbs Ritze* aus dem Munde manch eines wohlgenährten Mannes gehört, und eigentlich hatte ich gehofft, eine Kostprobe Eurer berühmten Spezialität des Hauses serviert zu bekommen.« Schnapper wußte, daß er mit der ›Spezialität des Hauses‹ auf der sicheren Seite war. In der ganzen bekannten Welt gab es nicht einen einzigen Gasthof, der sich nicht einer besonderen Spezialität rühmte.

Der Wirt ließ sich erweichen. »Ich muß darauf bestehen, zunächst dein Geld zu sehen, junger Mann.« Schnapper holte eine Goldmünze hervor. Der Wirt nickte. »Wünschst du die Spezialität des Hauses gekocht oder fritiert?«

»Man hat mir berichtet, fritiert sei sehr zu empfehlen.«

Schnapper ließ sich auf einem gepolsterten Stuhl nieder, der so nahe am Feuer stand wie irgend möglich, denn die Kaufleute hatten eine Mauer um den Kamin gebildet. Er schenkte sich einen Becher bitteren, schäumenden Biers ein und lehnte sich entspannt zurück.

Neben seinen Fertigkeiten als Taschendieb war Schnapper auch noch auf ein anderes Talent stolz. In Rorn war er als ›Großohr‹ bekannt. Das bedeutete, er besaß das Gehör eines Fuchses, und in seiner Zeit als Späher hatte er diese Fähigkeit zu einer Kunst weiterentwickelt. Jedermann wußte, daß man ›Späher‹ eigentlich besser als ›Lauscher‹ bezeichnen sollte, denn in den finsteren Gassen von Rorn, unter dem schützenden Mantel der Nacht, hörte man einen Mann, noch bevor man ihn sah.

Schnapper ließ keine Gelegenheit aus, diese Fähigkeit zu trainieren, und so war er ungebetener Zuhörer bei unzähligen Gesprächen gewesen. Schließlich wußte man nie, wann sich eine beiläufige Bemerkung zwischen zwei Freunden als profitabel erweisen würde. Natürlich war Profit nicht Schnappers einzige Motivation, obwohl es die ehrenhafteste war. In Wahrheit war er einfach nur neugierig.

Auch jetzt machte er es sich in seinem Stuhl bequem und lauschte dem Gespräch der Kaufleute. Sie unterhielten sich über die bevorstehende Hochzeit der Tochter des Herzogs.

»Ich sage dir, Fengott«, erklärte der Dickste von ihnen, »ich bin mir der ganzen Sache nicht so sicher. Was wollen wir mit einem Prinzen aus den Vier Königreichen, der einfach hierherkommt und unsere Stadt regieren will? Bren kommt auch ganz gut ohne ihn zurecht.«

»Der Herzog scheint zwar fest zu der Hochzeit entschlossen zu sein; aber ich glaube nicht, daß er zulassen wird, daß Prinz Kylock seinen Platz einnimmt. So wie ich es sehe, sind die Vier Königreiche für den Herzog so was wie sein persönliches Vorratslager. Dort gibt es Getreide und Holz in Hülle und Fülle.«

»Aye«, sagte der Dritte. »Die Hochzeit soll dem Herzog einen Vorteil verschaffen; das ist alles.«

»Nach allem, was ich gehört habe, bekommt der Prinz eine schöne Braut.« Der dicke Mann schaute sich vorsichtig um und senkte die Stimme. »Man sagt, Katharina sei keine Jungfrau mehr.«

»An deiner Stelle würde ich das nicht in Gegenwart des Herzogs sagen, Pulrod«, erwiderte der mit Namen Fengott. »Solch ein Gerede kann dich an den Galgen bringen.«

»Aye, aber nicht, bevor man dich ausgiebig gefoltert hat«, fügte der dritte hinzu.

Schnappers Aufmerksamkeit wurde von dem Gespräch abgelenkt, als der Wirt ihm eine Schüssel fritierter Gänsefüße brachte. Gänsefüße! Allein bei dem Anblick drehte sich Schnapper der Magen um. Offensichtlich waren all die Gerüchte wahr, die man sich in Rorn über die barbarischen Nordländer erzählte.

»Iß«, sagte der Mann, der wahrscheinlich Cobb war. »Du kannst auch einen Nachschlag bekommen.«

Eigentlich war Schnapper kein empfindlicher Esser; aber er zog eine Grenze bei Schweinsohren, Zungen und *Füßen*. Der Wirt schwebte über ihm und wartete darauf, daß sein Kunde von der ›Spezialität des Hauses‹ kostete. Schnapper atmete tief ein und vergrub das Gesicht in den Händen.

»Was ist los, mein Junge?« Der Wirt war augenblicklich besorgt.

»Es sind die Gänsefüße«, antwortete Schnapper mit zitternden Schultern. »Ich dachte, nach all der Zeit würde mir ihr Anblick nichts mehr ausmachen; aber jetzt ist es einfach zu viel für mich. Sie erinnern mich an meine tote Mutter.«

»Sie hatte die Füße einer Gans?«

Schnapper vergrub sein Gesicht noch tiefer in den Händen. »Nein. Sie hat sie immer für mich gemacht … genau wie diese hier. Das war mein Lieblingsessen. Ich kann ihren Anblick nicht ertragen.«

Der Wirt befahl, die Schüssel zu entfernen. Tröstend legte er die Hand auf Schnappers Schulter. »Ich verstehe, mein Junge. Ich werde dir etwas anderes bringen lassen – ohne Extrakosten.«

»Habt Dank, lieber Herr. Ich bin Euch wirklich mehr als dankbar. Könntet Ihr bitte dafür sorgen, daß es sich um Lamm oder Schwein handelt?«

Gänsefüße! Was für ein Gasthof führte Gänsefüße als Spezialität des Hauses? Schnapper trank einen kräftigen Schluck Bier. Während er auf sein Essen wartete, richtete er seine Aufmerksamkeit wieder auf die Kaufleute.

»In dieser Saison ist auf den Kampfplätzen einfach nichts los«, erklärte der mit Namen Fengott. »Es lohnt sich kaum zu wetten. Im letzten Monat habe ich nicht einen einzigen guten Kampf gesehen.«

»Da hast du recht. Seit einem halben Jahr hat es keinen würdigen Herausforderer mehr für den Champion des Herzogs gegeben. Sie kämpfen wie Weiber, die Angst haben, ihr Kleid könnte schmutzig werden.«

»Ich habe jemanden gesehen, der recht vielversprechend zu sein scheint«, erklärte der Fette.

»Wann?«

»Erst letzte Nacht. Ein großer Kerl mit goldenen Haaren. Wie ich gehört habe, stammt er nicht von hier. Er hat wie ein Verrückter gekämpft. Vor meinen Augen hat er seinem Gegner den Arm abgerissen.«

»Wie heißt er?«

»Das weiß niemand. Einige behaupten, er sei ein Ritter. Stets hat er ein Tuch um seinen Unterarm gewickelt – genau um die Stelle, wo ein Ritter seine Ringe trägt.«

»Er kann kein Ritter sein«, wandte der dritte ein. »Es ist ihnen nicht erlaubt, für Geld zu kämpfen.« Die anderen Männer grunzten zustimmend.

»Wo hat er gekämpft?« fragte Fengott. »Ich hätte nichts dagegen, mal einen Blick auf ihn zu werfen.«

»Ich habe ihn in der Tempelstraße gesehen; aber ich glaube, er ist ein Söldner. Also kann er kämpfen, wo er will.«

»Auf jeden Fall werde ich nach ihm Ausschau halten. Schließlich will ich keine Gelegenheit für eine ordentliche Wette verpassen.«

»Hast du diese neue Straße gesehen, die sie gerade bauen ...«

Schnapper hörte nicht mehr zu. Er saß vollkommen regungslos auf seinem Stuhl und schenkte dem Teller mit gewürztem Lammfleisch, den man ihm gebracht hatte, keinerlei Beachtung. Der Kämpfer war Tawl. Er war absolut sicher. Aber anstatt Freude zu empfinden, war Schnapper verzweifelt. Was war aus seinem Freund geworden? Der Mann, den er gekannt hatte, würde niemals als Söldner zur Belustigung anderer kämpfen. Schnapper wußte, die Zeit war gekommen, sich der Wahrheit zu stellen. Tawl hatte Bevlin ermordet. In der Hoffnung, sie irgendwann zu vergessen, hatte Schnapper diese Tatsache in den hintersten Winkel seines Gedächtnisses verbannt. Aber Wahrheiten, besonders häßliche, besaßen die Eigenart, sich wie Würmer immer wieder an die Oberfläche zu graben.

Trotzdem ... Tawl war sein Freund, und Freundschaft war Schnapper heilig. Im Innersten seines jungen Herzens wußte er, daß Tawl nicht freiwillig so handelte.

Er legte eine Goldmünze auf den Tisch – mehr als genug für das Lamm und die Gänsefüße zusammen – und verließ den Gasthof. Draußen fragte er einen Passanten nach der Tempelstraße und machte sich auf den Weg.

Jack saß allein auf der Pritsche, die ihm als Bett diente. Man hatte ihm ein eigenes Zimmer gegeben; den Möbeln nach zu urteilen, handelte es sich um die Schlafkammer der Frauen. Er wußte nicht, was diese Leute von ihm wollten. Wahrscheinlich war er in irgendeinen Streit der Halcus geraten. Aber das war alles egal. Melli war tot.

»Sie ist tot«, hatte die junge Frau mit einer kalten, mitleidlosen Stimme gesagt. Es war genau wie das letzte Mal gewesen, als Jack diese Worte gehört hatte.

Seine Mutter war gestorben, als er neun Sommer alt gewesen war. Ein Geschwulst hatte sich in ihrer Brust gebildet und war bis in die Lunge gewachsen. Ein Jahr lang hatte sie Blut gehustet, bevor sie der Tod ereilt hatte. Sie versuchte, die blutgetränkten Tücher vor Jack zu verbergen, indem sie sie tief unten in ihrem Wäschekorb vergrub, während ihr Sohn schlief – allerdings tat er nur so, als würde er schlafen. Er konnte nicht einschlafen, bevor er nicht anhand der blutigen Tücher überprüft hatte, daß der Husten nicht schlimmer geworden war; doch allzu oft bewiesen sie das Gegenteil. Also reinigte Jack den Stoff im Schein einer Kerze, und am darauffolgenden Morgen stand er stets früh auf, um die getrockneten Tücher vom Kamin zu nehmen. Er glättete und faltete sie, und verstaute sie schließlich in der Kommode. Wenn seine Mutter aufwachte, fand sie nur saubere Sachen vor, und beide konnten eine Weile so tun, als hätte es die Blutflecken nie gegeben.

Zum Ende hin wurde die Krankheit der Mutter so schlimm, daß die Tücher nicht mehr ausreichten, und so zerriß Jack seine Tunika, um ihr die Fetzen zu geben. Unmittelbar vor dem endgültigen Ende hielt man Jack von seiner Mutter fern. Lediglich das Licht, das unter der Tür ihrer Kammer hindurchschien, spendete ihm Trost. Solange es schien, brannten die Kerzen noch, und solange die Kerzen noch brannten, lebte sie.

Crope war der letzte gewesen, der mit seiner Mutter gesprochen hatte. Selbst heute noch konnte sich Jack daran erinnern, wie der schwerfällige Riese mit Tränen in den Augen und die Hand in der Tunika aus dem Zimmer gekommen war. Oh, wie er Crope dafür gehaßt hatte, daß seine Mutter ihn zu sich gerufen hatte. Nach ihm, Jack, dem einzigen Sohn der Sterbenden, hatte niemand geschickt.

Insgesamt drei Tage lang hatte man ihm nicht erlaubt, seine Mutter zu sehen. Und es hatte auch nichts zu sehen gegeben. Das Licht unter der Tür war verschwunden. Schließlich war die Frau des Kellermeisters gekommen. »Sie ist tot«, hatte sie gesagt. »Es hat keinen Sinn, sich aufzuregen. Mach dich lieber nützlich, indem du die Töpfe hier schrubbst. Du willst uns doch nicht zur Last fallen, oder?«

Also hatte Jack am Tag, als seine Mutter gestorben war, Töpfe geschrubbt, und am nächsten hatte er den Boden geputzt. Auf gewisse Art hatte ihm das geholfen, denn ein erschöpfter Junge, dessen Finger von der Arbeit mit groben Scheuerbürsten bluteten, besaß zu wenig Kraft, um an seine Mutter zu denken. Erst ein halbes Jahr später hatte er bemerkt, daß er sich nicht mehr daran erinnern konnte, wie seine Mutter vor ihrer Krankheit ausgesehen hatte. Er hatte die Erinnerung zusammen mit dem Dreck aus den Töpfen und Pfannen weggewischt.

Jacks Faust fuhr auf die Pritsche nieder. Das Holz krachte und splitterte. Melli war tot. Er würde sie nicht so rasch und auf die gleiche treulose Art vergessen. Es war alles seine Schuld. Er hätte sich niemals um die Leiche kümmern und sie allein lassen sollen, oder besser noch: Er hätte den Mann gar nicht erst töten sollen.

Die junge Frau mit Namen Tarissa betrat den Raum. »Was ist los?«

Jack warf ihr einen kalten Blick zu und schwieg. Sie entdeckte die Stelle, an der seine Faust das Holz getroffen hatte. »Bist du das gewesen?« Ihre Stimme klang ruhig, neutral in mehr als einer Hinsicht. Neutral in ihrer Gefühllosigkeit und neutral in ihrem Dialekt. Sie besaß weder den aus den Königreichen stammenden, singenden Tonfall ihrer Mutter, noch sprach sie mit Rovas' hartem Halcus-Akzent.

»Es tut mir wirklich leid wegen des Mädchens«, sagte sie.

»Tut es das wirklich?« Ihr Mitleid machte Jack wütend. »Oder war das nur Teil eures Plans?« Jack spürte noch immer Mellis letzte Berührung auf seiner Hand. Die Erinnerung an die letzten Minuten ihres Beisammenseins war noch frisch und schmerzvoll. Er drückte seine Faust gegen das gesplitterte Holz.

»Plan?«

Erneut fuhr Jacks Faust auf das Holz nieder. Für einen kurzen Augenblick hatte Tarissa Angst, und sie wich einen Schritt zurück. »Unschuld steht dir nicht«, erklärte Jack. »Glaub ja nicht, ich nehme dir ab, daß ihr wegen der guten Luft an dem zugefrorenen Teich wart.« Die Splitter forderten Blut. Warum hatten sie ausgerechnet *ihn* gerettet und nicht Melli? Sein Leben war wertlos. Niemand würde seinen Tod beweinen. Aber Melli – Sie hatte Königin werden sollen. Sie war so schön und stolz, und an dem Tag, als Jack die Söldner mit einer Mischung aus Zorn und Zauberei vernichtet hatte, hatte sie ihm das Leben gerettet. Damals hatten ihn Verstand und Kraft verlassen, und Melli hatte ihn meilenweit durch den Wald geschleppt, bis sie endlich einen Unterschlupf gefunden hatte.

»Was geschehen ist, ist geschehen.« Tarissa zuckte die Schultern. »Wir haben nichts mit dem Tod des Mädchens zu tun. Die Schuld dafür liegt einzig und allein bei dir und einem gewissen Halcus-Hauptmann.«

»Wie heißt der Hauptmann?«

Rovas betrat den Raum, und Tarissa fiel unter seinen Schatten. »Ich werde dir seinen Namen noch nicht nennen«, sagte er.

»Warum nicht?« Jack hatte das Gefühl, als spielten ihm die beiden etwas vor. Sie schienen diese Situation mit Absicht herbeigeführt zu haben, und mit seiner Frage hatte er ihnen in die Hände gespielt.

»Weil du sonst etwas Übereiltes tun könntest, anstatt etwas Weises zu tun, wenn die Zeit reif dafür ist und alle Vorbereitungen getroffen sind.«

Jetzt war es heraus: das Angebot. Alles perfekt geplant. Jack mußte nur noch den Köder schlucken.

»Deshalb hast du mich also hierhergebracht«, sagte er, »damit ich *etwas Weises* tue.«

»Nein«, erwiderte Rovas. »Ich habe dich hierhergebracht, um dein Leben zu retten. Du weißt ganz genau, daß du bei dem Versuch, dem Mädchen zu helfen, umgekommen wärst.«

»Und du erwartest jetzt einen Gefallen für einen Gefallen.« Jack stand auf. Er war genauso groß wie Rovas. »Nun, es tut mir leid, dir mitteilen zu müssen, daß du von mir keine Dankbarkeit zu erwarten hast.«

Tarissa holte Atem, um etwas darauf zu erwidern, doch Rovas kam ihr zuvor. »Ich erwarte gar nichts von dir«, sagte er. »Du bist frei zu gehen, wohin du willst.«

Es folgte ein längeres Schweigen. Jack spürte, daß Tarissa mit Rovas' Worten unzufrieden war; aber er wußte es besser – der Halcus spielte ihm immer noch etwas vor. Seine Worte waren lediglich eine dramatische Finte gewesen.

»Aber«, fuhr Rovas schließlich fort, »ich kann nicht für deine Sicherheit garantieren, sobald du diese Hütte verläßt. Du hast einen Soldaten ermordet, und man wird dich jagen wie einen angeschossenen Hirsch.«

»Und du wirst sie auf die Spur bringen?«

»Ich? Nein, und von Tarissa glaube ich, das gleiche behaupten zu können. Aber ihre Mutter ...« Rovas schüttelte den Kopf. »Magra empfindet nicht gerade Zuneigung für ihre ehemaligen Landsleute. Sie ist eine verbitterte Frau, und Bitterkeit wandelt sich in Haß, wenn man sie zu lange mit sich herumträgt.«

»Wie ich sehe, hat das Wort ›frei‹ keine Bedeutung, wenn es aus deinem Mund kommt.« Jack wischte die blutende Hand an der Tunika ab.

Rovas beobachtete Jack. Ihm war die Drohung nicht entgangen, die in den Bewegungen seines Gegenübers lag.

Als er wieder das Wort ergriff, klang seine Stimme beruhigend. »Bleib hier, und ich verspreche dir, wenn du uns wieder verläßt, wirst du besser mit den Gefahren zurechtkommen, die auf dich warten. Egal ob du dich vor den Soldaten verstecken, oder ob du dich an ihrem Hauptmann rächen willst.«

Darauf wollte Rovas also hinaus; Jack war fest davon überzeugt. Er wollte den Hauptmann tot sehen, und er brauchte Jacks Hilfe, um dieses Ziel zu erreichen. Jack beschloß, Rovas nicht wissen zu lassen, wie durchschaubar er war. »Du hast recht«, sagte er. »Ich könnte in der Tat ein wenig Training gebrauchen. Vor zwei Tagen hast du ja selbst gesehen, wie wenig Erfahrung ich im Umgang mit Waffen habe. Wenn ich jemals wieder aus diesem Land heraus will, muß ich in der Lage sein, mich zu verteidigen.«

»Dann wirst du also bleiben?«

»Solange es mir gefällt.«

Die Veränderung in Rovas' Verhalten war überwältigend. Der hünenhafte Mann trat vor und umarmte Jack. Seine Kleider rochen nach Knoblauch und Waffenöl. Über die Schulter des Halcus hinweg konnte Jack einen Blick auf Tarissa werfen. Das Gesicht der Frau war so kalt wie immer, doch ihre Lippen formten ein widerwilliges Lächeln. Irgend etwas an ihren Zügen kam Jack bekannt vor; aber bevor er herausfinden konnte, was es war, drehte sich Tarissa um und ging hinaus.

Sie näherten sich den Bergen, und das Land stieg immer steiler an und fiel ebenso steil wieder ab, als wolle es sich auf das Gebirge vorbereiten. Baralis konnte die Gipfel der Großen Grenze noch nicht sehen, denn die Wolken und der Schnee schienen sich verschworen zu haben, sie zu verbergen. Aber er wußte, daß sie vor ihm lagen. Sie riefen nach ihm. Ihre uralten, ehrwürdigen Lieder, ohne Musik und ohne Worte, trugen ihre Botschaft zu allen, die sie wahrnehmen konnten. Doch in dieser modernen Welt der Metallpflüge und Wasseruhren gab es nicht mehr viele davon.

Baralis war einer der wenigen, der die Lieder hören konnte. Die Botschaft der Berge war eine unverhüllte Erklärung ihrer Macht. Eine großzügige Warnung derer, die keine Vorurteile kannten. Ihre Lieder sangen davon, daß man ihre Macht nicht unterschätzen dürfe, und daß man das Risiko der Überquerung allein zu tragen habe. Vielleicht würde der Weg einen Tribut fordern.

Auf der anderen Seite der Berge lag Bren. Baralis kannte die Stadt. Jede Straßenecke war ihm vertraut, und er hatte das Glitzern des Wassers in den Springbrunnen gesehen. Bren war eine gefährliche Stadt – gefährlich wegen ihres Stolzes. Bereits die Kinder lehrte man, Bren sei die schönste, reinste und mächtigste Stadt der bekannten Welt. Für sie gab es weder die verdorbenen Leidenschaften von Rorn, noch die dekadente Trägheit von Annis. Nein, Bren war einzigartig in seiner Perfektion: sauberer, geschäftiger und stärker als alle anderen.

Diese Art von Stolz war stets gefährlich. Wenn jemand glaubt, er allein kenne den richtigen Weg, ist er selten zufrieden, bis er nicht andere zu seinem Glauben bekehrt hat. Genauso verhielt es sich auch mit Bren. Baralis verzog die Lippen zu einem zynischen Lächeln. Im Falle des guten Herzogs bedeutete Bekehrung Aneignung.

Der Herzog von Bren hatte bescheiden angefangen: kleinere Dörfer wurden dem Stadtgebiet einverleibt, ebenso wie ein paar kleine Flüsse. Dann wurden die ersten Städte eingeladen, sich mit Bren zu vereinigen – vorsichtshalber wurden diese Einladungen von ein oder zwei Legionen der herzöglichen Armee begleitet. Seit Amtsantritt des Herzogs hatte sich die Karte der bekannten Welt verändert. Bren, das zwanzig Jahre zuvor nur eine Stadt unter vielen gewesen war, stand nun allein.

Und der Herzog wollte noch mehr.

Obwohl Baralis das alles wußte, machte er sich keine Sorgen. Er und der Herzog verfolgten dieselben Ziele – jedenfalls im Augenblick.

Baralis strich über die Mähne seines Pferdes; welch wunderbare Kreatur, so sanft, so gehorsam – das genaue Gegenteil von Maybors arrogant einherstolzierendem und nun totem Hengst.

Baralis blickte zu Maybor an der Spitze der Kolonne. Der hohe Herr ritt den Wallach seines Hauptmanns, und offensichtlich bereitete ihm dies einiges Unbehagen. Ohne Zweifel war der Sturz vom Pferd für seine Unsicherheit verantwortlich. Allmählich gelangte Baralis zu der Überzeugung, daß Maybor nicht umzubringen war – zumindest nicht mit einem einzigen Anschlag. Vielleicht würde es sich als erfolgreich erweisen, den Mann nach und nach zu schwächen. Das Gift auf den Gewändern und der Sturz hatten mit Sicherheit ihre Spuren hinterlassen. Baralis überlegte, mit seinen Mordversuchen einfach so lange fortzufahren, bis der alte Schürzenjäger so viele Wunden davongetragen hatte, daß er von selbst tot umfallen würde.

Baralis lächelte. Die Bewegung der Lippen folgte seinen Gedanken: Maybor war ein naiver Trottel, sollte er glauben, der höhergestellte Abgesandte zu bleiben, jetzt, da König Lesketh tot war.

Und was für ein frühzeitiger Tod das gewesen war.

Irgend jemand hatte beim Ableben des Königs die Finger im Spiel gehabt; dessen war Baralis sicher. Von Beginn an, seit der Pfeil mit der doppelten Nocke die Schulter des Königs getroffen hatte, hatte Baralis jeden Augenblick von Lesketh' Krankheit kontrolliert. Er hatte die Ausbreitung des Giftes kontrolliert und den langsamen Verfall von Körper und Geist gesteuert, und wenn es seinen Plänen nützlich gewesen war, hatte er auch für vorübergehende Anzeichen der Besserung gesorgt. Er war der Architekt der königlichen Krankheit gewesen. Baralis hatte über jeden Atemzug des Königs bestimmt – und nach seinem Willen hätte Lesketh noch nicht sterben sollen.

Aber er *war* tot. Irgend jemandem war es gelungen, sich unbemerkt von der königlichen Garde und vorbei am Meister des Bades Zutritt zu den königlichen Gemächern zu verschaffen. Trotz der beruhigenden Worte des Kuriers war Baralis fest davon überzeugt. Und er glaubte auch zu wissen, wer der Täter war: Kylock, einst Prinz und nun König.

Also hatte der Junge seinen ersten Zug gemacht. Baralis hätte damit rechnen müssen. Kylock war niemals damit zufrieden gewesen, im Schatten eines invaliden Königs und einer übermächtigen Königin zu leben. Eigentlich konnte Baralis mit dem jugendlichen Eifer seines Schützlings sogar zufrieden sein – jedenfalls solange der Junge keine übereilten Entscheidungen traf.

Natürlich hätte Baralis es vorgezogen, wenn während seiner Abwesenheit die Königin regiert hätte. Sie wußte den Wert von Stabilität zu schätzen, und genau das war es, was Baralis brauchte, bis die Heirat von Kylock und Katharina von Bren unter Dach und Fach war. Erst dann war der Zeitpunkt gekommen, zu dem die vereinte Macht von Bren und den Königreichen der Welt die Zähne zeigen konnte. Jetzt fürchtete Baralis, Kylock könne versuchen, den Krieg mit den Halcus so schnell wie möglich zu beenden – ein Vorhaben, daß einem entschlossenen Führer nur allzu leichtfallen würde. Sollte dies geschehen, würden sich die Augen der Welt unweigerlich gen Norden richten – und zwar *bevor* die Allianz beschlossene Sache war. Eine Welt, die besorgt auf die aggressive Handlungsweise eines neuen Königs schaute, stünde einer Union der beiden mächtigsten Staaten des Nordens mit außerordentlichem Mißtrauen gegenüber.

Baralis fand Trost in der Tatsache, daß die Armeen der Königreiche beträchtlich zusammengeschrumpft waren, und die fünf Jahre währenden Kämpfe hatten selbst die besten Soldaten kriegsmüde werden lassen. Trotzdem: Er mußte die Situation im Auge behalten.

Kylock war seine Kreatur. Die Ermordung des Königs war Beweis genug dafür. Allerdings hätte die Tat erst nach der Hochzeit begangen werden sollen. Kylock hatte nichts anderes getan, als die Notwendigkeit eines solchen Handelns zu erkennen. Zwar war er übereilt zu Werke gegangen, natürlich, aber immerhin hatte er es zustande gebracht! Und überdies war es ihm gelungen, die Königin und den Hofstaat davon zu überzeugen, der Tod des Königs sei eine natürliche Konsequenz seiner Krankheit gewesen. Baralis empfand sogar ein wenig Stolz. Nicht den Stolz eines Vaters, nein, eher den Stolz eines Besitzers.

Es gab noch vieles, was er nicht über Kylock wußte. Der Junge besaß Macht; dessen war er sicher. Und er war ebenso sicher, daß er diese Macht nicht nutzen konnte. Die Drogen, mit denen er Kylock versorgte, dienten dazu, diese Fähigkeit zu unterdrücken. Kylock nahm sie freiwillig, denn er glaubte, mit ihrer Hilfe Einblick in die Welt der Finsternis zu erlangen; doch in Wahrheit trieben sie ihn immer tiefer in den Wahnsinn. Und genau das war es, was Baralis wollte. Es war soviel einfacher, einen Mann zu kontrollieren, dessen Verstand von wohldosierten Giften zerstört worden war.

Die Droge hemmte das Aufwallen magischer Energie im Kopf. Zauberei kam sowohl aus dem Kopf als auch aus dem Bauch; beide Ströme trafen sich im Mund, und so konnte die Macht nach außen gelangen. Kylock konnte Kraft aus dem Bauch ziehen, aber er konnte seinen Absichten keinen Ausdruck verleihen. Er war wie ein Rad, das sich mangels Fett nicht drehen konnte.

Und so mußte es auch sein. Baralis durfte nicht riskieren, daß der Ruf des neuen Königs durch Gerüchte um Zauberei geschädigt wurde.

Aber es gab noch einen anderen, persönlicheren Grund, warum er Kylock die Droge verabreichte. Es wäre gefährlich, sollte sich der Junge als der Mächtigere von ihnen erweisen. Es war schwierig, solche Dinge zu beurteilen; aber die Zeichen waren da: Kylock war zu einer Stunde empfangen worden, als das Schicksal höchstpersönlich sich in den Samen getanzt hatte. Und auch ohne das Eingreifen des Schicksals hätte das Blut allein die Vererbung magischer Fähigkeiten garantiert. Zauberei war in Baralis' Familie weit verbreitet.

Der Wind nahm an Stärke zu und blies den Reitern Schnee und Eis entgegen. Baralis zog den Umhang enger um die Schultern und versuchte so, seine Zweifel gemeinsam mit der Kälte zu vertreiben. Kylock war abhängig von der Droge. Auch in Baralis' Abwesenheit würde er sie weiterhin nehmen. Es gab nichts, worüber er sich Sorgen machen mußte; er war müde, sonst nichts. Endlose Stunden im Sattel und die Eiseskälte von Wind und Schnee hatten ihn ausgelaugt. Er wollte so schnell wie möglich die Berge hinter sich bringen und endlich in Bren einreiten. Ehrgeiz und Intrigen waren sein Lebenselixier, und auf der langen Reise nach Osten hatte er weder Verwendung für das eine noch das andere gehabt.

Mit der Ermordung des Königs hatte Kylock Baralis' Aufgabe erschwert, aber der Kanzler war stolz darauf, sich in seinem Leben bisher jeder Herausforderung gestellt zu haben.

Melli saß am Fuß der Treppe und wartete. Sie wußte, daß der Morgen schon lange vorüber war. Das Licht, das unter der Tür hindurchschien, wurde immer schwächer, und schon bald würde es dem blassen Schein der Kerzen weichen. Selbst so spät im Winter waren die Tage noch kurz.

Besorgt und voller Furcht saß sie bereits seit Stunden hier. Jedesmal, wenn sich über ihr etwas bewegte, verspannte sie sich, und ihre Hände suchten nervös nach Beschäftigung; während die eine das Kleid glättete, tastete die andere nach dem verborgenen Messer. Nachdem sie sich vergewissert hatte, daß die Klinge sich nach wie vor zwischen lebender Haut und toten Knochen befand, beruhigte sie sich wieder. Es war wichtig, ihren Peinigern gegenüber keine Angst zu zeigen. Aber es kam niemand, und so hatte Melli Zeit genug, sich das Schlimmste vorzustellen.

Sie fragte sich, was die Verzögerung zu bedeuten hatte. Sie wußte, daß der Hauptmann sie bereits am Morgen wegbringen lassen wollte; doch nun schien es, als wäre ihm entweder etwas dazwischengekommen, oder er hatte seinen Plan geändert.

Während die Stunden verstrichen und Mellis Glieder steif und kalt wurden, dachte sie darüber nach, was wohl aus Jack geworden war. Im Laufe der Wochen, die sie miteinander verbracht hatten, hatte sie sich immer mehr auf ihn verlassen. Sie hatte beobachtet, wie er sich nach und nach verändert hatte, selbstbewußter und gleichzeitig distanzierter geworden war. Melli bezweifelte nicht, daß er nicht auch allein zurechtkommen würde. Wahrscheinlich würde es ihm jetzt sogar besser ergehen, da er sich nicht mehr um sie kümmern mußte.

Ein Schlüssel wurde im Schloß gedreht, und Mellis Gedanken kehrten wieder zu ihrer eigenen Situation zurück. Sie stand auf und wandte sich zur Tür. Ihr Herz raste, und ihr Magen drehte sich. Die Tür öffnete sich, und die Umrisse zweier Männer waren zu erkennen. Der eine war groß und kräftig: der Hauptmann. Der andere war schlank und von merkwürdiger Gestalt.

»Hier ist sie«, sagte der Hauptmann, ohne einen Fuß in den Raum zu setzen. »Ich habe Euch ja gesagt, daß sie eine Schönheit ist.«

»Bringt sie ins Licht.« Die Stimme des zweiten Mannes war dünn und hoch, ohne jede Spur von Gefühl.

Der Hauptmann schnaufte protestierend, doch er entsprach den Wünschen des anderen. Er kam die Treppe herunter und packte Melli am Handgelenk. Indem er ihren Arm verdrehte, zwang er sie die Stufen hinauf. Sie wurde an dem fremden Mann vorbei und ins Licht geführt.

Zunächst mußte sie die Augen zusammenkneifen; das Licht war zu grell.

Der Hauptmann schlug sie mit der flachen Hand ins Gesicht. »Mach die Augen auf, Mädchen!« befahl er.

Melli hatte kaum Gelegenheit, sich über den seltsamen Befehl zu wundern, da war der zweite Mann bereits an sie herangetreten und stupste sie mit einem langen, dünnen Finger. Angewidert wich sie zurück. Der Mann war vollkommen entstellt. Die eine Hälfte seines Gesichtes hing schlaff herab; kein Muskel war in der Wange zu erkennen. Sein linkes Auge war fast geschlossen, und sein halber Mund hatte sich zu einem höhnischen Grinsen geformt.

»Zu dürr«, erklärte er, und die Lippen auf der gesunden Seite vorzogen sich ein wenig nach oben. Er schüttelte den Kopf. »Zu dürr.«

Der Hauptmann schaute den Mann mit kaum verhohlener Verachtung an. »Ihr irrt Euch, mein Herr. Da ist auch Fleisch auf den Knochen.«

Der Mann stieß ein zweifelndes Geräusch aus, während er Melli umkreiste. Sie bemerkte, daß sein linker Arm leblos an der Seite baumelte. Die Finger der linken Hand waren unnatürlich nach innen gekrümmt, und er zog das linke Bein nach.

Immer wieder stupste er sie mit seiner guten Hand an. Ein Finger näherte sich ihrer Wange, und ein langer, gelber Fingernagel zog eine Furche in ihre Haut. »Nicht so jung, wie Ihr versprochen habt«, sagte er.

Der Hauptmann zuckte die Schultern. »Sie ist jung genug, Fiscel, und das wißt Ihr.«

Der Mann ignorierte die Bemerkung und schob den Fingernagel zwischen Mellis Lippen. Melli war gezwungen, den Mund zu öffnen, als der Nagel sich in weiches Fleisch bohrte. Sie schmeckte ihr eigenes Blut. Der Mann ließ seinen Finger über die Zähne gleiten und zog die Lippen hoch, um das Zahnfleisch zu begutachten.

Offensichtlich zufrieden, mit dem, was er sah, richtete er seine Aufmerksamkeit auf ihren Körper. Melli spürte den schuldbewußten Druck des Messers an ihrer Seite. Die Entdeckung der verborgenen Waffe stand kurz bevor. Durch den Stoff ihres Kleides hindurch drückte der Mann mit Namen Fiscel ihre Brust. Diese Demütigung war zuviel für Melli, und sie hob die Hand, um den Mann zu schlagen. Mit überraschender Schnelligkeit fing Fiscel ihren Arm und zwang ihn mit unerwarteter Stärke wieder herunter. Er stieß ein merkwürdiges Geräusch aus, und es dauerte eine Weile, bis Melli erkannte, daß er lachte. Sein Gesicht war direkt vor dem ihren, und sein ekelhaft süßer Atem stieg ihr in die Nase. Melli überlegte, wie sie Fiscels Aufmerksamkeit lange genug ablenken konnte, so daß er die Untersuchung ihres Körpers nicht wieder aufnehmen und das Messer unentdeckt bleiben würde.

Sie beschloß, sich selbst zu vermarkten. »Mein Herr, ich kann Euch versichern, daß ich wohlgeformt bin. Ich besitze keinen Knochen, der nicht von einer angemessenen Menge Fleisch bedeckt ist. Es besteht keinerlei Veranlassung, an mir herumzustochern, als sei ich ein frisch eingelagerter Käse.«

Der Hauptmann, der während der Untersuchung ungeduldig gewartet hatte, war offensichtlich über diese Erklärung erfreut. »Seht Ihr, Fiscel. Ich habe Euch doch gesagt, daß sie die Manieren einer Adeligen hat.«

Melli nutzte die Gelegenheit, um sich ein Stück von ihrem Prüfer zurückzuziehen. Zu ihrer Freude ließ Fiscel sie gehen und wandte sich dem Hauptmann zu.

»Ich nehme sie«, sagte er, »obwohl sie eine Enttäuschung für mich ist.«

Die Worte schienen den Hauptmann nicht zu beeindrucken; er lehnte mit dem Rücken an der Wand und hatte einen Fuß auf ein leeres Bierfaß gestellt. Mit seinem geölten Schnurrbart und dem fein gearbeiteten Lederharnisch bot er ein Bild schneidiger Eleganz. Er war sich des Gegensatzes zu seinem Gegenüber durchaus bewußt, und er nutzte seine physische Erscheinung teils als Drohung und teils als Trumpf in den Verhandlungen. »Ich fürchte, Ihr befindet Euch mir gegenüber im Nachteil, mein Herr«, sagte er.

»Und was für ein Nachteil soll das sein?«

»Als Ihr angekommen seid und ein Glas gewürzten Weins getrunken habt, habe ich mir die Freiheit genommen, einem meiner Männer zu befehlen, Eure ... wie soll ich es ausdrücken? ... *Waren* zu untersuchen. Er hat mir berichtet, Ihr hättet noch zwei weitere Mädchen bei Euch, die zwar jung sind, aber weder Schönheit noch Manieren besitzen.« Der Hauptmann gestattete sich ein selbstgefälliges Grinsen.

Fiscel machte eine abfällige Bewegung mit seinem guten Arm. »Mein lieber Hauptmann, Eure billigen Tricks sind nicht nur unnütz, sondern auch vorhersehbar. Die beiden Mädchen gehen Euch nichts an, und ihre

Reize, oder der Mangel daran, haben nichts mit diesem Geschäft hier zu tun.« Der Fleischhändler – Melli wußte nun ohne Zweifel, daß es sich um einen solchen handelte – war offensichtlich erfahren in Wortgefechten. »Vielleicht sollte ich das Mädchen doch lieber hierlassen. Sie ist hübsch, das ist wahr, aber sie ist nicht mehr jung, und sie hat eine gewalttätige Veranlagung.«

»Das Mädchen hat das achtzehnte Jahr noch nicht erreicht, und Gewalttätigkeit ist oftmals anziehend an einer Frau, wenn man sie Mut nennt.« Inzwischen hatte der Hauptmann seine nonchalante Haltung aufgegeben. Beinahe tat er Melli leid. Er versuchte, jemandem etwas zu verkaufen, der ihm an Verhandlungsgeschick bei weitem überlegen war.

»Vielleicht betrachtet man das Mädchen hier im Norden als jung«, erklärte Fiscel, »aber im tiefen Süden gilt sie als alte Jungfer. Sie ist schon weit über ihre erste Blutung hinaus.«

Melli hatte Mühe, ihre Verlegenheit zu verbergen, weil ein Mann über eine solch intime Angelegenheit sprach. Noch nie hatte sie gehört, daß ein Mann sich über die Zyklen einer Frau geredet hatte. Bis jetzt war sie immer davon ausgegangen, daß Männer keine Kenntnis davon besaßen.

»Fiscel, wir wissen beide, daß Ihr Eure Geschäfte nicht nur im tiefen Süden abwickelt. Ich habe gehört, Ihr würdet sogar in Annis und Bren Handel treiben, was nicht sonderlich weit von hier ist. In diesen Städten gilt das Mädchen nach wie vor als jung.« Der Hauptmann stellte ein wenig von seinem Temperament zur Schau. »Das Mädchen ist schön, wohlgeboren, es hat eine gute Figur und höfische Manieren. Versucht nicht, mir zu erzählen, sie sei ein altes Weib, das Eurer Aufmerksamkeit nicht wert wäre.«

»Ihr sagt, sie sei Jungfrau?«

»Ihr habt mein Wort darauf.«

Wieder stieß Fiscel jenes seltsam klingende Geräusch aus, das Zweifel ausdrückte. Dabei bespritzte er die leblose Seite seiner Lippen mit Speichel. »Das Mädchen ist keine großartige Entdeckung. Sie ist hager, hat dunkle Augen und einen viel zu kleinen Busen. Ich gebe Euch einhundert weniger, als Ihr verlangt habt.«

»Das Mädchen hat helle Haut, blaue Augen und kräftige Hüften. Ich werde von meinem ursprünglichen Preis nicht abgehen.«

Melli fühlte sich durch die herzlose Art, in der über sie gesprochen wurde, gedemütigt. Obwohl ihr die Bemerkungen des Fleischhändlers nicht gefielen, mußte sie zugeben, daß sie zumindest teilweise der Wahrheit entsprachen.

»Das Mädchen ist einfach keine dreihundert Goldstücke wert«, sagte Fiscel. »Ihr Haar ist zu dunkel; ihr Kinn steht zu weit nach vorne, und sie ist zu groß. Die Größe allein reduziert schon die Zahl potentieller Käufer – Männer bestehen darauf, größer zu sein als ihre Frauen.«

Melli hatte das Gefühl, Fiscel könne bis Winterende immer neue Mängel an ihr finden, wenn er nur wollte. Doch sie fand Trost in dem Wissen, daß er sich wahrscheinlich selbst in Gegenwart der größten Schönheiten der bekannten Welt nicht anders verhalten würde.

»Zweihundertfünfzig,, nicht weniger.« Offenbar hatte der Hauptmann kapituliert – entweder das, oder ihm waren einfach nur die Gegenargumente ausgegangen.

»Zweihundertfünfundzwanzig, und wir sind im Geschäft.« Fiscel lächelte: ein furchtbarer Anblick, da nur die Hälfte seines Gesichtes seinen Befehlen gehorchte.

Der Hauptmann zwirbelte seinen Schnurrbart und zeigte deutlich seinen Widerwillen. »Zweihundertvierzig.«

»Zweihundertdreißig.«

»Abgemacht.«

Fiscel streckte die Hand aus, um das Geschäft zu besiegeln. Zwar erwiderte der Hauptmann die Geste, doch vermied er es, seinen Partner zu berühren. Er schaute zu Melli; Bedauern lag in seinem Blick. »Ihr habt ein gutes Geschäft gemacht, Fiscel.«

Der Fleischhändler zuckte die Schultern. »Ich werde schon mit ihr zurechtkommen.« Er öffnete seinen Gürtel, und für einen schrecklichen Augenblick glaubte Melli, er würde sie auspeitschen oder vergewaltigen. Er tat nichts von beidem. Statt dessen drehte er den Gürtel, bis ein schmaler Riß auf der Innenseite erkennbar wurde; er griff hinein und holte dreißig Goldstücke hervor. Diese reichte er dem Hauptmann, der mit dem Messer über die Oberfläche kratzte, um sie zu überprüfen. Fiscel legte den Gürtel wieder an. »Ihr bekommt den Rest, wenn ich mich vergewissert habe, daß Euer Versprechen etwas wert ist.«

»Mein Versprechen?«

»Euer Versprechen, daß sie noch Jungfrau ist. So wie Ihr das Gold überprüft habt, muß ich das Mädchen überprüfen.«

Der Hauptmann machte nicht gerade einen glücklichen Eindruck, aber das war Melli gleichgültig. Was für eine Überprüfung sollte das sein? Vor lauter Wut stieg ihr das Blut ins Gesicht, aber sie zwang sich, ruhig zu bleiben. Vielleicht würde sie Gelegenheit bekommen, ihr Messer zum Einsatz zu bringen, wenn sie mit Fiscel allein war.

»Da ist nichts, worüber Ihr Euch Sorgen machen müßtet, Hauptmann«, erklärte der Fleischhändler. »Ich werde sie mit mir in den Gasthof nehmen, und sobald ich mich einiger delikater Dinge versichert habe, werde ich den Rest meiner Schulden begleichen. Selbstverständlich verlange ich volle Rückerstattung, sollte das Mädchen bereits gebraucht sein.« Fiscels gutes Auge verengte sich zu einem Schlitz. »Sollte es zu dieser unangenehmen Situation kommen, könnte ich natürlich auch versucht sein, Euch die dreißig Goldstücke zu lassen und das Mädchen mitzunehmen.«

Zögernd stimmte der Hauptmann zu. »Ich werde

eine Wache vor dem Gasthof postieren – nur für den Fall, daß Ihr beschließen solltet, bei Nacht zu reisen.«

»Ihr seid zu freundlich.« Fiscel verbeugte sich, so gut es seinem mißgestalteten Körper möglich war. Dann wandte er sich an Melli. »Komm mit mir, Mädchen. Ich will diese Angelegenheit noch heute nacht hinter mich bringen.«

Die Dunkelheit kam früh nach Bren. Die Sonne verschwand hinter den Bergen im Westen, und die Stadt fiel unter den Schatten der mächtigen Gipfel. In kalten Winternächten, so wie dieser, stieg Nebel vom Großen See auf und hüllte die Stadt in einen eisigen Schleier.

Diejenigen, die sich auf die kalten Straßen hinauswagten, suchten nach jedweder Unterhaltung, die ihnen die Nacht zu bieten hatte. Bren war keine Stadt der Musik, Kultur, der Haute Cuisine oder der Philosophie. Bren war eine Stadt der Macht. Eine Stadt, die den Wert einer starken Armee zu schätzen wußte und Loblieder auf die stärksten Männer sang. Das nächtliche Unterhaltungsprogramm eines männlichen Einwohners von Bren – die Frauen zählten nicht – bestand aus ein, zwei Schläuchen billigen Bieres, einer kleinen Wette auf den Kampfplätzen und einer Stunde bei einer Hure, sofern er noch ein paar Kupferstücke übrig hatte.

Die Huren von Bren zogen nicht durch die Straßen oder trieben sich in den Tavernen herum. Es war zu kalt, um hinauszugehen, besonders in der Kleidung, die sie für die Ausübung ihres Berufes bevorzugten. Statt dessen arbeiteten sie in Bordellen. Üblicherweise fand man diese Bordelle in der Nähe der Kampfplätze. Ein Mann, der Glück beim Wetten gehabt hatte, verspürte meist das Bedürfnis, seinen Gewinn zu feiern, und ein Mann, der fast alles verloren hatte, bedurfte oft des Trostes einer Frau. Natürlich waren Frauen nicht das einzige Geschlecht, das seine Dienste feilbot; doch

Bren war eine Soldatenstadt, und offiziell wurde alles verachtet, was als ›unmännlich‹ galt.

Aber wie dem auch sei: Die meisten Männer zog es nachts aus ihren Häusern, fort vom heimischen Herd und hinaus auf die Straßen, die mit ihren Vergnügungen lockten. Hatten sie dann eine ausreichende Menge Bier getrunken, so daß sie die Kälte nicht mehr spürten, versammelten sie sich gierig nach Blut auf den Kampfplätzen.

Es hatte bereits Kampfplätze in Bren gegeben, bevor die Stadtmauer errichtet worden war. Sie waren sogar älter als die Stadt selbst. Als Bren noch ein kleines, ehrgeiziges Dorf gewesen war, hatten sich bereits Menschen versammelt, um sich an dem blutigen Schauspiel zu erfreuen. Manche behaupteten, auf den Kampfplätzen sei Brens Blutgier entstanden, während andere sagten, die grausamen Kämpfe seien nur ein Symptom dessen, was schon immer unterschwellig vorhanden gewesen sei. Doch den Männern von Bren waren solche Debatten gleich. Intellektuelle Auseinandersetzungen waren etwas für Priester und Schwächlinge. Das einzige, was zählte, war der Kampf.

Die Kampfplätze waren kreisrunde Gruben von etwa vier Mann Durchmesser und ein Mann Tiefe. Die Menge versammelte sich am Rand und wettete auf jedweden Kampf, der gerade stattfand. Die Tradition verlangte, daß dem Sieger ein Drittel des insgesamt eingesetzten Geldes zugeworfen wurde. Allerdings hielt man sich nur selten an diese Tradition; es sei denn, der Kämpfer war außergewöhnlich gut, oder er hatte ein paar Leute im Publikum, die seine Ansprüche mit Gewalt durchsetzten. Die Regeln des Kampfes waren einfach: Die einzige erlaubte Waffe war ein kurzes Messer, und sobald die Kombattanten den Ring betreten hatten, war alles erlaubt. Entweder Tod, Bewußtlosigkeit oder Aufgabe eines der Kämpfer brachte den Sieg.

In den alten Tagen waren lange Eisendornen an den Innenseiten der Grube angebracht gewesen, an denen sich die Kämpfer gegenseitig aufspießen konnten. Allerdings kamen zu viele auf diese Art ums Leben, und obwohl der Sieger in einem solchen Fall stets sein rechtmäßiges Drittel erhalten hatte, fehlte es bald an Freiwilligen. Doch Gerüchte besagten, daß man nach wie vor solche Kämpfe sehen konnte, falls man die richtigen Leute kannte und bereit war, den Preis zu zahlen.

Tawl hob den Schlauch an die Lippen und trank einen kräftigen Schluck billigen Bieres. Dann hob er den Schlauch über den Kopf und goß den Rest über Haar und Gesicht. Die Menge war größer als vergangene Nacht. Ohne Zweifel hatte sich die Geschichte von dem Mann, dem er den Arm abgerissen hatte, wie ein Lauffeuer verbreitet. Nichts brachte mehr Menschen an die Grube, als wenn ein Kämpfer zum Krüppel gemacht wurde. Tawl sah, wie die Männer zu ihm herüberstarrten; er sah die Bewunderung in ihren Augen und die Bewegung ihrer Lippen, als sie sich flüsternd über ihn unterhielten. Er konnte ihre Erregung spüren, ihre Lust auf Blut. Sie widerten ihn an.

Dennoch würde er ihnen geben, wonach sie verlangten. Er überprüfte ein letztes Mal die Bandage um seinen Unterarm. Sie saß fest und sicher; sie würde nicht verrutschen. Tawl hatte Schande auf sich geladen, doch die Ritterschaft würde er nie willentlich entehren. Er hatte versucht, sich der Zeichen zu entledigen: Er hatte sein Fleisch verbrannt und Sägemehl in die Wunden gerieben; er hatte sich die Haut mit dem Schwert aufgeschnitten und ein blutiges Kreuz in seinen Arm gezeichnet. Die Ringe waren noch immer zu sehen. Sie verspotteten ihn mit ihrer Gegenwart und beschämten ihn durch das, wofür sie standen. Tawl war nicht mehr länger ein Ritter, doch die Ringe gönnten ihm keinen Frieden.

Sein Blick wanderte zu seinen Händen. Unter den Fingernägeln war Blut; er wußte nicht, von wem es stammte. Vielleicht von dem Einarmigen, vielleicht von dem Mann davor, oder vielleicht sogar noch von Bevlin. Es war egal. Blut war der passende Schmuck für ihn.

Corsella setzte sich neben ihn. Sie trug ein Kleid mit tiefem Ausschnitt, und aufgrund der Kälte hatte sich eine Gänsehaut auf ihrer Brust gebildet. Geistesabwesend strich Tawl mit seinen blutverschmierten Fingern über Corsellas Busen. »Hast du mehr Bier gebracht?«

Corsella, die von ferne jung aussah und aus der Nähe betrachtet sichtlich alterte, nickte. »Das habe ich, Tawl.« Sie zögerte einen Augenblick, dann atmete sie tief durch. »Ich denke, du solltest lieber warten, bis der Kampf zu Ende ist, bevor du noch mehr trinkst.«

Wut keimte in Tawl auf, und er schlug die Frau ins Gesicht. *»Gib mir das Bier, du verdammte Hure!«*

Corsella standen die Tränen in den Augen, doch sie weinte nicht. Blut tropfte aus ihrem Mund. Sie reichte Tawl den Schlauch, ohne ein Wort zu sagen. Nur um sie zu ärgern, trank Tawl mehr, als er eigentlich beabsichtigt hatte. Das Bier spendete ihm keine Freude, es benebelte nur seine Sinne. In letzter Zeit war das alles, worauf er hoffen konnte.

Tawl blickte auf die andere Seite der Grube. Ein Mann, der von der Hüfte an aufwärts nackt war, wurde mit Gänsefett eingerieben: sein Gegner. Der Mann war von durchschnittlicher Größe, doch besaß er kräftige Muskeln und eine glatte, jugendliche Haut. Sein Gesicht war schön und seine Haltung voller Arroganz. Tawl hatte schon viele seiner Art gesehen. Wahrscheinlich hatte der junge Mann sich in seinem Dorf einen Namen gemacht und versuchte nun, diesen Erfolg in der Stadt zu wiederholen. Die Menge war sichtlich beeindruckt vom Aussehen des Jungen. Die Leute brachen in Jubel aus, als er sich ihnen präsentierte. Das Gänsefett, das eigentlich dazu diente, den Griff des Gegners abgleiten zu lassen, ließ seinen Körper im besten Licht erscheinen.

Tawl wußte, was in den Köpfen der Zuschauer vorging. Sie blickten auf ihn und den Jungen, und dann wechselte Geld mit schier unglaublicher Geschwindigkeit den Besitzer. Sie erwarteten, daß der Junge gewann, doch nicht bevor der Fremde mit den goldenen Haaren ihm einen guten Kampf geliefert hatte. Wenn sie Glück hatten, würde einer der beiden Kämpfer vielleicht sogar als Krüppel oder Leiche enden. Tawl trank einen weiteren Schluck Bier. Die Männer, die heute nacht gegen ihn wetteten, würden eine Menge Geld verlieren.

Er zog seine lederne Tunika aus, und Corsella trat vor, einen Topf mit Gänsefett in der Hand. Tawl schüttelte den Kopf. Er würde sich nicht einfetten lassen wie ein Spießbraten. Auch würde er sein leinenes Unterhemd nicht ausziehen; er wollte der Menge kein zusätzliches Schauspiel bieten, indem er ihnen einen Körper zeigte, der von unzähligen Folternarben verunstaltet war. Wenn sie die Narben sehen wollten, mußten sie mehr zahlen.

Der Junge betrat die Grube. Die Zuschauer applaudierten seinem finsteren Gesicht und brachen in Jubel aus, als seine Muskeln im Licht der Fackeln glänzten. Auf Tawl wirkte er wirklich sehr jung.

Über dem Jubel der Menge waren die Rufe der Straßenhändler zu hören:

»Geröstete Erdnüsse! Heiß und frisch! Wärmt eure Hände und euren Bauch, und wenn der Kampf langweilig wird, könnt ihr immer noch mit ihnen werfen!«

»Extra starkes Gerstenbier! Ein halber Schlauch für nur zwei Silber! Ein Schluck, und der Kampf wird zum Erlebnis eures Lebens und eure Frau zur größten Schönheit der bekannten Welt!«

»Schweinerippchen! Direkt aus dem Ofen! Der Tip ist besser als jeder Kämpfer!«

Die Menge verstummte, als Tawl sich erhob. Alle Augen waren auf ihn gerichtet, und er bildete sich ein, Bedauern im Blick derer zu sehen, die gegen ihn gewettet hatten. Ihr Pech. Er trat auf den Rand der Grube und sprang hinunter. Die Menge war enttäuscht. Während der Junge – dessen Name Handris war – dem Publikum eine Schau lieferte, indem er ihm seine Muskeln und sein edles Profil präsentierte, ging Tawl nur mit gesenktem Kopf auf und ab und ignorierte Zuschauer und Gegner.

Ein rotes Tuch wurde gehoben und in die Grube geworfen. Der Kampf hatte begonnen.

Der Junge umkreiste seinen Gegner auf der Suche nach Schwachstellen. Das war sein erster Fehler. Mit jedem Schritt offenbarte er unabsichtlich seine eigenen Schwächen. Tawl war wie ein Falke auf der Jagd. Die Jahre seiner Ausbildung kamen ihm nun zugute. Unbewußt schätzte er seinen Gegner ab. Der Junge war nervös – das war gut. Aber er wußte, wie man ein Messer führte. Seine Arme waren muskulös, doch seine Flanke und sein Rücken waren schwach. Kurz oberhalb seines Gürtels war eine leichte Hautverfärbung zu erkennen: eine alte Wunde – wahrscheinlich war das Fleisch noch weich.

Tawl wartete. Der Junge hieb mit seinem Messer auf ihn ein. Einen Augenblick später wirbelte er herum und trat mit der Ferse zu. Tawl war gezwungen, dem Messerangriff auszuweichen, und so war er offen für den Tritt. Schmerz explodierte in seinem Schienbein. Der Junge beging seinen zweiten Fehler, als er diesen Vorteil nicht nutzte. Die lobenden Zurufe des Publikums füllten seine Ohren und seinen Verstand. Tawl sprang vor. Sein Messer diente als Ablenkung, während sein Ellbogen auf den Kiefer des Jungen zielte. Der Kopf seines Gegners flog zurück. Tawl gab ihm keine Gelegenheit, sein Gleichgewicht wiederzufinden. Wieder war er über ihm; ein Schlag in die Magengrube und ein Messerhieb in den Arm des Jungen.

Beim Anblick des Blutes stieß die Menge ein bewunderndes ›Ahhh‹ aus. Zweifelsohne wurde weiteres Geld verwettet.

Der Junge hatte sich rasch wieder gefangen. Er besaß die blitzartigen Reflexe der Jugend. Er stürmte voran, und die Wucht des Aufpralls riß sowohl ihn als auch

Tawl zu Boden. Dann hob er das Messer und stieß nach Tawls Gesicht. Das war sein dritter Fehler: Er verließ sich zu sehr auf seine Klinge. Mit aller Kraft, derer er fähig war, riß Tawl das Knie hoch und rammte es in den Unterleib seines Gegners. Der Junge reagierte sofort, und sein Messer schnitt tief in Tawls Schulter. Leuchtendrotes Blut tränkte das Leinen.

Der Junge war noch immer über ihm, das Messer bereit für weitere Angriffe. Irgend etwas an der Art, wie der Junge das Messer hielt, erinnerte Tawl an lange Schatten – damals – in Bevlins Hütte ... Er versuchte, die Erinnerung an den toten Mann zu verdrängen. Aber als es ihm endlich gelang, fand er darunter das Bild seiner Schwestern. Er war wertlos. Er hatte seiner Familie gegenüber versagt, gegenüber der Ritterschaft und gegenüber Bevlin. Zorn wurde seine Waffe und sein Schild. Eine solche Wut überkam ihn, daß er nicht länger gegen den Jungen kämpfte; er kämpfte gegen das Schicksal. Er kämpfte gegen Larn und seine Lügen, gegen seinen Ehrgeiz und was aus ihm geworden war.

Tawl warf den Jungen ab. Er landete hart auf dem Rücken, und nur eine Sekunde später war der Ritter über ihm. Tawl warf das Messer weg – es erinnerte ihn zu sehr an jene verhängnisvolle Nacht der langen Schatten. Die Menge war außer sich. Furcht stand in den Augen des Jungen. Tawl griff nach dem Hals seines Gegners, und seine Finger schlossen sich um das muskulöse Fleisch. Er spürte das Messer des Jungen an seiner Seite. Ohne in seinem Griff auch nur für einen Augenblick nachzulassen, schlug er ihm das Messer aus der Hand, indem er seinen Ellbogen wie eine Keule benutzte, und trat es außer Reichweite.

Mit seiner freien Hand schlug er den Jungen wieder und wieder. Er hatte die Selbstbeherrschung verloren. Nur eins war für ihn noch von Bedeutung: Er mußte die Dämonen von seinem Rücken verjagen – und im selben Augenblick war ihm klar, daß sie ihm niemals Frieden gönnen würden. Das Gesicht des Jungen wurde zu einer blutigen Masse. Das Krachen von Knochen ernüchterte die mittlerweile schweigende Menge.

Tawl atmete tief ein. Als er wieder ausatmete, versuchte er, von seinem Zorn abzulassen. Es war nicht leicht; mit dem Zorn kam Vergessen und, wenn auch nur vorübergehend, der Anschein, daß er Herr der Lage war. Aber das war er nicht; egal wie er es auch betrachtete.

Tawl stand auf und trat von dem leblosen Körper des Jungen zurück. Das einzige Geräusch in der kalten Luft war sein eigener Atem, schnell und erschöpft. Die Menge wartete. Zunächst verstand Tawl nicht warum; dann bemerkte er das rote Tuch. Es lag an der Wand der Grube. Er ging hinüber, hob es auf und hielt es über den Kopf, damit die Zuschauer es sehen konnten: das Zeichen des Sieges.

Wie ein Mann begann die Menge zu schreien. Ob ihre Rufe Zeichen der Freude oder der Verdammnis waren, war Tawl gleichgültig. Er spürte, wie etwas Hartes seine Schulter traf und dann seinen Rücken. Die Leute warfen Geld. Silber und Gold. Bald war der Boden der Grube mit glitzernden Münzen bedeckt.

Die Freunde des Jungen eilten herbei und schleppten den reglosen Körper fort. Tawl war nicht sicher, ob der Junge noch lebte oder nicht. Corsella wurde in die Grube hinabgelassen, und sie beeilte sich, die Münzen in einen Sack zu stopfen. Während der ganzen Zeit hatte Tawl sich nicht gerührt. Noch immer hielt er das rote Tuch in der Hand, das im Wind flatterte.

Melli folgte Fiscel aus der Garnison. Der Gang des Mannes war beinahe komisch; er torkelte von seinem guten auf das schlechte Bein wie ein betrunkener Krüppel. Sein Atem war schwach und unregelmäßig und wurde von einem Rasseln begleitet, das seinen Ursprung tief in der Brust hatte. Sein Geruch erfüllte Melli mit Abscheu. Die überwältigende Süße exotischer Parfüms konnte den Geruch des Krankenlagers nicht vollständig überlagern.

Obwohl Melli einen Kopf größer war als Fiscel, war sie nicht sicher, ob sie ihn überwältigen konnte. Ihr Handgelenk schmerzte noch immer von seinem eisernen Griff, mit dem er sie davon abgehalten hatte, ihn zu schlagen. Trotz seines Aussehens steckte Kraft in Fiscels Körper. Doch Melli machte sich keine Gedanken wegen seiner Stärke; es war seine Erscheinung, die sie am meisten beunruhigte. Sein Gesicht war eine groteske Maske; sein gutes Auge funkelte wie das eines Geiers, während sein schlechtes wässerig und trüb war. Sein physisches Erscheinungsbild war mehr als nur abstoßend, und davor fürchtete sich Melli – mehr noch als vor seiner verborgenen Stärke.

Ein Wachsoldat öffnete das schwere Holztor, und Melli trat hinaus in die kalte Halcus-Nacht. Der Wind trieb ihr die Tränen in die Augen, und die schreckliche Kälte ließ sie sofort auf den Wangen gefrieren.

Fiscel packte Mellis Arm. Seine langen Fingernägel gruben sich in ihr Fleisch. Zunächst konnte sie nichts sehen, doch nachdem ihre Augen sich an die Dunkelheit gewöhnt hatten, konnte sie eine Silhouette in der Schwärze der Nacht erkennen. Es handelte sich um einen Wagen, vor den drei Pferde gespannt waren. Zwei der Tiere waren groß und schwer, während das dritte schlank und muskulös war: ein Reitpferd. Ein Mann in einem grauen Umhang kümmerte sich um die Pferde.

Fiscel brachte Melli zum hinteren Teil des Wagens. Laut hämmerte er gegen das Holz, und eine Tür öffnete sich. Melli spürte die Hand des Fleischhändlers auf ihrem Hinterteil, als er sie eine kleine Leiter hinauf in den Wagen schob. Hinter ihr schloß sich die Tür, und sie fand sich in der Gesellschaft von zwei Frauen wieder.

Der Geruch von Bittermandeln stieg ihr in die Nase. Das Innere des Wagens wurde von einer kleinen Öllampe beleuchtet. In der Mitte lagen vier Strohsäcke, die beinahe den ganzen Raum ausfüllten. Ein kleiner Teppich und einige Holzkisten waren die einzigen anderen Einrichtungsgegenstände.

Die beiden Frauen waren von Mellis plötzlichem Erscheinen nicht überrascht. Sie lagen auf einem Strohsack und tranken eine dampfende Flüssigkeit aus mit Messinghaltern versehenen Gläsern. Eine der beiden Frauen, eine dunkelhäutige, schwarzhaarige Erscheinung, bedeutete Melli, sich zu setzen. Melli war versucht, die träge Geste zu ignorieren, aber der Wagen fuhr an, und sie wurde unsicher auf den Beinen. Die schwarzhaarige Frau lächelte ein ›Ich hab's dir ja gesagt‹.

Der Wagen fuhr in gleichmäßigem Tempo, und Melli ließ sich auf dem Strohsack nieder, welcher der Tür am nächsten war. Die schwarzhaarige Frau nickte ihrer blonden Gefährtin zu. Offensichtlich hatte sie ihr auf diese Art befohlen, ein weiteres Glas mit der dampfenden Flüssigkeit zu füllen, denn das Mädchen nahm einen silbernen Teekessel zur Hand und tat genau das. Melli ergriff den Messinghenkel. Das Metall war warm, doch nicht so heiß wie das Glas darunter.

Die scharfen, aber wohlriechenden Dämpfe stahlen sich in Nase und Lunge und entfalteten dort ihre subtile Magie der Entspannung und der Behaglichkeit. Das Schaukeln des Wagens, das Kratzen des Strohs, die Schmerzen ihrer Muskeln, alles schien in der Ferne zu verschwinden. Melli nippte an ihrem Glas. Die Flüssigkeit verbrühte ihr die Zunge, und sie spürte, wie die Hitze sich bis in ihren Magen hinab fortpflanzte. Dann setzte die eigentliche Wirkung ein. Mellis Körper wurde schwer und warm. Ihre Finger schwollen an; die Röte stieg ihr ins Gesicht, und sie spürte das Rasen ihres Herzens, das versuchte, mit ihren Gedanken Schritt zu halten.

Die schwarzhaarige Frau lächelte ermutigend, während das blonde Mädchen Melli einen warnenden Blick zuwarf.

Melli leerte ihr Glas und genoß jeden einzelnen heißen Tropfen auf ihrer Zunge. Unvermittelt hielt der Wagen an. Ein oder zwei Minuten später war ein energisches Klopfen zu hören. Die Tür wurde wieder geöffnet, und Fiscel stand draußen, eine Schulter höher als die andere. Mit einer Geste forderte er Melli auf herauszukommen. Das blonde Mädchen trat vor ihr zur Tür.

»Nein, Lorra«, sagte Fiscel zu dem Mädchen. »Du wirst die Nacht hier im Wagen verbringen. Estis wird auf dich aufpassen.«

»Willst du damit sagen, daß ich nicht in den Gasthof darf und daß ich kein ordentliches Abendessen bekomme?« nörgelte das Mädchen.

»Du wirst tun, was ich dir sage.« Fiscels Tonfall bereitete der Diskussion ein Ende. Er wandte sich an die schwarzhaarige Frau und sagte: »Komm, Alysha.« Die Frau goß etwas von dem heißen Bittermandellikör in eine kleine Flasche, warf sich einen bestickten Sack über die Schulter und trat hinaus zu Fiscel.

Erneut stand Melli in der Kälte, doch diesmal blieb sie davon unberührt. Sie befanden sich im Zentrum einer kleinen Stadt. Licht fiel durch die Ritzen von Fensterläden auf die Straße, Rauch stieg aus kleinen Schornsteinen auf schneebedeckten Dächern, und ein einsamer Hund bellte sein Leid in die Welt hinaus.

Melli wurde zu der schmalen Tür eines Gasthofs mit Namen ›Zum Milchmann‹ geführt. Hinter ihr rumpelte der Wagen davon. Fiscel stieß Melli ins grelle Licht und die warme Luft der Schankstube. Ein Raum voller Männer starrte die Neuankömmlinge an.

»Macht den Mund zu«, warnte Fiscel. Er ließ Melli an der Tür unter Aufsicht der schwarzhaarigen Frau, Alysha, zurück. Unbeholfen bahnte sich der Fleischhändler einen Weg an die Theke; dabei erntete er manch einen angewiderten Blick. Er sprach mit dem Wirt, und Geld wechselte den Besitzer. Ein zweiter Austausch dieser Art sicherte die Unterstützung der Schankmaid. Schließlich drehte sich Fiscel zu Alysha um und nickte. Melli wurde zu einer niedrigen Tür im hinteren Teil des Raums geführt, gefolgt von den Blicken der männlichen Gäste.

Fiscel klopfte ungeduldig mit seinem Wanderstab auf den Boden und warf Melli einen vorwurfsvollen Blick zu. Offensichtlich gab er ihr die Schuld dafür, im Mittelpunkt der Aufmerksamkeit zu stehen.

Melli fühlte sich merkwürdig. Das Blut rauschte durch ihre Adern; seine Geschwindigkeit und Fülle ließ sie schwindeln. Ihr Körper war schwer und fiebrig, und tief in ihrem Inneren spürte sie ein Verlangen, das sie nicht benennen konnte.

Mit Fiscel vor und Alysha hinter sich stieg Melli eine gewundene Treppe hinauf in den ersten Stock. Die Schankmaid erschien und zeigte ihnen ihre Zimmer. Das eine war groß und bequem mit einem komfortablen Bett, das andere klein und mit zwei Strohsäcken versehen. Das dritte war noch verschlossen. Die Schankmaid knickste und versprach, bald mit Essen zurückzukehren.

Melli schickte sich an, in das kleine Zimmer zu gehen, doch Fiscel legte ihr die Hand auf den Arm. »Nein, meine Hübsche.« Seine dünne Stimme klang spöttisch. »Warum hast du es so eilig, mich loszuwerden? Wir sollten einige Zeit miteinander verbringen, damit wir uns ein wenig besser kennenlernen.«

Alysha öffnete die Tür des dritten und größten Raumes und setzte sich aufs Bett. Sie klopfte auf die Bettdecke und lud Melli ein, sich zu ihr zu gesellen. Melli lehnte ab und setzte sich statt dessen auf eine Holzbank neben dem Kamin, obwohl kein Feuer darin brannte. Ihr Verhalten provozierte ein leises Lachen der schwarzhaarigen Frau. Fiscel lächelte; dabei entblößte er auf seiner guten Seite eine Reihe verfaulter Zähne.

»Ich schlage vor, wir essen zunächst ein wenig. Danach können wir uns dann um so entspannter der Aufgabe widmen, die es heute nacht zu erledigen gilt.« Er wandte sich an Alysha. »Wie ich sehe, hast du eine Flasche Nais mitgebracht, mein Schatz. Schenk unserer neuen Freundin ein Glas ein, bevor er kalt wird.«

Schnapper beobachtete, wie Tawl aus der Grube stieg. Der goldhaarige Ritter nahm das Lob und das Schulterklopfen der Zuschauer kaum wahr. Ein wohlhabend aussehender Mann trat vor und versuchte, ihn in eine Konversation zu verwickeln. Tawl stieß ihn beiseite. Ein anderer Mann, der den Ritter beobachtete, kam Schnapper bekannt vor. Er mußte einen Augenblick nachdenken, bevor er in dem Mann das erste Opfer erkannte, das er in Bren bestohlen hatte. Der Mann mit dem Porträt des goldhaarigen Mädchens. Ja, das war er. Seine Brust war so breit, wie sein Gesicht schmal war. Er ließ Tawl keine Sekunde aus seinen dunklen Augen.

Der Ritter hielt noch immer das Siegeszeichen in der Hand. Selbst von seiner Position aus, am gegenüberliegenden Ende der Grube, konnte Schnapper erkennen, mit welcher Kraft Tawl das Tuch umklammerte. Seine Knöchel traten weiß hervor.

In seinem ganzen Leben hatte Schnapper noch keinen Kampf gesehen wie den, den er soeben miterlebt hatte. Es schien beinahe, als sei Tawl besessen. Seine Augen waren glasig geworden, und offensichtlich hatte er nicht mehr gewußt, was er tat oder wie er aufhören konnte. Schnapper war überzeugt, der einzige Zuschauer zu sein, der sich an dem Anblick gestört hatte. Es war, als hätte man ihnen Einblick in etwas Intimes und Schockierendes gewährt. An dieser Nacht war ein Zauber ausgesprochen worden, und der Mann in dem blutverschmierten Unterhemd war der Zauberer gewesen.

Schnapper schaute zu, wie die Menge mehr und mehr außer Rand und Band geriet. Das war mehr als nur Blutdurst; das war die Faszination, die Seele eines Mitmenschen entblößt zu sehen. Die primitivsten Instinkte waren in dieser Nacht zur Schau gestellt worden, die ansonsten von Tradition und Erziehung aus der Welt verbannt waren. Schnapper schüttelte langsam den Kopf. Die Leute würden gutes Geld zahlen, um ein solch barbarisches Schauspiel noch einmal zu erleben.

Es war bereits eine beachtliche Summe in die Grube geworfen worden. Gold und Silber, kein Kupfer. Schnapper hatte das Gefühl, als bräuchte die Menge nur ein klein wenig zusätzliche Motivation, um noch mehr zu werfen. Er hätte sie vermutlich selbst dazu angeregt, wenn nicht eine üppig ausgestattete Frau mit unnatürlich blonden Haaren bereits damit beschäftigt gewesen wäre, die Münzen in einem Sack zu verstauen.

In Schnapper kämpften zwei Instinkte miteinander. Hier gab es Geld zu holen, und zwar eine ganze Menge. Kein Zweifel. Aber es war Geld, für das ein Mann seine Ehre verkaufen mußte. In der Vergangenheit hätte Schnapper damit keine Probleme gehabt: Geld war schließlich Geld, und es zu erwerben war die ehrenhafteste Beschäftigung, die man sich denken konnte. Trotzdem ... Schnapper mußte nur zu Tawl hinüberblicken, um zu wissen, daß es auch noch andere Dinge auf der Welt gab, die genauso wichtig waren wie Geld; und einem Freund zu helfen war eins dieser Dinge.

Die Haare auf Schnappers Armen hatten sich aufgerichtet. Ohne Zweifel war dies der ehrenvollste Augenblick seines bisherigen Lebens. Er war recht stolz auf sich; er würde seinem Freund helfen ... und sollte es dabei auch noch die ein oder andere Münze zu verdienen geben, würde er bestimmt nicht nein sagen.

Schnapper beobachtete, wie die blonde Frau aus der Grube kletterte und sich zu Tawl gesellte. Er sagte etwas zu ihr, und die Frau holte einen halbvollen Schlauch Bier aus ihrem Sack. Tawl riß ihn ihr aus der Hand und leerte ihn in einem Zug. Die Frau reichte ihm seine Tunika, doch er lehnte brüsk ab. Dann packte er sie am Arm, und gemeinsam bahnten sie sich einen Weg durch die Menge.

Es war bitterkalt auf den Straßen von Bren. Inzwischen war der Nebel, der vom Großen See aufstieg, noch dichter geworden. Schnapper fror bis auf die Knochen, obwohl er einen Umhang, Wams, Weste, Tunika und Unterhemd trug – in Rorn war es wesentlich einfacher gewesen, sich dem Wetter entsprechend zu kleiden. Er fragte sich, wie Tawl es bloß aushalten konnte, nur mit einem dünnen Leinenhemd zwischen sich und der Kälte.

Schnapper gefiel das alles ganz und gar nicht: das Kämpfen, das Trinken, die Frau mit dem blonden Haar. Er stand so etwas nicht ablehnend gegenüber, im Gegenteil: Er war grundsätzlich für alles offen. Doch irgendwie schien es nicht richtig, daß Tawl solche Dinge tat. Tawl war ein Ritter, und von Rittern erwartete man, daß sie besser als alle anderen waren.

Schnapper folgte dem Ritter und seiner Dame auf ihrem Weg durch die Stadt. Die Umgebung wurde immer schlechter, und Schnapper fühlte sich zunehmend wie daheim. Huren in tief ausgeschnittenen Kleidern standen in den Türen der Bordelle und riefen den Passanten hinterher. Sie versprachen exotische Vergnügungen, kurvenreiche Körper und niedrige Preise. Selbst Schnapper riefen sie verführerisch zu:

»Hier rüber, Schätzchen. Hier gibt's Spezialpreise fürs erste Mal.«

»Gib mir eine Chance, Kleiner, und ich zeige dir, wo du hergekommen bist.«

Schnapper lächelte höflich und schüttelte den Kopf, genau wie Mauersegler es ihn gelehrt hatte. Selbstverständlich war Mauersegler selbst dem Angebot einer Hure niemals mit einem Kopfschütteln begegnet. *Wofür sonst*, pflegte er zu sagen, *habe ich wohl Geld für den Notfall zurückgelegt?*

Einige der Rufe waren allerdings weniger schmeichelhaft.

»Verpiß dich, du kleine Kröte! Du verjagst mir die Freier.«

»Hör auf zu gaffen, du Spanner! Wenn du nicht zahlen kannst, schau auch nicht hin.«

»Ich gebe keinen Unterricht, Milchgesicht. Komm wieder, wenn du was in der Hose hast.«

Schnapper war immun gegen solcherart Gerede. Die Huren in Rorn hatten wesentlich schärfere Zungen.

Er folgte Tawl und seiner Gefährtin in sicherem Abstand. Aus irgendeinem Grund – er wußte nicht genau warum – wollte er zu diesem Zeitpunkt noch keinen Kontakt mit dem Ritter aufnehmen. Schließlich betrat das Paar ein hell erleuchtetes Gebäude. Die rotbemalten Fensterläden zeigten, daß es sich um ein weiteres Bordell handelte.

Schnapper ging um das Haus herum. Er watete durch Küchenabfälle und die Rückstände von Nachttöpfen, bis er gefunden hatte, wonach er suchte: eine Möglichkeit hineinzublicken. Zwar war der Fensterladen geschlossen, um die Kälte draußen zu halten, doch die einzelnen Bretter waren krumm und schief, so daß genug Ritzen übrig waren, die einen uneingeschränkten Einblick in die Schankstube gestatteten. Schnapper lugte hindurch.

Der Raum war von Rauch erfüllt. Die meisten Kerzen waren bereits weit heruntergebrannt, und auch um das Feuer schien sich schon länger niemand mehr gekümmert zu haben. Männer und Frauen hockten träge auf hölzernen Bänken. Auf Tellern lagen gebratene Speisen, die mittlerweile kalt geworden waren, da niemand von ihnen Notiz nahm. Überall wurde gestreichelt und getrunken, aber sowohl Männer als auch Frauen zeigten mehr Enthusiasmus für letzteres. Die Kleider der Frauen waren geöffnet, doch ihre Busen, egal ob klein oder groß, erregten nur wenig Interesse.

Schnapper beobachtete, wie Tawl und seine Gefährtin den Raum betraten. Die Frau drängte sich durch die Betrunkenen und fegte den Unrat von einer Bank, so daß sie sich darauf niederlassen konnten. Sofort rief Tawl nach Bier; seine Stimme klang rauher, als Schnapper sie in Erinnerung hatte. Das Bier kam, zusammen mit einem Teller Gebratenem. Der Ritter ignorierte das Essen; statt dessen trank er das Bier direkt aus dem Krug. Die Frau flüsterte ihm etwas ins Ohr – vermutlich eine Warnung, nicht so viel zu trinken –, und Tawl schlug ihr gegen die Brust. Schnapper war entsetzt.

Die Frau jedoch schien solch eine Behandlung gewöhnt zu sein, denn sie machte keinerlei Anstalten aufzustehen. Sie nahm einen gebratenen Hähnchenschenkel und biß mit großen, aber geraden Zähnen zu. Schnapper bemerkte, wie sie einen scheinbar beiläufigen Blick mit einer anderen Frau austauschte. Vorsichtig trat die Frau näher, und Tawls Gefährtin gab ihr unauffällig den Sack. Tawl bemerkte nichts davon, denn er war nach wie vor mit Trinken beschäftigt.

Die schmaläugige Frau verließ den Raum und kehrte nur Augenblicke später wieder zurück. Noch immer hielt sie Tawls Sack in der Hand, doch schien er leichter geworden zu sein. Sie schritt durch den Raum, blieb kurz vor einem Spiegel stehen, um ihr gepudertes Haar zu richten und gab den Sack der blonden Frau zurück. Obwohl Schnapper es selbstverständlich nicht mit Sicherheit wissen konnte, war er fest davon überzeugt, daß der Sack nun wesentlich weniger von Tawls Gold enthielt als vorher. Er war entrüstet. Stehlen war eine Sache, doch was er gerade beobachtet hatte, war geradezu hinterhältig. Die Frau mit hellblonden Haar hatte Tawl hereingelegt – und das wahrscheinlich nicht zum ersten Mal.

Aber es würde das letzte Mal sein. Niemand beraubte einen Freund von Schnapper. Niemand.

Schnapper blickte zu Tawl. Der Ritter hatte den Kopf gesenkt. Er schien über etwas nachzudenken. Erst nach einiger Zeit erkannte Schnapper, daß Tawl mit seinem Arm beschäftigt war. Er richtete das Tuch, daß seinen Unterarm bedeckte. Das Tuch, das seine Ringe verbarg. Die Bandage verrutschte, und entsetzt sah Schnapper, was darunter lag: ein Stück Fleisch, so groß wie eine

Faust, war vollkommen verbrannt. Die Narbe, die durch die Ringe lief, hatte sich wieder geöffnet, ein dunkelroter Strich im Schwarz des verbrannten Fleisches.

Tawl wickelte die Bandage neu. Er wollte keine Wunde verbinden; er wollte seine Schande vor den Augen der Welt verbergen. Indem er seine Ringe bedeckte, versuchte er, seine Vergangenheit zu verstecken.

Schnapper trat von dem Fenster zurück. Er empfand eine verwirrende Vielfalt unbekannter Gefühle. Er hatte einen Kloß im Hals, und seine Brust schmerzte. Der Anblick von Tawl, der allein in einem schäbigen Puff saß und seine Ringe bandagierte, war kaum zu ertragen. Schnapper drehte sich um und ging zur Straße zurück. Zeit, ein wenig zu schlafen. Morgen, wenn der Ritter nüchtern war, würde er wieder hierher zurückkehren.

Schnapper wanderte die Straße entlang, vorbei an den Bordellen und ihren Huren. Falls sie ihm etwas hinterherriefen, hörte er sie diesmal nicht.

Melli, die sich normalerweise eines guten Appetits rühmte und die seit einem halben Tag nichts mehr gegessen hatte, fand keinen Gefallen an den Speisen, die man ihr vorgesetzt hatte.

Fiscel und Alysha hatten sich als die perfekten Gastgeber erwiesen, höflich und fürsorglich. Mellis Teller war niemals leer geworden und ihr Becher stets gefüllt. Zwar hatte sie nie ausprobiert, wie rasch die beiden im Ernstfall ihren Teller nachgefüllt hätten, aber wenn es um das Auffüllen des Bechers ging, zeigten sie die Geschwindigkeit und den Eifer eines Falken auf der Jagd.

Bei dem Gedanken an Raubvögel fiel Melli auf, daß Fiscel die Augen eines Adlers hatte. Sein Blick war scharf, durchdringend und kalt wie Metall. Aber natürlich galt das nur für das gute Auge; Fiscels schlechtes

Auge erinnerte eher an einen jener kleinen Nager, die die Beute des fliegenden Jägers waren. Melli kicherte fröhlich und fragte sich, warum ihr solch geistreiche Vergleiche immer nur dann einfielen, wenn sie etwas getrunken hatte. Ein kleiner, weit entfernter Teil von ihr argumentierte, daß sie solche Gedanken auch im nüchternen Zustand hatte, nur mit klarem Verstand und trockener Kehle waren sie bei weitem nicht so amüsant.

Jetzt war ihre Kehle definitiv nicht mehr trocken. Melli, die Feuchtkehlige! Sie lachte lauthals auf, und Fiscel fiel in das Lachen ein. Der Fleischhändler sah so widerwärtig aus, daß Melli bei seinem Anblick sogar noch mehr lachen mußte. Die schwarzhaarige Alysha lächelte nur das hintergründige Lächeln, für das die Frauen aus dem Süden berühmt waren.

Fiscel füllte Mellis Becher. Sie hielt den Becher nicht ruhig, und so wurde etwas Wein verschüttet. Melli beugte sich vor, um zu sehen, wieviel Wein verlorengegangen war. Als sie wieder aufblickte, bemerkte sie, wie ihre Gastgeber sich durch ein Nicken miteinander verständigten. Alysha trat ans Fußende des Bettes. Inmitten ihrer trunkenen Freude und Benommenheit beneidete Melli merkwürdigerweise die ältere Frau. Sie bewegte sich wie eine Verführerin. Die Schönheit, die ihrem Gesicht verwehrt geblieben war, zeigte sich um so mehr in ihren hinreißenden Bewegungen. In ihrer Gegenwart fühlte sich Melli wie eine Landpomeranze.

Mit schlangenartiger Eleganz griff Alysha nach dem bestickten Sack. Ein Zug an seinem Verschluß enthüllte den Inhalt: ein Seil, zusammengerollt wie eine schlafende Otter. Irgend etwas glitzerte in der Mitte der Rolle. Melli versuchte, ihren Blick darauf zu richten, doch ihre Augen verweigerten ihr den Dienst.

Fiscel lehnte sich in seinem bequemen Sessel zurück. Sein Gesicht zeigte den Ausdruck eines zufriedenen Connaisseurs, dem man bald ein Festmahl servieren würde. Melli, die Feuchtkehlige fühlte sich allmählich wie Melli, die Hinters-Licht-Geführte.

Das grelle Aufblitzen von Metall erregte ihre Aufmerksamkeit und drehte ihr den Magen um. Alysha zog ein Messer aus dem Gürtel, in dessen Heft Perlen eingearbeitet worden waren. Dann kniete sie vor dem Seil nieder und schnitt es in Stücke. Sie war geschickt mit dem Messer, und irgendwie gelang es ihr, selbst diese profane Arbeit mit übernatürlicher Eleganz zu verrichten.

Schließlich hielt sie vier gleich lange Stücke Seil in der Hand. Ihr wunderschöner Hals richtete sich wieder auf, so daß man ein leichtes Lächeln auf dem häßlichen Gesicht sehen konnte. »Komm«, lockte sie. Es war das erste Wort, das Alysha in Mellis Gegenwart gesprochen hatte. »Komm und setz dich zu mir. Ich verspreche, dir nicht weh zu tun.« Eine Stimme passend zu den Bewegungen, wunderschön und rauchig, eine Andeutung des Exotischen und des Verbotenen.

Plötzlich empfand Melli Furcht. Sie blickte zur Tür und sah, daß Fiscel ihre Reaktion bemerkt hatte. Seine gute Hand lag auf dem Wanderstab. Eine etwa faustgroße Holzkugel bildete das obere Ende des Stabes. Melli verstand die unterschwellige Drohung, noch bevor der Fleischhändler demonstrativ die Hand auf den Knauf legte. Sie drehte sich wieder zu Alysha um, die geduldig auf dem Bett saß. Die schwarzhaarige Frau hob einladend die Hand. Sie spielte das Spiel, als stünde Melli die Entscheidung frei. Doch Melli wußte, daß sie keine Wahl hatte; die Einladung war nichts anderes als ein verschleierter Befehl.

Als hätte sie Mellis Gedanken gelesen, sagte die Frau: »Komm freiwillig zu mir, und ich werde sanft mit dir umgehen. Weigere dich, und ich muß dir weh tun.« Offensichtlich war ihr Wesen nicht so schön wie ihre Bewegungen.

All den Bittermandellikör zu trinken, gemischt mit ein paar Bechern billigen Weins, war ein schwerer Fehler gewesen. Melli war ziemlich sicher, daß ihr Zustand ihr nicht mehr erlaubte, zu fliehen oder dem Fleischhändler und seiner Gehilfin einen Kampf zu liefern. Aber eine Möglichkeit blieb ihr noch …

Sie schrie so laut sie konnte. Melli war angenehm überrascht, welch markerschütternder Schrei aus ihrem Mund kam.

Sie sah den Schlag nicht kommen. Sie spürte nur den heftigen Aufprall, und sie hörte das dumpfe Krachen, als Holz auf Knochen traf. Tränen stiegen ihr in die Augen, und Speichel floß ihr aus dem Mund. Sie stolperte vorwärts und fiel in die wartenden Arme von Alysha. Die Frau schleppte sie zum Bett.

Mellis Kopf schien vor Schmerzen zu bersten. Sie war versucht, aufzugeben und in Bewußtlosigkeit zu versinken; doch unter gewaltigen Anstrengungen gelang es ihr, bei Bewußtsein zu bleiben. In ihrem Hinterkopf dröhnte es, als hätte sich dort ein ganzer Bienenschwarm angesiedelt. Selbst in ihrem betrunkenen Zustand erkannte sie, daß der Schlag sorgfältig plaziert worden war; ein Schlag auf den Hinterkopf würde keine sichtbaren Verletzungen hinterlassen. Ihr Haar würde die Folgen der Mißhandlung verdecken. Offenbar war Fiscel ein Mann, der seine Ware mit Sorgfalt behandelte. Bei dem Gedanken, daß sie bereits verunstaltet war, empfand Melli eine trotzige Freude. Die sechs Narben auf ihrem Rücken würden ihre Anziehungskraft auf mögliche Käufer – und wahrscheinlich auch den Preis – erheblich mindern.

Alysha beugte sich über sie und spreizte Mellis Arme. Melli konnte nichts tun; sie mußte sich voll darauf konzentrieren, bei Bewußtsein zu bleiben. Nachdem die schwarzhaarige Frau Mellis Arme in eine ihr genehme Position gebracht hatte, band sie sie mit einem Stück Seil am Bettpfosten fest. Das Seil fühlte sich weich an; seine Berührung war beinahe wie eine Liebkosung. Alysha zog das seidene Seil an, und aus der Liebkosung wurde ein Schraubstock. Furcht und Galle mischten sich in Mellis Magen, und die Mischung brannte ihr in der Kehle. Nachdem beide Arme angebunden waren, spürte Melli Alyshas kalte Berührung an ihren Beinen. Das Seil fand zunächst das eine und dann das andere Fußgelenk, und die Beine wurden auseinandergezogen.

Mit gespreizten Armen und Beinen lag Melli auf dem Bett. Sie hob den Kopf – eine wahre Meisterleistung, wenn man bedachte, daß ihr Kopf mehr als doppelt soviel wog wie unter normalen Umständen. Fiscel saß wieder in seinem Sessel, und Alysha stand über ihr, das Messer in der Hand.

Die Exotin führte das Messer wie ein Experte. Im einen Augenblick lag die Spitze auf Mellis Mieder, und im nächsten schnitt die Klinge durch ihr Kleid.

Das Messer! Melli spürte, wie es zusammen mit dem Stoff aus seinem Versteck fiel. Mit angehaltenem Atem wartete sie auf seine Entdeckung. Nachdem ein paar Sekunden vergangen waren, riskierte sie es erneut, den Kopf zu heben. Alysha saß mit gekreuzten Beinen auf dem Boden und schien etwas zu polieren. Melli blickte an ihrem Kleid hinab. Der Stoff des Mieders lag zu beiden Seiten ihres Körpers wie eine geöffnete Blüte. Der größte Teil des Messers war nach wie vor unter ihrem Kleid verborgen, doch die Spitze des Heftes lugte unter dem Stoff hervor. Melli bewegte sich ein wenig, und Stoff und Messer fielen in ihre Richtung. Als nächstes hob sie Rücken und Schulter, und das Messer glitt zur Hüfte hinab. Als sie sich wieder flach hinlegte, war das Messer unter ihr verborgen.

Melli bekam keine Gelegenheit, ihren Triumph auszukosten. Alysha setzte sich zwischen ihre Beine an den Fuß des Bettes. Sie hielt etwas in der Hand, was Melli ein geschliffenes Stück Glas zu sein schien. Als Melli spürte, wie sich die Unterwäsche von ihrer Haut löste, lief sie vor Scham rot an.

»So ein hübscher Körper«, sagte Alysha. »Sie ist nicht so hager, wie ich gedacht habe. Sie bietet eine angemessene Menge Fett.«

Melli hob den Kopf, als Alysha den ihren senkte. Die

Frau kniete zwischen Mellis Beinen und betrachtete ihre intimsten Körperteile. Melli konnte diese Demütigung nicht länger ertragen und riß wütend an ihren Fesseln. Dabei spürte sie, daß das Messer ihren Rücken hinabglitt und in die Haut schnitt. Um sich selbst keinen weiteren Schaden zuzufügen, lag sie so still wie eine Tote.

Mit ihrer weichen, verträumten Stimme murmelte Alysha unverständliche Worte. Melli spürte, wie etwas Kaltes und Glattes sanft gegen ihr Geschlecht drückte. Alyshas Lippen bewegten sich, als würde sie beten. Melli spürte Alyshas Atem an ihrer Haut, und sie bekam Angst. Sie hatte viele Geschichten über Zauberei gehört, und einmal hatte sie sie sogar mit eigenen Augen gesehen; doch diese Magie – um so vieles schwächer als Jacks Beschwörung – erschien ihr als unerträgliches Eindringen in ihre Privatsphäre. Wieder riß sie an ihren Fesseln, und diesmal kümmerte sie sich nicht darum, welchen Schaden das Messer anrichten könnte. Mit jeder Faser ihrer Seele kämpfte sie gegen den Zauber an. Jede Zelle ihres Körpers fühlte sich geschändet.

Alysha sprach einige Worte: »Das Hymen ist intakt«, erklärte sie. »Das Mädchen ist noch Jungfrau.« Als sie sich erhob, drohten ihre Beine nachzugeben, und sie war gezwungen, an der Wand Halt zu suchen.

»Bist du sicher?« fragte Fiscel.

»Natürlich bin ich das«, zischte Alysha. »Das Mädchen hat einen Hymen so zäh wie altes Leder. Es wird einige Kraft erfordern, ihn zu zerreißen.«

»Wird es viel Blut geben?«

»Mehr als gewöhnlich.«

»Gut. Sie wird einen guten Preis einbringen.« Fiscel strahlte vor freudiger Erwartung. »Meine Schönheit aus dem Süden läßt mich nie im Stich. Du hast so viele Talente, mein Schatz, daß ich gar nicht weiß, was ich ohne dich anfangen sollte.« Er schenkte einen Becher Nais ein und reichte ihn der Frau. »Deine Hände zittern ja, Alysha. Was ist mit dir los?«

Alysha warf einen raschen Blick auf Melli. »Da ist etwas mit dem Mädchen, Fiscel«, flüsterte sie.

Melli versuchte verzweifelt, nicht einzuschlafen, aber sie fühlte sich so schwach. Ihre Augen sahen nicht mehr klar, und ihr Verstand folgte ihnen auf den Fuß. Langsam und trotz aller gegenteiligen Bemühungen senkten sich ihre Augenlider.

»Was meinst du damit, mein Schatz?« fragte Fiscel.

»Ihr Schicksal ist stark. Sie hat meine Magie bekämpft und sie beinahe zu mir zurückgezwungen, bevor ich bereit dafür war. Und ihr Schoß ...« Alysha schüttelte den Kopf. »Ihr Schoß wartet auf ein Kind, das sowohl Krieg als auch Frieden bringen wird.«

Traff spie ein Stück Kautabak aus. Es war keine gute Mischung, viel zu bitter. Er wiederholte den Vorgang noch mehrere Male, um einen sauberen Mund zu bekommen.

Der Söldner beobachtete die dunkle Hütte. Bereits vor einiger Zeit waren die Lichter ausgegangen, und sicherlich schlief die alte Frau schon tief und fest. Trotzdem würde er noch ein paar Minuten warten, um sicherzugehen. Überraschung war eine ebenso gute Waffe wie das schärfste Messer.

Traff vertrieb sich die Zeit, indem er die ausgespuckten Tabakstücke mit dem Stiefelabsatz im Schnee festtrat. Vielleicht sollte er das Priemen ganz aufgeben. Er hatte gehört, Kautabak würde die Zähne faulen lassen. In der Vergangenheit hatte es ihn nicht gekümmert, was mit seinen Zähnen geschah. Alte Weiber und Priester konnten über schlechten Atem und Zahnweh klagen. Doch jetzt hatte sich einiges für Traff geändert. So mußte er zum Beispiel an seine hübsche, junge Braut denken.

Lady Melliandra, Tochter von Lord Maybor und einst Prinz Kylock zur Ehe versprochen, würde die Seine sein. Ihr Vater hatte sie ihm gegeben, zusammen mit zweihundert Goldstücken. Der große Herr hatte ein schlechtes Geschäft gemacht. Er, Traff, hatte ihm nur ein paar unbedeutende Informationen gegeben, nicht mehr. Doch Lord Maybor hatte ihm dafür seine einzige Tochter verkauft. Der alte Trottel war bereits senil. Er war so versessen darauf gewesen, von Baralis' Plänen zu erfahren, daß er seinen gesunden Menschenverstand verloren hatte. Und als Ergebnis davon würde die liebliche Melliandra schon bald ihm gehören.

Ihm blieb nichts weiter zu tun, als sie zu finden.

Aus diesem Grund war Traff heute nacht hierhergekommen, zu einer kleinen Hütte abseits der großen Oststraße. Eine Hütte, die einer alten Frau gehörte, die hier Schweine züchtete.

Allein schon weil sie ihren Hof nicht den Behörden übergeben hatte, wie man es von ihr erwartete, verdiente die alte Krähe eine Tracht Prügel. Eine Witwe hatte nicht das Recht, einen Bauernhof zu führen und so einem ehrbaren Mann den Lebensunterhalt zu stehlen. Sollte sich ihre Tat herumsprechen, würde man sie hängen – und sie *würde* sich herumsprechen –, nur bis dahin war sie wahrscheinlich schon zu steif, als daß sich das Hängen noch lohnen würde.

Traff verließ sein Versteck in den Büschen und ging zur Hütte. Er hatte sein Messer in den Gürtel gesteckt, und es drückte gegen seine Hüfte, als sei es eine zweite Männlichkeit. Als er das Messer zog, trauerte der Körper dem Verlust hinterher. Es war ein gutes Messer, lang und dünn. Ein Messer zum Kämpfen … und zum Morden.

Traff näherte sich der Hütte von der Rückseite. Er schlüpfte zwischen Scheune und Schweinestall hindurch. Der Geruch der Schweine stieg ihm in die Nase, und er wünschte, er hätte noch ein wenig Kautabak übrigbehalten, egal ob gut oder schlecht. Die Schweine nahmen seinen Geruch auf und grunzten nervös.

Traff fiel unter den Schatten der Hütte und machte sich auf den Weg zur Tür. Vorsichtig drückte er dagegen: gute Scharniere und ein starker Riegel. Er ging um das Gebäude herum und überprüfte jeden einzelnen Fensterladen, bis er endlich einen mit verrosteten Scharnieren entdeckt hatte. Ihn aufzubrechen würde wahrscheinlich Lärm verursachen. Traff zuckte die Schultern. Vermutlich war die Frau nicht nur alt, sondern auch taub. Mit aller ihm zur Verfügung stehenden Kraft preßte er seine Schulter gegen das Holz. Die Scharniere brachen wie Zunder. Der Laden fiel in die Hütte und riß den Leinenvorhang mit. Mit lautem Krachen landete er auf dem Boden. Traff zuckte bei dem Lärm unwillkürlich zusammen; dann stieg er durch das Fenster.

Borc, war das dunkel! Traff stand einen Augenblick reglos da, bis sich seine Augen an die Dunkelheit gewöhnt hatten. Er befand sich in der Küche. Auf der dem Fenster gegenüberliegenden Seite war die Tür zur Schlafkammer. Traff änderte seinen Griff um das Messer und machte sich auf den Weg durch den Raum. Die Tür war nicht verriegelt; sie schwang schon bei einer leichten Berührung auf. Trotz der Dunkelheit konnte Traff eine weiße Gestalt auf dem Bett erkennen. Erst einige Sekunden später bemerkte er, daß die alte Frau aufrecht im Bett saß und ein Messer in der Hand hielt.

»Komm bloß nicht näher«, warnte sie. »Ich habe dieses Messer erst letzte Woche gekauft, und ich brenne darauf, es auszuprobieren.«

Traff lachte. Das war wirklich absurd. Wußte die alte Krähe nicht, wie lächerlich sie sich anhörte? Die Frau machte eine schnelle Bewegung, und der Söldner spürte einen stechenden Schmerz in der Schulter. Die alte Hexe hatte das Messer geworfen! Wut flammte in Traff auf. Mit einem einzigen Sprung hatte er den Raum durchquert. Er packte den sehnigen Hals der Alten und preßte den Daumen in ihre Kehle. Altes Fleisch zu berühren, ekelte ihn an. Blut tropfte auf die Laken und den Boden. Sein Blut.

»Jetzt bist du wohl nicht mehr so mutig, du alte

Hexe.« Traff drückte mit dem Daumen auf ihre Luftröhre. Mit der anderen Hand vollführte er ein theatralisches Manöver mit dem Messer und stellte sicher, daß das wenige Licht, das in den Raum fiel, auf der Klinge funkelte. Nun da er wieder Herr der Lage war, entspannte er sich ein wenig. Die Wunde in seiner Schulter schien nicht allzu tief zu sein. Er trug eine lederne Tunika; wahrscheinlich hatte sie einen Großteil des Aufpralls abgefangen.

»Nun denn, ich möchte, daß du mir ein paar Fragen beantwortest. Es wird dir nichts geschehen, solange du mir die Wahrheit sagst.« Traff sprach in einem Tonfall, als sei er ein nachsichtiger Vater, der ein fehlgeleitetes Kind belehrt. »Ich habe mit einem Freund von dir gesprochen. Er hat mir gesagt, daß du vor etwa fünf Wochen ein paar Besucher gehabt hast. Ist das wahr?« Traff lockerte den Griff um den Hals der Frau ein wenig, damit sie Gelegenheit hatte, seine Aussage zu bestätigen. Die Frau blinzelte noch nicht einmal. Traff schlug mit dem Heft seines Messers auf ihre Brust. Die Alte hustete. »Das soll wohl ja heißen«, sagte er.

»Waren ihre Namen Melli und Jack?« Ein weiterer Schlag mit dem Heft. Diesmal unterdrückte die Frau das Husten. Traff verlor rasch die wenige Geduld, die ihm von Natur aus mitgegeben worden war. »Jetzt hör mal gut zu, du alte Hexe: Entweder beantwortest du meine Fragen, oder ich schneide dir die Hände ab und setze deinen Schweinestall in Brand.« Um seiner Bereitschaft Ausdruck zu verleihen, die erste der beiden Drohungen in die Tat umzusetzen, zog er die Klinge über das Handgelenk der Alten. Blut trat hervor. Sie blutete gut für so ein altes Weib.

»Laß uns also weitermachen.« Wieder der nachsichtige Vater. »Ich würde gerne wissen, in welche Richtung sie gereist sind.« Traff legte die Messerspitze in die offene Wunde und zog geistesabwesend an der Haut.

»Sie sind nach Osten gezogen.« Die alte Frau seufzte. Eine einzelne Träne glitzerte in der Dunkelheit.

»Gut, aber nicht gut genug.« Traff schabte mit dem Messer über die komplizierte Ansammlung von Knochen im Handgelenk der Bäuerin. »Wohin im Osten?«

»Bresketh.«

»Es gibt keinen solchen Ort.« Eine schnelle Drehung des Messers, und die erste Sehne war zerschnitten.

Die Frau schrie auf. »Sie haben mir gesagt, sie wollten nach Bresketh.«

Traff hatte den Eindruck, daß die Frau die Wahrheit sagte. Er versuchte eine neue Taktik. »Vielleicht haben sie dir gesagt, sie gingen nach Bresketh; aber wohin *glaubst* du, sind sie wirklich gegangen?« Keine Antwort. »Antworte mir, Alte, oder deine Schweine werden brennen, noch bevor die Nacht zu Ende ist.«

»Bren. Ich glaube, sie sind nach Bren gegangen.«

Traff lächelte. »Eine letzte Frage. Hat der Junge, Jack, das Mädchen irgendwann einmal angerührt?«

»Ich weiß nicht, was du meinst.«

Erfreut stellte Traff fest, daß die Frau verängstigt klang. »Dann will ich es dir erklären«, sagte er. »Melli ist mir versprochen, und es würde mich sehr, sehr wütend machen, wenn ein anderer Mann Hand an sie legen würde.« Traff bearbeitete weiterhin die offene Wunde im Handgelenk der Alten mit seinem Messer. »Wirklich sehr, sehr wütend.«

»Er hat sie nicht angerührt. Ich schwöre es.«

»Gut.« Traff schnitt ihr die Kehle durch.

Er wischte Hand und Messer am Nachthemd der Bäuerin ab, dann stand er auf. Er war ernsthaft versucht, Feuer im Stall zu legen, doch er hatte ihrem ›Freund‹ versprochen, er könne die Schweine haben, und Traff war ein Mann, der sein Wort hielt – jedenfalls solange es ihm in den Kram paßte.

Jetzt mußte er nur noch eine Kerze finden und die Hütte ausplündern. Bestimmt hatte die alte Krähe irgendwo Gold versteckt. Nach einer guten Mütze voll Schlaf und nach einem herzhaften Frühstück mit gebratenem Schinken würde er sich auf den Weg nach Osten machen. Melli war ihm versprochen, und er würde sie finden, wo immer sie auch sein mochte.

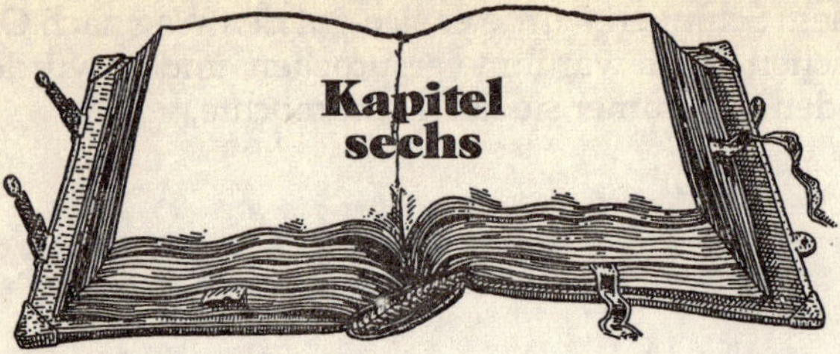

Kapitel sechs

Sie näherten sich dem Paß. Der Pfad wurde immer schmaler und immer steiler, je mehr sie in die Berge kamen. Zu beiden Seiten hatte sich der Schnee zu teilweise meterhohen Wehen aufgetürmt; sein jungfräuliches Weiß glitzerte bedrohlich in der Sonne. Die Luft, die von Anbeginn der Reise schon eiskalt gewesen war, war nun auch noch gefährlich dünn geworden, und Maybors geschädigte Lungen mußten um jedes bißchen Sauerstoff kämpfen.

Verdammter Baralis! Er war dafür verantwortlich. Vor den Ereignissen zu Winteranfang hatte Maybor immer das Durchhaltevermögen eines Mannes besessen, der nur halb so alt war wie er. Seine Lungen waren wie Blasebälge gewesen, doch nun waren sie dank Baralis und seinen hinterhältigen Giften voller Löcher wie ein Schweizer Käse.

Wenigstens hatte der Wind sich gelegt. Zum ersten Mal auf dieser verfluchten Reise wehte nicht das leiseste Lüftchen, eine Wohltat für Maybors müde Knochen.

Wenn alles wie geplant verlief und sie den Paß am frühen Nachmittag erreichten, würden sie in drei Tagen in Bren sein. Maybor brannte darauf, endlich in die Stadt einzuziehen. Er war erschöpft von der langen Reise, und er war es leid, ständig auf Schnee und den Rücken seines Pferdes starren zu müssen; er wünschte sich nichts sehnlicher, als wieder in der Zivilisation zu sein. Bren versprach alle Freuden einer modernen Stadt: gutes Essen und starkes Bier, billige Frauen und talentierte Schneider. Als erstes würde er einen Schneider auftreiben. Es war höchste Zeit, daß er sich endlich ein paar ordentliche Gewänder anfertigen ließ. Seine Lungen waren nicht die einzigen Opfer der Ereignisse zu Winteranfang gewesen: Seine gesamte Garderobe hatte man vernichten müssen. Mit seiner jetzigen Kleidung konnte er höchstens eine Schankmaid beeindrucken. Baralis hatte sich für einiges zu verantworten.

Maybor wendete sein Pferd, ein gefährliches Unterfangen auf dem engen Pfad, und ritt die Kolonne entlang nach hinten. Es war an der Zeit, daß er und Baralis ein paar Dinge klärten. Dem Mann hier, zwischen den Abgründen und Steilhängen der Großen Grenze, gegenüberzutreten verschaffte Maybor einen Vorteil. Es gab keinen besseren Reiter als ihn; niemand konnte es im Reiten mit ihm aufnehmen. Baralis hingegen besaß keine derartigen Fähigkeiten. Falls Maybor sich nicht irrte, war der Kanzler gegenwärtig ein wenig nervös und vollauf damit beschäftigt, sein Pferd über den tückischen, mit Schnee bedeckten Pfad zu dirigieren.

Gab es eine besseren Zeitpunkt, die Schlagfertigkeit des Mannes auf die Probe zu stellen? Und sollte Baralis' Pferd im Laufe der Konversation den Halt verlieren und einen Abgrund hinabstürzen, wäre das lediglich ein bedauernswerter Unfall.

Der Pfad war gerade breit genug, daß zwei Pferde nebeneinander gehen konnten. Trotzdem hatte Baralis sich dafür entschieden, allein zu reiten – vielleicht war auch niemand bereit, ihm Gesellschaft zu leisten. Maybor hatte bemerkt, daß die Soldaten dem Kanzler des Königs so weit wie möglich aus dem Weg gingen; sie hatten Angst vor ihm, obwohl sie das niemals zugeben würden. Maybor konnte ihre Furcht nur allzu gut verstehen; er wußte besser als jeder andere, wie gefährlich Baralis wirklich sein konnte.

Der korpulente Lord ritt an der Kolonne vorbei, sehr zum Mißfallen der übrigen Reiter, die ihm auf dem schmalen Weg ausweichen mußten, und schließlich zügelte er sein Pferd neben Baralis.

»Nun, Maybor, welchem Umstand verdanke ich die unerwartete Freude Eurer Gesellschaft?« Baralis war so ruhig und arrogant wie immer.

Maybor konnte nicht umhin, die Fähigkeit des Mannes zu bewundern, leise und doch verständlich zu sprechen. »Ich glaube, Ihr wißt, was mich zu Euch führt«, antwortete er. »Wir müssen noch ein paar Dinge zwischen uns aus der Welt schaffen.«

»Ein paar Dinge aus der Welt schaffen, ach wirklich! Seit wann seid Ihr ein Staatsmann geworden, Maybor? Nach allem, was ich gehört habe, gehen Eure Talente eher in Richtung Frauen und Mord. Ich wußte nicht, daß Ihr auch ein aufstrebender Politiker seid.«

»Verspottet mich nicht, Baralis! Wie Ihr gerade selbst gesagt habt, ist *Mord* eines meiner Talente.«

»Soll das eine Drohung sein, Maybor?« Baralis wartete nicht auf die Antwort. »Falls ja, dann seid Ihr naiver, als ich dachte. Ihr mögt vielleicht ein geringes Talent in Sachen Mord haben, aber verglichen mit mir seid Ihr lediglich ein begabter Amateur.« Seine Worte verloren etwas an Schärfe, weil er gleichzeitig sein Pferd unter großen Schwierigkeiten um eine Kurve führen mußte.

»Mit Pferden scheint Ihr Euch allerdings weniger gut auszukennen, was?« Maybor konnte der Versuchung nicht widerstehen, sich über Baralis lustig zu machen. Er selbst meisterte die Kurve mit der Eleganz von Borc persönlich. Ein rascher Blick nach links zeigte, daß die Schneewehen einem tiefen Abgrund gewichen waren. Zur Rechten lag der Schnee noch immer mehrere Meter hoch. Maybor ritt näher an Baralis heran, so daß der Kanzler am Rande des Abgrunds reiten mußte.

»Genug der Spitzfindigkeiten. Kommt endlich zur Sache, Maybor. Warum seid Ihr hergekommen?«

»Ich bin hergekommen, um Euch mitzuteilen, daß ich der erste Gesandte in Bren sein werde. Ich bin der Gesandte des Königs.«

»Ich wußte gar nicht, daß Ihr mit den Toten reden könnt, Maybor.«

»Was meint Ihr damit?«

»Bitte korrigiert mich, falls ich mich irren sollte, aber man hat Euch zum Gesandten König Lesketh' ernannt. Und wie wir beide wissen, liegt Lesketh mittlerweile in seinem Grab. Wenn Ihr zwischenzeitlich keine Möglichkeit gefunden habt, Euch mit Geistern zu unterhalten, habt Ihr keinerlei Rechte in Bren.«

Maybor kam die Galle hoch. Oh, wie er die Arroganz dieses Mannes haßte! Er dirigierte sein Pferd weiter nach links. Inzwischen waren die beiden Tiere so nahe beieinander, daß sich ihre Bäuche beinahe berührten. Baralis war gezwungen, die Zügel zu ziehen, um seinen Ritt zu verlangsamen.

»Was ist los, Baralis? Ihr habt doch wohl keine Angst herunterzufallen, oder?«

»Spielt keine Spielchen mit mir, Maybor. Bestimmt wollt Ihr kein zweites Pferd verlieren.«

Maybor begegnete Baralis' herausforderndem Blick mit kalter Entschlossenheit. Eine unerschrockene Frechheit glitzerte in den grauen Augen des Kanzlers. Maybor lehnte sich im Sattel zurück. Es fiel ihm schwer zu glauben, was er soeben gehört hatte. Baralis hatte die Verantwortung für den Tod von Maybors Hengst übernommen. Er hatte behauptet, das Tier getötet zu haben, ohne überhaupt in dessen Nähe gewesen zu sein, und während Maybor es geritten hatte! Nein, das konnte nicht wahr sein.

Plötzlich strich ein kalter Wind über Maybors Gesicht, und kurz darauf ertönte ein schreckliches Donnern. Der gesamte Berg schien sich zu bewegen, und die riesigen Schneewehen zur Rechten des Weges begannen zu beben.

»*Lawine!*« schrie irgend jemand.

Die ersten Schneeflocken stoben über die Reiter hinweg. Entsetzt galoppierte Maybor an. Gewaltige Schneemassen donnerten den Berg hinab und gingen auf den Weg nieder. Der Lärm war ohrenbetäubend. Überall brach Chaos aus. Männer ritten um ihr Leben, und ein Soldat stürzte in den Abgrund. Eissplitter schossen durch die Luft wie Armbrustbolzen.

Schließlich kamen die Schneemassen wieder zur Ruhe. Es folgte eine unheimliche Stille. Pulverschnee senkte sich auf die Männer wie ein Leichentuch.

Soldaten, Diener und Pferde hatten sich an der nächsten Kurve versammelt. Im Augenblick konnte niemand den Schaden abschätzen, den die Lawine angerichtet hatte; allerdings fehlten sowohl Männer als auch Gepäck. Die Lawine hatte besonders die hinteren Teile der Kolonne getroffen. Von plötzlicher Hoffnung erfüllt, schaute Maybor sich um. Baralis weilte immer noch unter den Lebenden. Maybor verfluchte sich selbst; er hätte die Verwirrung ausnutzen sollen, um den Kanzler des Königs den Abhang hinunterzustoßen!

Niemand wagte es, sich zu bewegen. Maybors Blick schweifte über das verbliebene Gepäck. Nicht eines der Fässer trug sein Zeichen. Verdammt! Er hatte drei Dutzend Fässer Nestor-Gold verloren. Sie hätten sein persönliches Geschenk an den Herzog von Bren sein sollen.

»Mein Cidre!« schrie er. Vielleicht konnten die Männer ihn wieder ausgraben.

»Crope!« Der Name wurde mit leidender Stimme ausgestoßen – Baralis' Stimme.

Maybor wirbelte herum. Baralis ritt wieder zurück zu der Unglücksstelle, ohne sich um irgend jemanden zu kümmern. Mit einem raschen Blick überflog Maybor die Davongekommenen. Der riesige Trottel war nirgends zu sehen.

»Lord Baralis!« rief der Hauptmann. »Ihr könnt nicht wieder zurück; es ist zu unsicher dort. Wartet ein oder zwei Stunden, damit der Schnee sich wieder beruhigen kann. Dann können wir die Überlebenden ausgraben.«

»Bis dahin sind sie schon lange tot«, murmelte Baralis.

»Ich werde ein paar Männer abkommandieren, die Euch begleiten«, sagte der Hauptmann und gesellte sich selbst zu dem Suchtrupp.

»Ich komme auch mit«, rief Maybor. Er durfte nicht zulassen, daß Baralis sich durch das zurückgebliebene Gepäck wühlte, ohne daß jemand dabei war.

Baralis drehte sich zu den Männern um. Seine Haut glänzte wie polierter Marmor. Jedem einzelnen blickte er tief in die Augen. »*Reitet zurück!*« befahl er. In seiner verführerischen Stimme lag die Autorität eines Königs. »Reitet zurück! Ich werde mich der Gefahr allein stellen!«

Die Kraft seiner Stimme war so groß, daß nach ein paar Augenblicken die Männer ihre Pferde wendeten und sich auf den Rückweg machten. Maybor konnte sie nicht aufhalten. Der Zwang zu gehorchen war zu stark. Er beobachtete, wie Baralis vom Pferd stieg und sich zu Fuß auf den Weg zur Unglücksstelle machte, die hinter einer Kurve verborgen lag. Maybor war versucht, ihm zu folgen, doch die Gefahr schien zu groß, und ihm gefiel der Gedanke nicht, für alle Ewigkeit unter einem Berg von Schnee begraben zu sein.

Der Rest der Reisegesellschaft ritt noch ein Stück weiter den Berg hinab, bis der Pfad breit genug geworden war, daß sie ein Lager aufschlagen konnten. Die Männer schwiegen; ihre Gesichter waren ernst und angespannt. Der Hauptmann befahl durchzuzählen.

Maybor wußte ganz genau, woran die Männer dachten. Jeder fragte sich, was im Augenblick an der Unglücksstelle vor sich ging. Nachdem ein paar Minuten vergangen waren, geschah etwas Merkwürdiges: Ein warmer Wind blies durch das Lager. Maybor glaubte, sich das nur eingebildet zu haben, aber die verwirrten Gesichter seiner Reisegefährten bezeugten, daß auch sie das Phänomen bemerkt hatten. Wieder wehte eine warme Brise über die Männer hinweg. Kurz darauf ertönte ein lautes Knistern, und der unverkennbare Geruch von gebratenem Fleisch erfüllte die Luft.

Obwohl Maybor von dem Duft irritiert war, lief ihm das Wasser im Mund zusammen. Er schaute sich um, doch die Augen der Männer waren allesamt auf den Boden gerichtet; jeder tief in seine eigenen Gedanken versunken. Beinahe schienen sie zu fürchten, als könnten die seltsamen Vorgänge in ihrer Umgebung Realität werden, wenn sie die Köpfe hoben.

Die Zeit verstrich; Maybor hatte keine Möglichkeit, ihren Lauf zu messen. Die Luft war wieder kalt, aber der eisige Wind wehte noch immer den Duft gut durchgebratenen Fleisches heran. Das einzige Geräusch stammte von einem Mann, der mit dem Finger auf ein Faß klopfte – ein Mann mit genug gesundem Menschenverstand, um zu wissen, daß nun die rechte Zeit für einen kräftigen Schluck war.

Dann, gerade als das Bier angezapft worden war, erspähte Maybor den Kanzler, wie dieser sich dem Lager näherte. Er ging zu Fuß und führte sein Pferd an den Zügeln. Über dem Rücken der Stute lag ein Körper. Anhand der Größe erkannte Maybor, daß es sich dabei um Crope handelte. Der Kanzler des Königs kam näher. Immer wieder lehnte er sich gegen das Pferd. Der Körper auf dem Rücken des Tieres bewegte sich; Crope lebte.

Der Hauptmann blickte zu Baralis.

Der Kanzler nickte mit grimmigem Gesicht. »Geht jetzt«, sagte er. »Rettet die, die noch übrig sind. Die meisten sind tot. Ich habe getan, was ich konnte.«

Maybor sah die Frage auf dem Gesicht des Hauptmanns; doch etwas Stärkeres als Neugier hielt ihn davon ab, sie zu stellen: Angst.

Baralis führte sein Pferd zu einer windgeschützten Ecke des Lagers und befahl den Wachen, ihm zu helfen, Crope vom Pferd zu holen. Maybor konnte Baralis die Anstrengung am Gesicht ablesen. Er war erschöpft; seine Schultern hingen herab, und seine Hände zitterten. Er griff in seinen Umhang und holte eine kleine Glasphiole hervor; dann trank er den Inhalt wie ein

Mann, der kurz vorm Verdursten war. Er hatte sein ganzes Gewicht gegen das Pferd gelehnt, und Maybor vermutete, daß Baralis ohne die Hilfe des Tieres zusammenbrechen würde.

Der Hauptmann stellte einen Trupp zusammen, der ihn zur Unglücksstelle begleiten sollte. Maybor bestand darauf, ihn ebenfalls zu begleiten, um das Ausmaß des Schadens beurteilen zu können. Ein paar Minuten später ritt die Bergungsmannschaft den Berg hinauf. Der Geruch von gebratenem Fleisch wurde immer verführerischer. Maybor eilte voran.

Dort wo die Lawine niedergegangen war, war der Schnee auf einer kreisrunden Fläche geschmolzen. Pfützen hatten sich gebildet, und kleine Rinnsale flossen in Richtung Abgrund. Fässer und Körper lagen frei von Schnee auf der Erde. Im Zentrum des Kreises lag ein Reiter mit seinem Pferd. Sie waren zu einer Einheit zusammengeschmolzen, beide Körper schwarz und verbrannt, gegrillt wie ein Spießbraten. Einer der Männer übergab sich.

Nie war es für Maybor schwerer gewesen, die Existenz von Zauberei zu leugnen. Die Luft war so voller Magie, daß man sie körperlich spüren konnte. Maybor sammelte Speichel im Mund und spie den Geschmack von Fleisch und Zauberei aus. »Kommt, Männer!« befahl er mit absichtlich harter Stimme. »Ein paar leben noch. Jetzt ist nicht die Zeit, weibische Schwäche zu zeigen.«

Die Soldaten begannen, den restlichen Schnee wegzuräumen, um die wenigen zu befreien, die sich noch bewegten. Hinter dem Kreis aus geschmolzenem Schnee entdeckte Maybor eine Schneewehe, in der mehrere Fässer verschüttet zu sein schienen. Wenn er sich nicht irrte, trugen sie sein Zeichen. »Bevor ihr euch um die Toten kümmert«, rief er, »befreit meinen Cidre. Fünf Goldstücke für den, der mir die meisten Fässer bringt.«

Es war Zeit für sein zweites Frühstück, und er hatte Lust auf ein wenig Fleisch. Rotes Fleisch umgeben von heißem, spritzendem Fett: außen knusprig und innen zart. Nur mit Mühe konnte Tavalisk sich davon abhalten, an der Klingel zu ziehen und eine große Hammelkeule zu bestellen.

Er betrachtete seine Diät. Sein Arzt – Borc möge seine Seele verrotten lassen – hatte ihm eine Vorlesung über die Gefahren der Völlerei gehalten. Der langweilige Vortrag hatte keinen Effekt auf den Erzbischof gehabt, bis der elende Scharlatan erwähnt hatte, daß Völlerei zu einem frühen Tod führen konnte. Und ein früher Tod war etwas, das Tavalisk unter allen Umständen vermeiden wollte. Was hatte es für einen Sinn, Unmengen von Gold und Land anzuhäufen, wenn man nicht lange genug lebte, um es zu genießen?

Nun versuchte er konsequenterweise, weniger zu essen. Anstatt des üblichen dreigängigen Frühstücks – Eier und Schinken, gefolgt von Räucherfisch und Brötchen und anschließend einem Teller Erbsensuppe – aß er jetzt nur noch zwei Gänge. Unnötig zu erwähnen, daß es die Erbsensuppe war, von der er sich verabschiedet hatte. Aber es war dennoch ein Opfer, und eine derartige Selbstverleugnung war nur schwer für Tavalisk zu ertragen. Es machte ihn sogar ziemlich wütend.

Der Arzt hatte ihm Musik zur Ablenkung empfohlen. Nun mochte Tavalisk Musik wie jeder andere auch, und vielleicht konnte man mit Musik auch wilde Tiere und so weiter zähmen; aber wenn es darum ging, einen rebellischen Magen in seine Schranken zu weisen, konnte selbst die heiterste Melodie – egal wie gut sie auch gespielt sein mochte – hyperaktive Galle höchstens davon abhalten, den Darm zu verbrennen.

Ein Klopfen ertönte an der Tür. Das Holz klang nach Gamil. »Herein«, rief Tavalisk und nahm die Lyra zur Hand. Mit einstudierter Trägheit bearbeitete er die Saiten, während seine Gedanken sich nur ums Essen drehten.

»Ich wünsche Eurer Eminenz einen wunderschönen Tag.«

»Dieser Tag ist alles andere als wunderschön, Gamil.« Plötzlich haßte der Erzbischof seinen Privatsekretär; *er* hatte wahrscheinlich drei Gänge zum Frühstück gehabt. »Erzähl mir deine armseligen Neuigkeiten so schnell wie möglich, und dann mach, daß du wegkommst. Deine Gegenwart ödet mich an.«

»Erinnert Ihr Euch an den Mann, der für uns den Ritter ausspioniert hat, Euer Eminenz?«

»Selbstverständlich erinnere ich mich an ihn, Gamil. Ich bin noch lange nicht senil. Du meinst *meinen* Spion, der vor Bevlins Hütte gewartet und am nächsten Morgen die Leiche entdeckt hat?« Der Geruch frisch zubereiteten Essens wehte durch das Fenster herein. Tavalisk zupfte nun fester an seiner Lyra.

»Der Mann hat sich in schlechter Gesellschaft herumgetrieben, Euer Eminenz.«

»Wie schlecht, Gamil?«

»Er hat mit Freunden des Alten Mannes gesprochen.«

»So schlecht also, hmmm?«

»Ja, Euer Eminenz. Man hat ihn im Hurenviertel gesehen, wie er aus einem der Schlupfwinkel des Alten Mannes gekommen ist, zusammen mit zwei seiner Kumpane.«

Tavalisk blickte zu der Schüssel mit Obst, der einzigen Nahrung im Raum. Pfirsiche und Pflaumen verspotteten ihn mit ihrer süßen Reife. Oh, wie er die Grausamkeit von Obst haßte! Er riß mit beachtlicher Kraft an den Saiten der Lyra. »Und hat unser Mann diesen Schlupfwinkel mit einer schwereren Börse verlassen?«

»Das kann ich nicht mit Bestimmtheit sagen, Euer Eminenz. Aber sofort nachdem er den Schlupfwinkel des Alten Mannes verlassen hat, machte er sich auf den Weg ins Marktviertel und kaufte sich zwei neue Gewänder.«

»Wolle oder Seide?«

»Seide, Euer Eminenz.«

»Dann haben wir ja unsere Antwort. Unser Mann hat seine Informationen an den Alten Mann verkauft.«

»Euer Eminenz ist ebenso weise wie musikalisch.«

»Dann hast du mein Spiel also bemerkt, Gamil?« Tavalisk stimmte eine neue, außerordentlich laute Melodie an.

»Mir fehlen die Worte, um das Spiel Eurer Eminenz zu beschreiben.«

»So ist das immer mit großen Meistern, Gamil. Sie verführen einen zu Gefühlen, nicht zu Worten.« Der Erzbischof beendete die Melodie mit einem angemessen dramatischen Schlußakkord. Selbst sein unzulängliches Gehör erkannte, daß er nicht alle Töne genau getroffen hatte. Egal: Genie wird nicht nur anhand technischer Fertigkeiten gemessen.

»Nun, Gamil«, sagte er und legte die Lyra auf den Schoß, »wie gut hat der Alte Mann Bevlin gekannt?«

»Wir wissen, daß sie in unregelmäßigen Abständen miteinander korrespondiert haben, Euer Eminenz. Der letzte Austausch, von dem wir erfahren haben, fand kurz nach der Rückkehr des Ritters von Larn statt.«

»Wie mir scheint, Gamil, wird der Alte Mann nicht gerade begeistert sein, daß sein guter Freund Bevlin von jemandem umgelegt worden ist, dem er zuvor geholfen hat.«

»In der Tat, Euer Eminenz. Der Alte Mann ist für seine Treue gegenüber seinen Freunden bekannt.«

»Was, denkst du, wird er in dieser Sache unternehmen?«

»Wer kann das schon sagen, Euer Eminenz?« erwiderte Gamil mit einem Schulterzucken.

»*Du* kannst es mir sagen, Gamil. Schließlich bezahle ich dich ja dafür.«

»Solche Dinge sind schwer vorherzusehen, Euer Eminenz. Vielleicht wird der Alte Mann versuchen, sich für Bevlins Tod zu rächen und den Ritter ermorden lassen.«

»Hmmm. Auf jeden Fall müssen wir die Situation im Auge behalten. Laß die Tore und den Hafen überwachen. Ich will wissen, ob irgendeiner von den Leuten des Alten Mannes die Stadt verläßt.«

»Jawohl, Euer Eminenz.«

Tavalisk zog an der Klingelschnur; er brauchte etwas zu essen. Das Musizieren hatte seinen Appetit angeregt. Kein Wunder, daß so viele Meister fette Schweine waren.

»Ich halte es für klug, unseren Mann aufzugreifen, Gamil. Ich darf nicht gestatten, daß einer meiner Spione zum Verräter wird und ungeschoren davonkommt. Und wer weiß ... wenn seine Zunge von der Streckbank gelöst wird, finden wir vielleicht sogar heraus, was der Alte Mann im Hinblick auf Bevlins Ermordung zu tun gedenkt.« Der Erzbischof legte die Lyra beiseite. Ihre Form erinnerte ihn zu sehr an einen Granatapfel – sein Lieblingsobst. »Gibt es sonst noch etwas?«

»Mir ist ein recht beunruhigendes Gerücht betreffs Tyren zu Ohren gekommen, Euer Eminenz.«

»Wie beunruhigend, Gamil?«

»Ich habe gehört, er habe seinen Rittern befohlen, alle Waren aus Rorn zu beschlagnahmen, die in Richtung Norden unterwegs sind.«

»Das ist unerträglich! Für was hält sich dieser bigotte, goldgierige Hundesohn eigentlich?« Der Erzbischof zog erneut an der Klingelschnur. Jetzt brauchte er nicht nur etwas zu essen, sondern auch etwas zu trinken. »Ich will dieses Gerücht so schnell wie möglich überprüft haben, Gamil. Wenn es sich als wahr herausstellen sollte, werde ich mir eine geeignete Gegenmaßnahme überlegen müssen.«

Wenn ein Krieg kommen würde, sollte niemand sagen, Rorn sei nicht an vorderster Front gewesen. Der Erzbischof lächelte. Die ganze Angelegenheit war äußerst anregend. Schon viel zu lange hatte es keinen anständigen Konflikt mehr in der bekannten Welt gegeben, und solange er im Norden ausgetragen wurde, waren er und Rorn sicher vor seinen Auswirkungen.

»Ich werde mich bemühen, die Wahrheit von der Phantasie zu trennen, Euer Eminenz. Falls Ihr nichts mehr für mich habt, würde ich mich jetzt gerne zurückziehen.«

»Ich hatte eigentlich gehofft, du würdest noch etwas bleiben, Gamil. Nach einem kurzen Imbiß wollte ich Shuges komplette Meisterwerke spielen, und ich bin begierig, deine Meinung über meine Interpretation zu hören.«

»Aber Shuges Meisterwerke dauern fünf oder mehr Stunden, Euer Eminenz.«

»Ich weiß, Gamil. Für einen Musikliebhaber wie dich wird es der reinste Leckerbissen sein.«

Sechs Säcke mit Hafer standen in der Küche, und Rovas war eifrig damit beschäftigt, sie in acht zu verwandeln. Jack schaute dem erfahrenen Schmuggler zu, wie er einen der weniger ethischen Tricks seines Gewerbes anwendete. Er schüttete ein wenig Hafer in einen neuen Sack, bis dieser ein Viertel voll war. Dann gab er etwas hinzu, das Holzspäne zu sein schienen, und füllte schließlich den Rest mit einer zweiten Portion Hafer auf. Abschließend band er den Sack noch mit einem Stück Kordel zu.

»Könnte das nicht jemanden verletzen?« fragte Jack.

Rovas lächelte und entblößte breite Zähne in einem breiten Mund. »Es gibt Leute, die würden noch viel schlimmeres Zeug unter das Getreide mischen als Holzspäne, Junge.«

»Wie zum Beispiel?«

»Gemahlene Knochen, Erde, Sand.« Rovas machte eine ausholende Geste mit seinem Arm. »Diejenigen, die diesen Hafer hier bekommen, können sich glücklich schätzen. Ich habe mir die Mühe gemacht, daß Holz so fein wie möglich zu schneiden. Niemand wird daran ersticken ... Außerdem habe ich gehört, es sei gut für die Verdauung.«

»Und gut für deine Börse, möchte ich wetten.«

»Warum sollte man sich sonst die Mühe machen, Handel zu treiben, wenn man dabei keinen Profit herausschlagen könnte?« Rovas zerzauste Jacks Haar. »Du bist noch jung, und du weißt noch nicht viel von der Welt. Handel hält die Welt in Gang. Das war immer so, und daran wird sich auch nichts ändern.« Er warf einen der Säcke über die Schulter. »Du mußt noch eine Menge lernen, Jack, und wenn ich das so sagen darf: Ich bin genau der Richtige, um dich zu unterrichten.« Mit diesen Worten ging er hinaus und begann, das Getreide auf den Karren zu laden.

Nachdem er mit dem Aufladen fertig war, sagte er zu Magra, die neben dem Feuer saß und Wolle spann: »Komm, Frau. Begleite mich auf den Markt, wie es einer guten Frau angemessen ist.« Dann wandte er sich wieder an Jack. »Weißt du, Junge, potentielle Käufer halten dich eher für einen ehrbaren Händler, wenn du Familienmensch bist.«

»Dann sollte ich dich vielleicht als dein Sohn begleiten«, erwiderte Jack amüsiert, »damit die Familie vollständig ist.«

Rovas gab Jack einen freundschaftlichen Klaps auf die Schulter. »Du lernst schnell, Junge. Aber ich muß dein Angebot leider ablehnen. Ich kenne meine Kunden nun schon seit vielen Jahren, und einen lange verloren geglaubten Sohn würden sie wahrscheinlich nicht so ohne weiteres schlucken.«

»Gleiches gilt wohl auch für die acht Sack Hafer.«

Rovas stieß ein herzhaftes Lachen aus, und selbst die normalerweise eher feindselige Magra brachte ein amüsiertes Lächeln zustande. Der Schmuggler legte den Gürtel an und steckte Messer und Schwert ein. »Wenn ich zurückkomme, Junge«, sagte er, »werde ich dir beibringen, das Schwert wie ein richtiger Mann zu führen.« Er zwinkerte fröhlich, dann war er fort, und Magra folgte ihm.

Jack seufzte erleichtert auf. Es war gut, allein zu sein. Seit Mellis Tod hatte er keine Gelegenheit mehr gehabt, in Ruhe nachzudenken. Er trat ans Feuer und schenkte sich einen Becher gewürzten Cidre ein. Der süße, berauschende Duft von Äpfeln regte seine Sinne an und weckte Erinnerungen an Burg Harvell. Oft hatte die Küche nach Äpfeln gerochen, die entweder zum Backen verwendet wurden, oder aus denen Cidre gemacht wurde. Damals war alles so einfach gewesen: keine Gefahren, keine Sorgen, keine Schuld.

Jack strich über die Stoppeln an Kinn und Hals. Es war schon viele Tage her, seit er sich zum letzten Mal rasiert hatte, das letzte Mal war in dem Hühnerstall gewesen, einen Tag bevor die Halcus gekommen waren ... einen Tag vor Mellis Tod.

Jack warf den Becher ins Feuer, wo er an der Kaminwand zerschellte – *Er hätte dort sein sollen!* Man hätte *ihn* zu Tode prügeln sollen, nicht Melli. Er hatte den einzigen Menschen im Stich gelassen, der sich jemals auf ihn verlassen hatte. Jack verbarg das Gesicht in den Händen und preßte die Fingernägel in die Schläfen. Der Schmerz der Schuld wurde nahezu greifbar für ihn. Jack spürte, wie er sich aufbaute und danach verlangte, freigelassen zu werden. Ein scharfer, metallischer Geschmack kroch seine Zunge entlang.

Plötzlich begann das Regal, das über dem Feuer hing, zu klappern; dann fiel es unter lautem Getöse hinunter, und die Töpfe und Pfannen darauf landeten im Feuer. Jack sprang entsetzt zurück. Hinter ihm öffnete sich die Tür, und Tarissa kam herein.

»Was in Borcs Namen hast du denn jetzt schon wieder angestellt?« schrie sie und stürzte vor, um soviel Nahrungsmittel wie möglich aus dem Feuer zu retten. Wahrscheinlich ein ganzer Wochenvorrat war in den Flammen gelandet. »Steh nicht einfach nur rum! Hilf mir!« Sie packte den Schürhaken und spießte damit eine Hammelkeule auf. »Zwar ist er außen etwas verbrannt, aber das Fleisch dürfte trotzdem noch in Ordnung sein«, erklärte sie. »Wickel dir einen Lappen um die Hand, und rette so viele Töpfe, wie du kannst.«

Jack gehorchte ihrem Befehl und fischte mehrere Töpfe aus dem Feuer. Die meisten waren leer, ihr Inhalt von den Flammen verschlungen.

»Der Eintopf und der Haferbrei!« schrie Tarissa, aber es war zu spät; beides zischte in der Glut.

Jack zog die letzte Pfanne aus dem Feuer. Es war ihm gelungen, einen Topf rote Bete zu retten, zwei geröstete Steckrüben und einen Ring Bratwurst.

»Was ist passiert?« verlangte Tarissa zu wissen. Sie war erschüttert. Tränen der Wut glitzerten in ihren Augen. Der Reichtum einer Familie wurde hierzulande an ihren Vorräten gemessen.

»Ich weiß es nicht«, antwortete Jack. »Das Regal ist einfach zusammengebrochen.« Er war nicht ehrlich; er wußte ganz genau, was geschehen war: Als sein Zorn und seine Verzweiflung entbrannt waren, hatte das Regal nachgegeben. Beide Ereignisse waren miteinander verknüpft – Jack zweifelte keinen Augenblick daran –, und Zauberei war das Bindeglied. Wahrscheinlich hätte er froh sein sollen, daß niemand verletzt worden war. Nur daß ihm im Augenblick nicht nach Dankbarkeit zumute war; er war müde und verwirrt.

»Laß mich mal einen Blick auf deine Hand werfen. Der Lappen ist ziemlich verbrannt.« Tarissa setzte sich neben ihn auf die Bank und wickelte den Lappen ab. Das Fleisch darunter war leuchtendrot. Reue zeigte sich in Tarissas Gesicht. »Es tut mir leid, Jack«, sagte sie. »Ich hätte dich nicht bitten sollen, mit der Hand ins Feuer zu greifen. Bitte verzeih mir.« Ihre Finger schwebten über der Verbrennung, und dann berührte ihre Hand sein Handgelenk.

Jack konnte ihr nicht in die Augen sehen. Ein stechender Schmerz breitete sich in seiner Hand aus, und beinahe hieß er den Schmerz willkommen. Er lenkte seine Gedanken von der Wahrheit ab. Zauberei war sein ständiger Begleiter; sie würde ihm bis ins Grab wie ein Schatten folgen.

Tarissa durchsuchte die Schränke nach Hautsalben. Jack war zutiefst bewegt von der plötzlichen Änderung in ihrem Verhalten. Ihre Freundlichkeit war ein unerwartetes Geschenk. Jack rührte sich nicht, während Tarissa die Salbe in seine Wunden rieb. Ihre Berührung war sanft, als hätte sie Angst, ihn noch mehr zu verletzen. Er betrachtete ihr Gesicht. Ihre Wimpern waren lang und schön, ihre Nase kurz mit einem kleinen Höcker und ihre Lippen rot und voll. Sie war schön – nicht perfekt, nur schön. Tarissa hob den Kopf, und ihre Augen trafen sich. Für einen kurzen Augenblick war Jack verwirrt. Sie erinnerte ihn an irgend etwas – oder irgend jemanden. Haselnußbraune Augen, eine komplizierte Mischung aus Braun und Grün blickten in die seinen.

Tarissas Lippen öffneten sich für eine einzige Sekunde: eine Einladung so kühn, als hätte sie die Arme ausgebreitet. Jack beugte sich vor und küßte sie – ein sittsamer Kuß, der durch die Fülle der Lippen ein wenig an Keuschheit verlor. Jack spürte, wie Tarissa nachgab. Doch als er den Arm ausstreckte, um sie an sich zu drücken, wich sie zurück. Sie stand unbeholfen auf, sorgfältig darauf bedacht, ihm nicht in die Augen zu schauen.

»Du hast das Regal von der Wand gerissen.« Eine Feststellung.

Jack blickte zu Boden. »Ich habe es nicht angerührt.«

»Ich weiß.« Tarissa lächelte selbstsicher.

Jack wußte nicht, was er antworten sollte. Es war sinnlos zu lügen; sie hatte die Wahrheit bereits erahnt. Statt dessen fragte er: »Ist Tarissa dein vollständiger Name?«

Sie lachte über seinen ungeschickten Versuch, das Thema zu wechseln; dennoch schien sie gerne darauf einzugehen. »Mein vollständiger Name ist Tarissyna«, sagte sie.

Jack fiel ein Stein vom Herzen. Sie kannte die Wahrheit, doch sie verdammte ihn nicht: Das war ihr zweites Geschenk an ihn. »In den Königreichen ist Tarissyna der Name einer Adeligen.«

Sie zuckte die Schultern. »Vielleicht. Aber ich habe den größten Teil meines Lebens in Halcus verbracht, und hier zählt mein Name nicht.«

»Wann hast du die Königreiche verlassen?«

»Ich war noch ein Baby, als meine Mutter mich hierhergebracht hat.« Ein merkwürdiger Unterton lag in ihrer Stimme. Jack brauchte einen Augenblick, um zu erkennen, daß es Verbitterung war.

»Warum hat Magra ihre Heimat verlassen?«

»Man hat sie dort nicht gewollt. Sie war einigen hochgestellten Persönlichkeiten ein Dorn im Auge. Wäre sie geblieben, hätte sie ihr Leben riskiert.«

»Und du?«

Tarissa lachte kalt. »Mich wollten sie noch eher tot sehen als meine Mutter.«

»Aber du warst doch noch ein Baby.«

»Wegen Babys sind schon Kriege geführt worden.« Tarissa wandte sich ab und begann, die Essensreste vom Herd zu wischen.

Offensichtlich wollte sie nicht mehr dazu sagen. Sie hatte Jack gerade genug erzählt, um sein Interesse zu wecken, und jetzt war er noch verwirrter als zuvor. Noch immer konnte er den Druck ihrer Lippen auf den seinen spüren. Dieses Gefühl ermahnte ihn, nach allem, was Tarissa für ihn getan hatte, nicht weiter in sie zu dringen. Indem sie den Vorfall mit dem Regal weitestgehend unerwähnt gelassen hatte, hatte sie ihm einige unangenehme Fragen erspart. Nun schuldete er ihr das gleiche.

Jack kniete sich neben sie und half ihr, den eingebrannten Eintopf vom Rost zu kratzen. Sie schauten sich an. Ihre jeweiligen Geheimnisse, angedeutet, doch nicht ausgesprochen, bildeten ein unsichtbares Band zwischen ihnen. Und als ihre Arme sich bei der Arbeit berührten, war keiner von ihnen bereit, sich als erster zurückzuziehen.

Einige Zeit später – der Rost glänzte wieder wie eine frisch geprägte Münze – flog die Tür auf, und Rovas und Magra kamen herein. Die ältere Frau schnupperte die Luft wie ein Bluthund und ging sofort Richtung Herd. »Was ist denn hier passiert?« rief sie. Trotz ihrer Wut sprach sie im eleganten Tonfall einer Adeligen. Ihr Blick richtete sich auf Jack.

Tarissa kam Jack mit einer Antwort zuvor. »Es hat einen kleinen Unfall gegeben, Mutter. Ich habe gerade den Eintopf umgerührt, als das Regal heruntergefallen ist.«

»Wie kann das sein?« fragte Rovas. »Ich habe es erst vor wenigen Monaten fest in der Wand verankert.«

»Hmmm, es scheint, als hättest du deine Frage selbst beantwortet«, erwiderte Magra. »Wenn es je einem Mann an praktischen Fähigkeiten gemangelt hat, dann dir, Rovas Dickbauch.«

»Spotte nicht über meinen Bauch, Frau. Du weißt ganz genau, daß ein Kaufmann wohlhabend aussehen muß, wenn er Erfolg haben will, und Wohlstand wird durch nichts besser ausgedrückt als durch einen wohlgeformten Bauch.«

Jack fragte sich, wie eine Frau wie Magra an einen Mann wie Rovas geraten war. Sie waren vollkommen unterschiedliche Charaktere. Magra war kultiviert; ihre Sprache, ihre Erscheinung, alles zeugte von ihrer adeligen Herkunft, während Rovas ein gerissener Gauner war. Das ergab keinen Sinn.

»Kein Grund, sich Sorgen zu machen«, erklärte Rovas gerade. »Wir haben noch genug Vorräte. Wie könnte ich mich auch einen Schmuggler nennen, wenn ich nicht irgendwo ein geheimes Lager hätte?« Er wandte sich an Jack. »Komm mit, Junge. Du kannst mir helfen, den Gemüsegarten umzugraben. Ich habe dort eine Kiste mit Pökelfleisch versteckt – allerdings weiß ich nicht mehr so genau wo.«

Als Jack die Hütte verließ, warf er Tarissa einen dankbaren Blick zu. Sie hatte ihn vor einer peinlichen Befragung bewahrt.

Rovas entdeckte die Verbrennungen auf Jacks Hand. »Wie bist du denn dazu gekommen, Junge?«

»Ich habe Tarissa geholfen, die Töpfe aus dem Feuer zu fischen.«

»Rechtshänder, was? Macht nichts. Das wird mich nicht davon abhalten, dich im Kämpfen zu unterrichten. Ein wahrer Kämpfer kann seine Waffe mit beiden Händen führen. Insofern ist es egal, ob wir mit der linken Hand anfangen.«

Schnapper wanderte durch die geschäftigen Straßen von Bren. Händler und Bettler riefen ihm hinterher. Er kaufte eine Schweinefleischpastete von einem Straßenhändler und warf einem Krüppel und seiner Mutter eine Handvoll Kupferstücke zu. Die Geschwindigkeit, mit der die blinde Frau die Kupferstücke fand, grenzte an ein Wunder. Schnapper lächelte ihr freundlich zu. Er wußte, daß sie sehen konnte, aber er bewunderte ihr Schauspieltalent. Die Art, wie sie die Augen rollte, konnte man nur als das Werk eines begnadeten Künstlers bezeichnen.

Schnapper biß in die Pastete. Sie war hervorragend, heiß und saftig, obwohl das Fleisch nur entfernt nach Schwein schmeckte.

Es war ein wunderschöner Tag – jedenfalls für eine Stadt wie Bren. Der Himmel war klar und strahlendblau, die Luft trocken und kalt. Im Norden der Stadt, dort wo sich die prächtigeren Gebäude und der Palast des Herzogs befanden, wurden die Straßen gesäubert und mit Bannern geschmückt. Schnapper schloß daraus, daß hoher Besuch erwartet wurde. Allerdings gingen ihn die Staatsgeschäfte von Bren nichts an. Heute hatte er nur eines im Sinn: Er würde Tawl helfen.

Schnapper kam an einem Marktstand vorbei, wo

Handspiegel verkauft wurden. Er nahm einen zur Hand und warf einen raschen Blick auf sein Spiegelbild. »Auweia!« murmelte er. Hastig spuckte er in die Hand und glättete sein Haar. Allein der Gedanke, daß er Tawl gestern nacht mit der Frisur eines Wilden gefolgt war ... Auch sein Kragen war nicht sonderlich sauber. Mauersegler wäre enttäuscht gewesen. *»Achte immer auf ein sauberes Outfit«*, pflegte er zu sagen, *»dann siehst du weniger nach Gauner aus.«* Schnapper erkannte die Weisheit in Mauerseglers Worten – obwohl er bis heute nicht herausgefunden hatte, was ein Outfit war.

Er war versucht, den Spiegel einzustecken – er hätte seine persönliche Sammlung von Körperpflegeutensilien wesentlich bereichert –, doch der Händler besaß einen bösartigen Blick, und Schnapper war stolz darauf, stets zu wissen, wann es besser war, *kein* Risiko einzugehen.

Die Sonne folgte ihm in den Westen der Stadt. Es war bereits später Nachmittag, und Schnapper fragte sich, ob er sich früher auf den Weg hätte machen sollen, um Tawl zu finden. Das Problem war nur gewesen, daß kurz vor Mittag die Beute besonders ergiebig war, und er hätte den Verdienst eines Tages nur ungern aufgegeben. Aber egal: Auf jeden Fall war er jetzt auf dem Weg, den Ritter zu finden, und er hatte die Taschen voller Gold.

Schnapper bog in die Straße der Bordelle ein und ging in Richtung jenes Hauses, wo er Tawl zuletzt gesehen hatte. Dabei erwies sich der Geruch als zuverlässigerer Führer als jede Karte. Jedes Gebäude besaß seinen eigenen, unverwechselbaren Duft, und Schnapper orientierte sich anhand seiner Erinnerung der vergangenen Nacht. Bei Tageslicht betrachtet, wirkte das Bordell ziemlich trostlos; die Balken des Fachwerks waren verrottet, und an vielen Stellen blätterte die Farbe ab. Ein eindeutiger Beweis dafür, wie großzügig die Nacht mit ihrer Gunst war. Unter ihrer Schirmherrschaft hatte das Haus wie ein Palast ausgesehen.

Energisch klopfte Schnapper an die Tür.

»Geh weg! Du bist zu früh!« erscholl die Antwort.

»Ich suche nach einem Mann mit Namen Tawl. Er ist ein Kämpfer.« Schnapper war gezwungen, das Holz anzuschreien, denn die Tür blieb verschlossen.

»Hier gibt es niemanden mit Namen Tawl. Mach, daß du wegkommst!«

»Letzte Nacht war er aber hier. Ein großer Kerl mit goldenem Haar und einer Bandage am Unterarm.«

»Was springt für mich dabei heraus?«

Bis jetzt hatte sich Schnapper bei dem Gespräch mit der gesichtslosen Stimme ausgesprochen unwohl gefühlt, doch nun hatte sich das geändert: Information gegen Bezahlung war ein Konzept, das ihm vertraut war. »Zwei Silber, wenn Ihr wißt, wo er steckt.«

»Dafür mache ich keinen Finger krumm.«

»Dann halt fünf Silber.« Die ganze Angelegenheit stellte sich als wesentlich kostspieliger heraus, als Schnapper gehofft hatte. Aber andererseits wurde so Geld in Umlauf gebracht. Mauersegler hatte ihm lange Vorträge über die Bedeutung des Geldkreislaufs gehalten.

»Abgemacht.« Die Tür wurde geöffnet, und eine Frau mit schmalen Augen trat heraus. Schnapper erkannte in ihr die Frau, die Tawls Gold gestohlen hatte. »Laß mich dein Silber sehen.«

Schnapper holte die versprochene Summe hervor. »Darf ich es wagen, nach dem Namen solch einer gutaussehenden Frau zu fragen, wie Ihr es seid?«

Die Frau war über Schnappers Frage erstaunt. Sie strich über ihr gepudertes Haar und antwortete: »Du kannst mich Madame Dornenbeutel nennen, junger Mann.«

Das Puder aus ihrem Haar verteilte sich in der Luft, und Schnapper mußte gegen das Bedürfnis ankämpfen zu niesen. »Nun denn, Madame Dornenbeutel, wohin ist der Herr denn gegangen?«

»Er ist doch kein Freund von dir, oder?« Die Stimme

der Frau klang so schrill wie die einer brünstigen Gans.

»Nein, Madame«, antwortete Schnapper. »Ich habe ihn noch nie zuvor gesehen. Ich bin lediglich ein Bote.«

Madame Dornenbeutel schniefte zufrieden. »Der Mann, den du suchst, ist zum Trinken in *Des Herzogs Phantasie* gegangen. Das ist ein Gasthof in der Gerberstraße. Und jetzt her mit dem Geld.«

»Es war mir ein Vergnügen, Geschäfte mit Euch zu machen, Madame«, sagte Schnapper und verbeugte sich leicht, als er ihr die Münzen reichte. Selbst Mauersegler wäre von der Geschwindigkeit beeindruckt gewesen, mit der die Frau das Geld in ihrem Mieder verschwinden ließ. Und mit fast der gleichen unglaublichen Geschwindigkeit wurde Schnapper die Tür vor der Nase zugeknallt.

Schnapper nieste laut; das Haarpuder war nicht mehr zu ignorieren gewesen. Dann machte er sich auf den Weg, und schon bald hatte er *Des Herzogs Phantasie* gefunden. Es war ein großes, bunt bemaltes Gebäude. Vor der Tür würfelten ein paar Männer. Schnapper war versucht, sich zu ihnen zu gesellen, denn er liebte das Würfelspiel noch mehr als gutes Essen. Aber er ging an ihnen vorbei und hielt nur kurz an, um zu sehen, wie die Würfel fielen. Es war wirklich eine Schande, daß er eine Mission zu erfüllen hatte, denn das Spiel schien außerordentlich gut zu laufen – eine ideale Möglichkeit, um Geld in Umlauf zu bringen.

Schnapper betrat den Gasthof und bahnte sich einen Weg durch eine Schar Feiernder. Es roch nach Hopfen, Hefe und Schweiß: der Duft von Menschen, die dem Biergenuß frönten.

Dann entdeckte er einen strohblonden Schopf in der Menge: Es war die Frau, die gestern nacht Tawls Geld eingesammelt und es anschließend an die alte Dornenbeutel weitergegeben hatte. Wieder stellte sich jenes Gefühl der Entrüstung ein, das Schnapper bereits gestern empfunden hatte, und er ging näher an sie heran. Die Frau rief lautstark nach mehr Bier und wurde dabei von einer kleineren Gruppe aus Frauen und Männern angefeuert. Das Bier kam – ein ganzes Faß –, und sie griff in ihren Beutel, um den Wirt zu bezahlen. Es war Tawls Beutel. Die Frau bestellte Getränke für Borc weiß wie viele Leute, und sie zahlte mit Tawls Geld!

Der Ritter war nirgends zu sehen. Schnappers Augen folgten dem Beutel. Wie immer waren seine Hände schneller als sein Verstand. Die strohblonde Frau war nur einen Augenblick abgelenkt, als sie ihren Becher zum Toast erhob, aber das war genug. Schnapper nahm den Beutel vom Tisch. Mit Fingern, die ihn noch nie im Stich gelassen hatten, ließ er die Beute in seinem Umhang verschwinden. Er hatte keine Zeit, sich über seinen Erfolg zu freuen, und so machte er sich mit gesenktem Kopf auf den Weg zur Tür.

Eine Sekunde später erscholl ein Schrei: »Mein Gold! Jemand hat mein Gold gestohlen!«

Schnapper verspürte das Bedürfnis, ihr zu erwidern, daß es nicht *ihr* Gold war, doch er schwieg und ging unauffällig weiter. Er konnte die Tür bereits sehen. Nur noch ein paar Schritte, und er war auf und davon. Hinter ihm brach Unruhe aus, aber er konnte es sich nicht leisten zurückzublicken. Er stieß die letzten Leute beiseite und erreichte die Tür. Noch immer unsicher, ob man ihn entdeckt hatte, schlenderte er die Straße hinunter. Er wollte gerade ein fröhliches Lied anstimmen, als er hinter sich das verräterische Geräusch von Schritten vernahm. Sofort gab Schnapper jeden Versuch auf, unschuldig zu wirken und rannte los. Er lief, so schnell ihn seine Beine trugen.

Auch Mauersegler – obwohl ein begnadeter Dieb – hatte die Notwendigkeit einer gelegentlichen Flucht erkannt. Schnapper folgte seinen Instruktionen: *»Lauf niemals in gerader Linie. Nutze jede Abzweigung, an der du vorbeikommst. Bewege dich immer in Richtung der dichtesten Menschenmenge … und renn wie der Wind.«* Er floh durch Straßen und Gassen, rannte über Marktplätze und drängte sich an Menschen vorbei. Die Schritte folgten ihm immer noch. Er lief in eine dunkle Gasse ... und stand vor einer Mauer. Schnapper atmete tief durch. Die Mauer war zu hoch, um sie zu erklettern. Ihm blieb nichts anderes übrig, als sich den Weg zurück zu erkämpfen. Rasch durchforstete er sein Gehirn nach einer von Mauerseglers Weisheiten, die sich mit diesem speziellen Problem beschäftigte. Er fand keine. Daraus schloß er, daß Mauersegler niemals so dumm gewesen wäre, in eine solche Lage zu geraten.

Mit vor Müdigkeit zitternden Knien wandte sich Schnapper zu seinem Verfolger um. Nur die Umrisse des Mannes waren im Licht der untergehenden Sonne zu erkennen. Er kam näher, und das Sonnenlicht spiegelte sich auf seinem Haar. Goldenem Haar. Es war Tawl.

Sekunden vergingen – oder waren es Minuten? Die Sonne zog sich mit dem Taktgefühl eines Diplomaten zurück und ließ Mann und Jungen allein. Ein leichter Wind wehte durch die Gasse. Er spielte mit dem Schmutz, doch wirbelte er mehr Gestank denn Substanz auf.

Tawl stand einfach nur da und betrachtete Schnapper. Seine breite Brust hob und senkte sich, und sein Haar schimmerte wie dunkles Gold. Keinerlei Reaktion zeigte sich in seinem Gesicht. Ohne ein Wort zu sagen, drehte er sich um.

Zu Schnappers Erstaunen folgte der Ritter seinen eigenen Spuren aus der Gasse hinaus. Er ging langsam und mit gesenktem Kopf. Schnapper konnte es nicht länger ertragen. »Tawl!« rief er. »Warte!« Er sah, wie der Ritter einen Augenblick zögerte, doch dann schüttelte er nur den Kopf und ging weiter. Diese kleine, kaum wahrnehmbare Geste schnürte Schnapper die Kehle zu. Tawl verließ ihn.

Mauersegler hatte Schnapper unzählige Male vor den Gefahren der Freundschaft gewarnt. *»Laß einen Mann niemals nahe genug an dich heran, daß er deine Börse stehlen kann«*, hatte er stets gesagt. Da er selbst keine Freunde, sondern nur Komplizen hatte, war Mauersegler ein Mann, der keinen Wert auf Freundschaft legte. Schnapper hatte diese Meinung geteilt, bis er Tawl getroffen hatte. Mauersegler hatte nicht in allem recht. Zwar konnte er mit seiner flinken Zunge jedermann überreden, seinen Willen zu tun, aber er konnte trotzdem niemandem trauen, und niemand traute ihm. Plötzlich erschien Schnapper der Gedanke gar nicht mehr so verlockend, wie Mauersegler zu enden – als ein Mann, der sein Gegenüber zunächst fragte, was er wollte, bevor er sich nach dessen Namen erkundigte.

Er lief Tawl hinterher und legte ihm die Hand auf den Arm. »Tawl, ich bin's! Schnapper!«

»Geh weg von mir, Junge.« Tawls Worte waren hart wie Stahl. Er riß seinen Arm los und ging weiter.

»Hier«, sagte Schnapper und reichte ihm den Beutel. »Nimm dein Geld zurück. Ich habe es nur genommen, damit deine Freundin nicht alles ausgibt.«

Der Ritter stieß den Beutel von sich. »Ich brauche dich nicht, um auf meine Sachen aufzupassen. Behalte es. Dort wo das hergekommen ist, gibt es noch mehr zu holen.«

»Soll das heißen, daß du in Bren bleiben willst?«

»Was ich will, und was ich nicht will, geht dich nichts an, Junge.« Tawl beschleunigte seinen Schritt, doch Schnapper hielt mit.

»Was ist mit deiner Suche? Der Junge ...« Beinahe hätte Schnapper gesagt, »der Junge, den du für Bevlin suchen solltest«, aber er hielt sich im letzten Augenblick zurück. Jetzt war nicht der richtige Zeitpunkt, um den toten Gelehrten zu erwähnen.

Tawl wirbelte herum. *»Laß mich in Ruhe!«*

Die Stimme des Ritters war so voller Zorn, daß Schnapper tatsächlich einen Schritt zurückwich. Dabei konnte er zum ersten Mal das Gesicht seines Freundes in aller Deutlichkeit sehen. Tawl war gealtert. Falten, die noch vor wenigen Monaten nur eine Andeutung gewesen waren, hatten sich tief in seine Haut eingegraben. Wut stand in seinem Gesicht, doch in seinen Augen war noch etwas anderes zu erkennen: Scham. Als hätte er bemerkt, daß er entlarvt worden war, senkte Tawl den Blick und setzte seinen Weg fort. Seine Schritte hallten leise in der dunklen Gasse wider, als er sich immer weiter entfernte.

Schnapper war versucht, ihn aufzugeben; der Mann wollte einfach keine Hilfe. Es war bereits spät, und der Gedanke an ein heißes Abendessen in einem gemütlichen Gasthof war äußerst verführerisch. Schnapper beobachtete, wie Tawl das Ende der Gasse erreichte und auf der Straße verschwand. Kurz bevor er außer Sichtweite war, fuhr der Ritter mit der Hand durch sein Haar. Es war eine simple Bewegung; eine Bewegung, wie Schnapper sie schon hundertmal bei ihm gesehen hatte. Doch die Vertrautheit der Geste zeigte ihm, wie gut er Tawl mittlerweile kannte. Der Ritter war sein einziger Freund, und beide waren sie weit weg von daheim. Das Abendessen verlor an Bedeutung.

Schnapper eilte Tawl hinterher. Es war ein Fehler gewesen, sich ihm so direkt zu nähern, ihn nach seinem Auftrag zu fragen und ihm zu erzählen, daß er um sein Geld betrogen wurde. Wollte er dem Ritter jemals wieder zu seinem alten Selbst verhelfen, mußte er subtilere Methoden anwenden. Offenbar wollte Tawl die Vergangenheit vergessen. Er wollte den alten Gelehrten vergessen, seine Suche nach dem Jungen – ja er wollte sogar sich selbst vergessen. Doch Schnapper würde Tawl nicht erlauben, irgend etwas zu vergessen. Einer Sache war er vollkommen sicher: Der Ritter hatte nur dafür gelebt, den Jungen zu finden. Es war sein einziges Ziel im Leben gewesen, und daß er es aufgegeben hatte, erschien Schnapper als unglaubliche Tragödie.

Aber heute nacht war es das beste, wenn er seinen Freund nur im Auge behielt. Er würde auf eine passende Gelegenheit warten, um die Gunst des Ritters wiederzuerlangen.

Schnapper trat auf die Straße hinaus. Er hielt einen

Augenblick an, um etwas Gebäck von einem Straßenhändler zu kaufen – es war eine Sache, ein warmes Essen zu versäumen, aber überhaupt nichts zu essen war etwas völlig anderes –, dann machte er sich auf den Weg zurück zu *Des Herzogs Phantasie*.

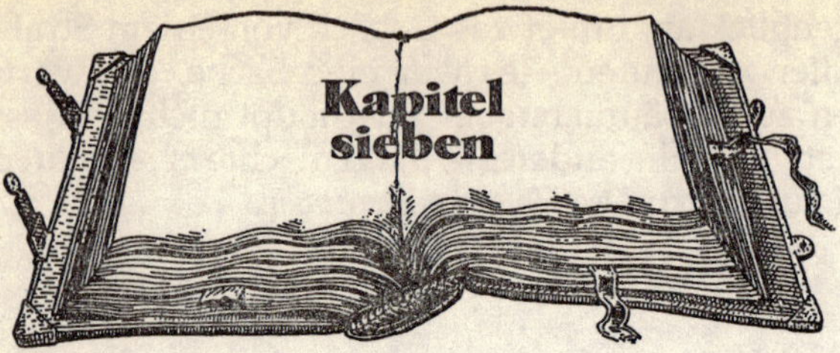

»Es gibt natürlich nur eine Möglichkeit, um festzustellen, ob ein Mädchen noch Jungfrau ist, Bodger.«

»Du meinst außer nachzusehen, ob sie glattes Haar hat, Grift?«

»Das ist Altweibergeschwätz, Bodger.«

»Da muß ich dir recht geben, Grift. Seit du diese ziemlich engen Strumpfhosen trägst, siehst du wirklich wie ein altes Weib aus.«

»Hmmm, ich trage sie aus rein therapeutischen Gründen, Bodger. Meine edelsten Teile sind so empfindlich, daß sie selbst bei der kleinsten Brise gen Norden geweht würden, und wenn sie einmal dort sind, ist es schweineschwer, sie wieder zurückzubekommen.«

»Aye, Grift. Dein Unterleib ist berühmt für sein Temperament.«

»Willst du nun an meiner Weisheit teilhaben, oder nicht, Bodger? Andere würden ein Vermögen dafür zahlen, von einem Meister wie mir unterwiesen zu werden.«

»Dann rede. Wie kann man herausfinden, ob ein Mädchen noch Jungfrau ist?«

»Du sperrst sie in ein Zimmer zusammen mit einem Dachs, Bodger.«

»Mit einem Dachs?«

»Aye, Bodger, mit einem Dachs.« Grift lehnte sich im Sattel zurück und machte es sich so bequem wie es auf einem Muli möglich war. »Du nimmst einen Dachs, Bodger, steckst ihn mit dem Mädchen zusammen, das du testen willst, und verriegelst die Tür. Du mußt sie ein paar Stunden allein lassen, und dann siehst du nach, was passiert ist.«

»Und was soll passieren, Grift?«

»Nun, Bodger, wenn der Dachs in einer Ecke eingeschlafen ist, hat sich das Mädchen schon im Heu herumgetrieben, wenn du weißt, was ich meine. Aber wenn der Dachs sich in ihrem Schoß zusammenrollt, ist sie noch Jungfrau.«

»Und was ist, wenn der Dachs das Mädchen beißt, Grift?«

»Dann bekommt das Mädchen die Syphilis, und keiner wird sich noch dafür interessieren, ob sie Jungfrau ist oder nicht, Bodger.«

Bodger nickte ernst; da hatte Grift nicht ganz unrecht. Die beiden Männer ritten am Ende der Kolonne, die sich gerade einen steilen Bergpfad hinabbewegte. Die Luft war ruhig und trocken. Kein Vogel sang, und es war vollkommen windstill.

»Gestern war es verdammt knapp für dich, Bodger.«

»Ich hatte Glück, daß man mich aus dem Schnee herausgeholt hat, Grift.«

»Ich glaube nicht, daß das etwas mit Glück zu tun hatte. Lord Baralis macht sich sein eigenes Glück.« Obwohl Grift versucht war, Bodger zu fragen, was denn nun wirklich an der Unglücksstelle geschehen war, so wußte er doch, daß es besser war zu schweigen. Keiner der Geretteten hatte über die Ereignisse des gestrigen Tages gesprochen – ebenso wie der Rest der Reisegesellschaft. Die meisten taten einfach so, als hätte es das Unglück nie gegeben, und wenn sie Bren erreichten, würde sich wahrscheinlich niemand mehr an den Vorfall erinnern. Sechs Männer waren umgekommen.

Grift hörte hinter sich ein Geräusch und drehte sich um. »Schau mal, Bodger. Crope hat uns endlich eingeholt. Er hat schon die Nachhut erreicht.«

»Aye, Grift. Selbst in einem finsteren Tunnel könnte man ihn erkennen. Ich frage mich, warum er heute morgen darauf bestanden hat, bei der Lawine zurückzubleiben.«

»Laß es uns herausfinden, Bodger.« Die beiden Männer scherten aus der Kolonne aus und warteten, bis Baralis' Diener zu ihnen aufgeschlossen hatte; dann ritten sie neben ihm her.

»Die Beule sieht aber verdammt schlimm aus, Crope«, sagte Bodger und deutete auf Cropes Stirn.

»Sie tut auch verdammt weh«, erwiderte Crope mit seiner tiefen, sanften Stimme.

»Bist du deshalb heute morgen nicht mit uns geritten? Weil du nicht mithalten konntest?«

Crope schüttelte den Kopf. »Nein, ich mußte was ausgraben.«

»Hast du nach einem Schatz gesucht, Crope?« Grift zwinkerte Bodger zu.

»Nein, Grift«, antwortete Crope, ohne Grifts Sarkasmus zu bemerken. »Ich habe mein Kästchen in der Lawine verloren. Es ist mir einfach aus der Tasche gerutscht. Ich habe ziemlich lange gebraucht, um es zu finden.« Crope lächelte und tätschelte die rechteckige Ausbuchtung in seiner Tunika. »Jetzt ist es wieder da, wo es hingehört.«

»Du erstaunst mich, Crope«, sagte Grift. »Ich glaube nicht, daß ich jemals so viele Worte auf einmal aus deinem Mund gehört habe. Dieses Kästchen muß verdammt wichtig für dich sein, wenn du seinetwegen plötzlich so beredsam wirst.«

Das Lächeln verschwand aus Cropes Gesicht. »Das geht dich nichts an, Grift. Ich will jetzt wieder allein sein.« Mit diesen Worten zog er an den Zügeln, so daß sein Pferd wieder hinter Bodger und Grift zurückblieb.

»Nun, Bodger«, sagte Grift. »Wie ich Crope kenne, bewahrt er wahrscheinlich seine alten Zehennägel in dem mysteriösen Kästchen auf.«

»Aye, Grift. Entweder das oder seine Nasenhaare.«

»Dafür müßte das Kästchen aber größer sein, Bodger.«

Bodger nickte nachdenklich. »Auf jeden Fall hat Crope es riskiert, allein zum Paß zurückzureiten, nur um sein Kästchen zu retten.«

»Der Paß war doch gar nicht so schlimm, wie wir gedacht haben, Bodger. Wir waren in null Komma nix über ihn hinweg.«

»Aye, Bodger. Wenn das Wetter sich hält, werden wir in zwei Tagen in Bren sein.«

»Und wenn wir Bren erreichen, beginnt erst das eigentliche Drama, Bodger.«

»Wie meinst du das, Grift?«

»In Bren weiß man noch nicht, daß Kylock nun König ist. Wenn du mich fragst, Bodger, werden die Leute verdammt nervös werden, wenn sie es herausfinden. Ein Mädchen mit einem Prinzen zu verheiraten ist etwas vollkommen anderes, als sie an einen König zu geben.«

»Ich dachte, das wäre eine noch viel größere Ehre, Grift.«

»Eine Stadt wie Bren mag es nicht, wenn man ihr die Schau stiehlt; solch eine Stadt will immer die bestimmende Macht in einem Bündnis sein. Erinnere dich meiner Worte, Bodger: Wenn wir unser Ziel erreichen, wird es Ärger geben.«

Die Sonne verschwand hinter einer Wolkenbank. Die Nacht hatte bereits ihre Vorboten gesandt, und der Tag würde ihr bald weichen.

Es war kalt im Garten, und der Schnee knirschte unter den Stiefeln wie totes Laub. Der Atem der beiden Männer wurde zunächst weiß, dann vereiste er. Wenn sie sich einander näherten – was sie von Zeit zu Zeit taten –, konnte man eine gewisse Intimität in ihrem sich kreuzendem Atem spüren.

Rovas' Durchhaltevermögen erstaunte Jack. Obwohl der Mann mindestens zwanzig Jahre älter war als er, bewegte er sich mit der Geschwindigkeit eines Hirsches, und er kämpfte mit der Ausdauer eines Ochsen. Jack fühlte sich eindeutig im Nachteil. Sie kämpften mit Kampfstäben – eine Waffe, bei der es mehr auf die Stärke eines Mannes ankam denn auf seine Geschicklichkeit. Inzwischen hatte Jack erkannt, wie wenig er über das Kämpfen wußte. Bisher war seine einzige Waffe ein Schlachtermesser gewesen, und obwohl er damit einen Mann getötet hatte, war es Wut, nicht Können gewesen, die die Klinge ins Ziel geführt hatte.

Das Holz der Stäbe traf mit einem dumpfen, krachenden Geräusch aufeinander. Wieder einmal drängte Rovas Jack zurück. Jack drehte seinen Stab, doch sein Gegner war schneller, und wieder traf Holz auf Holz. Rovas lachte leise. »Das war ein vollkommen nutzloser Schlag, Junge. Du hättest dir die Mühe sparen können.« Mit blitzartiger Geschwindigkeit löste sich Rovas von seinem Lehrling; dann ließ er den Stab mit einer Hand los und benutzte ihn wie einen Degen. Er zielte auf Jacks Schulter. Jack war darauf nicht vorbereitet. Er ging zu Boden, und sein Kopf traf auf die Steine, die unter dem Schnee verborgen waren.

»Du hast gesagt, ich solle den Stab mit beiden Händen halten.« Jack rappelte sich wieder auf und klopfte den Schnee von seiner Tunika.

»Hab' ich das?« fragte Rovas nonchalant. »Nun, das wird dich lehren, niemandes Regeln zu akzeptieren außer deinen eigenen.« Der hünenhafte Mann sah mitgenommen aus; sein Gesicht war puterrot, und er schwitzte aus allen Poren.

»Ich soll also niemandem trauen.«

»Nur einem: dir selbst.«

Jack reichte Rovas seinen Stab, und gemeinsam gingen sie zur Hütte zurück. Es war ein anstrengender Tag gewesen. Rovas hatte Jack bei Morgengrauen geweckt, und anschließend hatten sie im Garten gekämpft, bis es dunkel wurde. Der bärtige Schmuggler war ein guter Lehrer. Er besaß eine beeindruckende Sammlung von Waffen. Sein Arsenal reichte von der einfachen, mit

Leder umwickelten Keule, die die Halcus bevorzugten, bis hin zu den anmutigen – aber wie Jack gelernt hatte tödlichen – Degen aus Isro. Es gab nicht eine Waffe, die Rovas nicht in seiner Sammlung hatte, und zu jeder konnte er nützliche Ratschläge geben.

Rovas hielt vor dem kleinen Nebengebäude an, das an die Hütte angebaut war. »Hast du Lust, mir beim Nierenstopfen zu helfen?« fragte er. »Die Frauen hassen es, mit Innereien umzugehen.«

Jack versuchte, nicht verwirrt auszusehen.

Rovas lachte herzlich, öffnete die Tür und entzündete eine Laterne. Der Geruch frisch geschlachteten Fleisches stieg Jack in die Nase. Das Licht schimmerte auf den Innereien. Auf blutigen Tellern lag Leber, während Nieren in Eimern darauf warteten, bearbeitet zu werden, und den Raum mit ihrem besonderen Duft erfüllten. »Hübsch, nicht?« sagte Rovas.

Jack glaubte allmählich, Rovas sei verrückt. Wie konnte man solch einen Anblick nur anziehend finden? Er nickte auf eine Art, von der er hoffte, sie sei unverbindlich.

Rovas grinste über das ganze Gesicht. »In diesem Raum liegt ein Vermögen, Junge. Es gibt Leute in Helch, die den ganzen Winter noch keine einzige Wurst gesehen haben. Sie zahlen gutes Geld für ein oder zwei Pfund erstklassiger Nieren.«

Das war es also. Rovas war nicht verrückt; er war nur geldgierig. »Wo kommt all das Fleisch her?« fragte Jack.

Rovas winkte ihn zu sich heran; dann flüsterte er ihm theatralisch ins Ohr: »Von einer guten Freundin von mir mit Namen Lucy.«

Lucy. Jacks Kopf drehte sich. Der Name seiner Mutter. Ein weit verbreiteter Name. Hunderte von Mädchen in allen Städten der bekannten Welt hörten auf den fröhlichen Klang dieser vier Buchstaben. Merkwürdig, wie lange er ihn nicht mehr gehört hatte. Jack sehnte sich nach der Vergangenheit; er sehnte sich nach einer Zeit, als er den Kopf an die Brust seiner Mutter gelegt hatte und die Welt noch nicht voller Geheimnisse, sondern nur voller Versprechen gewesen war.

Sie hatte so hart gearbeitet. Selbst heute noch konnte er die Asche riechen; er sah den grauen Schleier auf dem Gesicht seiner Mutter, und er spürte die Berührung der Brandblasen auf ihren Fingern. Sie war das Aschenmädchen in der Küche gewesen; am Morgen hatte sie die Asche entfernt, und am Abend hatte sie die Glut gelöscht. Die anderen in der Küche waren gnadenlos gewesen. Stets hatte es geheißen:

»Mehr Druck auf den Blasebalg, Lucy!«

»Lucy, bring noch mehr Scheite!«

»Wisch die Asche vom Rost, Lucy, und wenn du schon dabei bist, sorg auch noch dafür, daß es glänzt!«

Nur daß Lucy nicht ihr richtiger Name gewesen war. Jack konnte sich nie an den genauen Zeitpunkt erinnern, als ihm dies zum ersten Mal bewußt geworden war; erst nach und nach hatte er die Wahrheit herausgefunden.

Solange er denken konnte, hatte er in der Küche gelebt. Stets hatte er versucht, »so ruhig wie eine Maus zu sein und so wenig Ärger zu verursachen, wie eine Henne auf dem Nest«, denn immer wenn er in Schwierigkeiten geraten war, hatte man seine Mutter dafür bestraft. Für gewöhnlich hockte er unter einem der großen Anrichtetische. Dort fand er häufig ein Stück Apfelschale oder ein abgeschnittenes Karottenende, auf dem er herumkauen konnte, während er die Vorgänge in seiner Umgebung beobachtete. Die Küche war ein Ort voller Wunder. Der Geruch frisch zubereiteten Essens stieg ihm in die Nase; das Klappern von Kupferkesseln und die Beschwerden der Küchenhilfen erfüllten seine Ohren, und der Anblick der unterschiedlichen Speisen führte seine jungen Augen in Versuchung.

Immer wieder verlor er sich in Tagträumereien. Das Hackmesser des Metzgers wurde Borcs Axt; Meister Frallits Schürze wurde zum Banner der Ritter von Valdis, und der Stuhl neben dem Feuer, auf dem seine Mutter saß, wurde zu einem Thron.

Wenn seine Mutter müde wurde, was ein Jahr vor Ausbruch ihrer Krankheit immer häufiger der Fall war, half ihr Jack bei der Arbeit. Eines Tages schrubbten sie gemeinsam den Rost und hatten dabei der Küche den Rücken zugewandt, als der Chefkoch rief: »Lucy, putz noch den Herd, wenn du mit dem Rost fertig bist!« Jacks Mutter drehte sich nicht um. Wieder rief der Koch, diesmal lauter: »Lucy! Du sollst den Ofen putzen!« Jack mußte den Arm seiner Mutter schütteln, um ihre Aufmerksamkeit zu erregen.

Von diesem Tag an beobachtete er sie genauer. Bei vielen Gelegenheiten reagierte sie nicht, wenn jemand ihren Namen rief. Später, kurz vor ihrem Ende, als sie schwächer und Jack älter geworden war, sprach er sie darauf an. »Wie heißt du wirklich, Mutter?« fragte er. Er hatte den Zeitpunkt mit grausamer Präzision gewählt. Sie war zu krank, um Überraschung vorzutäuschen – heute schämte sich Jack für das, was er damals getan hatte.

Seine Mutter seufzte und sagte: »Ich will dich nicht anlügen, Jack. Lucy ist nicht mein richtiger Name; man hat ihn mir erst sehr viel später gegeben.« Jack versuchte, noch mehr aus ihr herauszubekommen. Zunächst flehte er sie an, und als das nichts nützte, begann er zu schreien. Doch trotz ihrer Krankheit besaß sie nach wie vor einen starken Willen, und ihre Lippen blieben versiegelt. Anstatt ihn zu belügen, sagte sie einfach gar nichts.

Rovas, der einen Eimer mit Innereien trug, holte Jack wieder zurück in die Gegenwart. Jack war froh darüber; in der Vergangenheit gab es zu viele unbeantwortete Fragen.

»Das Problem mit Nieren ist«, erklärte Rovas, »daß sie ein wenig – wie soll ich es sagen? – ein wenig leicht sind.«

»Leicht?«

»Zu viele auf ein Pfund, wenn du weißt, was ich meine.« Rovas lächelte wie ein spitzbübisches Kind.

»Also willst du sie schwerer machen.« Allmählich verstand Jack, worauf der Mann hinauswollte.

Rovas nickte begeistert. »Du hast ein helles Köpfchen, Junge«, sagte er. »Hör zu. Wir werden folgendes machen ...« Der Schmuggler legte eine Niere auf einen Teller und zückte sein Messer. »Ein kleiner Schnitt, hier, kurz über der Sehne.« Er öffnete die Niere wie ein Chirurg; dann hielt er den Einschnitt mit der Messerspitze offen. »Gib mir mal den Topf da drüben, Junge.« Er deutete auf ein großes Gefäß. »Sei vorsichtig. Er ist verdammt schwer.«

Als Jack den Topf vom Regal nahm, wäre er ihm beinahe aus der Hand gefallen. Meister Frallits Backsteine waren auch schwer gewesen, aber wenigstens hatte ihre Größe zu ihrem Gewicht gepaßt. »Was ist da drin?« fragte er.

»Blei, natürlich. Schwer wie ein Berg und weich wie ein frischer Käse. Gib mir ein Stück, aber ein kleines. Schließlich wollen wir ja nicht, daß es irgend jemandem im Hals steckenbleibt.«

Jack gab Rovas ein Stück des grauen Metalls, und der Schmuggler plazierte es vorsichtig in der geöffneten Niere. Anschließend schloß er den Einschnitt mit äußerster Sorgfalt und reichte das fertige Produkt Jack mit den Worten: »Keine schlechte Arbeit, wenn ich das von mir behaupten darf.«

»Das könnte einen Mann umbringen«, sagte Jack und wog die Niere in der Hand.

»Und wenn er den ganzen Winter über kein Fleisch zu essen bekommt, wäre das genauso ungesund.« Rovas zuckte die Schultern. »Ein Mann muß sich irgendwie seinen Lebensunterhalt verdienen; außerdem ist es mehr als wahrscheinlich, daß das Blei gefunden wird, bevor die Nieren im Topf landen.« Er bemerkte Jacks mißbilligenden Blick. »So ist die Welt nun einmal, Junge. Wenn ich es nicht tun würde, würde es jemand anders tun. Seit Ausbruch des Krieges mit den Königreichen hat Halcus ein paar verdammt harte Zeiten durchgemacht, und es sieht so aus, als würde es noch viel schlimmer werden. Es wird nicht mehr lange dauern, bis Bren uns von der anderen Seite auf den Pelz rückt. Wenn jemand wie ich ein paar Leute mit Vorräten versorgt, an die sie ohne mich niemals herangekommen wären, ist es nur gerecht, wenn ich auch etwas daran verdiene.«

»Was meinst du mit ›Bren rückt uns von der anderen Seite auf den Pelz‹?« Jack hatte nicht die Absicht, Rovas wegen seiner Geschäftspraktiken Vorwürfe zu machen. Der Mann würde niemals zugeben, etwas Falsches zu tun.

»Hast du noch nichts davon gehört? Dein Land wird sich mit Bren verbünden, und wenn du mich fragst, bedeutet das nicht nur Ärger für uns hier in Halcus. Annis, Highwall, ja selbst Ness – jeder ist nervös. Die Leute haben Angst, Bren könne die Vier Königreiche benutzen, um den ganzen Norden zu beherrschen.« Rovas spie nachdenklich auf den Boden. »Erst heute morgen habe ich gehört, daß Highwall eine Armee aufstellt. Die Stadt wird bestimmt nicht den Schwanz einziehen.«

Dies war das erste Mal, daß Jack etwas über den Krieg gehört hatte. Die Königreiche im Bündnis mit Bren? Die Ereignisse hatten sich mit erstaunlicher Schnelligkeit entwickelt, seit er die Burg verlassen hatte. »Kylock wird also …« Es dauerte eine Weile, bis Jack der Name wieder eingefallen war. »… er wird also Katharina von Bren heiraten?«

Rovas nickte. »Es wird Krieg geben.«

Krieg. Vielleicht wäre es nie soweit gekommen, wenn Melli Kylock geheiratet hätte, wie es geplant gewesen war. Wahrscheinlich wäre sie dann auch nicht getötet worden. Jack legte die Niere auf den Teller und versuchte, seine Hände vom Blut zu befreien – ohne Erfolg. Statt das Blut abzuwischen, verteilte er es nur. Er blickte auf seine blutigen Hände und konnte nicht umhin, sich irgendwie für alles verantwortlich zu fühlen. Das war verrückt, sagte er sich selbst. Er hatte Melli nie beeinflußt; als sie sich kennenlernten, war sie bereits fest entschlossen gewesen, Kylock nicht zu heiraten.

Sich schuldig fühlend, ohne jedoch zu wissen warum, ging Jack dazu über, Rovas anzugreifen. Er wollte die Schuld mit jemandem teilen. »Du solltest dich freuen, wenn ein Krieg ausbricht«, sagte er wütend. »Mehr Blutvergießen bedeutet mehr Profit.«

Für einen kurzen Augenblick glaubte Jack, Rovas würde ihn schlagen. Der Körper des Schmugglers versteifte sich, und seine rechte Hand ballte sich zur Faust. Doch er beherrschte sich. Jack konnte deutlich sehen, wie er sich bemühte, ruhig zu bleiben. Schließlich zuckte er nur die Schultern und sagte: »Kleinere Grenzgefechte sind ein Sache, Junge, aber ein richtiger Krieg ist etwas vollkommen anderes. Ja, es stimmt: Krieg bedeutet Geld, aber er bedeutet auch eine höhere Wahrscheinlichkeit, umgebracht zu werden, bevor man es ausgeben kann!« Bei den letzten Worten hatte Rovas sich wieder gefangen. Beinahe tat es Jack leid; er wollte einen Kampf.

»Hier«, sagte Rovas und lenkte Jack ab, indem er ihm einen Teller mit Nieren reichte. »Stopf die für mich. Für heute habe ich genug Krieg gehabt. Ich werde jetzt erst mal etwas zu Abend essen.« Er ging hinaus und schloß die Tür.

Der Gedanke an Krieg ließ Jack nicht los. Die Königreiche verbündeten sich mit Bren? Warum bedeutete ihm diese Neuigkeit so viel? Und warum brachte sie ihn dazu, den Kampf mit einem Mann zu suchen, der ihn mit Sicherheit schlagen würde? Zum ersten Mal seit er die Burg verlassen hatte, spürte Jack wieder jene vertraute Rastlosigkeit, die ihn wünschen ließ, einfach davonzurennen und alles hinter sich zu lassen. Der Geruch der Nieren war unerträglich. Jack schob den Teller beiseite und öffnete die Tür.

Der kalte Nachtwind strich über sein Gesicht. Die vertraute Rastlosigkeit, doch auch die vertraute Verzweiflung. Es gab keinen Ort, wohin er sich wenden konnte.

Rovas' Fußspuren formten einen Bogen im Schnee. Jacks Augen folgten ihnen bis zum Ende, bis zur Tür der Hütte. Die Menschen in ihrem Inneren waren seine einzige Verbindung zur Welt: Rovas, Magra, Tarissa. Sie waren nicht, was sie zu sein vorgaben. Magra und Tarissa teilten ein Geheimnis miteinander; ein Geheimnis, das die Mutter verbittert und die Tochter stark gemacht hatte. Und dann war da noch Rovas, der erst vor wenigen Minuten fast die Beherrschung verloren hatte, so daß Jack einen Blick auf den Wolf unter dem Schafspelz werfen konnte. Sie sahen zwar wie eine Familie aus, aber das Gefühl sprach dagegen.

Auch die Hütte erweckte den Eindruck, als sei sie das Heim einer glücklichen Familie: Kerzenlicht schimmerte unter den Läden hindurch; Rauch stieg aus dem Kamin, und die polierte Tür hieß jeden Gast willkommen. Das war kein Ort, an dem er bleiben konnte. Plötzlich fühlte sich Jack unendlich müde. Er wußte nicht, wann und ob er jemals wieder ein richtiges Heim haben würde. Die Reise an Mellis Seite hatte ihn vergessen lassen, wie einsam er war. Solange sie bei ihm gewesen war, hatten all seine Sorgen ihr gegolten. Daß sie jeden Abend eine warme und sichere Unterkunft hatte, war das einzige gewesen, was gezählt hatte. Doch nun hatte er auch das verloren, und seine Gedanken richteten sich wieder nach innen.

Seit mehreren Monaten war Bren sein Reiseziel gewesen. Es hatte nie einen Grund dafür gegeben, außer daß er es irgendwie für richtig gehalten hatte, nach Osten zu ziehen. Und jetzt, wo Krieg am Horizont drohte, verspürte er mehr denn je das Bedürfnis, dorthin zu gehen. Aber er würde es nicht tun – jedenfalls noch nicht. Er war noch nicht bereit. Er besaß keinerlei Fähigkeiten im Umgang mit Waffen, und wenn er sich in ein potentielles Kriegsgebiet begeben wollte, sollte er sich besser darauf vorbereiten. Und dann war da noch Melli. Jack konnte den Gedanken nicht ertragen fortzuziehen, ohne etwas wegen ihrer Ermordung zu unternehmen; ihr Tod war zu bedeutend, um ihn einfach so zu vergessen. Würde er jetzt einfach gehen, dann würde er ihr Andenken entehren. Vor nunmehr beinahe zehn Jahren, als seine Mutter gestorben war, hatte Jack weitergemacht, als sei nichts geschehen, und kaum einen Gedanken an Trauer verschwendet. Diesen Fehler würde er nicht wiederholen.

Jack schloß die Tür. Er würde bleiben und lernen. Rovas nutzte ihn aus – offensichtlich hatte der Mann seine eigenen Gründe, warum er den Halcus-Hauptmann tot sehen wollte –; also konnte Jack nun seinerseits *ihn* ausnützen, ohne sich Vorwürfe machen zu müssen. Er würde alles lernen, was der Schmuggler ihn lehren konnte.

Jack griff nach dem Messer und wandte sich wieder den Nieren zu. Plötzlich empfand er Mitleid für die Halcus; bleihaltiges Fleisch war das kleinste ihrer Probleme.

Die Sterne waren vom Himmel über Bren verschwunden. Gedämpft durch die feuchte Luft und die Dunkelheit verkündeten Glocken Mitternacht. Öllampen warfen ihr Licht ins Gefecht, und es gelang ihnen, sich eine Bahn durch den Schnee zu brechen, der ihren dürftigen Angriff reflektierte und verstärkte.

Die Menge war unruhig. Man hatte sie schon viel zu lange warten lassen. Es war Blut, wonach sie verlangten. Sie waren gekommen, um den goldhaarigen Fremden kämpfen zu sehen, einen Mann, der aussah wie ein Engel, doch kämpfte wie ein Teufel. Die Gerüchteküche brodelte: Einmal hieß es, der Fremde sei ein Adeliger, der bei seinem Herrscher in Ungnade gefallen war, und ein andermal, er sei ein Krieger aus dem Hohen Norden oder ein Ritter auf Abenteuersuche. Die Mischung aus Rätsel, Romantik und Gefahr gefiel den Leuten von Bren. In Scharen, wie man sie nie zuvor gesehen hatte, strömten sie herbei, um den Grund für all diese Gerüchte zu sehen.

Adelige, die Wein aus silbernen Fläschchen nippten, standen Schulter an Schulter mit Händlern, die Bier aus Tonkrügen tranken, und Bauern, die ihre Getränke in einfachen Schläuchen mitgebracht hatten. Es waren sogar einige Frauen anwesend. Ihre Gesichter waren unter Kapuzen verborgen, und sie hatten die Umhänge eng um die Schultern geschlungen, um ihre Weiblichkeit zu verhüllen.

Schnapper ließ den Blick über die Menge schweifen. Heute nacht winkte reiche Beute. Er war erfahren genug, um zu wissen, daß das richtige Geld nicht in den Taschen der Adeligen, sondern in den fetten Börsen der Kaufleute zu finden war. Adelige waren grundsätzlich geizig, während Kaufleute an einem solchen Abend Geld ausgeben wollten. Obwohl er sich selbst das Versprechen gegeben hatte, heute davon abzusehen, ›Nachforschungen‹ anzustellen, fand Schnapper es ausgesprochen schwer, der Verlockung leicht verdienten Geldes zu widerstehen. Beinahe unbewußt, ähnlich einem Mann, der auf einen Juckreiz mit Kratzen reagiert, griff Schnapper in die Taschen der Zuschauer. Ein paar Silbermünzen hier, ein mit Juwelen besetzter Dolch dort. Die Bauern ließ er in Ruhe, getreu Mauerseglers Worten: *»Nur der mieseste aller Gauner stiehlt von den Armen.«*

Aber er war heute nacht nicht hierhergekommen, um Geld zu verdienen. Er war gekommen, um Tawl im Auge zu behalten. Der Ritter ließ die Leute warten. Sein Gegner, ein Mann so breit wie hoch, stellte seine Ungeduld unverhohlen zur Schau. Er stand bereits eingefettet und kampfbereit in der Grube, während Tawl sich noch nicht einmal hatte blicken lassen.

Plötzlich verstummte die Menge. Die Menschen traten zur Seite, und Tawl schritt durch die so entstandene Gasse. Er stellte sich an den Rand der Grube und riß sich die Tunika vom Leib. Ein ehrfurchtsvolles Raunen ging durch die Zuschauer, als sie Tawls muskulösen und von Narben entstellten Oberkörper erblickten. Schnapper konnte den Anblick seines Freundes kaum ertragen, der all seine gefallene Herrlichkeit vor der gaffenden Menge entblößt hatte.

»Ich habe schon Männer getötet, nur weil sie mich warten ließen.« Das war Tawls Gegner, der aus der Grube hinaufschrie, um wieder die Aufmerksamkeit des Publikums auf sich zu lenken.

Der Menge gefielen diese Worte, und nun richteten sich alle Augen auf Tawl in der Erwartung einer entsprechenden Antwort. Doch als der Ritter schließlich antwortete, sprach er so leise, daß er kaum zu verstehen war.

»Dann tötest du zu leichtfertig, mein Freund.«

Die Menge schwieg. Schnapper standen die Tränen in den Augen. Er allein kannte das Leid, das sich hinter Tawls Worten verbarg – Worte, die sich mehr gegen ihn selbst denn gegen seinen Gegner richteten. Schnapper, dessen einziges Ziel es immer gewesen war, ein angenehmes Leben zu führen, erkannte allmählich, welche Tragödie es für einen Mann bedeutete, seinen eigenen Idealen nicht gerecht zu werden.

Ein Schrei ertönte, »Laßt den Kampf nun beginnen!« Tawl sprang in die Grube.

Vor Erscheinen des Ritters war nur sporadisch gewettet worden, doch nun schien das Chaos auszubrechen. Während die beiden Kämpfer einander umkreisten, wurden Quoten geschrien und Einsätze festgelegt. Schnapper gönnte sich einen Augenblick, um Tawls Gegner einzuschätzen. Er war ein großer Mann, breitschultrig und muskulös und ohne ein Quentchen Fett, das ihn behindern könnte. Irgend jemand in der Nähe setzte fünf Goldstücke auf ihn. Schnapper konnte sich nicht länger zurückhalten. In seinen Augen gab es nur einen möglichen Ausgang des Kampfes: Tawl würde siegen.

»Ich nehme Eure Wette an, verehrter Herr«, sagte er, nicht ohne sich ein wenig schuldig zu fühlen.

»Abgemacht!« rief der Mann. Die Wettmarken – kleine, gekerbte Rundhölzer – wurden ausgetauscht, und Schnapper machte sich wieder auf den Weg.

In der Grube war die Zeit des Abschätzens mittlerweile vorüber, und der eigentliche Kampf hatte begonnen. Mit angespannten Muskeln versuchte jeder der beiden Kämpfer, sich den entscheidenden Vorteil zu verschaffen. Tawls Messer war unmittelbar vor dem Bauch seines Gegners. Entrüstet bemerkte Schnapper das Messer des fremden Kämpfers. Es war länger als das gewöhnliche Kampfmesser, das in den Gruben zugelassen war, eine ganze Handbreit länger. Der Mann spielte nicht fair.

»Zehn Goldstücke auf den Fremden mit den Narben!« rief er zu niemand besonderem. Es war seine Art, um Tawl den Rücken zu stärken.

»Sagen wir zwanzig, und ich bin dabei.« Die Stimme eines Adeligen.

»Wir sind im Geschäft.« Wieder ein Austausch von Wettmarken, diesmal begleitet von einer leichten Verbeugung, und Schnapper trat in die Menge zurück.

Zunächst schienen beide Kämpfer gleichwertig zu sein. Jeder von ihnen führte scheinbar mühelos eine Folge von Finten und Stößen aus. Dann wurde der Kampf härter, als beide erste Anzeichen von Wut zeigten. Tawl war gezwungen, einen Stoß gegen seinen Unterarm zu parieren, aber dennoch schnitt die Klinge seines Gegners bis auf den Knochen. Blut trat hervor und schimmerte dunkel im Licht der Laternen und Fackeln. Die Menge jubelte. Schnapper, stets der weitsichtige Geschäftsmann, erkannte eine gute Gelegenheit: Jedermann schien zu glauben, daß Tawl nun im Nachteil war.

»Wer gibt mir zwei zu eins auf den Fremden?«

Schnapper wurde mit Wettmarken geradezu überschüttet. Nur mit Mühe gelang es ihm, der vielen Wettangebote Herr zu werden. Das Problem war nur, daß sich der Kampfverlauf in der Zwischenzeit von schlecht zu ganz schlecht entwickelte. Tawls Arm war blutüberströmt und hing schlaff herab. Sein Gegner hatte ihn an die Wand der Grube gedrängt und hielt ihm das Messer an die Kehle. Die Spannung war so groß, daß die meisten Leute sogar das Wetten aufgegeben hatten. Schnapper mußte seine Knie dazu zwingen, nicht nachzugeben.

»Ich gebe dir fünf zu eins auf den Fremden«, zischte ihm jemand ins Ohr. Schnapper erschien allein der Gedanke, in einem solchen Augenblick zu wetten, als derart verabscheuungswürdig, daß er herumwirbelte und dem Mann vors Schienbein trat.

Aufgrund der daraus resultierenden Notwendigkeit einer raschen Flucht konnte Schnapper nicht sehen, was als nächstes geschah. Von einer Sekunde zur anderen geriet die Menge außer sich; die Menschen trampelten mit den Füßen und schrien aus voller Kehle. Als es Schnapper endlich gelang, wieder nahe genug an die Grube heranzukommen, hatte sich die Situation drastisch verändert. Nun hatte Tawl seinen Gegner an die Wand gedrückt und hielt ihm das Messer an die Kehle. Die Augen des Ritters waren gefährlich leer. Die Klinge des Messers zitterte, während die beiden Männer darum rangen, welche Richtung sie einschlagen sollte. Noch schwebte die Klinge kurz über der Haut – nahe genug, um Blut zu fordern, doch noch zu weit weg, um Muskeln und Knochen verletzen zu können.

Mit aller ihm zur Verfügung stehenden Kraft und mit einer einzigen brillanten Bewegung gelang es Tawls Gegner, die Messerhand des Ritters wegzuschlagen. Tawl mußte einen Schritt zurückweichen. Sein neuerlicher Angriff war das Letzte, was der dunkelhaarige Mann sah. Das Patt war aufgehoben, und Tawl drehte sich zur Seite, um die Flanke seines Gegners zu attackieren. Er schlitzte ihn von der Brust bis zu den Lenden auf.

Die Menge war schockiert. Alles war viel zu schnell gegangen. Wo war das Können? Die Finesse? Die Sekunden verstrichen, während die Zuschauer überlegten, wie sie reagieren sollten. Mit Entsetzen hatte Schnapper beobachtet, wie Tawl seinen Gegner mit roher Gewalt zur Strecke gebracht hatte. Der Mann lag in seinem eigenen Blut, und die Gedärme quollen ihm aus dem Leib. Doch egal, was auch immer gerade geschehen sein mochte, Schnapper wußte tief im Herzen, daß er seinen Freund nicht aufgeben durfte. Das war nicht Tawl, den er dort unten kämpfen gesehen hatte: Das war ein anderer gewesen. Er atmete tief ein und schrie so laut er konnte:

»Auf den Sieger!«

Die Menge folgte seinem Beispiel. Der Bann war gebrochen, und wieder einmal jubelte Bren dem Sieger zu. Der Lärm war ohrenbetäubend, und das Funkeln der Münzen ließ Schnapper schwindeln. Schon bald war der tote Mann mit Silber bedeckt. Schnapper holte die Wettmarken hervor und hielt nach seinen Schuldnern Ausschau. In der Ferne erspähte er den Edelmann, der versuchte, sich heimlich davonzustehlen. Schnapper spie verächtlich aus. Er hätte es besser wissen müssen: Wenn ein Adeliger verlor, glänzte er meist durch Abwesenheit.

Er hatte gerade beschlossen, weiteren Verlusten vorzubeugen, als ihn jemand auf die Schulter klopfte. Zunächst drehte sich Schnapper nicht um; bestimmt handelte es sich um niemanden, der begierig darauf war, seine Schulden zu begleichen. Dann begann sein Herz zu klopfen – vielleicht war es Tawl. Er wirbelte herum. Der Mann war nicht Tawl, aber er war Schnapper dennoch bekannt.

»Sei gegrüßt, mein Freund«, sagte der Fremde. »Ein guter Kampf, nicht wahr?« Es war der Mann, den Schnapper an seinem ersten Tag in Bren ausgeraubt hatte: die breite Brust, die kräftigen Arme, das glänzende, schwarze Haar.

Schnapper unterdrückte den Instinkt davonzurennen. Der Mann konnte nicht beweisen, daß er es gewesen war, der ihn bestohlen hatte. Dann erinnerte er sich an das Porträt. Es steckte nach wie vor in seinem Gürtel, und es würde ihn ebenso sicher verraten, wie fallendes Laub den Herbst ankündigte. Trotz seiner inneren Unruhe blieb Schnapper nach außen hin ruhig. »Der Kampf war nicht schlecht; aber ich habe in Rorn schon bessere gesehen.«

»Kommt dein Freund daher?« Die Augen des Fremden wanderten zur Grube. »Aus Rorn?«

Sofort wurde Schnapper vorsichtig. »Wie kommt Ihr darauf, daß er ein Freund von mir ist?«

»Ich habe gesehen, wie du die Menge zu seinen Gunsten beeinflußt hast. Ziemlich gute Arbeit – erst heizt du die Wetten an, und dann rettest du ihm am Schluß auch noch die Haut.« Der Fremde lächelte und entblößte eine Reihe schneeweißer Zähne. »Netter Trick – einen Jungen unter den Zuschauern zu haben.«

»Ich bin niemandes Junge«, erwiderte Schnapper.

»Ich habe auch gesehen, wie du ihm letzte Nacht gefolgt bist«, sagte der Mann, »nachdem er den jungen Kerl vom Land geschlagen hat.«

Schnapper beschloß, seine Taktik zu ändern. »Was geht Euch das an?«

Der Mann zuckte die Schultern, und für einen Augenblick spannte sich jeder Muskel in seinem Körper. Plötzlich erkannte Schnapper, mit wem er es zu tun hatte: mit einem professionellen Kämpfer.

»Vielleicht sollte ich mich vorstellen«, sagte der Fremde. »Ich bin Blayze, der Champion des Herzogs.«

Beeindruckt, aber entschlossen, es nicht zuzugeben, erwiderte Schnapper: »Was Ihr nicht sagt. Solltet Ihr dann nicht eher damit beschäftigt sein, den Herzog zu beschützen, als auf der Straße herumzuhängen?«

Der Mann ignorierte den Spott mit bemerkenswerter

Ruhe – soviel mußte Schnapper ihm zugestehen. »Ich bin gerne auf dem laufenden, was die Wettbewerbe hier betrifft, und dein Freund ist der einzige gute Kämpfer, den ich seit langem gesehen habe.«

»Gut genug für Euch auf jeden Fall.«

Wieder ein Schulterzucken. »Das ist mir egal, Junge. Ich schlage jeden Gegner.« Er war selbstbewußt, ohne arrogant zu sein, und er konnte sich gewählt ausdrücken – für einen Kämpfer.

»Ihr braucht also einen ordentlichen Kampf«, sagte Schnapper, »um Euren Ruf aufzupolieren.«

Der Mann, der sich Blayze nannte, zog sich ein wenig zurück. »Ich habe keine Lust, meine Zeit mit einem Jungen zu verschwenden, dessen Zunge schneller als sein Verstand ist. Wenn du nicht bereit bist zuzugeben, den Söldner unten in der Grube zu kennen, mache ich mich wieder auf den Weg.« Er drehte sich um und ging.

»Tawl«, rief Schnapper. »Sein Name ist Tawl, und er stammt aus dem Tiefland.« Freundschaft war eine Sache; aber in einer Nacht wie dieser, wenn Gold heller schien als jede Öllampe, war es schwer zu glauben, daß irgend etwas mehr zählte als Geld und dessen Erwerb. Außerdem, was konnte es schon schaden, Blayze einen Namen zu nennen?

Der Mann ging weiter. »Arrangiere ein Treffen für mich. In zwei Tagen an den drei goldenen Fontänen.« Ohne sich zu vergewissern, ob seine Worte gehört worden waren, verschwand er in der Menge. Ein paar Sekunden später erspähte ihn Schnapper auf der Straße. Er war in Begleitung einer schlanken Gestalt, die unter einem weiten Umhang verborgen war.

Schnapper brach seine Wettmarken entzwei. Jetzt hatte er sowieso keine Chance mehr, seine Schulden einzutreiben – ebensowenig wie Tawl zu finden. Der Ritter hatte die Grube verlassen. Und selbst wenn er Tawl finden *würde*, wäre er sicherlich niemals bereit, zu einem Treffen zu gehen, das Schnapper für ihn arrangiert hatte. Wahrscheinlich war es besser so. Blayze sah nicht aus wie jemand, der das Verlieren gewöhnt war; ein vollständiges Gebiß und eine gerade Nase waren ein seltener Anblick bei einem Kämpfer. Und der Körper! Schnapper stieß einen bewundernden Pfiff aus. Mehr Muskeln als ein ganzes Schiff voller Seeleute. Tawl hätte keine Chance.

Oder doch? Schnapper machte sich auf den Weg ins Hurenviertel. Tawl besaß ein einzigartiges Talent, das mehr in Wut denn in Stärke begründet lag; also war der Ausgang eines Kampfes mit Blayze alles andere als sicher. Eines jedoch *war* sicher: Hier konnte man eine Menge Geld verdienen. Der Champion des Herzogs im Kampf mit Brens neuester Sensation – Schnapper konnte das Klimpern des Goldes bereits hören, das verwettet werden würde. Von solch einer Gelegenheit hatte Mauersegler immer geträumt, und nun war sie für Schnapper zum Greifen nah.

Während er die Straße hinaufging, überkam ihn ein unbekanntes Gefühl. Wie Bauchschmerzen, nur höher und tiefer, formte es ein enges Band um seine Brust. Schnapper versuchte zunächst, es zu ignorieren und dachte statt dessen darüber nach, wie er Tawl zu einem Treffen mit Blayze überreden könnte; aber der Schmerz wollte einfach nicht nachlassen. Trotz seiner Versuche, diesen Schmerz als ungewöhnlich hartnäckigen Fall von Verdauungsstörung abzutun, wußte Schnapper tief in seinem Inneren, daß es Schuldgefühle waren, die ihn peinigten.

Melli schwebte irgendwo zwischen Wachen und Schlafen. Ein winziger, noch immer klarer Teil ihres Gehirns deutete an, daß Schlaf das beste für sie sei, und ein großer, äußerst aktiver Teil ihres Magens *schwor* sogar darauf.

Billiger Halcus-Wein und exotische Liköre aus dem tiefen Süden vertrugen sich nicht, und Melli hatte den Preis für diese Unverträglichkeit bereits einen ganzen

Tag lang gezahlt. Auch die Fahrt über eine holperige Straße, die wahrscheinlich noch vor Borcs erstem Erscheinen gebaut worden war, hatte nicht gerade zu ihrem Wohlbefinden beigetragen. Sie war krank und voller Selbstmitleid.

Mellis Gehirn trotzte ihrem Magen und setzte Kurs auf das Erwachen. Ohne die Augen zu öffnen, wußte sie, daß es bereits spät geworden war. Das Licht, das durch ihre Augenlider drang, war schwach und golden; Kerzenlicht, und bereits seit einiger Zeit hatten sich die Schreie von Eulen und Wölfen unter ihre Träume gemischt. Der Geruch von Weihrauch und Bittermandeln war so stark wie immer, und Melli bemerkte – mit einiger Verspätung –, daß der Wagen sich nicht mehr bewegte.

Sie hörte, wie die Tür sich öffnete, und eine kalte Brise wehte herein. Fiscels Stimme sagte: »Alysha, ich möchte unter vier Augen mit dir reden.« Melli hielt die Augen geschlossen und rührte sich nicht.

»Lorra.« Das war Alyshas tiefe, verführerische Stimme. »Geh einen Augenblick hinaus.«

»Aber es ist kalt und dunkel. Ich war beinahe schon eingeschlafen …«

»Geh«, fiel Alysha dem Mädchen ins Wort. »Oder ich werde dafür sorgen, daß du die ganze Nacht über draußen bleibst.«

»Das würdest du nicht wagen.«

Alysha lachte. »Du bist nicht gerade ein Prachtstück, Lorra. Dein Fleisch bringt tot genauso viel wie lebendig.«

Melli unterdrückte ein Schaudern; aber die Kälte, die in den Worten der Frau lag, war einfach zuviel, und das Geräusch einer zuschlagenden Tür bewies, daß sie ihren Zweck erfüllt hatten. Offenbar hatte Lorra beschlossen, es nicht darauf ankommen zu lassen, ob die Drohung ernst gemeint war.

Fiscel sprach leise. »Ist das neue Mädchen in Ordnung?«

Das Rascheln von Seide deutete auf ein Schulterzucken hin. »Sie wird's überleben. Ihr Magen reagiert auf die Kräuter im Nais; das ist alles.«

»Bist du sicher, daß sie schläft?«

»Sie hat sich den ganzen Tag nicht gerührt.«

»Gut«, sagte Fiscel. »Wir müssen darüber reden, was du vergangene Nacht gesehen hast.«

Jetzt erkannte Melli, was der Druck in ihrem Unterleib zu bedeuten hatte: Sie mußte sich dringend erleichtern. Der Gedanke ließ sie verzweifeln, und sie rollte sich zu einem Ball zusammen.

Die Stimmen des Fleischhändlers und seiner Gefährtin waren noch leiser geworden. Alysha sagte: »Sie bedeutet Ärger. Allein mit ihr zu reisen, verheißt Unglück.«

»Was macht dich so sicher? Woher soll ich wissen, ob deine Worte nicht das Gerede einer Betrunkenen sind?«

»Du solltest mich besser kennen, Fiscel«, zischte Alysha. »Erst letzten Winter habe ich deine Haut gerettet, indem ich dich vor einem Sturm gewarnt habe. Wenn du meine Warnung diesmal in den Wind schlagen willst, dann auf dein eigenes Risiko.« Das Klirren von Glas wurde von dem Plätschern von Wein gefolgt, der in Gläser gefüllt wurde. Mellis Blase drohte zu platzen.

»Was schlägst du also vor?«

»Ich schlage vor, daß wir sie so bald wie möglich verkaufen, wenn wir nicht Opfer ihres Schicksals werden wollen.«

»Aber ich hatte vor, sie jenseits der Trockenlande zu verkaufen«, erwiderte Fiscel. »In Hanatta ist so ein Mädchen ein Vermögen wert.«

»Hanatta ist mehrere Monate entfernt. Ich sage, wir müssen sie loswerden, noch bevor der Mond wieder abnimmt.«

Warum war sie so eine Last? Melli erinnerte sich des gestrigen Abends. Sie hatten getrunken, ein wenig gegessen, noch mehr getrunken und dann ... Mellis Körper versteifte sich unter der dünnen Wolldecke ... und dann war da die Probe gewesen. Eine Welle der Übelkeit lief durch ihren Körper. Sie schluckte, um die Galle aus ihrem Mund zu entfernen. Diese ekelhafte Frau hatte etwas mit ihr getan, etwas Dreckiges, Schockierendes. Mellis Augen brannten, und sie war gezwungen, sie einen Spalt zu öffnen, um die Tränen herauszulassen. In dieser einen Sekunde erhaschte sie einen Blick auf Alysha und Fiscel; ihre Gestalten waren verzerrt vom Salzwasser, und sie sahen wie Monster aus. Melli, die sich immer ihrer Furchtlosigkeit gerühmt hatte, verspürte mit einemmal wirkliche Angst.

Das Messer, das nun schon seit Tagen ihr einziger Trost gewesen war, schien ihr nur noch ein nutzloses Spielzeug zu sein. Auch jetzt spürte sie die Kälte des Metalls auf ihrer Haut. Borc allein wußte, wie es ihr gelungen war, es zu behalten, obwohl ihr Kleid vergangene Nacht zerschnitten worden war. Aber das war jetzt nicht mehr wichtig. Diese beiden Menschen, die in der gleichen ruhigen Art über Mellis Schicksal diskutierten, wie es ihr Vater wahrscheinlich bei den Verhandlungen zur Verlobung mit Prinz Kylock getan hatte, übten Macht über Leben und Tod aus. Und gegen diese Art von Macht konnte ein Messer nichts ausrichten.

Doch offenbar besaß Melli noch eine andere Waffe. Fiscel und seine exotische Gefährtin waren ihr gegenüber äußerst vorsichtig. Alysha hatte irgend etwas während der Probe entdeckt, und Melli bezweifelte, daß es sich dabei um Tripper handelte.

»Morgen kommen wir nach Highwall. Du kennst doch dort Leute.« Wieder Alysha.

»Nein«, entgegnete Fiscel. »Das ist noch zu nah an dem Ort, wo wir sie gekauft haben. Der gute Hauptmann könnte davon hören, und dann würde er wahrscheinlich die Garantie widerrufen, uns unbehelligt durch Halcus ziehen zu lassen.« Ein leises Rascheln war zu hören, als Fiscel seine Position änderte. »Wenn du es wirklich so eilig hast, sie loszuwerden, dann kann ich dir höchstens Bren anbieten. Wenn das Wetter hält, sind wir in spätestens einer Woche dort.«

»Derselbe Kontakt wie beim letzten Mal?«

»Ja. Er wird einen ordentlichen Preis zahlen, aber von unserem Freund in Hanatta könnten wir das Doppelte bekommen.«

»Wenn wir Hanatta jemals erreichen.« Alyshas Stimme wurde hart. »In meiner Heimat nennt man Leute wie sie ›Diebe‹. Ihr Schicksal ist so stark, daß sie andere Menschen unter ihr Joch zwingen. Und was sie nicht erzwingen können, stehlen sie.«

Melli war entsetzt. Was war in ihr, das so gefährlich sein sollte? Aus irgendeinem Grund wanderten ihre Gedanken zu Jack. Sie erinnerte sich an jenen Tag auf der Schweinefarm, an dem sie einen kurzen Blick in die Zukunft geworfen hatte. Jacks Zukunft. Falls Alysha etwas davon entdeckt haben sollte, dann hatte sie Jacks Schicksal gesehen, nicht ihres. Oder machte sie sich nur etwas vor? Melli versuchte sich an alles zu erinnern, was ihr von der Vision im Gedächtnis geblieben war. Sie hatte auch sich selbst gesehen – an seiner Seite!

Melli verlor den Boden unter den Füßen. Schicksal, Visionen, Zauberei: Das war Wahnsinn. Ihr Vater hatte sein ganzes Leben lang die Existenz derartiger Dinge geleugnet. Sie liebte ihn dafür. Merkwürdig zu wissen, daß sie ihm zugestimmt hätte, bevor sie Jack getroffen hatte.

Melli wandte ihre Aufmerksamkeit wieder den beiden Leuten zu, die gerade darüber entschieden, was aus ihr werden sollte.

»Dann gehen wir also nach Bren«, sagte Fiscel gerade. »Wenn wir dort sind,werde ich nach einem Ersatz für sie suchen.«

»Wie du willst.«

Seide raschelte leise, und dann wurde das Licht der Kerze gedämpft, als jemand an ihr vorbeiging. Ein seltsames, schlürfendes Geräusch ertönte, gefolgt von einem deutlichen Atemholen. Melli wagte es, die Augen zu öffnen. Alysha war von der Hüfte an nackt, und Fiscel küßte ihre Brust. Die schwarzhaarige Frau schien für seine Liebkosungen unempfänglich zu sein. Sie stand gerade wie ein Speer und starrte geradeaus. Melli schloß die Augen wieder. Sie hatte genug gesehen.

Sie wußte nicht, wie lange sie wach lag und den schrecklichen Geräuschen von Fiscels Liebesspiel lauschen mußte; aber als Lorra wieder in den Wagen zurückkehrte, war Melli noch nie so dankbar für Stille gewesen.

Kapitel acht

Maybor verfluchte die Straße nach Bren nun schon zum dritten Mal in einer Stunde, und er verfluchte sein totes Pferd. Er dachte einige Minuten nach, und dann verfluchte er auch noch Baralis.

Sie näherten sich Bren. Die Mauern der Stadt glänzten wie Metall, und in ihren Schatten wartete die eigentliche Ursache für Maybors schlechte Laune: das Empfangskomitee. In wenigen Minuten würden sie aufeinandertreffen. Entscheidende Minuten, in denen das jeweilige Gegenüber eingeschätzt wurde. Und wie trat Maybor den Abgesandten von Bren entgegen? Er ritt auf einem Pferd, das ihm nicht gehörte; eine Decke war unter seinen Sattel gestopft worden, um sein Hinterteil zu schonen, und derselbe Umhang flatterte um seine Schultern, den er nun schon seit einer Woche trug!

Baralis – Borc möge seine Seele verrotten lassen – hatte die Truhe mit Maybors wertvollem Hermelinumhang zerstört, als er Crope aus den Schneemassen befreit hatte. Was war schon ein toter Diener im Vergleich zu dem Verlust eines sündhaft teuren Umhangs? Doch immerhin war der Rest von Maybors eilig geschneiderter Garderobe noch intakt, und schließlich brauchte man nur einen Umhang, wenn man in die Kälte hinauswollte.

Maybor ritt voran; es sollte kein Zweifel aufkommen, daß er die Gesandtschaft der Königreiche anführte. Hörner erschallten, und die Delegation von Bren setzte sich in Bewegung, um die Gäste zu begrüßen.

»Wir heißen Euch an diesem wunderschönen Tag willkommen, Lord Maybor«, sagte der Herold. »Eure Anwesenheit ist eine große Ehre für unsere Stadt.«

»Ich bin es, der sich geehrt fühlt, Eure schöne Stadt besuchen zu dürfen«, erwiderte Maybor. Erfreut hatte er zur Kenntnis genommen, daß der Herold seinen Namen kannte.

»Wir bitten um das Privileg, Euch zum Palast geleiten zu dürfen, wo der Herzog auf Euch wartet.«

»Ich folge Euch mit Freuden.« Maybor neigte elegant den Kopf, nahm seinen Platz an der Spitze der Kolonne ein und ritt in die Stadt.

Bren war anders, als er erwartet hatte. Allein die Größe der Stadt war überwältigend; verglichen mit Bren wirkte Harvell wie ein armseliges Provinznest. Die Straßen waren mit Steinen gepflastert. Hohe Gebäude drängten sich aneinander, und die Menschen hatten sich zu Tausenden am Straßenrand versammelt. Überall waren Soldaten, um den Gesandten der Vier Königreiche und ihren Begleitern aus Bren den Weg freizuhalten. Sie hatten die Langschwerter an die Hüfte geschnallt, ohne sie in eine Scheide zu stecken. Offenbar war der Herzog ein Mann, der den Wert einer stummen Drohung zu schätzen wußte. Der Jubel der Menge war Musik in Maybors Ohren. Er hatte diese Ehe nicht gewollt, doch es war deutlich zu sehen, daß sie mit Ruhm verbunden war, und Maybor beabsichtigte, sich seinen Teil davon zu sichern. Er winkte den Menschen gnädig zu, und die Menge antwortete mit dem Schwenken ihrer Banner. Auf vielen dieser Banner war ein Bild zu sehen. Erst nach einiger Zeit erkannte Maybor, daß das gutaussehende, lächelnde Gesicht Kylock darstellen sollte. Der neue König mochte ja vielleicht gutaussehend sein, aber Maybor konnte sich nicht daran erinnern, ihn jemals lächeln gesehen zu haben.

Bevor er sich versah, hatten sie die Tore des Palastes erreicht. Das triste Braun und Grau der einfachen Leute wich dem Dunkelblau der Palastwachen. Das Tor schwang auf, und Maybor konnte einen ersten Blick auf die Festung aus Granit werfen, die dem Herzog als Palast diente. Er sog zischend die Luft ein – ein unvorsichtiger Akt, denn seine nach wie vor empfindlichen Lungen waren eine derartige Kraft nicht mehr gewöhnt, und sie rächten sich mit einem schmerzhaften Krampf.

Gefangen zwischen dem ehrfurchtgebietenden Anblick des Palastes und der Notwendigkeit, einen Hustenanfall zu unterdrücken, trat Maybor dem Herzog gegenüber. Garon von Bren trug das gleiche Blau wie seine Soldaten, und an seiner Hüfte hing ein ebenfalls unverhülltes Schwert. Er war schlank wie ein Kämpfer, doch sein auffälligstes äußerliches Merkmal war seine Hakennase. Der Herzog ritt neben Maybor und streckte den Arm zum Gruß aus. Die beiden Männer schüttelten sich die Hände auf soldatische Art; jeder darauf bedacht, keine Schwäche in seinem Griff zu zeigen. Der Hof war voller Menschen; alle, egal ob Edelmann oder Stallknecht, schwiegen und warteten darauf, was zwischen dem Herzog und seinem Gast gesprochen wurde.

»Ich heiße Euch willkommen, mein Freund«, sagte der Herzog.

Maybor war sich bewußt, daß nun alle Augen auf ihn gerichtet waren. Er suchte nach geeigneten Worten, um den Hofstaat von Bren gebührend zu beeindrucken. »Im Namen seiner königlichen Hoheit, König Kylock, Herrscher der Vier Königreiche«, erklärte er, »fühle ich mich von Eurer Gastfreundschaft geehrt.«

Dieser Idiot, dachte Baralis, als ein nervöses Raunen durch die Menge ging. Das hier war weder der geeignete Ort noch der geeignete Zeitpunkt, um Bren wissen zu lassen, daß der alte König tot war.

Die Farbe wich aus dem Gesicht des Herzogs. Nicht einem im ganzen Hof war dies entgangen. Baralis kannte den Herzog gut; er war kein Mann, der seine

Gefühle öffentlich zur Schau stellte, und sein Erbleichen zeigte seinen Zorn deutlicher, als wenn er vor Wut getobt hätte. Maybor würde dafür mit seinem Leben zahlen!

Noch bevor sie sich zum Festmahl setzen konnten, würde sich die Nachricht wie ein Lauffeuer in der Stadt verbreitet haben. *Kylock ist jetzt ein König,* würden sie sagen, *und der Herzog war entsetzt, als er davon gehört hat!*

Baralis gab seinem Pferd die Sporen und ritt unter den Augen des Hofstaats nach vorne. Maybor warf ihm einen haßerfüllten Blick zu – der Mann hatte einfach keinen Sinn für Diskretion. Der Herzog reagierte mit einem Kopfnicken auf Baralis' Erscheinen. Als er sprach, klang seine Stimme kalt wie Eis.

»Lord Baralis, vielleicht könnt Ihr mich aufklären, wann König Lesketh gestorben ist.«

Baralis blickte in die berechnenden Augen eines Falken. »Zwei Wochen nach unserer Abreise ist der König friedlich entschlafen, Euer Gnaden. Man hat einen Boten gesandt, der uns die traurige Botschaft überbracht hat.«

»Seine Hoheit hat mich gebeten, Euch mitzuteilen, daß er nach wie vor an der Ehe interessiert ist.« Das war Maybor, der entschlossen war, nicht außen vor zu bleiben.

Der Falke von Bren – so wurde er von seinen Feinden genannt – ignorierte Maybors Bemerkung. Er hob eine Hand, wendete sein Pferd und ritt zum Palast zurück. Sein Hofstaat folgte ihm, und Baralis und Maybor wurden von der Menge hinterhergetragen.

Dem Herzog hatte es ganz und gar nicht gefallen, von Lesketh' Tod gemeinsam mit den Stalljungen und Küchenmädchen zu erfahren. Eine solch delikate Angelegenheit hätte anders geregelt werden müssen. Der Herzog hätte unter vier Augen über die schwerwiegende Veränderung informiert werden sollen, und es hätte ihm vorbehalten sein müssen, wie und wann er seine Untertanen davon in Kenntnis setzte.

Baralis rieb sich die schmerzenden Hände. Vielleicht ließ sich aus der Dummheit von Maybors Zunge Kapital schlagen. Der Herzog war ein stolzer Mann, und er stand niemandem freundlich gegenüber, der ihn wie einen Idioten hatte aussehen lassen. Baralis suchte die Gestalt des Herzogs in der Menge. Er war abgestiegen und erteilte seinem Stallmeister Befehle; dann verschwand er durch einen kleinen Seiteneingang im Palast. Ohne eine Sekunde zu verschwenden, stieg Baralis ebenfalls ab und folgte ihm.

Die ganze Stadt war von Wällen und Mauern umgeben. Wie bei einem Baum markierten die Ringe das Wachstum von Bren; seit Generationen hatte jeder Herzog die Verteidigungsanlagen auf die eine oder andere Art verbessert. Nur eine äußerst dumme Armee würde die Verteidigung von Bren unterschätzen.

Baralis streckte den Arm aus und berührte die steinerne Wand; es war fast eine Liebkosung.

»Sehe ich da eine Spur von Besitzdenken in Eurer Berührung, Lord Baralis?« Es war der Herzog, seine Stimme kalt und ernst.

»Nein«, antwortete Baralis und wandte sich zu ihm um. »Nur Bewunderung.«

»Dann sollte ich mich wohl geschmeichelt fühlen«, sagte der Herzog, »und nicht bedroht.«

Er war schnell, zu schnell. Baralis suchte nach einer Möglichkeit, die Unterhaltung von einem derart gefährlichen und fundamentalen Thema wegzubewegen. »Ich bin hier, um mich für Lord Maybors Indiskretion zu entschuldigen.«

»Entschuldigungen interessieren mich nicht, Lord Baralis. Hat Kylock irgend etwas gegen die Halcus unternommen?«

Der Falke war direkt auf den Punkt gekommen. Bereits jetzt machte er sich Gedanken über die Auswirkungen von Kylocks Thronbesteigung auf seine nördlichen Nachbarn. Baralis war froh, mit Garon allein zu sein, denn so konnte niemand seine Lüge entlarven.

»Harmlose Grenzstreitigkeiten interessieren Kylock nicht. Sein Blick ist nach innen gerichtet, auf den Hof.«

Der Herzog war nicht überzeugt. »Die Stadt Bren hat geglaubt, sie bekäme einen Prinzen.«

»Und wie lang habt Ihr geglaubt, würde er diesen Titel behalten? Es war kein Geheimnis, daß Lesketh mehr eines guten Arztes bedurfte denn einer Krone.«

»Ich habe erwartet, Kylock würde bis zur endgültigen Eheschließung ein Prinz bleiben.« Der Herzog trat einen Schritt vor, und sein Gesicht tauchte aus den Schatten auf. »Laßt uns doch die Dinge beim Namen nennen, Lord Baralis. Der Norden ist schon nervös genug wegen dieser Verbindung. Ein Kylock, der zum König gekrönt wird, ist eine schlechte Nachricht. Ein Kylock, der Schlachten gewinnt, ist eine Bedrohung.«

»Ich habe schon bemerkt, daß Ihr den Friedensstifter spielt.«

»Brens Politik ist meine Angelegenheit, nicht die Eure«, erwiderte der Herzog.

»Selbst wenn diese Politik jedermann im Südosten beeinflußt?« Baralis ließ sich nicht so einfach einschüchtern und zum Schweigen bringen. »Tyren kann von Glück reden, daß er in Bren einen Verbündeten gefunden hat. Andernorts ist er nicht so beliebt.«

»Die Ritter werden ungerechtfertigt verfolgt. Bren gewährt ihnen nur eine sichere Zuflucht.«

»Eine interessante Zuflucht, Euer Gnaden«, sagte Baralis, »wo die Zuflucht Suchenden auf der Seite des Gastgebers in die Schlacht ziehen.«

Die Muskeln im Gesicht des Herzogs spannten sich. Nicht ein Quentchen Fett war an Wangen oder Lippen zu erkennen. »Tyren kann tun und lassen, was er will. Niemand hat ihn dazu gezwungen, mir zur Seite zu stehen.«

»Welch nette, kleine Freundschaft. Ihr stellt sicher, daß sich niemand in ihren Handel einmischt, und im Gegenzug finanzieren sie Eure Kriege und stellen Euch überdies erfahrene Kämpfer zur Verfügung.« Der Herzog wollte etwas darauf erwidern, doch Baralis hob warnend die Hand, so daß ihm die Worte im Halse steckenblieben. »Erzählt mir nichts von der Nervosität des Nordens, Euer Gnaden. Ihr wißt ganz genau, daß sie sich um *Bren* sorgen, nicht um die Königreiche.«

Der Herzog legte die Hand auf den Knauf seines Schwertes. Juwelen glitzerten zwischen seinen Fingern. »Lord Baralis«, sagte er, »ich werde Euch nur ein einziges Mal warnen, und ich gebe Euch den guten Rat, diese Warnung zu beherzigen. Begeht nicht den Fehler, mich herauszufordern. In Harvell mögt ihr vielleicht mächtig sein, aber hier in Bren ist *mein* Wille Gesetz. Ich sage Euch, diese Hochzeit wird nur stattfinden, wenn ich es so will, und kein zweitklassiger Landedelmann von einem Hof, der schon viel zu lange stagniert, wird mich in irgendeiner Weise beeinflussen.« Der Herzog machte auf dem Absatz kehrt und ließ Baralis allein zurück, damit der Kanzler der Vier Königreiche seine Worte verdauen konnte.

Tavalisk spielte an seiner Flöte herum. Er fühlte sich zu schwach, um hineinzublasen. Vier Tage Diät hatten ihn fix und fertig gemacht, und der Hunger trieb ihn an den Rand des Wahnsinns! Für heute nachmittag hatte er sich bereits eine passende Bestrafung für die Ärzte ausgedacht, eine neue Foltermethode für die eingekerkerten Ritter und eine Möglichkeit, sämtliche Musiker der Stadt mit einem Bußgeld zu belegen. Doch dieser Ausbruch von Genialität hatte seinen Appetit nur noch mehr angeregt, und jetzt drehten sich die Gedanken des Erzbischofs nur noch um die nächste Mahlzeit.

Sein einziger Trost lag neben ihm: *Das Buch der Worte* von Marod. Falls ihm jemals die Gründe ausgehen würden, warum er möglichst lange leben sollte, brauchte er nur das Buch aufzuschlagen, um einen zu finden. Ein bewaffneter Konflikt in der bekannten Welt war so gut wie sicher, und laut Marod würde er, Tavalisk, wesentlichen Einfluß auf seinen Ausgang haben. Selbstverständlich hatte der Erzbischof nicht die Absicht zu sterben, bevor er seine vom Schicksal vorherbestimmte Aufgabe erfüllt hatte.

Mit diesem Gedanken im Kopf zog er an der Klingelschnur. Die Ärzte hatten unrecht: Ein einziges Abendessen zu versäumen würde ihn schneller ins Grab bringen als eintausend Festmahle.

Unglücklicherweise antwortete sein Sekretär auf das Klingeln. »Gamil, ich habe geläutet in der Hoffnung, gespeist und nicht gelangweilt zu werden.«

»Ich dachte, die Ärzte hätten Euch eine Diät aus Brot und Musik verordnet, Euer Eminenz.«

»Ich habe inzwischen genug musiziert, daß es für ein Leben reicht. Ich schwöre, ich lasse jeden Musiker in Rorn auspeitschen und aufhängen.« Tavalisk lächelte süßlich. »Spielst du ein Instrument, Gamil?«

»Leider habe ich kein Talent dafür, Euer Eminenz.«

»Eines Tages mußt du mir mal erklären, wo genau deine Talente liegen. Bis jetzt habe ich keine besondere Fähigkeit an dir entdeckt mit Ausnahme der Tatsache, daß es dir immer wieder gelingt, mir auf die Nerven zu gehen.« Der Erzbischof schlug mit der Flöte nach seiner Katze. Das Tier fauchte zufriedenstellend. Offenbar hatte Musik doch ihren Nutzen. »Wenn du schon einmal hier bist, Gamil, kannst du mir auch berichten, was du bei deinem letzten Ausflug in Erfahrung gebracht hast.«

»Der Spion ist verhaftet worden, Euer Eminenz. Ich habe mir die Freiheit genommen, ihn zu befragen …«

»Du hast dir die Freiheit genommen!« unterbrach Tavalisk. Er war verärgert, daß man ihm die Freude einer guten Folter vorenthalten hatte. »Soll das etwa heißen, du hast jemanden ohne mein Wissen und ohne mein Einverständnis verhören lassen?«

»Ich dachte, Euer Eminenz wäre über meine Initiative erfreut.«

»Wenn ich Initiative gewollt hätte, Gamil, hätte ich

nicht ausgerechnet dich eingestellt.« Tavalisks kleiner Finger war in einem Tonloch seiner Flöte steckengeblieben. Da er erkannte, daß dies ein denkbar ungünstiger Zeitpunkt war, um seine Würde zu verlieren, verbarg er die Hand und das mit ihr verbundene Instrument in seiner Robe. »Ein weiterer Ausrutscher wie dieser, und ich sehe mich gezwungen, meinerseits *die Initiative* zu ergreifen und dich zu entlassen. Jetzt rede weiter.«

Gamils Gesichtsausdruck war ein Musterbeispiel an kaum verhohlenem Haß. »Der Alte Mann hat zwei seiner Kumpane nach Bren geschickt. Wahrscheinlich haben sie die Stadt vor etwa zwei Tagen verlassen.«

»Hmmm. Dann wird die Rache für Bevlins Tod nicht mehr lange auf sich warten lassen. Der Alte Mann hat offenbar die Absicht, den Ritter aus dem Weg zu räumen.« Tavalisk versuchte verzweifelt, seinen Finger aus der Flöte zu befreien. »Hat unser ehemaliger Spion seinen Verrat bereut?«

»Kurz bevor die Streckbank seinen linken Arm ausgerenkt hat, zeigte er sich bis zu einem gewissen Grad reuig.«

»Das tut gut zu wissen, Gamil. Ich muß dich für deine umsichtige Art der Folter loben.« Tavalisk befürchtete, daß er gegenüber seinem Sekretär ein wenig zu weit gegangen war, und so versuchte er, es wenigstens teilweise wiedergutzumachen. »Sonst noch etwas?«

»Die Ritter von Valdis werden immer unverschämter, Euer Eminenz. Seitdem sie sich Brens Unterstützung gesichert haben, haben sie uns nichts als Ärger bereitet. Die Gerüchte, daß sie alle Waren aus Rorn beschlagnahmen, die nach Norden unterwegs sind, haben sich als wahr herausgestellt. Erst vor kurzem sind zehn Wagenladungen Pökelfisch und siebzig Ballen feinster Seide kurz hinter Ness abgefangen worden.«

Tavalisk war erfreut, das zu hören. Jetzt endlich konnte er etwas gegen Tyren und seine Freunde unternehmen. Und im Augenblick war er in genau der richtigen Stimmung, um zum Angriff überzugehen. »Schick Botschaften nach Toolay, Marls und Camlee, und verlange, daß jede Stadt fünfhundert Soldaten bereitstellen soll, um den sicheren Transport von Waren aus dem Süden zu gewährleisten. Sag ihnen, Rorn würde ebenfalls fünfhundert Mann zur Verfügung stellen.« Der Erzbischof dachte einen Augenblick nach. »Rorns fünfhundert werden den Befehl haben, jeden Ritter zu töten, der ihnen über den Weg läuft – selbst diejenigen, die nichts mit der Konfiszierung von Waren zu tun haben.«

»Aber, Euer Eminenz. Die anderen Städte werden nicht damit einverstanden sein, die Handelswege zu patrouillieren, nur damit Rorn eine persönliche Vendetta austragen kann.«

»Die anderen Städte werden erst von diesem Befehl erfahren, wenn es zu spät ist. Falls einer unserer Männer einen Ritter auf neutralem Boden niedermetzelt, wird man nicht Rorn allein die Verantwortung dafür in die Schuhe schieben.«

»Man würde auch den anderen Städten die Schuld an dem Vorfall geben.«

»Genau, Gamil! Toolay und Marls tun besser daran, in einem solchen Fall ihren Atem zu sparen; nichts macht einen verdächtiger als vehementes Leugnen. Aber wahrscheinlich wird sowieso keine Zeit bleiben, um mit dem Finger auf jemanden zu zeigen; solche Dinge haben die Angewohnheit, mit geradezu unheimlicher Geschwindigkeit zu eskalieren.« Der Erzbischof brachte einen wehmütigen Seufzer zustande.

»Euer Eminenz ist außergewöhnlich gerissen.«

»Danke, Gamil.« Vor lauter Aufregung hatte Tavalisk seinen Finger nur noch tiefer in die Flöte gesteckt. Unter dem Stoff seiner Robe versuchte er verzweifelt, das eine vom anderen zu trennen. »Natürlich verlangt ein solcher Plan eine ausgesprochen diskrete Vorgehensweise.«

Gamils Augen wanderten zum Schoß des Erzbischofs. Einen Augenblick lang schaute er verwirrt drein, dann sagte er: »Ihr habt natürlich vollkommen recht, Euer Eminenz.«

»Ich habe nicht die Absicht, den Süden in einen Krieg zu verwickeln, der einzig und allein Sache des Nordens ist«, erklärte Tavalisk. »Nein. Der Norden soll die Angelegenheit ruhig unter sich ausmachen. Ich will die Sache nur ein wenig zu unseren Gunsten beeinflussen. Wenn alles wie geplant läuft, werden unsere Freunde im Süden jedem Plan zustimmen, der ihnen die Ritter vom Leib hält.«

»Euer Eminenz spielt ein gefährliches Spiel.«

»Das sind die einzigen Spiele, die des Spielens wert sind, Gamil.«

Tavalisk entließ seinen Privatsekretär. Er war so beschäftigt mit seinen Intrigen, daß er ganz vergessen hatte, Gamil mit der üblichen, erniedrigenden Aufgabe zu betrauen. Nachdem die Tür sich wieder geschlossen hatte, schenkte Tavalisk der Flöte seine ungeteilte Aufmerksamkeit. Nachdem er erkannt hatte, daß er seinen Finger durch Ziehen nicht befreien konnte, schlug er das Instrument auf den Tisch. Das Holz brach, und die Splitter forderten Blut. Tavalisk zuckte die Schulter und begann, an der blutigen Fingerspitze zu saugen. Das mußte bis zur nächsten Mahlzeit reichen.

Neunundvierzig, fünfzig, fertig. Jack streckte den Rücken, und seine Wirbel knirschten protestierend; für ihren Geschmack hatte er sich zu lange vornübergebeugt. Sechs Klingen, jede fünfzigmal über den Schleifstein gezogen. Jack überprüfte die Schärfe der letzten an einer Haarsträhne. Er hatte gute Arbeit geleistet.

Rovas hatte darauf bestanden, daß er lernte, jede einzelne Waffe im Arsenal in Schuß zu halten. Also hatte Jack den größten Teil des Tages damit verbracht, Leder an Keulen zu nageln, Klingen einzufetten, Sehnen auf Bogen zu spannen und den Rost von Speerspitzen zu kratzen. Er genoß diese einfachen Arbeiten; besonders jetzt, da er – im Gegensatz zu seiner Zeit in der Burg – kommen und gehen konnte, wann und wie er wollte. Es war ein gutes Gefühl, wieder seine Muskeln benutzen zu dürfen, zu schwitzen und zu arbeiten, ohne nachdenken zu müssen.

Jack wischte sich das Haar aus der Stirn. Es war viel zu lang. Frallit hätte bei diesem Anblick sofort das Messer gezückt. Jack betrachtete die Klinge in seiner Hand und überlegte, ob er seine Mähne stutzen sollte. Sein Haar war dick und wild, und die Wintersonne hatte es an einigen Stellen golden gefärbt. Doch als das Messer schließlich niedersauste, schnitt es Rindsleder, kein Haar, und Jack band sich einen Pferdeschwanz. Er mußte sich nicht mehr nach den Regeln anderer Leute richten.

Zufrieden mit diesem kleinen Akt der Unabhängigkeit machte er sich auf den Weg zurück zur Hütte. Seltsam, daß er noch vor zwei Tagen das dringende Bedürfnis verspürt hatte zu gehen, ohne zu wissen warum. Er konnte sich noch genau an dieses Gefühl erinnern; früher, in Burg Harvell, hatte er manchmal ähnlich empfunden, wenn er die Nacht über wach gelegen und davon geträumt hatte, auf Abenteuerfahrt zu gehen und seinem Leben einen Sinn zu geben – doch damals wie heute war das Gefühl am nächsten Morgen wieder verschwunden.

Die Hütte war eine willkommene Zuflucht vor der Kälte. Das Feuer brannte hell und erleuchtete den Innenraum mit einem gemütlichen Licht. Magra saß in einem Stuhl und nähte, während Tarissa sich um den Eintopf kümmerte. Plötzlich war Jack auf Rovas neidisch. Der Mann konnte jede Nacht in sein eigenes Heim zurückkehren: zwei Frauen warteten auf ihn und ein warmes Feuer, über dem das Abendessen kochte.

Im Augenblick ging Rovas wieder einer seiner zwielichtigen Tätigkeiten nach. Er blies Hammelbeine auf. Indem er das Fleisch mit Luft füllte, wirkte es insgesamt fetter und saftiger, als es in Wirklichkeit war. Jack war froh, daß der ideenreiche Schmuggler ihn nicht gebeten hatte, ihm bei dieser Arbeit zur Hand zu gehen.

Magra trug das Abendessen auf. Es gab knuspriges Brot, Brathähnchen gefüllt mit Äpfeln und Haselnüssen, Kanincheneintopf und in Cidre gekochte Zuckerrüben. Die Schmugglerfamilie konnte sich stets eines gut gedeckten Tisches sicher sein. Sie setzten sich hin und griffen zu ihren Messern. Wie in den meisten ländlichen Haushalten, so wurde auch hier während des Essens nicht gesprochen.

Jack hatte noch immer nicht herausgefunden, was diese drei Menschen zusammenhielt. Zunächst hatte er angenommen, Magra und Rovas seien Mann und Frau, aber inzwischen hatte er erfahren, daß dem nicht so war. Alles in allem waren sie eine sehr merkwürdige Gruppe: Magra mit ihren feinen Manieren und ihrer kalten Ausstrahlung, Rovas mit seinem rauhbeinigen Humor und seiner Gleichgültigkeit gegenüber dem Schönen im Leben, und Tarissa, die von beiden etwas mitbekommen hatte. Zwar fehlte ihr das höfische Benehmen der Mutter, doch war sie sanfter und umgänglicher. Andererseits hatte sie jedoch auch einige von Magras Charaktereigenschaften übernommen, wie zum Beispiel ihren Stolz.

Das Essen war außerordentlich schmackhaft, gewürzt mit Kräutern, wie sie die Halcus bevorzugten. Alle vier saßen sie an einem Tisch, und Jack nutzte die Gelegenheit, um immer wieder zu Tarissa hinüberzublicken. Seit jenem Tag, an dem er Vorräte für eine ganze Woche ins Feuer geworfen hatte, hatte er keine Chance mehr gehabt, allein mit ihr zu sprechen. Er erinnerte sich noch deutlich an ihren Kuß. Auch vorher schon war er geküßt worden: In Burg Harvell hatte es viele Mädchen gegeben, die einem Jungen bereitwillig einen Schmatz aufgedrückt hatten – manche hatten sogar ihre Zunge oder ihre Brust angeboten. Jack hatte sogar einmal die Tochter eines Lords geküßt, Melli. Aber Tarissas Kuß hatte ihm mehr bedeutet. In ihren

Lippen lag eine geheimnisvolle Kraft, wie man sie nur bei älteren Frauen finden konnte.

Jack nahm an, daß Tarissa mindestens fünf Jahre älter war als er. Sie war von durchschnittlicher Größe, besaß eine gute Figur und eine Hüfte, sündhafter als es die eines jungen Mädchens je sein konnte. Er beobachtete sie beim Essen. Tarissa legte einen Appetit an den Tag, der es mit Mellis ohne weiteres aufnehmen konnte. Sie biß in die Hähnchenschenkel und spülte das Fleisch mit einem Schluck Cidre hinunter. Doch im Gegensatz zu Melli half Tarissa bei der Zubereitung des Essens. Die Pasteten und die Brühe hatte sie mit eigenen Händen gemacht. Sie wußte, wie man ein Feuer in Gang hielt und wie man die Glut verteilen mußte, damit der Herd über Nacht nicht auskühlte. Ihre Finger waren voller Schwielen, ihre Arme muskulös, und ihr Gesicht war von der Sonne gebräunt. Tarissa war keine hochwohlgeborene Dame; sie war harte Arbeit und frische Luft gewöhnt. Jack bewunderte die Art, wie sie Käse in ein Tuch wickelte, das sie zuvor in Bier getaucht hatte. Mit solch einem Mädchen konnte er Freundschaft schließen.

Nur daß er nicht sicher war, daß ihm eine Freundschaft genügen würde. Sein Blick wanderte zu ihrem Gesicht. Bratfett glänzte auf ihren Lippen. Der Cidre hatte ihr das Blut in die Wangen getrieben, und aufgrund der Hitze des Essens und des Feuers war ihre Haut feucht. Ein Tropfen Schweiß fiel auf ihre Brust. Jack blickte ihm hinterher, während er über die blasse Haut lief und schließlich in ihrem Kleid verschwand.

Tarissa hob den Kopf und bemerkte, wohin Jack starrte. Zu seinem Entsetzen spürte er, wie er vor Scham rot anlief.

»Es ist ziemlich heiß hier drin, nicht wahr?« Tarissas Lächeln war das einer Frau, die wußte, daß man ihre Reize bewunderte.

Jack war ihr dankbar dafür, daß sie ihm eine Entschuldigung für sein rotes Gesicht in den Mund gelegt hatte; trotzdem war es ihm peinlich, dabei erwischt worden zu sein, wie er ihren Busen angestarrt hatte. Um seine Verlegenheit zu verbergen, sprach er die ersten Worte aus, die ihm in den Sinn kamen. »Ich fürchte, für mich ist es in der Tat ein wenig zu heiß. Ich werde wohl besser mal einen kleinen Spaziergang machen.«

»Hört sich gut an«, sagte Tarissa. »Ich begleite dich.«

Jack war viel zu überrascht für eine Antwort. Doch dieses Problem wurde gelöst, als Magra das Wort ergriff. »Es ist zu spät für dich, um hinauszugehen, Tarissa«, sagte sie.

»Aye, und kalt ist es auch«, fügte Rovas hinzu.

Jack wußte, daß Magra und Rovas nur nach Entschuldigungen suchten, um zu verhindern, daß Tarissa mit ihm allein war – das war ziemlich eigenartig, wenn man bedachte, daß sie bereits vor drei Tagen schon einmal mit ihm allein gewesen war. Aber Tarissa ließ sich nicht von ihrem Vorhaben abbringen. »Unsinn«, sagte sie. »Ich werde mir was Warmes überziehen, und wir gehen sowieso nur bis zum Tor.« Sie schenkte Jack ein verschwörerisches Lächeln.

Gemeinsam gingen sie zur Tür; Tarissa hielt nur kurz an, um ihren Umhang anzulegen. Jack spürte den Druck mißbilligender Blicke. Aus irgendeinem Grund schien Rovas verärgerter zu sein als Magra.

Während sie gegessen hatten, war es Nacht geworden. Der Himmel war schwarz; weder Mond noch Sterne durchbrachen die Finsternis. Jack und Tarissa kamen nicht bis zum Tor. Sie setzten sich auf eine kleine Mauer, die Teil des Kuhstalls war. Das einzige Licht kam aus den Spalten in den Fensterläden der Hütte.

Tarissa wandte sich zu Jack. »Meine Brüste gefallen dir also, oder?«

Jack lächelte trotz seiner verwirrenden Gefühle. Er mochte ihre direkte Art, und gleichzeitig erregte ihn die plötzliche Intimität. Mit diesem einen Satz war Tarissa in seinen Augen zu einer Frau von Welt geworden –

wagemutig und offen sexuell. Er verfluchte seine Unfähigkeit, eine galante und ebenso mutige Antwort zu finden.

Tarissa schien sein Schweigen nichts auszumachen. »Du gibst doch zu, daß du mich am Tisch angeschaut hast?«

»Wärst du beleidigt, wenn ich ja sagen würde?«

»Ich wäre eher beleidigt, wenn du nein sagen würdest. Einer Frau gefällt es, wenn man sie anziehend findet.«

»Bestimmt brauchst du meine Blicke nicht, um dir das zu bestätigen.«

Tarissa lächelte, und das Licht aus der Hütte fing sich in ihren Grübchen. »Wie alt bist du, Jack?«

»Einundzwanzig«, log er.

»Nun, groß genug bist du ja, und breite Schultern hast du auch, aber dein Gesicht erzählt eine andere Geschichte als dein Körper.« Sie lachte. Ein warmes, schönes Geräusch. *Genau das richtige, um das Fehlen der Sterne auszugleichen,* dachte Jack.

»Ich bin achtzehn.«

»Aha.« Tarissa machte es sich auf der Mauer bequem. »Willst du wissen, wie alt ich bin?«

»Nein.«

Endlich hatte er etwas gesagt, das ihr gefiel. Sie beugte sich vor. Ihr Umhang öffnete sich, und Schatten tanzten in der Spalte zwischen ihren Brüsten. Zärtlich preßte sie ihren Mund gegen den seinen. Ihre Lippen waren weich und noch immer salzig vom Hähnchenfett, und ihre Zunge schmeckte nach Cidre. Ohne daß sie etwas dafür tun mußten, kamen sich ihre Körper immer näher. Jacks Hand tastete nach dem Fleisch ihrer Hüfte. Sein Speichel wusch ihren Gaumen, und zum ersten Mal schmeckte er die Frau unter dem Essen. Unvermittelt zog sich Tarissa zurück. Sie atmete schwer, und ihre Brust hob und senkte sich wie ein Blasebalg. Jack konnte ihren Gesichtsausdruck nicht deuten. Behutsam nahm sie seine Hand von ihrer Hüfte.

»Vielleicht bist du doch noch etwas zu jung für mich.«

Das war grausam, und Tarissa wußte das ganz genau, denn sie konnte Jack nicht in die Augen schauen. Jack war verwirrt, aber nicht überrascht. In Burg Harvell hatte er häufig Grifts Ratschlägen zum Thema Frauen gelauscht. Besonders eines hatte der erfahrene Wachsoldat immer wieder betont: Frauen wurden dazu geboren, um Männer zu verwirren. Jack wußte, daß Tarissa mehr als willig gewesen war; ihre Zunge war sein Führer gewesen. Gedämpfte Lust verwandelte sich in Wut.

»Warum hast du dich wieder zurückgezogen?« verlangte er zu wissen und packte ihr Handgelenk.

»Das habe ich dir doch gesagt, oder muß man dir alles zweimal sagen – wie einem *Kind*?«

Sofort hatte Jack den Arm erhoben. Nur mit äußerster Willenskraft gelang es ihm, sich zu beherrschen und sie nicht zu schlagen. Und Tarissa wußte es.

»Sag mir die Wahrheit«, forderte er. Mit der anderen Hand hielt er nach wie vor ihr Handgelenk umklammert. »Was bedeute ich dir?« Erst nachdem er die Worte ausgesprochen hatte, wurde Jack bewußt, daß seine Frage tiefer ging als das, was heute nacht zwischen ihnen geschehen war. »Seit ich hier bin, habe ich nichts als Lügen und Ausflüchte gehört. Warum seid ihr so interessiert daran, den Hauptmann, der Melli ermordet hat, tot zu sehen? Und was ist wirklich mit ihr geschehen?« Jack zitterte. »Du warst dort, als sie ermordet wurde. Sag mir, was du gesehen hast.«

Tarissa wandte sich ihm wieder zu. »Laß meine Hand los; dann werde ich dir alles sagen, was ich weiß.«

Jack gehorchte, und als er die roten Druckstellen auf Tarissas Handgelenk sah, empfand er einen Hauch von Reue. Doch er verbarg dieses Gefühl, so gut er konnte; Wut würde ihn weiter bringen als Mäßigung.

Eine Eule schrie. Ihr unheilvoller Ruf kündigte die dunkelste Stunde der Nacht an, eine Stunde, die der

Hexerei, der Täuschung und noch viel Schlimmerem vorbehalten war. Der Wind, der bisher nur eine kalte, doch sanfte Brise gewesen war, zeigte nun seine Zähne und nagte an Jacks Knochen. Tarissa erzählte:

»An dem Tag, als deine Freundin gestorben ist, habe ich nicht viel gesehen. Ich mußte mich verstecken. Ich durfte nicht riskieren, von den Soldaten aufgegriffen zu werden. Ich war ein ganzes Stück weit weg, zwischen den Bäumen an dem Teich, wo du den toten Mann begraben hast. Ich habe gesehen, wie die Reiter gekommen sind. Zwei Männer, der Hauptmann und sein Stellvertreter, betraten den Stall und schlossen die Tür hinter sich. Nach noch nicht einmal einer Stunde kamen sie wieder heraus, und an der Keule des einen klebte Blut.

Später, als die Reiter sich wieder zurückgezogen haben, bin ich zum Stall gegangen. Das Mädchen Melli lag tot auf dem Boden.«

Jacks Magen zog sich zusammen, und seine Kehle trocknete aus: Melli hatte mehr gelitten, als er gedacht hatte. *Er* hätte an ihrer Stelle sterben sollen. Er hätte sie an diesem Tag niemals allein lassen dürfen. Plötzlich schlugen seine Gedanken eine andere Richtung ein, als wollte sich sein Verstand von der Schuld befreien, die ihn quälte. »Dann ist sie also immer noch dort?«

»Nein, nein«, entgegnete Tarissa rasch. Erneut konnte sie Jack nicht in die Augen sehen. »Der Hauptmann hat am nächsten Tag zwei Soldaten geschickt, um die Leiche zu holen.«

Wieder rief die Eule. Für Jack war es, als würde der unsichtbare Räuber seine Zweifel bestätigen. Tarissa hatte ihm nicht die ganze Wahrheit gesagt. Er musterte sie, so gut es in der Dunkelheit möglich war. Sie hatte den Blick gesenkt, und eine Sehne in ihrem Nacken zitterte; doch es waren die Hände, die sie verrieten. Tarissa hatte sich so fest in ihr Kleid gekrallt, daß der Stoff zu reißen drohte.

Jack packte Tarissas Schultern und schüttelte sie. *»Ich will die Wahrheit wissen!«*

»Beruhige dich, Jack.« Es war Rovas. Der drohende Unterton in seiner Stimme war unüberhörbar.

Tarissa trat zurück und schaute zu ihrem Pflegevater. »Geh rein, Tarissa«, befahl er. Trotzig rührte sie sich nicht. »Ich will mit Jack ein paar Worte von Mann zu Mann reden. Jetzt mach, daß du reinkommst.« Tarissa blieb noch einen Augenblick stehen, dann ging sie zurück zur Hütte. Beide Männer blickten ihr schweigend hinterher, bis sich die Tür hinter ihr geschlossen hatte.

Rovas drehte sich zu Jack um. »Wenn du sie noch ein einziges Mal anrührst, bringe ich dich um, so wahr mir Borc helfe!«

Beinahe war Jack über die Drohung erfreut; jetzt hatte er wenigstens einen triftigen Grund für seine Wut. »Ich bin nicht so sicher, daß dir das gelingen würde.«

»Du kommst nicht gegen mich an, Junge.« Rovas war überheblich. »Du bist nichts weiter als ein zu schnell gewachsenes Kind. Du kannst ja kaum eine Waffe halten.«

»Es gibt Dinge auf dieser Welt, die gefährlicher sind als jede Waffe.«

Rovas blickte ihn scharf an; die Augen in seinem muskulösen Gesicht wurden zu Schlitzen. Die Zeit verging, während die beiden Männer sich drohend gegenüberstanden. Dann, zu Jacks Überraschung, schlug ihm Rovas kräftig auf den Rücken.

»Du kannst einen richtig gut einschüchtern, Jack«, sagte er. »Hast du jemals daran gedacht, dich den Halcus anzuschließen? Einschüchterung ist ein Kriegsmittel, das sie sehr zu schätzen wissen.« Rovas lachte fröhlich über seinen eigenen Scherz.

Jack konnte spüren, wie der Schmuggler ihn dazu zwingen wollte, in das Lachen mit einzustimmen. Er gehorchte, doch nicht, weil er den Scherz amüsant fand.

Das Lachen erstarb so plötzlich, wie es begonnen hatte. Rovas legte Jack väterlich die Hand auf den Arm. »Hör zu, mein Freund. Du hast mit deiner Behauptung recht gehabt, Tarissa sagte dir nicht die Wahrheit. Aber du darfst ihr das nicht zum Vorwurf machen; sie hat nur versucht, deine Gefühle zu schonen.« Rovas atmete tief ein und sog die Dunkelheit der Nacht in seine Lungen. »Das Mädchen wurde zuerst vergewaltigt, bevor man sie erschlagen hat. Als Tarissa sie fand, hatte man ihr den Kopf abgeschnitten.« Ein letzter Druck auf den Arm, dann war Rovas in der Hütte verschwunden.

Die Eule rief ein drittes Mal. Jack hörte sie kaum. Er lehnte sich gegen die Mauer und weinte.

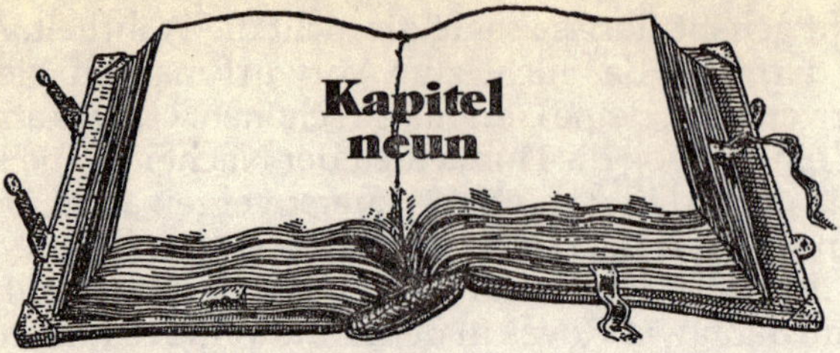

Kapitel neun

Baralis trat ans Fenster. Er öffnete die Läden, und blickte hinaus auf den Großen See. Die Nordmauer des herzöglichen Palastes wuchs aus dem Wasser, nicht aus der Erde. Frühmorgendlicher Nebel nahm der Wasseroberfläche ihren Glanz und der Aussicht ihre Erhabenheit. Doch die schlimmste Sünde des Nebels war seine Feuchtigkeit.

Baralis rieb sich die Hände. Sie schmerzten so sehr, daß er wünschte, er könne sie abhacken. Einen Augenblick lang dachte er darüber nach, den Palastverwalter aufzusuchen und von ihm neue Zimmer in Südlage zu verlangen; doch er entschied sich dagegen. Ein solches Ersuchen konnte als Schwäche gedeutet werden, und der Herzog, ein sowohl geistig, als auch körperlich starker Mann, hätte so etwas zu seinem Vorteil nutzen können. Es war besser zu leiden, als für einen Schwächling gehalten zu werden.

Baralis rief nach Crope und befahl ihm, die Staatsgewänder bereitzulegen und die Amtskette zu polieren. Maybor hatte recht: ›Abgesandter des Prinzen‹ war nun ein wertloser Titel; also würde Baralis von jetzt an als Kanzler des Königs auftreten.

Die Willkommensfeier war für den heutigen Abend angesetzt worden. Der Herzog war so rücksichtsvoll gewesen, sie um einen Tag zu verschieben, damit seine Gäste sich von den Strapazen der Reise erholen konnten. Baralis verzog das Gesicht. Aus Vorsicht und nicht aus Höflichkeit war der Termin des Festes geändert worden. Der gute Herzog würde den freien Tag nutzen, um herauszufinden, wie man in Bren über Kylocks unerwarteten Aufstieg dachte. Erst wenn er sich vergewissert hatte, daß seine Untertanen die Ehe nach wie vor unterstützten, würde er seinem Stab die entsprechenden Anweisungen geben.

Der Herzog war noch immer hinter der Beute her. Seine Warnung war zwar äußerst beeindruckend gewesen, aber Baralis war durchaus imstande, echten Widerwillen von politischer Schauspielerei zu unterscheiden. Der Herzog brauchte die Allianz mit den Königreichen, und das nicht nur, weil es ihm an einem männlichen Erben mangelte – seine Stadt verbrauchte derartige Unmengen von Holz und Getreide, daß sie sich nicht mehr länger selbst versorgen konnte. Durch sein Bündnis mit den Rittern beschwor er einen Konflikt mit dem Süden herauf, und durch seine Expansionspolitik riskierte er Ärger mit seinen nördlichen Nachbarn. Und als wäre das alles noch nicht genug, strebte er nach einer Königskrone. Ein Bündnis mit den Königreichen würde ihm Wohlstand, Macht und Titel bringen.

Der Herzog war über Kylocks Thronbesteigung vielleicht nicht gerade erfreut, aber er würde niemals zulassen, daß persönliche Gefühle der Hochzeit im Wege standen. Im Augenblick paßte es einfach nur in seinen Plan, den Beleidigten zu spielen.

Baralis ging zum Zentrum des Palastes. Kurz nachdem die Ehe von Katharina und Kylock vollzogen war, würde der Herzog über leichte Darmbeschwerden klagen. Monate würden vergehen, und das Leiden des Herzogs würde sich nach und nach verschlimmern. Er würde schmerzvolle Krämpfe bekommen, sich immer häufiger übergeben, und schließlich würde Blut im Urin entdeckt werden. Zu diesem Zeitpunkt würde man zum ersten Mal den Einfluß von Gift vermuten, und der Herzog würde nichts mehr essen, was nicht von einem Vorkoster überprüft worden war; doch all diese Maßnahmen würden zu spät kommen. Das Gift – verabreicht in einem Becher, den er anläßlich der Hochzeit seiner Tochter geleert hatte – würde sich bis dahin schon so tief in seinen Magen und in seine Leber gefressen haben, daß nur noch Borcs Gnade ihn vor dem sicheren Tod retten konnte.

Baralis hatte dieses Gift Tavalisk zu verdanken. Die Informationen, die er aus der erzbischöflichen Bibliothek gezogen hatte, waren den Preis der Leihgabe mehr als wert gewesen. Was waren schon ein paar kleine Scharmützel an der Grenze, wenn ihm das half, einen viel größeren, ruhmreichen Krieg zu gewinnen?

Das Gift war so fein wie ein Seidenteppich und so todbringend wie die Klingen aus Isro. Ein einziger Becher reichte aus; die tödliche Substanz würde sich in den Eingeweiden festsetzen und langsam, aber sicher das Gewebe zerstören. Das einzige Problem war der ungewöhnlich scharfe Geschmack; daher wollte Baralis das Hochzeitsfest nutzen und das vergiftete Getränk seinem Opfer als traditionellen Brauttrunk anbieten, gewürzt mit exotischen Kräutern.

Doch das war Zukunftsmusik. Im Augenblick mußte er sich darauf konzentrieren, die Verhandlungen zu einem erfolgreichen Abschluß zu führen, so daß der Ehevertrag endlich unterzeichnet werden konnte. Es war nicht gerade klug von ihm gewesen, den Herzog gestern herauszufordern – Maybors Dummheit war wohl ansteckend. Baralis mußte sich beim Herzog und seinem Hofstaat einschmeicheln. Sorgen mußten zerstreut werden und Probleme gelöst, und wenn alles nichts nützte, mußte der eine oder andere Würdenträger bestochen werden.

Baralis erreichte die prächtige Besuchergalerie. Kuppeldächer waren die neuste Mode im Süden, und der Palast des Herzogs konnte sich der einzigen Kuppel des Nordens rühmen. Stimmen schwirrten durch den weiten Raum. Maybors tiefes, leierndes Organ war nicht zu verkennen.

»Wie Ihr seht, Euer Gnaden, plant Kylock, dem Krieg ein für allemal ein Ende zu bereiten.«

»Ach wirklich, Lord Maybor«, erwiderte die ebenso tiefe Stimme des Herzogs mit geheuchelter Freundlichkeit. »Ich bin erfreut, dies zu hören.«

Baralis eilte mit der Geschwindigkeit eines Panthers über den Fliesenboden. Er ignorierte Maybor und verbeugte sich vor dem Herzog. »Guten Morgen, Euer Gnaden.«

»Lord Baralis, ich hoffe, Ihr habt gut geschlafen.« Der Herzog wartete nicht auf die Antwort. »Mein Kammerherr war der Ansicht, der Nordflügel sei ein wenig zu feucht; aber ich habe ihm erwidert, *Ihr* hättet dies zu beurteilen, nicht er.«

»Ich bin vollauf mit meinen Gemächern zufrieden.«

»Gut«, sagte der Herzog. »Der Abgesandte des Königs hat mich soeben über Kylocks Wunsch informiert, den Krieg mit den Halcus so schnell wie möglich zu beenden.«

»Er wird schon bald neue Truppen an die Grenze verlegen«, mischte sich Maybor ein.

Ein derartiger Haß wallte in Baralis auf, daß seine Gefühle drohten, sich in Magie zu verwandeln. Er atmete tief durch, um sich wieder zu beruhigen. Seit der Zeit seines Erwachsenwerdens hatte er nicht mehr so kurz davor gestanden, unkontrolliert Macht freizusetzen. Maybor war ein Teufel; er wußte sehr wohl, daß selbst die leiseste Andeutung von Aggression seitens des neuen Königs die Hochzeit verhindern konnte. Aber das war noch nicht alles: Der Mann besaß doch tatsächlich die Frechheit, eigene Details hinzuzuerfinden! Selbstverständlich hatte er keine Ahnung, ob Kylock beabsichtigte, weitere Truppen an die Front zu schicken. Und als wäre das alles noch nicht genug, wühlte sich der Herzog durch Maybors Verstand wie eine Ratte durch den Müll, während er ihm gleichzeitig schmeichelte, indem er ihn als Abgesandten des Königs ansprach.

»Als Kanzler des Königs«, erklärte Baralis, »werde *ich* der erste sein, der erfährt, wann und wie Kylock etwas gegen die Halcus unternehmen wird.« Die Zeit war gekommen, Maybor in seinem eigenen Spiel zu schlagen. Wenn es Lügen waren, auf die es ankam, dann sollte niemand sagen, er, Baralis, habe sich der Herausforderung nicht gestellt. »Kylock hat mich gebeten, Euer Gnaden zu versichern, daß er nicht beabsichtigt, irgend etwas zu unternehmen, bevor die Hochzeit nicht vollzogen ist, obwohl er natürlich wünscht – wie Lord Maybor gerade erklärt hat –, den Krieg gegen die Halcus zu gewinnen.«

Maybor öffnete protestierend den Mund, doch da ihm keine angemessen diplomatische Antwort einfiel, schloß er ihn wieder.

Der Herzog war offenbar nicht überzeugt. »Ihr Herren scheint in der Bewertung von Kylocks Politik nicht ganz übereinzustimmen«, sagte er. »Ich glaube, ich sollte Euch besser allein lassen, damit Ihr die Angelegenheit unter Euch regeln könnt.« Mit diesen Worten verbeugte er sich elegant und verschwand.

Baralis und Maybor starrten einander an, bis die Schritte des Herzogs in der Ferne verhallt waren.

Maybor wedelte tadelnd mit dem Finger. »Na, na, na. Ihr wollt Seine Gnaden wohl in die Irre führen«, sagte er. »Ich hingegen hielt es als Abgesandter des Königs für meine Pflicht, ihm reinen Wein einzuschenken.«

Das war zuviel für Baralis. Noch im selben Augenblick formte sich die Macht auf seiner Zunge und schwebte angetrieben durch die Kraft seines Willens durch die Luft. Eine Sekunde später krümmte sich Maybor vor Schmerzen. »Wenn Ihr mich jemals wieder zum Narren macht, *jemals wieder*«, zischte Baralis, »dann schwöre ich, werde ich Euch an Ort und Stelle niederschmettern.« Zufrieden stellte er fest, daß seine Drohung verstanden worden war, und so beendete er den Zauber und zog die Macht wieder zurück.

Ein Diener ging vorbei und blickte zu den beiden Fremden. Maybor richtete sich auf; sein Atem ging schnell und flach, und sein Gesicht hatte sich blau verfärbt. »*Ihr werdet diesen Tag in der Hölle bereuen*«, krächzte er.

Baralis bewunderte beinahe die Art, wie der fette Lord den Schmerz unterdrückte und hocherhobenen Hauptes davonmarschierte.

Der Zauber war eine Warnung gewesen, nicht mehr. Es war niemals klug, Zauberei *direkt* gegen einen anderen einzusetzen. Stets bestand die Gefahr, daß der Wille eines Mannes sich einmischen und den Zauber mit der Wucht eines Katapults gegen den Zauberer zurückschleudern konnte. Auf diese Art waren schon viele Magier gestorben. Einige Zauber waren gefahrlos: ein Befehl an die Muskeln, um sie davon abzuhalten, sich zusammenzuziehen; ein Eintauchen in den Verstand, um nach Antworten zu suchen; eine Untersuchung des Gewebes, um eine Krankheit zu finden. Aber all das waren Eingriffe, die dem Körper keinen dauerhaften Schaden zufügten, und ihre Wirkung war zeitlich begrenzt. Wenn man jemanden tot sehen wollte, war es wesentlich klüger – und sicherer –, eine andere Methode als Zauberei anzuwenden.

Zauberei eignete sich eher zum Komplizen denn zum Assassinen.

Die Ereignisse auf dem Fest zu Winteranfang waren eine Ausnahme gewesen. Als das Aufblitzen einer Klinge den Kanzler vor der unmittelbaren Gefahr gewarnt hatte, war Weisheit durch Instinkt ersetzt worden – und Baralis hatte einen hohen Preis dafür gezahlt.

Weniger intelligente Lebewesen waren wesentlich einfacher zu verletzen. Doch auch das war nicht ungefährlich, und so war auch das Eindringen in Maybors Pferd nicht ohne Risiken gewesen. Zauberei war wie eine Infektion: Sie aktivierte die natürlichen Verteidigungsmechanismen des Körpers. Es war allgemein bekannt, daß es Tieren – besonders ab einer gewissen Körpergröße – immer wieder gelungen war, einen Zauber abzuwehren. Einmal, im tiefen Süden, hatte Baralis gesehen, wie ein Mann bei dem Versuch gestorben war, einem Bären körperlichen Schaden zuzufügen.

Einen Monat nach dem Begräbnis seiner Mutter war Baralis nach Hanatta gereist. Niemand in der kleinen Bauerngemeinde, die seine Heimat gewesen war, hatte ihn verdächtigt, für den Tod der Mutter verantwortlich zu sein. Sie hatten nur den Kopf geschüttelt und den Vorfall für die Folgen einer normalen Fehlgeburt gehalten. Seine Lehrer hingegen hatten genau gewußt, was geschehen war. Der Körper seiner Mutter hatte förmlich nach Zauberei ›gestunken‹ – aber was hätten sie schon tun können. Baralis war noch ein Kind gewesen, das einen kindlichen Fehler begangen hatte; dennoch hatten sie alsbald den Entschluß gefaßt, ihn loszuwerden. Mit geheuchelter Sorge hatten sie erklärt: »*Wir können dich nichts mehr lehren, Baralis. Deine Fähigkeiten übersteigen die unseren bei weitem; doch tief im Süden gibt es noch viel für dich zu lernen.*« Mit diesen Worten hatten sie ihn fortgeschickt und im stillen gehofft, er würde niemals wieder zurückkehren.

Er war dreizehn gewesen, als man ihn auf eine Reise durch die Trockenlande, über die Berge und dann in die Tropen gesandt hatte. Er hatte sich einer Pilgergruppe aus Priestern und Rittern angeschlossen. Eine Woche bevor sie Hanatta erreichten, tötete er einen Mann – diesmal mit Absicht. Der Regen prasselte auf die Lederplanen nieder, doch das war es nicht, was Baralis weckte. Es war die Hand eines Mannes, die unter der rauhen Decke nach dem weichen Fleisch der Lenden tastete. Der Dolch, ein Abschiedsgeschenk seines Vaters, drang in den Bauch des Mannes wie ein Zapfhahn ins Bierfaß. Zauberei wetzte die Klinge, doch Baralis' Hand hielt das Heft.

Am nächsten Morgen fand man ihn: tief und fest schlafend an der Seite eines toten Mannes. Die Luft war so feucht, daß das Blut auf seinen Lenden noch nicht getrocknet war.

Zum zweiten Mal in diesem Jahr wurde Baralis von aller Schuld freigesprochen. Wer konnte einen Jungen schon dafür verurteilen, daß er sich gegen einen solchen Akt zur Wehr gesetzt hatte? Doch ebenso wie seine Lehrer, so konnten auch die Pilger es kaum erwarten, ihn wieder loszuwerden.

Hanatta war eine derart fremdartige Stadt, so vollkommen anders als alles, was er bisher kennengelernt hatte, daß sie Baralis sowohl ängstigte als auch erregte. Menschen so schön, daß einem allein bei ihrem Anblick das Herz vor Freude tanzte, flanierten an Gestalten vorbei, die so häßlich waren, daß Baralis sich fragte, wie sie überhaupt leben konnten. Schon bald fand er den Mann, an den das Empfehlungsschreiben seiner Lehrer adressiert war. Er selbst hatte den Brief bereits Hunderte Meilen zuvor gelesen. Das Schriftstück enthielt eine unmißverständliche Warnung: *... Baralis ist brillant; doch man muß ihn Güte und Menschlichkeit lehren, will man vermeiden, daß er sich in etwas verwandelt, das wir alle bereuen werden.*

Die Lehrer von Leiss hatten sich verrechnet. Der Mann, zu dem sie Baralis geschickt hatten, war nur an der Verbesserung magischer Fertigkeiten interessiert, an sonst gar nichts. Moralische Feinheiten wurden beiseite geschoben, wenn es galt, neues Wissen zu erwerben. Und so folgten vier glorreiche Jahre des Experimentierens und der Entdeckungen. Es gab nichts, was sie nicht ausprobierten. Keine Beschwörung war zu schändlich, kein Ritual zu blutig, und kein Tier war so wertvoll, als daß sein Verlust nicht hätte verschmerzt werden können.

Die Zauberei des tiefen Südens unterschied sich erheblich von der in Leiss. Sie gründete sich weniger auf Tränke und physische Stärke und war insgesamt betrachtet wesentlich höher entwickelt. Baralis lernte, eigene Wesen zu erschaffen, und er perfektionierte seine Fähigkeiten, in fremde Körper einzudringen und sie zu erkunden. Zurückblickend erkannte er, daß das Manuskript, dessen Entdeckung im Endeffekt zum Tod seiner Mutter geführt hatte, aus Hanatta stammen mußte.

Gefahr war Baralis' ständiger Begleiter, und schon bald erhielten seine Hände die ersten Narben, als er sie auf den Bauch einer trächtigen Kuh legte, um das Tier dazu zu bewegen, ihr Kalb zu gebären. Es war vor der Zeit, und die Kuh kämpfte mit aller Kraft gegen den fremden Zwang an. Die Natur war auf ihrer Seite. Die Verbindung riß, und bevor Baralis sich versah, brannten seine Hände. Die Energie der Beschwörung hatte nach einem Ventil verlangt, und bis zum heutigen Tag waren die Narben noch nicht verschwunden, die dieses Ereignis hinterlassen hatte.

Doch das war noch gar nichts im Vergleich zu dem, was Baralis kurze Zeit später bei einer Bärenhatz in der Nähe des Fleischmarktes gesehen hatte.

An jeder Straßenecke in Hanatta gab es Arenen, in denen Bärenkämpfe veranstaltet wurden. Die Bärenhatz war außerordentlich beliebt in der Stadt, und ein Vermögen wurde auf die Leistung der Hunde verwettet. Baralis gefielen die täglichen Gemetzel. Er genoß es, die Gesichter der Zuschauer zu beobachten, wenn die Hunde den Bären bedrängten. An diesem besonderen Abend war die Menge ungewöhnlich erregt; nach einer Woche des Fastens floß der Nais in Strömen, und die Menschen gierten nach Unterhaltung.

Die Hunde in der Arena trugen mit Gold beschlagene Halsbänder, denn ihr Besitzer war ein reicher und einflußreicher Mann. Sie gehörten einer Rasse an, die nur für einen einzigen Zweck gezüchtet worden war: den Kampf. Sie waren muskulös, und ihre kräftigen Kiefer ließen keinen Zweifel daran, daß sie ihr Opfer bis zum Tod gepackt halten würden. Als man sie in die Arena ließ, umkreisten sie den Bären, um ihn zu verwirren.

Zunächst verlief alles, wie erwartet. Einer der Hunde lenkte den Bären ab, während der andere sich von der Seite heranschlich. Das Biest stieß einen markerschütternden Schrei aus, als sich die Zähne des Hundes in sein Vorderbein bohrten. Der Bär richtete sich auf und hob den Hund vom Boden hoch. Rasend vor Wut schlug er mit seiner mächtigen Tatze, und der Hund verlor den Halt. Die Kraft des Bären war so groß, daß der Kampfhund gegen die gegenüberliegende Wand der Arena geschleudert wurde. Das Krachen der Schädelknochen war deutlich zu hören. Jetzt war nur noch ein Hund übrig, und sein reicher Eigentümer wurde allmählich nervös.

Baralis beobachtete, wie der Mann nach einem Gesicht in der Menge suchte. Einen Augenblick später nickte er einer Gestalt zu, die wie ein Bettler gekleidet war, und kurz darauf spürte Baralis den Beginn einer Beschwörung. Sofort erkannte er, was hier vor sich ging: Ein Zauberer versuchte, den Bären zu schwächen. Er mußte langsam zu Werke gehen, um seine zunehmende Erschöpfung so gut wie möglich zu verbergen, damit die Umstehenden ihm nicht auf die Schliche kamen; doch er ging *zu* langsam vor. Zunächst machte er seine Arbeit gut. Er verlangsamte die Kreatur, indem er den Blutfluß in ihrem Herzen hemmte. Dann bekam der Bär Angst. Er ignorierte den verbliebenen Hund und stürmte gegen den Zaun. Die Menge geriet in Panik und stürmte zu den Ausgängen. Wie durch ein Wunder kam nur einer ums Leben. Ein Junge wurde unter einem Stück Zaun begraben, und der vor Schmerz zitternde Bär fiel über das wehrlose Kind her.

Der Zauberer versuchte verzweifelt, sich wieder zu lösen. Während die Menge schrie und der Bär den Jungen auseinanderriß, kehrte sich der Zauber um. Der Bär war in einen Blutrausch verfallen, und die Kraft des Instinktes kämpfte auf seiten des Tieres. Der Wille zu überleben traf auf das stille Wissen von Jahrhunderten ... und schlug mit der Wucht einer Peitsche zurück.

Wild rauschte das Blut des Bären und löste den Griff des Zauberers mit unbändiger Kraft.

Niemand beachtete den Bettler. Der wütende Bär war ein weitaus beeindruckenderes Schauspiel. Der in Lumpen gehüllte Mann sank mit Schaum vor dem Mund zu Boden. Sein Körper wurde von Krämpfen geschüttelt, und Blut rann ihm aus Augen, Nase und Ohren. Eine Minute später war er tot, sein Schädel zertrümmert von der Macht des zurückgeworfenen Zaubers.

Es war niemals klug, sich allzu lange in einem Wesen aufzuhalten. Wenn man in ein Tier oder in einen Menschen eindrang, mußte man schnell handeln. Baralis hatte Maybors Pferd keine Zeit gelassen, auf den Angriff zu reagieren. Mit der Eleganz eines Tänzers war er in den Hengst eingedrungen, um anschließend mit der Kraft eines Sturms zuzuschlagen. An jenem verhängnisvollen Tag auf dem Fleischmarkt hatte Baralis gelernt, vorsichtig zu sein. Der Tod des Magiers, der versucht hatte, einen Bären niederzuringen, war ihm ein warnendes Beispiel gewesen.

Schnapper kratzte den Dung von seinen Schuhen und verfluchte alle Tiere, besonders Pferde. Wenn man jemanden verfolgte, war es leider notwendig, den Blick auf das Ziel und nicht auf den Boden zu richten. Nun gehörte Schmutz ebenso zu einer Stadt wie Märkte und Kaufleute, und normalerweise kümmerte sich Schnapper auch nicht darum; aber ausgerechnet heute morgen war es ihm gelungen, in den Besitz eines Paars eleganter, aber empfindlicher Seidenschuhe zu gelangen. Mauersegler hatte einst gesagt, *»die Schuhe eines Taschendiebes sind seine beste Verteidigung«*, und deshalb hatte er stets Stoff bevorzugt und Leder gemieden. Seide war unzweifelhaft das geeignetste Material, um sich möglichst leise an jemanden heranzuschleichen; aber leider besaß sie zugleich auch eine gewisse Neigung, sich sofort mit Fäkalien vollzusaugen, sobald man aus der Tür trat.

Aber egal ... sie paßten wie angegossen, und Schnapper hatte sowieso keine Zeit, sich mit den Flecken auf seinem Schuhwerk zu beschäftigen.

Tawl trank in einem Gasthof auf der gegenüberliegenden Seite der Straße. Es mußte eine Möglichkeit geben, wie man ihn dazu bewegen konnte, zu dem Treffen zu erscheinen. Die Aussicht auf viel Geld wäre wahrscheinlich nicht Motivation genug, oder doch? Ein paar Minuten früher war der Ritter im *Randvollen Eimer* verschwunden. Die blonde Frau und die Puffmutter mit Namen *Dornenbeutel* hatten ihn begleitet. Falls es irgendwo eine Frau gab, die noch geldgieriger war als diese beiden, dann war Schnapper ihr zumindest noch nicht begegnet.

Er mußte etwas unternehmen. Mit Schuhen, die bei jedem Schritt ein unangenehmes, platschendes Geräusch von sich gaben, überquerte Schnapper die Straße und betrat den Gasthof. *Den Randvollen Eimer* hätte man besser *Den Durchlöcherten Eimer* nennen sollen, denn überall war Bier – und das nicht nur in Bechern und Fässern. Schnappers Schuhe steckten bis zu den Knöcheln in einer schaumbedeckten Pfütze. Die Gäste schrien, sangen oder stritten sich. Zwei Frauen beschäftigten sich mit Armdrücken; eine kleinere Gruppe von Männern tauschte eifrig Beleidigungen aus, und ein einzelner Mann starrte verträumt in einen vollen Becher Bier.

Kylock, Kylock, Kylock. Der Name war auf jedermanns Lippen. Selbst die Männer, die sich gegenseitig beleidigten, nahmen ihn immer wieder in den Mund. »Du bist so verschlagen wie Kylock und so häßlich wie der Kadaver seines Vaters«, sagte einer von ihnen und erntete für diese Bemerkung ein zustimmendes Grunzen von seinen Kameraden.

»Du solltest den Namen unseres zukünftigen Königs mit Respekt aussprechen«, erwiderte ein anderer.

»Kylock wird niemals unser König sein!«
»Der Herzog würde das nicht zulassen.«
»Der Herzog wird auch nicht ewig leben.«
»Katharina wird über Bren herrschen, nicht Kylock.«
»Sie wird ihn heiraten, seine Armeen nehmen, sein Land ausplündern, und dann wird sie ihn wieder zurück zu seiner Mama schicken!«
»Aye!« rief die Menge wie aus einem Munde.
An derartigen Themen hatte Schnapper keinerlei Interesse. Wer auch immer über Bren herrschte, war für ihn ohne Bedeutung. Geld war das einzige, was zählte, nicht Könige. Er drängte sich durch die Menge; dabei trat er gegen Schienbeine und auf Zehen, immer wenn sich jemand weigerte, ihm aus dem Weg zu gehen. Bald war Schnapper weit genug vorgedrungen, um die schrille Stimme von Madame Dornenbeutel hören zu können.
»Meine Schwester will nächsten Monat kommen«, sagte sie gerade. »Sie hat es in den Königreichen nicht länger ausgehalten. Dort ist es derart provinziell, wißt ihr?« Die feine Dame entdeckte Schnapper. »Du bist doch der Bote von gestern, Junge, hab' ich nicht recht?« Sie strich über ihr übermäßig gepudertes Haar und lächelte. »Ich vergesse niemals ein Gesicht.«
»Ein gutes Gedächtnis ist lediglich der geringste Eurer Reize, Madame Dornenbeutel«, erwiderte Schnapper und verbeugte sich knapp. Es konnte nie schaden, den Frauen zu schmeicheln – auch nicht den häßlichen.
»Was für ein netter junger Mann.« Ihre Augen verengten sich für einen Augenblick. »Hast du wieder eine Botschaft zu übermitteln?«
»Ihr seid ebenso scharfsinnig wie schön.« In Schnappers Kopf nahm ein Gedanke Gestalt an. »Ist der Ritter hier?«
»Dort drüben bei meiner Tochter Corsella.«
So hieß das diebische, blonde Flittchen also. »Ich kann es einfach nicht glauben«, sagte Schnapper.
Madame Dornenbeutel wirkte verwirrt. »Was kannst du nicht glauben?«

»Ich kann nicht glauben, daß Ihr ihre Mutter seid.« Schnapper lächelte einnehmend. »Sagt mir die Wahrheit. Ihr seid ihre Schwester, nicht wahr?«

Madame Dornenbeutel kicherte affektiert wie ein Mädchen, das nur ein Drittel so alt war wie sie, und antwortete: »Du bist nicht der erste, der mich das fragt. Das liegt an dem Rattenöl, weißt du?«

»Rattenöl?«

»Ja. Es ist sehr teuer. Man muß eine ganze Menge Ratten ausquetschen, um auch nur einen halben Becher voll zu bekommen.«

Schnapper war vollkommen überfordert. Er hatte nicht die leiseste Ahnung, was Rattenöl war und wofür es verwendet wurde. Vorsichtig erklärte er: »Es ist sein Geld wert.«

»Ich reibe es mir zweimal am Tag ins Gesicht.«

Das erklärte vieles.

»Soll ich den Ritter holen?« fragte sie.

Schnapper schüttelte den Kopf und blickte auf seine Füße.

»Was ist los mit dir, junger Mann? Ich bemerke ein gewisses Zögern.«

»Ihr seid wirklich eine ausgesprochen scharfsinnige Frau. Ich fürchte mich in der Tat ein wenig davor, mich ihm zu nähern.« Die Frau reagierte genau, wie Schnapper gehofft hatte.

»Kann ich dir irgendwie helfen?«

»Madame Dornenbeutel, ich würde es nicht wagen, Euch mit einer Angelegenheit von solcher ...« Schnapper gestaltete die Suche nach dem geeigneten Wort äußerst eindrucksvoll »... mit einer Angelegenheit von solcher *Wichtigkeit* zu belasten.«

»Wichtigkeit?«

»Ja, und viel Geld steckt auch dahinter.«

Beim Klang des Wortes ›Geld‹ erbebte Madame Dornenbeutels ganzer Körper. Sie trat einen Schritt vor und legte Schnapper eine besitzergreifende Hand auf die Schulter.

»Du kannst mir alles erzählen, mein lieber Junge.«

»Habt Ihr schon einmal von Blayze gehört, dem Champion des Herzogs?« Madame Dornenbeutel nickte eifrig. »Nun, er ist daran interessiert, sich mit unserem Freund, dem Ritter, zu treffen.«

»Er will einen Kampf?« schrie Madame Dornenbeutel.

»Pssst. Das muß ja nicht gleich der ganze Gasthof wissen.«

Madame Dornenbeutel wirkte angemessen zerknirscht. »Sprich weiter.«

»Ich muß Euch ja wohl nicht sagen«, fuhr Schnapper fort, »welch ungeheure Summen Geldes bei einem solchen Unternehmen den Besitzer wechseln würden.«

»Natürlich nicht«, flüsterte sie.

»Also ... was ich Euch jetzt sage, ist selbstverständlich streng vertraulich.« Schnapper spürte, wie Madame Dornenbeutels Finger sich in seine Schulter bohrten. »Wenn der Ritter sterben sollte – und schauen wir der Wahrheit ins Auge: Das ist mehr als wahrscheinlich –, dann wird ihn jemand begraben müssen.«

Das gierige Funkeln verschwand aus den Augen der feinen Dame. *»Ihn begraben?«*

»Da der Ritter keine Familie in der Stadt hat, wird derjenige, der sich um seine Leiche kümmert, seinen gesamten Besitz erben.«

»Der Ritter ist für mich wie ein Sohn!« rief Madame Dornenbeutel. »Es wäre meine heilige Pflicht, mich um seinen geliebten Leichnam zu kümmern.«

»Ihr seid eine bemerkenswerte Frau«, sagte Schnapper. »Aber zurück zum Geschäft. Der Ritter soll Blayze heute bei Sonnenuntergang an den drei goldenen Fontänen treffen. Könnt Ihr das arrangieren?«

»Du kannst dich voll und ganz auf mich verlassen.«

»Gut. Bis zu unserem nächsten Treffen, gnädige Frau.« Schnapper warf einen raschen Blick auf Tawl. Der Ritter leerte gerade einen weiteren Schlauch Bier, ohne sich seiner Umgebung bewußt zu sein. »Laßt ihn soviel trinken, wie er will. Das wird die Verhandlungen einfacher gestalten.«

Madame Dornenbeutel nickte bedächtig und reichte dem Jungen ihre Hand zum Kuß. Schnappers Gedanken kreisten ständig um Rattenöl, dennoch kam er der Aufforderung widerwillig nach; dann verließ er den Gasthof. Er machte sich auf den Weg zu den drei goldenen Fontänen. Wenn sein Plan funktionieren sollte, dann mußte er ein paar Worte mit dem Champion des Herzogs wechseln, bevor Tawl mit ihm sprechen würde.

Rovas stürmte in die Hütte. »Die Gerüchte sind wahr. Lesketh ist tot, und Kylock will den Krieg gewinnen.«

Rovas' Worte hatten einen nachhaltigen Effekt auf Magra und Tarissa. Mutter und Tochter blickten sich in die Augen. Alle Farbe war aus Magras Gesicht gewichen. Tarissa stand auf, warf ihre Näharbeit beiseite und kniete sich neben ihre Mutter. Sie nahm Magras Hand und wollte sie küssen, doch die alte Frau zog sich von ihrer Tochter zurück. »Wann ist das passiert?« fragte sie. Ihre Stimme klang angespannt. Jack glaubte, einen Hauch von Wut herauszuhören.

»Er ist vor mehr als einem Monat im Schlaf gestorben.« Rovas wandte den Blick ab.

Ein langes Schweigen folgte. Niemand rührte sich; nur das Feuer warf tanzende Schatten in den Raum. Tarissa hatte das Gesicht in den Händen vergraben, während Magra steif auf ihrem Stuhl saß, den Blick in eine unbestimmte Ferne gerichtet. Rovas und Tarissa schienen darauf zu warten, daß sie das Schweigen brach.

Schließlich stand sie auf und ging zum Feuer. »Kylock wird den Krieg gewinnen«, erklärte sie.

Trotz des Gewichts ihrer Worte seufzte jeder im Raum erleichtert auf. Jack hatte den Eindruck, als hätte sie irgendwie das Thema gewechselt, obwohl sich das

Gespräch *nach wie vor* um Kylock und den toten König drehte.

»Welchen Einfluß wird das auf die verabredete Hochzeit mit Katharina von Bren haben?« fragte Tarissa, um die Stille zu füllen, die Magras Worten gefolgt waren. Ihre Frage war an Rovas gerichtet gewesen, doch sie schaute zu Jack. Sie versuchte abzuschätzen, in welcher Weise die merkwürdige Szene auf ihn gewirkt hatte. Er zeigte keinerlei Reaktion. Tarissa lächelte zärtlich, und Jack konnte nicht anders, als das Lächeln zu erwidern. Tarissa war die verführerischste Frau, die er je gesehen hatte.

»Ich habe das Gefühl, daß die Hochzeit wie geplant stattfinden wird«, antwortete Rovas. »Alles ist bereits zu weit fortgeschritten. Beide Seiten können sich einen Rückzieher nun nicht mehr leisten.« Der Schmuggler wirkte besorgt. Er schenkte sich einen Becher Bier ein und leerte ihn in einem Zug.

Die drei fuhren in ihrer Unterhaltung fort. Sie sprachen über den Krieg und seine möglichen Folgen, doch Jack hörte sie nicht mehr. Er schaute nur zu.

Tarissa sprach, und ihr wunderbarer Mund nahm unzählige, wunderschöne Formen an. Jack erinnerte sich an den Geschmack ihrer Lippen. Die Erinnerung war atemberaubend. Warum hatte sie sich vergangene Nacht von ihm zurückgezogen, obwohl sie ihn doch noch Augenblicke zuvor förmlich eingeladen hatte? Darauf gab es keine Antwort, und wenn in Grifts Weisheiten auch nur ein Körnchen Wahrheit lag, dann war das bei Frauen alles andere als ungewöhnlich. Der alte Soldat hatte Jack mehr als einmal vor den Gefahren einer Romanze gewarnt. *»Wenn du so verwirrt bist wie ein Pfau im Schneesturm, dann ist alles in Ordnung«*, pflegte er stets zu sagen, *»aber wenn du so sorglos bist wie ein Hahn auf dem Mist, dann wird es mit Sicherheit Ärger geben.«*

Jack hatte nur wenig Erfahrung mit Frauen, aber er wußte genug, um zu erkennen, daß Grift nicht mit allem recht hatte. Doch was erwartete er eigentlich? Er hatte eine wesentlich ältere und erfahrenere Frau geküßt. Eine Frau mit üppigen, verführerischen Formen und goldbraunen Augen. Er schämte sich ein wenig für seine Gedanken; Tarissa, Magra und Rovas redeten von Krieg, während er nichts anderes als Lust im Kopf hatte.

Als Jack die Augen von Tarissa abwandte, bemerkte er, daß Rovas ihn anschaute. Der Schmuggler funkelte ihn warnend an, und einen Augenblick lang war Jack fest davon überzeugt, Rovas hätte seine Gedanken gelesen. Aus irgendeinem Grund wollte er nicht, daß Jack etwas mit Tarissa zu tun hatte. Heute mittag, als er draußen auf dem Feld mit dem Langschwert trainiert hatte, hatte Magra ihm das Essen gebracht. Zunächst hatte Jack geglaubt, Tarissa würde ihm wegen der gestrigen Ereignisse aus dem Weg gehen; doch jetzt, angesichts von Rovas' feindlichem Blick, fragte er sich, ob der Schmuggler ihr vielleicht befohlen hatte, ihm aus dem Weg zu gehen.

Jack beschloß, seine Theorie auf die Probe zu stellen. Er reckte sich und stand auf. »Meine Muskeln sind so hart wie ein mehrere Tage alter Laib Brot. Ich glaube, ich werde noch einen kleinen Spaziergang machen, bevor es dunkel wird.« Er blickte zu Tarissa. »Willst du mich begleiten?«

Diese eine einfache Frage hatte einen lebhaften Austausch von warnenden und entwarnenden Blicken zwischen den dreien zur Folge, begleitet von unergründlichen Minen aller Beteiligter.

Tarissa atmete tief ein. »Ich glaube, das ist eine gute Idee.« Auf der Suche nach Unterstützung schaute sie zu ihrer Mutter.

»Es ist bald Essenszeit«, sagte Rovas. »Du mußt deiner Mutter beim Kochen helfen.«

Alle warteten auf Magra. Die Frau starrte den Schmuggler an, und in ihrem Blick lag etwas, das Jack nicht verstehen konnte – das Jack nicht verstehen *wollte*.

»Ich kann auch alleine kochen«, sagte sie schließlich. »Geh ruhig, Tarissa. Aber bleib nicht so lange weg.«

Die Spannung im Raum war deutlich zu spüren. Die Luft zwischen Magra und Rovas knisterte so heftig wie das Feuer im Herd. Offensichtlich wollte der Schmuggler ihr widersprechen, doch Magra war Tarissas Mutter, und daher mußte sie die endgültige Entscheidung treffen. Dennoch hatte sie Angst – und nicht nur sie allein: Tarissas Hände zitterten, als sie ihren Umhang anlegte.

Rumms! Rovas trat gegen den Feuerholzstapel neben dem Herd, und Holzscheite rollten polternd über den Boden. »Worauf wartest du?« brüllte er. »Wenn du Essen machen willst, *dann mach es verdammt noch mal jetzt!*«

Tarissa war sofort an der Seite ihrer Mutter. »Ich gehe nicht raus. Ich bleibe hier und ...«

»Nein«, unterbrach Magra. »Du wirst mit Jack spazierengehen.«

»Aber ...«

»Geh!« befahl Magra. Ihr Tonfall machte Widerspruch unmöglich. Dann stand sie auf und begann, die Holzscheite vom Boden aufzusammeln. Rovas hatte ihr den Rücken zugekehrt und starrte ins Feuer. Auch als Jack und Tarissa den Raum verließen, drehte er sich nicht um.

Der kalte Wind blies Jack ins Gesicht, und die frische Luft machte ihm den bitteren Geschmack in seinem Mund bewußt: Zauberei. Rovas hatte Glück gehabt. Jack streckte die Hand aus; er war nicht sicher, ob er getröstet werden oder selbst Trost spenden wollte. Tarissa ergriff die angebotene Hand.

Schweigend gingen sie nebeneinander her: eine unausgesprochene Vereinbarung, nicht zu reden, bis sie sich weit genug von der Hütte entfernt hatten. Der Himmel wurde grau, und der Wind änderte seine Richtung und trieb die beiden jungen Leute vor sich her. Jacks Kopf war so schwer wie einer von Frallits Backsteinen. Er hatte nicht bemerkt, daß sich etwas in ihm aufgebaut hatte. Die Szene, die er soeben beobachtet hatte, hatte ihn verwirrt, und er war wütend, weil Rovas die Beherrschung verloren hatte – so wütend, daß er beinahe zugeschlagen hätte. Der furchteinflößende Teil von ihm mit Namen Zauberei war ihm inzwischen so vertraut geworden, daß Jack seine Gegenwart kaum noch wahrnahm. Wäre Rovas noch einen Schritt weiter auf Tarissa zugegangen, wäre er jetzt tot gewesen. Jack war fest davon überzeugt. Er hätte dasselbe für Melli getan.

Plötzlich schlugen Jacks Gedanken eine vollkommen andere Richtung ein. Alles wurde dunkel. Nichts zählte mehr, außer sich an dem Mann zu rächen, der Melli geschändet und ermordet hatte. Rovas zählte nicht; wilde Pläne von fernen Ländern und großen Abenteuern zählten nicht, und selbst Tarissa mit ihrem braunen Haar und ihren schwieligen Händen war ohne Bedeutung.

»Jack, du tust mir weh.« Tarissa zog ihre Hand zurück.

Erschrocken erwiderte Jack: »Es tut mir leid. Ich dachte gerade an …« Der Name ›Melli‹ kam nicht über seine Lippen; er konnte ihn nicht laut aussprechen. Allein ihn zu denken, rief ihm wieder Rovas' Worte in Erinnerung: *»Als Tarissa sie gefunden hat, hatte man ihr den Kopf abgeschnitten.«* Den Namen auszusprechen, barg die Gefahr, daß die Worte zu Bildern wurden.

»Du denkst an deine Freundin«, sagte Tarissa. Sie drehte sich zu ihm um, und Jack sah das Spiegelbild seiner Augen in den ihren. »Es tut mir leid …«

Er wartete. Der Himmel wartete, und der Wind in den Bäumen wartete. Sie hatte noch etwas zu sagen, doch sie sagte es nicht. Statt dessen fuhr sie anders fort, als sie begonnen hatte:

»Es tut mir leid, wie sich Rovas gerade benommen hat.«

»Er ist sehr fürsorglich dir gegenüber, wie ein Vater.«

Jack betrachtete Tarissas Gesicht. Fast war er froh, nichts darin lesen zu können.

»Wir haben niemanden außer ihm«, erwiderte sie. »Er hat uns aufgenommen, als wir nicht mehr als die Kleider hatten, die wir am Leib trugen. Er hat all die Jahre für uns gesorgt und so wenig dafür als Gegenleistung verlangt.«

»Und was verlangt er von mir?«

»Ich dachte, das wüßtest du. Er will, daß du den Hauptmann tötest.«

»Warum?« Merkwürdig, aber Jack hatte das Gefühl, daß er Tarissa mit seinen Fragen vom Haken ließ.

»Er und Rovas waren einst Freunde«, antwortete Tarissa. »Oder besser: Sie waren Geschäftspartner. Ein Schmuggler braucht Kontakte zum Militär, weißt du, um unangenehme Durchsuchungen zu vermeiden und damit seine Waren nicht beschlagnahmt werden. Er braucht jemanden, der im geeigneten Augenblick ein Auge zudrückt. Aber wie dem auch sei ... Auf jeden Fall wurde der Hauptmann gierig und verlangte einen Anteil am Gewinn anstatt des üblichen Bestechungsgeldes. Rovas weigerte sich zu zahlen, und nun kann er seine Waren nicht mehr nach Helch transportieren, ohne daß sie konfisziert werden.«

»Und jetzt soll ich für ihn dieses Problem aus der Welt schaffen.«

»Es ist auch dein Problem.«

Jack gab sich keine Mühe, seine Bitterkeit zu verbergen. »Es sieht so aus, als sei ich gerade zur rechten Zeit gekommen.«

»Mehr für mich als für Rovas.« Tarissa entfernte sich ein paar Schritte von Jack und drehte ihr Gesicht in den Wind. »An jenem Tag hätte ich den Hauptmann töten sollen.«

Von einem Augenblick zum anderen verwandelte sich die Nacht in etwas anderes. Alles wurde finsterer, enger – wie eine Höhle. Jack spürte etwas Böses in der Finsternis. »Warum du?«

Tarissa zog ihren Umhang enger um die Schultern und blickte zu Boden. »Jack, bitte frag mich das nicht.«

Seine Hand war oben. Er packte ihre Schultern und drehte sie um, so daß er ihr in die Augen blicken konnte. »Warum du? Auch Rovas war an jenem Tag auf der Anhöhe. Er hätte den Hauptmann genauso gut selbst erschießen können.«

Mit nach wie vor gesenktem Blick schüttelte Tarissa den Kopf. »Ich kann besser mit einem Langbogen umgehen.«

»Du lügst.«

Tarissa riß sich los. Wieder kehrte sie Jack den Rücken zu und schrie: »Also gut! Wenn du es unbedingt wissen mußt: Er hat gedroht, mich und meine Mutter hinauszuwerfen, wenn ich es nicht für ihn tun würde.«

Jack war so verblüfft, daß ihm nichts Besseres einfiel, als Tarissas Rücken anzustarren. Wie konnte ein Mann nur so etwas tun? Wie konnte Rovas nur jemanden bedrohen, den er liebte? Tarissas Schultern zitterten. Sie weinte. Jack wollte sie in die Arme schließen, sie beschützen, doch gerade als er auf sie zutrat, nahm ein Gedanke in seinem Kopf Gestalt an. Bevor er wußte, was er tat, sprach er ihn aus; seine Lippen formten die Worte weniger als eine Handbreit von Tarissas Ohr entfernt.

»Rovas wollte, daß du den Hauptmann tötest, um dich noch enger an ihn zu binden. Wenn du es getan hättest, wärst du nun für immer in seiner Hand. Du und Magra, ihr hättet ihn nie wieder verlassen können, ohne befürchten zu müssen, daß er irgend jemandem von deiner Tat erzählt. Die Tat selbst war ohne Bedeutung. Es war die *Macht,* die er durch sie über dich erlangt hätte.«

Tarissa hörte auf zu zittern. Langsam drehte sie sich um. »Das hättest du nicht sagen sollen, Jack. Das ist nicht wahr. Das ist einfach nicht wahr.« Ihre Stimme war hoch und beinahe hysterisch. Tränen liefen ihre

Wangen hinab. »Sag das nie, nie wieder.« Den Kopf gegen den Wind gesenkt, rannte sie mit wehendem Umhang davon.

Jack blickte ihr hinterher. Was er gesagt hatte, war die Wahrheit gewesen; und sie beide wußten es.

Kapitel zehn

Ein weiteres Bier würde vielleicht reichen. Tawl trank einen Schluck aus dem Schlauch. Wahrscheinlich hatte er für das goldene Getränk teuer bezahlt. Aber das war ohne Bedeutung. Nur das Vergessen zählte. Dafür allein lebte er noch.

Doch egal wieviel er trank, egal wie rücksichtslos er kämpfte oder wie sehr er sich auch bemühte, er konnte einfach nicht vergessen. Anna und Sara, das Baby und dann Bevlin – jeder von ihnen hatte ihm sein Vertrauen geschenkt, und er hatte sie alle verraten. Er hatte als Mann versagt, als Bruder und als Ritter. Alles, was er je geliebt hatte, war nicht mehr; nur eine leere Hülle war zurückgeblieben, so kalt und tief wie ein Grab. Doch es war kein Grab, denn das Grab verhieß Frieden – jedenfalls hatte das der alte Gelehrte immer behauptet.

Tawl wußte nicht mehr, wie viele Tage, Wochen oder Monate seit Bevlins Tod vergangen waren. Alles verschwamm zu einer Einheit; nur noch die Gesichter der Männer, gegen die er kämpfte, veränderten sich und die Qualität des Biers.

Aber das Bier zeigte immer weniger Wirkung. Heute abend hatte Tawl bereits drei Schläuche getrunken, und sein Arm war nach wie vor stark wie eine Eiche, sein Schritt sicher wie der einer Katze und sein Verstand so klar und scharf wie ein Glassplitter.

Sein Körper besaß das Aussehen eines Verräters. Er verspottete ihn mit seiner Stärke; die Muskeln hart, die Haut straff und die Sehnen gespannt. Nichts davon war richtig. Tawl war nur noch ein halber Mann, und er sollte auch wie einer aussehen.

Zwei Bilder waren in seine Seele so unauslöschlich eingebrannt worden wie die Ringe in sein Fleisch. Egal was oder wen er auch anblickte, er sah stets zuerst diese beiden Bilder. Alles wurde durch sie gefiltert: das kleine, verbrannte Fleckchen Erde, wo einst eine Hütte gestanden hatte, und die blutüberströmte Leiche eines alten Mannes. Tawl mochte soviel kämpfen und trinken wie er wollte, die Bilder ließen sich nicht vertreiben. In Valdis hatte es ein Sprichwort gegeben: *Ein Mann bezahlt im nächsten Leben für seine Sünden, ein Ritter zahlt in beiden.* Damals hatte Tawl den Sinn dieser Worte nicht verstanden, doch heute wußte er, was sie zu bedeuten hatten.

»Komm, Tawl. Wir werden noch zu spät kommen, wenn wir uns nicht beeilen.« Corsella packte seinen Arm und führte ihn die Straße hinunter. Sie machte den Fehler zu glauben, Tawl sei betrunken – er wünschte, sie hätte recht.

»Wir haben noch Zeit genug, daß er seinen Schlauch leertrinken kann, mein Liebes«, sagte Madame Dornenbeutel. Die Frau führte irgend etwas im Schilde. Sie hatte Tawl das Messer abgenommen und ermutigte ihn nun schon den ganzen Abend zum Trinken.

Bald erreichten sie einen großen Platz im Schatten des Palastes, an dessen Rand Flaggen wehten. In der Mitte des Platzes befanden sich drei goldene Fontänen, und daneben stand ein dunkler, kräftig gebauter Mann. Der Mann trat vor und verbeugte sich.

»Guten Abend, meine Damen.« Und an Tawl gewandt: »Seid gegrüßt, mein Freund.«

»Ich bin nicht Euer Freund«, erwiderte Tawl mürrisch, während die Frauen affektiert kicherten.

»Dann gestattet mir, daß ich mich vorstelle. Ich bin Blayze, der Champion des Herzogs.« Der Mann wartete. Offenbar war er daran gewöhnt, daß sein Titel jedermann beeindruckte.

Tawl ignorierte den Champion und wandte sich an Madame Dornenbeutel. »Das ist es also, was du die ganze Zeit über ausgeheckt hast. Du willst einen spektakulären Kampf haben. Hast du nicht schon genug an mir verdient?«

»Mein lieber Tawl, ich will doch nur das Beste für dich.« Unwillkürlich legte Madame Dornenbeutel schützend die Hand an den Hals.

Blayze hob eine seiner wunderschönen Augenbrauen. »Ich kann Euch nicht verübeln, daß Ihr zögert. Es ist niemals leicht, einer Niederlage ins Auge zu blicken.«

Madame Dornenbeutel und ihre Tochter seufzten zustimmend.

»Ihr wollt mich wohl provozieren«, entgegnete Tawl. »Billige Tricks von einem Mann in teuren Kleidern.«

Blayze war keineswegs beleidigt. Selbstgefällig musterte er die Manschetten seiner reich bestickten Tunika. »Ich habe mir diese Kleider mit unzähligen Siegen verdient. Auch Ihr könntet Euch eine solche Belohnung verdienen.« Er zuckte mit den Schultern. »Natürlich könnte auch ein Leichentuch Euer einziger Lohn sein.«

»Offenbar müßt Ihr Euer Ansehen ein wenig aufpolieren, und dafür braucht ihr einen Sieg über einen Gegner, der Eurer würdig ist.« Tawl drehte sich um und ging weg. »Nun, mich könnt Ihr auf jeden Fall vergessen. Ich habe nicht die Absicht, irgend jemandes Ruhmsucht zu befriedigen.«

»Das überrascht mich nicht, mein Freund. Nach allem, was ich gehört habe, gehört Ehre nicht gerade zu Euren Stärken.«

Tawl wirbelte herum. »Was habt Ihr gehört?«

»Ich habe gehört, Ihr wärt ein Ritter von Valdis, und daß das Kämpfen in den Gruben nur die geringste Eurer Sünden sei.«

Noch im selben Augenblick war Tawl an Blayzes Kehle. Er wußte, daß er dem Mann damit in die Hände spielte, aber das war ihm egal. Die Wunde, die sein Versagen geschlagen hatte, war noch zu frisch, als daß man

Salz hätte hineinstreuen können. Tawls Hände umfaßten geölte, parfümierte Haut; die darunterliegenden Muskeln waren hart wie Stahl. Die beiden Frauen schrien vor Entsetzen und liefen wie aufgescheuchte Hühner umher. Blayzes Hals gehörte ihm. Tawl drückte gegen die schwächste Stelle, unmittelbar unter dem Kiefer. Plötzlich spürte er einen Stich an seiner Seite: ein Dolch.

»Laß los«, befahl der Champion. Ein zweiter, noch bedrohlicherer Stich verlieh seiner krächzenden Stimme Nachdruck.

Aus dem Augenwinkel heraus sah Tawl zwei Wachsoldaten, die sich ihm mit angelegten Lanzen näherten. Wahrscheinlich hatte das Schreien der Frauen sie alarmiert. Tawl ließ Blayze los, und noch im selben Augenblick haßte er sich für seine Feigheit. Selbst jetzt noch, wo er nichts mehr hatte, für das es sich zu leben lohnte, sagte ihm sein Instinkt, er müsse überleben. Wofür?

Blayze bedeutete den Wachen, sich zu entfernen. »Hier ist weder die Zeit noch der Ort dafür«, erklärte er Tawl. »In genau einer Woche warte ich auf dich auf dem Kampfplatz unmittelbar südlich vom Palast. Dort können wir beenden, was wir begonnen haben.« Theatralisch wischte er das Blut von seinem Dolch. »Es sei denn, du legst keinen Wert auf Ehre.«

»Einen Dolch gegen einen unbewaffneten Mann zu ziehen, ist auch nicht gerade ehrenvoll.« Tawl fühlte sich plötzlich unendlich müde. Was machte das schon? »Ich werde dort sein. Aber du könntest herausfinden, daß der Kampf ausgeglichener sein wird, als dir lieb ist.«

»Ich bin nur an einem guten und fairen Kampf interessiert …«

Was der Mann sonst noch zu sagen hatte, kümmerte Tawl nicht mehr; er wollte so schnell wie möglich von hier weg. Er brauchte etwas zu trinken. Inzwischen war es Nacht geworden, eine Nacht der schlimmsten Sorte: still und wolkenlos. Die Sterne zeigten mit tausend glühenden Fingern auf Tawl. Er wollte nur noch allein sein, und so verließ er den Platz mit den drei goldenen Fontänen auf der Suche nach einem Ort, wo er vergessen konnte. Die Freuden der Liebe konnten ihn nicht länger ablenken. Trinken und Kämpfen war alles, was ihm noch geblieben war. Also würde er tun, was er konnte, und – so Borc wollte – würde der nächste Kampf vielleicht sein letzter sein.

Maybor spie ein Stück Fleisch aus. Es war zäh und geschmacklos, wahrscheinlich Pfau. Er haßte dieses ausgefallene Zeug. Wo waren der Rehrücken, das Schweine- und Rindfleisch? Vermutlich auf dem Teller des Herzogs. Garon war kein Mann, der sich mit irgendwelchem mageren Geflügel zufriedengab, nur weil es gerade in Mode war. Der Herzog mochte sein Fleisch blutig.

Maybor ließ seinen Blick über die Festtafel schweifen. Der Tisch war beladen mit Tellern, Krügen und Schüsseln, und um ihn herum hatte sich die Hocharistokratie von Bren versammelt. Die Männer waren ein trostlos gekleideter, kurzhaariger Haufen. Nicht ein Barthaar oder ein buntes Kleidungsstück war bei ihnen zu finden. Offenbar nahmen sie sich den Herzog zum Vorbild, der den schmucklosen Stil des Militärs bevorzugte. Auch jetzt, während des Willkommensfestes trug der Mann sein Schwert. Und was für eine hervorragende und beeindruckende Waffe das war. Maybor dachte daran, sich selbst ein derartiges Schwert anfertigen zu lassen; es zog die Blicke mit größerer Wahrscheinlichkeit auf sich als die allerfeinste Seide.

Immerhin folgten die Damen nicht dem Beispiel Seiner Gnaden. Phantastisch geschnittene Kleider betonten Körper, die mindestens so verführerisch waren wie alles, was die Königreiche zu bieten hatten. Die Brüste der Frauen waren üppig, und an ihren Hüften war mehr Fleisch als an sämtlichen gebratenen Pfauen auf der Festtafel. Mehr als einmal hatte eins dieser verlockenden Wesen zu Maybor hinübergeschaut, und wer konnte ihnen das schon verübeln? Inmitten solch langweiliger Männer mußte er den Damen wie ein König erscheinen. Bren mochte vielleicht für seine Schneider berühmt sein, aber seine Weber und Färber arbeiteten offensichtlich im Dunkeln.

»War die Brust zu Eurer Zufriedenheit?« Das war Katharina höchstpersönlich. In einem Raum voller schöner Frauen, fand sie nicht ihresgleichen. Maybor hatte die feste Absicht gehabt, sie zu verabscheuen; aber jetzt, da er neben ihr saß, war er überwältigt. Der Porträtmaler hatte ihr Unrecht getan: Sie war unglaublich. Ihre Haut glühte, ihr Haar schimmerte, und ihre Lippen waren die eines Engels. Eine unberührte Prinzessin, die gerade erst zur Frau herangereift war.

Einen Augenblick lang war Maybor über ihre Bemerkung amüsiert, doch rasch erkannte er, daß sie über das Geflügel gesprochen hatte. »Ich finde keinen rechten Geschmack an Pfau, Mylady.«

»Dann werde ich dafür sorgen, daß Ihr etwas Kräftigeres zu essen bekommt.« Sie klatschte in die Hände, und ein Diener eilte herbei. »Hirschbraten für den Lord.«

Ein großer Teller voller Fleisch wurde Maybor serviert. Sorgfältig wählte er das fetteste Stück aus und reichte es Katharina.

»Das ist zuviel der Ehre, Mylord.«

»Mylady; es ist nichts im Vergleich zu der Ehre, in Eurer Gegenwart sein zu dürfen.« Maybor war ausgesprochen zufrieden mit sich; er hatte genau das Richtige gesagt und getan. Auch Baralis hatte ihn gehört. Der Kanzler des Königs warf ihm einen haßerfüllten Blick zu. Er saß neben der Mutter des Herzogs, neben einer Frau, die ebenso taub und häßlich war wie alt und verschrumpelt.

Baralis würde sterben. Das stand außer Frage. Nur über das Wann und Wie mußte noch entschieden werden. Der Kanzler würde nicht einfach so davonkommen nach allem, was er Maybor heute morgen angetan hatte – *niemand* würde mit so etwas davonkommen. *Niemand.* Diesmal würden ihm auch all seine Tricks nicht mehr weiterhelfen. Bald würde der Kanzler des Königs in einem Grab liegen.

Oh, aber es war die Schmerzen wert gewesen! Maybor hatte Baralis zum Narren gemacht und ihn als Lügner abgestempelt. Es würde nicht mehr lange dauern, bis ganz Bren ihm, Lord Maybor, zu Füßen liegen würde; der Herzog schmeichelte ihm, und Katharina las ihm jeden Wunsch von den Augen ab wie eine brave Tochter. Selbst der Mann zu seiner Linken, der hohe und reiche Lord Cravin, behandelte ihn mit dem Respekt, den er verdiente.

Katharina unterhielt sich mit ihrem anderen Tischnachbarn, und so nutzte Maybor die Gelegenheit, jenes Thema anzusprechen, an das zwar jedermann dachte, aber über das niemand zu reden wagte. »Sagt mir, Lord Cravin, wie nimmt Bren die Nachricht von Kylocks Thronbesteigung auf?«

Mit übertriebener Sorgfalt wischte sich Lord Cravin die Sauce von den Fingern. Obwohl er den Kopf gesenkt hielt, hatte Maybor das unheimliche Gefühl, als musterte Cravin jeden im Saal, um herauszufinden, ob jemand ihn beobachtete. Der Lord griff nach einer Flasche Wein, und als er sprach, waren seine Worte wie ein Pfeil, der gezielt auf Maybor abgefeuert worden war. »Nicht schlecht genug.«

Die Möglichkeit zur Intrige öffnete sich wie eine seltene, wohlriechende Blüte, und ihr Duft stieg Maybor zu Kopf. *Vorsichtig, du mußt vorsichtig sein,* ermahnte er sich selbst. Da er von Natur aus rasch lernte, ahmte er Cravins Nonchalance nach und zupfte den Überresten des Pfaus die Federn aus. »Dann wird also alles wie geplant verlaufen?«

»Es sei denn, jemand ist mutig genug, dem Lauf der Dinge noch eine Wendung zu geben.« Cravin reichte Maybor einen Teller mit gewürzten Aalen.

»Wir müssen uns einmal in Ruhe treffen, um über ...« Maybor bemerkte, daß Katharina sich nicht mehr länger mit ihrem Tischnachbarn unterhielt.

»... um über unsere Unzufriedenheit mit dem Aal zu diskutieren«, vollendete Cravin den Satz.

»Ja«, erwiderte Maybor. »Sie sind bei weitem nicht so glitschig, wie ich es gerne mag.«

»Dann laßt sie mich ein wenig für Euch anfeuchten«, sagte Katharina. Sie nahm eine kleine Kelle vom Tisch, schöpfte etwas Kirschsauce aus einer silbernen Terrine und goß sie über den Aal. »Ich hoffe, jetzt wird er Eure Kehle leichter hinuntergleiten, Lord Maybor.«

Maybor musterte das Mädchen mißtrauisch, doch er entdeckte lediglich unschuldige Fürsorge in ihrem Gesicht. Unvermittelt wurde seine Aufmerksamkeit abgelenkt, als Baralis sich mit einem Glas in der Hand erhob.

»Meine Damen und Herren des Hofes von Bren«, sagte er. Beim Klang seiner ruhigen, machtvollen Stimme kehrte augenblicklich Ruhe ein. »Laßt mich einen Toast auf die lieblichste Jungfrau des Nordens ausbringen: auf Katharina von Bren.«

Den Gästen blieb keine andere Wahl, als seinem Beispiel zu folgen. Sie hoben ihre Gläser und riefen: »*Aye!*«

Baralis war noch nicht fertig. »Einen weiteren Toast auf den großen Herrscher und genialen Strategen: den Herzog von Bren.« Wieder taten es ihm die Gäste nach.

Baralis führte die Menge so sicher wie ein Schäfer seine Schafe. Maybor wußte, was als nächstes kommen würde. Der Mann war ein Meister der Manipulation.

»Und ein letzter Toast«, sagte Baralis, »auf eine Verbindung, ruhmreicher, edler und prachtvoller als alles, was die bekannte Welt bisher gesehen hat: auf die Hochzeit von Kylock, Souverän der Vier Königreiche, und Katharina von Bren.«

Die Gäste erhoben sich. Sie schrien und schlugen mit den Händen auf den Tisch; ihre Begeisterung war so ansteckend, daß Maybor sich dabei ertappte, wie auch er mit dem Fuß stampfte. Baralis hatte ganze Arbeit geleistet. Anstatt der Hochzeit mißtrauisch gegenüberzustehen, beglückwünschte sich der Hofstaat nun selbst, welch guten Bräutigam man ausgewählt hatte. Wer konnte jetzt noch behaupten, Bren sei gegen die Ehe?

Vielleicht diejenigen, die in diesem Augenblick ins Gesicht des Herzogs blickten. Seine Hände waren ein wenig steif, als er das Glas erhob, und sein Lächeln ein wenig widerwillig. Es gefiel ihm nicht, wenn sein Hof manipuliert wurde. Maybor rieb sich das stoppelige Kinn. Ungeahnte Möglichkeiten taten sich hier auf. Kleine Spalten, die sich leicht in tiefe Risse verwandeln ließen. Die Verlobung war so gut wie abgemacht – dafür hatte Baralis heute nacht gesorgt –, aber die eigentliche Hochzeit war noch weit entfernt. In den kommenden Monaten konnte noch so manches geschehen. Zum einen könnte Kylock den Krieg mit den Halcus gewinnen; das würde alle nervös machen. Und zum anderen könnte der Herzog seine Meinung ändern. Außerdem gab es noch eine dritte Möglichkeit: Intrige.

Maybor blickte zu Lord Cravin. Der Mann jubelte zusammen mit den anderen Gästen wie ein begnadeter Schauspieler. Ein weises Verhalten, an dem Maybor sich ein Beispiel nehmen sollte. Im Augenblick war es klüger, die Hochzeit zu befürworten. Der wirkungsvollste Schlag war immer ein unerwarteter. Maybor ergriff sein Glas und stimmte in den Jubel ein. Wenn der Wein ein wenig bitter schmeckte, dann ließ er sich das jedenfalls nicht anmerken.

Katharina von Bren löste das Perlendiadem aus ihrem Haar und entfernte die Perlenstecker aus ihren Ohren. Sie betrachtete sich im Spiegel, und ihre Lippen formten sich zu einem halben Lächeln. Das war ein interessanter Abend gewesen.

Sie hatte zwischen zwei Trotteln gesessen – der eine langweilig, der andere eingebildet.

Der Abgesandte des Königs hatte sie ganz und gar nicht beeindruckt. Die ganze Zeit über hatte er nichts anderes getan, als Federn auszuspucken und zu flirten; aber der Kanzler des Königs ... Katharinas Lächeln wurde breiter ... das war ein Mann, mit dem man rechnen mußte. Bis gestern hätte sie auf dem Bankett neben Lord Baralis und nicht neben Lord Maybor sitzen sollen. Offenbar wollte ihr Vater den Kanzler für irgend etwas bestrafen. Konnte Lord Baralis denn etwas dafür, daß der alte und sabbernde König Lesketh endlich den Geist aufgegeben hatte?

In der Tat ein sehr interessanter Abend. Katharina hatte die Rolle des dummen Weibchens hervorragend gespielt: Die Gläser der Gäste waren niemals leer gewesen, und ihrer Eitelkeit war ständig geschmeichelt worden. Katharina öffnete ihr Kleid. Lord Cravin hatte versucht, seinem Mißfallen gegenüber der Hochzeit so unauffällig wie möglich Ausdruck zu verleihen, in der Hoffnung, in Maybor einen Verbündeten zu finden. Aber das war nicht wichtig: Sie konnten die Hochzeit sowieso nicht verhindern. Seit sie gesehen hatte, wie Lord Baralis mit dem Hof umgesprungen war, war Katharina fest davon überzeugt.

Sie würde Königin werden – und zwar nicht nur von einem, sondern von *zwei* Ländern.

Ein demütiges Klopfen ertönte an der Tür. »Geh weg, Stasia. Ich werde mich selbst entkleiden. Stör mich nicht mehr bis zum Morgen.«

Katharina griff in den Halsausschnitt ihres Kleides und zog den schweren Brokat von ihrem Körper. Als nächstes kam die leinene Unterwäsche. Als Katharina das Hemd über den Kopf zog, blieb der Stoff am Gürtel hängen und zerriß. »Verdammt!« knurrte sie und verfluchte das eiserne Monstrum um ihre Hüften: ihren Keuschheitsgürtel.

Er bestand aus zwei getrennten Eisenteilen, plump und schwer, doch eng an Katharinas Körper geschmiegt; er war der Fluch ihres Lebens. Exakt an ihre intimsten Stellen angepaßt, war der Gürtel eine Mischung aus der Kunstfertigkeit eines Juweliers und der Arglist eines Waffenschmieds. Ebenso wie der Palast, so war auch Katharina äußerlich verlockend, doch in Wahrheit uneinnehmbar. Der Gürtel rieb ständig an ihrem Bauch und an ihren Backen, und dabei hinterließ er Blasen und Abschürfungen. Im ersten Jahr, als sie ihn getragen hatte, wäre sie beinahe an einer Infektion gestorben, und er wurde wieder zurück in die Schmiede geschickt. Die Änderungen hatten zwar sein Aussehen verfeinert, doch er war nach wie vor eine unerträgliche Monstrosität.

Niemand trug mehr solch einen Gürtel – falls er überhaupt jemals benutzt worden war. Er war ein Relikt der Vergangenheit, über das man in alten Büchern las, oder über das sich die Hofdamen bei der Stickarbeit amüsierten. Doch hier stand sie, Katharina von Bren, die höchste Frau am mächtigsten Hof der bekannten Weilt, eingepfercht in ein eisernes Ungeheuer aus dem Reich der Märchen. Ihr Vater war äußerst traditionsbewußt, und die Überlieferung warnte vor der schwachen Natur und der unersättlichen Lust der Frauen von Bren. Katharina würde ihm diese Schmach nie verzeihen.

Aber der Gürtel hatte auch seine Vorteile. Solange sie ihn trug, war sie über jeden Verdacht erhaben. Zärtlich streichelte Katharina über das Metall. Archaische Schutzzeichen waren in das Eisen eingraviert worden. Schon seit langem wußte Katharina, daß die Runen keinerlei Macht besaßen. Sie konzentrierte sich auf die Stelle, wo das Schloß mit dem eigentlichen Gürtel verbunden war, und begann langsam, die Lötstelle zu erwärmen. Sie konnte das Metall auf ihrer Zunge schmecken – ein erregender Geschmack. In ihrem Magen regte sich Übelkeit, doch sie ignorierte das Gefühl. Das winzige Stück Eisen wurde allmählich weich. Vorsichtig setzte Katharina noch weitere Energie frei. Inzwischen war der ganze Gürtel warm, und die Hitze zwischen ihren Beinen erregte sie noch mehr.

Instinktiv wußte sie, wann der Augenblick gekommen war, da die Lötstelle nachgeben würde. Sie zog an dem Scharnier, und der Gürtel dehnte sich gerade weit genug, daß sie ihn abstreifen konnte. Nur ein dummer Mann glaubte, seine Wertsachen seien sicher, wenn er die Tür abschloß.

Katharinas Beine drohten unter ihr nachzugeben. Leicht benommen, doch triumphierend wankte sie zu ihrem Bett. Wo war Blayze. Sie wollte ihn. Sofort!

Katharina schenkte sich ein Glas Rotwein ein; dann lehnte sie sich zurück und wartete. Der Herzog hatte ihr einen Gefallen getan, als er ihr den Keuschheitsgürtel aufgenötigt hatte: Sie war gezwungen gewesen, die Zauberei zu erlernen, um ihn wieder loszuwerden. Ihre Kammerzofe, Stasia, hatte eine Tante, die sich in solchen Dingen auskannte. Natürlich hatte Katharina die alte Frau angelogen und ihr Interesse an Metall mit dem Wunsch begründet, ihren Schmuck reparieren zu können, da dieser häufig entzweigehe. Eine schlechte Ausrede, aber wer widersprach schon der Tochter des Herzogs? Bestimmt keine alte Frau, die uralte Gesetze brach, indem sie Magie praktizierte.

Zunächst hatte die Alte Katharina erklärt, sie besäße kein Talent für solche Dinge. Zauberei würde vererbt, und das Haus der Herzöge von Bren sei mit wahrer Macht gesegnet, nicht mit Magie. Doch schließlich hatte Katharina einen Funken der alten Macht in sich entdeckt – wahrscheinlich von seiten ihrer Mutter. Es war nicht viel gewesen, aber genug um damit arbeiten zu können. Also hatte sie gelernt, das Metall ihres Gürtels zu erweichen und noch ein paar andere nützliche Dinge. Die alte Krähe war vor einigen Monaten gestorben, und Katharina fand seitdem keine Ruhe mehr. Sie vermißte die Faszination neuen Wissens und die damit verbundenen Gefahren.

Sie strich sich über die Schenkel und bewunderte ihre Haut. Welch lange Beine, welch blasse, makellose Haut. Der einzige Makel war das Muttermal kurz über ihrem Knöchel: das Zeichen des Falken. Alle Männer und Frauen des Hauses Bren hatten es. Es zeigte, daß sie die Tochter ihres Vaters war. Der unwiderlegbare Beweis ihrer Abstammung – und sie trug es mit Stolz.

Ein dreifaches Klopfen am Fensterladen. Das wurde aber auch Zeit. Katharina machte sich nicht die Mühe, ihre Blöße zu bedecken; nackt schritt sie zum Fenster. Sie schob den Riegel zurück, trat beiseite und schaute zu, wie der Champion des Herzogs hineinkletterte.

»Wo warst du?« verlangte sie zu wissen. Blayze wollte sie küssen, doch sie wich seinen Lippen aus. Er stank nach Bier.

»Ich hatte ein paar Dinge zu erledigen.« Seine Augen ruhten auf ihrem Busen. Katharina bedeckte ihre Brust mit der Hand.

»Was für Dinge?«

»Meinen Kampf mit dem blonden Fremden.« Er ging zum Tisch und schenkte sich ein Glas Wein ein. Dort blieb er einen Augenblick stehen, wohlwissend, daß er in seiner neuen Tunika und mit einem Glas in der Hand eine hervorragende Figur abgab. »Es ist recht gut gelaufen. Nächste Woche findet der Kampf statt.«

»Meine Vater wird froh sein, das zu hören. Er hat gehofft, seine Gäste mit einem kleinen Spektakel unterhalten zu können.«

»Dann wird er auch eins bekommen.« Blayze wirkte äußerst selbstzufrieden. Er hockte sich aufs Bett und klopfte sich auf den Schenkel, um Katharina einzuladen, sich zu ihm zu gesellen. Zu einer anderen Zeit wäre sie vielleicht standhaft geblieben, doch im Augenblick war sie noch immer erregt von den Nachwirkungen des Zaubers. Sie ging zu ihrem Geliebten und setzte sich auf seinen Schoß. Er war stark und muskulös; ein Kämpfer, kein Höfling.

»Erzähl mir von dem Fremden«, sagte Katharina.

»Er ist ein typischer Verlierer. Ein heruntergekommener Ritter, der mit seinen bisherigen Gegnern Glück gehabt hat. Ich kann die ganze Aufregung um ihn nicht verstehen.«

»Du bist also sicher, daß du gewinnst?«

»Ich habe ihn beinahe vorhin schon umgebracht. Wir haben uns vor dem Palast bei den drei Fontänen getroffen«, berichtete Blayze. »Der Kerl ist mir an die Kehle gegangen.«

Katharina dachte einen Augenblick nach. »Du kannst es dir nicht leisten, diesen Kampf zu verlieren«, sagte sie schließlich.

»Das halte ich für sehr unwahrscheinlich.«

»Aber ich habe gehört, ganz Bren rede nur noch von ihm.«

Blayze schob sie von sich. »Dann reden sie über jemanden, der ihren Atem nicht wert ist.«

Katharina bot ihm ihre Brüste zum Kuß an. Blayze war wütend, und deshalb war er grob – genau wie es ihr gefiel. Ihr Liebesspiel war wild; es ähnelte mehr einem Ringkampf als der zärtlichen Umarmung zweier Liebender. Blayze drückte Katharina aufs Bett, während seine Zunge über die wunden Stellen glitt, die der Keuschheitsgürtel zurückgelassen hatte. Sein Speichel brannte auf dem empfindlichen Fleisch, was Katharinas Verlangen noch verstärkte.

Später, als die Kerzen heruntergebrannt waren, und die beiden Liebenden erschöpft nebeneinander lagen, tastete Katharina nach Blayzes Hand. Sie fühlte sich zu ihm hingezogen; dennoch würde sie bald einen anderen heiraten. Die Zukunft gehörte ihr, und Blayze besaß nur seinen Titel als Champion des Herzogs. Diese Ehre gründete sich ausschließlich auf körperliche Fähigkeiten, und daher war sie von Natur aus nur von kurzer Dauer.

»Du wirst doch gewinnen, nicht wahr?« fragte Katharina.

Blayze küßte liebevoll ihre Hand. »Natürlich werde ich das, Geliebte. Du hast keinen Grund, dir Sorgen zu machen.«

»Aber ich mache mir Sorgen. Was geschieht, wenn der Mann einen glücklichen Treffer landet?« Einen Augenblick lang fürchtete sie, zu weit gegangen zu sein. Blayze stand auf und zog sie an sich. »Bitte, verzeih mir. Ich wollte dich nicht beleidigen.«

Er drehte sich zu ihr um und erwiderte mit leiser Stimme: »Katharina, glaubst du wirklich, ich würde etwas derart Wichtiges dem Zufall überlassen?«

Die Worte erregten sie. »Was hast du vor?«

»Ich kann diesen Söldner mit verbundenen Augen schlagen; aber wie du gesagt hast, besteht immer die Möglichkeit eines glücklichen Treffers.« Blayze hielt einen Augenblick inne, und Katharina nickte ermutigend. »Also habe ich ein paar vertrauliche Worte mit der Wirtin gewechselt, in deren Gasthof er wohnt ... obwohl Gasthof eine äußerst wohlmeinende Bezeichnung ist.«

»Die Frau hat ein Bordell?«

Blayze nickte. »Aye, und deshalb weiß sie das Geld des Herzogs zu schätzen. Aber wie auch immer ... Auf jeden Fall wird sie sein Essen vergiften, so daß er in der Nacht des Kampfes erheblich langsamer als gewöhnlich sein wird.«

Katharina stand auf und warf Blayze die Arme um den Hals. Sie küßte ihn leidenschaftlich und lockte ihn mit ihrer Zunge; sie wollte ihn ein weiteres Mal. Männer waren doppelt so interessant, wenn sie nicht nur Muskeln, sondern auch Verstand besaßen.

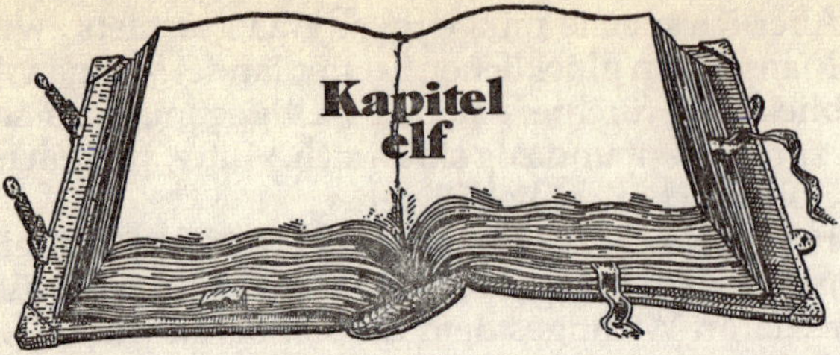

Kapitel elf

Das Licht der Morgensonne fiel in die Hütte. Tarissa schürte das Feuer, und Magra saß am Tisch und schälte Rüben. Rovas, der nun schon mehrere Tage schlechte Laune hatte, war vor einer Stunde gegangen; zum Abschied hatte er gemurmelt, er werde bei Sonnenuntergang wieder zurück sein. Jack war froh über Rovas' Abwesenheit; ohne den griesgrämigen Schmuggler war es in der Hütte wesentlich ruhiger und friedlicher. Es war schön, einfach nur dazusitzen, einen Becher warmen Kräuterpunsch in der Hand, und die Geräusche und Gerüche des frühen Morgens in sich aufzunehmen.

Auf dem Herd kochte eine Brühe. Ihr feiner Duft wetteiferte mit dem Zimtgeruch des Kräuterpunschs. Getrocknete Kräuter hingen von den Sparren herab und, angewärmt durch die Hitze des Feuers, sonderten sie einen süßen Geruch ab. Schrubben und Kratzen, Schneiden und Rühren, die Küchengeräusche vermittelten Jack ein Gefühl vertrauter Behaglichkeit. Die Frauen hatten ihm zugelächelt, als er sich ein Messer geschnappt und begonnen hatte, Zwiebeln zu schneiden. Ihm selbst kam das keineswegs ungewöhnlich vor; in der Küche von Burg Harvell bedeutete Faulsein, eine Tracht Prügel zu riskieren.

Das Schwert, das Rovas ihm gegeben hatte, lehnte an einem Bottich mit Essiggemüse. Wie jeder Bäckerjunge, so war auch Jack ungewöhnlich stark. Das tägliche Kneten des Teigs hatte seine Arm- und Brustmuskulatur gekräftigt – schließlich war eine ganze Burg zu versorgen gewesen –, aber der Kampf mit dem Langschwert beanspruchte vollkommen andere Muskeln. Sein Rücken mußte das Gewicht der Waffe tragen und seine Flanke die Wucht des Schlages abfangen. Auch Jacks Beine schmerzten. Rovas hatte viel Zeit darauf verwendet, ihm die Bedeutung der idealen Balance zu erklären: Es ging nicht nur darum, das Schwert zu zentrieren; man mußte auch die obere Kraft mit der unteren in Einklang bringen. »Beim Kampf mit einem Langschwert besteht stets die Gefahr, nach vorne zu kippen«, pflegte Rovas zu sagen. »Die Muskeln in deiner Taille müssen stark genug sein, um das Gewicht ausgleichen zu können.« Also hatte der Schmuggler Jack befohlen, Hügel hinaufzurennen und Fässer zu rollen.

Seit jenem Tag, an dem Jack gegen Rovas' Willen mit Tarissa spazierengegangen war, hatte der alte Halcus die Übungsstunden genutzt, um ihn für seine Tat zu bestrafen. Die Lektionen waren immer gefährlicher geworden. Rovas war bemerkenswert geschickt im Umgang mit Schwertern, leichtfüßig, stark und zielsicher. Jack hatte keine Chance gegen ihn. Während er hier in der Küche saß und die Schweineknochen für die Brühe vorbereitete, brauchte er nur auf seine Arme zu schauen, um Beweise für Rovas' Feindseligkeit in den vergangenen drei Tagen zu finden. Jacks Arme waren übersät mit Schnittwunden und Blutergüssen.

Doch er wurde allmählich besser. Gestern hatte der Schmuggler versucht, ihn gegen eine Baum zu drängen; das Manöver war dazu gedacht gewesen, Jack wie einen Idioten aussehen zu lassen. Aber Jack hatte all seine Kraft zusammengenommen, und irgendwie war es ihm gelungen, einen Treffer zu landen. Seine Klinge war die Waffe seines Gegners hinabgeglitten, bis sie schließlich auf Rovas' Handgelenk gelandet war. Der entrüstete Ausdruck auf dem Gesicht des Schmugglers war die anschließende Tracht Prügel wert gewesen.

Jack wußte nicht, was er von dem merkwürdigen

Haushalt halten sollte, in dem er gegenwärtig zu Gast war. Es war unübersehbar, daß zwischen Tarissa, Magra und Rovas eine unterschwellige Spannung herrschte, deren Ursache Jack bisher verborgen geblieben war; auch hatte er keine Ahnung, warum seine Gegenwart die Situation noch weiter verschärft hatte. Magra war besonders schwer zu durchschauen. Sie war stolz und kalt wie die höchsten Damen am Hof von Harvell, und Jack hatte zunächst geglaubt, sie wäre gegen ihn; doch erst vor wenigen Minuten hatte er einen Witz über die Zwiebeln gemacht, und sie hatte ihm freundschaftlich auf die Schulter geklopft. Selbstverständlich hatte er keine Ahnung von solchen Dingen – seine Lebenserfahrung beschränkte sich auf Backen und das Einstecken von Prügel –; dennoch konnte er sich des Gefühls nicht erwehren, Magra sei nur nett zu ihm, um Rovas zu ärgern.

Eines jedoch war sicher: Sowohl Magra als auch Tarissa hatten vor dem breitschultrigen, unbekümmerten Schmuggler Angst. Sie lachten mit ihm und neckten ihn, aber sie waren dabei so vorsichtig, als fürchteten sie, einen schlafenden Hund zu wecken.

Ebenso stand für Jack fest, daß er hierbleiben mußte – jetzt noch mehr denn zuvor. Tarissa hatte gelogen, als sie behauptet hatte, Rovas habe soviel gegeben, und so wenig dafür als Gegenleistung verlangt. Von ihr zu erwarten, einen Menschen zu ermorden, war ein verdammt hoher Preis. Was für eine Art Mann konnte so etwas einem Mädchen antun, das für ihn wie eine Tochter war? Es stand außer Frage, daß Jack nicht einfach so gehen konnte. Würde er Tarissa jetzt verlassen, würde sie niemals von Rovas loskommen. Sie würden Komplizen bei einem Mord werden, für alle Zeiten aneinandergebunden durch gemeinsame Geheimnisse, Ängste und Schuldgefühle.

Jack warf einen raschen Blick auf Tarissa, die mit dem Blasebalg das Feuer in Gang brachte. Sie hatte die Ärmel hochgekrempelt; ihre Armmuskeln waren deutlich zu erkennen, und die Flammen beleuchteten ihr Gesicht. Das goldene Licht stand ihr gut. Sie sah so jung und stark und selbstbeherrscht aus. Jacks Hände ballten sich zu Fäusten. Wie konnte Rovas nur von ihr verlangen, jemanden umzubringen? Wie konnte er auch nur daran denken, dieses ehrliche, hart arbeitende Mädchen zu seinem Assassinen zu machen?

Jack spürte Haß in sich aufsteigen, und er hatte nicht die Absicht, dieses Gefühl wieder zu unterdrücken. Rovas war fest entschlossen, die beiden Frauen zu kontrollieren, die in seiner Hütte lebten. Er wollte Macht über sie haben, Macht über Leben und Tod, und er wollte Tarissa zu seiner Komplizin bei einem abscheulichen Verbrechen machen.

Tarissa legte den Blasebalg beiseite und lächelte Jack an. »Ich habe den reinsten Sturmwind gegen dieses Feuer entfacht«, sagte sie, »und trotzdem droht es noch immer, jeden Augenblick auszugehen.« Sie hatte Asche auf Nase und Haaren. Eine einzelne Locke fiel auf ihre Wange; sie blies sie weg wie eine Feder. Tarissa war so freimütig, vollkommen ohne Allüren.

Jack fiel es schwer, ihr Lächeln zu erwidern, aber er tat es trotzdem. Während er die Mundwinkel nach oben zog, war sein einziger Gedanke, daß es nun an ihm war, den Halcus-Hauptmann zu töten. Er durfte nicht zulassen, daß Rovas dieses mutige Mädchen korrumpierte, um sie anschließend zu erpressen.

Magra stand auf. Der Zauber aus Haß und Schwüren war gebrochen. »Ich gehe mal eben zu Larks Hof«, sagte sie. »Wir brauchen wieder einmal ein paar frische Eier.«

Das war eine Überraschung. Jack und Tarissa tauschten erstaunte Blicke aus. Sie war ebenso verwirrt wie er. Es gab nur eine Erklärung: Magra wollte sie allein lassen. Schließlich wußte sie, daß Rovas den ganzen Tag fort sein würde. Sie legte einen scharlachroten Wollumhang an und befestigte ihn mit einer Schnur am Hals. Zum ersten Mal stellte Jack sich vor, wie sie vor zwanzig Jahren ausgesehen haben mußte: eine atemberaubende Schönheit. Sie war größer und schlanker als ihre Tochter, und ihre Körperhaltung trug ebenso zu ihrer Attraktivität bei wie ihre feinen Gesichtszüge.

Tarissa bemerkte, daß Jack ihre Mutter anstarrte. Sie lächelte stolz. Jack wollte so vieles wissen. Warum waren sie aus den Königreichen geflohen? Wie waren sie hier gelandet? Und warum hatte Bitterkeit so tiefe Falten in Magras schönes Gesicht gegraben?

Bevor Magra ging, warf sie ihrer Tochter einen letzten Blick zu, eine Mischung aus Warnung und Resignation.

Sofort nachdem sich die Tür hinter Magra geschlossen hatte, ging Jack zu Tarissa. Er konnte nicht anders; er wollte so nahe wie möglich bei ihr sein. Tarissa zog sich nicht von ihm zurück. Statt dessen schaute sie ihm in die Augen und sagte: »Was hast du jetzt vor, Jack?« Ihre Worte klangen neckisch, doch ihre Augen funkelten einladend.

Jack war von ihrer Nähe überwältigt, und plötzlich verspürte er das verrückte Verlangen, sie in den Arm zu nehmen.

Tarissa lächelte bedächtig. »Ein weiterer Kuß vielleicht. Oder willst du mich lieber überraschen?«

Jack erkannte eine Herausforderung, wenn er eine hörte. Er schlang die Arme um ihre Hüfte und hob sie hoch. Tarissas Lächeln war sofort verschwunden. Sie kreischte und kicherte, und dann schlug sie ihn. Jack erklärte ihr, sie habe einen guten Schlag – *für ein Mädchen* –, und sie schlug ihn noch heftiger. Schließlich ließ er sie los.

Wie zwei Kinder, die man ohne Aufsicht gelassen hatte, tobten sie lachend und kämpfend durch die Küche, und zerbrachen dabei sogar den einen oder anderen Teller. Alles war lustig: die Suppe, das Feuer, die zur Hälfte geschälten Rüben. Die Überraschung, allein in der Hütte zu sein, war so überwältigend, daß ihnen schwindelig wurde.

Tarissa wand sich aus Jacks Griff. »Du stinkst nach Zwiebeln«, sagte sie.

»Danke sehr«, erwiderte Jack. »Ich tue mein Bestes.«

Sie trat gegen sein Schienbein und rannte wie der Wind davon. Jack jagte sie durch die Küche. Tarissa war nie schöner gewesen: Ihr Wangen waren rosig, ihr Haar wild und lockig, und ihre Brust hob und senkte sich verführerisch. Jack schämte sich ein wenig, weil ihm diese Dinge aufgefallen waren; doch er konnte weder den Blick abwenden, noch an irgend etwas anderes denken.

Wieder erwischte Tarissa ihn dabei, wie er sie anstarrte, und sie lachte laut auf. Jack fiel in das Lachen ein, da er wußte, daß sie ihn nicht verspotten, sondern nur sich amüsieren wollte. Ihre Derbheit und ihr Vertrauen hatten ihn verzaubert. Sie war keine unerreichbare, große Dame. In ihrer Gegenwart fühlte er sich nicht unbeholfen. Auch wenn sie in einem anderen Land aufgewachsen war, so lebte sie doch in seiner Welt. Es war eine Welt, in der Küchen die einzigen Räume von Bedeutung waren, in der Freunde sich ums Feuer versammelten, und in der die Arbeit ebenso bereitwillig geteilt wurde wie phantastische Geschichten beim Abendessen.

Sie blieben einen Augenblick stehen, und Tarissa bot Jack ihre Hand zum Kuß an. Jacks Herz raste. Ihre Hände waren kräftig, die Nägel kurz und nicht so sauber, wie sie hätten sein sollen. Der Handteller war voller kleiner Narben, die von Schwertübungen stammten, und sechs perfekt geformte, unwiderstehliche Schwielen zierten ihre Finger. Jack ignorierte die weiche Haut auf dem Handrücken und küßte statt dessen die Schwielen. Tarissa kicherte entzückt, und so küßte er die Schwielen noch einmal.

Es war ein schier unglaubliches Vergnügen, mit ihr zusammenzusein. Das ängstliche Mädchen von vor drei Tagen war ebenso verschwunden wie die hochmütige Frau, die Jack zuerst geküßt hatte. Rovas hatte einen entscheidenden Fehler begangen: Indem er versucht hatte, sie auseinanderzubringen, hatte er sie noch näher zusammengeführt. Drei Tage, in denen sie nicht miteinander reden konnten, und in denen sie kaum einen Blick gewechselt hatten, waren der Grund für ihre heutige Ausgelassenheit. Vor drei Tagen noch waren sie Fremde füreinander gewesen, doch jetzt waren sie ein Paar.

Wieder kicherte Tarissa, als Jack ihre Schwielen ein weiteres Mal küßte. Sie flehte ihn an aufzuhören, und als er trotzdem weitermachte, zog sie ihn an den Haaren und biß ihn ins Ohrläppchen.

Nach und nach verwandelte sich das Beißen in etwas Sanfteres, Feuchteres. Jack konnte nur mit Mühe der Versuchung widerstehen, Tarissa zu Boden zu werfen. Ihre Zunge machte sich auf die Reise vom Ohr zum Mund. Ihr Busen war in Reichweite, und nichts, *nichts*, konnte Jack davon abhalten, ihn zu streicheln. Eine geflüsterte Ermutigung erregte ihn mehr als jede Berührung. Erneut wurde Tarissa zu einer selbstsicheren, reifen Frau, die ihn führte und ihn lehrte.

Jack hob die Hand; er wollte Haut statt Stoff spüren. Tarissa zog sich von ihm zurück. »Wir sind zu schnell«, sagte sie, unfähig, ihm ins Gesicht zu blicken.

In diesem Augenblick schien alles wahr zu sein, was Jack je von Grift über Frauen gehört hatte. Sie waren falsch, herzlos, und verwirrend genug, um einen Mann in den Wahnsinn zu treiben. Warum war nichts im Leben klar und einfach? Seine Vergangenheit, seine Zukunft, seine Fähigkeiten und nun sein fehlgeschlagener Versuch, Liebe zu machen. Mehr frustriert als wütend strich sich Jack das Haar aus der Stirn und seufzte: »Was habe ich falsch gemacht?«

Tarissa überraschte ihn mit einem zärtlichen Lächeln. »Du hast so wunderbares Haar.« Sie beugte sich vor und legte die Strähnen zurück, die er vergessen hatte. »Es tut mir leid, Jack. Deine Begeisterung war ansteckend. Sie hat mich an einen Ort geführt, für den ich noch nicht bereit war.« Sie streckte ihm die Hand entgegen, und er ergriff sie.

Wie konnte er sie hassen? Die Lust verschwand und wich einem Gefühl der Zärtlichkeit. »Dann tut es auch mir leid.« Jack lächelte. Grift hatte ihm einst erklärt, Frauen seien besonders gut darin, einen Mann dazu zu bringen, sich zu entschuldigen, obwohl er gar nichts falsch gemacht habe. Doch das war Jack egal. *Eines* jedenfalls hatte Grift ihm verschwiegen: Daß die Sache es wert war.

»Wegen Rovas benehmen wir uns wie liebeskranke Tölpel«, sagte Tarissa, »dabei kennen wir uns doch kaum. Du hast erzählt, du hättest in Burg Harvell gelebt; aber ich weiß weder, was du dort getan hast, noch, warum du gegangen bist oder wer deine Familie ist.«

Da war sie: die Frage, die er sein ganzes Leben lang gefürchtet hatte, und die stets unvermeidlich war. Alles lief immer wieder auf die Familie hinaus. Sie bestimmte, wer ein Mensch war, und woher er kam. Letztendlich wurde ein Mann an ihr gemessen. Und zu was machte das ihn, Jack? Mit einer Mutter, die man allgemein für eine Hure hielt, und mit einem Vater, der nie existiert hatte, blieb ihm nichts, dessen er sich rühmen konnte; statt dessen gab es vieles, dessen er sich schämen mußte.

Jetzt war nicht die Zeit, um über Familie zu reden. Jack gelang es, seine gute Laune zu behalten. Er stand auf, zog Tarissa hinter sich her und sagte: »Willst du damit etwa sagen, ich hätte dir verschwiegen, daß ich ein Bäckerlehrling bin?«

»Ein Bäcker?« Tarissa war hocherfreut.

Jack führte sie zum Tisch. »Ja, ein Bäcker. Ich glaube, es ist an der Zeit, daß ich dich mit meinen Fähigkeiten beeindrucke.« Er setzte sie auf einen Stuhl neben der Arbeitsplatte, dann holte er Mehl, Wasser und Fett. Anschließend ging er zum Feuer und plazierte den Backstein über den Flammen.

»Was willst du machen?« fragte Tarissa, die die Ellbogen auf den Tisch gestützt hatte und ihn fasziniert beobachtete.

Jack rieb sich das Kinn, dann lächelte er. »Etwas

Süßes, glaube ich.« Er arbeitete schnell und gab alles in den Teig, was er finden konnte: getrocknete Früchte, Obstschalen, Zimt. Nach einiger Zeit blickte er auf. Tarissa hatte ihm konzentriert zugeschaut. Jack griff über den Tisch. »Gib mir deine Hände.« Sie gehorchte, und Jack gab ihr einen Teil des Teigs. »Du kannst auch was tun«, erklärte er. »Das bißchen Kneten wird dir schon nicht schaden.«

Tarissa verzog das Gesicht, doch sie stand gehorsam auf. Jack stellte sich hinter sie und legte ihre Hände auf den Teig. Geduldig lehrte er sie, wie man den Teig knetete und ihn dann rollte. Er erklärte, daß jeder Teig seine eigene Struktur besitze, und zeigte Tarissa, wie man das erkannte. Er führte jede ihrer Bewegungen.

Jack war sich ihrer Nähe äußerst bewußt. Tarissas Nacken war das Verlockendste, was er je gesehen hatte, und er genoß das Gefühl ihrer Hände unter den seinen in vollen Zügen. Bald war der Teig vergessen, und nur noch die Berührung und die körperliche Nähe waren von Bedeutung.

Ein Rasseln an der Tür, und herein kam Magra. Sofort hörten Jack und Tarissa mit dem Kneten auf. Wie heimliche Liebhaber, die man beim Küssen ertappt hatte, liefen sie vor Scham und Schuld rot an.

»Wie ich sehe, backt ihr gerade«, sagte Magra.

»Jack hat mir gezeigt, wie man Teig knetet«, erklärte Tarissa, während sie sich hastig das Mehl von den Fingern klopfte.

»Dann ist Jack also ein Bäcker.« Magra knallte den Eierkorb auf den Tisch. »Nun, was Besseres kann man hier im Grenzland wohl kaum erwarten.«

Jack war mehr denn je verwirrt. Er hatte geglaubt, Magra wäre hinausgegangen, damit er und Tarissa ein wenig Zeit allein miteinander verbringen konnten. Und jetzt war sie wieder hier und offensichtlich unzufrieden mit dem Ergebnis. Magra hielt ihn offenbar ihrer Tochter nicht für würdig. Aber warum hatte sie sich denn bemüht, sie einander näherzubringen?

Tarissa ging zur Waschschüssel und wusch sich die Hände. Inzwischen hatte Jack den Teig in Form gebracht. Er legte ihn auf den Backstein und stülpte einen großen Kupferkessel darüber. In den meisten einfachen Hütten kam das einem Backofen am nächsten: Die Hitze würde vom Backstein aufsteigen und in dem Kupferkessel gefangen werden. Jack hatte wenig Hoffnung für das Brot; die Hefe hatte keine Zeit gehabt aufzugehen, und so würde das fertige Brot ungewöhnlich schwer sein.

Als er zu Tarissa hinüberblickte, schlichen sich finstere Gedanken in seinen Kopf. Vielleicht brachte Magra sie nur widerwillig zusammen, weil die Alternative noch viel schlimmer war.

Beunruhigt über die Richtung, die seine Gedanken eingeschlagen hatten, putzte Jack den Tisch und ging hinaus. Er hatte Angst vor dem, wohin ihn seine Phantasie führen mochte. Das geliehene Schwert nahm er mit hinaus. Er verspürte das Bedürfnis, sich körperlich zu betätigen. Rovas hatte ein leeres Bierfaß an einen Baum gehängt. Er pflegte es hin und her zu schaukeln, damit Jack Ausweichmanöver und Finten trainieren konnte. Jack setzte es in Bewegung, doch ausweichen wollte er nicht. Er schwang das Schwert und schlug immer wieder auf das Faß ein. Splitter flogen durch die Luft. Jack sah sie kaum. Er war entschlossen, das Faß zu zerstören. Die metallenen Faßreifen kratzten an seinem Schwert und beschädigten die Klinge, aber das Holz war weich wie Butter. Schlag auf Schlag führte Jack gegen das Faß, doch der Mann, der es aufgehängt hatte, war das wirkliche Ziel.

»Nein, Bodger. Die Frauen von Bren mögen kleine, haarige Männer.«

»Dann hast du ja gute Karten, Grift.«

»Die haben wir beide, Bodger.«

»Ich bin vielleicht etwas kurz geraten, Grift, aber ich bin definitiv nicht haarig.«

»Hast du dir in letzter Zeit mal deinen Nacken angeschaut? Bei Vollmond möchte ich nicht in deiner Nähe sein.«

»Du glaubst doch wohl nicht all diese Altweibergeschichten von wegen Werwölfen und so, oder etwa doch, Grift?«

»Bodger, ist dir jemals aufgefallen, daß es immer die alten Weiber sind, die länger leben als alle anderen?«

»Was meinst du damit, Grift?«

»Ich meine damit, Bodger, daß sie nur so lange überleben können, weil sie alle Gefahren kennen. In einer Vollmondnacht wirst du bestimmt kein altes Weib auf der Straße treffen, das nicht einen kleinen Vorrat an Dörrpflaumen dabeihat.«

»Dörrpflaumen, Grift?«

»Aye, Dörrpflaumen, Bodger. Die tödlichsten aller Früchte.«

»Wie das, Grift?«

»Werwölfe wollen zweierlei von Frauen: Sie wollen sie vernaschen, und sie wollen sie … nun, sie wollen sie *vernaschen*, wenn du weißt, was ich meine. Ich weiß nicht, ob jemals ein Mädel vernascht worden ist, das Dörrpflaumen gegessen hat, Bodger, aber ich kann dir sagen, es ist verdammt unangenehm.«

Bodger schüttelte weise den Kopf. »Was ist mit dem anderen Vernaschen, Grift?«

»Niemand mag den Geschmack von Dörrpflaumen, Bodger. Noch nicht einmal Werwölfe.«

Die beiden Männer stießen auf Grifts gesunden Menschenverstand an und lehnten sich in ihren Stühlen zurück.

»Wer hat dir das von den Frauen von Bren erzählt, Grift?«

»Eine Torwache mit Namen Langkröte. Offenbar sind es die Frauen von *Rorn*, die auf lange Kerls stehen.

Er hat mir auch noch ein paar interessante Dinge über den Herzog erzählt.«

»Was hat er dir über den Herzog erzählt, Grift?«

»Nach allem, was man so hört, hat der Mann den sexuellen Appetit einer Eule, Bodger. Er lebt fürs Bumsen. Aber er ist etwas eigen, wenn du weißt, was ich meine.«

»Eigen?«

»Aye. Er hat panische Angst, sich den Tripper einzufangen. Laut Langkröte ist sein Vater daran gestorben. Erst haben seine Eier das Zeitliche gesegnet, dann ist ihnen der alte Herzog gefolgt. Also treibt's der neue Herzog nur mit Weibern, die noch keiner angerührt hat.«

»Mit *häßlichen* Weibern, Grift?«

»Nein, du Trottel, mit *Jungfrauen*. Nur so kann er sicher sein, daß das Mädchen keinen Tripper hat.« Grift leerte seinen Becher. »Nun denn, Bodger, wir sollten uns jetzt wohl besser auf den Weg machen. Die Kirchenbänke putzen sich nicht von selbst.«

»Das war ein ziemlich inspirierter Plan von dir, Grift, dich mit dem Kaplan einzulassen. Sonst würden wir wahrscheinlich immer noch in den Ställen hocken und den Pferden hinterherfegen.«

»Aye, Bodger. Meine Überzeugungskraft wird nur noch von meinem Intellekt übertroffen.«

Alle acht Schritte lag Pferdemist auf der Straße. Ein mathematisches Kuriosum, aber dennoch Tatsache. Vielleicht trafen Pferde sich heimlich, um so etwas zu arrangieren, denn zwischen ihren einzelnen Hinterlassenschaften war gerade genug Abstand, daß ein Mann sich in Sicherheit wiegen konnte, und dann, *Platsch!* Scheiße an den Schuhen.

Schnapper blickte häufig auf seine Schuhe. Er redete sich ein, er würde dies nur tun, um dem Dreck der Straße aus dem Weg zu gehen, doch in Wahrheit tat er es, weil er ein merkwürdiges, neues Gefühl empfand:

Schuld. Er hatte schon von Schuld gehört. Geschichten über Menschen, die davon betroffen waren, erzählten meist von Leid und Wahnsinn. Mauersegler hatte felsenfest behauptet, Schuld sei der Tod eines Taschendiebs; Schnapper hatte logisch daraus gefolgert, daß es sich dabei um irgendeine Art Krankheit handeln mußte, für die es eine rasche Heilung zu finden galt, wollte man nicht sterben.

Tawl war für all das verantwortlich. Irgendwie hatte es der Ritter geschafft, Schnapper eine gehörige Dosis Schuld zu verpassen. Er war ein Mann von Welt, der nichts anderes tat als das, was jeder Händler tun würde, der etwas auf sich hielt – nämlich Geschäfte machen; dennoch fühlte er sich, als hätte er das Verbrechen des Jahrhunderts begangen. Das Gefühl war so stark, daß er kaum einem Passanten in die Augen blicken konnte, und so hielt er ständig den Blick gesenkt wie ein Mistgeier auf der Suche nach Gold.

Alles war perfekt verlaufen, bis sich die Rattenölfrau eingemischt hatte. Danach war es schneller bergab gegangen als ein eingeseifter Erzbischof. Was war nur in ihn gefahren, daß er diesem selbstgefälligen Gecken von Kämpfer, diesem Blayze, von Tawls schmählicher Vergangenheit erzählt hatte? Zunächst hatte Schnapper geglaubt, es sei eine göttliche Eingebung gewesen – ein sicherer Weg, den Ritter dazu zu bewegen, in den Kampf einzuwilligen. Und es hatte ja auch funktioniert. Von seinem Beobachtungsposten aus, hinter einem Baum am Rande des Platzes, hatte Schnapper alles gesehen: das Gespräch, das Gerangel, die Frauen und die Wachen. Er hatte sogar gehört, wie Tawl dem Kampf zugestimmt hatte. Was war also mit ihm los? Warum fühlte er sich so mies?

Schnapper versuchte, sich zu erinnern, wann er zum ersten Mal Gewissensbisse verspürt hatte.

Das mußte so ungefähr um die Zeit gewesen sein, als Tawl allein fortgegangen war und Madame Dornenbeutel und ihre strohhaarige Tochter Corsella mit Blayze zurückgelassen hatte. Schnappers große Ohren hatten nicht ausgereicht, um zu verstehen, was die drei zu bereden hatten. Das allein war schon ein schlechtes Zeichen: Laut Mauersegler *»ist das Komplott um so schlimmer, je leiser sich die Verschwörer verschwören«*. Irgend etwas war bei den drei goldenen Fontänen verabredet worden – Schnapper war fest davon überzeugt –, und es bedeutete nichts Gutes für den Ritter.

Seitdem wurde er von Schuldgefühlen geplagt, und er mußte etwas dagegen unternehmen, wenn sie ihn nicht umbringen sollten.

Schnappers Füße wählten einen Pfad ins Hurenviertel. Die Beute in seinem Bündel klimperte fröhlich, doch jedes einzelne Klimpern verschlimmerte sein ohnehin schon chronisches Leiden. Die Begegnung mit Blayze war gut verlaufen. Der Mann hatte ihm zwanzig Goldstücke gegeben, ganz zu schweigen von den zehn Silbermünzen, die Schnapper eingesteckt hatte, während der Champion den Betrag abgezählt hatte. Und dann war da noch das Gold, um das er Madame Dornenbeutel mit bemerkenswerter Geschicklichkeit erleichtert hatte, als er mit ihr im *Randvollen Eimer* zusammengetroffen war – die Frau wußte, wie man Wertsachen versteckte! Doch es war nur fair, daß er so viel wie möglich von Tawls Gold reklamierte, und Schnapper war recht sicher, daß der Geldbeutel, den er aus Madame Dornenbeutels Unterwäsche gefischt hatte, rechtmäßig dem Ritter gehörte. Also hatte ihm die ganze Sache alles in allem betrachtet schon jetzt einen beachtlichen Profit eingebracht.

Aber das war nur ein Teil des Problems. Was wäre, wenn der Ritter den Kampf verlieren sollte? Oder schlimmer noch: Was wäre, wenn er umkommen würde? Er, Schnapper, würde mit seinem Gewinn zurückbleiben, und da ihm das schon jetzt ein chronisch schlechtes Gewissen beschert hatte, ging er davon aus, daß ihn Tawls Tod endgültig fertigmachen würde.

Also war es das beste, dafür zu sorgen, daß dieser

Fall nicht eintrat. Indem er den Ritter rettete, würde Schnapper auch sich selbst das Leben retten.

Er erreichte das ihm inzwischen vertraute Gebäude mit den roten Fensterläden. Irgendwie schien es keine sonderlich gute Idee zu sein, einfach anzuklopfen und hineinzumarschieren; also schlich Schnapper wieder in die kleine Gasse neben dem Bordell und suchte nach dem verzogenen Fensterladen, der sich vor einigen Nächten als so nützlich erwiesen hatte.

Im Inneren des Gebäudes war es entschieden zu dunkel und zu schmuddelig. Es war noch zu früh fürs Geschäft. Ein paar müde aussehende Mädchen saßen an den Tischen und versuchten, sich zu betrinken, bevor die ersten Freier eintrafen. Madame Dornenbeutel war nirgends zu sehen. Ein Aufblitzen grell leuchtenden Haares machte Schnapper auf Corsella aufmerksam, die gerade ihr kleines, sauertöpfisches Gesicht puderte. Enttäuscht wollte Schnapper sich wieder abwenden, als er das charakteristische Würgen von jemandem hörte, der sich übergab – ein gewohntes Geräusch für einen Jungen, der einst die zweifelhafte Ehre gehabt hatte, neben dem berüchtigtsten Giftmörder von ganz Rorn zu wohnen: Meister Sauerkieme, dem Inhaber von *Sauerkiemes Frischfischlokal*.

Dem Würgen folgte ein abgehacktes, ungesund klingendes Husten, und Corsella rief: »Leise, Tawl! Du wirst noch meine Mutter aufwecken.«

Offenbar befand sich der Ritter in einem Nebenraum, und so machte sich Schnapper auf den Weg zur Rückseite des Gebäudes. Der Geruch, der schon in der kleinen Gasse schlimm genug gewesen war, wurde nun zu unerträglichem Gestank. Der Grund dafür war ein offener Abwassergraben, der die gesamte Straße entlanglief und mit widerlichem Unrat angefüllt war. Nicht einmal Schnapper warf einen Blick darauf.

Ein Guckloch zu finden, war nicht so einfach, wie er gedacht hatte. Schließlich riß Schnapper ein paar verdorrte Ranken von der Wand. In dem dahinter liegenden Spalt wimmelte es nur so von Spinnen, doch er gewährte auch einen uneingeschränkten Einblick in den hinteren Teil des Bordells.

Tawl hockte auf dem Boden und zitterte am ganzen Leib. Für einen kurzen Augenblick war Schnapper wieder in Bevlins Hütte und sah den Ritter, wie er den toten Gelehrten wiegte. Der Schock der Erinnerung jagte ihm einen Schauer über den Rücken. Dem jungen Taschendieb dämmerte plötzlich, daß er es hier mit Dingen zu tun hatte, die weit über seinen Horizont hinausgingen. Sein Leben war immer geradlinig verlaufen: sehen, wollen, nehmen. Es galt, Geld zu verdienen, zu essen und zu würfeln. Doch auf der anderen Seite der Wand kauerte ein Mann, für den all das nicht zählte, und merkwürdigerweise fühlte sich Schnapper aus eben diesem Grund zu ihm hingezogen. Schnapper kannte kein Wort für Liebe, und folgerichtig wußte er nicht, wie er mit diesem Gefühl umgehen sollte. Freundschaft jedoch war ein Konzept, das ihn die Erfahrung gelehrt hatte. Also schrieb er die ungeheure Wut, die er der Person gegenüber empfand, die für Tawls Leiden verantwortlich war, jenem vertrauteren Gefühl zu – und er war nicht dumm; er wußte genau, daß eine gewisse Dame, die sich mit den Überresten eines weit verbreiteten Nagetiers einzureiben pflegte, hier ihre Finger im Spiel hatte.

Inzwischen war das Schuldgefühl derart stark geworden, daß Schnapper glaubte, er müsse an Ort und Stelle vom Blitz erschlagen werden. Es war an der Zeit, daß er der Dame des Hauses einen unerwarteten Besuch abstattete.

»Danke, Junge, laß sie einfach auf dem Tisch liegen.« Mit einer lässigen Handbewegung entließ Maybor den Diener. Im selben Augenblick, da sich die Tür schloß, fiel er wie ein Wolf über die kleine Kiste her. Neuigkeiten aus den Königreichen.

Ein paar langweilige Briefe von seinem Gutsverwalter, der sich über einen Mangel an Wintervorräten beschwerte, eine Notiz seines Leibdieners Crandle, der ihm vorwarf, daß er eigentlich noch viel zu krank sei, als daß er die Reise nach Bren hätte wagen dürfen, und dann die interessanten Nachrichten: ein Brief von Kedrac und ein mit Wachs verschlossenes Schreiben, das in einer Handschrift abgefaßt war, die Maybor nur ein einziges Mal zuvor gesehen hatte – auf einem Brief, der von einem Adler gebracht worden war.

Maybor widmete sich zunächst dem Brief seines Sohnes. Kedracs Handschrift war groß und seinem Vater wohl vertraut, und so konnte er die Worte ohne Mühe lesen.

Gut. Kedrac zeigte endlich Einsicht in der Sache mit dem Zimmermädchen. Er schrieb: »*Keiner Frau, besonders keiner Toten, darf gestattet werden, das Band zwischen Vater und Sohn zu zerreißen.*«

Der Junge hatte die richtigen Worte gefunden. Maybor war zufrieden. Zwischen ihm und seinem Sohn war alles wieder wie früher, und seit Melliandra fortgelaufen war, schätzte er die ihm verbliebene Familie um so mehr. Als er weiterlas, verwandelte sich Freude in Begeisterung. Kedrac schrieb über den neuen König. Offenbar erwies sich Kylock als bemerkenswerter Führer. »*Vater, er ist brillant. Sein Plan, den Sieg über die Halcus zu erringen, ist sowohl mutig als auch weise. Er beabsichtigt, ein Bataillon auf feindliches Territorium zu entsenden, um die Grenzstreitkräfte von hinten anzugreifen.*«

Maybor kratzte sich nachdenklich am Kinn. Sollte Kylocks Plan funktionieren, würde dies ein Ende der Pattsituation entlang des Nestor bedeuten; doch andererseits könnten andere, bisher neutrale Staaten ein derartiges Vorgehen als ungewöhnlich aggressiven Akt eines Landes ansehen, das behauptete, nur seine Grenzen sichern zu wollen. Baralis würde über diese Entwicklung gar nicht erfreut sein.

Während er den Brief seines Sohnes wieder zusammenfaltete, stahl sich ein hinterlistiges Lächeln auf Maybors Lippen. Kedrac hatte ihm einen interessanten Köder geliefert, den er dem Herzog vor die Füße werfen konnte. Maybor mußte jedoch mit äußerster Vorsicht vorgehen. Niemand durfte erfahren, daß er gegen die Hochzeit war – noch nicht einmal sein Sohn, denn anhand des Briefes war offensichtlich, daß Kedrac seinen Souverän bewunderte. Vielleicht gehörte er sogar zu Kylocks innerem Kreis: Angriffspläne wurden normalerweise streng geheimgehalten. Ja, Maybor mußte Umsicht walten lassen. Es war besser, den Zorn eines frisch gekrönten Hauptes zu vermeiden.

Weiter zum nächsten Brief. Er war zwar mit Wachs verschlossen, doch er trug kein Siegel. Laut Crandle war er ein paar Tage nach Maybors Abreise angekommen. Mit vor Aufregung steifen Fingern öffnete Maybor die Schriftrolle. Diese verdammte fremdländische Handschrift! All die Schnörkel und Häkchen – bei dem Versuch, sie zu entziffern, konnte man sich ja die Augen verderben.

Langsam nahmen die Worte Gestalt an. Es war der zweite Brief des mysteriösen Möchtegernverschwörers aus dem Süden – doch jetzt war er nicht mehr ganz so mysteriös. »*Ihr habt richtig vermutet, daß ich ein Vertreter der Kirche bin. So fragt Euch also dies: Wer ist der einzige Mann Gottes, der genug Macht in Händen hält, daß es der Rede wert ist?*« Das mußte der Erzbischof von Rorn sein. Ein leichter, doch intensiver Schauer lief Maybor über den Rücken. Jetzt intrigierte er in großem Stil. Je weiter er las, desto interessanter wurde der Brief. »*Die Allianz zwischen Bren und den Königreichen wird ihren Schatten über den gesamten Norden werfen, und er, der für diese Verbindung verantwortlich ist, wird Herr der Ereignisse sein.*« Und dann, ein paar Absätze weiter unten: »*Solltet Ihr den Wunsch verspüren, etwas gegen diese Verbindung zu unternehmen, so sollt Ihr wissen, daß die Macht des Südens hinter Euch steht.*« Offenbar war der Erzbischof ein Mann, der nicht um den heißen Brei herumredete.

Maybor legte den Brief auf den Tisch und griff nach seinem Becher. Alles in allem betrachtet, zwei sehr interessante Schreiben. Er strotzte nur so vor Tatendrang. Allerdings durfte er dabei nicht die Gefahren vergessen, die seine Pläne mit sich brachten, Gefahren der schlimmsten Sorte: Seine Existenz stand auf dem Spiel. Ein Dorn in Baralis' Fleisch zu sein, war eine Sache, aber sein Land und seine Stellung bei Hofe zu riskieren, war etwas vollkommen anderes. Sein Schritt mußte leicht und sicher sein, und seine Stimme sanft und verführerisch wie die eines Engels.

Maybor tauchte die Feder ins Tintenfaß und setzte ein Antwortschreiben an den Erzbischof auf – ein Prozeß, der mehrere Stunden in Anspruch nahm.

Schnapper hämmerte gegen die Tür. »Aufmachen! Aufmachen! Ich komme im Auftrag des Herzogs!«

Frisch geschminkt – aber das half auch nicht viel – öffnete Corsella die Tür. Sie warf einen kurzen Blick auf Schnapper und sagte: »Verpiß dich, du kleine Ratte.«

Schnapper stellte den Fuß in die Tür. Er ließ sich nicht so leicht abwimmeln. »Ich bin ein Freund Eurer Mutter. Ich habe gestern mit ihr im *Randvollen Eimer* gesprochen. Ich war es, der Tawls Kampf arrangiert hat.«

»Du kommst mir wirklich irgendwie bekannt vor. Wer bist du?« Obwohl Corsellas Aussehen dem von Madame Dornenbeutel an Attraktivität in nichts nachstand, mangelte es ihr doch an der Schläue ihrer Mutter. Das kam Schnapper sehr gelegen.

»Ich bin Blayzes Bruder ...«, er suchte nach einem geeigneten Namen, »... Skortsch. Und ich muß so schnell wie möglich mit Eurer Mutter sprechen.«

Corsella lächelte bei dem Gedanken an den gutaussehenden Champion affektiert. »Du siehst ihm aber gar nicht ähnlich.«

»Ach, wißt Ihr, er hat die edle Nase unseres Vaters, während ich mit der unseres Onkels gestraft bin.«

»Hmmm.«

»Hört mal, mir ist es wirklich egal, ob Ihr mir glaubt oder nicht; aber wie wird wohl Eure Mutter reagieren, wenn sie erfährt, daß Ihr einem Boten des Herzogs die Tür vor der Nase zugeschlagen habt?«

Offenbar war Madame Dornenbeutel alles andere als eine liebevolle Mutter, denn Corsella nahm sich reichlich Zeit, bevor sie antwortete: »Du kommst wohl besser herein.«

Sie führte Schnapper in den großen Raum, den er bereits von außen gesehen hatte, und ließ ihn dort zurück, während sie selbst in den ersten Stock hinaufstieg. Die Damen des Hauses ignorierten den Jungen. In einer Ecke saß ein Mann, den Schnapper bei seinen Erkundungen noch nie bemerkt hatte, und schärfte sein Messer. Schnapper sprach ein stummes Gebet, daß Tawl im Hinterzimmer bleiben möge; er durfte jetzt nicht erkannt werden. Ein paar Minuten später kehrte Corsella wieder zurück.

»Mutter will dich in ihrem Zimmer sehen.«

Madame Dornenbeutel in ihrem Nachtgewand war ein Anblick, auf den man erst einmal vorbereitet sein mußte. Sie trug ein weißes Nachthemd und eine Nachtmütze – ein Racheengel konnte nicht furchtbarer aussehen. Ein kaum wahrnehmbarer Fäulnisgeruch erfüllte den Raum, wahrscheinlich Rattenöl.

Schnapper war nervös, doch fest entschlossen, es sich nicht anmerken zu lassen. Er setzte zum Handkuß an. »Ich wünsche Euch einen guten Abend, edle Dame.«

Die edle Dame wollte nichts von seiner Höflichkeit wissen. Energisch riß sie die Hand zurück. »Du hast mir nie gesagt, daß du Blayzes Bruder bist.«

Schnapper zuckte die Schultern. »Es war nicht nötig.« Er zögerte einen Augenblick, dann fügte er hinzu: »Außerdem kennt mich jedermann in Bren, und so dachte ich, auch Ihr hättet schon von mir gehört.«

Das schien zu funktionieren. Der Zweifel verschwand aus Madame Dornenbeutels Gesicht.

»Was willst du?«

»Nun, Ihr und mein Bruder habt abgemacht ...« Schnapper ließ den Satz unvollendet in der Hoffnung, Madame Dornenbeutel würde ihn weiterführen.

»... dem Ritter ein wenig Gift einzuflößen?« soufflierte sie.

Schnapper sog zischend die Luft ein. Nichts hatte ihn je mehr erzürnt als diese beiläufig gesprochenen Worte. Die Frau vergiftete Tawl!

Bevor er sich versah, hielt er das Messer in der Hand und verfluchte die Kürze der Klinge. Madame Dornenbeutel kreischte laut auf und kletterte aufs Bett. Schnapper war nicht mehr bei Sinnen; er wollte dieser Frau einfach nur weh tun. Die Alte kauerte unter den Bettlaken, und nur ein einzelner Fuß lugte hervor. Mit aller ihm zur Verfügung stehenden Kraft stach Schnapper zu. Blut spritzte aus der Wunde, und Madame Dornenbeutel heulte hysterisch auf.

Corsella und der Mann aus dem Schankraum stürmten ins Zimmer. Der Mann schwang sein frisch geschärftes Messer. Corsella schrie und schlug nach Schnapper. Er tauchte unter dem Schlag weg.

Madame Dornenbeutel hielt sich den Fuß und kreischte: »Bring den kleinen Bastard um!«

Schnapper stampfte auf die Zehen des Messermannes. »Au!« schrie der Mann und versuchte, seine Zehen zu umklammern und gleichzeitig zuzustechen. Das war ein Fehler. Schnapper schoß an ihm vorbei. Doch er kam nicht weit, denn Corsella packte ihn am Haar und bemühte sich, ihn zu Boden zu ringen. Schnapper haßte nichts so sehr, wie an den Haaren angefaßt zu werden, und so rammte er Corsella die Faust in den Magen.

Schreie von Mutter und Tochter erfüllten die Luft. Gerade als Schnapper die Tür erreichte, holte ihn der Messermann ein. Mit einem mörderischen Funkeln in den Augen packte er Schnappers Arm und drehte ihn ihm auf den Rücken. Schnapper hörte ein Krachen, als der Arm aus dem Gelenk sprang, und der Schmerz trieb ihm die Tränen in die Augen. Der Messermann legte ihm das Messer an den Hals. »Ich werde dich in Scheiben schneiden«, knurrte er und preßte die Waffe gegen die Kehle des Jungen.

In diesem Augenblick betrat jemand den Raum. Schnapper hörte, wie ein Messer aus der Scheide gezogen wurde. Dann sagte eine vertraute Stimme: »Wenn du dem Jungen auch nur ein Haar krümmst, wirst du noch im selben Atemzug sterben.« Es war Tawl.

Feuchtes, klebriges Blut tropfte auf Schnappers Brust. Die Klinge war ins Fleisch eingedrungen: *sein Fleisch*.

Der Messermann wich langsam zurück. Mutter und Tochter sagten kein Wort. Tawls Gesichtsausdruck reichte aus, um sie zum Schweigen zu bringen. Ein tödliches Schweigen.

In derselben Sekunde, da das Messer von seinem Hals genommen wurde, spürte Schnapper, wie starke Arme ihn umschlossen. Nie zuvor hatte ihm etwas soviel Trost gespendet wie diese eine Berührung. Dann verlor er das Bewußtsein. Das Letzte, dessen er sich bewußt war, war der beruhigende Duft des Ritters, als dieser ihn aus dem Bordell hinaustrug.

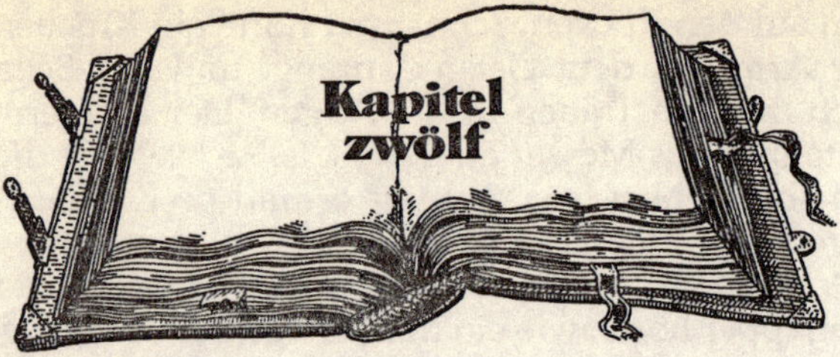

Schnapper spürte einen dumpfen Schmerz in der Schulter. Er veränderte seine Lage in der Hoffnung, den Schmerz zu lindern – ohne Erfolg. Abgesehen davon hatte Schnapper es im Augenblick eigentlich recht bequem; es gab Stroh, nicht frisch, aber trocken, ein mattes Licht, Wärme, und es roch unverkennbar nach Pferdemist. Falls er wirklich in einem Stall sein sollte, dann wollte er es gar nicht wissen. Pferde waren nicht gerade seine Lieblingstiere.

Erinnerungen stiegen in ihm hoch. Wie hatte er nur so dumm sein können, auf Madame Dornenbeutel einzustechen? Wo war sein Verstand gewesen? Und dann, plötzlich besorgt: Wo war sein Bündel? Schnapper schlug sofort die Augen auf und schaute sich im Stroh um. Von dem Bündel war nichts zu sehen, und um alles noch schlimmer zu machen, befand er sich *tatsächlich* in einem Stall. Um ihn herum erhoben sich die hölzernen Wände der Boxen, und Halfter, Trensen und andere rätselhafte Utensilien für Pferde hingen an Nägeln wie heilige Reliquien. Und dort! Schnaubende, zänkische Pferde.

Als Schnapper versuchte aufzustehen, schoß ein stechender Schmerz durch seine Schulter. Sein linker Arm reagierte nicht, wie er reagieren sollte; er hing leblos herab, und auf den oberen Sehnen lastete ein ungeheurer Zug. Plötzlich fiel ihm alles wieder ein: der Messermann, die Klinge an seiner Kehle und Tawl, der Retter. Schnapper hob den gesunden Arm und tastete nach seiner Kehle. Sein Hals war bandagiert, und irgend etwas war auf den Verband geschmiert worden. Die Salbe, oder was auch immer es sein mochte, stank bestialisch, und das bedeutete wahrscheinlich, daß es gut für ihn war.

Die Boxentür öffnete sich, und Tawl kam herein. Schnapper hatte ihn gestern nur von hinten gesehen, und so war er geschockt, wie schlecht der Ritter inzwischen aussah. Seine Haut war bleich und seine Wangen eingefallen. »Wie fühlst du dich?« fragte er und stellte mehrere Töpfe und Päckchen auf den Boden.

Schnapper hatte nur einen Gedanken im Kopf. »Wo ist mein Bündel?«

»Der muß bei der Dornenbeutel geblieben sein.« Tawl legte die Hände auf die Schultern seines Freundes und zwang ihn, sich wieder hinzusetzen. »Dein linker Arm ist ausgekugelt.«

»Wir müssen sofort wieder zurück und mein Bündel holen. Da drin ist ein Vermögen in Gold.«

Tawl ignorierte Schnappers Gerede. Er packte das Handgelenk des Jungen und zog an seinem Arm, während er mit der anderen Hand die Schulter wieder einrenkte.

Wütend über diese würdelose Behandlung kreischte Schnapper auf – außerdem war auch der Schmerz unerträglich. Die Welt verschwamm vor seinen Augen, und in seinem Kopf drehte sich alles. Dennoch immer kreisten seine Gedanken nach wie vor einzig und allein um das Bündel. »All mein Rücklagen für Notfälle waren da drin. Ich habe Monate gebraucht, um … *Auaaa!*« schrie er, als seine Armmuskeln energisch dagegen protestierten, bewegt zu werden. Er entschied sich, den gerade erst wieder einrenkten Arm noch eine Weile ruhig zu halten. »Ich habe Monate gebraucht, um soviel Geld zusammenzubekommen. Wir müssen es wieder zurückholen.«

Tawl schüttelte den Kopf. »Du wirst nicht wieder dorthin zurückkehren.«

»Nun, dann gehst du halt.«

»Wenn ich jemals wieder dorthin zurückgehen sollte, dann um meine eigenen Angelegenheiten zu erledigen, nicht deine.« Ein harter Unterton in der Stimme des Ritters hielt Schnapper davon ab, weiter auf dem Thema herumzureiten. Statt dessen sagte er:

»Sie haben versucht, dich zu vergiften.«

»Ja. Das habe ich mir selbst schon gedacht, nachdem ich zwei Tage hintereinander krank gewesen bin.«

»Es war Blayzes Idee.«

Tawl wirkte müde, beinahe desinteressiert. »Das macht Sinn. Allerdings bezweifele ich, daß die alte Dornenbeutel mich fast umbringen sollte. Es macht keinen guten Eindruck, wenn er einen Mann besiegt, der sich nur mit Mühe auf den Beinen halten kann.«

Zum ersten Mal erkannte Schnapper, wie krank Tawl wirklich war. Während er, Schnapper, über einen schmerzenden Arm und eine kleine Fleischwunde jammerte, hatte der Ritter wahrscheinlich genug Gift geschluckt, um ein ganzes Bordell voller Huren umbringen zu können.

»Hier«, sagte Tawl und reichte Schnapper einen frischen Laib Brot. »Iß das, damit du wieder zu Kräften kommst.«

»Was ist mit dir? Das Gift ...?«

»Ich komme schon wieder in Ordnung. Ich habe etwas dagegen unternommen, bevor es zu spät war.«

Schnapper zweifelte daran. »Wie kannst du da so sicher sein?«

Der Ritter senkte den Kopf und begann, die Päckchen auszupacken. Zunächst dachte Schnapper, Tawl würde ihm nicht antworten; doch dann sagte er mit leiser Stimme und ohne den Blick zu heben: »Ich habe in Valdis einiges über Gifte gelernt. Wie man sie identifiziert, und wie man sie bekämpft. Die Dornenbeutel hat mir Schierling gegeben: ein typischer Anfängerfehler. Ein daumennagelgroßes Blatt kann einen Mann töten, und Blayze wollte mich schwächen, nicht umbringen.

Am nächsten Morgen wußte ich sofort, daß etwas nicht stimmte.« Tawl zuckte die Schultern. »In Valdis lernt man, seinen Körper ganz genau zu beobachten. Ich habe gespürt, daß irgend etwas an meinem Magen fraß; also habe ich Holzkohle geschluckt.«

»Du hast *Holzkohle* geschluckt?« fragte Schnapper angeekelt.

Tawl brachte ein Lächeln zustande. »Wenn man sie richtig vorbereitet, zwingt sie einen Mann, seinen Magen zu entleeren.«

Schnapper nickte. »Ich habe dich kotzen gehört, wenn es das ist, was du meinst.«

»So bin ich das Gift losgeworden, bevor es zu spät war. Eine weitere Schuld gegenüber Valdis.« Der Ritter hob ein Stück Brot an die Lippen, doch er biß nicht hinein. Statt dessen legte er es unberührt wieder auf den Boden. Schnapper bemerkte, daß Tawls Arme heftig zitterten. Daß er es geschafft hatte, ihn aus dem Bordell und hierher zu schleppen, grenzte an ein Wunder. »Aber wie dem auch sei: Es sieht so aus, als würde Blayze bekommen, was er will: einen schwachen Gegner.«

»Du willst damit doch wohl nicht sagen, daß du immer noch mit ihm kämpfen willst?« Schnapper war entsetzt. »Der Kampf ist bereits in zwei Tagen. Du bist nicht in der Verfassung, um ...«

»Du bist nicht mein Beschützer, Junge«, unterbrach Tawl. »Ich habe mein Wort gegeben, und ich werde es halten.«

Schnapper durfte das auf gar keinen Fall zulassen. Der Ritter hatte nicht die geringste Chance gegen den Champion des Herzogs. Blayze war gesund und durchtrainiert, mit den Muskeln eines Preisbullen, während Tawl aussah, als sollte er sich besser hinlegen und einen Arzt konsultieren. Das war Selbstmord! Dies war einer der seltenen Augenblicke, in denen man die Wahrheit sagen mußte. Schnapper atmete tief durch. »Ich werde zu Blayze gehen und ihm sagen, daß der Handel geplatzt ist. Schließlich war ich es auch, der Madame Dornenbeutel dazu überredet hat, den Kampf zu arrangieren. Es war alles meine Idee.« In Erwartung einer verbalen Tracht Prügel krümmte er sich zusammen.

Tawls Stimme klang sanft. »Das macht jetzt auch keinen Unterschied mehr, Schnapper. Was einmal vereinbart worden ist, kann nicht mehr rückgängig gemacht werden.«

Eine Welle von Schuldgefühlen brach über Schnapper herein – und das, obwohl er bereits geglaubt hatte, sie losgeworden zu sein. »Aber du könntest getötet werden.«

»Besser sterben, als seine Ehre zu verlieren.« Tawl schien seine Worte im selben Augenblick zu bereuen, da sie seinen Mund verließen. Unvermittelt stand er auf. »Iß etwas, und leg dich schlafen. Ich werde zurück sein, bevor es dunkel wird.«

»Ich glaube, du bist derjenige, der ein wenig Schlaf vertragen könnte.«

Tawl öffnete die Tür. »Ich könnte eine ganze Menge Dinge vertragen, Schnapper; aber im Moment gebe ich mich mit einem Schlauch Bier zufrieden.« Der Ritter ging hinaus und ließ Schnapper allein im Stroh zurück.

Bailor, der Truchseß des Herzogs, saß im bequemsten Raum des herzöglichen Palastes: in seinem eigenen. Seit nunmehr siebzehn Jahren, seit der Herzog das Erbe seines Vaters angetreten hatte, galt es nicht mehr als modern, luxuriösere Gemächer als der Herzog zu haben. Das war schwer für den Hof zu ertragen, denn der Herzog war ein militärisch schlichter Mann, und dementsprechend richtete er auch seine Räumlichkeiten ein.

Allerdings bedeutete das nicht, daß der Herzog Prachtentfaltung generell verurteilte. Tatsächlich war der Palast unter seiner Herrschaft sogar noch prächtiger geworden: Es gab zwei wunderschöne, neue Innenhöfe;

die Besuchergalerie war mit einer riesigen Kuppel überdacht worden; unzählige Fontänen zierten Höfe und Plätze, und einfache Glasfenster waren gegen kunstvoll gearbeitetes Buntglas ausgetauscht worden. Eine wunderbare Konstruktion, deren Schönheit den Blick des Beobachters von den verbesserten Verteidigungsanlagen ablenkte. Neue Schießscharten waren angelegt und viereckige Wehrtürme durch runde ersetzt worden. Flachdächer waren steilen Giebeln gewichen, und die Wehrgänge auf den Bastionen waren mit Eisenplatten verstärkt worden. Ja, der Herzog war in der Tat nur an einfachen Dingen interessiert: an Angriff und Verteidigung.

Und an Frauen.

Bailor stand auf und ging ans Fenster. Normalerweise hätten sich hölzerne Fensterläden davor befinden sollen, doch im Augenblick wurden neue Scharniere angepaßt, die Stahlläden tragen konnten. Die neuen Fensterläden würden den Damen ganz und gar nicht gefallen – allerdings zählten die Damen am Hof von Bren nicht.

Es war Zeit, sich wieder dem Geschäft zu widmen. In letzter Zeit war Bailor aufgefallen, daß den Herzog die Frauen, die er ihm brachte, immer rascher langweilten. Alle waren sie schön – einige sogar unvergleichlich –, die meisten bis zu einem gewissen Grade kultiviert, und jede einzelne von ihnen war jung und willig. Normalerweise wäre Bailor egal gewesen, wie lange sich Seine Gnaden an einer Gespielin erfreute, denn immerhin hatte er, der Truchseß, als nächster Anspruch auf die Mädchen, nachdem der Falke ihrer überdrüssig geworden war. Doch in letzter Zeit wurde der Mann immer gereizter, und er beschwerte sich bei Bailor, daß er ihn nur mit dummen, leblosen Kreaturen versorge. Was erwartete Seine Gnaden denn? Der Herzog hatte weder die Zeit noch die Absicht, sich mit Süßholzraspeln und heimlichen Affären zu beschäftigen. Er wollte eine Frau ins Bett bekommen und fertig; aber trotzdem erwartete er, ja, er forderte es sogar, daß diese Frauen kultivierte Hofdamen waren.

Bailor verbrachte täglich Stunden damit, nach solchen Frauen zu suchen. Er besaß Kontakte nach Camlee, Annis und Highwall; er kannte Fleischhändler aus Tyro und Chelss, und er war mit verarmten Adeligen befreundet, die junge Töchter hatten. Außerdem hatte er inzwischen ein Spionagenetz in sämtlichen Konvents des Landes aufgebaut. Alles was er besaß – seine gesellschaftliche Stellung, seine edlen Gemächer, sein Vermögen und seine weitreichende Befehlsgewalt –, all das verdankte er seiner Fähigkeit, Frauen für den Herzog zu besorgen.

Die Töchter der Hocharistokratie wagten sich nicht in die Nähe des Mannes. Die Risiken für ihren Ruf waren einfach zu groß: Der Herzog pflegte niemals ein Mädchen für den Verlust seiner Unschuld zu entschädigen. Natürlich war das einzige echte Problem sicherzustellen, daß die Mädchen Jungfrauen waren. Das war für den Herzog wichtiger als alles andere.

Alles zusammengenommen machte das die Aufgabe ungeheuer schwierig, doch der Truchseß hätte noch nicht einmal im Traum daran gedacht, sie einem anderen zu überantworten. Die Erfüllung dieser Pflicht war die Grundlage seiner Macht.

Bailor hatte bereits früh in diesem Gewerbe angefangen. Als Junge hatte er Liebesbriefe zugestellt. Eines Tages hatte eine gewisse Dame von hoher Geburt ihn um Hilfe angefleht. Sie war verliebt gewesen, doch ihre Gefühle waren nicht erwidert worden. Sie war verzweifelt gewesen, hatte bitterlich geweint und war bereit, gut zu bezahlen. Der Liebestrank hatte sie fünf Goldstücke gekostet. Solche Hilfsmittel waren in Bren nicht gern gesehen, denn sie galten als Teufelswerk, und keine anständige Frau benutzte sie. Bailor hatte nie zurückgeblickt. Drogen, Zaubertränke, Erotika, junge Frauen und kleine Jungen: Er konnte alles und für jeden besorgen. Der Hof war auf seine Dienste angewiesen, und er wurde entsprechend für sein Schweigen entlohnt.

Rasch entledigte sich Bailor des Seidengewandes, das er trug, und legte die leinene Tunika und den einfachen Wollumhang an, wie man es von einem Mann in seiner Stellung erwartete. Schon vor langer Zeit hatte er gelernt, daß ein bescheidenes Erscheinungsbild bei geschäftlichen Verhandlungen half.

Bailor machte sich auf den Weg zu dem kleinen Empfangsraum, den er sein eigen nannte – einem Raum, der das genaue Gegenteil zu seinem Privatgemach war, spärlich eingerichtet, wie es die höfische Mode in Bren vorschrieb. Ein Mann wartete auf Bailor. Ein mißgestalteter, häßlicher Krüppel: Fiscel, der Fleischhändler.

»Ihr braucht Euch nicht zu erheben, mein Freund«, sagte Bailor. Der Anblick des Mannes, der sich gerade aus dem Stuhl quälen wollte, widerte ihn an. »Wie geht es Euch heute?«

»Mir geht es ausgezeichnet. Die Pässe waren offen und die Reise angenehm.« Winzige Speicheltropfen verteilten sich auf dem Tisch. Bailor widerstand dem Drang, seine Hand zurückzuziehen.

»Was habt Ihr für mich? Vielleicht ein Mädchen aus Annis?« Die Frauen von Annis galten als die Schönsten des Nordens.

»Nein, aus den Königreichen.« Fiscels hohe Stimme kratzte an Bailors Nerven.

»Die Frauen der Königreiche sind schlicht und griesgrämig.«

»Nicht diese. Sie ist eine Schönheit. Auch besitzt sie höfische Manieren.«

»Die Tochter eines Adeligen?«

Fiscel nickte. »Ein Bastard.«

»Nun, dann schafft sie her.« Allmählich wurde der Truchseß ungeduldig.

»Kommt schon, Bailor. Ihr wißt, daß ich ein Minimum festzulegen pflege, bevor ich Euch meine Waren zeige.«

»Wieviel?«

Fiscel lehnte sich in seinem Stuhl zurück. »Fünfhundert Goldstücke.«

»Macht Euch nicht lächerlich. Das kann ich Euch auf keinen Fall als Minimum garantieren.« Der Preis war unverschämt, das Dreifache, was normalerweise verlangt wurde.

Die Hand des Fleischhändlers schloß sich um seinen Wanderstab, und er schickte sich an aufzustehen. »Wie Ihr wollt. Dann werde ich halt woanders meine Geschäfte tätigen.«

Inzwischen war Bailors Interesse geweckt. Er konnte den Mann nicht einfach ziehen lassen, ohne wenigstens einen Blick auf das Mädchen zu werfen, das solch ein Minimum rechtfertigte. Er legte Fiscel die Hand auf die Schulter und sagte: »Kein Grund zur Eile, mein Freund. Bleibt noch ein wenig und trinkt einen Becher Wein mit mir.«

»Ebenso wie Ihr, Bailor, so trinke auch ich nicht während Verhandlungen.«

Beide Männer waren einander ebenbürtig.

»Dreihundert Goldstücke«, sagte Bailor, »und ich bekomme sie sofort zu sehen.«

»Fünfhundert Goldstücke, oder Ihr werdet sie überhaupt nicht zu sehen bekommen.«

Das war nicht die Art, wie solche Verhandlungen normalerweise abliefen. Irgendwann hatte Bailor die Kontrolle verloren. Verdammter Fiscel! Mittlerweile wollte der Truchseß das Mädchen um jeden Preis sehen. Vielleicht war sie die Richtige, um das Interesse des Herzogs länger als nur für eine Woche zu wecken. »Vierhundert. Das ist mein letztes Angebot.«

»Dann ist dies meine letzte Absage.« Fiscels gutes Auge funkelte hinterlistig. »Seht mal, Bailor. Ihr und ich, wir kennen uns nun schon seit vielen Jahren. Würde ich einen solchen Preis von Euch verlangen, ohne von der Qualität meiner Ware überzeugt zu sein?«

»Also gut, fünfhundert Minimum, aber ich kann Euch nicht versprechen, daß ich auch kaufen werde.«

Fiscel stand auf. »Ihr werdet kaufen.«

Alyshas lange, elegante Finger drangen in ihr Fleisch wie Krallen. Sie hatte ihren Griff nicht ein einziges Mal gelockert, seit sie den Palast betreten hatten. Melli haßte die Frau. Heute morgen hatte man Melli stundenlang geschrubbt und herausgeputzt wie einen Fasan für die Tafel eines Fürsten. Sie hatte ein neues Kleid bekommen, Schleifen für ihr Haar und Perlenketten für Arm und Hals. Alysha war ohne Gnade zu Werke gegangen; grobe Bürsten, Pinzette, Zahnstocher und ätzende Salben waren ihre Folterinstrumente gewesen.

Fiscel kehrte zurück. Der Anblick des mißgestalteten Fleischhändlers, der über den Hof heranhumpelte, jagte Melli einen Schauer über den Rücken. Sie hatte Angst. Alysha packte noch fester zu und führte Melli zu Fiscel.

»Hat er dem Minimum zugestimmt?« Ein besorgter Unterton lag in Alyshas Stimme.

Fiscel war außer Atem. Erschöpft stützte er sich auf seinen Stab. »Ja. Folg mir. Wir müssen sie vorführen, solange der Mann noch neugierig ist.«

Vorführen! Melli gefiel der Klang dieses Wortes ganz und gar nicht. Stur weigerte sie sich weiterzugehen. Sie befanden sich in einem der Innenhöfe des Palastes, und ein paar Höflinge flanierten zwischen den Beeten und Fontänen. Melli hätte ihnen zurufen können; sie hätte ihnen erklären können, daß sie die Tochter eines Adeligen sei, und fordern, daß sie ihr helfen sollten. Nur daß sie weit weg von daheim war, und daß der Name Maybor in Bren nicht viel galt. Und selbst wenn sie ihn kannten, konnte Melli nicht sicher sein, ob ihr Vater sie nicht einfach verleugnen würde.

Sie saß in der Falle. Fiscel und Alysha ließen sie keinen Augenblick aus den Augen. Über eine Woche lang hatte man ihr nicht erlaubt, den Wagen zu verlassen. Alysha hatte alles, was Melli tat, mit grinsendem Gesicht beobachtet – einschließlich der Benutzung des Nachttopfes. Zunächst hatte Melli ständig nach Fluchtmöglichkeiten Ausschau gehalten und nach ihrem Messer getastet; doch es hatte sich keine derartige Möglichkeit ergeben, und so hatte ihre Wachsamkeit allmählich nachgelassen. Statt dessen hatte sie sich aufs Pläneschmieden verlegt. Sie hatte viel über eine Flucht nachgedacht, und schließlich war sie zu dem Schluß gekommen, es sei besser zu warten, bis sie verkauft war. Der Mann, der sie erwarb, würde nicht viel Freude an seiner Investition haben. Bevor er sie anrühren konnte, würde sie bereits über alle Berge sein.

Zumindest war das noch vor wenigen Stunden ihr Plan gewesen. Als sie Bren vergangene Nacht erreicht hatten, hatte Melli nicht damit gerechnet, zum herzöglichen Palast gebracht zu werden. Von hier würde sie nicht so leicht entkommen können. Zwar wirkte alles offen – Diener liefen hierhin und dorthin, und Adelige stolzierten umher; doch an jeder Ecke standen Wachen, und die Fallgitter rochen, als seien sie frisch geölt worden.

Alyshas Griff war äußerst schmerzhaft, und so ging Melli weiter. Während sie durch den Palast gingen, drehten sich immer wieder Menschen nach ihnen um, und manch ein wissender Blick wurde ihnen zugeworfen. Schließlich erreichten sie eine kleine Holztür unmittelbar hinter der Küche. Fiscel blieb abrupt stehen und legte Melli seinen Stab auf die Brust.

»Ein falsches Wort von dir, meine Liebe, und ich breche dir jede einzelne Rippe.« Dann an Alysha gewandt: »Du bleibst hier.«

Melli wurde durch die Tür gestoßen, und Fiscel folgte ihr auf dem Fuß. Sie betraten einen kleinen, engen Raum, der von vier Kerzen erleuchtet wurde. Ein untersetzter Mann in einfacher Kleidung saß hinter einem ebenso einfachen Holztisch.

»Hier ist sie, Bailor. Habe ich übertrieben, was ihre Reize betrifft?«

Der Fremde stand auf; in seinem Gesicht zeigte sich keinerlei Gefühlsregung. Er packte Mellis Arm und zog sie ins Licht der Kerzen. Auch wenn er einfach gekleidet war, so duftete er doch nach teuren Ölen. Melli gab sich alle erdenkliche Mühe, während der Musterung ruhig zu bleiben. Merkwürdigerweise half es ihr, daß der Mann von ihrer Erscheinung wenig beeindruckt schien. Hätte er freundlich gelächelt oder lüstern gegrinst, hätte sie sich wesentlich unbehaglicher gefühlt.

Nach einer Weile wandte sich der Mann an Fiscel. »Ich nehme sie«, sagte er.

Der Fleischhändler leckte sich einen Speichelfaden von den Lippen. »Aaah, aber wir haben den Preis noch nicht festgelegt.«

»Fünfhundert war abgemacht.« Die Stimme des Mannes verriet, daß er mehr als nur ein einfacher Diener war.

»Fünfhundert war das *Minimum*«, korrigierte Fiscel. »Wir wissen beide, daß sie sehr viel mehr wert ist.« Nachdenklich starrte er auf den Knauf seines Stabes. »Sagen wir achthundert.«

»Das ist ja lächerlich. Ihr wißt ganz genau, daß ich nicht autorisiert bin, solche Summen zu zahlen. Seine Gnaden ...«

»Spart Euren Atem, Bailor«, unterbrach Fiscel. »Ihr verhandelt nicht mit irgendeinem x-beliebigen Zuhälter. Ihr könnt zahlen, und das wissen wir beide.«

Mellis Hand strich über ihr Kleid. Unter dem Stoff sang das Messer. Inmitten all dieses Wahnsinns schien das Messer das einzig Vernünftige zu sein. Fiscel würde seinen Willen durchsetzen; Melli zweifelte keinen Augenblick daran. Eigentlich hätte sie sich freuen sollen; endlich würde sie das abartige Paar loswerden und eine Gelegenheit zur Flucht bekommen. Warum also zitterten ihre Hände, und warum waren ihre Beine so schwach, daß sie ihr Gewicht kaum tragen konnten?

»Also gut, Fiscel«, sagte der Mann. »Ich nehme sie für acht.« Er musterte Melli ein letztes Mal von Kopf bis Fuß. »Seid Ihr sicher, daß sie noch Jungfrau ist?«

Nun, da der Handel abgeschlossen war, war Fiscel die Ergebenheit in Person. Er verbeugte sich überschwenglich, und auf der guten Seite seines Gesichtes zeigte sich so etwas Ähnliches wie ein Lächeln. »Mein Mädchen Alysha, das aus dem tiefen Süden stammt, hat sie einer Probe unterzogen.«

Diese Erklärung schien den Mann zufriedenzustellen. Offenbar waren die Frauen des tiefen Südens nicht nur für ihre Falschheit und ihre Gesichtsbehaarung berühmt.

Der Mann verließ den Raum und schloß die Tür hinter sich.

»Da hast du ja einen ziemlichen Profit aus mir herausgeschlagen.« Melli wußte, daß sie nun nichts mehr von Fiscel zu befürchten hatte. »An deiner Stelle würde ich das Geld sofort einem Arzt bringen und ihn bitten, deine hängende Gesichtshälfte wieder anzunähen.«

Der Fleischhändler packte ihr Haar und riß so heftig daran, daß Mellis Kopf in den Nacken flog. »Wenn du versuchst, von hier wegzulaufen, dann schwöre ich, werde ich dich jagen und umbringen.« Eine ganze Welt von Bosheit offenbarte sich in Fiscels gutem Auge.

Ohne sich darum zu kümmern, ob es sie ein paar Haare kostete, riß sich Melli von Fiscel los. »Was macht dich so sicher, daß ich nicht das gleiche mit dir machen werde?«

Die Tür öffnete sich wieder, und Melli wandte den beiden Männern den Rücken zu, während das Gold den Besitzer wechselte. Langsam aber sicher begriff sie das ganze Ausmaß dessen, was hier gerade geschah. Die beiden Männer in diesem Raum hatten sie *ver*- beziehungsweise *ge*kauft! Sie, Melliandra, Tochter von Lord Maybor, die einst einem Prinzen zur Gemahlin versprochen gewesen war – sie wurde verschachert wie ein Ballen Seide. Ihre Flucht aus Burg Harvell hatte sich als sinnlos erwiesen. Sie befand sich Hunderte von Meilen im Osten, in einer Stadt, in der sie sich nicht auskannte, und in einer Lage, die tausendmal schlimmer war, als gegen den eigenen Willen verheiratet zu werden.

»Lebewohl, mein Schätzchen.« Es war Fiscel, der die Rolle eines väterlichen Freundes spielte. »Ich hoffe doch, du wirst dir meinen Rat zu Herzen nehmen.«

»Mach dir keine Sorgen, Fiscel«, entgegnete Melli. »Ich werde *nichts* von dem vergessen, was du mir gesagt oder angetan hast.«

Der Fleischhändler warf ihr einen warnenden Blick zu, doch Melli ließ sich nicht dazu herab, darauf zu reagieren. Im selben Augenblick, da sich die Tür hinter Fiscel schloß, wandte sie sich an den Fremden. »Nun, wer mag es wohl sein, der ein königliches Lösegeld für mich gezahlt hat?«

Der Mann lächelte; er wirkte erleichtert, nachdem Fiscel gegangen war. »Dir ist eine große Ehre zuteil geworden, meine Liebe. Du wirst Seiner Gnaden zugeführt werden.«

Melli war verwirrt. ›Seine Gnaden‹ war ein Titel, den man normalerweise den jüngeren Brüdern von Königen gab, doch Bren hatte keinen König ... nur einen Herzog. Plötzlich verstand sie, und der Fremde nickte erfreut.

»Ja, meine Liebe, du gehörst dem Herzog von Bren.« Zärtlich ergriff er ihre Hand. Melli war beinahe froh darüber. Der Gedanke, vom mächtigsten Mann des Nordens gekauft worden zu sein, ließ sie schwindeln. »Ich will mich dir zunächst einmal vorstellen. Ich bin Bailor, der Truchseß des Herzogs. Und wie ist dein Name?«

»Melli.« Sie mußte sich auf ihn stützen. Offenbar gefiel das Bailor, denn er tätschelte sanft ihren Arm.

»Melli von wo?«

»Deepwood. Melli von Deepwood.«

»Aha.« Das eine Wort zeigte deutlich, daß Bailor

starke Zweifel am Wahrheitsgehalt ihrer Antwort hegte. »Nun denn, Melli von Deepwood. Solange du brav bist und alles tust, was man von dir verlangt, wird dein Aufenthalt hier ein Vergnügen für uns beide sein.« Ein anzüglicher Unterton zerstörte Bailors Schein von Nettigkeit. »Jetzt werde ich dich erst einmal in dein Zimmer bringen. Du solltest dich ein wenig ausruhen.«

»Nun, Euer Gnaden, wann soll die Hochzeit denn stattfinden?« Baralis hob den Becher an die Lippen, doch kein Tropfen Wein berührte seine Zunge. Sie befanden sich in den Gemächern des Herzogs: spärlich eingerichteten Räumen, in denen weder ein Kissen die Steine polsterte, noch Vorhänge das grelle Licht der Sonne filterten. Baralis war fest entschlossen, Antworten zu bekommen. Er würde nicht zulassen, daß der Falke sich noch länger um eine Entscheidung herumdrückte. Es war Zeit, Nägel mit Köpfen zu machen.

»Die Eheverträge sind noch nicht unterzeichnet worden.« Der Herzog machte sich nicht einmal die Mühe, zumindest den Anschein zu erwecken, daß er trinke. Sein Becher stand unberührt auf dem Tisch.

»Die Formalitäten können von Bevollmächtigten erledigt werden. Wir können die Angelegenheit hier und jetzt ein für allemal klären.« Baralis änderte seinen Tonfall und mischte Sand ins Öl. »Es sei denn natürlich, Ihr wünscht die Zustimmung Eures Hofes zu der Verbindung zu ignorieren.«

Der Herzog stand auf und zog das Schwert aus dem Gürtel. Er hob die Klinge ins Licht und betrachtete die Schneide. »Ihr seid ein bemerkenswerter Politiker, Baralis, aber hier in Bren schätzen wir scharfe Schwerter höher ein als scharfe Zungen.«

»In den Königreichen schätzen wir klare Antworten.«

Zu Baralis' Überraschung schien der Herzog über die Bemerkung erfreut zu sein. Bedächtig legte er das

Schwert beiseite. »Da Ihr klare Antworten so sehr schätzt, wird es Euch sicher nicht schwerfallen, mir eine zu geben. Ist es wahr, daß Kylock eine neue Offensive gegen die Halcus plant?«

Baralis verfluchte Maybor. Gestern hatten sie beide Nachrichten aus den Königreichen erhalten, und es schien, als hätte der Mann keine Zeit verschwendet und den Herzog sofort über Kylocks Absichten informiert. »Der neue König sichert also seine Grenzen. Was ist daran falsch?«

»Für mich klingt das mehr nach Invasion«, erwiderte der Herzog kühl wie immer, »denn nach einer simplen Grenzsicherung.«

»Wer kann Kylock schon vorwerfen, daß er diesen Konflikt endgültig beenden will? Immerhin dauert er nun schon fünf Jahre. Er will seiner Braut ein wohlhabendes, sicheres Land bieten.«

»Welch edle Gesinnung.«

»Katharina wird Königin werden, Euer Gnaden.«

»Wollt Ihr vielleicht auch noch eine Kaiserin aus ihr machen?«

Da war es: das Herz des Ganzen. Wieviel wußte der Falke? Was vermutete er? Und wenn er wirklich etwas von Baralis' Plan eines Nordreichs ahnte, war er bereit, ihm dabei zu helfen?

Baralis hielt es für klüger, das Thema so rasch wie möglich zu beenden. Der Herzog war nicht die Art Mann, die sich von irgendwelchen vagen Versprechen auf Ruhm verführen ließ. »Wann immer zwei Mächte sich vereinen, besteht stets die Gefahr, daß man das Ergebnis ein Reich nennt.«

Der Herzog preßte die Lippen zusammen.

»Bevor ich ein Hochzeitsdatum festlege, müssen wir uns noch über ein paar Bedingungen einigen.«

Durch nichts verriet Baralis, wie erleichtert er darüber war, daß der Herzog ein derart brisantes Thema so bereitwillig fallengelassen hatte. »Das ist eine Aufgabe für die Anwälte, Euer Gnaden.«

»Sicherlich können wir beide auch das eine oder andere ohne ihre Hilfe entscheiden, Kanzler des Königs«, entgegnete der Falke herausfordernd.

Trotz seines Mißtrauens blieb Baralis nichts anderes übrig, als zu fragen: »Welches ›eine oder andere‹, Euer Gnaden?«

»Zunächst wären da die Tribute, Getreide und Holz, und dann könntet Ihr mir eine schriftliche Garantie geben, daß die Ressourcen von Bren nicht für irgendeinen Krieg verwendet werden, den wir nicht angezettelt haben.« Der Herzog lächelte zum ersten Mal während dieses Treffens. »Als Bevollmächtigter des Königs könnt ihr sicher über diese beiden Kleinigkeiten entscheiden.«

Der Herzog war schlau. Tribute zu verlangen, war nichts anderes als Erpressung. Außerdem bekam er auf diese Art etwas Greifbares in die Hand, das er seinem Volk zeigen konnte – einen Vorteil, der sich unmittelbar aus der Hochzeit ergab. Was die andere Sache betraf – eine schriftliche Garantie –, nun, die konnte er ruhig haben. Wer würde sie durchsetzen, nachdem Seine Gnaden einen qualvollen Tod gestorben war? »Wieviel verlangt Ihr?«

»Da ich weiß, daß es äußerst schwierig ist, Waren über die Berge zu transportieren, werde ich mich mit drei Tributzahlungen pro Jahr zufriedengeben. Sagen wir fünftausend Scheffel Weizen und neuntausend Festmeter Holz.«

Baralis hob erneut den Becher an die Lippen, und diesmal trank er tatsächlich einen Schluck. Was der Herzog verlangte, war viel zuviel. »Abgemacht«, sagte Baralis schließlich. Nichts würde die Hochzeit verhindern.

»Und die Garantie?«

»Ich werde sie bis morgen aufsetzen lassen.«

»Gut«, sagte der Herzog. »Ich glaube, das wäre alles. Ihr dürft Euch jetzt entfernen. Betrachtet die Hochzeit als offiziell vereinbart.«

Ein junges Mädchen, hinreißend anzuschauen, mit rotem Haar und blasser Haut, betrat den Raum. Als sie die beiden Männer miteinander reden sah, verschwand sie sofort wieder. Bevor sich die Tür hinter ihr schloß, erspähte Baralis ein riesiges Bett im angrenzenden Gemach.

»Und das Hochzeitsdatum?«

»Laßt uns warten, bis die Tinte auf dem Papier getrocknet ist, bevor wir das Datum in Stein meißeln.«

Baralis wurde ungeduldig. »Wenn Ihr den Bräutigam allzu lange warten laßt, könnte seine Leidenschaft merklich abkühlen.«

»Drängt die Braut zu sehr, und sie könnte Angst bekommen und davonrennen.« Der Herzog stellte sich neben Baralis. »Ich werde Euch noch diesen Monat ein Datum nennen. Jetzt muß ich mich aber um andere Dinge kümmern.« Er verbeugte sich leicht. »Ich hoffe, Ihr kommt, um meinen Champion übermorgen nacht kämpfen zu sehen. Der Kampf findet zu Euren Ehren statt.«

»Selbstverständlich will ich das Beste sehen, was Bren zu bieten hat.«

»Ihr werdet nicht enttäuscht werden«, sagte der Herzog.

Tavalisk aß Hirn. Eine weit überschätzte Speise, die einer Unmenge an Sauce bedurfte, um genießbar zu werden. Heute war der Erzbischof sein eigener Koch, und er hegte den Verdacht, daß er das Hirn ein wenig zu lange auf dem Feuer gelassen hatte; den letzten Bissen kaute er bereits seit mehreren Minuten, und er konnte ihn noch immer nicht herunterschlucken.

Tavalisk haßte Fastentage. Die Kirche kannte ungefähr vierzig solcher Tage im Jahr. Sie waren dafür gedacht, Geist und Körper zu reinigen. In Wahrheit jedoch trieben sie jedermann zur Sünde. Nur Gefangene und religiöse Eiferer fasteten an heiligen Tagen. Doch wie bei so vielen anderen Dingen auch galt es den Schein zu wahren; die Küche war verlassen, der Schlachtblock des Metzgers trocken, und hinter verriegelten Fenstern aß eine ganze Stadt verstohlen im Dunkeln.

Tavalisk blickte zu seiner Lyra. Gestern hatte er in einem Anflug von Wut auf ihr herumgetrampelt. Obwohl er auf diese Art seinen bisher schönsten Akkord zustande gebracht hatte, war es nun leider unmöglich geworden, dem Instrument noch weitere Töne zu entlocken. Das Tamburin hatte ein ähnliches, doch ungleich lohnenderes Schicksal ereilt, und seitdem humpelte Tavalisks Katze. Er hatte das Musizieren endgültig drangegeben. Die unterschiedlichsten Speisen hatten ihn gelockt wie die verführerischste Kurtisane, und die Reize der Musik waren in ihrem Schatten verblaßt.

Gamil kam herein, nachdem er kaum hörbar angeklopft hatte. Der Mann wurde allmählich übermütig. »Euer Eminenz, die Gerüchte sind wahr.«

»Was für Gerüchte, Gamil? Es gibt in Rorn so viel davon, daß ein Fischerweib ein Jahr lang ununterbrochen reden könnte, ohne Atem zu holen.« Tavalisk würzte das Hirn in seinem Topf. »Wo wir gerade von Fischerweibern reden, wie geht es deiner Mutter?«

»Sie ist schon lange tot, Euer Eminenz.«

Der Erzbischof fischte ein Stück Hirn heraus und testete seine Zartheit, indem er es leicht eindrückte. »Gut, gut. Richte ihr bitte meine allerbesten Wünsche aus.«

»Lesketh ist tot. Kylock ist nun König.«

Tavalisk ließ das Hirn wieder in den Topf fallen. »Hat da jemand seine Finger im Spiel gehabt?«

»Nach allem, was ich gehört habe, Euer Eminenz, ist der arme Mann im Schlaf gestorben.«

»Dann hat also jemand seine Finger im Spiel gehabt.« Der Erzbischof schenkte sich einen Becher Wein ein. »Wenn Katharina jetzt Kylock heiratet, dann bedeutet das wirklich die Vereinigung zweier mächtiger Länder – zweier Länder, deren geographische Lage es ihnen erlaubt, den gesamten Norden zu kontrollieren. Baralis ist ein verdammt schlauer Hund; das muß ihm der Neid lassen.«

»Wie könnt Ihr so sicher sein, seine Pläne zu kennen, Euer Eminenz?«

»Marod hat es vorhergesagt, Gamil: *Wenn zwei Mächte sich verbinden.*« Tavalisk trank einen kräftigen Schluck Wein. »Wir erleben die Geburt des Reichs des Bösen.«

»Was können wir schon unternehmen, um das zu verhindern, Euer Eminenz?«

»Mehr als du denkst, Gamil. Nichts ist verwundbarer als ein Neugeborenes.« Der Erzbischof rührte in seinem Topf. »Wir können beispielsweise die Ritter in Schwierigkeiten bringen; wir können uns mit Bren anfreunden, und – was das wichtigste ist – wir können die anderen Mächte des Nordens über Baralis' Pläne informieren. Vielleicht bieten wir ihnen sogar unsere Unterstützung an, wenn es vonnöten sein sollte.«

»Aber ich verstehe nicht, wie es Eurer Sache nützen kann, Streit mit den Rittern anzufangen.«

»*Unserer* Sache, Gamil«, korrigierte Tavalisk. »Es sei denn, du ziehst es vor, in einer Welt zu leben, wo keine Kirche existiert, die dein Gehalt bezahlt.« Tavalisk fühlte sich äußerst selbstgefällig.

»Ich verstehe nicht ganz, Euer Eminenz.«

Der Erzbischof schüttelte traurig den Kopf. »O Gamil, du enttäuschst mich. Offenbar hast du noch nie Marods *Buch der Worte* gelesen. Seinen Worten zufolge bringt das Reich des Bösen auch das Ende der Kirche. *Der Tempel wird fallen*, hat er gesagt.« Tavalisk blickte zu seinem Privatsekretär. Das war genug für den Augenblick; er würde Gamil erst ein wenig an der Vorspeise kauen lassen, bevor er ihm das Hauptgericht servierte. »Was die Ritter betrifft: Nun, diese Heuchler machen gemeinsame Sache mit dem Herzog von Bren. Einige von ihnen haben in seiner letzten Schlacht sogar für ihn gekämpft: das Massaker von Luncorn. Diese elende, kleine Stadt hat teuer für ihren Versuch gezahlt, unabhängig zu werden.«

Tavalisk spießte ein Stück der grauen Masse auf und tauchte es in Knoblauchsauce. Mit so vielen ineinander verschlungenen Schleifen und Falten war Hirn hervorragend dafür geeignet, in Sauce ertränkt zu werden. »Tyren aufzustacheln ist die beste Möglichkeit, um das Interesse des Südens an den Vorgängen im Norden zu wecken. Die Ritter bekämpfen unseren Handel mit aller Macht, und der Herzog steht auf ihrer Seite. Wenn Bren also mächtiger wird, dann gewinnen auch die Ritter an Macht.«

Der Erzbischof nahm den Topf vom Feuer. Das Hirn war inzwischen so zäh, daß man es zum Bau von Kriegsschiffen verwenden konnte. »Wie macht sich übrigens unsere kleine multinationale Streitmacht? Hat sie schon irgendwelche Ritter erschlagen?«

»Nein, Euer Eminenz.«

»Wie schade.«

»Aber es hat einen Zwischenfall gegeben, Euer Eminenz, wenige Meilen nördlich von Camlee. Unsere Leute haben acht Wagenladungen mit unterschiedlichen Waren beschlagnahmt.«

»Und wo befinden sich diese Waren im Augenblick, Gamil?«

»Die Wagen werden in Camlee festgehalten, Euer Eminenz, und warten auf neue Befehle.«

Tavalisk lächelte. Seine fetten Lippen teilten sich und gewährten Gamil einen kurzen Blick auf winzige weiße Zähne. »Gib die Waren zu gleichen Teilen an Camlee, Marls und Toolay. Rorn wird nichts davon bekommen. Und sorge anschließend dafür, daß überall verbreitet wird, *wie* sie aufgeteilt worden sind.«

»Aber ich verstehe nicht, Euer Eminenz.«

»Also wirklich, Gamil. Wie ein alter Ochse wirst du jeden Tag schwerfälliger. Tyren wird nach einem Schuldigen suchen, und die Städte, die die Waren genommen haben, sind die idealen Kandidaten dafür. Ich will, daß

Tyren und seine nördlichen Spielgefährten glauben, daß der *gesamte* Süden gegen sie ist. Wenn Marls, Camlee und Toolay die Beute unter sich aufteilen, dann sieht es zumindest so aus. Und niemand kann behaupten, Rorn hätte das alles angezettelt, weil wir nicht den geringsten Profit bei der Sache gemacht haben.« Tavalisk trank einen weiteren Schluck Wein. »Es läuft hervorragend. Wir brauchen jetzt nur noch ein schönes Gemetzel. Ich glaube, ein einzelner Ritter reicht nicht länger aus. Laß uns einen ganzen Trupp umbringen.«

»Ich werde die Wünsche Eurer Eminenz weiterleiten.«

»Diskret wie immer, Gamil.«

»Selbstverständlich, Euer Eminenz. Wenn Ihr weiter nichts mehr für mich habt, dann werde ich mich jetzt zurückziehen.«

Tavalisk stand auf und reichte den Topf mit dem verdorbenen Hirn seinem Privatsekretär. »Da heute niemand in der Küche ist, Gamil, geh einfach runter und mach mir eine Kleinigkeit zu essen: Fleisch, Fisch, Süßigkeiten – du weißt schon, was ich will.«

Gamil konnte seinen Ärger nur schwerlich verbergen. Er stampfte aus dem Raum, wobei Brühe aus dem Topf schwappte. Der Erzbischof schüttelte den Kopf; wenn sein Privatsekretär zurückkehrte, würde er die Flecken aufwischen müssen.

Kapitel dreizehn

Funken stoben, als Stahl auf Stahl traf. Rovas kämpfte wie ein Dämon. Sein Gesicht war rot angelaufen, und der Schweiß lief in Strömen an ihm herab. »Stoß zu! Stoß zu!« schrie er. Jacks Lungen brannten. Frustration, nicht Können führte seine Klinge. Verzweifelt versuchte er, an den Mann heranzukommen, und Rovas, dem dies vollkommen bewußt war, provozierte ihn auch noch. Wieder und wieder griff Jack an, nur um festzustellen, daß sein Ziel leichtfüßig zur Seite ausgewichen war.

Sie trainierten auf der Weide südlich der Hütte. Die Hiebe, die sie austauschten, hatten schon lange die Unschuld eines bloßen Trainings verloren. Das Blut, das an Jacks Arm hinunterlief, war Beweis genug dafür.

Der Frühling war nicht mehr weit entfernt, und der Schnee knirschte nicht mehr unter den Füßen der Kämpfer. In der Ferne war das Rauschen von Wasser zu hören, und die ersten Grashalme drangen durch die Schneedecke. Jack hatte keine Zeit, den Wechsel der Jahreszeiten zu genießen. Rovas war fest entschlossen, ihn zu besiegen. »Komm schon«, stachelte er den Jungen an. »Versuch doch, mich zu erwischen.« Jack gehorchte. Er spannte sämtliche Muskeln an und stieß vor.

Wieder traf Stahl auf Stahl, und Rovas war gezwungen zurückzuweichen. Jack erinnerte sich der Worte des Schmugglers: *»Nutze jeden Vorteil, egal wie klein er auch sein mag.«* Er riß das Schwert hoch, so daß Rovas beide Arme zur Verteidigung heben mußte. Schnell wie der Blitz setzte ihm Jack mit dem Dolch nach. Ein Hieb über das Handgelenk zwang den Mann, sein Kurzschwert fallen zu lassen. Jack trat die Waffe beiseite, damit der Schmuggler sie sich nicht wieder zurückholen konnte. Jetzt besaß der Mann nur noch einen Dolch.

Jack überdachte seine Möglichkeiten. Rovas hatte ihm immer wieder erklärt: »*Überraschung ist die beste Waffe*«; also würde er ihn überraschen. Er schleuderte seinen Dolch gegen die Brust des Schmugglers. Ein schlecht gezielter Wurf, doch das war egal. Der Mann mußte sich zur Seite drehen, um dem Geschoß auszuweichen. Jack setzte hinterher und preßte die Spitze seines Kurzschwertes auf Rovas' Brust. Rovas blieb nichts anderes übrig, als beide Arme zum Zeichen der Kapitulation zu heben.

Nur mit Mühe konnte Jack der Versuchung widerstehen, triumphierend zu lächeln. Der Anblick des besiegten Schmugglers war in der Tat erhebend; Rovas wußte weder, was er sagen, noch, was er tun sollte. »Gibst du auf?« fragte Jack.

Rovas senkte den Kopf und murmelte: »Ich gebe auf.«

Jack nahm sein Schwert herunter und sagte: »Ziemlich heißer Kampf, nicht wahr, Rovas?« Er bot dem Schmuggler die Hand an, doch der lehnte ab.

»Jetzt hältst du dich wohl für verdammt klug, was, Junge?« entgegnete Rovas. Er ging zu der Stelle, wo sein Kurzschwert gelandet war. »Aber du hast nur Glück gehabt, weiter nichts.«

Jack setzte sich auf die Erde. Es kümmerte ihn nicht, daß der feuchte Schnee seine Hose durchnäßte. Sein Haar klebte am Kopf, und er wischte sich die schweißnassen Strähnen aus der Stirn. Das Lederband, mit dem er normalerweise seine Haare zusammenband, war nirgends zu sehen. »Würdest du sagen, daß ich bereit bin?«

»Mit dem Kurzschwert vielleicht; aber mit dem

Langschwert mußt du noch viel üben, und deine Schießkünste lassen einiges zu wünschen übrig.«

Jack lächelte. »Du bist wirklich ein Schmeichler.«

Rovas erwiderte das Lächeln. »Meiner Erfahrung nach bewirkt Schmeicheln nur eines.«

»Und was wäre das?«

»Es produziert Dummköpfe.« Beide lachten fröhlich auf, und die Spannung, die sich zwischen ihnen in den vergangenen Wochen aufgebaut hatte, war von einem Augenblick zum anderen verschwunden. »Das hast du verdammt gut gemacht, Junge«, sagte Rovas schließlich.

»Wann nennst du mir den Namen des Hauptmanns?«

Rovas stand auf. »Komm. Hilf mir ein paar Fische anzumalen, und ich werde dir das ein oder andere erklären.«

Jack folgte ihm zurück zu dem kleinen Verschlag neben der Hütte, in dem Rovas seine Waren präparierte. Diesmal stank der Raum nach Fisch und nicht mehr nach Innereien. »Hier«, sagte Rovas und reichte Jack ein Tuch. »Halt das auf die Wunde.« Dann richtete er seine Aufmerksamkeit auf den Fisch. »Die hier müssen bis Mittag auf dem Markt sein.«

»Dem Geruch nach zu urteilen, hätten sie bereits gestern dort sein sollen.« Jack zuckte zusammen, als er das Tuch auf den Schnitt in seinem Arm preßte.

»Das macht nichts. Das Aussehen ist entscheidend.«

Jack bemerkte einen Schweinekadaver, der mit dem Kopf nach unten von der Decke herabhing. Das Blut war in eine große Schüssel getropft. Rovas nahm die Schüssel, stellte sie auf den Tisch und tauchte die Hände ins Blut. Der Schmuggler rieb das halb geronnene Blut auf den Fisch, und die vormals verdorbene Ware, sah plötzlich wieder wie ein frischer Fang aus.

»Und nun zu unserem Hauptmann«, sagte Rovas, während er fortfuhr, die Fische anzumalen. »Er ist in einer Garnison stationiert, die insgesamt zwanzig Dutzend Soldaten beherbergt; also wird es nicht einfach sein, zu ihm zu gelangen. Du wirst dich nachts in die Garnison schleichen müssen. Dann beseitigst du ihn und machst, daß du so schnell wie möglich wieder wegkommst.«

Jack war überrascht; damit hatte er nicht gerechnet. »Gibt es keinen anderen Weg? Warum kann ich ihn nicht außerhalb der Garnison aus dem Hinterhalt angreifen?«

»Du würdest nicht nahe genug an ihn herankommen. Er geht nirgends hin, ohne nicht mindestens ein Dutzend Wachen bei sich zu haben. Die würden dich in null Komma nix fertigmachen.«

Logisch, doch irgend etwas tief in Jacks Innerem warnte ihn davor, den Worten des Schmugglers zu vertrauen. »Ich könnte ihn mit einem Pfeil erledigen.«

Rovas schüttelte den Kopf. »Nein, Junge, du bist kein Bogenschütze. Ein Fehlschuß, und die Wachen des Hauptmanns würden sich wie die Geier auf dich stürzen. Mein Plan ist der beste. Hol ihn dir, wenn er am verwundbarsten ist. Schleich dich rein und wieder raus.« Die Arme des Schmugglers waren bis zu den Ellbogen mit Blut verschmiert. »Außerdem kenne ich die Garnison wie meine Westentasche; es gibt dort eine Reihe Tunnel. Sie werden dir bei der Flucht recht nützlich sein.«

Jack hegte noch immer Zweifel. »Wenn sie mir bei der Flucht helfen, warum kann ich dann nicht durch sie hineingelangen?«

»Diese Art von Tunneln ist stets von innen verriegelt.« Rovas' Stimme klang eine Spur hölzern, als würde er einen auswendig gelernten Text rezitieren. Vielleicht war ihm das auch aufgefallen, denn er fuhr in einem wesentlich natürlicheren Tonfall fort: »Wir werden an einem Festtag zuschlagen, wenn die Soldaten vor lauter Bier träge sind. Nächste Woche wird Frühlingsanfang gefeiert, ein feuchtfröhliches Fest, ideal für unsere Zwecke.«

Besorgt, doch ohne zu wissen warum, versuchte Jack, Rovas aus der Reserve zu locken. »Tarissa hat mir gesagt, warum du den Hauptmann tot sehen willst.«

Der Schmuggler blickte von seiner Arbeit auf. »Hat sie das? Nun, das ging sie eigentlich nichts an.«

Jack dachte kurz daran, Rovas zu sagen, was Tarissa ihm sonst noch erzählt hatte – nämlich, daß *sie* ursprünglich den Mord hätte begehen sollen –, doch er hielt sich zurück. Das hätte Rovas mit Sicherheit wütend gemacht, und im Augenblick wollte Jack Informationen, keinen Streit. »Du und der Hauptmann, ihr wart also Geschäftspartner.«

»Aye, und dann ist der Bastard gierig geworden. Ich habe unsere Vereinbarung gekündigt, und daraufhin hat er sich auf Erpressung verlegt. Es kostet mich zehn Goldstücke im Monat, daß er mich nicht den Behörden meldet.« Dank des Schweineblutes strotzten inzwischen sämtliche Fische vor Gesundheit, und Rovas wischte sich dic Händc an cinem Tuch ab. »Er saugt mir das Blut aus.«

»Und in der Nacht zu Frühlingsanfang wirst du dieses Problem ein für allemal loswerden.« Trotz der warnenden Stimme in seinem Kopf war Jack aufgeregt. Es würde nicht mehr lange dauern. Wenn der Halcus-Hauptmann endlich aus dem Weg geräumt war, würde er wieder sein eigenes Leben führen und tun und lassen können, was er wollte. Er wußte bereits, wohin er gehen würde: Bren. Jacks Gedanken kehrten immer wieder zu dieser Stadt zurück. Schon bevor Rovas ihm von der bevorstehenden Hochzeit von Katharina von Bren mit Kylock erzählt hatte, hatte er den Wunsch verspürt, dorthin zu gehen. Manchmal sah er in seinen Träumen eine Stadt mit hohen Mauern, die am Fuß eines großen Berges lag. Das war Bren; Jack war dessen absolut sicher.

»Gibt es irgendwelche Neuigkeiten über den neuen König?« fragte Jack.

»Es gibt Gerüchte, daß er eine großangelegte Invasion planen soll. Wenn das wahr ist, wird er wahrscheinlich noch warten, bis der Frühling weiter fortgeschritten ist.« Rovas sammelte seinen Speichel und spie aus. »Auf jeden Fall geht hier im Norden niemand ein unnötiges Risiko ein, besonders nicht die Halcus. Unsere Schmieden verdienen mehr Geld, als gut für sie ist, und jeder Junge, der älter als dreizehn Jahre ist, übt sich im Umgang mit dem Schwert. Die Garnisonen werden geradezu von Männern überrannt, die sich freiwillig melden wollen, um gegen die Königreiche in den Kampf zu ziehen.« Der Schmuggler strich sich über den Bart. »Oder auch gegen Bren, wenn es nötig sein sollte, oder sogar gegen beide.«

Jack half Rovas, die Eimer mit den Fischen auf den Wagen zu laden. Die Sonne brach durch die Wolken, und der Wind wurde zu einer leichten Brise. »Dann wird es also Krieg geben?« fragte Jack.

»In dem Augenblick, da Kylock in Halcus eindringt, gibt es kein Zurück mehr. Beide Seiten werden ihre Verbündeten um sich scharen, und dann ist eine Eskalation unvermeidlich. Es bleibt nur die Frage, welches Ausmaß der Krieg schließlich annehmen wird. Wenn es nur zu einem Konflikt des Nordens untereinander kommt, dann könnte er schon bald wieder enden; aber wenn Städte wie Camlee und Ness mit hineingezogen werden, dann würde auch der Rest des Südens sich einmischen.« Rovas stieg auf den Kutschbock und nahm die Zügel auf. »Seit mehr als einem Jahrzehnt sucht der Süden nach einer Gelegenheit, die Macht der Ritter zu brechen, und ein Krieg im Norden würde ihm eben diese Gelegenheit bieten.«

»Dann könnte der Krieg sich also auch auf den Süden ausdehnen?« Jack kam sich ausgesprochen dumm vor; er hatte nicht gewußt, daß das politische Gleichgewicht in der bekannten Welt so empfindlich war. Inzwischen begann er zu verstehen, wie isoliert die Königreiche waren.

»Das kann man nicht mit Sicherheit sagen«, erwiderte Rovas. »Der Süden wird hoffen, daß der Krieg auf den Norden beschränkt bleibt. Der Gedanke wird ihnen überhaupt nicht gefallen, daß Ströme von Blut durch ihre eleganten, weißen Straßen fließen könnten.« Der Schmuggler schnalzte mit der Zunge, und der Wagen fuhr an. »Erinnere dich an meine Worte, Junge. Wir werden wie Lämmer zur Schlachtbank geführt werden, und es gibt Männer, die auf unseren Leichen ein Reich errichten wollen.«

Der Wagen rollte davon. Jack zitterte, und er wußte nicht warum. Rovas' Worte hatten irgend etwas in ihm bewegt. *Ein Reich aus Blut und Leichen.* Die Welt begann sich zu drehen. Der Himmel kam näher und formte sich über seinem Körper zu einer Kuppel. Desorientiert und mit einem flauen Gefühl im Magen sank Jack zu Boden. Der Schnee verbrannte seine Finger, und die Sonne versengte seine Seele. *Ein Reich aus Blut und Leichen.* Farben liefen ineinander: Grün, Blau, Weiß, alles wurde blutrot. Jack hob die Hand vor die Augen, um das Licht zu verbannen. Wahnsinn füllte die Dunkelheit. Tausend Bilder flatterten wie winzige Insektenflügel. *Ein Reich aus Blut und Leichen.* Eine Stadt mit hohen Mauern. Ein Mann mit goldenem Haar. Ein schreiendes Baby, eingesperrt in einen Raum. Und Melli, Melli war dort, aber sie war ebenso schnell wieder verschwunden, wie sie gekommen war. So viele weitere Bilder, unmöglich zu erklären: Blut war das einzige, das sie gemeinsam hatten.

Feucht, seine Hände waren feucht. Panik brachte ihn wieder zu sich. Er öffnete die Augen und zwang den Himmel wieder an seinen alten Platz zurück. Die Farben trennten sich, und der Schnee war wieder kalt. Tränen, kein Blut, liefen ihm über die Wangen.

Jack riß sich zusammen und stand auf. Übelkeit überwältigte ihn, ähnlich den Nachwirkungen der Zauberei. Er mußte sich konzentrieren, damit seine Beine nicht nachgaben. Mit zitternden Knien schleppte er sich Schritt für Schritt zur Hütte. Er hatte das Gefühl gehabt, als hätte sich die Welt vor ihm aufgetan und ihm ihr Innerstes offenbart. Sein Herz raste noch immer. *Ein Reich aus Blut und Leichen.* Aber was hatte das mit ihm zu tun? Er war ein Bäcker, kein Heilsbringer. Unvermittelt blieb er stehen. Wie konnte er auch nur für eine einzige Minute glauben, daß er in den kommenden Ereignissen eine Rolle zu spielen hatte? Dennoch glaubte er in den Bildern eine Botschaft gesehen zu haben. Oder eine Warnung. Nur Menschen, die etwas bewirken konnten, wurden gewarnt.

Jack seufzte laut auf und versuchte, seinen Traum als Unsinn abzutun. Der Kampf mit Rovas, und dann der blutverschmierte Fisch – offensichtlich hatte das seine Gedanken verwirrt. Der Türriegel schien unglaublich schwer zu sein. Als er schließlich nachgab, fand sich Jack in der warmen Hütte wieder. Sowohl Magra als auch Tarissa blickten von ihrer Arbeit auf. Im selben Augenblick, da sie Jacks Gesicht sahen, eilten sie zu ihm. Jack fiel in Tarissas Arme. Sie schleppte ihn ans Feuer, und ihre sanften, tröstenden Worte waren das letzte, was er hörte.

Melli lief auf und ab. Immer wieder blickte sie auf ihr Spiegelbild, obwohl sie sich alle Mühe gab, es zu ignorieren. Ihre Haut war bleich und schien gealtert zu sein. Die Knochen stachen ihr aus den Wangen, und Falten hatten sich um ihre Augen gelegt. Dieses Frühjahr würde sie neunzehn werden, doch diesmal würde es zur Feier ihres Geburtstages keine Süßigkeiten oder bunte Schleifen für ihr Haar geben. Ein flüchtiges Lächeln stahl sich auf Mellis Lippen. Es würde ihrem Vater fehlen, sie beschenken zu können; das hatte ihm mehr Freude bereitet als alles andere. Er hatte ihr Kleider gekauft, Handspiegel, Schmuckkästchen, Schuhe – alles ohne Rücksicht auf die Kosten. Immer war er bemüht gewesen, ihr eine Freude zu machen, wenn er auch sonst nichts für sie getan hatte.

Melli fragte sich, wo er jetzt wohl sein mochte, und was er gerade tat. Wahrscheinlich befand er sich auf seinen Gütern im Osten, wo man um diese Jahreszeit die Aussaat vorbereitete, und überwachte die Arbeiten. Jedenfalls war es das, was er offiziell tat; in Wahrheit betrank er sich jeden Abend und ging täglich auf die Jagd.

Der Gutsverwalter sorgte für das Land. Wieder warf Melli einen Blick auf ihr Spiegelbild: Sie hatte Tränen in den Augen.

Sie vermißte ihren Vater. Sie vermißte seine stolze, besitzergreifende Liebe.

Melli verfluchte sich selbst für ihre Schwäche und wischte sich die Tränen aus den Augen, bevor sie ihre Wangen hinablaufen konnten. Sie war stark – ein Erbe ihres Vaters –, und sie besaß nur wenig Toleranz gegenüber Schwäche, sowohl sich selbst als auch anderen gegenüber. Die Stärke einer Person zog sie eher an als gutes Aussehen oder Geld. Zurückblickend erkannte sie, warum die jungen Männer bei Hofe sie nicht interessiert hatten: Sie besaßen keine Macht, keine Erfahrung, keine Intelligenz.

Mellis Gedanken wanderten weiter, bevor sie sie aufhalten konnte. Baralis. Das war ein Mann, der alle in seiner Umgebung in den Schatten stellte. Selbst heute noch, Monate später, spürte sie seinen Atem in ihren Lungen. Einst hatte Melli von einem Arzt gehört, daß der Atem in den Lungen zu Fleisch werden würde. Bedeutete das etwa, daß ein Teil von ihr von Baralis geschaffen worden war?

Diesmal achtete Melli mit äußerster Sorgfalt darauf, nicht in den Spiegel zu schauen; sie hatte Angst zu entdecken, daß ihr Gesicht rot angelaufen war. Warum förderte ihr Verstand immer wieder solchen Unsinn zutage? Bei dem Versuch, ihre Gedanken so weit wie möglich von Baralis abzulenken, landete sie schließlich bei Jack. Was war wohl aus ihm geworden? Er war am Leben und wohlauf; das wußte Melli so sicher, wie sie ihren eigenen Namen kannte. Es war nicht sein Schicksal, inmitten von Feinden zu sterben.

Melli atmete tief ein, als ihre Gedanken auf das eine Thema zueilten, das sie seit Tagen zu verdrängen versucht hatte: Alyshas Worte zu Fiscel, als sie beide geglaubt hatten, Melli würde schlafen: »*In meiner Heimat nennt man Leute wie sie ›Diebe‹. Ihr Schicksal ist so stark, daß sie andere Menschen unter ihr Joch zwingen. Und was sie nicht erzwingen können, stehlen sie.*« Hatte das Schicksal auch sie auserwählt?

Ein leises Klopfen an der Tür war eine willkommene Ablenkung. »Herein«, rief Melli und folgte damit einer alten Gewohnheit aus ihrem Leben als Hofdame. Bailor betrat den Raum. Er war wesentlich eleganter gekleidet als das letzte Mal, als Melli ihn gesehen hatte. Sein Seidengewand war hervorragend geschneidert, doch der übertrieben kunstvolle Stil paßte weder zu dem runden Bauch, noch zu den spindeldürren Beinen. Er blickte zu dem leeren Tablett auf dem Bett.

»Wie ich sehe, hast du einen gesunden Appetit.«

»Wenn Ihr Euch um meine Figur sorgt, dann laßt mir das nächste Mal weniger bringen. Wie eine gute Milchkuh, so esse auch ich alles, was man mir vorsetzt.« Mellis Nervosität von gestern war verschwunden. Sie war bereit, alles und jeden herauszufordern. Gutes Essen, ein weiches Bett, eine Nacht allein und die Abwesenheit von Alysha und Fiscel – all das hatte dazu beigetragen, ihren Mut wieder neu zu entfachen.

»Nein, nein, meine Liebe«, sagte Bailor. »Du mißverstehst mich; das war ein Kompliment. Der Herzog mag Frauen, die mit ihrem Bauch essen und nicht mit ihrer Taille.«

Melli hatte solche Männer wie Bailor schon früher getroffen; eigentlich Diener, waren sie es dennoch gewöhnt, von jedermann zuvorkommend behandelt zu werden – einschließlich von Adeligen. Sie gewannen Macht über Höflinge, indem sie diese mit allen möglichen verbotenen Waren oder Vergnügungen versorgten, die gerade in Mode waren. Auch Burg Harvell konnte sich einer beträchtlichen Anzahl solch unternehmungslustiger Individuen rühmen.

»Wann werde ich Seine Gnaden kennenlernen?« fragte Melli und setzte ein – wie sie hoffte – freundliches Lächeln auf. Es konnte nicht schaden, sich mit dem Mann anzufreunden.

Das Lächeln provozierte Bailors Eitelkeit. Er zog den Bauch ein und richtete seine Tunika. »Ich bin hierhergekommen, um darüber zu reden. Morgen wird in Bren ein großes Ereignis stattfinden. Der Champion des Herzogs kämpft gegen den mysteriösen, goldhaarigen Fremden – die halbe Stadt wird dem Kampf beiwohnen. Auch seine Gnaden wird in Begleitung zweier ausländischer Würdenträger anwesend sein. Nach solchen Ereignissen pflegt der Herzog sich in seine Gemächer zurückzuziehen, um – wie soll ich es ausdrücken? –, um ein wenig weiblichen Trost zu suchen.«

»Also regt Blutvergießen seinen Appetit an.«

»So ordinär würde ich das nicht ausdrücken«, erwiderte Bailor.

»Nein. Das wäre wirklich nicht Euer Stil.« Melli hatte gesprochen, bevor sie gedacht hatte. Rasch versuchte sie, ihren Fehler zu korrigieren. »Ihr seid viel zu einfühlsam, um derart grobe Worte zu wählen.«

Bailor schien das Kompliment zu gefallen. Sein Bauch zog sich noch weiter unter die Seide zurück. »Und du bist offenbar eine Dame von Geblüt. Wer ist deine Familie?«

In Mellis Kopf klingelte eine Alarmglocke. Bailor versuchte, sie in eine Falle zu locken; sie hatte ihm bereits gesagt, woher sie stammte. Melli verfluchte ihre eigene Dummheit. Sie spielte die hohe Dame, obwohl sie immer wieder beteuerte, der Bastard eines niederen Lords zu sein. Niemand durfte herausfinden, daß sie in Wahrheit Maybors Tochter war. Sie hatte ihrem Vater bereits genug Schande bereitet, indem sie davongelaufen war; sie würde ihn nicht noch mehr beschämen, indem sie sich ausgerechnet jetzt auf seinen Namen berief. Dann kam ihr ein weiterer Gedanke: Bailor war genau die Art von Mann, die ihren Vater erpressen würde, sollte er die Wahrheit über ihre Herkunft herausfinden. Maybor würde teuer dafür bezahlen müssen, wenn er vermeiden wollte, daß die Nachricht von der Schande seiner Tochter den Hof von Harvell erreichte.

Melli erinnerte sich der Lüge, die sie dem Halcus-Hauptmann erzählt hatte, und sagte: »Mein Vater ist Lord Luff aus den Vier Königreichen. Meine Mutter war eine Dienerin aus Deepwood.«

»Aha.« Verständnis zeigte sich auf Bailors Gesicht. »So ist das also. Aus den Königreichen. Dein König hat die Absicht, Katharina zu heiraten.«

»König?« Melli fühlte sich plötzlich unwohl.

»Ja.« Bailor strahlte über das ganze Gesicht. »Hast du das nicht gewußt? Lesketh ist tot; Kylock ist nun König.«

Melli mußte sich setzen. Ihre ersten Gedanken galten ihrem Vater. Diese Nachricht hatte ihn sicherlich schwer getroffen; seine Tochter hätte heute Königin sein sollen. *Sie* hätte heute Königin sein sollen. Melli versuchte, diese Gedanken abzuschütteln, doch die Wirklichkeit holte sie sofort wieder ein. Die Macht, die sie in Händen gehalten hätte! Bedauern bahnte sich einen Weg in ihren Verstand, und sie war unfähig, es aufzuhalten. Noch vor wenigen Monaten war Melli fest davon überzeugt gewesen, daß Kylock und ihr Vater sich die Macht geteilt hätten, die ihr verliehen worden wäre. Nun aber erkannte sie, daß Macht niemals verliehen wurde – man nahm sie sich. Durch ihre Flucht aus der Burg hatte sie ihren Vater davon abgehalten, ihr Schicksal zu kontrollieren. Sie hatte ihr Leben selbst in die Hand genommen. Wäre sie heute Königin, dann nicht nur dem Titel nach.

Kylocks Bild vor Augen, ließ das Bedauern nach. Nein, sie wollte nicht mit ihm verheiratet sein. Sein dunkles, gutaussehendes Gesicht hatte nie etwas anderes als Verachtung gezeigt, und seine Lippen deuteten auf ein grausames Wesen hin. Katharina von Bren konnte ihn ruhig haben.

»Meine liebe Melli«, sagte Bailor, »geht es dir nicht gut? Du siehst recht blaß aus.«

Melli brauchte einen Augenblick, um ihre Fassung wiederzufinden; ihre Gedanken drehten sich um den Thron. »Mir ist nur ein wenig schwindelig. Ihr wißt ja, wie Frauen sind.«

Bailor nickte. »Nicht umsonst nennt man euch das schwache Geschlecht.«

Melli durchsuchte ihr Verhaltensrepertoire nach einer angemessenen Reaktion und lächelte schließlich affektiert. »Wann wird die Hochzeit stattfinden?«

»Erst in einigen Monaten, glaube ich.« Bailor machte sich auf den Weg zur Tür. »Aber egal, du solltest dir dein hübsches Köpfchen nicht über solche Dinge zerbrechen. Ich erwarte, daß du bereit bist, wenn man morgen nacht nach dir schickt.«

Melli war nicht gewillt, ihn gehen zu lassen, denn eine weitere Frage lag ihr auf dem Herzen. »Besteht die Möglichkeit, daß ich einen Spaziergang auf dem Palastgelände machen kann? Die frische Luft wird meinem Aussehen guttun.«

Bailor wedelte mit dem Finger. »Das glaube ich nicht, meine Liebe, noch nicht. Laß uns erst sehen, wie du mit dem Herzog zurechtkommst, bevor wir uns über Gefälligkeiten unterhalten.«

Ein zweites Lächeln brachte Melli nicht mehr zustande. »Macht nichts. Es ist im Augenblick sowieso zu kalt, um spazierenzugehen.«

»Ich weiß.« Bailor warf ihr einen warnenden Blick zu. »Ich werde jetzt gehen. Wenn du ein neues Kleid oder anderen Flitter brauchst, sag der Wache, er solle Veena rufen; sie wird dir alles bringen, was du willst.« Er schloß die Tür, und Melli hörte deutlich, wie der Riegel vorgeschoben wurde.

Verdammt, er hatte sie sofort durchschaut! *Ein Spa-*

ziergang auf dem Palastgelände. Wie hatte sie nur so dumm sein können? Daß Bailor das Wort *Wache* verwendet hatte, war kein Zufall gewesen. Jetzt würde er sie wie ein Falke im Auge behalten. Wütend über sich selbst stampfte Melli mit dem Fuß auf und suchte nach etwas, das sie durch den Raum werfen konnte. Sie nahm einen Zinnbecher vom Tablett und wollte ihn gerade gegen die Wand schleudern, als sie in ihr Spiegelbild blickte: Sie sah genau wie ihr Vater aus. Roter Kopf, gesenktes Kinn, blitzende Augen – das war Lord Maybor wie er leibt und lebt.

Melli stellte den Becher wieder ab und ließ sich aufs Bett fallen. Sie war einen weiten Weg gegangen, nur um zu erfahren, daß ihr Vater ständig bei ihr gewesen war. Mit einem zärtlichen Lächeln auf den Lippen rollte sie sich unter den Laken zusammen. Ihre Gedanken summten wie Maikäfer hierhin und dorthin, und es dauerte lange, bis sie endlich eingeschlafen war.

Tawl betrat den Stall und warf zwei volle Bierschläuche auf den Boden. Sofort eilte er zu Schnapper, und ohne ein Wort zu sagen, löste er den Verband. Er betrachtete die Wunde und suchte nach Schwellungen; dann zog er einen Lederbeutel aus seiner Tunika und griff hinein. Der Beutel enthielt eine Kräutersalbe, die der Ritter auf Schnappers Wunde schmierte. Nachdem er damit fertig war, erneuerte er den Verband und wandte seine Aufmerksamkeit dem verletzten Arm des Jungen zu. »Tut das weh?« fragte er und hob den Arm vorsichtig an.

Schnapper beschwerte sich lautstark. »Willst du mich etwa umbringen? Natürlich tut das weh!«

Tawl lachte. »Du wirst's überleben. In ein paar Tagen ist der Arm wieder in Ordnung.«

»Das sollte er auch, mein Freund; schließlich ist es mein Arbeitsarm.« Das ständige Betatschen hatte Schnapper verärgert; Tawl trieb das Ärztespiel ein wenig zu weit. »Dank dir werde ich noch mehr forschen müssen, wenn ich wieder bei Kräften bin. Wie konntest du nur mich retten, aber nicht mein Bündel?«

»Was war denn überhaupt in deinem Bündel?«

»Meine Beute natürlich. Gold, Silber, Schmuck – gute Sachen eben.«

»Nein, Schnapper«, erwiderte der Ritter. »Nicht alle guten Sachen.«

»Was willst du damit sagen? Hast du was davon gerettet?«

»Du besitzt noch immer etwas viel Wertvolleres als Gold.« Tawl setzte sich ins Stroh. Schnapper betete, daß der Ritter nicht nach einem Schlauch greifen würde – umsonst. Sein Freund tat genau das. Er zog den Stopfen heraus, aber er hob den Schlauch nicht an den Mund. »Was du in dem Bordell getan hast, war mehr wert als der größte Schatz; du hast alles riskiert, um einen Freund zu retten.« Tawl blickte Schnapper tief in die Augen. »Im Leben gibt es nichts Wichtigeres, als den Menschen zu helfen, die man liebt.«

Die Worte verbrannten Schnapper wie eine offene Flamme.

Er konnte dem Ritter nicht mehr länger in die Augen schauen. Unerträglicher Schmerz stand Tawl ins Gesicht geschrieben. Plötzlich kam sich Schnapper unendlich klein vor. Seine erste Reaktion war, sich zu verleugnen; er verdiente kein Lob. »Ich war derjenige, der dich überhaupt erst in diese Lage gebracht hat. Wenn ich nicht gewesen wäre, hätte man dich niemals vergiftet ...«

Tawl schüttelte den Kopf. »Das ist egal. Was zählt, ist, daß du dort gewesen bist.«

»Wenn eine gute Tat einen ganzen Haufen schlechter Taten ausgleichen kann, warum suchst du dann nicht weiter nach dem Jungen?« In derselben Sekunde, da die Worte seinen Mund verließen, wußte Schnapper, daß er zu weit gegangen war. Mit einem einzigen Satz hatte er Bevlin aus dem Grab geholt.

Der Ritter antwortete überraschend freundlich.

»Nicht länger ein Junge, Schnapper. Fünf Jahre sind genug, um einen Mann aus ihm zu machen.«

Schnapper faßte neuen Mut und fuhr fort: »Warum suchst du ihn dann nicht? Ich werde dir helfen ... mit Geld und so was. Genau wie in den alten Zeiten.«

»Die alten Zeiten werden niemals wiederkommen. Sie sind ein für allemal vorbei.«

»Aber ...«

»Du weißt nichts«, Tawl wurde wütend, »*gar nichts*. Eine ganze Welt voll guter Taten kann das nicht wieder ungeschehen machen, was ich getan habe.«

Die Verzweiflung in der Stimme des Ritters reichte aus, um Schnappers Zunge Einhalt zu gebieten. Er hätte erst gar nicht so sorglos daherreden dürfen. Ein kleiner Teil von ihm fragte sich, was Tawl sonst noch durchgemacht hatte, denn der Schmerz des Ritters war so stark, daß es mehr als einen Grund dafür geben mußte. Schnapper wollte ihn in den Arm nehmen, ihm helfen. Doch statt dessen sagte er: »Du solltest was von der Salbe auf deinen Arm tun. Eine Verbrennung wie die kann sich leicht entzünden.«

»Es geht mir schon wieder ganz gut. Mittlerweile ist sie schon mehrere Wochen alt.«

Schnapper stand auf. »Nein, ich bestehe darauf. Wenn du morgen nacht wirklich kämpfen willst, dann besteht die Gefahr, daß deine Wunde wieder aufgeht, wenn die Haut trocken und gespannt ist.« Er kniete sich neben den Ritter. Überraschenderweise streckte Tawl des Arm aus. Schnapper hatte eigentlich erwartet, beiseite gestoßen zu werden.

»Ich nehme an, wenn du morgen sowieso mein Sekundant sein wirst, kannst du auch genauso gut schon heute damit anfangen.«

Die Vorstellung von Mauerseglers mißbilligendem Gesicht war das einzige, was Schnapper daran hinderte, seiner Freude freien Lauf zu lassen. Tawls Sekundant! Das war die größte, die höchste, die beste und die einzige Ehre, die ihm je zuteil geworden war. Mit stolzgeschwellter Brust und Händen, die vor Aufregung über den neu verliehenen Titel zitterten, löste er den Verband um den Arm des Ritters.

Was unter dem Stoff zum Vorschein kam, setzte Schnappers freudiger Erregung ein jähes Ende. Aus der Nähe betrachtet, sah die Verbrennung noch abstoßender aus. Die Haut war mit Blasen übersät; an einer Stelle war sie sogar vollständig verschwunden, und das darunterliegende Fleisch war deutlich zu erkennen. Nur dank seines außergewöhnlichen Talents für stoische Gelassenheit gelang es Schnapper, ruhig zu bleiben. Mitten durch die Verbrennung und die Ringe hindurch verlief Tawls alte Narbe. Nur daß sie nicht länger alt aussah. Sie leuchtete in hellem Rot, als sei sie dem Ritter erst vor wenigen Tagen zugefügt worden.

Kapitel vierzehn

Der Vollmond schien über Bren, eingerahmt von unzähligen Sternen, und der Wind trieb den Nebel vom Großen See hinaus auf die kalten Tundren des Nordens; doch fünftausend Menschen interessierte das nicht. Ein Ring aus Fackeln hüllte die Menge in Rauch und beleuchtete den Mittelpunkt der Nacht – die Kampfgrube.

Die Menschen waren ruhig; nur gelegentlich unterhielten sich ein paar Zuschauer gedämpft miteinander. An den Fingern trugen sie ihre wertvollsten Ringe, und in ihren Gürteln steckten mit Juwelen besetzte Dolche. Weit und breit war nicht ein einziger fliegender Händler zu sehen. Das einzige Geräusch neben dem leisen Murmeln der Menge war das Klimpern der Münzen, wenn Gold gegen Wettmarken getauscht wurde. Nie zuvor war in Bren soviel gewettet worden.

Maybor zog seinen Pelzumhang enger um die Schultern. Der Frühling mochte ja vielleicht schon unterwegs sein, doch heute nacht war Bren noch fest in der Hand des Winters. Der Herzog würde bald erscheinen. Der Hofstaat hatte sich bereits in der herzöglichen Loge versammelt und wartete unruhig auf die Ankunft des Falken. Auch Baralis war hier. Er stand allein in einer Ecke, ganz in Schwarz gehüllt, das Gesicht in den Schatten verborgen. Borc sei Dank hatte der Mann nicht darauf bestanden, seinen offiziellen Platz an der Seite des Herzogs einzunehmen, und so würde Maybor den Falken ganz für sich allein haben.

Von seinem Platz aus hatte Maybor einen guten Blick auf die beiden Kämpfer. Der Champion des Herzogs hatte dem Publikum zum Gefallen die Brust entblößt. Im Augenblick wurde er eingeölt. Um die Stirn trug er ein Band in den Farben von Bren. Ein stattlicher Bursche, breitschultrig und muskulös – fast so, wie Maybor in seiner Jugend gewesen war. Maybor blickte zu dem anderen Mann: Groß und mit goldenen Haaren stand er allein am Rand der Grube. Er hatte dunkle Ringe unter den Augen, und ein Verband war um seinen rechten Unterarm gewickelt. Maybor mußte gar nicht erst darüber nachdenken, auf welchen der beiden Kämpfer er sein Geld setzen würde.

Eine gute Idee, Frauen nicht als Zuschauer bei den Kämpfen zuzulassen, dachte Maybor, während er den Blick über das rein männliche Publikum schweifen ließ. Kämpfen war Männersache, und irgendwelche zartbesaiteten Weibsbilder würden einem nur den Spaß verderben.

Immer wieder schauten die Menschen zu Maybor hinüber; aber schließlich war er ja auch eine stattliche Erscheinung mit seinem neuen Pelzumhang und dem Geschenk des Herzogs an der Seite. Ein eleganter, grauer Mastino lag zu Maybors Füßen. Die kleinen Augen des Hundes blickten ruhelos hierhin und dorthin; seine kurzen, kupierten Ohren reagierten auf jedes Geräusch, und seine mächtigen Kiefer schienen bereit, jeden Augenblick zuzuschnappen. Geistesabwesend streichelte Maybor über den Kopf der Kreatur. Es war eine große Ehre, einen der Hunde des Herzogs geschenkt zu bekommen. Der Falke persönlich hatte ihn Maybor gebracht, kurz nachdem er über Kylocks Invasionspläne informiert worden war – eine passende Bezahlung für solch eine wertvolle Information. Maybor lächelte. Zweifelsohne hatte es der Herzog genossen, Baralis dieses besondere Stück Information unter die Nase zu reiben.

Endlich kam er: Eskortiert von zwölf Wachen marschierte der Herzog von Bren über den Hof. Sein Erscheinen brachte Unruhe in die Zuschauer. Keine extravaganten Festtagsgewänder für den Falken. Wie immer war er in einfachem, militärischem Blau gekleidet. Maybor konnte seine Mißbilligung nur schwer verbergen; der Mann hatte einfach keinen Sinn fürs Dramatische.

Der Herzog hielt direkt auf die Hofloge zu. Dort angekommen, verbeugte er sich zuerst vor Maybor, dann vor Baralis. Anschließend trat er auf eine extra für ihn errichtete Empore und wartete, bis die Menge wieder zur Ruhe gekommen war. Alle Augen waren auf ihn gerichtet. Schließlich kehrte Stille ein, und der Herzog hob den rechten Arm. Die beiden Kämpfer traten vor. Sie erreichten gleichzeitig die herzögliche Loge.

Maybor, der unmittelbar hinter dem Herzog saß, konnte alles genau beobachten. Als erster präsentierte der Champion sein Messer. Der Herzog nahm die Waffe, maß die Länge der Klinge an seinem Unterarm, und gab sie dem Kämpfer zufrieden wieder zurück. »Möge Borc dir Ruhm bringen«, sagte er. Das gleiche Ritual wiederholte er mit dem blonden Fremden, doch diesmal klang sein Segen wesentlich weniger überzeugend.

Die beiden Männer wurden von ihren Sekundanten begleitet. Hinter dem Champion stand ein Mann, der nur sein Bruder sein konnte, obwohl er bei weitem nicht so muskulös und gutaussehend war wie Blayze; auch schien er einst im Kampf schwer verletzt worden zu sein, denn er zog ein Bein nach. Im Augenblick flüsterte er seinem Bruder etwas zu, und das Licht der Fackeln schimmerte auf seinen krummen Zähnen. Auf der anderen Seite stand ein Junge, dessen rechter Arm in einer Schlinge hing. Er war gerade alt genug, um ein Schwert in der Hand halten zu können. Eine wahrhaft armselige Wahl als Sekundant.

Die Kämpfer und ihre Sekundanten zogen sich wieder zurück. Keiner von beiden verschwendete auch nur einen Blick an den anderen. Nachdem sie ihre Positionen am Rand der Grube eingenommen hatten, erscholl ein Ruf:

»Heute nacht kämpft für die Ehre von Bren Blayze, der Champion des Herzogs!« Der Beifall der Menge war laut und anhaltend. Als sie schließlich wieder verstummten, fuhr der Herold fort: »Und sein Herausforderer ist Tawl, Ritter von Valdis!«

Bevor die Zuschauer reagieren konnten, hob der goldhaarige Kämpfer den Arm. »Nein, mein Freund«, sagte er. »Ich bin nicht aus Valdis.«

Ein Raunen ging durch die Menge. »Aber man hat mir gesagt ...«, begann der Herold.

»*Ich* sage dir, ich stamme aus dem Tiefland.«

Maybor mußte zugeben, daß ihm die Worte und die Art, wie sie gesprochen worden waren, Respekt abnötigten. Er rieb sich die Hände. Die Ereignisse nahmen eine interessante Wendung. Ein wenig Drama vor dem Kampf gab dem Ganzen noch Würze.

»Wie Ihr wollt, Herr«, entgegnete der Herold. »In Bren achten wir das Wort eines Mannes.« Dann wandte er sich wieder an die Zuschauer: »Und der Herausforderer des Herzogs ist Tawl aus dem Tiefland!« Diesmal wurde kein Beifall gespendet; nervöses Flüstern war die einzige Reaktion des Publikums.

Die beiden Männer sprangen in die Grube. Der Herold hob ein rotes Tuch und wartete auf ein Zeichen des Herzogs. Noch immer stehend, hob der Herzog den rechten Arm. Er ballte die Hand zur Faust und schlug sich auf die Brust. Das Tuch fiel in die Grube.

Schnapper beobachtete, wie die beiden Kämpfer einander umkreisten. Tawl würde keine Schwäche bei Blayze entdecken. Andererseits war es mehr als wahrscheinlich, daß Blayze bereits bemerkt hatte, wie ausgelaugt der Ritter war. Die Wunde an Tawls Unterarm war besonders empfindlich, doch bis jetzt war es ihm offenbar gelungen, diesen Umstand zu verbergen. Die meisten Leute glaubten sowieso, daß Tawl den Verband nur trug, um seine Ringe zu verbergen – auch nach seiner Erklärung hatte sich daran nichts geändert. Schnapper vermutete, daß es Tawl sehr schwergefallen sein mußte, die Ritterschaft zu verleugnen.

Blayze machte einen Ausfall mit dem Messer. Tawl täuschte ein Ausweichmanöver an und war sofort wieder kampfbereit. Blayze, der den Messerarm für den Stoß gesenkt hatte, war nun für einen kurzen Augenblick verwundbar. Der Ritter riß sein Messer zurück, als wolle er zustoßen, doch statt dessen schlug er Blayze mit der linken Faust ins Gesicht. Die Menge war entsetzt und zischte verächtlich angesichts des unehrenhaften Angriffs.

Der Champion taumelte zurück. Tawl setzte ihm mit Schlägen hinterher und versuchte, ihn so zu Boden zu zwingen; aber er hatte nicht mit der geradezu übermenschlichen Kraft seines Gegners gerechnet. Der Mann schwankte noch nicht einmal. Statt dessen stieß er Tawl mit solcher Macht von sich, daß der Ritter nur mit Mühe das Gleichgewicht bewahren konnte. Schnapper konnte den Schweiß auf Tawls Stirn deutlich sehen. Die Menge tobte; überall wurde wie rasend gewettet.

Blayze schlenderte zu Tawl, der sich noch immer nicht von dem Stoß erholt hatte. Die eingeölte Haut des Champions glitzerte im Licht der Fackeln. Er deutete auf sein Kinn, um seinen Gegner zu provozieren. Er forderte Tawl auf, noch einmal zu versuchen, ihn zu schlagen. Der Ritter sprang vor. Blayze war auf ihn vorbereitet. Blitzschnell riß er den Ellbogen hoch und rammte ihn gegen Tawls Unterkiefer – eine riskante Technik, denn die Klinge des Ritters war bereits nahe an Blayzes ungeschützter Flanke. Die Wucht des Schlages war so groß, daß Tawl die Haut des Champions kaum ankratzen konnte. Ein paar Tropfen Blut, das war alles.

Blayze ließ Tawl keine Zeit, sich zu erholen. Er änderte den Griff um sein Messer und stach nach der Brust des Ritters. Da die beiden Kämpfer auf engstem Raum miteinander rangen, war es unmöglich zu sehen, was genau geschah. Dann wich Blayze zurück, und das Licht fiel auf Tawl. Sein leinenes Unterhemd war blutverschmiert. Die Menge jubelte, während Schnapper sich der Magen umdrehte: Der Fleck wurde immer größer.

Ein rascher Blick in die Hofloge zeigte ihm, daß der Herzog mit dem Verlauf des Kampfes äußerst zufrieden war.

Tawl wurde keine Ruhepause gegönnt. Blayze auf den Fersen, war er gezwungen, immer weiter zurückzuweichen. Schnapper wollte jedermann zurufen, *»Er ist vergiftet worden!«*, doch er wußte, daß er damit Tawls Ehrgefühl verletzen würde. Schnapper respektierte das, denn schließlich war es eben dieses Ehrgefühl, was Tawl von anderen Männern unterschied.

Es war schwer abzuschätzen, wie schlimm die Wunde war. Vielsagender als alles Blut war die Tatsache, daß der Ritter merklich langsamer geworden war. Er stand in der Mitte der Grube, und Blayze umkreiste ihn wie ein Geier. Immer wieder versuchte der Champion, seinen Gegner mit Finten dazu zu verleiten, die Deckung fallen zu lassen. Auch verspottete er Tawl. »Nach allem, was ich gehört habe, wundert es mich nicht, daß du nicht mehr als Ritter erkannt werden willst«, sagte Blayze laut und deutlich. Schnapper war tief beschämt. *Er* war es gewesen, der Blayze diese besondere Waffe gegeben hatte.

Das Blut erreichte Tawls Hüfte. Er atmete hart und schnell. Schweiß lief ihm über Nase und Wangen, und dennoch gelang es dem Ritter, Blayze auf Abstand zu halten. Die Menge war nicht glücklich über den Verlauf des Kampfes. Sie pfiffen und schrien, Tawl sei zu feige, seinen Gegner anzugreifen.

Blayze verlor die Geduld. Er wollte einen Schlagabtausch, um seine Fähigkeiten zur Schau stellen zu können. Laut rief er: »Ich sage, du bist ein Ritter, und ich werde es beweisen!« Beifall brandete auf. Eine Serie schneller Bewegungen überwältigte die Zuschauer und verwirrte Tawl. Blayzes Messer beschrieb komplizierte Figuren in der Luft – jedes Aufblitzen der Klinge eine unmißverständliche Warnung.

Schließlich griff er an: ein rascher Hieb gegen Tawls rechten Arm. Der Verband wurde in der Mitte zerschnitten. Blayze trat zurück, und die Bandage fiel zu Boden.

»*Aaah!*«, rief die Menge wie aus einem Munde. Die Ringe waren nun für jedermann zu sehen. Die Ringe, die Verbrennung, die Narbe. Schnapper verspürte einen stechenden Schmerz in der Brust; er konnte es kaum ertragen, weiter in die Grube zu schauen. Sein Blick trübte sich, und Tränen rannen ihm unbemerkt übers Gesicht. Es war alles seine Schuld.

Tawl hob den Kopf und ließ seinen Blick über die Menge schweifen. Diejenigen, die besonders hämisch gejohlt hatten, verstummten als erste. Der Gesichtsausdruck des Ritters gebot Schweigen. Sein goldenes Haar schimmerte im Licht der Fackeln, und die blutbefleckte Tunika wurde zu einem Wappen. Als er sprach, durchschnitt seine Stimme die Nacht und änderte ihren Charakter. »Ich zähle mich nicht länger zu den Rittern«, sagte er leise. »Ich bin Valdis' nicht würdig.«

Wahrheit und Qual lagen in diesen Worten. Die Menge regte sich unruhig: Die Tragödie eines Mannes war vor ihren Augen enthüllt worden, und die Menschen wußten nicht, wie sie darauf reagieren sollten. Blayze nahm ihnen die Entscheidung ab. Verärgert darüber, daß die Zuneigung des Publikums von ihm auf den Ritter übergegangen war, griff er an.

Der Champion des Herzogs sprang auf Tawls Rücken, um ihn zu Boden zu schleudern. Tawl stieß sich mit Armen und Beinen ab und warf sich nach hinten. Blayze verlor das Gleichgewicht und stürzte. Wie ein Berglöwe stürzte sich der Ritter auf ihn. Sein linkes

Knie landete auf Blayzes Handgelenk. Die Knochen krachten, und der Champion verlor das Messer. Tawl trat die Waffe außer Reichweite. Dann verlagerte er sein Gewicht, um Blayze auf dem Boden halten zu können. Er saß auf den Schenkeln des Mannes, so daß dieser nicht aufspringen konnte.

Die Menge war zugleich schockiert und erregt. Sowohl Beifall als auch Pfiffe waren zu hören. Schnapper versprach Borc, nie wieder einem Mann in die Tasche zu greifen, falls Tawl aus diesem Kampf als Sieger hervorgehen würde.

Tawls Klinge stieß herab. Verzweifelt bemühte sich Blayze, sie von seiner Kehle fernzuhalten. Er kämpfte eine verlorene Schlacht. Da das rechte Handgelenk gebrochen war, versuchte der Champion, sich mit der Linken des Messers seines Gegners zu erwehren. Tawls Schwertarm mochte vielleicht verletzt sein, doch Blayzes Linke hatte ihm trotzdem nichts entgegenzusetzen.

Im selben Augenblick, da die Spitze des Messers die Haut des Champions ritzte, geschah etwas. Tawl wankte. Sein Arm zitterte, und sein Körper wurde von Krämpfen geschüttelt. Er griff sich mit der linken Hand an die Brust und verlor so die Kontrolle über seinen Gegner.

Die Luft war erfüllt von Magie. Jedes Haar auf Baralis' Körper hatte sich aufgerichtet. Irgend jemand beschwor einen Zauber auf den goldhaarigen Kämpfer herab. Die Energie schwoll in den Lungen des Kanzlers an wie ein Krebsgeschwür. Baralis sandte sein Bewußtsein aus: Er mußte herausfinden, wer dumm genug war, eine solche Tat zu wagen.

Wie ein Blinder tastete er sich langsam vor. Die Beschwörung war schwach, unkonzentriert, das Werk eines Laien. Baralis folgte der Spur zu einer schlanken, vermummten Gestalt in der Menge.

Dann spürte er, wie der Wille des Kämpfers sich dem

Angriff widersetzte. Es war eine körperlich spürbare Kraft, und das Schicksal stand auf ihrer Seite. Ihre Stärke war atemberaubend. Und plötzlich verstand Baralis, was geschah. Das Schicksal dieses Mannes, dieses goldhaarigen Kämpfers, der einst ein Ritter gewesen war, war ungewöhnlich stark und fordernd; es würde niemals zulassen, daß er dem Schock einer Beschwörung erlag. Mit aller Kraft kämpfte der Ritter gegen den Zauber an. Während seines Aufenthaltes im tiefen Süden hatte Baralis von solchen Männern gehört. Es hieß, ihr Schicksal würde sich gegen jede Einmischung zur Wehr setzen und sie zurückschlagen – ganz besonders, wenn es sich dabei um Zauberei handelte. ›Diebe‹ wurden sie genannt, aber er konnte sich nicht mehr erinnern, warum.

Selbst als sich sein Griff um das Messer lockerte, kämpfte der Ritter unablässig weiter. Den Zauberer verließen die Kräfte. Die magische Energie spannte sich wie ein Bogensehne, die jeden Augenblick reißen konnte. Auch wenn die vermummte Gestalt unerfahren war, so hatte sie doch genug Macht freigesetzt, um sich selbst die Haut vom Gesicht zu brennen.

Der scharfe Geschmack der Zauberei ließ Baralis das Wasser im Mund zusammenlaufen, und er betrachtete den Magier genauer. So klein, so schlank: Es war eine Frau! Neugier siegte über die Vorsicht, und mit dem nächsten Atemzug setzte Baralis einen Zwangszauber frei. Mit äußerster Präzision webte er ihn unter die Beschwörung der Fremden. Nur einen Augenblick später drehte sich die vermummte Gestalt um und schaute ihn an. Die Schreie der Menge in den Ohren und den Geschmack der Zauberei noch immer frisch auf der Zunge erkannte Baralis das Gesicht Katharinas von Bren.

Der Wille des Ritters schlug mit tödlicher Kraft zu. Im selben Moment verlor Katharina die Kontrolle über ihre Beschwörung, und nur den Bruchteil einer Sekunde später sandte Baralis seine eigene Macht aus.

Ohne darüber nachzudenken, richtete er jede Faser seiner Seele auf den Raum zwischen Katharina und dem Ritter. Katharinas Zauber brach in sich zusammen. Baralis konnte es hören. Er eilte der zurückströmenden Energie entgegen. Keine Zeit, sich auf den Aufprall vorzubereiten. Ein Sturm brach über Baralis herein. Sein Geist wurde aus dem Körper gerissen, und der Kanzler der Vier Königreiche stürzte hinab in die Dunkelheit.

Schnapper war fest davon überzeugt, daß Tawl erledigt war. Der Anfall des Ritters hatte Blayze genug Zeit gegeben, um sowohl seine Kraft als auch sein Messer wiederzufinden. Der Champion führte das Messer mit der Linken und hieb nach Tawls Gesicht. Tawl krümmte sich vor Schmerzen, aber trotzdem gelang es ihm, rechtzeitig auszuweichen, so daß das Messer ihn nur am Ohr verletzte. Wieder stürmte Blayze vor, und die Menge feuerte ihn an. Der Sieg war zum Greifen nahe.

Unvermittelt erholte sich Tawl wieder. Er richtete sich auf, schaute Blayze in die Augen und lächelte. Eine Sekunde später trat er die Kniescheiben des Champions ein – und zwar beide mit einem einzigen Tritt! Der Mann fiel zu Boden, und Tawl war sofort über ihm. Er rammte den Ellbogen ins Gesicht seines Gegners und brach ihm die Nase, so daß beide Männer mit Blut bespritzt wurden. Tawl überraschte die Menge, indem er sein Messer wegwarf. Er packte Blayzes Stirn mit beiden Händen und schmetterte den Schädel des Champions auf den Boden. Wieder und wieder krachte der Kopf des Mannes auf die Steinplatten. Die Menge war entsetzt. Alle Augen waren auf die Blutlache gerichtet, die den Kopf des Champions umgab.

Plötzlich spürte Schnapper, daß ihn jemand am Ärmel zog. Er riß sich von dem Kampf los … und stand dem Mädchen von dem Porträt gegenüber. *»Sorg dafür, daß er aufhört!«* kreischte sie. Eine Sekunde, und alles war klar: Sie war offensichtlich die Geliebte des Champions. Eine weitere Sekunde, um über die Übertreibung des Künstlers nachzudenken – das Mädchen wirkte in natura wesentlich abgehärmter –, dann sprang Schnapper als rettender Held in die Grube.

Er rannte direkt zu Tawl. Der Ritter war in einen Blutrausch verfallen. Zerstörung war das einzige, was noch für ihn zählte. Schnapper legte ihm die Hand auf den Arm und sagte sanft: »Komm, Tawl. Zeit aufzuhören. Es gibt keinen Grund mehr weiterzukämpfen.« Der Ritter hob den Kopf. Sein Blick war trübe, und er schaute ins Nichts. Schnapper wußte, daß sein Freund an einem weit entfernten Ort war und einen Kampf kämpfte, der niemals gewonnen werden konnte. »Bitte, Tawl, tu es für mich. Bitte, hör auf.« Tawl zögerte, und schließlich klärte sich sein Blick. Er hielt inne und gestattete Schnapper, ihn wegzuziehen. Dann stand er auf und kletterte aus der Grube hinaus.

Die Menge wartete schweigend. Erst Sekunden später fiel Schnapper ein, worauf sie warteten. Das rote Siegestuch lag noch immer auf dem Boden. Instinktiv wußte Schnapper, daß Tawl es niemals aufheben würde; doch als sein Sekundant konnte er es für ihn tun. Also hob der Junge das Tuch auf und hielt es über den Kopf. Dabei schaute er sich nach dem vermummten Mädchen um; sie war nirgends zu sehen.

Maybor beobachtete, wie der Junge das rote Tuch über den Kopf hob und die Menge ihm nervös applaudierte. Das war wirklich ein hochinteressanter Abend. Vor etwa fünf Minuten hatte er seinen Höhepunkt erreicht, als Baralis plötzlich zusammengebrochen war. In der einen Minute war der Kanzler des Königs noch sein typisches verachtenswertes Selbst gewesen, dem jedermann Blicke zugeworfen hatte wie einem ungebeten Gast, und dann, von einem Augenblick zum anderen, war er bleich wie Schweineschmalz geworden, und seine Beine hatten unter ihm nachgegeben. Eine Handvoll Diener hatte seinen leblosen Körper rasch und unauffällig davongetragen.

Die Angelegenheit hatte nur wenig Aufmerksamkeit erregte. Der Herzog hatte sich nur kurz vom Kampf ablenken lassen. Kranke Gesandte waren offensichtlich nur von untergeordneter Bedeutung, wenn die Ehre von Bren auf dem Spiel stand.

Maybor hoffte, daß ein paar unternehmungslustige Höflinge sich in den Kopf gesetzt hatten, den Mann zu vergiften. Entweder das, oder er hatte einen – hoffentlich tödlichen – Herzanfall erlitten. Heute nacht schienen Herzanfälle sowieso weitverbreitet zu sein. Der goldhaarige Kämpfer hatte definitiv irgendeine Art Anfall gehabt. Merkwürdig, daß er sich ausgerechnet in dem Augenblick erholt hatte, als Baralis zusammengebrochen war.

Maybor konnte sich eines Lächelns nicht erwehren. Er öffnete seine Flasche und trank einen kräftigen Schluck Branntwein. Ja, das war eine wahrhaft dramatische Nacht, und das Schauspiel war noch lange nicht vorüber.

Der Herzog war kein glücklicher Mann. In seiner Wange zuckte ein Muskel, und seine Augen waren so kalt und finster wie die Wasser des Großen Sees, den er sein eigen nannte. Die Menge wartete auf ein Zeichen von ihm – auf eine Geste, egal wie klein, die ihnen zeigen würde, wie sie reagieren sollten. Der Falke gab nur wenig preis. Er stand auf und akzeptierte das rote Siegestuch mit einem kaum merklichen Nicken.

»Bringt den Sieger zu mir!« rief er.

Sekunden verstrichen, und Maybor schien es, als müsse der Junge den Ritter vorwärts ziehen. Doch schließlich standen beide vor dem Herzog. Die Wunde auf der Brust des Ritters war rasch verbunden worden. Dem Blut nach zu urteilen, das über die gesamte Tunika des Mannes verteilt war, mußte die Klinge des Champions tief zwischen die Rippen eingedrungen sein. Der Mann wirkte krank, beinahe als habe er Fieber; seine

Haut besaß einen gräulichen Schimmer, und seine Stirn glänzte vor Schweiß. Die Ringe, deren Anblick noch wenige Minuten zuvor einen Tumult verursacht hatte, waren nicht länger zu sehen. Eine Bandage aus grüner Seide bedeckte sie, und dem grünen Seidenhemd des Jungen fehlte ein Ärmel.

Erwartungsvolles Schweigen senkte sich über die Menge. »Ich werde dir nur eine einzige Frage stellen«, sagte der Herzog zu dem Ritter. »Bist du von allen Verpflichtungen gegenüber Valdis frei?«

Die Zeit verging. Der Mond warf sein blasses Licht auf die herzögliche Loge, und fünftausend Augenpaare waren auf den Ritter gerichtet.

»Ich habe Valdis schon vor langem verlassen«, antwortete er schließlich.

»Du bezeichnest dich also als freien Mann?«

»Das tue ich.«

»Dann bitte ich dich, mir die Treue zu schwören und von nun an den Titel ›Champion des Herzogs‹ zu tragen.«

Eine Schockwelle lief durch die Zuschauer.

Der Ritter blickte zu seinem Sekundanten. Dann wandte er sich wieder dem Herzog zu und sagte: »Ich bin bereit, Euch die Treue zu schwören.«

Obwohl er in unmittelbarer Nähe des Herzogs stand, konnte Maybor noch nicht einmal vermuten, was im Kopf des Mannes vor sich ging. Der Falke atmete tief durch und erklärte mit einer Stimme, die dazu bestimmt war, durch die gesamte Stadt zu hallen: »Sprich mir nach: Ich, Tawl aus dem Tiefland, schwöre feierlich, den Herzog und seine Erben zu schützen, mit der Stärke meines Körpers und der Kraft meines Willens, so wahr mir Borc helfe.«

Nach einer Minute des Schweigens wiederholte der Ritter den Eid.

Kapitel fünfzehn

Der Mann mit den goldenen Haaren stand in der Mitte der Stadt. Riesige Mauern schlossen sich um ihn wie die Kiefer eines Löwen. Er würde niemals von dort entkommen können.

Jack wachte auf. Er war verwirrt und desorientiert. Flammen schlugen plötzlich aus einem Stück Glut im Kamin. Nie zuvor hatte Jack einen so lebendigen, so wirklichen und so tragischen Traum gehabt; ein Gefühl des Verlustes überkam ihn. Er fühlte sich einsam und allein, als hätte man ihn auf sich gestellt in einer unsicheren Welt zurückgelassen. Der goldhaarige Fremde hatte ihn verlassen. Jack würde ihm nie wieder in seinen Träumen begegnen.

Irgendwie war es merkwürdig: Obwohl der Mann nur ein einziges Mal zuvor in Jacks Träumen aufgetaucht war, schien er irgend etwas zu symbolisieren. Irgend etwas fundamental Wichtiges, etwas Wertvolles – etwas wie Hoffnung.

Jack war vollkommen durchgefroren. Er zog die Decke hoch, doch wie sollte eine einfache Wolldecke seine Knochen wärmen? Die Glut verlosch allmählich; ein roter Schimmer in der Mitte des Herds war das einzige, was noch von dem Feuer übriggeblieben war. Jack wußte nicht, wieviel Zeit vergangen war. Vielleicht hatte er Stunden geschlafen, vielleicht aber auch nur Minuten oder Sekunden. Es war still in der Küche und dunkel – abgesehen vom Schein des verlöschenden Feuers. Rovas schlief in der Speisekammer und Tarissa und Magra im Zimmer hinter dem Kamin.

Jack stand auf und ging zum Fenster. Er öffnete die Fensterläden und blickte hinaus in die Nacht. Der Himmel wirkte unglaublich groß. Die Sterne stritten mit dem Vollmond um die Vorherrschaft, doch nichts war so ehrfurchtgebietend wie die Dunkelheit. Nun war Jack wirklich allein. Was bedeutete das? Warum war der Mann mit den goldenen Haaren für ihn so wichtig? Und was würde jetzt geschehen, da er gegangen war? Jack fuhr sich mit den Fingern durchs Haar. Er hatte kaum Gelegenheit gehabt, sich von den Ereignissen des gestrigen Tages zu erholen, bevor seine Träume ihn aus seinem Körper entführt hatten, und nun das. Er suchte am Himmel nach Antworten, aber die unparteiische Stille des Firmaments war die einzige Antwort, die er erhielt.

Hinter ihm knirschte ein Bodenbrett. »Jack, geht es dir gut?« fragte Tarissa.

Jack drehte sich nicht um. »Nein. Etwas hat sich verändert. Ich weiß nur nicht was.«

»Hattest du wieder eine Vision?« Tarissa legte ihm den Arm um die Schultern.

»Ein Traum, eine Vision … Ich weiß es nicht.«

»Komm. Setz dich. Ich werde Feuer machen.«

Sie war Jack so nahe, daß er ihren Atem im Nacken spüren konnte. Die Wärme, die sie ausstrahlte, zog ihn magisch an. Jack war so kalt, und nur Tarissa konnte ihn wärmen. Er drehte sich um und folgte ihrem Atem zur Quelle. Tarissas Mund war geöffnet; sie schien genau zu wissen, wonach er verlangte, und sie kam ihm entgegen. Allein ihre Gegenwart füllte die große Leere in seinem Inneren, und ihre Wärme vertrieb die Kälte wie ein offenes Feuer.

Lippen berührten einander, und Haut traf auf Haut. Ein kurzer Zug an einem Faden und Tarissas Nachtgewand glitt zu Boden. Ihre Nacktheit war ein Geschenk. Das Mondlicht schimmerte auf ihrer Haut, doch es waren die Schatten, zu denen Jacks Zunge sich hingezogen fühlte: die kleine Mulde, wo der Hals auf den Körper traf, die schwere Unterseite ihrer Brüste und die wohlriechende Feuchtigkeit der Haare unter ihren Armen. Er konnte nicht aufhören, sie zu berühren. Jack wollte jeden Teil ihres Körpers spüren; er wollte dem Gefühl des Verlustes entkommen und von den Qualen des Alleinseins errettet werden.

Sein Drängen war so stark, daß es die beiden Liebenden zu einem Ort führte, wo nichts mehr von Bedeutung war; nur noch die Feuchtigkeit des Speichels zählte und die weichen Kanten, wo das Fleisch sich öffnete.

Sofort nachdem die Zofe das Zimmer verlassen hatte, ging Melli zum Spiegel und entfernte das Rouge aus ihrem Gesicht. Sie würde sich auf keinen Fall wie ein Festtagsbraten herausputzen lassen; also auch weg mit dem Kleid. Aufgrund ihres kurzen Aufenthalts in der Obhut von Madame Greal hatte sie eine starke Abneigung gegen die Farbe Rot entwickelt. Außerdem kümmerte es sie einen Dreck, ob der Herzog sie hübsch fand oder nicht.

Während Melli das Kleid anzog, das ihr Fiscel gegeben hatte, vergewisserte sie sich, daß ihr Messer noch immer an seinem Platz war. Das Gefühl des kalten, harten Metalls unter dem Stoff beruhigte sie. Sollte der Herzog versuchen, ihr zu nahe zu kommen, würde sie ihm einen Kampf liefern. Aber natürlich hatte Melli erst gar nicht vor, es so weit kommen zu lassen. Sie betrachtete ihr Spiegelbild: Was konnte sie noch tun, um sich so unansehnlich wie möglich zu machen? Dann hatte sie eine Eingebung, und sie verbrachte die folgenden zehn Minuten damit, ihre Fingernägel abzubeißen.

Es war schon spät; Melli schätzte kurz nach Mitternacht. Vielleicht hatte Seine Gnaden heute nacht keine Lust auf weibliche Gesellschaft. Melli hatte den ganzen Tag noch nichts von Bailor gesehen; aber die Tatsache, daß er ihr eine Zofe gesandt hatte, deutete darauf hin, daß man möglicherweise trotz der späten Stunde noch nach ihr schicken würde.

Ein Teil von ihr hoffte sogar darauf, daß der Ruf kommen würde. Egal wie sehr sie sich auch bemühte, der Gedanke, dem Herzog gegenüberzutreten, erregte sie. Man sagte von ihm, er sei der mächtigste Mann des Nordens. Es wäre interessant herauszufinden, was für ein Mensch sich hinter all den Geschichten verbarg. Melli ermahnte sich zum wiederholten Male, nicht ihrer Phantasie nachzugeben. Sie bestrafte sich selbst, indem sie ihre Gedanken in eine wesentlich beunruhigendere Richtung lenkte. Wenn der Mann wirklich so brutal war, wie man ihm nachsagte, wie würde er dann wohl darauf reagieren, in seinen eigenen Gemächern mit einem Messer herausgefordert zu werden?

Einem Klopfen an der Tür folgte das Geräusch eines zurückgeschobenen Riegels, und Bailor spazierte herein. Er musterte Melli einige Sekunden, dann sagte er: »Auch wenn man die Blüten von einer Lilie entfernt, so bleibt sie doch immer noch eine Blume.«

Melli spürte, daß sie errötete. Bailor hatte ihre Absicht sofort durchschaut, sich so unattraktiv wie möglich zu machen. Doch sie war entschlossen, sich keine Blöße zu geben, und so spielte sie die Unschuldige. »Ich habe mich entschlossen, kein Rot zu tragen. Die Farbe steht mir nicht.«

»Aha, und die Länge deiner Fingernägel hat dir wohl auch nicht gestanden, oder?«

»Ich habe mir einen Nagel abgebrochen und beschlossen, die anderen auf die gleiche Länge zu bringen.«

»Und das Rouge?«

»Bleiche Wangen sind in den Königreichen sehr in Mode.«

Bailor brach doch tatsächlich in schallendes Gelächter aus! »Du wirst Seine Gnaden ziemlich überraschen. Ich weiß noch nicht, was schärfer ist: dein Verstand oder deine Zunge.«

Melli bemühte sich um einen entrüsteten Gesichtsausdruck. »Wollt Ihr mich etwa als Lügnerin bezeichnen, mein Herr?«

»Auf jeden Fall bist du kein schüchternes Pflänzchen.« Bailor warf ihr einen bewundernden Blick zu. »So wie du jetzt bist, siehst du gut genug aus. Folge mir.«

Jetzt, da der Augenblick endlich gekommen war, war Melli überhaupt nicht mehr erregt und neugierig, nur nervös. Bailor geleitete sie aus dem Zimmer. Gemeinsam durchwanderten sie eine Reihe von Galerien, dann ging es eine Serie von Treppen hinab. Je tiefer sie hinabstiegen, desto mehr Sorgen machte sich Melli. Befanden sich die Gemächer des Herzogs nicht in den oberen Stockwerken des Palastes? Sie blieb stehen. »Wohin bringt Ihr mich?« verlangte sie zu wissen.

»Für eine Bastardtochter hast du eine ungewöhnlich herrische Art«, entgegnete Bailor und schaute Melli scharf an. Sie senkte den Blick. »Kein Grund, sich zu sorgen«, fuhr der Truchseß fort. »Der Herzog schätzt Diskretion in allen Dingen, besonders jedoch, was seine Privatangelegenheiten angeht. In der Dienerkapelle gibt es einen Eingang zu einem geheimen Tunnel, der in seine Gemächer führt.«

»Wie angenehm, Sünde und Erlösung so nahe beieinander zu haben.« Melli war erleichtert. Sie zweifelte nicht einen Augenblick an Bailors Worten. Auch Burg Harvell wurde von einem Geflecht aus Geheimgängen durchzogen. Warum sollte der Palast von Bren nicht über ein ähnliches Netzwerk verfügen?

»Ist der Kampf gut verlaufen?« fragte Melli beiläufig, während sie sich einer Holztür näherten.

Bailor wirbelte herum. »Unter gar keinen Umständen darfst du den Kampf in Gegenwart des Herzogs erwähnen.«

»Warum nicht?«

»Er hat heute nacht seinen Champion verloren.«

»Ist der Mann getötet worden?«

»Schlimmer. Man hat ihm das Gehirn aus dem Schädel geschlagen.« Bailor sprach mit ernster Stimme. »Er lebt kaum noch. Die Ärzte tun, was sie können, aber es besteht wenig Hoffnung, daß er die Nacht überlebt.«

»Und der Sieger? Was ist aus ihm geworden?«

»Sein Schicksal spielt eine andere Melodie. Der Herzog hat ihn zum neuen Champion ernannt.« Bailor schaute sich um, bevor er die Hand auf die Türklinke legte. »Ihm blieb auch keine andere Wahl. Der gesamte Hofstaat war ebenso anwesend wie die fremden Gesandten. Seine Gnaden ist ein stolzer Mann, und seinen Champion auf diese Art besiegt zu sehen, hat ihn ziemlich aufgeregt. Also, egal was du auch sonst tun magst, erwähne auf gar, gar keinen Fall den Kampf.« Er wartete auf ihre Zustimmung, aber bevor sie Bailor antworten konnte, schwang die Tür auf.

»Ich hab' doch gewußt, daß ich Stimmen gehört habe. Allerdings ist es jetzt etwas spät für einen Gottesdienst.« Sofort erkannte Melli den Akzent der Königreiche. Instinktiv drehte sie sich von dem Sprecher weg.

»Du bist nicht die normale Wache«, sagte Bailor. »Was hast du zu dieser Stunde in der Kapelle zu suchen?«

»Ich und mein Freund haben etwas für den Kaplan erledigt.« Der Soldat deutete auf einen zweiten Mann, der hinter ihm stand. »Wir haben gerade den Boden geschrubbt.« Ein Eimer mit ein paar Putzlappen stand auf dem Boden.

»Ich gebe euch den guten Rat, in Zukunft nicht mehr so spät zu arbeiten«, sagte Bailor. »Jetzt laßt mich vorbei.«

Während sie in die Kapelle gingen, hielt Melli nach wie vor den Blick nach unten gerichtet. Ihr Herz raste. Sie war beinahe sicher, daß die beiden Soldaten aus Burg Harvell stammten, und wenn dem wirklich so war, dann war das Risiko groß, daß man sie erkannte.

»Wie lautet dein Name, Mann?« fragte Bailor denjenigen, der die Tür geöffnet hatte.

»Grift, Herr, und mein Kamerad hier heißt Bodger.«

»Nun, Grift. Ich nehme an, du weißt den Wert versiegelter Lippen zu schätzen?«

»Ihr könnt voll und ganz auf mich und Bodger zählen, Herr.«

»Das freut mich zu hören.« Bailor packte Mellis Arm. »Ich glaube, es ist an der Zeit, daß die Herren sich in ihre Quartiere zurückziehen.«

Der Mann mit Namen Grift nickte bedächtig. »Selbstverständlich, Herr. Ihr braucht nicht mehr zu sagen. Ich und Bodger, wir sind sofort weg.« Mit diesen Worten machten sich die beiden Soldaten auf den Weg zum Haupteingang der Kapelle.

Bailor wartete, bis sich die Tür hinter ihnen geschlossen hatte. »Betrunkene Idioten«, murmelte er in seinen Bart und führte Melli zum Altar.

Die Wand hinter dem Altar war mit mehreren Gemälden verziert, die Borcs Aufstieg vom Schweinehirten zum Helden und zum Gott darstellten. Bailor hielt genau auf das mittlere Gemälde zu und drückte dagegen. Die Holzvertäfelung schwang beiseite, und an ihrer Stelle erschien eine Tür. Erschrocken sprang Melli einen Schritt zurück. Ihre Nerven waren zum Zerreißen gespannt; der Vorfall mit den Wachen hatte sie arg mitgenommen.

»Folg mir«, sagte Bailor.

Sie stiegen eine schmale, steile Treppe empor. Offenbar wurden sie erwartet, denn überall brannten Fackeln. Oben angekommen, betraten sie einen Gang, bogen kurz darauf in einen anderen Tunnel ein, dann folgte eine weitere Treppe. So ging es immer weiter hinauf, tief hinein ins Herz des Palastes. Schließlich erreichten sie eine Tür. Bailor klopfte zurückhaltend an, und die Tür wurde von einem Soldaten im Blau von Bren geöffnet. Der Mann nickte höflich und ließ sie passieren. Durch einen kleinen Vorraum hindurch gelangten sie in ein spärlich eingerichtetes Gemach. Ein Mann stand allein an einem geöffneten Fenster.

Bailor räusperte sich. »Euer Gnaden, darf ich Euch Melli von Deepwood vorstellen.«

Der Mann drehte sich um und betrachtete Melli. In ihrem ganzen Leben war sie noch nie so angeschaut worden. Die Augen des Herzogs waren kalt und abschätzend; er schien sie mit Blicken auszuziehen, um den Rest dann achtlos wegzuwerfen.

»Bring sie weg«, sagte er.

»Aber, Herr ...«

»Ich habe gesagt: Bring sie weg.«

Melli wurde von Wut gepackt. Wie konnte der Herzog es nur wagen, sie derart schroff abzuweisen? »Tut, was der Mann sagt, Bailor. Immerhin hat der Herzog einen erschütternden Abend hinter sich – am besten lassen wir ihn seinen Champion allein beweinen.« Sie machte auf dem Absatz kehrt und ging denselben Weg wieder zurück, den sie gekommen war.

Sofort war der Herzog neben ihr und schlug sie mitten ins Gesicht. Die Wucht des Schlages riß Mellis Kopf herum. Nur mit Mühe gelang es ihr, das Gleichgewicht zu bewahren. Nachdem sie wieder sicher stand, richtete sie sich zu ihrer vollen Größe auf, blickte dem Herzog in die Augen und sagte: »Nur schade, daß Euer Champion einen solchen Schlag nicht zustande gebracht hat, sonst wäre der Kampf vielleicht anders verlaufen.«

Steingraue Augen bewerteten sie neu. Ohne sich zu Bailor umzudrehen, sagte der Herzog: »Laß uns allein.«

Melli hörte Schritte, die kurz darauf in der Ferne verhallten. Sie war entschlossen, nicht als erste den Blick abzuwenden, und so starrte sie dem Herzog trotzig in die Augen. Der Herzog trat einen Schritt vor, und Melli zuckte zusammen.

»Du bist wohl doch nicht so hart, wie du zu sein vorgibst«, sagte er und verzog die Lippen zu etwas, das man als Lächeln deuten konnte.

»Nun, ich bin sicher, Ihr sucht nach jemandem, an dem Ihr Eure Wut über den heutigen Abend auslassen könnt. Wahrscheinlich komme ich Euch gerade recht.« Sie schob ihr Kinn vor. »Nur zu, aber ich sollte Euch warnen: Ich schlage zurück.«

»Daran zweifele ich keine Sekunde.« Der Herzog drehte sich um und ging zu einem großen Holztisch. Dort angekommen, goß er Wein in einen Becher. »Hier«, sagte er, »trink das.«

Melli wußte nicht mehr, was sie denken sollte, aber sie war fest entschlossen, ihre Gefühle nicht zu zeigen. »Ich muß leider ablehnen«, entgegnete sie. »Vielleicht ist der Wein ja vergiftet, und ich habe nicht die Absicht, es Euch leichter zu machen, mich zu überwältigen.«

Der Herzog führte den Becher an die Lippen und trank einen Schluck. Entgegen Mellis Erwartung bot er ihr keinen weiteren Becher an. »Es gibt keinen Ort mit Namen Deepwood«, sagte er.

»Offensichtlich kennt Ihr Euch in den Königreichen nicht sonderlich gut aus.«

»Ich kenne jeden Quadratzentimeter wie meine Westentasche.« Die Worte waren mehr eine Feststellung denn Prahlerei. Sie machten Melli angst.

»Warum seid Ihr so interessiert an den Königreichen?«

Die Antwort des Herzogs kam so schnell wie ein Peitschenhieb. »Warum lügst du, was deine Herkunft betrifft?«

Melli schaute sich in dem Gemach um. In einer Ecke erspähte sie einen Schreibtisch und ging zu ihm hinüber. Sie mußte Zeit gewinnen, bevor sie antwortete. Welch karger Raum: Zwar waren die Bodenfliesen von Meistern ihres Fachs gefertigt worden, doch nirgends lag ein Teppich, um die Füße zu wärmen oder das Auge zu erfreuen. Schwerter waren der einzige Wandschmuck. Es würde nicht leicht werden, den Herzog hinters Licht zu führen. Sein Verstand war scharf, und er war die Art Mann, die es gewohnt war, Antworten zu bekommen. Melli war entschlossen, die Herausforderung anzunehmen. »Ich lüge und behaupte, daß ich aus Deepwood stamme, weil diese Lüge die Leute weniger entsetzt als die Wahrheit. Ich bin ein Bastard, ein Kind, das auf der falschen Seite des Bettes geboren wurde.«

»Auf jeden Fall hast du das Temperament eines Bastards; das muß man dir lassen.«

»Und Ihr schlagt Frauen wie einer.«

Der Herzog lachte ihr ins Gesicht. »Haben alle Frauen aus den Königreichen Nesseln auf der Zunge?«

»Sagt ihr's mir, wo Ihr die Königreiche doch so gut kennt.« Melli fragte sich, ob sie zu weit gegangen war. Das Wissen des Herzogs über ihr Heimatland war nichts, worüber man lachen sollte. Auf dem Schreibtisch lagen Karten ausgebreitet. Die Wälder der Königreiche waren wie Schatzhöhlen markiert worden.

Der Herzog bemerkte, worauf Mellis Blick gerichtet war; dennoch ließ er die Karten, wo sie waren. »Das ist nicht ungewöhnlich«, erklärte er. »Wenn man sich mit einem Land verbünden will, macht man sich mit seiner Geographie vertraut.«

»Und mit seinen Ressourcen?«

Der Herzog zuckte die Schultern. »Es ist kein Geheimnis, daß Bren Holz braucht. Was macht es auch für einen Sinn, sich mit einem Land zu verbünden, wenn man daraus keinen Vorteil gewinnt?«

»Und was gewinnen die Königreiche?«

»Zugriff auf die mächtigste Armee der bekannten Welt.«

Melli schauderte. Aus ihrem Gesicht wich alle Wärme. Ein Spalt tat sich in ihrem Bewußtsein auf, und sie kämpfte mit aller Kraft dagegen an, in ihn hineinzustürzen. In der Mitte des Spalts lag eine Vision. Genau wie damals in der Hütte der Schweinehirtin, als Melli der Versuchung nachgegeben hatte, lockte sie die Vision auch diesmal mit dem Versprechen, einen Blick in die Zukunft werfen zu können. Nur daß Melli die Zukunft nicht sehen wollte: Eine Zukunft, in der die mächtigste Armee der bekannten Welt eine entscheidende Rolle spielte, würde keinen erfreulichen Anblick abgeben. Melli zwang ihren Verstand, sich auf die Gegenwart zu konzentrieren, und der Spalt mit der Vision brach unsichtbar in sich zusammen.

Sie klammerte sich mit derartiger Kraft an den Schreibtisch, daß ihre Knöchel weiß hervortraten. Die bevorstehende Hochzeit zwischen Kylock und Katharina bedeutete so viel mehr als nur Eheversprechen und Festmahle.

»Geh jetzt«, sagte der Herzog. »Die Wache wird dir den Weg zurück in dein Zimmer zeigen.«

Mellis Beine zitterten, und ihr schwindelte. Nur dem Schreibtisch verdankte sie es, daß sie noch aufrecht stand. Daß der Herzog sie auf eine derart kalte Art entließ, ergab keinen Sinn. Oder hatte er etwas in ihrem Gesicht gesehen? Nur Sekunden waren vergangen, doch Melli fühlte sich, als wäre sie einen Hügel hinaufgelaufen und würde nun atemlos auf dem Gipfel stehen. Ungeduldig wartete der Herzog darauf, daß sie verschwand.

Melli riskierte einen vorsichtigen Schritt nach vorne. Ihre Beine gaben wider Erwarten nicht nach. An der gegenüberliegenden Seite des Raums befand sich eine mit Bronze verzierte Tür, und Melli machte sich auf den Weg dorthin.

Der Herzog hielt sie an. »Du wirst auf demselben Weg wieder zurückkehren, auf dem du hergekommen bist«, sagte er.

Melli konnte sich kaum noch an den Hinweg erinnern. Sie wollte allein sein, sich ausruhen, schlafen – sie wollte vergessen. Der Herzog führte sie zu der kleinen Seitentür, durch die sie hereingekommen war. Im Vorraum wachte noch immer derselbe Soldat. Er ergriff Mellis Arm, und als sie sich umdrehte, war der Herzog verschwunden.

Die Reise zurück in ihr Zimmer schien endlos. Melli mußte sich konzentrieren, um nicht die Treppenstufen hinabzufallen. Als sie schließlich die Kapelle erreichten, rasten Mellis Gedanken. Der Schock der Vision mochte vielleicht ihren Körper geschwächt haben, doch ihr Verstand hatte sich rasch wieder erholt.

Die Nacht war ganz und gar nicht verlaufen, wie es Melli geplant hatte. Das Messer war noch immer an ihrer Seite verborgen, und sie hatte nicht ein einziges Mal daran gedacht, es zu ziehen – der Gedanke war auch einfach zu lächerlich. Der Herzog war wesentlich stärker und einschüchternder, als Melli sich vorgestellt hatte; ganz zu schweigen von der Tatsache, daß seine Gemächer offenbar gut bewacht waren. Aber auf jeden Fall war es eine interessante Begegnung gewesen: Der mächtigste Mann des Nordens war kein Dummkopf, und dennoch war es Melli gelungen, ihn zu täuschen. Jetzt verstand sie, warum Jack nur ungern über seine Familie gesprochen hatte: Die Erwähnung des Wortes *Bastard* beendete abrupt jedes Verhör.

Der Wachsoldat führte Melli in ihr Zimmer. Sofort nachdem der Riegel von außen vorgeschoben worden war, warf sie sich aufs Bett. Melli drückte sich das Kissen an die Brust. Mit dem mächtigsten Mann des Nordens zu reden war ein beeindruckendes Erlebnis gewesen.

Es war schon spät, und der Gasthof leerte sich. Nur ein paar betrunkene Idioten blieben noch. Ein bitter riechender Rauch stieg von den billigen Talgkerzen auf, und im Bodenstroh wimmelte es von Ungeziefer. Traff trat gegen eine Ratte, und die Knochen des Nagers zerbrachen mit einem erfreulich lauten Krachen. Das Tier landete auf der entgegengesetzten Seite des Schankraumes, genau zu Füßen des Mannes, den der Söldner heute nacht töten würde.

Er haßte die Halcus. Sie waren dreckige Hundefresser, der Abschaum des Nordens. Vor einer Woche war Traff überfallen worden. Die Bastarde hatten ihm sein Pferd gestohlen. Sie hatten ihn zusammengeschlagen und ihn im Dreck liegengelassen, weil sie ihn für tot gehalten hatten. Jetzt war es an der Zeit, daß er sich dafür revanchierte. Heute abend hatte er bereits ein üppiges, überteuertes Essen zu sich genommen, drei Schläuche Bier getrunken, und erst vor wenigen Minuten hatte er ein Zimmer für die Nacht angemietet. Jetzt fehlte ihm nur noch das Geld, um das alles zu bezahlen. Der fette, schleimige Halcus-Kaufmann, der betrunken in einer Ecke herumlungerte, hatte wahrscheinlich genug Gold bei sich, und Traff hatte die Absicht, es sich zu holen.

Der Söldner stand auf und ging an den Tisch des Kaufmanns. »Guten Abend, mein Freund. Wie wär's mit 'nem Becher Bier?«

Der Kaufmann musterte ihn von oben bis unten. »Du bist nicht von hier, oder?«

Traff nickte und setzte sich. »Ursprünglich stamme ich aus Silbur.«

»Und was hast du dann hier zu suchen?«

Traff verspürte das Bedürfnis, dem Mann die fette Nase einzuschlagen. »Ich will mich für den Kampf einschreiben, entweder gegen Bren oder gegen die Königreiche.«

»Für die Königreiche bist du zu weit östlich«, entgegnete der Kaufmann, »und was Bren betrifft, so kann man noch nicht sagen, ob es Krieg geben wird oder nicht.«

Traff stand gefährlich kurz davor, die Geduld zu verlieren. »Du hast mich durchschaut, mein Freund. Ich bin im Auftrag eines gewissen wohlhabenden Lords unterwegs.«

Plötzlich zeigte der Kaufmann deutlich mehr Interesse. »Welches wohlhabenden Lords?«

»Das darf ich nicht sagen, aber wenn du mir hilfst, wäre vielleicht auch was für dich drin.« Traff beugte sich zu seinem Gegenüber. »Ich suche nach einer Frau.«

»Was bedeutet sie dem Lord?« Der Atem des Kaufmanns stank nach Zwiebeln.

»Sie bedeutet Ärger, wenn du weißt, was ich meine.« Traff wartete, bis der Mann nickte, dann fuhr er fort: »Sie hat blasse Haut, dunkle Haare, und sie spricht mit dem Akzent der Königreiche.«

»Ist sie groß?« fragte der Kaufmann aufgeregt. »Und hübsch anzuschauen?«

Traff nickte. »Eine seltene Schönheit. Warum? Hast du sie gesehen?«

»Ein Mädchen, auf das deine Beschreibung paßt, war vor etwa drei Wochen in der Stadt. Sie hat eine Nacht in dem Gasthof hier übernachtet. Ich habe sie mit eigenen Augen gesehen. Nach allem, was ich gehört habe, hat sie wohl einen ziemlichen Skandal verursacht. Der Mann, mit dem sie gereist ist, hat einen Soldaten umgebracht. Hauptmann Vanly hat sie geschnappt.«

Traff bemühte sich, seine Erregung zu verbergen. Das war das erste, was er von Melli gehört hatte, seit er die Königreiche verlassen hatte. »Wo ist sie jetzt?«

»Vanly hat sie verkauft.« Vor lauter Aufregung atmete der Kaufmann flach und schnell. »In der Stadt wurde über nichts anderes gesprochen. Der Hauptmann hat einen ziemlichen Profit aus der Sache herausgeschlagen – weil sie eine Jungfrau war, weißt du.«

»Wer hat sie gekauft?«

»Ein Fleischhändler mit Namen Fiscel. Das letzte, was ich gehört habe, war, daß er nach Osten gereist sein soll.«

»Nach Bren?«

Der Kaufmann zuckte mit den Schultern. »Vielleicht geht er dorthin, um sich dort noch ein paar Mädchen zu besorgen; aber er wird wohl kaum länger bleiben. Im tiefen Süden gibt es mit seiner Art von Waren am meisten zu verdienen.«

»Was ist mit dem Jungen geschehen, der sie begleitet hat?«

»Der ist auf und davon.« Die Augen des Kaufmanns wurden zu schmalen Schlitzen. »Was ist mit diesem Etwas, das du mir versprochen hast?«

Darauf hatte Traff gewartet. »Du bekommst fünf Goldstücke, wenn es wirklich das Mädchen ist, das ich suche. Draußen im Wagen habe ich ein Bild von ihr. Komm und wirf mal einen Blick drauf; dann gibt's auch das Geld.«

Der Kaufmann sprang sofort auf. Auf dem Weg zur Tür rief Traff der Schankmaid zu: »Ich bin in fünf Minuten wieder zurück!«

Die Nacht war kalt und klar, und der Atem der beiden Männer verwandelte sich in kleine, weiße Wolken. Als sie um die Ecke bogen, zog Traff das Messer. Verwirrt, daß weit und breit kein Wagen zu sehen war, drehte sich der Kaufmann um. Als er das Messer sah, wollte er schreien, doch er bekam keine Gelegenheit mehr dazu. Mit der einen Hand packte Traff den Mann beim Schopf und riß seinen Kopf zurück, während er ihm mit der anderen die Kehle durchschnitt. Der Körper des Mannes versteifte sich für einen Augenblick, dann sackte er in sich zusammen. Traff fing ihn auf und ließ ihn geräuschlos zu Boden gleiten.

Er blickte sich rasch um. Es war zu spät, als daß noch Menschen auf der Straße gewesen wären. Auf der Suche nach Beute durchwühlte Traff die Kleider des Toten. Er konnte nichts finden. Die Leiche war schwer, so daß man sie nur mühsam bewegen konnte. Vor lauter Wut schnitt Traff die Kleidung des Kaufmanns in Fetzen. Als die blutbefleckte Tunika zur Seite fiel, entdeckte der Söldner einen kleinen Beutel, den sich der Mann unter den fetten Bauch geschnallt hatte. Gierig griff er danach. Der Beutel enthielt zwei Gold- und fünf Silberstücke sowie einen großen, geschliffenen Rubin – ein ordentlicher Fischzug.

Ursprünglich hatte Traff beabsichtigt, die Leiche einfach verschwinden zu lassen und anschließend wieder in den Gasthof zurückzukehren, aber das erschien ihm nun als zu gefährlich. Außerdem gefiel ihm der Gedanke nicht, den fetten Kaufmann durch die Gegend schleppen zu müssen. Sicherheitshalber trat er noch einige Male gegen die Leiche, dann verließ er die Stadt. Nun war Bren sein Ziel. Dort würde er Mellis Spur wieder aufnehmen.

Traff pfiff fröhlich vor sich hin. Es war eine wunderbare Nacht; seine Braut war noch am Leben, und sie war noch immer Jungfrau – besser konnte es gar nicht laufen.

Kapitel sechzehn

Jack wurde von Rovas geweckt, der ihn kräftig rüttelte. »Du hast wohl ein wenig verschlafen«, sagte er.

Panik ergriff Jack. Wo war Tarissa? Wo war ihr Nachthemd? In welchem Zustand war die Küche? Hatten sie überhaupt daran gedacht, die Fensterläden zu schließen? Jack warf einen raschen Blick auf seine Umgebung. Alles war, wie es sein sollte: seine Pritsche war ordentlich, die Küche sauber, und die Fenster waren fest verschlossen. Er stieß einen erleichterten Seufzer aus. Zu spät bemerkte er, daß Rovas ihn beobachtete.

Die Augen des Schmugglers verengten sich zu schmalen Schlitzen. »Warst du heute nacht auf?«

»Wie kommst du darauf?« Jacks zweiter Fehler: Er hatte auf eine Frage mit einer Gegenfrage geantwortet.

»Das Feuer ist ausgegangen. Irgend jemand hat die Glut ausgehen lassen.«

»Ach, das. Mir war heute nacht ein wenig zu kalt. Deshalb habe ich das Feuer geschürt. Dann bin ich wieder eingeschlafen, ohne mich weiter darum zu kümmern.« Jack stand auf und spritzte sich Wasser ins Gesicht. Obwohl er Rovas den Rücken zugewandt hatte, wußte er, daß der Schmuggler ihn noch immer scharf beobachtete. Jack war nicht in der Stimmung, Spielchen zu spielen. Die Erinnerungen an vergangene Nacht waren zu wertvoll, zu intim, um durch häßliche Verdächtigungen verdorben zu werden. Jack drehte sich zu Rovas um. »Wenn du noch was zu sagen hast, dann raus damit.«

Der Schmuggler schaute Jack in die Augen. Sein Blick war eiskalt. »Ich habe in der Tat noch etwas zu sagen: Laß deine Finger, deine Augen und deine Phantasie von Tarissa.«

»Oder sonst?«

»Sonst bringe ich dich um.«

Beide Männer drehten sich um, als sich die Tür öffnete. Tarissa kam herein, eine Waschschüssel in der Hand. Sofort bemerkte sie, was sich gerade zwischen Jack und Rovas abgespielt hatte. Sie ging zu Jack, verpaßte ihm eine Ohrfeige und sagte: »Wegen deinem Herumgerenne haben Mutter und ich die halbe Nacht wach gelegen. Wenn du das nächste Mal nicht einschlafen kannst, dann sei wenigstens leise.« Sie war fabelhaft: Funkelnde Augen, rote Wangen, ihr ganzer Körper zitterte vor Wut. Jack hätte sie küssen können. Auf Rovas hatte ihr Wutausbruch einen deutlichen Effekt. Erst schaute er erstaunt drein, dann verwirrt und schließlich verlegen. »Ich weiß nicht, was es da zu grinsen gibt, Rovas«, sagte Tarissa. »Sonst ist es dein Geschnarche, das mich in meinen Träumen heimsucht.«

»Ich schnarche nicht, Frau«, erwiderte er.

»Nein, und du bist ein grundehrlicher Händler.«

Alle drei lachten. Rovas klopfte Jack entschuldigend auf die Schulter. Instinktiv wollte Jack der Hand des Mannes ausweichen, doch Tarissa warf ihm einen warnenden Blick zu. Sie hatte sich nicht so viel Mühe mit ihrem kleinen Theaterstück gegeben, nur damit die Vorstellung von einem Nebendarsteller ruiniert wurde. Ihr zu Gefallen überwand sich Jack, die Berührung des Schmugglers zu ertragen. Dann bemerkte er, daß Magra in der Tür stand. Ihr Gesicht war eine unergründliche Maske.

»Ich muß mich jetzt auf den Weg machen«, sagte Rovas. »Im Dorf gibt es einen Mann, der die letzten paar Tage damit verbracht hat, Pfefferkörner aus Holz zu schnitzen. Inzwischen sollte er genug davon haben, um damit das Gewicht meines Pfeffers verdoppeln zu können und meinen Gewinn zu verdreifachen.« Er steckte einen Laib Brot in den Gürtel und machte sich auf den Weg zur Tür. »Vor Einbruch der Dunkelheit bin ich wieder zurück.«

Sofort nachdem die Tür hinter dem Schmuggler ins Schloß gefallen war, sagte Magra zu Tarissa: »Ich nehme an, du bist sehr mit dir zufrieden. Es scheint dir Spaß zu machen, Rovas zum Narren zu halten.«

»Mutter, ich ...«

Jack fiel ihr ins Wort. »Es ist nicht Tarissas Schuld.«

»Ich weiß.« Plötzlich wirkte die ältere Frau unendlich müde. Sie setzte sich neben das Feuer und schenkte sich einen Becher warmen Kräuterpunschs ein. »Jack, wir verdanken Rovas mehr, als du dir vorstellen kannst. Vor über zwanzig Jahren, als er selbst nicht viel älter war als du jetzt, hat er uns aufgenommen: mich, eine verhaßte Fremde, und Tarissa, das Baby in meinen Armen. Das können wir ihm niemals vergelten. Niemals.«

Tarissa hatte den Blick gesenkt. Schuldbewußt errötete sie. »Es tut mir leid, Mutter.« Sie ergriff Jacks Hand und drückte sie sanft – eine Geste, um ihn vom Reden abzuhalten. Tarissa wollte nicht, daß er dem widersprach, was über Rovas gesagt wurde.

Magra schüttelte den Kopf. »Nein, du hast das Richtige getan. So war es am besten.«

Jacks Gedanken kehrten zu der Nacht zurück, als Rovas die Holzscheite durch die Küche getreten hatte. Magra hatte recht: So war es am besten. Nicht für ihn natürlich – *ihm* jagte Rovas keine Angst ein –, aber für die beiden Frauen, die keine andere Wahl hatten, als mit dem Mann zu leben. Jack wollte sie von hier fortholen, Tochter *und* Mutter. Er wollte ihnen ein neues Heim geben, frei von Schuld und Verpflichtungen. Rovas würde vor nichts haltmachen, um seine behelfsmäßige Familie zusammenzuhalten – Erpressung, Mord, Nötigung. Es war an der Zeit, der zwanzigjährigen Schreckensherrschaft des Schmugglers ein Ende zu bereiten.

Die vergangene Nacht hatte alles verändert. Tarissa hatte sich Jack hingegeben. Anders konnte man es nicht beschreiben; sie hatte seinen Kummer gespürt, und in einer wunderschönen, selbstlosen Geste hatte sie ihren Körper benutzt, um seine Schmerzen zu lindern.

Aus Trost war Leidenschaft geworden. Jack würde niemals erfahren, wie lange sie sich in den Armen gelegen hatten. Es war ihm wie eine Ewigkeit erschienen. Und später, sehr viel später, hatte Tarissa stundenlang schlafend in seinen Armen gelegen. Dennoch war es ihr irgendwann gelungen, sich unbemerkt davonzustehlen, die Küche aufzuräumen und die Fensterläden zu schließen. Und heute morgen hatte sie Jack zum zweiten Mal vor einer peinlichen Befragung gerettet.

Zum ersten Mal in seinem Leben war er jemandem etwas schuldig. Falk hatte Jack ebenso wertvolle Geschenke gegeben wie Tarissa, doch der alte Waldläufer hatte ihm die Ehre verweigert, seine Schulden zu begleichen. Bei Tarissa war das anderes. Er würde sie hier herausholen; er würde sich eine Arbeit suchen und ihr ein neues Heim geben. Essen und Kleidung, er würde für alles sorgen. Eine Reise nach Bren kam nun nicht mehr in Frage; Abenteuer waren unwichtig geworden.

Irgend etwas war vergangene Nacht geschehen. Jack wußte nicht was, aber es hatte alles verändert. Seit Monaten hatte er sich unwiderstehlich zu fremden Orten hingezogen gefühlt und war Ereignissen hinterhergejagt, die irgendwann in der Zukunft lagen. Er hatte keine andere Wahl gehabt. Doch heute morgen war dieses Verlangen verschwunden.

Jetzt waren andere Dinge von Bedeutung. Sein ganzes Leben lang hatte Jack sich eine Familie gewünscht, und hier war sie nun, direkt vor seinen Augen, zum Greifen nahe. Warum war ihm das nicht schon früher aufgefallen? Tarissa konnte ihm gehören. Nachdem der Halcus-Hauptmann erledigt war, würde er frei sein zu tun, was er wollte. Er konnte nach Annis oder Highwall ziehen und sich dort als Bäcker niederlassen. Mit dem

Geld, das er dabei verdienen würde, und wenn er nebenbei noch ein paar Schreibarbeiten erledigte, hätte er bald genug gespart, um Magra und Tarissa nachholen zu können.

Ein kleiner Teil von Jacks Verstand beteiligte sich nicht an seinen hochfliegenden Plänen. Er warnte ihn, nicht den Kopf zu verlieren, nur, die Leere zu füllen, die die Ereignisse der vergangenen Nacht in seinem Inneren hinterlassen hatten. Na und? Das Schicksal hatte ihn freigegeben, und er konnte endlich allein über sein Leben entscheiden.

»Nein, Bodger, ob ein Mann das Durchhaltevermögen eines Hengstes hat, hängt nicht davon ab, wieviel Gemüse er ißt.«

»Aber Langkröte behauptet, je mehr Gemüse ein Mann esse, desto besser könne er es den Weibern besorgen.«

»Ein Mann mit der Figur einer Frühlingszwiebel kann ein Weib auf gar keinen Fall mehr als einmal pro Nacht befriedigen. Nein, Bodger. Glaub mir, nur anhand der Nasenhaare kann man sehen, ob ein Mann Durchhaltevermögen hat oder nicht.«

»Anhand der Nasenhaare, Grift?«

»Anhand der Nasenhaare, Bodger. Je mehr Haare aus dem Zinken eines Mannes baumeln, desto besser macht er's den Weibern. Nimm zum Beispiel Meister Frallit: Der Mann hat mehr Haare in der Nase als die gesamte königliche Garde unter den Achseln, und er ist der einzige, dessen Teig schon beim ersten Kneten aufgeht.«

»Wie ich sehe, wuchert's bei dir auch ganz schön, Grift.«

»Danke, Bodger. Deine sähen auch nicht übel aus, wenn du endlich aufhören würdest, sie zu schneiden.«

»Aber ich hab' mir noch nie die Nasenhaare geschnitten, Grift.«

»Ach so. Na, dann mußt du dich halt eher auf Qualität denn auf Quantität verlassen.«

Beschämt über seine Unzulänglichkeit trank Bodger einen kräftigen Schluck Bier. »Glaubst du, wir bekommen Schwierigkeiten, weil wir letzte Nacht in der Kapelle waren, Grift?«

»Das kann ich mir nicht vorstellen, Bodger. Schließlich hat uns der Kaplan damit beauftragt, die Tür zu bewachen. Er wird sich wohl kaum beschweren, daß wir mal eben hineingegangen sind, um uns eine Kostprobe Heiligen Geist zu genehmigen.«

»Und den Boden haben wir auch schön sauber geputzt, Grift.«

»Aye, die Fliesen hast du toll hingekriegt, Bodger.«

»Wann werden die regulären Wachen wieder ihren Dienst antreten, Grift?«

»Wir sind jetzt die regulären Wachen, Bodger. Der Kaplan hat gesagt, wir könnten den Job behalten, solange wir niemandem verraten, daß er jeden Abend sturzbetrunken ist.«

»Aber er hat uns auch gesagt, wir sollten uns von der Kapelle fernhalten.«

»Bodger, wenn du glaubst, ich hocke mich jede Nacht vor einer Tür auf den Boden, wenn ich genausogut auf irgendeiner Kirchenbank pennen kann, dann hast du dich getäuscht.«

»Was glaubst du, hatten die beiden letzte Nacht vor, Grift?«

»Jedenfalls wollten sie keine Mitternachtsmesse feiern, soviel ist sicher, Bodger. Wenn du mich fragst, gibt's in der Kapelle einen Geheimgang, der zu jemand ganz oben führt. Das Mädchen sah viel zu edel aus, als daß sie sich mit dem verschlagenen Kerl abgegeben hätte, der sie begleitet hat. Sie war mit Sicherheit dazu bestimmt, einem Lord Gesellschaft zu leisten.«

»Kam sie dir nicht auch irgendwie bekannt vor, Grift?«

»Wie meinst du das, Bodger?«

»Nun, ich weiß ja nicht, wie es dir ergangen ist, aber für mich war sie Lord Maybors Tochter wie aus dem Gesicht geschnitten. Sie sah genau wie Lady Melliandra aus.«

»Eines schönen Tages, Bodger, muß ich dir mal meine Theorie über Männer mit schlechten Augen auseinandersetzen. Das Mädchen sah ganz und gar nicht wie Lady Melliandra aus. Wahrscheinlich hast du nur zu viel vom Branntwein des Kaplans getrunken.«

»Ich glaube, du hast recht, Grift. Aber ist ja auch egal ... Was ist denn nun mit Männern, die schlecht sehen können?«

»Aaah. Männer mit schlechten Augen sind weithin bekannt für ...«

»Meister, eine Dame wünscht Euch zu sprechen«, sagte Crope.

Jede Schmerzschicht schälte sich einzeln ab und entblößte etwas mehr von dem brennenden Fleisch darunter. Jeder Atemzug war ein Sieg, und jeder Gedanke ein Stich in sein Herz. Der Schlag hatte ihn mit voller Wucht auf die Brust getroffen. Wie ein Blitz war er durch Haut und Muskeln gedrungen. Das Brennen war unerträglich. Selbst jetzt noch, die Wahrnehmung betäubt von kostbaren Drogen, konnte er spüren, wie der Schmerz versuchte, sich seines Körpers zu bemächtigen.

Oh, aber das war es wert gewesen. Erneut vor die Wahl gestellt, würde er sich nicht anders entscheiden. Die Dame, die ihn zu sehen wünschte, war die wichtigste Frau der Geschichte, und ihr Leben mußte unter allen Umständen bewahrt werden. Wäre Katharina von Bren vergangene Nacht gestorben, hätten sich seine Pläne in Luft aufgelöst.

Dieses dumme, arrogante Mädchen hatte doch tatsächlich geglaubt, einen Zauber zu kontrollieren sei so einfach wie einem Diener Befehle zu erteilen. Ein Kind, das mit dem Feuer spielte. Wahrscheinlich wußte sie auch jetzt noch nicht, welches Risiko sie eingegangen war. Der Rückstoß war verheerend gewesen, um ein Vielfaches stärker und gefährlicher als der ursprüngliche Zauber. Als Katharina die Macht herbeigerufen hatte, war es nur ein billiger Trick gewesen, eine kaum wahrnehmbare Energiewelle. Doch der goldhaarige Ritter hatte die Natur des Zaubers verändert. Indem er sich der fremden Macht widersetzt hatte, war er zu einem Prisma geworden, das die Kraft der Beschwörung auf einen Punkt konzentriert hatte. Als die Energie ihn wieder verlassen hatte, war sie zu einer tödlichen Waffe geworden. Und Katharina von Bren, die dazu bestimmt war, Königin der Vier Königreiche zu werden, war ihr Ziel gewesen.

Baralis zweifelte nicht daran, daß sie an Ort und Stelle in Flammen aufgegangen wäre. Nur die Schnelligkeit seiner Reflexe hatte sie gerettet. Indem er einen eigenen Zauber beschworen hatte, war es ihm gelungen, die Kraft des Rückstoßes auf sich selbst zu lenken. Ihm war keine andere Wahl geblieben; Bruchteile von Sekunden reichten einfach nicht aus, um eine erfolgreiche Strategie zu entwickeln. Baralis hatte getan, was er konnte und sich in einem einzigen Augenblick auf den Aufprall vorbereitet – den Beginn eines Schutzzaubers, mehr hatte er nicht mehr zustande gebracht. Aber immerhin hatte er überlebt, von Katharina hätte man das nicht erwarten können. Überleben lag Baralis nicht nur im Blut; es war in jeder Zelle seines Körpers, in jedem Nerv und in jedem Atemzug. Um *ihn* fertigzumachen bedurfte es schon etwas mehr als nur eines gefallenen Ritters mit einem kämpferischen Schicksal.

Die Kombination aus Schmerz und Drogen machte Baralis benommen. Sein Kopf drehte sich, und sein Körper protestierte gegen jede noch so kleine Bewegung. Unter den Decken befanden sich Verbände, und unter den Verbänden Verbrennungen. Die Haut auf seiner Brust war vollkommen versengt, und es würde Wochen oder gar Monate dauern, bis sie verheilt war. Aber Baralis hatte noch immer die Möglichkeit, aktiv in das Geschehen einzugreifen. Seine Zauberkräfte kehrten bereits wieder zurück. Der Zauber, den er vergangene Nacht beschworen hatte, war nichts gewesen: ein vorsichtiges Tasten, dafür gedacht, einen anderen Zauber abzulenken. Solange er sich körperlich schonte, konnte er jederzeit auf die Quelle seiner Macht zugreifen.

Es gab spezielle Techniken, die er in der Großen Steppe gelernt hatte. Techniken, die es erlaubten, die Lebensenergie eines Fremden anzuzapfen, um den eigenen Heilungsprozeß zu beschleunigen. Eine kleine Beschwörung war alles, was dafür erforderlich war. Das Opfer brachte seine eigene Energie mit. Es mußte getan werden; Baralis konnte sich nicht leisten, die nächsten Monate ans Bett gefesselt zu sein. Er brauchte neue Haut für seine Brust.

»Sag der Dame, daß ich sie im Augenblick nicht empfangen kann, Crope«, murmelte Baralis. »Sag ihr, ich bitte sie um Verzeihung, aber ...« Er dachte einen Augenblick nach. War es besser, seine Schwäche zu verbergen, oder sollte er lieber den Märtyrer spielen? »Sag ihr, ich sei zu krank, um Besucher zu empfangen.« Vielleicht würde Katharina ein wenig nachgiebiger werden, wenn sie eine Weile im Saft ihrer eigenen Schuld geschmort hatte.

»Aber Meister, es ist die Tochter des Herzogs«, entgegnete Crope, dem es offensichtlich mißfiel, eine derart hochgestellte Persönlichkeit abweisen zu müssen.

»Schick sie weg.« Sollte sie sich doch eine Zeitlang Sorgen machen. Wahrscheinlich wollte sie sowieso nur sicherstellen, daß ihrem Vater die gestrige Episode nicht zu Ohren kam. Immerhin konnte es nur einen Grund geben, warum sie den Sieg des herzöglichen Champions gewollt hatte. Die süße Katharina war nicht so unschuldig, wie sie aussah. Baralis brachte ein flüchtiges Lächeln zustande. Jetzt hatte er ein Druckmittel gegen die Tochter des Herzogs in der Hand. Die Tatsache, daß sie so früh in seinen Gemächern erschienen war, deutete darauf hin, daß sie sich sorgte, Baralis könne ihrem Vater etwas von ihrer Beziehung zu Blayze und ihren magischen Fähigkeiten erzählen.

Crope kehrte zurück. Bei jedem seiner schweren Schritte zog sich Baralis' Hautgewebe schmerzhaft zusammen. »Sie ist gegangen, Meister, und sie hat mich gebeten …« Der Riese versuchte, sich an den genauen Wortlaut zu erinnern. »Sie hat mich gebeten, Euch ihre Sympathie auszudrücken.«

»Gut.« Baralis hatte nichts anderes erwartet. Ein Hustenanfall schüttelte seinen ohnehin schon geschwächten Körper. Der Schmerz war so fern wie eine Landschaft, die man durch den Nebel hindurch betrachtete. Obwohl die Drogen stark waren, konnten sie den Schmerz nur verhüllen, nicht ihn vertreiben. Er hatte noch soviel zu tun: Die Eheverträge mußten unterzeichnet werden; das Hochzeitsdatum war noch nicht festgelegt worden; der Hof von Bren betrachtete die Ehe noch immer mit Mißtrauen, und jeden Augenblick konnte Kylock in Halcus einfallen und dadurch alles in Gefahr bringen. Heute mehr denn je mußte Baralis zum Kampf bereit sein.

Baralis verfluchte den Ritter. Jeder andere wäre dem Zauber erlegen, oder wenn nicht, hätte er ihn zumindest in der ursprünglichen amateurhaften Form zurückgeworfen. Einen solchen Rückstoß aufzufangen hätte Baralis lediglich leichte Kopfschmerzen beschert. Als er den Tod des Mannes in Hanatta beobachtet hatte, war der ursprüngliche Zauber rein und stark gewesen – nicht so bei Katharinas törichtem Versuch. Der Ritter mußte in der Tat ein mächtiges Schicksal haben, um ihn mit solch unglaublicher Macht zurückschleudern zu können. Plötzlich fiel Baralis ein, daß er überhaupt nicht wußte, wie der Kampf geendet hatte.

»Crope«, rief er, unfähig, seine Stimme über ein Flüstern hinaus zu erheben. »Wer hat den Kampf vergangene Nacht gewonnen?«

»Der Ritter hat gewonnen, Meister. Er hat Blayze fix und fertig gemacht.« Erfreut, eine Informationsquelle für seinen Herrn zu sein, lächelte Crope. Er war gerade damit beschäftigt, Kräuter in den Wein zu mischen. Zum ersten Mal kam Baralis der Gedanke, daß sein Diener wahrscheinlich die ganze Nacht über für ihn gesorgt hatte.

»Geh und ruh dich etwas aus, Crope«, sagte er.

Der Mann schüttelte eisern den Kopf. »Nein, Meister. Ich bleibe hier, bis es Euch wieder bessergeht.«

»Wie du willst; aber später mußt du dich etwas hinlegen. Morgen werde ich deiner besonderen Fähigkeiten bedürfen.« Wenn er eine Schnellheilung durchführen wollte, mußte Crope ihm ein geeignetes Opfer beschaffen. Doch er mußte noch einen Tag warten; im Augenblick war er noch nicht fähig, die entsprechende Beschwörung durchzuführen.

Baralis' Gedanken kehrten zu dem Ritter zurück. »Wie hat der Herzog darauf reagiert, daß er seinen Champion verloren hat?«

»Er hat den Ritter auf der Stelle zu seinem neuen Champion ernannt.«

Ein Stück des Puzzles fiel in seinen Platz: Der Ritter war offenbar vom Schicksal dazu ausersehen, der Beschützer der Erbin des Herzogs zu sein. Man mußte ihn im Auge behalten. Wer wußte schon, welche Rolle der Ritter noch zu spielen hatte? Baralis versuchte, sich zu konzentrieren. Es war seine Aufgabe, alles und jeden zu finden, der Einfluß auf die kommenden Ereignisse haben konnte. Er dachte zurück an jenen Augenblick, als die Kraft ihn getroffen hatte. Die Erinnerung brannte wie Feuer, doch inmitten der Schmerzen war etwas zu sehen: Baralis konnte einen kurzen Blick auf den Mann werfen, der die Energie von Katharinas Zauber neu geformt hatte. Jedes Haar an Baralis' Körper richtete sich auf. Mächtige Menschen waren in das Schicksal des Ritters verstrickt: Tavalisk, Larn, Bevlin.

Die drei Namen tauchten wie Geister auf und verschwanden sofort wieder.

Was bedeutete das? Bevlin war ein Name, den Baralis schon seit zehn Jahren nicht mehr gehört hatte; er war ein Mystiker, der den ganzen Tag in alten Prophezeiungen stöberte und ständig den drohenden Weltuntergang verkündete. Larn, die Insel der Seher, war ein Ort der Macht; und dann Tavalisk, der größte Unruhestifter der bekannten Welt. Was hatten die drei mit dem Ritter zu tun?

Baralis regte sich unruhig unter den Decken. Er mußte so schnell wie möglich wieder gesund werden; Leute mußten kontaktiert und Motive mußten aufgedeckt werden. Nichts durfte dem Zufall überlassen werden. Noch nie in seinem Leben war Baralis so frustriert gewesen. Heute blieb ihm nichts anderes übrig, als sich auszuruhen. Oh, wie er seine eigene Schwäche haßte. »Bring mir den Krug mit dem roten Stopfen« befahl er Crope. In dem Krug befand sich ein ungewöhnlich starker Schlaftrunk. Wenn er schon nichts unternehmen konnte, dann wollte er auch nichts von der Welt sehen. Später würde er sich dann bereits wieder besser fühlen und sowohl bereit sein zu arbeiten, als auch nachzudenken. Baralis' Hände zitterten, als er den Krug an die Lippen führte. Nie zuvor hatte es so viel für ihn zu tun gegeben.

Melli hatte einen großen Käfer entdeckt, der über den Boden ihres Zimmers krabbelte, und jetzt war sie damit beschäftigt, der Kreatur das Leben zur Hölle zu machen. Sie langweilte sich. Was war nur aus ihrem Leben geworden, wenn sie ein armes, unschuldiges Insekt quälen mußte, um sich die Zeit zu vertreiben? Natürlich hätte sie auch etwas essen können. Sie ließ den Käfer in Ruhe und wandte ihre Aufmerksamkeit dem Frühstückstablett zu. Den Schinken und die Würste hatte sie bereits verspeist, als diese noch heiß gewesen waren, und so war nur noch kalter Fasan übriggeblieben. Das und etwas wabbeliges Weißbrot. Der Tischwein war stark gewässert, so daß Melli keine Möglichkeit sah, ihre Langweile durch Trunkenheit zu vertreiben. Alles in allem betrachtet, war die Auswahl der Speisen nicht sonderlich appetitanregend. Leider mangelte es der Küche von Bren an Kreativität.

Gleiches galt für den Menschen, der Mellis Zimmer eingerichtet hatte: kahle Steinwände und ein nackter Fußboden, ein Bett, eine Truhe, ein Spiegel und eine Waschkommode. Von der runden Form der Wände ausgehend, vermutete Melli, daß sie sich in einem Turm befand. Es gab nur ein einziges, kleines Fenster, das jedoch so weit oben angebracht worden war, daß Melli lediglich den Himmel sehen konnte.

Melli riß ein Stück aus dem Brot, warf sich aufs Bett und begann, auf dem feuchten, teigigen Weißbrot herumzukauen. Die vergangene Nacht war in der Tat sehr unterhaltsam gewesen. Der Herzog war vollkommen anders, als sie sich vorgestellt hatte. Er war arrogant, ja, aber auch recht interessant. Melli gefiel die Art, wie er sich kleidete, in einfache, elegante Seidenstoffe. Als Tochter ihres Vaters wußte sie, daß manche Männer ebenso viel Geld und Zeit für ihre Schönheitspflege aufwandten wie die größten Hofschönheiten. Zurückblickend erkannte sie, daß Königin Arinaldas gesamter Hofstaat übertriebenen Wert auf die äußere Erscheinung gelegt hatte. In Bren war das anders. Der Herzog schien nicht an höfischer Prachtentfaltung interessiert zu sein. Seine Kleidung war schlicht, seine Gemächer spärlich möbliert, und wenn Melli ihr Essen betrachtete, wurden die Mitglieder des herzöglichen Haushalts offenbar nicht aufgrund ihrer kulinarischen Kenntnisse ausgewählt.

Melli mußte sich eingestehen, daß sie das Wissen des Herzogs über ihre Heimat beeindruckt hatte; es hatte sie sogar ein wenig eingeschüchtert. Mit all seinen Karten und Statistiken hatte er wie ein Kaufmann gewirkt, der Buch über seine Waren führte. Offenbar rechnete der Herzog damit, daß er die Führerschaft in der Allianz übernehmen würde. Und er gehörte zu den Männern, die stets alles bekamen, was sie wollten.

Der Türriegel wurde zurückgeschoben, dann schwang die Tür auf. »Wie ich sehe, hast du einen gesegneten Appetit«, sagte der Herzog.

Melli, die mit ausgestreckten Armen und Beinen auf dem Bett gelegen hatte, beeilte sich, ihre Erscheinung wieder in Ordnung zu bringen. In der einen Sekunde, die sie brauchte, um sich aufzusetzen, verwandelte sich Überraschung in Entrüstung. »Wie könnt Ihr es wagen, hier einfach ohne anzuklopfen einzudringen?« schrie sie. Aufgrund des Brotes, das sie im Mund hatte, klangen ihre Worte weniger scharf, als sie gehofft hatte.

»Ich wage es, weil mir dieser Palast gehört und alles, was sich in ihm befindet, dich eingeschlossen, meine liebe Lady von Deepwood.«

»Könnt Ihr nur an eine Frau kommen, indem Ihr für sie bezahlt?« Melli sprang auf – wenn er sie diesmal schlagen wollte, würde sie ihm kein leichtes Ziel bieten.

»Scheinbar hat eine Nacht Ruhe deine Zunge nicht weicher gemacht.« Der Herzog wirkte kühl, vielleicht ein wenig amüsiert, aber das war schwer zu sagen.

»Scheinbar hat eine Nacht Ruhe Eure Manieren nicht gebessert.« Nachdem der erste Schock des unerwarteten Besuchs verflogen war, fühlte sich Melli sogar von der Gegenwart des Herzogs angeregt. Es war eine willkommene Abwechslung von der Käferfolter. »Welchem Umstand verdanke ich die Ehre Eures Besuchs? Seid Ihr zu mir gekommen, um mich über mein Heimatland zu verhören? Vielleicht kenne ich ja ein paar Wälder, die Ihr übersehen habt.«

Der Herzog lächelte. »Das wage ich zu bezweifeln.« Er trat in den Raum. Obwohl er kein großer Mann war, erfüllte er mit seiner Gegenwart das ganze Zimmer. Melli hatte das Gefühl, sich nicht bewegen zu können, ohne ihn zu berühren. »Ich bin gekommen, um mich zu entschuldigen.«

Melli lachte laut auf. Sie konnte nicht anders. Die Vorstellung, daß dieser herrische, gefühllose Mann sich bei jemandem entschuldigte, war einfach lächerlich. »Weil Ihr mich geschlagen habt, nehme ich an.«

»Nein, das hast du verdient. Ich bin gekommen, um mich dafür zu entschuldigen, weil ich dich so abrupt entlassen habe, besonders da dir offenbar übel geworden ist.«

Übel geworden? Melli war einen Augenblick verwirrt, bis sie erkannte, daß der Herzog von den paar Minuten sprach, in denen sie mit der Vision gerungen hatte. Vorsichtig ausgedrückt, mußte es ausgesprochen merkwürdig gewirkt haben, wie sie verzweifelt die Tischkante umklammert hatte. Melli versuchte, den Vorfall herunterzuspielen.

»Ich war müde, weiter nichts.«

»Aha«, sagte der Herzog. »Wenn ich mich recht entsinne, trat diese ›Müdigkeit‹ zum ersten Mal auf, kurz nachdem ich Brens Armeen erwähnt habe.«

»Wirklich? Daran kann ich mich gar nicht erinnern.« Melli gefiel die Richtung gar nicht, in die sich das Gespräch entwickelte. »Aber egal, ich akzeptiere Eure Entschuldigung. Obwohl ich glaube, Ihr schuldet mir noch eine, weil Ihr hier einfach ohne anzuklopfen hereingeplatzt seid.« Die Entschuldigung war nur ein Vorwand gewesen; Melli war dessen sicher. Der Herzog wirkte auf sie nicht wie ein Mann, der einen Gedanken auf solche Kleinigkeiten verschwendete.

»Eine zweite Entschuldigung kommt nicht in Frage«, erwiderte er. »Ich habe selten Grund, meine Taten zu bereuen.« Seine Hand ruhte auf dem Griff seines Schwertes. Seltsam, daß ein Mann eine derart scharfe Klinge bei sich trug, ohne sie mit einer Scheide zu schützen – es sei denn, er trug seine Waffe auf diese Art, um andere einzuschüchtern. Der Herzog schaute sich in Mellis Zimmer um. »Bailor hat mir gesagt, du hättest ihn gefragt, ob du einen Spaziergang durch den Palast machen könntest.«

»Und wenn dem so wäre?«

»Morgen werde ich zu meiner Jagdhütte in den Bergen aufbrechen. Du wirst mich begleiten.«

Melli wußte nicht, ob sie sich über seine Arroganz ärgern, oder ob sie sich über die Aussicht freuen sollte, aus dem Palast herauszukommen. Bevor sie Gelegenheit hatte, etwas zu erwidern, war der Herzog bereits wieder auf dem Weg zur Tür.

Er verbeugte sich – ein höfliche, militärisch knappe Geste. »Bis morgen«, sagte er und verschwand.

Noch bevor die Tür wieder verriegelt worden war, hielt Melli den Weinkrug in der Hand. Gewässert oder nicht, sie brauchte einen Schluck. Ohne Zweifel war es der fadeste Wein, den sie jemals probiert hatte, und es bedurfte des halben Kruges, bis sich eine Wirkung einstellte.

Was hatte der Mann mit seinem Auftritt bezweckt? Daß er sich nur entschuldigen wollte, war mehr als unwahrscheinlich. Er hatte ihr gerade befohlen, ihn auf eine Reise zu begleiten; wäre Höflichkeit sein Motiv gewesen, dann hätte er sich zumindest die Mühe gemacht, den Befehl als Einladung zu tarnen. Nein. Der gute Herzog hatte etwas anderes im Sinn. Und während der Wein sich langsam mit ihrem Blut mischte, ihre Haut wärmte und ihre Gedanken beflügelte, begriff Melli, was es war, das er im Schilde führte.

Ein Klopfen ging einem zweiten Zurückziehen des Riegels voraus, und herein kam Bailor. Diesmal war Melli nicht geneigt, sich herzurichten. Sie blieb auf dem Bett sitzen und goß den restlichen Wein in den Becher.

Bailor blickte betrübt drein, als er Melli so sah. »Ein hübsches Mädchen wie du sollte nicht soviel trinken, und noch dazu vor Mittag.«

»Eure Sorge bewegt mich zutiefst«, entgegnete Melli. »Ich bin sicher, der nächste Wein, den man mir serviert, wird seinen Geschmack eher einem Brunnen denn einer Weinkellerei zu verdanken haben.«

Bailor ignorierte ihre Worte und begann statt dessen, auf und ab zu laufen. Er trug ein recht elegantes Gewand aus grüner Seide, das bei jedem Schritt hinter ihm her flatterte wie ein gebrochener Flügel. »Der Herzog scheint durchaus eingenommen von dir zu sein, meine Liebe.«

Melli blickte Bailor in die Augen und erklärte: »Ich weiß.« Das war die einzig mögliche Erklärung für die dürftige Entschuldigung und die bevorstehende Reise in die Jagdhütte. Warum war ihr das nicht schon früher aufgefallen? In Burg Harvell war sie stets von den Männern umschwärmt worden. Warum sollte das bei ihren Geschlechtsgenossen in Bren, oder auch bei ihrem Herzog, anders sein?

»Heute morgen hat er mich zu einer Audienz bestellt«, fuhr Bailor fort, während er sich aufgeregt die Hände rieb. »Er hat mich nach dir gefragt. Wer du bist, woher du kommst … Es würde mich nicht überraschen, wenn er heute wieder nach dir schicken würde.«

»Er ist gerade erst gegangen.«

Bailors ohnehin schon weit vorstehende Augen schienen aus ihren Höhlen zu quellen. »Er ist *hierher*gekommen?«

»Ja«, antwortete Melli mit einem ungezwungenen Schulterzucken. Jetzt wurde es amüsant. »Er ist nur vorbeigekommen, um mich in seine Jagdhütte einzuladen.«

»Die Jagdhütte!« Bailor stieß die Worte aus, als würde er von einem heiligen Ort sprechen. »Seine Gnaden hat mich noch nie in die Hütte eingeladen.« Er nahm den Krug vom Tisch und hob ihn an die Lippen, bevor er bemerkte, daß er leer war. »Was hat er zu dir gesagt?«

»Zunächst einmal hat er sich für seine Grobheit entschuldigt …«

»Borc sei uns gnädig!« Bailor hatte sich tatsächlich

neben Melli aufs Bett gesetzt und fächelte sich mit einer Ecke seines Gewandes Luft zu. »Der Herzog entschuldigt sich niemals. Was hast du mit ihm getan? Bist du eine Hexe?«

Melli lachte; Bailor gefiel ihr inzwischen ein ganzes Stück besser, nun, da sein Verhalten nicht mehr so distanziert und emotionslos war. Sie reichte ihm ihren Becher, der nur noch zu einem Viertel gefüllt war. Bailor griff hastig zu und leerte ihn in einem Zug.

»Der Herzog wird morgen in aller Frühe aufbrechen. Du mußt entsprechende Kleider haben. Ich werde nach Veena schicken. Kannst du reiten?«

»Natürlich.«

»Gut, gut. Du jagst nicht auch zufällig, oder?«

Wie konnte die Tochter des größten Jägers der Königreiche wohl nicht jagen? Maybor war stolz darauf, daß all seine Söhne und sogar seine Tochter schon wilden Ebern hinterherjagten, während andere Kinder noch nicht einmal auf einem Pferd sitzen konnten. »Ich bin ein- oder zweimal mit auf die Jagd gegangen. Aber in den Bergen gibt es doch gar nicht soviel Wild, oder?«

»Die Hütte liegt an einem Abhang, der Teil eines riesigen Tales ist. Dort gibt es einen See, an den viele Tiere zum Trinken kommen: Bären, Berglöwen, Hirsche.«

»Wer kommt sonst noch mit?«

»Nicht viele, glaube ich. Es wird nur ein kurzer Ausflug werden – höchstens drei oder vier Tage. Man wird von dir erwarten, dich so unauffällig wie möglich zu verhalten. Der Herzog mag es nicht, wenn sein Privatleben zuviel Aufmerksamkeit erfährt.«

»Dann bezweifele ich, daß ich überhaupt zum Jagen kommen werde.« Melli war enttäuscht. Es war schon lange her, seit sie zum letzten Mal die Faszination der Jagd verspürt hatte.

Bailor stand auf. »Hmmm, vielleicht wird er außerhalb des Hofes etwas weniger zurückhaltend sein. Ich kann es dir wirklich nicht sagen; wie bereits erwähnt, hat er mich nie in die Hütte mitgenommen. Auf jeden

Fall werde ich dafür sorgen, daß er erfährt, daß du jagen kannst. Das wird ihn angenehm überraschen.«

Melli erkannte, daß sie in Bailors Meinung gestiegen war. Vor lauter Aufregung hüpfte der Mann beinahe durch den Raum. Sie hätte ihn gerne nach der genauen Lage der Hütte gefragt, doch sie hielt sich zurück. Bailor war kein Dummkopf; er würde sofort wissen, warum sie solche Fragen stellte. So fragte sie statt dessen: »Was wollte der Herzog sonst noch über mich wissen?«

»Er hat nach deinen Eltern gefragt. Wer dein Vater war, wie ich auf dich aufmerksam geworden bin, so was halt.«

Der Herzog hatte ihre Geschichte überprüft. »Und normalerweise erkundigt er sich nie über seine Einkäufe?«

»Sehr selten. Es ist eine große Ehre, von ihm erwählt zu werden.«

Sosehr sich Melli auch bemühte, sie konnte sich eines höhnischen Lächelns nicht erwehren. Sie war die Tochter des reichsten Lords der Königreiche, die beinahe mit einem Prinzen verheiratet worden wäre. Verglichen damit war es eine höchst zweifelhafte Ehre, des Herzogs neueste Tändelei zu sein.

»Nun denn, ich muß mich wieder auf den Weg machen«, sagte Bailor. »Ich werde dafür sorgen, daß Veena dir alles bringt, was du brauchst.« Fast wirkte er *zu* glücklich, und Melli kam ein Gedanke. »Hat der Herzog noch andere Frauen?«

»Er ist ein Mann mit ausgeprägten körperlichen Bedürfnissen.«

»Was geschieht mit den Frauen, an denen er das Interesse verliert?«

»Das ist unterschiedlich. Einige werden weiterverkauft; ein paar bleiben im Palast als Kammerzofen, und einige wenige erhalten die Freiheit zu gehen, wohin sie wollen.«

»Aber zuerst gehen sie an Euch, hab' ich nicht recht?« Daß Bailor ihr nicht in die Augen schauen konnte, reichte Melli als Bestätigung. »Sagt mir, hat der Herzog vor kurzem einer Favoritin Lebewohl gesagt?«

»Heute morgen hat er seinem Wunsch Ausdruck verliehen, Sheena nicht mehr zu sehen.« Bailor fühlte sich sichtlich unwohl, und so lenkte er das Gespräch wieder in eine andere Richtung. »Das ist ein gutes Zeichen für dich, meine liebe Melli.«

»Und für Euch bedeutet es auch nichts Schlechtes, mein lieber Bailor«, sagte Melli, während der Truchseß die Tür hinter sich schloß.

Kapitel siebzehn

Schnapper haßte den Morgen, und je früher es war, desto mehr haßte er ihn. Schon immer hatte es zu den heiligen Pflichten eines Taschendiebs gehört, rechtzeitig aufzustehen, um dem Frühmarkt einen Besuch abzustatten; doch Schnapper konnte nicht behaupten, daß er es jemals genossen hatte, Nachforschungen anzustellen, wenn er mit den Hühnern aufgestanden war. Jetzt steckte er in einem labyrinthartigen, düsteren Palast fest, und sein Zimmer befand sich in unmittelbarer Nähe der Küche und der Brauerei. Die Hintergrundgeräusche waren derart laut, daß einem das Trommelfell zu platzen drohte, und Schnapper hatte noch nicht einmal die Möglichkeit hinauszuschlüpfen, um ein wenig zu forschen. Diesen Morgen haßte er noch mehr als alle anderen zuvor.

Nur aus einem einzigen Grund fand sich Schnapper mit solch unerträglichen Zuständen ab: Die Umgebung war besser für Tawl. Hier gab es unter anderem Ärzte; einer hatte Tawls Brustwunde desinfiziert und verbunden, und ein zweiter hatte die Verbrennung am Unterarm des Ritters mit einem Kräuterumschlag behandelt. Ein dritter Arzt schließlich hatte Tawl einen Schlaftrunk verabreicht, der ihn nun beinahe einen ganzen Tag lang hatte schlafen lassen. Ein junges Mädchen brachte immer wieder Essen und Bier, damit der Patient wieder zu Kräften kam. Allerdings hatte Tawl nicht viel von dem Bier zu sehen bekommen, denn schließlich hatte auch ein Taschendieb Anspruch darauf, sich irgendwie die Langeweile vertreiben zu dürfen.

Im Augenblick schlief der Ritter; wahrscheinlich war es besser so. Die Verbrennung, das Gift, die Wunde und der Kampf: All das hatte seinen Tribut gefordert, so daß Tawls Körper vor allem der Ruhe bedurfte – mehr noch als irgendwelcher Tränke und Salben.

Wenn er denn wirklich Ruhe bekam. Mehrmals in der Nacht war Schnapper von Tawls Schreien aufgewacht. Er hatte Worte in einer fremden Sprache gemurmelt und zwei Namen gerufen, die sich wie Anna und Sara anhörten. Und einmal, als die Nacht am finstersten gewesen war, hatte sich sein ganzer Körper vor Schluchzen geschüttelt. Schnapper hatte sich neben ihn aufs Bett gesetzt, die Arme um Tawls Schultern gelegt und gewartet, bis das Schluchzen aufgehört hatte.

Die ersten Strahlen der aufgehenden Sonne schlichen sich in den Raum wie Diebe, nahmen den Schatten ihre Kraft und überwältigten das Licht der Kerzen. Ausgehend von dem Lärm, war die Dienerschaft des Palastes bereits seit Stunden auf den Beinen. Der Duft gärenden Hopfens und der Geruch frisch gebackenen Brotes stritten um die Vorherrschaft in Schnappers Nase, und die Hitze der Öfen erwärmte die Luft, als hätte die ganze Nacht über ein Feuer gebrannt.

Man hatte sie hierhergebracht, kurz nachdem Tawl seinen Eid geschworen hatte. Der Ritter war einfach davongewankt, ohne sich um die Zuschauer zu kümmern; auch das Blut, das durch die Bandage in seiner Brust gesickert war, schien ihn nicht zu interessieren. Der Herzog hatte ein Zeichen gegeben, und ein Mann in einem weiten, eleganten Seidengewand war vorgetreten. Obwohl sich der Schneider alle erdenkliche Mühe gegeben hatte, war es ihm doch nicht gelungen, den dicken Bauch des Mannes vollständig zu verbergen. Er hatte darauf bestanden, daß Tawl ihn in den Palast begleitete. Der Ritter hatte keine Kraft mehr besessen, sich dem Angebot zu widersetzten und hatte sich fortführen lassen. An Schnapper hatte der dicke Mann keinerlei Interesse gezeigt. Aber der Junge hatte sich eisern geweigert, Tawl aus den Augen zu lassen, und damit gedroht, aus Leibeskräften zu schreien, sollte man ihn hintergehen. Wenn auch widerwillig hatte der Dicke schließlich Schnapper in die Einladung mit einbezogen.

Und nun waren sie hier als Gäste des guten Herzogs höchstpersönlich. Es war eine Verbesserung gegenüber den Ställen – *jeder* Ort war besser als die Ställe, Hauptsache keine Pferde –, nur leider mangelte es dem Palast an profitablen Einnahmequellen. Seit er sein Bündel bei Madame Dornenbeutel zurückgelassen hatte, kreisten Schnappers Gedanken ständig um seine Rücklagen für die Notfälle, oder besser: um den traurigen Mangel daran. Er mußte dringend hinaus und ein paar Geschäfte erledigen, um seine Taschen zu füllen und Brens Geldkreislauf anzuregen.

Wahrscheinlich war der Palast bis unters Dach voller Beute, nur der Haken daran war, daß man als Gast bestimmten Regeln unterworfen war. Man durfte seinen Gastgeber nicht berauben; das war einfach nicht ehrenhaft. Mauersegler, der zu seiner Zeit häufig andere Gauner beherbergt hatte, hatte Schnapper immer wieder ermahnt, das heilige Band zwischen Gast und Gastgeber zu achten: »*Du kannst seinen letzten Tropfen trinken, seinen guten Namen beleidigen, und du kannst es sogar mit seiner Frau treiben; aber du darfst deinen Gastgeber niemals berauben.*« Das war eine derart edle Gesinnung, daß Schnapper allein bei dem Gedanken daran einen Kloß im Hals bekam. Daher kam es für ihn überhaupt nicht in Frage, irgend etwas aus dem Palast zu entwenden.

Hätte er sich aus irgendeinem anderen Grund hier befunden, wäre es selbstverständlich etwas vollkommen anderes gewesen. Schnapper kratzte sich das Kinn, als ihm ein äußerst hinterhältiger Gedanke kam. Mauersegler hatte nie erwähnt, daß es verboten sei, ein wenig in der Wohnstätte seines Gastgebers herumzuschnüffeln und nach Wertgegenständen Ausschau zu halten. Nein, dafür gab es definitiv keine Regel. Später konnte er vielleicht auf Erkundung gehen – natürlich nur aus rein persönlichem Interesse, weiter nichts. Man konnte viel von einem Spaziergang vorbei an verstärkten und gesicherten Türen lernen.

Schnapper wurde aus seinen Träumen gerissen, als die Tür plötzlich aufflog. Eine junge Frau stand auf der Schwelle. Es war dieselbe Frau, die ihn vor zwei Nächten aufgefordert hatte, dem Kampf ein Ende zu machen: das Mädchen auf dem Porträt. Sie schaute auf den schlafenden Tawl, trat in den Raum und schloß die Tür hinter sich. Als sie sich näherte, sah Schnapper, daß Tränen ihre Wangen hinunterliefen. »Wie geht es ihm?« verlangte sie zu wissen.

Schnapper richtete die Tunika und kämmte sich mit den Fingern durchs Haar. Die Art und Weise, wie die Frau sich kleidete, verriet, daß sie in der Tat eine hochgestellte Dame sein mußte. In der Nacht des Kampfes hatte sie nur einen einfachen Baumwollumhang getragen, doch nun trug sie ein mit Perlen besticktes Satinkleid. »Es geht ihm noch nicht sonderlich gut, Mylady. Er hat den ganzen gestrigen Tag geschlafen.«

Ein leises, gequältes Geräusch kam über ihre Lippen. Sie stürzte sich auf Tawl. Schnapper brauchte einen Augenblick, um zu erkennen, daß der funkelnde Gegenstand in ihrer Hand ein Dolch war. Schnell wie der Blitz sprang er ihr in den Weg. Er packte ihr Handgelenk und entwand ihr die Waffe. Der Atem der Frau roch nach Branntwein, und auf ihrem Kleid war ein großer, feuchter Fleck zu sehen. Ihre Muskeln besaßen nicht mehr die Kraft, sich gegen Schnapper zu wehren. Sie begann zu schluchzen und murmelte immer und immer wieder: »Ich hasse ihn, ich hasse ihn, ich hasse ihn.«

Allmählich bekam Schnapper eine Vorstellung davon, was geschehen sein mußte: Blayze war gestorben.

Nur einen Augenblick später schien die junge Frau sich wieder zusammenzureißen. Sie wischte sich die Tränen mit einer Ecke ihres Kleides aus den Augen und trat an Tawls Bett. Dabei beobachtete Schnapper sie mißtrauisch, jederzeit bereit einzugreifen, sollte sie seinem Freund ein Leid zufügen wollen. Sie packte den Ritter an den Schultern und schüttelte ihn. Tawls Augen öffneten sich. Sein trüber Blick zeigte deutlich, daß die Wirkung des Schlaftrunks nach wie vor anhielt. Die Frau beugte sich dicht über ihn und flüsterte: »Ich will dich tot sehen für das, was du in jener Nacht getan hast.«

Schnapper hielt den Atem an. Tawl blickte der jungen Frau in die Augen. »Ich bin bereits verdammt, Mylady«, sagte er. »Der Tod kann mir nur Frieden bringen.«

Die Frau spuckte ihm ins Gesicht.

Schnapper packte ihren Arm. »Laßt ihn in Ruhe!« brüllte er. »Er hat schon genug durchgemacht.« Dann zog er sie von seinem Freund weg.

Sie befreite sich aus seinem Griff und wandte sich wieder dem Ritter zu. »Du hast mich nicht zum letzten Mal gesehen, Tawl aus dem Tiefland.« Die Worte jagten Schnapper einen Schauer über den Rücken. Die Frau stand einen Augenblick einfach nur da und zitterte, geschüttelt von ihrem eigenen Haß. Dann wirbelte sie herum und stolzierte aus dem Raum.

Tawl setzte sich langsam auf. Er stellte die Füße auf den Boden und schlug die Decken beiseite. »Was in Borcs Namen habe ich nur getan?« stöhnte er.

Schnapper wußte nicht, was er darauf antworten sollte. Es gab keine Erklärung. Tawl hatte einen Mann mit bloßen Fäusten halbtot geschlagen und anschließend einen Eid geleistet, den er eigentlich nicht schwören durfte. Schnapper wußte nicht viel über die Ritter von Valdis; er wußte nur, daß Tawl irgendein fürchterliches Gesetz gebrochen haben mußte, indem er den Titel eines herzöglichen Champions angenommen und den damit verbundenen Schwur geleistet hatte. Er hatte die Ritterschaft verlassen, und nun gab es kein Zurück mehr. Schnapper wünschte von ganzem Herzen, daß der Kampf nie stattgefunden hätte.

Die Tür öffnete sich ein zweites Mal – klopfte in Bren denn niemand an? –, und herein kam der Herzog persönlich. Sein schlanker Körper war in einen Reisemantel gehüllt, und sein Gesicht war kalt und ausdruckslos. »Was hat meine Tochter hier gewollt?«

Schnapper gelang es, seine Überraschung zu verbergen. *Die Tochter des Herzogs?* Das kam in der Tat unerwartet. Bevor er etwas erwidern konnte, sagte Tawl:

»Sie hat sich nur nach meiner Gesundheit erkundigt.«

Das war zu erwarten gewesen. Selbst jetzt noch, da er alle Verbindung zu Valdis abgebrochen hatte, besaß Tawl die Instinkte eines Ritters: Galanterie und das Verlangen, die Ehre einer Dame um jeden Preis zu schützen. Aus irgendeinem Grund schöpfte Schnapper neuen Mut.

Der Herzog schien mit dieser Erklärung zufrieden zu sein. »Und wie steht es um deine Gesundheit?«

»Dank Eurer Ärzte schon wesentlich besser.«

»Gut.« Der Herzog kehrte dem Ritter den Rücken zu. »Du hast in jener Nacht gut gekämpft. Ich bewundere einen Mann, der sich nicht in die Niederlage ergibt, mehr als alles andere.«

»Blayze war ein würdiger Gegner.«

»Ja, er hat mir gut gedient. Er ist heute morgen gestorben, und das ist gut so, denn für ihn hätte es hier keine Zukunft mehr gegeben. Bren akzeptiert kein Versagen.« Der Herzog schwieg einen Augenblick; sein Blick war auf den Boden gerichtet. »Ich gestehe, daß ich deinen Eid nur widerwillig entgegengenommen habe, doch jetzt sehe ich, daß es gut war. Du hast gewonnen. Du bist der bessere Mann.« Er wirbelte herum, um Tawl in die Augen zu schauen. »Ich werde dich niemals fragen, warum du die Ritterschaft verlassen hast; aber du sollst wissen, daß deine Treue nun einzig und allein mir gilt. Ich werde mich nicht mit einem zweiten Platz hinter Valdis zufriedengeben.«

»Mein Eid ist unumstößlich. Befehlt, und ich werde gehorchen.« Tawls Stimme klang fest und entschlossen.

»Das freut mich zu hören«, sagte der Herzog. »Ich werde mich für einige Tage auf einen Jagdausflug begeben. Wenn ich zurückkehre, erwarte ich, daß du bereit bist, deinen Platz an meiner Seite einzunehmen.«

»So soll es sein.«

Der Herzog streckte die Hand aus, und Tawl ergriff sie. Eine Weile standen sich die beiden schweigend gegenüber; dann drehte der Herzog sich um und ging.

Zum ersten Mal, seit er nach Bren gekommen war, glaubte Schnapper, daß es noch Hoffnung für seinen Freund gab. Es war lange her, daß er Tawl zuletzt so entschlossen gesehen hatte.

Maybor klopfte an Baralis' Tür. Heute morgen sollte er den Herzog auf einen Jagdausflug in die Berge begleiten, und vorher wollte er noch zweierlei erledigen: Erstens wollte er sicherstellen, daß Baralis über Nacht nicht auf wundersame Weise genesen war; und zweitens wollte er dem Kanzler des Königs – sofern dieser aufnahmefähig war – bewußt machen, daß der Herzog ihn aufs schwerste beleidigt hatte. Für Baralis würde es keinen exklusiven Jagdausflug in die Berge geben; er hatte noch nicht einmal eine Einladung bekommen.

Als er keine Antwort erhielt, klopfte Maybor ein weiteres Mal. Es war wirklich köstlich. *»Nur ein paar treue Gefährten und ich«*, hatte der Herzog gesagt, und er, Maybor, zählte zu den Auserwählten, während Baralis ausdrücklich von der Einladung ausgenommen war. Maybor betrachtete es als seine Pflicht, seinem treuen Gegenspieler diese Nachricht zu übermitteln. Schade nur, daß diese Schande den Kanzler nicht umbringen würde.

Ein paar Tage auf der Jagd waren genau das richtige für Maybor. Frische Luft in den Lungen, ein edles Pferd zwischen den Schenkeln und ein Speer in den Händen – die perfekte Gelegenheit, um seine Fähigkeiten unter Beweis zu stellen. Erst gestern hatte Maybor seine neue Garderobe von einem der örtlichen Schneider bekommen, und so konnte er sich endlich wieder einer beachtlichen Auswahl an Gewändern und Umhängen rühmen, die jeden Betrachter in Erstaunen versetzte. Dieser Jagdausflug versprach, ein großer persönlicher Erfolg zu werden.

Maybor war begierig darauf, das Bergwild zu sehen. In den Königreichen gab es nichts, das auch nur annähernd so aufregend war wie Berglöwen. Hoffentlich war die Saison nicht noch zu früh dafür.

Wo steckte nur dieser Trottel Crope? Ein letztes Klopfen, und wenn diesmal die Antwort ausblieb, beabsichtigte Maybor, einfach so hineinzugehen.

Die Tür schwang auf, und Baralis' riesiger Diener stand auf der Schwelle. In der einen Hand hielt er einen Topf und in der anderen etwas, das wie ein leinenes Unterhemd aussah. Maybor hatte bereits in der Vergangenheit mit Crope zu tun gehabt, und so wußte er, daß es wenig Sinn machte, sich an ihm vorbeidrängen zu wollen. »Wie geht es deinem Herrn?« verlangte Maybor zu wissen.

»Er schläft.«

»Nein, du Idiot, ich will wissen, wie er sich fühlt.«

»Er schläft.«

Maybor stand kurz davor, die Geduld zu verlieren. Er versuchte es erneut, diesmal lauter, als würde er mit einem Tauben reden. »Ich will wissen, ob der Gesundheitszustand deines Herrn sich gebessert hat!«

»Er schläft seit gestern morgen.«

Bei Borc, was war der Mann häßlich! Seine Gesichtshaut hing herab wie ein nasser Lappen; seine Knopfaugen wurden von Augenbrauen überschattet, die an einen Besen erinnerten, und seine Nasenhaare waren ein dichter roter Urwald. Solche Exemplare der Gattung Mensch sollte man unmittelbar nach der Geburt erschlagen. »Was ist deinem Herrn in der Nacht des Kampfes widerfahren? Warum ist er zusammengebrochen?«

Crope dachte einen Augenblick nach. »Er wurde krank, Herr.«

Der Riese war nicht nur häßlich, sondern auch blöd. Es machte wenig Sinn, ihn noch weiter zu diesem Thema zu befragen. Crope war viel zu gut ausgebildet worden, um irgend etwas zu verraten. »Wenn dein Herr aufwacht, dann sag ihm, daß er – im Gegensatz zu mir – *nicht* in die private Jagdhütte des Herzogs eingeladen worden ist. Hast du das verstanden?«

»Ja.«

»Dann sprich mir nach.« Maybor hörte aufmerksam zu, während Crope den soeben gehörten Satz wiederholte. »Gut. Sorg dafür, daß er diese Nachricht bekommt.« Er drehte sich um und wollte gerade gehen, als ihm eine Idee kam. »Gehört das deinem Herrn?« fragte er und deutete auf das Leinenhemd, das Crope bei sich trug. Sofort nachdem Crope bestätigend genickt hatte, sprang Maybor vor und riß ihm das Hemd aus der Hand. Von dem plötzlichen Angriff überrascht, hatte Crope keine Gelegenheit, etwas dagegen zu unternehmen. Maybor lächelte den verwirrten Diener triumphierend an und ging.

Er steckte das Stück Stoff in seine Tunika und grübelte über das wenige nach, was er von Crope erfahren hatte. Wenn Baralis wirklich einen ganzen Tag lang geschlafen hatte, dann war er in der Tat ernsthaft erkrankt; aber wie er den Kanzler des Königs kannte, würde er wahrscheinlich nicht davon sterben. Er war einfach zu zäh. Maybor verbarg die Hände unter seinem Umhang, während er durch den feuchtkalten Nordflügel des Palastes schritt. Irgendwie mußte er doch an den Mann herankommen können. Baralis durfte auf keinen Fall die Möglichkeit bekommen, ihn in der Öffentlichkeit zu blamieren und so seine gute Position am Hof von Bren zu ruinieren. Maybor hatte noch so manches Hühnchen mit Baralis zu rupfen, und die Liste war in letzter Zeit immer länger geworden: mehrere Attentatsversuche, der Tod seines Hengstes, das Durchkreuzen seiner Pläne und das Verschwinden seiner Tochter.

Maybor fühlte sich plötzlich beklommen und verlangsamte seinen Schritt. Wie mochte es Melliandra inzwischen ergangen sein? Sein wertvollstes, sein schönstes Juwel. Was war er doch für ein Idiot gewesen. Er hätte niemals versuchen sollen, sie mit Kylock zu vermählen. Sie war dickköpfig und stolz – genau wie er selbst. Die ganze Angelegenheit hätte anders angegangen werden müssen. Maybor blieb vor einer Schießscharte stehen und blickte hinaus auf die grauen Wasser des Großen Sees. Wo war sie? Wahrscheinlich weit weg. Vermutlich hatte sie sich aus Furcht vor seinem Zorn irgendwo verkrochen. Traff hatte den Auftrag, nach ihr zu suchen; aber Maybor war nicht sicher, ob er wollte, daß Baralis' Ex-Söldner sie fand. Der Mann war gefährlich und unberechenbar, und außerdem glaubte er, Melliandra sei nun sein Eigentum.

Wie hatte er die Hand seiner Tochter nur einem Söldner versprechen können? Maybor ließ sich gegen die feuchte Wand fallen, als er das ganze Ausmaß seiner eigenen Dummheit erkannte. Das war alles Baralis' Schuld: Nachdem der Mann einmal mit seinen Intrigen angefangen hatte, hatte Maybor an nichts anderes mehr gedacht, als ihn in seinem eigenen Spiel zu schlagen. Und als Folge davon hatte er alles ruiniert!

Schuldgefühle waren eine neue und schmerzhafte Erfahrung für Maybor. Er war kein in sich gekehrter Mann; für ihn zählten nur Taten. Plötzlich kam ihm ein Gedanke: Er würde Kedrac schreiben und ihm befehlen, Botschaften in alle Städte und Dörfer der Vier Königreiche zu schicken. Er würde eine Belohnung von fünfhundert Goldstücken aussetzen für jede Information, die ihn zu seiner Tochter führte. Nein, er konnte noch mehr tun als das: Er würde öffentlich bekanntgeben lassen, daß er Melliandra ihren Ungehorsam verzeihe und daß sie jederzeit wieder im Schoß ihrer Familie willkommen sei.

Maybors Gedanken überschlugen sich; er würde den Brief noch heute abschicken. Er war fest entschlossen, seine Tochter zurückzuholen. Auch wenn sie keinen König heiratete, in Bren gab es genug Adelige, die sich darum reißen würden, sie zur Frau zu nehmen. Maybor konnte sie deutlich vor seinem inneren Auge sehen: ihre blauen Augen, dunkel und voller Feuer, und ihre Haut so weiß wie Schnee. Borc sei Dank war sie nach ihm geschlagen und nicht nach ihrer Mutter.

Nun, da er einen Plan hatte, konnte Maybor seine Begeisterung kaum noch im Zaum halten. In wenigen Wochen würde Melliandra wieder sicher in Burg Harvell sein. Maybors Schritt war leicht, und er summte ein fröhliches Lied vor sich hin, dessen Text ihm entfallen war. Es war noch immer früh am Morgen. Wenn er sich sputete, konnte er den Brief noch schreiben und abschicken, bevor er zur Jagd aufbrach.

Gerade als Maybor seine Gemächer betreten wollte, schnitt ihm jemand den Weg ab. »Lord Maybor, kann ich Euch einen Augenblick sprechen?«

Es war Lord Cravin, der Mann, der bei dem Begrüßungsbankett neben ihm gesessen hatte. »Selbstverständlich. Bitte, kommt herein.«

Cravin schüttelte den Kopf. »Nein. Ich würde es vorziehen, wenn Ihr mich für eine Minute begleiten könntet.«

Das sagte alles. Offenbar war Burg Harvell nicht der einzige Ort, wo die Wände Ohren hatten. Maybor nickte kurz und genoß den Beginn seines ersten Ausflugs in die Welt der politischen Intrige.

Cravin ging voraus. Er war ein vornehm aussehender Mann. Seine leicht gekrümmte Nase ähnelte der des Herzogs. Sein Haar war ungewöhnlich kurz geschnitten, so daß die Kopfhaut durchschimmerte, und seine Schläfen waren ergraut. Erst als sie einen von Bäumen gesäumten Vorhof erreichten, hielt es Cravin für angebracht zu sprechen. »Der Herzog wird die Stadt für ein paar Tage verlassen, und wie ich höre, werdet Ihr ihn begleiten.«

»Und wenn dem so wäre?«

»Es wäre besser, Ihr würdet bleiben. Hier im Palast gilt es größeres Wild zu erlegen.«

»Das heißt?«

»Wenn der Herzog nicht hier ist, können wir offen sprechen. Es ist Zeit, daß wir uns unseren gemeinsamen Interessen widmen.«

Nun war Maybor in einem Dilemma. Er liebte die Jagd. »Können wir nicht nach meiner Rückkehr reden?«

»Ihr könnt soviel reden, wie Ihr wollt«, erwiderte Cravin. »Ich jedoch bin nicht so dumm, irgend etwas von mir zu geben, wenn auch nur im entferntesten die Möglichkeit besteht, daß der Herzog etwas davon erfahren könnte.«

»Wenn ich meine Teilnahme an der Jagd absagen würde, könnte das Seine Gnaden beleidigen.« Der Gedanke an Verschwörungen und Ränkeschmieden war verlockend, aber der Gedanke, sich beim Herzog einzuschmeicheln, war noch viel verlockender. Einmal den Gefahren der Jagd gemeinsam ins Auge geschaut, und sie wären Freunde fürs Leben.

»Dem Herzog wird Eure Abwesenheit nicht auffallen. Er hat es auf ein wesentlich unberechenbareres Wild abgesehen als auf Berglöwen.«

»Frauen?« Maybor konnte das Verlangen in seiner Stimme kaum verbergen. Er war schon lange her, seit er zuletzt die üppigen Rundungen eines wohlgebauten Weibsstücks gespürt hatte. Leider hatte er keine Ahnung, wie ein Mann in einer fremden Stadt an eine ordentliche Frau kommen konnte. Die Dienerinnen, die er bisher gesehen hatte, waren entweder zu alt oder zu dürr.

»Eine ganz bestimmte Frau. Wie ich höre, hat die

neueste Tändelei des Herzogs mehr als nur sein übliches Interesse erregt.« Cravins Augen verengten sich. »Verspürt Ihr nicht auch das Bedürfnis nach etwas weiblichem Trost, Lord Maybor?«

»Ich bin ein Mann mit beachtlichem Appetit.«

»Ich könnte heute nacht ein paar junge Damen in Eure Gemächer bringen lassen.«

Das gab den Ausschlag. Die Jagd konnte warten. Im Augenblick war die Aussicht auf etwas körperliche Betätigung im eigenen Bett durch nichts zu überbieten. »Ich werde dem Herzog mein Bedauern ausdrücken. Ich glaube, ich fühle mich ein wenig unwohl.«

Cravin verneigte sich. »Ich werde zu gegebener Zeit mit Euch Verbindung aufnehmen.«

»Ich werde warten.« Maybor erwiderte die Verbeugung und fügte hinzu: »Bitte, sorgt dafür, daß man mir alle Frauen gleichzeitig bringt.«

Ein eiskaltes Lächeln zeigte, daß Cravin der Bitte entsprechen würde; dann wandte er sich um und ging zurück zum Palast.

Maybor blieb noch einen Augenblick in dem kleinen Hof stehen. Die Brise, die vom Großen See herüberwehte, war scharf, aber nicht kalt. Die Dinge wurden allmählich interessant. Sobald Maybor wieder in seinen Gemächern war, wollte er zunächst den Brief an seinen Sohn betreffs Melliandra aufsetzen, bevor er ein kurzes Nickerchen machte, um seine Kräfte für eine Nacht voller Ausschweifungen zu sammeln. Der Geschmack der Intrige gab dem Ganzen noch zusätzliche Würze.

Auf dem Weg zurück in seine Gemächer erinnerte sich Maybor des Stücks Stoff unter seiner Tunika: Baralis' Unterhemd. Er lächelte breit. Was war er doch für ein Lausbub?

Trotz ihrer Entschlossenheit, neue Kleider zu verachten, konnte Melli nicht umhin, ihr Spiegelbild zu bewundern. Sie mußte zugeben, daß Farbe und Stil des

Kleides ihr ausgesprochen gut standen. Blau war schon immer ihre Lieblingsfarbe gewesen, und die Stickereien am Saum waren wunderschön anzusehen. Muscheln und Seesterne schwammen in einem Meer aus Seidenfäden. Offenbar war das Kleid in Toolay angefertigt worden, und das bedeutete, daß es eine ganze Menge gekostet hatte. Bailor war nichts zu teuer.

Aber es gab auch ein Problem mit dem neuen Kleid: Das weiche Mieder machte es schwer, das Messer zu verbergen. Melli setzte sich auf die Bettkante. Brauchte sie denn wirklich eine Waffe? Die Situation, in der sie sich befand, entsprach so gar nicht dem, was sie sich vorgestellt hatte. Obwohl der Herzog ein kräftiger Mann war, war es unvorstellbar, daß er ihr Gewalt antat. Dazu war er mit Sicherheit zu ehrenhaft. Doch andererseits … Auch Edrad, der Mann aus dem Gasthof in Duvitt, war ihr ehrenhaft erschienen. Melli umwickelte das Messer mit einem Stück Stoff. Sie hielt es für besser, kein unnötiges Risiko einzugehen.

Die alte Schweinehirtin, deren Namen sie nie erfahren hatten, hatte Melli das Messer gegeben, und solange sie es bei sich trug, fühlte sie sich sicher. Inzwischen war es mehr ein Talisman denn eine Waffe.

Melli steckte das umwickelte Messer in ihr Mieder und versuchte, es so zu richten, daß es am wenigsten Aufmerksamkeit erregte. Zum ersten Mal in ihrem Leben wünschte sie sich einen größeren Busen. Lady Helliarnas Tochter, Carinella, besaß Brüste so groß wie Burgzinnen. In *ihrem* Mieder konnte man wahrscheinlich ein ganzes Waffenarsenal verstecken!

Ein leises Klopfen ertönte, und Bailor betrat den Raum. Er lächelte übers ganze Gesicht. »Guten Morgen, meine Liebe.«

Unwillkürlich mußte Melli das Lächeln erwidern. In seinem neuen Gewand sah Bailor recht beeindruckend aus: glänzende Seide verziert mit poliertem Gold. Melli konnte sogar ihr Spiegelbild in dem Stoff sehen, der sich über seinen Bauch spannte.

»Was für ein wunderschöner Morgen, meine Liebe. Es verspricht ein guter Tag zum Reisen zu werden.« Er klopfte ihr freundlich auf die Schulter. »Und du siehst wirklich liebreizend aus.«

»Auch Ihr seht recht gut aus, Bailor.«

Das Kompliment schien ihn zu erfreuen. »Danke sehr. Die Seide ist den weiten Weg von Isro hierhergekommen.« Er zog den Bauch ein und betrachtete sich im Spiegel.

Melli mochte Bailor irgendwie; er war stets gut gelaunt, und er behandelte sie freundlich, auch wenn er keinen besonderen Grund dafür hatte. »Welchem glücklichen Umstand verdanke ich Euren Besuch?«

»Seine Gnaden wartet.«

Sie hatte mit dieser Antwort gerechnet, und dennoch lief ihr ein Schauer über den Rücken. Die nächsten Tage würden ihr Leben verändern; Melli war dessen vollkommen sicher. Sie könnte dem Herzog entkommen, ihn ermorden, einen Freund ihres Vaters treffen, oder sie könnte sich vielleicht sogar die Freiheit *erreden*. Alles konnte passieren. Melli schloß ihren Umhang, ging hinunter, um sich mit dem Herzog zu treffen, und betete, daß sich alles zum Guten wenden möge.

Tarissa war skrupellos. Sie kämpfte mit allen Tricks, und sie schreckte noch nicht einmal davor zurück, ihre weiblichen Reize einzusetzen, um sich einen Vorteil zu verschaffen. Sie und Jack befanden sich auf dem Südfeld und trainierten mit kurzen Kampfmessern. Dies war das erste Mal, daß Jack mit Tarissa kämpfte, und er hatte den schweren Fehler begangen, ihr gegenüber Zugeständnisse zu machen, nur weil sie eine Frau war. Sie hatte sich ihre Schwielen mit Blut verdient, und wenn er an den bösartigen Hieb dachte, den sie gerade gegen sein Handgelenk geführt hatte, würde sie bald ihm zu Ehren neue Schwielen bekommen.

Ein besorgtes Lächeln huschte über Tarissas Gesicht.

Jack, der gerade in der Offensive war, empfand Mitleid für sie und wich zurück. Wieder hatte er einen Fehler begangen, und er ärgerte sich über sich selbst. Tarissa stieß zu. Ein harter Schlag gegen Jacks bereits verwundetes Handgelenk, und ehe er sich versah, flog seine Waffe durch die Luft. Mit der Geschicklichkeit einer Katze sprang Tarissa vor und fing das Messer auf, bevor es den Boden berührte. Allerdings landete sie selbst dabei im Schlamm.

»Ha!« rief sie zu Jack empor. »Ha!«

Ihr triumphierendes Grinsen war das Ärgerlichste und das Wunderbarste, was er je in seinem Leben gesehen hatte.

»Und Rovas glaubt, du seist bereit?« fragte Tarissa und hielt Jack sein Messer unter die Nase. »Hoffentlich sind keine Frauen in der Garnison. Was hilflose junge Damen betrifft, bist du ein Volltrottel.«

Jack sprang zu ihr in den Schlamm. »Ich bin also ein Volltrottel, wie?« Mit einer schnellen Bewegung seiner linken Hand entwaffnete er Tarissa; dann drückte er sie auf den Boden. »Wollen wir doch mal sehen, wie gut du die hilflose Maid spielen kannst.«

Tarissa schürzte die Lippen als Einladung zu einem Kuß. Jack konnte ihr einfach nicht widerstehen, und so beugte er sich vor, um ihrem Mund zu begegnen. Das nächste, was er spürte, war Tarissas Hand an seiner Kehle. »Ich glaube nicht, daß ich das nötig habe. Was meinst du?«

Sie wälzten sich lachend im Schlamm, neckten einander und versuchten, sich gegenseitig die Schuhe auszuziehen. Seit zwei Tagen waren sie nicht mehr allein gewesen, und jetzt genoß Jack jede einzelne Minute ihres Beisammenseins um so mehr.

Rovas war vor einer Stunde auf den Markt gegangen, und Magra, die mit Frühjahrsputz beschäftigt war, hatte ihnen die Erlaubnis gegeben, gemeinsam einen kurzen Spaziergang zu unternehmen; also waren sie Hand in Hand auf das Übungsfeld gegangen. Auf dem

Weg dorthin hatte Jack beschlossen, nicht zu erwähnen, was vor zwei Nächten geschehen war, solange Tarissa das Thema nicht von sich aus zur Sprache bringen würde.

Tarissa rappelte sich auf und reichte Jack die Hand. »Komm«, sagte sie. »Wir sollten uns jetzt wohl besser waschen.«

Jack hatte damit gerechnet, daß sie zur Hütte zurückkehren würden, doch Tarissa hüpfte daran vorbei und führte ihn durch eine Gruppe von Bäumen einen Abhang hinab. Der Boden war weich. In den vergangenen Tagen war es derart warm gewesen, daß der größte Teil des Schnees bereits geschmolzen war und die Erde mit Wasser getränkt hatte. Eine sanfte Brise strich über Jacks Gesicht, aber sie war nicht stark genug, um den Schlamm auf seinen Wangen zu trocknen.

»Hier hinunter«, sagte Tarissa, während sie sich zwischen ein paar Büschen hindurchkämpfte und anschließend einen steinigen Uferdamm hinunterrutschte. Jack folgte ihr und stand kurz darauf am Ufer eines kleinen Flusses. Ein Stück weiter stürzte das Wasser die Felsen hinab in ein großes Becken. Noch nie zuvor hatte Jack derart klares Wasser gesehen. Unter den Schatten der großen Bäume lag nach wie vor Schnee, aber entlang des Flusses waren bereits die ersten Pflanzen aus der feuchten Erde gekommen: Gelbe Narzissen reckten stolz ihre Blüten in den Himmel und schwankten im Wind hin und her.

»Ist das nicht wunderschön?«

»Perfekt«, erwiderte Jack.

Das Wasser schäumte über die Felsen und glitzerte wie Kristall. Zwei Weiden reckten ihre nackten Äste über das Becken, und im Unterholz erklangen die ersten Hochzeitsrufe des Frühlings.

Tarissa ergriff Jacks Hand und führte ihn an den Rand des Beckens. Dort angekommen, zog sie die Schuhe aus und steckte einen Zeh ins Wasser. Rasch zog sie ihn wieder zurück und schnitt eine Grimasse.

»Es ist kälter, als es aussieht.« Das von der Wasseroberfläche reflektierte Licht tanzte auf ihrem Gesicht. Das Leuchten ihrer haselnußbraunen Augen konnte sich mit dem goldenen Schimmer der Narzissen messen. Ein Schlammfleck hatte sich auf ihrer Wange festgesetzt. Jack zog seine Weste aus und tauchte sie ins Wasser. Dann wrang er sie aus und begann zärtlich, den Fleck auf Tarissas Wange mit Hilfe des feuchten Stoffs zu entfernen. Ihre Haut war weich und warm, und der Fleck verschwand bereits bei der leichtesten Berührung. Anschließend spreizte Jack ihre Finger, um sich dem Schmutz in den Zwischenräumen zu widmen. Hin und wieder tauchte er die Weste wieder ins Wasser, um den in ihr gefangenen Schmutz auszuwaschen. Schließlich erreichte er Tarissas Beine. Er schob das Kleid bis zu den Knien hoch und wischte mit der feuchten Weste über ihre Unterschenkel. Fußgelenke, Zehen, Kniekehlen, alles säuberte er mit zärtlicher Sorgfalt, und er hörte nicht auf, bevor nicht auch der letzte Schmutz verschwunden war.

Als Jack den Kopf hob, sah er, daß Tarissa die Tränen in den Augen standen. »Was ist los?« fragte er.

»Es tut mir leid, Jack.«

»Was denn?«

Sie antwortete nicht; statt dessen beugte sie sich vor, um ihn zu küssen. Jack schmeckte das Salz der Tränen auf ihren Lippen. Was tat ihr leid? Warum hatte sie sich bei ihm entschuldigt? Er verstand es nicht. Die Erinnerung an die Nacht, die er mit Tarissa verbracht hatte, drängte sich in sein Bewußtsein, und er war unfähig, sie aufzuhalten. Alles wurde unbedeutend, als Tarissa ihren Körper an den seinen schmiegte. Seine Hände umfaßten ihre Taille. Ihr Fleisch war die verführerischste Ablenkung.

Eine Sekunde später löste sie sich von ihm. Jack konnte sich des Eindrucks nicht erwehren, daß er einem weiteren von Tarissas Täuschungsmanövern zum Opfer gefallen war.

»Was hat Melli dir bedeutet?« fragte sie und lenkte seine Gedanken zum zweiten Mal in eine vollkommen andere Richtung.

Jack dachte einen Augenblick nach, dann sagte er: »Sie war eine Freundin.«

»Und ist sie auch vor irgend etwas weggelaufen?«

Wie brachte Tarissa es nur fertig, soviel zu erraten? Er hatte ihr nicht gesagt, daß er vor irgend etwas davongelaufen sei. Die Richtung, die das Gespräch eingeschlagen hatte, überraschte ihn. Warum mußte Tarissa ausgerechnet an diesem wunderbaren, romantischen Ort über die Vergangenheit reden? »Wir hatten beide Angst davor, was aus uns werden könnte, wenn wir in Burg Harvell bleiben würden.« Er wollte sie nicht anlügen, aber er wollte ihr auch nicht die ganze Wahrheit sagen.

»Hatte es etwas damit zu tun, was vor ein paar Tagen geschehen ist? Als du in die Hütte gekommen und vor dem Feuer zusammengebrochen bist?« Tarissa ergriff seine Hand und legte sie in ihren Schoß. »Jack, ich weiß, daß du anders bist. Soviel ist klar, seit du das Regal ins Feuer hast fallen lassen. Warum kannst du mir nichts von dir erzählen? Ist die Wahrheit denn wirklich so schrecklich?«

Jack beugte sich über den Rand des Beckens. Zwei Gesichter spiegelten sich auf der Wasseroberfläche, doch er brauchte einen Augenblick, um herauszufinden, welches das seine war. Im sanften Licht des kleinen Wäldchens waren die Spiegelbilder nur schwer voneinander zu unterscheiden. Plötzlich wußte Jack, daß er Tarissa alles erzählen konnte, denn er fühlte sich ihr näher als jedem anderen Menschen. Sie war großmütig und freundlich; ihr konnte er seine Geheimnisse anvertrauen.

»Eines Morgens, vor vielen Monaten, habe ich die Morgenbrote im Ofen verbrennen lassen. Ich war außer mir – der Meisterbäcker hatte Jungen schon aus geringerem Grund die Haut vom Rücken geprügelt. Plötzlich spürte ich einen Schmerz in meinem Kopf, und als ich wieder zu mir kam, lag ich auf dem Boden, und die Brote waren nicht mehr verbrannt, sondern nur ein wenig gebräunt.« Jack hob den Kopf, um zu sehen, wie Tarissa seine Geschichte aufnahm. Sie lächelte ermutigend, und so fuhr er fort: »Es war Zauberei; also blieb mir keine andere Wahl, als die Burg zu verlassen, wollte ich nicht gesteinigt werden.« Es gab noch mehr zu erzählen, und Tarissa wußte es; sie schwieg und wartete darauf, daß er weitersprach.

»Seit Monaten habe ich das Gefühl, daß mich irgend etwas immer weiter vorwärts zieht. Ich bin in Situationen geraten, die ich nicht unter Kontrolle hatte, und meine Füße haben mich auf einen Weg geführt, den ich nicht gewählt habe. Irgend etwas hat mich vorwärtsgezogen, doch ich weiß weder warum noch wohin. Als Rovas mir erzählte, Bren könnte einen Krieg mit Halcus beginnen, hat das etwas in mir ausgelöst. Ich wollte einfach alles stehen- und liegenlassen und davonstürmen – an den Ort des Geschehens. Und an jenem Tag, als mir so übel wurde, hat Rovas mir von einem Reich aus Blut und Leichen erzählt …« Jack zögerte einen Augenblick. Selbst jetzt noch verfolgten ihn diese Worte. »Tarissa, als ich hörte, wie er das sagte, war es, als hätte mir jemand einen Dolch ins Herz gestoßen. Meine Beine gaben nach, und die Welt stürzte über mir zusammen. Ich dachte, ich würde verrückt.«

Jack zitterte; die Erinnerung war eine unerträgliche Last. »Ich hatte das Gefühl, ich würde bestraft, weil ich einfach nicht verstand.«

»Was hast du nicht verstanden?«

Jack brachte ein dünnes Lächeln zustande. »Ich weiß es nicht. Vielleicht hätte ich eine Rolle in dem bevorstehenden Krieg spielen sollen.«

»*Hättest?*«

Tarissa besaß einen scharfen Verstand, der dem seinen mehr als ebenbürtig war. Ohne Umschweife hatte sie den Finger auf das Herz der Angelegenheit gelegt.

»Ja. Ich *hätte*. Eines Nachts ist etwas mit mir geschehen, ich weiß nicht was, aber nun fühle ich mich frei. Es ist, als hätte ich ein Leben lang die Hände auf dem Rücken gefesselt gehabt, und nun waren die Fesseln durchgeschnitten.«

»Das war die Nacht, in der ich zu dir gekommen bin.« Das war keine Frage.

»Ich weiß nicht, was ich ohne dich getan hätte«, sagte Jack. Er nahm Tarissas Hand und hob sie an seine Lippen. »Du hast mich in jener Nacht gerettet. Wer auch immer die Fesseln durchschnitten hat, er hatte eine tiefe Wunde hinterlassen, und du hast die Blutung gestoppt. Ich werde niemals vergessen, was du für mich getan hast. Niemals.«

Tarissa beugte sich vor und küßte Jack auf die Stirn. »Ich würde alles für dich tun.«

Als er diese Worte hörte, begriff Jack die Bedeutung von Wahrheit und Freundschaft. Er zweifelte nicht eine Sekunde: Sie würde wirklich *alles* für ihn tun. Und er würde alles für sie tun. Jack erkannte, daß er das Mädchen an seiner Seite mit den haselnußbraunen Haaren liebte. Er zog sie an sich und hielt sie fest, bis die Weiden lange Schatten über das Becken des Wasserfalls warfen.

Als sie sich wieder auf den Weg zurück zur Hütte machten, neigte sich der Tag seinem Ende zu. Es war nun kalt, und die Brise bemühte sich, zu einem richtigen Wind zu werden. In der Ferne konnte man die Lichter der Hütte sehen, und sowohl Tarissa als auch Jack näherten sich nur widerwillig ihrem Ziel. Tarissa hatte sich bei Jack untergehakt, und alle paar Schritte hielten sie an, um sich zu küssen.

»Jetzt, wo du frei bist zu tun, was du willst«, sagte sie, »was wirst du tun?«

Über dieses Thema hatte Jack in den vergangenen zwei Tagen ständig nachgedacht. Aber es gab nur eins, dessen er sicher war: Was er auch tat, Tarissa mußte ihn begleiten. Als er in die Hütte gekommen war, hatte er zwei Fertigkeiten besessen – Backen und Schreiben –, und er würde sie mit einer dritten wieder verlassen: Kämpfen. Irgendeine dieser drei Fertigkeiten mußte doch ausreichen, um damit den Lebensunterhalt für sich und Tarissa zu bestreiten. Die Frage war nur: Wo sollte er anfangen? In die Königreiche konnte er nicht mehr zurückkehren, und in die Stadt seiner Träume wollte er auch nicht mehr gehen. Also kam auch Bren nicht mehr in Frage. Trotz seines Aufenthaltes hier war und blieb Halcus Feindgebiet. Annis und Highwall schienen die einzigen möglichen Alternativen zu sein.

Highwall war eine Festungsstadt. Sie hatte ihren Namen der Größe der Wehrmauern zu verdanken; beinahe konnte sie sich mit ihrer größten Rivalin, Bren, messen. Highwall war berühmt dafür, die besten Waffen des Nordens herzustellen, und die Kunstfertigkeit ihrer Ingenieure war legendär. Sollte es tatsächlich zu einem großen Krieg kommen, dann würde Highwall sicherlich eine wichtige Rolle in ihm spielen.

Annis war im Gegensatz dazu ein Ort der Schönheit und des Lernens, eine Stadt der Handwerker, Künstler und Gelehrten. Jack erinnerte sich, daß seine Mutter einen Armreif aus Knochen besessen hatte. Er war mit komplizierten Mustern und Intarsien aus Silber und Quarz verziert gewesen. Als er sie einmal gefragt hatte, woher sie das Schmuckstück habe, hatte sie ihm geantwortet, es stamme aus Annis. Vielleicht sollte er dorthin gehen. Nicht, weil er hoffte, dort etwas Neues über seine Mutter zu erfahren – sie hatte den Armreif von einem vorbeiziehenden Händler in Burg Harvell gekauft, oder jedenfalls hatte sie das behauptet –, sondern weil Annis eine Stadt war, in der man ehrliche Handwerker zu schätzen wußte. Und sollte er keine Anstellung als Bäcker oder Schreiber finden, würde sich früher oder später eine Gelegenheit ergeben, in der seine Fertigkeiten mit dem Schwert von Nutzen sein konnten. Auch wenn Annis nicht für seine Soldaten berühmt war, so würden die Einwohner sich doch zu wehren wissen, sollten sie sich bedroht fühlen.

»Ich glaube, wir werden nach Annis gehen«, erklärte Jack.

»Wir?«

Jack war ein wenig beschämt. Er grinste – wahrscheinlich ziemlich verlegen. »Nun, ich hatte gehofft ...«

»Du hast also gehofft. Aha!« unterbrach ihn Tarissa. Sie blieb stehen und stemmte die Fäuste in die Hüfte. »Das nächste Mal solltest du vielleicht besser fragen, bevor du *hoffst*.« Ihre Stimme klang hart, doch ihre Augen verrieten etwas anderes.

Jack riß sie vom Boden hoch. Sie kratzte; sie trat; sie kreischte. »Kommst du mit mir nach Annis?« fragte er, während er sie weiterhin fest umklammert hielt. »Oder muß ich dich erst einen Hügel hinunterwerfen?«

Tarissa strampelte wild. Ihr Gesicht war puterrot. »Wir sind aber auf keinem Hügel!« schrie sie.

»Nun, dann werde ich dich eben so lange tragen müssen, bis wir einen gefunden haben.« Jack warf sie sich über die Schulter, als wäre sie ein Sack Korn, und wanderte auf demselben Weg zurück, den sie gekommen waren. Tarissa schrie aus Leibeskräften, rammte ihm die Knie gegen die Brust und trommelte mit ihren Fäusten auf seinen Rücken.

Jack pfiff ein fröhliches Lied und begann zu laufen – jedenfalls so gut er es unter den gegebenen Umständen konnte.

Das zeigte die gewünschte Wirkung, denn Tarissa hörte auf, sich zu wehren, und rief: »Also gut! Ich komme mit dir nach Annis! Laß mich sofort runter!«

Jack hielt sie weiterhin fest. »Ist das ein Versprechen?«

»Ja!« Im selben Augenblick stand Tarissa wieder auf dem Boden, und nur eine Sekunde später jagte sie Jack zur Hütte zurück.

Jack konnte sich nicht daran erinnern, jemals in seinem Leben so glücklich gewesen zu sein. Er hatte befürchtet, Tarissa könne ablehnen, ihn zu begleiten; immerhin war das Leben hier in Halcus das einzige Leben, das sie kannte. Rovas war vielerlei: ein Lügner, ein Betrüger, ein Schläger, aber er sorgte gut für seine ›Familie‹, und das bedeutete, daß Tarissa ein angenehmes, sicheres Dasein aufgeben mußte, um Jack nach Annis zu folgen. Das war ein großes Risiko. Niemand vermochte zu sagen, wie Rovas reagieren würde, wenn er herausfand, daß Tarissa und ihre Mutter verschwunden waren. Er betrachtete sie als sein Eigentum, und er würde sicherlich nicht erfreut darüber sein, wenn man sie ihm ohne seine Einwilligung wegnahm.

Jack küßte Tarissa flüchtig auf die Wange. Er würde sie schon nicht im Stich lassen.

Es gab nichts, was er nicht für sie tun würde. Jacks Gedanken waren schneller als seine Beine. Er würde Tag und Nacht arbeiten. Sicherlich würde ihn irgend jemand als Bäcker einstellen, und abends konnte er bei Kerzenlicht noch ein paar Schreibarbeiten erledigen. Er hatte nicht länger Angst davor, daß man herausfinden könnte, daß er nicht normal war: Zauberei war nun ein Teil der Vergangenheit. Sollte jemals wieder etwas in dieser Hinsicht geschehen, war er sicher, es kontrollieren zu können. Solange Tarissa bei ihm war, konnte er alles tun.

Aber es würde auch Probleme geben. Jack besaß kein Empfehlungsschreiben, keinen schriftlichen Beweis seiner beruflichen Fähigkeiten. Eine Zeitlang würde das Geld knapp und das Leben hart sein. Und dann war da auch noch Magra. Sie mußte mit ihnen kommen; Tarissa würde es nicht anders wollen. Sie waren Mutter und Tochter, und Jack wußte um den Wert von Familie. Also würden sie zu dritt nach Annis ziehen.

Jack war sich der großen Verantwortung durchaus bewußt, die er damit auf sich nahm, aber er mußte es einfach tun – nicht nur für Tarissa, sondern auch für sich selbst. Vor zwei Nächten war etwas geschehen; er hatte das Gefühl, als hätte man ihm einen Teil seines Selbst genommen. Seit Monaten hatte er sich nicht mehr so leicht und frei gefühlt, und doch bescherte ihm dieses schwerelose Gefühl eine Empfindung, die an Hunger erinnerte. Sein Leben *mußte* einen Sinn haben. Er wollte nicht einfach so dahintreiben, ohne Ziel, ohne Verpflichtungen und mit keiner anderen Sorge, als sich zu kleiden und zu ernähren. Seine Schultern waren dafür gebaut, größere Lasten zu tragen.

Tarissa und Magra würden der Sinn seines Lebens sein. Er würde den ganzen Tag arbeiten, um ihnen alles zu geben, was sie brauchten. Das war eine willkommene Last.

Nachdem er eine Minute gejagt worden war, beschloß Jack, sich fangen zu lassen. Tarissa rannte kichernd auf ihn zu, fluchend und außer Atem. »Ich bin also gezwungen, mit dir nach Annis zu gehen?«

»Du willst doch wohl nicht dein Versprechen brechen?«

»Ich will nicht ohne dich sein.« Sie hob den Kopf und küßte ihn zärtlich. »Ich liebe dich, Jack«, sagte sie, ergriff seine Hand und führte ihn zurück zur Hütte.

Kapitel achtzehn

Rovas wartete auf sie. Eine umgestürzte Bank lag auf dem Boden, und Magra wischte etwas auf, das wie die Überreste einer Schüssel Eintopf aussah. Sofort war Jack auf der Hut.

»Wo seid ihr gewesen?« verlangte Rovas zu wissen. Er sprach gefährlich leise.

»Das habe ich dir doch bereits gesagt«, sagte Magra. Sie schaute vom Boden auf und betonte jedes einzelne Wort. »Ich habe Jack geschickt, um nach Tarissa zu sehen. Ich habe mir Sorgen um sie gemacht. Sie war schon viel zu lange allein da draußen.«

Magra hatte sich eine Entschuldigung für Jack und Tarissa ausgedacht. Ihre zitternden Hände und die Unordnung in der Hütte zeigten deutlich, daß sie gerade einem von Rovas' typischen Wutausbrüchen zum Opfer gefallen war. Auch Jack spürte Wut in sich aufsteigen. Magra und Tarissa waren nun *seine* Familie, und er würde nicht zulassen, daß irgend jemand sie aufregte oder verärgerte.

Jack baute sich unmittelbar vor Rovas auf. Obwohl der Schmuggler kleiner war als er, so war er doch doppelt so breit. Rovas war nur noch zwei Fuß entfernt; sein Atem roch nach Bier. »Nun, jetzt sind wir ja wieder alle hier«, sagte Jack. Der drohende Unterton in seiner Stimme war nicht zu überhören. »Also hast du keinen Grund, dir irgendwelche Sorgen zu machen.«

Die beiden Männer blickten einander an. Verachtung schimmerte in Rovas' Augen. Jack wollte nicht darüber nachdenken, warum der Mann ihn so sehr haßte. Es gab Dinge, die besser im Verborgenen blieben. Jack spürte eine wachsende Spannung in seinem Kopf und ein Brennen in seiner Kehle. Zauberei oder Furcht – das war schwer zu sagen. Aber was auch immer es war, er bemühte sich, es unter Kontrolle zu halten. Aus Angst, seine Galle könne tödlicher sein als das stärkste Gift, versuchte Jack, seinen Magen davon abzuhalten, sich zusammenzuziehen. Er wollte sich Rovas allein stellen – mit Muskeln und nicht mit Zauberei als Waffe.

Rovas wich einen Schritt zurück.

Magra und Tarissa stießen ein erleichtertes Seufzen aus. Ein Teil von Jack wollte in das Seufzen einstimmen, aber er blieb standhaft und ließ den Schmuggler nicht eine einzige Sekunde aus den Augen. Er war mißtrauisch: Rovas war kein Mann, der grundlos zurückwich.

»Nun denn, Jack«, sagte Rovas. »Offenbar bist du bereit, den Tod deiner Liebsten zu rächen. Deine Aggressivität wird dir noch von großem Nutzen sein, wenn du es mit Hauptmann Vanly zu tun bekommst.«

»Ist er der Mann, der Melli ermordet hat?« Jeder einzelne Muskel in Jacks Körper war angespannt. Es war ihm gelungen, die sich aufbauende Magie zu dämpfen, aber um welchen Preis? Sein Herz raste, und er spürte, wie warmes Blut aus seiner Nase tropfte.

»Der sie ermordet, vergewaltigt, und der ihr den Kopf abgeschnitten hat.« Rovas' Lippen formten sich zu einem höhnischen Grinsen. Tarissa zog zischend die Luft ein.

Die Worte waren ein genau gezielter Schlag gewesen. Jack überwand die Distanz zwischen ihm und dem Schmuggler mit einem einzigen Satz und griff nach der Kehle des Mannes. Rovas war auf den Angriff vorbereitet. Ein mächtiger Hieb traf Jacks Kopf, und die beiden Männer stürzten zu Boden. Töpfe und Pfannen flogen durcheinander. Jack schlug mit dem Kinn gegen die Tischkante, und im selben Augenblick war der

Schmuggler über ihm. Tarissa begann zu schreien. Zauberei baute sich auf. Rovas hatte ein Messer gepackt.

Dann schüttete irgend jemand kaltes Wasser über sie. Jack hob den Blick. Wie eine Göttin ragte Magra über ihm auf, einen leeren Eimer in der Hand. Sie beugte sich zu den Kämpfenden hinab und begann, mit dem Eimer auf sie einzuschlagen. Ihr fein geschnittenes Gesicht war rot vor Wut. Jetzt wußte Jack, von wem Tarissa ihre Kraft geerbt hatte; die Schläge waren hart und schmerzhaft. Er und Rovas steckten sie ein wie unartige Kinder. Nach einer Weile allerdings hatte Rovas genug.

»Laß mich in Ruhe, Frau«, sagte er. »Morgen werde ich überall grün und blau sein.«

»Ich hoffe, daß du das sein wirst!« brüllte Magra. »Und das gleiche gilt für dich!« Sie wandte sich an Jack.

Rovas lächelte reumütig und streckte die Hand aus. »Komm, Junge, es tut mir leid, was ich gesagt habe. Ich weiß nicht, was in mich gefahren ist.« Jack spürte die machtvolle Anziehungskraft von Rovas' spitzbübischem Charme. »Ich hoffe, du nimmst es mir nicht übel.«

Um Magras und Tarissas willen beschloß Jack, Frieden zu schließen, und er ergriff Rovas' Hand. »Kein Problem«, log er. Die Spannung im Raum brach in sich zusammen und hinterließ allgemeine Erleichterung.

Rovas half Jack dabei aufzustehen. Diesmal schien die magische Energie – ihr metallischer Geschmack war unverkennbar gewesen – sich von selbst aufzulösen. Obwohl Jacks Herz nach wie vor raste, war doch ein Großteil der Anspannung verflogen, und auch das Nasenbluten hatte aufgehört.

Magra hatte den Eimer gegen einen Krug getauscht und schenkte den beiden Männern je einen randvollen Becher Bier ein. Jack leerte den seinen in einem einzigen Zug. »Wann werde ich diesen Vanly endlich zu sehen bekommen?«

Rovas wischte sich den Schaum vom Mund. »Übermorgen. Ich habe gerade erfahren, daß Kylock in Nord-Halcus eingefallen ist; also wird es nicht mehr lange dauern, bis man Vanly an die Front befiehlt.«

Jack ließ den Becher fallen. *Kylock war in Halcus eingefallen.* Er hörte nicht mehr, wie der Becher auf den Boden aufschlug. Bei der Erwähnung von Kylocks Namen riß irgend etwas an seinen Gedanken, so daß sie sich wieder auf Bren und den Krieg richteten und dann – plötzlich und unerwartet – auf den Mann mit den goldenen Haaren. Offenbar war die Verbindung doch nicht endgültig getrennt worden.

Baralis erwärmte das Öl in einem Tiegel auf einer Flamme. Als es die gewünschte Temperatur erreichte, fügte er ein mattgraues Pulver hinzu. Seine Hände zitterten vor Müdigkeit. Der Schmerz in seinen Gelenken war unerträglich, und der Schmerz in seiner Brust war die reinste Folter.

Crope hatte den Körper aufs Bett gelegt. Das unglückliche Mädchen, wer immer sie auch sein mochte, war mit dem Versprechen auf Gold hierher gelockt worden. Baralis machte sich nicht die Mühe zu fragen, wo Crope sie gefunden hatte. Sie war eine Hure, soviel war offensichtlich, und noch dazu eine billige, wie ihr schlecht gefärbtes gelbes Haar verriet. Niemand würde sie vermissen.

Sie befanden sich in einem kleinen, schäbigen Gasthof im Hurenviertel, in dem es vor Ungeziefer nur so wimmelte. Das Bodenstroh stank nach Schimmelpilzen, und die Bettwäsche roch nach Sex, Blut und Urin. Ein Ort, an dem keine überflüssigen Fragen gestellt wurden, nachdem der Wirt einmal den Wert des Goldes seines Kunden überprüft hatte. Der Weg hierher war beinahe unerträglich gewesen. Crope hatte Baralis aus dem Palast tragen und in eine Sänfte setzen müssen, und die ganze Zeit über hatte die Haut auf seiner Brust in den Verband genäßt. Jeder Schritt der Sänftenträger war von Schmerzen begleitet worden. Aber es war notwendig gewesen. Auch wenn der Herzog selbst verreist war, durfte Baralis nicht riskieren, daß irgend jemand im Palast herausfand, was er vorhatte. Zu viele feindliche Augen warteten darauf, seinen Sturz zu sehen.

»Es reicht nicht, das Tuch einfach auf ihr Gesicht zu legen«, sagte Baralis zu Crope. »Es muß festgebunden werden, damit sie nichts sehen kann.« Das Mädchen war bewußtlos; aber falls sie aufwachen sollte – was sie sicherlich würde –, wäre es besser, sie sah nichts von dem, was mit ihr geschah. »Und binde ihr auch noch die Hände.« Baralis hatte gesehen, welche Wirkung Furcht auf einen Menschen haben konnte. Panisches Entsetzen konnte unglaubliche Kräfte freisetzen, und er wollte kein unnötiges Risiko eingehen. Dieses Mädchen mußte sterben, damit er seine alte Stärke wiedererlangte. Er brauchte neue Haut für seine Brust.

Das Pulver hatte sich in dem Öl aufgelöst. Ein dünner Schmutzfilm hatte sich auf der Oberfläche gebildet, und Baralis schöpfte sie mit einem Löffel ab. Dann ließ er einen Tropfen Wasser in das Öl fallen; er zischte und verging in einer Dampfwolke. Gut, das Öl war fertig. Er packte den Tiegel an dem langen, schmalen Griff und trug ihn zum Bett. Dort angekommen, nahm er das Tuch vom Gesicht des Mädchens und goß das Öl auf ihre Kopfhaut.

Das Mädchen wurde von Krämpfen geschüttelt. Ein leises Stöhnen entrang sich ihrer Kehle, und ihr Kiefer arbeitete an einem Schrei. Ein Stück Stoff in ihrem Mund setzte dem ein Ende. Rasch befestigte Baralis das Tuch wieder – gerade noch rechtzeitig. Ihr Körper wand sich, und sie öffnete die Augen. Unter dem dünnen Leinenstoff war jedes einzelne Blinzeln zu sehen. Der Geruch von Fett und Fleisch erfüllte die Luft, als sich das siedendheiße Öl in die Haut des Mädchens fraß.

Baralis beobachtete und wartete. Ein paar Augenblicke später nahm das Pulver, das er unter das Öl gemischt hatte, seine Arbeit auf. Das Mädchen beruhigte sich wieder; sie versuchte nicht länger zu schreien. Ein narbiger Finger kratzte am Rand des Tiegels entlang, und der letzte Tropfen des Öls fand seinen Weg zu Baralis' Lippen und verschwand unter der Zunge des Kanzlers. Der Tropfen war inzwischen abgekühlt, doch schmeckte er nach wie vor bitter. Schnell, es wirkte so schnell. Der Raum verschwamm und wurde wieder klar, lebendiger und bedrohlicher als zuvor. Jetzt kannte er das Mädchen. Ihr armseliges Leben erschien als Flecken vor seinen Augen. Sie war nicht anders als andere Huren auch: gierig, eitel, pathetisch.

Die Beschwörung würde halb Zauberei, halb Alchimie sein. Eine ungewöhnlich mächtige Mischung, die einzig bei den Nomaden der Großen Steppe noch immer praktiziert wurde. In jenem archaischen Grasland, wo das Überleben von den Launen der Natur und der Schnelligkeit eines Speers abhing, stand nur Gott über den Jägern. Während die Hirten ihre Herden hüteten, ritten die Jäger auf ihren schnellen, eleganten Pferden über die Steppe, um jedes Tier und jeden Menschen zu erschlagen, der eine Bedrohung darstellen könnte. Wurde ein Jäger verwundet oder verstümmelt, verlor ein Hirte sein Leben. Zauberei, verbunden mit einem Opfer, rettete dem Jäger das Leben. Es war ein hartes Gesetz; doch in den Jahren, die er bei den Nomaden verbracht hatte, hatte Baralis gelernt, es zu respektieren. Das Überleben des Stammes war das einzige, was zählte.

Abseits der zivilisierten Welt, die sie umgab, war es den Nomaden gelungen, ihre eigene Magie zu bewahren und zu kultivieren. Die Ältesten bewahrten das Wissen von Generationen in ihrem Gedächtnis. Nichts wurde aufgeschrieben: Methoden und Ingredienzen wurden vom Vater an den Sohn weitergegeben. Eine Zauberei des Blutes und der Erde. Sie war grob und mächtig; Fleisch und Knochen der Opfer bildeten ihre

Grundlage. Selbst der Lacus, jenes übelriechende Gebräu, das Hunderte von Krankheiten zu heilen vermochte, war das Produkt einer rituellen Schlachtung. Ein Dutzend Ziegen und ein neugeborenes Kind wurden dafür verwendet. Aus den Mägen der Tiere gewann man eine blaßsilberne Flüssigkeit, aber es war das Opfer des Kindes, was dem Lacus Leben einhauchte. Ohne dieses Opfer war der Lacus nicht wirkungsvoller als ein Becher Milch.

Die Nomaden wachten eifersüchtig über ihre Geheimnisse. Nur wenige kannten die wahre Natur ihrer Magie. Als Baralis nach seiner Zeit im tiefen Süden in der Großen Steppe angekommen war, waren ihm die Fähigkeiten der Hirten grob und irgendwie falsch erschienen – besonders im Vergleich zu der subtilen Magie Hanattas. Doch heute wußte er es besser. Die Steppenbewohner waren der Quelle aller Macht näher als alle anderen: Blut und Bauch, Erde und Natur; Verstand und Intellekt waren nur von untergeordneter Bedeutung. Opfer nahmen den Platz des Denkens ein.

Baralis bereitete das Messer vor. Alle Dinge existierten in einem Gleichgewicht zueinander, und so mußte das Messer so warm und so salzig sein wie die Haut, die es schneiden würde. Crope stand hinter ihm wie ein besorgtes Kindermädchen, jederzeit bereit, seinen Meister aufzufangen, sollte dieser das Bewußtsein verlieren.

Die Hirten hatten Baralis' Leben gerettet. Er hatte Hanatta in Schande verlassen. Sein Lehrer war der Auffassung gewesen, seine Nichte sei zu jung für amouröse Abenteuer. Sie war dreizehn gewesen. Ihr Schambein hatte sich gerade erst gesenkt, und ihre Hüften hatten die ersten Rundungen gezeigt; doch nichtsdestotrotz war sie bereit gewesen. In ihren schüchternen Blicken war mehr Verführung denn Keuschheit zu sehen gewesen. Eines Tages hatte Baralis' Lehrer sie zusammen erwischt. Auf den Schenkeln des Mädchens war Blut gewesen, ebenso wie auf ihren Lippen. Am darauffolgenden Tag war Baralis nach Norden aufgebrochen.

Seine Reisen waren stets mit Gefahren verbunden gewesen, und diese hatte dabei keine Ausnahme gebildet. Er hatte sich einer Gruppe fahrender Sänger angeschlossen, die sich auf dem Weg nach Burg Harvell befand, um dort anläßlich der Hochzeit von Arinalda und Lesketh aufzutreten. Baralis hatte den Geschichten der Sänger über die Vier Königreiche gelauscht. Er hatte erfahren, daß König Lesketh ein schwacher Herrscher war, der sich mehr um die Jagd denn um Politik kümmerte; damals hatten sich die ersten Ansätze seines großen Plans in Baralis' Kopf geformt. Nach allem, was er gehört hatte, waren die Königreiche ein Land ohne wahren Führer – ein Land voller großartiger Möglichkeiten für jene, die genug Ehrgeiz besaßen, sie zu ergreifen.

Doch es sollte noch weitere vier Jahre dauern, bis Baralis seinen Weg in die Königreiche fand. Hundert Meilen nördlich von Silbur wurde seine Reisegesellschaft von Banditen überfallen. Baralis beging den Fehler, sich mit einem Schutzzauber zu verteidigen. Die Angreifer waren abergläubische Narren; sie hielten ihn für einen Teufel und die Barden für seine Lakaien. Also erschlugen sie alle bis auf ihn. Einen Teufel konnte man nicht mit dem Schwert töten.

An Händen und Füßen gefesselt, schleppten ihn die Banditen in ihr Lager. Zunächst verspotteten sie ihn nur, doch als ihnen das zu langweilig wurde, begannen sie, ihn zu foltern. Man steckte seine Hände in glühende Kohlen, nicht einmal, sondern viele Male. Baralis spürte den Schmerz noch heute. Schließlich ließen sie von ihm ab, schleppten ihn auf eine steinige Ebene und ließen ihn dort zum Sterben zurück.

Ein wahrhaft teuflisches Glück rettete ihm das Leben. Vor Durst und Hitze phantasierend und selbst zu schwach für die einfachste Beschwörung, kam Baralis dem Tode so nahe, daß er ihn schmecken konnte. Er stank bereits wie ein Stück Aas. Visionen suchten ihn heim, und als er kurz davorstand, wahnsinnig zu werden, offenbarten ihm die Sterne Bilder von Größe. Am Rande des Nichts gab es viel zu lernen. Er sah alles. Das Schicksal entblößte sich vor ihm; es lockte mit dem Bild des Nordens, bereit zur Eroberung, und es quälte mit der Drohung von Tod und Vergessenheit.

Als die Nomaden ihn fanden, hatte Baralis einen Pakt mit dem Teufel geschlossen – oder mit dem Schicksal, oder was auch immer es sein mochte, das einen Mann oder ein Land gegen das andere ausspielte, und dann darauf wartete, wer den Sieg erringen würde. Während er sterbend in der Steppe lag, war er zu einem Teil ihrer Natur geworden, zu einem Teil ihrer Kraft, und den beiden Männern, die ihn schließlich fanden, blieb keine andere Wahl, als vor seinem Schicksal das Haupt zu neigen. Sie brachten ihn zu ihrem Stamm. Dort wurde Baralis von den Ältesten wie ein Jäger behandelt, und in vielerlei Hinsicht war er das auch. Das Feuer einer neuen Bestimmung brannte in ihm; die Hirten nannten ihn ›den Auserwählten‹, und sie boten ihm all ihre Fähigkeiten an, als opferten sie einem Gott.

Ein Jahr hatte er bei den Nomaden verbracht. Gut und Böse war in der Steppe ohne Bedeutung; nur Stärke, Fruchtbarkeit und das Schicksal zählte für die Hirten. In jener Zeit hatten die archaischen Lehren der Stammesältesten Baralis' Verstand geschärft und seinen Körper gekräftigt. Er hatte die Steppe mit einer Mission verlassen, und seitdem war er fest entschlossen, sie zu erfüllen.

Baralis zwang seine Gedanken wieder zurück in die Gegenwart und konzentrierte sich auf das Mädchen. Mit geschlossenen Augen lag sie regungslos auf dem Bett. Das Tuch auf ihrem Gesicht war mit Tränen durchtränkt. Das Gemisch aus Öl und Pulver teilte sie sich mit Baralis, doch das Messer war für sie allein bestimmt.

Die Schmerzen waren nicht mehr zu ertragen. Seine

Brust, Haut und Muskeln, all das hatte er geopfert, um ein törichtes, kleines Mädchen zu retten. Katharina von Bren hatte eine beachtliche Schuld zu begleichen.

Mit Händen, die trotz der Schmerzen ruhig waren, packte Baralis das Messer und zerschnitt das Kleid seines Opfers. Busen und Bauch waren im Licht des Kerzenleuchters deutlich zu sehen. Sie war nicht mehr so jung, wie sie nach außen hin vorgab, doch die Haut war noch frisch genug, daß sie sich nach einem Zwicken rasch wieder glättete.

»Dreh sie für mich um«, befahl Baralis. Die Haut auf dem Rücken des Mädchens war für seine Zwecke besser geeignet. Crope trat vor und tat, wie ihm geheißen. »Gut. Jetzt bring mir den zweiten Behälter.« Baralis' Blick ruhte auf dem Rücken seines Opfer. Das war genau das, was er brauchte.

Crope durchsuchte das Material, das sie mitgebracht hatten, bis er einen Tiegel mit frisch zermahlenen Blättern fand. »Ist das der richtige, Meister?«

Baralis nickte. »Halt ihn für mich.« Er beugte sich über das Mädchen und ritzte die Haut unterhalb des Nackens. Blut strömte hervor. Es lief an der Klinge des Messers vorbei, um schließlich in den von Crope bereitgehaltenen Tiegel zu fließen. Der Saft der Blätter hieß es willkommen. Baralis biß sich auf die mit Öl getränkte Zunge. Sein eigenes Blut tropfte in den Tiegel, und der Trank war komplett. Dann rührte er die Mixtur mit dem Finger um und konzentrierte seine Macht auf das Gefäß.

Diese Schwäche – er begann zu schwanken. Crope wartete in den Schatten, jederzeit bereit, helfend herbeizueilen. Der Trank nahm den Funken der Zauberei auf und wurde größer als die Summe seiner Teile. Wieder beugte sich Baralis vor und schmierte die Substanz auf den Rücken des Mädchens. Sofort spürte er ein entsprechendes Brennen auf seiner Brust, und der Schmerz erreichte einen neuen Höhepunkt. Das Mädchen auf dem Bett bewegte sich. Das Messer wanderte von selbst zu ihrer Haut; Baralis war lediglich sein Hüter.

Die Klinge nahm ihren Weg entlang des Nackens, die Arme hinunter und über die Pobacken hinweg. Das Mädchen krümmte den Rücken dem Messer entgegen. Baralis verlor sich mehr und mehr; er spürte jeden einzelnen Schnitt des Messers. Sein Kopf drohte zu bersten; seine Hände waren in Blut getränkt, und er wankte – wankte, während die Finsternis ihn zu sich rief. Er spürte einen einzelnen stechenden Schmerz, und dann gehörte ihm das Mädchen, so wunderbar im Tod.

Baralis fiel nach hinten um. Vergangenheit und Gegenwart hatten keine Bedeutung mehr für ihn. Ein Inferno wütete auf seiner Brust, und sein Fleisch wurde von den Flammen verzehrt.

Von irgendwoher hörte er eine Stimme: »Auf der Halskette sind aber hübsche Eulen. Kann ich sie behalten, Meister?«

Baralis würde nie erfahren, ob er genickt oder den Kopf geschüttelt hatte.

Maybor war angenehm betrunken. Das Leben war gut, aber Bier war besser. Einen Becher in der Hand und zwei Mädchen im Bett: Was konnte ein Mann sich sonst noch wünschen? Eine der jungen Damen lag mit geschlossenen Augen auf dem Bauch; offenbar hatte eine Nacht voller Leidenschaft sie vollkommen erschöpft. Das andere Mädchen, eine freche kleine Hexe, forderte ihn mit ihren Blicken zu einem erneuten Tanz um den Maibaum heraus.

Im Augenblick jedoch war Maybor nicht in der Stimmung dazu.

Nun, da er das Pensum eines Bordellbesitzers hinter sich gebracht hatte, war seine Lust ebenso geschrumpft wie sein bestes Stück. Allerdings war sein Verstand noch hellwach, auch wenn seine Rute sich bereits zur Ruhe begeben hatte.

Maybor stand auf und bedeckte dabei seine edelsten Teile schamhaft mit einem Kissen. Shakindra war der Name des Mastinos, den ihm der Herzog geschenkt hatte, doch er hatte ihn in ›Fetzer‹ umgetauft. »Fetzer!« rief er, während er zu seiner Nachtkommode ging. »Komm her, Junge!« Maybor hatte beschlossen, die Tatsache zu ignorieren, daß Fetzer dem weiblichen Geschlecht angehörte.

»Eins will ich dir sagen, Freundchen«, erscholl die Stimme der kleinen Hexe, »Perversitäten sind bei mir nicht drin. Nicht für alles Gold der Welt.«

Maybor kümmerte sich nicht um das Mädchen; statt dessen strahlte er seinen Hund an. »Guter Junge. Guter Junge.« Zunächst war er ein wenig vorsichtig gegenüber der angsteinflößenden Kreatur gewesen; aber jetzt, da der Hund mit wedelndem Schwanz und intelligenten Augen auf ihn zueilte, fühlte sich Maybor zunehmend zu ihm hingezogen. Fetzer leckte ihm übers Gesicht. »Wie geht es denn meinem kleinen Bastard?« sagte Maybor liebevoll. Er griff in die Kommode. »Hier habe ich was Feines für meinen großen Jungen, worin er seine kleinen Zähnchen schlagen kann.« Er holte Baralis' Unterhemd hervor und hielt es Fetzer unter die Nase. *»Faß, Junge! Faß!«*

Fetzer knurrte wie ein Höllenhund und riß das Hemd in Stücke. Schaum trat zwischen den mächtigen Kiefern hervor, während der Hund zunehmend in Rage geriet. Nachdem er das Hemd zerstört hatte, machte er sich auch noch über die Überreste her, als seien sie eine Bedrohung für sein Leben. Maybor lächelte erfreut. Fetzer war genau der richtige Name.

Ein paar Augenblicke später wandte er seine Aufmerksamkeit wieder der kleinen Hexe auf dem Bett zu. Was hatte sie noch gesagt von wegen ›Perversitäten‹?

Melli hob den Rock und rieb wohlriechende Öle auf ihre Schenkel. Die Damen in Burg Harvell hatten ihr oft gesagt, solche Vorbereitungen seien von essentieller Bedeutung fürs Liebesspiel. Offenbar taten Männer nichts lieber, als sich mit Händen und Nase zur Blüte vorzutasten. Melli haßte derart unsinniges Geschwätz: *zur Blüte vortasten, ha!* Die Damen von Burg Harvell sollten sich besser angewöhnen, die Dinge beim Namen zu nennen.

Melli seufzte erleichtert auf, als das Öl Wirkung zeigte. Es kühlte die Muskeln und linderte den Schmerz. Liebesspiele waren das Letzte, an das sie jetzt denken mochte, doch ihre Schenkel waren wund vom Reiten. Sechs Stunden im Sattel! Das war genug, um selbst den abgehärtetsten Reiter eine Woche lang krummbeinig durch die Gegend laufen zu lassen.

Oh, die Landschaft war atemberaubend: Ringsherum ragten purpurfarbene Berge mit schneebedeckten Gipfeln in den Himmel, und weiter unten im Tal blühten die ersten Frühlingsblumen auf saftiggrünen Wiesen. Aber das alles war nicht genug, um die Strapazen des Ritts vergessen zu machen. Melli war vollkommen außer Übung. Es hatte mal eine Zeit gegeben, als Reiten ihr zur zweiten Natur geworden war; doch nach ihrer ersten Blutung hatte man ihr erklärt, es sei unschicklich, breitbeinig und noch dazu in der Gesellschaft von Männern auszureiten. Noch so eine dumme Hofsitte! Borc sei Dank hatte man auf dieser Reise keinen Wert darauf gelegt. Tatsächlich hatte sogar der Herzog höchstpersönlich ihr aufs Pferd geholfen, indem er seine Hände zu einer Räuberleiter geformt hatte, so daß sie sich in den Sattel schwingen konnte – breitbeinig und nicht im Damensitz.

Leider war dies die einzige galante Handlung des Herzogs geblieben. Während der gesamten Reise hatte er Melli nicht die geringste Beachtung geschenkt. Sie war am Ende der Kolonne geritten, gemeinsam mit den Dienern und den Lastentieren. Niemand hatte mit ihr gesprochen; nur gelegentlich hatte jemand zu ihr herübergestarrt und sich anschließend flüsternd mit seinem Nebenmann unterhalten. Die Reisegesellschaft war unerwartet groß, insgesamt ungefähr zwanzig Mann: der Herzog und vier weitere Adelige, mehrere Stallburschen, zwei Hundeführer, eine Reihe männlicher Diener und eine Zofe, von der Melli annahm, daß sie ihretwegen mitreiste. Die Gardesoldaten hatte sie nicht mitgezählt.

Bailor hatte sie nicht begleitet, obwohl Melli darauf gehofft hatte, denn er war der einzige Mensch in Bren, der zumindest so etwas ähnliches wie ein Freund für sie war. Am frühen Nachmittag hatten sie die Hütte erreicht, und der Herzog hatte nichts anderes im Sinn gehabt, als seine Kleider zu wechseln und sofort auf die Jagd zu gehen – also hatte Melli den ganzen Tag über mit niemandem reden können.

Die Zofe betrat den Raum. Abgesehen von Melli war sie das einzige weibliche Wesen in der Reisegesellschaft. Offenbar waren solche Ausflüge normalerweise ausschließlich für Männer.

Widerwillig knickste das Mädchen. »Man erwartet von mir, daß ich Euch aufwarte, Lady«, sagte sie. Sie sprach das Wort ›Lady‹ mit unverhohlenem Spott aus.

»Nun, du hättest schon früher erscheinen können«, fauchte Melli, die das Benehmen der Zofe ärgerte. »Ich bin schon seit Stunden allein.«

»Ich habe nicht gedacht, daß Ihr mich brauchen würdet.« Das Mädchen nahm den Krug mit dem Duftöl und roch daran. »Der Herzog sagte, Ihr sollt mit ihm in seinem Gemach zu Abend essen. Also nehme ich an, daß sich jemand um Euch kümmern sollte.«

Aus irgendeinem Grund war Melli den Tränen nahe. Niemand, noch nicht einmal Madame Greal, hatte sie je mit solcher Verachtung behandelt wie diese Dienerin. Aber das schlimmste war, daß sie keine Möglichkeit hatte, sich zu verteidigen: Sie war nur wenig mehr als eine Sklavin und viel weniger als eine Prostituierte. Wut war ihre einzige Zuflucht. »Laß mich allein. Ich will nichts von dir. Solltest du Seiner Gnaden begegnen, dann informiere ihn freundlicherweise, daß ich dich aufgrund deiner Frechheit fortgeschickt habe.«

Das zeigte Wirkung. Das Mädchen erkannte sofort den Adel in Mellis Stimme und reagierte entsprechend. Tatsächlich knickste sie sogar erneut. »Es tut mir leid, Mylady. Es war nicht meine Absicht, Euch zu beleidigen.«

Und ob das deine Absicht war, dachte Melli. »Nun gut, ich will dieses Mal darüber hinwegsehen. Bitte besorg mir ein wenig Rotwein, Brot und Käse. Ich habe seit heute morgen nichts mehr gegessen, und ich werde bestimmt nicht auf den Ruf des Herzogs warten, bis ich meinem Magen zu seinem Recht verhelfe.« Seit ihrer Ankunft in der Jagdhütte hatte man Melli in ihrem Zimmer allein gelassen und ihr auch nichts zu essen gegeben. Soviel zum Thema Jagen und Schlemmen! »Und wenn du zurückkommst, kannst du mir beim Umziehen helfen. Ich verspüre zwar nicht den Wunsch, Seiner Gnaden zu gefallen, aber in einem Kleid herumzulaufen, das nach Pferdeschweiß stinkt, ist noch viel schlimmer. Und jetzt mach, daß du wegkommst und zwar schnell.« Es war so leicht, wieder in die alten Gewohnheiten aus ihrer Zeit bei Hofe zu verfallen. Man mußte einen Diener hart anfassen, wollte man seinen Respekt erlangen.

»Jawohl, Mylady.« Das Mädchen knickste hastig und eilte hinaus, um Mellis Wünsche zu erfüllen.

Eine Stunde später knabberte Melli am letzten Rest Käse, während ihr Kleid geschnürt wurde.

»O Mylady«, rief das Mädchen, »wenn Ihr noch ein weiteres Stück eßt, dann wird mit Sicherheit die Naht platzen.«

»Dann schnür das Mieder eben nicht so eng, Nessa,

denn ich will noch ein wenig zu mir nehmen, wenn ich den Herzog sehe.«

»Ja, Nessa«, erklang eine spöttische Stimme. »Ich werde deine Herrin mit dem Wild füttern, daß ich heute erlegt habe. Es war ein großes Biest, und es beansprucht viel Platz im Magen.«

Es war der Herzog. Die beiden Frauen drehten sich überrascht um. Sofort sank Nessa in einem tiefen Knicks zu Boden. Melli neigte kaum merklich den Kopf.

»Also wirklich, Euer Gnaden! Haben alle Männer in Bren so schlechte Manieren wie Ihr? Denn wenn dem so ist, dann bemitleide ich Eure Frauen.« Melli wandte sich an Nessa. »Steh auf, Mädchen, und sieh zu, daß du mit dem Schnüren fertig wirst. Seiner Gnaden wird es sicher nichts ausmachen zu warten.«

Zögernd erhob sich Nessa, um ihre Arbeit fortzusetzen. Melli spürte, daß die Hände der Zofe zitterten.

Mellis Worte schienen den Herzog nicht im geringsten beleidigt zu haben, und das ärgerte sie, denn genau das war ihre Absicht gewesen. Er schritt durch den Raum wie ein Mann, der seinen Besitz begutachtete. Beiläufig schürte er das Feuer und schenkte sich ein Glas Wein ein. Aus dem Augenwinkel heraus bemerkte Melli, daß er das Glas zwar an die Lippen hob, doch der Wein wurde nicht weniger.

»Nessa und ich hatten vor etwa einer halben Stunde ein interessantes Gespräch«, sagte er. »Sie hat mir erzählt, du würdest dich wie eine hohe Dame benehmen, sie herumkommandieren und ihr mit Strafe drohen.«

Nessa warf Melli einen Vergib-mir-Blick zu, aber Melli hatte nicht die Absicht, irgend jemandem irgend etwas zu vergeben. Zuerst wandte sie sich an den Herzog. »Das nächste Mal könnt Ihr mir ja einen Schreiber anstatt einer Zofe schicken, um mir beim Ankleiden zu helfen. Es wird ihm zwar kaum gelingen, mein Aussehen zu verbessern, aber zumindest ist er in der Lage, alles, was ich sage, Wort für Wort aufzuschreiben.«

Und dann an Nessa gewandt: »Und was dich betrifft, Mädchen: An deiner Stelle würde ich in Zukunft lieber die Zunge im Zaum halten. Derart lose Dinge haben die Angewohnheit abzufallen.« Mellis Stimme klang hart und schneidend.

Der Herzog zeigte keinerlei Reaktion. »Laß uns allein«, befahl er Nessa, und das Mädchen stürmte aus dem Raum. Nachdem sie verschwunden war, bot der Falke von Bren Melli den Arm an. »Komm. Ich werde dich in mein Gemach begleiten. Das Fleisch wird kalt.«

»Und wenn ich mich weigere?«

»Dann bin ich gezwungen, dich zu tragen.«

Melli zweifelte keine Sekunde daran, daß er dazu imstande war. Er war ein starker Mann; seine Arme waren so muskulös wie die eines Soldaten und nicht wie die eines Herzogs. Gerade wollte sie ihm eine schnippische Bemerkung entgegenschleudern, als ihr ein Gedanke durch den Kopf schoß: Was war sie doch für ein Dummkopf gewesen! Sie hatte die große Dame gespielt, ohne darüber nachzudenken, wohin das führen konnte. Man hielt sie für die illegitime Tochter eines niederen Adeligen, und doch stand sie hier, scheuchte die Diener umher und wagte es sogar, den Herzog persönlich zu tadeln. Er hatte bereits Verdacht geschöpft; ein Mann in seiner Position hätte sich sonst nicht dazu herabgelassen, eine gemeine Zofe zu befragen. Melli verfluchte ihre eigene Dummheit! Er hatte ihr vorgeworfen – wenn auch ohne es auszusprechen –, eine hochwohlgeborene Dame zu sein, und anstatt die Beschuldigung zu leugnen, hatte Melli durch ihre Taten und Worte beinahe ein Geständnis abgelegt.

Ihr Vater war schuld daran. Das Blut der Maybors war mit Arroganz gesättigt, und so nahm es nicht Wunder, daß auch Melli etwas davon abbekommen hatte.

Entschlossen, keinen weiteren Fehler mehr zu begehen, hakte Melli sich beim Herzog unter. Ihre Kapitulation überraschte ihn – ein Heben der Augenbrauen verriet seine Gefühle –, aber dennoch führte er sie wortlos hinaus.

›Hütte‹ war eine wesentlich zu bescheidene Bezeichnung für das Gebäude, in dem sie sich befanden. Es war riesig. Gebaut aus Pinien- und Zedernholz, vermittelte es mehr Wärme und Behaglichkeit als der Palast. Melli und der Herzog gingen durch einen hohen Korridor, dessen Wände mit Gemälden geschmückt waren. Ausschließlich Jagdszenen waren darauf verewigt. Dann ging es eine Treppe hinunter, an deren Ende sich eine mit Schnitzereien verzierte Tür befand. Der Herzog öffnete die Tür und bat Melli einzutreten.

Er legte nicht viel wert auf Zeremonien. Wortlos setzte er sich an das eine Ende des massiven Pinientisches und bedeutete Melli, auf der gegenüberliegenden Seite Platz zu nehmen. Der Herzog hatte recht gehabt, als er gesagt hatte, daß Fleisch würde kalt. Auf einem Tablett lag eine riesige, dampfende Keule von Borc weiß was für einem Tier. Außer ihnen beiden war nur noch ein Diener anwesend. Um ihre Nerven zu beruhigen, trank Melli einen kräftigen Schluck Wein. Das war ein Fehler, denn der Wein war stark – wesentlich stärker, als Melli es gewohnt war. Der Herzog bemerkte ihre Überraschung. »Bring der Dame etwas Wasser«, befahl er dem Diener.

Melli wußte nicht, warum sie das ärgerte, aber es war so. »Sagt Eurem Mann, er soll seine Zeit nicht verschwenden. Ich werde meinen Wein trinken, wie er ist.« Ihr war durchaus bewußt, daß sie schon wieder einen Fehler begangen hatte – vor allem, nachdem sie sich gerade erst geschworen hatte, abstinent zu sein –, aber das arrogante Benehmen des Herzogs weckte den Teufel in ihr.

»So sei es«, sagte er und bedeutete dem Diener mit einer Geste, daß er entlassen sei. Der Diener verließ den Raum, und der Herzog wandte sich wieder Melli zu. »Versuch das Fleisch.« Das war so gut wie ein Befehl.

Melli löste ein angemessen großes Stück aus dem

Braten. Es war delikat: saftig, blutig und mit genau der richtigen Menge Fett. Sie konnte sich nicht erinnern, wann sie zum letzten Mal etwas derart Schmackhaftes gegessen hatte.

»Gut?« soufflierte der Herzog. Er hatte sich in seinem Stuhl zurückgelehnt und betrachtete Melli, als sei sie ein Fisch in einem Aquarium. Er hielt ein volles Glas Wein in der Hand. Der Diener hatte es nicht ein einziges Mal nachgefüllt.

»Es ist ein wenig zäh. Was, sagtet Ihr, ist es noch mal?«

»Ich habe es nicht gesagt. Es *war* ein junger, flinker Rehbock.«

»Aber es schmeckt eher wie ein alter, lahmer Ziegenbock.«

Der Herzog warf den Kopf zurück und lachte lauthals auf. Er schlug mit der flachen Hand auf den Tisch. »Bei Borc! Du bist wirklich ein nerviges Weib!« Aber er klang nicht im geringsten genervt, im Gegenteil: Er klang außerordentlich erfreut. »Sag mir, hast du deine Zunge von deinem Vater oder von deiner Mutter geerbt?«

Eine kleine Alarmglocke klingelte in Mellis Kopf. Eine unschuldige Frage? Oder versuchte er, sie aufs Glatteis zu führen? Warum konnte sie ihre Zunge nur nicht im Zaum halten? »Von meinem Vater, glaube ich?«

»Hmmm, das war doch Lord Luff, stimmt's?«

Melli wurde nervös. »Ja.«

»Merkwürdig. Ich habe den Mann einmal getroffen. Er hat nicht gerade einen besonders hellen Eindruck auf mich gemacht.«

Natürlich konnte er auch bluffen, aber es war besser, das nicht auf die Probe zu stellen. »Ach, wißt Ihr, meine Mutter war auch nicht gerade ein schüchternes Pflänzchen. Vielleicht habe ich es ja auch von ihr.«

Das Verhalten des Herzogs änderte sich drastisch. Er blickte Melli mit kalten Augen an. »Du lügst«, sagte er.

Sosehr sich Melli auch bemühte, sie konnte ihr Blut nicht davon abhalten, ihr ins Gesicht zu schießen. Ihr blieb nichts anderes übrig, als aufzustehen und sich dem Feuer zuzuwenden, um ihr Erröten zu verbergen. Eine Sekunde später spürte sie die Hände des Herzogs auf ihren Schultern.

»Sieh mich an!« befahl er. Er packte derart hart zu, daß Melli gehorchen mußte.

Sie drehte sich zu ihm um. Ihr schlechtes Gewissen spiegelte sich in seinen feuersteingrauen Augen. Der Herzog hob die Hand, und für einen Augenblick glaubte Melli, er würde sie schlagen. Doch statt dessen packte er ihr Kinn. Er roch nach dem Wild, das er gejagt hatte. Während er seine Finger in ihre Wangen drückte, sagte er: »Sag mir, wer dein Vater ist!« Seine Stimme klang drohend; sie ließ keinen Spielraum für Falschheit oder Ausweichmanöver.

Melli geriet in Panik. Sie wußte, daß sie nur Sekunden hatte, sich eine überzeugende Lüge auszudenken. Jetzt war es zu spät für einen Rückzug.

Verärgert über ihr Zögern grub der Herzog seine Finger noch tiefer in Mellis Wangen. »*Sag mir die Wahrheit!*« zischte er.

Es klopfte. Der Herzog wandte den Blick nicht einen Augenblick von Melli ab. »Stör mich nicht!« rief er.

»Euer Gnaden«, sagte eine gedämpfte Stimme, »es gibt wichtige Neuigkeiten. Ein Bote vom Hof ist soeben angekommen.«

Der Herzog fluchte und stieß Melli in Richtung des Feuers. »Komm rein!« brüllte er ungeduldig.

Während sie noch darum kämpfte, ihr Gleichgewicht zu behalten, stieß Melli einen Seufzer der Erleichterung aus. Ihr Schienbein berührte den Rost. Es war glühend heiß, und sie preßte die Lippen zusammen, um nicht laut aufzuschreien. Sie haßte ihn!

Zwei Männer kamen herein. Melli kannte den einen von der Reise; der andere war ihr unbekannt. Er trug nach wie vor seinen Reiseumhang. Keiner von beiden würdigte Melli auch nur eines einzigen Blickes.

»Euer Gnaden, Kylock ist in Halcus eingefallen.«

»Wann ist das geschehen?«

»Vor etwa einer Woche«, antwortete der mit dem Umhang. »Gestern sind in Bren die ersten Tauben mit der Nachricht eingetroffen.«

»Mit wieviel Mann hat er angegriffen?«

»Mit zwei Bataillonen, und ein weiteres ist auf dem Weg.«

Der Herzog ballte die Fäuste. »Das ist keine Grenzsicherungstruppe. Der Mann will mehr als nur den Nestor. Haben wir irgendwelche Informationen über den Kampfverlauf?«

»Bis jetzt noch nicht, Euer Gnaden. Aber Kylock hat die Überraschung auf seiner Seite. Die Halcus haben mit seinem Angriff erst viel später im Frühling gerechnet.«

Ein trockenes Lachen entrang sich der Kehle des Herzogs. »Dann sind die Halcus noch größere Dummköpfe, als ich dachte.« Er begann, nervös auf und ab zu gehen. Als er wieder das Wort ergriff, sprach er mehr zu sich selbst denn zu den Männern. »Kylock hat rasch gehandelt; sein Vater ist noch nicht einmal einen Monat tot. Er hatte keine Zeit, eine Armee auszubilden, aber die Tatsache, daß es den Halcus an Soldaten mangelt, gereicht ihm zum Vorteil.« Er wandte sich an den Boten. »Wer in Bren weiß noch davon?«

»Niemand außer dem Taubenmeister, Lord Cravin und mir, Euer Gnaden.«

Der Herzog wandte sich an den zweiten Mann. »Ich will, daß du noch heute nacht nach Bren reitest. Niemand darf etwas davon erfahren, bis ich zurückkehre.«

»Jawohl, Euer Gnaden«, erwiderte der Mann. Er verbeugte sich und verließ den Raum.

»Du«, wieder wandte er sich an den Boten. »Du wirst mir den Gefallen tun, die Dame in ihr Zimmer zu geleiten. Die Nachrichten, die du gebracht hast, haben mir viel zu denken gegeben.«

Der Mann verbeugte sich und trat zu Melli. Er wirkte müde, aber freundlich, und er bot ihr den Arm an. Der Herzog machte sich noch nicht einmal die Mühe, sie anzuschauen, als sie das Gemach verließ.

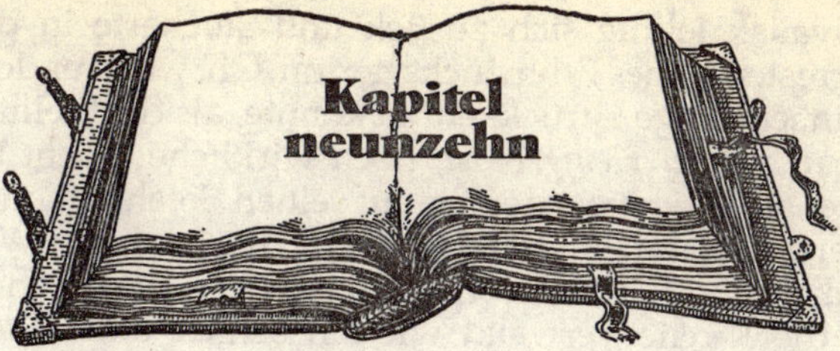

Kapitel neunzehn

Tavalisk schaute seine Morgenpost durch. Der Brief von *Ihm, dem Heiligste*n war das Pergament nicht wert, auf dem er geschrieben war. Seine Heiligkeit, Borc möge seine rückgratlose Seele verrotten lassen, war beunruhigt über die Vorgänge im Norden. Er hatte von der Vier-Städte-Streitmacht gehört, die ausgesandt worden war, um den Handel des Südens zu sichern, und er glaubte, man könne dies – wie sagte er noch? Der Erzbischof blätterte durch die Seiten. Man könne dies *»als feindseligen Akt betrachten, der die ohnehin schon existierenden Spannungen noch unnötig verstärkt«*.

Tavalisk legte den Brief beiseite. Seine Heiligkeit sollte sich lieber aus der Politik heraushalten und sich auf das konzentrieren, wovon er etwas verstand: beten und Gedichte schreiben. Schon vor Jahren hätte er den Mut haben müssen, die Ritter von Valdis zu exkommunizieren. Es war eine Schande, daß man ihnen gestattete, denselben Gott und denselben Heiland anzubeten. Sollten sie sich doch ihren eigenen Gott erfinden. Den Heiland konnten sie ruhig behalten: Die Legende von Borc nutzte sich sowieso mit jedem Tag mehr ab.

Wäre *er* an der Stelle seiner Heiligkeit gewesen, hätte er dafür gesorgt, daß die Ritter überall als Ketzer gejagt würden. Man würde ihre Ländereien konfiszieren, ihren Besitz beschlagnahmen, und ihre Führer würde man öffentlich auf dem Scheiterhaufen verbrennen. Tyren, dieser schmierige kleine Kerl, würde sicher wie Zunder brennen.

Tavalisk lehnte sich zurück und stocherte in den Überresten seines Frühstücks herum. Oh, wenn er doch nur in jene Tage zurückkehren könnte, als die Stellung *Dessen, der der Heiligste ist,* noch wirkliche Macht bedeutet hatte. Armeen waren auf seinen Befehl hin marschiert, und die Fürsten der Welt hatten auf sein Wort gewartet. Doch in den vergangenen vierhundert Jahren war die Kirche verwelkt wie ein seniler alter Greis. Seine Heiligkeit war der letzte in einer langen Reihe schwachbrüstiger, philosophierender, dämlicher Trottel! Auch er, Tavalisk, besaß nur Macht, weil er genug Mumm hatte, sie sich zu nehmen. Bevor er gekommen war, war der Sitz des Erzbischofs von Rorn nichts weiter als ein gut gepolsterter Hocker gewesen. Er hatte einen Thron daraus gemacht.

Wenn Marods *Buch der Worte* irgendeinen Sinn enthielt, dann waren selbst die armseligen Überbleibsel der Kirche in Gefahr. Ohne Zweifel verkündete die Zeile *dann wird der Tempel fallen* das Ende der Kirche. Und wenn Tavalisk an diese Schlange Baralis dachte, dann würde dieser Fall eher früher eintreten denn später.

Trotz der frühen Stunde schenkte sich Tavalisk einen kleinen Branntwein ein. Er durfte nicht zulassen, daß sich ein gedeihendes Nordreich bildete. Die Ritter von Valdis würden nichts lieber tun, als die Kirche in ihrer gegenwärtigen Form zu zerstören und sich selbst zu den Führern des Glaubens zu erklären. Und wo würde sein Platz in dieser neuen Ordnung sein? Er würde auf der Straße landen, all seiner Macht beraubt. Das war ein derart alarmierender Gedanke, daß der Erzbischof seinen Branntwein in einem Zug hinunterschüttete. Immerhin würde er nicht mittellos sein. Der Inhalt eines gewissen Hauses, nur einen Steinwurf von seinem Palast entfernt, war Beweis genug dafür. Aber Reichtum ohne Macht war wie Essen ohne Salz: fade und wenig appetitanregend. Nein, er durfte einfach nicht zulassen, daß dies geschah. Offensichtlich war seine Heiligkeit keine große Hilfe. Er war so sehr bestrebt, den goldenen Mittelweg zu finden, daß er selbst so schmal und vorhersehbar wurde wie der Pfad, den er beschritt. Tavalisk mußte es allein angehen.

Das war sein Schicksal. Die Hände des Erzbischofs glitten über Marods Buch, als ihm plötzlich eine Idee kam. Sollte es ihm gelingen, die Kirche zu retten, dann wäre ihm unsterblicher Ruhm sicher. Er würde zum Verteidiger des Glaubens werden. Der Klerus wäre ihm so dankbar und sein Name so erhaben, daß er sich erfolgreich darum bewerben konnte, Seiner Heiligkeit im Amt nachzufolgen.

Vor lauter Aufregung führte Tavalisk Marods *Buch der Worte* an die Lippen. Wenn er der Prophezeiung folgte, war die Belohnung größer, als er sich je erträumt hatte. Er konnte das Oberhaupt der Kirche werden!

Ein Klopfen an der Tür veranlaßte den Erzbischof dazu, das Buch rasch wieder auf den Tisch zu legen. Es wäre nicht gut, wenn man ihn dabei erwischen würde, wie er ein Buch küßte – die Leute könnten denken, er wäre zu einem Scholaren geworden!

»Herein!« rief er …

… und Gamil trat ein. »Euer Eminenz, ich habe wichtige Neuigkeiten.«

Tavalisk sonnte sich noch immer in zukünftigem Ruhm, und so ließ er sich dazu herab, seinen Privatsekretär wohlwollend zu behandeln. »Wirklich? Dann solltest du dich besser setzen und mir erzählen, um was es sich handelt.«

In all den Jahren, in denen Gamil dem Erzbischof treu gedient hatte, war er noch nie dazu aufgefordert worden, sich in Gegenwart seines Herrn zu setzen. Sein Blick verriet Mißtrauen. »Fühlt Ihr Euch nicht wohl, Euer Eminenz?«

»Ich habe mich noch nie besser gefühlt.« Der Erzbischof strahlte über das ganze Gesicht. »Komm schon, Gamil. Steh nicht so rum und mach den Mund zu. Du siehst aus wie eine Frau, die ihren Mann mit einer anderen im Bett erwischt hat. Sag mir, was es Neues gibt.«

Gamil setzte sich nicht. »Ich habe gerade erfahren, daß unsere Vier-Städte-Truppe einen Zusammenstoß mit den Rittern gehabt hat, Euer Eminenz.«

»Gab es Verluste?« fragte Tavalisk und rieb sich voller Schadenfreude die Hände.

»Ja, Euer Eminenz. Auf beiden Seiten. Zwei von unseren Männern haben das Leben verloren und zwanzig Ritter. Valdis war fünf zu eins unterlegen.«

»Sehr gut! Sehr gut!« Tavalisk schenkte zwei Gläser Branntwein ein und reichte eins seinem Privatsekretär. »Solche Nachrichten wollen gebührend gefeiert werden. Marls, Camlee und Toolay haben ihre Nasen nun so weit in den Wind gesteckt, daß es kein Zurück mehr für sie gibt. Erinnere dich meiner Worte, Gamil. Das bedeutet den Anfang eines offenen Konflikts zwischen Valdis und dem Süden. Während wir hier sprechen, platzt Tyren wahrscheinlich vor Wut.«

Gamil starrte auf das Getränk, das ihm der Erzbischof gereicht hatte, als sei es Gift. »Die Aufstellung der Vier-Städte-Truppe war eine gute Idee, Euer Eminenz.«

»Nicht nur gut, Gamil, sondern brillant.« Tavalisk ermunterte Gamil mit einer Handbewegung, seinen Branntwein zu trinken. »Und nun berichte mir, wie genau es zu dieser Auseinandersetzung gekommen ist.«

»Unsere Späher haben einen Trupp Ritter nördlich von Camlee entdeckt. Sie sind zurück ins Lager geeilt und haben den anderen Soldaten erzählt, die Ritter hätten auf sie geschossen. Offenbar waren die Männer von ihrem Wachdienst derart gelangweilt, daß sie die Gelegenheit begrüßten, ein paar Schädel einzuschlagen. Nach allem, was ich gehört habe, gab es ein richtiges Blutbad. Die Köpfe der toten Ritter hat man auf Spieße gesteckt und entlang der Straße aufgestellt. Jeder, der von Norden nach Süden reist, muß an ihnen vorbei.«

Tavalisk lächelte. Seine Heiligkeit hatte allen Grund, sich Sorgen zu machen: Nichts heizte einen Konflikt mehr an als ein Kopf auf einem Spieß. Alles verlief genau nach Plan. Eine Linie war gezogen worden, und bald würde die Zeit kommen, da jeder sich für eine Seite entscheiden mußte. Der Vorfall nördlich von Camlee hatte den Süden förmlich gezwungen, Position zu beziehen. Aber sie konnten sich nicht gegen die Ritter stellen, ohne sich auch gegen Bren zu wenden, und das bezog auch die Königreiche mit ein.

Oder doch nicht? Zu diesem Zeitpunkt konnte der Süden noch immer argumentieren, er läge ausschließlich mit den Rittern im Streit. Tavalisk rieb sich das Kinn. Vielleicht mußte er doch noch ein wenig nachhelfen. »Gamil, haben die Ritter zum Zeitpunkt des Angriffs irgendwelche Waren geschützt.«

»Ja, Euer Eminenz. Mehrere Wagenladungen Stoff, die für Bren bestimmt waren.«

»Perfekt. Es könnte gar nicht besser sein.« Der Erzbischof überdachte alle Möglichkeiten, bis er sich endlich die beste herausgepickt hatte. »Ich glaube, es ist an der Zeit, daß wir ein neues Gerücht in Umlauf bringen, Gamil.«

»Wieder die Pest, Euer Eminenz?«

»Nein. Etwas wesentlich Subtileres als die Pest.« Tavalisk stand auf und trat ans Fenster. »Wir wissen, daß Katharina von Bren bald König Kylock heiraten soll.«

»Ja.«

»Und was braucht jede Braut?«

»Einen Bräutigam.«

»Nein, du Trottel! Sie braucht ein Brautkleid. Was wäre, wenn unter den Waren, die wir beschlagnahmt haben, der Stoff für Katharinas Brautgewand gewesen wäre?«

»Aber der Herzog von Bren würde doch wissen, daß das nicht stimmt, Euer Eminenz.«

»Das ist vollkommen egal, Gamil. Verstehst du denn nicht, worauf ich hinaus will? Wenn wir behaupten, wir hätten Katharinas Brautkleid beschlagnahmt, dann ist das eine Beleidigung für Bren, ob es nun stimmt oder nicht. Das ist genauso, als würden wir öffentlich ihre

Flagge verbrennen. Sobald sich das einmal herumgesprochen hat, liegt der Süden im Streit mit den Rittern *und* mit Bren. Das Hochzeitsgewand wird zu einem Fehdehandschuh werden.«

»Ich werde das Gerücht noch heute in Umlauf bringen, Euer Eminenz.«

»Wie ich dich kenne, Gamil, wird bei Sonnenuntergang bereits die halbe Stadt davon wissen.« Der Erzbischof bedeutete ihm beiläufig, daß er sich entfernen könne. Tavalisk war zu sehr mit sich zufrieden, um sich die Mühe zu machen, seinem Sekretär die übliche demütigende Aufgabe zuzuteilen. Außerdem brauchte Gamil sämtliche ihm zur Verfügung stehende Energie für seine Zunge.

»Wie groß ist die Garnison?« Jacks Stimme klang ruhig, doch in Wahrheit hatte er Angst. Er begann gerade erst, das ganze Ausmaß der Aufgabe zu erkennen, zu der er sich verpflichtet hatte, und auch die Vielzahl der damit verbundenen Gefahren waren ihm vorher nicht bewußt gewesen. Er und Rovas saßen einander gegenüber am Küchentisch. Die Frauen hatten etwas von Kräutersammeln gemurmelt und waren hinausgegangen.

»Mehr als vierhundert Mann sind ständig dort stationiert«, antwortete Rovas, »und ihre Zahl kann sich noch vergrößern, je nachdem, welche Jahreszeit wir gerade haben oder wo es Ärger gibt. Im Augenblick sind alle Augen gen Westen gerichtet. Kylocks Invasion hat alle überrascht.«

»Werden sie deshalb nicht besonders wachsam sein?«

Rovas blickte Jack scharf an. »Dafür sind wir zu weit im Osten. Sie werden so sehr damit beschäftigt sein, neue Männer zu rekrutieren und ihre Schwerter zu schärfen, daß sie noch nicht einmal Borcs Wiederkehr bemerken würden.«

Jack nippte an seinem Bier, um sich Zeit zum Nachdenken zu verschaffen. Rovas spielte die Gefahren herunter. Aber er konnte ihm keinen Vorwurf daraus machen; er wäre niemals bereit, in eine Garnison einzudringen, wenn er wüßte, daß man dort bereits auf ihn wartete. Dennoch hatte Jack Grund, mißtrauisch zu sein: Welche anderen Gefahren würde ihm Rovas sonst noch verheimlichen? »Wie viele sind nachts auf Wache?«

»Draußen sind vier Wachposten à zwei Mann. Ein Pärchen patrouilliert auf den Wehrgängen, zwei bewachen das Haupttor, und eins bewacht den Dienstboteneingang.« Der Schmuggler sprach mit einer Sicherheit, daß es Jack schwerfiel, an seinen Aussagen zu zweifeln.

»Wie sind sie bewaffnet?«

»Die auf den Wehrgängen haben Armbrüste, die anderen Speere und Kurzschwerter.«

Jack nickte. »Wie sieht es innen aus?«

»Das ist schon schwieriger zu sagen.« Rovas sog zischend die Luft ein. Sein Gesicht war rot, und die Haut pellte sich. Zuviel Sonne, zuviel Bier und zuviel Wind hatten ein paar Blutgefäße in seinen Wangen platzen lassen. »Ich will dich nicht anlügen, Jack«, sagte er und gab seiner Stimme einen liebevollen Unterton. »Es könnten bis zu zehn Paare Wache halten, und ich kann dir nicht sagen, wo sie postiert sein werden. Sie könnten überall sein.«

Jack fragte sich, wann genau er dem Schmuggler gegenüber so mißtrauisch geworden war. Rovas' überraschende Offenheit schien ihm nur ein weiterer wohlkalkulierter Versuch zu sein, sein Vertrauen zu gewinnen. Seltsam: nur wenige Monate zuvor, als Bäckerjunge in Burg Harvell, hatte Jack noch jedermann beim Wort genommen; jetzt gehörte Vertrauen der Vergangenheit an.

Man konnte leicht vergessen, wie Rovas seinen Lebensunterhalt verdiente. Er war ein Schmuggler, ein Betrüger und ein Dieb. Er raubte arme, hungrige Menschen aus und verkaufte ihnen Waren, die eine Beleidigung für ihre mageren Börsen waren. Rovas gefiel es, eine Art frechen Humor zu verbreiten, aber er war nicht einfach nur ein frecher, kleiner Gauner. Er war ein eiskalter Verbrecher.

Rovas hatte versucht, Tarissa dazu zu zwingen, einen Mann zu ermorden – denselben Mann, dessen Tod sie gerade planten. Nun hatte Rovas einen anderen gefunden, der ihm die Dreckarbeit abnahm. Jack verlagerte sein Gewicht auf die Stuhlkante. Er mußte auf jedes Wort achten, das über die Lippen des Schmugglers kam. »Wie komme ich am besten hinein?«

»Durch den Dienstboteneingang. Du mußt dir deinen Weg nicht freikämpfen. Ich werde dir ein Faß Bier mit dem Zeichen eines örtlichen Gasthofs geben.« Rovas beugte sich vor und setzte Jack seinen Plan auseinander. »Es ist Frühlingsanfang; also wird jedermann soviel Bier wollen, wie er bekommen kann. Morgen werden alle möglichen Leute durch den Dienstboteneingang in die Garnison kommen: Huren, Köche, Musiker. Du darfst kein einziges Wort sagen. Dein Akzent würde dich sofort verraten. Geh einfach mit dem Bier zum Tor, und sie werden dich hineinlassen. Niemand wird sich um einen dummen, unbewaffneten Schankjungen kümmern.«

»Unbewaffnet?«

»Aye, du bist ein Fremder für sie; also werden sie dich durchsuchen. Wir werden deine Waffe in dem Bierfaß verstecken. Sie wird zwar ein wenig feucht sein, aber nach wie vor tödlich.« Rovas wirkte ausgesprochen selbstzufrieden. »Natürlich mußt du dir irgendwas besorgen, um das Faß aufzubrechen; aber das dürfte nicht sonderlich schwer sein. Im schlimmsten Fall kannst du es einfach an der Wand zerschlagen. Sollte jemand kommen, sagst du einfach, du hättest es fallen gelassen. Wahrscheinlich sind sowieso alle viel zu betrunken, als daß sie sich darum kümmern werden.«

Der Plan hörte sich machbar an; trotzdem bezweifelte Jack, daß es so einfach sein würde. In Burg Harvell war es den Wachen an Festtagen strengstens verboten gewesen, Alkohol zu trinken. »Aber es wird ja wohl nicht jeder trinken, oder?« fragte er.

Rovas lehnte sich zurück, und das Licht der Kerze fiel auf sein Gesicht. »Die einzigen, die keinen Schluck anrühren, werden die Wachen der Außenbereiche sein.« Er blickte Jack in die Augen und forderte ihn heraus, seine Aussage in Frage zu stellen.

Wieviel konnte er glauben? Rovas war ein geübter Lügner: Jeder, der mit Blut beschmierte Fische als frischen Fang verkaufen konnte, mußte eine flinke Zunge haben. Doch gleichzeitig wußte Jack, daß ihm keine andere Wahl blieb, als Rovas' Worten Glauben zu schenken. Es war so gut wie unmöglich, dem Mann Falschheit nachzuweisen, und abgesehen davon: Der Schmuggler *wollte* Vanly tot sehen. Warum also sollte er mögliche Gefahrenquellen verschweigen?

Jack hatte Angst. Er spielte nur den harten Burschen. Was hatte er schon in seinem Leben getan, das ihn auf eine derartige Situation vorbereitet hätte? Natürlich hatte er inzwischen gelernt, ein Schwert zu handhaben, aber er knetete immer noch viel lieber Teig, als sich einem Gegner im Kampf zu stellen. Rovas hatte ihn gelehrt, dem Gegner ständig in die Augen zu schauen, um auf dessen Aktionen vorbereitet zu sein; doch Jack wußte, daß das nicht ausreichte. Man mußte die Muskeln beobachten, um zu sehen, welche sich als nächste anspannen würden, und man mußte sich an alle vorhergehenden Aktionen seines Gegenübers erinnern: Ein guter Kämpfer war stets bestrebt, etwas Neues auszuprobieren.

In vielerlei Hinsicht hatte seine Zeit als Bäcker Jack auf das Kämpfen vorbereitet: Die lange Arbeitszeit hatte seine Ausdauer verbessert; Frallits harter Führungsstil hatte ihn Selbstdisziplin gelehrt, und sechs Stunden Teigkneten pro Tag und das Schleppen von Mehlsäcken hatten seine Muskeln gestählt.

Aber nichts, gar nichts, hatte ihn darauf vorbereitet,

in eine gut bewachte Garnison einzudringen, kaltblütig einen Mann zu ermorden und dann zu fliehen. Wäre Tarissa nicht gewesen, würde er es wahrscheinlich nicht wagen. Melli war tot. Rache war unbedeutend angesichts dieser unwiderrufbaren Tatsache. Wenn irgend jemand eine Schuld an ihrem Tod traf, dann ihn, *Jack*, und nicht Vanly. Den Mann in ihrem Namen zu töten, war Heuchelei. Also würde er es für Tarissa tun.

»Woher soll ich wissen, daß die Wachen mich tatsächlich mit meinem Faß in die Garnison lassen werden? Sie könnten es mir doch einfach abnehmen.« Jack wußte, daß er sich nur schützen konnte, wenn er Rovas zu jeder noch so kleinen Einzelheit befragte.

»Das ist leicht. Ich werde dafür sorgen, daß du ein Faß mit einem Isro-Hahn bekommst. Außer einem Wirt weiß niemand, wie man sie öffnet. Sie werden dich hereinlassen müssen, wenn sie wollen, daß das Bier fließt.« Rovas lächelte charmant. »Und glaub mir, sie *wollen*, daß das Bier fließt. Es gibt nichts Besseres als *Isroer Bernstein*, um das Blut in Wallung zu bringen.«

»Wo wird Vanly sein?«

Die Frage zauberte ein Leuchten auf Rovas' Gesicht; offensichtlich hatte er schon die ganze Zeit darauf gewartet. »Aaah, endlich sind wir an einem Punkt angekommen, wo sich meine intimen Kenntnisse des Hauptmanns und der Garnison auszahlen. Aus zuverlässiger Quelle habe ich erfahren, daß gegenwärtig ein Trupp Tänzerinnen aus Helch unterwegs in die Garnison ist. Nun sind diese Tänzerinnen nichts anderes als gewöhnliche Huren, und von einer von ihnen behauptet man, sie sei so atemberaubend, daß die Männer reihenweise vor ihr auf die Knie fallen. Wie ich unseren guten Hauptmann kenne, wird er den ganzen Abend mit dem Versuch verbringen, sie ins Bett zu bekommen.« Rovas zwinkerte fröhlich. »Und wie ich die Tänzerinnen aus Helch kenne, wird er sich nicht sonderlich anstrengen müssen.«

»Also wird er bis auf das eine Mädchen allein sein?«

»Dessen bin ich ziemlich sicher. Bei Sonnenuntergang wird er mit seinen Männern in der Messe zu Abend essen. Nach ein paar Schläuchen Bier wird er betrunken sein, und der Anblick der Tänzerinnen wird ihn aufgeilen. Schließlich wird er sich für den Rest des Abends mit dem hübschesten Mädchen im Arm in sein Quartier zurückziehen.«

»Wie finde ich sein Quartier?« fragte Jack. Jetzt kamen sie zum gefährlichsten Teil des Plans. In die Garnison einzudringen war gar nicht so schwer, doch wenn man ihn im Offiziersquartier erwischte, würde man ihn sofort festnehmen oder ihn vielleicht sogar auf der Stelle erschlagen.

Rovas schüttete etwas Mehl auf den Tisch. Er verteilte es mit der Hand und zeichnete einen groben Plan der Garnison hinein. »Hier«, sagte er und fuhr mit dem Finger die Südmauer entlang. »Hier befindet sich der Dienstboteneingang. Du gehst einfach nach links und an der Ostmauer entlang, bis du zu einem Bogengang kommst.« Jedes Wort wurde von einer entsprechenden Linie im Mehl begleitet. »Am Ende des Bogengangs befindet sich eine Doppeltür und dahinter, ein Stück nach rechts versetzt, eine kleine Treppe. Steig sie hinauf, und die erste Tür, die du sehen wirst, ist Vanlys Quartier.«

Jack schaute nicht auf den Plan. Statt dessen beobachtete er Rovas' Gesicht; er suchte nach irgend etwas, das ihm verriet, ob der Schmuggler log oder nicht. Eines hatte er auf jeden Fall verschwiegen: Die Offziersquartiere waren mit Sicherheit bewacht. Jack glaubte nicht, daß Rovas diese Tatsache einfach nur vergessen hatte. »Was ist mit Wachen?«

Rovas zuckte die Schultern. »Vielleicht bewachen zwei Mann die große Doppeltür. Wenn du lange genug wartest, kannst du den Wachwechsel nutzen, um dich an ihnen vorbeizuschleichen. Wer weiß, vielleicht sind sie ja auch so besoffen, daß sie dich einfach reinlassen. Mit deinen langen Haaren könnten sie dich auch für einen ›Offiziersfreund‹ halten, wenn du weißt, was ich meine. Allerdings bist du nicht so zart und etepetete wie die üblichen Jungen.« Rovas lachte über seinen eigenen Scherz. »Aber wie auch immer, was zählt, ist, daß wir Frühlingsanfang haben. Alle werden sich nur mit Wein, Weib und Gesang beschäftigen, und die wenigen, die nüchtern bleiben, werden über den Krieg im Westen grübeln. Wir hätten uns keinen besseren Zeitpunkt aussuchen können.«

Es war Zeit für die wichtigste Frage. »Wie komme ich wieder hinaus?« Jack beobachtete Rovas wie ein Falke. Von allen Dingen, über die der Mann Lügen erzählen konnte, war dies das einzige von Bedeutung. Jack wußte, daß er besonders verwundbar sein würde, wenn die Tat vollbracht war.

Rovas blickte Jack in die Augen. »Es gibt einen Tunnel, der von Vanlys Quartier bis in den Wald führt.«

»Warum kann ich ihn nicht benutzen, um hineinzugelangen?« Jack hatte dieselbe Frage zwar schon einmal gestellt, aber er wollte auf Nummer Sicher gehen.

»Er wird von innen verriegelt sein.«

»Woher weißt du von diesem Tunnel?«

»Du bist wohl ziemlich vergeßlich, Jack. Wie du weißt, habe ich früher mit dem Mann Geschäfte gemacht. Wir haben den Tunnel benutzt, um Waren zu transportieren.« Rovas strich mit der Hand über das Mehl, um Platz für eine neue Skizze zu schaffen. »Der Tunnel ist zur selben Zeit wie die Garnison gebaut worden. Es ist durchaus nicht ungewöhnlich, Geheimgänge in den Offiziersquartieren anzulegen. Schließlich weiß man nie, wann man sich einmal schnell verdrücken muß. Und im Falle einer Belagerung kann man den Tunnel benutzen, um die Eingeschlossenen zu versorgen.« Ein fetter Finger zeichnete eine Ecke der Garnison ins Mehl. »Sieh her. Hier ist Vanlys Quartier. Der Eingang des Tunnels befindet sich unter seinem Bett. Die Bodenbretter haben Scharniere, und darunter wirst du eine Falltür finden. Nachdem du die Falltür geöffnet hast, geht es acht Fuß steil nach unten; also paß auf. Wenn du einfach so hinunterspringst, brichst du dir die Beine. Laß dich langsam und mit den Füßen zuerst hinab. Da unten ist es stockfinster. Natürlich könntest du auch eine Kerze mitnehmen, aber die würde dich nur behindern. Besser du erledigst alles im Dunkeln. Es gibt keinerlei Abzweigungen, also kannst du dich auch nicht verlaufen.«

Rovas zeichnete eine geschwungene Linie ins Mehl, die von der Garnison wegführte. »Der Tunnel selbst ist etwa vier Fuß hoch. Es wird also kein Spaziergang werden. Er ist auch sehr lang. Ein kleiner Fluß kreuzt seinen Weg, deshalb führt er nicht in gerader Linie in den Wald. Wenn du das andere Ende erreichst, wirst du all deine Kraft brauchen, um den Ausgang zu öffnen. Ein schwerer Felsbrocken liegt von außen auf der Falltür. In die Holzwand des Tunnels sind Griffe eingelassen, an denen du dich festhalten kannst. Pack sie und drück mit aller Kraft.«

Wieder fiel es Jack schwer, am Wahrheitsgehalt von Rovas' Worten zu zweifeln. Der Mann schien eine Menge überzeugender Einzelheiten zu wissen. Dennoch hakte Jack nach, um irgendwo eine Lücke in der Geschichte zu finden. »Ich dachte, du würdest auf mich warten.«

»Das werde ich auch, aber nicht unmittelbar im Wald. Einmal in der Stunde kommt eine Patrouille vorbei. Dort zu warten wäre ein viel zu großes Risiko für mich – schließlich weiß ich nicht, wie lange du fort sein wirst.« Rovas deutete auf jenen Punkt der Skizze, wo sich der Wald befand. »Hier am Rand werde ich auf dich mit einem zweiten Pferd warten – dort, wo der Fluß an den Bäumen vorbeifließt.«

»Wird ein einzelner Reiter mit zwei Pferden keinen Verdacht erregen?«

»Aye, Junge, da könntest du recht haben. Aber ich hoffe, daß man mich nicht bemerken wird; die Gegend ist eigentlich ziemlich abgelegen. Die Soldaten patrouillieren nur durch das Zentrum des Waldes, denn sie wissen, daß es dort einen Tunnel gibt.«

»Dann werden sie also den Tunnelausgang bewachen?«

Irgendwie wußte Jack bereits im voraus, daß Rovas auch auf diese Frage eine überzeugende Antwort parat haben würde. Er wurde nicht enttäuscht.

»Nein, Junge. Nur die Offiziere kennen die genaue Lage des Tunnels. Es wäre nicht gut, wenn die einfachen Soldaten unbemerkt in die Garnison hinein- und wieder hinausschlüpfen könnten, wie es ihnen beliebt.« Rovas rieb sich das stoppelige Kinn. »Wenn ich so darüber nachdenke, glaube ich noch nicht einmal mehr, daß die Soldaten überhaupt etwas von dem Tunnel wissen. Schließlich muß man ihnen ja nicht erklären, warum sie im Wald patrouillieren sollen.«

Jack suchte nach Unstimmigkeiten in Rovas' Geschichte, aber er konnte keine finden. Ihm blieb nur noch eine einzige Möglichkeit, um herauszufinden, ob der Mann log oder nicht. »Bring mich heute nacht zu dem Tunnel.«

Rovas zuckte noch nicht einmal. »Wie du willst. Aber wir müssen warten, bis der Mond untergegangen ist. Wenn man uns entdeckt, können wir unseren Plan vergessen.«

»Kein Problem.« Jack war zufrieden; es bestand sowieso kein Grund, sofort aufzubrechen. Hätte Rovas jedoch auch nur einen einzigen Augenblick mit seiner Antwort gezögert, dann wäre das etwas anderes gewesen. Jack fühlte sich bereits wesentlich entspannter, als er eine letzte Frage stellte. »Woher soll ich wissen, daß ich dir vertrauen kann und daß man mich nicht gefangennehmen oder umbringen wird?«

Rovas' hellblaue Augen bohrten sich in die seinen. »Magra und Tarissa würden es mir nie verzeihen, wenn du nicht wieder zurückkehrtest.«

Maybor wartete an einem offenen Abwasserkanal außerhalb der Hofmetzgerei. Offenbar bedurfte der herzögliche Palast keiner Klärgruben. Der Inhalt sämtlicher Nachttöpfe wanderte ohne Umweg in den Großen See – eine schlechte Idee. Wie sollte ein Mann ein diskretes Treffen arrangieren, wenn es nirgends angemessen penetrant stank, um potentielle Lauscher zu vertreiben? Maybor tröstete sich damit, daß der Geruch des Abwasserkanals auch nicht gerade angenehm war. Auch wenn Blut und Innereien nicht ganz so extrem stanken wie die Klärgruben von Burg Harvell, so zogen sie doch die gleiche Menge Fliegen an.

Ein schlechtgelaunter Lord Cravin näherte sich Maybor. Ein Treffen an einem derart widerwärtigen Ort schien ihn nicht gerade zu begeistern. Irgendwie gelang es dem Mann, mit einer gewissen Eleganz über die Kadaver zu steigen. Auch trug er recht exquisite Schuhe. Maybor betrachtete Cravins Unbehagen als einen persönlichen Vorteil; er hatte es geschafft, den Mann zu überraschen.

»Seid gegrüßt, Maybor«, sagte Cravin ein wenig gereizt. »Wenn ich gewußt hätte, daß ihr eine solche Vorliebe für Blutbäder habt, dann hätte ich ein Treffen im Krankenrevier angeregt. Dort hättet ihr Euch daran ergötzen können, wie man *Menschen* die Glieder abhackt.«

»Tiere tun's auch.« Maybor trat etwas in den Kanal, das wie ein Schweinsohr aussah.

Cravin schien sich wieder zu beruhigen. »Ich hoffe, die Damen waren nach Eurem Geschmack?«

»Mehr als ausreichend, mein Freund.« Maybor fühlte sich seinem Gegenüber deutlich überlegen. »Das zweite Mädchen war allerdings ein wenig zu dürr für meinen Geschmack. Ihre Hüften erinnerten an eine Linsensuppe: schmackhaft, aber mit zu wenig Fleisch. Was jedoch die erste betrifft ...«

»Das reicht«, zischte Cravin. »Ich bin nicht hierhergekommen, um über weibliche Formen zu diskutieren.« Er trat einen Schritt auf Maybor zu, und die rechte Hälfte seines Gesichtes fiel unter den Schatten seiner mächtigen Hakennase. »Hört mir zu, oder Ihr verlaßt dieses Treffen mit nichts weiter als Blut an den Schuhen.«

»Ich höre.«

»Wie gut kennt Ihr Lord Baralis?«

Die Frage überraschte Maybor. Instinktiv war er auf der Hut. »Ich könnte Euch das eine oder andere erzählen.«

»Dann wißt Ihr auch, daß er ein gefährlicher Mann mit gefährlichem Ehrgeiz ist.« Cravins Augen funkelten wie die eines Falken.

Maybor nickte nur. Er war plötzlich ungewöhnlich mißtrauisch geworden.

»Die Hochzeit von Katharina und Kylock ist nicht das Produkt einer kurzfristigen Abmachung. Baralis hat ein Jahrzehnt lang darauf hingearbeitet – vielleicht auch länger.«

»Und woher wollt Ihr das wissen?« Maybor hatte sich für eine Taktik entschieden: Er würde schweigen und seinem Gegenüber das Reden überlassen.

»Seit zehn Jahren hat Baralis mit Mord, Druck, Bestechung und anderen Mitteln jeden Versuch unterbunden, um Kylocks Hand anzuhalten.«

Melliandra! Maybors Gedanken flogen zu seiner Tochter. Nach außen hin blieb er jedoch ruhig. »Redet weiter.«

»Habt Ihr Euch nie gefragt, wie ein Jüngling in Kylocks Position sein achtzehntes Lebensjahr erreichen konnte, ohne auch nur ein einziges formelles Angebot zur Eheschließung zu bekommen?« Cravin wartete nicht auf die Antwort. »Ich werde Euch den Grund dafür sagen. Baralis hat seine Stellung als Kanzler des Königs ausgenutzt, um zu verhindern, daß Eheangebote das Ohr des Königs erreichen.

Der Herzog von Highwall hat eine Tochter, die mittlerweile fünfzehn Sommer alt ist. Als sie acht Jahre alt war, hat er Verbindung mit den Königreichen aufgenommen, um sie mit Kylock zu verheiraten. Baralis hat dem Mädchen ein Geschenk geschickt: eine Kiste mit Süßigkeiten. Eine Woche später erkrankte sie an einem Gehirnfieber. Und einen *Monat* später konnte sie sich noch nicht einmal mehr an ihren Namen erinnern. Bis heute lebt sie in einem kleinen Zimmer im Palast ihres Vaters. Man hat sie ans Bett gefesselt, damit sie sich nicht selbst verletzt.«

Maybor glaubte jedes Wort: Baralis hatte mit Melliandra genau das gleiche versucht. »Hat man Baralis verdächtigt, dafür verantwortlich zu sein?«

»Hier und da hat man hinter vorgehaltener Hand darüber spekuliert; doch Baralis hat den Gerüchten ein Ende bereitet, indem er verkünden ließ, er sei bereit, die Hochzeit unabhängig vom Zustand des Mädchens zu befürworten. Selbstverständlich wußte er, daß der Herzog dies niemals gestatten würde, aber es sah halt gut aus.«

Der Gestank der verwesenden Eingeweide war ein angemessener Hintergrund für dieses Gespräch. »Was habt Ihr sonst noch gehört?«

Cravin dachte einen Augenblick nach; sein zäher, drahtiger Körper war unter dem enganliegenden Umhang deutlich zu erkennen. »Ich habe selbst einmal Verhandlungen mit Baralis aufgenommen. Das ist nun schon viele Jahre her. Meine älteste Tochter, Felina, ist genauso alt wie Kylock. Ich habe einen Brief an Euren König geschrieben und ihm ein Angebot gemacht. Er selbst hat mir nie geantwortet, aber Baralis. Er klang äußerst zuvorkommend. Ausgiebig lobte er die Schönheit und Kultiviertheit meiner Tochter; doch er schrieb auch, daß mein Brief ihn in eine prekäre Situation gebracht hätte, da er kurz zuvor ein ähnliches Angebot von meinem größten Rivalen, Lord Gandrel, erhalten habe. Dann behauptete er, daß es ihm unmöglich sei, zwischen uns zu entscheiden, obwohl er mein Angebot vorziehen würde;

da der König keine der beiden Seiten beleidigen wolle.«

»Eure Tochter ist noch mal mit einem blauen Auge davongekommen«, bemerkte Maybor mit soviel Gefühl in der Stimme, daß es ihn selbst überraschte.

Cravin nickte ernst. »Dafür bin ich ewig dankbar. Ein paar Jahre später habe ich erfahren, daß Gandrel niemals auch nur daran gedacht hatte, seine Tochter mit Kylock zu vermählen. Baralis hatte das alles nur erfunden. Er ist ein verdammt cleverer Hund, denn er wußte ganz genau, daß ich keine Möglichkeit hatte, Gandrels Angebot zu überprüfen; damals habe ich den Mann mit einer derartigen Leidenschaft gehaßt, daß wir kein vernünftiges Wort miteinander wechseln konnten.«

»Vor einigen Monaten hat Baralis meine Tochter entführt«, berichtete Maybor. »Seitdem habe ich sie nicht mehr gesehen.«

Cravin war nicht überrascht. »Baralis macht vor nichts halt, um zu bekommen, was er will.«

Maybor schaute sich um. Er suchte nach Ohren, die zu einem Menschen und nicht zu einem Schwein gehörten. Als er wieder das Wort ergriff, sprach er leise und drängend. »Und was will er?«

»Macht«, murmelte Cravin. »Er will den gesamten Norden kontrollieren. Mit Brens Armeen zu seiner Verfügung glaubt er, Annis, Highwall und Borc weiß wen beherrschen zu können.« Er drehte sich um und blickte Maybor in die Augen. »Wie ich bereits gesagt habe – Baralis ist ein gefährlicher Mann.«

Plötzlich ergab alles einen Sinn für Maybor. Warum war ihm das nicht schon früher aufgefallen? Baralis wollte ein großes Nordreich schaffen. Der fünfjährige Grenzkrieg mit Halcus war ihm gut zupaß gekommen; er diente dazu, den Feind weichzuklopfen, bevor der eigentliche Schlag kam. »Mein Sohn hat mir berichtet, Kylock beabsichtige, in Halcus einzufallen, sobald der Frühling weit genug fortgeschritten ist.«

Cravin verzog die Lippen zu einem Lächeln und entblößte eine Reihe scharfer Zähne. »Kylock hat bereits mit der Invasion begonnen. Gestern ist eine Taube mit der entsprechenden Nachricht eingetroffen.«

Maybor verbarg sein Erstaunen. »Aha. Dann hat er sich also entschlossen, rasch zu handeln.«

»Es scheint so«, erwiderte Cravin. »Das Überraschungsmoment hat wohl eine entscheidende Rolle in seinen Plänen gespielt.« Eine plötzlich Windbö veranlaßte ihn dazu, seinen Umhang enger um die Schultern zu ziehen. »Eins ist auf jeden Fall sicher: Dem Herzog wird das ganz und gar nicht gefallen.«

»Warum kann er dann die Hochzeit nicht einfach absagen?« fragte Maybor. Er wünschte, er hätte auch einen Umhang mitgebracht.

»So einfach ist das nicht. Die Verhandlungen sind schon viel zu weit fortgeschritten. Wenn er jetzt einen Rückzieher macht, verliert er sein Gesicht, und man würde ihn einen Feigling schimpfen. Er muß sich schon was Besonderes einfallen lassen, um die Auswirkungen der Hochzeit irgendwie zu neutralisieren.«

»Was meint ihr damit?«

»Er sollte die Hochzeit wie geplant stattfinden lassen, aber gleichzeitig sollte er irgendwie – durch eine Tat oder durch einen Vertrag – versuchen, der ganzen Sache die Würze zu nehmen. Im Augenblick ist alles mit viel zu vielen Risiken verbunden: Annis und Highwall sind nervös; die Ritter haben Ärger im Süden, und Kylock ist in Halcus eingefallen.« Cravin schüttelte den Kopf. »Der Herzog muß zweierlei tun: Erstens muß er die Spannung im Norden abbauen; und zweitens muß er Baralis in die Schranken weisen.«

Maybor wußte nichts dagegen einzuwenden. Trotz der Fliegen, des Gestanks und des beißenden Winds amüsierte er sich mittlerweile. »Glaubt Ihr, er ist dazu fähig?«

»An Eurer Stelle würde ich den Herzog nicht unterschätzen«, antwortete Cravin. »Was auch immer er vorhaben mag, ich werde die Dinge im Auge behalten.

Sollte sich eine günstige Gelegenheit ergeben – und in meiner Erfahrung ist das stets der Fall –, dann müssen wir bereit sein, sie zu ergreifen.« Der Blick des Mannes ließ keinen Zweifel daran, worauf er hinauswollte: Verrat.

Cravin griff in seinen Umhang und holte ein kleines Stück Pergament hervor, nicht größer als sein Handteller. Er reichte es Maybor. »Nehmt das. Es ist die Adresse eines kleinen Hauses im Süden der Stadt, das mir gehört. Niemand weiß von seiner Existenz. Solltet Ihr Euch jemals mit jemandem treffen wollen, ohne daß gleich der ganze Hofstaat davon erfährt, dann könnt Ihr es gerne nutzen. Die Diener dort wissen, wie sie mit mir in Kontakt treten können, solltet Ihr mich in diskreter Umgebung sehen wollen.« Cravin verbeugte sickurz und war kurz darauf verschwunden.

Maybor steckte das Pergament in den Gürtel, wartete einen Augenblick und ging dann auf demselben Weg wie Cravin zurück zum Palast. Die Fußabdrücke des Mannes waren deutlich zu sehen. Eine blutige Spur führte vom Abwasserkanal weg.

Kapitel zwanzig

Melli folgte Nessa zu den Ställen. Längst vergessene Gerüche stiegen ihr in die Nase: Heu, Pferdemist und Lederfett. Der Herzog, der es für angebracht gehalten hatte, Melli den ganzen gestrigen Tag über zu ignorieren, hatte angeordnet, daß sie ihn heute auf einem kleinen Ausritt begleiten solle, und so war sie also hierhergekommen. Sie trug einen robusten, schlichten Umhang, und sie war fest entschlossen, sich das beste Pferd im Stall auszusuchen. Melli wußte, daß sie alles andere als unerfahren war, doch der Herzog wußte das nicht; er würde toben, wenn man ihm berichtete, welches Tier sie ausgewählt hatte.

»Ich nehme den hier«, sagte sie zu dem Stallburschen und deutete auf einen haselnußbraunen Hengst.

»Aber, gnädiges Fräulein«, erwiderte der Stallbursche, »der Herzog pflegt Sparsis für gewöhnlich selbst zu reiten.«

Melli wandte sich an Nessa. »Hat der Herzog nicht seinem Wunsch Ausdruck verliehen, ich möge mir jedes Pferd aussuchen, das mir beliebt?«

Nessa nickte energisch. Nachdem sie einen ganzen Tag miteinander verbracht hatten, war Nessa nun wahrhaft Mellis Zofe.

Der Stallbursche wirkte zwar nicht sonderlich erfreut, aber er entsprach Mellis Wunsch. Er sattelte das Pferd und murmelte dabei irgend etwas vor sich hin von wegen, es gezieme einer Frau nicht, auf einem Hengst zu reiten. Anschließend führte er das Pferd auf den Hof und streckte die Hand aus, um Melli beim Aufsteigen behilflich zu sein.

Melli schwang sich in den Sattel wie ein erfahrener Veteran. Sie machte es sich bequem und tastete mit den Füßen nach den Steigbügeln. Alles paßte hervorragend – der Stallbursche hatte ein gutes Auge. Das Pferd, das sie auf dem Weg hierher geritten hatte, war nichts im Vergleich zu dieser mächtigen Kreatur. Melli beugte sich vor und flüsterte ermutigende Worte ins Ohr des Hengstes. Sie würden Freunde werden; Melli war dessen vollkommen sicher.

»Wohin beabsichtigt Seine Gnaden heute zu reiten?« fragte sie den Stallburschen.

Als er sah, wie gut sie im Sattel saß, zeigte der Junge ein wenig mehr Respekt. »Nun, gnädiges Fräulein, das weiß ich nicht genau; aber bei kürzeren Ausritten begibt er sich häufig zu der großen Wiese auf der grünen Seite des Tals, direkt hinter den Bäumen.« Er deutete zu einem Ort, der nicht mehr als sechs Meilen entfernt zu sein schien.

»Sehr gut. Sag Seiner Gnaden, daß ich ihn dort treffen werde.« Melli zog die Zügel an und wendete das Pferd.

Sowohl Nessa, als auch der Stallbursche rissen die Münder auf, aber Melli gab ihnen keine Gelegenheit zu protestieren. Sie drückte dem Pferd die Fersen in die Weichen und war auf und davon.

Der Wind blies ihr durchs Haar; frische Luft erfüllte ihre Lungen, und sie hatte ein mächtiges Tier zwischen den Schenkeln. Es war wunderbar. Seit Wochen hatte sich Melli nicht mehr so frei gefühlt. Allein die Tatsache, draußen zu sein, war ein unbeschreibliches Vergnügen. Der Ausblick war atemberaubend. Die Hütte lag an einem sanften Abhang, der in ein wunderschönes Tal hinunterführte. In der Mitte des Tals befand sich ein See, an dessen Ufer ein paar Bäume wuchsen. Die meisten von ihnen waren Fichten. Sie reihten sich um den See wie Frauen, die sich zu einem Tanz aufstellten.

Vor Melli erhoben sich die Berge in all ihrer schrecklichen Pracht, dessen höhere Lagen noch immer mit Schnee bedeckt waren.

Zunächst reagierte das Pferd nervös auf die Hilfen des ungewohnten Reiters; doch Melli behandelte es konsequent und mit sanfter Bestimmtheit, so daß der Hengst sich bereits wieder beruhigt hatte, als sie in das Tal kam.

Es war so leicht, einfach davonzureiten und nie wieder zurückzukehren. Leicht, aber gefährlich. Melli hing zu sehr an ihrem Leben, um einen Ritt durch die Berge zu riskieren. Seltsam, doch der Gedanke an Flucht hatte im Augenblick viel von seiner Anziehungskraft verloren. Es bestand keine unmittelbare Gefahr für ihr Leben, und der Herzog hatte sie nicht sexuell bedrängt; also fühlte sie sich momentan recht sicher. Und wenn sie ehrlich zu sich selbst war, dann freute sie sich sogar darauf, daß der Herzog sie bald einholen würde. Melli konnte es kaum erwarten, seinem Zorn mit Hochmut zu begegnen und ihm dann ihre Reitkünste vorzuführen. Der Mann war derart arrogant, daß er geradezu darum bettelte, einen Dämpfer zu bekommen.

Melli hatte eigentlich damit gerechnet, daß er bereits gestern nach ihrer Gesellschaft verlangen würde. Den ganzen Nachmittag hatte sie auf seinen Ruf gewartet. Sie hatte sich frisieren lassen; ihre eleganten Schuhe hatten gezwickt, und ihre Wangen waren rot vom Wein gewesen. Als man nicht nach ihr schickte, hatte sie das sehr enttäuscht. Es war so langweilig in ihrem Zimmer, und auch Nessas Gesellschaft ließ einiges zu wünschen übrig. Der Herzog mochte vielleicht lästig sein, zumindest aber war er nicht langweilig.

Was ihre mysteriöse Herkunft betraf, so hatte Melli beschlossen, auf jeden Fall bei ihrer ursprünglichen Geschichte zu bleiben und nichts preiszugeben, egal wie sehr der Herzog sie auch bedrängen mochte. Sturheit war Melli angeboren, und so würde es ihr nicht sonderlich schwerfallen, diese Taktik durchzustehen.

Dem Herzog würde es nicht noch einmal gelingen, sie aufs Glatteis zu führen.

Melli war sich bewußt, daß ihr Pferd noch nicht einmal ein Zehntel seines Potentials ausgeschöpft hatte, also spornte sie es zum Galopp an. Einen Augenblick lang jagte ihr die ungebändigte Kraft der Kreatur Angst ein. Doch dann, nur eine Sekunde später, erregte es sie. Sie legte sich auf den Hals des Pferdes und gab ihm die Zügel. Gräben, Bäche, umgestürzte Baumstämme und Felsen: Der Hengst sprang mit der Eleganz eines Dämons darüber hinweg. Melli spürte den Schweiß des Tieres durch ihren Rock hindurch. Der Boden unter den Hufen verschwamm; die weit entfernten Bäume waren das Ziel. Sie vermochte nicht zu sagen, wessen Herz schneller schlug: ihres oder das des Pferdes.

Als Melli die Zügel wieder anzog, hörte sie hinter sich in der Ferne das Donnern von Hufen. Das konnte nur der Herzog sein. Sie trieb ihr Pferd an und wirbelte herum, um dem Falken zu begegnen. Es vergingen noch mehrere Minuten, bevor er sie erreichte. Seine ersten Worte waren: »Bist du vollkommen verrückt geworden! Was hast du dir dabei gedacht, meinen besten Hengst zu nehmen? Es ist ein Wunder, daß er dich nicht umgebracht hat!«

Melli hob eine Augenbraue. »Ich habe nicht gewußt, daß Ihr einen solch ausgeprägten Beschützerinstinkt besitzt. Vielleicht wart Ihr in Eurem vorherigen Leben ein Schafhirte.« Mit diesen Worten wendete sie ihr Pferd auf der Stelle und galoppierte davon.

Melli konnte sich ein Lächeln nicht verkneifen, während sie in Richtung der nach wie vor weit entfernten Bäume ritt. Sie hörte, daß der Herzog ihre Verfolgung aufgenommen hatte, und nach einer Minute schien er langsam aufzuholen. »Komm, Sparsis«, flüsterte Melli ihrem Pferd zu. »Es ist Zeit, deinem Herrn zu zeigen, was du wirklich wert bist.« Ein leichter Schenkeldruck und ein kurzes Ziehen an den Zügeln, und sie hatten ihren Kurs so weit geändert, daß sie es mit einem Netz kleiner Bäche aufnehmen konnte, die in den See mündeten. Pferd und Reiter sprangen über sie hinweg wie Borc höchstpersönlich. Dann kam der letzte Sprung. Der Bach floß durch eine Senke, deren Breite man erst abschätzen konnte, wenn man sich bereits im Sprung befand. Der Hengst flog über das Wasser … und krachte mit den Unterschenkeln gegen den gegenüberliegenden Hang.

Melli wurde aus dem Sattel katapultiert. Unendlich langsam sah sie das felsige Ufer auf sich zukommen. Sie wußte sogar, welcher Felsen für sie bestimmt war. *Krach!* Ein stechender Schmerz in der Stirn und ein noch schlimmerer Schmerz in der Seite, dann wurde es dunkel um sie herum.

Jack spürte einen plötzlichen Schmerz in der Stirn. Er hielt einen Becher Wasser in der Hand. Erschrocken ließ er ihn los, und das Gefäß zerschellte auf dem Boden.

Magra blickte von ihrer Arbeit auf. »Jack, bist du in Ordnung?« Ehrliche Sorge lag in ihrer Stimme.

Jack wünschte, sie hätte nicht gesprochen, denn bevor ihre Worte seinen Verstand gestreift hatten, hatte er eine Vision von Melli gehabt. Jetzt war sie verschwunden. Als Magra sich von ihrem Stuhl erhob, glaubte er bereits, er habe sich alles nur eingebildet.

Magra ignorierte den zerbrochenen Becher und ergriff Jacks Hand. »Komm, Jack«, sagte sie. »Setz dich eine Weile ans Feuer.« Ihr schönes, hochmütiges Gesicht war angespannt vor Sorge. Sie führte Jack zu einer Bank und zwang ihn, sich zu setzen. Dann überraschte sie ihn, indem sie sich zu seinen Füßen niederkniete. Noch immer hielt sie seine Hand.

»Jack«, flüsterte sie, »du mußt das heute nacht nicht tun.« Er wollte protestieren, doch sie kam ihm zuvor. »Nein, hör mich an. Du kannst die Hütte heute nacht verlassen. Ich habe etwas Gold beiseite gelegt – nicht viel, aber genug, um dir die Reise angenehmer zu machen. Bitte nimm es.« Sie drückte ihm sanft die Hand. »Ich würde es mir niemals verzeihen, wenn dir etwas zustoßen würde.«

Jack blickte in das tiefe Blau von Magras Augen. Sie sagte die Wahrheit. Es war schon sehr, sehr lange her, seit sich zum letzten Mal jemand um ihn gesorgt hatte. Er küßte ihre Hand. Welch weiches, zartes Fleisch. Würde seine Mutter noch leben, wäre sie jetzt ungefähr im selben Alter. »Es gibt keinen Grund, sich um mich Sorgen zu machen«, sagte er. »Ich werde zurückkommen. Das verspreche ich dir.«

»Ich erwarte von dir, daß du dieses Versprechen hältst, Jack.« Magra lächelte, und einen Augenblick lang ähnelte sie Tarissa so sehr, daß es Jack den Atem verschlug. Ein letzter Druck ihrer Hand und sie stand auf, glättete ihren Rock und schüttelte den Kopf über den zerbrochenen Becher.

Tarissa platzte herein – es gefiel Jack, daß sie für einen diskreten Auftritt nicht viel übrig hatte. Sofort fiel ihr Blick auf Magra, die die Tonscherben vom Boden aufsammelte. »Was geht denn hier vor? Ich gehe nur mal eben raus, um die Hühner zu füttern, und wenn ich zurückkomme, seid ihr zwei drauf und dran, die Bude auseinanderzunehmen.«

Jack und Magra lachten. Die Atmosphäre in der Hütte war um soviel lockerer, wenn Rovas nicht da war. Tarissa holte ein Tuch, um das Wasser aufzuwischen, und Jack fuhr fort, den Teig für das wöchentliche Backen zu kneten. Da es in der Hütte keinen richtigen Ofen gab, würden sie den Teig in der Stadt backen lassen. Es war schön, hier zu sein. Sie arbeiteten nebeneinander und unterhielten sich über alltägliche Kleinigkeiten. Auf dem Herd stand ein Topf mit warmem Kräuterpunsch, und Talgkerzen brannten mit rußiger Flamme. Es war beinahe wie zu Hause.

Unvermittelt verspürte Jack einen tiefen Haß auf Rovas. Wie konnte er diesen ehrlichen, hart arbeitenden Frauen nur drohen, sie aus der Hütte zu werfen, wenn Tarissa ihm nicht den Willen tat? Er war wahrhaft eine verabscheuungswürdige Kreatur. Magra und Tarissa hatte etwas Besseres verdient, als bei einem Mann zu leben, der versuchte, sie mit einem Netz aus Abhängigkeiten und geteilter Schuld an sich zu ketten.

Nachdem er mit dem Kneten fertig war, legte Jack die Brotlaibe auf ein Holztablett. Mit einem scharfen Messer ritzte er ihre Oberfläche an und bedeckte sie anschließend mit einem feuchten Leinentuch.

»Wenn sie fertig sind, werde ich sie jetzt in die Stadt bringen«, sagte Magra und griff nach dem Tablett.

»Aber Rovas hat den Wagen genommen«, warf Jack ein. »Du kannst doch nicht den ganzen Weg allein gehen. Ich werde mit dir kommen.«

»Nein, Jack. Du kannst dich nicht in der Stadt blicken lassen.« Das war Tarissa. »Mutter wird schon zurechtkommen. Sie wird Rovas finden, und er kann sie dann nach Hause bringen.«

»Genau das war mein Plan«, bestätigte Magra.

Jack erkannte, daß dies in der Tat ihr *Plan* war. Die beiden Frauen hatten sich besprochen, um ihm und Tarissa Zeit allein zu verschaffen. Er nahm das Leinentuch vom Tablett und entfernte die Hälfte der Brote; er würde nicht zulassen, daß Magra ein derartiges Gewicht in die Stadt schleppte. Sie wollte widersprechen, doch Jack winkte ab. »Sonst lasse ich dich nicht aus dem Haus«, sagte er. »Außerdem bin ich sicher, daß ich die paar auch hier zu etwas Vernünftigem backen kann. Vielleicht werden sie ein wenig flach, ein wenig verbrannt und ein wenig geschmacklos sein, aber wenn es gar nicht anders geht, dann können wir sie immer noch an Rovas verfüttern.«

Alle lachten. Magra nahm das wesentlich leichter gewordene Tablett, und Tarissa öffnete ihr die Tür. »Paß auf dich auf, Mutter«, sagte sie und hauchte Magra einen Kuß auf die Wange. Jack stellte sich neben seine Geliebte, und gemeinsam blickten sie der älteren Frau hinterher, die auf dem schlammigen Weg in Richtung Stadt ging.

»Glaubst du wirklich, daß es sicher für sie ist, allein zu gehen?« fragte Jack, als Tarissa die Tür schloß.

»Du kennst doch meine Mutter, Jack. Sie ist wesentlich zäher, als es nach außen hin den Anschein hat. Einst mag sie ja vielleicht eine empfindliche Hofschönheit gewesen sein, aber das ist nun schon über zwanzig Jahre her.« Tarissa hakte sich bei Jack unter. »Komm. Wir wollen doch keine Zeit verschwenden.« Sie zog ihn in Richtung Feuer.

Was Tarissa über ihre Mutter gesagt hatte, erinnerte Jack an etwas, über das er schon lange nicht mehr nachgedacht hatte. »Wer ist dein Vater?« fragte er.

Ein überraschter Ausdruck huschte über Tarissas Gesicht. »Warum fragst du mich das ausgerechnet jetzt?«

»Warum nicht? Ist es denn ein solch großes Geheimnis?«

Tarissa seufzte und blickte ins Feuer. »Er war ein sehr bedeutender Mann.«

»War?«

»Er ist tot.« Tarissa drehte sich wieder um. »Bitte, Jack. Laß uns heute nicht in der Vergangenheit herumwühlen. Ich werde dir keine Fragen stellen, und ich möchte nicht, daß du mir welche stellst.« Sie nahm sein Gesicht in die Hände und küßte ihn auf den Mund. »Wenn wir schon über irgend etwas reden müssen, dann wenigstens über die Zukunft.«

Jack erwiderte den Kuß. Tarissas Speichel war wie eine Droge, die seinen Verstand in eine andere Richtung lenkte. Nur noch ihre Zunge in seinem Mund war von Bedeutung.

Sie liebten sich vor dem Feuer. Es war vollkommen anders als das erste Mal. Diesmal wurden sie nicht von wilder Leidenschaft übermannt; auch fehlte das Gefühl, ihre Liebe helfe, eine Wunde zu heilen. Stattdessen war ihre Vereinigung voller Zärtlichkeit. Tarissas Körper erschien Jack wie ein Wunder. Und als sie schließlich voneinander abließen, obwohl die schweißnasse Haut sich gegen die Trennung wehrte, vereinte sie ein Gefühl der Zuneigung und nicht der Erleichterung.

Jack ergriff Tarissas Kinn und blickte ihr in die Augen – in Augen voller Tränen. »Was ist los?« fragte er sorgenvoll, denn er fürchtete, etwas falsch gemacht zu haben.

»Jack, ich mache mir solche Sorgen. Ich habe Angst, dich niemals wiederzusehen.« Während sie sprach, kullerte eine einzelne Träne ihre Wange hinab. »Du mußt mir versprechen, nicht den Helden zu spielen. Wenn es gefährlich wird, mach, daß du rauskommst.«

»Ich verspreche es.« Sein zweites Versprechen heute. Offenbar hatte Rovas nicht gelogen, als er gesagt hatte: *»Magra und Tarissa würden es mir nie verzeihen, wenn du nicht zurückkehrst.«* Dann konnte man dem Schmuggler wohl auch sonst vertrauen ... oder?

Jack hatte viel über Rovas' Plan nachgedacht, aber dennoch waren einige Fragen offengeblieben. »Hast du Rovas jemals geholfen, Waren in die Garnison zu schmuggeln?« fragte er und versuchte, so ungezwungen wie möglich zu klingen.

»Ja. Ich habe immer am Tunneleingang Schmiere gestanden und nach der Patrouille Ausschau gehalten.« Tarissa wischte sich die Tränen aus den Augen. »Warum fragst du?«

»Ich werde durch den Tunnel fliehen. Bist du jemals drinnen gewesen?«

»Nein, aber ich weiß, daß er irgendwo in den Offiziersquartieren herauskommt.« Tarissa begann, sich anzuziehen. »Weißt du, daß ein schwerer Felsblock auf dem Ausgang liegt?«

Jack nickte. Tarissas Worte beruhigten ihn; sie bestätigten Rovas' Angaben.

»Wird dir Rovas hinaushelfen?« fragte sie.

»Nein«, antwortete Jack. »Er hat gesagt, das könne ich auch allein schaffen; auch von den Patrouillen hat er gesprochen – deshalb sei es zu gefährlich für ihn, sich in der Nähe des Tunnels aufzuhalten.«

»Für Rovas vielleicht – der Mann könnte sich noch nicht einmal in einer finsteren Scheune verstecken, aber für mich ist es leicht. Ich hab' das auch früher schon gemacht. Ich habe mich immer in einem Baum versteckt, und wenn ich gesehen habe, daß sich der Felsen bewegt, bin ich hinuntergeklettert und habe dabei geholfen, ihn beiseite zu schieben. Und wenn die Patrouille vorbeikam, habe ich wie eine Eule gerufen, damit Rovas wußte, daß er besser warten sollte.«

»Du kommst nicht mit«, erklärte Jack. »Es ist viel zu gefährlich.«

»Und ob ich mitkomme. Rovas braucht ja nichts davon zu wissen. Ich werde einfach dort sein und dir mit dem Felsen helfen. Den Weg zurück werde ich schon allein finden.«

»Nein, das wirst du nicht.«

»Doch, das werde ich, und du kannst mich nicht davon abhalten.« Sie war fest entschlossen.

Obwohl Jack ihr Plan nicht gefiel, konnte er nicht umhin, Tarissas Mut zu bewundern. Allein bei dem Gedanken wurde ihm warm ums Herz, daß sie bereit war, ihr Leben für ihn zu riskieren. Er packte ihren Arm und zog sie zu sich heran. Tarissa kreischte entrüstet. Sie wollte sich gerade den Schlüpfer anziehen, doch nun landete sie äußerst undamenhaft in Jacks Schoß. Jack lachte laut auf; er konnte nicht anders. Tarissa verpaßte ihm eine Ohrfeige und rappelte sich wieder auf. »Ich komme mit, und das ist endgültig. Ich lasse mir von keinem Mann sagen, was ich zu tun und zu lassen habe.«

Hatte Jack überhaupt je eine Chance gehabt, sie davon zu überzeugen, von ihrem Plan abzulassen? Tarissa besaß eine hervorstechende Eigenschaft, die ihn an Melli erinnerte: Beide Frauen waren nahezu unglaublich stur. Ein Teil von Jack freute sich über ihre Entschlossenheit. Daß sie auf ihn warten würde, wirkte beruhigend auf ihn. »Offenbar bleibt mir keine andere Wahl, als deinem Vorschlag zuzustimmen.«

Tarissa warf sich ihm um den Hals.

»Aber«, sagte er und drückte sie von sich weg, so daß er ihr in die Augen sehen konnte, »du mußt mir dasselbe versprechen, was ich dir versprochen habe: Versuch nicht, die Heldin zu spielen. Beim ersten Anzeichen von Gefahr, machst du, daß du wegkommst.«

»Versprochen.«

Jack schaute ihr weiterhin in die Augen. Er fragte sich, wie er ihrem Versprechen noch mehr Gehalt geben konnte. Irgendwie erschien ihm ein einfaches Versprechen zu dürftig, um die Sicherheit von jemandem zu garantieren, der ihm soviel bedeutete. »Schwörst du es beim Andenken deines Vaters?«

Tarissa warf ihm einen ernsten, unergründlichen Blick zu und antwortete: »Ich schwöre es.«

Tavalisk aß Otter. Seeotter, um genau zu sein. Welch liebenswerte, kleine Tierchen, und ihr Fleisch war so zart, wenn sie gerade erst den Mutterleib verlassen hatten. Diese hier hatte ein wahrer Meister seines Fachs gefangen: An den empfindlichen Schädeln war nicht eine einzige Keulenspur zu sehen. Wahrscheinlich hatte man sie erstickt, und das auch noch äußerst vorsichtig. Die seltenen Tiere kamen nur an der Felsenküste nördlich von Toolay vor, doch ihre Zahl nahm Jahr für Jahr ab – zumindest behaupteten das die Männer, die sie jagten. Der Erzbischof glaubte kein Wort davon. Solche Gerüchte dienten nur einem einzigen Zweck: die Preise in die Höhe zu treiben. So kosteten beispielsweise die sechs Schönheiten, die Tavalisk auf seinem Teller hatte, nicht weniger als sage und schreibe ein Goldstück *pro Stück*. Das war unverschämt! Dennoch war das Gold nicht verschwendet. Tavalisk beabsichtigte, sich aus den Pelzen einen feinen Kragen anfertigen zu lassen.

Und überdies waren sie auch noch ausgesprochen zart und saftig. Man mußte ein Rippchen nur in den Mund stecken, dann ein wenig saugen … und schon löste sich das Fleisch von den Knochen, schneller als die Robe eines Priesters in einem Bordell. Das Fleisch besaß einen recht ungewöhnlichen Geschmack: ein wenig salzig, ein wenig scharf, und es schmeckte auch ein wenig nach Fisch. Eigentlich entsprach es so gar nicht dem, was Tavalisk normalerweise bevorzugte; aber es *war* teuer. Manchmal war das alles, was zählte.

Ein Klopfen ertönte an der Tür, und Gamil kam herein. Er trug einen mit Wachs versiegelten Brief bei sich. »Das ist gerade von einem Boten überbracht worden, Euer Eminenz. Er ist den ganzen weiten Weg von Bren hierher geritten.«

Als Gamil sich vorbeugte, um den Brief zu übergeben, nutzte Tavalisk das Gewand seines Privatsekretärs, um sich das Fett von den Fingern zu wischen. Gamil blieb keine andere Wahl, als die Demütigung zu ignorieren.

»Aaah«, sagte Tavalisk, nachdem er das Siegel gebrochen hatte. »Er stammt von unserem lieben Freund, Lord Maybor. Mein Brief muß ihm nach Bren nachgeschickt worden sein.« Er überflog die unbeholfene Handschrift. »Der Mann schreibt wie ein blinder Mönch. Hmmm, er ist weiterhin auf unserer Seite, aber er mahnt zur Vorsicht. Er sagt: ›... es gibt Mittel und Wege, uns des finsteren Verbrechers zu entledigen, ohne uns gegen die Hochzeit zu stellen.‹ Offenbar hat er Angst, seine Stellung und seine Ländereien seien gefährdet, sollte er sich offen gegen die Verbindung aussprechen, und natürlich stimmt das auch. Kylock als Souverän wird einem seiner Untertanen wohl kaum erlauben, sich dreist über seine Wünsche hinwegzusetzen.«

Tavalisk las weiter. »Maybor fragt, ob ich nicht meinen Einfluß einsetzen könne, um Baralis umbringen zu lassen: ›Ihr seid ein großer Mann, der Kontakte in allen Teilen der bekannten Welt hat. Sicherlich wißt Ihr von jemandem, der eine solche Tat vollbringen könnte.‹« Der Erzbischof stieß ein hohes Lachen aus. »Nein.

Nein, mein lieber Maybor. Darauf falle ich nicht herein. Eher wird es in den Trockenlanden schneien, als daß ich die Drecksarbeit für einen anderen erledige.«

»Das verstehe ich nicht, Euer Eminenz«, sagte Gamil.

»Ich bin von Idioten umgeben!« Obwohl er verärgert klang, war Tavalisk in Wahrheit sogar erfreut über Gamils Bemerkung: besser Idioten als Füchse. »Maybor ist ein selbstsüchtiger Feigling. Wahrscheinlich hat er irgendeine persönliche Rechnung mit Baralis offen, und nun hofft er, daß ich sie für ihn begleiche.« Der Erzbischof nahm ein weiteres Otternrippchen und tunkte es in die Sauce. Er hob es an den Mund, biß hinein, und wedelte mit dem angenagten Knochen in Richtung Gamil. »Ich finde ebensowenig Gefallen an Baralis wie alle anderen Leute auch, aber es ist noch zu früh, ihn umzubringen. Zunächst gilt es, noch einige andere Faktoren ins Kalkül mit einzubeziehen.«

»Und die wären, Euer Eminenz?«

»Zum einen wären da die Ritter von Valdis. Würde man Baralis jetzt töten, wäre der Topf vom Herd, und ich würde der einzigen Möglichkeit beraubt werden, Tyren in die Schranken zu weisen.« Der Erzbischof wollte seinen Plan erwähnen, sich zum Kirchenoberhaupt aufzuschwingen, doch dann besann er sich eines Besseren. Er war nicht sicher, wie weit er seinem Privatsekretär vertrauen konnte. »Außerdem würde es mir als Mann des Glaubens nicht gut anstehen, wenn ich einen Mord gutheißen würde.« War das ein verächtliches Schnauben, was Gamil da gerade ausgestoßen hatte?

»Wie wollt Ihr denn nun mit Lord Maybor verfahren, Euer Eminenz?«

Tavalisk ließ seine Zunge über das Rippchen gleiten und lutschte das restliche Fleisch ab. »Lord Maybor wird schon bald bemerken, daß er in etwas Größeres verwickelt ist als nur in eine armselige Privatfehde. Sobald er das erkannt hat, wird er die Unterstützung all seiner Freunde benötigen. Schreib ihm einen Brief und sage ihm, daß ich bereit wäre, ihn finanziell zu unterstützen, wann immer er sich entschließen würde, seinen Überzeugungen entsprechend zu handeln.«

»Sehr gut, Euer Eminenz. Gibt es sonst noch etwas?«

»Ja, das gibt es in der Tat. Ich habe über unseren anderen Freund nachgedacht, den Ritter. Es ist schon lange her, daß wir zuletzt von ihm gehört haben. Wenn mich mein Gedächtnis nicht täuscht, dann hat der Alte Mann doch zwei seiner Kumpane auf die Suche nach ihm geschickt.«

»Ja, Euer Eminenz. Ich habe den Verräter verhören lassen, um herauszufinden, was der Alte Mann vorhat, doch er ist leider unter meinen Händen gestorben.«

Tavalisk, der gerade eine Keule von einem Otter abreißen wollte, hielt einen Augenblick inne. »Das war äußerst nachlässig von dir, Gamil. Ich habe mich schon gewundert, warum du dich in letzter Zeit nicht mehr zu diesem Thema geäußert hast.«

»Ich bitte Euer Eminenz um Verzeihung. Ich bin in solchen Dingen nicht so geschickt, wie Ihr es seid.«

»Selbsterkenntnis ist der erste Weg zur Besserung. Sprich weiter.« Die Keule löste sich, während die Sehnen in sinnlosem Protest zerrissen und zurückschnellten. Die Keulen waren bei weitem nicht so appetitanregend wie die Rippen.

»Als wir zuletzt von dem Ritter gehört haben, sollte er gegen den Champion des Herzogs antreten. Ich weiß noch nicht, ob er gewonnen oder verloren hat; doch nach allem, was ich gehört habe, war er in äußerst schlechtem Zustand, und daher nehme ich an, daß der Kampf nicht zu seinen Gunsten verlaufen ist. Und sollte er nicht tot sein, dann sind seine Tage auch so gezählt. Der Alte Mann ist nicht gerade für seine Gnadenakte bekannt, und seine beiden Kumpane müßten Bren mittlerweile erreicht haben.«

»Ja, ich bin sicher, daß sie das haben.« Tavalisk hatte das Interesse an den Ottern verloren und schob den Teller beiseite. »Bevor du gehst, Gamil, könntest du mir vielleicht einen kleinen Gefallen tun?«

»Selbstverständlich, Euer Eminenz.«

»Ich wäre dir äußerst dankbar, wenn du für mich ins Marktviertel laufen würdest. Diese Otter hier sind zwar zart, aber sie scheinen nicht mehr ganz frisch zu sein. Bitte sei so freundlich und laß dir mein Geld zurückerstatten. Sag dem Ladeninhaber, ich würde die Pelze behalten – als Strafe, weil er mir schäbige Ware verkauft hat. Natürlich bin ich durchaus bereit, alle Geschenke zu akzeptieren, die er mir anbieten sollte, nachdem du beiläufig erwähnt hast, daß man ja auch den Magistrat über diesen Vorfall in Kenntnis setzen könne.«

Gamil verneigte sich. »Euer Eminenz sind ein Meister der besonnenen Drohung.«

Tawl mußte aus dem Palast raus. Er wollte allein sein, um nachzudenken und um durch die dunklen Straßen zu wandern und die Sterne zu betrachten. Seit Tagen hatte er sich körperlich nicht mehr so gut gefühlt, und so erhob er sich von seiner Strohmatratze. Tawl besaß noch immer die Instinkte eines trainierten Kämpfers, und er handelte entsprechend: Im Geiste überprüfte er jeden Muskel, jede Sehne und jede Zelle seines Körpers, ob sie Schaden davongetragen hatten. Dabei wandte er ein Verfahren an, das er in Valdis gelernt hatte; er begann am Herzen und arbeitete sich langsam nach außen vor. Er folgte den Hauptarterien, und sein Bewußtsein drang ins Blut.

Sofort traf er auf ein Hindernis. Einige Blutgefäße in seiner Brust waren beschädigt worden, manche sogar verstopft. Blayzes Klinge hatte sie durchtrennt, und ätzendes Eisen hatte sie wieder versiegelt. Auch einige Muskeln hatten gelitten. Tawl würde nicht umhinkommen, sich Blutegel aufsetzen zu lassen, um die Blutzirkulation wieder anzuregen. Er wanderte weiter hinauf.

Die Schlaftrünke hatten sein Gehirn anschwellen lassen. Indem er sich die unnatürlichen Substanzen als Trümmer vorstellte, gelang es Tawl, sie mit Blut wegzuschwemmen. Dann konzentrierte er sich auf seinen Bauch. Dort stellte er eine kleine innere Blutung fest – entweder eine Folge des Schierlings oder des Kampfes. Ein sanftes Zusammenziehen der Blutgefäße würde der Magenschleimhaut Gelegenheit geben, sich selbst zu heilen. Seine Nieren erholten sich bereits von Blayzes gut gezieltem Schlag; zwar waren sie ein wenig angeschwollen, aber das war nicht weiter schlimm.

Schließlich reiste Tawl in seine Gliedmaßen. Myriaden beschädigter Venen und Arterien zwangen ihn dazu, einen wahren Hindernislauf zu absolvieren. Blayze hatte ihm unzählige Blutergüsse beschert; während einige von ihnen kaum zu spüren waren, hatte sich um andere – wie zum Beispiel an seinem Schienbein – das Blut unter der Haut mittlerweile gelb verfärbt. Tawl arbeitete rasch: Er trieb das Blut durch Adern, die sich zu schließen drohten, und er zog es aus solchen ab, die zu schwach waren, um dem Druck standzuhalten.

Schließlich kam er zu seinen Ringen. Die Verbrennung heilte nur langsam. An ihren äußeren Rändern hatte sich bereits wieder neue Haut gebildet. Rosa und durchscheinend wie die eines Neugeborenen machte sie sich daran, die Wunde zu bedecken. Es würde noch viele Monate dauern, bis sein Arm vollkommen verheilt sein würde. Tawl konnte nichts tun, um den Heilungsprozeß zu beschleunigen – auch Valdis hatte seine Grenzen.

Nachdem er seine Untersuchung beendet hatte, löste Tawl seine Gedanken von seinem Körper. Ein leichtes Schwindelgefühl begleitete den Prozeß. Die Ärzte hatten gute Arbeit geleistet. Lediglich ein paar Narben würden übrigbleiben und nur wenige Schäden von Dauer sein. Ein dünnes Lächeln stahl sich auf Tawls Lippen; offenbar konnte ein Mann allein ihn nicht umbringen.

Schnapper war nirgends zu sehen. Wahrscheinlich trieb er sich irgendwo herum – wie immer auf der Suche nach Beute oder Ärger –, und wahrscheinlich würde er auch finden, wonach er suchte. Wieder lächelte Tawl, doch diesmal aus Freude. Schnapper war einmalig, wenn es darum ging, in Schwierigkeiten zu geraten.

Ein voller Bierschlauch lag auf dem Tisch. Tawl nahm ihn auf, zog den Stopfen heraus und begann, den Inhalt ins Feuer zu schütten. Als der Schlauch halbleer war, hob er ihn an die Lippen und trank einen kräftigen Schluck. Niemals wieder würde er sich dem Alkohol ergeben, doch andererseits war es auch nicht seine Art, wie ein Heiliger zu leben. Aber ein Mundvoll war genug, und der Rest des Biers verschwand zischend in den Flammen.

Es war an der Zeit, sich mit der Vergangenheit auseinanderzusetzen. Tawl steckte sein Messer in den Gürtel und ging durch die Küche. Eine hübsche Dienerin zeigte ihm den Weg nach draußen und deutete an, daß sie die meisten Abende frei sei. Tawl verneigte sich tief; ihr Angebot hatte ihn zwar in Versuchung geführt, doch er lehnte ab. Sie war zu jung, zu unschuldig, und er brauchte zu viel. Er hätte sie nur all ihrer Illusionen beraubt.

Die Luft draußen war kalt. Der Wind strich ihm über die Wangen und fegte die letzten Reste von Müdigkeit hinweg. Tawls Brust schmerzte, während er in Richtung Tor marschierte. Die Palastwachen winkten ihn durch. Auf dem Weg in die Stadt wurden die Schatten immer länger, und als der Ritter den Marktplatz erreichte, waren sie miteinander verschmolzen – die Nacht war angebrochen.

Bevlin war tot, und dadurch war Tawls Suche sinnlos geworden. *Er* wußte nicht, warum der Junge so wichtig war, oder welches Schicksal er zu erfüllen hatte. Tawl wischte sich das Haar aus dem Gesicht. Ganz so einfach war es zwar nicht, aber es war zumindest ein

Anfang. Er mußte wieder Ordnung in sein Leben bringen. Obwohl er kein Ritter mehr war, hatte er doch so lange nach den Gesetzen von Valdis gelebt, daß sie ihn unwiderruflich geprägt hatten. Disziplin und Pflichtgefühl waren ihm in Fleisch und Blut übergegangen, und das Bedürfnis, sich würdig zu erweisen, war sogar noch tiefer in ihm verwurzelt. *Es nil hesrl.* Ich bin unwürdig. Das waren die letzten Worte eines jeden Ritters, auch Tawl würde mit diesem Satz auf den Lippen sterben. Valdis würde ihn bis ins Grab begleiten.

Tawl hob den verbundenen Arm. Es mußte einen Weg geben, wie er seine Schuld sühnen konnte. Keine öffentliche Reue – er war längst darüber hinweg, sich über die Meinung anderer Leute Gedanken zu machen –, nein, für ihn selbst. Natürlich würde er niemals Vergebung erlangen; er konnte lediglich darauf hoffen, irgendwann das Gefühl zu haben, daß er sich nicht umsonst versündigt hatte. Im Augenblick konnte er sich nur an eines halten: an den Eid, den er dem Herzog geschworen hatte. Das war seine Chance, jemandem gut zu dienen, und wenn Gott mit ihm war, würde er seine Aufgabe ehrenhaft erfüllen.

Als Tawl den Eid abgelegt hatte, war er sich der Bedeutung seines Schwurs vollauf bewußt gewesen. Weder war ihm der Alkohol zu Kopf gestiegen, noch hatte er zu viele Schläge einstecken müssen, und auch der Blutverlust hatte ihn nicht verwirrt. Zum Zeitpunkt des Schwurs war er vollkommen klar gewesen. Der Eid bedeutete das Ende seines Ritterdaseins und seiner Suche, und in diesem Wissen hatte er ihn geleistet. In gewissem Sinne war der Eid nicht mehr als nur die offizielle Erklärung dessen, was Tawl schon seit jener Nacht wußte, in der er Bevlin ermordet hatte: Es gab kein Zurück. Der Eid war seine Art, mit der Vergangenheit abzuschließen.

Tawl nahm eine Abzweigung und fand sich unvermittelt in einer dunklen Gasse wieder, die von hohen Gebäuden eingerahmt wurde. Der Vollmond, der noch vor wenigen Augenblicken deutlich zu sehen gewesen war, war nun hinter den Dächern verborgen. In der Ferne waren Schritte zu hören, leise wie die eines landenden Vogels. Instinktiv tastete Tawls Hand nach dem Kampfmesser. Es waren zwei. Der Wind trug ihren Geruch heran, und sie scheuchten mehr Ratten auf als ein ganzer Trupp Soldaten.

Vollkommen geräuschlos verließ die Klinge die Scheide. Tawl verlangsamte seinen Schritt, um seinen Verfolgern Gelegenheit zu geben, zu ihm aufzuschließen. Er zählte bis zwölf, dann wirbelte er herum, um seinen Gegnern entgegenzutreten. Hoffentlich waren sie gut bewaffnet; im Kampf zu sterben, wäre ein schöner Tod gewesen. Gerade als Tawl zum Angriff übergehen wollte, rief eine männliche Stimme:

»Hey, Tawl! Immer mit der Ruhe! Wir sind nicht den ganzen weiten Weg von Rorn hierhergekommen, nur um in einer finsteren Gasse umgebracht zu werden. Stimmt's nicht, Clem?«

Clem schüttelte den Kopf. »Nein, Moth.«

Tawl verstand die Welt nicht mehr. Was hatten zwei Kumpane des Alten Mannes hier verloren, und warum waren sie ihm gefolgt? Es dauerte nur eine Sekunde, dann beantwortete er seine eigene Frage: Sie waren nach Bren gekommen, um Bevlins Tod zu rächen und ihn zu töten – nur daß sie nicht sonderlich mörderisch wirkten.

»Wie ich sehe, hast du dir endlich eine ordentliche Waffe besorgt«, sagte Moth und musterte Tawls Messer. »Aber natürlich hat Clem was viel Besseres. Stimmt's nicht, Clem?«

Clem nickte enthusiastisch.

»Wie ich sehe, bist du ein wenig überrascht, uns hier zu sehen«, fuhr Moth fort. »Und ich muß sagen, wir sind auch ein wenig überrascht, hier zu sein. Ich hätte nie gedacht, daß wir je die wunderbaren Metallzinnen von Bren zu sehen bekämen. Stimmt's nicht, Clem?«

»Nicht die Metallzinnen. Nein, Moth.«

Tawl wußte nicht, wie er sich verhalten sollte. Ein Teil von ihm wollte die beiden in den Arm nehmen und mit ihnen einen trinken gehen. Doch ein anderer Teil von ihm war so beschämt, daß er nichts anderes tun konnte, als abzuwarten, was die zwei im Schilde führten. Wieviel wußte der Alte Mann?

»Du bist verdammt schwer aufzutreiben, mein Freund. Wäre Clem nicht gewesen, hätten wir dich nie gefunden.«

»Wie das, Moth?« fragte Clem.

»Nun, du warst derjenige, der darauf bestanden hat, daß wir einen Abendspaziergang machen.«

Clem lächelte stolz. »Ja, das war ich.«

»Also gebührt dir das Lob, Clem.«

»Aber du warst derjenige, der ihn als erster gesehen hat, Moth.«

»Da ist nichts gegen zu sagen, Clem. Der Alte Mann wäre verdammt stolz auf uns beide.«

»Warum seid ihr hier?« verlangte Tawl zu wissen. Er fürchtete, wenn er ihnen nicht ins Wort fiel, würden Clem und Moth ihr Spielchen bis in alle Ewigkeit spielen. »Seid ihr gekommen, um mich zum Alten Mann zu bringen?«

»Aber nicht doch, mein Freund. Du würdest hier nicht so rumstehen, wenn das unser Plan gewesen wäre. Stimmt's nicht, Clem.«

Das war nicht von der Hand zu weisen. Als Tawl die beiden Männer zum ersten Mal getroffen hatte, hatte er ihre Gegenwart bemerkt, als es zu spät gewesen war.

»Wir haben einen Brief für dich. Stimmt's nicht, Clem?«

Tawl spürte, wie das Blut in seinen Schläfen zu pochen begann, und der Geruch eines nahe gelegenen Schlachthofs stieg ihm in die Nase. »Von wem ist der Brief?«

Moth nahm die Mütze ab und stieß Clem in die Seite, es ihm gleichzutun. »Der Brief ist von dem kürzlich auf so tragische Weise verschiedenen Bevlin.«

Tawl konnte ihnen nicht in die Augen sehen. Er hatte einen Kloß im Hals. »Warum sollt ihr ihn ausgerechnet mir geben?«

»Weil er an dich adressiert ist, mein Freund«, antwortete Moth. »Kurz bevor Bevlin von uns gegangen ist, hat er eine Nachricht an den Alten Mann geschickt, und dieser Brief ist dabeigewesen. Offenbar hat er Instruktionen hinterlassen, daß ...« Er wandte sich an seinen Gefährten. »Wie hat er noch mal gesagt, Clem?«

»Daß man ihn im Falle seines Todes an den Ritter weiterleiten solle, Moth.«

»Phantastisch, Clem. Niemand kann sich etwas so gut Wort für Wort merken wie du.«

Tawl spürte Übelkeit in sich aufsteigen. Er war so weit gekommen: Er hatte einen Eid geschworen, der ihn für alle Zeit verdammte, und er hatte gerade erst begonnen, sich mit seinem neuen Schicksal abzufinden. Er wollte die Vergangenheit nicht wieder auferstehen lassen; dort lauerten zu viele Erinnerungen, die nur darauf warteten, ihn in den Abgrund zu reißen. Er konnte nur überleben, wenn er alles hinter sich ließ. »Ich will den Brief nicht.«

Moth schaute verwirrt drein. »Ja, nun ... aber wir müssen ihn abliefern, mein Freund. Willst du die Ehre haben, Clem?«

Clem griff in seine Tunika und holte ein gefaltetes Pergament hervor. Trotz der Dunkelheit war Bevlins Siegel deutlich zu erkennen. Es war blutrot. Clem hielt Tawl den Brief entgegen.

Tawl konnte seine Hand nicht davon abhalten, sich vorwärts zu bewegen. Seine Finger gierten danach, die glatte Oberfläche des Pergaments zu spüren. Gerade als der Ritter den Brief an sich nehmen wollte, trat der Mond hinter den Dächern hervor und warf sein Licht in die Gasse – genau auf Tawls Arm. Der Verband schimmerte weiß im Licht des Mondes. Tawl zog den Arm zurück, doch der Mond strahlte noch immer auf den Verband. Unter dem Leinen waren die Ringe, und unter den Ringen war ein Mann, der ihrer nicht würdig war.

Er war nicht länger ein Ritter von Valdis. Es *gab* keine Suche. Er hatte nicht das Recht, den Brief entgegenzunehmen. Er diente nun dem Herzog von Bren und nicht mehr der Erinnerung an Bevlin.

Tawl trat einen Schritt zurück. »Ich kann den Brief nicht annehmen. Es tut mir leid. Hättet ihr mich nur wenige Tage früher gefunden …« Er konnte den Gedanken nicht zu Ende führen, geschweige denn den Satz.

»Aber wir sind den ganzen weiten Weg hierhergekommen«, sagte Moth. »Der Alte Mann wird gar nicht erfreut sein. Stimmt's nicht, Clem?«

»Er wird außer sich sein, Moth.«

»Sieh mal. Ich und Clem, wir werden jetzt weggehen, und wir werden den Brief auf den Boden legen. Wenn wir weg sind, kannst du ihn nehmen, und niemand wird je davon erfahren.«

Tawl lächelte Moth an und schüttelte den Kopf. »So einfach ist das nicht. Ich wünschte, es wäre anders.«

»Ich und Clem, wir hassen es, dich so erschüttert zu sehen, Tawl«, sagte Moth. »Gibt es irgend etwas, was wir für dich tun können – heimlich, meine ich, ohne dem Alten Mann etwas davon zu verraten?«

»Nein, nichts, aber trotzdem danke.« Tawl streckte die Hand aus und umfaßte erst Clems, dann Moth' Unterarm. »Bitte geht. Macht mit dem Brief, was ihr für richtig haltet.«

Moth und Clem zogen sich ein Stück zurück und flüsterten miteinander. »Clem will wissen, ob du Geld brauchst«, sagte Moth schließlich.

»Nein danke, Clem.« Die Freundlichkeit der beiden war beinahe zuviel für Tawl. Er hatte ihre Zuneigung nicht verdient.

Wieder wurden ein paar Worte im Flüsterton gewechselt, dann wandten sich die beiden Gauner dem Ritter zu. »Nun«, sagte Moth. »Es sieht so aus, als würden ich und Clem uns wieder auf den Weg machen. Wir haben beschlossen, den Brief auf jeden Fall hierzulassen. Stimmt's nicht, Clem? Schließlich können wir das Ding nicht wieder mit zurücknehmen. Das würde keinen guten Eindruck machen.«

Clem nickte ungewöhnlich ernst und legte den Brief Tawl zu Füßen.

»Ich und Clem wünschen dir Glück auf deiner Reise.«

»Und ein langes Leben«, fügte Clem hinzu.

»Das hast du aber schön gesagt, Clem«, seufzte Moth. Die beiden Gauner entfernten sich von Tawl, als sei er ein König. Rückwärtsgehend erreichten sie das Ende der Gasse, hoben die Hand zu einem letzten, stillen Gruß, dann waren sie in den Schatten der Stadt verschwunden.

Tawl wollte sie zurückrufen. Aber er tat es nicht. Er wollte den Brief lesen. Aber er konnte es nicht. Er stand im Mondlicht, eine einsame Gestalt ohne Umhang, und wartete darauf, daß er bereit war. Der Brief bewegte sich im Wind; immer wieder hoben sich seine Ecken verführerisch vom Boden. Einen Augenblick lang waren einige Buchstaben zu sehen; es war Bevlins schwerfällige Handschrift. Tawl wußte, daß er gehen mußte: Würde er noch länger bleiben, könnte er der Versuchung nicht mehr widerstehen, und er würde sich auf den Brief stürzen. Und es war seine *Pflicht* zu widerstehen; er diente nun dem Herzog und nur ihm allein. Ein gebrochener Eid war genug.

Tawl drehte sich um und ging.

Kapitel einundzwanzig

Schnapper verfolgte das Geschehen aus den Schatten heraus. Er wagte kaum zu atmen. Jede Faser seines kleinen Körpers wünschte sich, daß Tawl den Brief aufheben möge, aber er tat es nicht. Der Ritter – denn Tawl würde für Schnapper nie etwas anderes sein als ein Ritter – ließ den Brief auf dem Boden liegen und ging weg, ohne auch nur einen Blick zurückzuwerfen. Ein echter Schmerz griff nach Schnappers Herz, und eine echte Träne rann seine Wange hinab. Mauerseglers Worte hallten in seinen Ohren: *»Das hast du nun von deiner Rumschnüffelei.«*

Wie hatte er nur zulassen können, daß Tawl allein hinaus in die Stadt ging? Der Ritter war schwach, verletzt und offenbar geistesgestört: Er hatte einen ganzen Schlauch Bier ins Feuer geschüttet! Ein solcher Mann mußte unter Beobachtung gehalten werden.

Schnapper hatte Tawl beobachtet, seit er von seinem Lager aufgestanden war, und war ihm aus dem Palast gefolgt. Die Torwachen hatten Schnapper zunächst Schwierigkeiten gemacht; sie hatten ihm nicht geglaubt, daß er ein Gast des Herzogs war. Schnapper schnaufte verächtlich. Er hatte ihnen derart den Kopf zurechtgerückt, daß sie sich sogar bei ihm entschuldigt und ihn zum Abendessen eingeladen hatten. Im Augenblick wünschte sich Schnapper, er hätte die Einladung angenommen; ein Loch, so groß wie eine Schweinepastete, hatte sich in seinem Magen gebildet, und es wurde mit jeder Minute größer. Und zu allem Überfluß war das auch noch mit entsprechenden Geräuschen verbunden, so daß Schnapper mehr als einmal fürchtete, sein Magen würde ihn verraten. Während die beiden Gauner mit Tawl redeten, stieß der Bauch des Jungen ein nahezu unglaubliches Donnergrollen aus.

Schnapper hatte gewußt, daß die beiden Gauner zum Alten Mann gehörten, noch bevor sie den Mund aufgemacht hatten. In den Straßen von Rorn waren ihre bedrohlichen Gestalten ein wohlvertrauter Anblick. Niemand wagte es, sich mit ihnen anzulegen. Nach allem, was er gehört hatte, waren sie ein recht verrufenes Paar, dessen Spezialität das Aufmischen widerspenstiger Händler war. Zwar konnte sich Schnapper nicht an ihre Namen erinnern, doch ihre Gesichter waren ihm im Gedächtnis geblieben.

Als er sie entdeckt hatte, hatte er zunächst geglaubt, sie würden Tawl in Stücke zerreißen. Einen kurzen, nervenzerreißenden Augenblick lang hatte er befürchtet, er müsse eingreifen und Tawl das Leben retten. Wieder einmal. Aber erstens kommt es anders, und zweitens als man denkt. Die beiden Gauner redeten nur mit dem Ritter, und dabei wirkten sie auch noch recht freundlich. Also vermutete Schnapper, sie wollten seinen Freund entführen – besonders, als der größere von beiden in seine Tunika griff. Doch was er hervorholte, war kein Messer, sondern ein Brief.

Schnapper schlich sich näher heran, um besser verstehen zu können, was die drei zu bereden hatten. Er war nur noch wenige Fuß von ihnen entfernt, den Rücken gegen einen verrotteten Holzzaun gepreßt und die Füße in einem Berg von … Müll. Ratten nagten an seinen Zehen, und der Geruch eines nahe gelegenen Schlachthofs stieg ihm in die Nase – es war fast wie daheim. Der Brief war von Bevlin, doch Tawl wollte ihn nicht annehmen. Dennoch war Schnapper fest davon überzeugt, der Ritter würde ihn aufheben, nachdem die beiden Kumpane des Alten Mannes verschwunden waren; aber auch diesmal irrte er sich. Zwei Minuten später verließ Tawl die Gasse und ließ den Brief ungeöffnet auf dem Boden zurück.

Das war nicht richtig. Er, Schnapper, Freund der großen Diebe und Schüler des berühmten Mauerseglers, würde den Brief auf gar keinen Fall im Dreck liegen lassen, wo ihn jede hergelaufene Dirne aufheben und lesen konnte. Nein. Der Brief war Privateigentum, und wenn Tawl ihn auch nicht wollte, Schnapper wollte ihn.

Ein kurzer Blick nach rechts, ein kurzer Blick nach links und ein ebenso kurzes Schnüffeln, und Schnapper stapfte durch den Müll in die Gasse. Er ging direkt zu dem Brief und ließ ihn in seiner Tunika verschwinden. Seltsam: In seinem ganzen Leben hatte sich Schnapper noch nie als Dieb betrachtet. In die Taschen anderer Leute zu greifen war für ihn mehr ein Freizeitvergnügen denn ein Verbrechen; aber jetzt, da er sich mit dem Brief an der Brust auf den Weg zurück zum Palast machte, hatte er zum ersten Mal das Gefühl, etwas genommen zu haben, worauf er keinen Anspruch hatte. Er schwor sich selbst, daß er ihn niemals öffnen würde. Der Brief gehörte Tawl, und es war Schnappers Pflicht ihn für seinen Freund zu verwahren.

Sofort nachdem Rovas ihn vom Wagen geworfen hatte, erkannte Jack, daß er keine Ahnung hatte, wie man ein Faß Bier trug. Es war breiter als ein Mann. Es lag weder gut auf der Schulter, noch konnte man es sich vor die Brust halten, und Jacks verschwitzte Hände waren auch nicht gerade sonderlich hilfreich. Er hatte Angst. Über Vanlys Ermordung zu reden, war eine Sache, aber den Mord tatsächlich zu begehen, war etwas vollkommen anderes. Jack befand sich in den Außenbezirken der Stadt, und laut Rovas lag die Garnison etwa eine Meile südlich von hier.

Jack beugte sich vornüber und wuchtete das Faß auf seine Schulter. Nur mit Mühe gelang es ihm, das enorme Gewicht auszubalancieren. Rovas hatte das

Faß bis zum Rand gefüllt. Jack hörte, wie das Bier bei jedem Schritt hin und her schwappte. Die sich bewegende Flüssigkeit arbeitete gegen ihn, und er kam nur langsam und stolpernd voran. Wahrscheinlich hielten ihn die Passanten für betrunken.

Nachdem er fünf Minuten gewandert war, verspürte Jack in der Tat das Bedürfnis, etwas zu trinken. Aufgrund der ungewöhnlichen Haltung, in der er das schwere Faß schleppen mußte, hatte sich sein Rücken verspannt. Seine Armmuskeln protestierten vehement dagegen, zu lange über dem Kopf gehalten zu werden, und er hatte genug Schweiß ausgeschieden, um damit ein zweites Faß füllen zu können. Doch das bei weitem Unangenehmste war sein Haar: Schweißnasse Strähnen waren ihm ins Gesicht gefallen, so daß er nicht mehr sehen konnte, wohin er ging. Das Faß abzusetzen kam nicht in Frage – würde er es auch nur eine Sekunde auf dem Boden abstellen, bezweifelte er, es je wieder auf den Rücken wuchten zu können. Also blieb Jack nichts anderes übrig, als weiterzugehen und aufzupassen, wohin er seine Füße setzte.

Die Nachtluft war kühl, aber nicht kalt, und der Vollmond beleuchtete den Weg. Nicht gerade eine geeignete Nacht für eine unauffällige Flucht. Das Schleppen des Fasses beruhigte Jack ein wenig. Auf dem Weg in die Stadt war seine Kehle so trocken gewesen, daß er nicht ein einziges Wort mit Rovas gesprochen hatte. Doch nun, mit einer Last auf dem Rücken, die ebenso schwer war wie Tarissa, nur wesentlich unhandlicher zu tragen, hatte Jack keine Zeit mehr, sich über irgend etwas anderes Gedanken zu machen.

Um seine Laune zu verbessern, begann er, ein Lied zu pfeifen. Sofort erkannte Jack, daß er einen Fehler begangen hatte, denn die Nacht schien unter dem Einfluß der Melodie noch dunkler zu werden. Dennoch beschloß er weiterzupfeifen – zumindest bis er den Refrain erreichte.

Ein Wagen voller Menschen fuhr an Jack vorbei. Sie

waren fröhlich und betrunken, und sie lachten über die Last, mit der er sich abplagte. Jack lächelte nur und beugte sich noch weiter nach vorne. Er war nicht mehr weit von der Garnison entfernt. Da er sich ihr von Norden her näherte, würde er genau am Dienstboteneingang herauskommen. Die Straße war schlammig, und zwei Leute gingen an ihm vorbei, ohne ihn auch nur eines Blickes zu würdigen. Als der Schatten der Wehrmauern auf ihn fiel, kehrte die Trockenheit in Jacks Kehle zurück.

Der Wagen, der ihn vorhin überholt hatte, bat um Einlaß am Tor, das von zwei Soldaten bewacht wurde, die mit Speeren und Kurzschwertern bewaffnet waren – genau wie Rovas gesagt hatte. Alle lachten, einschließlich der Wachen. Die Soldaten holten einen Korb vom Wagen, um ihn zu inspizieren. Der Duft von Brathähnchen erfüllte die Luft. Nachdem sie den Korb untersucht und sich selbst zwei Hähnchenschenkel gesichert hatten, ließen die Wachen den Wagen passieren. Dann richteten sie ihre Aufmerksamkeit auf Jack.

»Was hast du da, Junge?«

Jack nahm das Faß vom Rücken und stellte es mit dem Hahn nach oben vor den Soldaten auf den Boden. Er wischte sich die Haare aus dem Gesicht und deutete auf das Faß.

»Was ist los mit dir?« schnaufte der zweite Soldat. »Hat die Katze deine Zunge gefressen?«

Jacks Herz klopfte so laut, daß er sicher war, die Soldaten müßten es hören. Er schüttelte vehement den Kopf und verneigte sich tief.

»Er ist taub«, sagte der erste Soldat. »Und er scheint mir auch ein bißchen blöd zusein.«

»Ja, das ist er wohl«, stimmte ihm sein Kamerad zu. »Sein Haar ist recht lang. Ich kann mich nicht erinnern, schon einmal jemanden mit so langem Haar in der Stadt gesehen zu haben. Wo kommst du her, Junge?«

Jack blieb keine andere Wahl, als Richtung Stadt zu deuten.

»Aus dem wirst du nicht viel herausbekommen, Wesik. Der ist nicht ganz dicht. Wahrscheinlich arbeitet er für Ottley in dessen Kneipe. Der sucht doch immer nach billigen Arbeitskräften.«

Jack nickte energisch. Er war versucht, seiner Geste mit einem Lächeln Nachdruck zu verleihen, doch statt dessen entschied er sich für noch heftigeres Nicken.

»Hast du gehört, was letzte Woche in Ottleys Taverne passiert ist, Grimpley?« fragte Wesik, der zweite Wachsoldat. »Man hat einem Kaufmann die Kehle durchgeschnitten. Woher sollen wir wissen, ob nicht vielleicht unser langhaariger Freund hier der Täter ist?«

»Vergiß es, Wesik. Der Junge ist kein Killer. Er hat seine Muskeln vom Fässerschleppen, nicht vom Leichen-durch-die-Gegend-Tragen.«

Wieder nickte Jack. Er hatte es satt, den Dorftrottel zu spielen. Er wollte den beiden eins aufs Maul hauen – Wesik zuerst.

»Ja, ja, wie du meinst. Was ist in dem Faß, Junge? Dem Hahn nach zu urteilen, ist es *Isroer Bernstein*.« Als Jack bestätigend nickte, fügte Wesik hinzu: »Dann steh nicht so dumm rum. Zapf uns einen Becher.«

Jack hatte nicht die leiseste Ahnung, wie der Hahn funktionierte.

»Komm schon. Mach voran.«

Mit zitternden Händen griff Jack nach dem Hahn. In Gedanken verfluchte er Rovas, der versäumt hatte, ihm zu erklären, wie man das Ding bediente. Der Hahn bestand aus Messing; ein Bolzen, ein Hebel und eine Schraube ragten aus ihm heraus. Jack beschloß, es zunächst mit dem Hebel zu versuchen, dann drehte er an der Schraube. Die beiden Soldaten verfolgten aufmerksam jede seiner Bewegungen. Jack war sich nicht bewußt gewesen, wie sehr er schwitzte, bis er sich mit der Hand über die Stirn wischte: Sie war klatschnaß. Nachdem er die Schraube weit genug gelockert hatte, damit das Bier hindurchfließen konnte, zog Jack den Bolzen. Nichts.

»Was sollen diese Spielchen?« verlangte Wesik zu erfahren.

Jack hatte das Gefühl, sein Herz würde bersten. Verzweifelt begann er, willkürlich an allem zu ziehen, zu drehen und zu drücken. Irgendwie mußte man das Bier doch abzapfen können.

Wesik trat Jack gegen den Kopf. »Verdammter Idiot!«

Schmerz explodierte in Jacks Schädel. Er wurde gegen das Faß geworfen, und sein Kinn traf auf den Hahn.

»Laß den Jungen in Ruhe, Wesik«, sagte Grimpley und legte seinem Kameraden den Arm um die Schultern, um ihn von weiteren Wutausbrüchen abzuhalten. »Da hinten kommen Damen.«

Jack schmeckte Blut im Mund. Als er den Blick hob, sah er drei Frauen, die sich zu Fuß dem Tor näherten.

»Bist du bewaffnet, Junge?« fragte Wesik, ohne die Frauen auch nur eine einzige Sekunde aus den Augen zu lassen.

Jack schüttelte den Kopf.

Grimpley fuhr mit der Spitze seines Speers über Jacks Tunika und an den Beinen des Jungen hinunter. »Er hat nichts bei sich.«

Wesik hockte sich neben Jack und packte ihn am Kragen. »Jetzt hör mir mal gut zu, Junge«, zischte er. »Ich gebe dir fünfzehn Minuten. Wenn du bis dahin nicht wieder draußen bist, komme ich dich holen.« Mehrere Fetzen Hähnchenfleisch waren zwischen seinen Zähnen hängengeblieben. »Hast du das kapiert?«

Jack nickte.

»Gut. Jetzt mach, daß du wegkommst. Ich will dich nicht mehr sehen.«

Jack rappelte sich auf, kippte das Faß ein wenig zur Seite und wuchtete es sich vor die Brust. Es schien doppelt so schwer geworden zu sein. Sein Blut tropfte auf das Holz. Die Wachen ließen ihn passieren, und er betrat die Garnison. Wesik rief ihm hinterher:

»Fünfzehn Minuten, Junge! Dann komme ich dich holen!«

Jack ging um die erste Ecke, die er finden konnte, und ließ das Faß zu Boden fallen. Ihm schwindelte; seine Hände zitterten, und Blut tropfte ihm aus dem Mund. Fünfzehn Minuten. Er durfte keine Zeit verlieren; er mußte das Faß aufbrechen.

Schritten folgten flüsternde Stimmen. Es waren die drei Frauen vom Tor. Sie gingen an Jack vorbei, als würde er nicht existieren. Er blickte sich um und entdeckte, daß eine Ecke des Exerzierplatzes, auf dem er sich befand, vollkommen in den Schatten verborgen war. Etwas weiter entfernt würfelten zwei Männer miteinander. Es waren Wachen: Ihre Speere lagen im Dreck neben zwei offenbar leeren Bierschläuchen. Rechts von Jack befand sich ein großes, gut beleuchtetes Gebäude; die Fensterläden waren geöffnet, und im Inneren tranken und sangen Menschen – wahrscheinlich die Messe. Ein zweites, kleineres Gebäude schloß sich daran an: die Küche.

Wie sollte er vorgehen? In all den Geschichten, die Jack gelesen hatte, wußten die Helden stets, was sie zu tun hatten und wie; aber er hatte nicht die leiseste Ahnung. Rovas hatte behauptet, es sei einfach, eine Stange oder einen Pickel zu finden, um das Faß aufzubrechen, doch Jack wußte noch nicht einmal, wo er danach suchen sollte. Einer der Speere der Wachen wäre ideal, nur daß es Wahnsinn war, auch nur daran zu denken, einen zu stehlen. Vielleicht konnte man in der Küche etwas Brauchbares finden. Jack beschloß, es dort zu versuchen.

Nachdem er einmal einen Entschluß gefaßt hatte, verschwendete er keine Zeit. Er rollte das Bierfaß in die dunkle Ecke des Exerzierplatzes, dann schlich er sich an der Westmauer entlang bis zur Küche. Die würfelnden Wachen bemerkten ihn nicht. Jack huschte um die Küche herum in die dahinter liegende Gasse. Der Duft gebratenen Fleisches stieg ihm in die Nase. Aus der

Messe war Singen und Lachen zu hören, und aus der Küche Schreien und Gezänk.

Den Rücken gegen die Außenmauer gepreßt, um sich in den Schatten zu verbergen, inspizierte Jack den Hinterhof der Küche. In einer Ecke stand ein Schlachtblock. Jacks Augen suchten nach dem Funkeln einer Axt. Ein Mann mit einer Schürze trat aus der Tür. Jack hielt den Atem an, während der Mann auf eben jene Wand zuging, an der er sich verborgen hielt. Schweiß lief ihm den Rücken hinab. Der Mann blieb etwa zwei Pferdelängen von Jack entfernt stehen – und der Mond wählte genau diesen Augenblick, um hinter einer Wolke zu verschwinden. Jack sandte ein stilles Dankgebet an Borc. Der Mann hob seine Schürze, öffnete die Hose und holte seine Männlichkeit hervor. Dann pinkelte er gegen die Mauer und pfiff ein fröhliches Liedchen vor sich hin. Jacks rechtes Bein begann, sich zu verkrampfen; nur mit Mühe gelang es ihm, das Verlangen zu unterdrücken, das Gewicht auf die linke Seite zu verlagern. Es war viel zu gefährlich, sich auch nur einen einzigen Zentimeter zu bewegen.

Nachdem der Mann sich erleichtert hatte, warf er einen stolzen Blick auf seine Männlichkeit und verstaute sie wieder in der Hose. Er hielt einen Augenblick inne, als lausche er auf irgend etwas; dann drehte er sich um und ging zurück in die Küche. Jack stieß einen erleichterten Seufzer aus und beugte sich vor, um sein Bein zu entkrampfen. Dabei stieg ihm der Geruch von Urin in die Nase.

Ihm lief allmählich die Zeit davon. Er ließ sich auf alle viere nieder und kroch zu dem Schlachtblock. Zwar sah er nirgends eine Axt, aber auf der anderen Seite des großen Holzblocks mußte sich doch etwas Geeignetes finden lassen.

Jack zog das rechte Bein nach, denn es war nach wie vor verkrampft. Wahrscheinlich sah er reichlich dämlich aus, aber das war egal: Er mußte das Faß so schnell wie möglich öffnen. Der Boden war schlammig, obwohl es bereits seit Tagen nicht mehr geregnet hatte. Es war zu dunkel, um Einzelheiten erkennen zu können, und so vermutete Jack, daß die Erde um den Schlachtblock herum mit Blut getränkt war.

Das Glück war ihm hold. Hinter dem Schlachtblock lag ein Fleischerhaken. Eine Axt wäre zwar besser gewesen, aber der Haken würde es auch tun. Jack steckte ihn in den Gürtel und kroch zurück zur Mauer.

Jetzt kam der schwierige Teil: Jack durfte nicht riskieren, daß ihn jemand sah – besonders nicht mit Kleidern, die mit Schlamm und Blut beschmiert waren. Die beiden Wachen hatten ihr Spiel mittlerweile beendet. Einer trank aus einem dritten Schlauch, und der andere überprüfte die Spitze seines Speers. Jack trat aus der Gasse und eilte in Richtung seines Fasses. In diesem Augenblick kam auch der Mond wieder hinter den Wolken hervor. Wie lange war er weg gewesen? Fünf Minuten? Zehn? Unmöglich zu sagen. Eines jedoch war sicher: Jack konnte es sich nicht leisten, darauf zu warten, bis der Mond ein zweites Mal verschwand. Den Rücken gegen den Stein gepreßt, schritt Jack seitwärts an der Mauer entlang. Alles verlief großartig, bis er mit dem Fuß an einer Wurzel hängenblieb, die sich irgendwie einen Weg unter der Mauer hindurch gebahnt hatte. Die beiden Wachen hoben die Köpfe. Jack rührte sich nicht, als der Soldat mit dem Speer auf ihn zukam; er betete nur, daß die Schatten ihn vor den Blicken der Wachen verbargen. Dann rief eine Stimme: »Laß es, Bornis! Das sind nur Ratten. Komm und trink einen Schluck Bier, bevor ich den ganzen Schlauch alleine saufe.« Der Soldat zögerte eine Sekunde, dann kehrte er wieder zu seinem Kameraden zurück.

Jack zwang sich dazu, bis hundert zu zählen, bevor er sich wieder bewegte. Es wurde allerhöchste Zeit.

Ohne weiteren Zwischenfall erreichte er das Bierfaß. Die Ecke des Platzes, die er sich ausgesucht hatte, war zwar ausreichend finster, doch um vollkommen sicherzugehen, rollte Jack das Faß in eine Nische hinter dem

Tor. Jetzt konnte ihn niemand mehr sehen – allerdings konnten die Torposten ihn hören, wenn er zu laut war. Er nahm den Haken vom Gürtel und setzte ihn zwischen zwei Faßbrettern an. Warum nur hörten seine Hände nicht auf zu zittern? Mit äußerster Vorsicht drückte er den Haken in den Zwischenraum, bis er sich verkeilt hatte. Dann packte er den Griff und riß mit aller Kraft. *Krach!* Das Faß öffnete sich, und Bier ergoß sich über Jacks Füße – nie hatte er etwas Schöneres gerochen.

Nachdem zwei Bretter zerbrochen waren, war es leicht, den Rest nach innen zu schlagen. Die Faßreifen stellten nun kein Problem mehr dar. Jack löste den Deckel, und wie erwartet, befand sich an der Unterseite ein in Öltuch eingewickeltes Messer. Rovas hatte nicht gelogen. Jack öffnete das Paket, trocknete die Klinge an seiner Tunika ab und testete sie an seinem Finger. Sie war so scharf, daß er kaum spürte, wie sie seine Haut ritzte.

Jack schöpfte eine Handvoll Bier aus dem Faß; doch er trank es nicht, sondern wusch sich damit das Gesicht. Trotzdem schmeckten die wenigen Tropfen ausgesprochen gut, die ihren Weg in seinen Mund fanden. Plötzlich kam ihm eine Idee. Er nahm das zertrümmerte Faß und goß sich das restliche Bier über die Brust. Sollte er jetzt jemandem begegnen, würde man ihn nur für einen weiteren Betrunkenen halten.

Ihm blieben noch nicht einmal mehr fünf Minuten. Zeit, an die Arbeit zu gehen. Was hatte Rovas noch einmal gesagt? Das Offiziersquartier läge links vom Dienstboteneingang? Jack wollte gerade die Schatten verlassen, als sein Blick auf den Fleischerhaken fiel. Er hob ihn auf und steckte ihn wieder in den Gürtel. Vielleicht würde er ihn noch brauchen.

Die beiden Torposten waren damit beschäftigt, einen weiteren Besucher zu befragen, und so bemerkten sie nicht, wie Jack hinter ihnen vorbeihuschte. Jack folgte der Mauer, bis sie nach Osten abbog; die ganze Zeit über versuchte er, sich an die Skizze zu erinnern, die

Rovas ins Mehl gezeichnet hatte. Vor ihm lag der Bogengang – genau wie der Schmuggler gesagt hatte. Jack glitt an der Wand entlang bis zu einem Stützpfeiler. Dort hockte er sich nieder und blickte den Gang hinunter. Doppeltüren. Zwei Wachen. Auf die Wachablösung zu warten kam nun nicht mehr in Frage; er hatte keine Zeit mehr. Aber was sollte er tun? Was würde ein Held tun? Den beiden Wachen heimlich und leise die Kehlen durchschneiden?

Jacks Beine protestierten gegen das Hocken, also beschloß er aufzustehen. Dabei verfing sich der Fleischerhaken in seiner Hose und riß sie vom Knie bis zu den Hüften auf. »Verdammt!« knurrte er. Jack nahm den Haken aus dem Gürtel und wollte ihn gerade auf den Boden legen, als er von Stimmen abgelenkt wurde. Er spähte zwischen den Holzpfeilern des Bogengangs hindurch auf den Exerzierplatz und entdeckte eine Gruppe von Offizieren und Frauen – alles in allem sieben oder acht Leute –, die sich ihm näherten.

Er hielt den Haken in der Hand. Ihm blieb nur eine einzige Möglichkeit. Weiterhin im Schatten des Pfeilers verborgen, holte Jack aus. Er legte alle Kraft in seinen rechten Arm und schleuderte den Fleischerhaken in Richtung der Offiziere und ihrer Damen.

Der Haken flog durch die Luft; dann ertönte ein dumpfer Schlag, gefolgt von einem Schmerzensschrei. Von einem Augenblick zum anderen war die Hölle los. Frauen kreischten entsetzt, und Männer schrien um Hilfe. Von überall her rannten Wachen herbei. Der Haken hatte einen der Offiziere im Nacken getroffen.

Auch die Wachen an der Doppeltür verließen ihren Posten und rannten zu den Offizieren. Jack verließ den schützenden Schatten des Pfeilers und rannte durch den Bogengang. Sein Herz schlug so heftig, daß er fürchtete, es würde platzen. Die Doppeltür war unverschlossen, und Jack schlüpfte hindurch. Was hatte Rovas noch gesagt? Die Treppe zur Rechten und dann die erste Tür links.

Jack stürmte die Stufen hinauf; die Tür war nur noch wenige Meter entfernt. Oben angekommen, hielt er kurz an, um wieder zu Atem zu kommen. Er zog das Messer aus dem Gürtel, wischte sich die Haare aus den Augen, drückte die Türklinke hinunter und stürmte in den Raum.

Sie schwebte auf Wolken – so hoch, daß sie beinahe die Sterne berühren konnte. Eine dünne blaue Linie und dann nichts als Weiß. Der Schmerz war schon lange verschwunden. Sie spürte, wie etwas sie aus ihrem eigenen Körper herauszog. Nicht aus den Augen, der Nase oder dem Mund, sondern aus der Seite. Sie entkam durch ein Loch zwischen ihren Rippen.

Unten waberten Schatten, und Taten und Worte wurden eins. Noch vor kurzem waren sie hektisch durcheinandergelaufen, um das Fell des Hundes zu retten. Jetzt waren sie ruhig, und der Hund schon lange tot.

Öl auf ihrer Stirn, ein Thymianblatt auf ihrer Zunge, und Blut, das in eine Schüssel tropfte.

»Sie verläßt uns, Euer Gnaden. Sie hat zuviel Blut verloren.«

Eine schwielige Hand packte die ihre. »Melli. Du mußt deine Seele darauf vorbereiten, Gott gegenüberzutreten. Die Zeit ist gekommen, deine Lügen aufzugeben. Der Himmel steht nur denen offen, die bereit sind, die Wahrheit zu sagen.«

Die blaue Linie wurde immer dünner. Das Weiße war schon so nah, daß es ihre Wange berührte. Heiß und kalt, hart und weich, sicher und doch gefährlich.

»Sprich, Kind. Sag uns, wer deine Familie ist. Sonst wird dein Leichnam verrotten, während er auf einen Vater wartet, der ihn beerdigt.«

Die Wolken trugen sie hinauf zu ihrer Mutter. Es fiel ihr schwer, Worte zu formen. Der Thymian auf ihrer Zunge war schwer wie Blei. »Sag Vater, daß es mir leid tut.«

»Wir können es ihm nur sagen, wenn wir wissen, wer er ist.«

Was von der blauen Linie noch übrig war, begann zu wabern und sich aufzulösen. Sie wußte, daß sie reden mußte, bevor sie ganz verschwand. »Maybor, Lord der Ostlande, er ist mein Vater.« Das Weiß hüllte sie ein; es zog sie aus der Wunde in ihrer Seite.

»Sie muß um jeden Preis gerettet werden. Mir ist ganz egal, wie ihr das anstellt – Zauberei oder Teufelswerk –, *aber rettet sie!*«

Im Bett lag ein Mann auf einer Frau. Tränen strömten die Wangen der Frau herab. In ihrem Gesicht war deutlich der Abdruck einer Hand zu sehen, und Blut lief ihr aus dem Mund. »Hilf mir«, schluchzte sie.

Vanly sprang auf, zog mit einer Hand die Hose hoch und griff mit der anderen nach seinem Schwert. Jack stürmte vor. Seine Klinge fuhr über Vanlys linke Hand, und der Mann ließ seine Hose zu Boden fallen. Jack blieb gerade noch genug Zeit, um Borc zu danken, daß das Unterhemd des Hauptmanns ausreichend lang war. Schließlich wollte er keinen Mann bekämpfen, der sein Gemächt offen zur Schau stellte. Vanly wich zurück. Er streifte die Hose mit den Füßen ab und trat sie in Richtung des Angreifers, so daß Jack gezwungen war, ihr auszuweichen. Das verschaffte Vanly genug Zeit, um sich auf den Kampf vorzubereiten.

Der Hauptmann ging zum Gegenangriff über, indem er sein Schwert in typischer Halcus-Manier führte, mit beiden Händen. Jack sprang aufs Bett. Die Frau schrie. Vanlys Schwert zerteilte die Bettlaken. Jack stieg über die Frau hinweg und ließ sich auf der anderen Seite des Bettes wieder heruntergleiten. So war Vanly gezwungen, sich herumzudrehen. Dabei kreuzte er die Beine und konnte nur noch mit Mühe das Gleichgewicht halten. Jack nutzte den Vorteil und trieb seinen Gegner mit einer Serie rascher Stöße gegen dessen linken Arm immer weiter in die Defensive. Wütend darüber, von einem Jungen verspottet zu werden, und aufgrund des gestörten Gleichgewichts unfähig, seine mächtige Waffe auf die gewohnte Art zu führen, stieß Vanly zu. Es war ein Fehler, das große Schwert wie ein Messer einzusetzen. Es war viel zu schwer dafür. Jack tauchte unter der Klinge weg, so daß er genügend Platz hatte, um die Seite des Hauptmanns aufzuschlitzen.

Entsetzt wich Vanly zurück. Sein Mund hatte sich unter dem geölten Schnurrbart zu einem dünnen Strich geformt.

Jack wußte, daß er den Nahkampf suchen mußte, damit sein Gegner keine Gelegenheit bekam, seine Waffe entsprechend ihrer Funktion einzusetzen. Also sprang er ihm hinterher. Vanly hielt sich das Schwert vor die Brust, die Spitze nach vorne gerichtet, und Jack war gezwungen stehenzubleiben. Er hatte nicht die Absicht, sich selbst aufzuspießen.

Jack spürte etwas an seinem Fuß: die Hosen des Hauptmanns. Während er einen Angriff seines Gegners parierte, bemerkte er, daß Vanly mit beiden Füßen auf dem anderen Ende der Hose stand. Jack bückte sich und riß mit aller Kraft an dem Beinkleid. Vanly verlor den Halt und stolperte nach hinten. Sofort setzte Jack ihm nach. Der Hauptmann mußte eine Hand von seinem Schwert nehmen, um sich abzustützen. Das bedeutete sein Ende. Ein Schwert dieser Größe konnte nur mit zwei Händen geführt werden. Jack stieß dem Mann das Messer ins Herz. Das riesige Schwert fiel scheppernd zu Boden, und Vanly folgte ihm.

Jack hatte keine Zeit, seinen Sieg zu genießen. Von der Treppe her waren Schreie zu hören. Er schloß die Tür und wandte sich an die Frau. »Hilf mir, das Bett zur Seite zu schieben.« Sie war viel zu schockiert, um irgend etwas anderes zu tun, als ihm zu gehorchen.

Sie wischte sich die Tränen aus den Augen und das Blut von den Lippen. Dann stellte sie sich neben Jack, und gemeinsam stemmten sie sich gegen den Eichenrahmen des Bettes. Er ließ sich ohne Probleme bewegen.

Unter dem Bett kam eine leicht erhöhte Bodenplatte zum Vorschein: die Falltür. Jack war so erleichtert, daß er die Frau umarmte und küßte. »Tut mir leid. Es ist einfach über mich gekommen«, sagte er, nachdem ihm eingefallen war, daß sie im Augenblick wahrscheinlich erst einmal die Nase voll von Männern hatte.

Sie beugte sich vor und strich ihm das Haar aus dem Gesicht. »Ist schon gut. Das macht nichts«, erwiderte sie und versuchte zu lächeln.

Ein lautes Klopfen ertönte an der Tür, und eine Stimme rief: »Hauptmann! Jemand ist in die Garnison eingedrungen. Er hat bereits einen Mann mit einem Fleischhaken erledigt.«

Die Frau atmete tief durch und rief zurück. »Der Hauptmann sagt, er wird in einer Minute bei dir sein. Er erledigt nur erst sein Geschäft.«

Der Mann vor der Tür grunzte. »Sag ihm, er soll sich beeilen. Das ist nicht der richtige Zeitpunkt zum Bumsen.«

Jack und die Frau lauschten auf die Schritte des Mannes, die sich rasch entfernten. »Na, dann los«, sagte die Frau. »Dann wollen wir mal diese Tür öffnen.«

Jack nickte, und gemeinsam zogen sie an der Falltür. Sie war schwer, aber es gelang ihnen, sie anzuheben. Jack schaute hinunter, doch außer Dunkelheit konnte er nichts erkennen. »Also gut«, wandte er sich an die Frau. »Ich werde mich als erster hinunterlassen, um herauszufinden, wie tief es ist. Dann stelle ich mich unten hin und fange dich auf.«

Die Frau schüttelte den Kopf. »Ich kann nicht mit dir kommen.«

»Wenn du hierbleibst, werden dir die Wachen Borc weiß was antun.«

»Nein«, widersprach sie. »Ich muß hierbleiben. Ich kann mich nicht einfach wie ein gemeiner Verbrecher davonmachen. Ich würde meinen Lebensunterhalt verlieren. Den Wachen kann ich ja sagen, du hättest mich überwältigt ... das heißt, wenn du nichts dagegen hast.« Die Frau warf Jack einen flehentlichen Blick zu.

»Damit würdest du ein sehr großes Risiko eingehen. Komm mit mir. Ich werde schon dafür sorgen, daß dir nichts geschieht.«

Sie war nicht von ihrer Absicht abzubringen. »Nein. Du verschwendest nur wertvolle Zeit. Die Wache kann jeden Augenblick zurückkommen.«

Jack blieb keine andere Wahl, als sie zurückzulassen. Kurz spielte er mit dem Gedanken, sie bewußtlos zu schlagen und sie sich über die Schulter zu werfen. Aber nein, das konnte er nicht tun. Sie war zu schön, um einen Schlag über den Kopf zu bekommen. Er streckte die Hand aus, und die Frau ergriff sie.

»Möge das Glück mit dir sein«, sagte sie.

»Und mit dir«, erwiderte er.

Jack packte einen der Balken, die den Tunneleingang umgaben, und schwang seine Beine über den Rand. Selbst als er an den ausgestreckten Armen hing, spürte er noch keinen Boden unter den Füßen. Die Frau, deren Namen er niemals erfahren würde, schenkte ihm ein letztes Lächeln. Er erwiderte das Lächeln, zählte leise *eins, zwei, drei,* dann ließ er los.

Rumms! Jack landete nur zwei Sekunden später. Ein stechender Schmerz schoß seine Beine hinauf, und er fiel auf den Rücken. Als er nach oben schaute, sah er, daß die Frau bereits begonnen hatte, die Tür wieder zu schließen. Der Anblick ernüchterte Jack: Sie waren jetzt beide auf sich allein gestellt. Er stand auf und überprüfte seine Beine; ein Knöchel war ein wenig verstaucht, und die Muskeln schmerzten leicht. Über ihm ertönte ein Kratzen, dann ein Knall, und er fand sich in vollkommener Dunkelheit wieder. Zeit, sich auf den Weg nach draußen zu machen.

Der Boden des Tunnels bestand aus verrotteten Holzplanken, die bei jedem Schritt krachten und splitterten. Jack war größer, als der Tunnel hoch war, und so war er gezwungen, mit gesenktem Kopf zu marschieren – sehr zum Unmut seines Rückens, der durch das Tragen des Bierfasses schon über Gebühr beansprucht worden war. Jack streckte die Arme aus und tastete sich durch den Tunnel, so schnell er konnte. Er hatte nur noch einen einzigen Gedanken im Kopf: Tarissa. Tarissa wartete auf ihn am anderen Ende des Tunnels.

Eine Zeitlang führte der Tunnel abwärts, dann wurde er nach und nach eben. Noch nie war Jack durch eine derartige Finsternis gewandert; seine Nase roch die Erde, und seine Hände spürten das Holz, doch es gab nichts, das seine Augen hätten sehen können. Als Jack einen Augenblick anhielt, um wieder zu Atem zu kommen, hörte er Stimmen hinter sich. Er blickte zurück. In der Ferne sah er einen schwachen Lichtschimmer. Dann hörte er das Bellen von Hunden, und es erfüllte ihn mit Angst. Er begann zu rennen, immer schneller und schneller. Sie holten auf. Die Luft brannte wie Feuer in seinen Lungen, und er wurde von einem Seitenstechen geplagt. Dennoch rannte er weiter und immer weiter; die Arme hatte er schon lange nicht mehr nach vorne gestreckt.

Dann prallte er plötzlich gegen etwas Festes. Sein ganzer Körper wurde durch den Aufprall erschüttert. Eins seiner Handgelenke schnellte zurück, und er hörte, wie all seine Fingerknöchel auf einmal brachen. Auch sein Knie schlug gegen die harte Masse, doch zum Glück bekam sein Kinn nur wenig ab. Benommen von dem unerwarteten Schlag kroch Jack über den Boden und tastete nach einem Weg, der um das Hindernis herumführte. Die Hunde kamen immer näher. Er konnte inzwischen einzelne Fackeln erkennen, die der Bewegung ihrer Träger folgten und sich hin und her bewegten.

Das Hindernis bestand aus fester Erde. Irgend jemand hatte den Tunnel blockiert. Es gab keinen Weg um das Hindernis herum. Jack scharrte mit den Fingernägeln in der Erde. Er saß in der Falle.

In der Falle!

Dann erreichten ihn die Hunde. Entsetzt riß Jack den Arm hoch, um sich zu schützen. Einer der Hunde zerrte an Jacks Arm, und ein anderer stürzte sich auf sein Bein. Der Lärm war ohrenbetäubend. Die Hunde kläfften und jaulten im Blutrausch. Jack spürte einen Druck in seinem Kopf, der stetig an Stärke zunahm. Er wußte, was es war, und er war froh darüber. Ein Hund versuchte, ihm ins Gesicht zu springen, doch Jack streckte ihn mit einem Schlag nieder. Der Druck in seinem Kopf stieg immer weiter an und verlangte, hinausgelassen zu werden. Jack schmeckte den scharfen Geschmack der Zauberei auf der Zunge. Im selben Augenblick, da er die Energie freisetzen wollte, schlug etwas mit ungeheurer Wucht gegen seine Brust. Der Schmerz war so fürchterlich, daß er ihn kaum ertragen konnte. Als er an sich hinunterblickte, entdeckte er einen Pfeilschaft, der aus seiner Tunika ragte. Das alles erschien nicht wirklich. Die Hunde scharten sich um ihn, dann wurde die Welt schwarz.

Kapitel zweiundzwanzig

»Nein, Bodger, du bekommst eine Frau nicht schneller ins Bett, wenn du ihr sagst, daß sie schöne Melonen hat.«

»Aber Langkröte schwört darauf, Grift.«

»Dann müssen Langkrötes Frauen allesamt stocktaub sein, denn diese Art von Bemerkung überzeugt kein einziges Weibsbild, das ich kenne.«

»Was soll man denn sonst tun, Grift?«

»Raffinesse, Bodger, Raffinesse. Du gehst zu einem Weib, lächelst nett und sagst: *Wie wäre es, wenn wir zwei ein schnelles Nümmerchen schieben? Ich habe schon viele Frauen gehabt, und noch keine hat sich hinterher beschwert.*«

»Hmmm, ich glaube, das könnte funktionieren, Grift.«

»Der Trick versagt niemals, Bodger. Die Frauen mögen es, wenn der Mann seine Karten offen auf den Tisch legt. Es kann auch nicht schaden, wenn du erwähnst, daß du ein beachtliches Ding dein eigen nennst.«

»Wird sie das zu diesem Zeitpunkt nicht schon selbst herausgefunden haben, Grift?«

»Das will ich doch nicht hoffen, Bodger. Ehrlich gesagt ist es besser, sein Ding in der Hose zu lassen, bis sie ja gesagt hat.«

»Nein, Grift, ich habe vom Weißen im Auge eines Mannes gesprochen. Hast du nicht gesagt, daran könne man die Größe seines besten Stücks erkennen?«

»Oh, aye, das habe ich tatsächlich. Es freut mich wirklich sehr, daß du dich meiner Weisheiten erinnerst, Bodger.«

»Ich vergesse nie ein Wort, das du gesagt hast. Alles, was ich weiß, habe ich von dir gelernt.« Bodger runzelte die Stirn und kratzte sich am Kopf. »Wenn ich so darüber nachdenke, Grift, seit ich dich kenne, habe ich überhaupt keinen Erfolg mehr bei Frauen gehabt. Sie schauen mich noch nicht einmal mehr an.«

»Aaah, Bodger, du mußt noch viel lernen. Wenn sie dich nicht mehr ansehen, dann ist das ein sicheres Zeichen dafür, daß sie an dir interessiert sind.«

Bodger versuchte sich an einem vernichtenden Blick, scheiterte kläglich und stieß statt dessen einen lauten Rülpser aus. »In den vergangenen zwei Tagen war 'ne ganze Menge los im Palast. Der Herzog kommt von seiner Hütte herbeigesaust und rast sofort wieder zurück mit einer ganzen Armee von Ärzten, Priestern und Vorräten im Schlepptau. Ich frage mich, was das Ganze soll.«

»Aye, das ist schon ziemlich merkwürdig, Bodger. Gestern hat er Bailor und seine Leibärzte mitgenommen, und heute ist er schon wieder zurückgekehrt. Der Stallmeister hat gesagt, er hätte befohlen, frische Pferde bereitzuhalten; also will der Herzog wahrscheinlich heute schon wieder in die Hütte zurückreiten.«

»Dann muß es verdammt ernst sein, Grift. Ich habe gehört, man braucht sechs Stunden bis dorthin.«

»Aye, Bodger, ein Mann wie der Herzog reitet keine zwölf Stunden am Tag, wenn es nicht um Leben und Tod geht.«

Das Sonnenlicht fiel direkt in den Raum, so daß die leuchtenden Farben der Gobelins verblaßten und Millionen Staubflusen durch die Luft wirbelten. Baralis saß auf dem Bett und trank warmen Kräuterpunsch. Seine Hände schmerzten wie üblich – selbst das Greifen des Bechers stellte für sie eine Belastung dar –, doch abgesehen davon, fühlte er sich so wohl wie nie zuvor.

Das Brennen in seiner Brust war vollkommen verschwunden. Nur an einer dünnen, blassen Linie, die um seine gesamte Brust lief wie ein Saum um ein Kleid, konnte man erkennen, daß es noch vor kurzem anders gewesen war. Baralis spürte, wo der Zauber gewirkt hatte; die Reste seiner Energie verbanden altes Fleisch mit neuem. Das Gefühl war nicht unangenehm; eine fruchtbare Blüte, die die Haut straffte, auf seinen Nerven spielte wie auf einer Geige, und unzählige winzige Impulse an sein Gehirn sandte.

Er hatte drei Tage lang geschlafen. Drei perfekte, traumlose Tage, in denen er nur die Berührung von Cropes sanften Händen gespürt hatte. Sein Diener war auch jetzt bei ihm; er schürte das Feuer, so leise er konnte. Baralis schuldete dem klobigen Riesen mehr, als er jemals zurückzahlen konnte.

Sie hatten sich in dem Jahr kennengelernt, da Baralis aus der Großen Steppe zurückgekehrt war. Zu diesem Zeitpunkt hatte er bereits seine Lebensaufgabe gefunden, und er hatte auch gewußt, wohin ihn sein Weg letztendlich führen würde – in die Vier Königreiche –, doch er war noch nicht bereit gewesen, die Reise dorthin anzutreten. Er mußte sich erst vorbereiten; er mußte lernen und einen Plan entwerfen. Also war er zunächst nach Silbur gegangen.

Silbur, das Juwel im Zentrum der bekannten Welt. Und genau das war es auch: ein Juwel. Eine wunderschöne Stadt, die in allen Farben des Regenbogens erstrahlte, und die nur einem einzigen Zweck diente: der Show. Hier traten die Glaubenskonzilien zusammen, und Tausende pilgerten zu den heiligen Reliquien. *Er, der der Heiligste ist,* saß hier auf seinem goldenen Thron, und jeder Gelehrte, der je einen Strich zu Papier gebracht hatte, rühmte sich, unzählige Stunden auf den harten Bänken der berühmten Bibliotheken verbracht zu haben. Silbur war eine tote Stadt, ebenso Reliquie wie die Knochen, Zähne und Haare der toten Heiligen, auf denen ihr Einkommen beruhte. Kein Blut floß durch ihre Adern, und kein Muskel bewegte ihre müden Knochen. Einst war Silbur eine große Stadt gewesen, unerreicht in ihrer Arroganz und Macht. Man hatte die Türme bis in den Himmel gebaut und die Mauern niedrig, um Eindringlinge zu verhöhnen. Silbur war unvergleichlich gewesen; nur Gott allein hatte über der Stadt gestanden.

Die Visionen der Herren von Silbur hatten die Gestalt der bekannten Welt bestimmt. Niemand, so hatten sie argumentiert, solle mehr Macht haben als Gott, der Herr. Systematisch hatten sie die Königreiche und Imperien der zivilisierten Welt zerstört. Kaiser waren böse, Könige waren im Bund mit dem Teufel; die Macht eines Landes schmälerte die Macht Gottes. Sie mußten zerschlagen werden. Schreckliche, blutige Kriege, wie man sie nie zuvor oder danach erlebt hatte, hatten den Kontinent auseinandergerissen. Die Glaubenskriege. Einhundert Jahre später hatten nur noch Stadtstaaten überlebt, und Silbur hatte sie alle beherrscht.

Doch mit der Zeit hatte die Macht der Religion abgenommen, und große Fürsten hatten sich gegen die Kirche erhoben. Harvell im Nordwesten war der erste gewesen, der sich ein Königreich geschaffen hatte. Ihm war sein Nachbar gefolgt, Borso von Helch, der sein ganzes Leben damit verbracht hatte, jene Länder zu vereinen, die man später als Halcus bezeichnen sollte. Silbur war mittlerweile schwach geworden und von innen her verrottet. Seine Führer waren entweder Schwächlinge oder Fanatiker, die nichts gegen die neuen Herrscher im Norden unternehmen konnten – allerdings waren sie auch nie wirklich am Norden interessiert gewesen.

Heute, zweihundert Jahre später, versuchte Bren das gleiche Ziel zu erreichen wie schon Harvell und Helch vor ihm. Der Herzog wollte aus seiner Stadt ein Königreich machen. Baralis lächelte. Es würde keinen Souverän in Bren geben; kein Königsthron würde in der großen Halle des herzöglichen Palastes stehen. Statt dessen würde zum ersten Mal seit vierhundert Jahren ein

Imperium, ein Kaiserreich, auf dem Boden der bekannten Welt entstehen.

Ein Schluck warmen Kräuterpunschs führte Baralis wieder zurück ins sonnige Silbur. Kräuterpunsch und Pfirsichtaschen waren jeden Morgen sein Frühstück gewesen. Er hatte sich im Gelehrtenviertel einquartiert und sich sein Geld mit Schreiben und Heilen verdient. In vielerlei Hinsicht war es die beste Zeit seines Lebens gewesen. Jeden Morgen war er bei Sonnenaufgang aufgestanden, hatte den weiten Weg zu den Bibliotheken zurückgelegt und den Tag mit Studien verbracht. Niemand hatte ihm Beachtung geschenkt; er war nur einer von vielen schwarzgewandeten Gelehrten gewesen, die die alten Schriften studierten. Nur ein weiterer junger Mann, der der edelsten aller Beschäftigungen nachging: dem Studium der Wissenschaften.

Nachts hatte er als Heiler gearbeitet. Silbur tolerierte keine Zauberei, egal in welcher Form. Magier landeten auf dem Scheiterhaufen. Also mußte er vorsichtig sein: Tränke durften nur auf gewöhnliche Art und Weise zubereitet werden, und Magie durfte nur – wenn überhaupt – im äußersten Notfall und auch dann nur so unauffällig wie möglich angewandt werden.

Eines Nachts, als Baralis gerade von der Behandlung eines sterbenden jungen Mädchens zurückkehrte, kam er an einer Gruppe Jugendlicher vorbei, die einen Mann verprügelten. Das Opfer lag auf dem Boden und winselte erbärmlich, während die jungen Männer immer wieder auf ihn eintraten. Ein dünner Kerl mit einem Stock in der Hand führte das Kommando.

Das ging ihn nichts an. Baralis senkte den Kopf und ging in die Mitte der Straße, um nicht zu nah an die Szene heranzukommen. Der Mann auf dem Boden schrie: *»Bitte aufhören! Es tut mir leid! Es tut mir leid!«* Der dünne Kerl trat vor und schlug dem Mann mit seinem Stock ins Gesicht.

»Halt's Maul, du dämlicher Bastard«, sagte er. »Für Gnade ist es nun zu spät.«

Baralis wußte bis heute nicht, warum er sich damals herumgedreht und den Schlägern gestellt hatte. War es die arrogante Stimme des Jungen mit dem Stock gewesen? War es das pathetische Winseln des Opfers? Oder etwas vollkommen anderes gewesen: ein sanfter Stoß des Schicksals?

Auf jeden Fall drehte er sich um, und das Schlagen hörte im selben Augenblick auf. »Was glotzt du so?« fragte der Kerl mit dem Stock. »Verpiß dich! Das geht dich nichts an.«

Baralis wußte, daß er keine Angst zeigen durfte. »Laßt ihn in Ruhe«, sagte er und blickte den Schlägern der Reihe nach in die Augen. Zwei der Schläger wichen sofort zurück – selbst damals schon hatte seine Stimme diesen Effekt auf Menschen gehabt.

»Und was willst du tun, wenn wir trotzdem weitermachen?«

In aller Ruhe stellte Baralis sein Bündel mit den Tränken und Schriftrollen ab, wobei er sorgfältig darauf achtete, eine Stelle zu finden, die nicht allzusehr verschmutzt war. »Dann werde ich euch die Herzen aus dem Leib brennen, ohne eure Haut auch nur anzukratzen.« Das war eine einfache Aussage gewesen, ohne jede Angeberei – und genau das war es, was den Schlägern Angst einjagte.

Die beiden, die bereits zurückgewichen waren, rannten nun davon. Also blieben noch zwei übrig: der Kerl mit dem Stock und sein Freund. Ein letzter Tritt in den Unterleib des Opfers, und der Freund verschwand hinter der nächsten Ecke. Baralis hob eine Augenbraue. »Ich glaube, du solltest deinen Spielgefährten lieber hinterherlaufen. Es ist keine gute Idee, mir allein gegenüberzutreten.«

Der Bursche blickte ihm in die Augen. Er stieß ein verächtliches Schnaufen aus und entfernte sich gemächlichen Schrittes.

Eine sanfte, leise Stimme sagte vom Boden her: »Danke, Herr. Danke.« Als der Mann aufstand, traute

Baralis seinen Augen nicht: Er war ein Gigant, breit wie ein Pferdekarren und groß wie ein Haus.

»Wie ruft man dich?« fragte Baralis.

»Crope, Herr.« Der Mann war übel zugerichtet worden, und das nicht zum ersten Mal. Sein ganzes Gesicht war mit Narben übersät. Er hielt den Kopf gesenkt, um seine Größe zu verbergen – ein vergebliches Bemühen.

»Komm mit zu mir nach Hause, Crope«, sagte Baralis. »Deine Wunden müssen versorgt werden.« Und so hatte der Riese ihn begleitet, und seitdem waren sie zusammen.

Crope würde alles für Baralis tun. Von Geburt an war er ein Außenseiter gewesen; man hatte ihn gejagt und verspottet und ihm für alles die Schuld in die Schuhe geschoben, von Entführung bis Vergewaltigung, von Mord bis Diebstahl. Crope wußte sich nicht anders gegen derartige Beschuldigungen zur Wehr zu setzen, als ständig zu sagen, es täte ihm leid. Dabei wußte er die meiste Zeit über gar nicht, was ihm eigentlich leid tun sollte. Niemals war irgend jemand freundlich zu ihm gewesen. Er hatte in einer Welt der Angst gelebt; stets war er bestrebt gewesen, Leuten aus dem Weg zu gehen, die es auf ihn abgesehen haben könnten: Kindern, Betrunkenen, streitlustigen Soldaten. Nur nachts hatte er sich vor die Tür gewagt. Baralis hatte sein Leben von Grund auf verändert. Er war Cropes Beschützer, sein Retter und sein einziger Freund.

Baralis riß sich aus seinen Gedanken. Es hatte ihm noch nie gefallen, sich in Erinnerungen zu ergehen. Nur die Zukunft zählte, nicht die Vergangenheit. »Crope!« rief er. »Hat die junge Dame nach mir gefragt?«

»Die Schöne mit den goldenen Haaren?«

»Ja, du Trottel. Katharina, die Tochter des Herzogs.«

»Sie war gestern hier, Meister. Sie will Euch besuchen kommen, sobald es Euch wieder bessergeht.«

»Gut, gut. Wenn sie das nächste Mal kommt, werde ich sie empfangen.« Baralis stellte den Becher ab und rieb sich das Kinn. Er und Katharina mußten über eine

Menge reden: Zauberei, Sex und Verrat. Sie verdankte ihm das Leben, und er hatte die feste Absicht, seine Schulden einzutreiben.

Maybor lehrte seinen Hund das Töten. Er hatte ein Kissen mit den Überresten von Baralis' Unterhemd gestopft, ein Seil daran befestigt und es an die Deckenbalken gehängt. Nun zeigte er Fetzer die Stelle, wo sich normalerweise Baralis' Kehle befand. Der Hund lernte schnell. Maybor rief ihn zu sich, streichelte ihn vorsichtig und gab ihm ein Stück rohes Fleisch. »Guter Junge. Guter Junge.« Etwa eine Minute später ging Maybor zu dem Kissen, versetzte es in Schwingung und zog sich wieder in sichere Entfernung zurück. »Faß, Fetzer! Faß!« brüllte er.

Der Hund stürzte sich wie ein wahrer Krieger auf den vermeintlichen Feind. Diesmal zielte er genau auf die Kehle und verbiß sich dort. Das Kissen hing derart hoch, daß Fetzer den Kontakt zum Boden verlor, aber er ließ nicht locker. Er riß den Kopf hin und her und strampelte mit den Beinen, bis das Seil endlich nachgab. Hund und Kissen stürzten zu Boden. Doch auch dann ließ Fetzer noch nicht los. Der Hund zerfetzte das Kissen, bis nichts mehr davon übrig war.

Ein energisches Klopfen lenkte Maybor von dem befriedigenden Schauspiel ab. Wer wagte es derart arrogant an seine Tür zu klopfen? Seine Frage wurde sofort beantwortet, als der Herzog den Raum betrat, ohne daß Maybor ihn hereingebeten hätte.

»Ah, Maybor. Ich bin froh, daß ich Euch hier antreffe.« Der Herzog schaute sich um, bemerkte die Stoffetzen und Daunenfedern, die durch den Raum wirbelten, und sagte: »Wie ich sehe, trainiert Ihr gerade Shakindra.«

Maybor zuckte die Schultern. »Nur zu meinem persönlichen Schutz, weiter nichts.«

»Habt Ihr denn so viele Feinde, daß Ihr eines solchen Schutzes bedürft, Lord Maybor?«

»Wahrscheinlich weniger als Ihr, Euer Gnaden.«

Der Herzog lachte. »Gut gesagt, mein Freund. Je mächtiger ein Mann ist, desto mehr Feinde hat er auch.« Er schlug sich auf den Schenkel, und Shakindra trabte zu ihm. »Braves Mädchen. Braves Mädchen.«

Maybor nutzte die kurze Unterbrechung, um seine Gedanken zu ordnen. Es gab nur einen einzigen Grund, warum der Falke ihn aufgesucht haben könnte: Er wollte mit ihm über Kylocks Einfall in Halcus reden. Selbstverständlich hatte Maybor nicht die Absicht, das Thema als erster zu erwähnen, denn schließlich war Cravins Information vertraulich gewesen. Allerdings waren Tauben für gewöhnlich ein bis zwei Tage schneller als menschliche Kuriere, und so hätte es Maybor nicht überrascht, wenn inzwischen bereits die halbe Stadt von der Invasion erfahren hatte. Dennoch hielt er es im Augenblick für besser, den Unwissenden zu spielen. »Welchem Umstand verdanke ich die Ehre Eures Besuchs, Euer Gnaden?«

Der Herzog ging zum Tisch und schenkte zwei Becher Wein ein. Den einen reichte er Maybor, und den anderen ließ er unberührt stehen. »Ich habe mich gefragt, ob Ihr nicht vielleicht Eure Familie zur Hochzeit einladen wollt.«

Maybor wäre beinahe an seinem Wein erstickt. Statt in die Speiseröhre floß er direkt in die Lunge. Maybor hustete, spuckte und wurde rot wie eine Tomate. Hochzeit! Was hatte das nun wieder zu bedeuten? Der Herzog redete, als würde die Vermählung von Katharina und Kylock nach wie vor stattfinden. Das ergab keinen Sinn. Es konnte nur eine Erklärung dafür geben: Niemand hatte dem Herzog von der Invasion erzählt.

Mit verächtlich zusammengekniffenen Lippen wartete der Herzog darauf, daß Maybor seine Fassung wiedererlangte.

»Seid Ihr Euch bewußt, Euer Gnaden«, sagte Maybor

und wischte sich den Wein von den Lippen, »daß Kylock in Halcus eingefallen ist?«

Der Herzog nickte. »Natürlich.« Die Art, wie er das sagte, verbot jede weitere Frage zu diesem Thema.

Maybor war verwirrt. Diese Neuigkeit müßte den Herzog doch geradezu in Rage versetzt haben, oder etwa nicht? Dem Volk von Bren würde es wohl kaum gefallen, wenn Katharina einen solch blutrünstigen König heiratete. Nach dem Tod des Herzogs würde Katharina über Bren herrschen; doch mit der Invasion von Halcus hatte Kylock gezeigt, daß er nicht untätig herumsitzen und seiner Frau das Regieren überlassen würde. Wenn man es genau betrachtete, dann sah es im Augenblick sogar so aus, als würde Bren dazu verdammt sein, sich zu einem unbedeutenden Teil eines mächtigen Nordreichs zu entwickeln – eines Nordreichs unter Kylocks Herrschaft! Und doch saß der Herzog seelenruhig hier und schmiedete Hochzeitspläne für seine Tochter. Das ergab einfach keinen Sinn.

»Ihr habt meine Frage noch nicht beantwortet, Maybor«, sagte der Herzog. »Werdet Ihr Eure Familie nach Bren bestellen?«

»Mein ältester Sohn, Kedrac, ist ein enger Freund des Königs. Kylock wird sicherlich darauf bestehen, daß er der Hochzeit beiwohnt.« Maybor konnte sich die kleine Übertreibung nicht verkneifen. Außerdem mußte er den Eindruck erwecken, die Ehe zu unterstützen, sollte die Hochzeit tatsächlich stattfinden. Kylock würde die Ländereien eines Verräters sofort konfiszieren. Cravin hatte recht: Zunächst mußte Baralis aus dem Weg geräumt werden. Der Mann besaß viel zuviel Macht, und er hatte viel zuviel Einfluß auf den Gang der Ereignisse. Nachdem man sich seiner entledigt hatte, wäre die Hochzeit noch nicht einmal mehr halb so bedrohlich.

»Und Eure Tochter?«

Wieder war es dem Herzog gelungen, Maybor mit einer Frage zu überraschen. »Meine Tochter, Euer Gnaden?«

»Ja, Eure Tochter«, erwiderte der Herzog. »Wie heißt sie noch mal?«

»Melliandra.«

Der Herzog wirbelte herum. »Aha, und hat man sie als Kind vielleicht Melli genannt?« Er wartete nicht auf die Antwort. »Ich habe gehört, sie sei ein sehr schönes Mädchen. Ihr habt nicht zufällig ein Bild von ihr, oder?«

Maybor nickte verwirrt.

»Dann zeigt es mir, bitte. Wenn sie zur Hochzeit erscheint, könnte man ihr vielleicht die Ehre anbieten, Katharina aufzuwarten.«

Maybor stieß einen erleichterten Seufzer aus; darauf wollte der Herzog also hinaus – er wollte wissen, ob Melliandra hübsch genug war, um Katharina als Hofdame zu dienen. Maybor eilte zu seinem Schreibtisch. Es würde ihm wohl kaum schaden, wenn Melli in Katharinas Nähe wäre. Eigentlich wäre es sogar perfekt. Wenn man Melli gefunden hatte, würde sie am Hof von Bren leben. Hier, im herzöglichen Palast, könnte sie sich nicht nur mit jener Frau anfreunden, die dereinst über die mächtigste Stadt des Nordens herrschen würde, sie wäre auch noch weit genug von Burg Harvell und allen möglichen Gerüchten entfernt, die ihr Schande bereiten könnten.

Maybor öffnete die Zedernholzschatulle, griff hinein und holte ein Porträt seiner Tochter hervor. Sorgfältig säuberte er es an seinem Gewand. Er hatte das Bild so oft in der Hand gehalten, daß es von unzähligen Fingerabdrücken übersät war; aber schließlich war die Miniatur das einzige, was ihm von seiner Tochter geblieben war. Er reichte das Porträt dem Herzog. »Das ist meine Tochter, Euer Gnaden.«

Der Herzog nahm das Bild, ging zum Fenster und hielt es ins Licht. Was er sah, schien ihn zu erfreuen, und als er sprach, redete er mehr mit sich selbst denn mit Maybor. »O ja, ja«, sagte er. »Das ist sie.«

»Dann soll ich sie also bitten, Katharina aufzuwarten?«

Der Herzog warf Maybor einen wissenden Blick zu. »Wie Ihr wünscht.« Er gab ihm das Porträt zurück und machte sich auf den Weg zur Tür. »Ich hoffe, daß wir beide Freunde werden, Maybor«, sagte er und blieb einen Augenblick auf der Schwelle stehen. »Seit geraumer Zeit weiß ich bereits, daß Ihr gegen die Hochzeit von Katharina und Kylock seid; aber ich versichere Euch: Wenn es soweit ist, wird nichts geschehen, worüber Ihr Euch sorgen müßtet.« Er verneigte sich höflich und ging hinaus.

Maybor konnte nur verblüfft auf die Stelle starren, wo der Mann noch vor wenigen Sekunden gestanden hatte. Er hatte nicht die leiseste Ahnung, was der Herzog gemeint hatte. Der ganze Besuch war irgendwie … *bizarr* gewesen: dieses Gerede von Freundschaft und Familie, und dieses unglaubliche Desinteresse an Kylocks himmelschreiender Aggression. Was hatte das zu bedeuten? Maybor schenkte sich einen zweiten Becher Wein ein und setzte sich aufs Bett. Fetzer legte sich zu seinen Füßen nieder. Dann erinnerte sich Maybor an Cravins Worte vom Tag zuvor. Vielleicht hatte der Herzog wirklich eine Möglichkeit gefunden, die Auswirkungen der Hochzeit zu neutralisieren.

Wenn es um Ungeziefer ging, wurden Spinnen nur noch von Pferden übertroffen. Beide Tiere hatten die unangenehme Angewohnheit, irgend etwas im Weg eines Mannes zu hinterlassen. Nun waren Spinnennetze zwar weniger ekelig als Pferdemist, aber dafür waren sie definitiv gruseliger – besonders im Dunkeln, wenn man die klebrigen Fäden nur im Gesicht spüren und nicht sehen konnte, und wenn einem dann kurz darauf winzige Füße den Nacken hinabliefen. Auch jetzt spürte Schnapper eine Handvoll der achtbeinigen Kreaturen unter seiner Tunika. Leider konnte er sich dieser lästigen Gesellen nur entledigen, wenn er sich entkleidete, und das würde er ganz bestimmt nicht tun.

Nein, mein Herr. Niemand würde ihn jemals in Unterwäsche in einem Geheimgang erwischen. *So einer* war er nicht.

Das Innenleben des herzöglichen Palastes hatte sich als äußerst interessant herausgestellt. Es war immer wieder erstaunlich, was man so schon auf ein paar Streifzügen herausfinden konnte. Und nicht weniger erstaunlich war die Tatsache, daß die meisten Leute einem einsam durch die Gegend wandernden Jungen keinerlei Beachtung schenkten. Natürlich wußte Schnapper, daß er auch nicht gerade wie der typische Halsabschneider aussah – was zwar einerseits ein wenig enttäuschend war, aber andererseits außerordentlich praktisch. In der Welt der Köche, Tischmädchen und Metzger existierte er einfach nicht. Von Zeit zu Zeit hielt ihn eine Wache an, aber nach einer kurzen verbalen Plänkelei ließ man ihn stets seiner Wege ziehen.

Und so war er auch hier unten gelandet, tief im Inneren des Palastes, die Grundmauern seine einzige Gesellschaft. Es war wirklich recht interessant – wenn man mal von den Spinnen absah.

Es war alles ein Zufall gewesen. Vor zwei Tagen war Schnapper einen unauffälligen Korridor in der Nähe des Adelsflügels entlang gewandert, als er von zwei Wachsoldaten angehalten worden war. Die beiden Männer hatten offensichtlich getrunken und waren nun auf der Suche nach ein wenig Spaß. Sie hatten Schnapper ausgefragt, ihn verspottet und ihn immer wieder mit ihren Speeren angestoßen. Kurz bevor sie wieder weitergingen, hatte der Kleinere von beiden ihm einen kräftigen Schlag gegen das Kinn verpaßt, und Schnapper war gegen die Wand geschleudert worden. Während die Soldaten fröhlich ihren Streifengang fortsetzten, bemerkte Schnapper, daß sich die Wand hinter ihm irgendwie verändert hatte. Eine winzige Ausbuchtung drückte gegen sein Schulterblatt. Er wagte nicht, sich zu bewegen, bis die Wachen außer Sicht waren. Erst als ihre Schritte in der Ferne verhallten, fühlte er sich sicher genug, um sein

Gewicht von der Wand zu nehmen – und im selben Augenblick hörte man eine Reihe kaum wahrnehmbarer Klickgeräusche im Mauerwerk. Schnapper war zwischen zwei Gefühlen hin und her gerissen: Furcht und Neugier. Die Neugier trug den Sieg davon, und so blieb er stehen und schaute zu, wie die Wand sich öffnete.

Bei Borc! Welch betörender Duft aus dem Gang strömte! Der Gestank verwesender Nagetiere kombiniert mit dem scharfen Geruch von Schimmelpilzen – fast wie damals in Mauerseglers Schlupfwinkel. Schnapper fühlte einen Anflug von Nostalgie. Natürlich blieb ihm keine andere Wahl, als den Vorstoß ins Unbekannte zu wagen. Im selben Augenblick, da seine Füße die Bodenplatten des Ganges berührten, fiel die Tür hinter ihm zu. Schnapper mußte sich eingestehen, daß ihm die vollkommene Finsternis, in der er sich plötzlich wiederfand, doch recht unheimlich war. Rorns Gassen bei Nacht waren, verglichen mit diesem Gang, nur ein wenig ›schattig‹. Mauerseglers Worte trösteten ihn. *»Nichts ist gewinnbringender als die Dunkelheit«*, hatte er immer gesagt, während er in den Sonnenuntergang geblickt hatte. Mit dieser Maxime im Kopf wanderte Schnapper durch den Tunnel, immer tiefer ins Herz des Palastes hinein.

Die vergangenen zwei Tage waren in der Tat sehr aufschlußreich gewesen. Die Möglichkeiten für ruchlose Beutezüge waren schier unendlich. Mauersegler hätte vor Freude geweint. Man wußte nie, wo man als nächstes herauskam: Vorratslager, Waffenkammern, die Gemächer von Adeligen. Es gab sogar einen Tunnel, der zu einem Abwassergraben draußen in der Stadt führte. Dieser Palast bettelte förmlich darum, ausgeraubt zu werden!

Schnapper hatte rasch beschlossen, wie er mit dieser Situation umgehen wollte. Seit nunmehr zwei Tagen war er mit ausgestreckten Armen und voller Spinnweben durch die finsteren Gänge gestolpert. Sah er irgendwo Licht, das durch einen haarfeinen Spalt in der

Wand in den Tunnel drang, untersuchte er die umgebenden Steinplatten, bis eine von ihnen nachgab, und die Wand sich öffnete. Selbstverständlich mußte er dabei mit größter Vorsicht vorgehen, denn es bestand stets die Gefahr, daß sich jemand auf der anderen Seite befand.

Als er den Tunnel zum ersten Mal auf diese Weise verlassen hatte, hatte er eine recht nobel aussehende Dame dabei erwischt, wie sie gerade auf dem Boden kniete und einem Soldaten aus der Hose half. Schnapper hatte respektvoll die Hand an die Mütze gelegt und gesagt: »Falls Ihr Schwierigkeiten mit den Schnüren haben solltet, Mylady ... ein wenig Schweinefett könnte nicht schaden.« Die Dame war kreischend davongerannt, während der Soldat einfach nur wie angewurzelt stehengeblieben war. Im Nu hatte Schnapper sich wieder in den Tunnel zurückgezogen. Er hatte seine Lektion gelernt: Erst lauschen, bevor man irgendwo unangemeldet hereinplatzt.

Einige der Tunnel waren zu eng für einen ausgewachsenen Mann, und selbst Schnapper hatte Probleme, sich hindurchzuquetschen. Besonders in den tieferen Stockwerken waren viele Gänge überflutet, und oft genug war das Wasser tief genug, daß man darin hätte ertrinken können. Schnapper nahm an, die Nähe des Palastes zum Großen See sei der Grund dafür. Wahrscheinlich hatte das Wasser die meisten Gänge, die unterhalb des Wasserspiegels lagen, schon vor langer Zeit zurückerobert. Manchmal kam Schnapper durch einen gut beleuchteten Tunnel. Auf der Seeseite hatte man Fallgitter eingebaut, durch die Licht und Wasser in die Gänge fiel – vermutlich dienten sie dazu, Angreifer davon abzuhalten, durch den See zu schwimmen und auf diese Art in den Palast einzudringen. Eigentlich ziemlich clever. Eines der Fallgitter besaß bösartige Metalldornen, die in den See hinausragten: Eine ordentlich Welle, und ein Taucher wäre aufgespießt. Schnapper war voller Bewunderung für den Mann, der sich diese besondere Modifikation ausgedacht hatte.

Inzwischen war er so gut wie überall gewesen, und er dachte darüber nach, ob er sein neugewonnenes Wissen mit Tawl teilen sollte. Die Tunnel waren einfach perfekt, um unbemerkt aus dem Palast hinaus- und wieder hineinzuschlüpfen. Allerdings war der Kanal der einzige Weg nach draußen, den Schnapper bisher entdeckt hatte. Am Ende angekommen, roch man zwar nicht mehr so gut, aber die Vorteile einer schnellen Flucht wogen schwerer als die Nachteile einer Tour durch die Abwässer des Palastes.

Schnapper sorgte sich um Tawl. Er mußte den Ritter ständig beobachten, um zu verhindern, daß er eine Dummheit beging. Die Kumpane des Alten Mannes waren genau zu dem Zeitpunkt aufgetaucht, als Tawl gerade wieder zur Vernunft zu kommen schien und sich mit den Konsequenzen seines neuen Eids abgefunden hatte. Sie hatten alte Erinnerungen geweckt und mit ihnen die Schuld. Sie hatten versucht, dem Ritter einen Brief jenes Mannes zu übergeben, der diesen ganzen Wahnsinn überhaupt erst ausgelöst hatte: Bevlin. Tawl hatte den Vorfall mit keinem Wort erwähnt, und so hatte auch Schnapper geschwiegen. Doch der Brief beschäftigte ihn ständig, obwohl er sich im Augenblick, sicher vor Wasser und Dreck, in dem kleinen Raum befand, den er sich mit Tawl teilte. Es war sinnlos, ihn zu öffnen; Schnapper hätte sowieso nur einige wenige Wörter entziffern können, die einzeln betrachtet ohne Bedeutung waren. Aber das war nicht der einzige Grund, warum Schnapper das Siegel nicht brach.

Er war fest davon überzeugt, es sei seine heilige Pflicht, den Brief für Tawl aufzubewahren, bis der Ritter danach verlangte. Schnapper zweifelte keine Sekunde daran, daß sein Freund irgendwann bereuen würde, den Brief liegengelassen zu haben.

Mit bemerkenswerter Leichtigkeit schritt Schnapper durch die Tunnel nach oben. Mittlerweile glaubte er, im

Dunkeln sehen zu können – und das, ohne je eine Mohrrübe gegessen zu haben! Er hoffte, Tawl davon überzeugen zu können, aus dem Palast zu ziehen. Das Verhältnis zwischen Gast und Gastgeber nutzte sich allmählich ab, und außerdem war Schnapper begierig darauf, wieder ein wenig zu forschen. Seine Rücklagen für den Notfall waren auf Null gesunken. Nicht ein einziges Goldstück, kein Silber, ja noch nicht einmal ein mickriger Messingring. Allein der Gedanke daran machte ihn schon nervös. Er mußte raus hier, an einen Ort, wo keine lästigen Verpflichtungen gegenüber seinem Gastgeber ihn bei seinen Geschäften behinderten.

Jetzt mußte er nur noch Tawl von seinem Plan überzeugen. Selbstverständlich würde Schnapper den Ritter auf gar keinen Fall im Stich lassen; wo der Ritter hinging, da ging auch er hin. Deshalb mußte er sich einen guten Grund ausdenken, warum Tawl den Palast verlassen sollte. Bisher war Schnapper noch nichts eingefallen, aber er war sowieso ein Anhänger spontaner Ideen; wenn er den Ritter sah, würde ihm schon der entscheidende Geistesblitz kommen.

Die Qualität der Finsternis hatte sich geändert, und Schnapper wußte, daß er nahe an einem Ausgang war. Durch Zufall hatte er einen ganz in der Nähe der Küche entdeckt – in der Kapelle. Der damit verbundene Gang unterschied sich deutlich vom Rest des Labyrinths. Der Eingang war hinter einer Holzvertäfelung verborgen, und dahinter führte eine Treppe hinauf zu einer einzelnen Tür. Wer immer diesen Gang auch gebaut haben mochte, er hatte ihn absichtlich nicht mit den anderen Tunneln verbunden. Schnapper war nur in ihn hineingelangt, indem er sich durch einen Lüftungschacht gezwängt hatte. Die obere Tür hatte sofort sein Interesse geweckt; doch da er inzwischen vorsichtiger geworden war, hatte er sich zunächst auf den Boden gehockt und gelauscht. Wachen! Deutlich waren regelmäßige Schritte zu hören gewesen, die ständig auf und ab gingen. Offenbar lagen auf der anderen Seite die Gemächer irgendeines hohen Tiers. Es bedurfte keines Gelehrten aus Silbur, um zu wissen, daß hinter der Tür Ärger lauerte, und so war Schnapper wieder zurückgegangen.

Unten angekommen, untersuchte er den Ausgang zur Kapelle. Er preßte sein Ohr ans Holz. Alles mucksmäuschenstill auf der anderen Seite. Ein kräftiger Stoß, und die Holzvertäfelung schwang beiseite. Wie vorausgesagt, war niemand im Altarraum. Schnapper trat hinaus, schloß die Tür und nahm die Mütze ab. Sollte ihn jetzt jemand erwischen, konnte er sich immer noch als einfacher Junge ausgeben, der um göttlichen Beistand nachsuchte.

Er schlich sich durch die Haupttür der Kapelle und wollte gerade in die Freiheit entfliehen, als hinter ihm eine Stimme erscholl. »Hey, du, Junge! Was hast du in der Kapelle zu suchen?«

Es war eine Wache, doch angesichts der ungewöhnlichen Kleidung und des Akzents keine normale. Schnapper lächelte traurig und senkte den Blick. »Ich habe für die Seelen meiner erst kürzlich verstorbenen Familie gebetet.«

»Hmmm«, sagte der Soldat. »Ich hab' dich nicht reingehen sehen. Hast du ihn reingehen sehen, Bodger?«

»Nein, eigentlich nicht, Grift.« Eine zweite Wache tauchte hinter einem Pfeiler auf. »Aber ich glaube, wir sollten den Jungen in seiner Trauer nicht stören, Grift.«

»Deine Worte treiben mir die Schamesröte ins Gesicht, Bodger«, sagte der erste Soldat. »Geh schon, Junge. Geh. Hier.« Er gab Schnapper einen halben Schlauch Bier. »Nimm das mit. Das wird dir dein Schicksal erleichtern.«

Schnapper nahm den Schlauch und verbeugte sich. »Ich danke Euch, meine Herren«, sagte er. »Meine Mutter, Borc hab' sie selig, würde weinen ob der Freundlichkeit, die mir von Fremden entgegengebracht wird. Sie pflegte stets zu sagen, daß ein Mann, der an einem Tag sein Bier hergibt, dir am nächsten sein Herz schenkt.«

»Gut gesprochen«, erwiderte der Ältere der beiden. »Es ist wirklich schön, einen Jungen zu treffen, der das Andenken seiner Mutter ehrt. Stimmt's nicht, Bodger?«

Der Mann mit Namen Bodger schniefte laut. »Das ist wirklich nett, Grift.« Er schneuzte sich in einen Putzlappen. »Wirklich nett. Ja, ja.«

Schnapper klopfte dem Mann auf die Schulter und verabschiedete sich. Er mochte die beiden Soldaten; man kam wesentlich besser mit ihnen zurecht als mit den anderen, die er bisher im Palast getroffen hatte. Bodger und Grift, wie? Es konnte nicht schaden, sich mit ihnen anzufreunden; schließlich bewachten sie den der Küche am nächsten gelegenen Tunneleingang.

Ein kurzer Marsch führte ihn zu dem kleinen Raum, den er sich mit Tawl teilte. Ohne anzuklopfen, ging er hinein. Von dem Ritter war nichts zu sehen. Seine Waffen waren verschwunden, ebenso wie sein Bündel. Schnappers Herz raste. Tawl hatte sich davongemacht. Er musterte den Raum eingehender. Die meisten Kleider des Ritters lagen auf der Strohmatratze, und Töpfe und Pfannen waren über den Boden verteilt. Selbst sein Schlafsack hing noch über dem Kamin, damit der Rauch die Motten fernhielt. Schnapper atmete tief durch. Tawl mochte vielleicht verschwunden sein, aber er würde offensichtlich wieder zurückkehren.

Kapitel dreiundzwanzig

»Wach auf, meine Liebe. Wach auf«, sagte eine Stimme, die nicht mehr ganz so weit entfernt war wie die letzte. Melli glaubte sogar, sie zu erkennen. Es war kein enger Freund oder gar ein Familienmitglied; aber es war dennoch jemand, der sich um sie sorgte.

Ein Teil von Melli *wollte* aufwachen – wenn es nur nicht so anstrengend gewesen wäre. Ihre Augenlider waren so schwer wie Blei, und sie wußte, daß das unangenehme Gefühl in ihrer Seite sich in Schmerz verwandeln würde, sobald sie die Augen aufschlug. Im Augenblick war sie sich der Gegenwart des Schmerzes zwar bewußt, aber sie spürte ihn nicht, und das war gut so. Wenn doch nur die Stimme schweigen würde. Doch sie redete und redete und redete. Meist versuchte sie, ihr Mut zu machen, dann wieder klang sie äußerst besorgt, und wenn Melli sich auch nur ein ganz klein wenig bewegte, wurde die Stimme förmlich ekstatisch. Melli wurde auch berührt. Man tätschelte ihre Hand, rieb ihr über die Stirn, und von Zeit zu Zeit öffnete man ihr den Mund. Die wenigen Male, die sie sich bewegte, hatten nichts mit den ermutigenden Worten zu tun; Melli wollte einfach nur in Ruhe gelassen werden. Sie wollte allein sein.

Doch das sollte nicht sein. Der nächste Angriff wurde mit eiskaltem Wasser geführt. Melli spürte, wie es ihren Hals hinablief und auf ihre Brust tropfte.

»Wach auf, meine Liebe. Alles ist wieder gut.«

Das war nun wirklich zuviel. Was kam als nächstes?

Siedendes Öl? Zaubertränke? Eines jedoch war sicher: Sie würden nicht aufgeben. Also blieb Melli nur eines zu tun übrig.

Unter großer Anstrengung gelang es ihr, die Muskeln um ihre Augen zu aktivieren. Seltsamerweise war ihr bis jetzt nie aufgefallen, daß sie dort überhaupt Muskeln besaß. Bisher war sie stets davon ausgegangen, daß sich ihre Augen von selbst öffneten und schlossen. Nun schienen die Muskeln neunzehn Jahre der Anonymität auf einen Schlag ausgleichen zu wollen, und dabei leisteten sie hervorragende Arbeit. Ein leichter, stechender Schmerz begleitete das Heben der Augenlider.

»Sie ist erwacht! Sie ist erwacht!«

Ein Bild schälte sich aus dem Nebel, ein Bild mit einem Namen. »Bailor.«

»Sie ist wieder bei Verstand! Sie hat mich erkannt!«

Die Gestalt schien sich über irgend etwas aufzuregen. Weitere Leute scharten sich um Melli, und sie wäre nicht überrascht gewesen, wenn sie applaudiert hätten. Ihre Reflexe wurden überprüft, und man starrte ihr in die Pupillen und hielt ihr Finger vor die Augen, die sie zählen sollte. Pflichtbewußt sagte Melli »zwei« oder »drei«, obwohl es sie bereits ein wenig langweilte. Im Schlaf war das Leben einfacher gewesen. Schließlich schüttete man ihr eine ekelhaft schmeckende Flüssigkeit in den Mund – jetzt reichte es. Melli schlug wild um sich und schrie: *»Laßt mich in Ruhe!«*

Das hatte endlich den gewünschten Effekt. Die Gestalten wichen zurück, steckten die Köpfe zusammen und gackerten wie die Hühner. Bailor scheuchte sie hinaus und trat neben Mellis Bett. Er drückte ihre Hand und sagte: »Du hast sehr viel Glück gehabt, meine Liebe. Gestern noch hast du auf der Schwelle des Todes gestanden.«

Melli gestattete Bailor zu bleiben; seine Stimme klang freundlich, und er starrte sie nicht an, als sei sie irgendeine Mißgeburt auf einem Jahrmarkt. Außerdem, wenn sie wirklich soviel Glück gehabt hatte, wollte sie wenigstens wissen warum. »Was meint Ihr damit?«

»Meine Liebe, du bist vom Pferd gefallen. Erinnerst du dich denn nicht mehr daran?«

Plötzlich fiel ihr alles wieder ein: die Berge, das Pferd, der Sprung. Allein die Erinnerung daran ließ sie schaudern. Wie hatte sie nur so dumm sein können? Ein derartiger Leichtsinn war nicht zu entschuldigen. »Was ist nach dem Sturz geschehen?«

»Nun, das wollte ich eigentlich dich fragen«, erwiderte Bailor und kniete sich neben das Bett. »Du bist mit dem Kopf gegen einen Felsen geprallt. Auf diese Art hast du dich selbst k. o. geschlagen; aber das war nicht der Grund für deine schweren Verletzungen.« Er hielt eine Sekunde inne und drückte zärtlich ihre Hand. »In deinem Mieder war ein Messer versteckt. Du bist so unglücklich gefallen, daß es tief in deine Seite gedrungen ist. Um ein Haar wärst du noch an Ort und Stelle verblutet.«

Melli konnte Bailor nicht in die Augen schauen. Die unausgesprochene Frage – was hatte sie mit der verborgenen Waffe beabsichtigt? – hing zwischen ihnen im Raum. Die Angelegenheit entbehrte nicht einer gewissen Ironie: Seit Monaten hatte Melli das Messer mit sich herumgeschleppt, um sich notfalls verteidigen zu können, und nun hatte es sie beinahe umgebracht. Und um alles noch schlimmer zu machen, hielten Bailor und der Herzog sie wahrscheinlich für einen Assassinen. Seltsamerweise behandelte man sie aber nicht wie einen solchen. Sicherlich war es auch in Bren nicht üblich, einen potentiellen Meuchelmörder von einem ganzen Schwarm Ärzte gesund pflegen zu lassen – noch dazu in einem Gemach, das eines Königs würdig gewesen wäre. »Wo ist der Herzog?« fragte Melli.

»Seine Gnaden hat uns schon sehr früh heute morgen verlassen. Im Palast gibt es viel zu tun. Aber er wollte noch vor Sonnenuntergang wieder zurückkehren. Gestern ist er auch erst so spät gekommen, daß wir schon nicht mehr mit seiner Rückkehr gerechnet hatten.« Bailor strahlte über das ganze Gesicht. »Er macht sich sehr viel Mühe wegen dir, meine Liebe. Wenn ich allein an all die Ärzte und Dienerinnen denke ... Er hat auch darauf bestanden, daß ich mich sofort auf den Weg hierher mache, und letzte Nacht hat er sogar einen Leibwächter für dich mitgebracht. Seine Gnaden schätzt dich wirklich sehr.«

»Warum?« All das ergab keinen Sinn. Was konnte sie dem Herzog schon bedeuten? Sie war sein Eigentum, weiter nichts; ein Mädchen, mit dem er sich amüsieren konnte, bis er ihrer überdrüssig wurde und sich einer anderen zuwandte. Vielleicht fühlte er sich zu ihr hingezogen, doch das allein erklärte nicht, was hier vorging.

Bailor stand auf. Er ließ sich auf einem Stuhl nieder und wandte sich vom Feuer ab, so daß sein Gesicht in den Schatten verborgen war, als er sagte: »Melli, meine Liebe, ich glaube, er ist verliebt.«

»In mich?« Das war absurd. Sie kannte den Mann ja kaum, und bei den wenigen Gelegenheiten, da sie ihn gesehen hatte, hatte sie nichts anderes getan, als ihn zu beleidigen!

»Ja, in dich. Ich habe noch nie erlebt, daß Seine Gnaden sich derart intensiv einer Frau gewidmet hat. Er hat mehrere Pferde verschlissen, nur weil er ständig zwischen hier und dem Palast hin und her geritten ist. Er hat dir sogar sein eigenes Schlafgemach überlassen.« Bailor beugte sich vor, und das Licht des Feuers fiel wieder auf sein Gesicht. »Ich persönlich glaube ja, daß er noch nie eine Frau kennengelernt hat, die ihn so schlecht behandelt wie du. Das hat wohl sein Interesse erregt. Die meisten Frauen fallen einfach vor ihm auf die Knie.«

Melli gefiel, was Bailor gerade gesagt hatte. Sie glaubte, bei weitem nicht so unterwürfig zu sein wie die anderen Hofdamen, und es schmeichelte ihrer Eitelkeit, daß dies auch dem Herzog aufgefallen war. Die Tatsache, daß er eine Frau mit Rückgrat schätzte, war ein weiterer Grund zur Freude. Melli schalt sich selbst; sie hatte den Schlag auf den Kopf offenbar noch immer nicht verdaut. Der Herzog konnte unmöglich an ihr interessiert sein – nicht an einem Mädchen, das er von einem Fleischhändler gekauft hatte, und das von sich behauptete, der Bastard eines verarmten Lords zu sein. Es mußte noch etwas anderes dahinterstecken.

Plötzlich kam ihr ein beunruhigender Gedanke. »Habe ich phantasiert?« Vielleicht hatte sie etwas gesagt, an das sie sich nicht mehr erinnern konnte, etwas, das ihre wahre Identität verriet.

»Nein, meine Liebe«, antwortete Bailor. »Heute hast du zum ersten Mal seit drei Tagen gesprochen.« Das Thema schien ihm nicht zu behagen, denn er wechselte es sofort. »Nach allem, was ich gehört habe, war der Herzog beinahe wahnsinnig vor Sorge. In der ersten Nacht hast du soviel Blut verloren, daß jedermann geglaubt hat, du würdest sterben. Der Herzog hat den Ärzten gedroht, sie allesamt hinrichten zu lassen, falls sie dich nicht retten würden. Du hast wirklich sehr, sehr viel Glück gehabt.«

Melli versuchte, sich aufzusetzen, doch ein stechender Schmerz in der Seite hinderte sie daran.

»Immer mit der Ruhe, meine Liebe. Du bist genäht worden, und du wirst noch ein paar Tage liegenbleiben müssen, bis deine Wunde einigermaßen verheilt ist.«

Melli ließ sich wieder zurück in die Kissen sinken. Sie fühlte sich plötzlich vollkommen erschöpft. »Dann wird der Herzog heute nacht also hier sein?« fragte sie, mehr um nicht einzuschlafen denn aus Neugier.

»Sehr wahrscheinlich. Er wäre auch jetzt schon hier, wenn es da nicht diese kleinen Probleme im Westen geben würde.«

»Probleme?«

Bailor nickte. »Kylock ist vor etwa einer Woche in Halcus eingefallen. Den Widerstand der Grenztruppen hat er im Handumdrehen gebrochen. Gestern hat der Herzog eine Nachricht bekommen, daß Kylock auf Helch marschieren würde, und daß er auf dem Weg dorthin Frauen und Kinder abschlachte.«

»Ich dachte immer, die Armeen der Königreiche und von Halcus seien ungefähr gleichwertig.« Melli war gar nicht mehr nach Schlafen zumute.

»Ich habe gehört, Kylock habe Söldner angeheuert. Er schickt sie voraus, um Dörfer niederzubrennen. Dann folgen die regulären Truppen und erledigen den Rest.«

»Das ist eine verabscheuungswürdige Taktik«, erklärte Melli. »König Lesketh hätte nie etwas Derartiges getan.«

Bailor lächelte sie mitleidig an. »König Lesketh hat auch nie einen Krieg gewonnen.«

Eine harte Aussage, erst recht aus Bailors Mund. Doch Melli glaubte, daß noch mehr dahintersteckte. »Warum tötet Kylock Frauen und Kinder?«

»Er will Terror verbreiten. Wenn die Nachrichten von seinen Greueltaten die Runde machen, werden sich viele ergeben statt zu kämpfen, um ihrer Familie ein ähnliches Schicksal zu ersparen.« Bailor seufzte. »Aber das wird ihnen nichts nützen. Kylock wird sie so oder so töten lassen.«

»Wie könnt Ihr dessen so sicher sein?« fragte Melli, obwohl sie wußte, daß Bailor die Wahrheit gesagt hatte.

»Vor drei Tagen hat er genau das getan, in einem Dorf namens Shorthill, unmittelbar hinter der Grenze. Man hat den Söldnern zweihundert Frauen gegeben, damit sie das Dorf verschonen. Sie haben sie vergewaltigt und dann umgebracht. Anschließend haben Kylocks Söldner die Kinder zusammengetrieben und sie wie Vieh abgeschlachtet.«

Melli lief ein Schauer über den Rücken. Zum ersten Mal verstand sie, was sie insgeheim schon ihr ganzes Leben lang gewußt hatte: Kylock war abgrundtief böse. In der Vergangenheit hatte sie ihn stets als grausam und in sich gekehrt bezeichnet, doch erst heute hatte sich ihr das ganze Bild offenbart. Allerdings hatte es auch früher schon genügend Anzeichen dafür gegeben, welch Geistes Kind Kylock war. Das war auch der eigentliche Grund gewesen, warum Melli aus Burg Harvell davongelaufen war: Sie hatte nicht die Flucht ergriffen, weil ihr Vater sie gegen ihren Willen verheiraten wollte, sondern weil allein der Gedanke an Kylock als Ehemann sie entsetzt hatte. Und ihr war die Flucht geglückt – im Gegensatz zu den Frauen und Kindern von Shorthill.

Da Melli nicht weiter über dieses Thema nachdenken wollte, stellte sie die erstbeste Frage, die ihr in den Sinn kam. »Wie denkt der Herzog über all das?«

Bailor rückte seinen Stuhl an Mellis Bett und flüsterte: »Nun, das ist wirklich merkwürdig. Noch vor wenigen Tagen hat Seine Gnaden einen äußerst besorgten Eindruck gemacht; es schien ihm ganz und gar nicht zu behagen, seine Tochter mit einem König zu vermählen, der drauf und dran ist, Halcus zu erobern. Aber nun hat er sich wohl damit abgefunden.« Bailor zuckte die Schultern. Er war offensichtlich verwirrt. »Als ich heute morgen mit ihm gesprochen habe, war er ausgesprochen gut gelaunt. Er hat sogar Pläne für die Hochzeit geschmiedet.«

»Das verstehe ich nicht«, sagte Melli. »Wenn die Hochzeit wie geplant stattfindet, dann wird Kylock nach dem Tod des Herzogs über Bren herrschen.«

»Offenbar scheint ihn das nicht länger zu beunruhigen.« Als Melli gähnte, stand Bailor auf. »Ich muß mich jetzt wieder auf den Weg machen, meine Liebe, und du solltest ein wenig schlafen. Du kannst es gebrauchen.« Er ging zur Tür. »Versprichst du mir, die Ärzte nicht wieder zu verprügeln, wenn ich sie zu dir schicke, damit sie dich untersuchen?« Er zwinkerte fröhlich.

Melli lächelte. »Ich verspreche es.«

»Meister, Lady Katharina wünscht Euch zu sehen.«

Baralis stand augenblicklich auf. Er glättete sein

Gewand und schaute sich um. Sein Gemach machte einen akzeptablen Eindruck. »Führe sie herein, Crope.«

Kurz darauf erschien Katharina von Bren. Baralis, der lange geglaubt hatte, immun gegen weibliche Schönheit zu sein, sog zischend die Luft ein. Katharina war atemberaubend: Ihr goldenes Haar war prächtiger als jede Krone, und ihre blauen Augen waren schöner als jedes Juwel. Wenn er sich nicht irrte, hatte sie sich alle Mühe gegeben, um so gut wie möglich auszusehen; ihr Kleid war viel zu elegant für diese Tageszeit. Gut. Offenbar hatte sie verstanden, in welcher Position sie sich ihm gegenüber befand.

»Seid gegrüßt, Mylady«, sagte Baralis und verbeugte sich tief. »Darf ich Euch eine Erfrischung anbieten? Ein wenig Wein vielleicht?«

Katharina zog ihre wunderbar geschwungenen Augenbrauen hoch. »Und werdet Ihr auch selbst einen Becher trinken, Lord Baralis? Vielleicht seid Ihr ja wie mein Vater, der sich zwar stets einen Becher Wein einschenkt, aber niemals trinkt.«

Baralis legte den Kopf leicht zur Seite; dann ging er zu einem Kabinett und schenkte zwei Becher Wein ein. Bevor er den zweiten Katharina anbot, hob er den ersten an die Lippen und trank ihn in einem Zug aus. »Ich bin nicht Euer Vater, Mylady.«

Katharina nahm ihm den zweiten Becher aus der Hand. Dabei berührte sie flüchtig sein Handgelenk. »Nein, das sehe ich.«

Baralis hatte das Gefühl, die Kontrolle über die Situation zu verlieren. Katharinas Nähe, kombiniert mit dem schweren Wein von Bren, ergaben eine Mischung, die ihn leicht benommen machte. Er ermahnte sich selbst, daß er sich im Augenblick keinen Fehler erlauben durfte. Um seine Unsicherheit zu verbergen, wandte Baralis seinem Gast den Rücken zu. »Sagt mir, Mylady, wie sicher kann man hier in diesem Palast in der Nähe von Wänden reden?«

»Ihr enttäuscht mich, Lord Baralis. Ihr ähnelt meinem Vater mehr, als ich gedacht habe. Zumindest Euer Mißtrauen kommt dem seinen gleich.« Wieder trat sie dicht neben ihn.

Ihr Duft war faszinierend. Sie roch wie ein Kind. »Das beantwortet meine Frage nicht«, erwiderte Baralis und füllte ihren Becher nach. Diesmal konnte kein Zweifel daran bestehen, daß sie sein Handgelenk mit Absicht berührt hatte.

»Falls Ihr an Geheimgänge denkt, Lord Baralis … Mir sind ein oder zwei bekannt.«

Baralis wußte seine Erregung gut zu verbergen. »Das habe ich erwartet. Kennt Ihr auch einige, die von besonderem Interesse sein könnten?«

»Ihr meint doch nicht etwa solche, die zu den Gemächern meines Vaters führen, oder?«

Katharinas Offenheit kam unerwartet. In Gedanken verfluchte Baralis den Becher Wein, den er gezwungenermaßen getrunken hatte. »Würdet Ihr mir denn verraten, ob solche Gänge existieren?« fragte er.

»Ja.« Katharina blickte ihn herausfordernd mit ihren blauen Augen an.

Inzwischen war Baralis bewußt geworden, daß Katharina gefährlich war. Ihr Liebhaber war auf brutalste Art und Weise umgebracht worden, und ihr Vater hatte den Mörder auch noch belohnt. Sie wollte Rache. Jetzt mußte Baralis nur noch herausfinden, an wem sie sich rächen wollte: an ihrem Vater oder an dem Ritter. Das Thema der Geheimgänge wollte er vorläufig außen vor lassen – es war zweifelsohne wichtig, doch jetzt war nicht der geeignete Zeitpunkt, um weiter in diese Richtung zu forschen. Es war besser, Katharina glauben zu lassen, er hätte andere Prioritäten.

»Wußte Blayze, daß Ihr der Zauberei fähig seid?«

Katharina zuckte bei der Erwähnung ihres Liebhabers kaum merklich zusammen. »Ja. Aber er hat seine Kämpfe stets allein gewonnen. Nicht ein einziges Mal hat er mich um Hilfe gebeten.«

»Das bezweifele ich nicht.« Baralis hielt die Zeit

für gekommen, Katharina an ihre Schuld zu erinnern. »Denn hätte er es getan, wärt Ihr schon längst tot.«

Katharina versuchte, mit einem geringschätzigen Blick auf seine Bemerkung zu reagieren, doch sie konnte die Furcht in ihren Augen nicht verbergen.

Baralis fuhr fort. Seine Stimme klang tief und verführerisch. »Mylady, Zauberei ist eine gefährliche Waffe. Man sollte sie nicht leichtfertig einsetzen.«

»Leichtfertig, Lord Baralis!« erwiderte Katharina mit der Schnelligkeit eines Peitschenhiebs. »Ich habe sie nicht *leichtfertig* eingesetzt. Blayzes Leben war in Gefahr. Ich hatte keine andere Wahl.«

»Ihr wart einfach nur dumm! Wäre ich nicht dazwischengegangen, hättet Ihr keine Haut mehr auf Eurer schönen Brust. Ich habe den Schlag für Euch abgefangen.«

»Dafür seht Ihr aber noch recht gesund aus.«

Baralis zerriß sein Gewand. Die Seide teilte sich und enthüllte die darunterliegende Haut.

Ein leises Stöhnen kam über Katharinas Lippen, und sie packte sich an die Brust. Langsam schüttelte sie den Kopf. »Nein, nein.«

»Doch, meine süße Katharina«, sagte Baralis; absichtlich ließ er ihren Titel unerwähnt. »Das hat Eure Beschwörung mir angetan.«

Seine Worte zeigten den gewünschten Effekt. Katharina wurde so weiß wie ein Bettlaken. Sie trank ihren Becher in einem Zug aus und setzte sich aufs Bett. »Das habe ich nicht gewußt. Das habe ich wirklich nicht gewußt.«

Baralis legte die Seide wieder über die Haut und verdeckte so die Naht, an der sich altes mit neuem Fleisch verbunden hatte. »Kleine Mädchen sollten nicht mit dem Feuer spielen.«

Katharina war offensichtlich nervös. Sie kaute auf ihrem Daumennagel. »Werdet Ihr meinem Vater davon erzählen?«

Darauf hatte Baralis gewartet. »Nein. Das bleibt unser kleines Geheimnis.«

»Und was erwartet Ihr als Gegenleistung?«

»Freundschaft, meine süße Katharina. Nur Freundschaft.« Baralis sprach wie ein Freier; er nutzte seine Stimme, um zu streicheln und zu überzeugen. »Ihr und ich, wir könnten viel füreinander tun. Wir haben dieselben Ziele. Es gibt nichts, was wir gemeinsam nicht erreichen könnten.« Er beugte sich vor und streichelte über Katharinas nahezu unglaublich weiche Wange. Ihre erste Reaktion war, vor Baralis' Hand zurückzuscheuen, doch einen Augenblick später schien sie die Berührung zu akzeptieren – ja, sie lehnte sogar den Kopf in seine Richtung, als er die Hand wieder zurückzog.

»Was meint Ihr damit, wir hätten dieselben Ziele?«

Baralis hatte sie dort, wo er sie haben wollte. Jetzt mußte er ihr nur noch ein wenig nach dem Mund reden. »Wir beide wollen den Ritter tot sehen.« Im selben Augenblick, da er die Worte aussprach, wußte er, daß es in der Tat so sein mußte. Der Zauber, der ihn in der Nacht des Kampfes in die Brust getroffen hatte, hatte viel von dem Mann offenbart, der ihn neu geformt und zurückgeschleudert hatte. Der Ritter war gefährlich; mächtige Männer standen hinter ihm. Er war dazu bestimmt gewesen, der Champion des Herzogs zu werden. Sein Sieg hatte nichts mit Glück zu tun gehabt: Das Schicksal hatte ihn bei diesem Tanz geführt. Und wohin das Schicksal führte, war schwer vorauszusehen, aber es wählte seine Partner niemals leichtfertig aus. Morgen würde Baralis mehr wissen.

Heute jedoch galt all seine Aufmerksamkeit Katharina. Wenn sie dieses Gemach verließ, mußte sie sicher auf seiner Seite sein. »Wir sollten einander helfen«, sagte er.

»Und was springt für Euch dabei heraus, Lord Baralis?«

Wieviel sollte er preisgeben? Den ganzen Plan zu

offenbaren wäre unklug. Im Augenblick mochte Katharina ihren Vater vielleicht hassen; aber haßte sie ihn auch genug, um seinen Tod herbeizuwünschen? Baralis fiel es schwer, die Stärke einer Familie zu beurteilen, und so ließ er Vorsicht walten. »Ich möchte nur, daß die Hochzeit reibungslos vonstatten geht.«

»Ist das alles?« Ein spöttischer Ausdruck stahl sich auf Katharinas schönes Gesicht.

»Das ist *alles*, meine süße Katharina. Die bedeutendste Verbindung in der Geschichte der bekannten Welt sollte nicht mit einem Achselzucken abgetan werden.« Baralis ließ seine Stimme klingen wie eine Fanfare. »Ihr werdet über riesige Gebiete im Norden herrschen. Ganze Armeen werden auf Euer Wort hin marschieren. Ihr werdet unvorstellbare Reichtümer besitzen. Und Ihr werdet nicht nur eine Königin sein, sondern eine Kaiserin!«

Zwei leuchtendrote Flecken erschienen auf Katharinas Wangen. »Eine Kaiserin?«

Sie gehörte ihm. Baralis hatte sie richtig eingeschätzt: Genau wie ihr Vater, so sehnte auch sie sich nach unsterblichem Ruhm. Das Herrscherhaus von Bren war ebenso gierig wie sein Wappentier, der Falke. Ehrgeiz war einem Mitglied dieser Familie ebenso angeboren wie Wollust. Tradition war nicht der einzige Grund, warum Katharina einen Keuschheitsgürtel trug; das unbequeme Kleidungsstück diente in der Tat einem praktischen Zweck. Zu viele von Brens Töchtern waren ihrer Lust erlegen. Sie waren wie rollige Katzen. Die Art und Weise, wie Katharina auf dem Bett saß, war Beweis genug dafür, daß auch sie sich in diesem Punkt nicht von ihren weiblichen Vorfahren unterschied. Ihre Beine waren ein wenig zu weit gespreizt, als es dem Anstand entsprochen hätte, und ihr Mieder war ein wenig zu tief ausgeschnitten. Baralis wandte ihr den Rücken zu; er durfte nicht zulassen, daß ihre Schönheit ihn ablenkte.

»Ihr werdet die Visionen Eures Vaters weit übertreffen. Dort, wo er nur ein Königreich sieht, werdet Ihr über ein mächtiges Imperium herrschen. Noch in Generationen werden die Menschen Euren Namen mit Respekt aussprechen. Katharina, die erste Kaiserin des Nordens, wird in die Geschichte der Menschheit eingehen. Man wird noch von Euren Taten erzählen, wenn man den Namen Eures Vaters schon längst vergessen hat.« Baralis wirbelte herum, um ihr in die Augen zu sehen. »Wenn Ihr mir helft, dann helft Ihr auch Euch selbst.«

»Was verlangt Ihr von mir, daß ich tun soll?«

Im selben Augenblick, da Katharina diesen einen köstlichen Satz sagte, wich alle Spannung aus Baralis' Körper. Wieder ging er zu dem Kabinett und schenkte sich einen halben Becher Wein ein. Erst nachdem er einen kräftigen Schluck getrunken hatte, antwortete er: »Zunächst einmal will ich jederzeit darüber informiert werden, was Euer Vater tut. Wen er trifft, wohin er geht, welche Nachrichten er erhält, ja selbst, was er denkt. Später solltet Ihr mir dann den Geheimgang zu seinen Gemächern zeigen; der Ritter wird viel Zeit dort verbringen, ein idealer Ort für einen Anschlag. Schließlich möchte ich, daß Ihr Eurem Vater klarmacht, wie sehr Ihr diese Ehe wünscht. Sagt ihm, Ihr wäret in der Stadt gewesen, und überall hätte man Euch zur Wahl Eures Bräutigams beglückwünscht. Sollte es so aussehen, als wolle Euer Vater die Hochzeit verhindern, dann täuscht einen Wutanfall vor – droht, Euch von den Zinnen zu stürzen, oder was auch immer Euch einfallen mag.«

Katharina nickte gehorsam zu allem, was Baralis sagte.

Baralis erkannte das ihm wohlvertraute verschwörerische Funkeln in Katharinas Augen, und er fuhr fort: »Und nun, bevor Ihr geht, sagt mir, was Ihr über Kylocks Invasion von Halcus wißt.«

Atemlos berichtete sie ihm alles, was sie wußte – wie ein kleines Mädchen, das sich bei seinem Vater einschmeicheln will. Baralis hörte ihr aufmerksam zu. Was sie sagte, beunruhigte ihn, doch er war äußerst zufrieden mit der Art, *wie* sie es sagte.

Irgend jemand schüttete Jack kaltes Wasser ins Gesicht und warf ihm anschließend den dazugehörenden Eimer an den Kopf. »Wach auf, du Bastard!«

Jack öffnete das linke Auge – das rechte verweigerte ihm den Gehorsam – und betrachtete seine Umgebung. Zunächst glaubte er, in der Hölle zu sein, denn um ihn herum war alles in Rot getaucht. Eine Sekunde später erkannte er, daß er durch einen scharlachroten Schleier hindurchschaute; sein gutes Auge war voller Blut. Das war zwar schlecht, zumal nur eines von zwei Augen überhaupt funktionierte; aber ein rotes Auge war besser als gar keines.

Der Mann, der den Eimer geworfen hatte, sah so gemein aus wie Frallit an einem Festtag. Auch besaß sein Gesicht die gleiche Farbe. Blutige Augen hin oder her, der Meisterbäcker war stets etwas rot ums Kinn herum gewesen.

»Was gibt es da zu grinsen, Junge?« Ein rascher Tritt in die Nieren verlieh der Frage Nachdruck.

Jack bemühte sich verzweifelt, ein anderes Gesicht aufzusetzen. Das war nicht leicht. Seine Kiefer weigerten sich standhaft, ihm den Willen zu tun, und seine Lippen waren zu geschwollen, um sich zu bewegen.

»Versuch nicht, mich für dumm zu verkaufen, Junge. Ich werde dir das Grinsen schon austreiben.« Der Mann schlug Jack mit der flachen Hand ins Gesicht.

Jack spürte einen einzelnen, stechenden Schmerz in der Brust, dann brachen alle Dämme. Jeder Muskel, jeder Knochen, jede Zelle seines Körpers schrie protestierend auf. Alle vier Gliedmaßen pochten vor Schmerz. In Rücken und Bauch brannte ein Feuer, und er hatte das Gefühl, als sei sein Schädel genau in der Mitte gespalten. Soviel Schmerz. Nach dem ersten Schock der Erkenntnis mischte sich das Brennen und Pochen und wurde eins; dann floß der Schmerz zurück zu seinem Ausgangspunkt: Jacks Brust.

»Jetzt ist dir das Lachen wohl vergangen, was?« sagte der Soldat.

Der Schmerz trübte Jacks Verstand. Er war nicht sicher, wie er reagieren sollte. Abwechselnd versuchte er, zu nicken und ein verdrießliches Gesicht zu machen. Zum Glück fiel ihm zumindest das Nicken leicht, und der Soldat schien sich wieder ein wenig zu beruhigen. Jack stieß einen erleichterten, wenn auch unheldenhaften Seufzer aus. Ein weiterer Fehler: Seine Brust reagierte sofort auf die Anstrengung, und ein warmer, Übelkeit erregender Schmerz stieg aus seinen Lungen hinauf in Richtung Mund. Jack beugte sich vor und spie einen Schwall von Speichel und Blut auf den Boden.

»Darüber würde ich mir keine Sorgen machen, Junge«, sagte der Wachsoldat. »Meiner Erfahrung nach ist Hängen die beste Medizin. Die Ärzte mit ihrem ganzen Salben und Tränken können da nicht mithalten.«

Jack hatte langsam die Nase voll von dem Kerl. Er durchforstete sein Gehirn nach einer passenden Beleidigung, doch außer ›du blöder Halcus-Schafficker‹ fiel ihm nichts ein – egal, er brachte sie an.

Krach! Ein gut gezielter Tritt traf Jacks Kinn, und ein weiterer folgte sofort. Und dann noch einer …

»Hey, Freudlos«, sagte eine zweite Stimme. »Er wird erst in einer Woche gehängt, und es macht wohl kaum Spaß, einer Leiche die Schlinge umzulegen.«

Freudlos grunzte verächtlich, versetzte Jack einen letzten Tritt und folgte seinem Freund aus der Zelle. Metall klapperte, dann wurde ein Schlüssel in einem Schloß herumgedreht, und schwere Schritte entfernten sich.

Diesmal verzichtete Jack auf einen erleichterten Seufzer. Er lag auf dem Boden, starrte zu der niedrigen Decke hinauf und versuchte, seine schmerzenden Muskeln zu entspannen. Mit allem konnte er fertig werden, selbst mit den Schlägen der Wache, aber nicht mit den Schmerzen in seiner Brust. Er hatte das Gefühl, einen Strudel in seiner Brust zu haben, der ihm alle Kraft und jeden Funken Verstand absaugte, und er durfte nicht aufhören, dagegen anzukämpfen. Entfernt erinnerte er sich an einen Pfeil und an Hunde, deren Zähne Messern glichen. Nein, darüber wollte er nicht nachdenken. Doch er mußte sich auf irgend etwas konzentrieren, wollte er vermeiden, daß sein Verstand in dem Sog unterging, der aus dem Schmerz in seiner Brust entsprang. Natürlich könnte er den Kopf heben und einen Blick auf seinen Körper werfen, aber er fürchtete, daß ihm der Anblick nicht gefallen würde, und so verzichtete er darauf aus Rücksicht auf sein zartes Gemüt.

An einem jedoch konnte er sich festhalten. Ein einziger Gedanke vermochte ihn von der Wunde abzulenken, die der Pfeil verursacht hatte: Tarissa. In jener Nacht hatte sie im Wald auf ihn gewartet. Stunde um Stunde hatte sie allein in der Dunkelheit ausgeharrt, doch er war nicht erschienen. Jack schlug mit der Faust auf den Boden. Er hatte sie sitzengelassen. Allein der Gedanke daran war eine Qual. Wann hatte sie die Warterei aufgegeben? Um Mitternacht? Bei Tagesanbruch? Jack sah sie deutlich vor seinem geistigen Auge: Haselnußbraune Locken hingen aus ihrer Kapuze; ihr Gesicht war von Sorge gezeichnet, und sie hatte die Hand ans Messer gelegt. Mit Sicherheit hatte sie bis Tagesanbruch gewartet – er war fest davon überzeugt.

Was mochte sie denken? Daß man ihn gefangen hatte? Daß er tot war, oder schlimmer noch, daß er einfach abgehauen war und sie im Stich gelassen hatte, nachdem die Tat vollbracht war?

All das war Rovas' Werk. Der Tunnel war blockiert gewesen, und Jack war in die Falle gegangen. Nun, da Vanly tot war, hatte der Schmuggler keine Verwendung mehr für ihn. Es war soviel einfacher, ihn den Soldaten zu überlassen. Auf diese Weise konnte Rovas Magra und Tarissa gegenüber behaupten, unglücklicherweise hätte man Jack geschnappt, ohne daß jemand auf den Gedanken kommen würde, daß dabei Verrat im Spiel gewesen war. Wieder schlug Jack mit der Faust auf den Boden. Wie hatte er nur so dumm sein können! Der Plan war perfekt gewesen: Jack hatte die Drecksarbeit für Rovas erledigt und wurde anschließend auch noch dafür gehängt.

Im Augenblick war Rovas sicherlich damit beschäftigt, Tarissa zu trösten. Dabei hatte er wahrscheinlich seine Hand ein wenig zu tief um ihre Taille gelegt, und seinen Mund ein wenig zu nah an ihr Ohr gebracht.

Jack spürte einen Druck in seinem Kopf, der langsam an Stärke zunahm; die Vorstellung war einfach unerträglich, daß Rovas Tarissa berührte. Ein scharfer Geschmack im Mund, dann bebte die Zelle. Ein Stein löste sich aus der Decke und schlug dicht neben Jacks Füßen auf. Das war wie ein Schlag ins Gesicht, schockierend und ernüchternd zugleich. Jack versuchte, wieder die Kontrolle zu erlangen, indem er sich die magische Energie als Galle vorstellte, die er hinunterwürgen mußte. Auf diese Art zwang er sie wieder in seinen Bauch und hielt sie dort fest. Die Adern in seiner Nase schwollen an, als der Druck in seinem Kopf weiter zunahm, und einen Augenblick später spürte er, wie ein warmes Rinnsal aus seinen Ohren lief.

»Was in Borcs Namen war das?« schrie irgend jemand.

Jack zitterte von Kopf bis Fuß. Die Zauberei, der gefallene Stein und die Vorstellung von Tarissa und Rovas – das war zuviel für ihn. Er wollte weinen, aber Helden weinten nicht, und so war es für ihn eine Frage der Ehre, daß auch er sich beherrschte. Außerdem würde ihm Weinen noch mehr Schmerzen bescheren, wenn man bedachte, in welchem Zustand sich sein Gesicht im Augenblick befand.

Jack fühlte sich so schwach. Zum ersten Mal hatte ihm sein Verstand gezeigt, was er insgeheim schon seit der ersten Woche gewußt hatte, die er in der Schmugglerhütte verbracht hatte: Rovas wollte Tarissa. Er liebte sie, und er würde niemals zulassen, daß ein anderer sie bekam. Das erklärte vieles. Deshalb hatte Magra sie zusammengebracht; nicht weil sie wollte, daß Jack und Tarissa ein Liebespaar wurden, sondern weil die Alternative noch viel schlimmer war. Sie konnte nicht zulassen, daß Rovas ihre Tochter nahm. Seit nunmehr fast zwanzig Jahren war der Mann wie ein Vater für Tarissa gewesen, so daß sein Verlangen nach ihr an Inzest grenzte. Magra, eine Dame von edelster Abstammung, würde eher einen Bäckerjungen als Liebhaber ihrer Tochter akzeptieren als jenen Mann, der einst ihr eigener Geliebter und Tarissas Stiefvater gewesen war.

In Jacks Kopf drehte sich alles. Tarissa mußte vor Rovas gerettet werden. Es würde nicht lange dauern, bis der Schmuggler sich etwas Neues ausgedacht hatte, um sie enger an sich zu binden. Er würde vor nichts haltmachen. Mord, Entführung, Nötigung – alles, um Tarissa unter seinen Willen zu zwingen.

Wieder hämmerte Jack mit der Faust auf den Boden. Rovas wollte Tarissa. Warum hatte er sich das nicht schon früher eingestanden? Er hatte es doch gewußt. Hätte er es getan, dann würde er jetzt bestimmt nicht in einem Halcus-Kerker hocken, während Rovas seine breite Schulter darbot, damit Tarissa sich daran ausweinen konnte. Es war so einfach gewesen, ihn hereinzulegen. Jack hätte den Tunnel überprüfen sollen, bevor er sich auf den Plan eingelassen hatte. Er zweifelte nicht eine Sekunde daran, daß der Tunnel schon vor langer Zeit blockiert worden war – und daß Rovas davon gewußt hatte. Der Schmuggler hatte ihn wissentlich in den Tod geschickt.

Jack verfluchte seine eigene Dummheit. Er war so formbar gewesen wie frisch zubereiteter Teig. Aber diese Zeiten waren jetzt vorbei. Während er hier auf dem Boden einer Halcus-Zelle lag, verhärtete sich etwas in Jack. Schon viel zu lange hatte er sich von anderen manipulieren und dominieren lassen. Frallit hatte ihn herumgeschubst; Baralis hatte ihn geprügelt, und Rovas hatte ihn betrogen. Es war an der Zeit, daß er sein Leben in die eigenen Hände nahm. Niemals wieder würde er sich wie ein Lamm zur Schlachtbank führen lassen. Von nun an würde er seine Zukunft nach eigenem Willen gestalten.

Jack besaß nur eins, was ihm ganz allein gehörte, einen Vorteil, den er viel zu lange geleugnet hatte: Die Zauberei lag ihm im Blut. Auch jetzt, in diesem Augenblick, ließ sie ihn zittern; sie war es gewesen, die den Stein aus der Decke gelöst hatte. Jack hatte bereits Häuser und Menschen bewegt und die Natur der Dinge verändert. Zu was war er noch fähig? Gegenwärtig war seine Magie nur ein Produkt des Zorns, das manchmal monatelang in ihm schlummerte; er mußte lernen, seine Kräfte zu kontrollieren. Wenn es ihm gelang, seine Macht zu beherrschen, dann würde niemals wieder jemand versuchen, ihn unter seinen Willen zu zwingen.

Jack ballte die Fäuste. Rovas hatte ihn in eine Falle geschickt – er würde nicht damit davonkommen. Der Wachsoldat hatte gesagt, die Hinrichtung fände in einer Woche statt. Gut. Das ließ Jack genug Zeit, seine Flucht zu planen. Er brauchte ein paar Tage, um wieder zu Kräften zu kommen. Im Augenblick bezweifelte er, aufrecht stehen zu können, geschweige denn aus dem Gefängnis zu fliehen oder eine Waffe zu führen. Doch vor allem brauchte er Zeit, um seine magischen Fähigkeiten zu trainieren. Er würde die Kraft beherrschen, die in seinem Inneren schlummerte.

Ohne sich um die Beschwerden der Muskeln zu kümmern, setzte Jack sich auf. Die Wunde in seiner Brust machte mit einem stechenden Schmerz auf sich aufmerksam. Jack kämpfte dagegen an, und schließlich gelang es ihm, den Schmerz in den Hintergrund zu drängen. Er hatte sich mit Wichtigerem zu beschäftigen. Der Stein zu seinen Füßen schien für den Anfang ideal zu sein. Er würde ihn bewegen. Jack bemühte sich, an nichts anderes mehr zu denken als nur an den Stein. Er konzentrierte sich auf dessen Zentrum, wanderte in Gedanken in Richtung Oberfläche und versuchte, ihn so zu bewegen. Nichts. Kein Kribbeln im

Bauch, kein Druck im Kopf. Er versuchte es erneut; diesmal stellte er sich vor, von außen in den Stein einzudringen. Wieder nichts.

Enttäuscht, aber nicht wirklich überrascht, veränderte Jack seine Sitzposition. Er wußte, was er als nächstes versuchen würde. Ein Bild erschien vor seinem geistigen Auge: ein Bild von Rovas, der Tarissa tröstete; seine großen roten Hände lagen zärtlich auf ihrem Rücken, während er sich vorbeugte, um ihr Lügen ins Ohr zu flüstern. Mehr Hilfe benötigte Jack nicht. Sofort schmeckte sein Speichel nach Zauberei, und der vertraute Druck bildete sich im Kopf. Jack richtete die Energie aus und … der Stein zerbarst in tausend Stücke. Wie Pfeile regneten Steinsplitter auf Jacks Körper hinab, und eine Staubwolke stieg vom Boden auf.

Als sich der Staub wieder legte, war von dem Stein nur noch ein Trümmerhaufen übriggeblieben. Jack war übel, von Triumph keine Spur. Er war so müde, daß er ohnmächtig zu werden drohte, und so legte er sich wieder auf den Boden. Das Zittern, das nach dem ersten Anfall von Zauberei noch nicht wieder aufgehört hatte, war plötzlich viel schlimmer geworden. Jack zog die Knie an die Brust und rollte sich zusammen, um sich zu wärmen. Schwäche wehte über seinen Körper hinweg wie eine kühle Brise, und es dauerte nicht lange, bis Jack in einen unruhigen Schlaf gefallen war, den Kopf neben die Überreste des Steins gelegt.

Kapitel vierundzwanzig

Tawl sorgte sich um Schnapper, denn er wußte, daß Schnapper sich um ihn sorgte. Natürlich hätte er nicht einfach so verschwinden sollen, ohne dem Jungen ein Wort zu sagen, aber ihm war keine andere Wahl geblieben. In der einen Minute hatte er noch in seiner Kammer gehockt und sein Schwert geölt, und in der nächsten hatte man ihm befohlen, den Herzog auf eine Reise in die Berge zu begleiten. Er konnte sich nicht weigern. Sein Eid verlangte von ihm, dem Herzog stets und sofort zu gehorchen. Wie nicht anders zu erwarten, war Schnapper nirgends zu finden gewesen – nur Borc allein wußte, was der Junge bei Tageslicht anstellte –, und Tawl mußte sich beeilen. Die Pferde waren bereits gesattelt, und der Herzog war kein geduldiger Mann. Da der Junge nicht lesen konnte, kam eine schriftliche Nachricht nicht in Frage. Tawl konnte nur soviel wie möglich von seinem Eigentum zurücklassen, so daß Schnapper annehmen würde, daß er mit Sicherheit beabsichtigte zurückzukehren.

Schnapper war ein kluger Junge – zu klug für sein Alter. Tawl zweifelte nicht eine Sekunde daran, daß es dem einfallsreichen Taschendieb irgendwie gelingen würde herauszufinden, wohin er gegangen war. Dennoch machte er sich Sorgen. Tawl lächelte bei dem Gedanken an den Jungen. Schnapper betrachtete sich als Tawls Kindermädchen; er versorgte seine Wunden, wässerte sein Bier, und er beobachtete ihn auf Schritt und Tritt. Er klebte an seinem Freund wie eine Fliege an einem Stück Speck. Mit solch einer Loyalität hätte sich Schnapper hervorragend zum Ritter geeignet – vorausgesetzt, man ließ ihn nicht ans Gold heran!

Es war ein gutes Gefühl zu wissen, daß jemand an ihn dachte. Schnapper hatte sein Leben gerettet, war Hunderte von Meilen neben ihm hergelaufen, und er hatte ihn nicht einen einzigen Augenblick lang aufgegeben. Tawl wußte nicht, was er getan hatte, um einen solchen Freund zu verdienen, aber er war von ganzem Herzen dankbar dafür, daß er Schnapper an jenem Tag getroffen hatte, als die *Fischgeruch* wieder in Rorn eingelaufen war. Er hatte zwar dem Herzog die Treue geschworen, und die Erfüllung dieses Schwurs würde immer an erster Stelle stehen; doch er verdankte Schnapper soviel, daß er sich selbst geschworen hatte, den Jungen niemals im Stich zu lassen.

Es gab da nur ein Problem: Während Tawl hier oben in den Bergen war, um über die neueste Tändelei des Herzogs zu wachen, würde Schnapper in Bren wahrscheinlich in alle möglichen Schwierigkeiten geraten. Der Junge war geradezu genial, wenn es darum ging, Ärger zu machen. Doch andererseits kam er wohl auch ganz gut ohne Hilfe zurecht, denn er war nicht nur einfallsreich, sondern auch unverwüstlich.

Tawl stand auf, um seine schmerzenden Muskeln ein wenig zu bewegen. Es hatte ihnen nicht sonderlich gutgetan, daß er die ganze Nacht auf einer harten Bank verbracht hatte. Allerdings war es schon lange her, seit verspannte Muskeln Tawls einzige Beschwerde gewesen waren, und eine Holzbank in einer eleganten Hütte war immer noch besser als eine Decke auf der blanken Erde. Egal wie sehr Tawl seinen Körper auch mißhandelte, er ließ ihn nie im Stich. Dafür konnte er dankbar sein.

Zwei Ärzte kamen zur Tür. Tawl erkannte sie und ließ sie passieren. Er fragte sich, was so besonders an der Frau in den Gemächern des Herzogs war. Ärzte, Zofen, Schneider und Priester: Alle waren sie zu ihr gegangen. »Wach über sie«, hatte der Herzog gesagt, ohne zu erwähnen, warum oder für wie lange, und Tawl hatte ihn während des sechs Stunden dauernden Ritts auch nicht danach gefragt. Als Ritter hatte er gelernt, Befehle widerspruchslos zu akzeptieren, und nun, da er nicht länger ein Ritter war, waren Befehle das einzige, was ihm noch geblieben war. Sie verliehen seinem Leben Ordnung, wenn nicht sogar einen Sinn. Der Herzog war ein würdiger Führer seines Volkes, ein Soldat, der in vielen Schlachten gekämpft hatte. Ihm zu dienen war nicht das schlechteste Schicksal. Zumindest war es wesentlich besser, als sich jede Nacht sinnlos zu besaufen und in den Gruben zu prügeln.

Eine Dienerin kam mit einem Tablett voller Speisen. Sie reichte es Tawl und wartete darauf, daß er einen Happen probierte. In der Küche gab man sich sehr viel Mühe, um ihn zufriedenzustellen: mageres Fleisch, Käse und eine hübsche Frau, die es servierte. Tawl lächelte als Dank, und die Dienerin lächelte, um ein Angebot zu machen. Ihre breiten Hüften spannten den Rock, und ihre feinen Schultern forderten die Nähte des Kleides heraus. »Ich bin in der Küche, falls Ihr noch etwas wünscht, Herr«, sagte sie.

Tawl hatte schon viel zu lange auf die Freuden der Liebe verzichtet. Nun, da sein Blut frei von Bier und sein Körper frei von Schmerz war, verspürte er wieder körperliche Lust – den Wunsch, sich in den Kurven und Vertiefungen eines weiblichen Körpers zu verlieren, um vielleicht und wenn auch nur für kurze Zeit seinen Dämonen zu entfliehen. Freundlich sagte er: »Mylady, ich würde Euch gerne später wiedersehen, wenn es mir gestattet ist.« Er ergriff ihre Hand und führte sie an die Lippen. Sie roch nach Butter und Petersilie.

»Ich werde auf Euch warten«, erwiderte sie. Nach einer tiefen Verbeugung zog sie sich zurück. Sie schwang ihre Hüften, wie nur eine ältere Frau es konnte, die sich der Macht ihrer Reize bewußt war. Tawl schaute ihr bewundernd hinterher. Eine Gestalt kreuzte den Weg der Frau, und sie sank augenblicklich in einem tiefen Knicks zu Boden. Das konnte nur der Herzog sein. Tawl erhob sich und wartete auf ihn.

»Sei gegrüßt, mein Freund«, sagte der Herzog und schüttelte Tawls Hand. »Als ich gesagt habe, du solltest über die Dame wachen, habe ich nicht damit gemeint, daß du die ganze Zeit vor ihrer Tür hocken sollst.«

Tawl erwiderte den Handdruck und lächelte schief. »Ihr solltet wissen, daß ich meine Aufgabe ernst nehme, Euer Gnaden. Allerdings muß ich gestehen, daß ich wahrscheinlich den ersten Mann umbringen werde, der ein Kissen bei sich trägt – diese Bank ist härter als Stein.«

Der Herzog grinste, doch als er sprach, waren seine Worte ernst. »Tawl, ich habe dich nicht als Wache hierhergebracht. Ich habe dich hierhergebracht, weil ich jemanden brauche, dem ich vertrauen kann.« Kalte, graue Augen musterten ihn. »Und ich glaube, daß ich *dir* vertrauen kann.«

Tawl erwiderte den Blick. »Ich werde meinen Eid nicht brechen.«

»Ich weiß.« Der Herzog legte die Hand auf die verzierte Tür. »Hier drin ist eine Dame, die bald in einer sehr gefährlichen Lage sein wird. Viele Leute werden versuchen, sie umzubringen. Ich werde dir später mehr erzählen, wenn alles in die Wege geleitet ist, aber eins ist sicher: Ihr Leben muß um jeden Preis bewahrt werden. Wachen sind außer zur Repräsentation zu nichts nütze. Männer mit Speeren können keinen entschlossenen Assassinen aufhalten. Ich brauche einen Mann mit Initiative. Jemanden, der Tag und Nacht wachsam ist, und der nicht beim ersten Anzeichen von Gefahr zusammenzuckt und davonrennt.«

Der Herzog hielt einen Augenblick inne, um abzuschätzen, welche Wirkung seine Worte auf Tawl hatten. »Als ich dich in jener Nacht auf dem Kampfplatz gesehen habe, habe ich einen Mann gesehen, der um jeden Preis gewinnen wollte. Auch habe ich erfahren, daß du einst ein Ritter warst. Somit stehen deine Treue und deine Fähigkeiten außer Zweifel. Ich bin fest davon überzeugt, daß du die Dame mit deinem Leben beschützen wirst.«

»Das werde ich.«

»Dann bin ich zufrieden«, sagte der Herzog. Er wandte sich von Tawl ab und strich mit den Fingern über die Falkenschnitzerei in der Tür. »Natürlich kann ein solcher Schutz vielerlei Formen annehmen.«

Tawl spürte, daß sich der Charakter des Gesprächs verändert hatte, aber er schwieg. Er zog es vor, den Herzog weitersprechen zu lassen.

»Viele Leute werden mit der Dame sprechen wollen. Man wird versuchen, ihren Verstand mit Lügen zu füllen und sie zu manipulieren. Sie muß vor solch schädlichem Einfluß bewahrt werden. Ich möchte, daß sie vollkommen von den Vorgängen bei Hofe isoliert wird. Ohne meine ausdrückliche Erlaubnis darf niemand zu ihr, und niemand darf mit ihr über Politik reden. Sie muß rund um die Uhr beobachtet werden.«

Tawl gefiel ganz und gar nicht, was er soeben gehört hatte. »Dann bin ich also so etwas Ähnliches wie der Wärter der Dame.«

»Nein«, entgegnete der Herzog rasch. »Ich will, daß du ihr Freund wirst.«

»Ich suche mir meine Freunde selbst aus, Euer Gnaden.«

»Dann ist es wohl angebracht, wenn du die Dame kennenlernst.« Der Herzog öffnete die Tür und bedeutete Tawl, ihm zu folgen.

Sie gingen durch einen großen Speisesaal in ein spärlich beleuchtetes Schlafgemach. Ein dünnes, dunkelhaariges Mädchen saß auf dem Bett. Ihre Augen waren groß und dunkel und ihr Kinn eckig wie ein Spaten.

»Tawl«, sagte der Herzog, »darf ich dir Lady Meliandra vorstellen.«

Melli war in keiner guten Stimmung. Man hatte sie mit Haferbrei und ähnlichen Leckereien zwangsgefüttert, und ständig hatte irgend jemand an ihr herumgefummelt. Ihr Vater hatte recht damit, Ärzte zu hassen; ein kranker Patient stellte sie nicht zufrieden, nein, sie gaben sich alle Mühe, ihm auch noch das Leben selbst zu vermiesen. Sie wollte eine Hammelkeule – eine ganze, nur leicht angebraten –, einen Krug Rotwein und einen Nachttopf, dessen Kanten nicht wie ein Messer in ihren Hintern schnitten.

Auch von dem ständigen Kommen und Gehen hatte sie mittlerweile die Nase voll. Seit sie gestern aufgewacht war, gingen ständig Leute in ihrem Schlafzimmer ein und aus, als würden die Tür und der Brauch vorher anzuklopfen einfach nicht existieren. Ärzte verarzteten sie, Priester beteten für sie, und Schneider nahmen ihre Maße: Nicht einer schien sich um ihre Intimsphäre zu scheren. Und um dem Ganzen noch die Krone aufzusetzen, beantwortete niemand ihre Fragen. Was auch immer sie fragte, man lächelte nur, nickte und sagte: »Wir werden sehen.« Melli erging sich gerade in einem Anfall selbstgerechter Wut, als der Herzog den Raum betrat.

Er hatte jemanden bei sich, einen großen Mann mit goldenen Haaren, der aussah, als sei er einer Legende entstiegen.

»Melliandra«, sagte der Herzog, »ich würde dir gerne meinen neuen Champion vorstellen, Tawl aus dem Tiefland.«

Der Mann verbeugte sich elegant. »Mylady.«

Melli wußte nicht, wie sie reagieren sollte. Der Fremde verdiente es nicht, das Ziel ihres Zorns zu sein. Als er sich wieder aufrichtete, bemerkte sie einen Verband an seiner Brust und einen zweiten an seinem Unterarm. Seine blauen Augen trafen die ihren, und Mellis Wut war mit einemmal verflogen. »Ich bin erfreut, Euch kennenzulernen, Tawl«, sagte sie.

»Was hat das denn zu bedeuten, Melliandra? Hat der

Sturz vom Pferd dich der Schärfe deiner Zunge beraubt?« Der Herzog lächelte. Er trat ans Fenster, schob die Vorhänge beiseite und öffnete die Läden; dann wandte er sich wieder Melli zu. »Du hast an Farbe und Gewicht verloren.«

»Und Ihr, mein Herr, habt nichts von Eurer Fähigkeit eingebüßt, eine Dame zu beleidigen.« Etwas nagte an Melli. Sie hatte niemandem in Bren ihren vollen Namen verraten, und dennoch nannte sie in letzter Zeit jedermann Melliandra – und ›Mylady‹ noch dazu! Vielleicht hatte Bailor recht damit, daß der Herzog verliebt war, denn seit dem Unfall hatte man sie wesentlich respektvoller behandelt. Melli fühlte einen Hauch von Stolz. Es war nur angemessen, daß ein Mann wie der Herzog ihren wahren Wert erkannte, denn schließlich war sie die Tochter eines der mächtigsten Lords der Königreiche. Offenbar konnte sie ihre edle Abstammung nicht vollends verbergen.

»Laß uns allein, Tawl«, sagte der Herzog. »Geh und ruh dich etwas aus. Ich werde später mit dir reden.«

Der Fremde mit den goldenen Haaren verbeugte sich ein zweites Mal und verließ den Raum. Melli fiel auf, daß er sich vollkommen lautlos bewegte. Sofort nachdem er die Tür hinter sich geschlossen hatte, sagte sie: »Warum ist es so wichtig, daß ich Euren Champion kennenlerne? Soll er etwa auch noch auf mich aufpassen?«

»Du schmeichelst dir selbst, Melliandra«, sagte der Herzog und setzte sich zu ihr aufs Bett. »Aber nicht ohne Grund. Ja, er wird über dich wachen.« Sein schmales, dunkles Gesicht war unergründlich wie eine Maske, und seine Augen funkelten wie die eines Falken. »Wenn ich etwas sehr hoch schätze, dann sorge ich auch dafür, daß es sicher ist.«

»Dann schätzt Ihr mich also?« Der plötzliche Themenwechsel hatte Melli nervös gemacht. Der Herzog war so nah, daß sie ihn riechen konnte.

»Ja, das tue ich.« Er nahm ihre Hand und hob sie an die Lippen.

Seine Berührung war rauh, doch angenehm. Verwirrt zog Melli die Hand zurück. »Woher dieser plötzliche Sinneswandel? Ich kann mich nicht erinnern, daß Ihr so fürsorglich wart, als wir das letzte Mal miteinander gesprochen haben.«

»Als man mir sagte, du könntest sterben, habe ich erkannt, daß ich dich nicht verlieren wollte.« Der Herzog sprach souverän, doch die Worte paßten nicht zu dem Mann.

»Mich, die uneheliche Tochter eines verarmten Lords?«

Unvermittelt stand der Herzog auf, und erst jetzt bemerkte Melli, daß er kein Schwert trug. Irgendwie merkwürdig, denn sie hatte ihn nie ohne gesehen. Das machte sie mißtrauisch.

»Melliandra, seit meine Frau vor zwölf Jahren gestorben ist, habe ich Frauen aus meinem Leben verbannt. Ja, es stimmt, von Zeit zu Zeit tröste ich mich – ich wäre wohl kaum ein Mann, wenn ich es nicht täte –, doch nur zum Vergnügen, nicht weil ich Gesellschaft suche.« Der Herzog blickte ihr in die Augen. »Bis jetzt. Seit wir uns zum ersten Mal getroffen haben, bist du mir nicht mehr aus dem Kopf gegangen. Dein Stolz und dein Verstand sind ohnegleichen; du verärgerst und betörst mich zugleich. Meine Gattin war die letzte Frau, die mich solcherart herausgefordert hat, und ich hatte schon beinahe vergessen, wie es ist, mit einer Frau zusammenzusein, die mir ebenbürtig ist.«

In Mellis Kopf drehte sich alles. Eine derartige Erklärung war das Letzte, was sie erwartet hatte. *Mir ebenbürtig*, hatte er gesagt. Zum ersten Mal in ihrem Leben hatte Melli das Gefühl, daß man sie nicht wegen ihres Reichtums, ihrer Schönheit oder wegen ihres Vaters schätzte, sondern um ihrer selbst willen. Hier zählten ihre inneren Werte. Ihre Worte und Taten bestimmten, wer und was sie war. Der Mann vor ihr warb nicht um Lord Maybors Tochter; er warb um ein einfaches Mädchen ohne Geld und ohne Zukunft, und dennoch behandelte er sie wie eine Gleichrangige. Melli war erregt.

Der Herzog stand vor ihr und wartete auf eine Antwort.

Melli wußte nicht, was sie sagen sollte. Sie versuchte, sich etwas einfallen zu lassen, doch nichts erschien richtig. »Ihr habt mich überrascht, Euer Gnaden.«

»Das macht nichts.« Der Herzog lächelte hart, und die Haut spannte sich auf seiner Hakennase. »Aber ich fürchte, ich habe dich schon viel zu lange in Anspruch genommen. Die Ärzte haben mir gesagt, du müßtest ruhen.«

»Ich fühle mich gut.« Melli wollte ihn nicht gehen lassen. »Doch das Pferd macht mir Sorgen. Was ist aus ihm geworden?«

»Es ist tot. Ich selbst habe es getötet; ein lahmes Pferd ist nutzlos für mich.«

Melli schämte sich. Ihr Stolz, für den der Herzog sie noch vor wenigen Augenblicken gelobt hatte, war der Tod des Hengstes gewesen. »Das tut mir leid«, sagte sie.

Der Herzog nickte sanft. Dann griff er in seine Tunika und holte ein in Seide eingewickeltes Päckchen hervor. »Ich habe hier etwas für dich.«

Das war das Messer der Bäuerin – Melli war fest davon überzeugt. Mit zitternden Händen nahm sie das Päckchen entgegen.

»Öffne es.«

Melli löste die Schnüre, und etwas Schweres und Glitzerndes fiel aufs Bett. Es war ein Messer – aber nicht ihres, sondern eine mit Gold und Silber verzierte Klinge, und in den Griff waren Rubine und Saphire eingelassen. Nie hatte sie etwas Schöneres gesehen.

»Gefällt es dir? Ich dachte, du könntest vielleicht ein neues gebrauchen, nachdem das alte unbrauchbar geworden ist.«

Melli lauschte auf einen drohenden Unterton in seiner Stimme, doch außer Ironie konnte sie nichts finden. Sie nahm das Messer in die Hand. Es paßte wie ein

Handschuh, und die Edelsteine strahlten im Sonnenlicht.

»Es ist ein Frauendolch, der vor fünfhundert Jahren für eine Kaiserin im tiefen Süden angefertigt worden ist. Man sagt, sie hätte ihn nur ein einziges Mal benutzt, um die Geliebte ihres Mannes zu töten.« Der Herzog machte sich auf den Weg zur Tür. »Morgen werde ich dir eine Scheide dafür bringen, dann mußt du ihn nicht wieder im Mieder tragen.« Ein rascher, treffsicherer Blick, eine soldatische Verbeugung, und der Herzog war verschwunden. Ohne ihn schien der Raum größer geworden zu sein.

Melli ließ den Dolch über die Bettlaken gleiten; die Klinge schnitt durch den Stoff wie durch Butter. Melli war verwirrt, erregt und enttäuscht, daß der Herzog gegangen war.

Garon, Herzog von Bren und seinen Feinden als ›der Falke‹ bekannt, wanderte einen langen Korridor entlang und betrat das kleine Gemach, das er vorübergehend bewohnte. Er sehnte sich nach seinem Schwert. Er vermißte das beruhigende Gewicht an seiner Seite und die kalte Berührung der Klinge an seiner Hüfte. Ein neu erworbenes Mädchen wartete halbbekleidet auf ihn. Er hatte sie für heute abend hierherbestellt, doch jetzt verspürte er keine Lust mehr auf Liebe. Mit einer beiläufigen Handbewegung entließ er das Mädchen. Sie huschte hinaus wie eine Ratte, und ein leiser Laut der Enttäuschung drang über ihre Lippen. Der Herzog hörte ihn kaum.

Sein Besuch bei Melliandra war äußerst zufriedenstellend verlaufen. Wirklich *äußerst* zufriedenstellend. Das Ungewöhnliche war nur, daß er irgendwann begonnen hatte, selbst an seine Worte zu glauben. Sie *hatte* sein Interesse erregt: Ihre Zunge war schnell, und sie war aufgeweckt. Sie war in der Tat eine außergewöhnliche Frau.

Der Herzog schenkte sich einen halben Becher Wein ein, und nachdem er sich vergewissert hatte, daß sein Kammerdiener nicht anwesend war, trank er ihn in einem Zug leer. Die Idee, Melliandra einen mit Juwelen besetzten Dolch zu schenken, war einfach genial gewesen. Er durfte nicht vergessen, Bailor für den Vorschlag zu danken. Sein Truchseß war ein aufmerksamer Mann. Er hatte vermutet, daß Broschen und Ohrringe die Dame nicht interessiert hätten. Und er hatte recht gehabt: Lord Maybors Tochter besaß alles, was sie sich wünschen konnte, und ein paar neue Schmuckstücke hätten sie wohl kaum beeindruckt. Natürlich blieb noch immer die Frage offen, was sie mit dem Messer in ihrem Mieder vorgehabt hatte. Der Herzog sah gnädig darüber hinweg – ja, er bewunderte sie sogar ein wenig dafür. Sie war bereit, ihre Ehre notfalls auch mit Gewalt zu verteidigen.

Der Herzog rieb sich das Kinn. Er spürte Stoppeln unter seinen Fingern. Bald würde er sich zum zweiten Mal an diesem Tag rasieren müssen. Er ging zum Tisch, nahm sein Schwert und steckte es durch die Schlaufe an seinem Gürtel. Eine Scheide kam für ihn nicht in Frage; es gefiel ihm, sein Schwert nackt zu tragen. Auf diese Art wirkte es nicht nur bedrohlicher auf seine Umgebung, sondern es zwang ihn auch, jede seiner Bewegungen genau zu überdenken. Um eine Wunde an Hand oder Bein zu vermeiden, mußte er stets auf der Hut sein, und das schulte seine Reflexe.

Er zog das Schwert wieder heraus, und während er die Klinge mit einem weichen Tuch polierte, dachte er an Melliandra. Eine schöne, neue Frau war genau, was er jetzt brauchte. Dann fehlte ihm nur noch ein niedlicher kleiner Junge zu seinem Glück, den er zu seinem Erben ernennen konnte.

Er würde Melliandra heiraten, und sie würde ihm einen Erben schenken. Das war ein brillanter Plan. Inzwischen war Katharina verpflichtet, Kylock zu heiraten; die Rechtsgelehrten hatten den Ehevertrag aufgesetzt, und damit war die ganze Sache so gut wie in Stein gemeißelt. Das Problem war nur – und Lord Baralis wußte das nur allzu genau, obwohl er es niemals zugeben würde –, daß Kylock gerade dabei war, Halcus zu erobern. Das machte nicht nur Annis und Highwall nervös; es konnte auch zu einem großen Krieg führen. Doch auch das wäre nicht so schlimm gewesen, wäre Katharina nicht sein einziges Kind, das ihn nach seinem Tod beerben würde, und das wiederum würde ihren Gemahl automatisch mit einbeziehen. Diese Tatsache gefiel dem Herzog ganz und gar nicht. Deswegen hatte er nächtelang nicht geschlafen, besonders nicht, nachdem er von Kylocks erfolgreicher Invasion erfahren hatte.

Die Hochzeit jetzt noch abzusagen war unmöglich. Das allein konnte schon zu einem Krieg führen, denn die Königreiche würden eine solche Absage sicherlich als schwerwiegende Beleidigung auffassen. Und um alles noch schlimmer zu machen, kursierten im Augenblick Gerüchte, daß Katharinas Brautkleid von einer alliierten Streitmacht des Südens beschlagnahmt worden war. Dadurch war die Hochzeit zu einer Frage der Ehre geworden; der Falke von Bren würde niemals zulassen, daß die Südländer glaubten, sie hätten ihn so weit eingeschüchtert, daß er einen Rückzieher machte. Der Herzog zog das Tuch über die Klinge. Garon von Bren wich vor nichts und niemandem zurück.

Die Lage war äußerst gefährlich. Seine Allianz mit Tyren und der Ritterschaft bereitete dem Süden schon seit langem große Sorgen; doch bevor die Hochzeit von Kylock und Katharina verkündet worden war, hatte der Süden sich mit Nichtstun begnügt. Der Herzog wußte, wovor jedermann Angst hatte: vor einer einzigen Macht, die den gesamten Norden beherrschte. Mit den Königreichen im Westen und Bren im Osten würde ein Imperium entstehen, wie die Welt es schon seit Jahrhunderten nicht mehr gesehen hatte. Und genau das war es, was Kylock und Baralis wollten. Oh, Baralis war stets sehr diplomatisch. Erst leugnete er die Gefahr, dann spielte er sie herunter; aber in Wahrheit hatte er sein Ziel nie aus den Augen verloren. Der Herzog begann, auf und ab zu gehen. Indem er sich selbst eine Frau nahm und einen männlichen Erben zeugte, würde er Baralis' und Kylocks Plan zunichte machen, die Spannungen im Norden abbauen und gleichzeitig dem Süden seine Entschlossenheit beweisen.

Das war geradezu genial. Wenn er einen Sohn zeugte, war Katharina nicht mehr seine Erbin, und ihre Hochzeit mit Kylock würde nicht mehr als eine gefährliche Vereinigung von Macht wahrgenommen werden, sondern als eine traditionelle königliche Hochzeit, um die politischen und wirtschaftlichen Beziehungen zwischen zwei unabhängigen Staaten zu verbessern. Die Hochzeit würde ihren Stachel verlieren.

Sollte Kylock doch in Halcus machen, was er wollte; sobald Melliandra ein Kind unter dem Herzen trug, ging das Bren nichts mehr an. Dann wollte der Herzog sich an Annis und Highwall wenden und sich ihnen gegenüber neutral erklären. Damit wäre jegliche Gefahr gebannt, daß der Krieg eskalierte, denn die Königreiche konnten es unmöglich allein mit der Macht von Highwall aufnehmen. Bereits jetzt bereitete sich die Stadt mit den berühmten Granitmauern auf den Krieg vor. Täglich erhielt der Herzog Nachrichten aus Highwall, die ihm versicherten, daß die Führer der Stadt die Situation sehr ernst nahmen. Erst vergangene Woche hatte man ein Gesetz verabschiedet, das jeden Mann dazu verpflichtete, zwanzig Stunden in der Woche das Bogenschießen zu üben, und das ein Fünftel aller Haushaltseinkommen der Verteidigung zuführte.

Der Herzog setzte sich an seinen Schreibtisch. In der halben Stunde, die er bei Melliandra verbracht hatte, waren weitere Berichte eingegangen. Er überflog einen davon. Kylock hatte die Stadt Nolton eingenommen, ein strategischer Gewinn, denn es lag auf halber Strecke zwischen der Grenze und der Hauptstadt, Helch. Fünftausend Frauen waren niedergemetzelt worden, als man die Stadt gebrandschatzt hatte. Die Verluste unter der männlichen Bevölkerung waren nicht aufgeführt. Der Herzog strich sich mit der Hand über das kurzgeschnittene Haar und fragte sich, was genau Kylock eigentlich im Schilde führte. Das Töten von Frauen war schlicht und ergreifend unnötig. Der Herzog war ein Soldat. In den vergangenen zwanzig Jahren hatte er so manches Dorf und so manche Stadt eingenommen, doch niemals hatte er die Ermordung von Frauen befohlen. Sicherlich kam es immer wieder vor, daß die eine oder andere vergewaltigt oder gar getötet wurde, aber sie aktiv zu verfolgen ergab einfach keinen Sinn. Tatsächlich hatte das Massakrieren Unschuldiger häufig sogar einen verstärkten Widerstand des Gegners zur Folge.

Was auch immer Kylocks Motive sein mochten: Was er tat, das tat er gründlich. Seine Armeen waren in Halcus eingedrungen wie ein Messer in Butter. Auch rekrutierte er ständig Söldner. Vor vier Wochen war ein ganzes Bataillon von ihnen über den Bren-Paß in Richtung Front gezogen. Der Herzog stand wieder auf; er war unruhig. Er mußte zurück in die Stadt. Die Ereignisse mußten genauestens beobachtet werden, und hier draußen, in der Jagdhütte, fühlte er sich vom Geschehen abgeschnitten.

Die Ironie bei der ganzen Sache war nur, daß seine Pläne verlangten, daß er hierblieb. Laut den Ärzten war Melliandra noch nicht transportfähig, und er mußte ihr so schnell wie möglich den Hof machen. Die Hochzeit mußte bekanntgegeben werden, bevor alles außer Kontrolle geriet. Und wenn man bedachte, wie schnell Kylock sich durch Halcus kämpfte, würde das nicht mehr allzu lange dauern.

Melliandras Sicherheit war ein weiterer Gesichtspunkt. Sobald Baralis von der bevorstehenden Hochzeit erfahren würde, würde er außer sich vor Wut sein. Er würde die Gefahr für seine Pläne sofort erkennen, und instinktiv würde er entweder versuchen, die Braut zu ermorden oder den Bräutigam. Um seine eigene Person machte sich der Herzog keine Sorgen, aber Melliandra mußte Tag und Nacht bewacht werden. Nun, da Tawl sie beschützte, war er bereits ruhiger. Er hatte ein gutes Gefühl, was den Ritter betraf. Solch ein Mann würde sein Leben geben, um eine Dame vor Unheil zu bewahren. Trotzdem durfte man Baralis nicht unterschätzen. Er war eine Schlange. Er gierte nach Macht, Macht von bisher unerreichten Ausmaßen, und er war nicht die Art Mann, die einfach nur dasaß und zuschaute, während man ihm seinen Preis unter der Nase wegschnappte.

Hätte es sich der alte König Lesketh nicht in den Kopf gesetzt, kurz vor der Hochzeit das Zeitliche zu segnen, stünden die Dinge heute nicht so schlecht. Aber eigentlich war der Tod des Königs sogar ein Segen gewesen, denn so hatte der Herzog erkannt, daß er einen großen Fehler begangen hatte. Kylock wollte keine Frau, er wollte Bren.

Der Herzog setzte sich vor einen kleinen Spiegel aus poliertem Silber, zückte sein Messer und begann, sich zu rasieren. Er genoß dieses Ritual zweimal am Tag. Niemals würde er zulassen, daß sein Kammerdiener sich ihm mit Seife und Schweineschmalz näherte. Er zog es vor, sich allein und trocken zu rasieren. Die Klinge war so scharf, daß sie ohne Druck schnitt; sie glitt über die Haut wie ein Schiff über den Großen See. Nicht ein einziges Mal in zehn Jahren hatte er sich geschnitten.

Der Herzog hatte beschlossen, über Nacht hierzubleiben und sich erst am nächsten Vormittag auf den Weg nach Bren zu machen. Dadurch würde er zumindest noch eine weitere Gelegenheit haben, mit Melliandra zu reden. Er mußte vorsichtig mit dem Mädchen sein. Bailor hatte recht: Sie spielte ihr eigenes Spiel. Ein Spiel mit dem Namen: »Ich komme auch ohne den Namen und den Reichtum meines Vaters zurecht.«

Man mußte ihr schmeicheln, aber nicht auf die gewöhnliche Art; Gedichte und Komplimente würden sie schwerlich beeindrucken. Was er vorhin gesagt hatte von wegen ›ebenbürtig‹ schien ihr gefallen zu haben, also würde er ihr noch mehr davon geben. Seine schon lange verstorbene Schreckschraube von Ehefrau hatte sich schließlich doch noch als nützlich erwiesen, indem sie ihm als dramatisches Element in seiner Vorstellung gedient hatte. In gewisser Hinsicht war ihre Beziehung in der Tat ›dramatisch‹ gewesen; auf jeden Fall hatte sie sich alle erdenkliche Mühe gegeben, ihm die Ehe für alle Zeit zu vermiesen.

Ja, Melliandra verlangte ein schnelles und subtiles Werben. Selbstverständlich wollte der Herzog ihr nicht offenbaren, daß er ihre wahre Identität kannte. Es war besser, wenn sie dachte, er hätte sich in Luffs Bastard verliebt, und daß er sie um ihrer selbst willen begehrte. Wahrscheinlich hätte er auch jede x-beliebige Hofdame heiraten können, aber er hatte nicht zwölf Jahre lang auf die Ehe verzichtet, nur um die Erstbeste zu nehmen – erst recht nicht, wenn Politik sein einziges Motiv war. Melliandra *war* die erste Frau, die ihn sowohl geistig als auch körperlich interessierte. Außerdem konnte er sich den guten Willen der Königreiche sichern, indem er eine Dame aus Harvell ehelichte.

Natürlich hätte der Herzog niemals auch nur daran gedacht, Melliandra zu heiraten, wenn sich nicht Maybors Tochter wäre. Es war gut, so wie es war; er würde in Lord Maybor einen mächtigen Freund gewinnen, die Hochzeit von Katharina und Kylock neutralisieren und die Bedrohung eines großen Nordreichs im Keim ersticken. Vielleicht sollte er als Mitgift ein Stück Land westlich des Nestor verlangen. Das würde seinem Volk gefallen, denn achthundert Jahre zuvor hatte dieses Land einem König von Bren gehört. Es wäre äußerst befriedigend und noch dazu profitabel, es wieder in den Händen des rechtmäßigen Eigentümers zu wissen.

Nachdem er die Rasur beendet hatte, rieb der Herzog das Messer an der Tischkante, um es zu säubern. Die Stoppeln, die von der Klinge fielen, waren kaum zu sehen; ein anderer Mann hätte einen solchen Bart wohl kaum entfernt. Der Herzog tat es nur, weil er um die Bedeutung von Disziplin und Ritualen wußte.

Baralis führte die Fingerspitze an die Lippen und schmeckte den Tropfen Honig darauf. Ein schwaches Stechen, daß nichts mit der Biene zu tun hatte. Im Hintergrund schob Crope einen soliden Stuhl vor den Kamin und schürte das Feuer. Wenn Baralis diesmal seinen Körper verließ, würde er bei seiner Rückkehr nicht wieder einen eiskalten Raum vorfinden.

Noch immer tropfte Blut aus einem Finger, der blutleer aussah; immer wieder erschien ein einzelner Tropfen an der Oberfläche wie ein leuchtendes, rotes Juwel. Er wurde in einem Pokal aufgefangen und von einer Beschwörung in Bewegung versetzt. In Erwartung des Brennens runzelte Baralis die Stirn. Er beugte sich vor, um die Dämpfe der Droge einzuatmen, mit deren Hilfe er jenseits des Horizonts reisen würde. Seine Lungen setzten sich gegen das Gift zur Wehr. Sofort wurde er leichter. Zu leicht, um in einem schweren Körper zu verweilen, und zu rastlos, um von vier Wänden eingepfercht zu werden. Das Rasseln irdischer Ketten hallte in seinen Ohren, während er höher und höher stieg; der höchste Punkt war sein Ziel.

Heute nacht konnte ihn der Himmel nicht in Versuchung führen. Das Firmament war wie eine Frau, die ihre Reize schon lange verloren hatte.

Nach Osten und Süden reiste er über den sich verdunkelnden Himmel, über ödes Land und unruhige See. Sie wußten, daß er kam, und sie sandten ihm ein Signal, doch er hätte seinen Weg auch ohne Führung gefunden. Larn leuchtete wie eine Perle im Dunkeln.

Eine Kammer wartete auf ihn. Vier Männer saßen an

einem steinernen Tisch, die Augen geschlossen, den Verstand bereit für das Treffen.

»Willkommen, Baralis«, sagte eine Stimme, die eigentlich keine Stimme war, sondern ein Gedanke. »Wir freuen uns, daß Ihr hier seid. Was wollt Ihr von uns?«

Baralis formte ein Abbild seiner selbst und warf es als Schatten an die Wand. Die Atmosphäre war gespannt: Larn verfolgte seine eigenen Pläne, und seine Hohenpriester hatten Angst. Doch jetzt würde *er* sprechen. Ihnen blieb es überlassen, darüber zu entscheiden, ob sich ihre Pfade kreuzten.

»Ihr seid an einem Ritter namens Tawl interessiert. Ich will wissen warum.« Baralis spürte ein erstauntes Einatmen.

»Er ist zu uns gekommen und hat um eine Wahrsagung gebeten. Wir haben ihm den Weg gewiesen.«

»Wohin?«

»In die Königreiche.«

Nun war es an Baralis, tief einzuatmen, nur daß er keinen Körper besaß. Sein Schatten waberte. »Was hat er gesucht?«

»Einen Jungen.«

»Warum?«

Schweigen folgte seiner Frage. Ein Kerze flackerte ein letztes Mal auf, dann verlosch sie. Flüssiges Wachs tropfte auf die Hand eines der vier. Der Mann zuckte noch nicht einmal. Baralis verlor allmählich die Geduld. Er wußte, daß sie sich untereinander berieten, Intrigen schmiedeten, die Risiken abwägten. Irgend etwas beunruhigte sie, und wenn er sich nicht täuschte, dann würden sie ihn um Hilfe bitten.

Schließlich sagte eine Stimme: »Es könnte ein Fehler gewesen sein, ihm die Wahrsagung zu gewähren. Seit der Ritter uns verlassen hat, werden viele unserer Seher von Alpträumen gequält; sie sehen unseren Tempel in Trümmern und die Sehersteine zerschmettert. Wir fühlen, daß der Ritter unser Schicksal in Händen hält.«

»Und wie paßt der Gelehrte Bevlin in diesen Zusammenhang?«

»Es war sein größter Wunsch, unseren Tempel dem Erdboden gleichzumachen.«

»War?«

»Er ist nun tot.«

Baralis verbarg seine Überraschung. Es hatte sowieso keinen Sinn, nach der Todesursache zu fragen: Larn besaß eigene Methoden, jemanden aus dem Weg zu räumen. »Dann war der Ritter also sein Schüler.«

»Vielleicht. Warum interessiert er Euch?«

»Er ist jetzt der Champion des Herzogs. Ich habe noch immer den Geschmack seines Schicksals auf der Zunge.«

»Ist er nach wie vor auf der Suche nach dem Jungen?«

Für einen Augenblick leuchtete eine Erinnerung in Baralis' Verstand auf, eine Erinnerung an etwas längst Vergessenes: an einen Kinderreim, der von dem Blut von dreien sprach. Baralis wollte die Erinnerung festhalten, doch es gelang ihm nicht. Dennoch beunruhigte ihn der Vorfall; das war so etwas Ähnliches wie eine Warnung gewesen. Der Ritter und der mysteriöse Junge: Beide hatten sie Einfluß auf die Zukunft. Seine Zukunft. Welcher Art war ihre Verbindung zu Larn? Allein die Tatsache, daß die Hohenpriester sich sorgten, war schon beunruhigend genug. Mit ihrer Macht und ihren Ressourcen bedurfte es einer wirklich ernsten Bedrohung, um sie aus der Fassung zu bringen. Baralis hatte das Gefühl, daß alles miteinander verbunden war: die Hochzeit, das Reich, der Ritter und Larn ... Aber bis jetzt hatte er noch nicht herausgefunden, wie sie miteinander verbunden waren.

»Warum fragt Ihr nach dem Jungen?«

»Wir würden gerne sicherstellen, daß der Ritter ihn niemals findet. Wenn Ihr uns in dieser Angelegenheit helfen könnt, dann sind wir bereit, auch Euch zu helfen.«

»Wie?«

»Wir kennen Eure Pläne, Baralis. Wir wissen, warum Ihr geboren wurdet. Schon bevor Eure Mutter den Samen empfangen hat, haben wir gewußt, was aus Euch werden würde. Unser Schicksal ist mit dem Euren verbunden. Wenn Ihr aufsteigt, dann steigen auch wir auf.«

Obwohl Baralis dies nun zum ersten Mal hörte, schienen ihm die Worte doch vertraut; sie spielten ein wohlbekanntes Lied auf seinem Trommelfell. Das Schicksal hatte ihn nicht dazu bestimmt, seinen Tanz allein zu tanzen. Er brauchte mächtige Verbündete, um seinen Erfolg zu garantieren. Nur allzu gerne hätte er die Priester weiter ausgefragt, doch er fürchtete, daß auch Larn nicht das ganze Bild kannte. Er würde nur Rätsel als Antwort bekommen. Egal. Er würde auch so seinen Weg finden.

»Wenn Ihr es wünscht, werde ich den Ritter im Auge behalten«, sagte er. »Und wenn er versuchen sollte, die Stadt zu verlassen, werde ich ihn aufhalten, bevor er die Mauer erreicht.«

»Was verlangt Ihr als Gegenleistung?«

»Eure Wahrsagungen. Ein großer Krieg steht uns bevor, und ich wüßte gerne den Vorteil Eurer Prophezeiungen auf meiner Seite.«

»Unsere Seher geben nur selten Fakten, Baralis. Sie weisen nur die Richtung.«

»Ich brauche keine Belehrung von Euch, Hohepriester.«

»So sei es. Wir werden Euch mit allen Informationen füttern, die wir für notwendig erachten.«

Die Spiele hatten begonnen. Männer wie die Priester von Larn liebten nichts mehr, als Worte zu verdrehen und mit ihnen zu spielen. »Ich hoffe, meiner Kost wird es nicht an Fleisch mangeln.«

»Da Ihr solch ein zynischer Mann seid, Baralis, werden wir Euch eine Kostprobe geben, um unseren Pakt zu besiegeln.«

»Redet weiter.« Baralis spürte, daß er immer schwächer wurde. Er war schon zu lange hier, und er war zu weit gereist. Sein Schatten kräuselte sich und wurde zunehmend durchsichtiger. Hunderte von Meilen entfernt, versuchte sein Körper, ihn mit aller ihm zur Verfügung stehenden Kraft zurückzuziehen.

»Vor zwei Tagen hat einer unserer Seher von Euch gesprochen. Er sagt, im Augenblick sei ein Mädchen mit einem Messer an der Seite die größte Bedrohung für Euch. Ist das Fleisch genug für Euren Geschmack?«

Baralis ergab sich dem Sog seines Körpers, der Kraft der physischen Welt. Der Sog schaffte ein Vakuum, und Baralis blieb nichts anderes übrig, als die Leere zu füllen. Er verabschiedete sich von den Priestern, obwohl er bereits in ihren Gedanken geschrumpft war. Sie sandten ihm eine letzte Mahnung hinterher: »Beobachtet den Ritter für uns.« Baralis hörte sie kaum. Ein Rauschen erfüllte seine Ohren, als er aus dem Tempel gerissen wurde.

Das Meersalz hatte Geschmack, und der Vogelmist stank nach Essig; dann setzte die Beschleunigung ein, und Baralis erinnerte sich an nichts mehr.

Kapitel fünfundzwanzig

Jack wurde durch einen Tritt geweckt. Ohne vorher darüber nachzudenken, schlug er zurück; seine Hand schoß vor, um das Fußgelenk des Angreifers zu packen.

»Du verdammter Bastard«, erscholl eine vertraute Stimme, gefolgt von einem ebenso vertrauten Gefühl, als Freudlos ihm einen weiteren Tritt für seine Unverschämtheit versetzte.

Jack kümmerte sich kaum um den Tritt – irgendwann gestern hatte der Schmerz die Macht über ihn verloren, und er existierte nun in einem Zustand fiebriger Ruhe –, aber die *Beleidigung*, die der Tritt bedeutete, machte ihn über alle Maßen zornig. Freudlos könnte ohne weiteres eine Lektion in Sachen Anstand vertragen, und wenn es Jack nur gelingen würde aufzustehen, wäre er der geeignete Mann dafür. Doch im Augenblick funktionierte nur sein linker Arm, während sämtliche Gliedmaßen von Freudlos reibungslos arbeiteten – er bevorzugte aber offensichtlich sein rechtes Bein –, und ein Kräfteverhältnis von vier zu eins war recht entmutigend ... um es freundlich auszudrücken.

Freudlos verschwand und kehrte kurz darauf mit einem Krug Bier und einer Schüssel eingelegter Aale zurück. Allein bei dem Anblick drehte sich Jack der Magen um. In Baralis' Büchern wurde den Helden stets Wasser und Brot gereicht, wenn sie im Kerker saßen, aber ihm hatte man seit seiner Gefangennahme nichts anderes zu essen gegeben als Aale. Die Halcus wußten, wie man Nahrung als Waffe einsetzen konnte. Ein schwindelerregendes Gefühl trieb Jacks Gedanken wie Vieh zusammen, und sein Kopf wurde schwer wie Blei. Er verlor sich in einer Welt, wo Würste Messer besaßen und Schinken mit Armbrüsten auf Käse zielte.

Als Jack wieder zu sich kam, war das Fett auf den Aalen geronnen. Das Licht, das durch die Schießscharten in die Zelle fiel, war über den Boden gewandert und beleuchtete nun einen Trupp Käfer, der sich auf dem Weg zur Schüssel befand. Jack schob die Aale in ihre Richtung. Nur das Bier behielt er sich vor. Es fiel ihm schwer, den Becher zu heben. Seine Hände waren nie dort, wo sie sein sollten, sie zitterten so stark, daß es fast unmöglich war, irgend etwas festzuhalten. Und als wenn all das nicht schon genug wäre, erschienen alle paar Sekunden zwei Becher, so daß Jack nicht wußte, nach welchem er greifen sollte. Er rollte sich auf den Bauch und beugte den Kopf über den Becher; wieder betrogen ihn seine Augen, und ein zweiter tauchte unmittelbar neben dem ersten auf. Dann kam ihm die glorreiche Idee, mit dem Mund zwischen die beiden zu zielen. Es funktionierte. Das Bier war warm, und irgend etwas Unangenehmes schwamm darin herum, doch Jack leckte es unverdrossen auf wie ein Hund. Während er trank, bemerkte er ein leises Klopfen; erst nach einigen Sekunden erkannte er, daß es sich um Schweiß handelte, der von seiner Stirn auf den Boden tropfte.

Auf den Aalen wimmelte es mittlerweile vor Käfern. Die toten Fische bewegten sich lethargisch, getragen von Hunderten hungriger Mundwerkzeuge, die an ihnen nagten. Der Anblick drehte Jack den Magen um. Er hob den Kopf von dem Becher und konzentrierte sich auf die Schüssel. Es fiel ihm immer leichter, seine Magie herbeizurufen. Er stellte sich seinen Magen als einen Schlauch Wasser vor, den er mit seinen Muskeln zusammenpreßte, um die Flüssigkeit nach oben zu drücken. Gleichzeitig löschte er alle Gedanken aus seinem Kopf bis auf einen: die Zerstörung der Schüssel. Der Zunder war bereitgelegt, aber er benötigte noch einen Funken, um ihn in Brand zu setzen. Jack rief sich ein Bild von Rovas ins Gedächtnis, ein Bild der Schmugglers, wie er sich vorbeugte, um Tarissa Lügen ins Ohr zu flüstern – so nahe, daß sein Speichel auf ihr Ohrläppchen tropfte. Die Energie rauschte durch seinen Körper in den Mund. Er spürte, wie sie auf seiner Zunge entflammte, und kurz darauf explodierte die Schüssel.

Käfer und Teile von Käfern wurden gegen Jacks Körper geschleudert. Aale in ihrem eigenen Saft wurden gegen seine Haut geworfen, und winzige Tonscherben schnitten in sein Fleisch. Eine Welle der Übelkeit stieg in Jack auf, und er war unfähig, sie aufzuhalten. Er beugte sich vor und entleerte seinen Magen. Nicht die Insekten, die Aale oder die Zauberei waren für seine Übelkeit verantwortlich, sondern die lange Zeit, die es gedauert hatte, die Macht herbeizurufen. Jack schämte sich, Tarissa als Katalysator mißbraucht zu haben. In Burg Harvell hatte es eine schlichte Wäscherin mit Namen Marnie gegeben. Eines Tages hatte sie Jack in den kleinen dunklen Raum gebeten, wo sie ihre Laugen aufbewahrte. Sie hatte ihm ihre fleischige Hand auf den Arm gelegt und ihre dünnen Lippen auf die seinen gepreßt. Er wollte sie nicht küssen, aber in Gedanken beschwor er ein Bild von Findra, dem Tischmädchen, herauf, daß er über Marnies Gesicht legte. Sofort spürte er Verlangen. Er erwiderte den Kuß und spielte mit den kräftigen Brüsten der Wäscherin. Hinterher empfand er Reue. Er hatte nicht nur Marnie mißbraucht, sondern auch Findra. Obwohl er niemals wieder auch nur in die Nähe der Waschküche gegangen war, konnte er seine Schuld doch nicht vergessen. Selbst heute noch reichte allein der Duft frischgewaschener Wäsche aus, um ihm die Schamesröte ins Gesicht zu treiben.

Vor wenigen Minuten hatte er Tarissas Bild ebenso mißbraucht wie damals Findras.

Jack spürte, daß er allmählich das Bewußtsein verlor. Er kämpfte gegen das Gefühl an, denn er wollte nicht noch mehr Stunden in Fieberträumen verlieren. Sorgfältig darauf bedacht, nicht auf seine Arme zu schauen, wischte er sich die Überreste von Aalen und Käfern ab. In den vergangenen zwei Tagen hatte er sich daran gewöhnt, seinen Körper nicht zu sehen. Der Anblick war einfach zu abstoßend. Einmal war sein Blick zufällig auf mit Eiter bedeckte Bißspuren gefallen, und er war fest entschlossen, daß ihm das nicht noch einmal passieren würde.

Das einzige, was ihm wirklich Unbehagen bereitete, war die Pfeilwunde in seiner Brust. Sie befand sich kurz unterhalb der rechten Schulter, und Jack spürte ständig, wie sie an dem umgebenden Fleisch zog. Die Pfeilspitze war entfernt worden – von irgend jemandem, den er nicht kannte, aber bestimmt nicht von Kamerad Freudlos –, doch ansonsten hatte man nichts getan. Kein heißes Eisen, keine Nadel und keinen Faden, nichts von alledem hatte man verwendet, so daß inzwischen seine Tunika an der Wunde festgeklebt war. Jack hatte das ungute Gefühl, daß er verbluten würde, sollte er versuchen, den Stoff vom Schorf zu lösen.

Er verlor sich im Dschungel seiner Gedanken. Marnie, die Wäscherin, erschien vor seinem geistigen Auge und verlangte, daß er die Tunika auszog, damit sie sie waschen konnte. Meister Frallit stand hinter ihr und schalt ihn, weil er Eiter in den Teig hatte tropfen lassen, und Grift füllte Bodgers Becher mit Wein, dessen Farbe an Käfer erinnerte, während er ihm die Vorzüge von Wäscherinnen im Bett auseinandersetzte.

»Du fauler, nichtsnutziger Verbrecher.« Und dann:

»Komm schon, du stinkendes Ungeziefer. Steh auf, und zeig etwas Respekt.«

Erst eine rasche Folge von Tritten überzeugte Jack davon, daß die Stimme nicht Teil seines Traums war, obwohl sie hervorragend hineinpaßte.

Er öffnete die Augen gerade noch rechtzeitig genug, um zu sehen, wie Freudlos einen Eimer schwang, dessen Inhalt kurz darauf in Jacks Gesicht landete. »Hab' mir doch gedacht, daß dich das aufwecken würde«, sagte Freudlos und nickte wie ein Arzt inmitten der Diagnose. »Ich habe hier einen neuen Freund für dich.« Er hob die Hand, und ein zweiter Wachsoldat trat herein, der einen Mann vor sich her stieß. »Er stammt aus deiner Heimat; also werdet ihr beide wohl gut miteinander auskommen.« Freudlos wandte sich an den Mann. »Wie heißt du noch mal, Bursche?«

»Bringe«, antwortete der Mann.

Er war in schlechtem Zustand. Seine Nase war gebrochen, beide Augen schmückte je ein prächtiges Veilchen, und seine Handgelenke zeigten deutliche Spuren von Fesseln. Man hatte ihn offenbar auf ein Rad geflochten und dann zusammengeschlagen.

»Bringe wird die Nacht mit dir verbringen«, erklärte Freudlos, während er dem zweiten Soldaten in Richtung Tür folgte. »Vergiß nicht, ihn nach seiner Meinung über unsere Folter zu befragen. Morgen wirst du selbst dem Hauptankläger zugeführt, und es könnte hilfreich sein, wenn du bereits im voraus weißt, was dir blüht, wenn du ihn aufs Kreuz legen willst.« Freudlos lächelte ungewöhnlich freundlich, dann drehte er sich um und schloß die Tür.

Tavalisk strich mit einer fetten Hand über die blasse, gelatinöse Substanz, wählte eine geeignete Stelle für den Test und stach mit dem Finger in das Fleisch. Perfekt. Die Kutteln waren weich und einladend wie die Hüften eines kleinen Jungen. Die Masse zitterte, als wäre sie lebendig, und das austernfarbene Fleisch verströmte das feine Aroma von Galle. Unzählige winzige Drüsen rauhten die Oberfläche auf, die einzige Abwechslung in den ansonsten blut- und farblosen Innereien. Kutteln: die frischen Eingeweide eines Schweins. Zwar galten sie nicht als Delikatesse, aber sie waren dennoch äußerst schmackhaft. Nichts konnte mit ihrem Geschmack und ihrer Struktur konkurrieren; nichts reizte die Zunge mehr. Die meisten Männer begingen den Fehler, Kaldaunen mit Zwiebeln und Salz zu kochen, doch Tavalisk wußte es besser. Man mußte sie in Schweinebrühe und Essig dünsten, denn nur dann entfalteten sie ihren vollen Geschmack. Richtig zubereitet, konnte man aus ihnen nahezu jede Mahlzeit herausschmecken, die das Schwein in seinem Leben zu sich genommen hatte.

Tavalisk schnitt sich ein Stück heraus und staunte über die Leichtigkeit, mit der das Messer durch das Fleisch glitt. Gerade als er das Stück an den Mund führte, klopfte es an der Tür. Der Erzbischof seufzte ärgerlich und schrie »Herein!« und zwar solcherart, daß das Wort zugleich beleidigend und warnend klang.

»Ich hoffe, Euer Eminenz fühlt sich heute wohl?« fragte Gamil.

»Bis vor etwa zehn Sekunden habe ich mich in der Tat wohl gefühlt, Gamil, und dann, ganz plötzlich, hat sich meine Laune drastisch verschlechtert.«

Gamil fuhr fort, als hätte er Tavalisks Worte nicht gehört. »Ich habe Neuigkeiten über Kylocks Invasion, Euer Eminenz. Offenbar fegt er durch West-Halcus wie ein Buschfeuer. Der Mann ist ein Dämon. Er befiehlt, Frauen und Kinder niederzumetzeln, Vieh abzuschlachten und Dämme zu errichten, um die Felder zu überfluten. Ganz zu schweigen davon, daß er jeden Heuschober und jeden Hühnerstall niederbrennt, der in der Nähe ist. Der neue König scheint fest entschlossen zu sein, die Halcus in die Knie zu zwingen.«

»Hmmm.« Der Erzbischof knabberte anmutig an einer Kuttel. »Kylock entwickelt sich zu einem äußerst interessanten Charakter. Ich muß sagen, ich stimme mit seiner Entscheidung voll und ganz überein, die Frauen von Halcus zu erschlagen – sie sind allesamt zänkische, häßliche Weiber.«

»Aber sorgt sich Euer Eminenz denn nicht um die Konsequenzen? Wenn Kylock Helch erreicht, wird sich der gesamte Norden in ein einziges großes Schlachtfeld verwandeln.«

»Na, na, na, Gamil«, sagte Tavalisk, und wedelte seinem Privatsekretär mit einer Kuttel vor der Nase herum. »Kein Grund zur Panik. Der Norden als Schlachtfeld wird uns keine schlaflosen Nächte bereiten. Nur der Süden braucht uns zu kümmern, und der Süden soll lediglich an dem Krieg interessiert sein, nicht aktiv an ihm teilnehmen. Darauf müssen wir hinarbeiten.« Tavalisk warf seiner Katze eine Kuttel zu. Das Tier schnappte gierig danach. »Marls und Toolay machen sich schon jetzt vor lauter Angst in die Hosen. Ich garantiere dir, sobald sie einen Soldaten sehen, der eine Hellebarde schwingt, ziehen sie den Schwanz ein und machen sich auf und davon. Aber keine Angst: Ich beabsichtige, mir ihre Angst zunutze zu machen.«

»Wie denn, Euer Eminenz?«

»Ganz einfach, Gamil. Ich werde sie davon überzeugen, daß sie eine Ausweitung des Krieges in Richtung Süden nur vermeiden können, indem sie sicherstellen, daß Kylocks und Baralis' Pläne zerschlagen werden. Natürlich braucht man dafür eine Menge Ressourcen: Waffen, Gold, Söldner ...« Der Erzbischof breitete die Arme aus. »Und der Süden wird diese Ressourcen zur Verfügung stellen. Nebenbei können wir uns dann auch noch dieser selbstgerechten Ritter entledigen.«

»Da wir gerade von den Rittern reden, Euer Eminenz: Tyren und der Herzog von Bren haben ein Abkommen getroffen, wonach sie nun gemeinsam die Warentransporte nach Norden sichern werden. Ich glaube, das Gerücht über das konfiszierte Hochzeitskleid ist daran schuld. Der Herzog kann es sich nicht leisten, einfach nur dazusitzen, während unsere Vier-Städte-Truppe in aller Öffentlichkeit seine Waren beschlagnahmt. Die Demütigung ist einfach zu groß. Wenn wir jetzt also die Ritter angreifen, dann greifen wir automatisch auch Bren an.«

»Ist der Beginn eines Weltkrieges nicht ein faszinierendes Schauspiel, Gamil?« Tavalisk warf seiner Katze eine zweite Kuttel zu. Diesmal warf er das Stück so hoch, daß es am oberen Rand eines Wandteppichs hängenblieb. Eine Herausforderung für das Tier. »Ein Beleidigung hier, ein paar abgeschlachtete Rinder dort, und bevor man sich versieht, stehen sich die Leute bis an die Zähne bewaffnet gegenüber, bereit, dem Feind an die Kehle zu springen. Es ist wirklich sehr aufregend.«

Die Katze beobachtete die für sie unerreichbare Kuttel eine Weile; dann beschloß sie, zum Angriff überzugehen. Sie sprang hoch und versuchte, sich mit ihren Krallen an dem Stoff festzuhalten. Der Wandteppich, der an zwei Ketten befestigt war, begann, unregelmäßig hin und her zu schwingen. Die Katze hielt sich verzweifelt fest; sie hatte sich mit allen vier Pfoten in das Bild von Kesmonts Pferd gekrallt. Die Kuttel löste sich von dem schwankenden Gobelin und fiel mit einem dumpfen Platschen auf den Boden. Die Katze wollte ihrer Beute hinterherspringen, doch eine ihrer Krallen blieb im Stoff hängen, so daß das Tier an seinem Hinterbein herunterbaumelte.

Gamil machte sich auf den Weg, um die Katze aus ihrer mißlichen Lage zu befreien.

»Nein, hilf ihr nicht, Gamil«, sagte der Erzbischof. »Selbst ein dummes Tier muß den Preis der Gier lernen.«

Die Katze jammerte elendiglich und schlug mit ihren Pfoten nach der Wand.

»Aber, Euer Eminenz, sie könnte sich ernsthaft verletzen.«

»Darüber hätte sie vorher nachdenken sollen. Gibt es sonst noch was?«

Gamil war gezwungen, das Schreien der Katze zu übertönen. »Noch zwei Dinge, Euer Eminenz. Erstens ist der Ritter der Champion des Herzogs geworden, und zweitens sind die Kumpane des Alten Mannes wieder auf dem Weg nach Hause.«

Mit einem lauten Krachen landete die Katze auf dem Boden. Tavalisk ignorierte das Geräusch. »Dann ist es ihnen nicht gelungen, den Ritter zu töten?«

»Nein, Euer Eminenz, aber sie haben es auch gar nicht versucht. Sie wollten nur einen Brief abliefern.«

Tavalisk hielt mitten im Kauen inne. »Es wäre außerordentlich interessant, den Inhalt dieses Briefes zu erfahren, Gamil.« Der Erzbischof seufzte anmutig. »Wir dürfen den Ritter nicht aus den Augen lassen; schließlich wissen wir nicht, wofür es gut sein wird. Nun, wenn du keine weiteren Neuigkeiten mehr für mich hast, darfst du dich entfernen.«

»Wie Ihr wünscht, Euer Eminenz«, erwiderte Gamil und machte sich auf den Weg zur Tür.

»Aber bevor du gehst, Gamil ... Ich frage mich, ob du mir nicht einen kleinen Gefallen tun könntest.«

»Soll ich Eure Katze zu einem Arzt bringen, damit er die Blutung stoppt?«

»Sehr gut, Gamil. Wie ich sehe, hast du mittlerweile ein Stadium erreicht, in dem du mir meine Wünsche von den Augen ablesen kannst.«

Bringe war kein glücklicher Mann. Seit jener Nacht, in der er Maybors Plantagen sabotiert hatte, war alles bergab gegangen. Baralis hatte ihn sofort bezahlt – neunzehn Goldstücke aus des Königs Schatzkammer –, in dieser Hinsicht konnte er sich also nicht beschweren. Doch unglücklicherweise hatte sein Eheweib ein paar Tage später beschlossen, es sei höchste Zeit, den Braukessel seiner jährlichen Reinigung zu unterziehen. Während Bringe also den Abend im örtlichen Gasthof bei einem Becher Bier in Gesellschaft der wohlgeformten Gerty verbracht hatte, hatte seine Frau mit dem Rattengesicht das verborgene Gold am Boden des Braukessels entdeckt.

Als Bringe wieder nach Hause zurückkehrte, war sein Weib mitsamt dem Gold verschwunden. Aufgemuntert durch ein paar kräftige Ohrfeigen verriet ihm Gerty, daß sie und seine Frau, ihre Schwester, eine Tante in Highwall besaßen. Und unter Zuhilfenahme einiger gut gezielter Tritte in den Magen des Dorfbüttels fand er heraus, daß man seine Frau zuletzt gesehen hatte, wie sie sich gegen ein paar Goldstücke in einen Handelszug Richtung Osten eingekauft hatte. Bringe nahm sofort die Verfolgung auf, die wimmernde Gerty im Schlepptau. Vier Tage später holte er die Karawane ein, und seine Frau hetzte ihm sofort die Wachen auf den Leib. Während er unter Beschuß genommen wurde, machte sich Gerty daran, sich bei ihrer älteren Schwester einzuschmeicheln, und als die Karawane wieder weiterzog, blieb Bringe allein zurück.

Er setzte seinen Weg nach Osten fort und lebte von gestohlenem Essen und Geld. In Highwall wollte er Gerty und seine Frau stellen, doch die Halcus machten ihm einen Strich durch die Rechnung. Vor zwei Wochen hatte man Bringe als feindlichen Spion verhaftet. Kylocks Invasion hatte die Halcus in solche Wut versetzt, daß sie jede Gelegenheit nutzten, einen Einwohner der Königreiche zu foltern und anschließend zu verbrennen.

Und so war Bringe hier in dieser Zelle gelandet – sein Gesicht glich einem zerschmetterten Kürbis, und vor ihm saß irgendein Verrückter, der ihn aus fiebrigen Augen anstarrte. »Komm mir bloß nicht zu nahe, Langhaar«, warnte Bringe. Niemand würde ihn mit dem Tripper oder einer ähnlichen Scheußlichkeit anstecken.

Während sich Bringe allmählich an das dämmrige Licht gewöhnte, erkannte er, daß der Fremde wesentlich jünger war, als er zunächst gedacht hatte, und er war in einem verdammt schlechten Zustand. Beide Arme waren mit Wunden übersät – offenbar Hundebisse –, und er zitterte von Kopf bis Fuß. Bringe spie angewidert aus. »Warum bist du hier drin, Junge?«

Der Fremde saß auf einem Haufen dreckigen Strohs. Dort wo ihn die Wache getreten hatte, floß Blut den Nacken herab. »Ich habe einen Mann umgebracht«, antwortete er.

Mord? Der Fremde stieg in Bringes Meinung. »Ich

sitze auch wegen Mordes hier. Vor einigen Wochen hat man einen Kaufmann in einem der hiesigen Gasthöfe erschlagen, und alle schwören sie Stein und Bein, daß ein Fremder der Täter war. Und falls sie mir das nicht anhängen können, dann knüpfen sie mich wegen Spionage auf.« Das entsprach zwar nicht ganz der Wahrheit, aber es klang wesentlich dramatischer, als hätte er eingestanden, lediglich einer von vielen zu sein, die man aufgegriffen hatte, nur weil sie aus den Königreichen stammten. Die Geschichte mit dem Mord stimmte zwar, doch schob man diese Tat nicht Bringe, sondern seinem vorherigen Zellengenossen in die Schuhe.

»Wie heißt du, Junge?«

»Jack.«

Bringe mochte diesen Jack nicht. Seine Haut sah irgendwie krank aus, und er hatte ein wahnsinniges Funkeln in den Augen. »Mich nennt man Bringe.« Da Jack auf diese Erklärung nur mit Schweigen antwortete, fuhr Bringe fort: »Du bist also aus den Königreichen. Und woher, wenn ich fragen darf?«

»Burg Harvell.«

»Ich bin aus den Ostlanden, aus der Nähe von Lord Maybors Gütern.«

Bei der Erwähnung des Namens Maybor wurde der Junge kreidebleich. Er hockte sich auf die Knie und fragte: »Hast du seine Tochter gekannt, Melliandra?«

Sie war ein-, zweimal in Begleitung ihres Bruders an Bringes Hütte vorbeigeritten. Ein hochnäsiges Weibsbild. »Ja, ich kenne sie gut. Natürlich verbringt sie heutzutage die meiste Zeit bei Hofe.«

»Sie war wunderschön, nicht wahr?« Der Junge schaute Bringe erwartungsvoll an.

»Aye, ihre Titten sind so fest wie Walnüsse. Sie ist der Typ Weib, der verdammt viel Haare untenrum hat.«

Der Junge rappelte sich auf. Offenbar hatten die Bewohner eines ganzen Hundezwingers seine Hose in Fetzen gerissen, und seine Beine zitterten wie Aspik. Er stolperte in Richtung Bringe; Schweiß tropfte von seinem Kinn, und seine Augen funkelten wild. Zu spät erkannte Bringe, daß der Junge ihn schlagen wollte. Jacks Faust landete treffsicher auf Bringes gerade erst gebrochener Nase. Einem übelkeiterregenden Krachen folgte ein stechender Schmerz. Eine Sekunde später wankte der Junge zurück und sank zu Boden.

Bringe hob die Hand an die Nase, um die Blutung zu stoppen. Er dachte darüber nach, den Jungen zu verprügeln, doch das würde ihm nur weiteren Ärger bescheren, und so ließ er es bei einem Tritt in den Magen bewenden. Der Junge stöhnte und spuckte Blut. Auf eine gewisse Art respektierte Bringe ihn: Ein Mann, der die Ehre einer Frau verteidigte, konnte nicht durch und durch schlecht sein. Es waren sowieso die Frauen, die das Böse an sich verkörperten.

»Komm schon, Jack«, sagte Bringe und bot seinem Zellengenossen die Hand an. »Wir wollen uns doch nicht wegen einer Frau streiten.«

Der Junge verweigerte jegliche Hilfe, setzte sich mühsam wieder auf und starrte Bringe wütend an.

»Eines muß man den Frauen aus den Königreichen allerdings lassen«, begann Bringe, über eines seiner Lieblingsthemen zu referieren. »Sie haben die besten Hüften der Welt. Die Halcus-Weiber sind einfach zu dürr; Highwall-Weiber sind zu muskulös, und Annis-Weiber sind so groß, daß man sich fragt, ob man eine Frau oder einen Baum im Arm hat.« Obwohl er keine Antwort erhielt, fuhr er unbeirrt in seinem Vortrag fort:

»Es ist allgemein bekannt, daß unsere Frauen die besten sind. Deswegen auch der Mord in dem Gasthof. Der Hauptmann – ich habe den Namen vergessen – hat ein Mädchen aus den Königreichen an einen Fleischhändler verkauft. Man sagt, er habe ein Vermögen damit verdient. Ein paar Wochen später ist dann ein Mann aufgekreuzt, der sich nach ihr erkundigt hat. Gerüchte behaupten, er sei ihr Verlobter gewesen. Aber ist ja auch egal … Auf jeden Fall ist der Kaufmann, den er ausgefragt hat, am nächsten Morgen tot aufgefunden worden. Man hat ihm in einer dunklen Ecke die Kehle durchgeschnitten.«

»War der Name des Hauptmanns Vanly?« fragte der Junge.

Bringe nickte. »Stimmt.«

»Wann ist das geschehen?« Das Verhalten des Jungen hatte sich deutlich geändert. Er war konzentriert, sein Blick scharf, und er beugte sich in Erwartung einer Antwort nach vorne.

»Ich glaube, das Mädchen ist vor ein paar Monaten verkauft worden, irgendwann im Winter. Vanly hat sie offenbar in einem Hühnerstall gefunden.«

»Wie hieß das Mädchen?«

Bringe kratzte sich den Kopf und versuchte, sich daran zu erinnern, was sein ehemaliger Zellengenosse ihm erzählt hatte. »Irgendwas mit *M*, wie Minnie oder Melda.«

»Hieß sie vielleicht Melli?«

»Äh, ich bin nicht sicher.«

»Denk nach. *Denk nach*!«

Bringe wurde allmählich nervös. Der Junge schien gleich explodieren zu wollen. »Melli, sagst du? Das *klingt* irgendwie vertraut.«

»Und dieses Mädchen ist an einen Fleischhändler verkauft worden?«

»Aye, das ist allgemein bekannt. Wochenlang hat man in der Stadt über nichts anderes gesprochen als über das Geld, das der kürzlich verschiedene Vanly damit gemacht hat.« Immer wieder huschte Bringes Blick zu seinem Zellengenossen. Ein Urinstinkt warnte ihn vor dem Jungen. Bringe wußte nicht, mit was er es hier zu tun hatte, doch eines war sicher: Jack war gefährlich.

Es war alles eine Lüge gewesen. Tarissa, Magra, Rovas: Alle hatten sie ihn betrogen. Im Augenblick saßen sie wahrscheinlich am Feuer und lachten über seine Dummheit.

Die ganze Zeit über, während er in der Hütte gehockt hatte, war Melli am Leben gewesen.

Wie konnte Tarissa ihm nur so etwas antun? Wie konnte sie ihn lieben, ihn küssen und ihn gleichzeitig belügen? Er brach unter dem Gewicht ihrer Lügen zusammen.

Ein Druck baute sich langsam in ihm auf. Er bemerkte ihn kaum.

Wo hörten die Lügen auf? Haßte Tarissa Rovas wirklich? Oder war das nur eine weitere schauspielerische Meisterleistung gewesen?

Der Druck stieg kontinuierlich an und bahnte sich einen Weg in den Kopf, um sich mit den Gedanken zu vereinen.

Tarissa hatte gesagt, *ihre* Aufgabe sei es gewesen, Vanly zu töten.

Sie hatte gesagt, Melli sei tot.

Mit jeder neuen Lüge wuchs der Druck in seinem Kopf.

Sie hatte gesagt, sie würde mit ihm nach Annis gehen.

Sie hatte gesagt, sie würde ihn lieben.

Sie hatte gesagt, sie würde auf ihn warten.

Lügen. Lügen. Lügen.

Er konnte den Schmerz nicht mehr ertragen.

Der Druck verwandelte sich in seinem Blut zu Feuer, und dieses Feuer brannte sich einen Weg hinauf zu seiner Zunge und schlug mit der Wucht eines Peitschenhiebs hinaus. Jack spürte das Rauschen der Zauberei. Prächtig, schrecklich und unkontrollierbar fachte sie seine Gedanken an und nagte an seiner Seele.

Sie hatte ihn betrogen.

Die Luft waberte um ihn herum; dann verdickte sie sich. Das Gebäude bebte. Steine und Putz fielen krachend zu Boden. Die Erde vibrierte unter seinen Füßen. Sie schwankte hin und her, und die Steine verwandelten sich in Staub. Die Balken der Zellentür krümmten sich, und der Rahmen löste sich aus der Wand. Ein warmer Wind wehte den Geruch geschmolzenen Metalls herein. Die Macht, die durch Jacks Körper strömte, erschreckte und hypnotisierte ihn. Ohne darüber nachzudenken, trat er durch die Tür und stieg die Treppe hinauf in die Garnison.

Durch das Prasseln des Feuers hindurch hörte er die Schreie. Menschen rannten hierhin und dorthin; jeder Körper mit Blut gezeichnet. Um ihn herum herrschte pure Zerstörung; Wände brachen in sich zusammen, wenn er an ihnen vorbeiging, Metall schlug Funken, und Hölzer fingen Feuer. Hügel aus Erde und Stein türmten sich auf, und Felsbrocken flogen durch die Luft. Fässer explodierten und ergossen ihren Inhalt zischend in die Flammen.

Sie hatte ihn betrogen.

Um ihn herum tanzte die Zauberei wie Blitze in einem Gewitter.

Ohne einen Kratzer davonzutragen, wanderte er durch das Chaos. Unfähig aufzuhören, ging er zwischen den Gebäuden hindurch, ein Phantom des Todes.

Das Holzdach des Hauptgebäudes fing Feuer. Es brannte wie Zunder und verwandelte das trübe Licht der Dämmerung in die strahlende Helligkeit des Tages. Schwarzer, rußiger Rauch trat gegen das Licht an und stürzte den großen Exerzierplatz bald in einen finsteren Abgrund. Der große Kreuzbalken, der das Dach des Hauptgebäudes hielt, krachte hinunter und begrub zwei Soldaten unter sich; brennende Splitter flogen durch die Luft. Kurz darauf brannten auch die Nebengebäude, gefolgt von den Ställen und dem Torhaus.

Pferde und Schweine schrien in Panik. Menschen kreuzten Jacks Weg – mit brennenden Kleidern, Entsetzen im Gesicht und Schreien auf den Lippen. Jack ging weiter; bei jedem Schritt knisterte die Zauberei unter seinen Füßen.

Das Tor kam in Sicht. Das Fallgatter war hochgezogen, und das schwere Holztor stand in Flammen. Jack hielt an und beobachtete, wie es niederbrannte. Heiß und mächtig wehte ihm der Wind entgegen. In einem der Wachtürme entdeckte Jack einen jungen Soldaten, der von den Flammen eingeschlossen worden war, und der nun überlegte, ob er springen oder verbrennen sollte. Jack sah die Furcht auf seinem von Ruß geschwärzten Gesicht. Die Flammen kamen immer näher; sie leckten schon an den Füßen des Mannes. Er machte das Zeichen von Borcs Schwert und sprang. Der dumpfe Knall, als er auf dem Boden aufschlug, wirkte auf Jack, als hätte ihm jemand kaltes Wasser ins Gesicht geschüttet. Er zwang sich, den Soldaten anzuschauen. Blut floß mit unendlicher Langsamkeit aus einer Wunde an seinem Kopf. Sein rechtes Bein war in einem unnatürlichen Winkel nach hinten gebogen, und seine Finger zuckten, als würde er an einer Leier zupfen.

Jack wußte, daß er aufhören mußte. Dieser Mann hatte es nicht verdient zu sterben. Er war in den nahezu sicheren Tod gesprungen, doch all sein Mut wäre umsonst gewesen, sollte der Zauber nicht enden.

Jack griff tief in sich hinein, hinab bis zur Quelle. Es war, als würde man gegen eine Strömung aus Licht anschwimmen. Die Macht tobte schnell und wild. Fest verankert in Bauch und Kopf, kämpfte sie gegen Jack an. Der Teil von Jack, der noch immer bei klarem Verstand war, wußte, daß die Macht nicht ohne den Schmerz des Betrugs existieren konnte. Gewalttätige Gefühle waren ihr Lebenselixier, und so versuchte er, Tarissa aus seinen Gedanken zu verdrängen. Tiefer und tiefer drang er in sich hinein, durch Gewebe voller Zauberei. Indem er seine Gedanken in die Quelle stieß – ein Gefühl, als würde er seine Hand ins Feuer halten –, bemühte sich Jack, dem Fluß der Magie ein Ende zu bereiten.

Sein Verstand war verbrannt wie ein Stück zu lang gerösteten Fleisches, doch der Saft war noch im Inneren eingeschlossen. Er konnte den Schmerz nicht hinauslassen. Zitternd und verängstigt öffnete er den Mund und schrie:

»Nein!«

Dieses eine Wort besaß eine ganz eigene Kraft. Es war wie ein Dolch, der mit kaltem Stahl in seinen Wahnsinn eindrang. In seiner Folge festigte sich Jacks Wille, und er drängte die Zauberei zurück ins Blut. Einen Augenblick lang fühlte sich sein Körper an, als würde er in zwei Hälften zerfallen, doch dann floß alles ineinander und bildete eine neue Form. Ein Sog pflanzte sich durch sein Gewebe fort und entzog den Muskeln ihre Kraft.

Plötzlich konnte er weder stehen, noch seinen Arm heben oder mit den Augen zwinkern. Er fiel zu Boden – wenige Fuß von dem Soldaten entfernt, der von dem Turm gesprungen war. Jack mobilisierte die letzte ihm verbliebene Kraft und griff nach der zuckenden Hand des Mannes. Schmerz lief sein Rückgrat hinab, und sein Arm fühlte sich an, als sei er unter einem Berg von Erde begraben. Dennoch machte er weiter, besessen von dem Gedanken, den Soldaten zu berühren. Das war das einzige, was in dieser Feuerhölle noch zählte. Zentimeter um Zentimeter schob Jack seine Hand durch den Dreck, bis er sich nicht mehr bewegen konnte. Nur noch eine Fingerlänge trennte die beiden. Der Soldat öffnete die Augen, als hätte er Jacks Bemühungen gespürt. Seine Augen waren klar und von einem friedlichen Blau.

Langsam, der Körper schüttelte sich unter Krämpfen, und Schmerz trübte die hellen Augen, unendlich langsam griff der Wachsoldat nach Jacks Hand. Jack spürte rauhe Finger, die die seinen berührten, und sein Herz klopfte vor Freude. Tarissa war verschwunden. Der Schmerz war verschwunden. Er und der Soldat lagen nebeneinander auf der verbrannten Erde, und das war alles, was jetzt noch von Bedeutung war.

Sobald er sicher war, daß die Macht wieder zurückgezogen worden war, stieg Baralis aus dem Bett. Verwirrt stellte er fest, daß er am ganzen Körper zitterte. Er zog sich ein elegantes Hermelingewand über und ging zum Feuer. Heute nacht schmerzten seine Hände wieder besonders schlimm. Wie immer stand ein Krug mit Kräuterpunsch neben dem Kamin. Baralis schenkte sich einen Becher ein und trank die warme, würzige Flüssigkeit in einem Zug. Erst als die Wirkung des Kräuterpunschs einsetzte, fühlte er sich stark genug, über das nachzudenken, was er soeben erfahren hatte.

Heute nacht hatte irgend jemand, irgendwo in der bekannten Welt, eine Macht freigesetzt, die zu begreifen dem menschlichen Verstand unmöglich war.

Kurz nachdem er aus einem kurzen und unruhigen Schlaf aufgewacht war, hatte Baralis die erste Welle der mächtigsten Zauberei gespürt, der er jemals begegnet war. Ihre Stärke war furchteinflößend gewesen; sie hatte seinen Körper mit Krämpfen geschüttelt und wie mit Nadeln in seine Seele gestochen – und sie schien nicht enden zu wollen. Die Energie floß immer weiter. Erst für Sekunden, dann für Minuten und schließlich für *Stunden*. Nie zuvor hatte Baralis auch nur etwas Vergleichbares gespürt. Selbst jetzt noch knisterte die Luft von ihren Nachwirkungen. Wahrscheinlich war die gesamte Bevölkerung von Bren unvermittelt aus ihrem Schlaf gerissen worden, doch nur wenige würden wissen warum.

Baralis hatte Angst. Wer auch immer dies getan hatte, er besaß unermeßliche Macht.

Baralis sammelte all seine Kräfte und sandte seine Wahrnehmung hinaus. Da er von seiner gestrigen Reise nach Larn noch immer erschöpft war, konnte er nur wenig mehr tun, als die Essenz der Magie zu überprüfen. Wie ein Mann, der einen feuchten Finger in den Wind hält, vermochte er zu sagen, aus welcher Richtung die Energie gekommen war: aus dem Westen. Aber wenn er sich nicht irrte, nicht weit westlich von den Königreichen. Das bedeutete entweder Halcus, Annis oder Highwall. Plötzlich kam ihm ein schrecklicher Gedanke: Konnte es sein, daß Kylock sich von den Fesseln der Drogen befreit hatte? Baralis' Herz pochte vor Aufregung. Rasch schmeckte er die ihn umgebende Luft. Nicht Kylock. Nein. Jemand anderer. Jemand, den er bereits getroffen hatte. Jemand, der für ihn Tavalisks Bibliothek Wort für Wort kopiert hatte.

Der Bäckerjunge.

Trotz der Gefahren für seinen Verstand und ohne die Hilfe von Drogen nahm Baralis die Nachwirkungen in sich auf. Diese Leichtigkeit, dieser Schmerz, diese Flammen. Und dann die klaren blauen Augen eines Mannes an der Schwelle des Todes. Es war alles da; in einer fremden Sprache in den Äther geschrieben. Doch Baralis konnte dem Ganzen keinen Sinn entnehmen, und er hatte keine Zeit für eine Übersetzung. Eines jedoch war sicher: Jack war für diese Beschwörung verantwortlich. In diesem Punkt hatte er sich nicht geirrt. Jedwede Zauberei besaß ihre eigene Handschrift, und wenn Baralis jemandes Muster einmal gespürt hatte, dann vergaß er es nie wieder. Dies war das dritte Mal, daß der Bäckerjunge seine Unterschrift unter eine Beschwörung gesetzt hatte.

Baralis atmete wieder aus; er wollte die fremde Macht so schnell wie möglich loswerden. Und sie verließ ihn, doch nicht freiwillig. Er spürte, wie sie an jeder Faser seines Gehirns riß und versuchte, seinen Verstand so zu verändern, daß er dem ihres Ursprungs entsprach. Doch Baralis war Meister genug, um ihr diesen Wunsch zu verwehren. Aus ihm würde niemandes Macht einen Wahnsinnigen machen.

Dennoch hatte er einen Preis zu zahlen. Eine fürchterliche Schwäche überkam ihn. Da er nicht länger genügend Kraft hatte, um ins Bett zurückzukehren, ließ er sich neben dem Feuer nieder und nippte an seinem Kräuterpunsch. Er wußte, daß er sich ausruhen sollte, aber seine Gedanken eilten weiter voran und überließen seinen Körper sich selbst.

Welcher Sinn verbarg sich hinter Jacks Macht? Solch

ein Geschenk – denn ein Talent dieser Größenordnung konnte weder erlernt noch ererbt werden – wurde nicht ohne Sinn vergeben. Baralis forschte in seinem Gedächtnis; er suchte nach Verbindungen, Prophezeiungen und Mustern in diesem Tanz. Irgend etwas nagte an ihm. Irgend etwas, das er am Tag zuvor während des Gesprächs mit den Priestern von Larn im Zusammenhang mit dem Ritter gehört hatte:

»Er ist zu uns gekommen und hat um eine Wahrsagung gebeten. Wir haben ihm den Weg gewiesen.«

»Wohin?«

»In die Königreiche.«

Der Junge, nach dem der Ritter suchte, kam aus den Königreichen. Baralis' Nackenhaare sträubten sich. Es war Jack, der Bäckerjunge. Er war vollkommen sicher. Larn lebte in Furcht vor seinem ehemaligen Schreiber.

Was hatte das zu bedeuten? Und wichtiger noch: Wie würde sich das auf ihn und seine Pläne auswirken? Auf eine gewisse Art kannte Baralis bereits die Antwort auf seine Fragen. Er kannte sie bereits viele Monate lang, von jenem Augenblick an, als verbrannte Brote in Teig verwandelt worden waren. Damals war Jack ein Dorn in seinem Fleisch gewesen, und offenbar hatte sich nichts daran geändert. Er hätte ihn töten sollen, als er noch Gelegenheit dazu gehabt hatte.

Der Schlüssel zu diesem Mysterium war der alte Gelehrte Bevlin; er allein kannte den wahren Zweck des Jungen. Aber Bevlin war tot – vermutlich hatte Larn dafür gesorgt –, und er hatte seine Geheimnisse mit ins Grab genommen.

Oder vielleicht doch nicht? Der Krug hatte so nahe am Rand des Feuers gestanden, daß Baralis Asche an seinen Fingern entdeckte. Geistesabwesend wischte er sich den silbrigen Staub ab. Auch wenn der alte Gelehrte mittlerweile zu Staub geworden war, so hatten seine Bücher und Aufzeichnungen wahrscheinlich überlebt. Ja, das war's.

Jack wachte erschrocken auf. Ihm war kalt, und seine Kleider waren vollkommen durchnäßt. Menschen waren in seiner Nähe; sie liefen umher, riefen sich dies und jenes zu und trugen Bündel durch die Dunkelheit. Ein kurzer, gesegneter Augenblick der Verwirrung, dann erinnerte sich Jack an die Schrecken der Nacht. Der Soldat! Was war aus dem Soldaten geworden, der von dem Turm gesprungen war? Jack schaute sich um. Er lag noch immer dort, wo er zu Boden gesunken war, und der Soldat neben ihm. Wie lange war er bewußtlos gewesen? Minuten? Stunden? Unmöglich zu sagen. Das Torhaus war nur noch ein schwelender Trümmerhaufen, und den Rest der Garnison schien ein ähnliches Schicksal ereilt zu haben. Vereinzelt brannten noch Feuer in den Nebengebäuden, doch sie hatten ihre Macht verloren.

Jack wußte, daß er aufstehen mußte. Es würde nicht lange dauern, bis irgend jemand auf die Idee kam, daß man die beiden Männer in der Nähe des Tores beiseite räumen mußte. Jack legte die Arme an den Körper und versuchte, sich hochzustemmen. Seine Muskeln schrien vor Schmerz. Irgend etwas erregte in ihm Übelkeit und stieg seine Kehle hinauf und drohte, ihn zu ersticken. Jack würgte und spie einen trockenen, pinkfarbenen Klumpen aus. Rasch bedeckte er ihn mit Erde. Er wollte gar nicht wissen, was das war.

Erneut versuchte er, sich aufzurichten und verlagerte das Gewicht auf die Arme. Diesmal war er entschlossen, den Schmerz zu ignorieren. Es funktionierte auch ... jedenfalls, bis die Reihe an seine Beine kam; sie zitterten einen Augenblick, dann gaben sie nach, und er fiel wieder hin. Die Landung war äußerst unglücklich. Jacks Schulter kam als erste auf und löste einen heftigen Schmerz in der Pfeilwunde in seiner Brust aus. »Verdammt!« fluchte er. Er war verzweifelt über seine eigene Schwäche. Er atmete tief durch und versuchte es von neuem. Während er sich aufrappelte, pfiff er ein fröhliches Lied. Wie zuvor, so begann er auch diesmal zu schwanken, doch er kämpfte gegen den bevorstehenden Sturz an, indem er seine Knie unter Aufbietung aller Willenskraft durchgedrückt hielt. Ein paar Sekunden später stand er aufrecht wie ein Soldat. Sein Blut strömte in die Füße, und nach und nach fühlte sich Jack immer besser.

Jemand näherte sich ihm. »Bist du in Ordnung, mein Freund? Brauchst du Hilfe?«

Jack schaute den Fremden verdutzt an. In seinem Gesicht stand keine Anklage, nur Sorge. Der Mann wußte nicht, wer da vor ihm stand. Jack erinnerte sich gerade noch rechtzeitig daran, daß er nicht sprechen durfte, und so deutete er auf seine Kehle, um anzuzeigen, daß sie durch den Rauch rauh geworden sei.

»Was ist mit dem anderen Jungen?«

Seit er wieder aufgewacht war, hatte Jack nicht ein einziges Mal gesehen, daß der Soldat sich bewegt hätte. Jack hob die Arme zum Zeichen, daß er den Soldaten forttragen wolle, und der Fremde trat neben ihn, um ihm bei dem Körper zur Hand zu gehen. »Ich glaube nicht, daß ich dich hier schon einmal gesehen habe«, sagte er, während er die Schultern des jungen Soldaten packte. »Aber bei all dem Dreck auf deinem Gesicht könntest du genauso gut meine Frau sein, und ich würde dich nicht erkennen.« Der Mann lächelte breit und entblößte eine Reihe krummer Zähne und eine dicke rote Zunge. »Komm schon, Junge. Halt dich ran, und nimm die Füße. Ich heiße übrigens Dilburt.«

Jack beugte sich vor und packte die Fußgelenke des Wachsoldaten. Er konnte kaum glauben, was er spürte: Das Fleisch war warm. Nicht kalt, nicht kühl, sondern warm. Der Soldat lebte. Eine Welle der Freude strömte durch Jacks Körper und spülte den Schmerz hinweg.

»Warum bist du plötzlich so fröhlich, Junge?« fragte der Mann keineswegs unfreundlich. »Ist dir der Ruß irgendwie in den Kopf gestiegen? Oder bist du nur erleichtert, daß die Füße von dem Kerl nicht so schlecht riechen, wie du gedacht hast?« Ohne auf eine Antwort zu warten, zählte Dilburt: »Eins, zwei, drei«, und gemeinsam hoben sie den Soldaten an. »Hier lang, Junge«, sagte Dilburt und nickte in Richtung Tor. »Man hat draußen ein Lager für die Verletzten aufgeschlagen.«

Den verwundeten Soldaten zu tragen war Jacks Pflicht. Seine Muskeln schmerzten; sein Kopf drehte sich, und obwohl der Fremde den größten Teil des Gewichtes übernahm, entfachte die Belastung ein Inferno von Schmerzen in Jacks Schulter.

Zwei Minuten später erreichten sie das provisorische Lager. Eilig waren Lagerfeuer und Zelte errichtet worden, und auf der Erde lagen unzählige Strohsäcke und Decken. Die Menschen standen in großen Gruppen zusammen, und die Stimmung war unerwartet fröhlich; der Feuerschein spiegelte sich in Schüsseln voller Brühe, und der Duft gebratenen Fleisches erfüllte die Luft. Irgendwo sang eine Frau ein Lied, das alles andere als traurig war, und überall unterhielten sich die Menschen aufgeregt über die Ereignisse der Nacht.

Jack verspürte nicht den Wunsch, sich ins Gewühl zu stürzen. Er hielt unvermittelt an und zwang so auch Dilburt stehenzubleiben. »Was ist los, Junge? Müde?« fragte er. »Es ist nicht mehr weit. Die Verwundeten werden auf der anderen Seite versorgt, nicht weit von der Mauer.«

Jack blieb keine andere Wahl, als dem Fremden zu folgen. Der Soldat war seine Verantwortung, und es erschien ihm nicht richtig, den Mann zu verlassen, bevor nicht garantiert war, daß er alle Hilfe bekommen würde, die er benötigte. Das war das mindeste, was er ihm schuldete. Jack senkte den Kopf und ging weiter.

»Guter Junge«, sagte Dilburt und veränderte seinen Griff um die Schultern des Soldaten, um noch mehr Gewicht zu übernehmen.

In diesem Augenblick wünschte Jack, er könne sprechen. Er wünschte, er könne dem Mann mit den krummen Zähnen dafür danken, daß er ihm und dem Soldaten geholfen hatte, ohne irgendwelche Fragen zu stellen. Doch statt dessen lächelte er nur.

Der Fremde schien ihn zu verstehen. »Ja, mein Junge«, sagte er, »in Nächten wie dieser kann sich niemand einen Mann nennen, wenn er nicht seinen Teil getan hat.«

Niemand drehte sich nach ihnen um, während sie durch die Menge schritten. Die Menschen schienen merkwürdig erregt – wie die Bewohner von Burg Harvell am Vorabend eines großen Festes. Die Stirn vieler Männer glänzte, und auf dem Busen manch einer Frau, die ihr Mieder zum Wohle ihrer Gesundheit aufgeschnürt hatte, zeigte sich eine angenehme Röte. Bruchstücke von Gesprächen drangen an Jacks Ohren:

»Es war ein Erdbeben. Ich bin absolut sicher. Vor zwei Tagen haben die Wärter berichtet, der Zellenboden habe vibriert.«

»Spione aus den Königreichen sind schuld daran. Sie haben das Holz mit Öl getränkt und es dann mit Brandpfeilen eingedeckt.«

»Die Königreiche haben die Garnison unterminiert, und die Balken dann in Brand gesteckt. Das war die Ursache für das Erdbeben.«

»Ich habe gehört, ein Mann sei durch die Flammen gegangen, ohne daß sie ihm etwas angetan hätten, wie ein Engel.«

»Das war der Teufel.«

»Das war Kylock.«

»Die beiden sind ein und derselbe.«

Jack war froh, als sie endlich das Lazarettzelt erreichten. Er hatte genug Gerüchte für einen Abend gehört. Mehrere Reihen rußverschmierter, stöhnender Gestalten waren fein säuberlich hintereinander angeordnet.

»Tot oder lebendig?« fragte die höfliche, doch selbstgerechte Stimme eines Arztes.

»Lebendig – jedenfalls bis Ihr ihn die Finger bekommt«, ließ sich Dilburt vernehmen.

Jack mußte sich auf die Zunge beißen, um ein Lachen zu unterdrücken. Sein Helfer gefiel ihm von Minute zu Minute besser.

»Dann bringt ihn hier rüber«, sagte der Arzt und deutete auf eine saubere, mit Leinentüchern bedeckte Pritsche. Nachdem sie den Soldaten hingelegt hatten, wandte sich der Arzt an Jack. »Unter all dem Ruß scheinst du mir auch nicht ganz gesund zu sein. Warte da drüben am Eingang. Ich werde mich um dich kümmern, sobald ich Zeit habe.« Er musterte Jack mit kühlem Blick. Dabei legte er besonderes Augenmerk auf die Brustwunde und die Bißspuren an Armen und Beinen.

Jack wurde nervös. Er fragte sich, wieviel seiner Wunden von dem Ruß verdeckt waren, doch er wagte es nicht, an seinem Körper hinunterzublicken. Stattdessen schaute er hilfesuchend zu Dilburt.

»Wenn ich an deiner Stelle wäre, Junge«, sagte Dilburt, »dann würde ich ihn nicht zu nah an mich heranlassen. Du lebst, und du stehst auf deinen eigenen Beinen, und so Borc will, wirst du diese Nacht überleben. Auf mehr kann ein Mann nicht hoffen.« Er legte Jack den Arm um die Schultern. »Komm, Junge. Wir wollen die Zeit dieses guten Mannes nicht länger verschwenden. Wenn wir ihn zu lange von seinen Patienten fernhalten, dann wird es ihnen vielleicht schon von selbst besser gehen, und wir alle wissen, daß dann die Hölle los ist.« Er lächelte ein entwaffnendes Lächeln, zwinkerte dem Arzt zu und wollte Jack aus dem Lager führen.

Jack löste sich von Dilburt. Er mußte dem Soldaten Lebewohl sagen. Dilburt nickte. »Das ist sehr rücksichtsvoll von dir, Junge. Ich werde vor dem Zelt auf dich warten.«

Was war das nur mit diesem Mann? Dilburt schien Jacks Gedanken genauso leicht lesen zu können, wie andere Leute seine Worte hörten. Jack blickte ihm einen Augenblick hinterher, während sich der Fremde diskret entfernte. Dann ging Jack zu dem Soldaten und legte ihm vorsichtig die Hand auf den Arm. Schweiß glitzerte auf der Stirn des Mannes, und sein ganzer Körper zitterte. Sein rechtes Bein hing von der Pritsche herab, und die Haut über seinem Knie war weiß und gespannt, da dort der gebrochene Knochen gegen das Fleisch drückte.

»Es tut mir leid«, flüsterte Jack.

Die Augen des Soldaten öffneten sich. Er betrachtete Jack einen Augenblick, eine ganze Welt voller Mitgefühl in den klaren blauen Augen, und sagte: »Ich weiß.«

Jack drückte den Arm des Mannes – vielleicht ein wenig zu fest, denn sein Herz war schwer, und physische Dinge konnte man in einem solchen Zustand nur schwer einschätzen. »Schlaf gut heute nacht«, sagte er leise, drehte sich um und ging hinaus.

Draußen wartete Dilburt auf ihn und bot ihm den Arm an, damit er sich darauf stützen konnte. Zum dritten Mal in dieser Nacht hatte der Mann mit den krummen Zähnen Jacks Gedanken gelesen, denn er sagte kein Wort, während er ihn aus dem Lager hinausführte.

Eine halbe Stunde später erreichten sie ein kleines, hübsches Holzhaus. Jack war zu erschöpft, um zu denken, geschweige denn zu reden. Inzwischen mußte Dilburt seinen Gefährten richtiggehend tragen. »Da sind wir, Junge«, sagte er. »Heim, süßes Heim.« Es war kurz vor Tagesanbruch, und die ersten Sonnenstrahlen umgaben das kleine Haus mit einem Lichthof.

Eine Frau mit einem Gesicht so groß und glatt wie ein Käserad kam heraus, um sie zu begrüßen. »Ehegatte!« brüllte sie. »Was schleichst du hier draußen herum mit einem kranken Mann im Arm? Komm sofort herein und laß mich nach ihm sehen.« Sie gackerte wie ein wütendes Huhn und trat vor, um Jacks anderen Arm zu nehmen. »Also wirklich! Dilburt Wadwell! Ich habe immer schon gesagt, daß du nur Stroh im Kopf hast, und die heutige Nacht beweist wieder einmal, wie recht ich damit habe.«

Jack wurde gegen Frau Wadwells beachtliche Oberweite gepreßt. Sie roch wunderbar vertraut: nach Hefe und Butter, gerade recht zum Backen. Die Wadwells führten ihn durch eine Tür, die so niedrig war, daß sie sich alle bücken mußten, und hinein in eine warme, helle Küche. Die Bodenstreu war so frisch, daß sie unter den Füßen knisterte.

Die ganze Zeit über setzte Frau Wadwell die gutgemeinte Tirade gegen ihren Mann fort. »Dilburt, steh nicht einfach nur so rum, als würdest du auf Borcs Wiederkehr warten. Schenk dem Jungen einen Becher Kräuterpunsch ein – und nicht wieder nur so einen winzigen Schluck, wenn ich bitten darf. Ich will den Rand des Bechers nicht mehr sehen können.« Kräftige Hände drückten Jack auf einen gepolsterten Stuhl. »Und wenn du schon dabei bist, bring mir eine Schüssel mit warmem Wasser. Der Junge muß mal wieder ordentlich geschrubbt werden.«

Dilburt blickte zu Jack und lächelte reumütig. »Aye, wäre meine Frau als Mann geboren worden, dann hätte sie einen prima General abgegeben.«

»Genug von dem Gequatsche, Ehegatte«, sagte Frau Wadwell, obwohl sie alles andere als verärgert zu sein schien. »Der Junge hier bedarf meines Kräuterpunsches.« Sie legte Jack die Hand auf die Stirn, um seine Temperatur zu überprüfen; dann krempelte sie die Ärmel hoch. »Offenbar werde ich den ganzen Morgen mit dir zu tun haben.«

Jack lehnte sich in dem bequemen Stuhl zurück und war es zufrieden, sich von der Frau versorgen zu lassen. Ihre Berührung war wirkungsvoll, wenn auch ein wenig rauh, und ihr Enthusiasmus war grenzenlos. Eine Viertel Kerzenlänge später hatte sie ihn rasiert, all seine ›anständigen Stellen‹ gewaschen, Salben auf die Bißwunden gerieben und ihm eine kalte Kompresse auf die Stirn gelegt. Schließlich widmete sich Frau Wadwell der Pfeilwunde auf Jacks Brust. Während sie ihn gewaschen hatte, hatte sie sorgfältig um den frischen Schorf herumgewischt, doch nun schenkte sie ihm ihre ganze Aufmerksamkeit.

»Ehegatte, leg die Kompresse weg und bring mir unseren besten Sommerwein«, sagte sie.

Dilburt machte sich sofort daran, dem Befehl seiner Frau Folge zu leisten und eilte hinaus. Frau Wadwell nutzte die Gelegenheit, um Jack zuzuflüstern: »Ich nehme an, daß ich unter all dem Blut eine wirklich häßliche Pfeilwunde finden werde.«

Jack öffnete den Mund, um sich zu entschuldigen; doch dann erinnerte er sich daran, daß er nicht reden durfte, damit sein Akzent ihn nicht verriet, und so zuckte er nur mit den Schultern.

Frau Wadwell beugte sich zu ihm hinunter. Ihr großer Busen strich über Jacks Gesicht. »Ich bin froh, daß du meine Geduld nicht mit einer Lüge auf die Probe stellst, mein Junge. Denn das würde meinen Dilburt wirklich aufregen. Er hat ein gutes Herz. Wenn jemand krank oder verwundet ist, muß er ihn einfach mit nach Hause nehmen. Irgendwie hat er sich in den Kopf gesetzt, daß ich mich besser um die Leute kümmern kann als jeder Arzt, und wenn ich ehrlich bin: Er hat recht.« Sie tätschelte Jacks Arm. »Ist ja auch egal. Was ich damit sagen wollte ist: Wenn mein Ehegatte damit zufrieden ist, keine Fragen zu stellen, dann bin ich das auch. Oh, ich weiß sehr genau, was deine Wunden verursacht hat – obwohl ich bezweifele, daß mein Dilburt den wahren Grund auch nur vermutet. Aber ich vertraue seinem Gefühl. Seit ich ihn kenne, hat er mir noch nie jemand Schlechten ins Haus gebracht, und ich glaube nicht, daß er ausgerechnet mit dir anfängt.«

Jack beschloß, das Risiko einzugehen und ein Wort zu sagen. »Danke.«

Frau Wadwell gluckste. »Du mußt meinem Dilburt danken, Junge, nicht mir.«

Dilburt kehrte mit einem Krug Wein zurück. Er

brach das Siegel und goß die dunkelrote Flüssigkeit in drei Becher.

»Nein, Ehegatte, ich brauche den Wein, um die Wunden des Jungen damit auszuwaschen, nicht um ihn zu trinken.«

»Das mag ja vielleicht so sein, Eheweib, aber ich glaube, wir alle könnten jetzt einen Schluck vertragen.«

Überraschenderweise widersprach Frau Wadwell ihrem Ehegatten diesmal nicht. Sie nahm ihren Becher gnädig entgegen und reichte den anderen Jack.

»Ich glaube, ich werde einen Toast ausbringen, Eheweib«, erklärte Dilburt.

»Ich glaube, das solltest du auch, Ehegatte«, erwiderte Frau Wadwell und nickte bedächtig.

Dilburt hob den Becher. »Auf eine lange Nacht, ein helles Feuer und Freunde, die sich in der Not gefunden haben.«

»Das hast du schön gesagt, Ehegatte.« Frau Wadwell trank ihren Wein in einem Zug und stieß einen zufriedenen Rülpser aus. »Und jetzt hilf mir, den Jungen aufs Bett zu legen. Sobald ich seine Brustwunde gesäubert und verbunden habe, schicke ich ihn direkt in den Schlaf.«

Kapitel sechsundzwanzig

»Nein, Bodger, da kann ich dir nicht zustimmen. Ich glaube, Schnapper sollte sich eher ein älteres Weib schnappen, um seine ersten Erfahrungen zu machen. Nicht so ein junges Gestell ohne Fleisch auf den Knochen und ohne Haare auf der Oberlippe.«

»Und wie alt genau sollte dieses Weib sein, Grift?« fragte Schnapper, während das Bild einer alten Frau mit einem Schnurrbart vor seinem geistigen Auge erschien.

»Alt genug, um zu wissen, was man im Dunklen zu tun hat, Schnapper.«

»Ich habe nicht gewußt, daß die Sehkraft einer Frau im Alter besser wird, Grift«, sagte Bodger.

»Das wird sie auch nicht, Bodger, aber ihre Fähigkeit, einen Mann zu erfreuen. Und sie sind auch stets sehr dankbar.«

»Dankbar für was?« fragte Schnapper.

»Für ein wenig männliche Gesellschaft. Erinnere dich meiner Worte, mein junger Freund: Eine ältere Frau ist nicht nur erfahrener zwischen den Laken, sie wird sie anschließend auch noch für dich waschen.«

»Das würde ich nicht zulassen, Grift«, erklärte Bodger entrüstet. »Saubere Laken machen meine Hämorrhoiden immer viel schlimmer.«

Während Grift seinem Kameraden auseinandersetzte, wie man Hämorrhoiden bekämpfte, trank Schnapper einen weiteren Schluck Bier. Obwohl es noch recht früh war – die Sonne war erst vor wenigen Stunden aufgegangen –, war er bereits angeheitert. In den vergangenen Tagen hatte er sich mit den beiden Wachen angefreundet, die vor der Kapelle postiert waren, und er hatte sich angewöhnt, ein oder zwei Bier mit ihnen zu trinken, wann immer er von einem Erkundungsgang durch die Geheimgänge zurückkehrte. Inzwischen glaubten Bodger und Grift, Schnapper habe derart an seiner verstorbenen Mutter gehangen, daß er seine gesamte Freizeit in Klausur verbrachte, um ihrer zu gedenken. Er hatte deswegen schon ein schlechtes Gewissen, aber da Tawl noch nicht wieder zurückgekehrt war, waren die Geheimgänge die einzige Ablenkung, die der Mühe wert war. Das und ein paar Becher Bier sowie Bodgers und Grifts schlechte Ratschläge. Eine Frau mit Haaren auf der Oberlippe! Also wirklich …!

»Hast du letzte Nacht auch die Luft gespürt, Grift?« fragte Bodger.

»Aye, ich bin sogar davon aufgewacht, Bodger. Ich hatte gerade geträumt, wir seien wieder daheim in Burg Harvell. Alle waren sie in der Küche und gingen ihrer Arbeit nach, als unser alter Freund Jack, der Bäckerjunge, hereinspaziert kam und alles in Brand setzte. Die ganze Burg stand plötzlich in Flammen. Es war schrecklich. Dann bin ich aufgewacht, und die Luft war so dick, daß sie wie ein ganzes Heer von Tausendfüßlern über meine Haut gekrabbelt ist.«

»An deiner Stelle würde ich diese Geschichte nicht noch einmal erzählen, mein Freund«, sagte eine leise, unheilverkündende Stimme.

Schnapper, Bodger und Grift drehten sich herum, um zu sehen, wem die Stimme gehörte. In den Schatten stand eine finstere, in schwarze Seide gehüllte Gestalt. Die beiden Soldaten standen sofort auf und richteten ihre Kleider.

»Lord Baralis, welch unerwartete Freude«, sagte Grift und warf rasch einen Putzlumpen über den Bierschlauch.

»Keine Sorge, meine Herren, ich bin weder hier, um euch zu überprüfen, noch um meine Schulden einzutreiben – obwohl es sicher nicht schadet, euch daran zu erinnern.« Er lächelte kalt. »Nein. Wegen euch bin ich nicht hierhergekommen, sondern wegen eures jungen Gefährten: Schnapper, wenn ich mich nicht irre.«

Schnapper hatte das sichere Gefühl, daß sich dieser Mann nur äußerst selten irrte. »Das bin ich. Was wollt Ihr?«

»Ein Gespräch unter vier Augen.«

Bis jetzt hatte Schnapper immer geglaubt, Bodger und Grift seien jedweder schnellen Bewegung unfähig; sie schienen in einer Art permanentem Dämmerzustand zu existieren, der es ihnen nicht gestattete, sich von ihren Stühlen zu erheben. Doch bei Borc, wie hatte er sich geirrt! Bei den Worten ›unter vier Augen‹ stürmten sie mit einer derartigen Geschwindigkeit aus der Kapelle, daß sie jedes Rennen gewonnen hätten.

Der Mann in Schwarz wartete, bis die Türe geschlossen war, dann ging er zum Altar. Er blieb vor dem mittleren Bild stehen, hinter dem sich der Eingang des Geheimgangs verbarg, und drehte sich schließlich wieder zu Schnapper um. »Du bist doch ein Freund des Ritters, stimmt's?«

Zwar stand Lord Baralis nicht mehr in den Schatten, doch die Dunkelheit war ihm gefolgt. Schnapper hatte Mühe, sein Gesicht zu erkennen – nur die Augen waren klar zu sehen. Sie funkelten so kalt wie die eines Raubvogels.

»Und wenn dem so wäre?«

»Spiel keine Spielchen mit mir, Junge, denn das könnte sich als äußerst nachteilig für dich erweisen.« Nach diesem kleinen Wutausbruch hatte Lord Baralis sich sofort wieder in der Gewalt; er rieb sich die Hände und trat einen Schritt vor. »Andererseits könnte es sehr *vorteilhaft* für dich sein, wenn du meine Fragen direkt und der Wahrheit entsprechend beantwortest.«

Schnapper witterte Profit. »Der Ritter und ich, wir sind alte Freunde. Wir sind schon verdammt lange zusammen.«

»Aha.« Lord Baralis lächelte ebenso glatt wie er sprach. »Wie ich sehe, bist du ein sehr vernünftiger Junge.«

»Der vernünftigste in ganz Rorn.«

»Hast du dort den Ritter kennengelernt – in Rorn?«

Schnapper rieb sich das Kinn. »Wie *vorteilhaft* genau wäre es für mich, wenn ich Euch das verrate?« Er glaubte nicht, das die Herausgabe dieser Information Tawl irgendwelchen Schaden zufügen konnte. Warum sollte er sich also diese Gelegenheit auf Profit entgehen lassen?

»Beantworte all meine Fragen, und ich werde dir zehn Goldstücke zahlen.«

»Abgemacht! Aber natürlich nur, wenn Ihr das Geld bei Euch habt.«

Lord Baralis griff in sein Gewand und holte eine Börse aus Samt hervor. Ohne sich die Mühe zu machen, eine bestimmte Summe abzuzählen, bot er sie Schnapper an. »Das sollte genügen.«

Schnapper nahm die Börse an. Instinktiv wollte er das Gold zählen, doch dann erinnerte er sich daran, wie Mauersegler in ähnlichen Situationen verfuhr; also ließ er die Börse wortlos in seiner Tunika verschwinden. Natürlich pflegte Mauersegler, das Geld mit der Professionalität eines Geldverleihers zu verbuchen, sobald er allein war. Und falls er sich betrogen fühlte, schickte er sofort einen Mann aus, um dem Missetäter die Finger zu brechen. Aber irgendwie zweifelte Schnapper daran, daß sein Lehrmeister mit Lord Baralis auf diese Art Geschäfte machen würde.

»Wie lange kennst du den Ritter schon?«

»Lange genug, um ihn einen Freund zu nennen.« Schnapper erwartete, daß Lord Baralis ihm die Unverbindlichkeit seiner Antwort vorwerfen würde, doch er tat nichts dergleichen.

»Hat er die Suche nach dem Jungen erst aufgenommen, als ihr bereits befreundet wart?«

»Neiiin. Den Jungen hat er schon lange vorher gesucht.« Erst nachdem er gesprochen hatte, fragte sich Schnapper, woher Baralis von Tawls Suche wußte.

»Hast du ihn jemals begleitet, wenn er sich mit dem alten Gelehrten Bevlin getroffen hat?« Nach jeder Frage trat Baralis einen Schritt näher. Inzwischen war er nur noch eine Armlänge von Schnapper entfernt. Sein Atem roch scharf und süß zugleich.

Die Börse in Schnappers Tunika wurde immer schwerer. »Ich habe Bevlin ein einziges Mal getroffen. Er war ein echt netter Mann. Er hat mich vom Schüttelfrost befreit.«

»Wo ist sein Haus?«

»Weniger als drei Wochen zu Pferd östlich von hier.«

»Weißt du, ob er irgendwelche Verwandten oder Bekannten hat, die sich gegenwärtig im Besitz seiner Habseligkeiten befinden könnten?« Lord Baralis' Augen verengten sich. »Natürlich weiß ich, daß er tot ist.«

Die Börse war nun nicht mehr nur schwer, sondern auch heiß. »Da kann ich Euch nicht weiterhelfen, Freund.«

»Glaubst du, es besteht die Möglichkeit, daß seine Besitztümer noch immer in seinem Haus sind?«

Schnapper hatte Bevlin beerdigt. Er hatte ein flaches Grab ausgehoben und die Leiche des alten Mannes aus der Hütte dorthin geschleppt. Anschließend hatte er das Blut aufgewischt, das Feuer gelöscht, alle verderblichen Waren weggeworfen, Hühner und Schweine freigelassen und Tür und Fensterläden verriegelt. »Ja«, antwortete er. »Es besteht durchaus die Möglichkeit, daß Bevlins Sachen immer noch dort sind.« Schnapper dachte einen Augenblick nach, dann fragte er: »Warum wollt Ihr das wissen?«

»Er hat die gleiche Art von Forschung betrieben wie ich. Wir waren beide leidenschaftliche Insektensammler. Bevlin besaß eine einmalige Sammlung von

Büchern zu diesem Thema, und ich fürchte, sie könnten schlecht behandelt werden, sollten sie in die falschen Hände fallen.« Lord Baralis machte eine mißbilligende Geste. »Nur Experten wie ich wissen den wahren Wert dieser Bücher zu schätzen.« Er blickte Schnapper tief in die Augen. »Kannst du dich genau an den Weg zu seinem Haus erinnern?«

Insekten? So sah er auch aus. »Ja.«

»Dann zeichne mir eine Karte.« Lord Baralis' Stimme war so süß wie Honig. »Natürlich werde ich dich für deine Mühen angemessen entlohnen. Begleite meinen Diener auf der Reise, und ich werde einen reichen Mann aus dir machen.«

Obwohl das Angebot äußerst verführerisch klang, hatte Schnapper nicht die Absicht, es anzunehmen. Er fühlte sich nicht nur verpflichtet, auf Tawls Rückkehr zu warten; eine derartige Reise war auch mit dem verbunden, was er am meisten haßte: Pferde. Niemand würde ihn auf eines dieser häßlichen, schlechtgelaunten, flohverseuchten Viecher bekommen. Doch auch bei Baralis' erstem Angebot gab es ein Problem: Schnapper konnte nicht schreiben, geschweige denn eine Karte zeichnen. »Ich könnte Euch *sagen*, wie man dorthin gelangt, aber ich könnte Euch keine Karte zeichnen – meine Hand, wißt Ihr.«

»Hmmm.« Lord Baralis klang skeptisch. »Nun gut. Sag's mir, und ich werde dafür sorgen, daß du noch innerhalb der nächsten Stunde bezahlt wirst.«

Schnapper hielt es nicht für klug, die Integrität des Mannes in Frage zu stellen. Der Profit würde sich schon einstellen. Was diese Dinge betraf, so besaß er einen unfehlbaren Instinkt. Schnapper atmete tief durch. »Also, zunächst reitet Ihr soweit nach Osten, bis ...«

Tarissa lachte ihn aus. Sie hatte den Mund aufgerissen, ihre Locken hüpften, und ihr Kopf bewegte sich vor und zurück. Sie lachte so lange und so laut, daß die

Schnüre ihres Mieders nachgaben und ihre Brüste hervorquollen. Eine rauhe Hand stopfte sie wieder hinein, und die Finger verweilten auf dem weißen Fleisch.

Rovas! schrie Jack. *Rovas!*

»Ruhig, Junge. Alles wird wieder gut.«

Jack blickte in das glatte, runde Gesicht von Frau Wadwell.

»Es war nur ein böser Traum. Kein Grund, sich Sorgen zu machen.«

Ihre Stimme hatte einen beruhigenden Einfluß auf Jack, und die Grenze zwischen Wachen und Schlafen wurde neu gezogen. Seine Muskeln entspannten sich, und er ließ sich zurück auf die Decke sinken; sie war schweißnaß.

Frau Wadwell stand auf und machte sich in der Küche zu schaffen: Sie öffnete die Fensterläden, schürte das Feuer und schöpfte heiße Brühe in eine Schüssel. »Setz dich auf, Junge«, befahl sie, »und iß das.« Sie reichte Jack die Schüssel und ließ ihn nicht aus den Augen, bis der Löffel seine Lippen erreicht hatte. »Guter Junge.«

Heiße Brühe war das letzte, wonach Jack verlangte, doch als die würzige Flüssigkeit seinen Gaumen berührte, stürzte er sich auf sie wie ein Verhungernder. Seit einer Woche hatte er so gut wie nichts mehr gegessen, und sein Körper war fest entschlossen, sich jede mögliche Nahrungsquelle zu sichern – notfalls auch gegen den Widerstand des Verstandes. Frau Wadwell nickte zufrieden und holte noch mehr Speisen: eine weitere Schüssel Brühe, einen ganzen Laib knuspriges Brot, ein Stück Käse, so groß und hart, daß es eine Tür aufgehalten hätte, und ein gebratenes Hähnchen, das aussah, als wäre es von eben dieser Türe getroffen worden.

»Ich drücke sie platt, während ich sie brate«, erklärte Frau Wadwell, der Jacks mißtrauischer Blick nicht entgangen war. »Wenn man ein Hähnchen mit entsprechenden Gewichten während des Bratens plattdrückt, dann wird es zarter und saftiger.«

»Aye, mein Junge, niemand brät so gute Hähnchen

wie mein Eheweib.« Dilburt trat ans Bett, lächelte stolz und gab Frau Wadwell einen liebevollen Klaps auf den Hintern. »Du wirst nirgends eine bessere Frau finden.«

»Du dummer, alter Kahlkopf«, erwiderte die üppige Dame und zwinkerte Jack zu. »Geh raus und hack Holz. Wenn das Feuer noch weiter herunterbrennt, kann ich die Hähnchen nicht mehr warm halten, geschweige denn sie braten.«

Gehorsam verließ Dilburt das Haus. Frau Wadwell schüttelte Jacks Kissen auf, stellte sicher, daß alles Essen in Reichweite war; dann folgte sie ihrem Ehegatten hinaus und murmelte irgend etwas von wegen ›nicht die Sträucher geschnitten‹.

Jack verschwendete keine Zeit; im selben Augenblick, da die Tür ins Schloß fiel, stürzte er sich auf das Essen. Es war das Schmackhafteste, was er je in seinem Leben gegessen hatte. Das Brot war fest und schmeckte nach Nüssen; der Käse war zwar hart, aber trotzdem sahnig und mit Kräutern gewürzt – und das platt gedrückte Hähnchen war so zart, daß das Fleisch sich beinahe von selbst von den Knochen löste. Mit jedem Bissen verschwand die Erinnerung an die Aale in immer größerer Ferne.

Doch die Erinnerung an die vergangene Nacht war nicht so leicht zu beseitigen. Je voller Jacks Bauch wurde, desto mehr Freiheiten nahmen sich seine Gedanken heraus. Alles kam ihm wieder ins Bewußtsein, in allen schrecklichen Einzelheiten: das Feuer, das Krachen berstenden Holzes und das leise Grollen der sich bewegenden Erde. Doch die Schreie waren das schlimmste. Die panischen Schreie von Menschen, die verbrannten oder erstickten oder die einfach nur Todesängste ausstanden. Plötzlich war der ganze Raum vom Klang ihrer Schreie erfüllt. Es war beinahe eine sichtbare Kraft, die die Luft wie ein Sturm durcheinanderwirbelte. In Jacks Mund verwandelte sich das Essen in Asche, und er hielt sich die Ohren zu, um die Schreie auszusperren.

Er hatte das getan! Wegen ihm waren Menschen gestorben. Er allein war an allem schuld. Tarissa und Rovas hatten ihn zum Narren gehalten. Sie hatten gelogen, was Melli betraf; sie hatten in bezug auf den Tunnel gelogen, und ihre Zuneigung war nur gespielt gewesen. Doch anstatt seine Wut an ihnen auszulassen, hatte er Unschuldige verletzt und getötet.

Die Schreie erstarben, als wären sie im Augenblick damit zufrieden, daß er seine Schuld eingestanden hatte.

Jack mußte dafür sorgen, daß so etwas nie wieder geschah. Die Macht in ihm war zu gefährlich, um im Zorn benutzt zu werden, denn dann schlug sie wild um sich und machte sich selbst zum Herrn. Natürlich war es richtig gewesen, daß Jack während seiner Haft versucht hatte, die Zauberei unter Kontrolle zu bringen; doch er hatte noch nicht einmal ansatzweise Erfolg gehabt, und er bezweifelte, daß es ihm allein gelingen würde. Aber wer sollte ihm helfen? Selbst ein so mächtiger Mann wie Lord Baralis war gezwungen, seine Kräfte zu verbergen. Die Welt verdammte Zauberei. Menschen, die sie sich ihrer bedienten, wurden als Dämonen gebrandmarkt und auf der Stelle verbrannt – und nach der letzten Nacht wußte Jack auch warum.

Wofür war Zauberei überhaupt gut? fragte er sich. Zerstörung?

Jack stellte die Füße auf den Boden und überprüfte die Kraft seiner Beine. Er würde kaum stehen können, doch er verspürte ein dringendes Bedürfnis, und er hatte nicht die Absicht, in sein Bett zu nässen wie ein Behinderter. Lieber wollte er bei dem Versuch auf die Nase fallen, sein Geschäft im Freien zu erledigen. Er atmete tief durch, legte sein ganzes Gewicht auf die Beine und stemmte sich in die Höhe; dabei stöhnte er wie ein alter Mann. Übelkeit überkam ihn, und er mußte schlucken, um sich nicht zu übergeben. Ein entschlossenes Lächeln stahl sich auf Jacks Gesicht. Er wollte das platt gedrückte Hähnchen nicht mehr sehen;

egal wie gut es auch schmecken mochte, es hinterließ keinen sonderlich appetitanregenden Eindruck.

Nachdem er einigermaßen sicher war, daß seine Beine der Belastung standhalten würden, wagte Jack den ersten Schritt. Die Muskeln in seiner Brust, in seinem Bauch und in seinen Beinen protestierten vehement gegen die Bewegung; doch als sich Jack nicht um die Schmerzen kümmerte, gingen sie dazu über, wie Aal in Gelee zu zittern. Und da Jack auch das Zittern ignorierte, gaben die Muskeln schließlich auf und gehorchten seinen Befehlen. Jack wußte, daß sein Körper unglücklich war, dennoch wankte er weiter voran.

Als er die Tür öffnete, blickte er in einen wunderschönen Tag. Die Luft war erfüllt vom Duft des herannahenden Frühlings. Zu beiden Seiten der Tür blühten Blumen, und Fliegen, faul geworden von der ersten Arbeit des Tages, sonnten sich auf den Blättern. Am anderen Ende des Gartens unterhielten sich Herr und Frau Wadwell mit einem kleinen dunkelhaarigen Mann. Als Dilburt sah, daß Jack das Haus verlassen hatte, schob er den Mann vor sich her in Richtung der schlammigen Straße. Frau Wadwell eilte auf Jack zu und legte einen dicken Finger auf noch dickere Lippen. »Rein mit dir, Junge. Sofort rein mit dir«, zischte sie.

Jack gehorchte. Frau Wadwell gab sich nicht damit zufrieden, die Tür nur zu schließen, sie verriegelte sie auch noch. »Sofort wieder ins Bett, aber hoppla. Ich bring dir einen Nachttopf, wenn es das ist, was dich an die frische Luft getrieben hat.«

Zu verlegen, um etwas darauf zu erwidern, nickte Jack nur.

»Und jetzt hör zu, Junge. Wenn jemand kommt, dann bist du Dilburts kranker Neffe aus Todlowly.« Frau Wadwell dachte einen Augenblick nach. »Und du bist so erkältet, daß du deine Stimme verloren hast.«

Dann wußte sie also, daß er aus den Königreichen stammte. In diesem Fall konnte er genausogut sprechen. »Wer war der Mann im Garten?« fragte er.

»Einer von Dilburts Freunden aus der Garnison.« Frau Wadwell reichte ihm den größten Nachttopf, den er jemals gesehen hatte. Seine Außenseite zierten Bilder von Wasserfällen. »Meine Schwester macht sie selbst«, erklärte Frau Wadwell.

Jack nahm den Nachttopf und stellte ihn auf den Boden. Die Erleichterung würde noch ein wenig warten müssen. »Weiß man schon, was das Feuer verursacht hat?«

Frau Wadwell redete nicht um den heißen Brei herum. »Ein Gefangener hat es getan. Ein Mann aus den Königreichen mit haselnußbraunem Haar und einer Pfeilwunde in der Brust.«

»Ich gehe jetzt«, sagte Jack.

Eine kräftige Hand packte ihn an der Schulter. »Du bist in keinem Zustand, irgendwohin zu gehen, Junge. Bleib zumindest noch eine Nacht, um noch etwas mehr zu Kräften zu kommen.« Mut schimmerte in den dunklen Augen der fülligen Frau, und ihr Kinn drückte Entschlossenheit aus.

Jack war überwältigt von ihrem Angebot. Hier stand er, ein Fremder und ein Mörder, und dennoch war sie bereit, ihr eigenes Leben zu riskieren, um ihm Unterschlupf zu gewähren. Das durfte er nicht zulassen. »Nein, ich muß gehen«, sagte er. »Ich schulde dir und Dilburt sowieso schon viel zuviel.« Er nahm ihre Hand und küßte sie zärtlich. »Doch ich danke euch von ganzem Herzen für eure Freundlichkeit.«

Frau Wadwell schnaufte abweisend. »Mein Dilburt hat sich noch nie in jemandem geirrt. Wenn er sagt, du bist in Ordnung, dann reicht mir das.« Sie lächelte traurig und fuhr Jack durch die Haare. »Aber wenn du dir schon in den Kopf gesetzt hast, uns zu verlassen, dann kann ich dir genausogut auch das Schlimmste sagen. Im ganzen Land wimmelt es nur so von Soldaten, die nach dir suchen. Jeder Mann, jede Frau und jedes Kind hält nach dir Ausschau. Überall hat man Beschreibungen von dir verteilt. Bereits morgen wirst du dich in fünfzig Meilen Umkreis nicht mehr blicken lassen können, und in einer Woche wirst du nirgends mehr sicher sein.«

»Was wissen sie über mich?«

»Offenbar hat dein Mitgefangener ausgesagt, du seist ein Saboteur, der von Kylock einschleust worden sei, um die Garnison zu zerstören.« Frau Wadwell schaute ihm scharf in die Augen. »Und er hat auch gesagt, du seist ein mächtiger Zauberer, der über die Elemente gebieten könne.«

»Glaubt man ihm?«

»Du kennst doch die Menschen. Niemand will an etwas glauben, das auch nur im entferntesten mit Zauberei zu tun hat; also erfinden sie alle möglichen Theorien, um sich das Feuer und die Explosionen zu erklären. Aber trotzdem ... auch wenn es nicht öffentlich ausgesprochen wird, so wird doch im geheimen darüber gemunkelt.«

Jack öffnete den Mund, um etwas darauf zu erwidern.

»Nein, mein Junge«, kam ihm Frau Wadwell zuvor. »Ich will die Wahrheit gar nicht wissen. Wenn ich dich ansehe, dann sehe ich nur einen kranken, verwirrten Jungen, weiter nichts.« Sie lächelte freundlich. »Laß es uns dabei belassen, in Ordnung?«

Ein leises Klopfen an der Tür hielt Jack davon ab, sich zu bedanken. Es folgte ein kurzer Augenblick der Spannung, während Frau Wadwell den Riegel zurückschob, doch draußen stand nur Dilburt.

»Hat er den Jungen gesehen?« fragte Frau Wadwell.

»Das hat er; aber ich habe ihm gesagt, was wir besprochen haben, und damit schien er zufrieden zu sein.« Sie tauschten einen raschen, vielsagenden Blick aus, dann sagte Dilburt: »Es tut mir leid, Junge, aber ich glaube, es ist besser, wenn du gehst. Wenn es nur um mich ginge, könntest du so lange bleiben, bis sie die Tür einrennen. Aber mein Eheweib ...« Er schüttelte langsam den Kopf. »Wenn ihr etwas zustoßen würde, wäre ich ein gebrochener Mann.«

Jack nickte. »Ich weiß, Dilburt. Dein Eheweib ist die tapferste Frau in ganz Halcus, und ich würde um nichts in der Welt riskieren, daß ihr ein Leid geschieht.« Noch während er sprach, erkannte er, daß er es ernst meinte.

Dilburt legte Jack den Arm um die Schultern. »Du bist ein guter Junge; das bist du wirklich. Ich bin froh, daß ich dich mit nach Hause genommen habe.«

Ein Geräusch entrang sich Frau Wadwells Kehle, das verdächtig nach einem Schluchzen klang. Aus ihrem Ärmel zog sie ein Taschentuch von der Größe einer kleinen Tischdecke und schneuzte sich lautstark. Dann wandte sie sich an Dilburt. »Nun, worauf wartest du noch, Ehegatte? Wenn der Junge gehen will, dann solltest du ihm ein paar Vorräte einpacken.«

Dilburt lächelte Jack reumütig an und machte sich an die Arbeit. Er packte Käse und Fleisch ein, füllte Trinkschläuche mit Wein und nahm einige Kleidungsstücke aus einer großen Truhe.

Frau Wadwell legte ihre breite Hand auf Jacks Stirn. »Du hast immer noch Fieber«, erklärte sie. »Ich werde dir wohl oder übel noch etwas Medizin geben müssen.« Sie holte ein kleines silbernes Fläschchen aus ihrer Tunika und befahl ihm zu trinken. »Bis zum letzten Tropfen.«

Jack hatte Branntwein nur ein einziges Mal zuvor getrunken. Meister Frallit hatte einst eine Flasche von der Witwe eines Geflügelhändlers geschenkt bekommen – einer liebestollen Dame, die auf eine zweite Ehe aus gewesen war –, und diese Flasche hatte er unter den Mehlsäcken versteckt. Dort hatte sie Jack am nächsten Morgen entdeckt, und als Meister Frallit ihn gefunden hatte, war die Flasche bereits halbleer gewesen. Jack war derart betrunken gewesen, daß er die Schläge kaum gespürt hatte – also war Branntwein in der Tat eine gute Medizin. Alles, was jemanden gegen einen von Meister Frallits Wutanfällen abstumpfen konnte, mußte einfach höllisch gut sein.

Während Jack den Branntwein trank, inspizierte Frau

Wadwell seine verschiedenen Wunden. Dabei schüttelte sie von Zeit zu Zeit den Kopf und stieß ein leises Glucksen aus. Schließlich verband sie Jacks Schulterwunde und wusch die anderen Verletzungen mit dem Rest des guten Weins aus. Nachdem sie ihre Arbeit beendet hatte, trat Dilburt zu Jack und reichte ihm eine Auswahl verschiedener Kleidungsstücke.

Nun wurde Frau Wadwell wirklich zu einem General; sie wählte jene Kleidungsstücke, die besonders gut mit der Umgebung verschmolzen. Leider dachte sie bei ihrer Auswahl nicht an die Paßgenauigkeit. Die braune Tunika, die sie aussuchte, war so lang, daß Jack sofort nach einer Schere verlangte – inzwischen hatte er herausgefunden, daß alles im Haushalt der Wadwells mindestens eine Nummer größer war als notwendig. Bei der Hose bestand das gleiche Problem, doch ein Seil – so dick, daß man ein Schiff hätte daran festmachen können – sorgte dafür, daß sie nicht herunterrutschen konnte.

Nachdem die Wadwells mit ihm fertig waren, war Jack beladen wie ein Packesel und bis an die Zähne bewaffnet. Drei Messer von tödlicher Schärfe und unterschiedlicher Größe waren in seinen Kleidern versteckt, ebenso wie ein Beutel Fußangeln, um heranstürmende Pferde aufzuhalten. Die Tatsache, das Dilburts Vorräte für eine mehrwöchige Belagerung ausreichten, überraschte Jack nicht im mindesten: Die Wadwells waren ein Paar, das mit allem rechnete und entsprechend darauf vorbereitet sein wollte.

Frau Wadwell beugte sich vor und drückte ihre dicken Lippen auf Jacks Wange. Ihr mächtiger Busen quetschte sich an seine Brust. »Lebewohl, Junge. Es tut mir leid, dich fortziehen zu lassen.« Ein kurzer, knochenbrechender Druck, und sie zog sich zurück; sofort verwandelte sich die Mutter wieder in einen General. »Wenn du gehst, halte dich hauptsächlich in den Wäldern auf. Bleib, wann immer es geht, in Deckung. Zwar ist der Frühling noch nicht weit fortgeschritten, aber es gibt schon genug Laubwerk, um Schatten zu werfen. Nachdem du etwa zwei Meilen nach Süden gewandert bist, wirst du auf einen kleinen Fluß stoßen. Folge ihm flußaufwärts für ungefähr …« Sie hielt einen Augenblick inne und dachte nach. »Wie weit würdest du sagen, Ehegatte?«

»Nicht mehr als zwölf Meilen, Eheweib.«

»Da hast du recht. Nach zwölf Meilen teilt sich der Fluß. Folge demjenigen, der in die Hügel führt – zu dem Zeitpunkt solltest du bereits Richtung Nordosten gehen –, und von da an wirst du den Weg selbst finden können. Die Wälder sind zwar an sich menschenleer, aber halte trotzdem nach Wilderern Ausschau – nur für den Fall.«

Gehorsam nickte Jack zu allem, was Frau Wadwell sagte. Der Branntwein hatte sein Blut in Wallung versetzt, und aufgrund des Gewichtes, das er mittlerweile trug, fiel ihm das Stehen schwer.

Dilburt schüttelte ihm die Hand. »Paß auf dich auf, Junge. Und erinnere dich an die Wegbeschreibung meines Eheweibs. Niemand kennt sich hier in der Gegend besser aus als sie.«

Herr und Frau Wadwell führten Jack zur Tür, überprüften, ob niemand draußen war, dann erst ließen sie ihn hinaus. Während sie ihn zur Gartentür begleiteten, bemerkte Jack, daß sie Arm in Arm gingen. Dieses selbstverständliche Zeichen der Zuneigung berührte ihn tief. Auch er hatte auf solche Augenblicke mit Tarissa gehofft: Augenblicke, in denen sie die Hände ineinanderlegten, ohne darüber nachzudenken, und in denen sie Küsse so beiläufig austauschten wie ein Lächeln. Doch das war nun vorbei. Er war allein; seine Träume waren wie Glas zerbrochen, und nur noch Splitter waren von ihnen übriggeblieben, die ihm in die Seele schnitten. Wie hatte sie so etwas nur tun können? Wie hatte sie ihn nur derart hintergehen können?

Die Wut war mittlerweile verflogen; Jack empfand nur noch Trauer und – wie Frau Wadwell richtig vermutet hatte – Verwirrung. Tarissa hatte gesagt, sie würde ihn lieben, und jeder, selbst Bodger und Grift, hatte ihn stets ermahnt, daß es falsch sei, jemanden zu verletzen, den man liebte. Also hatte sie gelogen, und inmitten all der vielen Lügen war es diese eine, die ihn besonders schmerzte.

»Dann mal los, mein Junge«, unterbrach Frau Wadwell Jacks Gedankengang. »Die Wälder beginnen da drüben. Sie sind zwar noch ein ganzes Stück weit entfernt, aber du wirst in Sicherheit sein, sobald du die ersten Bäume erreicht hast.« Sie lächelte ihn freundlich an. Ihr großes, rundes Gesicht war beinahe vollkommen faltenfrei.

Sie hatten sich bereits voneinander verabschiedet, und so mußte Jack sich nur noch bedanken. Er drehte sich um und schaute die beiden Menschen an, die seine Feinde waren. Halcus befand sich im Krieg mit den Königreichen, und dennoch hatten, ihm dieses Paar mehr Freundlichkeit erwiesen, als er jemals in Burg Harvell erfahren hatte. Die einzige Ausnahme davon war eine alte Schweinezüchterin, die nicht weit von Harvells Oststraße lebte. Auf jeden Fall hatten die Wadwells ihm bewiesen, daß die Halcus nicht das arrogante, gottlose Pack waren, für die man sie in seiner Heimat hielt. Der Gedanke an Krieg erschien Jack plötzlich abstoßend. Es war leicht, ein Land zu hassen, doch seine Bewohner mit demselben Eifer zu hassen, war ungleich schwerer – besonders nachdem man sie kennengelernt hatte. Herr und Frau Wadwell waren glückliche, gutmütige Menschen, und sie verdienten es nicht, von Kylock in die Knie gezwungen zu werden.

Eine tiefe Müdigkeit überkam Jack und legte sich als zusätzliche Last auf seine Schultern. Er konnte es nicht erklären, doch er fühlte sich irgendwie für alles verantwortlich, nicht nur für die Zerstörung der Garnison oder für das Schicksal der beiden vor ihm, sondern für mehr. Für viel mehr.

»Nun«, sagte er leise, »dann werde ich mich jetzt wohl auf den Weg machen.«

»Aye, Junge«, murmelte Dilburt.

»Ich möchte euch für alles danken, was ihr für mich getan habt. Ich werde eure Freundlichkeit niemals vergessen.« Jack schaute zunächst zu Dilburt, dann zu dessen Eheweib. »Niemals.«

Frau Wadwells riesiges Taschentuch kam wieder zum Einsatz, als sie sich damit über die Augen rieb. »Geh jetzt, Junge«, sagte sie. »Ich werde dir hinterherschauen, bis du sicher zwischen den Bäumen verschwunden bist.«

Jack lächelte kurz, sandte ein rasches Gebet an Borc, er möge seine Beine stärken, dann begann er den langen Marsch zu den Wäldern.

Kapitel siebenundzwanzig

Allmählich wünschte Melli, sie hätte niemals nach einem Spiegel verlangt, denn das Gesicht, das sie in ihm sah, konnte unmöglich ihr gehören. Wer war das Mädchen mit dem leichenblassen Gesicht und Augen so groß wie Pfannkuchen?

»Nessa!« rief sie. »Bring mir Wein, und zwar unverdünnt.« Der Herzog konnte jede Minute eintreffen, und Melli beabsichtigte, bis dahin wieder etwas Farbe im Gesicht zu haben – selbst wenn sie sich, dafür betrinken mußte.

Melli legte den Spiegel beiseite und griff nach einem kleinen Silberfläschchen mit Parfüm. Sie träufelte ein wenig davon auf ihren Busen und ihren Nacken und verteilte anschließend einige Tropfen auf den Bettlaken. Schließlich ließ sie einen Tropfen auf ihre Zunge fallen. Der bittere Geschmack ließ sie zusammenzucken.

Während sie darüber nachdachte, ob es besser sei, wenn der Herzog sie im Bett oder auf der Bank neben dem Fenster vorfand, kehrte Nessa mit dem Wein zurück. »Seine Gnaden ist auf dem Weg hierher, Mylady«, rief sie. »Er wird jeden Augenblick hier sein.«

»Dann beeil dich mit dem Wein, Mädchen«, zischte Melli. Eine Sekunde später hielt sie einen Becher in der Hand und hob ihn an die Lippen. Sie trank ihn in einem Zug leer. Nur ein paar Tropfen ließ sie übrig, die sie sich einer plötzlichen Inspiration folgend, auf die Wangen schmierte. Melli wußte, daß sie sich wie eine erwartungsvolle Kurtisane benahm, und zu jeder anderen Zeit und für jeden anderen Mann hätte sie sich nicht dazu herabgelassen, sich derart herauszuputzen; doch in den vergangenen Tagen hatte sie sich immer mehr zu dem Herzog hingezogen gefühlt, und nun war sie bestrebt, so gut wie möglich für ihn auszusehen.

Das Problem war nur, daß sie nicht wußte, wie sie das anstellen sollte. Melli hatte noch nie sonderlich viel Wert auf ihre Erscheinung gelegt. Solange sie denken konnte, hatte man stets ihre natürliche Schönheit gepriesen, und da sie tagaus, tagein nichts anderes zu hören bekam, hatte sie nichts als Verachtung für weibliche Verschönerungstechniken übrig gehabt. Puder, Parfüms und gezupfte Augenbrauen waren ebenso ein Mysterium für Melli wie Haarwachs und Rouge.

Die Tür öffnete sich, und der Herzog kam herein. Als erstes schnupperte er die Luft. Sofort erkannte Melli, daß sie es mit dem Parfüm übertrieben hatte und warf die stark duftende Tagesdecke vom Bett.

»Du riechst wie ein billiges Straßenmädchen«, sagte der Herzog.

Melli spürte, wie sie errötete. Sie warf Nessa einen wütenden Blick zu: Das Parfüm, das sie aufgetragen hatte, gehörte ihrer Dienerin. Da ihr nichts ausreichend Vernichtendes auf die Beleidigung des Herzogs einfiel, gab Melli sich damit zufrieden, ihre Zofe mit einer hochmütigen Handbewegung zu entlassen. »Steh nicht rum und halt Maulaffen feil! Laß uns allein! Und nimm die Decke mit! Ich bestehe darauf, daß du sie selbst wäschst. Das soll dich lehren, dein Parfüm nicht zu verschütten.«

Der Herzog wartete, bis Nessa den Raum verlassen hatte, dann trat er an Mellis Bett. Er nahm ihre Hand und küßte sie flüchtig. Seine Lippen waren kühl und trocken. »Ich habe noch ein Geschenk für dich«, sagte er und zog einen in Seide eingewickelten Gegenstand aus seiner Tunika.

Ein kleiner Teil von Melli empfand das Verhalten des

Herzogs als reichlich oberflächlich. Es schien fast, als würde er ein militärisches Manöver ausführen: erst der Kuß, dann ein Geschenk und schließlich eine kleine verbale Auseinandersetzung – das gleiche Szenario wie am Tag zuvor, als er ihr eine Scheide für ihren Dolch gebracht hatte. Sie drehte das Päckchen in der Hand und fragte sich, ob ihre Zweifel gerechtfertigt, oder ob sie nur das Produkt eines gelangweilten Verstandes waren. Immerhin war sie nun schon fünf Tage hier eingesperrt.

»Öffne es«, befahl der Herzog.

Als Melli das Päckchen auswickelte, fand sie einen großen Handschuh darin. Das Leder war dick und mit leuchtenden Farben bemalt. »Ein Falknerhandschuh?« fragte sie.

»Ja«, antwortete der Herzog, »und den Falken noch dazu.« Er klatschte in die Hände, und ein Mann betrat den Raum. Auf dem Arm trug er einen großen, ruhigen Vogel mit einer Beizhaube.

»Ein Gerfalke«, sagte Melli, unfähig ihr Staunen zu verbergen.

»Aye, Lady«, sagte der Falkner und trat vor. »Und noch dazu eine Dame.«

Melli wußte, daß weibliche Gerfalken die wertvollsten aller Beizvögel waren. »Sie ist wunderschön«, sagte sie.

Der Herzog lächelte sanft. »Zieh den Handschuh an.«

Melli war ein wenig nervös, als sie den Handschuh überstreifte. Auf den Gütern ihres Vaters gab es zwar eine Falknerei, doch in den Königreichen war die Beizjagd eine rein männliche Angelegenheit, und daher hatte sie noch nie mit einem Falken zu tun gehabt.

»Ich habe den Handschuh präpariert, Lady, damit er ganz wie zu Hause riecht.« Der Falkner hielt seinen Arm neben Mellis, klopfte sanft gegen den Bauch des Vogels und senkte den Arm. Gleichzeitig schob der Herzog Mellis Arm vor. Der Gerfalke verstand den Wink und kletterte geschickt auf Mellis Handschuh.

Die Glöckchen an den Füßen des Tieres klingelten fröhlich.

Als erstes fiel Melli das unerwartet hohe Gewicht des Vogels auf. Der Herzog hielt ihren Arm noch immer am Ellbogen fest, und sie war dankbar für seine Unterstützung. Als die Klauen des Falken sich in das Leder bohrten, bekam sie ein wenig Angst.

»Ruhig, Lady«, sagte der Falkner. »Kein Grund zur Beunruhigung. Meine Schöne wird Euch nicht verletzen.« Er streichelte den Bauch des Vogels und flüsterte ihm ermutigende Worte zu.

Der Herzog hielt Mellis Arm nach wie vor fest, um ihn vom Zittern abzuhalten. Auf seine Aufforderung hin riskierte sie es, mit der anderen Hand den Vogel zu berühren. Die gefleckten Brustfedern waren unglaublich weich. Es war das reinste Vergnügen, die warmen Daunen unter den Fingern zu spüren. Das Herz des Tieres schlug schneller als Mellis. Mit neu gewonnener Zuversicht führte sie ihren Arm näher an ihr Gesicht. Der Gerfalke rutschte einen Augenblick unruhig hin und her, dann packte er Mellis Handgelenk erneut mit festem Griff. Diesmal genoß sie das Gefühl.

Der Falkner lächelte sie an. »Ihr seid ein Naturtalent, Lady. Ich habe meine Schöne noch nie so ruhig gesehen.«

Obwohl sie wußte, daß der Mann ihr schmeichelte, konnte Melli nicht anders, als sich über sein Kompliment zu freuen. »Wie heißt sie?«

»Nun, Lady, ein Falke hat zwei Namen. Den ersten gibt man ihm, wenn er gerade aus dem Ei gekrochen ist, und den zweiten gibt man ihm, wenn er bereit für die Beize ist.«

»Und ist sie bereit?« fragte Melli.

Der Falkner nickte. »Erst vor zwei Tagen hat sie einen Kranich für mich geschlagen. Ihr hättet sie fliegen sehen sollen, Lady. Sie glitt dahin wie ein Engel.«

»Und jetzt, Melliandra«, sagte der Herzog, »braucht sie einen zweiten Namen.«

Melli verstand sofort, worauf er hinauswollte. »Ihr wollt, daß ich ihr einen Namen gebe?«

»Sie gehört dir; also kannst du sie auch nennen, wie du willst.«

»Aber ich verstehe nichts von der Falknerei. Ich kann sie unmöglich annehmen.«

»Sobald du wieder gesund bist«, erwiderte der Herzog, »werden wir beide mit unseren Vögeln hinunter ins Tal reiten, und ich werde dir alles beibringen, was du wissen mußt.« Er streichelte die Brust des Vogels; dabei berührten seine Finger kaum merklich Mellis Handgelenk. »Gib ihr einen Namen, und mache sie dir so zu eigen.«

Melli war über alle Maßen erregt. Diese wunderbare Kreatur würde sich auf ihren Befehl hin in die Lüfte erheben. »Ich werde sie Aravella nennen.« Unerwartet rannen Tränen über Mellis Wangen. Nach all den Jahren berührte es sie immer noch, wenn sie den Namen ihrer Mutter hörte.

»Wunderbar, Lady. Wunderbar«, sagte der Falkner.

»Ein würdiger Name«, sagte der Herzog.

Melli wandte den Blick von ihrem Falken ab und schaute dem Herzog in die Augen. Freude und Traurigkeit zugleich drohten, sie zu überwältigen. »Danke«, sagte sie. »Noch nie hat man mir etwas derart Wertvolles geschenkt.«

»Ich werde dir alles geben, was ich besitze«, sagte der Herzog, »wenn du nur einwilligst, mich zu heiraten.«

Baralis spazierte durch einen der vielen verlassenen Innenhöfe des herzöglichen Palastes. Vor wenigen Minuten hatte er einen Mann dafür bezahlt, zu Bevlins Hütte zu reiten und sie auseinanderzunehmen. Jetzt dachte er darüber nach, wie lange es wohl dauern würde, bis er Bevlins Bibliothek sein eigen nennen konnte. Plötzlich riß ihn ein stechender Schmerz in der Brust aus seinen Gedanken. Das Gefühl kam so unvermittelt, und der Schmerz war so stark, daß er mitten im Schritt innehielt.

Auf der Suche nach der Ursache schloß Baralis die Augen. Sein Herz war schneller als seine Gedanken; es schlug so heftig, daß es eine stille Warnung durch sein Blut sandte. Worte erschienen vor seinem geistigen Auge – Worte, die er in Larn gehört hatte:

»Vor zwei Tagen hat einer unserer Seher von Euch gesprochen. Er sagt, im Augenblick sei ein Mädchen mit einem Messer an der Seite die größte Bedrohung für Euch.«

Baralis schaute sich in dem kleinen Gartenhof um. Nur mit Mühe konnte er sich auf den Beinen halten. Eine Sandsteinbank unter einem Blumenspalier bot sich als Ziel an. Als er sie erreichte, hatte er sich wieder ein wenig beruhigt. Niedergedrückt vom Gewicht der Wahrsagung, sank er auf die Bank. Nur daß es eigentlich gar keine Wahrsagung gewesen war – das hatte Larn bereits erledigt –, sondern eher ein Zeichen, daß die vorhergesagten Ereignisse jetzt eintreten würden. In genau diesem Augenblick stand irgendwo irgend jemandes Schicksal an einem Wendepunkt, und, egal wie dieser jemand sich auch entscheiden mochte, Baralis würde von dieser Entscheidung direkt betroffen sein.

Während er sich den Schweiß von der Stirn wischte, zermarterte er sich den Kopf darüber, wer das Mädchen mit dem Messer wohl sein könnte.

»Ruhig, Junge. Ruhig«, flüsterte Maybor und streichelte über das gesträubte Fell seines Hundes. Fetzer knurrte aus tiefster Kehle, ein Geräusch, das einem das Blut in den Adern gefrieren ließ. Er hatte die Witterung seines Feindes aufgenommen. All das Training zahlte sich nun aus. Begierig darauf, sich auf den Mann zu stürzen, der in einiger Entfernung allein auf einer Bank saß, zog Fetzer an der Leine.

Kürzlich hatte Maybor herausgefunden, daß die

Kombination aus edlen Gewändern und einem edlen Tier an der Seite so manchen Blick auf sich zog – besonders den von Frauen. Seitdem spazierte er jeden Tag durch den Palast und führte Fetzer an einer exquisiten Lederleine neben sich her. Er genoß die bewundernden Blicke der Damen und das neidische Gaffen der Lords. Doch heute nachmittag hatte er etwas viel Interessanteres erspäht als eine errötende Maid: Baralis, der sich im geheimen der Dienste eines Mannes versicherte, eines Kuriers, dem schlanken Pferd nach zu urteilen.

Das Treffen hatte in der Nähe der Ställe stattgefunden. Als Maybor die beiden entdeckt hatte, hatte er kurz mit dem Gedanken gespielt, Fetzer loszulassen. Doch es waren zu viele Stallburschen in der Gegend, und jeder von ihnen hätte ihn sehen können, und wichtiger noch: Einer von ihnen hätte Baralis schützen und Fetzer mit einer Axt zu Leibe rücken können. Inzwischen hatte Maybor eine gewisse Zuneigung zu dem Tier entwickelt, und der Gedanke, es könne verletzt werden, gefiel ihm ganz und gar nicht. Er war nicht im geringsten überrascht, als das Treffen damit endete, daß Baralis dem Kurier eine schwere Börse übergab; nur mit Geld konnte sich der Kanzler die Loyalität eines Mannes sichern. Schließlich machte sich Baralis allein auf den Weg zurück in den Palast.

Da er nur selten sein Ziel auf direktem Weg ansteuerte, schlich Baralis durch dunkle Gassen und unter Brücken hindurch, und all das nur, um möglichst niemandem zu begegnen. Maybor folgte ihm. Er war äußerst zufrieden. Fetzer war hervorragend abgerichtet; er ließ Baralis nicht eine einzige Sekunde aus den Augen. Schließlich erreichten sie einen mittelgroßen Innenhof. Um diese Jahreszeit war er zwar menschenleer, doch im Sommer diente er vermutlich Liebespaaren als Treffpunkt. An Bäumen und Sträuchern zeigten sich die ersten Blätter, und die Blumenbeete waren zum Pflanzen vorbereitet.

Maybor wollte Baralis gerade folgen, als der Mann

sich plötzlich zusammenkrümmte. Er faßte sich an die Brust, und sein Gesicht wurde puterrot. Sofort sandte Maybor ein stilles Gebet an Borc und dankte ihm, daß er seinem Feind einen Schlaganfall beschert hatte. Unglücklicherweise schien sich Baralis rasch wieder zu erholen. Er stolperte zu einer Bank und setzte sich, um wieder zu Atem zu kommen.

Fetzers Kopf schlug hin und her, und als Maybor zu ihm hinunterschaute, sah er, daß er versuchte, sich loszureißen. Immer wieder hatte er Säcke oder Kissen zerrissen, die mit den Überresten von Baralis' Unterhemd gefüllt gewesen waren. Der Geruch des Mannes hatte sich ihr eingebrannt, und nun war die Zeit gekommen, da sie sich auf ihre Beute stürzen konnte.

»Ruhig, Junge. Ruhig.«

Maybor warf einen raschen Blick durch die Büsche in Richtung Baralis. Tief in Gedanken versunken, schien der Mann sich in nächster Zeit nicht wieder bewegen zu wollen. Maybor wirbelte herum und betrachtete die Steinmauer. Aha! Genau, was er brauchte. Kurz oberhalb des Fundaments waren einige phantasievolle Verzierungen in den Stein eingearbeitet worden: Cherubim zielten mit Bögen auf Dämonen, und Nymphen tanzten fröhlich um Löwen herum. Der Arm eines der Cherubim war vollständig aus dem Stein herausgearbeitet worden. Er hielt den Arm leicht gekrümmt, so daß er eine Art Öse bildete. Maybor zog Fetzers Leine durch diese ›Öse‹ und knotete sie fest.

Fetzer knurrte wütend und riß an der Leine. Er hatte sämtliche Muskeln angespannt, doch Knoten und Stein hielten – noch.

Maybor achtete sorgfältig darauf, einen ausreichend großen Sicherheitsabstand zwischen sich und den Hund zu legen, bevor er sich niederkniete. Inzwischen war Fetzer derart in Rage, daß seine Augen aus den Höhlen zu quellen drohten und ihm der Schaum vor dem Mund stand. »Schschsch. Ruhig jetzt.« Der Hund beruhigte sich wieder ein wenig. »Braver Junge.« Maybor riskierte es, sich vorzubeugen. Er atmete tief ein, dann zischte er: »*Faß, Fetzer Faß!*«

Diese Worte hatten eine durchschlagende Wirkung auf den Hund. Er stellte die Ohren auf, sein Fell sträubte sich, und er begann, mit einer furchterregenden Entschlossenheit an der Leine zu nagen. Ihre Zähne drangen durch das Leder, wie ein Messer durch Seide

Maybor wußte, daß nun die Zeit gekommen war, da er sich aus dem Staub machen mußte. In weniger als zwei Minuten würde sich Fetzer befreit haben, und er konnte es sich nicht leisten, hier zu sein, wenn der Hund Baralis an die Kehle ging. Einen Augenblick lang bewunderte er noch Fetzers tödliches Gebiß und stellte sich vor, wie Baralis' Blut aus dem mächtigen Maul tropfte; dann machte er sich eilig auf den Weg zu den Ställen.

Der Herzog hatte dem Falkner befohlen, gemeinsam mit dem Falken den Raum zu verlassen. Melli bemerkte kaum, wie der Mann ihr den Vogel vom Arm nahm. In ihrem Kopf drehte sich alles. *Heiraten*! Sie traute ihren Ohren nicht. Hatte der Herzog den Verstand verloren? Sie riskierte einen raschen Blick auf sein Gesicht. Er blinzelte noch nicht einmal.

»Hältst du das etwa für einen Scherz, Melliandra?« Seine Stimme war genauso ernst wie sein Gesichtsausdruck.

Die Tür schloß sich mit einem leisen Klicken. Das war der Falkner mit dem Vogel.

Melli stand auf und trat ans Fenster. Sie brauchte Zeit, um nachzudenken. Doch der Herzog schien einen anderen Plan zu verfolgen, denn sie hörte seine Schritte und spürte kurz darauf das Gewicht seiner Hand auf ihrer Schulter. Sein Griff war fest – fest genug, um sie herumzudrehen.

»Melliandra«, sagte er. »Ich rede niemals unbedacht. Ich habe dir schon einmal gesagt, wie ich für dich empfinde. Hast du da nicht schon erraten, daß ich dich heiraten will?« Seine Hand glitt ihren Arm hinunter, und er ergriff ihre Hand.

Melli bemerkte zum ersten Mal, wie trocken seine Hände waren. »Ihr habt mich gekauft wie einen Sack Weizen, und nun wollt Ihr mich heiraten?« Das ergab keinen Sinn. Der Herzog war ein mächtiger und stolzer Mann, und doch stand er hier und bot einem Mädchen die Ehe an, das er für einen Bastard hielt. Eine solche Verbindung würde ihm nur Schande bringen. Es sei denn natürlich, er war viel zu verliebt, um sich darum zu kümmern. Mellis Stolz wuchs mit jedem weiteren Gedanken. Warum sollte er nicht in sie verliebt sein? Er wäre nicht der erste. In Burg Harvell hatten ihr die Männer ja auch zu Füßen gelegen – aber natürlich war sie klug genug, um zu wissen, daß nicht nur ihre weiblichen Reize dafür verantwortlich gewesen waren. Das Vermögen ihres Vaters hatte keinen unerheblichen Beitrag zu dieser Flut von Verehrern geleistet.

Doch im Gegensatz zu den eitlen und verweichlichten Adeligen der Königreiche wußte der Herzog weder von ihrer Familie noch von ihrem Reichtum, und dennoch wollte er sie heiraten.

Melli erwiderte den Druck seiner Hand.

Der Herzog verstand ihre Geste als Aufforderung fortzufahren. »Melli, wenn du einwilligst, mich zu heiraten, dann schwöre ich dir, wirst du nicht nur meine Bettgespielin sein. Wir werden miteinander spielen, jagen und uns über Staatsangelegenheiten unterhalten. Du wirst an meiner Seite sein, doch nicht als meine Geliebte, sondern mir gleichgestellt.« Der Herzog verstärkte den Druck auf ihre Hand. »Stell es dir einmal vor, Melliandra: du und ich, der Herzog und die Herzogin von Bren, wandern Arm in Arm durch unseren Palast. Im einen Augenblick treffen wir gemeinsam Entscheidungen von enormer politischer Tragweite, und im nächsten genießen wir das Leben und die Liebe.«

Merkwürdig, dachte Melli, die Worte selbst klangen

verführerisch, aber sie waren ohne jedes Gefühl gesprochen – beinahe, als würde ein Schauspieler seinen Text zum ersten Mal rezitieren. Doch andererseits war der Herzog nun mal ein leidenschaftsloser Mann, und laut seiner eigenen Aussage hatte er seit dem Tod der Herzogin nichts mehr für eine Frau empfunden. Vielleicht war es die Mischung aus natürlicher Zurückhaltung und altmodischer Nervosität, die ihn so reden ließ. »Und was ist mit meiner Vergangenheit?« fragte Melli in dem verzweifelten Versuch, sich Zeit zum Nachdenken zu verschaffen. »Bei Hofe werden mich viele deswegen verachten.«

»Wenn es jemand wagen sollte, dir offen mit Verachtung entgegenzutreten, Melliandra, dann schwöre ich, werde ich ihn umbringen.« Diesmal sprach er nicht ohne Emotion: Wut schwang in seinen Worten mit. »Ich werde kein einziges despektierliches Wort dulden.«

Mellis Herz klopfte angesichts der schieren Macht des Herzogs. Er *würde* jedermann töten; sie zweifelte keine Sekunde daran. Es war ein angenehmes Gefühl zu wissen, daß solch ein Mann ihre Ehre verteidigen würde. Um ihre Gefühle nicht zu verraten, zog sich Melli ein Stück von ihm zurück. »Woher soll ich wissen, daß Ihr die Wahrheit sagt, wenn Ihr behauptet, mich in die Staatsgeschäfte mit einbeziehen zu wollen? Vielleicht ist das ja auch nur ein Trick von Euch, um mich zu überreden, in die Hochzeit einzuwilligen.«

Der Herzog ging zur Anrichte und warf einen prüfenden Blick in den Weinkrug. Als er sah, daß er leer war, wirbelte er herum und schaute Melli tief in die Augen. »Du bist keine Frau, die den ganzen Tag still in der Ecke sitzt und stickt«, sagte er, und ein trockenes Lächeln erschien auf seinem Gesicht. »Garten- und Hausarbeit sind nicht die Art von Tätigkeit, die dein Interesse erregen könnte. Eigentlich ist es genau das, was ich an dir liebe – du hast Mut, du bist unabhängig, und du nimmst kein Blatt vor den Mund.« Sein Lächeln wurde immer breiter. Die Bewunderung, die er für

Melli empfand, war offensichtlich. »Sicherlich könntest du den Damen von Bren das eine oder andere beibringen.«

»Allerdings nicht, wie man sich schminkt – soviel steht fest.«

Der Herzog lachte laut auf. »Ich habe mich schon gewundert, was das für merkwürdige rote Flecken auf deinen Wangen sind.«

»Die stammen von einem Eurer Rotweine«, erklärte Melli und hoffte insgeheim, daß sie nicht zu peinlich aussah.

»An deiner Stelle würde ich ihn das nächste Mal lieber trinken.«

»*Hmpf!*« Melli packte ein Kissen und warf es nach ihrem Gegenüber. Augenblicklich hielt der Herzog das Schwert in der Hand. Das Kissen sollte ihn nie erreichen. Mit einem einzigen raschen Hieb hatte er es in der Mitte gespalten, so daß Gänsedaunen durch die Luft stoben wie Schneeflocken. Er sah phantastisch aus: das Schwert hoch erhoben, die Muskeln angespannt, und das dunkle Gesicht von einer Wolke aus weißen Daunen umrahmt. »Beim nächsten Mal solltest du dich bemühen, schneller zu sein.«

»Nein. Ich glaube, ich werde lieber Eure Klinge abstumpfen, wenn Ihr mal nicht hinschaut.«

»Ich mag Frauen, die mit dem Bauch denken.«

»Und ich mag Männer, die in Gänsedaunen gut aussehen.« Beide lachten fröhlich. Das Lachen veränderte die Atmosphäre im Raum: Sie wurde leichter, weniger ernst, und als die Sonne durch die Wolken brach, unterstrichen ihre Strahlen die fröhliche Stimmung.

Der Herzog legte sein Schwert beiseite und trat zu Melli. Sie saß auf der Bettkante, und er kniete sich ihr zu Füßen nieder. »Willige ein, mich zu heiraten, Melli, oder, Borc sei mein Zeuge, ich werde dich hier einsperren, bis du ja gesagt hast.«

»Und werdet Ihr mich auch alle Federn einzeln aufsammeln lassen?«

»Mit der Pinzette.«

Melli betrachtete den Herzog einen Augenblick lang. Er war ein gutaussehender Mann; die Falten in seinem Gesicht zeugten von Erfahrung, und die Hakennase war ein Symbol seiner unangefochtenen Macht. Melli mochte die Art, wie er sich kleidete – einfach, wie ein Soldat –, und sie mochte die Art, wie er sich bewegte – in jeder einzelnen Bewegung drückte sich sein Stolz aus. Im Gegensatz zu Kylock lachte er, und er hatte Sinn für Humor. Obwohl Melli sicher war, daß er auch kalt und berechnend sein konnte, so war sie doch fest davon überzeugt, daß er niemals grausam sein würde – und in dieser Hinsicht lagen Welten zwischen ihm und Kylock.

»Was sagst du, Melliandra?« Die Stimme des Herzogs klang sanft.

Melli wischte die Gänsedaunen von seiner Schulter. Die Muskeln unter ihren Fingern waren hart wie Stahl. »Ich bin bereit, dich zu heiraten, Garon, Herzog von Bren. Ich will deine Frau werden.«

Es war höchste Zeit, diesen Ort zu verlassen. Sein Herz hatte sich von dem Schock der Vision erholt, und der Wind, der durch den Hof wehte, drang ihm bis auf die Knochen. In seinem Gewand hatte er die Hände zu Fäusten geballt; ohne Drogen würde es ihm nicht gelingen, sie wieder auseinanderzubekommen.

Gerade als er seine Muskeln anspannte, um sich von der Bank zu erheben, spürte Baralis erneut einen stechenden Schmerz in der Brust. Sein Herz blieb stehen, und ein dumpfer Schmerz kroch seinen linken Arm hinauf. Just als Panik ihn zu übermannen drohte, erkannte er, daß eine zweite Vision schuld an den Schmerzen war. Sie war stärker als zuvor, viel stärker, und sie überlagerte sämtliche Sinne. Die Vision füllte das Vakuum, das das Herz durch seinen Stillstand hinterlassen hatte.

Er sah es in seinem Bauch ebenso deutlich wie in seinem Kopf: ein Mädchen mit dunklem Haar. Ihre Lippen formten Worte, die er nicht hören konnte, und der Mann, mit dem sie redete, war nur ein formloser Schatten. Baralis spürte eine Erregung in Kopf und Lenden. Er kannte diese Frau. Er hatte sie nackt gesehen, als sie aus dem Bad gestiegen war und das Licht der Kerzen die Narben auf ihrem Rücken enthüllt hatte. Es war Maybors Tochter. Melliandra.

In derselben Sekunde, da ihm der Name einfiel, wurde die Vision wieder in sein Herz gesaugt. Der Schock darüber fuhr ihm wie ein Blitz ins Rückgrat. Sein Herz begann wieder zu schlagen, ein Übelkeit erregendes Gefühl, das ihn bis ins Mark erschütterte. Baralis' Lunge verkrampfte sich, als die Luft der Vision ausgestoßen wurde; dabei schmeckte er billiges Parfüm und teuren Wein.

Ohne Zeitgefühl, ohne Kraft und ohne Verstand öffnete Baralis die Augen. Ein dunkler Fleck raste auf ihn zu. Die Pfoten berührten den Boden kaum, während er vorstürmte, und die hochgezogenen Lefzen entblößten ein ganzes Arsenal tödlicher Zähne. Ein tiefes Knurren drang aus seiner Kehle, und Schaum stand ihm vorm Mund. Er wollte Baralis töten.

Instinkt und der Bruchteil einer Sekunde waren alles, was er hatte. Da sich alles in seinem Kopf drehte wie Wolle auf einer Spindel, konnte er kaum denken, geschweige denn reagieren. Doch tief in seinem Inneren fand er eine Quelle primitiver und tödlicher als jeder Gedanke: den Willen zu überleben. Der Geruch eines Hundes und das Aufblitzen von Zähnen reichten aus, um ihn zu aktivieren. Das Tier griff weiter an; es war nur noch wenige Fuß von seinem Ziel entfernt. Baralis riß eine Hand aus dem Gewand. Er konnte kaum glauben, daß sie ihm gehörte. Da er im Augenblick weder Zeit noch Verstand genug hatte, um eine Beschwörung auszuführen, erinnerte er sich an etwas, das er in der Steppe gelernt hatte. Wenn ein Junge zum Jäger wurde, machte man ihn betrunken, und er mußte ohne Waffen einen angreifenden Eber aufhalten. Die Hand ausgestreckt, um dem Biest zu befehlen, den Blick auf eine Stelle zwischen den Augen konzentriert. Ein Instinkt tief aus dem Bauch und den eigenen Willen dem Tier aufgezwungen.

Baralis spürte den Atem der Kreatur in seinem Gesicht. Er sah das Pink und Schwarz des Gaumens, und er starrte in wilde Augen. Wörter und Gedanken waren nichts, *Entschlossenheit* zählte. Zwei Willen trafen aufeinander, bevor die Körper sich berührten. Auge in Auge zwang Baralis das Biest in die Knie.

In diesem Augenblick war keine Kraft im Universum stärker. Der Hund reagierte, als hätte man ihn geschlagen. Die Stärke verließ seinen Körper, und sein Wille zu töten verschwand. Nur die Energie seines Angriffs trug ihn noch weiter voran. Mit geschlossener Schnauze prallte er gegen Baralis' Kehle, so daß dieser zu Boden geworfen wurde. Der Hund landete auf ihm …

… und Baralis verlor das Bewußtsein.

Etwas Warmes und Feuchtes strich über sein Gesicht. Während sein Herz raste wie ein Hengst auf der Jagd und sein Körper bebte wie der eines lange gejagten Fuchses, zwang er seine Gedanken und seine Augen, wieder klar zu werden. Er lag auf dem Rücken und blickte in den Himmel. Der Hund stand neben ihm und leckte ihm das Gesicht. Das Blut um seine Schnauze herum war noch feucht, und er hatte eine Vorderpfote angehoben, als sei sie verletzt.

Als das Tier sah, daß er sich bewegte, wedelte es vergnügt mit dem Schwanz und verstärkte das Lecken. Baralis wußte, daß hier etwas nicht mit rechten Dingen zugegangen war; doch merkwürdigerweise fühlte er sich zu dem Hund hingezogen. Mit einer Hand, die zu verkrüppelt war, um sie den Damen zu zeigen, streichelte er über die Ohren des Hundes. »Es ist ja nichts passiert, meine Hübsche«, flüsterte er.

Zwei Männer warteten im Vorraum. Den einen kannte der Herzog bereits seit zwanzig Jahren, den anderen erst seit zwanzig Tagen, und dennoch vertraute er beiden gleichermaßen.

Zunächst sprach er mit Bailor. Er nahm ihn beiseite, da das, was er zu sagen hatte, nur für die Ohren seines Truchsesses alleine bestimmt war. »Deine Rede hat hervorragend funktioniert, mein Freund. Die Dame hat eingewilligt.«

Bailor lächelte triumphierend, doch seine Worte waren ungewöhnlich bescheiden. »Es war mehr die Art, wie sie vorgetragen wurde, Euer Gnaden.«

Der Herzog blickte zu dem zweiten Mann. Tawl hatte sich abgewendet und war eifrig damit beschäftigt, sein Schwert zu schärfen. Der Herzog riskierte ein kurzes Lachen. »Ich war so hölzern wie der Boden, auf dem ich stand, aber das schien der Dame nichts auszumachen.«

»Und das Geschenk?«

Der Truchseß wurde nur allzu gerne für seine Arbeit gelobt, und in diesem Augenblick kam der Herzog diesem Wunsch ebenso gerne nach. »Ein exzellenter Vorschlag, Bailor. Sie liebt es. Ihre Augen haben wie Saphire gefunkelt, als der Falkner ihr den Vogel reichte.« Der Herzog hielt einen Moment inne und rief sich Melliandras Gesichtsausdruck in Erinnerung. »Sie wird eine gute Beizjägerin werden; das weiß ich. Sie hat mehr Mut als ein ganzes Dutzend ausgebildeter Jäger. Sie ist wirklich eine bemerkenswerte Frau.«

»Das ist sie in der Tat, Euer Gnaden.«

Der Herzog bemerkte, daß Bailor verwirrt seine Schulter betrachtete. »Sie hat ein Kissen nach mir geworfen«, erklärte er und wischte sich die restlichen Gänsedaunen von der Tunika. »Ich habe noch nie ein temperamentvolleres Weib getroffen.« Voller Zuneigung erinnerte er sich ihrer zärtlichen, zögernden Küsse. Es war schon viele Jahre her, daß eine Frau ihn so erregt hatte.

Mehr noch als ihre Schönheit versetzte die ungewöhnliche Mischung aus Selbstvertrauen und Unschuld sein Blut in Wallung. Ohne Zweifel würde er sie bald heiraten. Er würde nicht Borc weiß wie viele Monate auf die Hochzeitsnacht warten; er war zu alt und seine Pläne zu dringend, um eine lange Verlobungsphase zu erdulden. Er hätte sie sich hier und jetzt nehmen können – sie war willig genug gewesen –, aber nein, er würde nicht riskieren, daß sie schwanger wurde, bevor die Hochzeit formell besiegelt war. Wenn Melliandra ein Kind unter dem Herzen trug, dann würde jedermann die Monde zählen, um auch nur beim geringsten Anlaß ›Illegitim!‹ schreien zu können. Der Herzog schüttelte den Kopf. Er würde seinen Feinden keine Munition geben, die sie auf ihn abfeuern konnten.

Außerdem gefiel ihm das Warten. Es war eine neue Erfahrung für ihn, und noch dazu eine, die die Vorfreude auf die erste Vereinigung ins Unermeßliche steigerte. In der Zwischenzeit würde er sich keinen Ersatz ins Bett holen. Verglichen mit Melliandra erschienen ihm alle anderen Frauen sowieso nur noch als billige Imitationen.

»Bailor«, sagte er, »geh jetzt zu Melliandra. Für sie bist du das, was einem Freund am nächsten kommt. Sollte sie irgendwelche Zweifel hegen, dann sorge dafür, daß sie sie verliert, und gib ihr alles, was sie verlangt. Sag ihr, ich käme später wieder zurück, um mit ihr im Garten spazierenzugehen. Sie fühlt sich bereits wie ein Vogel in einem Käfig. Dann holst du Shivral, damit er während unseres Spaziergangs auf seiner Harfe für uns spielt. Und laß was zu essen für uns in der Laube bereitstellen. Fruchtpunsch und Süßigkeiten, du weißt schon, was ich meine.«

»Ja, Euer Gnaden.« Bailor zögerte eine Sekunde. »Aber wenn ich Euch vielleicht einen Vorschlag machen dürfte?«

»Sprich.«

»Laßt statt dessen starken Wein und Fleisch auftragen. Der Geschmack der Dame unterscheidet sich sehr von dem Eurer Hofdamen.«

Der Herzog rieb sich das Kinn. »Mach es so, wie du es für richtig hältst.«

Bailor verbeugte sich und machte sich auf den Weg zur Tür.

Der Herzog hielt ihn zurück, und zum ersten Mal waren seine Worte für beide Männer bestimmt. »Finde heraus, was die Ärzte glauben, wann die Dame wieder reisefähig ist.«

Bailor nickte und verließ den Raum.

Der Herzog drehte sich zu dem anderen Mann um und sagte: »Tawl, kann ich dir vertrauen, daß du Stillschweigen bewahrst?« Es war mehr eine Aussage, denn eine Frage, und so wartete er auch nicht, bis der Ritter ihm antwortete. »Die Dame, die du bewachen sollst, hat soeben zugestimmt, meine Frau zu werden.«

Tawl verneigte sich höflich. »Ich wünsche Euch alles Gute, Euer Gnaden.«

Der Herzog hatte in seinem bisherigen Leben Tausende von Männern kennengelernt. Einige waren gut gewesen, andere schlecht; die meisten jedoch waren eine Mischung aus beidem, und er hatte mit der Zeit gelernt, einen Menschen zu beurteilen, seine Stärken und Schwächen einzuschätzen. Doch trotz all seiner Erfahrung wußte er nicht so recht, wo er Tawl einordnen sollte. Oh, natürlich waren einige Dinge absolut offensichtlich: Der Ritter war vollkommen vertrauenswürdig, loyal und wahrscheinlich galant, aber seine Motive lagen im Dunkeln. Anders als Blayze hatte er keinerlei Interesse an oberflächlichem Ruhm. Elegante Kleider und eine Börse voller Gold bedeuteten dem Ritter nichts.

Auch die Möglichkeit, in der Nähe wahrer Macht zu sein, schien ihn nicht zu beeindrucken. Der Hof von Bren wimmelte nur so von Männern und Frauen, die hofften, zu Macht und Einfluß zu gelangen, indem sie sich entweder beim Falken oder bei dessen Tochter einschmeichelten. Bailor war einer der wenigen, dem tatsächlich auf diese Art eine Karriere gelungen war. Instinktiv wußte der Herzog, daß Tawl nach nichts von alledem verlangte, und das wiederum machte ihn zwar zu einem Rätsel, aber es machte ihn auch zu einem Mann, dem der Falke mit Freuden seinen wertvollsten Besitz anvertrauen würde: Melliandra.

Der Herzog musterte Tawl. Groß, eindrucksvoll und mit der Figur eines Kämpfers, doch mit höfischem Benehmen. Er war perfekt, um über die zukünftige Herzogin zu wachen: ehrenhaft, treu und tödlich im Umgang mit dem Schwert.

»Nun denn, Tawl«, sagte der Herzog, »jetzt weißt du, warum sich die Dame in großer Gefahr befindet.«

Tawl nickte. »Ja. Aber am Hof warten noch viel größere Gefahren auf sie.«

»Ich weiß. Das ist ein Risiko, das ich eingehen muß.«

»Ich schlage vor, daß Ihr und die Dame getrennt nach Bren reist. Ich werde mit Melliandra reisen, aber ich will nicht von einem ganzen Bataillon Wachen aufgehalten werden. Im Falle von Gefahr verlasse ich mich lieber auf Geschwindigkeit.«

Der Herzog nickte. Der Vorschlag hörte sich vernünftig an. »Du bist für ihre Sicherheit verantwortlich.«

»Wer weiß sonst noch davon, daß sie Euren Antrag angenommen hat?«

»Bailor.« Er dachte einen Augenblick nach. »Und der Falkner war anwesend, als ich um ihre Hand angehalten habe.«

»Das war ein Fehler.«

Der Herzog lächelte. »Ich weiß. Tawl, wenn der geeignete Augenblick gekommen ist …« Er zuckte mit den Schultern.

»… dann setzt der Verstand aus.« Tawl hob amüsiert die Augenbrauen, und beide Männer lachten. »Laßt Bailor so rasch wie möglich mit dem Falkner sprechen. Er soll herausfinden, mit wem dieser Kontakt hatte, seit er das Gemach der Dame verlassen hat. Anschließend sollen alle in Frage kommenden Personen hier in der Hütte unter Hausarrest gestellt und Tag und Nacht bewacht werden, bis die Hochzeit offiziell ist.«

Der Herzog nickte erneut. »Sonst noch etwas?«

»Wenn die Dame Bren erreicht, werde ich persönlich ihre Gemächer inspizieren. All ihre Wachen und Diener haben mir Bericht zu erstatten, und ihre Speisen dürfen nur von Eurem Koch zubereitet werden. Habt Ihr einen Vorkoster?«

»Ja.«

»Gut. Für die Rückreise soll man ihr ein besonders sanftmütiges Pferd aussuchen. Nach ihrem Sturz wird sie ein wenig Probleme mit diesen Tieren haben.«

»Wie sieht es mit der Geschwindigkeit aus?«

»Ich werde sie mit auf mein Pferd nehmen, sollte es notwendig werden.«

Der Ritter war gut. Sehr gut. Es war wesentlich besser, wenn Melliandra im Falle einer Gefahr hinter ihm saß, als daß sie auf sich allein gestellt war. Der Herzog war äußerst zufrieden mit seiner Entscheidung, Tawl über sie wachen zu lassen. Im Laufe dieses Gesprächs war er bereits viel ruhiger geworden. »Brauchst du noch irgendwas Besonderes für den Ritt?«

»Einen Kinderbrustharnisch für die Dame, und für mich einen Bogen und einen Köcher mit Pfeilen. Schwerter und Messer habe ich selbst genug.«

»Das habe ich schon bemerkt«, erwiderte der Herzog und deutete auf das grüne Filztuch, das der Ritter auf dem Boden ausgebreitet hatte. Es lag genug Stahl darauf, um eine ganze Garnison auszurüsten.

Tawl lächelte verlegen.

Der Herzog mochte ihn immer mehr. »Oh, eins noch, bevor ich gehe. Ich möchte, daß du dich mit der Dame anfreundest. Außer Bailor und mir kennt sie niemanden in Bren, und sie sehnt sich bestimmt nach Gesellschaft.«

»Was ist mit Eurer Tochter? Katharina?«

Der Herzog sog zischend die Luft ein: Was war mit

Katharina? Seine Tochter würde vor Wut toben, sobald sie von den Hochzeitsplänen ihres Vaters erfuhr. Er nahm ihr nicht nur den Ruhm, sondern auch das Erbe – vorausgesetzt, Melliandra schenkte einem Jungen das Leben. Katharina war absolut unberechenbar. Im Augenblick war es besser, ihr gar nichts zu sagen. Der Herzog hatte auch so schon genug zu tun; er hatte weder die Zeit, noch die Lust, sich mit einem von Katharinas kindischen Wutanfällen auseinanderzusetzen. »Ich will nicht, daß meine Tochter etwas von der Hochzeit erfährt, bis ich sie offiziell bekanntgebe.«

»Wie Ihr wünscht.«

»Ich denke, das ist alles. Bailor steht dir jederzeit zur Verfügung, ebenso wie der Rest meiner Diener. Sorge dafür, daß er dich informiert, sobald die Dame in der Lage ist zu reisen.« Der Herzog machte sich auf den Weg zur Tür. »Tawl«, sagte er und blieb auf der Schwelle stehen, »nun, da ich Melliandra in deiner Obhut weiß, fühle ich mich schon wesentlich wohler.«

Der Ritter verbeugte sich. »Ich werde sie mit meinem Leben verteidigen.«

Kapitel achtundzwanzig

Jack aß nur ein kleines Frühstück, bestehend aus Schweinefleisch und etwas feuchtem Trockenbrot, und zählte die Fehler, die er in den vergangenen zwei Tagen begangen hatte. Gestern hatte er, etwa eine Stunde nachdem er den Wald erreicht hatte, gut die Hälfte der Vorräte weggeworfen, die ihm Frau Wadwell mitgegeben hatte. Den unhandlichen Ölmantel zurückzulassen war sein erster Fehler gewesen. Da der Himmel strahlendblau und wolkenlos gewesen war, hatte Jack angenommen, daß das Wetter auch so bleiben würde – schließlich war der Frühling schon weit fortgeschritten. Falsch! Gegen Mitternacht hatten sich sämtliche Schleusen des Himmels geöffnet. Regentropfen so hart wie Kieselsteine hatten Jack aus dem Schlaf gerissen. In vollkommener Dunkelheit hatte er sich über den schlammigen Boden getastet, und als er endlich einen Unterschlupf gefunden hatte, war er bis auf die Haut durchnäßt.

Fehler Nummer zwei war gewesen, daß er sämtliche Vorräte aus dem schweren Ledersack in den leichteren Stoffsack umgepackt hatte, und jetzt war alles genauso durchnäßt wie er selbst. Daher war er nun auch gezwungen, feuchtes Trockenbrot zu essen – und entgegen der allgemeinen Meinung besserte sich der Geschmack *nicht*, wenn man es anfeuchtete.

Fehler Nummer drei schließlich war der Ort gewesen, wo er seine Vorräte zurückgelassen hatte. Gestern schien das nicht so wichtig gewesen zu sein: Sie waren einfach nur eine Last, die man so schnell wie möglich loswerden mußte. Heute jedoch konnten sie jedermann verraten, wer er war, wohin er gegangen war, und – wichtiger als alles andere – wer ihn ausgestattet hatte. Ungewöhnliche Größe war sozusagen das Markenzeichen der Familie Wadwell, und wenn Jack das schon nach nur wenigen Tagen erkannt hatte, dann war es in der weiteren Umgebung sicherlich jedem bekannt. Ein rascher Blick auf die Größe des Salbentopfes, die Länge des Verbandmaterials oder auf den Durchmesser des Käses würden ausreichen, um das Schicksal seiner Retter zu besiegeln.

Wie hatte er nur so dumm sein können? Jack warf das Trockenbrot auf den Boden. Es landete vollkommen geräuschlos in einem Bett aus feuchtem Laub. Er mußte lernen zu denken, bevor er handelte. Jack stand auf und trat gegen den Laubhaufen. Die regennassen Blätter flogen auf und landeten sofort wieder mit einem leisen Platschen auf der feuchten Erde. Manchmal war selbst das Denken gefährlich.

Merkwürdigerweise war Jacks Fieber tatsächlich zurückgegangen. Seit Wochen hatte er nicht mehr einen derart klaren Kopf gehabt. Die Sanftmut der Natur um ihn herum schien besser zu sein als jede Medizin. Sonnenstrahlen fingen sich in den Regentropfen, die an den Unterseiten der Äste hingen, und das Grün des beginnenden Frühlings war eine Wohltat für die Augen. Von überall her drang das Geräusch von Wasser an Jacks Ohren, das tropfte, floß oder sich in Pfützen sammelte. Dabei konkurrierte es mit den Rufen kleiner Tiere und Vögel. Doch es war der Geruch, der Jack besonders beeindruckte. Neu und alt zugleich mischte sich der Duft, jungen Laubs verband sich mit dem Geruch uralter Erde in der feuchten Luft. Jacks Lungen waren voll davon, und sein Blut war damit gesättigt.

Muskeln, die gestern noch geschmerzt hatten, waren nun entspannt. Die Bißwunden schwärten nicht mehr, und frischer Schorf hatte sich gebildet. Selbst die tiefe Brustwunde schmerzte nicht mehr so sehr, und der Juckreiz, der den Heilungsprozeß begleitete, störte kaum.

Jack wußte nicht, wieviel davon er der Natur zu verdanken hatte und wieviel Frau Wadwell. Doch als er am Ende des Tages von einem kleinen Hügel aus über das Waldland blickte, kam er zu dem Schluß, daß das sowieso alles ein und dasselbe war.

Zeit, sich wieder auf den Weg zu machen. Der Sack, den Jack sich über die linke Schulter warf, war so durchnäßt, daß er tropfte. Fleisch, Brot, Nüsse, frische Kleider und drei gute Messer, alles war naß. Der Sack war doppelt so schwer wie zuvor. Jack lächelte grimmig. Ohne Zweifel war er nicht zum Abenteurer geboren. Jeder Held, der etwas auf sich hielt, hätte gewußt, daß es regnen würde, und sich rechtzeitig einen trockenen Unterschlupf gesucht und die überzähligen Vorräte an einer unauffälligen Stelle vergraben. Aber er, Jack, lief mit Schuhen durch den Wald, aus denen bei jedem Schritt das Wasser quatschte; sein Haar klebte am Kopf, und sein Rücken krümmte sich unter der Last eines Rucksacks, der hauptsächlich mit Wasser gefüllt war.

Jack blickte zwischen den Ästen hindurch in den grauen Himmel. Es war unmöglich festzustellen, aus welcher Richtung das Licht kam. *»Geh erst nach Osten und dann nach Nordosten«*, hatte Frau Wadwell gesagt. *»Folge dem kleinen Fluß flußaufwärts.«* Nun, den Fluß hatte er auch gefunden. Er lag hinter einem Wall aus Haselnuß- und Rotdornsträuchern; aber dem Geräusch nach zu urteilen, war er aufgrund des Regens kein kleiner Fluß mehr, sondern eher ein reißender Strom. Nun blieb Jack nichts anderes übrig, als ihm *flußabwärts* zu folgen.

Außerdem war er sowieso noch nicht bereit, Halcus und die kleine Garnisonsstadt zu verlassen. Er hatte noch eine Rechnung mit gewissen Leuten zu begleichen, die in einer gewissen Hütte lebten, die – soweit er das einschätzen konnte – mehrere Meilen Richtung Westen lag.

Ein paar Stunden später sah Jack die Garnison. Der Regen spülte ihm den Schweiß von der Stirn und über Nase und Nacken hinab in die Tunika. Jack nahm an, daß er nicht weit vom Ausgang des Tunnels entfernt war, durch den er hätte entkommen sollen. Jenem Ort, wo Tarissa auf ihn warten wollte; jenem Ort, wo man ihn betrogen hatte.

Jack wußte, daß es sinnlos war, sich solchen Gedanken hinzugeben. Und es war auch zu gefährlich, besonders hier, wo die verbrannten Mauern der Garnison in der Ferne aufragten. Es war weder die richtige Zeit noch der richtige Ort, um eine zweite Katastrophe heraufzubeschwören. Also begrub Jack den Schmerz tief in seinem Inneren. Er unterdrückte jeden Gedanken an Tarissa aus Furcht, er könne erneut das Feuer der Zauberei entfachen.

In diesem Teil der Wälder war mit Patrouillen zu rechnen. Zwar stammte die Information von Rovas, aber Jacks eigene Beobachtungen bestätigten die Aussage des Schmugglers. Frische Fußspuren in dem schlammigen Untergrund und Überreste von Kautabak rechts und links des Pfades deuteten darauf hin, daß vor nicht allzu langer Zeit Soldaten hier gewesen waren, und da das Feuer erst zwei Tage her war, würden sie wahrscheinlich sehr wachsam sein. Jack verließ den Pfad und verschwand zwischen den Büschen. Dornen rissen an seiner Hose, und mehr als einmal verfing sich sein Sack in den Ästen. Inzwischen schmerzte auch seine Brust wieder; der lange Marsch und das schwere Gepäck forderten ihren Tribut. Vielleicht würde ein Schluck Branntwein helfen. Wenn er sich recht erinnerte, steckte irgendwo in seinem Rucksack eine kleine Zinnflasche, die Frau Wadwell sicherlich mit der goldenen Flüssigkeit gefüllt hatte. Jack hockte sich auf den Boden und durchforstete seinen Rucksack.

Im selben Augenblick, da sein Hintern den Schlamm berührte, hörte er in der Ferne Schritte. Der Regen behinderte die Sicht, doch das Knacken brechender

Zweige war unverkennbar, und nach kurzer Zeit waren gedämpfte Stimmen zu hören.

Jack atmete tief ein und duckte sich. Langsam ließ er die Hand in den Rucksack gleiten. »Fehler Nummer vier«, murmelte er vor sich hin: Er hatte vergessen, ein Messer in den Gürtel zu stecken. So blieb ihm jetzt nichts anderes übrig, als vorsichtig nach einer Waffe zu tasten. Zwischen Schweinefleisch und Trockenbrot fand er schließlich einen Holzgriff. Sorgfältig darauf bedacht, kein unnötiges Geräusch zu verursachen, zog er die Waffe Stück für Stück heraus.

Die Stimmen kamen näher. Die Männer unterhielten sich beiläufig über dies und das: Sie jammerten über den Regen und über die Launen ihres Vorgesetzten. Jack wagte nicht, über den Busch zu schauen, hinter dem er kauerte. Er wetzte das Messer an einem Ast, um die Klinge von den Resten des feuchten Trockenbrots zu befreien. Der Griff war nicht weiter wichtig.

Als die Stimmen plötzlich erstarben, wußte Jack, daß man seine Spuren entdeckt hatte. Die Soldaten waren klug; sie gaben ihm keine Chance zu entkommen, indem sie zur Garnison zurückrannten und Alarm schlugen. Vor seinem geistigen Auge sah Jack, wie sie seinen Spuren ins Unterholz folgten. Er hockte sich auf die Fußballen, bereit zum Sprung.

Rechts von ihm raschelte es im Gebüsch. Ein kurzes, aufgeregtes Flüstern, dann glitt Stahl über Leder. Jack spannte die Muskeln an.

»Wer dort?« rief eine Stimme. Sie war näher, als er gedacht hatte.

Jack sprang aus der Deckung. Zwei Soldaten standen ihm mit gezückten Schwertern gegenüber. Einen kurzen Augenblick lang zeigte sich Furcht auf ihren Gesichtern, dann waren sie über ihm. Der eine stürzte sich sofort auf Jack, während der andere seine Position veränderte, um ihn von der Seite anzugreifen.

Jack stieß zu; es war mehr ein Test als ein Angriff. Rovas' Rat kam ihm zu Bewußtsein: »*Gerate niemals in*

Panik. Denk immer daran: Der andere hat mindestens genausoviel Angst wie du.« Das half ihm bei diesen Männern auch nicht weiter. Oder vielleicht doch? Er mußte sie sich einzeln vornehmen, um eine reelle Chance zu haben.

Jack stieß mit dem Fuß gegen seinen Rucksack. Das brachte ihn auf eine Idee. Beinahe noch bevor er den Gedanken zu Ende geführt hatte, hatte er seinen Plan bereits in die Tat umgesetzt. Jack trat mit aller Kraft gegen den Rucksack und schleuderte ihn so gegen die Brust des ersten Angreifers. Sofort wandte er sich dem zweiten Mann zu. Winzige Regentropfen hatten sich im Schnurrbart des Soldaten verfangen.

Wieder fiel ihm einer von Rovas' Ratschlägen ein. *»Mach alles mögliche, um die Aufmerksamkeit deines Gegners abzulenken. Tanze, lache, schreie. Irgend etwas.«* Ein markerschütternder Urschrei hallte durch den Wald; Jack brauchte einen Augenblick, um zu realisieren, das er es gewesen war, der diesen Laut ausgestoßen hatte.

Er stürzte sich auf den zweiten Mann und warf ihn zu Boden. Bevor er sich versah, war das Messer in den Schwertarm seines Gegners gedrungen. Blut vermischte sich mit Schlamm. Der Mann ließ sein Schwert los und versuchte, Jack das Knie in den Unterleib zu rammen. Jack sprang auf, um dem Stoß auszuweichen, und ließ sich sofort wieder fallen. Dabei stieß er dem Soldaten das Messer mitten ins Herz.

Schnell wie der Blitz war er wieder auf den Beinen. Der gesamte Inhalt seines Rucksacks war über den Boden verstreut. Nervös wahrte der erste Soldat Abstand. *»Täusche eine Schwäche vor, um einen vorsichtigen Mann zum Angriff zu verleiten.«* Blut des toten Soldaten floß Jacks Seite hinab. Er stolperte nach links, als sei er verletzt, dann rückte er wieder vor, wobei er deutlich die rechte Seite bevorzugte. Die Augen seines Gegners funkelten vor Freude, eine vermeintliche Schwäche entdeckt zu haben.

Jack ignorierte den Schmerz in der Schulter und konzentrierte sich statt dessen auf sein Gegenüber. Der Soldat würde links angreifen – dessen war er sicher –, und als der Angriff endlich kam, war Jack bereit. Das Schwert des Mannes zielte genau auf den Blutfleck. Jack drehte sich in den Gegner hinein und schlug ihm mit der Faust auf die Waffenhand. Er würde niemals wissen, wie ihm das gelang, aber sein Timing war perfekt. Er traf die Hand mit solcher Wucht, daß sein Gegner das Schwert fallen ließ.

»Halt niemals inne, um deine Arbeit zu bewundern, egal wie gut die Aktion auch gewesen sein mag.« Jack griff an. Der Soldat duckte sich und tastete im Schlamm nach seinem Schwert. Einen Augenblick lang verlor Jack das Gleichgewicht, und als er aufblickte, sah er etwas Glitzerndes auf sich zufliegen. Der Soldat hatte das Schwert geworfen. Instinktiv sprang Jack hoch und zur Seite. Er spürte, wie Stahl sein Schienbein streifte, und kurz darauf schien seine Brust vor Schmerz zu explodieren, als er auf der verletzten Schulter landete.

Bevor er sich versah, war der Soldat über ihm. Er hielt nicht länger ein Schwert in der Hand, sondern einen großen Stein. Diesen hob er hoch über den Kopf, um ihn Jack ins Gesicht zu schleudern. *»Wenn ein Feind dich zu Boden geworfen hat, dann ziele auf die Knie.«* Jacks Bein schoß vor, doch statt des Knies traf er das Schienbein. Der Soldat stolperte zurück und versuchte, sein Gleichgewicht wiederzufinden. Jack stand auf. Er setzte zum Angriff an, rutschte aus und fiel auf den Soldaten zu. Das Messer war auf gleicher Höhe mit den Lenden des Mannes.

Jack zuckte unwillkürlich zusammen, als seine Waffe ins Fleisch des Gegners drang; eigentlich hatte er auf die Brust gezielt. Der Soldat schrie und schrie und schrie. Blut strömte über seine Lenden und die Beine hinab. Den Stein hatte er längst fallen gelassen. Wieder rappelte sich Jack auf, und diesmal zielte er mit äußerster Sorgfalt: genau aufs Herz, ein sauberer Stoß. Im selben Augenblick, da das Messer wieder herausgezogen wurde, sank der Soldat tot zu Boden.

Mit Schmerzen in der Brust, am ganzen Leib zitternd und kurz davor, in Panik zu geraten, rannte Jack los. Er mußte weg von hier. Zwei Männer tot: Ihre Schreie hallten noch immer in seinen Ohren, und ihr Blut war auf seinen Kleidern – Rovas hatte wirklich ganze Arbeit geleistet.

Ohne sich um seine verstreuten Vorräte zu kümmern, floh Jack vom Schauplatz des Kampfes. Durch Schlamm und Sträucher, über umgestürzte Baumstämme und unter tief hängenden Ästen hindurch – er rannte, bis er den Schmerz nicht mehr ertragen konnte. Das Gefühl einer warmen, klebrigen Substanz kurz unterhalb des Halses sagte ihm, daß sich die Pfeilwunde wieder geöffnet hatte. Jack steckte das Messer in den Gürtel, und preßte die andere Hand auf die Wunde. Nachdem er bis hundert gezählt hatte, nahm er sie wieder weg. Die Blutung hatte aufgehört, doch seine Tunika klebte an der Haut. Jack verzog das Gesicht und ließ alles so, wie es war.

Inzwischen rannte er nicht mehr; jeder einzelne Schritt bedurfte all seiner Willenskraft. Ohne es zu merken, war er näher an die Garnison herangekommen. Der Wald war nun weniger dicht, und Jack konnte die grauen Steinmauern deutlich erkennen. Vor ihm lag die Straße, die zum Haupttor führte. Das Torhaus besaß kein Holzdach mehr, und der obere Teil der Ziegelmauern lag in Trümmern. Vor dem Tor stand ein seltsames, hohes Gebilde. Zunächst hielt es Jack für einen Flaggenmast, doch als er näher trat, sah er, daß es sich um einen Galgen handelte. Ein Mann in einem roten Umhang baumelte daran. Langsam drehte sich die Gestalt im Wind, und selbst aus der Entfernung erkannte Jack das Gesicht seines ehemaligen Zellengenossen, Bringe. Der Mann hatte sich selbst an den Galgen gelogen.

Jack hatte kein Mitleid mit ihm.

Eine kräftige Brise schüttelte Jacks Körper und jagte

ihm einen Schauer über den Rücken. Als er sich von der Garnison abwandte, erspähte er zwei Hügel am Horizont. Erleuchtet von den ersten Sonnenstrahlen, die durch die Wolkendecke brachen, wirkten sie seltsam vertraut. Jack betrachtete sie eine Zeitlang, bis er erkannte, daß er sie mehrere Monate lang immer nur von der anderen Seite gesehen hatte. Rovas' Hütte befand sich in dem dahinter liegenden Tal.

Nachdem er sich vergewissert hatte, daß die Straße sicher war, sprang Jack hinüber und verschwand im Schutz der Bäume. Er wanderte Stunden.

Der Regen hörte auf, die Temperatur fiel, und der Wald lichtete sich; Jack bemerkte das kaum. Er hatte den Blick auf die beiden Hügel gerichtet. Sie zu erreichen war das einzige, was jetzt noch zählte.

Tavalisk musterte die Artischocken mit äußerster Sorgfalt. Das Aussehen war das wichtigste. Allein anhand des Aussehens konnte man die Qualität des gelben Fleisches im Inneren beurteilen. Der breite, flache Boden mußte mit einer gewissen Trägheit auf dem Teller ruhen. Er mußte nachgeben wie der Hintern einer alten Hure. Die dornigen Blätter an der Knospe mußten aussehen, als würden sie sich auf eine Beichte vorbereiten; der unwiderstehliche Drang, ihre Geheimnisse zu enthüllen, mußte offensichtlich sein.

Der Erzbischof hob die Hand über den Teller in der Absicht, die schmackhafteste auszuwählen. Aber sie sahen alle so gut aus, daß er gerade *ene, mene, mu* spielen wollte, als Gamil hereinplatzte.

»DU-HAST-NICHT-GEKLOPFT!« Tavalisks Stimme zitterte vor Wut.

»Große Neuigkeiten, Euer Eminenz.« Sein Privatsekretär war außer Atem.

»Keine Neuigkeit, Gamil, ist derart wichtig, daß sie ein Eindringen in mein Privatleben rechtfertigt. *Keine*!« Tavalisk wandte sich wieder den Artischocken zu.

»Wärst du jetzt bitte so freundlich und wartest, bis ich dir Sprecherlaubnis gebe.«

Der Erzbischof packte sich die nächstbeste Artischocke. Gereizt rupfte er die äußeren Blätter aus und warf sie beiseite. Er würde sich nicht dazu herablassen, sie mit den Zähnen abzuschaben wie irgendein armer Schlucker.

Ihn interessierte nur das Herz. Sicherheitshalber warf er einige Blätter in Gamils Richtung – doch erst nachdem er sichergestellt hatte, daß sie besonders fettig waren. Warmes Olivenöl konnte man so gut wie gar nicht aus Seide entfernen.

Endlich kam das Herz zum Vorschein, uringelb und glitzernd wie ein Juwel. Tavalisk ließ es sich auf die Zunge fallen. »Ich glaube, du solltest besser wieder reden, Gamil«, sagte er und wählte eine weitere Artischocke aus. »Schweigen paßt nicht zu dir. Du siehst aus wie eine Wurst aus Marls – schlecht gestopft und mit wenig Fleisch.« In Wahrheit war Tavalisk äußerst begierig, die Neuigkeiten zu hören; aber es wäre nicht klug gewesen, das gegenüber seinem Privatsekretär einzugestehen.

»Unsere Vier-Städte-Truppe hat einen Boten abgefangen, der auf dem Weg nach Valdis war. Er führte einen Brief mit sich, der an Tyren höchstpersönlich adressiert war.«

»Von wem? Dem Herzog von Bren? Baralis?«

»Er war weder unterschrieben noch versiegelt, Euer Eminenz, aber der Bote sprach im Akzent der Königreiche, und er trug eine goldene Livree.«

»Gib mir den Brief.« Vor lauter Aufregung wischte sich Tavalisk doch tatsächlich die Finger an seinem eigenen Gewand ab.

Gamil holte ein Pergament aus der Tasche und reichte es dem Erzbischof.

Nach kurzem Studium legte Tavalisk den Brief auf den Schreibtisch. »Dir ist doch wohl klar, daß dieser Brief von Kylock stammt, oder?«

»Ich habe mir so etwas gedacht, Euer Eminenz.«

»Soweit ich mir das zusammenreimen kann, will er irgendein Abkommen mit Valdis treffen. Tyren soll Ritter nach Halcus entsenden, um auf der Seite der Königreiche zu kämpfen, und als Gegenleistung verspricht Kylock den Rittern Exklusivrechte im Nordosthandel und einen Anteil an der Kriegsbeute.«

»Ich glaube, das Abkommen ist bereits besiegelt worden, Euer Eminenz. Erst heute morgen hat mich ein Bericht aus Camlee erreicht, wonach achtzig Ritter die Stadt auf dem Weg nach Norden passiert haben.«

»Und unsere Vier-Städte-Truppe hat sie einfach so durchgelassen?«

»Wir hatten keine andere Wahl, Euer Eminenz. Unsere Streitkräfte waren zu weit verstreut, und es waren einfach zu viele Ritter.«

»Hmmm.« Tavalisk rupfte an einer dritten Artischocke. »Waren sie gut ausgerüstet?«

Gamil nickte. »Schlachtrösser, Vollrüstungen und bis an die Zähne bewaffnet.«

»Dann scheinen sie wohl in die Schlacht zu ziehen.«

»So scheint es, Euer Eminenz.«

Als er das Herz der Artischocke erreichte, zermalmte es Tavalisk mit der Faust. »Offenbar steckt unser frisch gekrönter König voller Überraschungen. Erst die Invasion und jetzt ein Geheimabkommen mit Tyren. Der kleine Kylock ist ein recht unberechenbarer Junge.«

»Was beabsichtigt Euer Eminenz deswegen zu unternehmen?«

»Nun«, sagte Tavalisk und wischte sich das Artischockenfleisch von der Hand, »den Inhalt des Dokuments öffentlich zu machen würde uns nur wenig einbringen. Es ist nicht unterschrieben, also ist es wertlos – Kylock würde einfach leugnen, der Absender zu sein.« Er schenkte sich ein Glas Wein ein. »Aber es wäre durchaus interessant, wenn der Herzog von Bren den Brief in die Hände bekommen würde. Ich wette darauf, daß er nichts von diesem Abkommen weiß, und wenn er davon erfährt ...« Tavalisk schüttelte den Kopf »... wer weiß, was er dann tun wird.«

»Auf jeden Fall bringt es ihn in eine schwierige Lage, Euer Eminenz. Er ist weithin als Freund der Ritter bekannt, und jedermann wird sofort vermuten, daß er Tyren gebeten hat, Kylock zu helfen.«

»Da hast du zweifelsohne recht, Gamil. Wenn diese Nachricht ans Licht kommt, sieht es so aus, als würde der Herzog im geheimen daran arbeiten, Halcus in die Knie zu zwingen.« Tavalisk trank einen kräftigen Schluck Wein. Inzwischen war er recht aufgeregt. »Das wird Annis und Highwall überhaupt nicht gefallen. Sie werden es als Beweis dafür nehmen, daß der Herzog an einem großen Nordreich arbeitet: Bren, die Königreiche, Halcus. Es ist nur eine Frage der Zeit, bis auch Annis und Highwall auf der Liste stehen.«

»Annis und Highwall rüsten nicht mehr im geheimen auf, Euer Eminenz. In beiden Städten paradieren Soldaten durch die Straßen. Erst letzte Woche haben wir einen Warenzug auf dem Weg nach Highwall abgefangen: acht Planwagen voller Harz, Schwefel und ungelöschtem Kalk.«

Der Erzbischof lächelte. »Materialien für eine Belagerung«, sagte er. »Wie interessant. Ich hoffe, wir haben sie durchgelassen.«

»Erst nachdem wir einen entsprechenden Zoll erhoben haben, Euer Eminenz.«

»Zoll?« Der Erzbischof hob das Glas an die Lippen, nur um festzustellen, daß es leer war. Hatte er bereits soviel getrunken?

»Einen von drei Wagen, Euer Eminenz. Das ist absolut angemessen. Dem Händler schien es auch nicht sonderlich viel auszumachen. Er sagte, mehr sei auf dem Weg.«

»Ach, wirklich? Highwall scheint seine Kriegsvorbereitungen in der Tat ernst zu nehmen.« Tavalisk strich mit dem Finger über den Rand des Glases. »Sie haben auch allen Grund dazu, wenn man ihre Lage bedenkt: eingepfercht zwischen Halcus und Bren.«

»Wenn dieser Brief unterzeichnet wäre, Euer Eminenz, würde das ausreichen, um einen großen Krieg vom Zaun zu brechen.«

»Oh, den wird es so und so geben, Gamil. Mit Tyrens Hilfe wird es Kylock bis zur Hauptstadt schaffen. Die Ritterschaft hat nun schon seit über fünf Jahren Männer in Helch – um Frieden zu stiften, wenn ich mich recht entsinne. Ist ja auch egal ... Auf jeden Fall sollten sie nach all der Zeit die Verteidigungsanlagen der Burg in- und auswendig kennen, und Tyren wird diese Informationen mit Sicherheit an Kylock weitergeben.« Tavalisks Hand rutschte von dem Glas ab, das daraufhin zu Boden fiel und in tausend Stücke sprang.

Ohne dazu aufgefordert zu werden, trat Gamil vor, kniete sich nieder und begann die Glassplitter aufzusammeln. Der Anblick des vornübergebeugten Gamil war einfach zu verführerisch, als daß Tavalisk hätte widerstehen können. Er hob die Füße und legte sie auf den Rücken seines Privatsekretärs. »Alles in allem betrachtet, war es sogar recht klug von unserem jungen Kylock, sich mit Tyren zu liieren. Andererseits jedoch war Tyren offenbar nicht ganz so klug. Er hat sich auf eine Sache eingelassen, die alles andere als edel ist: Frauen und Kinder werden massakriert und Städte dem Erdboden gleichgemacht. Irgendwann werden die Ritter die Integrität ihres Führers in Frage stellen.«

»Aber die Ritter haben Tyren allesamt die Treue geschworen, Euer Eminenz«, sagte die Fußbank. Gamil war gezwungen, wie ein Hund auf dem Boden zu kauern, bis der Erzbischof sich dazu herablassen würde, seine Füße zu entfernen. »Das ist eines der Grundprinzipien von Valdis.«

»Wenn ich eine Geschichtsstunde wünsche, Gamil, dann schicke ich nach einem Gelehrten, nicht nach einem Diener.« Der Erzbischof drückte die Fersen in Gamils Rücken. »Tyren hat Söldner aus den Rittern gemacht. Erst hat er ihre Dienste an Bren verkauft und jetzt an die Königreiche.« Tavalisk schüttelte den Kopf. »Grundprinzipien hin oder her, einigen Leuten in Valdis wird es nicht gefallen, wie sich die Dinge entwickeln, und früher oder später werden sie ihrem Unmut Luft machen. Niemand macht mehr Lärm als derjenige, der glaubt, die Moral für sich gepachtet zu haben.«

»Vielleicht hat Kylock ihnen Konvertiten versprochen, Euer Eminenz.«

Der Erzbischof nahm die Füße vom Rücken seines Privatsekretärs. Gamil hatte doch wirklich einmal etwas Kluges von sich gegeben. »Meinst du damit: ›Kämpfe für uns, und wenn wir gewinnen, werden wir alle Valdis' Fanatismus folgen‹?«

Gamil nickte und stand auf. »Allerdings ist Fanatismus ein starkes Wort, Euer Eminenz. Valdis' Glauben ist mit dem unseren identisch – zumindest größtenteils. Sie sind nur eifriger; das ist alles.«

»Also wirklich, Gamil, Theologie und Geschichte an einem Tag. Ich glaube, du hast den Beruf verfehlt.«

»Ich muß gestehen, Euer Eminenz, daß mich die Wissenschaft schon seit jeher fasziniert.«

»Nein, nein, nein. Ich habe nicht von der Wissenschaft gesprochen, Gamil. Ich habe eher an einen städtischen Ausrufer gedacht, denn die sind bekannt dafür, Neuigkeiten zu verkünden, die schon jedermann weiß.« Tavalisk lächelte seinen Privatsekretär süßlich an. »Es ist Zeit, daß du dich wieder an die Arbeit machst, Gamil. Finde heraus, ob etwas Wahres daran ist, daß Tyren versucht, der religiöse Führer des Nordens zu werden. Und schreib einen Brief an den Herzog von Bren. Schick deinen schnellsten Kurier. Nein. Wenn ich so darüber nachdenke, schick einen Vogel. Schnelligkeit ist von allergrößter Wichtigkeit.«

»Eine Taube ist nicht kräftig genug, Euer Eminenz.«

Der Erzbischof seufzte. »Ich werde dir später folgen und einen Adler verhexen, obwohl ich dann abends fix und fertig sein werde. Wahrscheinlich werde ich sogar zu müde sein, um die sieben heiligen Fremden zu segnen.«

»Vielleicht solltet Ihr statt dessen nur zwei oder drei segnen.«

Gamil wurde allmählich impertinent. Das Ritual der sieben heiligen Fremden wurde in Rorn schon seit Jahrhunderten ausgeführt. Einmal im Jahr wurden die Tore der Stadt von Mitternacht bis Mittag geschlossen. Wenn man sie wieder öffnete, wurden die ersten sieben Fremden, die hindurchkamen, vom Erzbischof gesegnet, von sieben heiratsfähigen Jungfrauen in heiligem Wasser gebadet, und anschließend überreichte der zittrige Herzog höchstpersönlich jedem von ihnen sieben Goldstücke. Es war mehr ein kommerzielles als ein religiöses Ritual, denn es diente dazu, Rorn als eine Stadt darzustellen, die fremden Handel und fremdes Geld willkommen hieß.

Das Ritual war recht populär – wahrscheinlich aufgrund der nassen und nur spärlich bekleideten Jungfrauen –, und man freute sich schon Monate im voraus darauf. Jedes Kind aß sieben Kirschen, jeder Mann trank sieben Becher Wein, und jede Frau trug sieben Armreifen. Gamils Vorschlag, nur zwei oder drei Fremde zu segnen, grenzte an Blasphemie.

»Bezahl die alte Hexe in der Küche, um den Adler zu verzaubern, Gamil. Ich werde es nicht selbst tun.« Öffentliche Zeremonien waren viel zu wichtig, als daß man sie versäumen durfte, besonders jetzt, da Tavalisk mehr denn je der Unterstützung der Massen bedurfte. Sollte es zu einem Krieg kommen, mußten die Menschen von Rorn ihm genug vertrauen, um seine Führung zu akzeptieren. Außerdem war Zauberei mit Risiken verbunden: Man konnte nie wissen, ob man nicht bei der Beschwörung beobachtet wurde. Alles in allem betrachtet, war es wesentlich besser, jemand anderem die Arbeit zu überlassen – auf diese Art und Weise konnte man die Schuld leicht von sich schieben.

»Sonst noch etwas, Euer Eminenz?«

Der Erzbischof musterte seinen Privatsekretär mit kaltem Blick. »Da du mich heute in so vielen Dingen belehrt hast, Gamil, ist es wohl an der Zeit, daß ich dir auch das eine oder andere beibringe. Die erste Lektion nennt sich ›die Lektion des vorlauten Dieners‹.«

Jack lernte soeben die Kunst, alles auszuschließen. Er war sich durchaus des Schmerzes, der Erschöpfung und des Hungers bewußt, doch nur vage, wie im Traum. In der Tat fühlte er sich beinahe, als hätte er zuviel getrunken. Nicht im Sinne einer leichten Benommenheit, nein, sondern eher wie am Morgen danach, wenn der Kopf dröhnt und die Füße schwer sind. Dieses Gefühl erinnerte ihn daran, wie es war, wenn Meister Frallit ihn beim Trinken ertappt hatte. Zuviel Bier in Verbindung mit einer ordentlichen Tracht Prügel und einer Serie von Beleidigungen bewirkte merkwürdige Dinge im Kopf eines Jungen. Ganz zu schweigen vom Körper.

Jack lächelte in sich hinein. Mittlerweile dachte er beinahe mit Nostalgie an die Prügel zurück. Burg Harvell existierte in seinen Erinnerungen als ein sicherer Hafen, wo Sorgen kindisch waren und das Leben einfach, wenn auch ein wenig eintönig.

Im Augenblick hatte der Gedanke an ein eintöniges Leben durchaus seine Reize für Jack. Es hatte wieder begonnen zu regnen, und zwar in Strömen. Der Wind strich um Jacks Beine wie ein kleiner, lästiger Hund, und die Luft war so kalt, wie im Frühling nur irgend möglich. Eine Nacht, um vor dem Kamin zu sitzen, nicht um auf Abenteuerfahrt zu gehen.

Jack wanderte nun schon seit Stunden. Die beiden Hügel, die zunächst so weit entfernt gewesen waren, warfen nun ihre Schatten auf seinen Rücken. Der Boden wurde mit jedem Schritt ebener, und obwohl er nicht einen einzigen Baum oder Busch erkannte, wußte

Jack, daß er nicht mehr weit von der Hütte entfernt war.

Es war dunkel. Die Bäume, die Hügel, die Wolken und der Regen, alle trugen sie ihren Teil zu der Finsternis bei. Jack konnte noch immer seine Füße sehen und rechtzeitig Bäume erkennen, bevor er in sie hineinlief; aber das war auch schon alles. Schritt für Schritt tastete er sich durch die Dunkelheit. Singen half ihm dabei. Frallit hatte ihn viele Bäckerlieder gelehrt. Einige waren obszöne Balladen über Meisterbäcker, die Liebespulver in ihre Kuchen mischten; andere waren echte Rezepte – der Reim machte es einfacher, sie sich zu merken –, und wieder andere waren langsame, rhythmische Melodien, zu denen man den Teig knetete. Diese Lieder gefielen Jack am besten. Sie jetzt zu singen, allein in der Dunkelheit, half ihm, den Mut zu bewahren. Sie waren eine Art Talisman, denn in ihnen lagen all die guten Erinnerungen an die Vergangenheit.

Ich backe etwas langsam, denn ich bin kein kluger Mann
Ich knete den ganzen Morgen und schlafe, wenn ich kann
Ich bin die ganze Nacht wach und halt den Ofen warm
Aber Pause mach ich jeden Tag
Egal, was mein Meister sagt
Und dankbar bin ich auch, daß ich nicht bin so arm.

Jack bewegte die Beine im Takt der Wörter, so wie er einst seine Hände in diesem Rhythmus bewegt hatte. Nach zehn Versen konnte man selbst den zähesten Teig zu gutem Brot backen. Nach elf Versen wurde Jack normalerweise schläfrig – es war ja auch nicht gerade ein sonderlich lebhaftes Lied. Aber es war einfach und ehrlich, und die Liebe zum Backen sprach aus jeder einzelnen Zeile. Im Augenblick war es genau das, was er brauchte: Es lenkte seine Gedanken von dem Schmerz ab, und es half ihm, einen Fuß vor den anderen zu setzen.

Plötzlich fiel der Boden unter ihm steil ab. Jack versuchte, sich mit einem Bein abzufangen, doch sein Fuß traf nur auf rutschigen Schlamm, und er verlor das Gleichgewicht. Verzweifelt tastete er in der Dunkelheit umher, um etwas zu finden, woran er sich festhalten konnte. Wurzeln und Zweige rissen ihm die Beine auf, und der Schlamm trug ihn den Abhang hinab. Jacks Knie schlug gegen etwas Spitzes, Hartes. Er drehte sich und stürzte mit dem Kopf voran nach unten. Vor ihm schimmerte etwas Weißes. *Felsen!* war das letzte, was Jack dachte.

Kapitel neunundzwanzig

Es war die Tatsache, daß der Regen *aufhörte,* die ihn weckte. Das konstante Tropfen war ein Teil seines Traums gewesen, und als er es nicht länger auf seiner Wange spürte, wurde der Traum zu einem Alp. Sein Körper zuckte krampfhaft, und er öffnete die Augen. Jack blickte in den Himmel. Grau und wolkenverhangenen verkündete er weiteren Regen.

Jack lag inmitten einer Ansammlung schlammbedeckter Felsen. Seine Arme und Beine waren so steif wie Besenstiele. Er hob die Hand und tastete vorsichtig über seinen Hinterkopf. »Aaargh!« Irgend etwas Weiches von der Größe eines Hühnereis protestierte dagegen, berührt zu werden. Behutsam tastete er um die Beule herum. Sein Haar war starr und verfilzt. *Vielleicht getrockneter Schlamm,* dachte Jack, doch wahrscheinlich war es Blut. Er strich sich über die Wange. Ein schmaler, gerader Streifen Schorf war von einem zwei Tage alten Bart umgeben wie von Dornen.

Jack setzte sich auf. Wasser, das sich auf seinem Bauch gesammelt hatte, floß ihm nun über die Hüften und auf die Felsen. Jetzt wußte er, was es bedeutete, ›bis auf die Knochen durchnäßt zu sein‹. Seine Kleider klebten am Körper; seine Finger waren dick wie Würste, und seine Füße schwammen in den Schuhen. Als hätte das Aufsetzen seine Sinne reaktiviert, begann Jack plötzlich zu frieren. Er zitterte am ganzen Leib, und sosehr er sich auch bemühte, er konnte nicht damit aufhören.

Er mußte seinen Kreislauf wieder in Gang bringen.

Jack riß sich zusammen und zwang sich aufzustehen. Ihm war schwindelig, und er drohte wieder zu Boden zu sinken; doch er kämpfte gegen das Gefühl an.

Das Aufsetzen hatte ihm die Kälte wieder ins Bewußtsein gerufen, und das Aufstehen brachte ihm nun den Schmerz. Brust, Kopf, Beine, Knie, alles schmerzte mit bösartigem Vergnügen. Jack hatte einmal von einem Arzt gehört, es sei unmöglich, mehr als eine Schmerzquelle zu spüren. Der Mann war ein Idiot.

Eine eigenartige Trockenheit kitzelte Jack in der Kehle. Hier, inmitten all des Wassers, in der feuchten Luft und mit durchnäßten Kleidern, war er doch tatsächlich durstig – ganz abgesehen davon, daß der nächste Schauer nicht lange auf sich warten lassen würde. Das war wirklich lächerlich.

Als sein Lachen wieder erstarb, wurde es durch ein anderes Geräusch ersetzt: Wasser stürzte herunter und schäumte gegen Felsen. Es war so laut, daß Jack sich fragte, warum ihm das nicht schon früher aufgefallen war. Es schien, als würden seine Sinne einer nach dem anderen wieder den Dienst aufnehmen, und das Gehör stand offensichtlich ganz unten auf der Liste. Unmittelbar vor ihm lag ein kleines Wäldchen. Er drehte sich um und erkannte, daß das Rauschen des Wassers von links kam. Jack lief darauf zu. Ein großer Felsen versperrte ihm den Weg, und er war gezwungen, darüber zu klettern.

Was er auf der anderen Seite sah, ließ ihn abrupt stehenbleiben.

Er blickte auf das kleine Wasserbecken, zu dem Tarissa ihn an jenem Tag geführt hatte, als sie ihm ihre Liebe erklärt hatte. Die Felsen, der Wasserfall, die kleine Lichtung – alles zerstört von zwei Tage anhaltenden, sintflutartigen Regenfällen. Das einst klare Wasser war nun schlammbraun und voller toter Vögel und Insekten, die Oberfläche übersät mit abgerissenen Zweigen und Blättern. Über den Wasserfall floß noch mehr der fauligen Brühe in das Becken. Der Geruch war ekelerregend. Die Blütenpracht der Narzissen war verschwunden; ihre verrottenden Überreste lagen verstreut auf dem Boden. Der Regen hatte die ersten Blattknospen von den Weiden gerissen, so daß die Bäume nun wie Skelette über dem Becken aufragten.

Das Gras war zertrampelt, und überall quoll Schlamm zwischen den Halmen hervor. Würmer, Tausendfüßler und Insekten krabbelten und krochen über die durchnäßte Erde. Es wimmelte nur so von ihnen.

Jacks Gedanken reisten zu jenem einen perfekten Tag zurück – dem besten seines Lebens –, als er Tarissas Füße an eben diesem Becken gewaschen hatte. Sie war so wunderschön gewesen, so voller Leben und soviel klüger als er. Das war der Tag gewesen, an dem sie zugestimmt hatte, ihn nach Annis zu begleiten. Da er sie sich über die Schulter geworfen hatte, war ihr auch kaum eine andere Wahl geblieben. Jack lächelte unwillkürlich, als er sich ihrer Schreie und Tritte erinnerte. Sie war einfach einmalig.

Die Erinnerung verschwand, und Jack starrte wieder auf die Trümmer einer einst makellosen Szenerie. Wie hatte Tarissa ihm das nur antun können? Lächelnd hatte sie ihn an der Nase herumgeführt und ihm gesagt, sie würde ihn lieben. Doch die ganze Zeit über hatte sich hinter all den Küssen, hinter all den zärtlichen Blicken ein Netz aus Lügen versteckt. Melli lebte, und alle drei – Tarissa, Rovas und Magra – hatten ihm erzählt, sie sei tot. Sie hatten Jack mit unsichtbaren Fesseln in der Hütte festgehalten und seinen Haß auf jenen Mann geschürt, von dem sie behauptet hatten, er habe Melli getötet – und er war tatsächlich dumm genug gewesen, einen Mord für sie zu begehen.

Plötzlich verließ Jacks Beine alle Kraft, und er sank auf die Felsen. Dort verharrte er, den Kopf auf die Brust gelegt, bis das Zittern so stark wurde, daß er gezwungen war weiterzugehen.

Melli wollte sich gerade über die zweite Portion Eier und Speck hermachen, als jemand an die Tür ihres Schlafgemachs klopfte. »Ich kleide mich gerade an! Komm später wieder!« rief sie.

Ein zweites Klopfen ertönte, gefolgt von der Stimme eines Mannes. »Ich nehme an, das Ankleiden gestaltet sich ohne Kleid außerordentlich schwierig, Mylady.«

Die Stimme klang vertraut, der Tonfall spöttisch. Wer auch immer es sein mochte, er wußte, daß Melli außer ein paar Nachtgewändern keine Kleider in ihrem Schlafgemach hatte. Das erregte ihr Interesse, und sie legte Messer und Löffel beiseite. »Wer ist da?«

»Tawl, der Champion des Herzogs.«

Es war also der Mann, der den Auftrag hatte, sie zu beschützen. Seit Tagen schon war sie sich seiner Gegenwart auf der anderen Seite der Tür bewußt gewesen. Manchmal hatte sie einen kurzen Blick auf ihn erhascht, wenn jemand die Tür geöffnet hatte. Stets saß er auf dem Boden, flickte seine Kleider oder polierte seine Waffen. Dabei wandte er immer galant den Blick ab, um nicht unabsichtlich eine unbekleidete Dame zu erblicken.

»Herein«, sagte sie.

Die Tür öffnete sich, und Tawl trat ein. Er trug einfache Kleidung, eine schlechte Tarnung für den darunterliegenden, muskulösen Körper.

»Seid Ihr allein?« fragte er und ließ den Blick durch den Raum schweifen.

»Das wißt Ihr doch. Schließlich hockt Ihr ja vor meiner Tür wie ein Gefängniswärter.« Melli packte ein Stück Speck mit den Fingern und ließ es im Mund verschwinden.

Tawl zuckte die Schultern. »Ich beobachte das Kommen und Gehen der Ärzte.«

»Und wie sehen sie aus, wenn sie mich wieder verlassen?« Melli war in der richtigen Stimmung für ein wenig Schabernack.

»Erleichtert«, erwiderte Tawl trocken.

Melli lachte. »Was führt Euch zu mir? Ich dachte, Ihr solltet nur aus der Ferne über mich wachen.«

»Ich bin gekommen, um Euch nach Bren zu bringen.«

»Was?« Melli war überrascht. »Ich dachte, die Ärzte hätten mir noch ein oder zwei Tage Ruhe verordnet.«

»Das haben sie.«

»Aber ...«

»Ich werde Euch jetzt mitnehmen«, unterbrach Tawl, »ganz gleich, was die Ärzte sagen.«

Melli war erfreut; sie war es leid, in ihrem Schlafgemach zu hocken wie ein hilfloses Burgfräulein. »Weiß der Herzog davon?«

»Er ist heute morgen nach Bren abgereist. Ich habe ihm gesagt, und nur ihm, daß Ihr ihn dort heute nacht treffen werdet.« Tawl trat ans Bett, wo Melli mit gekreuzten Beinen saß, einen Teller auf dem Schoß. »Öffnet Euer Nachtgewand.«

Melli starrte ihn fassungslos an.

»Ich will mir die Messerwunde ansehen.«

»Wir könnt Ihr es wagen, so etwas auch nur anzudeuten!« entgegnete Melli entrüstet. »Verlaßt mich auf der Stelle, oder ich sehe mich gezwungen, die Wachen zu rufen.«

Tawl bewegte sich nicht. »Lady«, sagte er mit einem ungeduldigen Unterton, »ich verspüre nicht den Wunsch, Euch nackt zu sehen, aber ich möchte mir Eure Wunde anschauen, um festzustellen, ob Ihr wirklich reisefähig seid. Meiner Erfahrung nach neigen Ärzte dazu, übervorsichtig zu sein, aber ich will mich erst vergewissern, bevor ich Euch auf ein Pferd setze.« Er verschränkte die Arme mit aufreizender Gelassenheit. »Also, entweder hebt Ihr jetzt Euer Gewand und zeigt mir Eure Seite, oder Ihr schreit nach den Wachen, bis Ihr blau im Gesicht seid. Soviel ich weiß, ist sowieso niemand in Hörweite.«

Als Melli bemerkte, daß ihr Mund weit offenstand, schloß sie ihn rasch wieder. Sie drohte vor Wut zu platzen, doch sie wußte nicht, was sie sagen sollte. Sie starrte den Mann nur an, murmelte ein paar Flüche vor sich hin und rollte sich dann auf die Seite. Vor lauter Eile, die Angelegenheit hinter sich zu bringen, riß sie so stark an ihrem Gewand, daß eine Naht platzte. Beleidigt und entrüstet hob sie den Stoff gerade hoch genug, damit der Ritter den Verband unter ihrem Brustkorb begutachten konnte. »Na los«, sagte sie. »Untersucht mich.«

Tawl trat vor. Bevor er Melli berührte, blies er in seine Hände, um sie zu wärmen. Sie verdrehte den Hals, um zu sehen, was er vorhatte. Etwas Silbernes blitzte kurz auf; doch erst als der Verband sich von der Haut löste, erkannte Melli, daß Tawl ein Messer gezückt hatte. Seine Berührung war sanft, aber fest. Eine Hand legte er auf ihre Rippen, die andere unter die Wunde. Langsam drückte er gegen das Fleisch, um die Muskeln zu überprüfen; dann drang er tiefer vor und wandte sich den Organen zu. Sein Gesichtsausdruck war ernst. Zum ersten Mal bemerkte Melli seine fein geschwungenen Lippen. Er stieß einen tiefen Laut aus und strich mit dem Daumen über die Wunde. Eine Sekunde später drückten die Daumen von beiden Seiten gegen die Verletzung.

Tawl stand auf. »Wartet hier«, sagte er.

Melli beobachtete, wie er in den Vorraum ging und in einer ledernen Satteltasche wühlte. Als er wieder zurückkehrte, hielt er einen kleinen blauen Krug in der Hand. Er öffnete ihn, steckte den Finger hinein und schöpfte etwas heraus, das verdächtig an Wagenschmiere erinnerte. Tawl lächelte. »Ich habe es selbst gemacht«, erklärte er. Er wärmte die Masse zwischen den Fingern und schmierte sie schließlich auf Mellis Haut. »Die Wunde heilt gut, aber die Muskeln sind steif. Sie wird wahrscheinlich nicht während des Ritts aufgehen, doch Eure Seite wird Euch trotzdem Probleme bereiten.« Er massierte die Schmiere in ihr Fleisch.

»Wo habt Ihr das gelernt? Seid Ihr einer von diesen

Ärzten, die das ganze Blut leid sind, und die statt dessen ein friedliches Leben als Kämpfer vorziehen?« Inzwischen bereute Melli ihren Unmut. Auch genoß sie das Gefühl von Tawls großen Händen auf ihrem Bauch.

Tawl ignorierte Mellis Versuch, witzig zu sein. »Nein. Wenn man auf sich allein gestellt ist, dann schnappt man das ein oder andere auf.« Er zuckte die Schultern. »Man lernt, alles mögliche zu flicken, damit es hält, bis man die nächste Stadt erreicht.«

Das war nicht die Antwort, die sie erwartet hatte. Sie wollte ihn gerade weiter ausfragen, als er ihr auf die Rippen klopfte.

»Hebt Euer Gewand noch ein wenig höher«, sagte er. »Ich muß Euch einen frischen Verband anlegen.«

Melli tat, wie ihr geheißen. Sie spürte, wie Tawls fähige Hände den Verband an ihrem Kreuz festzogen. Sein Verband war straffer als der der Ärzte. Schließlich beendete er seine Arbeit mit dem merkwürdigsten Knoten, den Melli je gesehen hatte. Mit einem beinahe rührenden Feingefühl zog er die Schleife zu und glättete die Enden des Knotens, so daß sie Melli nicht stören würden.

»Ich habe mein Bestes getan«, sagte er und zog ihr Gewand wieder herunter. »Ich werde Euch jetzt verlassen und nach Eurer Zofe schicken, damit sie Euch beim Ankleiden hilft. Wählt einen möglichst weiten Wollrock, unter gar keinen Umständen dürft Ihr ein Korsett anziehen. Ich komme später zurück und bringe Euch einen Brustharnisch, der an den Seiten gepolstert ist.«

»Eine Rüstung?« Melli war ehrlich entsetzt.

Tawl nickte. »Euer Leben ist in Gefahr. Einige Leute würden vor nichts haltmachen, um den Herzog davon abzuhalten, zum zweiten Mal zu heiraten.«

Melli kam sich äußerst dumm vor, dennoch fragte sie nach dem Warum. Sie rechnete mit einer typisch männlichen, herablassenden Antwort, in der die Fakten so einfach wie möglich dargestellt wurden, damit auch eine Frau sie verstehen konnte; Tawls Offenheit überraschte sie.

»Zum einen ist da das Problem des Zeitpunkts. Die Hochzeit von Katharina und Kylock steht unmittelbar bevor, und beide Seiten glauben, daß *ihre* Hochzeit das wichtigste Ereignis des Jahrzehnts sein wird.« Tawl wischte sich mit dem Rest des Verbandstoffs die Schmiere von den Fingern. »Ich denke nicht, daß sie sonderlich erfreut sein werden, wenn Ihr und der Herzog ihnen die Schau stehlt. Genauer gesagt, wird sogar der Großteil der Bevölkerung der Königreiche außer sich sein vor Wut. Im Augenblick glauben sie, ihr Herrscher heirate die Thronerbin von Bren.«

»Meine Hochzeit wird keinerlei Effekt auf den Status von Katharina haben.«

»Doch, das wird sie, und zwar wenn Ihr einen Sohn bekommen solltet.«

Melli wurde nervös. Wo war sie da nur hineingeraten? Sie wollte einen Mann heiraten, den sie kaum kannte, und der seinerseits auch nichts von ihr wußte. Sie griff nach dem Saum ihres Nachtgewands und drehte den Stoff zwischen den Fingern. Er wußte nicht, daß sie Maybors Tochter war. Wie würde er wohl darauf reagieren? Würde er wütend sein, weil sie ihn betrogen hatte, oder würde er sich freuen, daß sie doch hochwohlgeboren und mit einer ansehnlichen Mitgift ausgestattet war? Ihre gesellschaftliche Position schien ihm nichts zu bedeuten. Das war einer der Gründe, warum sie sich zu ihm hingezogen fühlte: die Tatsache, daß er eine Frau nach ihrem Charakter und nicht nach ihrem Reichtum oder ihrer Familie beurteilte. Und dann war da seine Macht. Sie konnte sich keinen Ehemann vorstellen, der ihr nicht gleichgestellt war. Sie brauchte einen starken Mann, jemanden, zu dem andere aufblickten.

Der Herzog war der mächtigste Mann des Nordens. Aus eigener Kraft hatte er aus einer Stadt ein Königreich gemacht. Es war nur noch eine Frage der Zeit, bis er sich zum König ausrufen würde. Melli ließ das

Nachtgewand los. Ihre Hände waren schweißnaß. Vielleicht würde der Traum ihres Vaters doch noch in Erfüllung gehen und sie eines Tages Königin werden.

Das Seltsame war nur, daß der Titel sie nicht im mindesten interessierte. Was hatte man schon davon, Königin zu sein, wenn das nur hübsche Kleider und eine Krone bedeutete? Nein, sie wollte wirkliche Macht, die Art von Macht, die der Herzog ihr versprochen hatte. Sie wollte Entscheidungen treffen und den Lauf der Dinge beeinflussen; sie wollte *eine Partnerin* sein, kein Besitz. Sie besaß zuviel Mayborblut, um die passive Gemahlin zu spielen. Der Herzog hatte das gespürt, und er hatte es nicht nur akzeptiert, er hatte es begrüßt. Er konnte Tausende schöner, unterwürfiger Frauen haben, aber statt dessen hatte er Melli ausgewählt. Das war der ausschlaggebende Grund gewesen, warum sie in die Hochzeit eingewilligt hatte.

Sie wußte nichts von ihm, noch nicht einmal sein Alter, und nun, nach allem, was Tawl ihr erzählt hatte, war sie sich auch seiner Motive nicht mehr sicher. Heiratete er sie nur, um einen Sohn zu zeugen? Sicherlich nicht; es gab genug Frauen bei Hofe die eine angemessenere Mutter für einen Thronerben abgeben würden. Der Herzog hielt sie für die illegitime Tochter eines verarmten Lords, und das war bestimmt nicht die Art von Vermächtnis, die er an seinen Sohn weitergeben wollte. Melli schüttelte langsam den Kopf; sie konnte es nicht glauben. Selbst seine Geschenke – der Dolch, die Scheide und der Falke – deuteten auf einen Mann hin, der auf Abenteuer aus war, nicht auf häusliches Glück.

Tawl brachte Melli wieder in die Gegenwart zurück. »Ich werde in einer Stunde wieder zurückkehren, Mylady«, sagte er behutsam. Er schien zu spüren, daß sie in Gedanken weit weg gewesen war.

Sie nickte. »So sei es.«

Tawl verneigte sich. Sein goldenes Haar berührte fast den Boden, als er den Rücken krümmte. Dann drehte er sich um und verließ den Raum.

Im selben Augenblick, da die Tür sich hinter dem Ritter schloß, atmete Melli tief durch. Heute abend würde sie also beim Herzog in Bren sein. Sie hatte die Stadt als Sklavin verlassen, und jetzt würde sie als ihre Herrin zurückkehren. Die Ironie war einfach zu groß, als daß es sich nur um Zufall handeln konnte.

Im Kamin loderte plötzlich ein Holzscheit auf und schleuderte Funken und Flammen in den Raum. »*In meiner Heimat nennt man Leute wie sie ›Diebe‹. Ihr Schicksal ist so stark, daß sie andere Menschen unter ihr Joch zwingen. Und was sie nicht erzwingen können, stehlen sie.*« Alyshas Worte stiegen zusammen mit dem Rauch auf. Hatte die Gehilfin des Fleischhändlers die Wahrheit gesagt? War es Mellis Schicksal, den Herzog zu heiraten? Und wenn dem so war, hatte alles, was sie erlebt und jeder, den sie getroffen hatte, auf dieses eine Ereignis hingeführt? Der Halcus-Hauptmann, Fiscel, vielleicht sogar Jack und ihr Vater: Hatte sie sie nur benutzt, um hierher zu gelangen?

Melli trat die Funken auf dem Teppich aus, obwohl sie wußte, daß keine Gefahr von ihnen ausging.

Wenn sie Tawls Worten Glauben schenkte, dann würde ihre Hochzeit mit dem Herzog einen nachhaltigen Effekt auf den Norden haben.

»Mylady«, sagte eine Stimme. Es war ihre Zofe, Nessa. »Geht es Euch gut? Ihr seht so blaß aus.«

Melli war froh über die Störung; ihre Gedanken führten sie an einen gefährlichen Ort, wo die Landschaft vorherbestimmt und die Menschen nur Spielfiguren des Schicksals waren.

Sie bemühte sich, fröhlich zu wirken. »Mir geht es gut, Nessa. Steh nicht dumm rum. Beeil dich, und hilf mir beim Ankleiden. In weniger als einer Stunde breche ich nach Bren auf.«

Die Zofe begann, Mellis Haare zu bürsten. »Ihr zittert ja wie Espenlaub, Mylady. Macht Ihr Euch Sorgen wegen der Reise?«

Melli schüttelte den Kopf. Sie lehnte sich zurück und

versuchte, sich zu entspannen. Es war nicht die Reise nach Bren, die ihr Sorgen bereitete – es würde ihr nichts geschehen; dessen war sie sicher –; vielmehr machte sie sich Gedanken um das, was sie dort zu tun hatte. Sie mußte dem Herzog sagen, wer sie wirklich war. Sie hatte schon viel zu lange gelogen. Er mußte einfach die Wahrheit erfahren. Es stand weit mehr auf dem Spiel, als Melli bisher gedacht hatte: Politik, Macht, Erbfolge und selbst Krieg, all das war mit der Hochzeit verbunden. Melli seufzte laut. Es war an der Zeit, dem Herzog zu offenbaren, daß seine zukünftige Gemahlin die Tochter des reichsten und einflußreichsten Lords der Königreiche war.

Jack lag flach auf dem Boden. Seine Beine und sein Bauch steckten tief im Schlamm. Vor etwa einer halben Stunde hatte ein leichter Nieselregen eingesetzt, und Jack war wieder einmal von Kopf bis Fuß durchnäßt. Er spürte den Regen kaum. Er beobachtete Rovas' Hütte.

Dank des wolkenverhangenen Himmels kam die Nacht früher als im Frühling üblich. In der Hütte hatte man die Lampen angezündet; Jack konnte ihren warmen Schein durch die Astlöcher in den Fensterläden hindurch sehen. Das Feuer brannte fröhlich, und Rauch stieg aus dem Kamin. Alles in allem ein Anblick, der das Herz erwärmte. Ein gemütliches Heim, wo Efeu die Tür umrankte und weiß getünchte Wände den Herrn des Hauses willkommen hießen.

Jack spie einen Mundvoll Galle aus. Er drehte den Kopf und musterte die Straße zu seiner Linken. Noch immer keine Spur von Rovas.

Wie lange er hier schon lag, war schwer zu sagen; auf jeden Fall lange genug, daß aus Mittag Abend werden konnte. Nachdem Jack den Wasserfall verlassen hatte, war er sofort hierher gegangen. Je näher er der Hütte gekommen war, desto tiefer hatte er sich geduckt, bis er schließlich wie ein Hund auf allen vieren gekrochen war. Er wollte nicht, daß sie ihn entdeckten. Bisher waren es immer die drei in der Hütte gewesen, die alle Vorteile auf ihrer Seite gehabt hatten. Sie waren es gewesen, die ihn in die Falle gelockt und manipuliert hatten. Sie waren es gewesen, die ihn angestarrt und beobachtet hatten wie eine Fliege im Glas. Nun war es an der Zeit, daß er die Oberhand gewann.

Allein sie zu beobachten vermittelte ihm schon ein Gefühl der Macht. Während er im Schlamm lag und die Hütte betrachtete, fühlte Jack die Erregung eines Spions, der ein Geheimtreffen zwischen zwei mächtigen Herrschern belauschte; er schien ihm, als hätte er alles unter Kontrolle. Alles würde sich nach seinem Willen entwickeln, denn er war gut vorbereitet. Wenn Rovas vom Markt zurückkehrte, waren alle Figuren an ihrem Platz, und Jack hatte die Überraschung auf seiner Seite.

Ein rasselndes Geräusch ertönte in der Ferne, und wenige Augenblicke später erschien Rovas' Karren. Der alte Schmuggler persönlich saß auf dem Kutschbock; er hatte sich einen schweren Umhang um die Schulter gelegt, um den Regen abzuhalten. Noch bevor er von dem Karren heruntergesprungen war, öffnete sich die Tür der Hütte. Jack hielt den Atem an. Es war Tarissa.

Seit Stunden wußte er bereits, daß sie in der Hütte war. Ein- oder zweimal hatte er ihre Umrisse sogar durch die Öltücher vor den Fenstern erspäht, bevor die Läden geschlossen worden waren. Dennoch war es ein Schock, sie plötzlich in Fleisch und Blut zu sehen. Sie war nahe genug, um ungewohnte Sorgenfalten in ihrem Gesicht erkennen zu können, doch zu weit weg, um auch nur ein einziges Wort zu verstehen, das gesprochen wurde. Sie nahm Rovas den Umhang von den Schultern und ließ ihn vorbei. Kurz bevor sich die Tür hinter den beiden schloß, sah Jack, wie Tarissa die Hand auf Rovas' Stirn legte, um seine Temperatur zu fühlen. Der Anblick dieser kleinen, intimen Geste, die so beiläufig gegeben und angenommen wurde, reichte aus, um Jacks Herz endgültig zu versteinern. Ohne Zweifel waren sie miteinander im Bunde. Die beiden hatten alles von Anfang an geplant. Tarissa hatte ihre Liebe nur vorgetäuscht, ebenso wie ihren Haß auf Rovas.

Jack rappelte sich auf. Seine Beine waren so lange ohne Arbeit gewesen, daß sie unter ihm nachgaben, und er wieder zu Boden stürzte. »*Verdammt!*« zischte er. Er war es leid, schwach zu sein und seinen Körper jedesmal zu verfluchen, wenn dieser ihm wieder einmal den Gehorsam verweigerte; er war es leid, in einer Welt zu leben, wo er nur weglaufen und sich verstecken mußte. Rovas hatte sich für eine Menge zu verantworten.

Als Jack zum zweiten Mal aufstand, hielten seine Beine durch, und während er auf die Hütte zuging, wurde sein Schritt immer sicherer. An der Tür angekommen, hatte er wieder genug Kraft, um sie einzutreten.

Krach!

Schmerz strömte durch seine Seite und in die Schulter hinauf. Die Scharniere brachen und gaben nach. Er hörte Tarissa und Magra aufschreien. Ein zweiter Tritt, und die Tür fiel ins Innere der Hütte. Rovas war der erste, den Jack sah. Er hielt ein Schnitzmesser in der Hand. Hinter ihm standen die beiden Frauen.

»Jack!« rief Tarissa und warf sich nach vorne.

Rovas hielt sie mit dem Ellbogen zurück. »Bleib, wo du bist.«

Tarissa stieß ihm die Faust in den Rücken. Der Stoß kam unerwartet, so daß der Schmuggler nach vorne stolperte und Tarissa an ihm vorbeilaufen konnte. Mit ausgestreckten Armen rannte sie auf Jack zu.

Sie wirkte so leidenschaftlich, daß Jack ihr beinahe nachgegeben hätte. Aber er tat es nicht. Statt dessen trat er einen Schritt zur Seite. »Komm mir nicht zu nahe, Tarissa.«

Sie kam trotzdem. Dieselbe Hand, die noch vor einer

Minute Rovas' Stirn berührt hatte, streckte sich nun Jack entgegen. »Du bist vollkommen durchnäßt, und du bist verwundet.« Sie wandte sich an Magra. »Mutter, setz etwas Wasser auf.«

»Spar dir die Mühe«, sagte Jack. »Ich werde nicht lange bleiben.«

Tarissa legte ihm die Hand auf den Arm.

Jack entzog sich ihrer Berührung. »Tarissa, geh raus und nimm Magra mit.«

»Aber Jack ...«

»Ich habe gesagt, *geh*!«

Die Kraft seiner Worte war so groß, daß sie zusammenzuckte. Sie blickte zu ihrer Mutter. Magra nickte schwach. Beide Frauen gingen dorthin, wo einst die Tür gewesen war. Als Magra an Jack vorbeikam, flüsterte sie ihm ins Ohr: »Es ist nicht so, wie du denkst, Jack.«

Er hörte sie, doch er zeigte weder mit einer Geste noch mit einem Blick, ob er sie verstanden hatte. Seine Augen waren auf Rovas fixiert. Der Schmuggler stand gelassen da, wenn nicht sogar ein wenig frech; die eine Hand hatte er auf den Kaminsims gestützt, während die andere das Messer hielt. Er konnte Jack mit seiner zur Schau gestellten Unbekümmertheit nicht täuschen, denn er hatte den Griff seiner Waffe so fest umklammert, daß die Knöchel weiß hervortraten.

Jack hörte, wie die Frauen hinter ihm die Hütte verließen. Er wartete einen Augenblick, bis sie weit genug weg waren, dann sagte er: »Nun denn, Rovas. Was ist dir dein Leben wert?«

Rovas lächelte sein altes, wohlvertrautes, charmantes Lächeln. »Junge, von deiner Hand werde ich bestimmt nicht sterben.«

»Was du nicht sagst.« Jack war selbst von der Kälte in seiner Stimme überrascht. Er rückte langsam vor.

»Was willst du jetzt tun, Junge?« fragte Rovas beinahe spöttisch. »Mich in Flammen aufgehen lassen?«

Mit einem Sprung hatte Jack den Raum durchquert.

Das Messer noch immer im Gürtel, versuchte er, Rovas mit bloßen Händen an der Kehle zu packen. Der Schmuggler hob die Faust und rammte sie genau in Jacks Pfeilwunde.

Schmerz explodierte in Jacks Brust, und die Tränen traten ihm in die Augen. Er taumelte zurück, wedelte mit den Armen und suchte nach etwas, woran er sich festhalten konnte. Unglücklicherweise knallte er mit den Nieren gegen die Tischkante. Der zusätzliche Schmerz schärfte seine Reflexe, und er streckte den Arm aus, um seinen Sturz am Tisch abzufangen.

Als er sein Gleichgewicht wiedererlangte, spürte Jack die Flamme der Zauberei in seinen Eingeweiden. Sein Schädel schien sich um sein Gehirn zusammenzuziehen und einen ständigen Druck auf seine Gedanken auszuüben. *Nein.* Nein, ermahnte er sich selbst. Er wollte mit Rovas allein fertig werden. Um sich mit physischer Betätigung von dem Druck in seinem Kopf abzulenken, packte Jack eine Schüssel, die auf dem Tisch stand. Sie war schwer, gefüllt mit lauwarmer Hühnerbrühe, und er schleuderte sie Rovas ins Gesicht.

Der Geruch von Hühnchen und Zwiebeln erfüllte die Luft. Die Brühe verteilte sich über Rovas' Kinn und Schultern. Der Schmuggler hob den Arm, um zu vermeiden, daß ihn die Schüssel im Gesicht traf. Sie flog krachend gegen den Kamin und zersprang in tausend Stücke.

Jack hatte einen salzigen, metallischen Geschmack im Mund. Es war Blut. Zauberei drohte, ihn zu ersticken, und sein Verlangen, sie zu unterdrücken, war so groß, daß er sich ein Stück aus der Zunge gebissen hatte. Aus Angst auch nur einen winzigen Hauch Magie hinauszulassen, preßte er die Lippen aufeinander.

Rovas wischte sich mit dem Ärmel übers Gesicht. Er hielt das Messer vor sich, trat einen Schritt vor und dann zur Seite, so daß er Jack vom gesamten Bereich um den Kamin herum abschnitt. Jack wußte, was der alte Schmuggler vorhatte: Er wollte soviel Raum wie möglich für sich beanspruchen. Das war eine Form der Einschüchterung, um dem Gegner das Gefühl zu vermitteln, in die Enge getrieben worden zu sein. Rovas wippte auf den Fußballen, die Knie leicht gebeugt. »Komm schon, Jack«, sagte er. »Wollen wir doch mal sehen, ob du gut genug bist, um deinen alten Lehrer zu schlagen.«

Das Reden diente der Ablenkung. Jack hörte nicht zu, schwieg und hatte sogar das Atmen eingestellt.

Er sprang vor, ging in die Hocke und hieb mit einem Messer nach Rovas' Lenden, von dem er noch nicht einmal wußte, daß er es gezückt hatte. Der Schmuggler war gezwungen, sich vornüberzubeugen, um sich zu verteidigen. Jack spürte, wie Rovas' Messer seine Schulter streifte. Er begrüßte das Gefühl. Alles Reale, jedes Gefühl, jede Handlung, ja selbst Schmerz war eine willkommene Ablenkung von der Verlockung der Zauberei. Jack schoß aus seiner hockenden Position hoch. Dabei hob er den Ellbogen über den Kopf und traf Rovas hart unter dem Kinn. Der Schmuggler konterte, indem er versuchte, seinem Gegner das Knie in den Unterleib zu rammen; doch Jacks Reflexe waren gut. Er sprang gerade weit genug zurück, um dem Tritt auszuweichen, und hieb mit dem Messer nach Rovas' Bein.

Jack hatte den Mund voller Blut; seine Lungen drohten, vor verbrauchter Luft zu platzen, und sein Bauch war von Zauberei geschwollen. Noch immer wagte er nicht zu atmen. Alles im Inneren zu bewahren war die einzige Möglichkeit, wie er die Kontrolle behalten konnte.

Der Druck in seinem Kopf machte ihn rasend. Wieder griff er von Verzweiflung getrieben an. Doch diesmal war Rovas auf den Angriff vorbereitet. Er trat einen Schritt zurück, und Jack sah, wie er hinter sich griff. Dann bewegte sich etwas kupfern Funkelndes mit rasender Geschwindigkeit durch die Luft.

Im Bruchteil einer Sekunde sammelte Jack all seine Kraft und richtete sie nicht auf Rovas, sondern auf den

Gegenstand, den er in der Hand hielt. Jack öffnete den Mund und entließ eine winzige Menge magischer Energie.

»*Aaargh!*« schrie Rovas. Der schwere Kupfertopf fiel ihm aus der Hand und auf den Boden. Zischend landete er in einer Pfütze Hühnerbrühe. Jack erhaschte einen kurzen Blick auf Rovas' Handteller: Er war verbrannt wie ein Stück Fleisch, das zu lange auf dem Grill gelegen hatte.

Jack zitterte. Blut lief sein Kinn herab. Die Zauberei hatte ihre Kraft verloren, und er hielt es für sicher genug, wieder zu atmen. Ein Teil von ihm triumphierte: Irgendwie war es ihm gelungen, die Zauberei zu beherrschen, und gerade soviel Energie freizusetzen, wie er in diesem einen Augenblick benötigt hatte.

Rovas' linke Hand hing schlaff herab, doch das Messer hielt er in der Rechten. »Du bist kein Mann«, zischte er und beschrieb mit seinem Messer Kreise in der Luft. »Du bist ein Monster.«

Die Lungen voller frischer Luft sammelte Jack all seine Kraft und schlug Rovas mitten ins Gesicht. Als er sich wieder zurückzog, traf ihn das Messer des Schmugglers. Jack war sich dessen kaum bewußt. Er fühlte sich stark, mächtig, in Kontrolle – und es war an der Zeit, daß Rovas für seine Verbrechen zahlte.

Allmählich gewann Jack die Oberhand. Er wußte, welche Technik Rovas anwenden würde, noch bevor dieser sie ausführte; auf jeden Angriff und jeden Block wußte er eine Antwort, und sobald er auch nur die kleinste Schwachstelle entdeckte, nutzte er sie aus. Jack ließ Rovas weder Zeit noch Raum oder Gelegenheit. Er war jünger, schneller, ausdauernder, und er zermürbte den Mann.

Bevor er sich versah, lag Rovas auf dem Boden, und Jack hatte die Hände um seine Kehle gelegt. Beide hatten ihre Messer schon lange verloren. Jack umklammerte den roten, fleischigen Hals und drückte die Finger gegen die Luftröhre. Rovas hatte die Augen weit aufgerissen, und Blut floß aus seiner Nase und die Schläfe hinab. Als Jack den Druck verstärkte, trat die Zunge des Schmugglers zwischen den Lippen hervor, und er stieß ein ersticktes Gurgeln aus. Jack drückte noch fester zu. Er konnte die Luftröhre inzwischen fühlen, und sie abzuschnüren war alles, was jetzt noch zählte. Das Gesicht des Schmugglers nahm eine bläuliche Farbe an. Das Gurgeln erstarb und wurde durch ein schwaches Zischen ersetzt. Jacks Daumen waren bis zu den Knöcheln in Rovas' Hals vergraben. In seinem Kopf erschienen Bilder der brennenden Garnison, des blockierten Tunnels und von Tarissa, die die Hand auf Rovas' Stirn legte. Lachen, grausam und spöttisch, hallte in seinen Ohren. Seine Daumen drangen immer tiefer vor.

»Hör auf! Hör auf!«

Jack spürte, daß jemand an seinem Arm zog. Ohne sich umzudrehen, schlug er zu. Hinter sich hörte er das Scheppern von Töpfen und Pfannen, gefolgt von einem dumpfen Knall, als jemand gegen die Wand schlug. Als er den Kopf hob, sah er Tarissa, die in einem Haufen zerschmetterten Geschirrs lag. Bevor Jack reagieren konnte, traf ihn etwas Hartes am Kiefer. Die Wucht des Schlages warf ihn zurück. Er fiel zur Seite und war gezwungen, Rovas' Hals loszulassen. Sofort sprang er auf und wirbelte herum. Vor ihm stand Magra, die den Kupferkessel über dem Kopf schwang, mit dem Rovas ihn vorhin hatte angreifen wollen.

»Laß ihn endlich in Ruhe!« schrie sie. »Oder so wahr Borc mein Zeuge ist, ich schwöre, ich bringe dich um.«

Jack wich zurück. Er nahm seine Umgebung nur noch verschwommen war, und sein Kiefer fühlte sich an, als hätte jemand mit einem Hammer dagegen geschlagen.

Magra stellte den Kessel auf den Tisch. Sie ging zu Rovas und kniete sich neben ihn. In der Hoffnung, ihn atmen zu hören, legte sie das Ohr an seinen Mund. Sorgenfalten zeigten sich auf ihren feinen Gesichtszügen.

Sie wirkte zehn Jahre älter als das letzte Mal, da Jack sie gesehen hatte. Eine Sekunde später richtete sie sich wieder auf. »Er lebt«, erklärte sie. Ihre Stimme klang seltsam gefühllos. Sie stieß einen lauten Seufzer aus und stand auf. »Hol mir Wasser, Tarissa, und ein wenig sauren Wein.«

»Nein, Mutter.« Tarissa trat vor und schüttelte den Kopf. »Ich werde nach Jack sehen.«

Die beiden Frauen blickten einander in die Augen. Einen Augenblick später zuckte Magra die Schultern. »Tu, was du tun mußt.« Sie drehte sich um und ging in die Speisekammer.

»Jack«, sagte Tarissa sanft. »Bist du in Ordnung? Du bist über und über mit Blut bedeckt.« Nervös hob sie die Hand; sie hatte Angst, ihn zu berühren, doch gleichzeitig wünschte sie sich nichts sehnlicher.

»Mir geht es gut.« Jack wich vor ihr zurück. Er war verwirrt und erschöpft. Seine Kraft hatte ihn verlassen, und all die Gefühle, die ihn in den letzten Tagen angetrieben hatten, waren wie weggeblasen.

»Wir haben uns solche Sorgen um dich gemacht«, sagte Tarissa rasch. Die Tränen standen ihr in den Augen. »Rovas hat die Garnison überwacht. Als du in jener Nacht nicht aufgetaucht bist, habe ich nicht gewußt, was ich denken sollte. Ich konnte weder schlafen, noch essen.«

»Das ist wirklich bühnenreif, Tarissa.«

»Was meinst du damit?«

Jack sprach leise; er war zu erschöpft, um sich aufzuregen. »Du weißt ganz genau, was ich meine. Der Tunnel war versperrt. Du und Rovas, ihr habt mich in eine Wand aus Dreck gejagt.«

Tarissa fiel die Kinnlade herunter. »Aber Jack …«

»Nein«, er hob abwehrend die Hand, »ich will keine weiteren Lügen mehr hören.«

»Ich lüge nicht.« Tarissa fand ihren Kampfgeist wieder. Ihre Wangen wurden rot und fleckig. »Jeden Tag bin ich draußen gewesen und habe nach dir Ausschau gehalten. Sobald ich erfahren hatte, daß du im Gefängnis sitzt, habe ich Rovas angefleht, dich zu befreien.«

»Das hat er ja wohl nicht getan, oder?« Jacks Stimme klang hart.

»Nein. Es war zu riskant. Wir wollten erst zuschlagen, wenn man dich zum Verhör aus der Garnison herausbringt.«

Jack schüttelte den Kopf. »Schau mal, Tarissa, mir ist vollkommen egal, was du sagst. Rovas wollte mich tot sehen. Er hat mich in die Garnison geschickt, obwohl er ganz genau wußte, daß der Tunnel blockiert war.« Er ließ den Kopf hängen; Tarissa anzuschauen verwirrte ihn nur noch mehr. Er wollte ihr einfach nicht glauben.

»Ich habe nicht gewußt, daß der Tunnel blockiert war.« Inzwischen hatte ihre Stimme einen scharfen Unterton bekommen. »Ich habe die ganze Nacht auf dich gewartet. Erst bei Sonnenaufgang bin ich gegangen.«

Im Hintergrund kümmerte sich Magra um Rovas. Der Schmuggler kam allmählich wieder zu Bewußtsein. Sein Husten und Spucken war das Zeichen für Jack aufzubrechen. Daß er hierhergekommen war, hatte ihm absolut gar nichts eingebracht. Es war ein Fehler gewesen. Er sollte jetzt besser gehen und nie wieder zurückkehren.

Jack schaute sich nach seinem Messer um. Er entdeckte es unter dem Tisch. Als er sich bückte, um es aufzuheben, sagte er leise: »Ich weiß, daß du in bezug auf Melli gelogen hast. Ich muß wissen, was aus ihr geworden ist.« Tarissa sog zischend die Luft ein, und Jack bereitete sich innerlich auf eine weitere Lüge vor.

»Es tut mir leid Jack«, sagte sie mit bebenden Lippen. »Die ganze Sache lief schon, bevor wir dich überhaupt kennenlernten. Nachher war es dann zu spät.«

»Die Sache lief schon«, wiederholte Jack von erneuter Wut gepackt. »Damit meinst du wohl, daß du und Rovas mich dazu bringen wolltet, euer persönlicher Meuchelmörder zu werden.«

»So ist es aber nicht gewesen.« Tränen kullerten Tarissas Wangen hinab.

Jacks Hand verkrampfte sich um den Griff des Messers, als er aufstand. »Das ist mir scheißegal! Sag mir einfach, was mit Melli geschehen ist.«

Tarissa wischte sich übers Gesicht. »Sie ist an einen Fleischhändler mit Namen Fiscel verkauft worden. Er hat sie nach Osten in Richtung Bren mitgenommen.«

»Sollte sie dort verkauft werden?«

»Das weiß ich nicht. Vielleicht ist er auch nach Süden gezogen, nachdem er die Berge überquert hat.«

»Ist das alles, was du weißt?«

»Ja.«

Jack schaute in ihre haselnußbraunen Augen. Er war sicher, daß sie die Wahrheit gesagt hatte. »Pack mir ein paar Vorräte zusammen: Nahrung, Wasser, Kleider, du weißt, was man braucht.«

»Du willst doch nicht etwa gehen?« Tarissa wirkte entsetzt. »Du bist vollkommen durchnäßt, und du blutest. Du kannst nicht einfach so gehen.«

»Dann schau mir mal gut zu.« Jack sprach so hart, wie es ihm möglich war – er fürchtete, ihrem Flehen sonst nachzugeben. Mit einem Satz sprang er über die am Boden liegende Tür hinaus in die kalte Nachtluft.

Tarissa folgte ihm. »Nimm mich mit«, sagte sie.

»Nein.« Jack schüttelte den Kopf.

Sie packte seine Hand. »Bitte, Jack. Bitte. Die Lügen tun mir ehrlich leid. Ich wollte dich niemals verletzen. An jenem Tag beim Wasserfall habe ich versucht, dir von Melli zu erzählen.«

»Es ist zu spät, Tarissa.« Er riß sich von ihr los. »Geh wieder rein. Du brauchst dir keine unnötige Mühe wegen der Vorräte zu machen.«

Sie fiel auf die Knie und krallte sich in sein Hosenbein. »Jack, bitte verlaß mich nicht. Bitte. Ich flehe dich an.« Ihre Stimme klang beinahe hysterisch. »Nimm mich mit dir. Hier hält mich nichts mehr. Ich hasse Rovas.«

»Hör auf mit deiner Lügerei, Tarissa.« Zärtlich löste er ihre Finger aus dem Stoff. Die Versuchung, sie in den Arm zu nehmen, war so groß, daß er ihr den Rücken zuwenden mußte.

»Bitte, Jack«, sagte sie und rutschte auf den Knien durch den Schlamm. »Es tut mir leid. Es tut mir leid.«

»Ich kann dir niemals wieder vertrauen, Tarissa. Niemals.« Jack fluchte innerlich, als seine Stimme brach. Er konnte nicht mehr zurückschauen; ansonsten würde Tarissa vielleicht die Tränen in seinen Augen sehen. Langsam ging er weiter.

»Wohin gehst du?« rief sie ihm hinterher. Ihre Stimme klang verstört und verängstigt.

»Nach Osten«, antwortete er leise.

Der Wind frischte auf, blies Jack die Haare ins Gesicht und trug Tarissas Schluchzen direkt zu seinen Ohren. Er hielt nicht an. Er ging immer weiter und weiter, und mit jedem Schritt entfernte er sich ein wenig mehr von der Frau, die er liebte.

Kapitel dreissig

Es war ein wunderschöner Morgen in Bren. Der Regen, der sieben ganze Tage lang über der Stadt niedergegangen war, hatte endlich aufgehört, und alles – der Himmel, die Straßen, die Gebäude und sogar die Menschen – strahlte deswegen. Die Sonne schien golden, und zum ersten Mal in diesem Jahr heizte sie die Luft richtig auf, während ein frischer Wind den Duft der Bergblumen heranwehte. Die Frauen trugen so gewagte Kleider wie schon seit Monaten nicht mehr und schwangen verführerisch die Hüften. Die Männer lehnten sich aus den Fenstern, um ihnen hinterherzuschauen, klopften sich auf die Brust und pfiffen wie Singvögel. Der Frühling war in die Stadt am Großen See gekommen, spät wie immer, aber nichtsdestotrotz in all seiner Pracht.

Madame Dornenbeutel befahl ihrer Zofe, die Fensterläden zu öffnen. In der Regel mochte sie zwar keine frische Luft – denn dann verdunstete das Rattenöl rascher –, aber als Geschäftsfrau und Dame von Welt mußte sie wohl oder übel Zugeständnisse an die Jahreszeit machen. Die Männer entwickelten im Frühling eine beachtliche Lust, und nichts, aber auch wirklich gar nichts regte ihre Lust mehr an als ein Haus voller Huren.

Erst diese Woche hatte Madame Dornenbeutel drei neue Mädchen eingestellt, jede einzelne von ihnen kräftig gebaut, mit Bäuchen so rund wie ein Käserad und Hüften so breit wie ein Butterfaß. Nicht eine einzige

Schönheit war unter ihnen. Doch das machte nichts; krumme Zähne, ein paar Pockennarben und eine blaßgelbe Gesichtsfarbe konnten entweder verborgen oder übersehen werden. Aber ein flacher Hintern war ein Fehler, den man nicht so leicht übertünchen konnte. Männer verlangten nach etwas zum Anfassen.

»Liebste Schwester«, sagte eine Stimme hinter Madame Dornenbeutel, »dürfte ich dir vielleicht einen kleinen Vorschlag machen?«

Madame Dornenbeutel drehte sich zu ihrer Schwester um, Madame Greal. Vor zwei Wochen, etwa zur selben Zeit, als Madame Dornenbeutels geliebte Tochter Corsella verschwunden war, war Madame Greal aus den Königreichen eingetroffen. Unglücklicherweise hatte sie ihr gutes Aussehen verloren. Die beiden oberen Schneidezähne fehlten, und ihr linkes Handgelenk war merkwürdig verwachsen. Gebrochene Knochen bildeten eine Art seltsames, primitives Armband. Madame Dornenbeutel hätte Madame Greal nur allzu gerne nach dem Mißgeschick gefragt, das ihr widerfahren war, ebenso wie nach dem Grund, warum sie Duvitt verlassen hatte; doch Madame Dornenbeutel hatte ein wenig Angst vor ihrer älteren Schwester, und so sagte sie vorsichtshalber kein Wort.

»Natürlich, geliebte Schwester. Dein Rat ist mir so teuer wie der beste Schmuck aus Tyro.«

»Sorg dafür, daß diese faulen, nichtsnutzigen Mädchen ihre fetten Hintern bewegen und sich an die Fenster stellen. So wie sie im Augenblick dasitzen, ist das einzige, was sie sich fangen, eine gute Erkältung.«

Madame Dornenbeutel nickte. Der Vorschlag ihrer Schwester war gut – auch wenn sie das nur ungern zugab. Sie klatschte in die Hände. »Mädchen! Mädchen! Ab an die Fenster, und ruft jedem Mann zu, der vorbeikommt.«

»Und zieht Eure Kleider etwas mehr herunter, damit sie eure Waren begutachten können«, fügte Madame Greal barsch hinzu.

Die Mädchen stöhnten, murrten und öffneten ihre Blusen. Sie gingen an die Fenster und warfen Madame Greal verächtliche Blicke zu, während sie sich auf den Fensterbänken niederließen. Madame Dornenbeutel war nicht entgangen, daß keines der Mädchen ihre Schwester sonderlich mochte, trotzdem gehorchten sie ihr widerspruchslos.

»Darf ich es wagen, dir noch einen weiteren Vorschlag zu unterbreiten, liebste Schwester?«

»Selbstverständlich, geliebte Schwester.«

Madame Greal legte die gute Hand auf den Arm ihrer Schwester. »Wir sollten in eine wirkliche Schönheit investieren.«

»Sollten wir das?« Madame Dornenbeutel bewunderte ihre ältere Schwester, dennoch war sie ein wenig verärgert. Es schien, als wolle Madame Greal ihr die Geschäftsführung aus der Hand nehmen. In den vergangenen zwei Wochen hatte sie die Bestellung der Getränke und Speisen übernommen; sie führte die Aufsicht über die Dienerinnen, und jetzt stellte sie offensichtlich Madame Dornenbeutels Wahl ihrer Mädchen in Frage!

»Ja, liebste Schwester. Die letzten Mädchen, die du erworben hast, sind alle ein wenig – wie soll ich sagen?« Madame Greal hob ihre schmale Nase und schnüffelte wie ein Milchmann, der seine Ware in Verdacht hatte, sauer geworden zu sein. »… häßlich!«

»Häßlich?« Madame Dornenbeutel spie das Wort förmlich aus.

Madame Greal ballte die gute Hand zur Faust. »Nimm das nicht so ernst, liebste Schwester. Ich wollte dich nicht beleidigen. Sie sind alle so prall wie eine frische Wurst, und ich bin sicher, du hast sie günstig bekommen; aber wir brauchen ein Mädchen, nur ein einziges, von solcher Schönheit, daß man in der ganzen Stadt über sie spricht. Die Schönheit dieses einen einzigen Mädchens wird die Männer dutzendweise hierherlocken.«

»Aber ein einziges Mädchen kann nur vier Freier pro Nacht bedienen.«

»Aha! Jetzt hast du's.« Madame Greal stieß ihrer Schwester mit einem mißgestalteten Finger freundschaftlich in den Bauch. »Die meisten Männer werden sich wohl oder übel mit den anderen Mädchen zufriedengeben müssen.«

»Aber werden sie nicht einfach wieder gehen?«

»Nicht nach zwei Bechern meines ›Duvitt-Spezial‹.« Madame Greal lächelte schief. Dabei preßte sie die Lippen zusammen, um das Fehlen ihrer Schneidezähne zu verbergen. »Wenn die Männer erst einmal genug getrunken haben, sieht ein Mädchen aus wie das andere. Wir werden die meisten Kerzen löschen und den Kamin verstopfen, so daß die Schankstube vollkommen verraucht ist. Anschließend servieren wir ihnen dann das wirklich starke Zeug. Sie werden die Hand nicht mehr vor Augen sehen können, geschweige denn ein Fohlen von einem alten Klepper unterscheiden.« Madame Greals Stimme klang triumphierend. »Das Geheimnis, liebste Schwester, ist die Kunst, sie erst einmal hierherzulocken.«

Madame Dornenbeutel versuchte, einen Fehler im Plan ihrer Schwester zu finden – ohne Erfolg. »Das hört sich in der Tat äußerst profitabel an.«

»Das ist die älteste Geschäftspraktik der bekannten Welt, liebste Schwester: ködern und ablenken.«

»Ködern und ablenken?«

Madame Greal nickte. »Auf deine Art hast du dir ja ein nettes kleines Geschäft aufgebaut, bevor Corsella verschwunden ist. Meine Nichte war schön genug, um die Männer von nah und fern anzulocken.«

Madame Dornenbeutel war hin und her gerissen zwischen Entrüstung über die Phrase *nettes kleines Geschäft* und Stolz darüber, daß man die Schönheit ihrer Tochter pries. Der Stolz siegte. »Sie kommt nach mir, weißt du. Alle sagen das.«

»Außergewöhnliche Schönheit ist ein Merkmal

unserer Familie, liebste Schwester.« Madame Greal legte die Hand auf ihre knochige Brust. »Es bricht mir das Herz, daß ich keine Gelegenheit hatte, meine geliebte Nichte begrüßen zu können. Wissen die Büttel bereits, was mit ihr geschehen ist?«

Madame Dornenbeutel seufzte. »Nein, sie sagen, sie würde früher oder später schon wieder auftauchen. Jede Nacht bete ich zu Borc, daß es ihr gutgeht.«

»Liebste Schwester, komm, und leg dich etwas hin«, sagte Madame Greal. »Ich sehe doch, wie sehr du dich aufregst. Ich werde dir einen Schluck Branntwein kommen lassen.«

»Du hast Corsella doch auch geliebt, nicht wahr, geliebte Schwester? Du hast ihr doch immer Geschenke geschickt: Halsketten, Armreife ...«

»Sie war wie eine Tochter für mich, liebste Schwester. Als du damals mit den Pocken darniederlagst, habe ich mich wie eine Mutter um sie gekümmert.« Madame Greal richtete sich zu ihrer vollen Größe auf. »Wenn irgendein Mann ihr auch nur ein Haar gekrümmt hat, dann schwöre ich, werde ich dafür sorgen, daß er in der Hölle schmort.«

Bei den Worten ihrer Schwester wurde Madame Dornenbeutel warm ums Herz. Madame Greal mochte ja vieles sein – herrisch, cholerisch, laut, um nur ein paar ihrer negativen Eigenschaften zu nennen –, aber sie war vor allem eine Frau, die ihr Wort hielt.

Unvermittelt wurde das Gespräch der beiden Frauen unterbrochen. Die Mädchen an den Fenstern schrien und applaudierten. Eine von ihnen, ein süßes Ding mit einem kleinen Damenbart, drehte sich um. »Wir haben einen, Madame. Er kommt gerade herein.«

Madame Dornenbeutel rieb sich die Hände. »Und das auch noch so früh am Tag.« Sie nickte ihrer Schwester dankbar zu. »Ihr seid noch immer so weise, wie ich Euch in Erinnerung habe, Madame Greal.«

Madame Greal neigte gnädig den Kopf zur Seite.

»Ihr kennt mich doch, Madame Dornenbeutel: alles fürs Geschäft.«

Die beiden Frauen gingen zur Tür. Aufgrund von Madame Dornenbeutels verletztem Fuß kam Madame Greal als erste dort an. Schwungvoll öffnete sie die Tür. Ein Mann, schlank und von den Strapazen einer langen Reise gezeichnet, wartete auf der anderen Seite. »Ich wünsche Euch einen guten Morgen, werter Herr«, sagte Madame Greal. »Seid Ihr gekommen, um ein wenig Trost zu finden?«

»Das, was zu essen und ein Bett für die Nacht, wenn ihr eins habt.« Der Mann spie ein Stück Kautabak aus und trat es mit dem Stiefelabsatz in den Boden.

»Kommt herein. Kommt herein«, sagte Madame Dornenbeutel und stieß ihre Schwester beiseite. »Gutes Essen, ein warmes Bett und die hübschesten Mädchen von Bren erwarten Euch.«

»Natürlich erst, nachdem Ihr eine kleine Vorauszahlung geleistet habt«, fügte Madame Greal hinzu.

Der Mann zog seine Börse aus der Tunika und drückte ihr ein Goldstück in die Hand. »Und jetzt, Frau«, sagte er, »mach, daß du fortkommst, und bring mir Bier.«

Madame Greal blieb nichts anderes übrig, als zu gehorchen. In stummem Protest stapfte sie hocherhobenen Hauptes davon.

Madame Dornenbeutel kümmerte sich nun um den Mann; sie hakte sich bei ihm unter und lächelte kokett – sie besaß ja noch sämtliche Zähne. Sie führte ihn in den Schankraum und sagte: »Ihr seid ja so ein gutaussehender Mann. Wie nennt man Euch daheim?«

»Traff. Man nennt mich Traff.« Der Mann musterte bereits die Mädchen.

»Und womit verdient Ihr Euer Geld, Traff?« Madame Dornenbeutel bedeutete ihren beiden besten Mädchen vorzutreten: Dolly und Moxie. Kichernd eilten die beiden Mädchen herbei – genau wie man es sie gelehrt hatte.

Der Mann drückte Moxies Brust. »Ich bin Söldner.«

Madame Dornenbeutel war hocherfreut. Söldner hatten stets Geld, oder zumindest die Möglichkeit, sich schnell welches zu besorgen. »Und was führt Euch in diese schöne Stadt?« Sie trat zur Seite, um Platz für Dolly zu machen. Wenn sie Glück hatte, würde er alle beide nehmen.

Traffs Mund verzog sich zu einem bitteren Lächeln. »Ich bin hierhergekommen, um meine Braut zu finden«, erklärte er.

Tawl klopfte leise, dann trat er ein. Melli stand in der Mitte des Raums, die Beine gespreizt und die Arme ausgestreckt, und kämpfte mit ihrem Dolch gegen einen imaginären Gegner. Bei Tawls Erscheinen errötete sie und ließ die Arme sinken.

»Ihr hättet anklopfen können«, sagte sie.

»Das habe ich. *Ihr* hättet hinhören sollen.«

Tawl sah, daß sie sich nicht entscheiden konnte, ob sie lächeln oder die Stirn runzeln sollte. In den vergangenen Tagen hatte er gelernt, daß man Melli die Gefühle stets am Gesicht ablesen konnte. Furcht, Freude, Schmerz und besonders häufig Entrüstung, all das zeichnete sich auf ihren Lippen, ihren Wangen und in ihren Augen ab. Selbst der Ton ihrer Haut änderte sich ständig. Es gelang ihr niemals, irgend etwas zu verbergen.

»Nun, dann klopft das nächste Mal wenigstens lauter«, sagte sie und entschied sich für ein halbes Stirnrunzeln.

Tawl verbeugte sich als Zeichen, daß er den Tadel akzeptierte. Dann trat er zu Melli und legte ihr die Hände auf die Schultern. »Wenn Ihr jemals einem echten Gegner gegenüberstehen solltet, dann seid nicht so steif. Beugt Eure Knie ein wenig.« Er brachte sie in die richtige Position, drückte sie nieder, beugte ihren Rücken und streckte ihre Arme. »Auf diese Art kann man Euch nicht so leicht aus dem Gleichgewicht bringen.« Seine Hand schloß sich um ihre Finger, als er Mellis Griff um den Dolch überprüfte. Sanft brachte er auch hier Korrekturen an. »Euer Handgelenk jedoch sollte sich niemals krümmen. Sonst verschwendet Ihr sämtliche Kraft aus Schultern und Seite.« Um deutlich zu machen, was er damit meinte, strich er über die entsprechenden Körperpartien seiner Schülerin. »Wenn Ihr Euer Handgelenk einknickt, dann unterbrecht Ihr die Linie, und die einzigen Muskeln, die Euch dann noch zur Verfügung stehen, sind die Eures Unterarms. Solltet Ihr auf diese Art einen Gegner angreifen, dann belastet Ihr unnötig die Sehnen in Eurem Handgelenk. Im schlimmsten Fall könntet Ihr es Euch sogar brechen.«

Während er sprach, war sich Tawl Mellis Nähe durchaus bewußt. Sie roch frisch und sauber. Ihr dunkles Haar glänzte, und ihre Haut war so weich, daß man glaubte, von der Sonne erwärmten Marmor zu berühren. Seit vier Tagen war sie nun schon im Palast des Herzogs, und täglich hatte sich ihr Aussehen verbessert. Sie war kräftiger und fülliger geworden; die dunklen Ringe unter ihren Augen waren verschwunden, und sie hatte wieder Farbe bekommen. Das dürre, blasse Mädchen war verschwunden, das Tawl vor noch gar nicht allzu langer Zeit in der Jagdhütte kennengelernt hatte. An ihrer Stelle stand nun eine Frau vor ihm, stark und voller Leben, klug und mit eigenem Willen.

Allmählich verstand er, was der Herzog an ihr fand.

Die Vorkehrungen, die Tawl für den Ritt hierher getroffen hatte, hatten sich als unnötig erwiesen. Er war sicher, daß der Falkner mit niemandem gesprochen hatte, bevor er isoliert worden war, und somit hatte sich auch die Nachricht von der bevorstehenden Hochzeit mit Sicherheit nicht weiter verbreitet. Die einzige Gefahr während der Reise war von dem unablässigen Regen ausgegangen. Der Boden hatte sich rasch in eine rutschige Schlammasse verwandelt, und nur mit Mühe war es Tawl gelungen, die Pferde zum Weitergehen zu bewegen. Mellis Gesundheit hatte ihm Sorgen bereitet, und so hatte er ihr seinen Umhang gegeben. Als er sich kurze Zeit später nach ihr umdrehte, erhaschte er einen kurzen Blick auf ihr Gesicht. Sie sah krank aus: Die Haut war grau und glänzte, die Lippen vor Schmerz zusammengepreßt. Tawl hob sie von ihrem Pferd herunter und setzte sie hinter sich. Der Ritt dauerte neun Stunden anstatt der üblichen sechs, und Melli verbrachte den größten Teil davon hinter Tawl. Sie klammerte sich an ihm fest und sagte die ganze Zeit über kein Wort.

Der Herzog kam in den Stall, um sie zu begrüßen. Zu diesem Zeitpunkt waren sie bereits abgestiegen, und Melli erwähnte mit keinem Wort, daß sie hinter Tawl geritten war. Also schwieg auch Tawl. Ihm war der Blick nicht entgangen, mit dem der Herzog seine zukünftige Braut bedachte, und obwohl er Tawl befohlen hatte, sich mit Melli anzufreunden, so bezweifelte der Ritter doch, daß es ihm gefallen würde, wenn er wüßte, wie nah sie sich den halben Tag über gewesen waren – noch nicht einmal der Regen hatte zwischen sie kommen können.

Während der Reise hatte Tawl genügend Zeit zum Nachdenken gehabt. Er war in den Großen Sümpfen aufgewachsen, und daher liebte er den Regen. Das ständige Plätschern der Regentropfen hatte ihn seine ganze Kindheit und Jugend hindurch begleitet. Er konnte sich sogar noch daran erinnern, wie er in der Wiege gelegen hatte, und das Wasser durch Löcher im Dach getropft war – das war eine seiner frühesten Erinnerungen. Seine Mutter hatte sich nie um die Reparatur des Daches gekümmert. Sie hatte stets behauptet, ein Dachdecker sei zu teuer, doch Tawl vermutete, daß sie das Plätschern des Wassers genauso angenehm empfunden hatte wie er. Besonders schön war es immer gewesen, wenn der Regen aufgehört hatte. Dann hatte seine Mutter die mit Regenwasser gefüllten Töpfe und Pfannen eingesammelt, die sie unter die Löcher gestellt hatte, alles in ihrem besten Kupferkessel zusammengeschüttet und verschiedene Kräuter und Gewürze hinzugefügt. Anschließend wurde alles auf kleiner Flamme erwärmt. Nichts hatte Tawl je besser geschmeckt als der Regenwasser-Kräuterpunsch seiner Mutter.

Tawl reiste in Gedanken von seiner Kindheit zur Ritterschaft, von seiner Suche zu seinem Eid, von der Vergangenheit in die Gegenwart. Vieles verdrängte er dabei. Manche Dinge waren noch immer zu schmerzvoll, um sich daran zu erinnern, und bei einigen von ihnen würde der Schmerz nie vergehen.

Während des Ritts durch den Regen hatte Tawl in einem gewissen Sinne seinen inneren Frieden wiedergefunden. Hier in Bren hatte er eine Aufgabe, und er war durch einen Eid daran gebunden. Treue lag ihm im Blut: Er brauchte etwas oder jemandem, dem er sein Leben weihen konnte. So war es schon immer gewesen. Seit seine Mutter ihm das Versprechen abgenommen hatte, sich um seine Schwestern zu kümmern, hatte er nur noch gelebt, um anderen zu dienen. Er war dafür geboren.

Nun, da er alle Verbindungen zur Ritterschaft abgebrochen hatte, war der Herzog an ihre Stelle getreten. Auch die Suche war Vergangenheit – inzwischen hatte er das akzeptiert. Es war wesentlich besser, seine Fehler in der Vergangenheit zu begraben, als sie jede Nacht auf den Kampfplätzen erneut zu durchleben.

Nur der Gedanke an den Brief rief ihm die Vergangenheit immer wieder ins Gedächtnis. Er erschien in seinen Träumen und überschattete seine Tage. Tawl würde niemals erfahren, was Bevlin ihm zu sagen gehabt hatte. Die Worte des alten Gelehrten waren auf immer verloren, das Pergament verrottet in einer dunklen Gasse. Von ganzem Herzen wünschte Tawl, er hätte den Brief entgegennehmen können. Vielleicht hätte alles anders ausgesehen, wenn Moth und Clem ihn früher gefunden hätten, bevor er dem Herzog den Treueid geschworen hatte.

Loyalität hatte ihren Preis, und sie verschloß mehr Türen, als sie öffnete. Bevlins Suche war nun eine dieser verschlossenen Türen. Es mußte so sein. Tawl kannte sich selbst zu gut: Hätte er den Brief angenommen und an Ort und Stelle in jener dunklen Gasse gelesen, die vom Gestank der Abwasserkanäle erfüllt gewesen war, dann wäre er nie wieder in den Palast zurückgekehrt. Egal, was auch immer in dem Brief gestanden hätte – Versprechungen, Erklärungen, Forderungen –, er wäre daran gebunden gewesen. In Bren hätte ihn nichts mehr halten können.

Und das hätte *zwei* gebrochene Eide bedeutet anstatt nur einen.

Hier konnte Tawl etwas Gutes tun. Seine Anwesenheit war von Bedeutung. Die bekannte Welt wurde vor seinen Augen einen Strudel hinabgerissen, und niemand vermochte zu sagen, was am Ende dabei herauskommen würde. Große Mächte waren aufeinandergeprallt, und während sie um die Vorherrschaft rangen, erzeugten sie eine Strömung, die andere mitriß. Im günstigsten Fall bedeutete dies eine Neuverteilung der Macht im Norden, und im schlimmsten einen weltweiten Krieg. Eines jedoch war sicher: Bren lag im Mittelpunkt der Ereignisse.

Und Melli, stolz und schön und voller Geheimnisse, würde zum Auge des Sturms werden. Die Gefahr für ihr Leben war durchaus real, besonders wenn die Verlobung offiziell bekanntgegeben wurde. Viele Leute würden ihr dann den Tod wünschen. Katharina, die Tochter des Herzogs, war eine von ihnen; Baralis, Kylocks Kanzler, ein anderer. Ganz abgesehen von einem ganzen Hof voller Adeliger. Zusammengeschmiedet durch Generationen belangloser Streitereien würde es ihnen wohl kaum gefallen, daß ihr Herzog eine Außenseiterin heiratete, anstatt eine der ihren.

Ein weiterer Faktor war die Dame selbst. Melli war nicht, wer sie vorgab zu sein. Ihrem Akzent nach stammte sie aus den Königreichen und ihrem Verhalten nach aus dem Adel. Tawl konnte nicht glauben, daß sie die illegitime Tochter eines niederen Lords war. Das Leben im Palast war zu selbstverständlich für sie, und Luxus schien ihr genauso vertraut zu sein wie über andere zu befehlen – ungewöhnlich für einen naiven, unehelichen Abkömmling des Landadels.

Aber falls sie wirklich log, dann ging Tawl das nichts an. Seine Aufgabe war es nur, sie zu beschützen. Er war für Melli verantwortlich, und über sie zu wachen war für ihn das Wichtigste im Leben geworden. Seit nunmehr über einer Woche bewachte er sie Tag und Nacht; er hatte seinen Posten vor ihrer Tür nicht eine einzige Sekunde verlassen – aus Angst, sie könne bei seiner Rückkehr verschwunden sein. Sie würde in seiner Abwesenheit nicht ums Leben kommen so wie seine Schwestern. Er würde den gleichen Fehler nicht ein zweites Mal begehen; Melli war seine Chance, sich wieder zu rehabilitieren. Ihr Leben zu bewahren konnte seine Schwestern zwar nicht wieder lebendig machen, aber vielleicht – und nur vielleicht – war ihr Tod dann nicht umsonst gewesen. Die Vergangenheit konnte nicht mehr verändert werden, aber man konnte aus ihr lernen. Tawl war schon vor langer Zeit klargeworden, daß er auf nichts Besseres hoffen durfte.

Die Tür öffnete sich, und der Herzog trat ein. Tawl hielt Mellis Hand und hatte den Arm um ihre Taille gelegt.

Melli zog sich von ihm zurück. »Ich habe für heute genug von Euren Lektionen in Selbstverteidigung, Tawl«, sagte sie. Ihre Stimme klang gleichermaßen gelangweilt und gereizt. An den Herzog gewandt, fügte sie hinzu: »Eine Frau kann nur recht wenig von diesem Schlagen und Stechen ertragen, sie wird schnell kampfesmüde und braucht etwas zu essen.«

Tawl konnte nicht anders, als ihre Geistesgegenwart zu bewundern. Sie hatte eine denkbar peinliche Situation in etwas vollkommen Unschuldiges verwandelt. Beide hatten sie die Messerübungen genossen, und ohne es zu merken, waren sie immer näher aneinandergerückt, bis sie schließlich nur noch einen Fingerbreit voneinander entfernt gewesen waren. Tawl verfluchte seine eigene Dummheit. Er hätte Melli erst gar nicht in eine Lage bringen dürfen, die ihrer Ehre abträglich sein konnte. Als Ritter hatte man ihn gelehrt, den Ruf einer Dame um jeden Preis zu verteidigen.

Doch Mellis Worte und ihr Tonfall schienen den Herzog zufriedenzustellen; sein Gesichtsausdruck hatte sich zusehends entspannt. Er trat zu Melli und küßte sie auf die Wange. »Nun, Melliandra, du hast also begonnen, die hohe Kunst der Selbstverteidigung zu erlernen.«

»Tawl hat darauf bestanden. Er hat gesagt, es hätte keinen Sinn, einen Dolch zu besitzen, ohne zu wissen, wie man damit umgeht.«

Der Herzog nickte und blickte zu Tawl. »Du hast recht, mein Freund. Ich bin froh, daß du dich dazu entschlossen hast, sie zu unterweisen.« Ehrliche Dankbarkeit lag in seiner Stimme. »Ich fühle mich schon besser, jetzt da ich weiß, daß Melliandra einem Angreifer zumindest Widerstand leisten kann, wenn wir beide mal nicht gerade in der Nähe sind.«

Tawl wollte entgegnen, daß er immer an Mellis Seite sein werde, aber er hielt es für klüger, den Mund zu halten. Statt dessen verneigte er sich und sagte: »Eure zukünftige Frau wird einen exzellenten Schwertkämpfer abgeben. Wenn Ihr mich jetzt bitte entschuldigen wollt, dann werde ich Euch allein lassen.«

Der Herzog streckte den Arm aus, um ihn aufzuhalten. »Ich hätte gerne, daß du noch ein paar Minuten bleibst, Tawl. Ich habe gerade etwas erhalten, was auch für dich interessant sein könnte.« Er zog eine Pergamentrolle aus seiner Tunika. Sie war feucht und mit Wasserflecken übersät; die Tinte war an mehreren Stellen verlaufen und die Ecken waren angerissen. Der Herzog reichte sie Tawl. »Schau sie dir an, und sag mir, was du denkst.«

Vorsichtig nahm Tawl das stark beschädigte Pergament entgegen. Der Brief war an Tyren adressiert; er enthielt die detaillierte Beschreibung eines Abkommens zwischen Valdis und den Königreichen. Als Gegenleistung für eine Beteiligung der Ritterschaft am Krieg gegen Halcus versprach Kylock den Rittern exklusive Handelsrechte im Nordwesten und eine Beteiligung an der Kriegsbeute. Tawl gab den Brief wieder zurück. »Woher wißt Ihr, daß er echt ist?«

»Das weiß ich nicht.« Der Herzog gab den Brief an Melli weiter. »Er ist heute morgen von einem Adler gebracht worden. Ich vermute, daß ihn der Erzbischof von Rorn geschickt hat. Er hat überall in der bekannten Welt seine Leute – hauptsächlich im Klerus –, die für ihn als Spione oder Informanten arbeiten. Er hat es sich zur Aufgabe gemacht, alles mögliche zu wissen, und das schneller als alle anderen.«

Tawl wechselte das Thema. Seine Gefühle für den Erzbischof von Rorn waren nicht gerade liebevoller Art. »Laßt Ihr die Pässe überwachen?«

»Ja. Deshalb mache ich mir ja Sorgen. Seit zehn Tagen erhalte ich immer wieder Berichte von Rittern, die über die Pässe ziehen.«

»Richtung Westen?«

Der Herzog nickte. »Bis an die Zähne bewaffnet, auf Schlachtrössern und mit genug Packmulis, um eine Belagerung durchzustehen.«

»Dann ist der Brief wahrscheinlich echt.« Tawl spürte ein Verlangen nach Alkohol. Wann immer es ihm gelungen war, etwas Ordnung in sein Leben zu bringen, schien jemand aufzutauchen, der wieder alles über den Haufen warf. Oh, natürlich hatte er all die Gerüchte über Tyrens Bestechlichkeit gehört, er hatte nur nicht daran geglaubt. Bis jetzt. Der Brief war der Beweis dafür, daß der Mann Valdis nur benutzte, um seine eigenen Ziele zu verfolgen. Er hatte Söldner aus den Rittern gemacht.

Tawl überkam ein Gefühl des Verlustes. Lange Zeit

war die Ritterschaft das einzige gewesen, was er hatte: sie war seine Familie gewesen, seine Religion, sein Leben. Von ihrem Niedergang zu erfahren erfüllte ihn mit tiefer Traurigkeit. Er hatte an ihre Ideale geglaubt. Er glaubte immer noch daran. Wäre er frei gewesen zurückzukehren, dann hätte er es getan. Aber dafür war es nun zu spät. Valdis war eine weitere verschlossene Tür.

»Was weißt du über Tyren?« fragte der Herzog. Er trat an den Tisch und schenkte drei Becher Wein ein, jeden unterschiedlich hoch gefüllt. Den vollsten reichte er Melliandra, und den leersten behielt er für sich.

Tawl nippte an seinem Wein. Er hätte Bier vorgezogen. »Tyren war der erste Ritter, den ich kennenlernte; er hat mich angeworben, bevor er zum Großmeister gewählt wurde. Ich habe ihn stets zu meinen Freunden gezählt.«

»Und jetzt?«

»Er ist immer noch ein Freund.« Alte Freundschaften besaßen eine ganz eigene Macht. Tawl brachte es einfach nicht über sich, schlecht über Tyren zu reden.

Der Herzog warf ihm einen harten, abschätzenden Blick zu. Schließlich sagte er: »Er ist auch mein Freund.«

»Ich habe gehört, er habe Ritter ausgesandt, um Euch bei Euren Feldzügen im Südosten zu unterstützen.«

»Das hat er, und ich gebe zu, daß ich ihm dafür das Recht eingeräumt habe, über Brens Handel zu wachen; aber nicht ein einziges Mal habe ich unnötiges Blutvergießen oder Plünderungen befohlen. Die meisten Städte haben sich mir sowieso ergeben, bevor es zu Kampfhandlungen gekommen ist.« Der Herzog hob den Becher an die Lippen, trank aber keinen Schluck. »Als der Süden begonnen hat, die Ritter zu verfolgen, habe ich ihnen Schutz gewährt. Bren und Valdis sind nun schon seit vielen Jahren Verbündete.«

»Vielleicht glaubt Tyren das immer noch. Immerhin kämpft er für den Mann, der bald Eure Tochter heiraten wird.« Tawl stieß einen lauten Seufzer aus. Er mochte keine Politik. In seinen Augen war Diplomatie nur eine Entschuldigung für Lügen und Betrug, und Verträge waren nichts weiter als ein Katalog von faulen Zugeständnissen, um die Gier einiger weniger zu befriedigen.

»Wenn Ihr recht habt«, sagte Melli, »warum hat er den Herzog dann nicht über seine Absichten informiert?« Damit hatte sie die Angelegenheit auf den Punkt gebracht.

Tawl kannte die Antwort auf ihre Frage, und er vermutete, der Herzog ebenfalls: Tyren wollte auf der Seite des Siegers stehen, und gegenwärtig sah es so aus, als würde Kylock schon bald den ganzen Norden dominieren. Der Großmeister der Ritter hoffte von Kylocks Erfolg profitieren zu können. Warum sich mit dem Herzog absprechen, wenn der Mann, der sein Nachfolger sein würde, wesentlich zuvorkommender und ehrgeiziger war?

Aber so, wie sich die Dinge in letzter Zeit entwickelt hatten, würde Kylock vielleicht doch nicht den Platz des Herzogs einnehmen. Die drei Menschen in diesem Raum und der Falkner in der Jagdhütte wußten, daß bald eine Hochzeit verkündet werden würde, die drohte, Katharina und ihren Ehemann der Aussicht auf den Thron von Bren zu berauben. Melli mußte nur einem Sohn das Leben schenken, und das Kräftegleichgewicht im Norden würde sich dramatisch verändern. Tawl war mehr denn je um Mellis Sicherheit besorgt. Überdies war er jetzt gezwungen, auch Tyren und die Ritter in die Liste der potentiellen Attentäter aufzunehmen.

»Darf ich offen sprechen, Euer Gnaden?« fragte er.

»Selbstverständlich.«

»Gebt die Verlobung so bald wie möglich bekannt, und heiratet unmittelbar darauf.« Tawl wollte noch mehr sagen; er wollte die Gründe für seinen Rat erklären, doch der Herzog warf ihm einen warnenden Blick zu und schnitt ihm so das Wort ab.

»Ich stimme vollkommen mit dir überein, mein Freund. Bei solch einer schönen Dame«, er hielt kurz inne und schaute zu Melli, »fällt es einem Mann schwer zu warten.«

Tawl verbeugte sich in Anerkennung des Tadels. Offenbar wollte der Herzog Melli in bezug auf die politischen Folgen der Hochzeit im Dunkeln lassen. Die Wahrheit war, daß er sie so schnell wie möglich heiraten mußte, bevor die Ereignisse auf der anderen Seite der Berge vollends außer Kontrolle gerieten.

Tawl fühlte sich plötzlich erschöpft, und er bat, gehen zu dürfen. Er wollte nicht bleiben und Zeuge der Täuschungsmanöver des Herzogs werden. Als er seinen Becher wieder auf den Tisch stellte, bemerkte er überrascht, daß er noch so gut wie voll war. Der Wunsch zu trinken war, Borc sei Dank, vorübergegangen. Tawl lächelte in sich hinein. Wäre es Bier gewesen, hätte die Sache wahrscheinlich anders ausgesehen.

Auf dem Weg hinaus versuchte er, Mellis Blick einzufangen, aber sie wich ihm absichtlich aus. Tawl fragte sich, ob sie wußte, wie sehr der Herzog sie unterschätzte.

Sofort nachdem sich die Tür geschlossen hatte, wandte sich Melli an den Herzog. »Du hoffst also, mich möglichst schnell zu heiraten.« Sie trat in die Mitte des Raums und positionierte sich im Zentrum des grünvioletten Teppichs. Wie immer, wenn sie nervös war, beschloß sie, zum Angriff überzugehen.

Der Herzog stellte seinen Becher ab und trat auf sie zu.

Melli beanspruchte den Teppich als ihr Territorium, und sie wollte nicht, daß irgend jemand in es eindrang. Sie hob die Hand. »Keinen Schritt weiter, Euer Gnaden. Es sei denn, Ihr sagt die Wahrheit.«

Der Herzog schien nicht erfreut, doch er blieb, wo er war. »Mach dir keine Sorgen wegen dem, was Tawl gesagt hat«, erklärte er ungeduldig. »Ich habe nicht erst seit heute vor, dich so schnell wie möglich zu heiraten.« Ohne zu blinzeln, blickte er ihr in die Augen. Er stand aufrecht, und das blanke Schwert schimmerte an seiner Seite. Sein dunkelblauer Umhang betonte sein ohnehin schon blasses Gesicht. »Ich sehe nicht, warum ich meine Pläne jetzt noch ändern sollte.«

Plötzlich hatte Melli Angst. Erst jetzt wurde ihr bewußt, wie mächtig der Herzog wirklich war. Auf sein Wort hin marschierten ganze Armeen. Melli hatte gewußt, wer und was er war, dennoch war ihr die Macht, die sich mit seiner Person verband, nie richtig bewußt gewesen. Sie wurde das Gefühl nicht los, daß er sie nun auf jeden Fall heiraten würde – auch wenn man sie an Händen und Füßen gefesselt vor den Altar schleppen mußte.

Jetzt mußte sie ihm sagen, wer sie in Wirklichkeit war. Zu lange schon hatte sie das vor sich hergeschoben: Heute war der fünfte Tag, den sie im Palast verbrachte, und obwohl sie sich im Augenblick besonders schwach fühlte, glaubte sie seltsamerweise, dies sei der geeignete Zeitpunkt, ihm die Wahrheit zu offenbaren. Entschlossen, nicht die Kontrolle über die Situation zu verlieren, ließ Melli den Herzog warten, während sie ihren Wein vom Tisch holte. Mit einer Langsamkeit, die schon an Unverschämtheit grenzte, schlenderte sie wieder zurück zu ihrem Teppich. Sie unterdrückte ihr Verlangen, den Becher in einem Zug leerzutrinken; statt dessen nippte sie nur. »Was *würde* dich denn dazu veranlassen, deine Pläne zu ändern?«

Der Gesichtsausdruck des Herzogs war unergründlich. Er legte die Hand auf den Griff seines Schwertes. »Wenn du mich erst besser kennenlernst, Melliandra, dann wirst du lernen, daß ich kein Mann bin, mit dem man Spielchen spielen kann. Und jetzt sag, was du zu sagen hast, bevor ich die Geduld verliere.«

Das war zwar nicht das Stichwort, auf das Melli gehofft hatte; aber sie hatte in ihrem Leben schon oft mit

Menschen zu tun gehabt, die rasch in Wut gerieten – das war eine der hervorragenden Eigenschaften der Maybor-Männer –, und so ließ sie sich nicht von ihm einschüchtern. »Nun gut«, sagte sie. »Hör zu: Ich bin nicht die, für die du mich hältst.«

War das ein Lächeln, was gerade über das Gesicht des Herzogs gehuscht war? Auf jeden Fall war es ebenso schnell wieder verschwunden, wie es gekommen war. »Sprich weiter«, sagte er.

»Mein Vater ist nicht Lord Luff, und ich bin niemandes Bastard.« Während sie sprach, war sich Melli eines wachsenden Stolzes in ihrer Stimme bewußt. »Meine Familie besitzt soviel Macht in den Königreichen, daß nur Kylock über ihr steht. Mein Vater ist Maybor, Lord der Ostlande.«

Sie wußte nicht, was sie als Reaktion erwartet hatte – Unglaube, Enttäuschung, Wut –, aber sie hatte zumindest *irgend etwas* erwartet. Doch der Herzog wirkte recht gefaßt; er nahm sich sogar Zeit, an seinem Becher zu nippen. Dann wischte er sich die Lippen mit der Faust ab und sagte: »Und wie bist du dann hier gelandet?«

Melli hatte sich bereits eine Geschichte ausgedacht. »Ich hatte Streit mit meinem Vater und bin von zu Hause weggerannt. Schließlich habe ich meinen Fehler eingesehen und wollte gerade an den Hof zurückkehren, als mich Fiscel, der Fleischhändler, entführt hat.« Ihr Worte klangen ein wenig gestelzt, und so fügte sie mit Gift in der Stimme hinzu: »Aber was geht dich das überhaupt an? Du bist nicht mein Vormund.«

»Aber ich bin der Mann, den du heiraten willst.«

Der Herzog kehrte Melli den Rücken zu. Sie nutzte die Gelegenheit, um einen kräftigen Schluck Wein zu trinken. Es überraschte und verwirrte sie, daß der Herzog die Neuigkeit so ruhig aufnahm.

Plötzlich wirbelte er herum, blickte ihr in die Augen und sagte: »Ich kann nicht behaupten, daß mich deine Erklärung überrascht. In all der Zeit, da ich dich kenne, habe ich nicht ein einziges Mal jene Demut gesehen, wie sie typisch für Bastarde ist. Statt dessen sehe ich eine Frau vor mir, für die Reichtum und Macht alltägliche Dinge sind. Ich zweifle nicht im geringsten daran, daß du Maybors Tochter bist.«

»Und beeinflußt das deine Meinung über mich?«

»Nein. Ich will dich heiraten, nicht deine Familie.«

»Bist du wütend?«

»Nein. Du hast gelogen, um den Namen deiner Familie zu schützen, und später bist du zur Gefangenen deiner eigenen Lüge geworden. Ich hoffe, mir eines Tages auch eine solche Hingabe zu verdienen.«

Melli konnte kaum glauben, was sie da hörte. Der Herzog entschuldigte sie! Und was für noble Entschuldigungen das waren. Dafür konnte es nur einen einzigen Grund geben: Er liebte sie wirklich.

Der Herzog trat auf sie zu, und diesmal gestatte ihm Melli, den Teppich zu betreten. Er nahm ihr das Glas aus der Hand und schleuderte es in Richtung Kamin, wo es mit lautem Klirren zerschellte; Glassplitter und Wein regneten auf den Boden. Der Herzog ergriff Mellis Hand und ließ sich auf ein Knie nieder. »Hör mich an, Melliandra«, sagte er. »Ich will dich und nur dich. Ich treffe meine Entscheidungen nicht leichtfertig, und es braucht schon mehr als ein paar Unwahrheiten, um meine Meinung zu ändern. Meine erste Frau und ich, wir waren schon in der Wiege einander versprochen. Daher bist du die erste Frau, die ich gefragt habe, ob sie mich heiraten will. Und jetzt, nachdem du zugestimmt hast, bin ich begierig, die Hochzeit so schnell wie möglich zu vollziehen.« Er blickte ihr in die Augen. »Ich bin vielleicht ein Mann, der leicht verzeiht, aber ich bin nicht geduldig.«

Unzählige Gefühle zugleich stürmten auf Melli ein: Freude, Stolz, Erstaunen. Mit nichts hatte der Herzog sie mehr beeindruckt, als mit der beiläufigen Art, in der er ihre Familie als unwichtig abgetan hatte. Es machte keinen Unterschied für ihn, ob sie reich oder arm war, hochwohlgeboren oder illegitim. Dieser Mann, der Macht so zwanglos ausübte, wie andere ein Schwert führten, dieser Mann wollte sie zur Frau. Melli kniete sich neben ihn. Sie hob seine Hand an ihre Lippen und sagte feierlich: »Ich werde dich heiraten, wann immer und wo immer du es wünschst.«

Der Herzog nahm sie in die Arme und küßte sie auf den Mund. Seine Lippen waren alles andere als weich, und Melli spürte den harten Druck seiner Zähne. Unvermittelt zog er sich wieder zurück.

»Ich muß jetzt gehen. Es gilt einige Vorbereitungen zu treffen. Ich denke, wir werden unsere Verlobung zum Fest der Aussaat bekanntgeben.« Er stand auf und begann, auf und ab zu laufen. »Dann können wir mit dem Segen der Kirche in einem Monat getraut werden.«

Melli blieb, wo sie war, während sein Speichel allmählich auf ihren Lippen trocknete. Sie war enttäuscht, daß er aufgestanden war. Seine Nähe hatte irgend etwas in ihr aufgerüttelt, und nun fühlte sie sich betrogen.

»Ich werde Bailor zu dir schicken«, sagte der Herzog. »Mit ihm kannst du alles weitere arrangieren – Schmuck, Kleider und so weiter. Das überlasse ich dir.«

»Kann ich meine Familie von der Hochzeit in Kenntnis setzen?«

Wieder ein Lächeln, diesmal offensichtlich. »Ich glaube nicht, daß das jetzt schon notwendig ist.«

»Darf ich mich im Palast frei bewegen?«

»Nein. Bis die Verlobung offiziell ist, wirst du nur mich, Bailor, Tawl und deine Zofe sehen.« Vielleicht, weil er bemerkt hatte, daß er zu hart gesprochen hatte, fügte er hinzu: »Du mußt dich noch ein wenig länger gedulden, meine Liebe. Nach dem Fest werden einige Schwierigkeiten auf uns zukommen.«

Melli strich mit den Fingern über den Rand des Teppichs. Aus der Ferne betrachtet, schien das Muster aus Blumen zu bestehen, doch wenn man genauer hinsah, erkannte man, daß es keine Blumen waren, sondern ineinander verschlungene Ketten.

»Sperr mich zu lange ein«, erklärte sie, »und du läufst Gefahr, daß ich fliehe.« Sie hatte nicht im Scherz gesprochen. Irgendwie war aus einem freudigen Hochgefühl erneut Zweifel geworden. Warum bestand er darauf, sie vom Hof fernzuhalten? Und warum wollte er sie so rasch heiraten? Sie glaubte ihm, wenn er sagte, daß er sie liebte; doch er war ein viel zu berechnender Mann, als daß er sich wie ein Jüngling vom Liebeshunger hinreißen lassen würde. Wenn man ihn so betrachtete, wie er mit auf dem Rücken verschränkten Händen im Zimmer auf und ab lief und laut vor sich hin dachte, dann gewann man den Eindruck, er würde einen Feldzug planen und keine Hochzeit.

»Ich verspreche dir, du wirst nicht mehr lange warten müssen«, sagte er und trat zu ihr, um – wie sie wußte – ihr einen Abschiedskuß auf die Wange zu hauchen.

»Sag mir nur eines, bevor du gehst«, forderte Melli. »Wird die Tatsache, daß ich aus den Königreichen stamme, irgendeinen Einfluß auf die bevorstehende Hochzeit deiner Tochter mit Kylock haben?«

Der Herzog musterte sie lange und eingehend. »Die Hochzeit wird wie geplant stattfinden.«

Das war keine Antwort auf ihre Frage, und er wußte es. Doch bevor Melli noch weiter in ihn eindringen konnte, öffnete der Herzog bereits die Tür. »Ich muß jetzt wirklich gehen. Ich muß mich auf ein Treffen vorbereiten. Bailor wird dich in die Schatzkammer führen, damit du dir einen Ring aussuchen kannst.« Er verneigte sich formell und verließ den Raum.

Melli ließ sich rückwärts auf den Teppich fallen. Diese Begegnung war alles andere als befriedigend verlaufen. Sie hegte den Verdacht, daß man sie äußerst geschickt manipuliert hatte; sie wußte nur nicht wie. Immerhin hatte der Herzog ihr ihre Lügen verziehen, und es schien ihn nicht zu kümmern, ob sie eine Adelige oder ein Bastard war. Melli atmete tief durch und stand auf. Wahrscheinlich bildete sie sich das alles nur ein.

Der Herzog liebte sie; er wollte sie heiraten, und wenn er nun aus politischen Gründen so schnell wie möglich getraut werden wollte, dann war das wohl kaum eine unverzeihliche Sünde. Schließlich konnte man ihm nicht vorwerfen, daß er sich wie der Herrscher verhielt, der er war.

Auf dem Weg zum Bett spürte Melli etwas Warmes, das ihren Arm herabfloß. Noch bevor sie es sah, wußte sie, um was es sich handelte: Blut. Sie hatte sich an einer Glasscherbe geschnitten.

Baralis wußte, daß es unklug war, auch nur eine halbe Dosis der schmerzstillenden Droge zu sich zu nehmen, aber er nahm sie trotzdem. Er mußte zu einem Treffen mit dem Herzog – dem ersten seit mehreren Wochen –, und dafür brauchte er einen klaren Kopf. In letzter Zeit hatte die Narbe auf seiner Brust ihm immer größere Probleme bereitet, und inzwischen war er in einem Stadium angelangt, wo der Schmerz seinen Verstand genauso vernebelte wie die Droge.

Der bittere Geschmack paßte zu seiner Stimmung, und er schluckte das Pulver trocken hinunter. Die Dinge standen nicht gut. Der Herzog war Baralis nun schon viel zu lange aus dem Weg gegangen. Er hatte bereits vereinbarte Treffen abgesagt, war immer wieder zu seiner Jagdhütte geritten und hatte jedes Ersuchen nach einer Audienz abgelehnt. Verzögerungstaktiken. Der Mann wollte sich nicht auf ein Datum für die Hochzeit von Katharina und Kylock festlegen. Und nun, da die Ereignisse in Halcus einem neuen Höhepunkt entgegenstrebten und Kylock ein Geheimabkommen mit den Rittern getroffen hatte, war es mehr als wahrscheinlich, daß der Herzog die Hochzeit sogar absagen würde – oder zumindest würde er es versuchen.

Gedankenverloren streichelte Baralis über das Fell von Maybors Hund. Er gehörte jetzt ihm. Er lag zu seinen Füßen, genoß die Wärme des Feuers und schnarchte leise. Er roch nach seiner letzten Mahlzeit. Crope verwöhnte ihn. Er fütterte den Hund mit Süßigkeiten und blutiger Leber, die er vorher zwischen seinen riesigen Händen anwärmte, bis sie die Temperatur lebendigen Fleisches hatte. Baralis lächelte in sich hinein. Er mochte ja vielleicht den Willen des Hundes kontrollieren, aber sein Herz und sein Magen gehörten Crope.

Baralis wußte, daß es Zeit war zu gehen – der Herzog mochte es nicht, wenn man ihn warten ließ. Aber Baralis hatte auch nicht die Absicht, dem Ruf Seiner Gnaden mit der Eile eines einfachen Lakaien oder eines übereifrigen Kaufmanns zu folgen. Der Herzog mußte endlich begreifen, daß man mit einem Mann wie dem Kanzler des Königs der Vier Königreiche nicht spielte. Außerdem war Baralis vollkommen erschöpft. Er war soeben erst von einem Gespräch mit dem Taubenmeister des Herzogs zurückgekehrt. Zunächst hatte der Mann sich geweigert zuzugeben, daß er die Nachricht gelesen hatte, die der Vogel gebracht hatte. Obwohl der anschließende Bannzauber die Zunge des Taubenmeisters gelöst hatte, hatte er Baralis doch all seiner Kraft beraubt.

Aber das war es wert gewesen. Baralis wußte nun bis in alle Einzelheiten, was Kylock mit Tyren verabredet hatte. Das Problem war nur, daß auch der Herzog davon wußte. Und das wiederum war der Grund für Baralis' Nervosität: Die Aufforderung zu einem Treffen hatte ihn nur wenige Stunden nach der Ankunft des Adlers erreicht.

Ein verzauberter Vogel war wie eine Frau, die zuviel Parfüm aufgetragen hatte: Man konnte sie bereits riechen, bevor sie eintraf, und wenn sie sich wieder auf den Weg machte, hing ihr Duft noch lange Zeit im Raum. Baralis hatte gespürt, als der Adler im Taubenschlag des Palastes gelandet war. Der Kanzler hatte eine Stunde gewartet, damit die Nachricht weitergereicht werden konnte, dann hatte er dem Taubenmeister einen Besuch abgestattet. Normalerweise hätte er sich nicht wegen einer derartigen Kleinigkeit bemüht; doch seit jener Vision, die ihm in dem kleinen Innenhof beinahe das Leben gekostet hätte, hatte er beschlossen, auch den scheinbar unbedeutendsten Vorfall zu hinterfragen.

Irgend etwas lief nicht nach Plan. Jeder Fetzen vernarbter Haut auf seinem Körper juckte warnend. Daß ein Mädchen mit der Sache zu tun hatte, war das einzige, was er mit Sicherheit wußte – soviel hatte ihm Larn verraten –, und seine eigene Vision hatte ihm gezeigt, wer dieses Mädchen war. Baralis massierte seine schmerzenden Hände. Er sah keinen Grund, warum die dunkle, liebliche Melliandra eine Bedrohung für ihn darstellen sollte. Sie war eine entehrte Ausreißerin, mehr nicht. Das ergab einfach keinen Sinn.

Aber selbst ohne Larns Prophezeiung hätte Baralis gewußt, daß die Dinge nicht zum Besten standen. Kylock zwang die Halcus in die Knie. Allein diese einfache Tatsache sandte Schockwellen in jede Ecke der bekannten Welt. Aller Augen waren nun auf den Norden gerichtet, und alle sahen sie nur eins: die Entstehung eines großen Nordreiches. Baralis bezweifelte nicht, daß der Herzog gegenwärtig versuchte, Brens Beteiligung an diesem Prozeß so weit wie möglich zu reduzieren, und nachdem er heute morgen Kylocks Brief gelesen hatte, war er sicherlich noch entschlossener denn zuvor.

Baralis stand auf. Der Hund wollte ihm folgen, doch er bedeutete ihr liegenzubleiben. Die Dinge stünden jetzt anders, wenn Kylock damit gewartet hätte, der Welt die Zähne zu zeigen. Der Junge erwies sich als militärisches Genie – immerhin gewann er gerade einen Krieg im Handstreich, der jahrelang unentschieden gestanden hatte –, aber er hatte vorschnell gehandelt. Die Hochzeit hätte vollzogen sein sollen, bevor auch nur ein einziger Soldat seinen Fuß auf das andere Ufer des Nestor gesetzt hätte. Wäre Baralis in den Königreichen gewesen, anstatt einem Herzog hinterherzulaufen, der die meiste Zeit durch Abwesenheit glänzte, dann hätte er Geschwindigkeit und Fortgang der Ereignisse steuern können. Der neue König mochte ja vielleicht ein Genie auf dem Schlachtfeld sein, aber er war zu jung und unerfahren, um die Feinheiten der Politik zu verstehen.

Während Baralis durch die hohen Korridore in Richtung der herzöglichen Gemächer ging, war sein Schritt schwer. Er hatte nicht die leiseste Ahnung, warum der Falke ihn zu diesem Treffen bestellt hatte, aber er war klug genug, um zu wissen, daß der Mann nichts Gutes im Schilde führte.

Baralis wurde von einer Wache begrüßt, die ihn bereits erwartet hatte. Er wurde zu einer kleinen Treppe geführt, an deren oberem Ende sich eine schwere Bronzetür befand.

Die Tür schwang auf. »Ah, Lord Baralis, ich habe mich schon gefragt, wo Ihr so lange steckt.« Der Herzog winkte ihn herein. »Ich hatte bereits befürchtet, mein Bote hätte Euch nicht angetroffen.«

Baralis unternahm keinen Versuch, die folgende Stille mit Entschuldigungen zu füllen. Sollte Seine Gnaden doch denken, was er wollte.

Der Herzog stand in der Mitte eines großen Empfangsraums. Er bedeutete Baralis, sich hinzusetzen.

»Ich stehe lieber, wenn Ihr nichts dagegen habt, Euer Gnaden.«

Der Herzog zuckte die Schultern. »Wie Ihr wollt.« Er trat ans Fenster und öffnete die metallenen Fensterläden. »Ein wunderschöner Tag, nicht wahr, Lord Baralis?«

»Ja. Zumindest, wenn Ihr nur vom Wetter redet.« Baralis schlenderte zum Schreibtisch des Herzogs. Er war über und über mit Karten und Tabellen bedeckt. Baralis erkannte die Umrisse der Königreiche.

»Ich rede von allem, Lord Baralis.« Der Herzog lächelte, während sein Blick über den Großen See glitt. »*Alles* ist heute wunderschön.«

Baralis mißfiel die Art, wie der Mann sprach. »Vielleicht solltet Ihr mir sagen, was Euch so erfreut, Euer Gnaden. Ich für meinen Teil sehe nichts sonderlich Erfreuliches an diesem Tag.«

»Für einen Mann, der gleich eine gute Neuigkeit erfahren wird, wirkt Ihr ein wenig säuerlich.«

»Die meisten Dinge werden sauer, wenn man sie zu lange warten läßt.«

Der Falke wirbelte herum. »Dann will ich Euch nicht länger warten lassen. Wißt Ihr, warum ich Euch zu mir gerufen habe?«

»Ich weiß, warum Ihr mich bisher *nicht* zu Euch gerufen habt.«

»Ich gestehe, daß ich mir recht viel Zeit gelassen habe, was die Festlegung eines Hochzeitstermins betrifft; aber ich beabsichtige, diesen Fehler noch heute zu korrigieren.« Der Herzog trat auf Baralis zu. »Sagt mir, Lord Baralis, seid Ihr mit zwei Monaten von heute an einverstanden, oder ist Euch der Zeitraum zu kurz?«

Damit hatte Baralis nicht gerechnet. Er war zu diesem Treffen in der Erwartung gekommen, daß der Herzog eine Entscheidung noch weiter hinausschieben würde – entweder das, oder daß er sogar versuchen würde, die Hochzeit ganz abzusagen. Baralis verbarg seine Überraschung. »In zwei Monaten ist bereits Sommer. Das ist angemessen. Aber selbstverständlich benötige ich einen schriftlichen Beweis für Eure Absichten.« Baralis erwartete, daß der Herzog diese Forderung ablehnen würde, doch der Mann nickte nur.

»Ihr werdet eine entsprechende Erklärung in spätestens einer Woche in Händen halten. Meine Schreiber und Advokaten werden sich sofort an die Arbeit machen. Braucht Ihr sonst noch etwas?«

Mißtrauen wurde durch Überraschung ersetzt. Der Herzog war zu entgegenkommend. »Darf ich fragen, woher Euer plötzlicher Drang kommt, einen Termin für die Hochzeit festzulegen?«

»Aber natürlich, Lord Baralis. Katharina ist gestern

zu mir gekommen, und hat mich angefleht, einen Termin festzusetzen.« Der Herzog lächelte. »Welcher Vater kann schon dem Flehen seiner Tochter widerstehen?«

Er log; Baralis war fest davon überzeugt. »Wie merkwürdig, daß sie noch nie zuvor daran gedacht hat, Euch anzuflehen.«

»Kommt schon, Baralis. Ich dachte immer, Ihr hättet genug Erfahrung mit Frauen, um zu wissen, wie unberechenbar sie sind.« Der Herzog wirkte äußerst selbstzufrieden.

»Wann genau seid Ihr so nachsichtig gegenüber Frauen geworden?«

Der giftige Tonfall der Frage hatte einen deutlichen Effekt auf den Herzog. Das Lächeln verschwand, und er zog die Augenbrauen zusammen. Mit langen Schritten ging er zu seinem Schreibtisch. »Ich habe Wichtigeres zu tun, als Gehässigkeiten mit Euch auszutauschen, Lord Baralis. Ich habe gesagt, was zu sagen war; jetzt trefft Eure Vorbereitungen.«

Baralis ließ sich nicht so einfach hinauswerfen. »Wann kann ich die Verlobung offiziell verkünden?«

»Ich werde die Verlobung bekanntgeben, Lord Baralis. In vier Tagen ist das Fest der Aussaat; der Termin ist ideal.«

»Aber das läßt mir keine Zeit, mich mit meinem König zu beraten.«

»Wenn Ihr wünscht, können wir es ja wieder verschieben.«

Baralis gefiel das alles ganz und gar nicht; aber wie der Herzog ganz genau wußte, war eine Bekanntgabe ohne ein schriftliche Bestätigung des Königs immer noch besser als überhaupt keine Bekanntgabe. »Das wird nicht nötig sein. Ich bin mit dem Termin einverstanden.«

»Das habe ich mir gedacht.« Der Herzog warf Baralis einen hinterlistigen Blick zu. »Ihr dürft Euch jetzt entfernen. Ich vertraue auf Eure Diskretion bis zur öffentlichen Bekanntgabe.« Er kehrte Baralis den Rücken zu und widmete sich den Karten und Tabellen auf seinem Schreibtisch.

Baralis blieb keine andere Wahl, als sich zu verbeugen und zu gehen.

Kapitel einunddreissig

Maybor glaubte, verrückt zu werden. Er hatte schon davon gehört, daß so etwas Leuten passierte, die zu wenig Fleisch aßen; aber er persönlich nahm jeden Monat genug Schweine- und Wildfleisch zu sich, um ein ganzes Dorf ein Jahr lang davon ernähren zu können. Er konnte es einfach nicht verstehen. Hätte er Fisch gegessen, wäre das natürlich etwas vollkommen anderes gewesen. Fisch war Nahrung für Frauen und Priester; Maybor hatte ihn nie, niemals angerührt, wenn er nicht ausreichend mit Fleisch gefüllt gewesen war.

Der Grund für sein Unwohlsein war die Tatsache, daß er bei zwei Gelegenheiten in den vergangenen Tagen hätte schwören können, seine Tochter im Palast gesehen zu haben. Erst heute morgen, vor weniger als einer Stunde, war er – natürlich äußerst diskret – aus den Gemächern einer gewissen Dame zurückgekehrt. Plötzlich hatte er hinter sich Schritte gehört, und als er sich umgedreht hatte, hatte er in der Ferne ein Mädchen gesehen. Beim Anblick der schlanken Gestalt mit ihrem hüftlangem dunklen Haar blieb Maybor für einen Augenblick das Herz stehen. Sie sah genau wie Melliandra aus. Ein Mann mit goldenem Haar ging hinter ihr her. Maybor vergaß alle Diskretion und folgte den beiden. Sie gingen mehrere Gänge und Treppen entlang und verschwanden schließlich hinter einer schweren Bronzetür. Das Mädchen drehte sich nicht ein einziges Mal um.

Im selben Augenblick, da sich die Tür hinter den beiden schloß, begann Maybor daran zu zweifeln, daß er wirklich seine Tochter gesehen hatte. Wahrscheinlich handelte es sich nur um ein Hoffräulein, das Melliandra zufällig in Größe und Haarfarbe ähnelte. Maybor versuchte, den Vorfall als reine Einbildung abzutun, aber er ging ihm einfach nicht mehr aus dem Kopf. Zweimal hatte er das mysteriöse Mädchen nun schon gesehen, und beide Male hätte er schwören können, daß es seine Tochter war – und das bedeutete in Maybors Augen, daß er entweder verrückt oder ein Idiot war.

Melliandra konnte, Borc weiß wo, im Norden sein. Maybor hatte seinem Sohn Kedrac geschrieben, er solle eine Belohnung für denjenigen aussetzen, der Melliandra finden würde, aber bis jetzt hatte sich noch niemand gemeldet. Maybor rieb sich das Kinn. Wenn er doch nur zu Hause wäre. Er würde schon dafür sorgen, daß man seine Tochter finden würde. Schließlich war er ein Mann, der die Dinge ins Rollen bringen konnte.

Aber eben nur in den Königreichen, und das war – jedenfalls so wie er es sah – der wahre Grund für seine Geistesgestörtheit: Er war es satt, in einer Stadt zu hocken, wo er keine wirkliche Macht besaß, und wo es niemanden interessierte, wie reich und einflußreich er war. Das hätte ausgereicht, um Borc höchstpersönlich in den Wahnsinn zu treiben! Und tatsächlich, wenn er sich recht an die heiligen Schriften erinnerte, dann war Borc am Ende in der Tat von Visionen seiner lange verstorbenen Familie übermannt worden. Vielleicht hatte auch er zuviel Zeit in Bren verbracht!

»Mehr Fleisch, Prisk!« rief er seinem Leibdiener zu. Maybor dachte einen Augenblick nach, dann fügte er hinzu: »Und bring auch etwas Fisch – aber fleischigen, wenn ich bitten darf, keinen fischigen.« Ein Mann konnte nie vorsichtig genug sein, wenn es um seine geistige Gesundheit ging.

Prisk, ein dürrer Mann mit einem Muttermal von der Größe einer Gurke im Gesicht, blieb ungerührt stehen und hustete; so pflegte er seinen Herrn wissen zu lassen, daß er etwas zu sagen hatte.

»Was gibt es, Prisk?« bellte Maybor. »Rede, Mann, und hör auf, dir die Seele aus dem Leib zu husten.«

»Eine Botschaft vom Herzog, Mylord. Er bittet Euch zu einem privaten Treffen in seine Gemächer.«

Maybor stand auf und schlug dem Mann mit der flachen Hand ins Gesicht. »Warum hast du mir das nicht schon früher gesagt?« Er kehrte dem verblüfften Diener den Rücken zu. »Hol meinen Umhang, den roten mit dem Hermelin. Und schneid mir ein Stück Zitrone für meinen Atem ab.«

Wenige Minuten später stolzierte Maybor durch die Gänge des Palastes; er sah wie ein König aus. Nachdem er mit dem Herzog gesprochen hatte, würde er vielleicht seiner Dame einen Besuch abstatten; es wäre eine Schande, solch eine Pracht an den militärisch-strengen Falken von Bren zu verschwenden.

Auf dem Weg durch die große Halle erspähte er jemanden, den er schon seit Tagen nicht mehr gesehen hatte: Baralis. Er flanierte durch die Halle mit Fetzer an seiner Seite. Als er Maybor entdeckte, änderte er seine Richtung. Der Hund folgte ihm wie ein Schatten.

»Guten Morgen, Lord Maybor«, sagte er voller Verachtung. »Ihr wollt wohl zu einer Krönung, wie ich sehe.« Er musterte Maybors Umhang.

Fetzer knurrte gerade zur rechten Zeit. Maybor konnte kaum glauben, daß Fetzer, *sein* Fetzer, ihn anknurrte. Mit einem raschen Blick durch die Halle vergewisserte er sich, daß genug Leute anwesend waren, um Baralis von einer Dummheit abzuhalten. »Was habt Ihr mit meinem Hund gemacht?« verlangte Maybor zu wissen.

»Ich glaube, jetzt ist es *mein* Hund«, korrigierte Baralis. Liebevoll strich er über die Ohren des Tieres. »Ich kann ziemlich gut mit Tieren umgehen, wißt Ihr.«

Maybor verspürte das Verlangen, sein Schwert zu ziehen und dem Mann den Kopf abzuschlagen. Er hatte diesen Hund geliebt! Sicher, er hatte stets etwas Angst vor Fetzer gehabt, aber zum Ende hin hatte er ihn doch gemocht. Und ihn hier zu sehen, wie er seinen Kopf an Baralis' Bein rieb, war einfach mehr, als Maybor ertragen konnte. »Ihr habt ihn verhext«, zischte er.

»Und Ihr, Lord Maybor«, erwiderte Baralis mit irritierender Ruhe, »habt ihn darauf abgerichtet, mich zu töten.«

»Das müßt Ihr erst einmal beweisen.«

Baralis lächelte milde. »Die Tatsache, daß der Anschlag fehlgeschlagen ist, ist Beweis genug dafür.«

»Ihr haltet Euch wohl für ziemlich clever, was, Baralis? Aber es wird nicht mehr lange dauern, bis Ihr mit eingekniffenem Schwanz zurück in die Königreiche rennt. Der Herzog hat nämlich nicht die Absicht, seine Tochter mit Kylock zu vermählen.« Maybor war dessen vollkommen sicher: Immerhin hatte der Herzog sich nun schon seit Monaten davor gedrückt, einen Termin festzulegen. Und nun, da Kylock immer weiter auf Helch vorrückte, wurde es von Minute zu Minute unwahrscheinlicher, daß er der Ehe doch noch zustimmen würde.

Baralis lachte laut auf. »Oh, Lord Maybor, wenn Ihr wüßtet, wie sehr Ihr Euch irrt. Besonders da Ihr Euch ›Abgesandter des Königs‹ schimpft.« Baralis legte die Hand ans Kinn, als sei er tief in Gedanken versunken. »Aber andererseits … Schließlich seid Ihr nur der Abgesandte eines toten Königs, und Lesketh hat ja auch den größten Teil des Winters im Grab verbracht.«

Maybor riß allmählich der Geduldsfaden. Er biß die Zähne zusammen und zischte: »Was wollt Ihr damit sagen, Baralis?«

»Ich will damit sagen, Lord Maybor, daß ich mich mit dem Herzog bereits auf einen Hochzeitstermin geeinigt habe. Wenn Ihr nicht so damit beschäftigt gewesen wärt, Hunde abzurichten und Euch wie ein König auszustaffieren, dann hättet Ihr das vielleicht auch schon von selbst herausgefunden.«

»Wie könnt Ihr es wagen …!«

Baralis rauschte heran. »Nein. Wie könnt Ihr es wagen, Lord Maybor? Noch ein weiterer Anschlag auf mein Leben, und ich werde Euch an Ort und Stelle in ein Häuflein Asche verwandeln.« Er zog sich wieder einen Schritt zurück. Seine Augen funkelten vor Haß. »Und nach unserer letzten Begegnung in dieser Halle solltet Ihr wissen, daß dies keine leere Drohung ist.«

Die beiden Männer starrten sich einen Augenblick lang an.

Schließlich war es Baralis, der sich als erster abwandte. Er tätschelte Fetzer zärtlich im Nacken und sagte: »Komm, mein Schatz. Laß uns diesen Ort verlassen. Dein alter Herr hat viel zu tun – so muß er sich zum Beispiel mit dem Stand der Dinge vertraut machen.« Er nickte Maybor knapp zu und machte sich auf den Weg in Richtung Küche. Fetzer ging im Gleichschritt neben ihm her.

Maybor blickte den beiden hinterher. Er haßte Baralis bis aufs Blut. Der Mann war ein Dämon.

Maybor richtete sein Gewand und schaute sich in der Halle um. Niemand war nahe genug herangekommen, um zu verstehen, was gesagt worden war. Eine junge Dienerin mit einem Milchjoch auf den Schultern und angenehm breiten Hüften erwiderte seinen Blick und lächelte. Maybor wandte sich ab. Ihm ging viel zuviel im Kopf herum, als daß er sich auch nur auf den kürzesten Flirt hätte einlassen können. Zum einen kam er bereits jetzt zu spät zu seinem Treffen mit dem Herzog. Allerdings war er auch nicht mehr so geneigt, pünktlich zu sein, wie noch fünf Minuten zuvor. Wenn Baralis die Wahrheit gesagt hatte, dann hatten er und der Herzog sich auf ein Hochzeitsdatum geeinigt, ohne Maybor vorher auch nur zu konsultieren. Das war empörend! Als Abgesandter des Königs hatte er nicht nur die Pflicht, sondern auch das Recht, bei jedem Treffen anwesend zu sein, das sich mit der bevorstehenden Hochzeit beschäftigte. Maybor stürmte die Treppe hinauf. Er würde Seiner Gnaden schon ein paar warme Worte sagen. Er war ja vielleicht verrückt, aber er ließ sich von niemandem zum Narren halten.

Als er vor den Gemächern des Herzogs eintraf, wurde Maybor von einer einfach gekleideten Wache begrüßt. Der Mann winkte ihn zu einer versteckten Treppe. Maybor konnte nicht umhin, die Raumaufteilung zu bewundern, denn die Treppe bedeutete, daß die Privatgemächer des Herzogs auf einer anderen Etage lagen als der Eingangsbereich. Das trug nicht nur zur Sicherheit bei, es förderte auch ein ungestörtes Privatleben. Sollte er jemals aus dieser borcverlassenen Stadt herauskommen, dann würde er sich auf seinen Gütern im Osten etwas Ähnliches bauen lassen.

Die Tür am oberen Ende der Treppe war schwer und imposant, und da nirgends eine Wache zu sehen war, ließ sich Maybor selbst herein. Er fand sich in einem großen Arbeitszimmer wieder. Der Herzog, der an seinem Schreibtisch gesessen und diverse Papiere studiert hatte, trat vor, um ihn zu begrüßen.

»Aaah, Lord Maybor. Ich bin froh, daß Ihr Euch so kurzfristig freimachen konntet.« Er blickte zu seinem Schreibtisch. »Und ich bin wirklich froh, daß Ihr ausgerechnet jetzt gekommen seid; Ihr habt mich vor einem Tod aus Langeweile gerettet. Ich genieße das Studium von Verträgen ungefähr genausosehr wie das Ansetzen von Blutegeln.« Der Herzog ergriff Maybors Hand. »Seid mir gegrüßt, mein Freund. Setzt Euch, und ich werde uns etwas Wein einschenken. Ich glaube, Roter Lobanfarn war Euer Lieblingswein, habe ich recht?« Ohne auf eine Antwort zu warten, schenkte er zwei Becher Wein ein.

Maybor war ein wenig verwirrt. Zum einen hatte er erwartet, von einer zweiten Wache empfangen zu werden, und nicht vom Herzog persönlich, und zum anderen konnte er nicht verstehen, warum der Mann ihn willkommen hieß, als sei er ein lange verloren geglaubter Freund.

»Hier, Maybor«, sagte der Herzog und reichte ihm einen randvollen Becher Wein. »Ich denke, ein Trinkspruch wäre angebracht, was meint Ihr?«

»Das hängt davon ab, worauf wir trinken wollen.«

Der Herzog lächelte und hob seinen Becher in Richtung Maybor. »Laßt uns auf die Zukunft anstoßen. Denn seit Monaten hat sie nicht mehr so gut ausgesehen.«

Maybor zog seinen Becher zurück. »Dann ist es also war, daß Ihr einen Hochzeitstermin festgelegt habt?«

Nur mit Mühe gelang es dem Herzog zu vermeiden, daß der Wein auf den Boden schwappte. »Wer hat Euch das gesagt?« verlangte er zu wissen.

»Baralis.«

»Wann?«

Maybor gefiel es nicht, Fragen wie ein gemeiner Diener zu beantworten. »Das ist nicht wichtig. Ich will wissen, wann genau Ihr Euch mit ihm geeinigt habt.«

»Ich habe mich nicht mit Baralis *geeinigt*. Ich habe ihn lediglich von meinen Absichten in Kenntnis gesetzt. Er hat keinerlei Einfluß auf meine Entscheidung gehabt.«

Maybor grunzte verächtlich. Typisch Baralis, seine Rolle zu übertreiben. »Warum habt Ihr mich nicht zur selben Zeit informiert wie ihn?«

»Ich habe ihn vergangene Nacht zusammen mit den Schreibern und Advokaten herbestellt. Euch wollte ich heute alleine sprechen.« Der Herzog nippte an seinem Wein. Dabei stieß seine Hakennase gegen den Rand des Bechers. »Sagt mir, Lord Maybor, gehe ich recht in der Annahme, daß Ihr in der Vergangenheit etwas zurückhaltend in bezug auf die Hochzeit wart?«

Maybor gefiel es nicht, um den heißen Brei herumzureden. »Ich traue Baralis nicht von Zwölf bis Mittag. Der Mann ist ehrgeiziger, als gut für ihn ist. Ich glaube, daß er versucht, Kylock in eine Position zu bringen, von wo aus er den gesamten Norden kontrollieren kann – Bren eingeschlossen. Und um ehrlich zu sein, Euer Gnaden, wundert es mich, daß Ihr Euch einfach zurücklehnt und den Dingen ihren Lauf laßt.« Maybor beendete seine Rede, indem er den Lobanfarn in einem Zug trank. Anschließend knallte er den Becher mit einem gewissen Grad an Befriedigung auf den Tisch.

Maybors Wutanfall schien den Herzog nicht sonderlich zu überraschen. Er wirkte vollkommen gelassen, in der einen Hand das Glas, die andere auf den Schwertgriff gelegt. »Lord Maybor«, sagte er ruhig, »wenn Ihr mich erst besser kennenlernt, dann werdet Ihr feststellen, daß ich mich niemals zurücklehne und den Dingen ihren Lauf lasse.«

Der Tonfall des Herzogs beeindruckte Maybor, doch er wollte sich das nicht anmerken lassen. »Das interessiert mich jetzt nicht mehr, Euer Gnaden. Ob Ihr Euch zurücklehnt, oder ob Ihr Euch zu weit aus dem Fenster beugt ... Macht doch, was Ihr wollt. Meine Arbeit hier ist getan, und ich werde sobald wie möglich wieder in die Königreiche zurückkehren.« Obwohl er eigentlich um der Dramatik willen so gesprochen hatte, entwickelte der Gedanke, nach Hause zurückzukehren, doch eine beachtliche Anziehungskraft auf Maybor. Es wäre schön, wieder im eigenen Bett zu schlafen, gute, einfache Speisen zu sich zu nehmen und unter Menschen zu sein, die ihn respektierten.

»An Eurer Stelle würde ich jetzt noch nicht gehen, Lord Maybor.«

Die Stimme des Herzogs besaß einen merkwürdigen Unterton. »Was meint Ihr damit?« fragte Maybor.

»Ich meine damit, mein Freund, daß Ihr zumindest noch bis zum Fest der Aussaat bleiben solltet. Dann werde ich auch die Verlobung bekanntgeben.« Der Herzog lächelte vielsagend.

»Ich werde bleiben, wenn dies ein offizieller Wunsch ist.«

»Nein, bleibt aus einem anderen Grund.«

»Und aus was für einem?«

»Bleibt, weil Ihr angenehm überrascht sein werdet,

was Ihr auf dem Fest hören und wen Ihr treffen werdet.«

»Ich mag keine Rätsel, Euer Gnaden.« Maybor wurde allmählich ungeduldig.

»Ich auch nicht, mein Freund. Aber ich will Euch trotzdem nur soviel sagen: Bleibt bis zum Fest, und Ihr werdet endlich erleben, wie Euer spezieller Freund in die Schranken gewiesen wird.« Der Herzog trat zur Tür und öffnete sie. »Wenn Ihr mich jetzt bitte entschuldigen wollt, ich muß der zukünftigen Braut einen Besuch abstatten.«

Maybor folgte ihm aus der Tür. Gemeinsam gingen sie die Treppe hinunter und durch den Haupteingang. Dort angekommen, wandte der Herzog sich um und legte Maybor die Hand auf den Arm.

»Bevor Ihr geht«, sagte er, »will ich Euch einen Rat geben.«

Einen Rat? Maybor gefiel der Klang dieses Wortes ganz und gar nicht. »Redet weiter.«

»Bei dem, was ich am Fest der Aussaat zu verkünden habe, könnte einigen, die an meinem Tisch sitzen, das Essen im Hals steckenbleiben; aber ich schlage vor, daß Ihr, mein Freund, Eure Überraschung besser für Euch behaltet. Es würde mich sehr freuen, wenn ich mit Eurem ...« der Herzog suchte nach einem geeigneten Wort »... *Gleichmut rechnen könnte.«*

Maybor zog sich von der Berührung des Herzogs zurück. Ohne zu wissen, was ihn genau erwartete, würde er sich auf keinerlei Spielchen einlassen. »Ich werde Euch nichts versprechen, Euer Gnaden.«

Seltsamerweise schien der Herzog mit dieser Antwort zufrieden zu sein. »Wie Ihr wünscht.« Er verneigte sich und wanderte den langen Korridor entlang, der zu den Frauengemächern führte.

Maybor machte sich in die entgegengesetzte Richtung auf; sein Schritt war leichter als auf dem Hinweg. Er wußte zwar nicht, wie er das Treffen beurteilen sollte; aber es konnte wohl nicht schaden, wenn er noch ein paar Tage länger blieb, um herauszufinden, was der Herzog im Schilde führte.

»Nun, da liegst du sowohl richtig als auch falsch, Bodger«, sagte Grift. »Es *ist* wahr, daß Bier einen Mann erst geil macht und ihn dann seiner Kraft beraubt; aber eigentlich hängt alles nur von der *Menge* ab, die man zu sich nimmt.«

»Du meinst also, je mehr ein Mann trinkt, desto mehr läßt seine Kraft nach?«

»Aye, mehr oder weniger, Bodger. Aber eine weithin unbekannte Tatsache ist die, daß ein Mann einfach nur genug trinken muß – sagen wir zwanzig Schläuche –, um die Trunkenheit zu überwinden und die Kraft eines Hengstes zu bekommen.«

»Eines Hengstes, Grift?«

»Aye, Bodger. Du hast doch schon davon gehört, daß ein Mann auf dem Schlachtfeld, der sich nicht wäscht, irgendwann von selbst wieder sauber wird.«

»Aye, Grift.«

»Nun, mit Bier ist es genauso. Man muß nur genug trinken, um so nüchtern wie ein Büttel zu werden und so geil wie ein Hengst. Die meisten Männer haben nur das Problem, daß sie einfach nicht so lange durchhalten.«

»Was ist mit dir, Grift? Hast du jemals das Hengststadium erreicht?«

»Was meinst du wohl, warum die alte Witwe Harpit letzten Winteranfang so gegrinst hat, Bodger?«

Bodger dachte einen Augenblick nach, nickte, schenkte sich einen Becher Bier ein, trank ihn in einem Zug und schenkte sich einen zweiten Becher ein.

»Immer mit der Ruhe, Bodger. Es kommt auf den richtigen Zeitpunkt an.«

Bodger trank den zweiten Becher und schenkte sich einen dritten ein. »Ich glaube, ich werde mich heute nacht mit Tessa, dem Aschenmädchen, verabreden.«

»Du hast doch was Besseres verdient als ein Aschenmädchen, Bodger. Das sind die Niedrigsten der Niedrigen. Du willst es doch wohl nicht unter deiner Würde treiben.«

»Aschenmädchen können nicht unter meiner Würde sein, Grift. Ich kann mich daran erinnern, daß du einmal gesagt hast, das feinste Mädchen in der Küche sei das Aschenmädchen gewesen.«

»Aye, Bodger, das habe ich gesagt. Ihr Name war Lucy.« Grift lächelte verträumt. »Ein wunderhübsches Mädchen. Und klug war sie auch. Natürlich war sie nicht immer Aschenmädchen, und genau da liegt der Unterschied.«

»Was war sie denn, bevor sie Aschenmädchen wurde, Grift?«

»Eine Kammerzofe, Bodger. Sie hat ihre ganze Zeit oben in den Gemächern der Adeligen verbracht. Dann ist sie eines Tages schwanger geworden und hat sich in der Küche versteckt. Sie hat die niedrigste Arbeit angenommen, die zu finden war – das große Kochfeuer schüren –, und sie hat nie wieder einen Fuß in den Adelsflügel gesetzt.«

»Das ist irgendwie merkwürdig, Grift.«

»Vielleicht wollte sie ihre Schande verbergen, Bodger. Sie hat nie jemandem gesagt, wer der Vater war.«

Die beiden Männer schwiegen eine Weile und tranken. Beide verspürten sie das Bedürfnis, den Toten ihren Respekt zu erweisen.

Tawl war auf dem Weg zurück zu Mellis Gemach, als er hinter sich Schritte hörte. Sie schienen aus dem Nichts gekommen zu sein. Instinktiv tastete er nach seinem Schwert. Dann wirbelte er herum, zog seine Klinge und stellte sich dem Angreifer.

»Tu mir nicht weh. Ich bin's, Schnapper.«

Wütend und das Schwert zum Schlag erhoben, brüllte Tawl den Jungen an: »*Was in Borcs Namen hast du hier zu suchen?*«

Schnapper zuckte verlegen die Schultern.

»Tu das nie wieder«, zischte Tawl. Daß er kurz davor gestanden hatte, den Jungen zu verletzen, entsetzte ihn. »Du hättest umgebracht werden können.« Er steckte sein Schwert wieder in die Scheide.

Schnapper riskierte ein Lächeln. »Tut mir leid, Tawl. Ich wollte einfach nur deine Reflexe testen, das ist alles. Du bist ein wenig nervös, wenn ich das so sagen darf.«

Tawl mußte sich abwenden, um sein Grinsen zu verbergen. Es war unmöglich, dem Jungen böse zu sein. Als er in die Richtung blickte, aus der Schnapper gekommen war, verstand er nicht, warum er ihn nicht schon früher gehört hatte. Der Korridor war lang und gerade. »Wie hast du es geschafft, dich an mich heranzuschleichen?« fragte er.

»Beleidige mich nicht mit einer derart dummen Frage, Tawl. Ich bin schließlich ein Taschendieb. Schleichen gehört zu meinem Beruf.«

»Nun, dann schleich dich mal wieder dorthin zurück, wo du hergekommen bist.«

»Kann ich nicht eine Weile bei dir bleiben? Seit du wieder in den Palast zurückgekehrt bist, habe ich dich kaum zu sehen bekommen. Mir scheint, als hättest du deine alten Freunde vergessen, nun, nachdem du eine hochwohlgeborene Dame gefunden hast, um die du dich kümmern kannst.« Schnapper richtete sich zu seiner vollen Größe auf. »Aber es soll niemand von mir behaupten, ich würde irgendwo herumhängen, wo man mich nicht will. Ich gehe wieder auf die Straße.« Er drehte sich um und marschierte los.

Tawl packte Schnapper am Kragen. Er fühlte sich für den Jungen verantwortlich, und er wollte nicht, daß Schnapper wieder zu seinem alten Leben auf den Straßen zurückkehrte. Natürlich konnte Schnapper auch bluffen, aber Tawl wollte kein unnötiges Risiko eingehen. »Schon gut, du kannst mit mir kommen und mir vor dem Gemach der Dame etwas Gesellschaft leisten. Aber du mußt mir versprechen, brav zu sein und keine Wertsachen zu entwenden.«

Schnapper lächelte breit. »Ich werde sie behandeln, als seien es meine eigenen.«

»Hmmm, genau das hatte ich befürchtet.«

Gemeinsam machten sie sich auf den Weg in den Frauenflügel. Schnapper erzählte Tawl von seinen beiden Freunden – Bodger und Grift –, dann kam das Gespräch auf Baralis.

»Eins kann ich dir sagen, Tawl«, erklärte Schnapper. »Dieser Baralis ist echt ein verdammt gruseliger Kerl. Allein beim Klang seiner Stimme fangen die Knie eines Mannes schon an zu schlottern.«

Der Herzog hatte Baralis' Namen einige Male gegenüber Tawl erwähnt. Er hatte ihn auch ein- oder zweimal im Palast gesehen. Eine große, dunkle Gestalt, stets in Schwarz gekleidet, der die meisten Leute aus dem Weg gingen. Baralis zählte zu denjenigen, die Tawl besonders gut beobachten wollte, sobald der Herzog seine Hochzeitspläne bekanntgegeben hatte. Als Abgesandter der Königreiche würde es ihm ganz und gar nicht gefallen, daß man seinen König dessen beraubte, weswegen er hergekommen war: des Throns von Bren.

Tawl war in Gedanken so sehr damit beschäftigt, alle möglichen Gefahrenquellen für Melli ausfindig zu machen, daß er beinahe etwas Wichtiges übersehen hätte. Aber eben nur beinahe. Sie hatten gerade den Eingang zu Mellis Empfangsraum erreicht, als Tawl Schnapper an der Tunika packte und ihn zu sich heranzog. »Wie kommt es, daß du mit Baralis gesprochen hast?« fragte er.

Mit theatralischer Würde befreite sich Schnapper aus dem Griff seines Freundes. Er legte die Hand auf die Brust wie ein Schauspieler, der einen Epos rezitieren wollte, und sagte: »Du kennst mich doch, Tawl. Die

Mächtigen scharen sich um mich. Ich kann einfach nichts dagegen tun.«

Tawl zwinkerte den beiden Wachen zu, die vor der Tür standen; dann packte er Schnappers Ohr und zog den Jungen daran in den Empfangsraum. Erst als die Tür sich wieder hinter ihnen geschlossen hatte, lockerte er seinen Griff ein wenig. »Nun denn, Schnapper«, sagte Tawl freundlich. »Du hast zwei Möglichkeiten: Entweder sagst du mir die Wahrheit – in diesem Fall werde ich dir nur ein bißchen weh tun –, oder aber du lügst, und ich reiße dir das Ohr ab.« Tawl demonstrierte, daß er sowohl die Fähigkeit als auch den Willen dazu besaß, indem er kräftig an dem betreffenden Körperteil zog. Schnapper heulte auf. »Für was entscheidest du dich?«

Schnapper versuchte, sich loszureißen, doch Tawl kniff ihn nur noch kräftiger ins Ohr. »Schon gut, schon gut«, sagte der Taschendieb schließlich. »Laß mich los, und ich erzähle dir, was passiert ist.«

Tawl schüttelte den Kopf. »Ich werde dich erst loslassen, wenn ich die Wahrheit gehört habe.«

»Du bist ein grausamer Mann, Tawl.« Schnappers Gesicht nahm eine unangenehm rote Farbe an. Er atmete tief ein. »Baralis hat mir Fragen über Bevlin gestellt.«

Bevlin? Das war das letzte, was Tawl erwartet hatte. Er ließ Schnappers Ohr los. Plötzlich war ihm nicht mehr danach zu spielen. »Erzähl mir ganz genau, was passiert ist.«

Schnapper richtete seine Tunika und rieb sich das Ohr. »Er ist runter in die Kapelle gekommen, als ich mit Bodger und Grift zusammensaß. Er hat mir eine ganze Menge Fragen gestellt. Du weißt schon, wo der alte Gelehrte gelebt hat, über seine Bücher – und auch über dich.«

»Was hast du ihm gesagt?« Tawls sprach mit grimmiger Stimme. Das gefiel ihm nicht. Warum sollte Baralis sich für ihn interessieren? Das ergab keinen Sinn.

»Nur Sachen, die allgemein bekannt sind, Tawl. Ich schwöre es. Ich habe ihm gesagt, wo Bevlins Hütte liegt, wie lange ich dich kenne – so was halt. Über die Suche hat er bereits Bescheid gewußt …«

Tawl fiel ihm ins Wort. »Er hat gewußt, daß ich auf der Suche nach einem Jungen gewesen bin?«

Schnapper nickte. »Bei Mauerseglers Ehre, das hat er.«

»Und warum war er an Bevlins Hütte interessiert?«

»Er ist hinter den Büchern her. Offenbar teilten die beiden das gleiche Interesse: Insekten.«

Tawls Magen knurrte warnend; er verkrampfte sich und sandte Galle die Kehle hinauf. Baralis wollte Bevlins Bücher. Aber warum? Insekten waren eine armselige Entschuldigung. Während Tawl über Baralis' Motive nachdachte, kam ihm plötzlich ein anderer Gedanke, der alles andere überlagerte.

»Wenn er die Hütte erreicht, was wird er dort vorfinden?« Als Tawl zum letzten Mal dort gewesen war, hatte ein toter Mann mitten in der Küche gelegen, und der Boden war mit Blut bedeckt gewesen.

Schnapper verstand sofort, worauf Tawl hinauswollte. »Er wird das gemütliche und aufgeräumte Heim eines alten Mannes vorfinden.«

»Und die Leiche?«

»Die habe ich begraben.«

Tawl blickte Schnapper tief in die braunen Augen. Der junge Taschendieb erstaunte ihn immer wieder. Er hatte an alles gedacht. Während Tawl in einem Anfall von Wahnsinn einfach feige davongestürmt war, hatte sich Schnapper um das Blut und die Leiche gekümmert. Tawl schämte sich. Für Schnapper jedoch empfand er großen Respekt. »Danke«, sagte er.

»Ich habe nur getan, was Mauersegler mich gelehrt hat – ich habe mich um meine Freunde gekümmert.«

Tawl streckte die Hand aus, und Schnapper ergriff sie. »Du bist der einzige Freund, den ich habe«, sagte der Ritter und drückte die Hand des Jungen.

»Ich bin der einzige, den du je brauchen wirst.«

Die Tür öffnete sich, und der Herzog kam herein. Er hielt Schnapper offensichtlich für einen Diener. »Laß uns allein, Junge. Ich will mit meinem Champion unter vier Augen reden.«

»In der Nacht des Kampfes war es dunkel, Euer Gnaden«, sagte Tawl und hielt Schnapper davon ab, den Raum zu verlassen, indem er ihm die Hand auf die Schulter legte. »Daher will ich Euch verzeihen, daß Ihr meinen Sekundanten nicht sofort erkannt habt: Schnapper von Rorn.« Er schob den Jungen vor sich.

Schnapper errötete vor Stolz, und verneigte sich äußerst eindrucksvoll. »Euer Gnaden.«

Auch der Herzog verneigte sich elegant. »Bitte akzeptiere meine Entschuldigung. Aus Rorn also, hmmm. Du kennst nicht zufällig den Erzbischof, oder?«

»Er ist ein schleimiger Scheißkerl, soviel kann ich Euch sagen.«

Der Herzog lachte. »Du kannst jederzeit für mich arbeiten, Schnapper. Ich wünschte, meine Ratgeber würden sich auch so knapp und präzise ausdrücken.«

Schnapper strahlte von einem Ohr zum anderen. »Solltet Ihr je einen Rat benötigen, Euer Gnaden, zögert nicht, mich zu fragen. Tawl weiß immer, wo ich zu finden bin.« Er verbeugte sich erneut. »Aber jetzt muß ich leider gehen. Die Geschäfte rufen.«

Tawl und der Herzog blickten ihm hinterher.

»Ein bemerkenswerter Junge«, sagte der Herzog, nachdem Schnapper den Raum verlassen hatte.

»In mehr als einer Hinsicht«, erwiderte Tawl. Er hatte beschlossen, Schnapper nicht weiter nach Baralis auszufragen. Der Ritter hegte den Verdacht, daß der Junge dem Kanzler die Informationen verkauft hatte, aber so war Schnapper nun einmal, und man konnte ihm wohl kaum einen Vorwurf daraus machen. Außerdem sah es so aus, als hätte Baralis noch eine andere Informationsquelle. Irgend jemand hatte ihm von der Suche nach dem Jungen erzählt. Tawl überlegte, wer von seiner Suche wußte. Der Erzbischof von Rorn. Tyren. Larn.

»Tawl.« Der Herzog riß ihn aus seinen Gedanken. »Fühlst du dich nicht gut? Du siehst aus wie ein Mann, dessen Gedanken meilenweit von seinem Körper entfernt sind.«

Sehr weit. Hunderte von Meilen südlich von Bren, jenseits eines tückischen Stück Ozeans auf der verfluchten Insel Larn. Der Ort seines Verderbens. Arbeiteten die Mächte der Insel noch immer gegen ihn? Hatten sie ihm denn nicht schon genug angetan?

Tawl riß sich von seinen Gedanken los und konzentrierte sich wieder auf die Gegenwart. »Ich bin ein wenig müde, Euer Gnaden. Das ist alles.«

»Du hast viel zuviel Zeit damit verbracht, meine Dame zu beschützen«, sagte der Herzog.

»Seid Ihr hergekommen, um mit mir zu reden?«

»Ja. Kurz.« Der Herzog deutete auf die Tür zu Melliandras Schlafgemach. »Ist Melliandra in ihrer Kammer?« Als Tawl nickte, senkte der Herzog die Stimme. »In zwei Tagen, zum Fest der Aussaat, werde ich meine Hochzeitspläne öffentlich machen. Ich verlasse mich darauf, daß du die Ereignisse überwachst. Ich selbst werde genug damit zu tun haben, verbale Attacken abzuwehren. Deine Aufgabe wird es sein, die Gäste im Auge zu behalten. Merke dir ihre Reaktionen – besonders die von Lord Baralis –, und sei bereit, Melliandra im Notfall so schnell wie möglich in Sicherheit zu bringen.«

»Ich werde dort sein«, entgegnete Tawl.

Der Herzog nickte. »Gut. Willst du neben Melliandra am Tisch sitzen, oder ziehst du einen diskreteren Beobachtungspunkt vor?«

»Ich würde lieber im Verborgenen bleiben.«

»Wie du wünschst. Leite alles Entsprechende in die Wege, so wie du es für notwendig hältst.« Der Herzog blickte grimmig drein. »Das ist im Augenblick alles. Ich darf meine zukünftige Braut nicht warten lassen.« Er ging zu der Verbindungstür. »Merke dir, Tawl: Ich verlasse mich darauf, daß du mir sagst, wer meine Feinde sind.«

Es war dunkel geworden, und somit war es an der Zeit, einen Unterschlupf zu suchen. Das Land, über das er ging, war frisch gepflügt und bereit für die Aussaat. Wahrscheinlich befand sich ein Bauernhof in der Nähe. Bauernhöfe besaßen normalerweise Nebengebäude, Hühnerställe und Scheunen: Orte, an denen ein Mann ungestört die Nacht verbringen konnte. Aber natürlich nur, wenn er bereit war, vor dem Morgengrauen aufzubrechen. Bauern standen früher auf als Priester.

Jack ließ seinen Blick über den Horizont schweifen. In welche Richtung sollte er sich wenden? Seit er Rovas' Hütte verlassen hatte, hatte ihn sein Instinkt stetig nach Osten geführt. Warum sollte er jetzt also einen anderen Weg einschlagen? Müde, hungrig, durchgefroren und allein, marschierte er weiter geradeaus.

Vor zwei Tagen hatte er zum letzten Mal etwas gegessen. Beinahe wahnsinnig vor Hunger hatte er sich am hellichten Tag einem Bauernhof genähert. Der Hühnerstall war am weitesten vom Hauptgebäude entfernt, also machte er sich auf den Weg dorthin. Jack gelang es, ein Brett der Außenwand zu lockern und ein halbes Dutzend Eier zu essen, bevor man die Hunde auf ihn hetzte. Dotter lief an seinem Kinn herab, und es war ihm gerade noch gelungen, ein weiteres halbes Dutzend Eier in seiner Tunika zu verstecken, als er Hals über Kopf fliehen mußte. Jack entkam unversehrt, im Gegensatz zu den Eiern. Nicht genug, daß die Schalen zerbrochen waren, dem auslaufenden Dotter und Eiweiß war es auch irgendwie gelungen, einen Weg in Jacks Hose zu finden. Ein paar Stunden später war der Gestank so schlimm geworden, daß Jack für alle Zeiten der Appetit auf Eier vergangen war.

Schließlich wußte er keinen anderen Ausweg mehr,

als sich voll bekleidet in einen kleinen Fluß zu stürzen. Da er die heftigen Regenfälle vor einer Woche überlebt hatte, war er mittlerweile nicht nur daran gewöhnt, bis auf die Haut durchnäßt zu sein, er hatte sogar eine gewisse Immunität dagegen entwickelt. Es bedurfte schon mehr als nur eines kurzen Bades in einem Fluß, um ihn umzubringen – selbst wenn seine Kleider einen ganzen Tag brauchen würden, um wieder völlig zu trocknen.

Manchmal war Jack einfach nach Lachen zumute. Ein toller Held war er: ein einstiger Bäckerlehrling und Lord Baralis' Schreiber auf der Flucht durch Ost-Halcus, den Feind dicht auf den Fersen, die Kleider an seinem Körper sein einziger Besitz und mit so vielen Wunden, daß er sie ständig überprüfen mußte, um sicherzugehen, daß nicht eine von ihnen wieder aufgegangen war. Die Abenteuer in den Büchern waren irgendwie anders verlaufen. Inzwischen hätte er bereits reich und berühmt sein müssen. Eine Schar von Anhängern hätte hinter ihm herlaufen und Könige auf seinen Rat warten müssen. Auch hätte die Frau seiner Träume an seiner Seite sein sollen.

Manchmal wollte Jack einfach nur weinen. Wenn er an Tarissa dachte, wie sie vor Rovas' Hütte gekniet und ihn angefleht hatte, ihn begleiten zu dürfen, fragte er sich, ob er richtig gehandelt hatte. Diese Gedanken waren die schlimmsten von allen, und dann fiel es ihm immer besonders schwer weiterzugehen. In solchen Augenblicken mußte er sich förmlich dazu zwingen, nicht wieder zurückzulaufen. Einmal, aber wirklich nur einmal, hatte er dem Verlangen nachgegeben.

Es war spät in der Nacht gewesen – wie immer die schlimmste Zeit für Menschen allein –, und er konnte nicht einschlafen. Was auch immer er versuchte, er konnte Tarissa einfach nicht aus seinen Gedanken verdrängen. Und dann, als der Mond im Westen unterging, erreichte Jack einen Punkt, an dem er nicht mehr anders konnte. Er wollte Tarissa sehen, sie berühren, sie in die Arme schließen und ihr zärtlich zuflüstern, daß alles wieder gut werden würde. Mitten in der Nacht machte er sich auf den Weg zurück. Stundenlang lief er durch die Finsternis und folgte seinen eigenen Spuren. Die Dunkelheit war seine Verbündete und die Schatten seine Freunde. Sie geleiteten ihn durch die Nacht und vermittelten ihm das Gefühl, so klein und unbedeutend zu sein, daß er sein eigenes Urteil in Frage stellte. Wer war er schon, daß er sich anmaßen durfte, einen anderen Menschen zu verdammen? Er, der er sich selbst so vieler Sünden schuldig gemacht hatte. In einer Welt, die im Licht der fernen Sterne grenzenlos erschien, glaubte Jack, daß nichts, was er sagte oder tat, irgendeine Bedeutung hatte. Das Alleinsein ängstigte ihn, und er brauchte jemanden, der all das ausglich, was er nicht war. Er brauchte Tarissa.

Der Sonnenaufgang änderte alles.

Blaß und majestätisch erhob sich die Morgensonne über den Gipfeln der Hügel. Ihre sanften Strahlen suchten und fanden alle Unsicherheiten und Schatten und wischten sie mit der Geschwindigkeit des Lichts hinweg. Während die Sonne immer höher kletterte, wurde Jacks Schritt immer langsamer. Die Welt besaß wieder Grenzen: Hügel und Flüsse, Wälder und Berge. Sie war kleiner geworden, weniger einschüchternd: ein Ort, an dem man etwas bewegen konnte. Jacks Entschlossenheit kehrte wieder zurück. Tarissa hatte ihn betrogen. Er brauchte sie nicht; besser allein sein, als jemanden an der Seite zu haben, dem man nicht vertrauen konnte.

Jack hielt an einem Fluß an, hockte sich nieder und trank. Er spürte die ermutigende Wärme der Sonne auf seinem Rücken, die ihn dazu aufforderte umzukehren. Er hatte bereits Lebewohl gesagt, und er war schon so weit gekommen, daß es dumm gewesen wäre zurückzugehen. Jack stand auf, wirbelte herum und machte sich erneut auf den Weg nach Osten, der Sonne entgegen.

Während die Zeit verging, zog die Sonne langsam ihre Bahn am Himmel. Schließlich schien sie Jack in den

Rücken, und die Sonnenstrahlen änderten ihre Natur: Sie lockten nicht mehr, sie trieben Jack voran.

In der Ferne entdeckte Jack ein Licht. Ein Bauernhof. Der Anblick ließ sein Herz schneller schlagen. Mit ein wenig Glück hatte er für heute nacht eine Unterkunft. Auf dem Weg dorthin machte er eine Bestandsaufnahme seines Körpers. Die Wunde, die ihm Rovas zugefügt hatte, heilte gut. Er tastete vorsichtig über den Schorf, stellte aber weder Eiter noch eine Schwellung fest. Gut. In den vergangenen Tagen hatten ihn immer wieder seine Nieren geplagt – die Tischkante hatte ihnen einen kräftigen Schlag versetzt –, aber gegenwärtig gaben sie nur einen dumpfen, erträglichen Schmerz ab. Anschließend tastete Jack nach seiner Lippe; sie war noch immer geschwollen. Magra hatte den Kupferkessel wie ein professioneller Kämpfer geschwungen, und ihr gut gezielter Schlag hatte Jack nicht nur an der Lippe, sondern auch am Kinn getroffen. Er mochte gar nicht daran denken, wie sein Gesicht im Augenblick aussehen mochte: blaue Flecken, geschwollene Schnitte, und ein Siebentagebart. Bisher war er stillen Gewässern aus dem Weg gegangen, um sein Spiegelbild nicht sehen zu müssen. Er hatte immer nur aus Flüssen und Bächen getrunken.

All die alten Wunden an Jacks Armen und Beinen – die Hundebisse und die verschiedenen anderen Verletzungen, die er sich in der Garnison zugezogen hatte – hatten inzwischen den Schorf verloren und sich in Narben verwandelt; also kümmerte er sich nicht mehr darum. Nur die Stelle kurz unterhalb seiner rechten Schulter bereitete ihm nach wie vor Sorgen, dort wo der Halcus-Pfeil ihn getroffen hatte. Frau Wadwell hatte die Wunde versorgt, und wahrscheinlich wäre sie mittlerweile auch verheilt, hätte Rovas nicht einen Schlag dort gelandet. Jack hatte beschlossen, vorsichtig mit dieser Verletzung umzugehen. Er durfte seine rechte Seite nicht allzusehr belasten. Er mußte nur die Hand in seine Tunika stecken, um zu wissen, daß die Wunde sich entzündet hatte. Die Ränder waren geschwollen, und manchmal näßte sie nach einem langen Tagesmarsch. Außerdem sah sie genauso schlimm aus, wie sie roch. Die Venen traten deutlich hervor, und dank Rovas war sie von einem gelbgrünen Fleck umgeben.

Während er sich dem Bauernhof näherte, pochte die Wunde. Bevor er einschlief, würde er sie aufschneiden müssen, um den Eiter herauszulassen. Stets war er bemüht, sie sauberzuhalten, und mindestens einmal am Tag wusch er sie aus; aber er brauchte Wein, nicht Wasser, um sie vernünftig zu reinigen. Das oder ein Brandeisen.

Jack duckte sich unter die Büsche. Nur eine kleine Weide lag zwischen ihm und dem Bauernhof, ein Milchbetrieb. Er lauschte auf Hunde oder Gänse; doch außer dem leisen Muhen der Kühe und ihrer Kälber war nichts zu hören. Jack riskierte es weiterzugehen. Die Kühe nahmen seinen Geruch auf, aber nach ein paar warnenden Lauten beruhigten sie sich wieder. Er war kein Wolf, und das wußten sie. Rasch überquerte Jack die Weide. In Kuhfladen zu treten war zwar nicht angenehm, aber es hatte auch seine Vorteile: Auf diese Weise roch er für Gänse und anderes Geflügel vertraut. Er ging um das Hauptgebäude herum. Auf der Rückseite befanden sich ein Schweinepferch, von dem Jack sich wohlweislich fernhielt, eine Scheune und eine Molkerei. Er wählte die Molkerei als Ziel. Wenn er Glück hatte, würde er dort Käse, Sahne und Buttermilch finden.

Sein Magen knurrte lautstark bei dem Gedanken an Nahrung. »Es dauert ja nicht mehr lange«, flüsterte ihm Jack zu.

Die Tür der Molkerei war nur mit einem rostigen Riegel verschlossen, der sich jedoch leicht bewegen ließ. Jack schlüpfte hinein, von der mondhellen Nacht in die Dunkelheit. Ein paar Minuten blieb er regungslos stehen, bis sich seine Augen an die Lichtverhältnisse gewöhnt hatten. Seine Nase benötigte keine derartige Eingewöhnungsphase; im selben Augenblick, da er eingetreten war, hatte sie ihm schon berichtet, daß Nahrung in der Nähe war – Käse, um genau zu sein.

Hunger machte merkwürdige Dinge mit einem Mann. Jack hatte in keinster Weise ein schlechtes Gewissen, alles zu essen, was er finden konnte. Hätte er Geld gehabt, hätte er ein paar Münzen zurückgelassen; aber er hatte keines, und er nahm sich die Sachen trotzdem. Er wollte überleben, und wenn er dafür stehlen mußte, dann war das halt nicht zu ändern. Wenn er irgend etwas in Burg Harvell gelernt hatte, dann, daß die Welt ungerecht war. Wenn der Bauer am Morgen erwachte und feststellte, daß die Hälfte seines Käses verschwunden war, dann hatte er noch Glück gehabt. Einem Mann konnten noch viel schlimmere Dinge widerfahren.

Jack hatte in den vergangenen Monaten seine Naivität verloren. Als er die Königreiche verlassen hatte, war er noch ein Junge gewesen. Vertrauensselig und unschuldig hatte er jedermann beim Wort genommen. Das war jetzt anders. So schnell würde er sich nicht wieder von jemandem an der Nase herumführen lassen. Doch in gewisser Weise hatte er auch Glück gehabt. Selbst inmitten des Feuers und des Chaos in der Garnison hatte er Freundlichkeit erfahren. Dilburt und Frau Wadwell hatten ihn in jener Nacht in mehr als einer Hinsicht gerettet. Sie hatten ihm gezeigt, zu wieviel Gutem die Menschen fähig waren. Mit offenem Herzen hatten sie ihn aufgenommen und für ihn gesorgt. Sie hatte weder Fragen gestellt noch etwas als Gegenleistung verlangt. Jack würde sich immer daran erinnern.

Nein, die Welt war kein gerechter Ort, aber sie war auch nicht schlecht.

Sofort als seine Augen die ersten Formen in der Dunkelheit ausmachen konnten, begann Jack, nach Nahrung zu suchen. Der Käse lag auf einem Regal. Vorsichtig nahm Jack ein Rad herunter und schlug mit ruhiger Hand das Leinentuch beiseite. Er widerstand dem

Drang, einfach hineinzubeißen; statt dessen schnitt er sich ein ordentliches Stück heraus. Seine Wunde würde bis morgen warten müssen; er durfte nicht riskieren, sie mit einem schmutzigen Messer zu öffnen.

Der Käse war das Opfer wert. Er schmeckte hervorragend: scharf und trocken. Eine weitere Durchsuchung der Molkerei förderte einen Krug Buttermilch zutage. Jack setzte sich auf den strohbedeckten Boden und aß und trank, bis ihm schlecht wurde. Obwohl Käse und Buttermilch einzeln betrachtet durchaus gesund waren, so war die Kombination von beiden doch bei weitem zu fettig.

Mit einem Magen, der inzwischen wegen Übersättigung grollte, rollte sich Jack zu einem Ball zusammen und deckte sich mit Stroh zu. Er schloß die Augen und lauschte auf Ratten. Er konnte nie einschlafen, bevor er sich nicht vergewissert hatte, daß keiner der bösartigen Nager in der Nähe war. Jack haßte Ratten.

Er war beinahe enttäuscht, als er nichts hörte außer dem Knacken arbeitenden Holzes und dem Rauschen des Windes draußen. Die Abwesenheit huschender Geräusche bedeutete, daß er beruhigt einschlafen konnte. Heutzutage hatte er beinahe mehr Angst vor dem Schlaf als vor Ratten. Jack fand keinen Frieden mehr in seinen Träumen. Stets erschien ihm Tarissa: im einen Augenblick weinend und flehend und im nächsten verschlagen lachend. Jede Nacht ging die Garnison von neuem in Flammen auf, und manchmal brannte auch Tarissa. Ratten mochten Jack vielleicht einen Schauer über den Rücken jagen, aber weder verwirrten sie ihn, noch vermittelten sie ihm Schuldgefühle.

Bevor er sich versah, waren ihm die Augenlider schwer geworden, und er war eingeschlafen. Vielleicht lag es an der ungewöhnlichen Kombination von Käse und Buttermilch, oder vielleicht auch nicht; auf jeden Fall träumte Jack zum ersten Mal seit Wochen nicht von Tarissa. Er träumte von Melli. Ihr blasses, schönes Gesicht leistete ihm die ganze Nacht über Gesellschaft.

Kapitel zweiunddreissig

Rauch stieg aus einem Wald von Kerzen auf. Ein Feld von Wildblumen ruhte in silbernen Schüsseln. Die Jahresausbeute einer Silbermine zierte den feinsten Stoff, und das Licht wurde von einem ganzen Berg aus Kristall aufgefangen. Die Wände leuchteten in allen Farben des Regenbogens, während eine Wiese aus duftenden Gräsern den Boden bedeckte. Es war das Fest der Aussaat in Bren, und der Palast des Herzogs hatte sein bestes Frühlingsgewand angelegt.

Lange Tische erstreckten sich durch die große Halle von einem Ende bis zum anderen, und Schwäne schwammen auf den Tischplatten; ihre strahlend weißen Federn verbargen die gebratenen Vögel darunter. Eberköpfe, das Maul gestopft mit Singvögeln, lagen auf edlen Teppichen, und neugeborene Kälber steckten auf Spießen.

Die Lords und Ladies, die sich um die Tische versammelt hatten, waren die einflußreichsten Persönlichkeiten von Bren. Ihre Kleidung bestand aus den feinsten Stoffen, doch die Farben waren seltsam gedämpft: Dunkelgrau, Dunkelgrün und Schwarz. Die Frauen machten die Einfachheit ihrer Kleider dadurch wieder wett, daß sie ihren teuersten Schmuck angelegt hatten. Diamanten und Rubine funkelten im Kerzenlicht, und edle Metalle klimperten bei jeder Bewegung.

Der Herzog ließ seinen Blick durch die Halle schweifen. Sein Hof war heute nacht besorgt. Männer und

Frauen tranken viel, doch aßen wenig. Schließlich blieben die Augen des Herzogs an Lord Cravin hängen. Er war ein ehrgeiziger und mächtiger Mann, der lange gegen die Hochzeit von Katharina und Kylock gearbeitet hatte. Der Herzog verneigte sich. Cravin würde mit dem Verlauf des Abends äußerst zufrieden sein. Lord Maybor, der in Cravins Nähe saß, bemerkte die wortlose Unterhaltung der beiden. Der Herzog hob den Becher in Maybors Richtung. Maybor erwiderte die Geste. Sein Gesicht war puterrot, und er war prächtiger gekleidet als der Rest der Gäste zusammengenommen. Der Herzog mußte ein Lachen unterdrücken. Der Mann hatte nicht die leiseste Ahnung, daß diese Nacht sein Leben verändern würde.

Der Herzog warf einen raschen Blick auf die kleine Seitentür in der Nähe seines Tisches. Hinter ihren Balken wartete jene Frau, die den Lauf der Geschichte verändern würde: Melliandra, seine zukünftige Braut. Sie wußte nicht, daß ihr Vater hier war. Der Herzog sah sie deutlich vor seinem geistigen Auge: Sie trank gerade ein wenig mehr Wein, als gut für sie war und fauchte ihre Dienerin an, weil diese an der Tür gelauscht hatte und obwohl sie selbst genau das gleiche tat. Es würde nicht mehr lange dauern, bis er sie herausbitten würde.

Als der Herzog seine Aufmerksamkeit wieder den Gästen zuwandte, entdeckte er etwas, was ihm Grund zur Sorge gab: Baralis saß neben Katharina. Dies allein war schon eine unverhohlene Mißachtung seiner Wünsche, aber die Art, wie sich Katharina zu dem Mann hinüberbeugte, war noch wesentlich besorgniserregender: Sie fütterte ihn mit Fleisch und Süßigkeiten, und ihre Brüste strichen über seinen Arm. Zu jeder anderen Zeit hätte der Herzog ein solches Verhalten nicht toleriert. Er hätte Katharina einfach ins Bett geschickt. Offensichtlich hatte sie getrunken; anders war ihr unanständiges Benehmen nicht zu erklären. Noch während der Herzog die beiden beobachtete, legte Baralis abwehrend die Hand auf Katharinas Arm und rückte von ihr ab. Das freute den Herzog, überraschte ihn aber nicht. Baralis war kein dummer Mann …

… aber er würde bald ein wütender Mann sein.

Und Katharina? Wie würde sie reagieren? Sie würde sich nicht gerade freuen, soviel war sicher. Der Herzog zuckte die Schultern. Mit dem Wutanfall eines jungen Mädchens würde er schon fertig werden.

Es war Zeit. Das Essen war beendet, und das Trinken hatte einen Punkt erreicht, an dem die Anwesenden die Menge nicht mehr verbargen, die sie hinunterschluckten. Der Herzog schlug seinen Becher mit lautem Knall auf den Tisch. Alle Augen richteten sich auf ihn. Er stand auf, und die Gäste verstummten.

Darauf hatte Maybor schon den ganzen Abend gewartet. Er hatte kaum bemerkt, wie er vier Fasane verspeist hatte, ebensowenig wie den halben Rehrücken. Die ganze Zeit über hatte er nur darüber nachgedacht, was der Herzog Baralis antun wollte. Es war höchste Zeit, daß man diesem bösartigen Dämon ein für allemal den Garaus machte. Allerdings war es merkwürdig, daß Baralis ausgerechnet heute abend seinen Willen bekommen würde: In wenigen Minuten würde die Hochzeit von Katharina und Kylock beschlossene Sache sein. Maybor lehnte sich zurück und hörte dem Herzog zu.

»Sehr verehrte Lords und Ladies«, sagte der Herzog mit lauter, tönender Stimme. »Ich habe das heutige Fest gewählt, um zwei bedeutende Ankündigungen zu machen. Wie Ihr wißt, bittet man zum Fest der Aussaat für eine gute Ernte. Ich hoffe nun, daß die Saat, die ich heute abend säen werde, ebenfalls gute Früchte tragen wird.«

Der Herzog legte eine rhetorische Pause ein. Ein nervöses Raunen ging durch die Zuhörer. Die Gäste rutschten unruhig auf ihren Stühlen hin und her, und Maybor bemerkte, daß manch einer die Unterbrechung nutzte, um einen Schluck Wein zu trinken. Doch als der Herzog wieder das Wort ergriff, herrschte Schweigen.

»Zunächst einmal möchte ich Euch davon in Kenntnis setzen, daß die Hochzeit von Katharina und Kylock wie geplant stattfinden wird …«

Daraufhin erhob sich ein derartiger Lärm, daß der Herzog mitten im Satz innehalten mußte. Ein Gefühl, das an Panik erinnerte, breitete sich im Saal aus. Manche zogen zischend die Luft an, andere hoben die Augenbrauen, und jedermann starrte den Herzog ungläubig an. Maybor blickte zu Lord Cravin: Das Gesicht des Mannes war todernst. Im Gegensatz dazu wirkten Katharina und Baralis so selbstgefällig wie ein frisch vermähltes Paar. Maybor machte sich allmählich Sorgen. Hatte der Herzog ihn hinters Licht geführt? Hatte er ihm nur versprochen, Baralis aus der Fassung zu bringen, um ihn ruhigzustellen?

Der Herzog sah nicht zufrieden aus. Die Haut auf seiner Nase war gespannt, und seine Lippen waren zu einem dünnen Strich zusammengepreßt. Wütend schlug er mit dem Becher auf den Tisch. »*Ruhe!*« brüllte er.

Auf der Stelle erstarrte jedes einzelne Mitglied des Hofstaates. Die meisten wagten noch nicht einmal mehr zu atmen. Es war totenstill.

Befriedigt fuhr der Herzog fort: »Ich habe nicht nur entschieden, daß die Hochzeit wie geplant stattfinden soll, ich habe auch bereits einen Termin festgelegt. In zwei Monaten von heute an wird meine geliebte Tochter König Kylock heiraten.«

Wieder geriet die Menge außer Kontrolle. Die Halle war erfüllt von zischendem Flüstern. Es war ein Beweis für die Macht des Herzogs, daß niemand es wagte, die Stimme zu erheben.

Plötzlich stand Lord Cravin auf. Er verneigte sich vor dem Herzog. »Ich bitte Euer Gnaden um Erlaubnis, die Tafel verlassen zu dürfen«, sagte er, wobei er jedes einzelne Wort übertrieben betonte.

»Eure Bitte ist abgelehnt, Lord Cravin. Ihr werdet Euch wieder hinsetzen und meine zweite Ankündigung abwarten wie alle anderen auch.«

Gedemütigt warf Lord Cravin dem Herzog einen haßerfüllten Blick zu.

Maybor glaubte, so etwas wie Belustigung in den Augen des Herzogs zu sehen. Der Hofstaat beruhigte sich wieder, nachdem sie gesehen hatten, wie hart ihr Herrscher mit Lord Cravin umgesprungen war.

Der Herzog bedeutete seiner Tochter aufzustehen. Katharina tat wie ihr geheißen. Die Perlen auf ihrem Kleid glitzerten wie Regentropfen. *Borc, was für eine Schönheit*! dachte Maybor. Sie hatte ihr helles, langes Haar auf dem Kopf zusammengesteckt; doch weder Kämmen noch Haarspangen gelang es, alle Locken festzuhalten, und so waren einige heruntergefallen und umrahmten Katharinas Gesicht wie ein Heiligenschein.

»Auf meine Tochter, Katharina«, sagte der Herzog und hob das Glas, »die Königin der Vier Königreiche sein wird, noch bevor das Getreide reif ist.«

Maybor wäre beinahe an seinem Wein erstickt. *Königin der Vier Königreiche.* Melliandra hätte diesen Titel tragen sollen. Seine Tochter hätte Königin sein sollen. Bei all den Intrigen, die mit Katharinas Erbe verbunden gewesen waren, hatte niemand mehr daran gedacht, daß sie ja auch Königin der Vier Königreiche werden würde – auch Maybor nicht. Er fühlte sich plötzlich unendlich müde. Die Gäste spendeten halbherzig Beifall. Da Kylock inzwischen mit geradezu unglaublicher Geschwindigkeit auf die Hauptstadt von Halcus vorstieß, sah die Lage nun vollkommen anders aus als noch vor wenigen Monaten. Von dem Enthusiasmus, mit dem der Hof von Bren damals die Hochzeit begrüßt hatte, war nichts mehr übriggeblieben.

Der Herzog gab Katharina ein Zeichen, sich wieder hinzusetzen. »Und nun«, sagte er, »zu meiner zweiten Ankündigung. Ich bin schon lange unverheiratet. Es ist nunmehr über zehn Jahre her, daß meine geliebte Frau gestorben ist, und ich denke es ist an der Zeit, mich erneut zu vermählen.«

Die Zuhörer waren schockiert. Niemand sprach. Niemand rührte sich.

Maybor beugte sich in seinem Stuhl vor. Langsam bekam er eine Vorstellung davon, was der Herzog geplant hatte: Er wollte seine Tochter als Erbin ablösen, indem er einen legitimen männlichen Thronfolger zeugte.

Der Herzog fuhr fort: »Ich habe vor kurzem eine Dame von hoher Geburt kennengelernt. Eine wunderschöne, junge Frau, die eingewilligt hat, meine Frau zu werden. Ich weiß, daß dies die meisten hier überraschen wird, aber ich beabsichtige sie noch innerhalb dieses Monats zu heiraten.«

Den Jubel der Menge in den Ohren, schaute Maybor zu Baralis. Der Mann war leichenblaß. Das war wohl eine mehr als unangenehme Überraschung für ihn gewesen. Maybor lächelte. Die Pläne des großen Lords würden sich schon in allerkürzester Zeit in Luft auflösen.

Melliandra wurde allmählich ungeduldig. Sie war so oft in dem kleinen Vorraum auf und ab gegangen, daß sie geschworen hätte, einen Pfad in den Boden gelaufen zu haben. »Nessa, was hörst du jetzt?«

»Nun, Mylady«, antwortete das kleine, pummelige Mädchen, »ich glaube, Seine Gnaden ist nun bereit, Euch vorzustellen.«

»Aus dem Weg.« Melli drängte Nessa von der Tür weg und legte ihr eigenes Ohr ans Holz. Die Gäste, die vor wenigen Minuten noch so laut gewesen waren, waren nun beunruhigend still. Melli trat von der Tür zurück, als sie bemerkte, daß der Herzog zu sprechen begonnen hatte. Aus irgendeinem Grund wollte sie nicht hören, was er über sie sagte. »Schenk mir noch einen Becher Wein ein«, befahl sie. Nessa gehorchte sofort. Mellis Hände zitterten so stark, daß sie gezwungen war, sich beim Trinken vornüberzubeugen und den Hals zu strecken. Nur so konnte sie vermeiden, daß die rote Flüssigkeit auf ihr Kleid schwappte.

Gerade als ihr gelungen war, den Becher an die Lippen zu führen, ertönte ein dreimaliges Klopfen an der Tür. Das war das Signal, daß ihr Auftritt unmittelbar bevorstand. Melli drückte den Becher in Nessas wartende Hand und richtete ihr Kleid. »Sehe ich gut aus?« Die Zofe nickte, doch Melli bemerkte es kaum. Dann öffnete sich die Tür, und sie wurde von Rauch und Licht geblendet.

Melli hörte das Geräusch von tausend Gästen, die den Atem anhielten. Sie erstarrte; plötzlich war sie unfähig, auch nur ein einziges Glied zu bewegen. Schweiß tropfte ihren Nacken hinab. Noch nie in ihrem Leben hatte sie soviel Angst gehabt. Sie verspürte das Bedürfnis, nach Hause zu rennen in die Königreiche und sich ihrem Vater in die Arme zu werfen. Auf was hatte sie sich da nur eingelassen? Ein feindseliger Hofstaat erwartete sie, bereit sie zu kritisieren und zu verdammen.

Und dann, gerade als sich Mellis Augen an das Licht gewöhnt hatten, stand der Herzog neben ihr. Er nahm ihren Arm und gab ihr seine Kraft. Behutsam berührten seine Lippen die ihren. »Komm, meine Liebe«, sagte er. »Komm, und lerne deinen Hof kennen. Ich verspreche, dir nicht von der Seite zu weichen.« Noch nie hatte er so zärtlich zu ihr gesprochen. Seine Stimme war Trost und Liebkosung zugleich. Er blickte ihr in die Augen. »Deine Schönheit macht mich heute nacht sehr stolz.« Der Herzog führte Melli aus den Schatten in die große Halle von Bren.

»Dies, verehrte Lords und Ladies«, sagte er und geleitete sie an seinen Tisch, »ist Melliandra aus den Ostlanden, die Tochter von Lord Maybor und die Frau, die ich heiraten werde.«

Maybor ließ seinen Becher fallen. Es war Melliandra. Seine Melliandra. All die Monate, die er sie nicht gesehen hatte, und nun tauchte sie ausgerechnet hier auf. Er stand auf. Mit drei mächtigen Sätzen war er an ihrer Seite, und eine Sekunde später war Melli in seinen Armen. Tränen rannen über Maybors Wangen, und es war ihm völlig gleichgültig, ob das irgend jemand sah. Er strich über Mellis Haar; es war noch genauso weich, wie er es in Erinnerung hatte. Sie war so klein, so zerbrechlich. Er wollte sie nie wieder loslassen.

»Melli, Melli«, flüsterte er. »Meine süße Melli. Ich habe schon nicht mehr geglaubt, daß ich dich jemals wiedersehen würde.« Sie zitterte wie ein Neugeborenes. Maybor spürte etwas Feuchtes an seinem Hals, und er bemerkte, daß auch seine Tochter weinte. Maybor löste sich von ihr und wischte sich mit der Faust die Tränen aus den Augen. Seine Tochter war noch zehnmal so schön wie früher.

»Vater, es tut mir leid«, flüsterte sie.

Maybor wischte ihr die Tränen mit einer Ecke seines Umhangs aus dem Gesicht. »Ruhig, meine Kleine. Jetzt ist nicht die Zeit für Bedauern. Wir sind wieder eine Familie, also sollten wir uns auch wie eine verhalten.«

Er ergriff Mellis Hand und wandte sich dem Herzog und seinem Hofstaat zu. Die Situation verlangte nach einer Vorstellung – und zwar nach einer guten. Maybor mußte diesen Leuten nicht nur den Eindruck vermitteln, er sei die ganze Zeit über in die Hochzeitspläne des Herzogs eingeweiht gewesen, er mußte sie auch beeindrucken. Vor drei Tagen hatte der Herzog ihm geraten, Gleichmut zu bewahren. Heute nacht würde Maybor ihm beweisen, daß er nicht nur Gleichmut bewahren konnte – er würde den Pakt besiegeln.

Maybor räusperte sich. Er ließ seinen Blick über die große Halle schweifen und schaute jedem der Anwesenden in die Augen. Als er schließlich sprach, betonte er jedes einzelne Wort. »Ich bin mehr als erfreut, meine Tochter, Melliandra, mit Bren zu vermählen. Ich wähle das Wort ›Bren‹ mit Bedacht, denn mir ist durchaus bewußt, daß Melliandra mehr als nur den Herzog heiraten wird; sie wird auch die Stadt zum Gemahl bekommen. Ich kann niemals hoffen, mich für eine derart überwältigende Ehre revanchieren zu können, doch als Vater ist es meine Pflicht, es wenigstens zu versuchen. In aller Demut habe ich dem Herzog ein Drittel meiner östlichen Ländereien angeboten und ein Viertel meines Vermögens. Er hat akzeptiert, und die entsprechenden Verträge sind bereits aufgesetzt worden.« *Na also, dachte Maybor. Soll doch mal einer behaupten, daß ich keine Geistesgegenwart besitze.*

Er warf einen raschen Blick auf den Herzog. Der Mann nickte zustimmend. Maybor nahm einen Becher vom Tisch und stellte sich zwischen Melliandra und den Herzog. »Einen Toast«, rief er und legte die Hände der beiden Liebenden ineinander. »Ein Toast auf die ruhmreiche Verbindung zweier der ältesten Familien des Nordens. Möge die Macht von Bren und den Ostlanden auf ewig miteinander verbunden sein.«

Als Maybor den Becher an die Lippen hob, erregte etwas Dunkles am Rand seines Sehfeldes seine Aufmerksamkeit. Es war Baralis. Er sah aus wie ein Mann, der zu morden bereit war.

Tawl beobachtete, wie die Menge mit Jubel auf den Trinkspruch reagierte. Zwar wußten die Gäste noch nicht so recht, was sie mit der Ankündigung anfangen sollten, doch irgendwie war es Maybor gelungen, ihre Begeisterung zu entfachen. Wer konnte auch ungerührt zusehen, wenn ein Vater angesichts der bevorstehenden Hochzeit seiner Tochter in Tränen ausbrach? Die spontane Zurschaustellung väterlicher Zuneigung hatte den praktisch orientierten und zynischen Hofstaat von Bren zutiefst bewegt. Besonders nachdem der betreffende Vater seine Fassung wiedergewonnen und eine Dankesrede gehalten hatte. Tawl lächelte; dabei berührten seine Lippen den dicken Samtvorhang. Er konnte deutlich sehen, von wem Melli ihre Geistesgegenwart und ihren Mut geerbt hatte.

Von seiner Position neben dem Tisch des Herzogs aus hatte Tawl die gesamte Halle im Blick. Er war in einem Gang verborgen, der die Halle mit der Küche verband. Normalerweise wurde er von Dienern benutzt, um Essen herbeizuschaffen, doch heute nacht hatte ihn Tawl in seinen privaten Fuchsbau verwandelt. Zunächst hatte er dafür gesorgt, daß ein undurchsichtiger, schwerer Vorhang vor den Eingang gehängt wurde; dann hatte er den Dienern verboten, während der Festlichkeiten einen Fuß in den Gang zu setzen. So hatte er Gelegenheit, die Ereignisse unauffällig zu verfolgen, und sollte es notwendig werden, hatte er auch noch einen Fluchtweg parat. In weniger als einer Minute konnte er Melli aus der Halle hinaus und in die Küche bringen.

Allerdings glaubte Tawl nicht, daß es dazu kommen würde. Jedenfalls nicht heute nacht. Doch kurze Zeit später sahen die Dinge anders aus. Er legte sein Auge an den Schlitz im Vorhang und suchte nach Baralis' Gesicht in der Menge. Der Mann versuchte noch nicht einmal, einen neutralen Eindruck zu erwecken. Während die meisten anderen Gäste sich zumindest bemühten, guten Willen gegenüber dem frisch verlobten Paar zu zeigen, saß Baralis einfach nur reglos da. Er hatte die Lippen zu einer dünnen Linie zusammengepreßt; seine Augen funkelten vor Haß, und er stach immer wieder mit seinem Fleischmesser in den Tisch.

Tawls Blick wanderte zu dem Mädchen rechts von Baralis: zur wunderschönen Katharina von Bren. Das äußere Erscheinungsbild konnte manchmal täuschen. Sie sah aus wie eine keusche Jungfrau: Das war sie nicht. Sie sah aus wie ein Engel: Auch das war sie nicht. Sie sah aus wie ein Mädchen, das keiner Fliege etwas zuleide tun konnte: Und das stimmte mit absoluter Sicherheit nicht. Selbst jetzt noch konnte sich Tawl an den Haß in ihrer Stimme erinnern, als sie ihm den Tod geschworen hatte. Unberechenbar, gefährlich und eine begnadete Schauspielerin: Die Tochter des Herzogs war nicht, was sie zu sein vorgab.

Als der Jubel verebbte, stand Katharina auf. Tawl bemerkte, daß ihr Gesicht ungewöhnlich blaß war, und daß ihre Hände zitterten, während sie sich am Stuhl festhielt. Instinktiv legte er die Hand auf den Griff seines Messers.

»Ich würde auch gerne einen Trinkspruch ausbringen«, erklärte Katharina erregt. »Einen Toast auf meinen Vater. Einen Mann, der sich lieber zum Narren macht, indem er eine Frau heiratet, die noch nicht einmal halb so alt ist wie er, anstatt seiner Tochter ihren angestammten Platz zu lassen!« Bei diesen Worten machte sie eine weit ausholende Bewegung und warf Teller und Becher vom Tisch.

Zwei unbewaffnete Soldaten, die Tawl vor dem Fest auf ebendiese Situation vorbereitet hatte, traten vor, um die Tochter des Herzogs hinauszuführen. Sie wehrte sich nach Leibeskräften. »Diese Heirat ist eine Farce!« schrie sie und riß sich aus dem Griff eines der beiden Soldaten los. Ihr Körper versteifte sich, und ihr Blick wurde trübe. Dabei blähten sich ihre Wangen, als würde sie die Luft anhalten. Die Hand, mit der sie sich am Stuhl festhielt, begann unkontrolliert zu zittern, und die sie umgebende Luft schien sich zu verdichten ... Plötzlich war alles vorbei.

Von seiner Position aus konnte Tawl genau sehen, warum Katharina sich wieder gefangen hatte. Baralis hatte ihre Hand ergriffen und ihr drei Worte ins Ohr geflüstert.

Die Worte hatten einen dramatischen Effekt auf Katharina. Würdevoll löste sie sich von den Wachen. »Laßt mich sofort los«, sagte sie. »Ihr habt wohl vergessen, wer ich bin.« Ein vernichtender Blick komplettierte den Tadel. Die beiden Männer traten sofort zurück, ohne sich vorher mit dem Herzog abzusprechen. Mit hoch erhobenem Kopf und den Rücken gerade wie ein Speer stolzierte Katharina durch die Halle und verschwand durch eine Seitentür.

Als sie verschwunden war, begannen die Höflinge, nervös untereinander zu flüstern.

Auch Tawl hinter dem Vorhang war nervös. Die Hand, die er auf das Messer gelegt hatte, war schweißnaß. Er war ein Risiko eingegangen, daß er nicht sofort aus seinem Versteck herausgetreten war, als Katharina sich erhoben hatte. Doch er wollte sie nicht demütigen, indem er ein Messer vor ihrem Gesicht schwang. Außerdem hätte der Herzog einer solchen Aktion niemals zugestimmt. Das hätte so ausgesehen, als würde er seiner eigenen Tochter nicht mehr vertrauen. Also war Tawl geblieben, wo er war, jederzeit bereit vorzustürmen, sobald Katharina sich gegen Melli gewendet hätte. Aber wenn er jetzt so darüber nachdachte, war sich Tawl gar nicht mehr so sicher, ob sie nicht genau das getan hatte.

Rasch blickte er zu Melli. Sie hatte sich inzwischen hingesetzt. Der Herzog saß zu ihrer Linken, Maybor zu ihrer Rechten. Sie wirkte müde und ein wenig zittrig, und ihr Vater schenkte ihr einen Becher Wein ein. Ohne große Förmlichkeit hob sie ihn an die Lippen und trank ihn in einem Zug leer. Tawl lächelte. Melli war immer noch die alte.

Dennoch wurde Tawl das Gefühl nicht los, daß vorhin beinahe etwas geschehen wäre. Irgend etwas war zwischen Katharina und Baralis gewesen: irgendeine Form der Verständigung, eine Warnung. Und so wie es aussah, war diese Warnung beherzigt worden. Innerhalb weniger Sekunden hatte sich Katharina von einer Frau am Rande eines Berserkerrauschs in eine selbstbeherrschte Hofdame verwandelt. Was hatte Baralis ihr gesagt, das eine solche Veränderung bewirken konnte? Und was wäre geschehen, wenn er nichts gesagt hätte?

Tawl reiste in Gedanken fünf Jahre in die Vergangenheit, als er Bevlin kennengelernt hatte. An jenem Abend hatte der alte Gelehrte das einzige Mal offen mit ihm über Zauberei gesprochen. *»Ja, es gibt immer noch Menschen, die die alte Kunst ausüben«*, hatte er gesagt. *»Aber die meisten glauben, es wäre besser, wenn sie es nicht tun würden.«* War Katharina eine von ihnen? Und Baralis? In jener Nacht, da er mit dem Champion des Herzogs gerungen hatte, hatte Tawl etwas gespürt, das gegen ihn gearbeitet hatte – etwas, das seinen Willen geschwächt und ihn seiner Kraft beraubt hatte. Katharina war Blayzes Geliebte gewesen. Hatte sie in jener Nacht versucht, ihm mit Zauberei zu helfen?

Tawl kämmte sich mit den Fingern durchs Haar. Er konnte nicht sicher sein. Die einzigen Beweise, die er hatte, war Katharinas leerer Blick und seine eigene Intuition. Normalerweise hätte das reichen müssen. Tawl verfluchte sich selbst – Ignoranz war keine Entschuldigung. Er hätte Melli da rausholen müssen. Egal, ob Katharina deswegen gedemütigt wurde!

Wieder legte er sein Auge an den Schlitz im Vorhang. Melli saß am Kopfende des Tisches. Sie gab eine hervorragende Vorstellung: essen, trinken, lachen, mit Lord Cravin flirten und den Herzog necken. Sie war sehr tapfer und sehr stark. Nach einem derart peinlichen Vorfall wären die meisten Frauen weinend in ihre Gemächer gerannt. Aber nicht Melli. Es bedurfte schon mehr als nur ein paar verbitterter Worte, um ihren Geist zu brechen. Tawl bemerkte, daß ihre linke Hand nicht zu sehen war. Er folgte der Linie ihres Armes und entdeckte, daß sie unter dem Tisch die Hand ihres Vaters umklammerte. Sie drückte so fest zu, daß ihre Knöchel weiß hervortraten. Beim Anblick von Mellis kleiner, blasser Hand atmete Tawl tief durch. Er würde es sich niemals verzeihen, sollte ihr etwas zustoßen.

Als er sich von dem Vorhang zurückzog, bemerkte er, daß Baralis nicht mehr auf seinem Platz war. Tawl hatte nicht gesehen, wie er gegangen war, aber er konnte vermuten, wohin er sich auf den Weg gemacht hatte. Zufrieden, daß Melli vorläufig in Sicherheit war, schlich Tawl durch den versteckten Gang in die Küche und von dort aus zur Hauptgalerie, die mit der großen Halle verbunden war. Als er sich dem Haupteingang der Halle näherte, erspähte er den schwarzgewandeten Baralis in der Ferne. Tawl folgte ihm. Der Mann kannte den Palast wie seine Westentasche. Er benutzte Abzweigungen, die Tawl noch nie aufgefallen waren, und er stieg Treppen hinauf, die entweder hinter einem Wandteppich oder in den Schatten verborgen waren. Schließlich erreichten sie einen Teil des Palastes, den Tawl erkannte: den Frauenflügel. Aus einer Wandnische heraus beobachtete er, wie Baralis sich einer mit Bronze beschlagenen Doppeltür näherte. Der Kanzler mußte nicht klopfen. Die Tür schwang auf, und Katharina stand wartend auf der Schwelle. Ihr Haar war offen, und sie trug ein schulterfreies Gewand. Sie winkte Baralis herein.

Als sich die Tür hinter den beiden schloß, drehte Tawl sich um. Mit schweren Schritten machte er sich auf den Weg zurück zur großen Halle. Was sollte er dem Herzog sagen, wenn er morgen früh zum Rapport bestellt wurde? Er atmete tief ein und stieß die Luft nur widerwillig wieder aus. Wie sollte er dem Herzog beibringen, daß seine eigene Tochter zur größten Gefahr für ihn werden könnte?

Kapitel dreiunddreissig

Seit nunmehr zwei Tagen wanderte Jack durch eine Landschaft, die weniger flach, dafür aber dichter bevölkert war. Weder das eine noch das andere behagte ihm. Einen Hügel hinunterzuwandern war ja äußerst angenehm; manchmal begann er sogar zu rennen, aber bergauf ... Jack schüttelte den Kopf. Bergauf war etwas vollkommen anderes. Seine Hüfte schmerzte; seine Knie machten ihm Schwierigkeiten, und selbst seine Fußgelenke benahmen sich merkwürdig: Sie weigerten sich, seinen Füßen zu gestatten, im richtigen Winkel aufzusetzen, und so war jeder Schritt mit Schmerzen verbunden. Wenn er jemals eine Welt erschaffen sollte, dann würde es nur bergab gehen.

Jacks Hauptproblem waren jedoch die Menschen. Es schien, als könnte er ihnen nicht länger aus dem Weg gehen. Die Straßen waren voll von ihnen; die Felder waren voll von ihnen, und die Wälder waren inzwischen derart licht geworden, daß er gezwungen war, von einem Baum zu anderen zu springen wie ein Eichhörnchen. Auf diese Art würde er mit Sicherheit Aufmerksamkeit erregen. Jack war sogar einmal gezwungen gewesen, vollkommen ohne Deckung über ein Feld zu rennen. Zwei Bauern mit Mistgabeln waren ihm auf den Fersen gewesen sowie ein Hund und eine ganze Schar Gänse. Die Gänse waren besonders schlimm gewesen. Sie hatten lauthals geschrien und mit ihren Schnäbeln auf seine edelsten Teile gezielt. Einen Hund hätte er jederzeit vorgezogen.

Als er das Knarren eines herannahenden Wagens hörte, sprang Jack in Deckung. Er war auf einer breiten Straße gewandert, die zu beiden Seiten von dichten Büschen und Farn gesäumt wurde. Anstatt weiterzufahren, blieb der Wagen stehen. Jack hielt den Atem an. Hatte der Fahrer ihn gesehen? Den Körper flach auf den Boden gepreßt, versuchte Jack, so ruhig wie möglich zu liegen. Erst hörte er leise Schritte, dann begannen sich die Büsche in seiner Nähe zu bewegen. Das Rascheln dauerte eine Zeitlang an. Jack vermutete, daß der Fahrer sich nur erleichtern wollte, und so blieb er, wo er war. Im selben Augenblick, da das Rascheln aufhörte, und er sich sicher genug fühlte, um auszuatmen, teilten sich die Büsche und ein Mann trat zwischen ihnen hervor. In der einen Hand hielt er einen Korb und in der anderen eine Sichel. Als er Jack erblickte, blieb er abrupt stehen und hob die Sichel.

»Junger Mann«, sagte er mit einer angenehm heiteren Stimme, »wenn es deine Absicht ist, mich auszurauben, dann kann ich dir gleich sagen, daß ich nur Kräuter in meinem Korb habe, und in meinem Karren sind nur Pilze.« Er lächelte breit. »Und dazu noch äußerst giftige.«

Verblüfft rührte sich Jack nicht von der Stelle. Im Augenblick schien ihm die Sichel so ziemlich das Tödlichste zu sein, was er je gesehen hatte.

Der Mann bemerkte, worauf Jack den Blick gerichtet hatte. »Die ist nur für die Kräuter.«

Jack beschloß zu sprechen. »Mein Herr, es tut mir leid, daß ich Euch erschreckt habe. Das ist nicht meine Absicht gewesen.« Er versuchte, seine Stimme so weit wie möglich zu dämpfen, um seine Herkunft zu verbergen.

Der Mann lächelte noch breiter als zuvor. Er war von durchschnittlicher Größe und besaß schulterlanges graues Haar. Er war nicht direkt alt, doch hatte er den Zenit seines Lebens bereits überschritten. Gemächlich steckte er die Sichel in den Gürtel. »Erstens hast du mich nicht überrascht, junger Mann; zweitens war ich mir deiner Gegenwart bereits bewußt, bevor ich angehalten habe, und mit absoluter Sicherheit hast du mich nicht erschreckt.«

Jack riskierte es, sich aufzusetzen und wischte sich den Dreck von Brust und Gesicht. »Habt Ihr gesehen, wie ich mich in den Büschen versteckt habe?«

Der Mann rieb sich das glattrasierte Kinn. »Das könnte man so sagen.« Seine Hand schoß vor. »Ich bin Stillfuchs. Erfreut, dich kennenzulernen.«

Übertrieben vorsichtig ergriff Jack die angebotene Hand … und mit einer Kraft, die einem Mann entsprochen hätte, der nur halb so alt war wie er, hievte Stillfuchs Jack in die Höhe.

»Hast du da unten irgendwelche interessanten Kräuter entdeckt?« fragte Stillfuchs und zwinkerte fröhlich.

Jack zuckte die Schultern.

Plötzlich packte Stillfuchs Jacks Hand und betrachtete den Handteller. »Natürlich hast du nichts entdeckt. Was sollte ein Junge aus den Königreichen auch von Annis-Kräutern wissen.«

Jack zog die Hand wieder zurück.

Stillfuchs lachte. »Mach dir keine Sorgen. Ich bin kein Wahrsager. Ich habe das nicht aus deiner Hand gelesen, aber dein Akzent ist ziemlich verräterisch.«

Jack kam sich sehr dumm vor und murmelte eine Entschuldigung. In den vergangenen Minuten war einfach zuviel geschehen, als daß er das alles schon hätte verarbeiten können. Zum einen konnte er kaum glauben, daß er in Annis war. Oh, natürlich hatte er schon vor einigen Tagen die Berge am Horizont entdeckt; doch er hatte ihnen keine weitere Beachtung geschenkt, da er geglaubt hatte, sie seien noch unendlich weit entfernt. Überdies waren seit zwei Tagen die Wolken so dicht gewesen, daß er die Berge überhaupt nicht mehr gesehen hatte. War er wirklich schon so weit gekommen? Oder war es gar nicht so weit gewesen? Während seines Aufenthalts in Rovas' Hütte hatte er sich nie

Gedanken darüber gemacht, wo genau in Halcus er sich befand. Monatelang war er in der Nähe der Grenze gewesen, ohne es zu wissen – noch etwas, was Tarissa ihm verheimlicht hatte.

Jetzt ergab alles einen Sinn. Jack war immer davon ausgegangen, die Garnison läge in der Mitte von Nirgendwo, aber in Wahrheit diente sie dazu, die Grenze zwischen Halcus und Annis zu sichern. Auch Rovas' Schmuggel profitierte sicherlich von der Nähe zu einem solch großen Handelszentrum. »Wie weit sind wir noch von der Stadt entfernt?« fragte Jack.

Stillfuchs war gerade damit beschäftigt, seinen Korb zu durchsuchen. Ohne aufzublicken, antwortete er: »Annis ist etwa dreißig Meilen östlich von hier. Ein Morgenritt oder ein Tagesmarsch zu Fuß.« Plötzlich hielt er ein paar Stücke getrockneter Rinde in der Hand und rief: »Aha! Ich wußte doch, daß ich noch welche hatte.«

»Was hatte?«

»Weidenrinde für dein Fieber und etwas Haselnuß, um deine Wunde zu reinigen.«

Jack legte die Hand auf die Brust. »Aber ...«

»Ich kann den Eiter riechen«, beantwortete Stillfuchs die Frage, bevor sie gestellt wurde. »Die Wunde muß versorgt werden, Junge. Es grenzt an ein Wunder, daß du überhaupt so weit gekommen bist.«

»Du weißt doch gar nicht, wie weit ich gewandert bin.« Die Härte seiner eigenen Stimme überraschte Jack. Er dachte an die Garnison. Wollte er vermeiden, daß dieser Mann erfuhr, woher er gekommen war, dann mußte er äußerst vorsichtig sein. Inzwischen hatte bestimmt schon jeder in Annis von dem Feuer gehört.

Wieder lächelte Stillfuchs. »Ich weiß vielleicht nicht, wie weit du gewandert und woher du gekommen bist, aber ich weiß mit Sicherheit, wohin du gehen wirst.«

Jack blickte dem Mann in die Augen. Er war älter, als er gedacht hatte. »Und wohin gehe ich?« fragte Jack.

Stillfuchs zwinkerte ihm zu. »Zu mir nach Hause.«

Das war nicht die Antwort, die Jack erwartet hatte. »Und warum?«

»Willst du nicht mit mir kommen, wenn ich es dir nicht sage?«

»Nein.«

Stillfuchs nickte bedächtig. »Also gut. Seit ich heute morgen auf den Wagen gestiegen bin, habe ich deine Spur gerochen. Ich habe dann nur noch das Pferd angetrieben und bin dir hierher gefolgt.«

»Was für eine Spur?« Im selben Augenblick, da er die Frage gestellt hatte, wußte Jack, daß ihm die Antwort nicht gefallen würde.

»Zauberei, Junge.« Alle Heiterkeit war aus Stillfuchs' Gesicht gewichen. »Du schleppst die Reste deiner letzten Beschwörung immer noch mit dir herum.«

Jack wußte, daß sein Gesicht die Farbe verlor, doch er konnte nichts dagegen tun. Langsam bewegte er sich vorwärts. »Ich weiß nicht, wovon du redest. Ich muß jetzt weitergehen.«

Stillfuchs packte ihn am Arm, und sein Griff war nicht sanft. »Sei kein Dummkopf, Junge. Du brauchst Hilfe, und ich biete dir welche an. Er wäre äußerst unklug von dir, mein Angebot abzulehnen.« Der heitere Tonfall war einer tiefen, energischen Stimme gewichen.

Jack befreite sich. »Und wer bist du, daß du dir anmaßt, darüber zu entscheiden, was dumm und was klug ist?«

Stillfuchs blickte Jack streng in die Augen. »Ich bin jemand, der weiß, daß es in Annis nur so von Halcus-Soldaten wimmelt, die nach jemandem suchen, der eine ihrer Garnisonen niedergebrannt hat.«

Rovas hatte ihnen verraten, in welche Richtung er gegangen war! Jack trat in den Staub. Tarissa hatte ihn gefragt, wohin er gehen würde, und er hatte geantwortet, nach Osten. Wahrscheinlich hatte sie sich ausgerechnet, daß genau jener Ort sein Ziel war, wo sie geplant hatten, ein gemeinsames Leben zu führen. Jack fragte sich, wie lange sie darüber nachgedacht hatte, ob sie es Rovas sagen sollte oder nicht. Offenbar nicht sehr lange, denn die Halcus waren bereits vor ihm.

Jack warf einen kurzen Seitenblick auf Stillfuchs. Woher sollte er wissen, daß der Mann die Wahrheit gesagt hatte? Und was genau wußte er über die Garnison? »Ich habe nichts von den Halcus zu befürchten«, erklärte er.

»Sie haben überall in der Stadt Beschreibungen von dem Mann verteilt, hinter dem sie her sind. Groß, braune Haare und spricht mit dem Akzent der Königreiche.« Wieder schaute Stillfuchs Jack streng an. »Annis und Halcus stehen im Augenblick auf sehr gutem Fuß miteinander – wahrscheinlich kämpfen sie sogar bald auf derselben Seite –, und es gibt nichts, was Annis nicht tun würde, um seinem zukünftigen Verbündeten zu helfen. Und die Auslieferung eines notorischen Kriegsverbrechers ist ein beeindruckender Freundschaftsbeweis.«

»Eines Kriegsverbrechers?« Jack versuchte noch nicht einmal, seine Überraschung zu verbergen.

Stillfuchs nickte. »Kylock hat gerade Helch erreicht. Die Garnison, die zerstört worden ist, hätte eigentlich Truppen und Vorräte entsenden sollen, um bei der Verteidigung der Hauptstadt zu helfen. Aber da das komplette Arsenal abgebrannt und viele Männer verwundet worden sind, ist daraus nichts mehr geworden. Einige Leute behaupten, dieser geniale Sabotageakt hätte Kylock den entscheidenden Vorteil verschafft. Ich weiß nicht, ob das wahr ist; Tatsache bleibt aber, daß Helch schon bald kapitulieren wird. Sehr bald.«

Jack gefror das Blut in den Adern. Würden seine Verbrechen denn niemals enden? Eine tiefe Grube öffnete sich in seinen Gedanken, doch er weigerte sich hineinzuschauen. Umgeben von seiner eigenen Schuld, drohte die Grube ihn hinab zu den Qualen der Vorsehung zu reißen. Dorthin wollte er nicht gehen. Um sich von solchen Gedanken abzulenken, begann er zu reden, doch nur, um festzustellen, daß seine Worte die Gedanken noch deutlicher hervortreten ließen. »Kylock wird den Krieg gewinnen.« Was als Frage gedacht gewesen war, wurde zu einer Erklärung.

Erneut legte ihm Stillfuchs die Hand auf den Arm. »Komm mit mir. Ich schwöre, daß dir unter meinem Dach kein Leid geschehen wird.«

In der Berührung des alten Mannes steckte mehr, als es den Anschein hatte. Sie vermittelte Jack Ruhe und Kraft. Die Grube schloß sich wieder, und er war nicht länger verängstigt, nur verwirrt. »Warum solltest du mir helfen?« fragte er.

Noch während er antwortete, führte Stillfuchs Jack in Richtung Straße. »Ich helfe dir, weil ich die Meinen erkenne.« Die Heiterkeit war wieder in die Stimme des Mannes zurückgekehrt, und Jack fragte sich einen Augenblick lang, ob sie vielleicht dazu diente, eine Zweideutigkeit zu verbergen.

»Schschsch!« zischte Stillfuchs, bevor Jack etwas erwidern konnte. Reiter galoppierten die Straßen entlang. Stillfuchs und Jack hielten sich verborgen und warteten, bis das Klappern der Hufe verklungen war, bevor sie die Straße betraten. Stillfuchs hob das Öltuch an, das über seinen Karren gespannt war. »Hier drunter. Schnell.« Jack schlüpfte unter das Öltuch. Der Karren roch nach Schimmel. Stillfuchs befestigte das Tuch wieder und kletterte auf den Kutschbock. Während er die Zügel aufnahm, flüsterte er: »Du kannst soviel Pilze essen, wie du willst. Sie sind nicht giftig. Ich habe gelogen.«

Tawl blickte dem Herzog entgegen. Seine Gnaden hatte ursprünglich gewünscht, ihn vor Mellis Gemach zu treffen; doch Tawl wollte nicht riskieren, daß Melli irgend etwas von dem mitbekam, was er dem Herzog zu sagen hatte. Also hatten sie sich hier draußen verabredet, im Damenhof.

»Seid gegrüßt, mein Freund«, sagte der Herzog und

schüttelte Tawl die Hand. »Vergangene Nacht ist doch alles hervorragend gelaufen, oder etwa nicht?«

»Mel...« Tawl hielt sich zurück. »Eure Dame hat Stärke und Würde bewiesen.«

Der Herzog nickte. »Sie war phantastisch, nicht wahr?« Er hielt einen Augenblick inne. Offenbar war er äußerst zufrieden. »Auch ihr Vater war einfach brillant. Mit seinen Tränen hat er mehr Herzen gewonnen, als wenn er er all sein Gold verschenkt hätte. Ich hätte es selbst nicht besser planen können.«

Aus irgendeinem Grund ärgerte sich Tawl über die Worte des Herzogs. »Habt Ihr die Neuigkeiten aus Helch schon gehört?« fragte er, um das Thema zu wechseln.

»Nein. Ich habe den ganzen Morgen einen erleichterten Lord nach dem anderen empfangen. Meine Bekanntmachung letzte Nacht hat den Hof ohne Zweifel besser schlafen lassen.«

»Kylock hat die Verteidigung von Helch durchbrochen. Er ist bereits in die Stadt eingedrungen, und nun stehen nur noch die Mauern der Festung zwischen ihm und dem sicheren Sieg.«

Der Herzog sog zischend die Luft ein, und seine Hand fiel unwillkürlich auf sein Schwert. »*So ein verdammter Scheißkerl!* Wann ist das passiert?«

»Vor zwei Tagen.«

»Burg Helch ist eine mächtige Festung. Eine einigermaßen intakte Truppe kann sie monatelang halten.«

»Ihr vergeßt, daß Kylock intime Kenntnisse der Burganlage besitzt. Die Ritter haben ihn mit Sicherheit mit allen möglichen Informationen versorgt. Nur so ist es auch zu erklären, daß er die Stadtmauern so schnell überwunden hat.«

Der Herzog grunzte. »Das sind in der Tat schlechte Neuigkeiten.« Er kehrte Tawl den Rücken zu und begann, in dem kleinen Innenhof auf und ab zu laufen. Dann blieb er plötzlich wieder stehen und wirbelte herum. »Je schneller ich Melliandra heirate, desto besser.

Ich habe dem Hof gesagt, ich würde sie in etwa einem Monat heiraten, aber jetzt kann ich es mir nicht mehr leisten, so lange zu warten. Ich muß mich und Bren von Kylocks Taten distanzieren. Im selben Augenblick, da Helch fällt, werden Annis und Highwall bei Fuß stehen, und wenn sie nur eine Sekunde lang glauben, Kylock werde eines Tages über unsere Stadt herrschen, dann werden sie nicht zögern, über uns herzufallen.«

»Spätestens heute abend dürfte Eure Absicht zu heiraten auch in Annis und Highwall bekannt sein.«

»Absichten sind nun nicht mehr genug, Tawl. Ich brauche eine verheiratete und schwangere Melliandra. Nur dann wird Bren sicher sein.«

Tawl wußte, daß der Herzog recht hatte; dennoch mißfiel ihm die Art, wie er über Melli sprach. »Die Dame könnte sich bereits in großer Gefahr befinden.«

»Was meinst du damit?«

»Ich glaube, daß Lord Baralis in den nächsten Tagen einen Anschlag auf Melliandra verüben wird. Ich habe ihn letzte Nacht auf dem Fest beobachtet. Er sah nicht gerade erfreut aus.« Während er sprach, überlegte Tawl, was er in bezug auf Katharina sagen sollte – wenn überhaupt. »Ich habe Grund zu der Annahme, daß er versuchen wird, sie umzubringen.« Er brachte es einfach nicht über sich, dem Herzog zu sagen, daß auch seine Tochter möglicherweise gegen ihn intrigierte. Tawl fuhr rasch fort, um dem Mann keine Gelegenheit zu geben, seine Schlußfolgerungen zu hinterfragen. »Also ist es in der Tat besser, wenn Ihr die Dame so schnell wie möglich heiratet. Es wird wesentlich einfacher sein, ihre Sicherheit zu garantieren, wenn sie in Eure Gemächer umgezogen ist.«

»Ja.« Der Herzog nickte bedächtig. »Erst heute morgen habe ich den Segen der Kirche erhalten. Sie erheben keinerlei Einwände, und so steht es mir frei zu heiraten, wann immer ich will. Aber selbstverständlich erwartet man von mir, daß ich ein paar Wochen warte.«

»Es wäre ebenfalls besser, wenn die Hochzeitszeremonie so diskret wie möglich vonstatten gehen würde«, sagte Tawl.

»Du hast recht.« Der Herzog zog sein Schwert aus dem Gürtel. Er hielt die Klinge in die Sonne, um sie zu prüfen. »Vielleicht wäre es sogar besser, die Hochzeit geheimzuhalten und sie erst am nächsten Tag bekanntzugeben. Dann wäre es zu spät für irgendwelche Einwände.« Zufrieden mit seiner Waffe steckte er sie wieder weg. »Und es gibt nichts, was Lord Baralis oder der Hof dagegen unternehmen könnten.«

Obwohl Tawl wußte, daß es so am besten war, wünschte ein Teil von ihm, daß die Hochzeit nicht so bald stattfinden würde … oder vielleicht sogar überhaupt nicht. Er mochte Melli, und es ärgerte ihn zu sehen, wie der Herzog sie für seine politischen Ziele manipulierte. Tawl blieb keine andere Wahl, als seine Gefühle zu verbergen; seine erste Pflicht galt dem Herzog.

»Könnten irgendwelche rechtlichen Einwände gegen eine Geheimhochzeit erhoben werden?«

»Nicht wenn ein entsprechendes Mitglied des Klerus, der Erzbischof in unserem Fall, und genügend Zeugen anwesend sind«, erwiderte der Herzog. »Mein Urgroßvater hat einmal ein Mädchen im geheimen geheiratet. Sie war die Tochter eines niederen Lords, und er war zu diesem Zeitpunkt bereits ein seniler Greis. Alle haben protestiert. Die ganze Stadt war monatelang in Aufruhr, aber niemand konnte die Ehe annullieren, weil die Kirche ihren Segen gegeben hatte.«

»Dann gibt es also einen Präzedenzfall?«

»Ja.« Der Herzog lächelte dünn. »Nur um der Legitimität willen werde ich auch Katharina hinzubitten.«

Das war das letzte, was Tawl wollte. Sobald Katharina von der Hochzeit erfuhr, würde sie sofort zu Baralis rennen. Tawl wählte seine Worte mit Bedacht. »Eure Tochter war letzte Nacht sehr erregt. Sie könnte etwas Unbedachtes tun.«

Der Herzog winkte ab. »Mach dir keine Sorgen um

ihre Jungmädchenlaunen. Das hatte nichts zu bedeuten – verletzter Stolz, das ist alles. Es hätte ihr Abend werden sollen, und ich habe ihr die Schau gestohlen.« Er wandte Tawl den Rücken zu. »Ich kann ihr das wirklich nicht zum Vorwurf machen.«

»Dann beabsichtigt Ihr also, sie in Eure Hochzeitspläne einzuweihen?«

»Sobald ich alles in die Wege geleitet habe. Die letzte Nacht hat bewiesen, daß ich schon viel zuviel vor meiner Tochter verheimlicht habe. Wenn ich sie an der Zeremonie beteilige, wird sie sich nicht mehr außen vor gelassen fühlen.«

Tawl gelang es irgendwie, einen neutralen Gesichtsausdruck zu bewahren. »Wie Ihr wünscht. Wann soll die Hochzeit stattfinden?«

»Ich werde sie für übermorgen ansetzen.« Der Herzog dachte laut. »Ja, das sollte dem alten Erzbischof genug Zeit lassen, seine Gewänder zu lüften. Wir können die Zeremonie in der Damenkapelle abhalten, hier im Palast.«

»Meint Ihr die unten im Erdgeschoß?«

»Nein. Die ist nur für die Diener. Die Damenkapelle ist wesentlich geeigneter und sehr diskret.«

Tawl nickte. Die Dienerkapelle war ein viel zu öffentlicher Ort. Jeder konnte sich dort einschleichen; sie wurde von zwei Trotteln bewacht, die ständig betrunken waren. »Ich werde für entsprechende Sicherheitsmaßnahmen sorgen. Erzählt niemandem außer dem Erzbischof von Eurem Vorhaben. Alle anderen sollten erst am Tag der Hochzeit informiert werden.« Tawl dachte an Katharina.

»Also gut.« Nun, da eine Entscheidung getroffen war, hatte der Herzog es eilig. »Ich werde zuerst zum Erzbischof gehen, dann zu Melliandra und schließlich zu Katharina.«

»Aber ...«

»Nein, Tawl«, unterbrach der Herzog, »ich kann meine Tochter nicht erst wenige Stunden vor der Hochzeit informieren. Das würde ja so aussehen, als würde ich ihr nicht vertrauen.« Mit einem strengen Blick bereitete er dem Thema ein Ende. »Ich werde Bailor zu dir schicken, damit du dich mit ihm absprechen kannst. Wir brauchen Blumen und so was in der Kapelle. Ich will Melliandra auf gar keinen Fall enttäuschen.«

Tawl verneigte sich. »Ich werde dafür sorgen, daß alles an Ort und Stelle ist.«

»Gut. Ich verlasse mich auf dich.« Mit diesen Worten machte der Herzog auf dem Absatz kehrt und marschierte über den Hof davon.

Tawl blieb noch eine Weile stehen. Die Mittagssonne strahlte auf seinen Rücken und warf einen kleinen, aber finsteren Schatten vor seine Füße.

Crope eilte durch die Marktstraßen. Er haßte es, tagsüber hinauszugehen, besonders wenn die Sonne schien. Die Leute würden ihn anstarren; Männer würden lachen, und Kinder würden ihn mit Stöcken und Steinen bewerfen. Er hatte versucht, seine Kapuze nicht abzunehmen, aber an einem so strahlend-schönen Tag wie diesem fiel er damit nur noch mehr auf. Dann sah er aus wie ein Henker. Wenn nur all die Menschen nicht wären, dann könnte er sich die Tiere in den Käfigen so lange er wollte anschauen: die Rebhühner, die Ferkel, die Eulen. Aber im Augenblick wagte er kaum, langsamer zu gehen – außer wegen der Eulen –, denn er fürchtete, die Händler könnten ihn mit der Begründung davonjagen, er würde zahlende Kunden verscheuchen. Deswegen hatte man ihn der Vergangenheit schon oft beschimpft.

Doch Crope hatte auch seinen Trost. In einer kleinen Tasche auf der Innenseite seines Umhangs saß eine große Ratte. Big Tom, wie Crope sie getauft hatte, begleitete ihn überallhin. Die Ratte war eines der Experimente seines Meisters gewesen, und sie war nur mit drei Beinen geboren worden. Sein Meister hatte ihm befohlen, das

Tier zu ersäufen, doch Crope hatte das einfach nicht übers Herz gebracht. Big Toms kleine Knopfaugen erinnerten ihn an seine Mutter. Er humpelte auch wie sie. Und so lebte Big Tom nun schon mehrere Monate an Cropes Seite; natürlich durfte er nicht riskieren, daß sein Meister herausfand, daß er einen Befehl mißachtet hatte. Crope schüttelte energisch den Kopf. O nein, o nein, das würde ihm gar nicht gefallen.

Während Crope versuchte, den Kräuterladen zu finden, den ihm sein Meister beschrieben hatte, tastete seine Hand in der Tunika nach seinem zweiten Trost: seinem bemalten Kästchen. Er brauchte es nur zu berühren, und er fühlte sich bereits besser. Das Kästchen war sein ältester und wertvollster Besitz. Er hatte es vor vielen, vielen Jahren von einer wunderschönen Dame bekommen. Die Dame war sein Freund gewesen. Sie hatte Tiere gemocht, genau wie er. Besonders Vögel hatte sie geliebt, und das Kästchen war mit ihren Lieblingstieren bemalt: Seemöwen. Sie hatte immer gesagt, das würde sie an zu Hause erinnern.

Crope wurde von jemandem aus seinen Gedanken gerissen, der sich rüde an ihm vorbeidrängte. »Aus dem Weg, du langes Elend!« schrie ein kleiner, übelriechender Mann, der in der einen Hand mehrere, kleine Ballen Stoff trug und in der anderen Nadel, Schere und Faden. Offenbar handelte es sich um einen Schneider. Bevor Crope sagen konnte, daß es ihm leid tat, war der Schneider auch schon weiter vorangestürmt. Crope blickte dem Mann hinterher, und befriedigt bemerkte er, daß er nicht der einzige war, der unsanft aus dem Weg gestoßen wurde. Dann geriet der Schneider an den Falschen. Er stieß gegen einen großen, dunklen Mann, der anstatt Platz zu machen, dem Handwerksmann mitten ins Gesicht schlug. Stoff und Nadeln wirbelten durch die Luft, und der Schneider stürzte zu Boden. Der Mann trat noch einmal kräftig zu, bevor er weiterging, ohne auf die feindseligen Blicke der Umstehenden zu achten.

Cropes Herz pochte vor Aufregung. Er hatte den Mann erkannt: Es war Traff, der Söldner seines Meisters. Traff verschwand in der Menge, und nur einen Augenblick später heftete sich Crope an seine Fersen.

Aufgeregt streichelte Crope Big Tom. »Unser Meister wird zufrieden sein«, flüsterte er der Ratte zu, während er Traff durch die Stadt folgte.

»Ich bin sehr zufrieden, Crope«, sagte Baralis. »Das hast du gut gemacht.«

Crope strahlte übers ganze Gesicht. »Ich habe ihn mit meinen eigenen Augen entdeckt, Meister.«

»Und wo ist er hingegangen?«

»Zu einem hübschen Ort, Meister. Da waren viele Damen, die sich aus dem Fenster gelehnt haben.«

»Hmmm, ein Bordell. War es in der Bordellstraße?« Als er Cropes leeren Blick sah, versuchte es Baralis erneut. »Waren da auch noch andere Häuser, wo sich die Damen aus den Fenstern gelehnt haben?«

Crope nickte leidenschaftlich. »Ja, Meister. Wunderschöne Damen – eine ganze Straße voll.«

»Und hat Traff bemerkt, daß du ihm gefolgt bist?«

»Nein, Meister, aber vielleicht hat er die Dame gehört, die mich verscheucht hat.«

»Was für eine Dame?«

»Die Dame ohne Vorderzähne. Sie hat mich vor dem Haus gesehen und mir gesagt …« Er versuchte, sich an den genauen Wortlaut zu erinnern. »… verpiß dich wieder in die Höhle, aus der du gekrochen bist.«

Baralis hob die Hand. »Das reicht. Du kannst jetzt gehen.« Er wartete, bis sein Diener aus dem Raum gewankt war, dann atmete er tief ein. Crope hatte jemanden gefunden, der sich noch als nützlich erweisen konnte – als *sehr* nützlich sogar.

Die schmerzstillende Droge, die er gerade zu sich nehmen wollte, als Crope erschienen war, lag bereits fertig dosiert auf dem Tisch. Baralis nahm die Phiole und warf sie ins Feuer. Sie verging in einer blendend weißen Stichflamme. Er brauchte sie jetzt nicht mehr.

Ein leises Klopfen ertönte an der Tür. Baralis wußte, wer dort draußen stand, noch bevor das schwache Echo verklungen war. Er riß die Tür auf und sagte: »Katharina, ich habe Euch doch gewarnt, hierherzukommen.« Seine Stimme klang alles andere als sanft. Er schaute rechts und links in den Gang hinein, bevor er die Tochter des Herzogs hereinließ.

Seine Vorsichtsmaßnahmen waren ihr nicht entgangen. »Ich bin kein Idiot, Lord Baralis«, sagte sie. »Glaubt Ihr wirklich, ich würde hierher kommen, ohne mich vorher vergewissert zu haben, daß mir keiner folgt?« Ihre Wangen waren gerötet. Offensichtlich hatte sie getrunken.

Baralis schloß die Tür, ging zu seinem Schreibtisch und schenkte Katharina ein Glas Wein ein. Es paßte ihm, sie noch ein wenig mehr trinken zu lassen. Er reichte ihr das Glas. Dabei glitten seine Finger über ihr Handgelenk. Mit einer Stimme so voll und verführerisch wie der Wein, den er soeben ausgeschenkt hatte, sagte er: »Verzeiht meine harten Worte, Katharina. Ich habe mich nur um Euch gesorgt, nichts weiter.«

Er konnte sehen, wie sie über eine Erwiderung nachdachte. Ihre rosa Lippen zitterten, dann entspannten sie sich wieder. »Ich wünschte, mein Vater würde mir ebensoviel Beachtung schenken.«

Baralis lächelte liebevoll. Katharina war nur ein Kind, das ein Erwachsenenspiel spielte. Er ergriff ihre Hand, führte sie zum Bett und bat sie, sich zu setzen. Während sie es sich bequem machte, streichelte er ihr goldenes Haar – nur eine wohlkalkulierte Geste. »Trinkt, meine süße Katharina«, sagte er leise. »Und dann sagt mir, warum Ihr gekommen seid.«

Der Wein war noch feucht auf ihrer Zunge, als sie erwiderte: »Vater will diese Frau im geheimen heiraten. In zwei Tagen.«

»Hat er Euch das selbst gesagt?« Baralis gestattete

sich nicht, auch nur einen Hauch von Überraschung zu zeigen.

»Ja. Er will, daß ich bei der Zeremonie an der Seite der Braut stehe. Er hofft, daß wir beide Freundinnen werden.« Katharinas Stimme wurde hysterisch. »Freundinnen! Wie kann er es wagen? Nachdem er mir mein Geburtsrecht entrissen hat, verlangt er auch noch von mir, daß ich mich mit der Frau anfreunde, die dafür verantwortlich ist.«

Baralis hörte kaum, was Katharina sagte. Er war in Gedanken schon viel weiter. Die Tat mußte rascher vollbracht werden, als er gedacht hatte. Der Herzog mußte aus dem Weg geräumt werden. Kylock *mußte* Bren haben. Baralis hatte jahrzehntelang auf dieses Ereignis hingearbeitet, und nichts und niemand würde sich ihm jetzt noch in den Weg stellen. Der Norden würde ihm gehören.

Baralis durchquerte den Raum und stellte sich an den Kamin. Nachdem er sich genug aufgewärmt hatte, drehte er sich wieder zu Katharina um. »Wie gelangt man am besten zu Eurem Vater?«

Katharina zögerte eine Sekunde. »Es gibt einen Geheimgang, der von seinen Gemächern in die Dienerkapelle führt. Er wird nur von einem einzigen Mann bewacht. Vater nutzt ihn, um niedrige Frauen in sein Bett zu schmuggeln. Der Eingang befindet sich hinter der mittleren Paneele auf der Rückseite des Altars.«

Baralis war weder Katharinas Zögern noch dessen Bedeutung entgangen: Katharina war nicht so kaltblütig, wie sie vorgab zu sein. Ein Teil von ihr war noch immer dem Vater treu ergeben. Baralis erkannte, daß er seinen Ansatz ändern mußte. Er durfte nicht riskieren, daß Katharina etwas Unbedachtes tat – wie zum Beispiel zum Herzog zu laufen. Sie war gefährlich instabil – die Ereignisse der letzten Nacht waren Beweis genug dafür: Während die Wachen sie vom Tisch geführt hatten, hatte sie doch tatsächlich zu einer Beschwörung angesetzt. Mitten in der großen Halle, umgeben von sämtlichen Adeligen des Hofes, hatte Katharina versucht, Melliandra mit Zauberei anzugreifen. Selbstverständlich hatte Baralis sie blockiert. Das dumme Gör besaß nicht einen Funken Selbstbeherrschung. Hätte man sie dabei ertappt, wie sie Zauberei anwendete, dann wäre ihrem Vater nichts anderes übriggeblieben, als sie auf der Stelle zu enterben. Zauberei wurde im Norden nicht geduldet.

Ja, dachte Baralis, er mußte vorsichtig sein mit dem, was er Katharina sagte. Man konnte sich einfach nicht auf das Mädchen verlassen.

»Ich bin nicht an Eurem Vater interessiert, sondern an seiner Frau. Wenn sie erst einmal verheiratet sind, wird Melliandra nicht mehr von seiner Seite weichen, und damit werden die Schwachstellen des Herzogs auch die ihren.«

»Ich will diese Frau tot sehen.« Diesmal hatte Katharina nicht mit der Antwort gezögert. »Sie und ihren fürsorglichen Beschützer, den Champion des Herzogs.«

Baralis setzte sich neben sie und ergriff ihre Hand. »Habt keine Angst, meine süße Katharina. Ich werde mich um beide kümmern.«

»Und mein Vater?«

»Ich habe keinen Streit mit ihm«, log Baralis. »Ihm wird nichts geschehen.«

Erleichterung breitete sich auf Katharinas Gesicht aus. Rasch verbarg sie ihre Gefühle. »Wenn die Frau erst einmal aus dem Weg ist, wird Vater vielleicht wieder zu Verstand kommen.«

Da irrte sie sich; da irrte sie sich sogar gewaltig. Würde man Melliandra ermorden, würde sich der Herzog einfach eine andere Frau nehmen, ein Kind mit ihr zeugen und wieder wäre Katharinas Erbrecht in Frage gestellt. Das durfte Baralis nicht zulassen. Was Katharina gehörte, würde schon bald Kylock gehören. Und was Kylock gehörte, das gehörte *ihm*.

»Geht jetzt, meine süße Katharina. Ich werde alles in

die Wege leiten.« Er half ihr vom Bett auf. »Ihr braucht Euch nicht um die Einzelheiten zu kümmern.«

»Werdet Ihr selbst die Tat vollbringen?« fragte sie, während er sie zur Tür geleitete.

»Nein. Ich kenne da jemanden, der mir die Arbeit abnehmen wird.« Baralis legte die Hand auf die Türklinke. Ein gewisser Söldner namens Traff würde die Tat begehen.

»Und werdet Ihr den Geheimgang benutzen?«

Baralis legte den Finger auf die Lippen. Katharina stellte viel zu viele Fragen. Er öffnete die Tür und überprüfte, ob niemand im Gang war. Kurz bevor er Katharina hinausließ, drückte er ihr einen Kuß auf den Mund. Katharina beugte sich vor, um ihm entgegenzukommen, doch Baralis zog sich wieder zurück, bevor aus dem Kuß etwas Ernstes werden konnte. »Vertrau mir«, flüsterte er und schloß die Tür.

Kapitel vierunddreissig

Jack träumte erneut von Melli. Irgendwie war sie in seinen immer wiederkehrenden Traum von der Stadt mit den hohen Mauern geraten. Sie war hinter diesen Mauern gefangen, ohne eine Möglichkeit zur Flucht. In der Ferne hörte Jack ein Geräusch: das Schreien einer wütenden Menschenmenge. Erst als das Geräusch lauter wurde, erkannte er, daß es nicht Teil seines Traums war. Er öffnete die Augen. Jack befand sich in einem kleinen Lagerraum, der eilig als Schlafstätte hergerichtet worden war. Da es keine Fenster gab, war es völlig dunkel. Von leichter Panik erfaßt, stand Jack auf. Sein Kopf streifte etwas – wahrscheinlich getrocknete Kräuter, dem Geruch nach zu urteilen. Jack beugte den Rücken, um ihnen auszuweichen, und machte sich auf den Weg zur Tür.

Stillfuchs lehnte aus dem Fenster. Als er hörte, wie Jack den Raum betrat, schloß er sofort die Fensterläden. »Du hast mich ziemlich erschreckt, Junge«, sagte er und faßte sich an die Brust.

»Tut mir leid. Ich wollte nur wissen, was das für ein Lärm ist.«

»Helch hat sich Kylock ergeben. Er hat ihnen keine Wahl gelassen. Er hat die ganze Stadt in Schutt und Asche gelegt. Nur die Festung ist noch intakt. Ganz Annis ist außer sich deswegen. Die Menschen protestieren in den Straßen …«

Stillfuchs redete weiter, doch Jack hörte ihm nicht länger zu. Er rührte sich nicht, als die Welt um ihn herum schwarz wurde. Diesmal kämpfte er nicht dagegen an. Kylock hatte Helch eingenommen. Der Krieg hatte gerade erst begonnen.

Baralis glitt durch die Straßen von Bren; seine Füße berührten den Schmutz kaum. Es war früher Morgen, und die aufgehende Sonne warf lange Schatten auf die Straße. Als Baralis sich der Bordellstraße näherte, verlangsamte er seinen Schritt. Er erspähte einen alten Mann, der sich durch den Müll am Rande eines Kanalgitters arbeitete.

»Du da«, sagte Baralis und ging auf den Mann zu. »Welches von diesen Bordellen wird von einer Frau ohne Schneidezähne geführt?« Um sicherzustellen, daß seine Frage prompt beantwortet wurde, verstärkte er seine Worte mit dem schwächsten aller Zauber. Zeit war von allergrößter Wichtigkeit.

Der alte Mann öffnete seinen von schwärenden Wunden umgebenen Mund. »Madame Dornenbeutel hat eine Schwester ohne Schneidezähne. Ihr gehört das Haus mit den roten Fensterläden dort hinten links.« Der Mann wirkte verwirrt, als würde er seine eigenen Worte kaum verstehen.

Baralis nickte dem Mann zu. Er überlegte kurz, ob er ihm eine Münze zuwerfen solle, doch er entschied sich dagegen. Warum sollte er für etwas bezahlen, das man ihm freiwillig gegeben hatte? Er machte auf dem Absatz kehrt und ging zu dem Haus, das der Alte beschrieben hatte.

Baralis klopfte laut an die Tür, und nur wenige Augenblicke später wurde sie geöffnet. Eine ältere Frau stand auf der Schwelle. Als sie den hohen Herrn erblickte, richtete sich die lächerliche Kreatur die Haare und glättete ihr Kleid. »Ja, mein gutaussehender Herr, womit kann ich Euch dienen?«

Sie besaß noch all ihre Zähne, doch sie waren so krumm und gelb, daß sie dadurch auch nicht gerade schöner wurde. »Mit wem spreche ich?« verlangte Baralis zu wissen.

Die Frau knickste wie eine keusche Jungfer. »Ich bin Madame Dornenbeutel, die Eigentümerin dieses Etablissements.«

»Wohnt ein Mann namens Traff bei Euch?« Baralis stieg der unverkennbare Geruch toter Ratten in die Nase.

Die Hand der Frau flatterte zu ihrer Brust. Sie wollte gerade antworten, als sie von einer zweiten Frau beiseite geschoben wurde.

»Wir geben die Namen unserer Kunden niemals preis«, sagte sie. Es war die Frau ohne Schneidezähne.

Baralis wußte, worauf sie hinauswollte, und so holte er eine Goldmünze aus seinem Umhang hervor. »Ich habe wichtige Geschäfte mit Traff zu besprechen«, sagte er und drückte die kalte Münze in die ausgestreckte Hand der Frau ohne Schneidezähne.

»Kommt herein, edler Herr. Ich werde Traff sofort zu Euch bringen.«

Baralis wurde in einen großen, schmutzigen Raum geführt. Auf dem Boden lagen mehrere Mädchen und schliefen. »Habt Ihr nicht einen etwas weniger öffentlichen Ort, wo wir uns unterhalten können?«

»Aber natürlich«, sagte die Frau, die nach toten Ratten roch.

»Selbstverständlich wird Euch das etwas kosten«, fügte die Frau ohne Schneidezähne hinzu.

Eine weitere Goldmünze wechselte den Besitzer, und Baralis wurde in einen kleinen, matt beleuchteten Raum im hinteren Teil des Hauses geführt. Es gab nur ein einziges Fenster, und die Läden waren fest verschlossen.

Nach einer Weile öffnete sich die Tür und Traff kam herein. Demonstrativ kaute der Söldner noch einen Augenblick auf seinem Kautabak. Schließlich spie er ihn aus und fragte: »Was wollt Ihr, Baralis?« Er zog ein Messer aus seinem Gürtel und begann, sich damit die Fingernägel zu säubern.

Baralis musterte den Söldner kalt. Traff sah nicht gut aus. Sein Haar war fettig, seine Kleider schmutzig, und er hatte sich einen kurzen Bart stehen lassen. Vereinzelt klebten Kautabakstücke in den Stoppeln. Der Schmutz, den er unter seinen Fingernägeln hervorholte, besaß die Farbe getrockneten Blutes. »Hattest du einen kleinen Kampf?«

Traff blickte auf. »Keinen, den ich verloren hätte.«

Der Söldner war so überheblich wie eh und je. Baralis beschloß, sofort zur Sache zu kommen. »Hast du gehört, daß der Herzog Maybors Tochter Melliandra heiraten will?«

Traff schleuderte das Messer durch den Raum. Es flog an Baralis vorbei und bohrte sich in die Wand. *»Niemand wird Melli heiraten!«*

Baralis hatte bereits einen Verteidigungszauber auf den Lippen, doch als er Traffs Worte hörte, schluckte er ihn wieder herunter. Er wußte zwar nicht, was den Zorn des Söldners erregt hatte, aber er würde ihn sich zunutze machen. »Das sind genau meine Gedanken, mein Freund«, murmelte Baralis. »Ich will auch nicht, daß Melliandra heiratet.«

»Warum?« fragte Traff interessiert.

»Weil ich will, daß Bren an Katharina fällt. Wenn Melliandra den Herzog heiratet und einem Sohn das Leben schenkt, dann ist Katharina nicht länger die Erbin ihres Vaters.« Im Augenblick paßte es in Baralis' Plan, die Wahrheit zu sagen.

»Und was habt Ihr vor, dagegen zu unternehmen?«

»Ich will den Herzog ermorden.« Baralis stellte erste Vermutungen über Traffs Motive an. »Was Melliandra betrifft, so kannst du mit ihr tun, was du willst.«

Traff leckte sich die Lippen. »Wie wollt Ihr vorgehen?«

Baralis gestattete sich ein leichtes Lächeln. Es schien, als hätte er richtig vermutet: Traff war in Maybors Tochter verliebt. Wahrscheinlich war es dazu gekommen, als er ausgesandt worden war, um sie einzufangen. Baralis' Selbstvertrauen wuchs. Das Schicksal war erneut auf seiner Seite.

Er atmete tief ein und blickte Traff in die Augen. »Ich will, daß du mir hilfst. Die Hochzeit wird morgen im geheimen stattfinden. Wenn sich das Paar nach der Zeremonie in seine Gemächer zurückzieht, möchte ich, daß du ihnen einen Besuch abstattest. Ich kenne einen Geheimgang, der aus der Dienerkapelle in die Gemächer des Herzogs führt. Durch diesen Gang wirst du hineingelangen.« Baralis hielt einen Augenblick inne, um seinen Plan an Traffs Bedürfnisse anzupassen. Der Söldner wollte Melliandra für sich. Sollte Traff also mit ihr davonlaufen, dann durfte dem frisch vermählten Paar auf gar keinen Fall gestattet werden, die Ehe zu vollziehen. Das Risiko war einfach zu groß, daß Melliandra ein paar Monate später wieder auf der Bühne erschien und behauptete, das Kind des Herzogs unter dem Herzen zu tragen. »Besser noch, wenn du schon auf sie wartest, wenn sie aus der Kapelle zurückkehren.«

Traff warf Baralis einen langen, harten Blick zu. »Woher soll ich wissen, daß ich Euch trauen kann?«

»Das kannst du nicht. Das einzige, worauf du dich verlassen kannst, ist, daß ich am Ausgang des Geheimgangs auf dich warten werde, um sicherzugehen, daß du deine Arbeit erledigt hast. Von der Küche aus ist es ein leichtes für dich und Melliandra zu fliehen. Ich werde alles Notwendige in die Wege leiten.« Baralis trat vor und legte Traff die Hand auf den Arm. »Ich will nicht wissen, was du mit dem Mädchen vorhast. Das geht mich nichts an.«

Traff zog sich von der Berührung zurück. »Werden Wachen in den Gemächern des Herzogs sein?«

»Nur eine. Ich werde dafür sorgen, daß etwas unter sein Bier gemischt wird, um ihn langsamer zu machen.« Wachen zu vergiften war einfach; sie hatten keinen Vorkoster.

»Nach der Tat will ich fünfhundert Goldstücke vor mir sehen.«

»Einverstanden.« Baralis ging zur Tür. »Crope wird sich darum kümmern. Warte morgen bei Sonnenuntergang auf der östlichen Seite des Palastes auf mich, am besten vor dem Dienstboteneingang. Ich werde dich dort abholen.« Gerade als er den Raum verlassen wollte, überraschte ihn Traff mit der Frage:

»Liebt Melli den Herzog?«

Baralis bemerkte das besessene Funkeln in den Augen des Söldners. Das war gut. »Nein. Ihr Vater hat sie dazu gezwungen.«

Wie erhofft, war Traff mit der Antwort zufrieden. Der Söldner lächelte dünn. »Das habe ich mir schon gedacht. Ich werde morgen dort sein.«

»Gut. Komm nicht zu spät.« Baralis drehte sich um und verließ den Raum. Die Frau, die nach Ratten stank, begrüßte ihn, aber er wimmelte sie ab. Er würde den Weg hinaus auch allein finden.

Baralis war auf dem Weg zurück zum Palast ausgesprochen guter Laune. Das Treffen mit Traff war besser verlaufen, als er gedacht hatte. Daß der Söldner in Maybors Tochter verliebt war, hatte Baralis seine Aufgabe unerwartet leichtgemacht. Traff hatte die Gelegenheit, den Herzog zu ermorden, ohne zu zögern beim Schopf gepackt. Wieder einmal entwickelten sich die Ereignisse zu Baralis' Gunsten. Er beschleunigte seinen Schritt und eilte durch die Stadt. Er hatte heute noch viel zu tun; er mußte Gold besorgen, Gift mischen und ein Paar Wachen an ihre Verpflichtungen erinnern.

Madame Greal stand bis über die Knöchel in Abwasser. Sie roch es kaum. Sie war gerade damit beschäftigt, einen großen Splitter aus ihrer Wange zu entfernen. Mit ihrer guten Hand packte sie das Holzstück und zog, so stark sie konnte. Der Schmerz war unerträglich. Der Splitter war tief in ihr Fleisch eingedrungen, und als er herauskam, floß Blut aus der Wunde. Madame Greal wußte, daß sie Glück gehabt hatte; einen Fingerbreit höher, und der Splitter hätte ihr Auge erwischt. Sie unternahm keinen Versuch, die Blutung zu stillen. Was war schon ein wenig Blut, verglichen mit dem, was sie gerade gehört hatte?

Die Tatsache, daß sie ihr Ohr gegen einen gewissen hölzernen Fensterladen gepreßt hatte, war die Ursache für ihre Wunde gewesen. Neugier hatte sie hierhergeführt.

Im selben Augenblick, als der Lord in der Tür erschienen war, hatte sie gewußt, daß er aus den Königreichen stammte. Und als er nach dem Söldner gefragt hatte, hatte das ihr Interesse erregt. Während ihre Schwester Traff gerufen hatte, war Madame Greal nach draußen gegangen. Sie war durch den Dreck zur Rückseite des Gebäudes gewatet. Dort angekommen, hatte sie sich vor dem Fenster niedergelassen und das Gespräch zwischen Lord und Söldner belauscht. Überrascht hatte sie gehört, daß der fremde Lord niemand anderes war als Lord Baralis, der Kanzler des Königs; doch noch mehr überraschte sie zu hören, was er geplant hatte.

Madame Greal hatte ihr ganzes Leben lang an Fenstern, Türen oder Wänden gelauscht. Es war erstaunlich, was eine arme alte Jungfer in Erfahrung bringen konnte, wenn sie nur ein scharfes Gehör und ein gewisses Gespür für Intrigen hatte. Madame Greal besaß beides. Aus Gewohnheit belauschte sie ihre Mädchen, ihre Kunden, ihre Rivalinnen und seit kurzem auch ihre Schwester, Madame Dornenbeutel. Dabei hatte sie Gerüchten gelauscht, manch eine kleine Auseinandersetzung mitverfolgt und auch dann und wann eine abfällige Bemerkung über sich selbst gehört. Aber in all den Jahren hatte sie ihre Fledermausohren noch nie auf etwas gerichtet, was auch nur annähernd mit dem zu vergleichen gewesen wäre, was sie soeben gehört hatte.

Ein Komplott, um den Herzog von Bren zu ermorden! Das war der Traum eines Erpressers. Madame Greal stand inmitten der warmen und stinkenden Abwässer und überlegte, was sie als nächstes tun sollte. Sollte sie sofort handeln und den Mord verhindern? Oder sollte sie abwarten, bis die Tat getan war? Madame Greal rieb sich mit dem Finger über die Lippen. Sie fühlte die inzwischen wohlvertraute Lücke, wo einst ihre Schneidezähne gewesen waren – Zähne, die ihr Lord Maybor ausgeschlagen hatte, der Vater der Braut.

Madame Greals kleine Augen verengten sich zu Schlitzen. Sie würde den Mord geschehen lassen, denn nur so würde Lord Maybor leiden. Er würde auf einen Schlag sowohl seine Tochter verlieren als auch seine Chance, in ein Herrscherhaus einzuheiraten. Ja, sie würde ihr kleines Geheimnis bewahren, bis die Tat getan war. Das war nicht nur befriedigender, sondern auch profitabler: Jedes Kind wußte, daß man als Erpresser mehr Geld verdienen konnte als als Informant. Äußerst zufrieden mit sich selbst watete Madame Greal zurück ins Bordell ihrer Schwester.

»Hier, Junge«, sagte Stillfuchs und reichte ihm einen merkwürdig aussehenden, hölzernen Becher. »Trink den Lacus. Er wird dir helfen, wieder zu Kräften zu kommen.«

Jacks Welt dehnte sich inzwischen wieder aus. Nachdem er die Nachricht von Kylocks Erfolg gehört hatte, hatte sich sein Gesichtsfeld zu einem dunklen Punkt verengt; doch nun konnte er wieder genug sehen, um den Becher erkennen zu können, und die Hand, die ihn hielt. Der starke, würzige Duft des Getränks wirkte wie ein Zauber, der den Gestank verrottender Leichen aus Jacks Nase und Gedanken vertrieb.

Er war dort gewesen! In der Hauptstadt von Halcus. Er hatte inmitten des Gemetzels gestanden, das Kylock angerichtet hatte. Dort und noch an vielen anderen Orten – Orte in der Zukunft oder in der Vergangenheit, das vermochte er nicht zu sagen. Jack hatte das wahre

Gesicht des Krieges gesehen. Krieg war nicht die Summe glorreicher Kämpfe unter ehrenhaften Männern. Er war blutig, schmutzig und chaotisch. Fliegen, Fieber, Infektionen, Schlamm, verseuchtes Wasser und Hunger. Der Kaltblütigste errang den Sieg, nicht der Tapferste. Jack hatte die Leichen kleiner Kinder gesehen, deren Mütter man vor ihren Augen vergewaltigt und verstümmelt hatte. Er hatte junge Männer gesehen, die verbluteten, weil man ihnen die Männlichkeit abgehackt hatte, und er hatte alte Frauen gesehen, die ziellos durch die blutbedeckten Straßen einer Stadt irrten. Jack hatte genug gesehen, um zu wissen, daß Kylock der Kaltblütigste von allen war.

Aber was ging ihn das eigentlich an? Er hatte mit alledem doch nichts zu tun.

Erschöpft und verwirrt hob Jack den Becher an die Lippen. Die silbrige Flüssigkeit traf auf seine Zunge. Sie schmeckte scharf und ätzend, fremd und vertraut zugleich. Jack spürte, wie sie langsam seine Kehle hinunterrann und sich schließlich im Bauch festsetzte. Einmal dort angekommen, vermittelte sie Jack das Gefühl, als hätte er ein fünfgängiges Festmenü zu sich genommen.

»Kämpfe nicht dagegen an, Jack«, sagte Stillfuchs. »Er will, daß du schläfst.«

»Warum?«

»Es gefällt dem Lacus, an einem schlafenden Körper und einem ruhenden Verstand zu arbeiten.« Stillfuchs strich sich über das glattrasierte Kinn. Sein Gesichtsausdruck war ernst. »Trink, Junge. Du bist sehr schwach.«

Jack trank den Becher bis auf den letzten Tropfen leer. Irgend etwas in der Flüssigkeit verursachte ein Kribbeln am Gaumen, und sie hinterließ einen metallischen Nachgeschmack. »Ist hier Magie drin?« fragte Jack.

Stillfuchs nickte, und seine blassen Lippen formten sich zu einem Lächeln. »Aber ich habe nichts damit zu tun. Wir haben den Lacus den Nomaden der Großen

Steppe zu verdanken.« Er stand auf und begann zu arbeiten; er hängte Kräuter zum Trocknen auf und setzte mehrere Töpfe mit Wasser auf.

Jack gähnte. Das Geschrei auf der Straße hallte noch immer in seinen Ohren. »Wie lange war ich …«

»In Trance?« Stillfuchs blickte auf; er zermahlte gerade Rinde in einem Mörser. »Gut eine Stunde würde ich sagen. Du hast dich vollkommen in dich zurückgezogen. Deine Augen waren offen, aber sie haben nicht gesehen, was sich vor ihnen abspielte. Deine Haut war merklich abgekühlt, und dein Gesicht hatte alle Farbe verloren. Du warst nicht länger hier bei mir.« Der Mann, warf Jack einen fragenden Blick zu.

Jack überlegte, wieviel er Stillfuchs anvertrauen konnte? Wer war der Mann? Seit sie gestern in der Hütte angekommen waren, hatte der Kräutersammler nur sehr wenig geredet. Er war zu beschäftigt gewesen: Er hatte Jacks Wunden versorgt, Medizin angemischt, Essen zubereitet und sich um seine Kräuter gekümmert. Jack hatte das Schweigen als wohltuend empfunden. Stillfuchs hatte ihm keine einzige Frage gestellt, und dafür war er dankbar. Früher, als er den Charakter eines Menschen nach der Freundlichkeit seines Verhaltens beurteilt hatte, hätte Jack dem Mann ohne zu zögern vertraut. Doch diese Zeiten waren ein für allemal vorbei. Sein Aufenthalt in Rovas' Hütte hatte ihn gelehrt, daß die äußere Erscheinung täuschen konnte, und daß auch ein lächelndes Gesicht das Gesicht eines Verräters sein konnte.

»Was hast du damit gemeint, als du sagtest, du würdest die Deinen erkennen?« Noch während er sprach, wurde Jack bewußt, wie müde er sich fühlte. Der Lacus hatte sich in seinem Bauch eingenistet; er verlangsamte sein Blut und verdickte seine Gedanken. Trotz Stillfuchs' Rat kämpfte Jack dagegen an.

»Ich bin ein Zauberer wie du«, antwortete Stillfuchs.

Jack hatte rasch gelernt, daß der Kräutersammler zwei Stimmen besaß: die heitere Stimme eines Landmannes, die er die meiste Zeit über benutzte, und eine kräftige, offene Stimme, die er nur verwendete, wenn das Gespräch ernst wurde. Jetzt sprach er mit der zweiten Stimme.

»Meine Fähigkeiten sind allerdings nur bescheiden. Manchmal verstärke ich die Heilwirkung meiner Kräuter, aber nicht oft. Manchmal unterhalte ich mich auch mit Gelehrten über große Entfernungen, und von Zeit zu Zeit bin ich gezwungen, mich mit Hilfe einer Beschwörung zu verteidigen.« Stillfuchs zuckte die Schultern. »Ich bin nicht so mächtig wie du.«

Wut wallte in Jack auf. »Ich bin nicht mächtig, und ich bin kein Zauberer.« Er hielt den hölzernen Becher so fest umklammert, daß seine Knöchel weiß hervortraten.

»Hör auf, dich selbst anzulügen, Jack. Du weißt, daß ich die Wahrheit sage.« Auch Stillfuchs sprach jetzt mit einem zornigen Unterton. »Je länger du leugnest, was du bist, desto mehr Schaden wirst du anrichten. Schau dir doch nur einmal an, was in der Garnison geschehen ist. Du bist vollkommen außer Kontrolle geraten. Du hast nicht mehr gewußt, wie du aufhören solltest. Schiere Verzweiflung – sonst nichts – hat der Zerstörung ein Ende gemacht.« Der Kräutersammler zitterte am ganzen Körper. »Du bist gefährlich, und es ist Zeit, daß du lernst, dich zu beherrschen.«

Jack spürte, wie der Becher unter dem Druck seiner Hände zerbrach. »Woher glaubst du, soviel über mich zu wissen?«

»Ich habe es gefühlt. Ich habe deine blinde, unkontrollierte Wut körperlich gespürt, jede einzelne Welle deiner magischen Energie.« Stillfuchs wedelte ihm mit dem Finger unter der Nase. »Aber bilde dir bloß nichts darauf ein, Jack. Du magst vielleicht stark sein, aber du hast nichts gelernt. Was du in der Garnison getan hast, ist unverzeihlich. Du hast deinen Gefühlen freien Lauf gelassen; das ist das Schlimmste, was einem Zauberer passieren kann. Du hast dich wie ein beleidigtes Kind benommen, indem du andere für deinen Schmerz hast zahlen lassen. Nur deine Ignoranz kommt deiner Macht gleich.

Und deshalb habe ich dich hierhergebracht, Jack. Nicht weil es meine Gewohnheit ist, fußkranke Wanderer aufzulesen, sondern weil du eine Gefahr für deine Umgebung darstellst, und weil es an der Zeit ist, daß dich jemand an die Hand nimmt.«

Jack wußte, daß Stillfuchs ihn anschaute, doch er konnte dem Kräutersammler nicht in die Augen sehen. Er hielt den Blick gesenkt und starrte auf den zerbrochenen Becher in seiner Hand. Er war nicht länger wütend; er schämte sich. Stillfuchs hatte die Wahrheit gesagt.

»Ich hatte nie die Absicht, irgend jemanden zu verletzen.«

Stillfuchs war sofort an seiner Seite und legte ihm den Arm um die Schultern. »Ich weiß, Junge. Ich weiß.« Die Stimme des Herbalisten klang wieder sanft und heiter. »Es tut mir leid, daß ich so hart war …«

»Nein, es muß dir nicht leid tun«, unterbrach Jack. »Ich habe es verdient. Du hast recht: Ich bin gefährlich.« Er ließ die Bruchstücke des Bechers zu Boden fallen. Die Zeit war gekommen, daß er endlich wieder jemandem vertrauen mußte. Er atmete tief durch. »Ich brauche Hilfe. Ich weiß nicht, was mit mir geschehen ist oder warum ich diese Kräfte habe. Ich habe das Gefühl, daß ich etwas tun sollte; ich weiß nur nicht was.«

Stillfuchs nickte verständnisvoll. »Was hast du vorhin gesehen?«

»Ich habe Helch so deutlich gesehen, als wäre ich dort gewesen. Das Blut, die Fliegen, die Leichen.« Jack schauderte. »Es war eine Art Warnung.«

»Und ist so etwas schon einmal passiert?«

»Ja. In den vergangenen Monaten habe ich sogar mehrmals ein solches Erlebnis gehabt.« Jack zuckte hilflos die Schultern. »Wann immer der Krieg erwähnt wird, bekomme ich ein flaues Gefühl im Magen, und mich überkommt das Verlangen, loszuziehen und mich an ihm zu beteiligen.«

»Es zieht dich also nach Helch.«

»Nein, nach Bren.« Jack blickte Stillfuchs in die Augen. »Ich glaube, ich habe schon die ganze Zeit über gewußt, daß Kylock den Krieg gegen die Halcus gewinnen würde.«

»Er hat noch nicht gewonnen«, erwiderte Stillfuchs. »Die Hauptstadt mag vielleicht gefallen sein, aber Ost-Halcus ist noch frei. Es könnte Wochen oder gar Monate dauern, bis das ganze Land kapituliert.«

»Und was geschieht, wenn das passiert?« Jack glaubte, die Antwort bereits zu kennen, doch er wollte sie von Stillfuchs hören, von einem Mann aus Annis.

»Dann wird der Norden zu einem einzigen großen Schlachtfeld werden. Niemand wird einfach nur tatenlos zusehen, während Kylock an einem Imperium bastelt. Daß er es bis Helch geschafft hat, hat alle überrascht. Es ist einfach unglaublich, und Annis und Highwall fürchten, Opfer eines ähnlichen Wunders zu werden.« Stillfuchs hatte inzwischen wieder begonnen, Rinde zu zermahlen. »Kylock wird bald Bren auf der einen Seite der Berge haben und Halcus auf der anderen. Dann wird es nicht mehr lange dauern, bis er seinen Blick auf die Staaten dazwischen richtet.«

»Wann wird das geschehen?« fragte Jack.

»Das kann ich nicht sagen. Es hängt von Kylock ab. Annis und Highwall warten erst einmal ab, was er als nächstes tun wird.«

Jack fühlte sich plötzlich sehr, sehr müde, und er mußte ein Gähnen unterdrücken. Der Lacus würde sich nicht mehr lange hinhalten lassen. Bald würde Jack einschlafen. »Aber was hat das alles mit mir zu tun? Ich bin aus den Königreichen. Ich sollte mich eigentlich freuen, wenn Kylock ein Imperium errichtet.«

»Ich glaube, du kennst die Antwort darauf bereits, Jack«, antwortete Stillfuchs leise. »Du hast eine Rolle in den zukünftigen Ereignissen zu spielen.«

»Aber warum …?«

»Es ist egal warum. Das ist nicht wichtig. Nur das Wie ist entscheidend. Die Ereignisse in der Garnison beweisen, daß du irgendwie in den Krieg verwickelt bist. Ohne es zu wissen, hast du Kylocks Sache geholfen.« Stillfuchs sprach schnell und ernst. »Jetzt mußt du lernen, deine Kräfte zu kontrollieren, damit etwas Derartiges nie mehr wieder geschieht. Wenn du das nächste Mal deine Kraft heraufbeschwörst, dann mußt du wissen, was du tust und was die Konsequenzen sein werden. Ich kann dir nicht sagen, welche Rolle du zu spielen hast – das mußt du schon selbst herausfinden –, aber ich *kann* dich davor bewahren, weitere Fehler wie den in der Garnison zu begehen. Man muß dich lehren, deine Macht zu beherrschen, und das kann ich.«

Jack blickte in Stillfuchs' blaue Augen. »Warum solltest du das für mich tun?«

»Vielleicht habe auch ich eine Rolle zu spielen, und vielleicht bin ich vom Schicksal dazu ausersehen, dich zu unterweisen.«

»Nein, Bodger, wenn du willst, daß ein Mädchen geil wird, dann gib ihr keine Austern.«

»Warum nicht, Grift?«

»Weil du mit Austern nie sicher sein kannst, Bodger. Sie bescheren einem Mädchen eher die Krätze an den Weichteilen, als daß sie sie geil machen.«

»Wirklich, Grift?«

»Aye, Bodger. Aber natürlich nur, wenn sie nicht schon vorher an den Viechern ersticken.«

»Was sollte man einer Frau denn sonst zu essen geben, Grift?«

»Brotpudding, Bodger.«

»Brotpudding, Grift?«

»Aye, Bodger. Das stärkste Aphrodisiakum, das der Menschheit bekannt ist. Nicht ein einziges Weib würde sich nach zwei ordentlichen Portionen Brotpudding weigern, flachgelegt zu werden. Das macht sie fix und fertig.«

»Dann macht Brotpudding ein Weib also eigentlich gar nicht geil, Grift. Er macht sie einfach nur platt.«

»Genau, Bodger. Das ist das Beste, worauf ein Mann wie du hoffen kann.« Grift trank einen Schluck Bier. »Aber achte darauf, daß sie keine Sauce dazu essen.«

»Warum das, Grift?«

»Weil Sauce ein Weib aufsässig macht, Grift. Sie verlangt dann am Ende noch, befriedigt zu werden.«

»Ah, meine Herrn, wie ich sehe, seid ihr so gesprächig wie immer.«

Beim Klang der weichen, spöttischen Stimme wirbelten Bodger und Grift augenblicklich herum.

Baralis stand im Eingang der Kapelle.

Er hatte es irgendwie geschafft, vollkommen lautlos die Tür zu öffnen und hereinzukommen. »Seid ihr allein?« fragte er, während die Tür hinter ihm ins Schloß fiel.

Grift nickte. »Aye, Herr.« Eine leerer Krug Bier lag auf dem Boden, und Grift schob ihn mit dem Fuß unter eine Kirchenbank. Er wollte nicht, daß Baralis erfuhr, wieviel sie bereits getrunken hatten.

»Gut. Dann will ich gleich auf den Punkt kommen. Ihr erinnert euch doch noch daran, daß ihr mir etwas schuldet, oder?« Baralis wartete nicht auf die Antwort. »Ich hätte euch für eure Frechheit auspeitschen lassen können.« Ein dünnes Lächeln zierte seine Lippen. »Und das könnte ich immer noch, wenn ich will.«

»Es tut uns außerordentlich leid, was wir auf dem Weg hierher gesagt haben, Lord Baralis«, sagte Bodger. »Wir wollten niemanden beleidigen.«

Grift legte seinem Kameraden die Hand auf den Arm, um ihn zum Schweigen zu bringen. Er würde mit dem Kanzler verhandeln. »Was wollt ihr von uns, Lord Baralis?« Der Mann war nicht hierhergekommen, um Entschuldigungen zu hören; er wollte ein Geschäft machen.

Baralis trat auf die beiden Soldaten zu. Er hob die Nase und schnüffelte die Luft. »Bier, um all die Gerüchte hinunterzuspülen, wie?«

»Nur ein halber Krug …«

Mit einem schnellen Tritt vors Schienbein unterbrach Bodger seinen Freund mitten im Satz. »Warum interessiert Euch das?« fragte er und blickte Baralis unverwandt in die Augen.

»Eigentlich interessiert es mich gar nicht.« Baralis war inzwischen so nah, daß Grift sich nur mit Mühe davon abhalten konnte zurückzuweichen. Bodger hatte bereits den Rückzug angetreten und stand nun mit dem Rücken gegen die Kirchenbank. Baralis fuhr fort: »Eigentlich hatte ich sogar gehofft, daß ihr morgen abend noch ein wenig mehr trinken würdet. Ich werde euch persönlich zwei Krüge Bier zukommen lassen – natürlich nur vom Besten.«

»Warum wollt Ihr, daß wir morgen abend trinken?« fragte Grift. Er war inzwischen sehr, sehr mißtrauisch geworden.

»Wenn ihr auf der anderen Seite der Tür trinkt, werdet ihr den Mann nicht bemerken, der in die Kapelle geht.«

»Wer ist der Mann?«

Baralis hob die Hand. »Keine Fragen, mein Freund. Macht einfach, was ich euch sage.« Seine Stimme klang sanft und verführerisch. »Laßt den Mann einfach vorbei, und ich werde eure Schuld als erledigt betrachten.«

Grift wußte, daß ihnen nichts anderes übrigblieb, als Baralis' Anweisungen Folge zu leisten. Der Mann konnte sie jederzeit ihres Postens berauben, sie auspeitschen, foltern oder vergiften lassen … oder noch Schlimmeres mit ihnen anstellen. Grift verfluchte den Tag, an dem der Kanzler des Königs ihr Gespräch mitgehört hatte. In Baralis' Schuld zu stehen war das gleiche, als würde man dem Teufel etwas schulden – beide würden ohne mit der Wimper zu zucken, einem Mann die Seele rauben.

»Ihr laßt uns keine andere Wahl, Lord Baralis«, sagte Grift.

»Wie ich sehe, bist du ein vernünftiger Mann, und ich nehme an, dein junger Freund ist ebenso vernünftig.« Er deutete auf Bodger.

»Bodger wird tun, was ich ihm sage.«

»Gut.« Baralis verschränkte die Hände. »Vergeßt nicht: kein Wort zu irgend jemandem!« Er ging zurück in den Gang.

Grift rief ihm hinterher: »Wird dieser Mann, von dem ihr gesprochen habt, auch wieder auf dem gleichen Weg zurückkommen?«

Baralis drehte sich um. »Ja.« Er dachte einen Augenblick nach. Dabei wandelte sich sein Gesichtsausdruck von nachdenklich zu hinterhältig. »Schlagt Alarm, wenn er zurückkommt. Ich will nicht, daß er den Palast wieder lebend verläßt.«

Kapitel fünfunddreissig

»Nein, Nessa«, fauchte Melli. »Nicht so eng. Ich werde kaum atmen, geschweige denn zum Altar gehen können.« Sie wußte, daß sie übertrieben streng mit dem Mädchen war, aber sie war nervös. »Bring mir einen Becher Wein.« Die Dienerin eilte davon, um den Wunsch ihrer Herrin zu erfüllen. Einen Augenblick später hörte Melli Schritte hinter sich.

»Euer Wein, Mylady.« Es war Tawl, der ihr den Becher reichte, nicht Nessa.

Melli achtete sorgfältig darauf, ihre Freude über sein Erscheinen zu verbergen. »Wo ist Nessa?« fragte sie und nahm ihm den Becher aus der Hand.

»Sie ist für einen Moment hinausgegangen. Ich glaube, Ihr habt sie fix und fertig gemacht«, antwortete Tawl mit sanftem Spott in der Stimme. »Ihr werdet eine schöne Braut sein, aber wohl kaum eine gelassene.«

»Ich sehe also schön aus?«

»Atemberaubend.«

Melli mußte den Blick abwenden. Zuviel Wahrheit lag in Tawls Augen. »Werdet Ihr der Hochzeit beiwohnen?« fragte sie und hob den Becher an die Lippen.

»Ja. Ich werde Euch und Euren Gemahl in Eure Gemächer eskortieren.«

Gemahl. Melli zuckte beim Klang dieses Wortes unwillkürlich zusammen; sie konnte nicht anders. Alles geschah so schnell. So rasend schnell. Sie hatte das Gefühl, in etwas gefangen zu sein, das sie nun nicht mehr aufhalten konnte. Es war, als hätte die Hochzeit ein eigenes Wesen entwickelt; sie war zu einer eigenständigen Kraft geworden, und ihr Sog war so stark, daß sie Melli mit sich riß. Melli war entsetzt gewesen, als der Herzog ihr eine so plötzliche Hochzeit vorgeschlagen hatte. Sie hatte mit wenigstens einer Woche Zeit gerechnet, aber daraus war nun nichts geworden. Der Herzog hatte darauf bestanden, sie heute zu heiraten – und noch dazu im geheimen.

»Öffnet bitte die Läden«, bat Melli. »Laßt mich sehen, was mein Hochzeitstag für mich bereithält.«

Tawl, wie immer bemüht, ihre Wünsche so rasch wie möglich zu erfüllen, eilte zum Fenster. Draußen war es wunderschön. Die Sonne schien, und kein Wölkchen war am Himmel zu sehen. Melli stellte sich neben Tawl. Die Luft war warm, und der Große See lag völlig ruhig da. »Ein phantastischer Tag«, murmelte Melli. Ihre Hand tastete nach Tawl. Er wartete auf sie.

Die Tür öffnete sich, und Mellis Vater kam herein. Tawl und Melli trennten sich rasch voneinander. Maybor hatte seine prächtigste Garderobe angelegt. Sein mit Rubinen besetztes Seidengewand strahlte in den Familienfarben Rot und Gold. Selbst auf seinen Schuhen funkelten Edelsteine. »Melliandra«, sagte er. »Du siehst wunderbar aus. Einfach wunderbar.«

Auch sie trug Rot. Ein schweres, scharlachrotes Samtkleid, dessen Rock mit einem Vermögen an Perlen bestickt war. In den vergangenen Monaten hatte Melli eine beinahe abergläubische Abneigung gegen diese Farbe entwickelt; aber heute trug sie ihr Kleid nicht für sich selbst, sondern um ihren Vater zu ehren. Sie ging auf ihn zu. Maybor schloß sie in die Arme und hob sie hoch. Sein Geruch war so vertraut: teure Duftstoffe gemischt mit Rotem Lobanfarn. Melli fühlte sich wieder wie ein Kind.

Maybor setzte seine Tochter vor sich ab und sagte: »Ich bin heute sehr stolz auf dich, meine Tochter.«

»Auch wenn ich keinen König heirate?« *Seine Haare*

sind grau geworden, dachte Melli. *Für wieviel davon bin ich wohl verantwortlich?*

Er ergriff ihre Hand und führte sie an die Lippen. »Du hast deine eigene Entscheidung getroffen, und ich sage dir hier und jetzt: Es ist eine bessere, als ich sie für dich getroffen habe.« Das war die Art ihres Vaters, sie um Verzeihung zu bitten.

»Du hättest wissen müssen, daß ich mir keinen armen Schlucker aussuche.« Sie zwang sich zu einem Lächeln. Jetzt war nicht die Zeit für Tränen.

»Ich bin froh, daß ich heute hier bin«, sagte Maybor sanft.

Melli nickte. Auch sie war froh darüber. Die Gegenwart ihres Vaters war ein Segen; seine Nähe gab ihr Kraft. Nach Katharinas Wutanfall in der Nacht des Festes hatte nur Maybors Anwesenheit Melli davon abgehalten, den Saal zu verlassen. Er hatte die ganze Nacht über ihre Hand gehalten. Melli hatte nichts anderes gewollt, als vor den feindlichen Blicken des Hofstaats davonzurennen. Doch andererseits wollte sie ihn auch nicht im Stich lassen. Sein würdevoller Auftritt hatte sie tief beeindruckt, und sie hatte beschlossen, seinem Beispiel zu folgen. Die Gäste mochten vielleicht den Kopf über Katharinas Benehmen schütteln, aber an Maybor und seiner Tochter würden sie nichts auszusetzen finden.

Melli würde die Erinnerung an den Empfang durch ihren Vater ein Leben lang im Herzen bewahren. Ihr ganzes Leben lang hatte sie geglaubt, er würde sie nicht lieben. Sie hatte geglaubt, es läge ihm nur etwas an seinen Söhnen, und sie sei nichts weiter als ein bewegliches Gut für ihn. Das Fest der Aussaat hatte ihr gezeigt, wie sehr sie sich in ihm getäuscht hatte. Oh, sie war nicht dumm; natürlich war Maybor erfreut, daß Melli den mächtigsten Mann des Nordens heiratete – von seinem Standpunkt aus, hätte es gar nicht besser laufen können –, aber als er in jener Nacht aufgesprungen war, um ihr entgegenzueilen, hatte er weder an Macht, noch an Reichtum gedacht. Es war Liebe gewesen, die seinen Schritt beflügelt hatte. Melli war fest davon überzeugt.

»Bist du bereit, Tochter?« Maybor bot ihr seinen Arm an.

War es bereits soweit? Alles geschah so schnell. Seit sie aus der Jagdhütte hierhergekommen war, hatte sie kaum Zeit gehabt, Atem zu holen. Melli warf einen raschen Blick zu Tawl, dann schaute sie zu ihrem Vater. Würde sie jetzt einen Rückzieher machen, würde sie gegenüber beiden ihre Pflicht vernachlässigen. Sie hakte sich bei Maybor unter.

Nessa kehrte wieder zurück und richtete ein letztes Mal das Kleid ihrer Herrin. Melli lächelte ihren Vater zärtlich an. Maybor hielt ihren Arm so fest umklammert, als würde er noch immer nicht glauben, daß er sie wiedergefunden hatte. Tawl stand nach wie vor am Fenster. Melli mußte sich nicht umdrehen, um zu wissen, daß er sie beobachtete.

Nachdem Nessa ihre Arbeit beendet hatte, wollte Melli sich auf den Weg machen. Maybor hielt sie zurück. Er steckte die Hand in die Tunika und holte ein mit Rubinen und Diamanten besetztes Kollier hervor. Melli erkannte es sofort. Es hatte ihrer Mutter gehört: ein Hochzeitsgeschenk ihres Vaters. Die Rubine waren so groß wie Kirschen, und die Diamanten umgaben sie wie Blütenblätter. »Es ist eigentlich als Geschenk für Katharina gedacht gewesen«, sagte Maybor. »Aber als es soweit war, daß ich es ihr hätte geben müssen, habe ich es einfach nicht über mich gebracht. Das Kollier war immer für dich bestimmt gewesen.« Mit großen roten Händen, die nicht aufhören wollten zu zittern, befestigte Maybor das Kollier an Mellis Hals.

»So, jetzt laß uns gehen, Tochter«, sagte er schließlich und legte ihr Haar wieder zurecht. Melli brachte kein Wort heraus; sie nickte nur. Vater und Tochter gingen zur Tür. Tawl war plötzlich vor ihnen, öffnete die Tür und legte Melli einen schweren Wollumhang um. Melli spürte seinen Blick, als sie den Raum verließ. Vielleicht wäre Tawl gar nicht so unglücklich gewesen, wenn sie einen Rückzieher gemacht hätte.

»Erzähl mir von deiner Familie«, forderte Stillfuchs ihn auf.

Als Reaktion auf diese beiläufige Bemerkung flammte Wut in Jack auf. Er haßte es, wenn man ihn nach seiner Familie fragte, und er haßte sich selbst, weil er sich deswegen schämte. »Warum willst du etwas über meine Familie wissen?« entgegnete er. »Ich frage dich ja auch nicht nach deiner.«

Stillfuchs hob die Augenbrauen. »Ich habe nicht aus Neugier gefragt, Jack. Ich habe dich gefragt, um mehr über deine Kräfte herauszufinden: Woher sie gekommen sind zum Beispiel. Vielleicht hast du sie ja von Vater oder Mutter geerbt.«

Sie saßen in Stillfuchs' Hütte vor dem Kamin. Es war ein kleines Gebäude mit nur zwei Räumen: Küche und Lagerraum. Jedes Regal in der Küche stand voller Krüge und Schüsseln, welche die unterschiedlichsten Kräuter und Gewürze enthielten. Thymian und Misteln hingen von den Dachbalken und trockneten langsam in der Hitze, die vom Feuer aufstieg. Schüsseln mit giftigen und ungiftigen Pilzen standen auf dem Kaminsims, und ihr scharfer Geruch berichtete von verschiedenen Stadien des Verfalls. Es gab in Essig eingelegten Rosmarin und in Lake eingelegten Salbei. Die Hütte war mit so vielen Pflanzen und Gewürzen gefüllt, daß Jack sich von den meisten noch nicht einmal den Namen merken konnte. Er mochte ja vielleicht in einer Burgküche großgeworden sein, aber eine Auswahl wie diese hatte er noch nie im Leben gesehen.

»Beziehst du deine Kraft aus den Kräutern?« fragte Jack und versuchte so, das Thema zu wechseln.

Stillfuchs schüttelte den Kopf. »Nein, Junge. Gewisse Kräuter können zwar die Kraft eines Mannes verstärken, aber sie können ihm nicht geben, womit er nicht geboren ist.«

»Dann wird Zauberei also vererbt?« Jack dachte an seine Mutter. Das hatte er schon lange nicht mehr getan.

»Zauberei kann aus drei Quellen kommen, Jack. Meistens wird sie von einem Elternteil auf das Kind vererbt, von Generation zu Generation. Normalerweise nimmt die Macht mit der Zeit ab, so daß eine Mutter mit Zauberkräften einem Kind das Leben schenken wird, das wesentlich weniger davon besitzt als sie. Natürlich gibt es auch Ausnahmen. Wenn sich beispielsweise zwei Menschen mit der Fähigkeit zu zaubern zusammenfinden und ein Kind zeugen, dann kann der Sproß ihrer Verbindung durchaus mehr Kraft besitzen als die Eltern zusammengenommen.« Stillfuchs machte eine weit ausholende Geste mit dem Arm. »Aber nichts ist sicher.

Der zweite Weg, wie ein Mensch das Geschenk der Zauberei erhalten kann, hängt vom genauen Augenblick der Empfängnis ab. In bestimmten seltenen Nächten ist die Luft so schicksalsschwanger, daß Zauberei den Samen treibt.« Der Kräutersammler schnalzte mit der Zunge. »Ein Kind, das in einer solchen Nacht gezeugt wurde, müßte in der Tat sehr mächtig sein.«

Er wandte sich zum Feuer und strich Fett auf den Braten. Es war eine große Hammelkeule, die mit Pfeffer und Minze eingerieben worden war. Der Duft war sehr intensiv.

Jack bemerkte den Geruch des Fleisches kaum. Er versuchte, sich daran zu erinnern, ob seine Mutter je etwas getan hatte, daß mit Zauberei zu tun gehabt haben könnte. Doch das einzige, was ihm seine Erinnerungen brachten, waren Schuldgefühle. Er war so sorglos gewesen; er hatte niemals zugehört, niemals zugeschaut und alles immer für selbstverständlich hingenommen. Außer am Ende, aber da war es zu spät gewesen. Nein, sie hatte niemals Zauberei angewendet – aber hätte er es denn überhaupt bemerkt, wenn sie es getan hätte?

»Was ist die dritte Möglichkeit, wie man magische Fähigkeiten erhalten kann?«

Stillfuchs drehte den Spieß. Das Fleisch war gerade erst angebräunt, und Fett tropfte zischend in die Flammen. »An einigen Orten ist die Erde selbst von Magie erfüllt. Ich behaupte nicht, viel darüber zu wissen – ihre Zeit ist schon lange vorbei –, doch von einem dieser Orte weiß ich, daß er noch immer existiert. Es ist eine Insel. Felsen, Erde, ja selbst die umgebende See ist voller Zauberei. Ich spreche von Larn, der Insel der Seher.

Ich weiß nicht, wie die Insel zu dem geworden ist, was sie ist. Vielleicht wurde sie von einem großen Zauberer vor Tausenden von Jahren verhext, vielleicht ist sie immer schon so gewesen. Ich weiß es nicht. Auf jeden Fall hält ihre Macht noch heute an, soviel ist sicher.« Stillfuchs wandte den Blick wieder von Jack ab und den Flammen zu. Das Fett zischte, flammte kurz auf und sandte kleine schwarze Rauchwolken in den Kamin.

Als Stillfuchs wieder sprach, war seine Stimme zu einem Flüstern geworden. »Ich habe einmal die Geschichte eines Mädchens von Larn gehört. Ihre Mutter war eine Dienerin der Priester. Die Mächte der Insel sind äußerst vorsichtig, was weibliche Versuchungen betrifft, und so gestatten sie nur Frauen, die seit ihrer Geburt entstellt sind, ihnen zu dienen. Sie zahlen nicht nur einen niedrigen Preis für diese Mädchen, auf diese Weise reduzieren sie auch drastisch die Gefahr, daß einer ihrer Priester auf Abwege geraten könnte. Die Mädchen sind so fürchterlich häßlich, daß kein Mann sie auch nur anschauen würde.

Aber ein Mann hat es doch getan. Denn das Mädchen aus der Geschichte ist auf Larn geboren worden. Ihre Mutter ist entweder von einem Priester verführt oder vergewaltigt worden. Das Mädchen, dem sie daraufhin das Leben schenkte, ist auf Larn aufgewachsen. Ihr sich entwickelnder Körper war wie ein Schwamm, der die Magie der Insel aufsog; die Magie konzentrierte sich in ihrem Blut, in ihrem Fleisch und in ihren Knochen. Zauberei wurde ein Teil ihrer Seele.

Es ist die Magie der Insel, die den Sehern ihre Fähigkeiten verleiht. Die große Halle der Seher brodelt vor Magie. Man sagt, sie sei so stark, daß sie die ganze Höhle zum Glühen bringt.« Stillfuchs schüttelte langsam den Kopf. »Das würde ich gerne einmal sehen.«

Jack schauderte. Er wollte einen derartigen Ort niemals sehen. »Was ist mit dem Mädchen?«

»Sie beging den Fehler, für einen der Seher Mitleid zu empfinden. Jeder Seher wird auf einen Stein gebunden; dort bleibt er bis zum Ende seiner Tage. Man bindet sie aus zwei Gründen: Damit sie ihre Gedanken konzentrieren, werden die Seher so fest angebunden, daß sie sich nicht mehr bewegen können. Sie können nur noch denken und wahrsagen. Um ihren körperlichen Qualen zu entkommen, ziehen sie sich in eine Welt der Illusion und des Wahnsinns zurück, und dort erhalten sie Einblicke in die Zukunft.

Zweitens werden sie an die Steine gefesselt, weil sie aus ihnen ihre Kraft beziehen. Dieser eine Stein gehört ihnen und nur ihnen allein. Ein Stück der Insel an ihren Rücken gebunden. Die Magie hat direkten Kontakt zur Haut: Sie erschafft die Seher, treibt sie in den Wahnsinn und zerstört sie schließlich. Der Stein ist ihr Mutterleib, ihre Wiege und ihr Grab.«

Zisch. Mehr Fett ins Feuer.

»Kein Wunder, daß das Mädchen Mitleid mit ihnen gehabt hat.« Obwohl Jack bis auf die Knochen fror, rückte er vom Feuer ab. Der Geruch des Bratens machte ihn krank.

»Das Mädchen schlich sich, so oft sie konnte, in die Höhle und versorgte die Seher. Einen Jungen mochte sie ganz besonders gern und freundete sich mit ihm an. Er war gerade erst an den Stein gebunden worden und kaum alt genug, um ihn einen Mann zu nennen. Sie sah zu, wie er langsam verfiel. Sie sah, wie sich das Seil in sein Fleisch fraß, sah das Blut, die Wunden und die

Krämpfe. All das sah sie mit den Augen eines Mädchens, das zum ersten Mal in seinem Leben verliebt war. Sie konnte es nicht ertragen. Eines Tages ging sie zu dem Jungen hinunter und sah, daß das Seil nicht mehr länger in sein Fleisch schnitt; es war ein Teil davon geworden. Es lag nun unter der Haut, und Blutgefäße waren um es herumgewachsen, als sei es ein Knochen. Der Anblick machte das Mädchen zur Furie. Sie war gerade zur Frau gereift, und ihre Kräfte begannen, sich allmählich zu entfalten. Sie verlor die Kontrolle. Ihre Wut richtete sich gegen die Steine, die Höhle, die Priester. Die große Halle der Seher bebte angesichts ihrer Macht.

Dann kamen die Priester. Das Mädchen kämpfte gegen sie, trat und schrie. Kurz bevor man sie überwältigte, schwor sie einen Eid, daß sie Larn eines Tages zerstören würde.

Die Priester trugen sie blutend und gefesselt aus der Halle. Man hatte ihr ein Stück Stoff in den Mund gestopft, um den Fluß der Zauberei zu unterbinden. Da sie kaum noch atmen konnte, verlor sie das Bewußtsein. Als sie wieder zu sich kam, befand sie sich in einem kleinen, dunklen Raum. Der Geruch von Weihrauch sagte ihr, daß sie dem Tod geweiht war. Es war ihre Mutter – eine Frau so schrecklich mißgestaltet, daß sie weder ihre rechte Gesichtshälfte noch ihren rechten Arm bewegen konnte –, die sie gerettet hat. Mit ihrer Hilfe ließ sich das Mädchen in einem kleinen Boot auf die tückischen Gewässer hinaustreiben, die die Insel umgeben.«

Jack saß vollkommen regungslos da. Er hatte sich nicht ein einziges Mal bewegt oder auch nur geblinzelt, während Stillfuchs gesprochen hatte. »Was ist aus dem Mädchen geworden?« fragte er.

Stillfuchs zuckte mit den Schultern. »Sie muß das Festland erreicht haben, sonst hätte ich ihre Geschichte ja wohl kaum gehört. Aber ich weiß nicht, was aus ihr geworden ist. Das alles ist schon viele, viele Jahre her.

Das Mädchen ist wahrscheinlich schon längst tot und ihr Schwur vergessen. Larn existiert aber immer noch: so mächtig und tödlich wie eh und je.«

Unvermittelt stand Jack auf. Die Hütte des Kräutersammlers erschien ihm mit einemmal klein und beengend, und der Geruch des Lamms war einfach unerträglich.

»Wohin gehst du?« Stillfuchs war einen Schritt hinter ihm.

»Raus. Ich brauche frische Luft.«

»Nein. Jemand könnte dich sehen.«

Jack schüttelte den Kopf. Er würde sich nicht aufhalten lassen. Sein Bedürfnis, allein zu sein, war so groß, daß alles andere unwichtig wurde. »Ich werde vorsichtig sein«, entgegnete er und ging hinaus.

Die Hütte des Kräutersammlers lag am Rande eines kleinen Dorfes. Es war das letzte Haus am Rande eines Roggenfeldes. Jack ging über das frisch gepflügte Feld zu einem kleinen Wäldchen. Die Luft war warm, der Himmel blau und der Boden trocken. Jack wanderte über eine Stunde, ohne über irgend etwas nachzudenken, den Blick stets nach vorne gerichtet.

Schließlich erreichte er sein Ziel. Schwitzend und außer Atem schlüpfte Jack unter den kühlenden Schatten der Bäume. Fliegen schwirrten um ihn herum, und die Vögel sangen leise, um ihre Artgenossen vor dem Eindringling zu warnen. Er fand den perfekten Baum: eine uralte Eiche, die Äste schwer und der Stamm so breit wie drei Männer. Jack setzte sich unter den Baum. Er stellte die Füße auf die mächtigen Wurzeln und legte den Rücken gegen die Rinde. Dann beugte er sich vor, senkte den Kopf auf die Knie und atmete tief ein. Als er die Luft wieder ausstieß, kamen die Gefühle.

Tarissa, Melli, die Garnison, seine Mutter und, merkwürdig genug, die Geschichte über das Mädchen von Larn – das war alles zuviel. Jack weinte leise und dachte an Tarissa, wie sie vor seinen Füßen gelegen und ihn angefleht hatte, sie mitzunehmen. Während die Tränen seine Wangen hinabliefen, wanderten seine Gedanken zu dem Soldaten, der in der brennenden Garnison vom Wachturm gesprungen war, und der anschließend verzweifelt versucht hatte, seine Hand zu ergreifen. Dann war da seine Mutter, krank und dem Tode nahe, und dennoch verweigerte sie die Hilfe der Ärzte. Er würde niemals verstehen warum.

Weinen bedeutete Erleichterung. Jack hatte so viel so lange mit sich herumgetragen und versucht, tapfer zu sein. Nur daß er nicht tapfer war, er hatte Angst – Angst vor dem, was die Zukunft für ihn bereithielt. Jack fuhr sich über die Augen. Er bezweifelte nicht länger, daß ihn irgend etwas in der Zukunft erwartete. Nur *was*?

Er und Kylock waren irgendwie miteinander verbunden. Allein bei der Erwähnung des Namens des neuen Königs schwindelte ihn. Jack blickte in den Wald. Kylock war böse. War die Vision, die ihm das offenbart hatte, dazu gedacht gewesen, ihn seinem Schicksal zuzuführen? War es seine Aufgabe, sich gegen Kylock zu stellen?

Jack stand auf. Er fühlte sich rastlos, überwältigt von dem Gefühl, etwas unternehmen zu müssen. Er machte sich auf den Weg über das Feld, zurück zu der Hütte des Kräutersammlers. Die Sonne kam für einen Augenblick hinter den Wolken hervor. Ihre Wärme war ein Segen. Jack ging schnell; er war begierig darauf anzufangen. Stillfuchs hatte ihm angeboten, ihn zu unterrichten, und es war an der Zeit, daß er soviel wie möglich lernte.

»Und in Gottes Namen und mit dem Segen unseres Heilands Borc fordere ich diejenigen auf, die als Zeugen geladen sind, vorzutreten und ihre Einwände zu erheben, so sie welche haben.« Der Erzbischof von Bren, ein großer Mann mit einer hohen, nasalen Stimme ließ seinen Blick durch den Raum schweifen. Niemand rührte sich.

Aus dem Augenwinkel heraus bemerkte Tawl Katharinas Gesichtsausdruck. Haß in seiner reinsten und lebendigsten Form leuchtete in ihren Augen. Die anderen Leute, die in der kleinen Kapelle versammelt waren, sahen zwar auch nicht gerade erfreut aus, aber keiner von ihnen wagte, etwas anderes zur Schau zu stellen als ein verkrampftes, aber freundliches Lächeln. Nur Maybor strahlte von einem Ohr zum anderen wie ein Fischer, der gerade den Fang seines Lebens gemacht hatte.

Melli und der Herzog standen nebeneinander am Altar, die Gesichter dem Erzbischof zugewandt. Ein Schwarm Kirchenmänner mit heiligen Büchern und Weihwasserkesseln in der Hand hatte sich in einem Halbkreis um die drei Hauptakteure gruppiert. Auf der einen Seite saßen nicht weniger als vier Schreiber, die jede Einzelheit der Zeremonie auf Pergament verewigten. Später, wenn alles vorbei war, würden die Zeugen – zwanzig an der Zahl – gebeten werden, jeden einzelnen Bericht zu unterschreiben. Der Herzog war keine unnötigen Risiken eingegangen. Gleiches galt für Tawl: Eine ganze Kompanie Soldaten patrouillierte die beiden Eingänge der Kapelle. Keine ungeladenen Gäste würden diese Hochzeit stören.

In ihrem scharlachroten Kleid und mit den dazu passenden Rubinen am Hals wirkte Melli wie eine Königin. Alle Augen waren auf sie gerichtet. Bald würde sie Herzogin sein, und später, wenn der Herzog seinen Traum wahr machte, würde sie wirklich Königin werden. Tawl konnte der Zeremonie nicht länger zuhören; all die Schwüre und Gebete hörten sich in seinen Ohren irgendwie falsch an. Er beschloß, nicht nach den Gründen dafür zu forschen, aus Angst, sie könnten ihn zur Untreue verleiten.

Statt dessen konzentrierte er sich auf die Sicherheitsvorkehrungen. Heute würde die größte Gefahrenquelle der Weg von der Kapelle zu den Gemächern des Herzogs sein. Einmal dort angekommen, würden die Frischvermählten in Sicherheit sein. Die Gemächer des Herzogs wurden Tag und Nacht von zwei Soldaten bewacht. Tawl hatte die Wachen auf acht aufgestockt. Es gab nur einen einzigen Eingang, und die Tatsache, daß dieser auch noch ein Stockwerk tiefer lag, machte das Ganze noch sicherer. Tawl hatte sich persönlich um die Vorbereitung der Speisen und Getränke gekümmert. So überprüften genau in diesem Augenblick zwei Vorkoster das Hochzeitsmahl. Auf Tawls Vorschlag hin würden Melli und der Herzog allein in ihren Gemächern speisen, wo sie vor Lord Baralis und dem Hofstaat sicher waren.

Für heute nacht rechnete Tawl nicht mit Problemen, aber morgen, wenn die Hochzeit offiziell bekanntgegeben werden würde, und wenn der Herzog und seine neue Frau den ersten öffentlichen Pflichten nachgingen, dann würden die wirklichen Probleme erst anfangen. Mellis Schutz würde zu einem Alptraum werden.

Tawl wandte seine Aufmerksamkeit gerade noch rechtzeitig wieder der Zeremonie zu, um zu hören, wie der Erzbischof das Paar zu Mann und Frau erklärte. Als der Herzog Melli umarmte, lief Tawl ein Schauer über den Rücken. Er stand auf. Er verspürte nicht den Wunsch, das glückliche Brautpaar zu betrachten. Während alle anderen eifrig gratulierten, ging Tawl in den hinteren Teil der Kapelle. Er lehnte sich gegen einen hölzernen Pfeiler und wartete darauf, die Frischvermählten in ihre Gemächer zu geleiten.

»Von hier an gehst du allein weiter«, zischte Baralis.

Traff war nicht erfreut. »Ihr habt gesagt, Ihr würdet mich zu dem Geheimgang begleiten.« Er traute dem Kanzler nicht.

»Nimm die Abzweigung am Ende des Korridors. Unten angekommen, wirst du eine Doppeltür finden. Zwei Wachen stehen davor. Sie werden dich unbehelligt durchlassen.« Baralis zog seine Kapuze über die Augen. Er war in einen tiefschwarzen Umhang gehüllt, der in den Schatten fast verschwand. »Ich muß jetzt gehen.«

»Ich dachte, Ihr würdet auf meine Rückkehr warten.« Traff sah, daß Baralis nervös war; der große Herr wollte nicht mit ihm zusammen gesehen werden.

»Ich werde später wieder zurückkommen.« Baralis' Stimme klang scharf. Er schaute ständig von einer Seite zur anderen. »Ich habe dir doch gesagt, daß ich auf dich warten werde. Du hast mein Wort darauf. Und jetzt geh.«

Traff rührte sich nicht. Er würde sich nicht herumkommandieren lassen wie ein gemeinen Diener. Außerdem log Baralis: Er würde mit Sicherheit nicht auf ihn warten.

»Steh noch länger so dumm herum, mein Freund«, sagte Baralis, der allmählich wütend wurde, »und der Herzog wird die Knospe deiner Braut bereits gebrochen haben. Dann ist deine süße Melliandra nur noch Gebrauchtware.« Baralis trat näher. »Oder ist das das Beste, worauf ein Mann wie du hoffen kann?«

Traff hob die Hand, um den Kanzler zu schlagen, doch sein Arm wurde mitten in der Luft festgehalten. Er blickte zu Baralis; der Mann lächelte mitleidig und schüttelte den Kopf. »Komm schon, Traff«, sagte er. »Du solltest es besser wissen, als zu versuchen, mich zu verletzen.«

Traff kämpfte gegen den Zauber an und versuchte, seinen Arm zu bewegen – erfolglos. Der schwache, aber unverkennbare Geruch heißen Metalls erfüllte die Luft. Dann war er plötzlich wieder verschwunden. Traffs Arm fiel herunter; er schmerzte und fühlte sich seltsam schwer an.

Baralis richtete die volle Kraft seines Blickes auf den Söldner. »Du weißt, was zu tun ist. *Und nun tu es*!«

Diesmal bewegte sich Traff. Er drehte sich um und ging den Korridor hinunter, ohne sich umzuschauen. Die Muskeln in seinem Unterarm waren leicht verkrampft, aber er ignorierte das Gefühl. Er war an

Schmerz gewöhnt. Es war Zauberei, womit er nicht fertig wurde.

Der Gang beschrieb einige Kurven, und schließlich stand Traff vor der Doppeltür und den beiden Wachen. Beide Männer waren vollauf mit Trinken beschäftigt. Als sie den Söldner erspähten, wurden sie sogar noch eifriger, starrten in ihre Becher und wandten die Gesichter vom Licht ab. Irgendwie kamen sie Traff bekannt vor; doch er beschloß, sie einfach zu ignorieren und öffnete die Tür.

Der Söldner stand in der Kapelle. Religion haßte er fast ebensosehr wie Zauberei; er haßte parfümierte Kerzen, die langen Zeremonien und die selbstzufriedenen Priester. Traff griff in seine Tunika und holte den Kautabakbeutel hervor. Er riß ein ordentliches Stück ab und schob es sich zwischen die Lippen. Noch bevor es richtig weich war, spie er es wieder aus. Jetzt fühlte er sich schon viel besser; die Hälfte der Freude am Kautabakkauen bestand im Spucken. Ein Mann konnte eine ganze Menge durch Spucken ausdrücken. Nach einer kurzen Pause, um den ausgespuckten Kautabak in den Boden der Kapelle zu treten, ging Traff hinter den Altar.

Das mittlere Paneel hatte Baralis gesagt … und diesmal hatte der alte Hexer noch nicht einmal gelogen, denn nach einem kurzen Druck auf die linke Seite schwang die Tür auf. Traff blickte in den Gang und stieß einen leisen Fluch aus. Was war er doch für ein Dummkopf, daß er nicht an die Dunkelheit gedacht hatte, die in dem Gang herrschen würde. Er schnappte sich eine der Altarkerzen und betrat den geheimen Tunnel. Bevor er die Treppe hinaufstieg, schloß er die Tür. Dabei neigte er die Kerze, und heißes, flüssiges Wachs tropfte auf seinen Unterarm. Diesmal nannte er Baralis in seinem Fluch: Das Wachs war genau auf der Verbrennung gelandet, die der Mann ihm vor so vielen Monaten in Burg Harvell zugefügt hatte. Die Haut war noch immer zart und die Erinnerung frisch. Traff schüttelte entschlossen den Kopf. Das war jetzt nicht wichtig; Melli für sich zu beanspruchen war das einzige, was zählte. Sie gehörte ihm, besonders nach allem, was er ihretwegen durchgemacht hatte – außerdem hatte ihr Vater sie ihm versprochen. Allerdings schien es so, als hätte Maybor sein Wort inzwischen vergessen. Traff stieg die Stufen hinauf. Maybor würde genauso wie Baralis für alles bezahlen müssen.

Die Treppe wand sich hinauf ins Herz des Palastes. Mit jedem Schritt wurde Traff aufgeregter. Bald würde Melli ihm gehören.

»Ich hätte schwören können, daß das Traff gewesen ist. Was denkst du, Bodger?«

»Ich denke, du hast recht, Grift! Allerdings sah er ein wenig mitgenommener aus, als ich ihn in Erinnerung habe.«

Grift schüttelte den Kopf. »Das bedeutet Ärger, Bodger. Großen Ärger. Traff würde seiner eigenen Mutter für hundert Goldstücke die Kehle durchschneiden.«

»Es ist besser, nicht so viele Fragen zu stellen, Grift. Oder besser noch, gar nicht darüber reden.«

Bodger hat Angst, dachte Grift. Er hätte heute nacht allein herkommen sollen; es gab keinen Grund, warum beide Männer vor der Kapelle Wache halten sollten. »Geh in die Küche, Bodger, und hol dir was zu essen.«

»Nein. Ich bleibe hier bei dir, Grift. Du weißt nicht, was geschehen wird, wenn Traff wieder zurückkommt.«

»Du bist ein guter Freund, Bodger.« Grift betrachtete seinen Kameraden einen Augenblick. Bodger war zu jung, um in so etwas verwickelt zu werden – in etwas, das so oder so in Schande enden würde. »Weißt du was?«

»Was, Grift?«

»Egal, was passiert, wir stecken in Schwierigkeiten. Wenn wir hierbleiben, bis Traff erledigt hat, was er erledigen soll, und wenn wir dann Alarm schlagen, dann schmeißt man uns sowieso aus der Wache. Alle werden sagen, wir hätten im Dienst getrunken, und wir könnten ihnen noch nicht einmal widersprechen.«

»Aber was ist mit Baralis, Grift? Das ist kein Mann, den man einfach so aufs Kreuz legt.«

»Aber was hat Baralis vor, Bodger? Wohin führt dieser Tunnel?« Mittlerweile war Grifts Stimme zu einem Flüstern geworden. »Was ist, wenn er direkt in die Gemächer des Herzogs führt? Dann können wir uns genausogut die Kehlen selbst durchschneiden.« Rasch trank Grift einen ermutigenden Schluck Bier. »Ich sage dir, wir müssen handeln, Bodger. Wir haben nichts zu verlieren.«

»Wie sollen wir handeln, Grift?«

Grift dachte einen Augenblick nach. »Ich sage, wir laufen runter in die Küche, finden Schnapper, sagen ihm, was passiert ist, und dann soll er seinen Freund, den großen blonden Krieger holen, damit der sich um Traff kümmert.«

»Meinst du den Champion des Herzogs, Grift?«

»Aye, Bodger, das ist er. Bist du dabei?«

»Ich bin dabei, Grift.«

Tawl saß in seinem Zimmer hinter der Küche. Die Hochzeit war genau nach Plan verlaufen, und er hatte Melli und den Herzog in ihre Gemächer geleitet. Ursprünglich hatte Tawl beabsichtigt, die ganze Nacht vor ihrer Tür zu wachen, doch mit acht Soldaten in den angrenzenden Räumen war das nicht notwendig. Außerdem hätte er sich sowieso nicht dazu überwinden können. Nicht heute nacht. Er hätte nicht neben der Tür des Herzogs stehen können, ohne daran zu denken, was sich dahinter abspielte: die Hochzeitsnacht, das Hochzeitsbett ... Nein. Hier in seinem Zimmer mit ein paar Bechern Bier war es wesentlich angenehmer. Vielleicht würde er auch noch etwas mehr trinken. Heute nacht konnte er sowieso nicht schlafen.

Gerade als er den Becher an die Lippen hob, platzte Schnapper herein.

»Tawl! Tawl!« schrie er. »Schnell! Folg mir!« Der junge Taschendieb stand auf der Schwelle. Sein Atem ging rasch und kurz. Er war gelaufen.

Tawl war sofort auf den Beinen. Seine Hand glitt zu seiner Hüfte, um sich der beruhigenden Gegenwart des Schwertes zu vergewissern. »Was ist passiert?«

Schnapper war so aufgeregt, daß er kaum sprechen konnte. Er stampfte ungeduldig mit den Füßen. »Baralis hat jemanden geschickt, um den Herzog zu ermorden.«

Tawl sprang durch den Raum und stieß Schnapper beiseite.

»Nein, Tawl, nicht in den Adelsflügel. Folg mir.«

»Wohin?«

»Es gibt einen Geheimgang, der von der Dienerkapelle in die Gemächer des Herzogs führt. Baralis' Mann hat ihn auch benutzt.«

Tawl änderte die Richtung. Er rannte durch die Küche und die Bäckerei. Undeutlich bemerkte er, daß Schnapper ihm folgte. In weniger als einer Minute hatte er die Kapelle erreicht. Zwei Wachen standen vor der Tür. Tawl ignorierte sie. Er stürmte in die Kapelle und blickte sich gehetzt um.

»Wo ist der Eingang?«

Schnapper stolperte hinter ihm herein. »Mittleres Paneel hinter dem Altar.«

Tawl war dort, bevor das letzte Wort über Schnappers Lippen gekommen war. Er riß das Paneel aus der Wand. Vollkommene Dunkelheit erwartete ihn. Dennoch lief er weiter – eine Kerze hätte ihn nur aufgehalten. Eine einzelne Treppe führte nach oben. Tawl nahm vier Stufen auf einmal. Es dauerte nicht lange, und die Treppe endete plötzlich.

Da er nichts sah, tastete Tawl das Hindernis ab: Holz. Wahrscheinlich eine Art Tür. Er trat einen Schritt zurück und rammte die Schulter gegen das Holz. Es brach, und Splitter drangen ins Fleisch des Ritters. Er spürte sie kaum. Wieder warf er sein Gewicht gegen die Tür. Irgend etwas Schweres war auf der anderen Seite. Tawl begann, gegen das Holz zu treten. Durch einen der Risse in der Tür fiel Licht in den Gang, und Tawl konnte den Umriß eines großen Tischs auf der anderen Seite erkennen. Irgend jemand hatte ihn vor den Eingang geschoben.

Eine Frau schrie laut auf. Melli! Tawl sammelte all seine Kraft und warf sich gegen die Tür. Der Tisch wurde eine Handbreit zurückgeschoben. Das war genug. Tawl zwängte seinen Arm durch den Spalt. Das Schreien hatte aufgehört. Tawl mobilisierte noch einmal all seine Kraft, packte die Tischplatte, hob sie mit einem Ruck an und warf den schweren Tisch um. Er war durch. Hinter sich hörte er, wie Schnapper durch die Überreste der Tür kletterte und dabei großen Lärm verursachte.

»Bleib, wo du bist«, warnte Tawl. Der Lärm hörte sofort auf.

Tawl befand sich in einem kleinen Raum. In einer Blutlache neben dem Tisch lag eine Leiche. Eine Wache. Man hatte dem Mann die Kehle durchgeschnitten. Tawl hatte keine Zeit für die Toten. Er schaute sich um. Die Gemächer des Herzogs waren ihm nicht vertraut, aber er hatte genug gesehen, um zu wissen, daß sie groß waren, mit vielen Räumen. Er atmete tief ein, zog das Schwert und ging zu der gegenüberliegenden Tür. Er betrat einen Raum, der ihm bekannt war: das Arbeitszimmer des Herzogs. Die großen Türen auf der anderen Seite waren der einzige Eingang zu seinen Privaträumen – oder zumindest glaubte Tawl, daß es der einzige Eingang war. Es war dumm vom Herzog gewesen, ihn nicht über den Geheimgang zu informieren.

Tawl drehte sich zu der zweiten Tür um. Sie mußte ins Schlafgemach führen. Sie war verschlossen. Mit dem leichten Schritt eines erfahrenen Kämpfers ging Tawl darauf zu. Das Schreien hatte aufgehört, was bedeutete, daß Melli entweder verletzt, tot, oder sonst irgendwie von dem Attentäter zum Schweigen gebracht worden war. Tawl vermutete, daß der Meuchelmörder inzwischen wußte, daß er sich im Arbeitszimmer befand; er und Schnapper hatten schließlich genug Lärm verursacht. Er ging mit äußerster Vorsicht vor.

Als er die Tür erreichte, stieß er sachte mit dem Fuß dagegen, und als sie sich daraufhin öffnete, wich er an die Wand zurück und außer Sicht.

»Bleib, wo du bist«, kam eine Stimme aus dem Inneren der Kammer, »oder ich schlitze sie von oben bis unten auf.«

Sie auf? Das bedeutete, daß der Herzog wahrscheinlich schon tot war. Tawl hörte Schritte und dann das Rascheln von Seide.

»Geh zurück«, sagte die Stimme. »Ich komme raus, und ich habe das Mädchen.«

Langsam entfernte sich Tawl von der Tür. Beim Rückwärtsgehen stieß er gegen einen Sekretär, und als er die Hand ausstreckte, um sich abzufangen, berührten seine Finger einen Kerzenhalter. Instinktiv griff er danach und versteckte ihn hinter seinem Rücken.

Melli trat als erste aus der Tür. Tawl sog zischend die Luft ein. Ihr Gesicht, ihr Hals und ihre Brust waren blutbespritzt. Ihr Haar war zerzaust, und dunkle Flecken verunstalteten ihr Kleid. Sie kam gerade weit genug heraus, damit Tawl das Messer an ihrem Rücken sehen konnte.

»Wirf' dein Schwert weg«, sagte derjenige, der das Messer hielt. »Sofort!«

Tawl beugte sich vor und ließ das Schwert über den Boden rutschen. Es landete vor Mellis Füßen. Kurz blickte sie in seine Richtung. Ihre Augen waren voller Tränen, und sie zitterte am ganzen Leib. Tawl nickte ihr beruhigend zu. Sie ging weiter, und hinter ihr kam der Attentäter zum Vorschein. Er wandte den Kopf und entdeckte Tawl. »Geh zurück!« brüllte er.

Hinter dem Rücken änderte Tawl seinen Griff um den Kerzenhalter. Im selben Augenblick, da er den ersten Schritt zurück machte, schoß sein Arm vor. Er schleuderte den Kerzenhalter dem Mann mitten ins Gesicht. Tawl sprang sofort hinterher. Er stieß Melli beiseite und schrie: »Lauf!«

Noch bevor die eine Silbe seinen Mund verlassen hatte, spürte er das Messer in seiner Seite. Schmerz explodierte in seinem Körper, und mit dem Schmerz kam die Wut. Er wirbelte herum und rammte dem Attentäter die Faust gegen das Kinn. Wieder stieß das Messer zu, doch Tawls Faust war schneller. Ellbogen folgte Faust, und der Assassine wurde gegen den Türrahmen gedrängt. Tawl spürte Blut seinen Schenkel hinabfließen. Er packte das Handgelenk des Mannes. Sein linker Arm gegen den rechten seines Gegners. Der Kampf war an einem toten Punkt angelangt. Unbeeindruckt von Tawls Aktion hielt der Assassine das Messer fest umklammert.

Plötzlich kam Tawl eine Idee, und eine Sekunde später lockerte er seinen Griff um die Messerhand. Der Assassine lächelte in dem Glauben, seinen Gegner niedergerungen zu haben. Das Lächeln war das Zeichen für Tawl. Er legte den Kopf zurück und hämmerte dem Assassinen die Stirn gegen die Nase. Knochen krachten. Blut spritzte. Der Assassine schrie. Tawl schlug das Handgelenk des Mannes gegen den Türrahmen und zwang ihn so, daß Messer fallen zu lassen. Ungeachtet des Schwindelgefühls rammte Tawl seine Stirn erneut ins Gesicht des Assassinen – genau auf die gebrochene Nase. Knochensplitter wurden durch die Wucht des Treffers ins Gehirn getrieben. Der Mann schwankte und verlor das Gleichgewicht. Tawl ließ ihn fallen und nutzte die Zeit, um das Messer aufzuheben.

Als der Assassine den Boden erreichte, war er bereits tot. Sein eigenes Messer steckte in seinem Herz.

Tawl ließ sich gegen den Türrahmen sinken. Melli eilte auf ihn zu.

»Ich habe Euch doch gesagt, Ihr sollt verschwinden«, keuchte er.

Sie drängte sich an ihm vorbei und stieg über die Leiche des Assassinen in das Schlafgemach. Tawl drehte sich um und sah sie neben der Leiche des Herzogs knien.Er drückte die Faust auf die Messerwunde an seiner Seite und kniete sich neben sie. Ebenso wie der Wache war auch dem Herzog die Kehle durchgeschnitten worden.

»Er ist tot«, flüsterte Tawl und legte Melli den Arm um die Schultern. »Es war ein sauberer Schnitt.«

Große Tränen kullerten Mellis Wangen hinab. Sie drehte sich nicht zu Tawl um, und sie sagte kein Wort.

»Kommt mit mir«, forderte Tawl sie leise auf. »Ihr könnt nicht hierbleiben.« Seine Gedanken waren bereits vorausgeeilt. Melli war in großer Gefahr. Sie mußten den Palast noch heute nacht verlassen, bevor man die Leiche entdeckte. Tawl wollte nicht riskieren, daß man sie mit dem Mord in Verbindung brachte; so schnell wie möglich mußten sie möglichst weit weg von hier sein.

»Er hat im Schlafzimmer auf uns gewartet.« Mellis Stimme klang apathisch. »Er ist einfach aus dem Nichts gekommen und …«

»Schschsch.« Tawl ergriff ihre Hand. »Kommt mit mir. Hier seid Ihr nicht sicher.« Er zog, aber sie bewegte sich nicht. Ihre andere Hand umklammerte die Hand des toten Herzogs. Sie hob sie an die Lippen und küßte jeden einzelnen Finger. Dann steckte sie sie zärtlich in den Mund und saugte an den Fingerspitzen.

Tawl hob den Kopf und sah Schnapper in der Tür. »Hol Lord Maybor«, formte er mit den Lippen. Melli stand unter Schock; sie brauchte einen Vertrauten, der sie aus diesem Zustand befreite. Schnapper eilte davon. Tawl stand auf und ging zum Bett. Lilien- und Rosenblüten lagen auf den Laken. Die Ehe war nicht vollzogen worden – also war sie rechtlich gesehen überhaupt keine Ehe. Melli hatte keinerlei Rechte; alles ging an Katharina über. Kylock würde Bren nun doch noch bekommen.

Tawl zog eines der Laken vom Bett, und Blütenblätter stoben durch die Luft. Dann ging er zurück zu Melli und legte ihr das Laken um die Schultern. Sie saugte am Daumen des Herzogs; Tawls Geste hatte sie nicht bemerkt. Er strich ihr das Haar aus dem Gesicht; es war blutverklebt. Tawl konnte ihr nicht helfen.

Da er sich nutzlos vorkam, verließ er den Raum. Er war ungeduldig. Er wußte nicht, wieviel Zeit ihnen noch blieb; aber er bezweifelte, daß die Wachen das Schreien und die Kampfgeräusche gehört hatten. Sie befanden sich ein Stockwerk unter ihnen und zwei geschlossene Türen weit entfernt. Doch derjenige, der den Assassinen gesandt hatte, könnte Alarm schlagen. Wahrscheinlich war Baralis für die Bluttat verantwortlich, und ebenso wahrscheinlich hatte Katharina ihm dabei geholfen. Die Tochter des Herzogs hatte mit Sicherheit von der Existenz des Geheimgangs gewußt. Tawl riß einen Streifen Stoff aus seiner Tunika und verband damit die blutende Wunde an seiner Seite. Falls Katharina wirklich etwas mit dem Mord zu tun hatte, dann war Melli sogar noch in viel größerer Gefahr. Katharina haßte sie von ganzem Herzen. Sie würde Melli ohne Zweifel in den Kerker werfen oder hinrichten lassen. Sie war jetzt Herzogin von Bren, und sie konnte tun und lassen, was sie wollte.

»Wo ist sie?« Das war Maybor, der mit Schnapper im Schlepptau in das Arbeitszimmer platzte. »Wo ist Meliandra?«

»Sie ist im Schlafzimmer beim Herzog«, antwortete Tawl und legte dem Lord die Hand auf den Arm. »Geht bitte sanft mit ihr um.«

Maybor nickte. »Das werde ich.«

Tawl und Schnapper beobachteten, wie Maybor das Schlafzimmer betrat. Tawl zauste das Haar des Taschendiebs. »Das hast du gut gemacht, Schnapper. Ich bin stolz auf dich.«

Schnapper schaute ernst drein. »Nein, Tawl. Du hast die ganze Arbeit getan. Ich war nur ein Bote.«

Tawl schüttelte langsam den Kopf. »Ich habe versagt, Schnapper. Ich habe wieder einmal versagt.«

Maybor erschien in der Tür. Melli war an seiner Seite. Sie hatte den Kopf gegen die Schulter ihres Vaters gelehnt und umklammerte seinen Arm. Ihr Blick war in eine unbekannte Ferne gerichtet.

»Kommt«, sagte Tawl. »Wir müssen los.«

»Wohin gehen wir?« fragte Maybor.

»Wir müssen Melli ...« Tawl korrigierte sich selbst. »Wir müssen Lady Melliandra aus dem Palast bringen. Ihr Leben ist in Gefahr, wenn sie hierbleibt. Katharina wird sofort nach ihr suchen lassen, sobald sie erfährt, was hier geschehen ist.«

»Ihr habt recht«, sagte Maybor. Er holte ein Stück Papier aus seiner Tunika. »Ich weiß einen Ort, wo wir hingehen können.« Er reichte das Papier Tawl.

Ein Adresse stand darauf. »Wessen Haus ist das?« fragte Tawl.

»Lord Cravins. Es ist im Süden der Stadt. Er hat gesagt, ich könnte es jederzeit benutzen, wenn ich in Not sein sollte.«

»Dann gehen wir also dorthin.« Tawl wandte sich an Schnapper. »Kennst du einen Weg, wie wir hier herauskommen, ohne entdeckt zu werden?« Er war ganz und gar nicht überrascht, als der junge Taschendieb nickte.

»Ja. Am unteren Ende des Geheimgangs gibt es ein Loch, durch das wir uns zwängen können. Wenn wir erst einmal auf der anderen Seite sind, habe ich uns im Handumdrehen aus dem Palast heraus. Das ganze Ding ist von Tunneln durchzogen. Einige von ihnen stinken allerdings ein wenig, und unser alter Freund Maybor hier wird wohl kaum durch das Loch passen.« Schnapper musterte Maybor von oben bis unten. »Ich schätze, wir werden es für ihn vergrößern müssen.«

»Das reicht, Schnapper.« Tawls Stimme klang hart. »Wir werden das schon schaffen. Jetzt komm. Bring uns hier raus.« Schnapper führte die kleine Gruppe durch die Gemächer des Herzogs und die geheime Treppe hinab. Wie er vorausgesagt hatte, war das Loch zu klein für Maybor. Tawl erweiterte es, indem er Stein für Stein mit dem Messer löste. Einmal durch den Lüftungsschacht, führte sie Schnapper aus dem Palast hinaus auf die dunklen Straßen der Stadt.

Es war eine kalte und mondlose Nacht in Bren. Weder Sterne noch Menschen sahen die vier vorübergehen. Ein kräftiger Wind wehte über den Großen See heran und trieb die kleine Gruppe vor sich her und in Sicherheit.

Kapitel sechsunddreissig

Baralis saß an seinem neuen Schreibtisch in seinen neuen Gemächern und lächelte. Der alte Herzog war nunmehr seit zwei Wochen tot. Seit zwei wunderbaren Wochen.

Die Dinge hatten sich besser entwickelt, als Baralis je zu hoffen gewagt hätte. Der Herzog lag steif und kalt in seinem Grab; Traff war tot, so daß er weder Geschichten erzählen, noch Namen nennen konnte, und Melliandra war aus dem Palast geflohen. Da die Ehe offensichtlich nicht vollzogen worden war, bestand keine Gefahr, daß plötzlich ein Erbe auftauchen würde, der Katharina von ihrem Platz verdrängen konnte, und überdies besaß Melli auch keinerlei rechtlichen Anspruch auf die Güter des Herzogs. Doch am meisten freute Baralis, daß Maybor mit seiner Tochter davongelaufen war. Nach all den Monaten war es ihm endlich gelungen, den eitlen und nervtötenden Lord loszuwerden. Das Schicksal war auf seiner Seite.

Während er über all das nachdachte, zerschnitt Baralis die Schnüre um das Bücherpaket. Heute morgen war der Kurier aus Bevlins Hütte zurückgekehrt, und nun lag vor dem Kanzler eines der vielen seiner Mitbringsel. Mit etwas Glück fand er vielleicht heraus, warum Bevlin den Ritter auf die Suche geschickt hatte. Und wenn er Pech hatte, dann hatte er zumindest einige interessante neue Exemplare für seine Bibliothek bekommen. Baralis schlug das Packpier beiseite und blickte auf den Inhalt des Pakets: wirklich einige sehr interessante Bücher.

Der Ritter und seine Begleiter waren noch immer irgendwo in der Stadt. Auf Baralis' Befehl hin wurden die Tore strengstens überwacht, so daß er es sofort erfahren würde, wenn sie die Stadt verließen. Das hatte er Larn versprochen. Morgen würde er die trauernde Katharina dazu überreden, jedes einzelne Haus durchsuchen zu lassen. Zwar bezweifelte er, daß man die Flüchtigen auf diese Art finden würde, aber eine solche Aktion machte einen guten Eindruck. Die Herzogin sollte die Mörder ihres Vaters möglichst öffentlich verfolgen – oder zumindest diejenigen, die man des Mordes verdächtigte.

Die Theorien über die Identität des Mörders und sein Motiv gingen weit auseinander: ein verbrecherischer Einzeltäter; ein ehemaliger Liebhaber von Melliandra, der den Gedanken nicht ertragen konnte, sie in den Armen eines anderen Mannes zu wissen; Tawl, der Champion des Herzogs, im Auftrag von Valdis; und natürlich die Dame selbst, Maybors Tochter, die den Herzog ja eigentlich sowieso nie geliebt habe, sondern nur sein Geld und seine Macht. Traffs Leiche war gefunden worden; das Messer, mit dem der Herzog getötet worden war, hatte in seiner Brust gesteckt. Im Augenblick waren sich die guten Bürger von Bren noch nicht einig darüber, ob man den mysteriösen Toten als Mörder oder Held bezeichnen sollte. Baralis' Lippen verzogen sich zu einem Lächeln. Es war wirklich zu komisch.

Die Tatsache, daß Tawl und Melliandra vom Tatort geflohen waren, verlieh den Gerüchten über ihre Schuld noch zusätzliche Kraft. Unschuldige Menschen bleiben, wo sie sind, und stellen sich ihren Anklägern; nur die Schuldigen verstecken sich. Das mochte ja vielleicht ein weit verbreiteter Irrglaube sein, aber einer, gegen den man besser nicht verstieß. Jeder in Bren versuchte, einen Schuldigen für den Mord an seinem geliebten Herzog zu finden, und welch bessere Kandidaten gab es dafür als einen verräterischen Ritter und eine fremde Hure?

Baralis blätterte durch Bevlins Bücher. Mit Katharina fertig zu werden war die größte Herausforderung gewesen. Am Morgen nach dem Mord war sie zu ihm gekommen. Wütend, verwirrt und mit Tränen auf dem schönen Gesicht hatte sie verlangt zu wissen, warum ihr Vater umgebracht worden war. Baralis hatte sie erwartet. Der Wein, den er ihr gegeben hatte, war mit einer Droge versetzt gewesen. Nichts Starkes: Nur ein leichtes Beruhigungsmittel, gemischt mit einem kleinen Extra, um sie gefügiger zu machen. Der Trank war die ideale Begleitung für Baralis' Worte. Er hatte Katharina seine Version der Ereignisse erzählt. Er hatte behauptet, als der Assassine in den Raum eingedrungen sei, um Melliandra den dürren Hals umzudrehen, sei der Herzog bereits tot gewesen, und Melli hätte im Bett mit dem Champion des Herzogs gelegen. Tawl und der Assassine hätten miteinander gekämpft, und der Meuchelmörder hätte unglücklicherweise verloren.

Zwei Dinge unterstützten Baralis' Version: Erstens hatten die Ärzte des Herzogs bestätigt, daß das Messer in der Brust des unbekannten Toten die Mordwaffe sei, und zweitens haßte Katharina Tawl wie niemanden sonst auf der Welt. Sie wollte an seine Schuld glauben; schließlich hatte er ihren Geliebten getötet. Es dauerte nicht lange, bis sie davon überzeugt war, daß er auch ihren Vater auf dem Gewissen hatte.

Baralis hatte Katharina inzwischen vollkommen unter Kontrolle. Die neue Herzogin ließ sich von ihm nach Belieben führen. Jeden Tag kam sie zu ihm, trank ein Glas mit Drogen versetzten Weins, preßte ihre vollen Lippen auf seine Wange und hörte auf seinen Rat. Ihre Entscheidungen waren *seine* Entscheidungen. Ihre Befehle waren seine Befehle. *Er* herrschte jetzt in Bren. Der Hochzeit mit Kylock stand nun nichts mehr im Wege.

Nachdem die offizielle Trauerzeit von vierzig Tagen und vierzig Nächten vorüber war, würde Katharina

Kylock hier in der Stadt heiraten. Nichts konnte Baralis' Pläne jetzt noch gefährden. Gar nichts.

Auch Kylock spielte seine Rolle gut. Nachdem er ganz West-Halcus und die Hauptstadt erobert hatte, bewies der neue König doch tatsächlich Selbstbeherrschung. Anstatt weiter vorzurücken und zu versuchen, auch den Rest des Landes zu unterwerfen, hatte er einen Waffenstillstand angeboten. Der ganze Norden hatte erleichtert geseufzt. Baralis war sehr zufrieden. Er selbst hätte keinen besseren Zeitpunkt für eine solche Aktion wählen können; Kylocks letzter Zug hatte Annis und Highwall vorläufig beruhigt. Jetzt würden die beiden Städte wahrscheinlich nicht mehr versuchen, die Verbindung von Bren und den Königreichen zu verhindern. Insgeheim hatten beide Städte schon seit Monaten Armeen aufgestellt, und mittlerweile waren sie in der Lage, sich nachdrücklich Gehör zu verschaffen. Krieg war unvermeidlich, aber es war wesentlich besser, damit zu warten, bis alle entsprechenden Vorbereitungen getroffen waren. Im Augenblick waren Annis und Highwall noch immer wachsam, doch nach ein paar Monaten des Friedens würde ihre Wachsamkeit merklich nachlassen.

Ohne Zweifel würde Kylock in den kommenden Friedensgesprächen mit den Halcus Erfolg haben. Nach seiner Eroberung in der Hauptstadt befand er sich in einer derart guten Verhandlungsposition, daß es ihm leichtfallen würde, den Feind zur Übergabe eines großen Teils seines Territoriums zu überreden. Die Kriegsherren der Halcus waren keine Dummköpfe; sie würden eher ein Viertel ihres Landes abgeben, als zu riskieren, daß sich Kylock auch noch den Rest in einem weiteren blutigen Krieg holte. Das erste Treffen mit den Halcus-Kriegsherren würde heute nacht stattfinden, in Kylocks Lager vor den Toren von Helch. Baralis blätterte durch ein weiteres von Bevlins Büchern. Er war gespannt darauf, was der Morgen bringen würde.

Da er nichts Interessantes in dem Buch fand, das er

gerade durchblätterte, wandte sich Baralis dem nächsten zu. Es war eine sehr alte Kopie von Marods Buch der Worte. Normalerweise hätte sich Baralis nicht weiter damit beschäftigt – jeder Priester und jeder Gelehrte in der bekannten Welt besaß ein Exemplar davon –, aber irgend etwas an der feinen Patina des Schafslederdeckels erregte seine Aufmerksamkeit. Das Buch war nicht nur alt, es war uralt.

Aufgeregt blätterte Baralis durch die Seiten. Deutlich erkennbar lagen die Geister von Wörtern unter dem Text: die stark verblaßten Überreste dessen, was ursprünglich auf diesen Seiten gestanden hatte, bevor es abgewaschen worden war. Ein freudiger Schauer lief Baralis über den Rücken. Das war eine der vier originalen Galder-Kopien. Es war eine weithin bekannte Tatsache, daß Marod als armer Mann gestorben war, und daß Galder, sein Diener, kein neues Papier kaufen konnte und deshalb auf altem schreiben mußte. Baralis betrachtete das Buch mit neu gewonnenem Respekt; es war mehr wert als eine ganze Truhe voller Edelsteine.

Er hielt es ins Licht, um das Papier genauer zu untersuchen. Dabei rutschte etwas aus dem Buch. Ein Lesezeichen. Baralis packte das Seidenband, bevor es gänzlich herausgerutscht war, und öffnete das Buch an der entsprechenden Stelle. Es war ein Vers. Auf den ersten Blick glaubte Baralis, ihn zu kennen; doch als er weiterlas, erkannte er, daß sich die ihm bekannte Version – wenn auch nur geringfügig – von der vor ihm liegenden unterschied.

Wenn Männer von Ehre ihre Ziele vergessen,
Wenn das Blut von dreien an einem Tag gerufen wird,
Werden zwei Häuser sich in Ehe und Reichtum verbinden,
Und aus dem Bund wird Verfall entstehen.
Dann wird ein Mann kommen, ohne Vater und ohne Mutter,
Doch mit der Schwester als seiner Geliebten,
Und er wird die Hand des Verderbens aufhalten.

Steine werden bersten, der Tempel wird fallen,
Und das Reich des Bösen wird auf sein Wort hin enden,
Und nur der Narr kennt die Wahrheit.

Bis er zum letzten Wort vorgedrungen war, schlug Baralis' Herz bereits wie eine Trommel. Der Vers sprach von Katharinas und Kylocks Hochzeit. Er sagte das Reich voraus, daß Baralis schaffen wollte, und er erwähnte jemanden, der es zerstören würde. Baralis atmete tief ein, um das Zittern seiner Hand zu beenden und das Trommeln seines Herzens. Es stand alles hier auf dieser Seite. *Alles.* In der Nacht von Kylocks Zeugung war dreimal Blut gerufen worden – *er* hatte es gerufen. Die Männer von Ehre waren die Ritter, und seit Tyren ihre Führung übernommen hatte, war Gold die einzige Sache, für die sie sich engagierten.

Baralis stand auf. Er ging ans Feuer und schenkte sich einen Fingerbreit Wein ein. Er mußte nachdenken. Bevlin hatte den Ritter auf die Suche nach dem Jungen aus dem Vers geschickt; dem Jungen ohne Vater und ohne Mutter ... dem Jungen, von dem Larn gesagt hatte, er sei in den Königreichen zu finden. Baralis starrte in seinen Becher. Der Wein hatte die Farbe von Blut. Wer in den Königreichen konnte der Erwähnte sein?

Eine Erinnerung flackerte kurz auf. Die Erinnerung an eine Beschwörung, die so stark gewesen war, daß sie ihn aus dem Schlaf gerissen hatte. Baralis reiste weiter in der Zeit zurück – zu acht Brotlaiben, die nur leicht angebräunt waren. Jede Faser von Baralis' Körper vibrierte, und seine Haare richteten sich auf. Der Becher in seiner Hand wurde zu einem Kelch, und seine Hände strichen darüber wie die eines Priesters. Jack der Bäckerjunge. Er war derjenige.

Tavalisk war in der Küche, um Krabben auszuwählen. Er und sein Koch standen über einem Metalltank und hetzten die listigen Krustentiere hin und her. Krabben auszuwählen war eine hohe Kunst, und der Erzbischof war ein Meister darin. Das Geheimnis einer guten Krabbe lag weder in ihrer Größe noch in ihrer Farbe: Geschwindigkeit war das entscheidende Kriterium. Die schnellsten Krabben waren die fleischigsten und schmackhaftesten. Um nun die Geschwindigkeit der verschiedenen Kreaturen vor ihm zu überprüfen, hatte Tavalisk einen Test entwickelt. Er warf große, schwere Steine in den Tank und zielte dabei jedesmal auf die größte Ansammlung von Krabben. Diejenigen Tiere, die unter dem Stein begraben wurden, galten als unwürdig, während die glücklichen Überlebenden für die Pfanne bestimmt waren.

Tavalisk verzog das Gesicht. Die Steine hatten bereits die Hälfte der Tiere erschlagen.

»Euer Eminenz«, sagte eine Stimme hinter ihm

»Ja, Gamil.« Der Erzbischof drehte sich um. »Was gibt es?«

»Das Gold hat Annis und Highwall sicher erreicht, Euer Eminenz.«

»Und die Waffen?«

»Sie sind erst letzte Woche abgegangen; also werden sie vermutlich noch etwas länger benötigen.«

»Ich hoffe, du läßt sie gut bewachen. Ich möchte nicht, daß fünfzig Wagen mit Handwaffen und Belagerungsmaschinen in die falschen Hände fallen.«

»Ein ganzes Bataillon begleitet den Warenzug, Euer Eminenz. Und als weitere Vorsichtsmaßnahme nehmen sie einen der südlichen Pässe. Sie werden noch nicht einmal in die Nähe von Bren kommen.«

Tavalisk ließ einen weiteren Stein in den Tank fallen. »Gut.« Das Wasser spritzte aus dem Tank und auf Tavalisks Gewand. »Dann besteht also nicht die Gefahr, daß Baralis die Waren in seine kleinen gierigen Finger bekommt.«

»Ihr meint die Herzogin Katharina.«

»Nein, Gamil. Ich meine Baralis. Es ist doch offensichtlich, daß er jetzt in Bren regiert.« Der Erzbischof blickte in das trübe Wasser. Ein weiterer Haufen zerschmetterter Krabben lag auf dem Grund.

»Haltet Ihr es für klug, Euer Eminenz, Waffen nach Annis und Highwall zu schicken, nun, da die ersten Vorboten des Friedens am Horizont zu erkennen sind?«

»Frieden!« Tavalisk schnaufte verächtlich. »Dieser sogenannte Frieden wird ungefähr genauso lange überleben wie die Krabbe dort drüben.« Er deutete auf eine Ecke des Tanks, wo sich eine der überlebenden Krabben in den Schatten verbarg. Der Erzbischof ließ einen Stein auf sie fallen. Es gelang dem kleinen Teufel doch tatsächlich zu entkommen. Tavalisk fand Trost in der Tatsache, daß seine beiden überlebenden Kumpane plattgedrückt worden waren.

»Darf ich fragen, warum Euer Eminenz soviel Mühe darauf verwendet, den Süden davon zu überzeugen, Annis und Highwall zu unterstützen?«

»Natürlich, Gamil. Kylock wird Katharina heiraten, soviel ist sicher. Nun, da der Herzog aus dem Weg ist, werden die Königreiche und Bren eins werden. Die Unterstützung der Ritter hat sich Kylock bereits gesichert.« Tavalisk warf einen raschen Blick auf seinen Privatsekretär. »Siehst du das denn nicht? Die Fronten sind festgelegt. Es bedarf nur einer klitzekleinen Kleinigkeit, um einen großen Krieg vom Zaun zu brechen, und so wie es im Augenblick aussieht, werden Annis und Highwall keine Chance haben. Sie brauchen unsere Unterstützung, oder bevor wir uns versehen, hat sich Kylock den gesamten Norden unter den Nagel gerissen. Das ist etwas, was wir auf gar keinen Fall zulassen dürfen. Wir wissen alle, wohin ihn sein Ehrgeiz als nächstes führen würde: nach Süden.« Der Erzbischof warf noch einen Stein in den Tank. »Und die Städte des Südens werden ihm wohl kaum viel Widerstand entgegensetzen können. Wir lieben keine Festungen und Mauern wie die im Norden.«

Gamil nickte. »Hat das etwas mit Marods Prophezeiung zu tun, Euer Eminenz?«

»Du erinnerst dich also daran, wie schön.« Tavalisk rieb sich einen Augenblick das rosafarbene Kinn und dachte darüber nach, ob er Gamil in seine Theorie einweihen sollte. Der Zeitpunkt war richtig dafür: Er war schon viel zu lange zu bescheiden gewesen. Er wandte sich an den Koch und sagte: »Wenn Ihr uns jetzt bitte entschuldigen würdet, Meister Bunyon. Ich werde Euch wieder rufen lassen, sollte ich Eure Hilfe benötigen.«

Der Koch, dessen Hauptaufgabe es gewesen war, Tavalisk die Steine zu reichen, verneigte sich und verließ den Raum.

Der Erzbischof kehrte Gamil den Rücken zu. Sein Privatsekretär wirkte entschieden verlegen. Tavalisk atmete tief ein und rezitierte die Prophezeiung. Inzwischen kannte er sie auswendig:

Wenn Männer von Ehre in Gold statt Würde handeln,
Wenn zwei Mächte sich verbinden,
Dann wird der Tempel fallen,
Und das Reich des Bösen wird kommen,
Und die Welt wird Tod und Zerstörung kennen.

Einer wird kommen, ohne Vater und ohne Geliebte,
Aber einer anderen versprochen,
Und er wird das Land von seinem Fluch befreien.

Tavalisk beendete seinen Vortrag mit einer dramatischen Geste und drehte sich erwartungsvoll zu Gamil um. »Ich nehme an, jetzt ist dir alles klar, oder?«

Gamil war vorsichtig. »Nicht ganz, Euer Eminenz.«

»Also wirklich, Gamil, und du nennst dich einen Gelehrten!« Der Erzbischof winkte seinen Sekretär näher heran. »Ist dir denn nicht klar, daß der Vers den moralischen Verfall der Ritter voraussagt, Kylocks Aufstieg im Norden und den Niedergang der Kirche?«

»Den Niedergang der Kirche, Euer Eminenz?«

»Ja, du Einfaltspinsel. *Dann wird der Tempel fallen.* Wer außer der Kirche hat denn Tempel?«

Gamil nickte bedächtig. »Euer Eminenz könnte recht haben. Und wer wird das Land von dem Fluch befreien?«

Tavalisk lächelte wie eine reiche Witwe. »Ich, Gamil. Ich bin derjenige, der in dem Vers erwähnt ist.«

»Ihr?«

»Ja, ich.« Gamils verdutzter Gesichtsausdruck ärgerte Tavalisk in keinster Weise. »Denk doch mal einen Augenblick nach, Gamil. Erinnere dich an die Zeile: *Einer wird kommen, ohne Vater und ohne Geliebte* – ich habe keinen Vater, und in meiner Stellung ist es mir verboten, mir eine Geliebte zu nehmen. Und dann in der nächsten Zeile: *Aber einer anderen versprochen* – ich bin einer anderen versprochen, Gamil. Ich habe mein Leben der Mutter Kirche geweiht.«

Gamil starrte ihn an, als sei er verrückt geworden. »Was beabsichtigt Euer Eminenz deswegen zu unternehmen?« fragte er.

»Ich unternehme bereits etwas, Gamil. Marods Prophezeiung sagt ganz klar, daß es meine heilige Pflicht ist, Kylocks Aufstieg im Norden ein Ende zu bereiten. Ich muß alles in meiner Macht Stehende unternehmen, um den neuen König vom Thron zu stürzen. Es ist mein Schicksal. Wenn ich versage, dann wird Kylock in den Süden ziehen, und er wird die Ritter mitbringen. Bevor wir uns versehen, wird Tyren unsere heiligen Stätten verbrennen und uns zwingen, Valdis' Glaubensbekenntnis zu folgen. Das wäre das Ende der Kirche, wie wir sie kennen.«

»Das ist in der Tat eine große Verantwortung, Euer Eminenz.« Gamils Augen verengten sich. »Was werdet Ihr für Euch persönlich daraus gewinnen?«

»Nichts, Gamil.« Tavalisk zuckte die Schultern. »Aber wenn die Kirche wünscht, mir ihre Dankbarkeit zu erweisen, indem sie mir den Titel *Dessen, der der Heiligste ist* anbietet, dann werde ich wohl kaum ablehnen können, oder?«

»Natürlich nicht, Euer Eminenz.«

Tavalisk klatschte in die Hände. »Du darfst dich jetzt entfernen, Gamil. Schick Meister Bunyon wieder herein. Oh, und sammele alle möglichen Informationen über Kylocks Friedensverhandlungen. Wenn ich mich recht entsinne, beginnen sie heute nacht.«

»Ja, Euer Eminenz. Nach der heutigen Nacht wird der Norden wieder ruhig schlafen können.« Gamil verbeugte sich und ging.

Tavalisk spürte eine Welle des Zweifels, während er seinem Privatsekretär hinterherschaute. War es wirklich richtig gewesen, den Mann ins Vertrauen zu ziehen? Der Erzbischof zuckte die Schultern. Er konnte Gamil jederzeit zum Schweigen bringen oder ihn für verrückt erklären lassen, sollte er es sich in den Kopf setzen, Gerüchte zu verbreiten. Beflügelt durch diesen heiteren Gedanken wandte Tavalisk seine Aufmerksamkeit wieder dem Essen zu. Er beobachtete, wie der Koch die einzige überlebende Krabbe aus dem Tank fischte. Vielleicht würde der Frieden die Krabbe doch noch überleben. Tavalisk hoffte, daß es so sein würde, denn Meister Bunyon würde die unverwüstliche Kreatur schon bald über einer heißen Flamme garen.

Merkwürdig, daß eine Nacht mitten im Frühling noch so kalt sein konnte. Kylocks Atem verwandelte sich in kleine weiße Wolken, die sich jedoch sofort wieder auflösten, bevor sie den Rand des Schattens erreichten. Seine Hände steckten in Handschuhen – nicht wegen der Kälte, sondern wegen des alles durchdringenden Drecks. Er spürte, wie seine Finger unter dem mit Seide gefütterten Leder schwitzten. Das Gefühl ekelte ihn an.

Kylock stand im Eingang seines Zeltes und verfolgte die Ankunft der Halcus-Kriegsherren. Sie ritten auf mächtigen Pferden und trugen Zeremonialrüstungen. In den freien Händen hielten sie Fackeln, und an ihren Gürteln hingen Schwerter. Sie waren Männer von Haltung und Erfahrung. Edle Krieger mit grauen Strähnen im Haar, die Hälse und Arme muskelbepackt. Echte Muskeln, geformt in echten Schlachten, nicht raffiniert geformte Turnierkörper. Diese Männer waren Veteranen vieler Feldzüge; sie hatten genug Blut und Schmerz gesehen, um den Preis des Sieges zu kennen. Sie waren die Macht hinter dem Halcus-Thron.

Und heute nacht waren sie gekommen, um über Frieden zu verhandeln.

Ihre Gesichter waren ernst, während sie sich dem Lager näherten. Sie kamen allein. Ihre Eskorte – eine volle Kompanie Soldaten – war in gebührendem Abstand zurückgeblieben. Es waren stolze Männer, die ihrem Feind mit Würde entgegentraten. Stolz, aber nicht dumm, dachte Kylock. Ohne Zweifel hatten ihre Truppen das Lager eingeschlossen: Schwertkämpfer, die flach auf dem Bauch lagen, und Bogenschützen, die ihre Waffen hinter Büschen und Bäumen hervor auf jedes mögliche Ziel richteten. Kylock strich mit einem behandschuhten Finger über die Zeltbahn. Er machte sich keine Sorgen. Seine Truppen hatten einen Kessel um den Kessel gebildet.

Er zählte zwölf Männer. Einige der Gesichter waren ihm vertraut, andere nicht. Lord Herven und Lord Kilstaff stiegen von ihren Pferden. Sie hatten gegen ihn an der Grenze gekämpft, und so waren sie die ersten Zeugen seiner Erfolge geworden. Lord Angus, der Beschützer von Helch, war tief ins Gespräch versunken mir Gerhard von Asketh; die beiden Männer wirkten angespannt. Sie standen nahe beieinander und flüsterten nur. Während Kylock die Männer beobachtete, ritt der große Lord Tymouth höchstpersönlich heran. Er war für die gesamte Landesverteidigung verantwortlich. Nur der König stand über Lord Tymouth.

Kylock glitt durch die Schatten und betrat sein Zelt. Lord Vernal wartete auf ihn. Kylock nickte kurz. »Sie sind angekommen«, sagte er.

Vernal wirkte nervös. Kylock hätte es vorgezogen, wenn der alte Lord heute nacht nicht hier gewesen wäre. Aber der einstige Oberbefehlshaber der Königreiche wurde von den Halcus respektiert, und es waren sein Name und seine Reputation gewesen, die die Halcus-Kriegsherren heute nacht hierhergebracht hatten. Sie vertrauten Vernal. Er war ein Mann, dessen Wort zählte.

»Wenn alles bereit ist, dann werde ich jetzt zu ihnen gehen«, sagte Vernal. Sein Gesichtsausdruck war undurchschaubar, sein Tonfall vorsichtig. Er trank den letzten Rest seines Branntweins. »Ich erwarte, daß Ihr mir so schnell wie möglich folgt. Ich kenne diese Männer. Es ist nicht klug, sie allzu lange warten zu lassen.«

»Lord Vernal, ich kann mich nicht daran erinnern, Euch um Euren Rat gebeten zu haben.« Kylocks Stimme klang trügerisch gelassen. »Geht jetzt und begrüßt meine Gäste. Macht sie ein wenig mit Branntwein weich und mit ein paar Geschichten aus den guten alten Zeiten, als sich die Fronten noch nicht bewegten.«

»Ich warne Euch, Kylock. Behandelt diese Männer nicht mit Verachtung. Auch wenn Ihr sie geschlagen habt, verdienen sie Euren Respekt. Sie haben schon auf Feldzügen gekämpft und Schlachten geschlagen, lange bevor Ihr geboren wart.«

Zorn flammte in Kylock auf. Niemand außer Vernal wagte es, ihn so zu behandeln. Das Leder seiner Handschuhe knisterte, als er die Hand zur Faust ballte. Plötzlich und unerwartet schlug er mit der Faust auf den Tisch. Das Geräusch klang befriedigend brutal. »Ich glaube, Ihr solltet jetzt besser gehen«, sagte Kylock leise. »Ihr werdet im Verhandlungszelt erwartet.«

Befriedigt entdeckte er Furcht in Vernals Augen. Furcht und etwas anderes. Verständnis vielleicht? Kylock entließ ihn mit einer barschen Handbewegung und kehrte dem Mann den Rücken zu. Jetzt war es zu spät. Vernal konnte nichts mehr tun.

Sofort nachdem der alte Lord das Zelt verlassen hatte, nahm Kylock den Becher, aus dem der Mann getrunken hatte. Er hielt ihn am Fuß und achtete sorgfältig darauf, nicht den Rand zu berühren, während er ihn aus dem Zelt trug. Er schlich sich um das Zelt herum und warf den Becher ins Feuer. Er würde niemals aus einem anderen Becher trinken als aus seinem eigenen.

Kylock eilte auf seinen Beobachtungsposten an der Zeltwand zurück. Er grinste spöttisch, als Vernal die Halcus-Kriegsherren begrüßte. Hände wurden geschüttelt, Schultern wurden geklopft, und es fiel sogar die eine oder andere heitere Bemerkung. Kylock überkam ein ungutes Gefühl. Sein Blick wanderte auf die andere Seite des Lagers, wo ein anderer in den Schatten wartete. Kedrac, der Sohn von Lord Maybor und Kylocks engster Vertrauter, hob den Arm, um anzuzeigen, daß er den Blick verstanden hatte. Es war nur eine kleine Geste, doch voller Bedeutung. *Warte, sagte sie, laß uns erst sehen, wie sich die Dinge entwickeln*. Kylock war äußerst zufrieden: Maybors Sohn behielt die Nerven.

Drei Reiter näherten sich dem Lager. Zwei trugen Fackeln, und die dritte Gestalt in der Mitte war seltsam entstellt, eine Schulter deutlich höher als die andere. Kylock sog zischend die Luft ein. Es war der König.

Hirayus, König von Halcus, der bucklige Tyrann. Gefürchtet von seinen Feinden und abgöttisch verehrt von seinem Volk. Er hatte vierzig seiner fünfzig Jahre auf dem Thron verbracht. Im Alter von zehn Jahren hatten die Ärzte ihm prophezeit, er sei zu schwach, um sein elftes Lebensjahr zu erreichen. Nur um die Quacksalber zu ärgern, hatte er bis heute überlebt. Hirayus war eine Legende im Norden. Seine Entschlossenheit, seine Willenskraft und seine Hingabe an sein Land hatten einen Giganten aus dem Krüppel gemacht.

Die Kriegsherren drehten sich zu ihm um. Aus Respekt zogen sie die Schwerter und senkten die Spitzen ehrfürchtig zu Boden. Vernal trat vor, und Worte wurden gewechselt. Hirayus stieg vom Pferd.

Auf der anderen Seite des Lagers hatte Kedrac die Hand erhoben. Auch Kylock hob den Arm; er zitterte vor Aufregung. *Der König hätte nicht hier sein sollen.*

Tymouth hätte die Verhandlungen für Halcus führen sollen. Tymouth und die Kriegsherren. Kylock zog sich tiefer ins Zelt zurück. Die Seide an seinen Fingern war so warm und feucht wie ein Mutterleib. Er konnte es nicht mehr ertragen. Er zog die Handschuhe aus und warf sie zu Boden. Als die kühle Nachtluft den Schweiß auf seinen Fingern trocknete, beruhigte sich Kylock wieder. Dann war der König also hier. Machte das wirklich einen Unterschied?

Er wandte seine Aufmerksamkeit wieder der Halcus-Delegation zu. Vernal geleitete Hirayus ins Zelt. Sicher erwarteten sie, daß Kylock jede Minute folgen würde.

Der Rauch des Feuers stieg ihm in die Nase, und Kylock war froh darüber. Der Geruch wirkte reinigend. Der König war gekommen, um mit ihm zu verhandeln; das bedeutete mindestens eine weitere Kompanie Soldaten am Fuße des Hügels und noch viele andere, die in den Wäldern verborgen waren. Nichts, womit man nicht fertig werden konnte. Hirayus hielt es wahrscheinlich für ungewöhnlich klug, daß er hier unerwartet aufgetaucht war. Kylock hob die Finger an die Nase: Der Gestank seiner Mutter war noch immer nicht verschwunden. Hirayus war ganz und gar nicht klug gewesen. Tatsächlich hatte er soeben sogar den größten Fehler seines Lebens begangen.

Kylocks Hand kam aus den Schatten. Die blasse Haut reflektierte das Mondlicht wie Glas. Seine langen, eleganten Finger waren ausgestreckt, der Handteller in Richtung Kedrac gerichtet. Langsam, ganz langsam, drehte er die Handinnenseite auf den Boden zu.

Im selben Augenblick, da der Handteller aus dem Mondlicht verschwand und in den Schatten tauchte, hörte Kylock, wie die Schützen ihre Langbogen spannten. Er hörte, wie Schwerter gezogen wurden und die Schritte von Männern, die Kedracs Zelt verließen. Ein Schrei ertönte, und das Blutbad begann.

Hundert Pfeile regneten auf das Verhandlungszelt

herab. Sie drangen durch den schweren Stoff, als wäre er nur Papier. Hinter den Pfeilen kamen die Schwertkämpfer. Sie stürmten in das Zelt. Ihre Befehle waren einfach: Tötet alles, was lebt. Kylock hörte das Schreien von Männern und Pferden und das Klirren von Stahl auf Stahl. In der Ferne ertönten die ersten Geräusche der Schlacht, als die beiden Halcus-Kompanien versuchten, ins Lager vorzudringen. Keiner von ihnen würde lebend hier ankommen. Auf den Hügeln und in den Wäldern rückten seine Männer vor und schalteten die Halcus-Bogenschützen einen nach dem anderen aus.

Kylock trat hinaus ins Mondlicht. Das Geschehen im Verhandlungszelt neigte sich dem Ende entgegen. Der Stoff flatterte nicht mehr. Kylock nahm eine Fackel aus einem Metallständer und schritt voran. Der letzte der Schwertkämpfer trat aus dem Zelt. Er blickte seinem König in die Augen. »Alle sind tot, Herr.«

Kylock nickte. Dann hielt er die Fackel ans Zelt. Sofort fing die Zeltbahn Feuer, und kurz darauf schlugen die Flammen in den Himmel. Kylock trat zurück, um das Flammenmeer besser bewundern zu können. »Brenne hell heute nacht, König Hirayus«, murmelte er. »Mögen die Flammen, die deinen Leichnam vertilgen, eine Warnung für den ganzen Norden sein. Kylock ist noch nicht mit dir fertig.«

ENDE DES ZWEITEN BUCHES

Liebe Leserinnen, liebe Leser,

wenn Ihnen dieses Buch gefallen hat, werden Sie sicher auch den Roman DIE HERREN DER ZEIT (Band 20401) von Helmut W. Pesch mögen. Er erzählt die Geschichte Kimberon Veits und seiner Gefährten, die im Kampf gegen die Dunkelelben bis an die Grenzen der Zeit stoßen; jene Dunkelelben, die sie bereits in einer großen Schlacht besiegt glaubten (vgl. Band 20333, DIE RINGE DER MACHT. Doch dann legt sich ein Nebel auf die Welt ... und mit einem Mal ist nichts mehr, wie es war.

Im Folgenden finden Sie eine Leseprobe
aus dem Roman:

Der Nebel begann sich hier und da ein wenig zu lichten, doch der Anblick war nicht dazu angetan, das Selbstvertrauen zu heben. Seltsam verdrehte Bäume und Büsche schälten sich aus dem Dunst, von Ranken umhäkelt, und Felder mit großen, fahlen Blüten, zwischen denen es leise gluckerte. Hier und da gab es eine Anhöhe, die sich nur unwesentlich über das Niveau des Sumpfes erhob; dort hatten Birken Fuß gefasst, deren weißliche Stämme und schwarze, noch winterkahlen Äste an Totengerippe erinnerten. Sumpfkrähen flogen mit mattem Flügelschlag von den Sielen auf.

»Dort!«, rief Aldo. »Seht Ihr es? Eine Festung!«

Vor ihnen schwamm ein dunklerer Schatten in den wallenden Schwaden. Und jetzt erkannte Kim auch, was die schärferen Augen seines Gefährten ausgemacht hatten. Geduckt in die Unendlichkeit des Moores, aber fest im Boden verankert: ein Festungsbau. Vierschrötig, quadratisch, mit einem Turm an jeder Ecke und einem massiven Palast in der Mitte, der alles überragte. Und die Zinnen, welche die Mauern und

Türme krönten, waren, wie Kim zu seiner Erleichterung erkannte, nicht dreigelappt wie in seinen Träumen, sondern die solide Architektur des Menschenvolkes.

Er sandte ein leises Dankgebet an das Göttliche Paar, das ihren Weg geleitete, als der Wagen von dem Dammweg auf die lang gezogene Rampe einbog, die zu der Festung hinüberführte.

Vor ihnen klaffte in der schwarzen Mauer ein Tor auf. Die Torflügel waren geöffnet, das Fallgitter hochgezogen. Noch immer herrschte ringsum ein unheimliches Schweigen.

»Das also ist aus den Bolgs geworden, die wir gehört hatten«, sagte Aldo und schluckte.

Rechts und links vom Tor waren hohe Stangen errichtet. Auf jede davon war der abgehackte Kopf eines Bolgs gespießt.

Kim kniff die Augen zusammen. »Die sind schon länger hier, bis auf die letzten beiden; die sind noch frisch. Da muss jemand eine unheimliche Wut auf die Bolgs gehabt haben.«

»Ich wusste gar nicht, dass die Truppen des Kaisers so etwas tun«, meinte Aldo, als sie in den Schatten des Torbogens einzogen. »Welche Legion mag das sein?«

Kim blickte zu dem Torbogen empor. In dem Schlussstein, zu ihren Häupten, war das Signum der Truppe eingemeißelt: ein menschlicher Schädel mit zwei gekreuzten Schwertern. Darunter die Legende *LEG XX ATROX.*

»Von dieser Legion habe ich noch nie gehört«, sagte er.

Aus den Schatten lösten sich zwei Gestalten, die ihnen mit vorgehaltenen Lanzen den Weg versperrten.

»*Quo vadis?*«, knurrte die eine davon die alte Losung der Imperialen Legionen.

»Dank sei dem Vater!« Kim atmete auf. »Wir sind Kimberon Veit, Kustos des Ffolksmuseums von Elderland, und seine Gefährte, unterwegs auf Einladung

Seiner Majestät des Kaisers zu den Körungsfeierlichkeiten …« Er verstummte, als von den Wachen keine Reaktion erfolgte.

Vielleicht sollte ich es in der alten Sprache versuchen, dachte er und begann erneut: »*Cimberonus Vitus sum, Populum Musaei Custos Terrae Aldensis* –«

»Ich hab' dich schon verstanden, Kleiner«, unterbrach ihn der Wachposten. »Ich frag' mich nur, was der Quatsch soll. Kommt rein mit eurem Karren. Soll sich der Centurio darum kümmern.«

Kim und Aldo schauten sich ratlos an; dann, als die Wachen ihre Lanzen senkten, schnippte Aldo mit den Zügeln und ließ den Esel vortrotten. Der vordere Hof der Festung war kahl und menschenleer; es sei denn, dass sich in den Arkaden unter den Mauern noch irgendwelche Legionäre herumdrückten, die nicht zu sehen waren. Von den Wehrgängen erklangen die genagelten Stiefel von Männern auf Wache, doch vom Hof aus war niemand zu sehen.

»Ich glaube, wir sind hier falsch«, flüsterte Aldo.

Kim wurde langsam sauer. »Ich habe ein Sendeschreiben des Kaisers. Und wenn Fabian davon erfährt, wie man uns hier behandelt hat, dann wird diese verlotterte Truppe was erleben –«

Er brach ab, weil sich die Tür zum Hauptgebäude vor ihnen geöffnet hatte. Heraus trat einer der größten Männer, die Kim je gesehen hatte. Er trug den glänzenden Brustpanzer der Legionäre des Kaisers, doch war dieser Panzer nicht golden, sondern schwarz. Schwarz und silbern blinkten darauf die Embleme der gewonnenen Schlachten, derer die Legion sich rühmte. Schwarz – und nicht sehr sauber – war auch der Mantel, der um seine Schulter hing, ebenso wie der zerzauste Busch auf dem Helm in seiner Linken. In seiner Rechten trug er einen knorrigen, gedrehten Eichenstab als Zeichen seiner Amtsgewalt.

Der Centurio hatte Kims letzte Worte offensichtlich mitgehört. Entsprechend finster war seine Miene. »Verlotterte Truppe, ja? Was ist das für ein Schreiben, von dem du faselst? Zeig's her!«

Kim sprang vom Wagen und bedeutete Aldo, ihm zu folgen. Der verknotete die Zügel am Kutschbock und ließ sich ebenfalls auf den schlammigen Grund aus festgestampfter Erde herab. Kim zog den Brustbeutel unter dem Hemd hervor, wo er den Brief des Kaisers aufbewahrte, und förderte das Schreiben zu Tage. Der Centurio riss es ihm aus der Hand.

Er tat so, als studierte er die Zeilen, aber Kim erkannte mit einer Mischung von Verwunderung und Entsetzen, dass der Centurio das Schreiben auf dem Kopf hielt. Anscheinend konnte der Mann gar nicht lesen. Dafür widmete er umso mehr Aufmerksamkeit dem zerbrochenen Siegel.

»Hab' ich noch nie gesehen!«, sagte er dann. »Was habt ihr in dem Wagen?«

»Nur persönliche Gegenstände«, erklärte Kim. »Und ein paar Vorräte für die Reise.«

»Decurio!«, schnaubte der Centurio. »Nachschauen!«

Einer der beiden Wachen am Tor kam näher und stocherte mit seiner Lanze unter der Wagenplane herum, während Kim dem Ganzen mit wachsendem Zorn zusah.

»Wie er gesagt hat. Jede Menge Zeug, genug für eine ganze Expedition. Und ein Fresskorb.«

»Also gut«, sagte der Centurio. »Schafft das Gerümpel ins Zeughaus und sortiert aus, was zu gebrauchen ist. Die Fresssachen kommen in die Küche. Der Wagen wird zu Brennholz verarbeitet, und der Esel kommt in den Stall.«

»Und was machen wir mit den Jungs hier?«

Der Centurio zuckte die Schultern. »Schmeißt sie raus!«

Kims Zorn war zu eiskalter Wut geronnen. »Wir sind keine ›Jungs‹«, sagte er gefährlich leise. »Wir sind eine offizielle Delegation von Elderland, und ich verlange von jedem – ich sage: von jedem – den Respekt, der mir als Mitglied des Rates von Elderland gebührt.« Er schüttelte den Kopf, dass seine sandbraunen Locken flogen.

Die Augen des Centurio verengten sich. »Komm her!«, sagte er. Kim machte unwillkürlich einen weiteren Schritt auf ihn zu. Der Centurio hob sein Amtszepter und schob damit Kims Haare beiseite. »Interessante Ohren«, bemerkte er. »Da hat sich wohl einer von den Hohen Elben einen Fehltritt erlaubt.« Doch in dem Hohn seiner Stimme schwang ein Anflug von Unsicherheit mit.

»Wir sind keine Halblinge«, sagte Kim mit fester Stimme. »Wir sind Vertreter des Kleinen Ffolks, und –«

Der Rest seiner Worte verging in brüllendem Gelächter.

Nicht nur der Centurio lachte, auch die Wachen vom Tor krümmten sich vor Heiterkeit, und von den Wehrgängen hallte es wie ein Echo wider. Selbst das Hundegekläff, das laut und schrill im hinteren Teil der Festung losbrach, schien in das allgemeine Gelächter mit einzustimmen.

Kim war sich noch nie so gedemütigt vorgekommen, und Aldo versuchte sich noch kleiner zu machen, als er war.

»Das ist das Letzte«, sagte der Centurio, während er sich mit dem Handrücken die Tränen der Heiterkeit aus den Augen wischte. »Das ist mir zu hoch. Soll der Legatus sich darum kümmern, wenn er wiederkommt – und das kann dauern.« Er winkte mit seinem Befehlsstab. »Steckt sie in den Kerker!«

Hinter ihm traten zwei weitere Legionäre aus dem Innern des Gebäudes, und Kim und Aldo erstarrten.

Die beiden Soldaten trugen die Uniform des Imperiums, Helm und Brustpanzer mit dem Zeichen des silbernen Schädels und der gekreuzten Schwerter, den Insignien jener seltsamen Legion. Aber es waren keine Menschen.

Es waren Bolgs.

Kim hatte sein Schwert gezogen, ehe es ihm auch nur bewusst war. Aldo förderte in Gedankenschnelle einen langen Stock vom Kutschbock herbei, und sie stellten sich instinktiv Rücken an Rücken, um ihr Leben so teuer wie möglich zu verkaufen.

Die Bolgs kamen näher. In ihren breiten ledrigen Gesichtern unter den Legionärshelmen war nicht die geringste Emotion zu lesen. Es schien sie überhaupt nicht zu kümmern, ob ihre Gefangenen Widerstand leisteten oder nicht. Der eine ließ seine Lanze sausen wie eine Keule: ein Knacken, und Aldo ließ entgeistert den abgebrochenen Rest seines Kampfstocks sinken. Der andere holte zu einem Schlag gegen Kim aus; dieser ließ sich gedankenschnell auf ein Knie fallen und stach mit seinem Kurzschwert nach dem ungeschützten Bein des Gegners. Der brüllte auf, und das Letzte, was Kim sah, war ein genagelter Stiefel, der auf sein Gesicht zukam. Dann verging seine Welt in einer roten Explosion vor Schmerz.

»Au!«, war das Erste, was Kim sagte, als er wieder zu sich kam, und er wiederholte es gleich noch einmal: »Aua.« Sein Kopf tat höllisch weh, als wäre er gegen eine Wand gelaufen. Mit den Fingern tastete er nach seiner Stirn, und neuer Schmerz ließ ihn zusammenzucken. Seine Finger waren klebrig.

»Nicht bewegen, Herr Kimberon«, kam eine Stimme aus dem Dunkel. »Ihr blutet ziemlich. Lasst mich erst Eure Wunde versorgen.«

Er hörte, wie Stoff zerriss, dann wurde etwas auf seine Stirn gelegt. Er zuckte zusammen. »Ruhig«, sagte die Stimme – Aldos Stimme, wie er nun erkannte. »Ich bin gleich fertig.«

Versuchsweise öffnete er die Augen. Sein Blick fiel auf ein niedriges, halbrundes vergittertes Fenster, durch das Mondlicht hereindrang. Dann wandte er den Kopf, um nach seinem Begleiter zu sehen.

»Stillhalten!«, sagte der. Kim hielt still, während Aldo den Verband befestigte. Er selber schien nichts abbekommen zu haben.

Kim fasste sich erneut an den Kopf. »Wo hast du den Verband her?« fragte er. Es kam ihm selbst als eine selten dämliche Frage vor, aber er wusste sonst nichts zu sagen.

»Ich war immer schon ein Freund von Kniehosen.« Aldo grinste. Er ließ das Messer in seiner Hand aufblitzen, mit dem er sich die Hosenbeine direkt unter dem Knie abgetrennt hatte. »Man hat uns einfach hier reingeworfen«, stellte er fest. »Sie haben uns nicht mal gefilzt.«

Kim erschrak. Instinktiv griff er sich an die Brust. Seine Finger tasteten nach etwas, das er unter dem Hemd trug. Er zog den Beutel hervor, der an einer Schnur um seinen Hals hing, und öffnete ihn. Der Ring war noch da, der Ring des Kustos, sein kostbarster Besitz, wertvoller als Gold und Geschmeide. Er fühlte sich kühl und glatt an, als Kimm ihn sich über den Finger streifte. Der schwarze Stein, der darin eingelassen war, war nur ein dunklerer Punkt in der Düsternis, die ringsum herrschte.

Kim richtete sich auf und nahm seine Umgebung in Augenschein. Sie befanden sich in einem niedrigen, gewölbten Raum.

Das einzige Licht kam von außen durch das halbrunde Gitterfenster, das sich auf ebener Erde befand und anscheinend auf einen Hof hinausging, vermutlich den hinteren Teil der Festung. Es stank nach Nässe und feuchtem Mauerwerk.

Kim verkniff sich die Frage, wo sie hier waren. Die Frage, die ihm weit mehr Kopfzerbrechen bereitete, war die nach dem: »Warum?«

»Sie haben uns einfach nicht geglaubt«, meinte Aldo.

»Nein«, sagte Kim. Ihm drehte sich immer noch der Kopf, aber seine Gedanken waren klar. »Irgendetwas stimmt hier nicht. Bolgs in einer Kaiserlichen Legion?

Das hat es noch nie gegeben. Und diese seltsamen Uniformen ...«

»Vielleicht ist es eine versprengte Hilfstruppe der Dunkelelben, die dieses Fort besetzt hält – nachdem sie die ursprüngliche Besatzung getötet hat.«

»Du vergisst die Insignien über dem Torbogen: ein Schädel mit zwei gekreuzten Schwertern. Von solchen Abzeichen habe ich noch nie gehört. Und der Name: *Legio Vigintesima Atrox*. Die zwanzigste Legion heißt nicht Atrox, die Schreckliche, sondern Victrix, die Siegreiche.«

»Also doch eine Legion des Feindes?«

»Menschen im Dienst der Dunkelelben?« Kim versuchte, die Sache jetzt mit seinem geschulten Verstand anzugehen: einen Punkt nach dem anderen, wie er es im Studium gelernt hatte. »Nun gut, es ist vorstellbar, aber im Elderland waren es immer nur Bolgs. Wenn sie eine solche Legion – oder gar zwanzig davon – in der Reserve hatten, warum haben sie sie nicht eingesetzt? Und dem widerspricht auch diese Festung; denn die ist nicht erst vor wenigen Monaten erbaut worden. Nein, irgendwie passt das alles nicht zusammen.«

»Und was machen wir nun?«

»Versuchen, von hier wegzukommen, nach Magna Aureolis. Hast du noch irgendwas in den Taschen, das uns hier raushelfen könnte?«

Aldo grinste; das Aufblitzen seiner Zähne war selbst in der fast vollkommenen Dunkelheit zu erkennen. Er klappte das Messer zur anderen Seite aus. »Eine kleine Säge?« Er drehte es um. »Eine Feile?« Wieder zauberte er etwas hervor. »Und ein Korkenzieher.« Gespannt wartete Kim. »Das war's.«

Kim seufzte. »Versuchen wir's mal mit der Feile. Als Erstes sollten wir uns die Gitterstäbe ansehen.«

Das Fenster zum Hof war mit drei vertikalen und zwei horizontalen Eisenstäben gesichert. Die allgegenwärtige Feuchtigkeit hatte daran ihre Spuren hinterlassen. Rost blätterte ab. Doch als Kim mit der Hand darüberstrich, erwies sich, dass sie unter dem Rost noch einen festen Kern besaßen.

Er setzte die Feile an. Ihr Kreischen war unnatürlich laut in der Stille, die sie umgab. Blankes Eisen schimmerte ihm entgegen.

»Wir werden Stunden brauchen, bis wir da durch sind«, seufzte er. »Und bis dahin hat man uns längst erwischt.«

Etwas Großes, Unförmiges bewegte sich im Hintergrund des Gewölbes.

Kim und Aldo erstarrten in der Bewegung. Keiner von ihnen sagte etwas. Doch jeder wusste, was der andere dachte:

Ein Tier! Ein Ungeheuer! Sie haben uns mit einem Ungeheuer zusammen in den Kerker gesperrt, und gleich wird es herauskommen und uns töten!

Abgeschieden von der übrigen Welt, umschlossen von Meer und Bergen, liegt Elderland, die Heimat des friedfertigen Ffolks. Das Ffolk ist stolz auf seine Geschichte und hortet im großen Museum zu Aldswick viele seltsame und kuriose Dinge aus der Vergangenheit. Doch als die düsteren Schatten dieser Vergangenheit sich auf das Land legen und eine Gefahr heraufzieht, die alle schon längst gebannt geglaubt, treten Geheimnisse zutage, von denen niemand etwas ahnte. Nun muß sich das Ffolk bewähren. Das Schicksal des ganzen Imperiums lastet auf einer kleinen Gruppe treuer Freunde, die zu einer abenteuerlichen Reise aufbrechen, welche sie an die Grenzen der Welt führen wird, zum Anfang und zum Ende der Zeit ...

ISBN 3-404-20333-X

BASTEI LÜBBE

Die Gilde der Traumfinder ist nach dem Tod ihres Anführers Petran in Verruf geraten, und Antyr, sein Sohn, ist nicht bereit, in die Fußstapfen seines Vaters zu treten. Zusammen mit ihren Gefährten, telepathisch begabten Wölfen, sind Traumfinder in der Lage, sich in die Träume anderer einzuschleusen und sie zu beeinflussen.
Eines Nachts jedoch werden Antyrs Fähigkeiten gebraucht: Den Fürsten von Serenstad plagen Alpträume vom Untergang seiner Stadt. Und zum erstenmal müssen Antyr und sein Gefährte Tarrian sich dem geheimnisvollen Blinden Mann und seinem Werkzeug, dem rachsüchtigen Krieger Ivaroth, stellen. Es beginnt ein Abenteuer, wie sie es sich niemals zu träumen gewagt hätten!

ISBN 3-404-20262-7

BASTEI
LÜBBE